D. SLEIGH

EILANDE

TAFELBERG

Eilande was die wenner in die
Groot Romanwedstryd van Sanlam, Insig en Kwêla,
in samewerking met Radiosondergrense en LitNet.

Tafelberg,
'n druknaam van NB-Uitgewers,
Heerengracht 40, Kaapstad 8001

Uitgewer: Charles Fryer
Omslagontwerp deur Teresa Williams
Geset in 11 op 13.5 pt Palentino
deur Etienne van Duyker van ALINEA STUDIO, Kaapstad
Gedruk en gebind deur Paarl Media,
Jan van Riebeeck-rylaan 15, Paarl, Suid-Afrika
Eerste hardebanduitgawe, tweede druk 2002
Eerste sagtebanduitgawe, eerste druk 2003

Vierde druk 2011

ISBN: 978-0-624-08690-1

Vir Michel en Peggy Espitalier-Noël

Inhoud

Stemme uit die see 1

Die andersmaak van Chief Harry 3

Peter Havgard 55

Die visser 213

Die poshouer 287

Rooidag 381

Sapitahu 519

Die klerk 686

STEMME UIT DIE SEE

... verlatenheid was oor die diepte

Sewe van ons, of minstens sewe, het van voor haar geboorte tot ná haar dood dieselfde vrou in die hart gedra. Liefgehad? Daarvan weet ek nie. Ek weet van die woord se bestaan, en die hart sal wel 'n naam daarvoor hê, maar sy betekenis bly 'n ongekaarte baai wat elkeen self moet peil. Die meeste van ons vaar in, hoop op goeie bodem waar ons tevrede kan vertoef en ververs, en vind uit die getye wissel van maan tot maan, daar vloei vreemde en onverwagte strome, en die inwoners is nie altyd vriendelik nie. Soveel weet ons. Ander, soos Daniel Zaaijman, wat sy storie self sal vertel, kan moontlik met groter sekerheid sê. Of dalk nie. Liefgehad! Wie van ons sou erken as dit so was? Ons was soldate, 'n beeswagter, matrose, 'n klerk, mense met min emosie in ons woordeskat en bitter, bitter min emosie in ons lewens, behalwe vrees en woede.

Die sewe wat ek ken, was haar pa, Peter Havgard, en na hom Hans Michiel, die soldaat voor wie sy grootgeword het. Dan haar stiefpa, Bart, die visser. Dan advokaat Deneyn, meer geleerd as die meeste, maar die een wie se peiling van die ongekaarte reede ek die minste vertrou. Na hom die kuiper Daniel Zaaijman wat haar getrou het tot die dood. Beslis ook Jan Vos, soos 'n slaaf oor arbeid geboë, en moontlik Sven Telleson, laag gebore en deur drank verwoes. En ek, die klerk, wat nie kan verduidelik hoe ek oor haar voel nie. Onmoontlik? Ek het haar nooit ontmoet nie. Dit is net verlange, maar verlange is 'n sentiment, 'n droom, en kan

1

nie liefde wees nie. Hoe sal een soos ek weet? Ek staan voor 'n beeld van 'n vrou en vra: Wie was jy? Ek gaan op reis, vind nog 'n beeld van dieselfde persoon deur 'n ander geskilder, en vra weer: En jy? Voor my lê nog 'n pad, nog 'n brug, nog 'n herberg met 'n bidkapel, weer dieselfde beeld, weer die vraag.

Dit is van mans wat ek vertel. Ek het dié uitgesoek wat haar gedra het in die hart, van voor haar geboorte af tot ná haar einde. Hulle het gehelp om die klein vlotjie drywend te hou. Tot ná haar dood, en die verpligting was op my, want mense sterf eers werklik as hulle nie meer onthou word nie.

Eindelik die see, die groen vrugwater waarin ons dryf, en gedryf het. Daarin woon leviatan, en daarop, en daarnaas gestrand, mense soos skuim. Hulle roep uit die see, en dit is haar naam wat ek hoor: moeder van baie, vriend van sondaars en gestrande siele, ons dogter, vriendin. Ook Autshumao roep uit die see. Van hulle vertel ek.

2

1

Die andersmaak van Chief Harry

Tien, twaalf jaar voor die wyebroek hier kom bou het, word Autshumao een rooi sonop leier van die Goringhaicona. Hy het oor die duin geloop see toe, asof hy nooit die dooies of die oorlewendes agter hom geken het nie. Hy loop bebloed, verneder en beroof met halwe daglig uit die smeulende, kortgebrande gras langs 'n vlei, onder die bitter rook van verbrande matjiesgoed en beesvel, saam met vyf kinders, vyf vroue en twee ou mans. Hulle loop met leë hande weg. Agter in die rokende puin was hulle dooies, voor hulle was die see. Daar is geen mat, pot of graafstok om saam te neem nie, geen bees of skaap nie, nie 'n melksak of 'n gooistok of 'n hond nie. Die ander, die ou mans en die vroue, het die koue liggame in 'n sloot gesleep en met takke toegepak. Omdat hulle te bang was om hierdie plek af te gee, het die ou mense bly krap in as en puin, en 'n paar woorde gesê, en later agter Autshumao aan gegaan, oor die lae duine, see toe. Die see was oop, en sy oopte was 'n soort veiligheid. Maar hy was die eerste om daar weg te loop, om weg te kom van die plek waar hy alles verloor het.

Hy het op die strand gewag vir die vrou wat sy suster se kind dra, en met die kind agter sy rug verder geloop. Hy noem haar susterskind; haar naam was Krotoa. Hy was haar dit verskuldig om haar saam te dra; 'n kind kan hulp te wagte wees van haar ma se broer. Hy neem haar en dra haar, daardie dogter, maar hy het niemand gevra om saam met hom te loop nie. Toe hulle naby die see kom, het die kind sonder ophou gehuil, en 'n vrou het die kind geneem om aan haar droë bors te sit. Autshumao het nie weer die dogter van haar geneem nie. Hy het oor die twaalf mense gekyk en gedink hy het hulle nooit gevra om hom te volg of gedreig om hom te gehoorsaam nie. Hy het hulle niks belowe nie. Hulle het agter hom aangeloop en hy het die leier van die Goringhaicona geword.

Hulle was min, maar hulle kon met seegoed en veldkos 'n tyd lank klaarkom. In die laagtes tussen die voorste duine het hulle nog daardie dag *harubis* gekap met klippe, en die riet met naels en tande geskeur, met tou van gerolde gras tot matte gemaak, en die matte tot huise, en die huise daar tussen die duintjies in 'n kring staangemaak met 'n takkraal van bessiedoring daarom.

Hulle dertien, die laaste Goringhaicona, het opsy van ander Koina gewoon, tussen die duine en die see, arm en meesal ellendig honger. Die see het hulle sy vis en vleis gegee, die vlakte agter die duine ná winter sy skraal veldkos. Autshumao het sy verlange na beeste en skape in sy hart gedra, maar was nog bang om weer beeste te hê. Die bees was klere en kos, en medisyne, dit was die bees, maar hy moes daarsonder bly. Hy was manalleen, en dit was veiliger om niks te besit nie. Hy kon nooit meer vet en room op die vuur sit om in rook na *Heitsi-Eib'* op te gaan nie. Om vrede om hom heen te hê moes hy bly sonder *Heitsi-Eib'*.

Aan die einde van daardie winter het die Goringhaiqua hulle hordes beeste uit die sandveld gebring om langs die vleie en ri-viere te kom wei. Autshumao het 'n hoogte uitgeklim om te kyk hoeveel vee sy vyande bygekry het, want vóór soveel diere loop daar altyd oorlog uit. Aan die rook van sy vyande se anders-maakvure, swaar van room en vet, kon hy ruik dat dit met hulle goed gaan. Dit was mooi om te sien hoe hulle wit en bruin gevlek-te beeste in die blink vleie staan, hoe die jong wagters op die gras speel. Beeste is mag, dan kan jy opstaan en slaan soos jy wil, teen wie jy wil. Hy het na sy eie diere daar in die vreemde troppe gesoek, maar hulle nie gesien nie.

Tog, by die see kon Autshumao en die Goringhaicona soms effens voorspoed kry. By 'n sandbaai naby die waterskepplek het wit matrose van tyd tot tyd bote uitgesleep. Engelse matrose, het hulle taal en rooibont vlag vertel. Autshumao het gekry van hulle klere en brood vir 'n brief om bewaar te word, en daarvoor heuning, 'n skilpad, 'n paar volstruisvere gegee vir vriendskap. Soms het hulle tabak gekry. Dit was waarom Autshumao daardie duintjies gekies het as sy woonplek, want dit is naby die waterskepplek en reg voor die diepte waar die skepe anker. Dit was die reede.

Autshumao en dié by hom het onder mekaar geskel oor die paar stukkies klere en skeepskos wat na hulle toe gekom het, maar brandewyn was net vir hom. Hy het hom alleen na boord laat roei en daar geëet en gedrink, en as 'n kering van die gety of draai van die wind maak dat hy moet wal toe, het hy gesorg dat sy hande leeg is voor hy by sy mense kom. Waar honger is, is armoede meesal vrede.

Hy was nie meer 'n jong man nie. Eenkeer het hy, met sy maag vol brood en brandewyn, in die winterson gesit en met die matrose gepraat, en vaak geword van die sagte deining en die hol slae van die see teen die skeepsromp, en dié dag is die skip *London* met hom weg, Ooste toe. Die skipper het net gesê: "Jammer, ou kêrel. Jy het gesien hoe die weer verander. Ek moet die bries gebruik om van 'n lywal af te klou. Maar oor 'n maand of drie bring ek jou tuis."

Dit was 'n groot skip, nie so groot as wat hy al onder die Hollander se vlag gesien het nie, maar versier met rooi en 'n bietjie goud op die agterhek en op die balkonrelings langs, en om die vensters van die galery. Onderdek het twee rye swart kanonne soos slapende honde agter geslote rooi poorte gelê. Op daardie reis het Autshumao die seevolk se siektes aangesteek, hulle taal geleer en Chief Harry geword. Jy kon maar soek, Autshumao was nie meer daar nie; die skip het hom Ooste toe gedra. Maar sy hart het vroeg omgedraai en alleen huis toe gegaan. Op daardie reis het hy ook sy respek vir yster en koper verloor, want dit was so goedkoop en so volop dat die Engelsman dit weggooi. Yster sou hy self nooit weer in ruil neem nie – laat sy vyande maar vir yster verleë wees, die tyd van yster is verby. Die bees was geld, die bees was kos, medisyne, pakdier, 'n troep jong jagters, 'n horde vegters. Selfs *Heitsi-Eib'* moes eers wag.

In die Ooste het hy gesien, waar die skip in 'n riviermond soms teen 'n kaai gemeer was, hoe donker mans met lang hare en rokke hulle nekke rek soos malgasse op 'n klip, om boontoe met die skip te praat. Hulle lug was stowwerig van vroegmôre af, hulle seewater lou, die kos skerp gekrui, die sterre vreemd. Donderweer het daagliks opgesteek, toegepak, en ná warm reën voor donker oopgetrek. Vaal beeste met hangore het tussen die mense gedwaal, meesal opgedroogde koeie en verse, ongelukkige diere sonder 'n bul, en maer osse wat karre trek. En bedelaars het albei hande na hom toe uitgereik, maar omdat die landsvolk hulle met klippe van die kaai verjaag het, het hy sy kop vir hulle geskud. Armoede kry jy dan weerskante van die groot see; hy was nie alleen nie. Hy het gesien hoe die Engelse handel dryf met die witrokke. Geld is oorhandig, nooit drank of tabak nie.

Agter elke kaai was 'n dorp, agter elke dorp 'n groen woud soos 'n muur, agter die woud soms bergpieke, en agter die berge, die donderweer. Hy het nie meer daarna gekyk nie. Wat was daar te sien? Dit was nie die duineveld en donker rietpolle onder daardie helder wind van sy huis nie. Soms was daar geskreeude dreigemente tussen skip en kaai. Dan weer see. Die drinkwater was laf, dit het sy maag dae en nagte laat werk, sonder ophou en met bloed en pyn. Hy het lusteloos geword, aan boord gesit en rook en na drank verlang. Hy wou nie wal toe nie, maar het onrustig aan boord gebly, geluister na die gestamp van die skip teen die kaai en die benoude gekraak uit die maste, soos ou geraamtes wat ondergronds kla. Dan vaar hulle weer verder, en eers is daar see, donkerblou en diep vir dae aaneen, dan is daar weer land.

Autshumao se gedagte was by die mense wat hy agtergelaat het, by sy susterskind. Die wêreld daar was sterk aan verander. Mense wat hy geken het, was dood. Sou Gogosoa, die vet moordenaar, nou dink dat sy vee voortaan alleen gaan loop oor die somerweiding? Hy het nog nie gesien hoe die wit mense se skepe nou oral kom, en net waar hulle kom kliphuise bou nie. Die wit man se soldate loop vir oorlog aangetrek. Vreemde nasies sal in Gogosoa se weiding kom woon; dit is hulle kinders wat sy land sal besit. Hy sien dat dit vir die Koina in komende tye beter kan wees om vriende met die wittes te bly, om eers die teenstander se vee en kinders te help grootmaak. Ver beter so, want die wit man sal regeer en sy vee gaan hierdie wêreld vol loop, uit die Kaap op langs die see tot bo by die Cochoqua, die Grigriqua, en dan, in die ander rigting die berg oor, na die son se kant: die Chainouqua, die Hessequa en die Attaqua, en die groen heuwels oor na die Gouri en die bos-Inqua. Oral sal die wit man se vee loop. Vir die guns om self 'n paar beeste te laat wei, en 'n kans om op die been te kom, moet die Koina vrede hou met hulle. So gaan dit beter wees vir die Koina, vir hulle wat sonder perde die nuwe heersers moet verwelkom.

So dink Autshumao, voordat een Hollander nog 'n graaf in Kaapse grond gesteek het. Net, hy het verwag dit gaan Engelse wees wat dit kom doen, nie die Hollander nie, want die Engels-man se skepe loop die see vol, hulle ontmoet mekaar soos vriende volgens belofte, op plekke in die middel van die see waar geen teken is om van te sê: By daardie of daardie plek kry ons mekaar op so en so 'n dag. En hy hoor die Engelse praat oor die Kaap se kos en water en brandhout. *"My dear fellow, a simple takeover. No trouble at all."* Jy stamp die stinkerds opsy, en vat grond, water, bome en gras. *"The natives are harmless. Like children, really."*

Die seekleur het weer groen geword. Autshumao, *Chief Harry*, het die laaste dae van die maande van die seereis deur die hete trope op sy rug deurgebring, sy lyf vas teen die verskansing sodat die matrose hom nie daar trap nie, en sy gesig weggedraai van die oop dekluik. As hy sy oë oopmaak, het hy rooi verf op Engelse akkerhout gesien; as hy hulle toemaak, was daar sy susterskind, en agter haar 'n liggeel mat van biesieriet in die ronding van 'n *harubis*-huis. In sy lang droom, dae en nagte lank, kon hy daardie droë riet ruik, en koue as tussen klippe, en beesmis.

Snags het hy, soos die meeste matrose in die trope, aan dek gebly tot die aandlug naby die einde van hulle reis koel begin word en daar voordag dou op die dek en wante blink. Snags het die goue sterre dig geweef oor hulle gehang. Die maer, swart vingers van maste het voel-voel tussen hulle gesoek, hulle van plek tot plek geskuif, goue sterre in die donkerblou nag gaan haal,

7

ander weggeneem, verskuif, verskuif, en een nag was die nuwe hemel klaar. Hy het hom verkyk aan die skuimende melkweg. Vir die eerste keer het hy sonder twyfel geweet waar hy was, in watter seisoen van die jaar – dit was hoe ver die maan al oor die lug gevorder het – en watter veldkosse nou gereed was, en hoe groen die weiding, en waar al die Koina se kampe en veetroppe teen hierdie tyd staan.

Die matrose van die wag het gekyk hoe Chief Harry opstaan onder sy kombers uit, en teen die wante opklim tot hy 'n staanplek in die grootmaswant kry. Onder hom het die skip sy bek herhaaldelik in die flikkerende water gedoop en met 'n swaai daar uitgelig soos 'n suipende bul, maar Chief Harry het hoër in die trappe van die want geklouter, tot hy op die grootra kon stap. Met sy arms om die mas en sy gesig teen die nagwind het hy die donker voor hom ondersoek. Hy kon niks sien nie as wemelende sterre en die effense flikkering van fosfor voor die boegpaal; niks anders hoor nie as die kreun van hout en die gekraak van nuwe tou wat oor blokke span, en die gesuis en borreling van seewater langs die lengte van die skip af; niks ruik nie as 'n koel seewind vol teer en lynolie soos dit oor die dek vee. Hy het met 'n sug die suiderkruis, net halflyf bo die horison, in die skitterende sterreveld herken, en hy was seker dat die Kaapse duine vars en geurig van bossiekruie voor hom in die flikkerende nag lê. *Heitse!*

Toe hy tuis kom, was daar niks om te slag nie. Van sy jong vrouens is uit eie wil weg na die Goringhaiqua toe. Die twee ou mans was dood, of is êrens vir dood laat lê, maar ander oumense het bygekom, mans en vrouens wat maer geword het nadat hulle naastes oorlede is. Hy het hulle vertel sy nuwe naam is Chief Harry, maar hulle het hom nie geglo nie. Al sy stories, van mense wat op olifante ry en al sy Engels was dieselfde asof hy gesê het: Hoor hier, 'n oorkruiper het in my kop gekom in my slaap, en ek sien en praat vreemde dinge voor ek sterf. Daarom het hulle hom nie uitgevra nie. Dit was nie nodig nie.

Sy suster se kind was bang vir hom, en die dowe vrou wat haar versorg het, het die kind van hom weggehou. Hy het hom daaroor vererg en vir die kind soetgoed aangedra, maar sy het

siek geword en die dowe vrou het hom luidrugtig daarvoor ge-
blameer. Ook het hy begin praat van kamp verskuif, en stokke uit-
getrek en matte opgerol tot die ander dit ook gedoen het, en dan
'n paar honderd tree na die een hand of die ander hand verskuif
en daar sy stokke weer in die grond gesteek. Die ou mans en die
vrouens het geduldig die entjies met hom saamgetrek. Hy het ge-
weet hulle sou opstaan en gaan wanneer hy vra.

Die skraal kos is met laagwater uit ysige rotspoele gehaal.
Soms was daar 'n rob op die strand, dae dood, oortrek met sand-
luis en diep aangevreet deur krappe en meeue. Maar Chief Harry
het in sy kamp gepraat van beeste en gesien hoe die verlange in
hulle gesigte kom na botter en suurmelk, vleis, en die donker rook
vir *Heitsi-Eib'*. Hy het van skape gepraat tot hulle oë blink was
van verwagting, en van beeste: die velle vir skoene en musse, die
velsak, die stertkwas om vlieë te waai. Bloed, potte vol bloed, het
hy genoem. In die geknik van sy groepie armes het Chief Harry
gesien dat hy hulle harte gewen het. Herinneringe aan goeie dae
het altyd om beeste gedraai: jong verse, grootuierkoeie, 'n swart
bul met smal heupe en 'n swaar voorlyf, of dertig, veertig rooi
vegosse met wye horings soos die oop knypers van skerpioene.
Autshumao se droom het oumense weer hulle seuns en dogters
laat sien, huise by blink vleie waar hulle vroeër gewoon het, potte
vol suurmelk. Net die dowe vrou het hom nie gehoor nie, en hy
en sy het saam weggekyk na die eindelose beweging van die see.
Hulle het gepraat van beeste, maar die beeste het weggebly; van
sy mense is dood in daardie verwagting. Ouderdom en koue het
by die groep kom woon. Geen kinders is gebore nie. Daar was net
sy susterskind.

In die laatsomer en die laatwinter, elke keer as die seisoene
omsit en die wind uit 'n ander streek kom, was daar skepe. Dan
het hulle bondels brandhout, of 'n velsak met heuning aangedra
na die baai by die waterskepplek, en daarvoor skeepsbrood en
tabak gekry. Chief Harry het sy Engels gebruik, en is na die skip
toe geroei. Daar was gewoonlik 'n brief. "Gee dit veilig aan die
skipper van die eerste Engelsman wat hier inloop. Ek het hierin
geskryf hy moet jou betaal." Maar die suiniger Hollanders het

hulle briewe onder klippe gesit en 'n boodskap op die klip ge-
skryf, dan het Chief Harry die briewe daar uitgehaal en persoon-
lik in die volgende wyebroek se hande gegee. Hy moes 'n bestaan
maak.

Meer nuwe skepe het in die baai gekom, nuwe vlae en nuwe
tale. Die wit mense het kordaat tussen die bosse geloop en geruik
en gepluk en geproe. Hulle het nie vir Chief Harry oor die hout of
die berg gevra nie. Ses of sewe man is met gewere en 'n verkyker
teen die berg op om die land te bekyk. Die byle het teen die berg-
hang geklink waar hulle mashout maak, drie, vier bome op 'n
slag. Hulle het hom ook verbygegaan om met die Goringhaiqua
by die vleie te praat oor slaggoed, en het daar aan sy vyand bran-
dewyn en tabak gegee. Hy het geweet hulle matrose sal wil lê by
vrouens, maar by hom was net ou vrouens en die kind van sy
suster. Tog was hy verbaas om nuwe krale of klere by sy mense te
sien waarvan hy nie geweet het nie.

'n Vreemde ding het gebeur: 'n paar van Gogosoa se mense
het van beeste vergeet en by Chief Harry kom woon. Hulle sou
skraal leef, maar daarvoor was hulle gewillig, solank hulle net
kan by wees wanneer die roeibote wal toe kom. Drank was die
nuwe andersmaak vir hulle. Dit was vir hom 'n nuwe kommer,
hierdie aasvoëls wat toesak op die bietjie tabak en drank. Hy self
wou dit hê. Sy mense moet al klaar 'n halwe dag ver loop om
brandhout te kry, en môre-oormôre sak Gogosoa se hele horde op
hierdie duintjies toe, slaan weer dood, jaag hulle hier ook weg,
oor die bietjie tabak en die brandewyn. Chief Harry het hoor sê
dat van Gogosoa se vrouens hulle lyf sal gee vir drank. Wat word
van hom? Dit was 'n nuwe ding om nou so te werk.

Hy het nie probeer regeer oor die groeiende, ordelose groep
wat by sy Goringhaicona in die duintjies hulle stokke kom plant
het vir huise nie. Hy wou hulle nie hê nie. Vandat die mense hier
meer en hulle veld kaler geword het, het vir hom net sy Engels
oorgebly om te verruil. As die Engelse hulle kliphuise by die
waterskepplek gaan bou, sal hy die eerste wees wat hier stokke
uittrek om by hulle te gaan woon. Hy het sy droom van baie vee
voel verdwyn; selfs sy begeerte daarna was minder.

Hy het nog sy susterskind gehad, maar hy kon haar aan niks help nie. Wanneer die tyd kom vir haar tweede andersmaak, sal hy haar daarvoor na haar pa se mense toe neem, die Elandspad oor na ander kant die berg, dat vir haar geslag word soos dit hoort. Ná hom was hulle haar naaste. Of as hulle haar nie wil ken nie, dan na haar suster, ou Oedasoa se vrou. En miskien, as sy hier by die Engelse wil bly, was sy al groot genoeg om te abba en kan sy in hulle huise gaan kind oppas, sodat sy nie soos die ander in die duintjies moet kyk vir kraletjies nie.

Hy, as 'n man sonder beeste of seuns, weet dat die Koina op hom neersien. Die dowe vrou sien hom aan as 'n gekastreerde hond sonder huis. Sy, wat alles verloor het, het vier maal anders-maak gehad: by haar geboorte, haar vrou-word, haar troue, haar kind-kry, en elke keer is geslag. Hy weet van ander soos hy, met leë mae en hopelose leë harte; ou mense by wie se andersmaak nooit geslag is nie, wat nou by mekaar moet bly dat die wilde-honde hulle nie een-een raakloop nie.

By die Engelse het hy gesien jy kan die lewe vergelyk met die steil wante van 'n skip. Die een is 'n trap na die volgende: jy klim 'n ent in die voorwant, dan kom jy by die voorra waar jy rus; dan klim jy hoër in die voorwant en jy kom op die voormarsra; en weer klim jy en kom hoog in die nok van die mas op die voor-bramra. Daarvandaan kyk jy net op hemel toe, of jy kyk ondertoe op klein mensies gevang op 'n skip in die wye see. Hy, met grys hare, het self nog net die eerste twee trappe van die lewe geklim. Daar was ander soos hy wat al 'n paar van die groot veranderings van menswees deurgegaan het sonder dat vir hulle geslag is. En miskien word dit, noudat jongmense van hulle hoofman wegloop en van beeste vergeet, die nuwe manier van doen, om sonder andersmaak te lewe.

Toe gebeur 'n wonderlike ding, asof 'n nuwe son oor die land opgekom het. Hy het geweet hoe die son kan verdroog, verskroei, verbrand, verteer, maar wat in daardie laat herfsdag in sy sinne gekom het, was 'n helder blydskap, soos 'n lig in die nag. Hulle was kniediep in die laagwater, tussen die blinknat klippe met see-gras en kleinerige swartmossels, en het gerittel van koue. Agter

11

hulle het 'n sterk suidewind die eindelose grys wolk oor die berg gestoot, en sy koue skaduwee het oor die baai en duine en bossieveld gelê. Toe sien hulle twee skepe uit die Ooste die baai in loop. Hulle het aan die windkant van die eiland binnegekom, en was diep gelaai. Ivoor, peper en kaneel, blougeverfde erdewerk en soet anysarak was alles dig gepak en toegemaak in die ruim, dit het Chief Harry geweet. Die wind het die skepe diep, diep die baai in gedryf, en vinnig, sodat hulle eers teen die oorkantse wal hulle seile ingehaal kon kry. Daar het hulle gedraai om na die ankerplek op te kom, maar die een is teruggedruk deur die wind, net asof 'n man sy hand in 'n kind se gesig sit en hom wegstoot. Die skip het met sy kop diékant toe probeer loskom, en dáárdie kant toe probeer loskom, maar die wind het hom gehad, gehou, en 'n boogskoot binne die branding agteruit op 'n sandbank vasgedruk. Jy kon die rook van kanonskote by die kante van die skip sien uitspring soos hulle uit daardie sand probeer losruk. Die ander skip het dit gehoor, bygedraai en benoud heen en weer geloop soos 'n tarentaal voor sy gekweste maat. Chief Harry het dydiep in die koue water gestaan en staar, en gedink: Die wind sal die geluid van skietery ver suid oor die bossieveld dra, tot waar die Goringhaiqua nou voor die reëntyd stadig na winterveld toe skuif, en as hulle sou omdraai oor die geluid, gaan dit lyk soos sprinkane wat op daardie stukkie strand toesak om op te tel wat die see uitspoel.

Hulle het die swartmossels gekook en die wittes rou geëet, en 'n paar vrouens en kinders met leë hande by die huise gelaat sodat Gogosoa se rowers niks daar kry nie, en in die vroeë aand haastig, afwagtend, strand-op begin trek. Die skip het duidelik daar voor hulle vasgesit, op sy sy teen die land gekantel. Branders het oor sy romp gebreek dat die wit water soos buie reën oor hom trek. Die ander skip het ver buitekant die branding gelê, voor drie ankers. Daar was bote in die water om albei skepe, en roeiers het aan die spane gebeur. Toe die Goringhaicona hulle nagvuur aanpak, was daar voor hulle op die strand ook die oranje son van 'n groot vuur, die teken van vreemde invallers wat hulle eerste kos in 'n nuwe land kook.

12

Die volgende oggend vind hulle uit dat dit 'n Hollandse skip is. Hulle wou nader gaan, maar gewapende matrose het tussen hulle en die wrak gekom. Die strand was besaai met aangespoelde goed. Chief Harry het hulle in Engels toegeroep dat hy hulle sou wys waar om water te skep. 'n Hollander het hom geantwoord: Water, ja, maar ook vleis en hout. Chief Harry self sou kuslangs trek om vleis by die Cochoqua, sy bloedvyande, te probeer kry, maar hy wou eers hoor wat die Hollander hom daarvoor aanbied. Dié was vrygewig: hulle sou hom arak, rys en koper gee. As Herrie – geen Chief Harry met die Hollander nie – elke dag sorg vir brandhout, en 'n skaap elke sewe dae, dan kon hulle eet en drink. Die vrag van die skip moet geberg word, het hy gesê. Hulle gaan hier bou en hulle vrag oppas totdat hulp kom. Herrie moes sy vrouens hier weghou; hy gaan sy mense waaragtig hard straf as hulle met Herrie se vrouens lê.

Chief Harry vra die man in Engels: "Is die vrouens in jou land almal hoere?" Dit alles oor wat die man gesê het van die vrouens, want hy was nie seker waarop dit in die toekoms kan uitloop nie. Dit was in sy gedagte om vir die man 'n skaap te gee met gif in, of mossels wat in rooiwater uitgehaal is; dit was ook in sy gedagte om sy mense hier weg te neem, en die Grigriqua of Obiqua wat nie onderskei tussen jag en moor nie, aan te spoor om hierdie matrose in die nag aan te val en dood te slaan. Chief Harry het sy gedagte laat gaan terwyl die Hollander op sy matrose skreeu om hulle te haas met die berging, want daar was 'n springgety aan kom en 'n fortuin aan peper in die skip. Toe antwoord hy beleef in Engels: Dit is goed so, as die Hollander sy matrose oppas, sal die vrouens nie moeilikheid gee nie. Wat meer is, hulle kan help met die aandra van goed wat opspoel terwyl die Hollanders huise opsit. Hy het om hom gewys, na honderde stukke natbruin wrakgoed tot by die hoogwatermerk aan die voet van die duine, en hoe op elke brander nog meer uitgery kom.

En so het dit gebeur. Toe Chief Harry en sy paar mans na die duintjies toe teruggaan om hulle huise af te breek en hulle vrouens te haal, en te trek na waar die skip *Nieuwe Haerlem* soos 'n dooie walvis vasgewoel sit in die sand, vind hulle daar nuwe

kraletjies in bont snoere om nekke en arms gebind, en 'n leë wyn-
fles tussen die kookgoed. Ja, dit was van die Hollanders, hulle
was daar en wou water en hout hê, en het daarvoor die krale ge-
gee. Die wyn was omdat hulle vir die Hollander die skepplek
gewys het.

By die wyebroek se kamp was die reël: eers werk, dan eet.
Omdat dit alles vir die Goringhaicona nuwighede was, het hulle
graag voor die pepertent gestaan om te kyk wat volgende uit die
kiste gepak word, of hulle het aan die kokstent se flap gehang
soos 'n kind aan sy ma se rok. Die kok se byl, sy messe, sy rou en
gaar kos het so weggeraak. Daarom is die reël gemaak van eers
werk, dan eet. Daardie en daardie mense moes brandhout soek,
daardie en daardie moes groenkos bymekaarmaak vir die pot en
kooigoed pluk om op te slaap, daardie en daardie moes wrak-
goed aandra van die strand af na die pepertent tussen die duine.
Chief Harry het hulle 'n syferfontein gewys, en die Hollander het
laat spit en daar goeie water gekry, en hy het hulle die Rietvlei
gewys en hulle het almal saam 'n treknet deur die vlei gesleep en
'n menigte vis gekry. Die Goringhaicona het daar goed geëet, en
gewig aangesit; elkeen het een of twee stukke Hollandse klere
gedra, en tabak was nie meer skaars nie. Daardie tyd was van die
beste wat sy mense nog beleef het, en hulle was bang vir die dag
dat die Hollander sou wegseil. As ander Koina met skape naby
die kamp kom, het die Goringhaicona tussen die Hollanders in
teruggetrek. Daaraan het die Hollanders geweet wanneer vreem-
de Koina aan kom was.

Hulle het van mekaar se tale geleer. Die Hollanders kon nie
die tongklappe onderskei of namaak nie, maar kon 'n paar name
onthou, en die meeste van die Goringhaicona het Hollandse
woorde geleer. Die een wat die meeste reggekry het, was klein
Krotoa. Sy was ses jaar oud, en het soos ander kinders maklik 'n
taal geleer praat. Sy het elke dag by die kok deurgebring. Sy het
help potte skuur met hande vol nat sand, en as hulle alleen was,
kon jy haar land en sand hoor babbel, maar as die hoof van die
Hollanders haar sou vra om 'n boodskap aan haar oom te tolk,
was sy te skaam. Die kok het haar met 'n lepel in die hand langs

14

'n groot pot staangemaak, wat sy moes roer, en haar van die beste stukkies gevoer en bederf met soetgoed wat vir die offisiere bedoel was. Miskien was hy die een wat haar die naam Evatjie gegee het, omdat sy meesal kaal geloop het. Wat seker is, is dat hy die eerste van al die wit mense in haar lewe was met wie sy vriende gemaak het. Aan haar liefde hoef hy nooit te getwyfel het nie, die kind se oë was blink van geluk. Ongelukkig was die kok die man wat veldvrugte met soet gemmer vir haar gekook het, wat haar suikerbrood met 'n stroop van anysarak laat proe het. Uit goedheid, dit is nie te betwyfel nie, maar daarna was haar verlange na wit mense se warm kombuise, en die soetkos wat hulle maak. En dit is moeilik om te glo dat dit by haar net gegaan het oor 'n lepel suiker, 'n slukkie bier, die brood en kaas wat sy kon verwag.

Na elf maande het skepe uit die Ooste gekom om die Hollanders en hulle gebergde speserye te haal. Die Hollander het vir Chief Harry gesê: "Nou ja, Herrie, die tyd het gekom om te gaan. Ek sal vir my owerstes vertel dat julle gehelp het om die Kompanjie se goed op te pas, en dat dit 'n goeie plek is dié vir skepe. Ek wil dat hulle hier 'n plek kom bou wat hout en water vir ons skepe regsit. Dan sal hier altyd Hollanders wees."

"Kom die Engelse nie weer nie?"

"Hulle sal. Maar ek wil dat ons eerste ons plek hier bou. Ons hys ons vlag, dan word dit ons plek. En as die Engelse iets nodig het, moet hulle dit koop by ons."

Chief Harry het stil om hom gekyk. Altyd Hollanders hier? Dan sal hulle self hout en water regsit vir die skepe. Die hele wêreld gaan anders gemaak word. Wat word van hom en die kind?

Hierna het die wêreld anders geword. Die vlag is geplant en van een volmaan tot die volgende het die skepe hulle hout en water gekry. Skuite met kos, wrakgoed en watervate is heen en weer oor die see. Die matrose was aan land met byle, sae en watervate. Party het verlof gehad om onderkant die skepplek te was, waar hulle luise van die lyf en uit die baarde gekam het, en Chief Harry het hulle daar gewys om klere oor 'n miershoop te gooi, dat miere die luise vang. Op die gelykte agter die skepplek was offisiere besig met opmeet. Hulle het 'n stok met 'n wit lap geplant en afgetree in een rigting, klippe daar gestapel, en weer by die stok begin en anderkant toe afgetree. 'n Man met 'n boek en potlood is agterna. Op die ou end was daar 'n klomp klip-stapels tussen die soutslaai en platgetrapte molshope. Chief Harry kon geen patroon of vorm daarin sien nie. Hy kon nie verstaan wat die offisiere sê nie. Hy het gevoel hy moes iets doen met sy Engels. As die Hollanders hier kom huis opsit, word hy minder werd as sy susterskind.

Die Goringhaiqua het soos 'n swerm sprinkane voor die wind daar aangekom, met baie lawaai en 'n klein klompie beeste vir tabak. Hulle het al geloop met die beenpype in die mond en daardeur geblaas soos rooikatte. Toe hulle die Goringhaicona tussen die Hollanders sien, het hulle skoor gesoek en klippe gegooi, en die vrouens het agter die soldate in gevlug en die Goringhaiqua van daar af met gebare getart. Chief Harry het die kind se hand geneem en agteruit gestaan, strand toe, na oopte. Sy mense het agter hom aan geretireer. Die Hollanders kon nie verklaar waarom daar twis tussen die twee groepies Hottentotte was nie, maar dit was van geen belang vir die skeepsdiens nie.

Toe Krotoa tien of elf jaar was, het daardie ding gebeur wat die wêreld verander het. 'n Paar skepe vol van die wyebroeke het gekom en by die skepplek in die sandbaai planke en rondhout en pakke seil op die gras neergegooi, en vaatjies en kiste en mandjies met boompies, en varke en honde en pluimvee in hokke aan wal gedra. Dit was dan die winkel. Chief Harry het daar tussen die vreemde mense en hulle gestapelde bagasie geloop. Hy wou graag die wyebroeke se hoofman ontmoet, maar sy hond het probeer paar met 'n teef van die wit mense, en toe 'n soldaat met 'n geweer op sy rooi hond mik, het Chief Harry van skrik sy kierie op die man se hand neergeslaan. Net sy ouderdom het gekeer dat hy nie daar 'n paar vuishoue kry nie, want die soldaat se vloeke en luide dreigemente en sy greep op die ou man se karos het gewys hy het regtig seergekry.

'n Kort blas man met 'n blou mantel het met sy rottang aan die

16

soldaat se arm geraak, en vir Chief Harry gesê: "Gaan weg hier." Maar hy het agter Chief Harry aangeloop tot op die strand. Hulle het mekaar bekyk en hulself voorgestel:

"Chief Harry." Hy het net sy Engels gebruik.

"Ek is Chief Van Riebeeck. Ek het van jou gehoor. Julle is Strandlopers."

"Goringhaicona. *Watermen,* in Engels."

"Eers werk, dan eet. So was die wet by *Haerlem.* Reg?"

"Ja."

"Kom wys vir my waar *Haerlem* se mense die bakens gepak het, die stapels klippe?"

Alles was toegegroei onder hondebos en stinkkruid, behalwe een waarop die Koina van tyd tot tyd nuwe klippe gepak het en wat nou drie of vier keer hoër as destyds was. Van Riebeeck het rondom die groot kliphoop geloop. Wat sou dit beteken? Hy het met sy oog afstande gemeet in vier rigtings, en daarheen geloop en die klein bakentjies onder die bosse uitgeskop. Toe roep hy na 'n man met 'n graaf en laat penne inslaan en lyne tussenin span, en hy laat die bagasie van die duine af na die groot kliphoop toe bring. Toe neem hy Chief Harry opsy, asof hulle oor landsake gaan beraadslaag.

"Sal jy vir ons beeste en skape kan kry?"

"Skaap, ja. Bees, nee. Die Koina hou sy bees self."

"Ek moet osse hê om ons waens te trek. Wat is dit met daardie groot baken?"

Toe hy nie 'n antwoord kry nie, vra Van Riebeeck met sy oog op die klompie Koina-vrouens: "Die dogtertjie daar, kan sy kind oppas?"

"Ja."

"Haar loon: tabak en arak en brood?"

"Ja."

"Jy sal jou hond moet laat regmaak, hoor. Of los hom by jou huis. Sal jy vir ons beeste kan kry?"

"Hierdie is my hond se huis," het Chief Harry gesê. En in sy gedagte kon hy die Hollander hoor antwoord: Ons sal sien.

"Jou mense daar, wil hulle werk? Tabak en brandewyn?"

Hulle het die dag, die eerste dag van die nuwe wêreld, help dra aan die berge bagasie wat deur die skuite strand toe gebring is. Die middag het die Hollanders gaan sit en eet aan kos wat in mandjies van die skepe af gekom het. Die Koina is nie genooi nie. Was dit spaarsaamheid? Chief Harry het gewonder of hy ooit iets uit hierdie mense gaan wen. Maar ná die maal het die Hollander liberaal wyn uitgedeel. Op hulle leë mae het dit reguit na die Goringhaicona se kop toe gegaan, sodat hulle skuifelend begin dans het. Toe blaas die Hollander op 'n fluit. Sy mense het weer begin werk: fondamente spit, bagasie opdra, tentrame timmer en met seil toespan. Die Goringhaicona het gesien dat die water laag was en hulle moes hulle aandkos bymekaarkry. Chief Harry het hulle werkloon by Van Riebeeck gaan vra. Dit was net genoeg om die eerste lus vir tabak te stil en die volgende wakker te maak.

Die Goringhaiqua in die duineveld oorkant die baai moes die skepe en die rook van baie vure naby die see gesien het, want hulle was een môre met daglig daar met beeste. Jy kon hulle ver hoor aankom. Van die duin kon Chief Harry stof bokant die bosse sien. Die beeste in aantog was al verby die vleie. En dan sien hy die beweging van rûe en horings in die verte. Daar was minder as dertig stuks, met agt of tien jong mans wat langsaan loop en fluit en stokke en kieries swaai. Dit het Chief Harry gehoor toe hy sy oor na die oggend toe draai. En hier was die vleis waarna Van Riebeeck soek, maar nie skape nie. Dit was dom van ou Gogosoa om sy beeste te laat gaan, want die bees koop alles. Waarom laat die moordenaar sy beeste gaan, of het hy so ryk geword dat beeste vir hom soos brandhout was? Beeste! 'n Man is niks sonder beeste nie. Hy moes beeste kry, want die wêreld is vinnig aan verander en hy staan nog met leë hande. As hy eendag sterwe, sal daar geslag moet kan word vir sy laaste andersmaak, en daar moet 'n vel wees om hom in toe te draai en weg te lê. Maar slaan hulle hom vandag hier dood, is hy net so kaal soos sy hond.

Hy het regop bly staan en die seuns laat verbytrek met die vee; dit was almal jong ossies. Die ongeduldige seuns, met koue beenpype in die mond in afwagting op tabak, het die diere te vinnig gedryf. Die osse se mae het grasgroen oor hulle hakskene gewerk. Ja, so werk die wit man se drank en sy tabak. Geen Koina wat met sy beestrop voor droogte weggetrek het, of hulle snags in die oop veld teen leeus en wildehonde opgepas het, sal so met diere werk nie. Maar dit is die vervloekte tabak en die wit man se blink krale wat maak dat jongmense beeste minag.

Autshumao het teenaan sy vyande opgestaan dat hulle hom sien. Hy wou iets skreeu, 'n teregwysing, 'n waarskuwing, maar hy het nie. En die seuns het sissend deur hulle leë pype geblaas en stokke en kieries laat kletter soos mense wat oorlog toe gaan, en die beeste is hygend verbygejaag met 'n geklap van horings, maar hulle het hom nie 'n tweede keer aangekyk nie. Hulle was verby waarsku.

Hy het weggebly van die werkplek af; hy wou uit die pad uit wees as daardie kinders op hulle terugpad gedrink verbykom. Hy het gedink die seuns – hulle was nog skaars mans – sou die hele dag vir die Hollander werk, brandhout breek, vir die Hollander 'n takkraal pak, bagasie dra of ander werk doen vir die drank. Maar hulle het net geruil, hand tot hand, sonder bespreking, en met hulle skat in die bladsakke omgedraai en daar weggeloop sonder om terug te kyk na die kosbare vee. Hulle tabakrook het klaar in die lug opgegaan. Nog dieselfde oggend is die eerste bees in die wyebroek se kamp neergetrek en sonder blydskap geslag. Hy het teen die berghang geloop en kyk hoe die Hollanders eers ander werk opsy sit en almal saam 'n takkraal pak. Hulle was nou eienaars van vee. In die oë van die wêreld was hulle mense van aansien. Hulle kon rieme maak, slag, rook maak vir *Heitsi-Eib'*, ruil, eet, andersmaak, velle brei, medisyne maak, hulle kon iets sê oor die gras en die water, en ander land-in laat wegtrek as die weiding hier te nou of te sleg word.

Die Hollanders het eers van seil en hout gebou, en terwyl hulle daaronder woon, slote gegraaf vir die fondamente van 'n groot fort, wat op die plek van die Koina se klipstapel stadig uit die sand en klei opgestaan het. 'n Diep en breë sloot is rondom gespit. Daardie eerste winter van die nuwe wêreld het dit elke dag gereën, die sloot het vol water geloop en deurgebreek see toe, en die jong rape en blomkool uit die groentebeddings is met dieselfde stroom weg.

Van Riebeeck het niemand gespaar nie, hy het hulle laat spit, walle gooi om water te keer, slote om strome weg te lei, slote om wildsbokke uit te hou, tot sy tuingrond sterker was as die winter self. Daardie tyd het Chief Harry en sy mense miserabel om rokende groenhoutvuurtjies in hulle mathuise by die Duintjies gesit. Van Riebeeck wou hulle geen kos gee nie. "Eers werk, dan eet. Dit is *Haerlem* se wet." Sy eie mense was siek en hy wou die Koina in die tuin gebruik, maar hulle kon nie. Hy het met tabak probeer, maar nee, die mense kon nie met 'n graaf werk nie.

Dit was 'n swaar winter vir die Goringhaicona. Brandhout was nou skaars. Die see was te rof om op die klippe te gaan, en dit was nog te vroeg vir uintjies. Van die ouer mense is daar van koue en honger dood, en is weggelê tussen die Duintjies, sonder dat geslag is, of sonder dat die oorblywendes kon waag om weg te trek van daardie plek af soos dit hoort.

Hulle vuur het koud gebly, daar was net rook, skaars 'n vlammetjie onder op die klippe tussen die groenhout. Chief Harry het die bitter rook ingeasem en geglo dat dit hom warm maak, maar sy verstand was aan vlug van hom af, en hy moes hom soms met 'n ruk van die nek en skouers wakker maak, sodat hy nie in die koue slaap omval nie. Die dowe vrou het tussen twee ander diep in haar karos geleef. Agter die sluiers rook was niks anders nie as 'n bondel velle te sien. Na aan die dood het sy vorentoe en agtertoe gewieg; as sy aan die slaap raak, sou sy die ewigheid in stort.

Chief Harry het haar met sy vlieëjaer aangeraak, en toe sy nie opkyk nie, aan haar karos getrek. Die gesig van 'n ou skilpad het tussen haar voorarms verskyn, en hy het met sy hande beduie: "Die kind, Krotoa."

Die skrefies van haar oë was op sy mond gerig. "Wat van die kind?"

"Sy kan werk kry by die wyebroeke."

Haar gesig het agteruit deur die vou van haar karos verdwyn. "Dis jou dors wat praat, Autshumao," het sy dof uit die donker spleet gefluister.

'n Winter was nog nooit so koud nie, sonder vleis, sonder 'n stuk vis. Hy het 'n arm uitgesteek en die matjie gelig om uit te kyk: deur die grys reën kon hy die swart massa van die Fort agter die duine sien hurk. Daar binne was vure, en in hulle stal was beeste en skape. Wie sou die Hollander se vyande wees? As hier weer Engelse kom, dan sal hy hulle wys waar die wyebroeke se beestrop wei. Dit sal moontlik wees om hierdie mense se beeste te vat as jy jou kans afwag. *Haerlem* se wet, sê die Hollander: eers werk, dan eet. Die wêreld was toe van die reën; dit sou later 'n groen jaar word, met beeste wat tot by hulle knieë in die klawer wei. Hy het om hom gekyk. Hy was koud tot in sy murg.

Die kind, deur die rook bedwelm, het met halfoop oë op 'n bossiekooi teen die muur gelê. Chief Harry het gedink: Die beste waarop jy kan hoop, is om in jou slaap te sterf. Trek jou deur toe, steek 'n groenhoutvuur aan, wag, wag, wag, en gaan sonder pyn. Rook is die heil van arm mense. Hy het haar met sy natgereënde hand aangeraak. Haar asem was flou voor in haar mond. Stadig bring hy haar terug, maar sy is onwillig. Hy lig haar slap lyf aan 'n arm op, dat sy sit. Chief Harry roep hardop na die kind. Drie ou vrouens het om die vuur gehurk en dromend gewieg, en een skrik en laat 'n oog blink in die swart gleuf van haar karos.

"Wat maak jy met die kind?" steun sy ontsteld.

"Ons moet eet."

"Jy kan gaan werk by hulle."

"Hulle beeste staan in 'n stal. Daar staan soldate oor. Moet ek gaan kind oppas in die Fort?" Hy het Krotoa opgehelp, en haar karos met die haarkant binne om haar gehang.

"Kom, Krotoa. Ons gaan na die Hollander toe. Daar is 'n lekker vuur in hulle huis, en elke dag kry jy soetgoed om te eet. Onthou jy witbrood met vyestroop, en soet tee? Dit sal die groot kaptein vir jou in 'n blou skottel gee."

Die kring van ou aasvoëls om die vuur het wakker geword, en kerm in 'n yl koor: "Wat doen jy met die kind?"

"Moet sy hier doodgaan? Daar is kos by die Hollander."

"In watter ongeluk sleep jy haar? En wie moet hier vuur oppas?"

"Pas jul eie vuur op."

Die kind begin verskrik huil, en hy stoot haar by die deuropening uit en vat haar hand buite in sy vuis. "Hou nou op met huil. Jy kan nie met 'n snotbakkies voor die Hollander kom nie."

Hy lei haar die duine oor, deur waterslote, en oor die vlakte waar die natgereënde gras teen hulle kaal bene vee. Druppels klou aan die vetterige buitekant van hulle karosse en gly teen hulle bene af grond toe. By 'n watergat met stringe vars padda-eiers langs die kant skep Chief Harry 'n hand vol reënwater en was Krotoa se gesig. Die koue slaan haar asem weg, en hy sleep haar hygend en huilend verder in die rigting van 'n swart kol in die reënvlae.

"Krotoa, moenie huil nie. Van vandag af gaan dit beter. Voor hoogsomer sal ons beeste hê. Dit is melk en botter."

"Ek wil nie gaan nie."

"Dit is beter so. Die Hollander se huis is vol kos. Brood. Rys. Krale. Het jy gesien hoe trek die vrouens aan? Kraletjies en kammetjies in die hare?"

Die strand was oorstroom, die noordewind het die reën saam met 'n skuimende hooggety dreunend teen die sandbank opgejaag tot in die bewende bossies van die voorduine. Twee roeiskuite het onderstebo op die duine gelê, veilig buite skade. Om die Fort was die wye sloot gelykvol malende modderwater, en anderkant 'n plankbruggie het 'n visnet, deur die wind gebondel, oor 'n stellasie geswaai en water gedrup. Die poort was tussen twee vishuise. Hy het die kind onder die afdak ingetrek en drie houe met sy kierie teen die swaar deur geslaan. Agter die deur het iemand geskreeu: "Twee swartes voor die poort." En van anderkant die binneplein het 'n ander stem geantwoord: "Met of sonder vee?" En weer die uitkyker: "Dis ou Herrie en die kind, korporaal."

Chief Harry vra vir Krotoa: "Wat sê hulle?"

"Hy vra of ons beeste het."

Daar was geen woord agter die deur nie. Dit is die Hollander se gewoonte om jou te laat wag; dit maak jou nederig. Maar dit doen die Engelsman ook. Bo hulle koppe was die vlag soos 'n nat lap teen sy paal geplak. Die reën het sag teen die Fort se grondwalle gesif en slootjies daaruit ondertoe gespoel. 'n Nat wind het oor die bossietoppe gevee. Die kind het gerittel van die koue. Hy het haar belowe: "Binne sal dit warm wees."

Toe kyk sy op na hom toe. Hulle oë hou aan mekaar vas, vir steun. Onder die punthoedjie is die gesiggie driehoekig, met twee groot swart oë, weggesak in hulle kasse bokant hoë wangbene. Haar twee beentjies onder die karos is soos stokkies. Sy is uitgeteer. As die Hollanders net vleis aan haar kan kry. "Jou ma was altyd blink in die gesig, blink arms en bene, hare blink van vet. Ek het nie 'n hoef of 'n horing om vir jou te gee nie, susterskind, maar hier binne gaan jy warm wees."

"Ek wil nie gaan nie. Ek is bang."

"Jy is so slim. Jy hoef nie vir hulle bang te wees nie. Onthou jy die skip *Haerlem*? En jou mense is nie ver nie." Hy wys deur die donker en reën. "Net daar by die Duintjies."

Toe wag hulle weer in stilte.

Die swaar grendels is oopgeskuif, een onder naby die grond, 'n ander bokant hulle koppe. Toe die hek oopswaai, is dit Van Riebeeck self wat daar staan, toegedraai in sy swart oliekleed soos 'n nat vlermuis. Agter hom twee soldate met stukke seil om die skouers en verroeste ysterhoede op. Die water het getap van die rietdakke om die binnehof.

"Kom in." Hy het vooruit geloop, na sy groot kliphuis teen die agterste muur. Die poort is agter hulle toegeswaai met 'n ruk van die wind en 'n slag, en gegrendel. En toe is hulle eindelik uit die reën. Maar met die toeklap van die woonhuis se deur, weer gehelp deur 'n vlaag wind, spring die skrik in Chief Harry op. Gevang. *Heitse!* Dan kyk hy rond: Daar is plankvloere, vensters hoog in die mure, gewere en pieke teen die muur. Deure aan die linkerhand en die regterhand, die wit tefie op 'n toumat voor 'n springende vuur.

Voor die herd was twee bankies. Van Riebeeck het een vir Chief Harry reggeskuif. Krotoa het op die mat gekniel met haar hande na die vlamme, en die hond het opgekyk en sag met haar stert teen die mat geslaan. Van Riebeeck het gesê: "Is jy die enetjie wat Hollands praat? Ek het van jou gehoor." Uit 'n blou potjie op

23

die herdrak het hy 'n blokkie bruin beetsuiker gehaal en in haar mond gesit, en geglimlag vir die plesier op haar gesig. Toe vra hy in Engels:

"Wel, Herrie, wat gaan van ons word?"

"Ek kan dit nie sê nie."

"Julle is honger. Is dit waarom jy hiernatoe gekom het? Julle is almal honger. Jy het die kind gebring sodat ons vir haar kos gee."

"Ja."

"Ons is ook honger, Herrie. Glo jy dit nie? Vanoggend vroeg in hierdie weer het ek 'n skuit na die eiland toe gestuur om eiers en pikkewyne te soek. Hulle is nog nie terug nie. Hier het my mense gister 'n dooie bobbejaan, drie, vier dae dood, uit die berg aangedra om te eet. Ek het nie kos vir my eie mense nie."

"Hoe eet julle dan?"

"Ons vang vis, eet robbe, pikkewyne."

"Ja, daarvan kan jy gee."

"Nee. *Haerlem* se wet: eers werk, dan eet. 'n Kind sal gevoer word, en 'n vrou kan gehelp word, maar 'n man moet werk. Is dit by julle ook so?"

"Ons is almal honger. Gogosoa het ons vee gevat. Wat daarvan as julle bobbejaan moet eet? Ons kom klaar met sprinkaan, muis, kraai, al die vullis van die veld."

"Maar hierdie winter sal julle moet werk."

Krotoa het 'n woordjie onthou, en hardop gesê: "Suiker." Van Riebeeck het geluister of dit 'n versoek was, maar toe sy nie na hom kyk nie, het hy nog 'n blokkie in haar hand gesit.

"Wat is jou naam?"

Sy het haar ken op haar bors laat sak, en hy het vir Chief Harry gevra: "Evatjie?"

"Krotoa."

"Watse kos het julle by *Nieuw Haerlem* gekry?"

"Brood en rys. Vleis. Arak, tabak."

"Watter werk het die kind daar gedoen?"

"Met die kosmaak en by die potte."

"Ek het so gehoor." Van Riebeeck het by die deur gaan praat met iemand in die kamer langsaan, en Eva het woorde gehoor en uitgeroep: "Brood en kaas!" sodat Van Riebeeck omgekyk het.

"Jy het skerp ore, Evatjie. Wil jy nie hier by ons kom woon nie?" En aan Chief Harry: "Jy sal moet Hollands leer. Engels is nie hier nodig nie. Die Engelse kom nie, dit is klaar met hulle." Die kind het 'n derde suikerklont uit sy hand geneem. Toe haal hy sy pyp van die rak bo die herd, stop dit sorgvuldig uit 'n vaatjie op die tafel, terwyl hy die hele tyd vir Chief Harry in die oog hou. Met sy rug teen die warm herdmuur lê hy 'n kool op die stop, suig dit tydsaam aan die brand, en laat die rook uit sy mond draal. "Engelse tabak, uit die nuwe kolonies in Amerika. Heerlik soet. Nie so erg branderig soos die swart Turkse grasse wat hulle hier aan ons probeer afsmeer nie. Smaak meer na steenkool."

"Ek ken Engelse tabak.Virginie."

"Juis. Seker lanklaas gerook? Die gewoonte is dat ons tabak ruil vir vleis. Dit maak nie vir my veel saak nie, maar ons het skape nodig vir vleis en ek het beeste nodig vir my transport-waens. Pakosse en trekosse. Maar jy sê jy het nie skape of beeste nie?"

Die soet ruik van pyptabak het in die kamer gehang. Chief Harry wou nog nie bedel nie. Hulle gewoonte van tabak vir vleis was nie sy gewoonte nie, hulle skepe het daardie gewoonte hier-natoe gebring. Wat erg was: behalwe sy Engels het hy niks gehad om te verruil nie. Daarom het hy stilgebly.

"Ons vaar op die oomblik sleg, Chief Harry, maar ons gaan herstel. 'n Skaaptrop, spanne werkbeeste, waens gaan jy hier sien. Ek sal daarvoor sorg, met die hulp van Bo. Graan, tuine, tabak-lande. Die baai vol skepe. Baie soldate, jy sal sien."

'n Kok het 'n skinkplank gebring met brood en kaas, en twee bekers warm, gegeurde wyn. Krotoa het teen die tafel kom staan.

"Sit eers neer," het Van Riebeeck vir die kok gesê. "Ek wil klaar praat." Toe tel hy op sy vingers af: "Eerstens, 'n tolk. As Evatjie wil, kan sy hier woon. Sy sal by ons tafel eet. Al wat ek vra, is dat sy my vrou help met die kinders, die wasgoed, so aan. Tweedens: loswerk soos water dra, potte skuur, brandhout. Dit kan die ou vrouens van jou werf doen. Derdens, die groot saak.

Ek moet skaap en bees hê, vir skeepskos, vir ons garnisoen se spyse, maar bowenal vir my transportwaens. Al moet ek dit self gaan haal. Al moet ek daarvoor moor."

Op Chief Harry se stil knik het Van Riebeeck die pypsteel soos 'n pistool op hom gerig.

"Dit is jou werk om vir my diere te kry."

"Ek?"

"Ja, jy sorg daarvoor. Laat ek genoeg vee kry, en jy en jou ou vrouens en hierdie kind gaan kos hê. Kos en tabak, en brande-wyn. Wat sê jy?"

Chief Harry het die aand met 'n skilpaddoppie vol snuif na die dowe vrou gegaan, en gesê Krotoa is by die Fort, maar sal dikwels kom met brood en tabak. Hy het sy boog en pylkoker omgehang, en toe in die reën uitgeloop na die Cochoqua toe, waar nog bloed-verwante van Krotoa was. Hy was vaak van die middag se drink en eet, maar solank dit reën, was sy spoor veilig. In die noord-weste was die lug klaar donker, en hy wou tussen sononder en daglig die stuk veld oorsteek waar die Grigriqua laat wei. Dit was nóg 'n nasie wat teenspoed vir hom beteken.

Die aand daarna het hy by die Cochoqua gekom, met twee vet wyfieskilpaaie in sy bladsak. Oedasoa het hom laat verstaan dat hy reg gedoen het deur versigtig te wees. 'n Paar nagte tevore het Grigriqua probeer om hulle huise af te brand. Die rietmatte was te nat om vuur te vat, maar hulle het weggekom met twee of drie beeste. En dit was omtrent al wat Oedasoa gesê het, want hierdie hoofman van een helfte van die Cochoqua was 'n stil man. Chief Harry het twee dae daar vertoef en gepraat met Oedasoa en met sy vrou, maar die antwoorde en die vrae het net deur die vrou gekom. Sy wou hoor van haar sustertjie, Krotoa. Sy het hom ge-nooi om die kind na haar toe te bring. Die kind word groot, en daar wag 'n trougeskenk vir haar hier in Oedasoa se kamp. Later het sy verstaan dat Autshumao nie daardie kind sal afstaan nie, solank as wat daar kos en drank vir die Watermans in die wye-broeke se kombuis was.

Ja, dit was beter vir haar daar as om klipvisse te vang in die reën. Oedasoa se vrou was bly dat die kind nou uit die koue was. *Heitse*, die wit man het makliker gelewe as die Koina. Maar was die man in wie se huis sy woon, getroud? Was daar 'n vrou wat na die kind kan omsien? En Oedasoa het stil geluister en riempies gerol tussen sy handpalms. Sy oë was neergeslaan as Chief Harry praat. As sy vrou praat, was sy oë op haar. 'n Groot trougeskenk, ja, het hy gesê, maar dan sal Krotoa hier moet kom woon, trou met 'n man uit hierdie kamp, en hulle kinders moet Cochoqua wees. 'n Honderd beeste, vyfhonderd skape. Haar vee sal deel bly van die Cochoqua-trop. Met sy vrou sou hy later oor die kind se andersmaak praat.

"Wat as sy by die Hollander wil bly?" het sy gevra.

"Wat gee jy aan 'n dogter wat nie joune wil wees nie?"

"Gee skape vir die wyebroek, dan bring ek rys en tabak," het Chief Harry gesê. "Een velsak vol rys is sewe, agt dae se kos. Julle hoef nie so op uintjies te wag nie."

"Hoeveel skaap wil die wyebroek hê?"

"Dit is veral vir aanteel, maar ook vir eet. As hy eers 'n aan-teeltrop het, sal hy ons verder met rus laat."

"Ons kan hom dan so help."

"En bees, veral ry-os en dra-os."

"*Heitse*, ons kan nooit ons bees laat gaan nie."

"Net vir 'n tydjie. Gee vir my twee osse en sewe skape."

"Maar wat gee hulle vir Krotoa? Wat kry sy daar, van die Hollander?"

"Hulle eet goed. Hy het gesê hy sal vir haar klere gee soos sy vrouens dra. Almal eet goed by die Hollander." Hy het gedink aan sy eie reis na die Ooste. "Miskien vat hy haar op 'n skip na sy land toe."

"Gaan hy dan weer terug? Hulle bou kliphuise. Dit is nie vir weer weggaan nie."

"Skepe kom en gaan nou die hele tyd."

Oedasoa se vrou het onrustig na haar man gekyk. Sy het ge-wag tot hy sy gesig na haar toe lig, en geskrik vir die hulpe-loosheid wat sy daar sien. Toe sak sy oë na die riempies onder sy vingerpunte. Sy het stil dopgehou hoe strokies wat eers springbokvel was, wat eers wilde springbok was, ronder en sagter word teen mekaar, ronder en sagter soos Oedasoa die taaiheid van die wildsbok uit hulle stryk.

"Laat jou jong mans die bees en skaap verby die Grigriqua jaag, Oedasoa," het Autshomao verduidelik. "'n Paar elke volmaan, 'n paar elke nuwemaan, tot die Hollander genoeg het. Later sal jou mense, almal van jou kamp en hulle vrouens ook, met die wyebroek wil ruil. Hy gee vir ouvee ook tabak. Jy sal moet keer dat die wyebroek nie te veel kry nie."

Oedasoa het gewonder oor hierdie Autshumao op wie hy nog altyd neergesien het. Hier by hulle was skaap en bees genoeg om vir altyd te voorsien. Na hierdie winterreën kan hulle 'n goeie aanteel verwag. Hy kon 'n paar vee afstaan vir rys en tabak. Autshumao sê as die jong mans sy vee verby die Grigriqua neem, sal hulle rys en tabak terugbring. Maar die Grigriqua sal hulle wil voorlê, beroof. Op die oomblik is hulle net 'n klein klompie kwaai kêrels, maar daar kom nuwe heethoofde by, arm oorlopers, vlugtelinge wat roof sal kies vóór vee oppas. Waar gaan dié saak nog eindig? Sy jong mans wat die diere wegneem, moet beloon word as hulle terugkom, met van die rys, van die tabak. Wat word daarna van hulle? Rokers, drinkers.

Toe Autshomao ophou praat en hom in sy gesig bly kyk soos 'n hond wat vir 'n been wag, het Oedasoa geknik. Eerste sal hy van sy eie goed laat gaan, dan dié van ander mans van sy ouderdom wat gewillig is.

Chief Harry het nog een dag by Oedasoa gebly, en met die vrou gepraat oor haar sustertjie, hoe slim die kind was met die taal. Die koms van hierdie Hollanders was heel waarskynlik 'n goeie ding, het hy vir Oedasoa se vrou gesê. Die Hollander het werk belowe vir die ou vrouens wat by hom woon.

En Chief Harry het sy oë oor Oedasoa se beeste en skape laat gaan as hulle voordag veld toe loop, en weer as hulle met sononder binne die kring van huise gedryf word. Dan was hy daar tussen die ou mans, en sy oë het saam getel, groepe van tien, twee hande vol op 'n slag. Dit was pragtige diere wat daagliks in nat wintergras wei. Ook oor die jong herders het hy sy oë laat gaan.

Goeie kondisie, maar het hulle boog en pyle saam veld toe gedra, of net 'n raakhomstok? Het hulle huis toe gekom met 'n bokkie oor die skouers, of net met volstruiseiers of 'n skilpad vir die oumense van die familie? Hoe ver land-in het hierdie stil Oedasoa se stem getrek? En is sy vegosse geleer om vooraan te loop?

Ja, daar was 'n haas en 'n paar fisante, en dit was min vir die jong herders van so 'n groot kamp.Waarmee was hulle die dag agter die beeste besig? Hulleself die hele dag styfgemaak? Die seun wat die haas dra, is verwelkom, geprys as 'n jagter. Chief Harry, agter in die kring, het stil toegekyk; dit was 'n eer wat hy nooit geniet het nie. Toe Oedasoa in die voorste ry omdraai, was dit sy gedagte ook toe hy Chief Harry aankyk.

Die reën het opgehou en hy is terug Duintjies toe. Sy mense se hutte was leeg. Hy het spore gesoek, maar niks behalwe die reën se spore gesien nie. Die vuurgat in die groot hut was koud, die hout halfgebrand en skielik geblus. Hulle kalbas, vol tot bo met vars reënwater, het aan sy stok agter in die hut gehang. Die biesiemandjies was weg uit die dakkoepel. By die buiteherd het die skulphoop gelê soos hy dit laas gesien het: plat, koud en bespat met nat sand. Niks het daar bygekom nie. Van die hoogte van die duin kon hy mense sien werk aan die walle van die Fort; kruiwaens is teen planke op gestoot, boontoe. Ander het ronde seeklip aangedra uit 'n boot op die strand. Op die oop see naby die eiland het 'n diepgelaaide boot onder smal seil geloop.

Hy is onrustig na die Fort toe. Toe hy by die poort kom, lê sy hond daar teen die muur, sy pens dik gevreet. Die hond het hom aangekyk, gegaap en sy oë toegemaak. 'n Soldaat met 'n piek en 'n verroeste ysterhoed het uit die waghuis gekom met twee stukke van 'n vars, rokende potbrood wat drup van botter in sy hand. Met sy mond vol het hy grond toe beduie. Hy wou hê Chief Harry moes sy boog, pylhouer, assegaai en raakhomstok daar neersit. Hier was die Fort, die kanonne, die pieke en gewere, al die soldate. Hulle was nie vir hom bang nie, maar hy was vir hulle soos 'n kind, hy kon iets onverantwoordeliks doen. Hy moes daar op Van Riebeeck wag. Langs hom, waar die wagkamer se deur oopstaan, kon hy die dikte van die Fort se mure sien: twee vol armlengtes, pure klip, klei, breë hout. Bo-op het dakbalke gelê, swaar jong bome die volle wydtes van die kamer, van die een muur tot die ander. Hy het hom probeer voorstel hoe hulle so 'n boom afkap, hoe die bylhoue klink in die diep bos onder die bergkranse, hoe soldate sukkel om hom teen die skuinste uit die bos te haal, hoe hulle stewels in die swart grond gly, hoe hulle vloek op hulle god. Hulle was nie kapabel sonder trekvee nie. Dit was hulle swakheid. Hulle moes osse kry.

Toe Van Riebeeck kom, sê Chief Harry vir hom: "Jy gaan baie osse nodig hê om al jou werk gedoen te kry."

"Ja, ek het jou dit gesê."

"Wat word van ons Koina na jy ons beeste in die hande het?"

"Jy oordryf nou. Wat het jy by Oedasoa gehoor, sal hy vir ons bees en skaap laat kry?"

Chief Harry het gedink: Wat verstaan hierdie man van die Koina se behoefte? Dis nie soos sy tee-en-brood nie. Die bees is alles, alles. Hy sê: "Ek sien my hond voor jou hek lê. Die vrouens is weg daar by die huise."

"Hulle het kom werk vra."

"En Krotoa?" Chief Harry het die onrus in Van Riebeeck se gesig gesien.

"Wat sê Oedasoa? Is hy gewillig om te voorsien?"

"Skaap en bees vir rys en tabak, elke nuwemaan. Maar hoeveel, wil hy weet? Hy vra hoeveel rys en hoeveel tabak."

"Hy sal genoeg kry. Soveel as wat die diere werd is."

"'n Bees het nie 'n prys nie. Jy kan nooit genoeg betaal nie."

"Elke ding het sy prys. Elke man het sy prys, Chief Harry. Maar ons sal niemand bedrieg nie. Niemand sal met leë hande weggaan nie."

Maar hy het klaar gesien hoe die bees al in rook opgaan vóór die jong manne omdraai huis toe ná die ruil. En hy het gesien hoe hulle teen 'n bos staan, en die wit man se kosbare drank uit hulle blase in die grond laat wegloop. Klaar. Dít is ruilgoed. Dit verander tot niks.

"Nou waar slaap Krotoa, wil Oedasoa weet."

"Eva slaap in ons kinders se kamer. Wil jy haar sien? Kom."

Hulle het binnetoe gegaan en Van Riebeeck het sy kok aangesê om vir Chief Harry kos en drank te bring.

Die kind, toe sy kom, was soos 'n Hollandse meisietjie in swart en wit, met houtskoentjies teen die winter en 'n gestyfde klapmus. Haar gesig was effens voller, haar oë vol lag. Sy het geruik soos 'n Hollandse vrou. Sy was gelukkig. 'n Ent van Chief Harry af het sy gaan staan en na die Hollander gekyk asof sy wag op permissie. Van Riebeeck het dit opgemerk, sy mantel oor sy skouer geflap en buitetoe gegaan sodat die werkers hom buite sien in hierdie weer, en dit hulle aanspoor. Noudat hy weet dat daar beeste sou wees, kon hy verder beplan. Hy sou eerste 'n brandyster laat smee.

In die groot kamer het Chief Harry vir Krotoa gevra: "As hulle nou die hele dag vir die wyebroek vuurmaakgoed dra, wie gaan vir ons huise sorg?"

Krotoa het ernstig geantwoord: "Hulle gaan nie weer Duintjies toe nie. Hulle bly nou hier."

"En die kos wat die Hollander belowe het?'

"Hulle kry dit. Hulle eet in die vishuis voor die poort."

Chief Harry het sy hande stadig oor sy gesig getrek, van bo af ondertoe, asof sy vingerpunte sy gesigvel afstroop. Sy Goringhaicona het weggeraak in die Hollander se werk. Die huise by die Duintjies gaan in die wind verweer, leeg bly en volgende droëtyd uitmekaar waai. Hy sal die winter alleen daar wees, sonder die hond, en moet sy eie kos en brandhout soek. Daar is drie leë hutte, vir die hiënas, vir hom, vir die *hei-nun*. En kom Sonqua in die nag, seil hulle op die maag by sy deur in, en daar is nie 'n hond om te blaf of 'n wagbees om te bulk nie.

"Jy moet onthou, Autshumao, my naam is nou Eva."

Chief Harry het geknik. Dit gaan baie anders wees as vroeër. Die kok het ingekom. Daar was 'n skottel melk-en-brood en 'n beker Spaanse wyn. Chief Harry het diep gedrink, en geëet van die warm melk-en-brood.

"En my heer het gesê jy kan die huise hier bring. Julle kan dit agter die buitemuur opsit."

"Jou heer," sê hy. "Praat jy van die wyebroek? Sê hy nou waar ek moet slaap?"

Sy het geduldig geswyg onder sy dreigende oë. Noudat hy alleen staan, die een wat nie kos het nie, nou wil hy oor haar heer speel. Toe hy sy wyn opgeslurp het, sê sy dat sy na die kinders moet gaan kyk.

Chief Harry het buite die poort omgedraai om Van Riebeeck agterna te kyk. Hy staar teen Van Riebeeck se rug en dink hy weet wat in die man se gedagtes is. Daar loop hy langs die stuk wal wat van die reën ingestort het, waar die soldate op steiers werk om die wal met sooie en klippe te stut. Hy is bekommerd oor sy stuk wal. Van die see af lyk sy Fort party dae asof dit deur swaargeskut plat-geskiet is. As die inboorlinge wou, kon hulle teen daardie skuinste op hardloop soos kinders teen 'n sandduin. So ver was hulle nog te vreedsaam en onderling verdeeld om aan moord te dink, maar as hulle sou saamspan, was daar moeilikheid vir hom. Of sou hulle nie die moed hê nie? Daardie trekvee sal van die Koina moet kom, wie anders kan dit voorsien? 'n Heining van pale, hoog en dig genoeg om leeus en Koina buite te hou, is nodig om sy trekvee te bewaar. Hy gaan honderde boomstompe nodig hê om die veekraal te vergroot, van die geelhout agter die Tafelberg; hier groei geen ander bome wat lank en swaar genoeg is nie. Daar sou baie bome moet kom, en baie osse om die hout uit die bos tot by die wapad te sleep. Daarna 'n tweede voorspan, om 'n wa met 'n vrag stompe tot by die Fort te bring. Dan moet die stompe tot balke gereep word. Dit is waaraan die wyebroek daar in die reën loop en dink.

Toe die eerste nuwemaan kom, het Chief Harry vir die Cocho-qua by die drif in die Brakkerivier gaan wag, dit was die ou oor-staan vir die Koina, vir die Cochoqua uit die noorde, en die Chai-nouqua van oorkant die berg. Die stroom het sterk geloop en die drif was diep na die reën. Gewoonlik het hy hier geproe of see-water by die mond ingestoot het, maar nou in die hart van die winter was die afloop te sterk, en daar was min kans vir vis in die vleie laer af. Het Van Riebeeck geweet dat die see twee keer daagliks tot hier bo by die drif opstoot? Hier kon Van Riebeeck elke dag genoeg vet harders trek om al sy mense mee te voer. Hy sou stilbly daaroor. Hier, tussen die bosse, was ook 'n klipstapel van *Heitsi-Eib'*. Chief Harry het 'n kalkklip op die lang, lae hoop gaan gooi, en met sy hand oor sy agterkop van die plek af weg-geloop. In 'n digte plaat slaaibos op 'n hoogte naby die drif het hy sy bondel laat val, en vir hom slaapplek gemaak.

Voor dagbreek was die vee daar op die oorkantse wal: twee mans wat 'n bees en ses skape aanjaag. Chief Harry het sy koue lyf gestrek, 'n tydjie op hande en knieë gewag om na hulle praat te luister, en toe opgestaan. Hulle was bly om hom te sien. Dit was die eerste keer dat hulle hier kom; hulle was onseker oor die drif en wou liewer hoër op probeer. Maar hy het hulle gepaai: Dra maar die skape deur, die koei kan hier loop. Toe hulle troppie aan die Kaapse kant was, het hy hulle die Fort gewys. "En hoor, daar blaas hulle die horing." Ver weg kon hulle die note van 'n trompet hoor. Dit was 'n vreemde geluid in hierdie land, en die herders het daarvoor stilgestaan. Al drie het gedink aan die geluid waarmee 'n olifant sy vyand wil verskrik, en by al drie het ontsag vir die Kompanjie gegroei. Toe het Chief Harry hulle op die beespad Fort toe gelei.

Die Cochoqua was stil, onrustig. Dit was die eerste keer dat hulle in die Fort kom, dat hulle wit mense sien, en die eerste sien van 'n stoel, 'n blikbord, 'n vuurslag. Hulle het weerskante van Autshumao se bankie gehurk.Van die begin van die gesprek af was Chief Harry seker dat hy Van Riebeeck in sy hand het. Hy sou net Engels praat. Van Riebeeck wou nog sy Evatjie inroep, maar Chief Harry het vir hom gesê: "Ek praat vir hulle, en jy kan my verstaan." En aan die Cochoqua het hy verduidelik dat die kind vir die Hollander werk en dat hulle teen hom saamspan om die Koina te besteel. Van Riebeeck het drie kommetjies met bran-dewyn en water gevul, op tweede gedagte 'n blokkie suiker in elkeen gekrummel, drie pype met tabak gestop en aangesteek en in hulle hande gegee. Toe het hy voor sy klavesimbel gaan sit en psalmwysies gespeel. Chief Harry het sy kommetjie na die be-soekers gelig, "*Cheer, ho*" gesê, en gedrink.

Van Riebeeck se eerste vraag was: "Wat kan ek met een koei doen, Herrie? Ek het honderde nodig."

"Die mense sal nie hulle beeste afstaan nie. Die bees is vir hulle alles. Amper soos ..." Hy het rondgekyk. Soos wat? Wat is

33

vir die Hollander dierbaar? Op die Engelse skip was 'n kruis van hout met die figuur van 'n man daaraan gespyker, en jy kon 'n Engelsman doodslaan, maar hy sou nie daar verbyloop sonder om aan sy hoed te vat nie, anders was hy verlore soos 'n hond wat nie sy spoor huis toe kan kry nie. "As ons nie beeste het nie, moet ons rowers word, of jagters in die berge, of ons kos uit die koue seewater haal. Dit word honger en swaar dae."

"Ek glo," het Van Riebeeck gesê, "dat hulle tog sal verkoop of verruil. Hulle sál; die eerste bees staan klaar in my kraal." Hy het tevrede gekyk hoe hulle aan die pype suig. Die eerste pyp maak van 'n man 'n roker. "Vra nou vir hulle, Herrie, hoeveel beeste Oedasoa het."

"Veertig."

"Ek wil dit van hulle hoor. Vra vir hom. Ek wil die waarheid weet."

"Ek ken vir Oedasoa. Hy het veertig beeste."

"Ek glo dit nie."

Toe draai Chief Harry na die Cochoqua toe en vra: "Hoeveel beeste het Oedasoa?" En hy vertaal die antwoord: "Oedasoa het veertig beeste."

Van Riebeeck wou dit nie aanvaar nie. As die Koina so arm is, sal hierdie diensstasie wat Here Sewentien aan hom toevertrou het, nooit aan die gang kom nie. Tientalle beeste, honderde, is nodig vir aanteelvee, trekvee, pakosse, slagvee, melkkoeie, maar die belangrikste van alles is die vervoer. Alles wat oor land moet gaan, moet deur osse geneem word. Dit is dus osse, of anders, waaragtig, gaan hy slawe maak van hierdie nasie. Hy sal met kalmte en geduld vooruit. Hulle beeste of hulle moet die las dra, maar hierdie diensstasie gaan slaag.

Hy het skoon brandewyn in hulle kommetjies gegooi. "Hoekom het die Cochoqua so min vee?"

"Die Goringhaiqua het van hulle gesteel, en die Grigriqua het ook van hulle gesteel," sê Chief Harry.

"Nee, ek wil dit van hulle hoor." Die agterdog het hom bygebly, maar Chief Harry het gevra, en die antwoord gegee: dit is hoe dit was, dit was nie anders nie.

Vroeg in die voormiddag het die twee mans vertrek met hulle rys in twee seilslopies en hulle tabak in growwe sak gedraai. Hulle het geloop en kou aan swart tabak. Chief Harry het gekyk na hulle spore van die oggend, bo-oor gister se skaap- en beesspore. Sy kop was moeg van sukkel met die Hollander, maar hy was tevrede dat hy gekry het wat hy wou hê. Oedasoa sou nou weet om nooit te veel bees op 'n keer te stuur nie, en Van Riebeeck sou weet hy moes betaal vir wat hy wil hê. En sy eie planne was mooi aan die loop. Die jaar gaan nog groen word vir hom en die kind.

Hulle het geloop en praat oor wapens. Hy het probeer verduidelik hoe die wyebroek se kanon en skietgeweer werk. Al wat hy met sekerheid kon sê, was dat daar geen toordery by was nie. Enigeen kon dit laat werk, 'n kind kon dit doen. Net op reëndae werk dit nie. In Indië het hy baie swart soldate gesien wat gewere dra, maar sy gedagtes daaroor het te ver vooruit geskiet, geskrik en teruggevlug na die beespad toe, na die spore van beeste in die rigting van die Fort. Ja, klein Krotoa moes vir eers by die Fort bly. As sy oud genoeg is vir andersmaak, en as sy daarna oud genoeg is om 'n man te vat, sal hy haar wegneem na die Cochoqua, of na ou Sousoa, oorkant die berg. Dit lê nog voor, die kind is skaars twaalf jaar. Maar hy moet behoorlik vrede hou met die Hollander, dat hy self eers op die been kom.

Op die wal, by die drif in die rivier, het hulle 'n paar klippe op *Heitsi-Eib'* se stapel gelê. Toe het Chief Harry sy mes, 'n goeie Engelse mes, uitgehaal en die tabaksak se tou losgesny. Die rol swart tabak, heerlik van brandewyn deurtrek, het vriendelik geblink toe hy die pennetjies loswikkel, twee handbreedtes afrol en dit met een trek van sy mes lossny. Toe steek hy weer die pennetjies in, sit die rol weg en bind die sak vas.

"Die Hollander gee die stuk vir my omdat ek vir hom by Oedasoa praat. As Oedasoa maar wil leer Hollands praat, sal hy my die moeite spaar. Die Hollander sê Oedasoa moet nou weer by sy mense hoor of hulle skaap en bees wil stuur. Hulle kan maar stuur. Julle het gesien wat die Hollander daarvoor gee. En hierdie bietjie droë rys, sal julle sien, word 'n groot klomp in die pot. Sê dit vir Oedasoa. Twee dubbelhande is genoeg vir vier, vyf mense.

En jy kan vir al die Cochoqua sê: as hulle by die Fort kom, kry hulle brandewyn en hulle word Jan Kompanjie se man. Maar hulle moet skaap bring, en bees."

Eenkeer het Oedasoa en Ngonnemoa, die twee hoofde van die Cochoqua, self saam met van hulle oudstes gekom om die Hollander te ontmoet en die bouery van die Fort te bekyk. Hulle het die vee afgegee, en Jan Kompanjie se maklike andersmaak ondergaan. Met die kind die hele tyd by moes Chief Harry die Koina se woorde aan Van Riebeeck getrou oordra, en Van Riebeeck s'n weer aan Oedasoa en Ngonnemoa.

Oedasoa wou apart met Krotoa praat. Hy was gesteurd toe hy die kind in 'n blou rok sien, hy kon nie sê waarom nie. Hy het sy geskenkie van uintjies en gepoeierde boegoe oorhandig, en gevra: "Jou ma se suster wil weet hoe dit met jou gaan?"

"Goed. Dit is lekker hier."

"Wat sal ek haar van jou sê?"

"Die vrou het twee seuntjies. Hulle moet elke dag hulle gesigte was en ek gee vir hulle kos en trek hulle klere aan."

"Nou ja, dit is goed. Ek kan sien hulle klere is moeilik om aan te trek." Krotoa het vir hom vreemd eenvoudig, jonk en leeg geklink. Was wit mense se dogters so? Sy was 'n goeie kind, onskuldig, sy wat tussen ou vrouens grootgeword het. "Kyk, kind. Hierdie brandewyn van hulle, moet dit nie drink nie. Dit is nie vir jong mense nie. Jong mense val op die grond as hulle dit drink, en hulle gooi op." Sy het belowe, en toe aan die ander kant van die kamer by Van Riebeeck gaan staan en lag en praat asof hy haar vader was. Miskien was sy al Jan Kompanjie se kind. Oedasoa het gewonder of sy al deur die Hollander se andersmaak was. Net met daardie vriendelike geaardheid van haar het sy dit reggekry, sonder dat vir haar geslag is. Hy sal vir sy vrou vertel die kind is veilig, al weet hy in sy hart haar voetjies loop in nagdonker vooruit, vóór hulle almal uit.

Chief Harry het saamgegaan tot by die drif toe die twee hoofmanne van die Cochoqua op hulle afsonderlike koerse vertrek. Hy het sy klip op die stapel gegooi, sy tabak gerook, en tevrede dopgehou hoe hulle wegraak in die veld. Daardie twee, Oedasoa

36

en Ngonnemoa, wat op hom neersien, het nou gesien dat hy die wit man se mond is.

Soos Sonqua maak as hulle jag, het hy daar vir hom 'n skansie teen die wind opgeslaan, en gewag om te kyk wat verder gebeur. Eerste het die Grigriqua aangekom met vyf mooi beeste. Chief Harry het hulle ingewag, geneem, teruggebring. Sy beloning van tabak het hy in die skrotum van 'n eland toegedraai en onder die bosse weggesit. Die nuus moes goed en gou versprei het, want die Goringhaiqua het dieselfde nuwemaan beeste gestuur. Beeste, nie skape nie. Wou hulle dan dood wees? Dit was dié keer nie die lawaaierige, lighoofdige jongelinge wat deur beenpype blaas nie, maar beleefde mans, versigtig oor wat hulle by die Fort sou ervaar. Hulle het gesê dat hulle hom daar verwag het, hy was mos die Kompanjie se mond, en hulle wou hom vra om hulle met die vee na die Fort te vergesel. Hy het hulle met die beespad langs geneem en agter die Fort om, na die kraal van geelhoutbalke waarin die Kompanjie se vee snags gehou word. Die diere was al veld toe, en aan hulle spore kon hy sien watter onverwagte getal bees die Hollander bymekaargehad het. Omtrent ewe veel skaap as bees, het hy gemeen, en na skatting omtrent vyftig van elk.

Van Riebeeck het daar by hulle kom staan. Almal het gestaan met die voorarms op die boonste balk en hulle voete tussen beesmiskoeke in die kort geweide gras. "Ons gaan dit hier regkry, Herrie. Ek kry al hoe meer hoop. As die Koina aanhou om vee te bring soos hulle nou doen, dan gaan ons dit regkry. Die groente kom ook mooi aan."

"Is jy tevrede?"

Van Riebeeck het vermoed dat veel van sy antwoord afhang, en het sy woorde oordink. "Dit is te vroeg om te sê. Die beeste is nog te min en kom te stadig in, maar die vooruitsig is redelik. En jy, is jy tevrede?"

"Ja."

"Jou vooruitsig goed?"

"Wat bedoel jy?"

"Gaan dit goed met jou? Kry jy wat jy nodig het? Wat dink jy van die toekoms?"

"Nee. Ek moet self brandhout soek, kos soek, alles. My mense eet nou uit jou pot uit."

"Ek hoor vertel," sê Van Riebeeck, "dat jy die drif oppas, dan bring jy die mense hiernatoe. Hulle kan tog die pad tot hier self vind?" Hy was onseker of Chief Harry enige invloed op die handel het, maar dit sou skade voorkom as hy hom vroeg uitskakel. "Kyk, as jy wil, kan jy by die Fort kom woon, saam met jou ander mense. Jy eet by my tafel. Laat die ou vrouens brandhout aandra vir hulle kos. Wat wil jy meer hê?"

"Jy sal wil hê dat ek vir jou moet bees oppas. Ek is nie 'n kind nie. En spit en kap kan ek nie."

"Nee. Jy sal my mond wees. Jy praat net met die Koina. Ek sal jou kos en klere gee, en drank en rookgoed soos jy nodig het. Julle sit weer julle huise by die Duintjies op, dan loop julle soggens Fort toe, en saans gaan julle huis toe."

Wat hy nie gesê het nie, dink Chief Harry, is dat as ek sy werk aanneem, is dit klaar met die voorstanery van ruilers by die drif, en klaar met my Engels. By sy eettafel wil hy net Hollands hoor, en die kind is altyd by om te weet wat gesê word tussen die wyebroek en die Koina.

"Ek sal vir jou werk," sê hy vir Van Riebeeck, "dan kan jou soldate oor my wag staan."

In die maande dat Chief Harry by die opperhoof se tafel eet, praat hy nie Hollands nie. Dit was duidelik dat hy dit goed verstaan, maar hy het gehou by sy beperkte skeeps-Engels, soos 'n drenkeling aan 'n tou vasklou, en hom verder gehelp met matroosvloeke. Juffrou Van Riebeeck het ander woorde voorgestel in die hoop dat Herrie dit sou gebruik. Sy het hom vertel van die godsdiens wat Eva aan die leer was. Sy het hom kerk toe genooi, wat hy geweier het, en sy het daarna saam met Eva vir hom gebid. Haar prekies het Chief Harry, onbegrypend en swaar fronsend teenoor Eva, in stilte aangehoor.

Opperhoof Van Riebeeck het meer waarde daarin gesien om die man se pyp dampend en sy glas vol te hou. Hy het van Chief Harry geleer. Hy het uitgevind dat Oedasoa self veertig beeste het, maar sy Cochoqua meer as honderd keer soveel. Hy het geleer hoe die Goringhaicona strandlopers geword het. En van Eva se verwantskap met die Chainouqua van anderkant die berg, deur 'n tante wat vrou van die hoofman was. Eva was self verbaas om dit te verneem. Hy het ook gevind dat die Koina besonder min eet. Vir vis en brood was hulle lief, en vir gekookte rys, en vir melk en brood, maar vleis is net in klein hoeveelhede gebruik asof hulle 'n afkeer daarvan het. Soet nageregte, wat by die Hollandse vrouens gewild was, is nie deur hulle aangeraak nie, hoewel die kind net soveel van lekkergoed gehou het as Herrie van sy Spaanse wyn. Die twee het dikwels aan tafel in die Koina-taal woorde gewissel. Van Riebeeck wou dit nie belet nie; hy wou niks doen om Herrie te vervreem nie. Hy was tevrede solank die veetrop in die kraal aangroei. Daar was al 'n paar dragtige ooie en verse by, die begin van sy aanteelkudde.

Chief Harry het ook die aanwas van die kuddetjie dopgehou. Hy was gereeld by die uittel in die môre en die intel in die aand. Van agter die paalheining het hy soos 'n beeswagter gefluit; dit was vir hom mooi hoe die beeste hulle koppe na hom toe draai. Maar die matroos wat as melkboer gewerk het, het nie van sy fluitery gehou nie. Hy het gesê: "Een skipper. Hierdie vee het een skipper, nie twee nie."

Die melkboer het die vee met die VOC se nuwe brandyster gemerk; hy was trots op die diere in sy sorg. Bedags is die vee veld toe geneem deur die melkboer en 'n seun, 'n weeskind van dertien jaar wat deur 'n retoerskip siek in die hospitaal gelaat is. In die vroeë lente het hy en die seun soggens die beeste na die vleie agter die Duintjies gejaag, waar wit en geel gousblom dig en soet gegroei het, en daar onder die blou lug langs die see hulle dae deurgebring waar hulle die skepe kon sien inloop en uitloop, die *orang lama* duskant die eiland, die *orang baharu* anderkant die eiland verby. Hulle gewere was nooit ver van die hand nie, want daar was leeus teen die Leeuberg se hange.

Chief Harry was saans weer by die melkery. Hy het in Engels en Koina advies gegee hoe om die koeie te laat sak, hoe om die kalwers te laat drink. Die melkboer was daaroor geïrriteer, want hy was 'n ervare melkboer. Sy pa was een, sy oupa was een. Die

Koina-beeste, wild vir hom, moes met 'n spantou en 'n koptou beheer word. Daar was nie veel melk nie, die koeie was droog en taai en het nie van die melker se hand gehou nie, sodat hy met geduldige paaiwerk en krippe vol jong gras die melk uit hulle uit moes sukkel. Vir Chief Harry wou hy nie by sy kraal hê nie, want die man se gefluit het die koeie ontstem.

Een skemer het die melkboer en die seun die beeste met hulle koptoue aan die balk bokant die voerkrip vasgehad, die eerste twee gespan en die uiers met warm water gewas, met Chief Harry pyp-in-die-mond by die hek en spottend oor sulke onsin. Die melkers was met emmers tussen die knieë op hulle stoeltjies onder die koeie ingeskuif, toe Chief Harry se hond 'n keel opsit en blaffend deur die kraal hardloop. Die koeie het geblaas, geruk aan hulle koptoue, oë na die hond toe gerol, met gespande knieë rond-gesteier, en dadelik melk opgetrek. Die twee melkers het vinnig uit die pad gespring, want die koeie kon nie hulle voete vind nie, en het gevaarlik geslinger. Hulle moes weer van voor af paai, die diere se flanke streel en geduldig met die emmer en stoel probeer nader kom. Die son was aan sak en daar was die hele melkkudde om gerus te stel en tot melk te bring. Hulle was bekommerd oor die donker, want hulle het maar een fakkel gehad. Maar die twee koeie wou nie weer sak nie. Die boer het gedink om 'n kalf te bring, dat die koei vir die kalf sal sak, maar hy was nog op sy hurke aan die mooipraat, toe Chief Harry van agter kom en met sy hande bakgemaak om die koei se geslagsopening 'n lang tril-lende asemstoot daarin blaas. Die koei het vorentoe gesteier, die melkemmer tussen die boer se knieë uitgestamp, swaar op sy voet getrap, en sywaarts teen die koei langs haar geslinger sodat die weeskind met emmer en stoel onder die diere verdwyn. Die melkboer het sy emmer, 'n halwe vaatjie met koperhoepels, aan die tou-handvatsel gegryp en met 'n wye, verwoede swaai van sy arm vir Chief Harry daarmee teen die kop geslaan dat hy agter-oor in die modder en nat beesmis val.

Chief Harry het van dié dag af van die Fort af weggebly. Sommige lede van die huishouding was verlig daaroor. Eva was bekommerd en het vir Van Riebeeck vertel die vrouens sê Autshumao het sy karos gevat na Ngonnemoa toe. Ngonnemoa was die Swart Kaptein, wat met die ander helfte van die Cochoqua noordoos van die Kaap langs die groot riviere af wei. Van Riebeeck het haar oor die Swart Kaptein uitgevra om haar kennis te toets, want hy het self een en ander van die man geweet, hy was al by die Fort. Baie beeste, sê Eva. Baie mense en 'n klomp aanhangers wat nie herders is nie, ook nie jagters nie, maar vrybuiters wat eendag teen Ngonnemoa sal opstaan, soveel mense sal doodslaan as wat nodig is, en soveel vee daar wegdryf as wat hulle wil hê.

"Waar hoor jy dit?"

"Autshumao sê so."

"En is daar vriendskap tussen hulle twee? Is hulle familie? Of wat hou hom daar?"

"Nee," sê sy. Sover sy weet, het Autshumao nie bloedfamilie in daardie kamp nie. Sy het nie geweet wat hy by Ngonnemoa soek nie.

Van Riebeeck het die melkboer ingeroep en hom gevra om iemand aan te beveel wat die toesig oor die Kompanjie se beeste by hom kan oorneem. Chief Harry is gegrief, en dit sal goed wees as hulle 'n toegewing maak om hom die indruk te gee dat die Kompanjie sy gevoelens op die hart dra. Hy hoop die melkboer verstaan hoe sy diens gewaardeer word, en waarom hy nou hierdie opoffering van hom vra, maar die tyd is daarvoor geleë. Hy sal beloon word met 'n goeie pos wanneer daar een oopval.

Chief Harry was 'n week later, miskien 'n paar dae meer, met 'n troppie skape voor die poort. Hy het dit van Ngonnemoa gebring, en wou die ruilwaarde hê. Die tabak en die rys wat hy gekry het, het hy die aand onder die ou vrouens uitgedeel. Dié nuus het Eva ook vir Van Riebeeck vertel, en sy was verbaas, want haar oom was nooit 'n vrygewige man nie; hy kon nooit bekostig om een te wees nie. Heel vroeg die volgende oggend was daar 'n luidrugtige bakleiery by die Duintjies toe Chief Harry die vyf vrouens met sy kierie uit die verweerde huise veld toe jaag. En net na oggendgebed het hy dit self aan Van Riebeeck verduidelik.

"Hulle was te lui om te gaan werk. Ek het gevra: Wat van die

Hollander se brandhout, en sy watervate wat moet vol kom? Wat van die vuil potte in sy kombuis? Ek het hulle goed gemoker."

"Is hulle jou honde, of dwase kinders, dat jy hulle slaan?"

"Loop jou offisiere nie dag en nag met rottangs nie? Aan 'n kind sal ek nooit slaan nie, maar hierdie klomp was te lui om op te staan ná ek hulle een keer kos gegee het. Waarom moet ek alleen werk?"

"Is jy hulle heer?"

"Ja, dit is wat ek is. Ek was lank te sag met hulle."

Van Riebeeck het nagedink. Dit was die eerste keer dat hy vir Herrie as 'n moontlike stamhoof sien, een wat sy mense dissiplineer, al is dit op 'n kru manier. En bevorder Herrie nie daardeur die Kompanjie se belange nie? Daarom sal hy die man ook nie belet om by die Kompanjie se beeskraal te kom nie. Laat hy sy belangstelling wys, en tuis sy ou vrouens organiseer soos dit 'n kaptein betaam. Maar is dit Herrie se opregte bedoeling?

Hy vra vir Eva: "Wat gaan aan met Herrie? Dink jy dat hy sy grief vergeet het?"

"Hy sal dit nóóit vergeet nie. My heer moet hom nóóit vertrou nie. Hy speel maar dat hy my heer se vriend is."

Chief Harry het teen melktyd op 'n somersaand weer op die boonste balk van die kraalheining gesit om die melkery dop te hou. Hy is gesê om uit die kraal te bly. Die nuwe melkboer en die weeskind het in stilte gewerk met hulle voorkoppe teen die koei se flank aangeleun, en het net opgestaan om hulle emmers in die groot kan te gaan leegmaak. Die koeie was ná die winter in goeie kondisie en glad verhaar, mooi skoon, sonder mis op die skene of modder in die lieste. Dit was goeie vee, die koeie wat met halftoe oë in die krippe vreet. Hy het gehou van die stil en gladde werkery, hoe hulle die koei liggies span, groenvoer in die krip gee, paaiend gesels.

Oorkant op die Fort se muur het Van Riebeeck by 'n soldaat gestaan, en ook na die beeste en die melkery gekyk. Dáár was 'n man wat sonder vee in die land gekom het, en kyk waar staan hy vandag, het Chief Harry gedink. Hoe voel daardie heer in sy swart jas? Hy laat die trompet blaas, stuur soldate rond, laat weer die trompet blaas, beveel sy matrose om na die eiland te roei, laat huise bou en boompies plant, en kyk op krale vol vet beeste, spekvet skape. Ja, 'n regte groot kaptein, dié man wat nou anderdag uit 'n skuit geklim het. Chief Harry het die man beny.

Hy kon die vars melk ruik wat skuimend in die kan stort. Hy het gehoor daardie koeie gee nou meer melk as tevore, hulle uiers was groter en voller. Vir Dawid Jansz, weeskind, het hy nou geken. Hy is hier van 'n skip af gegooi. Die kind weet min van die wêreld. Sy pa was 'n matroos, sy ma was van Java, hulle kind lyk daarna. Sy werk is om met die sekel die groenvoer uit die vleie te haal. Hy slaap in die skaaphok en gaan haal sy ontbyt by die skafplek se luik. Die melkboer skel hom met dieselfde stem waarmee 'n hond geskel word. Maar die seun is ook nie skaam nie en praat teë met dieselfde stem in daardie deurmekaar taal, en laat nie die melkboer oor hom regeer nie. Hy ken die kind, het Chief Harry gedink. Hy is min werd.

Hy sien Krotoa met die Hollander se vrou bo-op die muur na haar man toe loop. Hy ken haar ook, dink hy. Sy is 'n mooi vrou, skaars twintig, skraal en met 'n sagte stem. Sy dra haar kind asof sy voor die hele kraal vol beeste kom spog met die kind wat sy verwag. Maar waar is haar twee seuntjies? Êrens in die huis is hulle nou alleen.

Chief Harry het sy kop weggedraai toe hy sien dat Van Riebeeck se vrou na hom beduie, en dopgehou uit die hoek van sy oog. Toe praat sy weer met die Hollander, en hy wink na die soldaat wat op die muur loop. Na 'n paar woorde draf die soldaat met die houttrap af grond toe. Wat nou? Chief Harry het sy oë stip op die beeste gevestig, al die melkkoeie getel, daarna die droë koeie, die kalwers, die ossies, toe die skape: ramme, jong ooie, ou ooie, lammers.

Die wêreld onder die Fortmuur het stil, bedruk geword toe die wind gaan lê. Die melkboer het nog 'n maal sy emmer in die groot kan gaan omkeer, sy koei se spanriem losgetrek, koptou losgemaak, die melkkoei uitgejaag, vlug en vinnig die volgende koei gespan. Die emmer was amper vol, dit was 'n goeie jongbees. Die soldaat wat op die muur loop, het met 'n pakkie in die hand

43

aangekom. "Vir Chief Harry, van die edelheer se huisvrou. Trek dit vir aandete aan. Opper se bevel." Hy het sy stem laag gehou: "Jy sal jou voete moet was." In die pakkie was 'n wye wit seilbroek, 'n blou matrooshemp en 'n onderbaadjie van leer. Chief Harry het die klere oopgeskud en bekyk. Dit was goeie klere; hy sou dit graag teen die koue nagte aantrek. Bo van die muur af het Van Riebeeck en sy spioene hom dopgehou. Hy het sy dank aan die Hollander geknik, die bondel gevat, en geloop.

Op 'n mooi aand toe die maan vol was en daar nie ruilvee by die drif te wagte was nie, het hy die nuwe klere aangetrek, 'n volle rol tabak uit sy wegsteekplek gehaal, en na Oedasoa toe geloop. Sy bladsak was vol kanna en boegoe. Hy het dit vir Oedasoa se vrou aangebied, en sy storie aan haar uitgelê: "Met jou susterskind gaan dit goed. Ons woonhuise staan by die wyebroek, en hy kyk na ons. Ek is nou weer 'n man, en ek het 'n vrou in my huis nodig. Ek het geen beeste nie. Ek wil hê dat jy dit vir Oedasoa sê."

"Wat wil jy van hom hê?"

"Dat Oedasoa vir my van Krotoa se troubeeste gee, om vir my 'n vrou te soek."

"Hy sal dit nie doen nie. Hy sal daardie beeste nie eens vir haar gee nie. Kyk, Autshumao, dit is goed dat jy 'n vrou wil vat, maar wat het jy om aan haar te gee? Moet sy mossels pluk om van te lewe?"

Hy het haar in die oë gekyk, en beslis gesê: "Nee. Daardie dinge is nou klaar. Ons gaan beeste hê. Eers min, maar later word ons sterker."

Die vreemde opgewondenheid was weer op sy gesig. Vir die eerste keer vandat Autshumao sy beeste verloor het, het dit gelyk asof hy wil lag, en sy was bly daaroor.

Sy het hom kalm in die oë gekyk. "Het jy dan met 'n vrou gepraat oor trou?"

"Nee. Ek ken niemand hier nie."

Sy het onderneem om namens hom te praat, en hy het daarvoor bedank met 'n stuk tabak. Vir die vrou van haar keuse het hy ook tabak afgesny en aangegee. Die volgende dag het sy hom vertel wat Oedasoa besluit het: hy gee geen vee aan hierdie man vir

44

'n andersmaak nie, hy is te oud om deur ander geabba te word. Maar sy was gewillig om hom te help, sy sou uit haar eie trop vir hom gee. Chief Harry het die oorblywende tabak in haar hande gedruk.

Wanneer sy 'n vrou bring, het sy gebly om te help praat. "Autshumao is hoofman van die Goringhaicona. Hy werk vir die Hollander, en hulle gee hom tabak en rys en krale daarvoor. Hy is die Hollander se mond. Hy ken hulle taal. Hy gee twee koeie aan die vrou met wie hy trou, en een aan haar pa. Dan gee hy nog twee skape, om te slag vir die andersmaak."

Eendag het sy kom sê daar is een vrou wat sy wil aanbeveel. Sy was nie jonk nie, maar gesond, stewig gebou, met 'n vol vierkantige gesig soos 'n Hollander. Sy het twee seuns gehad en 'n dogter, al drie was al getroud. Haar beeste het saam met haar seuns s'n geloop.

Hy het na haar huis toe gegaan. Dit was skoon, die grond was gevee. Daar was kalbasse met dikmelk en met heuningbier, rolle nuwe *harubis*-matte, en erdepotte met patrone soos bokspoortjies versier asof 'n trop steenbokkies om die rand gestaan en drink het. Hulle het sonder 'n tussenganger gepraat. Sy was gewillig om by die Fort te gaan woon. Hy het gevoel soos 'n jong man toe hy haar jawoord na Oedasoa toe neem.

Die stil man het hom binnegenooi, langs hom op 'n mat laat sit, en dikmelk aangebied. Chief Harry het 'n skilpaddoppie met snuiftabak aan Oedasoa gegee om die gesprek oop te maak. Oedasoa het gesnuif, die dikmelk gedrink, en vir Chief Harry gesê: "Dit is 'n slegte ding wat nou hier gebeur. Jy moet ophou daarmee, Autshumao. Gaan soek vir jou beeste. As jy nie beeste het nie, moet jy nie wil vrou vat nie. Jy het by my vrou gaan bees vra vir andersmaak toe ek nie wil gee nie. Dit is haar saak, maar dit is verkeerd gedoen. Jy het verkeerd gedoen deur my vrou se suster Krotoa vir die Hollander te gee."

"Sy werk vir die Hollander. Sy kry kos, drank, tabak. Hulle eet drie maal 'n dag, en daar is elke keer wyn op die tafel. Dit is swaar om van koue te verkluim."

"Is sy dan 'n roker?"

45

"Sy verdien vir my. Die tabak wat sy kry, is vir my, en ek gebruik dit vir al my mense. Die rys en brood is myne. Sy kry haar deel by die Hollander se tafel. Die drank is ook myne."

"Wat kry daardie kind vir haar moeite?"

"Ek het gesê: sy kry kos en klere en sy slaap in 'n sterk huis. Dit het sy nie gehad voor die Hollander gekom het nie. Sy het daar meer as enigeen van jou vrouens."

Oedasoa het geduldig gebly en sy dikmelk nader aan Chief Harry geskuif. Sy mense leef goed. Hulle is 'n sterk groep. Sover hy weet, is hulle tevrede met hulle lewe. Sy gedagte was steeds by die saak van sy vrou se beeste. "Jy het my vrou se suster agter die wit man se lekkergoed gestuur. Sy het dit nie nodig nie. As jy haar tabak gerook en haar wyn gedrink het, bly vir daardie kind niks oor nie. Jy lieg vir haar. Sy kan hier kom werk saam met die ander van haar ouderdom, dat sy 'n aandeel verdien in die Cochoqua se welvaart." Sy asem het effens gejaag, hy het met sy hande op sy dye gesit en sy bors gelig om asem te kry, maar Chief Harry in die gesig bly kyk. "As sy daar bly, gaan sy nie van my andersmaak kry nie. Die saak is eenvoudig. Ek hoop jy verstaan."

"Jy is reg," het Chief Harry gesê. "Maar destyds was dit winter en daar was niks te eet nie." Hy het nie genoem dat die kind 'n ander naam dra nie, en Hollandse klere, en dat hy oortuig was dat Eva in haar lewe nooit weer haar lyf met skaapvet sou smeer nie.

Oedasoa het stil geknik. Hy het gevoel dat hierdie gesprek nou genoeg oopgemaak was; hy kon die saak van beeste nou noem. "Jy help nou die Hollander aan beeste, Autshumao. Wat gebeur as hy die dag die hele weiding vir homself nodig het? Hy stuur soldate om die Koina uit die weiding uit te jaag. Eers die Cochoqua, die Gorachoqua, die Goringhaiqua, die Grigriqua. Daarna kry hulle Ngonnemoa se veld nodig, en vat dit. Dan Ankaisoa s'n, tot teen die berg. En dan sal die Hollander oor die berg gaan en die Chainouqua en die Hessequa uit hulle weidings uitjaag, dat sy diere daar kan loop. Waar moet ons Koina wei?"

"Dit sal nog lank wees voor hy so sterk is."

"Maar jy, Autshumao, jy help hom vooruit. Jy is nie 'n

Hollander nie, waarom werk jy teen jou mense? En nou wil ek vir jou sê oor my vrou se beeste. Dit is verkeerd dat sy iemand help wat haar eie mense probeer kwaad aandoen. Sy help jou nie solank as jy by die Hollander woon nie, dit moet jy weet. En bring die kind hiernatoe, voor daar 'n ongeluk oor haar kom."

Chief Harry het geweet wat hy bedoel. Die kind word groot, en sy is mooi. By die Fort loop sy tussen meer as 'n honderd Hollanders wat nie een 'n vrou van sy eie het nie. Jy sien hoe kyk hulle agter die slavinne aan, agter die handjie vol wit vrouens van wie die meeste klaar getroud is, agter die Koinavrouens wie se lyf nie so toegemaak is soos die Hollander s'n nie. Wat word van 'n arm dogter in 'n vreemde huis?

So, daar was nie kwaaivriendskap tussen hulle nie, maar hierna het daar nie meer beeste van Oedasoa af by die Fort gekom nie, en Chief Harry het gevoel asof Oedasoa hom soos 'n hond sonder naam weggeskop het. Hy het probeer vra en niks gekry nie. Die ryk man maak soos hy wil, die arm man verduur wat hy moet. Wat kan 'n man doen as jy nie beeste het nie?

En by die Fort het Van Riebeeck hom bekommer oor sy nedersetting se vervoer. Sy kuddetjie was die hoeksteen van sy beplanning. 'n Koei kom een keer in die jaar by die bul, 'n os kom eers na drie jaar onder die juk. Dit kon te lank duur. As daar nie osse kom vir die Kompanjie se werk nie, sou hy die juk op die Koina lê. Hulle sou moet leer om las te dra. In China is mense die lasdraers, mense met mandjies op hulle koppe. In Suid-Amerika het die Spanjaard en die Portugees op groot skaal slawe gebruik. Hy was nie ten gunste van slawerny nie, dis op sy beste 'n noodsaaklike euwel. Maar hy sal dieselfde doen as daar nie beeste kom vir die Kompanjie se werk nie.

Chief Harry het mense wat vee kom ruil, Fort toe geneem, ook sodat hulle die Hollander en sy huis van klip sien. Die vrou wat gewillig was om met hom te trou, se twee seuns het kom kyk. Van Riebeeck het hulle vroeg die smaak van tabak laat kry, en toe *Haerlem* se wet neergelê van eers werk, dan eet. Die soldate op die muur het hulle dopgehou: hoe hulle rondom die Fort loop, die kanonne op die muur beskou, die stewige veekraal agter die Fort bevoel, en 'n paar skarniere van die smid se werkbank af steel. Van Riebeeck het gesê: laat begaan maar. Die namiddag het hulle by die kraalhek gestaan en kyk hoe die vee ingetel word, en onder mekaar gefluister: *Heitse!* Van Riebeeck het meer beeste as Oedasoa.

Hy het die twee veewagters uitgewys: Dawie en Hendrik, woordeloos sloffend deur die droë kraalmis met jas en kossak oor die skouer, sweetkolle tussen die blaaie, stok in die vuis. Hulle het die groot hek toegemaak en met slot en ketting verseker, voor hulle die melkgoed en kookwater in die kombuis gaan haal het. Chief Harry het gelag. Kan die trop ooit veilig wees met sulkes agter die vee? Dié twee sou nie 'n vinger lig om die trop te beskerm nie.

Toe hoor Chief Harry op 'n dag by sy ou vrouens by die Duintjies dat Van Riebeeck se vrou teen die volgende donkermaan haar kind sou hê. Dit was nuus waarop hy lank gewag het. Dit was die kans vir die grootste andersmaak van sy lewe. Hy sou die lewens verander van almal wat hy ken en ook van die nog ongeborenes. Hy sou die hele wêreld verander. Met die vrou in kraam en die man, soos hy hom leer ken het, onwillig om in ongesteldheid ver van haar te gaan, kon hy doen wat hy al lank bedink. Hy het die saak nog vir homself gehou; eers kort voor dit gebeur, sou hy dit aan ander uitlê.

Hy wou die vrou se toestand self sien, dat hy die dag beter vooruit kan bepaal, maar sy het nie meer buitetoe gekom nie. Dit het nie saak gemaak nie, sy plan was so eenvoudig dat hy dit enige tyd tussen aandster en dagster aan die gang kon sit. En eendag vertel die ou vrouens onder mekaar: nie meer as vyf dae nie, dit kan selfs 'n dag of twee gouer gebeur.

Dit was Oktobermaand, die blomtyd was op sy rypste. Die winteropslag was 'n mat van groen, deurmekaargerankte klawer, jong stinkkruid en suringstingels. Suring en ramnas het dig gemeng gestaan oor die duine en op na die berg se kant toe. Die bye het dronk en swaar rondgeklouter oor die liggeel blomtoppe, oor die wit blomme, soms afgeval tussen die sappige stingels om laer af in die taai bruin krone van oranje en wit gousblomme te gaan drink. Die groen sap het getap uit die bekke van die Hollander se beeste wat kniediep in die weligheid loop en vreet. Hulle uiers was van 'n grootte wat Chief Harry in sy leeftyd nie gesien het nie. En dit was alles Van Riebeeck s'n, hy wat nou saans in die melkplek gaan kyk hoe die skuim diep en geel op die emmers staan. Die Hollanders sou hulle hierdie somer dik vreet aan botter, en boepens suip aan karringmelk, dikmelk, room. En sulke beeste: rustige koeie, vet, saggeaard en blink verhaar. *Heitse*, die wyebroek was 'n gelukkige man! Sy vate staan vol botter. Wat word in dié land van die man wat nie beeste het nie?

Hy het 'n paar keer saam met die trop veld toe gegaan, heel vroeg, net na sonop en sodra daar klaar gemelk is, verby die Duintjies, buite sig van die Fort, tot by die groot vlei van die Groen Punt, waar die see amper rondom die trop was. Daar het die trop gesuip, met die snoete blasend teen die diep, vars reënwater. Tussen die riete was watereendjies aan nesmaak. Dit was nou alles die Hollander se weiding, sonder teenspraak van enigeen. Dit was 'n plesier om met daardie trop in die gousblom te loop wei. Hier het hulle die dag lank gebly, en as die beeste op die hitte van die dag gaan lê, moes die weeskind Fort toe loop om hulle middagkos te haal. Met sy terugkom het 'n vuurtjie al gebrand, en hulle het die erdepot daarin gesit om warm te word. Warm kos moet die wyebroek op die middag hê, selfs in hierdie warm maand.

Hy het met sy mense gepraat. Hulle weet hoe die Hollander elke sewende dag twee maal in die kerk gaan sit: een keer voor die middag, en een keer in die laatnamiddag. En tussenin is daar 'n groot maaltyd, en dan moet hulle gaan lê, soos hulle vee. Dit is altyd 'n stil dag. Die werkery kom heeltemal tot stilstand. Almal moet in die kerk wees, behalwe net drie man. Almal in die Fort moet kerk toe gaan, behalwe daardie drie. Die Hollander het dit op 'n papier laat skryf en die papier aan die klokpaal gespyker, dat niemand kan sê hulle weet dit nie. Hulle word geslaan as hulle nie gaan nie, of hulle betaling word weggevat, of hulle word in die gevangenis gehou op brood en water. Sodat almal kan ophou werk, en hulle was en aantrek, lui die klok. Later lui hy weer.

Nog later lui hy 'n laaste maal. Dan gaan almal in die kerk sit, behalwe drie man. Chief Harry het gesê hulle moet hulle reghou vir die derde lui van die klok in die Fort. As die Hollander in die kerk ingaan, was dit tyd vir die andersmaak.

Die dag tevore moet hulle goed eet in die kombuis, en sorg vir baie brandhout op die Hollander se herd, genoeg water in sy vate, dat hy nie onrustig word nie. Die ou vrouens sal die oggend by die huis wees, want dit is 'n stil dag in die Fort. Hulle moet stokke uittrek, matjies oprol, bondels maak, alles gereed om op die kop te lig. Nie 'n woord moes enigeen praat oor hierdie saak nie, veral nie voor Krotoa wat nou 'n spioen van die vyand is nie. As hulle hier by die Duintjies die klok die derde keer hoor lui, moes die vrouens alles op die kop lig en die pad vat na die groot vlei toe. Loop, nie hardloop nie. As die soldaat op die muur hulle opmerk, moet hulle nie haastig word nie, maar lag en vir hom met die hand waai.

Daardie dag het Ngonnemoa agt skape gestuur. Chief Harry en Eva was albei daar om te praat toe die koperdraad en krale oorhandig en die danksegging van tabak en arak uitgedeel is. In die nag is Van Riebeeck se derde seun gebore.

Toe hulle hoor dat die kind gebore is, het Chief Harry gesê: Môre is dit weer kerk, dit is die dag wat vir ons opsy gesit is. Toe die klok die oggend die eerste keer lui, het hy hulle gemaan om binne te bly en gereed te maak. Toe dit die tweede keer lui, het hy hulle aangesê om 'n begin te maak. Die soldaat op die Fort se muur het na hulle kant toe omgekom en sonder 'n woord neergekyk op hulle pakkery, soms omgedraai om aan die ander kant af te kyk na die swartgeklede gemeente wat die binneplein oorsteek na die kommandeur se voorhuisdeur toe. Heel laaste het die maer sieketrooster, boeke onder die arm, met die trappies opgegaan. Van Riebeeck het 'n oomblik by die deur verskyn om hom te groet, opgekyk na die soldaat op die muur en na die vlag bo die poort. Toe lui die sieketrooster die klok die derde maal, en trek die voordeur agter hom toe.

Die soldaat het sy hande oor die tromp van sy geweer gevou, sy kop gebuig in die rigting van die kommandeurshuis en die

Onse Vader hardop gesê. Toe hy omdraai, was die Goringhai-cona, bondels op die rug, al 'n honderd tree of meer van die Duintjies af op trek met hulle besittings, kinders en honde.

Met die tweede gelui het Chief Harry saam met die kerk-gangers oor die binneplein geloop, en op die stoeptrap gewag op die amptenare met hulle swart jasse en wit krawatte soos pikke-wyne, met hulle silwergespes en wandelstokkies. Party kon hy skaars herken in hulle Sondagklere; ewe vreemd was hulle blink-gewaste gesigte en sagte stemme. Een of twee het langs 'n vrou geloop wat hoog en donker aangetrek was in 'n rok wat elke sewende dag uit die kis kom. Chief Harry het beleef geknik na dié wat hy herken het, en met 'n siniese gryns sy bakhand voor 'n paar van die geëerdes gehou. Hy het onderlangs dopgehou hoe hulle kop-omhoog boontoe gaan, hoe elkeen met die ingaan voor Van Riebeeck buig en sy hand skud, en hoe die sieketrooster met die ingaan eers sy hand om die deurkosyn steek en die kloktou 'n enkele, harde, laaste pluk gee.

Hy het op die sieketrooster se hakke binnegegaan, maar in plaas van die gemeente na die voorhuis te volg, links gedraai na die woonkwartier. Krotoa se plek was in die kinderkamer. Hy het deur die eetkamer geloop, die blou tabakfles op die rak in sy blad-sak leeggemaak, en die kinderkamer se deur oopgestoot. Die kamer om haar was eenvoudig, kaal, van growwe hout aan-mekaargetimmer. Sy was op 'n bankie voor 'n spieël besig om kammetjies in haar hare te druk. Haar rug het voor hom styf ge-word van skrik. Hy het by die deur bly staan.

"Waar lê die vrou met die kind?" het hy gefluister.

"In hulle slaapkamer." Sy het na die kamer langsaan gewys.

"Die ander kinders?"

"Een eet in die kombuis. Die ander slaap in daardie kis."

"Kom saam."

Krotoa het die kamme netjies langs mekaar op die tafel gelê, en na hom toe gegaan. Haar swart skoentjies het beurtelings voor-uitgeflits, haar Sondagrok het weerskante op die grond geswaai soos sy loop. Chief Harry het waarderend gekyk na die regop kind met die kantkraag oor haar skouers. Sy het goed gebaat by die Hollander. Hy het haar hand stewig in syne geneem. "Ons moet hier uit. Jy kan anderdag weer kom." Toe sy terugbeur na die kind, sit hy sy hand oor haar mond, ruk haar die eetkamer in, en sleep haar agterna. "Hier gaan 'n lelike bakleiery gebeur, en ons trek weg, voor die Hollander uit die kerk uit kom."

Sy het onder trane gekerm. "Die kind. Lambertjie kan in sy kussing versmoor."

"Lambertjie? Wie sien na óns om? As ons by die voordeur uit-loop, Krotoa, dan loop jy suutjies langs my. Jy kyk nie op na die soldaat nie. Ons loop by die poort uit na die Duintjies toe. Jy sal sien ons mense is voor ons, en as hulle ons sien, sal hulle gaan staan en vir ons wag."

Die soldaat op die muur het sy aandag verskuif van die groep trekkende Strandlopers na die twee wat by die voorhuisdeur uit-gekom het. Hulle hande was leeg. Die dogter was seker geregtig op die blou rok wat sy dra. Daar was niks om te rapporteer nie. Uit die raadsaal het die klank van psalmsang gekom, begelei deur 'n klavesimbel en 'n goeie, sterk tenoorstem. Dit was 'n heerlike lentedag. Die vlag het roerloos aan die paal gehang. Die soldaat het sag begin saamsing.

Chief Harry en die kind het die Goringhaicona halfpad na die vlei toe ingehaal, waar hulle by hulle bondels in die lang gras sit. Ver voor hulle het die beeste gelê en kou, maar die skaaptrop het nog geloop en pluk aan die gras.

"Hier wag ons. Dit sal nie lank wees nie."

Effens voor die middag het Hendrik Willers, melkboer, kierie in die hand die kortpad oor die rug na die Fort toe gevat. Sondae was dit sy beurt om te gaan kos haal, want 'n muts brandewyn word ná die diens uitgedeel. Toe die melkboer goed uit sig was, het Chief Harry twee skril fluite tussen sy duim en wysvinger uit-gestoot, en sy mense vorentoe beduie. Die seun Dawie het uit die gras opgestaan met 'n geweer in sy hand, en op 'n granietklip 'n ent anderkant die skape geklouter om te kyk wat aangaan. Die Goringhaicona het op 'n ry aangekom. Die mans het hulle stokke teen mekaar gekletter; hulle het gepronk, gefluit en geskreeu. Die vrouens met bondels op die koppe het agterna gedraf. Die

Kompanjie se beeste het opgestaan, saamgebondel en toe pad-gegee van die jillende, fluitende Koina af.

Dit was heerlik om weer agter beeste te loop, wonderlik om die swaar, swaaiende lywe te sien draf, om die dowwe gestamp van blad teen blad en die klap van horings teen mekaar te hoor. Die Koina het die trop amper op loop gehad, toe die seun op arm-lengte sy wapen op Chief Harry mik. Autshumao het geskrik, met sy kierie probeer keer en sy assegaai met krag vorentoe geslinger. Nie sonder plesier nie het hy gesien hoe dit diep onder die seun se borsbeen ingly, hoe hy die geweer laat val en met 'n verskrikte gesig en 'n lang steun op sy knieë in die diep gras neersak. Twee mans het hom met kieries in die geil blomme in gemoker. Voor hulle het die skaaptrop in verskillende rigtings uitmekaargevlug, maar die beeste was amper omsingel. Hulle het die beeste geslaan en gejaag dat hulle spoed kry. Almal, tot die kinders, het geraas gemaak, met klippe gegooi, met stokke geslaan. Krotoa het huilend probeer byhou. Chief Harry het haar blou rok en haar skoene afgeruk en weggesmyt.

"Kom, kom. As die Hollander jou vang, slaan hy jou dood."

Sy het gillend geprotesteer teen die leuen, en in haar lang onderrok tussen die bosse deur gesukkel agter die mans en ou vrouens aan. Chief Harry het teruggedraai, haar aan die arm ge-sleep, gesoebat, gedreig om by te hou. Sy het gesnik van vrees en verlange na die stil voorhuis waar sy suiker en konfyt uit porse-leinbakkies geëet het.

Voor haar het haar mense gejubel oor wat hulle gedoen het. Chief Harry het gedans met sy kierie en gooistok bo sy kop. *Heitse*, om weer die draers van alles wat goed is in die lewe hier voor hom te hê, om hulle grasasems te ruik, om hulle stemme te hoor, om die swiep van hulle stertkwaste oor die hakskene te sien. *Heitse*, hoe dood was hy nie al die jare sonder vee nie. Maar van-dag het hy drie maal andersmaak gehad. Hy was Strandloper, toe Sonqua, en nou is hy Hottentot, soos die Hollander dit sien – alles, alles in een voormiddag. En hy het mense, die Goringhaicona, wat rook aan *Heitsi-Eib'* kan opstuur. Nou kan hy 'n kring van nuwe *harubis*-huise maak. Hy kan dit al sien: die rook van hulle oggendvure hang klaar blou voor sy oë, en dit is tyd vir melk en uitjaag veld toe, en niemand mag sê waar hy kan laat wei nie.

Maar Krotoa se gehuil het hom laat omdraai.

"Wat tjank jy so? Kan jy nie jou mond toehou nie?"

Sy het harder gehuil. Amper lam van verdriet het sy die woorde uitgesukkel: "Waarom het jy dit gedoen, Autshumao?"

Hy het haar boarm styf vasgegryp. "Vir jou. Daar is jou andersmaak. Kyk hoe bly is ons mense."

Sy het gekla: "Is nie." En hy moes hard op die beeste skreeu om nie haar gehuil te hoor nie.

"Twee en veertig spekvet beeste, 'n hele klomp melkkoeie met groot uiers, ja, vir jou en vir my en vir ons mense. Ons kan dit nou doen net soos by Oedasoa en Vet Kaptein, soos dit behoort."

Sy het hom nie geglo nie, en gehoop dat hy dit aan haar verdriet sou merk. Maar dit was die dag van sy andersmaak, en hy het nie omgegee wat sy of die hele wêreld van hom verwag nie. Eendag sou die Hollander uitvind dat niemand in die land lank sonder beeste kan wees nie. Dan sal hulle weer hulle goed op hulle skepe laai en hier padgee, en hy sal sy vee op die vlakte onder die berg laat wei. Dit was alles sy werk, dit was sy dag, en sy gees was trots en verlig. Die gedagte het by hom opgekom dat hy heelwat slimmer is as wat hy geweet het.

2
PETER HAVGARD

"Hei, hei! Vliedt toch uit het Noorderland, spreekt de Heere –
want Ik heb uwlieden uitgebreid naar de vier
winden des hemels."
Zacharia II, vi.

"Ek het gemeen om hulle taal te leer by haar; dit is waarom ek haar in my huis geneem het," het Van Riebeeck gesê. "En ek het los woorde bemeester, maar die klanke is te veel vir my. Sy het self wonderlik gevorder met die Nederlands, en 'n hele klomp Portugees wat sy opgetel het by ons slawe, en sowaar of ek nie al Maleise en selfs Engelse woorde uit haar mond gehoor het nie. Dié sou sy wel van die jong klerke geleer het. Hulle spog graag voor haar. Dit klink party dae hier asof jy in Malakka of in Batavia loop. En as sy oor die binneplein stap met haar *sarong* en *badjoe*, ruk alles tot stilstand van die kombuis af tot agter in die hospitaal. Ooste, pure Ooste. En baie intelligent, hoor. Ek het haar uitgevra oor die mense van die binneland, hoe sterk 'n sekere groep is, hoe ver hiervandaan, hoeveel vee. Al die bekende vrae, jy kan maar sê alles wat ons van die Portugees se tyd af van haar nasie wou weet, maar nie kon agterkom nie. Sy het vir my stories vertel. Ek meen sy het dit opreg bedoel, sy was nog altyd eerlik, maar sy het natuurlik self nie geweet nie, en ek meen sy wou maar vir my gelukkig maak. En sy het so hier en daar iets gehoor by die ou oom Herrie van haar, of by ander mense. Ek het maar neergeskryf, asof ek dit glo. En wat ons Direkteure ook al daarvan dink, ek was die een wat moes optree. Kyk, ek was hier, die skipper in die storm. Niemand kan die besluit vir my neem nie, verstaan jy? En ek wou natuurlik ons Evatjie vertrou."

Soos twee boere by 'n veemark het Van Riebeeck en Peter

Havgard gestaan, die elmboë op die boonste balk van die kraal, die kortgebreekte pyp in die mond, die oë meer op die mense wat op die agtergrond verbygaan as op die vee voor hulle. Van Riebeeck het gehou van die jong man. Dit was een wat hy met die hand uitgesoek het. Soos hy, in sy jeug, was Peter sjirurgyn van ambag, en hy was aangename geselskap, 'n man wat aanmoedig met sy vrae, asof hy werklik belangstel in wat hy hoor. Hulle het begin praat oor die behoefte van die vloot. Hoe gemaak met die siekes wat aan land gebring word? Toe praat hulle oor die probleme van landvervoer. Hier was geen paaie nie, geen kanale of gragte vir transport nie. Hulle het saamgestem: net honderde osse, duisende oor die jare, sou die saak vir die Kompanjie oplos. Toe het hulle gepraat oor die beeste en die veehandel. Maar dit was van Eva wat die jong man wou hoor.

"Jy ontvang haar toe weer, na wat hulle aan die Kompanjie gedoen het?"

"Sy was onskuldig daaraan, 'n blote kind. Die ou man het na meer as 'n jaar begin met boodskappe deur tussengangers: hoe dit die Goringhaiqua van Gogosoa sou wees, hoe hy hiervandaan gevlug het uit vrees om van die daad beskuldig te word. Ek het partykeer aan so 'n moontlikheid gedink, want van dieselfde vee met die Kompanjie se merk op is later hier gebring, om weer geruil te word. Ek moes hulle 'n tweede keer betaal met die gewone ruilgoed, en 'n toegif van drank en tabak. Dit is maar soos wanneer jou hoed wegwaai, en 'n week later sien jy iemand daarmee loop. As jy dit wil hê, moet jy dit koop. Ek was sterker as hulle en kon my goed terugvat, maar dit het hier nie om 'n hoed gegaan nie, verstaan jy? Ek wou dat soveel van hulle as moontlik die smaak van tabak en brandewyn aanleer. Daarom koop ek die vee 'n tweede keer, en gee drank en tabak. As jy vra, sê hulle hulle het daardie diere by Herrie afgevat. Erfvyande van hom glo, geslagte lank al."

"En het jy alles gekry wat verloor is?"

"Nee. Hy is hier weg met twee en veertig. Ons het 'n os oorgehou, en omtrent sestig skape. Dan het ons vier kalwers op hok gehad, en die een se ma het na 'n week hier aangeloop gekom, 'n mooi grootuierkoei. Nou ja, dit was in Oktober van '53, en soos jy sien, het ons al weer aangegroei. Oedasoa se mense bring 'n paar, Ngonnemoa s'n bring." Hy het weer beduie na die troppie kalwers in die kraal voor hulle.

"En Eva? Het sy die hele tyd saamgevlug? Nie huis toe verlang nie?"

"Sy het, en ons na haar, hoor. Nie ek juis nie, maar my vrou en kinders. Lambert het nog lank na haar gevra. En dit moet jy onthou: sy is een van 'n familie. 'n Dogter verlaat net haar familie wanneer sy trou. Herrie is immers haar voog, en 'n ma se broer het by hulle amper meer gesag oor kinders as hulle eie pa. En met daardie beeste het hy skielik status gekry. Ja, hy was selfs sterk genoeg om haar lojaliteit te hou vir die drie jaar wat hulle daar in die Valsbaaise duine geswerf het. Ek het vir die ouman respek, ek erken dit. Hy het my deeglik uitoorlê."

"Respek vir 'n moordenaar en dief. In Amsterdam word hulle gehang."

"En ander loop vry rond. Weet jy hoe ek daardie Sondag gevoel het, Pieter, toe hy ons kaal gesteel en ons wagtertjie doodgeslaan het? Hy vlug weswaarts met die beeste, see toe. Moes ek hom agtervolg met die helfte van my soldate? Beslis nie, want dan stel ek die Fort bloot aan 'n aanval uit die bosse. Jy kan sien, die hele vallei lê oop aan daardie kant. Dit was 'n plan, het ek vermoed, 'n bekende taktiek, om ons aandag in een rigting te lei en dan die groot mag van die ander kant af teen ons in te smyt. Ek het gedink: Hier sterf ons almal vandag. En daar was my vrou en klein Abraham, die vorige dag gebore. Daarom het ek elke man wat 'n wapen kon dra, op die mure gesit om die Fort te verdedig. En so het ou Herrie lag-lag weggekom. Hy het my gedagtes alles vooruit geweet."

Van die kraalhek af het hulle agter om die Fort na die tuine toe geloop. Die paadjies tussen beddings was met skulpgruis bedek, die beddings was groen en netjies, die grond donker van kraalmis, die leivoortjies blink van water. Tussen die rape en kool het slawe gestaan en kyk hoe die here verbygaan. 'n Hollander het by die keerwal op sy graaf geleun. "Goeie boer," het Van Riebeeck gesê. " 'n Goeie oes, as die reën so hou." Sy oë het van kant tot kant oor sy tuin gegly. Waaraan gee hy aandag? het die sjirurgyn gedink. Wat ignoreer hy?

"Ons het dit nou effens makliker hier, maar waaragtig, jy sal nie glo in watter armoede daardie gebeurtenis ons gestort het nie. Ek het my reputasie om aan te dink. My goeie naam is gedurig op die spel. Van my moet hulle nie sê dat hulle daardie Van Riebeeck gestuur het om die ding te stig, en hy het misluk nie. Ons moes hier slaag." Hy het na die blou baai gewys. "Ons moes pikkewyne eet, robvleis, vis, groen meeueiers. Hier op land, op land, hoor, is mense aan skeurbuik dood. Tussen ons gesê, die Direkteure moet weer kyk na daardie storie van skeurbuik. Maar ons is mos Hollanders, ons heil lê in die see. Ek het bote gestuur, al wat ek gehad het, so klein as 'n galjoot, halfpad om die wêreld, St. Helena toe, Mauritius toe, vir kos, en dan kom hulle leeg terug. Maar die stasie moet oorleef. Fort de Goede Hoop. En wat van my reputasie? Hierdie Herrie was nou 'n vername man in die land. Ek het destyds probeer dink hoe hy gedink het, daar in die duine met ons beestrop, en die wonderlike nuwigheid daarvan vir hom. En sy miserabele strandlopery op een slag verby."

Van Riebeeck het glimlaggend sy kop geskud, asof in ongeloof. "Binne 'n paar uur, die duur van een preek. Merkwaardig. Ek hoop hy vrek in armoede."

"Die meisie Eva?" het Havgard gevra.

"Ja." Asof hy terugkom na die werklikheid. "Mooi kind."

"Hoe oud sal sy nou wees?"

"Ek reken so sewentien, agtien. Ek weet nie wanneer sy gebore is nie, maar toe ons in '48 *Nieuw Haerlem* se goed hier ingeskeep het, was sy 'n jaar of ses."

"Het jy haar self gesien?"

"Ja. En honger, soos al die ander. Daarna was sy altyd skraal en klein, asof sy 'n knou het. Nou eers kry sy lyf."

"Hoe lank woon sy al tussen Christene?"

"Hollanders? Een jaar by *Nieuw Haerlem*, toe een jaar in die Fort, en nou al amper weer vier jaar, van sy teruggekom het."

Havgard wou meer hoor, maar wou nie vra nie. "Maar 'n

kind, 'n blote kind nog," hervat Van Riebeeck. "En ek kan jou sê, as 'n getroude man wat in dié opsig baie goed versorg word – en dit bly tussen ons: elke man in hierdie gehuggie, uit die kaserne, uit die hutte, uit die skepe, uit die slawehuis, loop daagliks en kyk haar agterna. Al die vrouens weet dit. Hulle voel jaloers, of beny haar, of voel bedreig op 'n manier. Die hemel weet wat word van Eva as ek die dag hier weggaan. My vrou sê … Ja, my vrou laat die kind nie lank onder haar oë uit nie. Te jonk nog, sê sy. En sy ken die kind."

"Onder haar eie mense was sy seker nou al getroud."

"Heel waarskynlik. Maar eerbaar getroud, hoor, en waarskynlik met 'n ryk man, want sy is 'n uitsoek-dogter. Die ding is net, Pieter: Wie is vandag haar mense? Is dit ek en Maria, of Herrie se mense, of Oedasoa se mense, of haar oorlede pa se mense anderkant die berg? Hier het veranderings oor die Kaap gekom wat haar lot vier, vyf keer verander het. Ek wonder oor haar toekoms."

Havgard het om hom gekyk. Verandering? Steil berge, die ver vlakte, boerehutte, die Duintjies met die trossie hutte van die Goringhaicona en hulle nuwe meelopers, 'n Fort met vlag en kanonne, oop see, 'n paar Hollandse skepe tydelik geanker tussen die Noorde en die Ooste. En Eva. En hy.

Dit was by Van Riebeeck se tafel dat hy haar ontmoet het. Hy, na drie maande as soldaat op *Princes Rojael*, en nóg drie in die Kaapse garnisoen, het hom gaan aanmeld toe hy hoor dat 'n sjirurgyn gesoek word, met die hoop dat dit 'n plek as skeepsdokter sal beteken, Ooste toe. Ja, het die kommandeur hom verseker, daar kom gereeld vakatures, maar die Ooste sou moes wag. "Ek weet jy wil daar kom, almal wil. Ek wil self ook, maar dit moet ook tussen ons bly, ou kêrel. Die Ooste? Oeroud, wonderlik, sinlik, geheimsinnig, geurig, vreemd, en die plek waar jy jou fortuin gaan maak, nè? So voel ons almal. Nee, Pieter, maak eers 'n begin met jou loopbaan. Die Kompanjie het duisende soldate, maar min sjirurgyns. Die vakature is hier in die Fort. Jou soldy verdubbel vandag van nege tot twintig gulde. Ek maak jou ondersjirurgyn, en by die eerste geleentheid word jy sjirurgyn, en dan gaan jy Ooste toe. En as jy oorleef, word jy dalk eendag opper-meester van daardie groot hospitaal in Batavia. Jou fortuin."

Dit was by Van Riebeeck se tafel dat hy haar ontmoet het. Van Riebeeck se vrou het hom persoonlik genooi. Die geselskap was klein, maar gesellig: drie vrouens, vier mans. Hy was die nuwe-ling en is voorgestel. Sy was "Eva, 'n vriendin van ons gesin", en hy was "Meester Pieter van Meerhof, van Kopenhagen". Toe hy protesteer teen die 'meester', het Van Riebeeck gepaai. "Dit is maar skeepsgebruik. Op die walvisvaarders noem ons die skeeps-kok 'dokter'." Eva, langs hom, het regoor juffrou Van Riebeeck gesit. Hy kon sien hoe sy die gasvrou naboots, met die servetjie teen die lippe, met die vingerpuntjies eet, klein stukkie botter op die aartappels, lig gesels na links en regs, met die stem laag en oë neergeslaan.

Hulle het nie veel kans gehad om met mekaar te praat nie. Hy kon haar nie goed sien nie. Haar stem was dieselfde toonhoogte as dié van die gasvrou, met dieselfde uitspraak wat hom aan Frans herinner het. 'n Skipper met 'n getatoeëerde hand en 'n vaandrig met 'n oranje serp oor 'n helderblou mondering het hom besig gehou. Dit was asof 'n Hollandse vlag oor die tafel geswaai word. Een wou praat oor die getye in die Skagerrak, die ander oor die fortifikasies van Elsinor. Hy het Elsinor self geken, sy vader was daar in die garnisoen, maar hy het die lelike Fort nog net van die vlakte af gesien. Dit spook glo daar, is hy vertel. Maar hy wou nie met die vaandrig opgeskeep sit nie. Met die skipper het hy van Wessee gepraat, terwyl dié by Noordsee gehou het, om te kyk of die seeman hom sal vererg. Hy het nie, net nog 'n glas geproe en ernstig oor die stroomspoed in die vaarwater uitgewei. Van Meerhof se hart het warm geword vir die skipper. Daar was baie wyn op tafel, 'n goeie Spaanse wyn, rooi en halfdroog met 'n goeie, ryp geur. Van Riebeeck het oor die tafel geleun om die glase gevul te hou. Dit het die oranje-wit-en-blou vaandrig weer aan gesels gesit.

Eva was stil. Die hele aand het sy omtrent niks gepraat as sy nie op die naam genoem word nie, en aan bewegings van haar hande het dit gelyk asof sy ongeduldig was om daar weg te kom.

Dit was dan haar gewone geselskap; sy volg die gasvrou se voorbeeld en praat haar na. En as sy die dag losgemaak word van haar leiband en op haar eie voete moet staan, hoe sal sy dan klink? 'n Vlak poeletjie, wat gaan opdroog tot modder en later tot klei, waaruit niks verder sal groei nie.

Die kommandeur, of sy vrou, het hom daarna weer en weer na hulle tafel genooi. Hy het langs Eva gesit saam met ander gaste, en deelgeneem aan gesprekke oor Goringhaiqua en Gorachoqua, Grigriqua en Chainouqua, oor skeepsprovisie en trekvee, oor seisoenale migrasie en die toestand van die somerweiding. En rondom hulle was 'n wêreld aan vergaan. Dié gedagte het hom geïnteresseer, sonder dat hy vermoed het dat hy self in 'n maalstroom was waarin loskom onmoontlik en 'n aaklige dood sy uitkoms was. Van Riebeeck het hierdie algemene verandering in die Kaapse samelewing beskou as 'n handelstransaksie. Eva se verduidelikings van dié gebeure aan hom, was vaag, en 'n algemene verheerliking van Van Riebeeck as persoon wat sy waarskynlik net so uit sy vrou se mond gehoor het.

Een aand na ete het hulle op die strand gaan loop, in die rigting van die Duintjies. "Nie te ver in die donker nie, hier was verlede week nog leeus," het juffrou van Riebeeck gemaan. Daar was 'n blink, wemelende naghemel oorhoofs en sterretjies onder hulle voete op die nat sand waar die fosfor uit hulle spore geskitter het. Agter hulle was die Fort se vlammende komfoor, en ver op die soom van die baai was Fort Uitkijk se lantern, soos 'n enkele ster bo die see. Peter het vir Eva uitgevra, en laat praat. Hy self kon nie veel sê nie, want van 'n wêreld anderkant hierdie waterskepplek het sy so goed as niks geweet nie.

"Eensaam," het hy gesê. "Wat doen mense in Afrika as die son ondergaan?"

"Daar is die buiteposte. Hulle pas die mense op."

"Is hulle ver in die binneland?" Die antwoord het hy reeds geweet.

"Nee, net langs die Liesbeeck, waar die vryburgers boer. Daar sien jy die Uijtkijk, en Keert de Koe is daar waar die trekpad deur die rivier gaan, en dan Coornhoop tussen die landerye, en

Ruijterwacht. En heel bo waar die rivier begin, is Houdt den Bul. In elkeen woon 'n paar man met hulle hond."

"So, was jy al by hulle?"

"Ja."

"En waarom is hulle nodig, hierdie buiteposte?"

"Jy is tog al lank genoeg hier, Pieter. Jy weet dit self."

"Ek wil hoor wat jy daarvan dink."

"Die Koina wil ons beeste vat. Hulle wil nie hê ons moet slaag nie. Hulle sê as ons beeste kry, gaan ons sterk word en al die weiding vir onsself hou." Dit was pure Van Riebeeck, en "ons" was die Kompanjie.

"Hier is tog baie, baie weiding."

"Ja, maar hulle gaan te sterk word." Hy het gaan staan om te vra wat sy bedoel. Sy het onbegrypend aangeloop. Die aandwind het koud oor die strand gewaai. Wat doen mense in Afrika na sononder? Hy het haar hand geneem. Haar greep was warm en sterk. "Eva, die Hollanders sal nooit hier weggaan nie. Jy moet dit maar vroegtydig vir Oedasoa en Herrie sê."

"Dit is goed," het sy gefluister, en toe haar hand weggetrek. "Ek dink hulle weet dit. Ek dink daar gaan oorlog kom."

Hulle oë, gewoond aan die donker, kon die silhoeët van die wagskip op die buitereede teen die aandlug uitmaak. Rustig, geduldig op die donker see, sy kop na die wind gedraai, het hy sy krag teen sy ankerkabel getoets, soos 'n groot hond in sy rus sy ketting liggies styftrek. Sy twee lanterns, die een bo die ander onder die besaanra gehys, het teen die sterre beweeg. Hier was Nederland in Afrika, na sononder. Was daar nog iets wat lewe in hierdie donker land?

"Oorlog teen wie?" Hy het gelag. "Tog nie teen hierdie inboorlinge nie?"

"Waarom lag jy, Pieter? Hulle sal nie wen nie, maar hulle sal veg. Dit is al hoop. Al die Koina huil. Hulle sien dit is nou die einde."

"Huil jy?"

"Party dae. Meeste dae dink ek is ek 'n Hollander." Dit het hy self geskryf gesien, in Van Riebeeck se handskrif, in die Fort se dagregister: *Krotoa het gesê dat sy 'n Hollandse hart het*. Destyds toe die Goringhaiqua 'n paar drosterslawe geherberg het, was dit haar voorstel dat twee van Gogosoa se seuns op Robbeneiland gyselaars bly tot die slawe uitgelewer word. En dit is gedoen. Van Riebeeck, in sy trots, het ook vir Herrie gevang en eiland toe gestuur. En daar het dit nou geskryf gestaan: *Krotoa het gesê dat sy 'n Hollandse hart het*. Daar sit die drie verbitterde inboorlinge op 'n dor eiland met 'n brak put, en kyk waar die ver rook in die binneland wys hoe die herders hulle families van groen weide tot groen weide skuif.

"Stry dit nie in jou nie, die Koina-hart waarmee jy gebore is?"

Op die Fort se muur het 'n tamboer 'n uitgerekte geroffel gespeel, die teken dat die poort gaan sluit. Sy het gewag tot dit ophou. "Nie baie nie. Die kommandeur is my vader. Die lewe is makliker vir my, en ek kan eendag rustig oud word. Kom, ons moet omdraai. Weet jy wat maak ons mense met hulle oues wat nie wil doodgaan nie?"

Hy het onwillig teruggeloop. "Dit is 'n baie goeie rede wat jy noem. Maar as daar oorlog kom, gaan jy die Hollanders help om jou mense hier uit te roei, hulle beeste en al die weiding en water te vat?"

"Nee." Hy kon hoor dat sy huil. Hy het sy arms om haar probeer sit, maar sy het verskrik van hom weggeruk, en vinnig, snikkend, weggeloop. En hy het haar half vererg tot by die poort gevolg. Sy het nie gegroet of omgekyk nie en is in die skemer oor die klein binnehof, reguit na Van Riebeeck se huis toe. Die deur bo-op die trappe het met 'n flits van goue lig oop- en weer toegegaan.

Weke lank het hy haar nie gesien nie. Sy werk, tussen die hospitaal en die skepe, het hom besig gehou. Die uitvarende vloot was op die reede. Die skepe was dié tyd van die jaar swak beman, want in Duitsland was die boereknegte aan hooimaak en wou nie see toe nie. En wie daar was, is uitgedun deur siektes wat hulle self aan boord gebring het: rotkoors, maagkoors, sifilis, griep.

Met eerste lig daagliks is hy uit die hospitaal se wagkamer geroep, en het tas in die hand agter 'n slaaf met 'n lantern na die kaai toe gegaan, waar roeiers met hulle spane oor die knieë die diens-boot vir hom teen die steier vasgehou het. Hy is teen die steier af, gly-gly oor seewier tot in die boot, na die agterste bankie langs die kwartiermeester, waar sy tas vir hom neergesit is.

In die donker, nat winteroggende het dit die diensboot 'n driekwartier geneem, kappend in die deining met sy kop teen die noordwester en met vlae groen seewater oor die boeg wat almal deurweek, na die naaste skip. Daar moes hy met sy tas aan 'n seil-band om sy skouer teen 'n valreep uit, dan rol die skip sy poorte onder water en doop hom al klouterend halflyf in die see. Aan boord gaan hy na die kajuit toe, waar om sesuur die passasiers aan ontbyt sit, tussen die wagoffisiere se vuil skottelgoed en pan-ne wat nog op tafel staan. Daartussen maak hy plek vir sy skryf-tas. Die reuk van kookvet en tabakrook in die toe kajuit walg hom. Die skeepsdokter se joernaal word vir hom gebring.

Wat 'n lewe. Daarvoor het hy 'n soldaat se nege gulde vir die twintig van 'n mediese kwak verruil. Sy siel, vir 'n paar gulde meer. Maar hy kan ten minste brandewyn bekostig en hoef dit nie meer uit die apteek te steel nie. Die skeepsdokter se joernaal word gebring, met berigte van sy pasiënte, hulle simptome, sy voor-skrifte en sy suksesse of mislukkings. Soms word dit beskryf soos 'n skaakspel: ek skryf dít voor, hy word so; ek skryf dát voor, hy kom iets anders oor. Skuif en teenskuif in 'n spel teen die Skepper.

As daar 'n aantekening was oor proviand, die kaas, brood, spek of water, het hy 'n vaatjie laat haal en oopmaak. Vleis met 'n ligte skuim en groen skynsel op het hy in peper en asyn laat afwas, maar as daar wurms in geloop het, het hy dit land toe ge-stuur om vervang te word. Skeepsbrood word op die tafel geklop om te kyk of daar miet in is. Indien wel, kan die kok dit in die vysel verkrummel en in vet bak. Daarna moes hy, meester Pieter, saam met die skeepsdokter tussen die kromhoute in om na die pasiënte in die vooronder te gaan kyk. Tussendeks, op elke liewe skip, het 'n afstootlike stank gehang van verrottende uitskeiding van maagkoorspasiënte wat hulle opelyf tussen die kanonne op die donker oorloop gemaak het, van liggame wat vier maande laas gewas is, van ou tabakrook, ou kos, ou asems en die walglike winde wat skeurbuiklyers laat. Hulle lê op die dek, en vrek op die dek, in die vooronder.

Die werk het hom afgestoot. Die arme stinkende siekes, hopeloos uitgestrek in die muwwe donkerte, versluier agter die bitter rook van 'n swaaiende olielamp, het hande na hom uitgesteek, geprewel, soms oor sy voete gebraak. Hy het sy medisyne daar uitgedeel, die tweede opinie gegee waar dit gevra word, en aan 'n nuwe lys begin skryf, van pasiënte van die tweede graad, die genesbares, wat die skipper aan wal moes besorg met kooigoed en kombers, en verkieslik op 'n plank, sodat hulle gedra kan word.

Op dié proses het hy nie gewag nie, maar is eerste oor die verskansing en het sy kwartiermeester na die volgende skip toe aangepor. So gaan 'n voormiddag verby. Hy kom smiddags aan wal met luise in sy kouse, drink 'n glas brandewyn en slaap tot hy geroep word vir die middagskof in die hospitaal. Die vroeë droom van die goue Ooste was nog sterk in hom. Hy wou nie 'n sjirurgyn wees nie. Hy was spyt dat hy die pos aanvaar het. Die gebreekte, swerende Europeërs, met hulle drome van 'n Ooste sterwend in hulle oë, het wanhoop oor hom gebring. Hulle almal, jonk en oud, wou Ooste toe, maar hier lê hulle jong wrakke nou gestrand. En dit was asof hy self gestrand was, want die Ooste was 'n ver, lokkende dagster, en die agterlike Kaap veels te vas aan donker Afrika, en die toestand aan wal net effens beter as op die skepe. Jy kon aan wal ten minste 'n luik oopmaak vir vars lug.

Waarskynlik was dit Peter se ouderdom wat na groei en die blom en die vrug van die lewe verlang het, want hy was nie meer 'n jongeling nie, maar die gevangene van 'n verstarde stelsel, en erg terneergedruk. Hy was die een wat nie in skeurbuik geglo het nie, en om hom te paai het Van Riebeeck soms gesê dalk is hy reg. Skeurbuik, is hy vertel deur kenners wat dit met 'n trotse toon aan hom bekend gemaak het asof die kennis 'n persoonlike prestasie was, was sowel die oorsaak as die bestaansrede van die Kaapse verversingspos. Nie die enigste nie, het sy informante hom ingelig, maar sekerlik die eerste en die ergste.

"Jy is seker nuut in die ambag, meester Pieter. Skeurbuik is die naam van die siekte."

"Maar nie in alle tale nie, my heer. Skeurbuik beteken ge-skeurde buik in julle taal, en dit is nie hier te sien nie. Wat julle probeer sê, is *scorbut*. Dit is Latyns vir skurfte. Maar ek sien ook geen skurfte hier nie, kollega."

Van skeepskwak tot skipper en van skipper tot kommandeur is hy genoem as een wat twis en nie veel van sy werk weet nie. Maar wat hy gesien het, en waarin hy geglo het, is dat skippers heel selde skeurbuik kry, offisiere minder selde, en matrose die meeste van die tyd. Waarom? Die verskil was slegs die beter soldy om beter kos en verblyf mee te koop. Hy wou hê dat Here Sewentien ingelig word oor sy bevinding. Iets anders wat hy op-gemerk het in die sjirurgynsboekies wat deur sy hande gaan, was dat min van die sogenaamde skeurbuiklyers enerse simptome vertoon. Afgesien van die verkeerde naam, wat hy maklik kon verstaan omdat dit deur matrose geskep is, en wat reggestel be-hoort te word, het hy ook aan Van Riebeeck voorgestel dat die skeepsjirurgyne 'n keer hulle verslagboekies hoofkantoor toe op-stuur om daar vergelyk te word.

Die man gaan verkeerd te werk om sy sin te kry, het Van Riebeeck gedink. 'n Ouer dienaar sou dit anders hanteer. Hy moenie beskuldig nie, maar paai; hy moenie twyfel skep nie, maar harmonie; hy moenie bevraagteken nie, maar gelukwens, op die rug klop, nog 'n beker bier aanbied, en geleidelik, gelei-delik sy teenstanders oorreed. Maar dít wou die kêrel met die sterk lewensdrif en effens hoër geleerdheid nie hê nie. Hy het met 'n koue oog op onkunde, onbuigsaamheid en die las van gesag gekyk, met ander woorde, op die bestaande adminis-tratiewe struktuur van sy werkgewer, die loflike Kompanjie. Havgard het afsydig geword van sy pasiënte, kollegas en ower-stes, insluitend sy kommandeur. Dit sou jammer wees om sy samewerking te verloor. Van Riebeeck het met hom daaroor gepraat.

"As jy nie glo aan skeurbuik nie, Pieter, sal jy hierdie gevalle anders moet diagnoseer."

"Ek het nie genoeg kennis om dit te doen nie."

"Waarom verskil jy dan van ervare mense wat wel weet?"

"Ek volg my gewete. Hulle raai. Wat is hierdie skeurbuik? Al die joernale is vol daarvan, maar hoe lyk dit?"

"Swart stoelgang, stink asem, kragteloosheid, mondsere, los tande. Moenie dat die naam jou bekommer nie, Pieter. Dit is maar 'n algemene naam."

"Vir 'n hele paar siektes. Verduidelik dan vir my: Daar is twee skepe, en hulle loop op dieselfde dag see toe, sê maar uit Texel. Hulle reis saam tot hier, en anker op dieselfde gety hier voor die Fort. Dit is tog moontlik?"

"Meer as moontlik. Dit gebeur gereeld."

"Nou sê vir my, hoe kom dit dat op een skip sestig dood is en nog tagtig siek lê aan hierdie skeurbuik, en op die ander skip net twee, of selfs niks?"

"Toeval?"

"Geen toeval nie. Ek soek die oorsaak."

"Ja, te gereeld vir toeval. Maar ek weet nie waarom nie."

"Jy moet saamstem dat daardie twee skepe uit dieselfde pakhuis voorsien is, en dat die matrose in dieselfde goedkoop hole in Amsterdam gewerf is. Ek sê: een vat vleis, of een siek manskap dra 'n siekte aan boord, wat onderweg in 'n epidemie ontaard. Dit is my teorie. Laat die Kompanjie 'n slag gaan kyk hoe sy leweransiers hulle soutvleis maak, en uit watter bordele sy mense gemonster word, en hy kan die onkoste van hierdie hele verversingstasie spaar."

Van Riebeeck het ontmoedig die onderwerp verander, en so gou as hy kon na sy woonhuis gegaan. Hy het nie veel van skeurbuik geweet nie, maar hy het van tuinmaak en boerdery gehou en sou voortgaan om die naam skeurbuik te gebruik, want sy groente was 'n populêre teenmiddel vir wat dit ook al was wat sy werkgewer se skeepsvolk pla.

Omdat Peter niks kon vind om ná sononder in Afrika te doen nie, en die doellose geklets om die kasernetafel hom hartgrondelik verveel het, het hy Van Riebeeck gaan opsoek. Hy het geweet dat die man saans by sy gesin wil deurbring en het vermoed dat die vrou hom nie by haar Evatjie vertrou nie.

Van Riebeeck het laggend vertel van die vroeër dae hier op die

Kaapse duine. Die wêreld sal party van die dinge nie glo nie, maar gelukkig is elke woord daarvan neergeskryf. Dit is alles in die Dagregisters. Baie inligting oor ons groente, en hoe dit skeurbuik genees. As Pieter wou, dan kon hy dit lees. Mejuffrou Van Riebeeck het hom ingedagte bekyk, asof sy 'n rok in 'n snyerswinkel ondersoek vir kwaliteit, voorkoms en duursaamheid. Hy het by haar verbygekyk na die binnedeur. Sou Eva in die huis wees? Hy het onwelkom gevoel in hulle voorhuis en ongemaklik op hulle bank wat as kerkbank gebou is. Dalk het hy hulle verveel.

"Ek sal dit graag lees," het hy gesê.

Toe Van Riebeeck opstaan om die boeke te gaan haal, sê sy vrou dadelik "Die kinders is so rusteloos, ek gaan gou kyk," en stap saam met haar man uit. In die kamer langsaan kan hy hulle hoor fluister. Wat sou dit wees? Dan kom Van Riebeeck met vier swaar bundels binne. "Hier kan jy lees van ou Herrie. Ek het omtrent sy hele lewensgeskiedenis hier. Eienaardige ou siel, nogal hoogmoedig, op 'n halwe Engelse manier, maar verlede week het hy hier gesit en rittel soos 'n juffershondjie, voor ek hom op die eiland laat sit het. Is ook nie meer wat hy was nie."

"En Eva s'n?"

"Ja. Hare ook. Vat maar die boeke saam. Jy sal dit interessant vind."

Omdat dit soos 'n vertrekpas geklink het, het hy die boeke geneem en in die wagkamertjie van die geneesheer aan diens sy lamp en twee kerse aangesteek. Eerstens het hy datums gesoek. Hy wou gister en eergister se inskrywings eerste lees, maar vind dat die heel jongste boek nie aan hom gegee is nie. Daarop skink hy 'n halfglas skoon brandewyn, steek pyp op, slaan die oudste bundel aan die begin oop, en raak weg in die verlede. Die jaar was 1651. Hy vaar met Kersfees saam met die stigters van Texel se reede af. Hy reken uit, Eva was destyds nege jaar oud.

Hy vind in die boek 'n land waarin Van Riebeeck nie woon nie. Daar is 'n blou baai, bleek sandduine met dor, vaal soutbossies, 'n hemelhoë hoekige berg wat soos 'n bruin bakhand agter die baai om buig, 'n vars wind wat eindeloos oor 'n helderblou lug vee, en op die noordwestelike horison 'n lae vaalbruin eiland agter rotse, soos 'n afgesloopte skeepswrak in 'n newel van seesproei, stinkend van wit voëlmis. Wat meer? Na die binneland toe staan bruin najaarsheuwels vreemd swart en geel gevlek, en dan 'n hoë blou bergreeks sonder 'n teken van deurgange. Daaragter waarskynlik die befaamde koninkryke van Afrika, ewe ryk as dié van die Ooste, maar onbekend en amper onontdek omdat dit deur soveel gevare en mites versteek en versluier word. Die naam Afrika stoot hom gedurig af, dit bring beelde van slange, mensvreters, leeus, mismaakte mense, genadelose wreedheid, onkunde.

Hy lees dié aand van hulle gesukkel om kos en skuiling te gee aan dié wat gekom het om iets uit niks te skep, om te plant waar nog nooit 'n graaf in die grond was nie, om huise van klip te bou waar die natuur wil hê dit moet van riet wees. Die eerste twee reënseisoene het weggespoel wat hulle geplant het, en die somers het verdor wat oor was. Hulle, wat gestuur is om die skepe te voed, kon hulself nie voed nie en moes deur die skepe gevoed word. Seilbote moes loop na eilande, maande ver, om hulp. Die Fort se mure moes weer en weer en weer herbou word. Hulle ontmoet inboorlinge van verskillende groepe. Die mense kom op verskillende maniere aan hulle kos. Waarom? Party is herders, hulle word meesal Hottentotte genoem. Waarom? Daar is 'n groepie wat langs die see bly en seekosse eet, hulle is Watermans of Strandlopers. Ander, wat leef van jag en roof, is Sonqua. Die boek noem hulle Bosjesmans.

Hier en daar in die boek begin verskyn verwysings na Eva. Haar intelligensie word geprys, en haar toegeneentheid jeens die wit mense. Hoe oud sou sy toe gewees het? Tussen tienuur en elfuur op Sondag 19 Oktober 1653 gaan Herrie deur drie vlakke van Kaapse bestaan, hy begin as 'n Strandloper, roof en moor en vlug weg met beeste as 'n Sonqua, en gaan slaap as 'n Hottentot, 'n veeherder. So het Van Riebeeck verduidelik. Dit het die nedersetting amper ten gronde gehad, maar hulle sukkel voort, hulle stry teen die natuur, teen honger, teen die inboorlinge en hoofsaaklik teen wanhoop. Die werkers steel, dros, verongeluk. Soveel sterf: jong mans met rooi wange uit die Noorde kom vul 'n gat in die Kaapse duine, twee tot drie en vier in een gat.

Peter neem die bundels waarmee hy klaar is, die volgende dag terug. Die middag na hy van die skepe terugkom, gaan hy nie eet nie, maar skink sy brandewyn en lees verder aan die verhaal. Wat het die nedersetters die meeste gepla? Wat was hulle dringendste behoefte? Hy soek 'n potlood, en skryf in die binnekant van die agterste skutblad van die derde bundel van die Dagregister die tien woorde neer: *vrugbaarheid, reënval, rivier, vloed, wind, weiding, timmerhout, brandhout, vervoer, verdediging.* Hy glo dat hy die saak begin verstaan. En die toneel, soos op die verhoog van 'n komediehuis, verskuif van die Tafelvallei oos-om die berg na die Liesbeeckvallei. Daar staan huise langs die Liesbeeck. Ryp graan beweeg in die wind. Koeie wei in diep klawer. En daar is 'n halwe kring van bewapende reduite al langs die rivier, van die see af tot bo teen die berg. Waarom? Om die vrug uit Afrika te dwing. Die Fort, hier waar hy is, word nou iets soos 'n veldheer se tent, ver agter 'n oorlogsfront. Dan lees hy weer van Eva.

29 Oktober 1658: Vandag het ons van die Cochoqua 'n os en 35 skape geruil. Die tolkin het saam na die Fort toe teruggekom. Sy vertel dat die Goringhaiqua haar kort na haar vertrek hiervandaan aangeval en van al haar goed beroof het. Haar ma, wat by die Goringhaiqua woon, wou haar nie help om dit terug te kry nie. Sy is daarop na haar suster toe, die vrou van Oedasoa wat een van die Cochoqua se twee hoofmanne is. Hulle het haar laas as suigeling gesien, en het haar met groot blydskap ontvang. Sy het hulle vertel van ons nasie, dat sy deur die kommandeur se vrou opgevoed is en ons taal en iets van ons godsdiens geleer het, en van ons begeerte om in vriendskap met hulle te leef. Om sy vriendskap te toon het Oedasoa 'n os en skape aan ons gestuur. Hy het tevore al vee aan ons probeer stuur, maar sy boodskappers is deur die Gorachoqua en die Goringhaiqua teruggedwing. Hy sou graag persoonlik op besoek gekom het, maar word deur ander belet. Ek het haar gevra of ons nie mense met geskenke na Oedasoa kon stuur nie, en het voorgestel dat ons kaneel en peper, en van die allersterkste tabak en brandewyn stuur, en 'n musikant wat die viool kan speel. Sy het gesê dat sy al vroeër wou terugkom, maar dat sy en ook haar suster siek was. Sy het haar suster geleer om te bid, en die mense wou hoor wat sy nog alles by die Hollanders geleer het. Maar die Goringhaiqua en Gorachoqua was magtig kwaad en wil haar dood-slaan.

Watter siekte? wonder Peter. Twee siek mense gelyktydig in een huis beteken waarskynlik iets aansteekliks.

Die volgende inskrywing vertel van 'n ekspedisie om gesken-ke na Oedasoa te neem, en hom na die Fort te begelei sodat Van Riebeeck 'n verbond met hom kan maak. Sersant van Harwaer-den het dieselfde dag vertrek met vyftien Hollanders, die vier Cochoqua wat die skape gebring het, en Eva. Hulle het krale, koper, bier, brandewyn (baie brandewyn), speserye, skeepsbe-skuit en bruin suiker saamgeneem op pakosse. Van Harwaerden se rapport was ongelooflik: daar was hutte van dertig tot veertig voet in deursnee, osse so groot dat jy skaars bo-oor hulle kan sien, die skape soveel dat dit hulle drie uur neem om uit die kraal te kom. Twee gedagtes het by Pieter opgekom, naamlik: Watter siek-te? En: dit moet moontlik wees om saam te gaan op so 'n reis.

Hy lees verder. Eva het nie met Van Harwaerden teruggekom nie. Toe hulle haar laas gesien het, het sy saam met die Cochoqua dieper die land in getrek. Sy het op 'n os gery, soos die hoofvrou van die stam. Sy het 'n boodskap gestuur dat die kommandeur nie bekommerd moet wees nie, sy sal weer kom en sy sal nie ver-geet dat sy 'n Hollandse hart in haar dra nie. Van Riebeeck se op-merking daarby in die joernaal was dat hy hom herinner dat die suster 'n ryk jong man in gedagte het vir Eva. Hierna het Peter sy oog vinnig oor die volgende bladsye laat gly. Soos 'n spioen wat vooruit hardloop om by vensters in te kyk, so het hy vinnig oor elke bladsy na haar naam gesoek. Hy wou weet waar sy was, wie by haar was, wat hulle gedoen het. In sy verbeelding is hy saam op die groot, stowwerige trek na die binneland met 'n paar duisend beeste en twintigduisend skape, en die kort, bruin volk op 'n rustige pas daarby. Van die vrouens dra kinders op die rug, ander loop met opgerolde matte of erdepotte op die koppe. Die mans, met hulle twee, drie assegaaie en raakhomstok, loop weers-kante van die veetrop. Van die oudstes en die jongstes is op osse gelaai, en tussen hulle, soos 'n prinses wie se voete nie mag grond

71

raak nie, ry Eva op 'n reusgroot os. Daar is 'n geel grasvlakte voor hulle, daaragter is berge, en aan die voet van die berge loop 'n donker strepie bome. Dit dui op 'n rivier.

Dan lees Peter weer van skepe wat kom en gaan, siekes wat sterf in die Fort, en van die nuwe boere langs die Liesbeeck, hoe hulle daardie somer hulle graan geoes en die gerwe met vlieëls gedors het. Op die heel laaste dag van die jaar het Eva vooraan 'n bendetjie kinders teruggekom, en sy het baie gehad om te vertel. Die mans het gaan jag, en Oedasoa is deur 'n leeu aangeval. Hulle het die leeu daar op hom met kaal hande gepak, doodgesteek en afgesleep, maar arme Oedasoa se skouer was byna van sy lyf geskeur. Hy lê al 'n maand lank, koorsig en ylend, en het haar gevra om Van Riebeeck te roep. Hy wou hom en sy vrou graag ontmoet voor hy sterwe. Sy self wou nou graag by die Fort bly, het sy gesê. Sy het hierdie nege kinders geleer om te dank voor hulle eet, en om te bid voor hulle slaap, en Oedasoa het gevra dat Van Riebeeck hulle verder in die aanbidding onderrig. Sy wou graag dat die heer vir hulle elkeen 'n blokkie bruin suiker op hulle handpalm gee, om te proe. Daarmee het die bundel vir 1658 geëindig.

Dié dinge het gebeur voor hy, 'n sjirurgyn by 'n regiment Deense voetvolk, geluister het na die stemme uit die see wat oor Europa getrek het, en boere van hulle lande, klerke uit hulle kantore en bakkers van hulle oonde geroep het. Kom na die see aan die westelike kus, het die stem gelok, kom beman die skepe wat Ooste toe vaar. *Orang lama, orang baharu*, Oosinjevaarder, was soet, gegeurde woorde, woorde om mee te toor. Kinders het dit geken; op twaalf wou hulle wegloop om te kyk of dit waar is wat hulle beloof word. Die Ooste, die Ooste, die Ooste, het die stemme gesê; dit was die geluid van branders oor 'n strand, van wind tussen riete, van voetstappe in 'n sandpad, van ruisende palms, van die onstuimige bloed in jou are. Oos was waar die son elke môre sy goud laat sien, waar die wyse manne vandaan gekom het. Oos was die heilige land. Wat het Peter Havgard nog tuis gesoek?

Hy was nie die eerste uit die regiment om see toe te gaan nie. Hulle het vier jaar van oorlog gehad teen die Duitsers en teen die strafste winters in jare. Dit was 'n eindelose nat en donker reënseisoen. Moontlik het die onweer meer ongevalle veroorsaak as die vyand, want die sneeu, hael en yswind en die bittere koue, die bevrore voete en hande, die kouevuur en amputasies in modder en sneeu, het in al twee leërkampe oud en jonk dood geslaan.

Omdat hy wou lewe, het Peter die wa waarmee hy gewondes na die dorp afgevoer het, in die koningsveld voor die poort uitgespan en met sy jas se kraag teen die reën opgeslaan, sonder rus of omkyk, in die pad aangeloop, weg van die bebloede wa wat hy saans met 'n graaf en emmers yswater moes skoonmaak, weg van die leërkamp en sy bondeltjie klere en boeke, weg van die kissie met die karige gereedskap van sy ambag op die wa.

Die pad Ooste toe het wes geloop, het hy uitgevind. Hy moes eers soldaat word om op die skepe te kom. Daar was plek vir boere, bakkers en klerke in Jan Kompanjie se diens, maar almal moes eers soldaat word. In die binnehof van Oos-Indiëhuis in Enkhuijzen het 'n klam seewind die oggend die blare van platane krassend oor die nat plaveisel gedryf, van die een hoek na die ander, en hulle om en om gemaal. Daar was meer as dertig man voor hom in die tou. Hulle moes een op 'n keer verskyn, voor 'n vrou met een oog en 'n boggel wat sy soos 'n kind op haar rug in 'n swart doek gebind het. Elkeen moes haar passeer. Party het sy laat omdraai.

Sy skuif 'n luik oop, en kyk in sy gesig: "Wat wil jy hê?"

"Soldaat word."

"Tevore die Kompanjie gedien?"

"Nee." Sy staar in sy oë, knik herhaaldelik met 'n suur gryns op haar gesig, maak vir hom oop, en mompel iets soos "mal donder" soos hy verbygaan.

Of was dit *madonna?* Wat Peter gehoor het, het honderde voor en na hom gehoor. Party het vertel dit was in Hoorn, ander het gesê Rotterdam. Hulle het gesê sy sien gesigte, en voorspel die toekoms. Dit is alles neergeskryf, in 'n kissie by haar woonplek. Twintig jaar na hom het 'n klerk wat die vrou goed sou onthou, die Ooste deur dieselfde poort probeer binnegaan. Miskien kon hy haar beter verstaan, sy skouers was ten minste reeds krom, sy oë swak van lees by halflig, en sy Latyn redelik. Hy het gehoor

73

mater omnis, of was dit *mater orbis*? Moeder van almal of moeder van die aarde. Was dit moontlik *madonna salvate*? Maar hy het ook nie geweet waarvan sy praat nie, en het gewonder waarom hy aanvaar en ander afgekeur is. Wat het sy te doen met die heilige maagd? Miskien was dit "mal donder".

Peter Havgard moes weer toustaan by 'n tafel in die hoek van die voorportaal. Hy kon na goeddunke lieg, want papiere is nie gevra nie. Hy het verwag dat die Kompanjie mense soek met twee bene, twee arms, dit was al. Dié wat voor hom in die tou staan en wag, het vertel onder in Amsterdam vra hulle net: "Sien jy daardie deur?" En as jy sê ja, word jy aanvaar, want jy kan hoor, sien en praat. Die heks by die deur was die een wat kyk, en kies.

Naam? Hy het sy naam in Nederlands vertaal: Pieter van Meerhof. Geboorteplek? Kopenhagen. Ouderdom? 23 jaar. Naasbestaandes? Sy vader in die garnisoen van Elsinor-kasteel. Militêre ervaring? Vier jaar in die leër. Vrou, kinders, ander afhanklikes? Geen. Ander verpligtings? Soos wat? Wel, jy kan 'n vakleerling wees wat uit 'n kontrak wil glip, of jy is 'n droster uit prins Hendrik se leër, of 'n man met 'n klomp skuld. Wil jy nog voorbeelde hoor? Geen van daardie nie, nee. Katoliek? Nee.

Hy is winkel toe gestuur met 'n voorskot op sy gasie, en die volgende oggend is hy en agtien ander gelukkiges by die Peperhuis-steier ingeskeep. Sy kis met sy klere, droë proviand en die paar stukke sjirurgynsgoed wat hy kon bekostig, is met 'n ligter vooruit, Texel toe. So het hy met toe oë in Jan Kompanjie se diens gegaan, met die hoop om hulle na 'n seereis oop te maak en te vind sy droom van die Ooste het werklik geword.

In die Kaap is hulle aan wal gestuur. Almal moes eers vergeet van die Ooste. Hier was 'n land om te tem, en hande was bitter nodig. As die werk eendag klaar was, kon hulle die reis hervat na wonderlike Golconda of Samarkand, of waarvan hulle ook al gedroom het. Op 'n dag, toe dit lyk of daar kans was om as 'n skeepsdokter hier weg te kom, het Van Riebeeck hom omgepraat, toe bly hy maar. Dalk lê Samarkand hier, en net agter die bult Ofir, Golconda, Eldorado, of die wêreld se ander goue stede. Dalk lê die Ooste in jou hart, Pieter, het Van Riebeeck gesê. Maar Van

Riebeeck was 'n optimis; sy Ooste was waar sy vrou was, en sy grens die Liesbeeck. Hy self was 'n siniese man.

"Jy wil skeepssjirurgyn word, Pieter? Mag ek vra, wat weet jy van die ambag? Hoe sal jy byvoorbeeld die water tap van 'n pasiënt met watersug?"

"Ek sou dit nie doen nie, kommandeur. Dit is 'n dokter se werk. Die sjirurgyn genees bo-op die huid, die dokter onder die huid."

"Reg, reg, maar in 'n noodgeval."

"Net as die skipper my beveel." Hy het in sy geheue gesoek. "*Anasarca.* Die onttrekking uit die onderbuik moet uit die dikderm wees. Gee opium teen die pyn, die poeiertjie in melk of brandewyn geroer. Ek maak die snit deur opperlaag en onderlaag, dan deur die buikvlies, vind die dikderm, trek 'n klisteerspuit vol, skroef die handvatsel uit, keer om en hou 'n flapkan onder die buis."

"Wat vir 'n gebreekte onderkaak?"

" 'n Enkele breuk, veral onder die oor, is maklik. Veelvuldige breuke is moeiliker. Gewoonlik is die kaak so geswel dat jy nie die breuk kan vind nie. Jy soek met die vingerpunte. Nou ja, voel met 'n lanset vir stukkies lood of beensplinters, verwyder los tande, was die wond en pak toe met salf. Laat pas die dele so goed as jy kan, spalk op aan weerskante, verbind eers af en dan dwars rondom die gesig, sit twee lang steke in deur neus en onderlip, knoop en trek styf."

"En 'n halfglas brandewyn."

"Ja, dankie."

"Pieter, ek hoor jy sit die steke deur die hele neus, en nie net deur die *septum* nie. Ek lei af jy het op 'n slagveld gepraktiseer. Sê vir my: is jy 'n dokter of 'n sjirurgyn?"

"Ek het dokters dopgehou."

"Sal jy die werk in ons hospitaal neem? Ek het jou hier nodig. Jou gasie gaan van vandag af op van nege tot twintig gulde."

Van skeepssiektes het hy gou genoeg gehad. Die ergste was die vuilheid van die pasiënte en hulle woonplekke. Swaarkry was geen verskoning vir vuilheid nie. Sommige siektes was bekend,

75

en meswonde was net kleiner weergawes van die swart, sy-ferende gate wat 'n degen, 'n halwe piek of 'n kleinboer se hooi-vurk in 'n soldaat se bas kan maak. Meswonde? Een derde van 'n bottel brandewyn in die wond, een derde in die pasiënt se keel-gat, een derde vir die dokter. Dan kom die snit, die voel-voel met die mespunt en twee vingers vir stukkies been, hout, metaal, die uitspoel met asyn, die kruissteke in die binnehuid, die rygsteke in die opperhuid, 'n ligte verband. Dit het hy geken. Wat hy nie ge-ken het, of kon verdra nie, was vuil mense, die aaklige stank van skeurbuik-asems, 'n vuil skip, vrot kos. Alles was vuiler en vrot-ter as in leërkampe waar die geamputeerdes se tente ten minste onder die wind opgeslaan word, en soldate in kasernes bevuil ook nie hulle slaapplekke nie. Die meeste Deense regimente het met wit broeke geveg en marsjeer. Waarom? Om geen ander rede nie as om netheid te bevorder. Al wat hy hier in die Kaap doen, was om te kla, meer brandewyn te drink, en te soebat vir 'n plek op 'n skip wat Ooste toe gaan. Maar so 'n houding maak hom onwelkome geselskap. En hy was oortuig dat Van Riebeeck hom nie sou laat gaan nie, want die heer se geliefde Kaap se eie be-hoefte was te groot.

Wat het Eva dan beteken, in sy mislike lewe geketting aan hierdie klip wat hulle Afrika noem? Is dit beplan dat sy hom hier tevrede hou, dat hy nooit die Ooste en ook nooit weer Denemarke moet sien nie? Kan dit so wees? Die dag toe hy die gebundelde Dagregisters gaan teruggee, het hy aan Van Riebeeck gesê dat hy graag op 'n ruiltog na die binneland wou saamgaan, as die kom-mandeur hom kon spaar van die skeepsdiens. Op die oomblik het Afrika hom meer geroep as die Ooste, het hy gesê. Hy het in die land en die mense belanggestel. Van Eva het hy nie gepraat nie.

Hy het soms die bejaarde oorblyfsel van Herrie se groepie oues in of buite die Fort ontmoet, en as hy vra waar Eva kan wees, was die antwoord: "Gaan velrok dra." Dit was al. Waarom sou sy, met haar Hollandse godsdiens dan die *sarong* en *batjoe* vir 'n stuk beesvel verruil? Uit watter behoefte, of uit watter onnodige en on-gewaardeerde lojaliteit teenoor haar nasie, het sy daarmee aange-hou? In haar Indiese klere was sy slank, regop, goed ontwikkel, net soos 'n jong meisie moet wees. Die benerigheid van haar honger dae was weg. Hoe sou sy in die heuprokke van die Koina lyk, sonder iets bo aan? Mooi. Iets om na huis toe te kom.

Van Riebeeck het net gesê: "Jy weet hoe nodig ons jou hier het, Pieter, en tog is ek dankbaar jy wil op 'n landsreis gaan. Wie weet watter wonderlike wilde medisynes hier groei? Die Hottentotte vertel my van aalwynsap en boegoe. Wat weet ons van hulle boesmangif, en watse raad het ons teen die Kaapse pofadder, die skerpioen en die knopie-spinnekop? Die Kompanjie kan jou dienste gebruik, ou kêrel. Ek gaan iemand anders soek vir ons hospitaal, maar vir eers bly dit jou verantwoordelikheid. Ek wil self graag binneland toe, veral noudat orals blomme opslaan, maar dit is waaragtig onmoontlik. As ons weer 'n ekspedisie stuur, gaan jy saam."

Peter het op daardie landsreise gegaan. Eers sonder Eva, later met haar. Voor juffrou Van Riebeeck se oë het hulle vriendskap die onvermybare pad geloop. Eers was dit beplande en goedgekeurde ontmoetings sonder veel emosie, saam met vyf of ses ander in die kommandeur se voorhuis. Hulle was selde alleen; dit is deur 'n hand agter die skerms gereël dat aandwandelings op rare windlose someraande groepsuitstappies word. Almal moes saam op die strand loop. Daar was twee niggies van die kommandeur (twee dom, verveelde stadsmeisies), 'n paar jong klerke, 'n jong offisiertjie en omtrent niemand anders nie. Die blydskap waarmee Eva hom saans begroet het, is opgemerk. Toe hy sien dat die niggies Eva as 'n vriendin behandel, het hy ontspan. Eers het Peter probeer om nie deur sy frustrasie aanstoot te gee nie, later het hy nie meer omgegee nie. Hulle was versigtig vir hom. Sy koel hoflikheid, versigtige opmerkings en vrae wanneer antwoorde verwag is, het hom nie populêr nie, maar aanvaarbaar gemaak.

Oorlog het tussen sy mense en haar mense uitgebreek, omtrent 'n jaar na sy aankoms. Dit was ook onvermydelik. Daar was twee aanspraakmakers op een voedingsbron en die swakke moes wyk vir die sterke. Wie die sterke was, die Koina of die wyebroek, moes uitgemaak word.

Van Riebeeck het eendag sy mense om 'n tafel bymekaargebring en gesê: "Kyk, julle sien hoe dit gaan. Dit was nie die Here Meesters se bedoeling dat hulle skepe vir ons van kos moet voorsien nie, maar andersom. Binnekort moet ek weer verslag doen, en dit skeel min of hulle sluit hierdie plek en herroep ons. Julle weet presies hoe die saak staan. Die Hottentotte hou ons skraal, die hase en bokke vreet ons groente, en die volk is opstandig van honger. Ek het geglo ons kan hier tussen die see en die berg regkom, maar ons sal moet uitbrei. Ek het gister weer agter die berg gaan kyk, veral langs die Liesbeeck, waar ou Gogosoa nou lê met die Goringhaiqua." Van Riebeeck het asem geskep en op sy vingers afgetel: "Daardie kant is water dwarsdeur die jaar, en seker dubbel die reënval wat ons kry aan dié kant van die berg. Oop, gelyk grond vir landerye en pikswart van vrugbaarheid. Brandhout volop dwarsoor die vlakte. Lieflike klawerweide, weerskante van die rivier. Eersteklas timmerhout en skeepshout onder die berg, want daar is geen wind nie en die bome groei regop en lank. Ek dink julle weet hoe dit vergelyk met ons situasie hierdie kant van die berg. Daarom wil ek in die toekoms die Liesbeeckvallei gebruik in die Kompanjie se belang. Ons trek nie hier weg nie, ons stig net 'n nuwe kolonie en hys ons vlag dáár. Nou, hoe lyk dit? Dit is óf uitbrei, óf naambord afhaal en winkel toemaak. Met ander woorde, óf die einde van Jan Kompanjie en die Nederlander aan die Kaap, óf sy sukses hier vir die volgende twee, drie geslagte. Wat dink julle?"

Eva het vir Peter vertel niemand in die vergadering het gevra wat moet van die Koina word wat al die jare in die vallei boer nie. Die sieketrooster het gesê dit is aan die mens opgedra om die aarde, wat woes en leeg is, te bewerk. Peter het gedink: Miskien het Van Riebeeck hom opgesteek om daardie teks uit te haal. Hy het vir haar gesê hulle het miskien gedink: So verloop die ou wêreld maar. Vroeër was dit glo Herrie se weiding, maar toe jaag Gogosoa hom daar uit, en nou gaan die Hollander vir Gogosoa daar uitjaag. So gaan dit maar aan.

Van Riebeeck het daarna vinnig gewerk. Eers is plase op die heel beste dele langs die rivier uitgemeet, vir dienaars wat met vrybriewe en 'n geskenk van diere en saadgraan aangemoedig is

om vryboere te word. Op vier plekke langs die rivier het hy re-
duite van klip en inheemse hout laat maak. Kijkuit, op 'n duin by
die mond, Keert de Koe by die Koina se beespad deur die rivier,
Coornhoop in die middel van die landerye, en Houd den Bul aan
die bolope van die Liesbeeck. Perfek. En twee regeringsplase op
die beste plekke teen die berghang: Rustenburg, 'n wingerd-en-
vrugteplaas, en De Schuur, 'n graanplaas met 'n groot houtskuur
waarin onderdak gedors kan word. Daar was nou 'n duidelike
sigbare nuwe oosgrens, volledig afgebaken deur 'n heining van
pale en doringtakke, en die steil walle van die Liesbeeck. Perfek.

Peter het die gebeure van die begin af met aandag gevolg: van
vóór die eerste reaksie, die eerste veediefstal, die eerste brand-
stigting, die eerste doodslag, tot die hele oosgrens in rook en
vlamme opgegaan het en die boere met hulle kinders na die re-
duite toe moes vlug. Hy en Eva was daarby betrokke.

Dit was die tyd toe Van Riebeeck homself begin gelukwens
het met sy plan om die Liesbeeckvallei te beset, toe daar vars eiers
en melk, en bredies van skaapvleis en kool op tafel was, dat die
Goringhaiqua begin wys het hulle is ongelukkig. Hulle verstaan
toe duidelik hoe die wind waai. Dit gaan te goed met die vyand,
want hy maak kliphuise en krale van boomhout, en as jy so bou,
het jy planne om te bly. Toe hulle daagliks byle in die houtbos
hoor klink, en die groot stamme met 'n geskeur en gekraak sien
omval, toe blou rook uit die skoorstene van boerehuise langs die
rivier trek en Hollandse stemme die ploegosse aanjaag dat jy dit
ver in die stil berglug kon hoor, het die Koina bekommerd gesê:
"Hierdie Hollander wil eiers in ons nes lê. Hulle vat ons eie grond
af. Waarvandaan kom dit dat hulle oral huise bou en grond om-
keer? Hulle kom nou al hier tussen ons agter die berg." Vir hulle
was dit vreemd om dop te hou hoe vleie drooggelê word, hoe
hele bosse omgekap word, hoe hele velde uintjies omgeploeg
word. Wit kinders het langs die rivier beeste opgepas, in die vleie
gespeel, eendneste uitgehaal.

Die verhouding aan weerskante van die rivier was sleg. Die
Hollander wou die Goringhaiqua se rooi osse hê voor sy ploeg, en
die Goringhaiqua was bitter omdat vreemde intrekkers hier op sy

waterweiding kom woon het. Dit is Eva, het hulle gesê, sy is hiervoor te blameer; dit is sy wat vir Oedasoa 'n vriendskap met hierdie mense laat smee het. Sy is die een wat in twee huise woon, twee tale praat, twee soorte klere dra. Dit is haar skuld. Hulle het haar geskel en met klippe gegooi waar hulle haar sien.

Opgeskote seuns het luidrugtige uitdagings aan mekaar oor die rivier geskree. Daar was een herfsdag, koel, windstil, die lug so blou soos Indiese blousel en die vleie glad en blink. Steven Botma se skitterwit eende het tussen die riete gedryf en twee bruin kinders het stukke rooisprinkaan op die water gegooi om die eende na die kant te lok. Botma se seun, wat 'n ent hoër op water gelei het, het dit gesien en 'n skoot hael in die water afgetrek om die eende te laat skrik, maar van die korrels het die kinders in die arms en bene getref. Van dié ongelukkige dag af is Botma se huis, sy diere en sy mense uit die bosse met klippe gegooi; hulle kon dit later nie buite waag nie. Hy steek toe die bosse oorkant die rivier aan die brand sodat daar geen slang meer kon skuil nie. Een oggend kyk hy hoe sy hond deur die rivier swem na die swartgebrande kol waarin vars wit molshope opgestoot staan, en later die dag sien hy sy hond daar in die oopte lê met drie pyle in sy stywe liggaam. Dit kan nog met sy kinders gebeur. Hy het sy oudste seun 'n geweer in die hand gegee en laat gaan om met die Koina te gaan gelykmaak: Doen aan ander soos jy wil hê hulle moet aan jou doen. Die seun is oorsee gebore, maar het al gehoor dat die grond syne is. Hy het die geweer in die hand geneem, en gedraf.

Die man wat, ná Chief Harry se gevangenskap op die eiland, in sy plek baas oor die Goringhaicona gespeel het, het by die kommandeur oor hierdie saak gaan kla. Sy naam was Trosoa. Dit was 'n man wat van die Gorachoqua af weggeloop het om by die Fort se poort te kom bedel. Hy het 'n diep stem met iets van 'n grom en 'n blaf daarin gehad. Van Riebeeck het Eva geroep om te tolk. Sy het met die inkom die man iets toegesnou, maar Van Riebeeck het haar stilgemaak. "Hoor wat hy wil sê." Maar hulle het die getwis hervat, en met handgebare. Van Riebeeck het haar weer stilgemaak.

"Wat sê hy?"

" 'n Wit seun het sy hond geskiet."

"Wat, hier by die Fort?"

"Nee, by die Duintjies."

"Hoe het dit gebeur? Vra of hy name ken."

Sy het nie gevra nie, maar 'n beskuldigende vinger na Trosoa gewys. "Dit is sy eie skuld. Hulle en die Gorachoqua, en die Goringhaiqua en Ankaisoa se mense, soek moeilikheid met ons."

Trosoa het haar beskuldigende toon met 'n diep blaf beantwoord. Van Riebeeck het haar arm geskud. "Wat sê hy? Toe nou."

"Hy sê die wit man soek oral moeilikheid, maar hy lieg. Dit is hulle wat oral moeilikheid soek."

"Wag, Eva. Hoe het ek jou geleer? Sê vir my net woorde wat hy vir jou sê."

"Botma se seun het sy hond geskiet."

Van Riebeeck het brandewyn geskink, tabak en pype uitgehaal, maar die man het dit met 'n handgebaar geweier, vir Eva met geel oë aangegluur en met kort asemrukke gehyg.

"Sê vir hom ek sal die saak ondersoek. Maar hy mag nie met sy mense oor die rivier kom nie."

Trosoa het weer vir Eva ingevlieg, en sy woorde met vuishoue in sy handpalm beklemtoon.

"Hy sê die Hollander is 'n leuenaar. Hy wil die Koina uitroei. Hy vreet die veld op. Die wit mense moet op hulle skip klim en padgee. Dit is nie hulle land nie. Die weiding is ons s'n."

"Sê vir hom dit is ook nie syne nie. Dit is soos die see en die reën, almal s'n. Ons gebruik wat ons nodig het en hoef nie toestemming te vra nie."

Eva het Van Riebeeck se antwoord triomfantelik oorgedra, en Trosoa het haar met stilte geantwoord. Toe loop hy.

"Wel, wat dink jy daarvan, Eva?" het Van Riebeeck gevra, en vir haar 'n bietjie soetwyn in 'n glas aangegee.

Sy was bang. "Daar sal oorlog kom. Ek en die wit mense moet dan saam dood. Ek sal na Oedasoa toe moet gaan."

"Dit is nie nodig nie. Jy is veilig hier. Hulle kan niks aan jou doen nie."

Sy is daardie middag na die Duintjies toe om hulp te gaan vra. Sy het gesê: Oedasoa sal dié beloon wat haar veilig wegbring na sy plek toe. Maar Trosoa het hulle belet.

"Sy kruip voor hierdie Hollander. Kyk hoe het sy haar eie mense verraai. Ons kan hier niks meer sê of doen nie of sy gaan vertel dit vir Van Riebeeck. Sy het ons weiding klaar verkoop, klaar. Nou wil sy onder Oedasoa se karos gaan inkruip."

In haar benoudheid het Eva hom skril in die rede geval, en hy het verwoed opgespring en haar met sy raakhomstok geslaan dat sy agteroor steier. Die donker bloed het uit haar hare oor haar oogbank gedrup, en sy het haar blou klapmus afgehaal om teen haar gesig te druk. Toe het sy na die Fort teruggegaan.

Peter Havgard en sy roeiers het van die kaai af aangekom, en toe hy sien dat sy huil, het hy haar arm geneem. Sy wou nie haar gesig wys nie; hy moes sy tas neersit om albei hande voor haar gesig weg te trek.

"Wie het dit gedoen, Eva?" Maar sy wou nie sê nie. Hulle is saam na die hospitaalkamer. Haar gesig was in sy gedagte, betraan en gekneus, en bedroef soos 'n kind wat nie weet waarom sy geslaan is nie. Die vriendelike glimlag wat sy altyd gehad het, was weg. Onskuldig en vertrouend het sy op sy kooi gesit, die jongmeisielyf geboë, in bebloede klere. Hy het vir haar brandewyn en water in 'n glas gemeng, en gesorg dat sy kamerdeur wyd oop bly terwyl hy haar wond skoonmaak en verbind. Hy het geweet dat die drank haar langer sal laat bloei, maar dit sou haar ook laat ontspan. Hy het niks anders gehad om haar te gee nie. Sy het opgehou huil. Die sagte bewegings van sy hande oor haar gesig het haar laat glimlag.

"Kom, nou sal juffrou Van Riebeeck jou help. Ek moet aan diens gaan." Met sy oorjas om haar bebloede skouers is hulle oor die binnehof. Die uitkyker op die muur het oor hulle koppe aan die poortwag geskreeu: "Die Strandlopers trek weg! Sê dit aan die kommandeur." Op die stoep, net voor hy aanklop, het Peter haar op haar voorkop gesoen.

Daar het oorlog tussen die Koina en die Hollanders gekom. Die Koina se klag was aan Van Riebeeck bekend: Die vreemdelinge vat nou die room van die land waar die Koina honderde jare lank gewoon het; hulle maak heinings daarom en dryf die Koina uit na die brak vleie en sandvlaktes sonder veldkos, waar hulle beeste dors ly. Maar die Hollander het na die klagte geluister en gesê: Dit kan so wees, maar hierdie dienspos moet werk. Die Kompanjie se belang kom eerste, en dit is julle of ons. Miskien was daar in die Hollander se gewete 'n gevoel van skuld teenoor die Koina, wat hulle wou uitwis deur die Koina voor hulle gesig te verwyder. Maar daar was afkeer, en minagting. Hulle het die ivoorringe van mense se arms af geruil vir wyn, hulle het skil-paaie en uintjies uit mense se sakke gevat, die matrose was ge-durig agter die vrouens om by hulle te speel. Dit was op 'n haar na of die burger Henk Boom het 'n man dood gehad wat hy aan 'n balk in sy stal opgehys het.

So was daar heelwat plekke nou waar die Koina nie 'n voet mag sit nie. En waarnatoe dan, wanneer die wyebroek altyd meer beeste kry en nog weiding moet hê? Op 'n Sondag in Mei het die Goringhaiqua en Gorachoqua sewe trekosse van die Kompanjie by die nuwe land agter die berg uitgekeer, en op loop gejaag met 'n groot geraas en kieriehoue. Die soldaat agter die vee het uit die pad gespring toe sy trop reg op hom aangedryf word. Hy het die Hottentotte gesien wat gebukkend langs die osse draf, en 'n vin-nige skoot tussen die beeste deur afgetrek. Toe haak die Koina hulle boë van die skouers af en skiet 'n sarsie pyle op hom dat hy moet platval tussen die bosse. Twee ruiters, 'n vryboer en 'n sol-daat, het oor die geraas van die rivier af aangekom en die rowers agternagejaag. Die wagter kon hulle skreeue en geweerskote 'n tyd lank hoor, en toe kom hulle teruggery. Hy het hulle die man gaan wys wat hy geskiet het. Hulle het hom met die voet op sy rug gedraai: die koeël is by een oor in en by die ander uit. Hulle het die kop afgesny en saamgeneem om te gaan wys.

Van Riebeeck het 'n sersant en vier soldate gestuur om die lig-gaam te begrawe, en dan met die rivier op, so ver as die Bosberg, na die osse te gaan soek. Peter Havgard is saam met die patrollie, met die kop in 'n seilsak aan sy saal. Hulle het by die houtkap-perspos aangery, maar kon daar niks verneem nie, en het die pad

83

oor die nek na die kloofpas toe gevolg. By die ingang van die kloof het meer as tweehonderd Koina teen 'n skuins wal onder die bome gesit, asof hulle die Hollanders te wagte was. Die sersant het 'n paar tree vorentoe gegaan om met hulle te praat, maar hulle het sy eerste woorde doodgeskree, en klippe en 'n paar kieries na hom gegooi. Hy het die sak by Peter geneem en dit ver vooruitgeslinger. Toe draai hy sy perd om. "Kom, hulle is te veel vir ons."

Twee, drie dae later is Van Riebeeck se plaashuis en buitegeboue by Bosheuwel afgebrand, en hoewel dit deur 'n kok se nalatigheid was dat die skoorsteen aan die brand geraak het, het die skrik daardie middag al langs die rivier af getrek. By die boerehuise het op elke dak 'n kind gesit om wag te hou, en elke wapen in die huise was gelaai. Die boere het 'n klagskrif geskryf en aan die kommandeur gegee. Hulle wou die Koina uit die pad kry, want hulle kon nie meer op hulle saailande kom nie. Die brand by Bosheuwel kon die Koina nou laat planne kry, en as die kommandeur dit goedkeur, wou hulle graag teen die Koina te velde trek. Maar Van Riebeeck het dit geweier, en laat weet hulle moet hulle goed gaan oppas. Hy hoef nie die eerste skoot te skiet nie.

Daardie Mei was die tyd wat later soos 'n baken in Peter se lewe sou staan. Die oorlog het heen en weer gewoed. Op 'n mistige môre het 'n klein klompie Koina uit die Liesbeeck se riete opgestaan, die kneg bekruip wat die burgers Visagie en Van Roon se vee in die vleie oppas, en hom van minstens vyftien tree ver met 'n raakhomstok teen die agterkop gegooi. Daarna het twee hom met kieries doodgeslaan, terwyl ander sy beeste met spoed en geraas deur die rivier na die riete en die bosse aan die oorkant dryf.

Die naaste boere het wapens gegryp; hulle het gesien dit was 'n sleg dag vir skiet: jy kan niks sien nie en jou kruit lê klam in jou pan. Kinders, elk met 'n wapen in die hand, moes met die boodskap hardloop, party rivier-op, party rivier-af. Vier bure het te perd opgedaag, ander was te voet. Hulle het die spoor van vars beesmis deur die nat gras gevolg tot dit verdeel, en weer verdeel, en weer. Daar het hulle skote in die lug afgetrek om die mense bymekaar te kry. Hulle was reg, dit was 'n sleg dag vir skiet; hulle moes kruit uitkrap en pan droogvryf en herlaai, en bid. Visagie en

Van Roon het die oggend sestien trekosse en melkkoeie en die kneg verloor. Visagie het net een verskalf oorgehou en hy was klaar, hy kon nie meer ploeg nie en het by Van Riebeeck 'n pos in die Kompanjie se diens gaan vra.

Twee dae later is vier beeste uit 'n groot trop gekeer en weggejaag. Daar was drie van Brinkman, en Visagie se verskalfie. Twee boerderye is daardeur gesluit. In elke boerehuis langs die rivier is van toe af 'n soldaat gekwartier. Beeswagters, kinders inkluis, is bewapen. Peter moes sy vroeë besoeke aan skepe afstel, want hy moes teen daglig met 'n soldaat langs die hele grens ry en by elke huis aanklop en vra hoe hulle vaar. Dit was koue werk, daardie winter, met 'n nat hoed en 'n teerseiltjie wat van die water drup, en nat bosse wat teen sy kouse skuur, maar dit was beter as Denemarke, en nog beter as die vooronders van siek skepe. Dit was Eva wat eerste verneem het die Koina het hulle oorlog gehou vir die nat tyd. Sy het kom sê dat die Koina nie meer vir die Hollander skrik nie. Hulle het ook nie omgegee wat met hulle gebeur nie, hulle was kwaad en bitter soos groen gal.

Dit het ook so gebeur dat Peter en die sersant pas by die sesde en sewende huise in die reën weggery het, toe hulle ver agter die verwoede skreeue van vegtende mense hoor. Hulle jaag terug, tot in die gekloek en gefluit van Koina wat beeste keer, en die dowwe tamboerslae van hulle kieries op die diere se rompe. Toe bars nog tagtig of neëntig beeste uit die bosse voor hulle. Die voorstes verdring mekaar in die nou paadjies, die agterstes probeer met koppe hoog gelig, verbybeur. Die jubelende geskreeu was in die reën vóór hulle, maar daar was nog geen Koina te sien nie. Hulle het na links vir die vee padgegee en die perde deur die bosse aangespoor om verby te gaan, toe die sersant 'n enkele jong inboorling wat langs die beeste hardloop, rakelings mis ry. Die man het sy assegaai omhoog geruk, maar die sersant het hom met die punt van die stewel diep in die armholte geskop dat hy opsy uit die pad val. Toe eers het hulle pistole uitgehaal, nekdoeke om die slotwerk geknoop, en teruggedraai agter die beeste aan, en eers toe die sersant sy pistool in die bondel beeste mik en 'n skoot aftrek, het Peter die vyf of ses mans gesien wat daar plat op die nat diere lê en hulle met die hakskene en kieriehoue aandryf. Daarna kon hulle met die pistole niks uitrig nie; hulle het slag na slag afgetrek tot die stene stomp gekap was teen die staal, maar die kruit was weeknat. Toe kom die laaste van die beestrop verby met vier Koina agterna.

"Sabels!" het die sersant geskreeu, en hulle het getrek, die perde uit die bosse laat spring, woes gekap na arms, koppe en bene en na die kieries wat na hulle geswaai is. Die reënwind het geruk aan hulle mantels, die perde kon skaars draai in die nou pad, en Peter moes voor aan sy nat saal klou. Toe die Koina die een na die ander uit die geveg vlug, het hy en die sersant hygend hulle perde ingehou, die bebloede sabels aan die nat bosse gewas en afgevee aan die voering van hulle reënmantels.

By Brinkman se werf het sy takkraal oopgeruk en platgetrap gelê. Boere en soldate het in die huisie om 'n lae kooi gestaan.

"Dit is Simon, hy is dood," het Brinkman gesê. Peter het die modderbesmeerde lyk ondersoek, die growwe hemp oopgeknoop om na die wonde te kyk, die oë toegedruk. Op sy bors en maag het swart houtskoolstrepe van gebrande spiespunte doodgeloop in vier swart kolle gestolde bloed, waarom die koue vel persblou geswel en toegetrek was. Daar was een lekkende gat in die onderbuik, twee in die sy. Die sersant het met Brinkman gepraat oor die skoonmaak van die lyk. Hy sou 'n wa van die Fort af stuur om dit te kom haal. "Meester Pieter, gaan vertel die kommandeur. Julle ander moet opsaal en begin agtervolg."

Van Riebeeck het vir Eva laat roep. Hy het vererg en wantrouig teenoor haar geklink. "Jy kan vir hulle sê," het hy met opgehewe voorvinger beloof, "van nou af gaan ons moor. Oorval. Doodslaan. Buit. As ons gevangenes neem, is dit vir die slawejuk. My geduld is klaar. Daar lê nou vier plase uitgeroei. Dit is jou mense wat eerste die swaard getrek het, Eva. Vier plase lê uitgeroei, en nou gaan ek hulle vergeld."

Van Riebeeck wou hê dat Eva sy besluit versprei. Sy het. In die reën het Trosoa en die Goringhaicona weer hulle hutte by die Duintjies weggeraap en in die Kloofnek se rigting gevlug. Almal, tot by die ou vrou wat by die herd in die hospitaal se kombuis gehelp het, het met bondels op die rug agter mekaar teen die steilte uit getou. Daardie aand het die Raad van Riebeeck se dreigement bekragtig. Al die Kompanjie se vee moes voortaan binne die Fort oornag. Die burgers moes tuis bly, en hulle mag enige Koina wat met 'n wapen loop, op sig skiet. By die aandete het Van Riebeeck dit aan tafel vertel. Peter het vir Eva dopgehou. Wat sou sy doen? En wat sou Oedasoa, die vredemaker, hiervan dink? Eva wou alleen wees, en het juffrou Van Riebeeck met 'n kniebuiging gevra om haar te verskoon. Was sy siek? Die trane het maklik gekom. Nee, sy wou gaan bid. Sy het nie gegroet of omgekyk toe sy uitloop nie.

Peter het in die stilte gesê: "U vra haar om 'n oorlogsverklaring bekend te maak. Dit is 'n ambassadeur se werk."

"Sy kan dit doen. Wat ek in my voorhuis sê, lê in elk geval môre deur die Kaap bekend."

"Maar geloofsbriewe, en 'n amptelike brief aan die vyand?"

Van Riebeeck het hom met 'n glimlag aangekyk. Die glimlag het gesê: Jy is in Afrika.

" 'n Wonderlike kind," het Van Riebeeck gesê. "Ek skryf dit in die Dagregister. Here Sewentien moet weet: jy kry hier goeies ook."

Voordag het Jan Reijniers voor die poort geskree dat hulle sy vee gesteel het. Hy het met sy bleskop ontbloot in die reën gestaan, sy dun klere vasgereën aan sy lyf, sy leë hande omhoog. Hy is binnegehaal, 'n droë hemp en 'n plek by die vuur gegee. Sy vrou en kind was by 'n buurman, het hy gesê. Hulle is hopelik veilig, maar hy, die vryman wie se plaas heel naaste aan die Fort lê, is kaal gemaak. Sy twee honde is by sy hek doodgesteek. Hy en sy gesin het in die bosse geskuil terwyl die geluide van roof deur sy huis beweeg. Sy vrou het 'n toeval gehad toe hulle weer kon binnegaan en 'n kers opsteek. Sy het waansinnig op die grond gelê en skreeu, die bure het haar kom wegdra.

Van Riebeeck het uit sy eie sak honderd gulde aangebied vir die een wat die leier van die rowers, 'n kêrel genaamd Doman, inbring. Vyftig vir sy dooie kop. Vir ander Hottentotte was die vergoeding tien gulde per kop. Vrouens en kinders moet gespaar word. Sersant Everard is met Peter en agt soldate met die hout-kapperspad langs na die kommandeur se plaas toe. Daar omge-draai, het hulle teruggewerk, rivier-af na die see toe. Ses houtkap-pers, met hulle sae en byle in sakke op die skouer en hulle gewere onderstebo agter die rug, het hulle op pad tegemoetgekom. Die bos was onveilig, hulle was op pad Fort toe. Maar die sersant het hulle met 'n belediging teruggestuur om hout te kap. Sal hulle begin vlug voor die vyand? Draai om, dat hy sien hoe lyk hulle broeke agter.

Op Bosheuwel se werf het die kommandeur se stokou kneg uit die swart bouval na hulle geroep, waar hy 'n hoek met skeep-seil en 'n paar planke afgedek het. "Julle kan maar gaan. Ek het die vuilgoed hier weggejaag." Twintig man, niks minder nie. Maar hy het hulle goed laat hardloop. Hy het assegaaie gaan haal om te wys. Een het hom amper deurboor. Maar sy kruit was droog en hy het sy musket deur sy baadjiemou gesteek. Elke skoot wat hy geskiet het, is in die lengte van die mou af. Van die mou was verkoolde flarde oor.

Die gewapende troep het stadig teen die drywende reën teruggery en by elke plaashuis 'n soldaat agtergelaat om die oos-grens te versterk. Voor die huise het die rivier gedruis. Met die terugry, al langs die bierbruin, skuimende Liesbeeck, wonder Peter hoe een man met 'n musket twintig jagters kan verjaag. Het hulle nie leiers nie? Die ou leiers sou nie kennis hê nie, die jonges sou nie vertrou word nie. Die oorlog was vir hulle sekerlik iets nuuts. Die een bygenaamd Doman sal sy werk uitgeknip hê om sy klompie herders teen 'n Europese mag in die veld te hou. Dit is 'n moeilike saak om aan sleg bewapende mense te verduidelik dat as hulle nie vasberade en man tot man aanval nie, hulle hier-die groen vallei gaan kwyt wees.

Jy kon ook nooit sê: kyk, daar steek nou onweer op, ons kan 'n aanval verwag nie. Jy moes dag en nag gereed wees.Van die boere het met hulle gesinne na die Fort toe gegaan, en hulle oor-blywende diere in die Kompanjie se kraal gejaag. Henk Boom, met sy groot vrou en groot kinders, het geweier om hulle lap aarde so oor te gee. Hulle huis was stewig, ruim en skoon, hulle groente in volle blaar, hulle graan die heel geilste. Baie het hom dit beny. Waarom sou hy dit ontruim omdat 'n hand vol barbare ongelukkig voel? Sy bure, Cloete en De Waght, het reeds sak en pak gevlug. Van Riebeeck het vir Boom twee soldate bygegee. Hy het ook die Kompanjie se slawe uit hulle kettings verlos, bewapen met halfpieke, en met 'n wa na die boerderye toe gestuur om die huisraad en die gekapte brandhout uit die plaashuise Fort toe te dra. Daar was, langs sy eie herd, nog net droë hout vir twee weke oor. Dit het dié jaar dag en nag gereën. Groot vleie het op die gelyktes langs die rivier gevorm en die jong landerye bedek. Alles was deurweek, daar was niks aan te doen nie.

Peter het begin twyfel of hulle die oorlog gaan wen, maar Van Riebeeck het nooit twyfel laat sien nie. Hy het sy beleid aan hom verduidelik: As die Koina die enigste met beeste was, was hulle ook die enigste met aanspraak op die Liesbeeckvallei. Dit was noodsaaklik dat meester Pieter dit ook goed verstaan, dat veebesit vir daardie mense meer beteken as kos en klere, meer as ritueel, status of voorregte. Die bees was mag, absolute mag. Daardie reg, die reg van mag, was nou syne. In die betwiste vallei het hy 'n graanskuur en beeskraal van die heel beste geelhout uit die agterberg se klowe laat bou; dit was die hoeksteen van sy nuwe plan. Die Kompanjie gaan self grensboer word. Die paar kleinboere op hoewes langs die rivier sou nie langer die spit vir die Kompanjie afbyt nie. Daar sou 'n heining wees om rowers uit te hou, en gewapende ruitery, en alles sou met kanonne bewaak word. Wapaaie na wingerde en wynkuipe, vrugteboorde, graanlande en groente sou hy aanlê juis daar waar sy vyand hom wil belet. Hy sou al sy mag in die projek gooi, en die Liesbeeckvallei een groot bewaakte boerdery maak, sodat die bruin herders besef dit kan nie herwin word nie.

Vir dié plan het hulle die winter en lente met die wapen in die hand bestaan. Die vryburgers wat vóór die berg woon, moes saam met die Kompanjie se soldate, ambagslui en klerke op die Fort se binneplein monster en dril. Sondae moes Peter en sersant Everard op Coornhoop deurbring. Eers was daar 'n kerkdiens in die reduit, daarna 'n lang driloefening met geweer en piek buite op die rivierwal, en dan 'n groot roemer brandewyn vir elke man. Die boere het getrou kom dril met hulle knegte, hulle groot seuns en die soldate wat by hulle ingekwartier was. Die Booms, dik, lang mense met rooi wange, het die voorste twee bankies in die reduit se magasyn vol gesit, en die sieketrooster ernstig in die gesig gekyk, asof hy die pligte van 'n wagoffisier het en vir hulle veiligheid moet instaan. Die drie dogters het vir Peter onder die rand van hulle kappies dopgehou. Hy was 'n dokter, en het geweet hoe lyk 'n mens se binnekant. Waarom loop hy alleen met die bruin meisie? Hy was nie soos ander soldate wat graag by die boerehuise kom, graag met die jongmense lag en met die grootmense drink nie. Wie het hom geken? Hulle het hom moedeloos beloer.

Die Sondag, tussen die preek en die roemer, hoor hulle geweerskote en die rollende eggo's daarná uit die Bosberg se kranse. Dit moes die houtkappers by Leendertsbos wees. Daar is aanhoudend geskiet, nie sarsies nie, maar knetterende ritse en los skote. Die sersant het geskree: "Saal op," roemers is haastig gevul en in die keelgate leeg gegiet, saals oorgegooi en vasgegord. Boodskappe is aan vrouens gegee. Dié wat nie perde gehad het nie, het geweer in die hand uit die paalomheining met die voetpaaie na hulle huisies toe gedraf wat soos wit eilandjies van vrede in die ruigte langs die rivier lê.

Veertien ruiters het van die reduit af teen die berghang op gery om in die houtkapperspad te kom. Dit was net 'n waspoor, twee groewe soos ou wonde in die rooi grond, wat reguit oor die rand na Leendertsbos loop. Peter het vir Eva langs die pad gesien en sy perd begin terughou, maar die sersant aan sy linkerkant, het hom met 'n slag van sy oop hand tussen sy skouers vorentoe gedwing, toe sy sabel getrek en met die plat kant 'n hou oor die perd se kruis geslaan. "Vorentoe!" En met 'n dreigende swaai van die sabel het hy in Eva se gesig geskreeu: "Gee pad hier. Gee pad."

Peter het een maal omgekyk, maar kon haar nie agter die swaaiende massa perde en ruiters sien nie. Toe jaag hulle met die waspoor langs agter die geluide van oorlog aan, en pas oor die rand, sak hulle af in die geelhoutbos. Met sabels en pistole in die hande is hulle skreeuend tussen die bome in. Daar was baie

Koina, agter boomstamme, of vlugtend soos wildsbokke tussen die perde. Die ruiters moes buk en koes, vinnig kap, en die perde op hulle hakke omruk agter dié of daardie vyand wat vlak voor hulle opgespring het. Die skote het gedreun, koeëls het soos hamerhoue teen die stamme platgeslaan of huilend weggeskram en wit repe in die bas gelaat. Toe word die bos weer stil. Die perde was nog verskrik, die ruiters verhit en hygend met die sabels in die hand. Daar was geen gewondes nie, min bloed aan die wapens, geen dooie vyand te sien nie. Eerstens, herlaai. Hulle het na die houtkappers geroep, en toe na hulle hut toe gery. Buite het assegaaie op die grond gelê. Daar was vyf man binne, almal gewond. Leendert Cornelisz het 'n bloeiende sny aan die nek gehad. "Dit was amper," het hy gesê. "Hulle het ons aan die slaap gevang. Dis die Sabbat, ons wou nog 'n bietjie lê."

Sersant Everard het die hut ondersoek, twee pikette uitgesit en sy troep laat afsaal. Saam met die houtkapper het hy 'n halfsirkel voor die hut uitgemeet vir 'n palissade met skietgate op kophoogte. Die hout daarvoor is op die houthoop uitgesoek en aangedra. Toe het hulle saam begin bou. Peter het 'n paar pylwonde gebrand en steke in snye gesit, maar sy verlange het sy gedagte gevul terwyl hy die gewondes verpleeg. Hy wou na Eva toe gaan.

Toe dit middag word, het hulle vuur gemaak, die assegaaie bymekaargesoek en daarop gegooi, en toe kos en drank uitgehaal en om die vuur geëet. Hulle respek vir die Koina was min. Kyk net met hoeveel man was hulle te sleg om hierdie huis te bestorm. Kyk hoe het hulle uit die geveg in die bos gevlug. Die sersant het as voorbeeld vertel hoe hy en 'n maat, na 'n veldslag in Frankryk een somer, 'n stuk van 'n perd gebraai het in die taai bruin smeer uit 'n wa-naaf, in die borsharnas van 'n verslane vyand. Maar jy voel soos 'n koning wat uit goue skottels eet, want jy het hard geveg en oorwin, en jou respek vir die vyand is hoog. Maar hier voel jy aldag slegter; dit voel of jy teen verdomde skape veg. Hy het vir Peter aangekyk. "Ek het vir hulle geen respek nie, meester. Nie op die slagveld nie en nie op straat nie. Ek reken hulle nie as waardig nie."

Hulle het tot laatmiddag pale geplant, hulle met dwarsbalke verbind en met planke bespyker. Daar was skietgate vir twaalf gewere, en 'n netjiese rak op borshoogte. Dit was die soort skans, het die sersant met minagting gesê, wat waaghalsige jong manne uitnooi om hom te probeer bekruip of omsingel, omdat hy so neembaar lyk. Maar in dié land, doodveilig. Toe die berg se skadu laatmiddag oor hulle val, het hulle teruggery Fort toe.

Peter het by Van Riebeeck se deur gaan klop om hom te vertel dat hy Eva gekry het, nie ver van die plek waar die geveg was nie. Van Riebeeck het reeds gehoor. Eva het gesê sy het gaan bid, en hy was geneig om haar te glo. Daar is een van hulle klipstapels daar bo, waar glo 'n heilige man begrawe lê.

"Sy bid maar tot ons god, Pieter, al noem sy hom by 'n ander naam, want daar bestaan net een god. Dit moet jy glo as jy die gebooie en geloofsartikels aanvaar." Wou Pieter miskien met haar gepraat het? Later het Van Riebeeck gekom en gesê sy was die kinders, hy moet net wag. Terwyl Peter se verbeelding vol was van die jong meisie wat twee blonde seuntjies was, afdroog en in nagjurke toedraai, het Van Riebeeck hom meer vertel van sy groot plan: om die hele kosbare vallei af te sper met 'n heining van pale en groeiende kreupelbos, die reduite met kanonne te bemagtig, 'n ruiterstal vir twaalf perde te bou, met 'n kaserne vir die ruiters daarbo. Een boerdery aanmekaar van graan en wingerd en weiding vir duisende beeste. Vir die inboorling moet daar nie 'n duim grond oorbly nie. Hulle moet weg uit Tafelberg se skaduwee uit.

"Wat word van hulle, my heer?"

"Dié wat wil, kan by die Kompanjie werk kry. Enige vorm van arbeid, alle ambagte. Hulle moet net ons taal leer en kerk toe gaan, dit is al wat ek vra."

Eva het in die deur gestaan en luister, totdat Van Riebeeck haar daar sien. Toe het sy langs Peter op die harde kerkbank gaan sit. "Wat is dit, Pieter?"

"Ek wou vra, as ek mag, waarom jy vanoggend na die Koina toe gegaan het."

"Dit is nog my mense."

"Maar hulle is ons vyande."

"Ek sal nogtans vir hulle bid, Pieter. Jy moet vir jou vyande ook bid."

Van Riebeeck het hardop gegrinnik. "Jy ook, my heer," het Eva gesê. "Al ons Christene moet aan mekaar dink."

"Jy is reg. Maar wag," het hy gekeer. "Vertel vir meester Pieter waar jy heen was. Hy sal dit graag wil hoor."

"Ek het na die plek gegaan waar *Heitsi-Eib'* lê. Ek het gevra dat vrede moet kom tussen die wit mense en die bruin mense."

"Sien jy Pieter, sy bid tot afgode en dan preek sy vir Christene."

Sy het Van Riebeeck in stilte aangekyk, en toe na Peter gedraai. "Wat sou jy doen as jy ek was?"

"Hopelik dieselfde, as ek die moed gehad het." Hy het haar hand gedruk en weer gelos.

"Het daardie *Heitsi-Eib'* jou geantwoord?" wou Van Riebeeck weet.

"Nee. Hulle doen dit nooit. Miskien is hy nie meer daar nie. Julle wit mense gaan sit en maak julle broeke los agter sy kliphope. Wie wil by so 'n plek bly?"

"Heeltemal waar," het die kommandeur gesê. "Hulle wil nie luister nie. Geen respek vir die inheemse mense nie."

Maar sy het net met Peter gepraat. "Ek was nie na jou vyande toe nie. Ek het hulle nie eens gesien nie."

"En jy, meester Pieter, hoe het jy gevaar?"

"Het die sersant gerapporteer?"

"Ja. Wat dink jy, gaan ons die oorlog wen?"

"Ek dink so." Hy kon Eva se gesig sien verbleek. "Dit kan die einde van die Koina beteken. Hulle is nie baie nie."

"Ons sal hulle heeltemal verslaan. Hoe gouer hulle nou oorgee en ons nie langer oor weiding lastig val nie, hoe beter. En almal moet onder een gesag kom, hier is nie genoeg grond en water en hout en kos, as alle partye nie dieselfde saak dien nie."

Eva het stil opgestaan, haar kop na Van Riebeeck geknik en uitgestap sonder om Peter te groet.

"Dit is seker maar swaar vir haar, meester Pieter," het die kommandeur gesê. Toe het hy omgedraai en na die groot staan-horlosie agter hom gekyk.

Peter het opgestaan. "Ek het gewonder of sy iets wou gaan vertel. Dat ons weer almal in die kerk gesit het, of so iets. Miskien het sy dit gedoen."

"Ek glo nie. Sy is amper 'n volbloed-Hollander. Maar pas op, Pieter, dat ons nie die trots in haar wakker maak nie, dan word sy minder lief vir ons. Wil nêrens as verraaier voorkom nie, sien."

Die nag, 'n uur voor die maan ondergaan, was daar 'n alarm. Daar was 'n man te voet met die nuus dat 'n stuk of dertig Koina die kommandeur se huis by Bosheuwel omsingel het, en dat leeus nie ver van Coornhoop af nie brul. Van Riebeeck was self by die stal. Hy het die komfore op al vier hoeke van die Fort laat aansteek sodat die hele plein verlig was, hy het die soldate gedreig, die sersant aangepor, op die kok geskreeu om die vroeëkos op te dis dat meer patrollies kon uitgaan. Peter is saam met die eerste troep by die poort uit. Dit was bitter koud. Die wind was teen hulle en die naglug skerp soos glas. Die eerste wynfles is vroeg rondgegee tussen die ruiters wat saamgebondel in die sandpad agter die gids ry. 'n Ou maan, donker soos oorryp kaas, het laag oor die see geskyn. In die ooste het die oggendster groot en blink oor die donker berg gehang.

Pieter het sy geweer uit die skede getrek en dit aan die band oor sy skouer gehaak. Wou die Koina regtig oorlog hê, of wou hulle net die Hollander moedeloos maak, dat hy sy boerdery opgee? Dit maak nie saak nie, hulle sou oorlog kry, sodat die Hollander, en hy en Eva, kan rus. Hy het met Van Riebeeck saamgestem. Nou was dit tyd vir sterk optrede, en dit was die enigste hoop op rus. Na die duiwel met hierdie spul, het hy bitter gedink. Na die duiwel met hierdie Koina. Nou moet hulle end kry. Hoe gouer hulle verslaan word, hoe gouer sal hierdie ding eindig.

In 'n paar oomblikke van stilte hoor hulle die leeus naby die rivier brul, en terwyl hulle in daardie rigting kyk, verskyn 'n klein heldergeel stippel in die donker asof 'n kersvlam daar aangesteek is. Soos hulle voortry, word dit groter, helderder, verdeel in twee en dan drie, en elke vlam word 'n vuur wat oranje tonge in die donker uitstoot. "Henk Boom se plek," sê die gids. "Ons moet verdeel." Die kleiner groep lei hulle perde met moeite teen die donker skuinste af, deur slote en plate bosse, want die enigste fakkel moet help lig maak Bosheuwel toe. Hulle roep mekaar se name om kontak te hou, vloek teen die takke en die donker, vloek op die Hottentot en Henk Boom en die Kompanjie, en kom na amper 'n uur op die rivierwal tussen Coornhoop en Boom se plaas uit. By die reduit was net twee soldate, die ander het by die brand gaan help. Die rooi gloed kleur 'n newel van rook en koue riviermis wat oor die vleie hang. Die ruim, witgekalkte steenhuis met sy rietdak, stal, groot takkraal en skuur vol ongedorste koring was klaar afgebrand. Die stal se twee deurposte, van groenhout gemaak, het sissend gelê en rook en stoom uitblaas. 'n Paar bure het nog emmers water van die rivier af gedra, maar daar was niks meer te red nie. Hulle meubels en klere was alles as. Die soldate het om die gloeiende kolehoop waaruit rokende swart balke opsteek, geloop om te kyk of daar iets uit te haal was. Die familie was veilig, hulle moes na die reduit. Die vrouens het verdwaas gehuil, Boom het vloekend gesweer hy is klaar met boer en klaar met die vervloekte land; al hulle arbeid van agt jaar was tot as.

Dit was daglig toe hulle vir die familie in die reduit slaapplek maak en al die plaas se losgoed daar bymekaarbring. Peter het sy *laudinum* in melk aan die vrouens en kinders gegee. Die bure sou verder help, totdat Boom met die kommandeur oor sy toekoms gepraat het.

Toe Peter die oggend by Van Riebeeck kom, met die verslae Boom en sy seun, was die sersant op die mat van gerolde skeepstou voor sy skryftafel. " 'n Helse geveg, daar by Bosheuwel. Niks minder as tweehonderd van hulle nie, miskien driehonderd. Die maan was net onder en alles so donker soos die hel. Net in die huis was lig, 'n lanterntjie met 'n kers. Die ou man daar het flink geskiet. En ons het geskiet waar ons sien roer. Hulle was besig om die beeste uit die stal te jaag toe ons daar kom. Seker gedink ons kom nie meer nie, anders kon hulle ons voorgelê het. Ons het die stal stormgeloop, alles te voet, sien u, en gedoen wat ons kon. Hulle het omtrent die helfte van die vee al buite gehad, toe storm ons die stal en skiet soos ons hardloop. Moeilik om te laai as jy nie jou hande voor jou oë kan sien nie, verstaan u. Die man wat eerste

95

by die hek gekom het, het twee assegaaisteke, een dwarsdeur die kuit, een in die bobeen, maar ons het die hek toegekry dat hulle nie meer kan uitjaag nie. En 'n paar vuilgoed het ons binne vasgekeer. Toe ons weer sien, toe breek hulle deur die dak uit. Daar het ons een geskiet, op die dak. En toe is ons agter die vee aan, oor die werf, bult-af, jy hoor net takke breek. En jy kan nie skiet nie, want hulle skuil mos agter die beeste weg, en te naby kan jy ook nie, want hulle gooi assegaaie waar hulle ons hoor. Ons moes te voet, dat die perde nie in die donker val nie. Maar waaragtig, ek reken hulle moet in die donker kan sien, want hulle is skoon onder ons uit. Ons was maar ses man, en een het by die perde gebly. As hulle wou, kon hulle ons doodgemaak het deur 'n paar man agter te laat en ons voor te lê. Maklik."

"Hoekom het hulle dit nie gedoen nie, dink jy?"

"Te bang, sou ek reken. Of daar is nie meer iemand onder hulle wat in die stryd dink of leiding gee nie. Dit is net daardie Doman, en ek weet nie of hy vanaand by was nie. Dit lyk nie so nie. En kyk, hulle het die plaas omsingel gehad, hulle oë was gewoond aan die donker, en hulle kon sien daar loop 'n boodskapper Fort toe. Hulle weet ons sal kom, en hoe laat ons gaan opdaag. Dan moet hulle net geduld hê. Wanneer ons te voet teen die bult opgestap kom, dan is die oomblik om voor ons op te staan, is dit nie, kommandeur? Daarna sal daar baie tyd wees vir beeste uithaal. Maar dit lyk partymaal hulle wil nie baklei nie, hulle wil net steel."

Van Riebeeck het met sy hande stil gevou op die tafel gesit. "Die skade?"

"Ons is vroeg weg. Dit was nog half donker."

"Sê maar."

"Wel, daar is die bees. Hulle is weg met elf van die ses en twintig. En die wingerd teen die noordelike hang, dit is nou alles plat. Die ou man woon nog in die hokkie wat hy in die murasie afgeskort het. Hy sê ek moet sê die kommandeur moet nie opgee nie."

"So? Sodat hy nie op sy oudag sonder brood sit nie."

"Kommandeur," het die sersant gesê, "ons kan die vuilgoed

uitroei, maar laat ons 'n keer eerste slaan. Hulle slaan elke keer eerste, en kom weg."

"Toemaar. Dit is nie nodig om hulle vuilgoed te noem nie. Beheer jou. Gaan versorg jou diere en mense."

Die sersant het bly staan. Geen woord van dank vir al sy moeite nie? Toe kyk hy Peter met 'n frons aan, lig sy ken, en loop. Peter het vir Boom vorentoe gestoot.

"Watter skade, Henk?"

"Ek het huis en kos en klere verloor, edel heer. Vannag."

"Jy is gesê om jou graan en huisraad na veiligheid te neem, maar jy wou nie. Ek het slawe gestuur om dit vir jou te doen. Maar jy was vol slimpraatjies. Kyk nou."

"Edel heer."

"Is jou mense veilig? En die soldate wat ek gegee het?"

"Ja."

"Ek het ook alles verloor, maar ek kry nog 'n soldy. Wat van jou? Wil jy weer aansluit? Die Kompanjie gee jou 'n dak oor jou kop en brood op die tafel. En 'n geweer in die hand, dat jy kan help veg."

Toe beduie hy na Peter. "Het julle iets van dié Doman gesien?"

"Ons was te laat. Hulle was al weg."

Van Riebeeck het 'n paar stukkies hout en droë gras op die tafel gesit. "Iemand het dit daar op die werf gekry. Hulle maak hiermee vuur." Peter het dit al gesien: hulle boor glo die harde hout in die sagte hout tot dit warm word, dan pak hulle grassies op en blaas 'n vonk aan. Vir Peter het dit hout en droë gras gebly; aan so 'n gesukkel op 'n mistige nag het hy nie probeer dink nie. "So. Wel, gaan help nou maar in die hospitaal. Kyk na die kêrel met die assegaaiwonde, daar is dalk gif in. Ek sou met brood-pappe op die vel begin. Ek wil weet wat sy wonde maak, hoor jy. En nou, Henk, kom sit hier in die kerkbank. Wat van 'n bietjie brandewyn? Dan kan ons praat."

Peter het Eva 'n paar dae lank nie gesien nie, asof juffrou Van Riebeeck haar opgesluit het. Die arme kind. Die Hollanders het haar geminag omdat sy bruin is, en die Koina omdat sy onder die Hollander woon. Al twee roep en wys na haar – verraaier. Peter het een sinnetjie uit die Dagregister duidelik, woordeliks, onthou: *Maar jy, Eva, jy soebat die kommandeur. Soebat* was 'n Oosterse woord wat beteken: om guns te soek. Jy kruip voor die kommandeur, Eva. Dit was Doman se woorde, toe hy nog een van die houthalers was. *"Maar jy, Eva ..."* Nou in oorlogstyd het die beskuldiging 'n dreigement geword, 'n doodvonnis tydelik opgeskort, totdat Doman haar in sy hande kry.

Die waaksaamheid is nie verslap nie en die spanning het meer geword. Peter sien hoe kanonne, langs hulle rooi affuite, op ossewaens by die poort uit geneem word. Twee vyfponders na Coornhoop, nog twee na die groot skuur, een na die kommandeur se huis by Bosheuwel. Boom, wat van sy kinderdae af geen sinnigheid in geweerdra gehad het nie, het verstaan dat die Koina nooit moes weet watter groot gate hulle in die grens geslaan het nie. Selfs sy bure moes dit nie besef of daaroor praat nie. Dit was sleg vir die moed as jy rivierplase verlate sien lê, grond wat deur die vyand herower is. Die natgereënde swart grond langs die vleie het nog vir Boom gelok. Die kommandeur het hom drie soldate aangebied om sy osse te help oppas, as hy weer sou probeer, en saadgraan as hy nog 'n keer 'n ploeg in die grond wou steek. Hy het trekvee van die Kompanjie gehuur, op die boek. Hy sou weer ploeg. Boom se vrou en kinders het die koue puinhoop van sy huis omgedol en klippe, skarniere en spykers uitgekrap. Hulle het die klippe gesorteer en die rommel weggedra om die fondament bloot te lê. Boom het van 'n Maandag tot 'n Woendagmiddag geploeg en toe die soldate met die osse na die Skuur teruggestuur. Daardie dag wou hy vroeër ophou, want daar was reën in die lug en dit het vroeg donker geword. Die volgende dag wou hy vars osse hê.

Peter is dié middag met 'n perdewa en 'n wag van ses man uit om Boom se drie soldate te gaan binnehaal, wat volgens die berig dood lê in die pad bokant sy plaas. Die eerste een was in die houtkappers se pad, naby die plek waar hy eendag vir Eva gekry het toe sy van *Heitse* se graf af kom. Die soldaat het op sy gesig gelê, en Pieter het hom omgerol. Dit was 'n jong Switser, goed aan hom bekend. Sy gesig, bors en maag was een koek bloederige grond, en oor sy mond het die roesrooi klei 'n deksel gevorm. Die tweede een het bleek gebloei met sy rug teen 'n klip gesit, sy hande het aan die graspolle weerskante vasgehou. 'n Afgebreekte assegaai het tussen sy sleutelbeen en die nekaar uitgesteek. Die skouer was rond geswel en swart bloed het om die stok gestol. Hy was bang dat iemand daaraan sou trek, bang vir pyn, bang om te sterf.

Die derde man kon Peter nie sien nie, maar die soldate het uit 'n spoelsloot geroep dat hy daar was. Hy het opium saam met brandewyn en ysterdruppels in 'n bekertjie gemeng en vir sy pasiënt gegee, gewag tot hy verlam is, en hom vorentoe getrek om agter sy skouer te voel of die stok daar uitsteek. Dit het, meer as 'n vingerlengte. Dit moes uit. Hy kon geen los splinters voel nie. Hy moes gereed wees om die aar toe te druk as dit sou skeur. Met verbande voor en agter dig om die assegaai, het hy eers die stok liggies getrek, en toe dit beweeg, dit met een trek uit die geswelde lit gehaal. Bloed en water het saam uit die gat gestoot. Hy het met sy wysvinger in die gat gevoel, en was tevrede: geen hout het in die wond agtergebly nie, behalwe die vuiligheid. Vars bloed het dadelik teen die verbande opgedam, en hy het die nat lappe met sy wysvinger in die twee gate ingewerk. Nog verbande om die nek en onder die arm deur, dit was vir eers al. Hy moes ook na die ander man gaan kyk. Hy het sy pasiënt op sy eie oorjas neergelê, een derde van 'n bottel brandewyn by die monde vol gesluk en daarvan oor sy handpalms gespoeg. Toe het hy, met sy medisynekis aan die band oor sy skouer, in die sloot geklim.

Die soldate het die hele storie klaar uitgepluis: daar is die kêrel neergeslaan, daarlangs het hy gekruip, daar het hy in die sloot geval, van daar het hy gekom tot hier. Hy het op hande en knieë in die modder gestaan, en deurmekaar in Duits gefluister. Daar was 'n knop so groot soos 'n vuis teen sy agterkop, en sy hare en nek was gekoek van bloed. Peter het hom uit sy fles probeer lawe, maar die man wou nie drink nie.

Hy het die korporaal van die wag gevra: "Enige wapens?"

"Nee. Kruitbusse, koeëltasse, alles verlore."

"Kom, ons moet hulle wegkry."

Die gewonde man het nog gebloei. Sy gesig was wit soos

papier, sy naels was blou, sy hande koud, sy pols traag en dof. Kon daar 'n slagaar geskeur het? As hy steke insit, sal die slagaar net binnetoe bloei. Hy kon niks meer doen nie as om nog verbande in die wonde te druk, en die kêrel op die wa toe te maak met alles wat die soldate wou afstaan. Die wat die liggame na die wa toe gedra het, het mekaar vertel wat hulle met die vuile duiwels en hulle vrouens gaan doen as die kans kom.

Twee dae later, toe die Kompanjie en die burgers se trekbeeste in die vroeë aandskemer deur reënvlae aangeloop kom na die Skuur toe, het Doman en vyftig of sestig van sy mense minder as 'n pistoolskoot van die Skuur af uit die nat gras voor die vee opgestaan, en die osse skreeuend stormgeloop. Met kieriehoue teen die koppe en horings het hulle die voorstes laat vassteek en draai, en toe die hele trop deur gille, assegaaisteke, kierieslae en vuishoue omgekeer en teruggejaag, veld toe. 'n Paar jong mans het van agter af op die osse gespring en met skoppe in die lieste voortgedryf. Die Kompanjie se beeswagters het uit die pad gespring, skote probeer aftrek, en daarna toegekyk hoe die diere uit hulle hande gesteel word. Agter die palissade om die Skuur was soldate aan opsaal, ander het reeds met sabels in die hand uitgehardloop. Hulle kon skaars glo dat die Kompanjie sy hele beestrop hier voor hulle oë verloor. Die spore en die geraas het hulle teen die reën en wind skuins teen die berg op gelei. Een soldaat het 'n kieriehou oor die boarm gekry; die been het soos 'n geweerskoot geklap toe dit breek. 'n Perd wat met sy ruiter grond toe is, is net agter die buikgord met 'n assegaai gesteek. Af en toe het 'n os wat van die trop losgekom het, uit die reën te voorskyn gekom, soms bloeiend van assegaaiwonde.

Toe die ruiters hulle begin inhaal, het die Koina tussen hulle en die diere gekom, uitdagend geskree en assegaaie na hulle gegooi. Die soldate het eers teruggeval, gegroepeer om te kyk wat sou gebeur, en dopgehou hoe die Koina hulle koers verander en bergaf trek, om by die drif naby Jacob Cloete deur die rivier te gaan. Dit het hulle kans gegee om voorom te ry, en deur hoede te waai en te skreeu die beestrop te vertraag en later uitmekaar te jaag. Uiteindelik is die Koina met 'n deel van hulle buit oor die rivier. Op die ander wal het hulle omgedraai en die soldate uitgedaag om nader te kom. Maar jy kon dit nie met 'n perd in die water waag nie.

Toe kon hulle die moeë beeste bymekaarsoek en stadig, rus-rus langs die rivier op neem. Die Kompanjie se ruiters was sopnat; die gewere wat met die tromp na onder agter hulle rûe hang, het gedrup van water. In die nagdonker het hulle by Coornhoop gekom en die beeste daar in die kraal gesit.

Van Riebeeck het die volgende oggend, nog in die reën, mense na elke huis en veekraal gestuur om elke skaap en bees in die kolonie te versamel en Skuur toe te neem. Hy het die wag daar verdubbel. En in die gevaarlike weer wou hy 'n skuit Robbeneiland toe laat seil om vir Herrie te haal. Die bootsman het uitstel gevra, hy het verwag die wind sal in die voormiddag suidwes draai, maar Van Riebeeck wou nie. Hy het vir Peter laat roep.

"Ek wil hê jy moet saam na die eiland toe. Berei die ou man voor. Maak hom goed warm en vertel hom hoe graag ons wil vrede hê. Jy moet sy vertroue wen, sodat hy sy nasie kan oorreed om hulle wapens neer te lê. Dit is net hy, of Eva. Maar ons sal meer sukses hê met Herrie. Neem medisyne, vir die onwis."

Die kwartiermeester kon niks meer as 'n fokseiltjie hys nie, want die wind het reeds die boot op sy kant gehad. Met een dolboord meesal onder skuim, en elke golf soos 'n waterval oor die boeg, het hulle die oggend lank teen die noordewind gelaveer. Die eerste steek het hulle naby Janbiesieskraal se strand gebring, die tweede was reg op die eiland af. Die see en lug om hulle was een donker grys, en die vordering was stadig. Peter moes aanhou skep om die see uit daardie boot te hou. Hy het bitter soutwater gesluk, sy gesig en hande was dood van die koue, maar hy kon geen eiland onderskei nie. Van een golfkruin na die volgende het die boot met dowwe slae geval dat sy lyf ruk daarvan. Langs sy bene het 'n halfverdrinkte matroos in die water gesit met die voorseil se tou om sy blou hand gedraai. Die water het uit sy hare getap, sy kop het geruk van die boot se slae. Met rooigebrande oë het hulle teen die weer gestaar, en geskep en gevloek en geskep. Hulle het alles vervloek: die kommandeur, die see, die barbare, die boot, die Kompanjie, die weer, die eiland, alles wat daarop lewe, alles wat dood is. Hulle het wind en see, pyn en koue probeer doodvloek. Uur na uur oor daardie see het hulle hulle verbittering in die wind geskree en die reën gevloek, en dan weer die barbare wat nie wil ophou nie.

Dit was al middag toe Pieter nekdiep in die see moes spring om hulle skuit se kop in die branding vas te hou, en dit was die eerste dat hy sy voete op Robbeneiland gesit het. Na hom het die matroos met die koptou gekom om die boeg te help stut voor die anker oorboord was.

Toe kom 'n span bandiete uit die reën om hulle te help. Hulle het in een massa oor die duin verskyn, 'n ruie horde wat dig teen mekaar skuifel, een vormlose, grysgeklede blok soos 'n swaar, seeverweerde houtbalk waarin mensgesigte gekap is. 'n Twintigtal kaal voete het die blok laat beweeg; skaars bo die sand het hulle enkele ketting beurtelings geruk en gespan. 'n Kort kêrel met 'n blink bleskop het agter hulle geloop en met 'n rottang in die rigting van die skuit beduie. 'n Paar Duitse woorde is geskreeu. Hulle het die see in geskuifel, die boot aan die dolboorde gegryp, terug land toe beweeg en die skuit op die strand gesit.

Toe, op 'n woord, draai hulle om en begin wegbeweeg oor die nat strand na 'n voetpaadjie met jong dorings begroei. Hulle oppasser het onverwags vorentoe gedraf, sy stok herhaaldelik op die nat grys bondel geslaan, sy arm binne-in gesteek en Peter se medisynekis daar uit gehaal.

"*Hundegebrut! Hundegezucht!*" Nog houe het op die bondel geval.

Hulle het die nag in die poshuis geslaap. Buite het dit aanhoudend gereën. Die poshouer het nie kos vir hulle gehad nie. ("Hoekom stuur die heer julle sonder rantsoene? Elke man se kos is hier uitgeweeg, weke gaan verby voor ek 'n provisieskuit sien. Maar ek weet waarom. Dit is omdat hy jul vanaand nog wil terugsien.") Die poshouer het 'n droë vis, bruin, hard en reguit soos 'n plank, saam met twee skeepsbeskuite gekook, die inhoud deurmekaar geroer en met 'n lepel uit die pot geslurp, terwyl sy koue gaste in die vuurherd kruip om droog te word.

"Wat wil die heer met Herrie maak?"

"Weet nie."

"Loslaat?"

Die kwartiermeester het hoopvol begin praat. Dalk kan hy 'n gesellige aand daarvan maak. "Sal nie deug nie, poshouer. Die ou maak altyd oorlas."

"Hier deug hy ook nie."

"Hoe dan so?"

"Wil nie werk nie, wil net vreet, wil net suip. Julle kan hom maar kry. Hoe laat wil julle seil?"

"Môreoggend daglig, hoop ek. Ek voel die weer gaan draai."

Later is die poshouer met 'n lantern buitetoe om die bandiete vir die nag toe te sluit en sy wagte uit te sit. Toe hy terugkom en sy nat jas agter die deur hang, vra die jong matroos: "Het oom dan nie 'n beskuit nie, of 'n slukkie om te drink, miskien?"

Hy het die seun geaffronteer aangekyk. "Wat? Op hierdie pos word elke pikkewyneier vooruit getel. Daar is water in die vat, as jy die maag daarvoor het." Toe haal hy 'n groot stuk beskot soos 'n kajuitwand voor sy slaapsteeg weg, en klim in die oop gat langs die herd. "Ek moet gaan slaap."

'n Rokende pit het in 'n bakkie olie op die tafel gedryf. Hulle het in die skemer bly sit. Die enigste warmte was uit die gloeiende herd. Toe hy die poshouer hoor snork, het Peter die Kompanjie se brandewyn uit die medisynekis met sy maats gedeel, en met sy arms om die kis na Eva se warmte en geselskap verlang.

Hulle was reeds wakker van die koue toe die poshouer uit sy kooi klim, fynhout op die herd pak en dit tot 'n vlam aanblaas, en spaarsaam die naglig se pit tussen duim en voorvinger dooddruk. Hulle is saam buitetoe om teen die muur water af te laat. 'n Ysige wind het oor die eiland gevee. Die swart naglug was oopgetrek.

"Kyk die sterre," het die kwartiermeester gesê, met sy kop ver agteroor. Dit was iets besonders: duisende flikkerende sterre het daar bo gekrioel, groot en klein, van alle kleure en almal kristalhelder. "Sowat sien jy nooit in die vaderland nie."

Herrie was in 'n hok soos 'n groot hondehok by die poshuis se houthoop. Die poshouer het dit opgelig om die man daarin met sy voet aan te stoot. Peter kon boeie in die strooi hoor klink, en 'n stem het gesê: *"Damned Dutchman."*

Hy was kort, skraal en krom van swaarkry. Peter het die lantern geneem en voor sy gesig gehou. Dis dan Herrie. Seker sestig jaar oud, sy hare grys, sy gesig verweer, sy oë versluier agter voue. Sy bene was krom, effens bak by die knieë. Dit was van ouderdom, nie *rachitis* nie. Daar was 'n enkelring en ketting aan sy been. Hy het 'n ou karos om sy skouers getrek en dit hoog voor sy bors vasgehou.

"Did you bring tobacco?"

"Bly stil tot met jou gepraat word." Die poshouer het hom vorentoe gestoot. "Gaan binne."

Peter het met Herrie by die poshouer se tafel probeer praat. Hy het Van Riebeeck se behoefte verduidelik. Daar was oorlog; die Koina en die Hollander het mekaar verniel, en dit was totaal onnodig. Oorlog doen niemand goed nie, en die Koina doen hulself 'n groot ondiens aan. Maar dit kan dadelik tot 'n einde gebring word. Herrie was nodig, want hy kan help om hier vrede te maak. Van Riebeeck sou hom loslaat as hy gewillig was om die alliansie te oorreed om hulle aanvalle te staak.

Maar Herrie wou nie praat nie. Hy het aangedring op sy vroeëkos, wat van die land af vir hom gestuur is. Die poshouer het dit gaan haal. Skeepsbrood, 'n droë vis en 'n kom met water. Herrie het die brood en vis laat week, die water gedrink en geknaag aan sy kos. Hy het Peter laat praat. Peter het gemeen dat die ou man oor die algemeen goed lyk vir sy jare. Sy tande was duidelik stomp, maar daar was nie ander sigbare simptome van siekte nie. Hy het weer en weer probeer. Hy wou nie Eva se naam noem nie, ingeval Herrie of Van Riebeeck die plan kry om haar as hulle wenkaart te gebruik. Hy het vir Herrie gesê daar was geen ander persoon na wie die alliansie sou luister nie, geen ander hoop op vrede hier nie. Miskien was hy gewillig om as tussenganger te werk? Van Riebeeck sou in daardie geval 'n ooreenkoms met hom uitwerk.

"Daardie verdomde Van Riebeeck," het Herrie gesê. "Weet jy,

jong man, dat ek en my mense jare lank hier uit die skeepsdiens 'n bestaan gemaak het? En toe kom hy en sy Kompanjie, en neem ons mense die kos uit die mond?"

"Ek weet nie daarvan nie. Die kommandeur het my net gevra om jou te kom haal. Hy wil die saak van die vrede met jou bespreek."

Die poshouer het gewaarsku: "Ek sluit hom nie los nie, meester. Julle moet hierdie onkruid nie vertrou nie. Ek sal wag tot die heel laaste."

"Goed. Het jy siekes hier, poshouer?"

"Geen bedlêendes nie, dank die vader."

"Ek sal so rapporteer."

Hulle is met die lantern na die hok waarin die bandiete bly. Dit was duidelik 'n skaaphok of stal. Die poshouer het met sy fakkel langs die hok geloop, sy stok teen die houtmure geslaan, en geroep: " 'n Nuwe dag, 'n nuwe dag, prys die Heer."

Twee soldate het van die strand af aangekom. "Alles reg by die bote," het een gesê, en vaag gesalueer.

"Goed. Span hulle in." Die twee wagte het weerskante van die deur gewag terwyl die poshouer oopsluit en binnegaan. Peter is agter hulle aan, hy kon in die fakkellig sien hoe die bandiete by hulle kooie staan, hoe die soldate in die skemer hurk, ketting na ketting by die mense se voete optel en aan die lang spanketting vassluit. Toe roep die poshouer: "Kom." Hulle het soos osse in pare te voorskyn gekom agter die twee wagte aan. Stomend in die skerp naglug, mompelend aan vloeke, krom van arbeid en koue. Skuifelend oor die soutbossies, knarsend oor skulpgruis en die nat strand, het hulle see toe beweeg. Agter die duin is hulle tot stilstand geroep om die blaas te ledig. 'n Lae wasem het om hulle enkels gevorm.

"Kom, meester. Die politieke gevangene."

Die boot was reeds in die water toe hulle met Herrie by die baai kom, die matrose was besig om die twee maste staan te maak en op te tuig. Die bandiete het met 'n gerinkel van hulle ketting oor klippe in die skemer verbygegaan. Herrie het met sy karos oor sy arm kniediep ingeloop en moeisaam in die kantelende boot geklim. Die poshouer het 'n mandjie met pikkewyneiers en 'n groot winddroog elf agter in die skuit gesit.

"Vir die edel heer. Drie vol dosyn."

Die kwartiermeester het geroep: "Jy lieg. Daar's net twee dosyn."

"Wil jy dat ek dit voor jou tel?"

"Ek speel maar, oom. Het jy dan nie vir ons ook 'n paar eiers nie? Ons het gister laas geëet."

"Wat? Vra jy voor hierdie swart man?"

"Hy is net so honger, oom. Hy sal jou nie verkla nie."

"En hier is my brief aan die kommandeur. Die elf staan daarin geskrywe."

Die jong matroos het die skuit na dieper water gestoot, ingeklim en op 'n woord van die kwartiermeester die twee seile opgetrek en vasgemaak. Die oggendster was aan verbleek in die ooste.

Van Riebeeck het lank by Herrie aangehou dat hy hom moet lei na die vyand toe, en daar help pleit vir vrede. Hy het hom laat eet en drink, en laat rook en drink, maar Herrie het geweier om te pleit, en elke keer teruggegaan na die sel onder die Fort. Van Riebeeck het vir Eva geroep om met Herrie te praat. Hy en Peter het buite die deur gewag, terwyl die stemme binne harder en skerper word. Herrie wou nie luister nie en het haar probeer stilskreeu. Sy het alleen na buite gekom.

"Wat sê hy?"

"Hy sê ek is 'n wit man se teef."

Peter het ingestap. "Luister, oue. Bewaar jou tong. Jy beledig 'n eerbare dogter." Die ou man het "*Go to hell*" gemompel, en vir Van Riebeeck gewag om terug te kom.

Buite die deur het Eva vir Peter aan die arm geneem. "Hy sal miskien later praat. Hy kla van pyne in sy heupe."

Van Riebeeck het agtergekom hoe Engelse jenewer met 'n paar druppels *angostura* vir Herrie toeganklik maak. Daar was nog voorbehoude, maar onder daardie invloed was hy gewillig om te kommunikeer. En hy wou net die Koina-taal praat, daarom moes dit deur Eva vertaal word. Vertaal is nie tolk nie. Van Riebeeck het haar nie meer as tolk vertrou nie. Sy was daarvoor te jonk, het hy gedink, te emosioneel, te onervare, en te betrokke by wat gebeur. As 'n vertaler was sy bruikbaar.

Herrie was versigtig om nie in 'n moeilike posisie gepraat te word nie. Hy het duidelik gemaak dat hy nie die Kompanjie se troepe teen sy mense sou lei nie.

"Jy het vir my gesê dat die Gorachoqua jou vyand is."

"Hulle is. Hulle is ook Oedasoa se vyand. As jy geduldig is, sal Oedasoa vir Doman aan jou uitlewer."

"Jy sal vir Oedasoa help as jy uitvind waar die Gorachoqua gevind kan word, en hoe hulle trek."

"Sy spoorsnyers kan dit maklik self uitvind."

Van Riebeeck het stil sy pyp gerook. Dis was nie nodig om oor Oedasoa te praat nie. Die Kompanjie se vyand is nie net die alliansie van Skiereilandse stamme wat op die Liesbeeckvallei aanspraak maak nie, maar al die inboorlinge wat in die somer in die groen vleie kom lê, en dus ook Oedasoa, Ankaisoa, en selfs hierdie armoedige gevangene met sy Strandlopers wat net vae familiebande met die alliansie het. Die oorlog is in werklikheid teen hulle almal.

"Van wanneer af is daar haat tussen Oedasoa en Gogosoa?"

"Dit was lank voor julle hier gekom het."

"Was Eva toe al gebore?"

"Krotoa, ja. Hulle het haar naam gegee." Toe sê Herrie nog iets, wat dadelik 'n driftige argument veroorsaak. Van Riebeeck moes vra dat Eva daarmee ophou, en vertaal.

"Hy sê weer ek is 'n teef wat agter 'n wit reun aanloop."

"Waarom?"

"Hy het te veel drank gehad."

"Verskoon hom dan. Maar ek moet elke woord hoor wat hy sê. As hy so praat, moet jy niks teen hom sê nie, maar vertaal alles woord vir woord vir my. Ek wil hom nie dikbek hê nie."

"Maar ék moet verduur? Wat sal my heer doen as hy dit van juffrou Van Riebeeck sê?"

"Eva, hy sit na ons en luister. Die Kompanjie het hom nodig, en vir jou, en vir my. Laat ons daarom in kalmte gesels. Jy weet jy is 'n dogter in my huis, en ek is tevrede met jou gedrag. Vra hom waarom daar haat tussen Oedasoa en Gogosoa is."

Herrie wou nog *gin and bitters* hê, nog 'n pyp stop, terwyl hy met Eva praat. Van Riebeeck het die tabak aangegee, maar die drankfles geweier. "Vertel maar eers."

Eva het hom 'n vreemde storie vertel. "Die Cochoqua en Gorachoqua was vroeër een groep met dieselfde naam, Cochoqua. Oedasoa se pa was die leier, 'n deftige man, soos sy seun nou nog is. En mense soveel soos bome, ryk aan beeste, en een plaat skape van hier af tot by die berg. Gogosoa was toe jonk, en gierig, en dikwels oneerbiedig. Almal kon sien hy wou 'n hoofman wees, maar dit was nie in sy familie nie. Hy het maats gehad van sy eie ouderdom, en het hulle omgepraat en mooi beloftes aan hulle gemaak: hoe hulle nie hulle ouers se beeste hoef op te pas nie, maar hulle eie. Toe Oedasoa se vader genoeg gehad het van Gogosoa, het hy hom weggejaag. Net so, met leë hande. En Gogosoa en sy paar mak honde is berge toe en het daar met die Sonqua saamgemaak. En die dag het gekom dat hulle die ou man se huise in die nag bekruip het, toe hulle slaap, en hulle het brandgesteek, doodgeslaan, vee uitgejaag, en Oedasoa se vader se swanger vrouens oopgesny en die ongeborenes in die vuur gegooi. Dit was voor die mense wakker was dat die bloed en die gehuil en vlamme skielik oor hulle gekom het, en Gogosoa het daar weggekom met beeste en skape, en daardie Sonqua-honde van Gogosoa het toe hier kom woon, en die naam Gorachoqua gevat."

Herrie het elke woord gehoor wat sy vertel. "Wat wil jy meer hê, Herrie? Laat ons Oedasoa help. Die Kompanjie gee vir jou brood en kaas en brandewyn. Miskien jenewer ook, maar dit is duur. En Oedasoa sal jou dankbaar wees as hierdie oorlog kan ophou."

"Nou maar wat sal makliker wees: dat ek help om die Gorachoqua vir jou uit te roei, of dat julle hier padgee? Dan sal die oorlog ophou. Los ons om ons vee te laat wei en te jag en mekaar te vermoor."

"Sonder tabak, Herrie? En so sonder brandewyn?"

"Daarsonder. Alles soos dit eers was. Hier waar jou Fort staan sal weer beeste loop."

"Toemaar," het Van Riebeeck gesê. "Ek kan wag." En toe Herrie na sy sel teruggeneem is, het Eva gekla: "My heer moenie dat hy so praat nie. My heer is nie sy kind nie."

Van Riebeeck het gelag. "Hy wil hê dat ek hom met beeste beloon. Die bees is alles. Maar selfs as ek gehad het, sou ek nie gee nie, want hy kry 'n hoë dunk van sy waarde vir die Kompanjie." Hy het 'n sopie van die geurige, helder jenewer in Herrie se glas gestort en dit vir Eva aangebied, en sy het die soet bessiegeur ingeasem. "Hou jy kop, kind. Waar hierdie Fort staan, gaan 'n groot dorp kom."

By die Soutrivier se mond was 'n vissershuis, en daar het die Kompanjie se geluk begin verander. Bart Borms, wat in die vroeë oggend na sy lyne gaan kyk het, het 'n opgeskote seun van die Strandlopers gevang wat al 'n hopie visse van die lyne af gesteel het toe 'n hoek hom deur die handpalm haak. Hy was kaal soos hy uit die water uit gekom het. Hy het die lyn afgebyt gehad en was aan sukkel met die hoek se weerhake toe die visser hom pak. In die Fort het Van Riebeeck hom kos gegee, en beloof dat hy die hoek sal laat uithaal as hy kan sê waar die Gorachoqua te kry was. So maklik was dit. Peter het die hoek se skag met 'n tang afgeknip, die punt uitgetrek en die wond gebrand, want die hoek was verroes en aangepak van ou aas. Toe is die seun in sy kamer opgesluit. Dit was ver genoeg van Herrie se sel af.

Die geluk was dat daar drie skepe op die reede gelê het. Sestig van die Fort se soldate, tagtig uit die skepe en twintig vryburgers het 'n mag gemaak wat 'n onderneming werd was. Die skippers was gewillig; dit was weer iets om te vertel wanneer hulle in Nederland kom – van hulle dapperheid teen die woeste Afrikaan. Die gevangene is met 'n riem om die nek gekoppel aan die vaandrig se perd. Hy het hulle oor die droë vlakte gelei, in die rigting van die Tygerberg. By die drif in die trekpad deur die Brakrivier het hy gevra of hy 'n klip op *Heitsi-Eib'* se graf kon gooi, maar die vaandrig het nie verstaan wat hy wou hê nie, en hom met 'n paar houe oor die blaaie vorentoe gedryf.

Die trek agter die Gorachoqua aan het ooswaarts aangehou, en aangehou. Twee dae lank het die seun 'n ver bergspits in die oog gehad, en daarheen gewys wanneer hulle aan sy halter ruk. Toe het matrose al gaan lê langs die pad, of probeer om die Kompanjie se waardevolle eiendom in die bossies langs die pad weg te smyt. Die offisiere het beraadslaag, en laat omdraai. Van Riebeeck het vir Herrie terug eiland toe gestuur, en die jong gids, wat nog sy belofte moes nakom, in sy sel aangehou.

Die volgende aanval op die boerdery was so naby aan die Fort dat Van Riebeeck geweet het die gids wou hulle mislei. 'n Soldaat van die Skuur het twee geleende trekosse op 'n plaas gaan haal om hulle in die kraal terug te bring, toe vyf Koina naby Steven Botma se boerdery uit die riete spring en die osse in die rivier injaag. Die ruiters by Coornhoop het dit gesien gebeur. Hulle was gou in die saal. Hulle het verspreid deur die bosse gery totdat een die Koina gesien en 'n skoot op hulle gevuur het. Dit het die vier ruiters bymekaargebring, maar toe hulle vorentoe jaag, het die Koina die beeste gelos, tussen die bosse weggeraak, en uit hulle skuilplekke pyle op die soldate geskiet. Daar was altyd een om die osse verder te jaag, weg te raak, 'n pyl te skiet of 'n assegaai te gooi.

Die agtervolging het verder en verder van die rivier af gemaal, dieper die ruie veld in. Die soldate het probeer om die osse bymekaar te hou, want as die diere verdeel word, sou hulle ook moes verdeel, dan was dit 'n heel ander storie. Van rondom het die vyand aangeval, jy kon hulle oop en bloot tussen die bosse sien staan, maar daar was geen kans om 'n snaphaan op 'n draaiende perd te laai nie. Die enigste was: sabel in die hand, aan alle kante dophou, skrikmaak as jy kan deur 'n pistool te mik, en hoop dat hulle pyle jou nie tref nie. So kry die soldate dit reg om voor die beeste te kom en hulle te laat draai, maar dan spring die vyand vlak voor die vee uit die bosse en probeer hulle weer terugjaag, sodat die ruiters weer moes omdraai, en weer vóór die osse moes probeer kom. Die stryd het heen en weer rondom die osse gemaal, die perde is op hulle agterpote gedraai, takke het gebreek, die bloed het gevloei. Al vier die soldate het wonde gehad, 'n pyl het stewig in 'n ruiter se dy gestaan. Hygend na asem en aangespoor deur hulle vyande se bloed het die Koina tot teen die perde gekom en na die teuels gegryp. Toe knal die pistole. Die eerste skoot is by die oop mond van 'n aanvaller in, die volgende, op armlengte, is voor op die linkerbors in en deur 'n groot gat agter op die skouerblad uit. Toe hy val, het die oorblywende Koina op mekaar geskreeu en uit die geveg gespring. Nog een van hulle het daar die koeël in die agterkop gekry. Die soldate het 'n tyd lank agtervolg, gesoek, maar dit was vrugteloos, en toe hulle weer by die platgetrapte kol in die bosse kom, was die een wat daar in die bors geskiet is, weg. Daar was die twee dooies, en baie bloed op die grond, en die twee trekosse. Met die osse terug in die Skuur se groot kraal, het hulle laat weet dat 'n sjirurgyn nodig is, en dat hulle die beloning vra vir 'n verslane vyand se kop.

Sukses. Van Riebeeck was verheug. Maar toe hy na Peter gaan soek, kry hy hom en Eva by mekaar in die wagkamertjie. "Wat maak jy hier?" het hy vererg gesê. "Geen vrouens in mans se kwartiere nie. Gaan huis toe." En aan Peter: "Jy behoort beter te weet. Hou haar hier uit." Asof hy hom wou uitdaag om teë te praat, het hy Peter reguit in die gesig gekyk.

"Daar lê twee van ons vyande dood in die bosse anderkant die rivier. Gaan sny hulle koppe af en bring dit in. Vra sout by die kok en 'n seilsak by die bootsman. Maar ry eers by Coornhoop aan en kyk na ons kêrels se wonde. Daar is vier met asssegaai-wonde, en een het 'n pylkop in die dy. En ontsmet liewer met sterk pekelwater, jy gebruik heeltemal te veel brandewyn. Dit lyk my iemand drink die goed."

Ses beeste wat aan Pieter Visagie geleen is om sy lande te ploeg, is dieselfde middag voor die ploeg gesteel en oor die rivier weggevoer. En daardie hele nag lank het hulle gelê en luister hoe sing die inboorlinge, hoog, herhalend en temerig, asof daar by 'n begrafnis gesing word. Die vryburgers in hulle huise langs die Liesbeeck het onrustig hulle koppe gelig om te luister. Nog net vier boerderye was oor van die eerste nedersetting langs die rivier.

Die man wat by die vislyne gevang is – Van Riebeeck het hom Visman genoem, maar sy naam was Heib'oa – het een môre

111

teenoor Eva gespog dat dit Goringhaicona was, en niemand anders nie, wat die regering se vee steel. Hy was bly dat hy alleen by haar kon wees, want sy was mooi, die jong meisie wat so skraal en lank in haar vreemde klere voor hom staan, en hy het gehoop sy sou sin kry in hom. Daar was geen ander man in hierdie Fort na wie sy kon kyk nie.

"Die Goringhaicona? Die paar oumense wat klipmossels eet?"

"Kyk na my," het hy gesê. "Sien jy 'n ou mens hier?"

"Jy is Gorachoqua. Jy weet dit self."

"Ek is nou Goringhaicona. Waterman."

"Nooit," het sy hom gekeer. "Jy word Goringhaicona deur geboorte. Het Herrie jou gevra om hier te kom waak?"

"Hy kan nie, want hy sit op die eiland. Trosoa is in sy plek."

"Maar hy is ook Gorachoqua. Julle is vlieë op die melk, dit is wat julle twee is. Julle het hier kom bywoners word, vir sopies en korsies brood. Maar in julle lewe sal julle nooit Goringhaicona word nie. Gaan vertel jy nou vir my heer dit is Goringhaicona wat sy bees gesteel het. Hy lag hom dood."

"Sal hy?" het die jong man met die versweerde hand gesê. "Ek sal dit vir hom vertel, en dit is die waarheid."

"Gaan vertel," het sy hom uitgedaag."Vertel. Ek sal hom hiernatoe bring."

"Bring hom," het die jong man dapper gesê.

Toe Eva dit aan die kommandeur vertel, het hy gelag. "Daardie klomp raapsels en skraapsels? Ek glo dit nie. Sê hy hy was daarby?"

"Hy sê so. Maar hy spog net."

'n Soldaat het die man uit die tronk gebring. Van Riebeeck en Eva sou uitvra.

"Eva sal jou woorde in Hollands oorsit."

"Hy sê dit is goed."

"Jy sê vir Eva dat dit Goringhaicona is wat ons beeste steel. Is dit so?"

"Hy sê ja."

"Jy lieg mos."

"Hy sê nee."

"Ons glo dis Doman en die Gorachoqua."

"Hy sê Doman is nou by die Goringhaicona."

"Waarom? Vra hoeveel mense nou by die Goringhaicona is."

"Hy sê omtrent honderd."

"Sê vir hom hy is 'n infame leuenaar. Vra of hy al gesien het hoe lyk 'n leuenaar se rugvel as ons met hom klaar is."

"Wat bedoel my heer?"

"Vra net wat ek jou gevra het."

"Hy sê dit is die waarheid. Hy sê hulle kom uit as dit reën. Dit is die waarheid, my heer."

"Eva, beheer jou. Vra waar hulle die gesteelde vee laat loop."

"Hy sê in die Houtbaai, in die kom tussen die berge."

"Hoeveel van hulle honderd dra assegaaie?"

"Hy sê omtrent dertig."

"Vra hoeveel Hollanders hy al om die lewe gebring het."

In die gesprek daarop het Eva vier vingers gelig, verder gepraat, en na Van Riebeeck gedraai. "Hy vra: hy self, of al die Goringhaicona?"

"Wat is dit wat jy vir hom gewys het? Waarom het jy vier vingers gewys?"

Sy het haar kop geskud. "Ek het net gepraat. Ek het niks gewys nie."

"Julle is kop in een mus, Eva. Laat staan maar, ek wil nie verder belieg word nie. Gaan jy na jou kamer toe." Aan die soldaat by die deur het hy beduie: "Vat hom weg. Dan roep jy vir korporaal Giers en meester Pieter."

Korporaal Giers was lus om te skiet, en Peter, toe hy ingelaat word, het Giers se gryns en Van Riebeeck se bui as dieselfde ding herken. Daar moes 'n ekspedisie wees.

"Ek vra vir daardie vissie wat Bart vir ons gevang het, hoeveel wit mense hy al doodgemaak het, om te hoor of hy nie 'n bekentenis wil laat glip nie, maar ek het dit misgeloop. Ek het die gevoel gekry Eva wil hom beskerm."

"Vir hom persoonlik, of al die Watermans?"

"Vir hom, eerstens, dit was my gevoel. Maar kyk wat jy daaroor by haar kan verneem, meester Pieter, so in julle gesels? Ek verwag môre mooiweer. Ek gaan rivier-op ry met die landmeter om te kyk waar ons paalheining moet kom, en waar ons orige reduite behoort te staan. Gaan julle met tien man Houtbaai toe, en bring daardie Trosoa wat nou leier in Herrie se plek is."

Hy sou help, het Peter besluit. Nie onder vals voorwendsels nie. Hy sou nie op Eva spioeneer nie. Sy weet waarom hy 'n einde aan die oorlog probeer maak, hoe hy dit probeer doen, in wie se guns en in wie se belang.

Hulle is voor dagbreek weg, lig toegerus. Hulle is oor die kloofnek en verder agter die Gewelberg op. Toe hulle teen die middag die oop vallei voor Houtbaai binnery, het honde ver weg geblaf. Dit was asof die klank van die rivier se kant af kom, waar yl rook bo die bome uitstyg. Giers het hulle laat afklim om hulle wapens voor te berei. Hulle het in die kring gestaan met die gesigte na buite, die ladings van geweer en pistool vasgestamp, kruit in die pan geskud, die pandeksels toegeklik. Van die vyand was daar nog nie 'n teken nie. Waar was die honderd mense en die geroofde vee? Hulle is te voet verder. Toe die honde se geblaf dringend word, het hulle een man by die perde gelaat, en van bos tot bos vorentoe gegaan. Daar was net drie hutte in die skuiling agter die duine naby die riviermond, niks meer nie. Giers het beduie hoe hulle moes aanval, drie man vir elke hut. Hulle moes skiet en weer laai.

Hulle het daar van heuphoog aangelê en vier skote deur elke hut gevuur. Die eerste stilte is deur gille versteur, toe peul naakte mense by die lae deure uit. Die volgende sarsie is tussen die vlugtendes in geskiet. Die vyand het op die wit sand gelê en bloei. Kinders het huilend gekruip. 'n Ou man het aan die voet van die duin omgedraai, donker teen die skitterwit sand, en een hand soos in 'n groet gelig. 'n Paar flou woorde het voor sy oop mond bly hang. 'n Vrou met haar karos soos 'n vlerk oor haar arm gesprei, het geroep: "Moenie skiet nie. Ons is Watervolk." Soldate het hulle vlugtige teikens met die geweerloop deur die ooptes gevolg, en afsonderlik gevuur. 'n Man wat by 'n hut uitgebuk het, het met 'n skoot teen die borsbeen agteroor deur die oop deur geval.

Niemand het meer gehardloop nie. Kinders het skreeuend

geklou aan grootmense. 'n Paar het in doodsangs voor die soldate gestaan, op die sand neergesak, hulle probeer kleinmaak voor die gewere. Al die gesigte was vertrek, trane het oor stowwerige wange geloop. En van die soldate het verbaas gekyk: Waarom huil hulle? Wie is hierdie mense? Wat het hier gebeur?

"Ons is Watermans. Die kommandeur ken vir ons. Hy ken vir ons. Watermans. Watermans." Peter het gesigte begin herken: 'n kombuiskneg, die ou vrou wat potte skuur, 'n houthaler daar, een wat 'n keer die vloer in die hospitaal gewas het. Sommige dood onder die son, ander staande.

"Ons het nie kwaad gedoen nie. Spaar ons."

"Hou julle bakhuise," het Giers geskreeu. "Trosoa, waar's Trosoa?"

'n Middeljarige man met 'n grys kop het hom losgemaak van klouende kinders en in die los sand op sy voete probeer kom. "Ek."

"Jy is die dief, jou donder. Jy het ons mense vrekgemaak en besteel."

"Nee."

"Ja, jou vark. Jy kom Fort toe."

"Nee."

"Goeie vader, sê jy nee? Jan van Riebeeck sê ja en jy sê nee?"

"Nee."

"Kom hiernatoe. Ek gaan jou waaragtig nie Kaap toe dra nie."

Trosoa het een maal in die rigting van die see gekyk, regop gestaan, en sy hand gelig na daardie vreemde krom bergspits wat steil uit die see aan sy linkerkant styg. Giers se koeël onder die ken het hom agteroor geslinger, dat hy oopgesprei teen die duin val. 'n Gekerm het hemel toe getrek. 'n Jong man op die agtergrond het in die bosse weggeduik.

"Perde," het Giers beveel. "Twee man om hier op te pas. Deursoek die hutte. Meester Pieter, kom jy saam."

Hulle het die vlugtende man sonder moeite gevind. Hulle perde het teen die duin uitgebeur, toe hy tussen die bosse uitkom en oor die groot rotsblokke aan die voet van die berg klouter, tussen die berg aan die een kant en die skuimende branders wat dreunend tussen die rotse in storm. Hy het ligvoet hoër gegaan, net af en toe omgekyk en dan weer sy gesig voor die berg gelig. Giers het laat afstyg, die gewere is oor die saals gestut, en op vyftig tree het hy begin skiet. Skoot na skoot het om die man van die klippe gekaats en huilend oor die see uit gevlieg. Op tagtig tree het iemand hom getref; hulle kon sien hoe hy sy balans verloor, agteroor steier en na rotshoeke gryp. Toe kom hy weer op die been en sukkel stadig voort, hoër, van klip na bos, bos na klip.

Peter was eerste om agterna te gaan, met sy kis oor sy skouer. Toe kom Giers en twee, drie ander by. Die gewonde man het omgekyk. Hy het sy kop teen die rotswand laat rus. Verder op was net 'n hol krans wat ver oor sy kop en oor die kolkende branding onder hom hang. Hy kon nie hoër nie. Die soldate het weer aangelê. Koeëls het teen die klip gekap. Hy het omgedraai, een tree gegee en oor die see uit gespring. Hulle kon sien hoe sy liggaam die rotse tref, met die volgende sug van die see daarvan afgespoel word, en tussen bruin seebamboes verdwyn.

"Vloeksel. Daar gaan twintig gulde."

Die gevangenes was op die sand voor hulle huise. Daar was twee mans, twaalf vrouens, ses kinders. Die korporaal het die dooie liggame bymekaar laat sleep. Alles wat in die hutte was, is buitetoe gegooi. 'n Paar assegaaie, mooi saggebreide velle, boë en pyle, pylkokers, matte, erdepotte is by die deure uitgesmyt en op 'n hoop voor die huise aan die brand gesteek, voor die verskrikte oë van die halfkaal mense. Toe het Giers brandende hout uit die vuur gehaal en op hulle huise gegooi. Hy het Peter nader geroep en na die lyke gewys.

"Sny net bolippe af, anders moet ons die hele kop vat. Dis drie maal twintig, om tussen twaalf te verdeel. Miskien moet ek nog een of twee skiet."

"Moenie mal wees nie. Wil jy moor vir guldens?"

"Bring jy bolippe. Ons kan vir mekaar getuig."

Die aand moes hulle in die Raadsitting verslag gee. Van Riebeeck het eers sy plan vir die versterkte grens uiteengesit. 'n Hoë paalheining soos by 'n veemark was nodig, waardeur geen bees kan kom nie. Die enigste bome van die regte lengte was die geelhout in die agterberg se klowe. Die heining moes loop van die Uitkijk-eiland af, deur die rivier, en dan al op sy verste oewer langs tot by Rosendaal. Van daar af sou 'n lewende heining van wilde-amandelstruike geplant word tot bo by die Bosheuwel. Die plant is 'n vinnige groeier, en groei dig. Die enigste hek in die hele heining kom by die drif in die Brakrivier. Daar alleen moes almal, wit en bruin, uit- en ingaan. Die reduit daar se naam is Keert de Koe. Mooi naam, nè? Die reduit voor Bosheuwel is Houd den Bul. Hulle het tevrede geknik: koei en bul, natuurlik is dit reg.

Toe moes Giers en Peter van hulle ekspedisie verslag gee. Giers het met die vier lippe op 'n wit sakdoek voor hom gesit. Hy was stom. Peter moes praat. Die ses raadslede het in stilte geluister. Aan die einde het die voorsitter gevra: "Was Doman tussen hulle?"

"Nee, kommandeur."

"Hoeveel dooies?"

"Vier. Een is deur die see weggesleep."

"En hulle het toe geen vee gehad nie. Het hulle dit dalk aangegee na 'n ander?"

"Ek het geen spore daar gesien nie. Dit is moontlik met al die reën, maar ek dink nie daardie klompie was sterk genoeg om iets te onderneem nie."

"Hulle kon gehelp het."

"Hulle kon."

"Waar is hulle nou, die oorblyfsel?"

"Hulle het ons agtervolg tot hier agter die Kloofnek, klippe op ons afgerol en op ons geskel, so ver as wat ons gery het. Maar hulle is uitgeroei. Hulle het nie 'n vel tussen hulle oor nie."

"Nou kyk, vra môre sestig gulde by die kassier, ek sal die order teken. Dié wat skuld op die boek het, moet dit eers afbetaal; die ander kan kontant of drank kry. En moet maar eers nie dat Eva hiervan hoor nie. Sy sal dit gou genoeg uitvind. Dit was haar mense, die Goringhaicona, wat vroeër hier by die Duintjies was. Miskien was daar nog familie van haar by."

Die eerste keer wat hy haar gesien het, toe sy hom in sy kamertjie in die hospitaal besoek het, het hy haar vertel. Sy het

117

geskrik en haar hande na haar mond toe gebring: "Maar die seun wou net spog." Toe sy huil, het hy sy arms om haar gesit, en haar eers op sy skouer laat huil en daarna langs hom op sy kooi laat lê, tot sy opgehou het.

Eva is die volgende oggend na Oedasoa toe. In haar Hollandse klere het sy tot by die drif in die Brakrivier geloop. Daar was soldate met kaal bolywe besig om gate vir pale te grawe. Hulle het na haar geroep, maar sy het sonder omkyk verbygegaan, dieper tussen die skouerhoë bosse in, en 'n wit klip op *Heitsi-Eib'* se graf gepak, en haar Hollandse klere uitgetrek, opgevou en in haar bladsak gesit. Toe het sy 'n velrok en karos omgehang, haar armringe aangesit, en met 'n stok in die hand verder geloop. Sy het weggebly tot verby die einde van die blomtyd, en vir die eerste keer het die Cochoqua nie daardie jaar vir die somer in die Liesbeeck kom lê nie.

Die kommandeur het een keer elke maand langs die nuwe heining gery, en by elke boerehuis aangegaan om die boerderye te bekyk en om met die nuwe burgers op goeie voet te bly. Dan moes Peter saam om te kyk na siekes en beseerdes, want die mense kon sonder transport nie by die Fort kom nie. By die Brakrivier se drif was die reduit Keert de Koe van geelhout op sy klipfondament klaar gebou, en 'n groot stuk veld is rondom weggebrand om vir die wagte 'n oop skietveld te gee. Die klippe vir die fondament het gekom van 'n handige stapel in die veld naasaan; die laastes is in die gat gepak om die hekpaal regop te hou. Langs die reduit was die hek, 'n enkele balk wat soos 'n skip se hysboom aan 'n ketting gehang het. Dit kon vorentoe en agtertoe swaai, en met 'n katrol opgelig word. "Die poort na Afrika," het Van Riebeeck met die poshouertjie gespot. Die geelhoutbalke vir die skutheining het daar gestapel gelê; hulle punte was skerp gekap, gebrand en gereed om in die grond te kom. Soos hulle ry, het Van Riebeeck die oorlog bespreek met Peter en die sersant.

"Die vyand was te lank stil na my gedagte. Nou waarom is hulle stil, wonder ek? Is dit omdat die reëntyd verby is, en hulle ons nie in mooiweer durf pak nie? Of is dit tog omdat daardie Strandlopers agter die hele oorlog was? Onder Herrie se leiding, of nie? Waar was Doman? Kon hulle nie sê nie? Hierdie heining moet klaarkom, en die reduite beman en bewapen. Ek moet my jaarverslag met die volgende vloot opstuur."

Eendag het die oorblywende Strandlopers uit Houtbaai voor die poort gekom, uitgeteer en in vodde geklee, met nie eens 'n hond agter hulle nie. Nou wou die ou mense weer hier langs die Fort kom bly, om water vir die kok te dra en hout vir die herd. Hulle was nog altyd vriende van die kommandeur; het nooit moeilikheid gesoek nie. Die kinders is meesal dood die winter langs die see. Daar is nie meer kos in die see nie.

"Ja," het die kommandeur gesê, "ek sal kyk. Gaan bou maar weer daar by die Duintjies. Ek sal later 'n plan maak."

Sersant Giers het vir Peter gesê: "Een stam kan jy nou maar van die boek af haal. Die Goringhaicona behoort tot die verlede, soos die Filistyne. Hulle is in die sak."

Nie baie dae later nie, na 'n nag waarin die suidewind dreunend oor die Fort en baai gewaai het dat die stof die oggend soos 'n misbank oor die see hang, het hulle aan kanonskote van Robbeneiland gehoor dat daar moeilikheid was. Opstand onder die bandiete? 'n Skip gestrand? Peter is saam met 'n sersant en ses man gestuur. Meer waarskynlik was iemand sterwend, het hy gedink, en 'n ekstra fles brandewyn in sy tas gesit. Hy het ook die sersant laat sorg vir rantsoensakke, ingeval die weer ongunstig word.

Die poshouer was senuweeagtig. Nee, dit was gelukkig nie siekte nie, het hy gesê toe hy die medisynekas sien. Maar hy wil graag sy besoekers binnenooi en vir hulle iets te drink aanbied wat 'n makker uit die Ooste gestuur het. Dit was *tuac*. Was hulle *orang lama*, ken hulle dit? Onwettig, ja, dit weet almal. Soveel moeite, en dit spesiaal vir hom. Sy probleem was groot. Hy was maar 'n paar maande hier op die pos, en nou het 'n ongelukkige ding gebeur. In sy tyd was daar nog nie so 'n geval op die eiland nie. Wat die kommandeur gaan sê, kan enigeen raai. Dit was al weer die ou inboorling, Herrie. Hy het ontsnap.

"Hoe?" het die sersant gevra, want dit was nou sy saak. "Hy kan tog nie vlieg nie. Hy kruip hier weg."

"Met ons bootjie."

"Die bevel was om bote saans aan die ketting vas te sluit. En roeispane binnehuis agter grendel en slot. Dit is die bevel vir die hele Kaap."

"Maar die ou dingetjie was flenters, dit sou sink. Ons kon dit van verlede jaar af self nie meer gebruik nie."

"Geswem dan, wil jy sê?"

"Nee. Hy is weg met die boot en met ons enigste twee spane. Ons sit hier gestrand."

Asof hy 'n verklaring in 'n sakboekie aanteken, het die sersant opgesom: "Geroei. In die hoogedel Kompanjie se enigste boot. En dít in laasnag se stormwind." Maar sy oë was by die oop deur uit, op see. " 'n Stokou man, vol siektes en pyne, roei in die nagdonker hier weg in 'n lekkende boot. Waarheen?"

Windaf, oor die banke skulpgruis en droë bossieveld op die voorgrond, oor die persblou water, kon hulle die wit lyn sien waar branders teen die vaste kus breek. Maar dit was baie, baie myle ver. Blouberg, daar, het skaars drie vingers hoog gestaan.

"En is hier haaie in die vaarwater, kwartiermeester?"

"Ja."

"Ek haal my hoed vir hom af," het Peter gesê. "Watter kans is daar dat hy die oorkant haal?"

"Niks. Hy sou dit nie reggekry het nie, as jy my vra. Al was die boot ook hegter as wat ons vertel is. Wat weet hy van bote?"

Die sersant het gesê: "Waarskynlik versuip."

"Moontlik, maar ons moet die liggaam laat soek," het Peter gesê. "Ek moet 'n liggaam hê, die wet verlang dit. Ek dink dit sal waaragtig 'n wonderwerk wees as die ou nog lewe. Maar sê nou hy haal land en kom weer by sy mense. Dan gaan die oorlog van nuuts af vlam vat."

Die sersant het saamgestem. "Die kommandeur gaan nie hiervan hou nie, hoor. Dit was 'n tyd mooi stil gewees."

"Hy was die kommandeur se troefkaart. Maar kom, poshouer, ek wil 'n slag in jou gevangenis gaan kyk. Laas was ons te haastig, maar daar is nou tyd. Siekes in die kooi?"

"Daar is 'n paar. Die ander werk vandag in die steengroef."

"Siekes eerste. Daarna loop ons groef toe."

"Julle moet maar gou maak, meester, die weer kan verander," het die kwartiermeester agter hom aan geroep, en weer aan die seldsame *tuac* geproe.

Toe hulle die aand by die Fort kom en die nuus vertel, het Van Riebeeck sy humeur losgelaat op die Goringhaicona buite die poort. Hulle het genoeg Hollands verstaan, en die kommandeur se stem moes die oorreding doen. Hy het hulle op die binneplein bymekaargeroep en gedreig dat as Herrie hier sou verskyn, hulle hom as 'n vyand van die Kompanjie moes uitlewer, en doen hulle dit nie, sou die Kompanjie met hulle afreken net soos met Trosoa. Hulle moes nie na Herrie luister nie, dit was verby met Herrie. Hulle moes nooit weer leiers volg nie. Daar was nie meer Goringhaicona nie. Enigeen wat sê daar is Goringhaicona, is 'n vyand van die Kompanjie.

Hy het tot die derde dag laat wag, dat die lyk kan opkom, en toe 'n soekparty strandlangs gestuur. Hulle het sy skuitjie ver anderkant die Blouberg gevind. Dit was hoog op die strand uitgeskep en aan die voet van die duine geberg, met die twee spane netjies onder die bankie ingesteek. Spore was klaar weggespoel. Die spane was al wat hulle teruggebring het, behalwe die slegte tyding dat Herrie vry was. Jy kon verwag dat die alliansie die oorlog om die Liesbeeckvallei sou hervat.

Peter het na die winter minder gehad om te doen. Daar was sy werk in die hospitaal en 'n paar skepe om te besoek, en hy het uitgesien na Eva se terugkoms. Hy het die boere besoek met wie hy deur die oorlog kennis gemaak het, en gehou van die groei aan heinings en oeste en kinders wat hy hier op die grens gesien het. Dit was lente, daar was 'n jong krag aan werk, 'n fris lewe wat in vele vorms uitgeskiet het. Hy het hulle die familielewe beny: die vrou, die eie tuiste, die kinders. Hy sou self langs die rivier kon vryburger word; miskien was 'n bestaan as vrysjirurgyn later hier moontlik. Eva was dikwels in sy gedagte. Sy sou aard hier.

As hy alleen in sy kamer was, het hy na 'n beter lewe verlang. Hy was dertig jaar oud, en het die grootste deel van sy lewe in kasernes deurgebring. Daardie geselskap het hom nou verveel. Hy het min vriende gehad, en het behalwe die kommandeur en sy vrou omtrent niemand geken wie se geselskap hy sou opsoek nie. Die Kaap was nog te veel met pioniersvolk beman, mense uit die kaserne en die arbeidersklas wat makliker met 'n perd as met 'n boek omgaan. Die kommandeur het 'n klavesimbel gehad waarop hy en sy vrou speel, en die trompetter het sy wysies gehad, maar dit was middelmatige spel, en benewens dít het jy nooit musiek gehoor nie. Hy wou 'n huis hê, 'n plek vir sy klere, plek vir sy boeke, 'n plek om te skryf. Die behoefte aan 'n vrou was al jare by hom, maar nou was dit 'n begeerte aan 'n ander lewenswyse, eerder as die brandende behoefte waaraan al die mans in die kaserne ly. Die enigste voordeel van Kompanjiediens was dat hierdie lewe makliker was. As hy sy ontslag vra en dalk boer of vrysjirurgyn word, sou sy sorge toeneem. In die sweet van sy aangesig, van dagbreek tot sononder, vir homself en 'n groeiende gesin. Veel makliker was dit om sy etes by die bakstafel geskaf te kry, sy klere en kooigoed weekliks gewas deur slawe, en aan die einde van 'n maand die oorblywende soldy in sy hand uitgekeer.

Wat Eva betref, dit was nie dat daar geen ander jong meisies aan die Kaap was nie, maar hulle was skaars en selde te sien. Die kommandeur het niemand toegelaat om ná taptoe buite te wees nie, en as iemand saans sou wegglip na die boerehuise toe, vang 'n luiperd of 'n leeu of 'n swarte hom dalk voor die kommandeur hom kry. Eva met haar vrolike lag was tog geselskap. Hier in die Fort was sy 'n kind, 'n eenvoudige, laggende jong dogter wat net vrede met die wêreld wou hê, en 'n gunsteling by almal. Die las wat die kommandeur op haar gelê het, het hom verontrus. Dit was 'n onreg. Dit was te swaar.

Sy het met hoogsomer teruggekom. By haar was twee mans wat 'n troppie skape bring. Dit was Oedasoa se geskenk aan Van Riebeeck. Sy het ook 'n skilpaddoppie met droë boegoe vir juffrou Van Riebeeck gehad, en 'n mandjie met suurvye en uintjies. Vir Pieter het sy drie stringetjies krale, van rooi, swart en geel boomsade, gebring.

"Daar is 'n boodskap in die kleure," het sy gesê toe sy dit gee.

"En wat sê die kleure?"

Maar sy wou nie sê nie. "Dra dit om jou nek."

Die twee mans het op die vloer voor Van Riebeeck se groot tafel gehurk. Hulle wou nie op die kerkbank sit nie. Dit was bedagsaam, want hulle lywe was gesmeer vir die besoek. Oedasoa het 'n lang boodskap gestuur. Dit was die boodskap: Hy vra dat daar vrede kom. Daar is nou genoeg bloed in die grond gestort. Is die Hollander gewillig om hom te help, dat die doodmakery 'n einde kry?

"Ja, sekerlik. Om vrede te kry. Maar ons veg nie teen Oedasoa nie."

"Hy het gepraat met die Gorachoqua en die Goringhaicona. Gogosoa sal al die beeste wat gevat is, teruggee. Die beeste loop nou by Oedasoa."

"Eva, het jy hulle gesien?"

"Ja, my heer."

"Weet hulle waar Herrie is?"

"Hy is daar." Sy het eers met die twee boodskappers gepraat. "Daar is ook baie gewondes. Doman se arm is af, en dit wil nie aangroei nie."

"Soek hy vrede?"

"Nee. Maar hy kan nie veg nie. 'n Man met een hand."

Van Riebeeck het nagedink. "Nou kyk, ons wil graag vrede hê, dit kan julle vir Oedasoa sê. Maar ek wil van nou af weet wie dit is met wie ek praat. Hulle moet self hiernatoe kom. Hulle sal beskerm word. Hulle is hier veilig."

"Doman sal nie kom nie. Dit is wat Oedasoa bekommerd maak."

"Dan kan hy nie saampraat nie. Dan is daar nog nie vrede tussen ons en hom, of tussen ons en almal wat nog agter hom aanloop nie."

"Dit is waaroor Oedasoa bekommerd is."

"Nou kyk, ons bedank Oedasoa vir sy geskenke, wat vir ons aangenaam is. Ons wil graag met hom en met Gogosoa oor vrede praat. Maar Gogosoa moet verstaan: as ek sy hand neem om te groet, en sy hond byt my, sal ek daardie hond se kop inmoker. Hy moet sy hond nou vasmaak."

"En wat aangaande Herrie?"

"Maak ons vrede met Gogosoa, het ek vrede met Herrie. Hy kan hier by die Duintjies kom woon, of gaan waar hy wil, solank hy nie die Kompanjie of ons vryboere lastig val nie."

Die gesante is getrakteer en beloon, en geskenke gegee vir Oedasoa en sy vrou, en vir Gogosoa. Eva het vir Peter vertel van Doman, van sabelwonde oor sy wangbeen en sy rug, van 'n koeëlwond op sy bors en 'n swerende gat agter sy skouer. Sy arm is met rieme aan sy lyf gebind. Hy ly baie en gebruik kruie, maar dit is die gif in sy hart teen die Hollander wat maak dat sy arm nie gesond word nie.

Nog een maal in daardie oorlog het Peter in die nag met 'n patrollie uitgery, om te gaan kyk na vure wat anderkant die Liesbeeck gesien is. Hulle is by die drif in die Brakrivier deur, waar Keert de Koe se soldate vir hulle die hek oopgemaak het. Die vure was in 'n wye oopte tussen die swart bosse, hoë springende vlamme wat rooi sterretjies in die koue swart lug opskiet. Hulle het 'n lokval vermoed. Daar was 'n kring nuwe hutte, maar geen stemme, geen mense, geen vee, geen honde nie. Hulle het gewag, en die vure geblus, en huis toe gegaan. Daar was geen Koina nie.

'n Tweede toenadering van Oedasoa is deur Saldanhavaarders uit die Baai gebring. Die Baai – dit is wat vryvissers Saldanhabaai noem, asof Tafelbaai nie tel nie. Daarmee saam het hulle vis, pikkewyneiers en vier matrasslope dons gebring. Dit was 'n mondelinge boodskap, effens moeilik om te onthou. Oedasoa het daar in die Baai na hulle toe gekom en hulle wal toe geroep. Die tolk was daardie Herrie, wat hulle nog gemeen het gevange sit op die eiland. Dit is die boodskap: Oedasoa laat weet dat die mense vrede wil hê. Hulle het die trekosse geneem sodat die Hollanders nie meer die Liesbeeckvallei kon ploeg nie, want waar 'n Hollander ploeg, plant hy sy hart in die grond. Hulle het doodgemaak waar herders te lank aan die vee geklou het. Laat Boom rekenskap gee hoe hy 'n man aan 'n balk opgehang het. Het hulle nie die reg om gegrief te voel nie? Nou verlang hulle om terug te kom in hulle eie land, vol skoon water en gras. Hulle wil wees waar *Heitsi-Eib'* se klipstapels staan. Saldanhabaai is oral dor en brak en hulle vee wil al windop wei om in die suide te loop. As Van Riebeeck dit goedvind, kan hy sy naam op 'n papier skryf, een vir Gogosoa, een vir Herrie, een vir Doman, dat hulle drie by die nuwe hek mag inkom met diere en mense.

Van Riebeeck het die Saldanhavaarders 'n flapkan arak laat gee vir hulle moeite, en die drie briefies geskryf (*Laat passeer draer hiervan …*). Met die eerste mooiweer is hulle see-in met sy antwoord. Hy was tevrede; hy kon tabak gestuur het, maar dit is soos om kaas te gee aan 'n rot wat klaar in die val sit.

Eers 'n maand later, toe die lug al weer koel word en die skaduwees smiddags lank oor die grond strek, het Doman en Herrie Fort toe gegaan. Hulle was in die middel van veertig of vyftig assegaaidraers, wat senuweeagtig, wantrouend, half gebuk beweeg het agter 'n skerm van veertien vegosse. Daar was geen ligte praatjies tussen hulle nie, hulle was reg vir moor. Daar was die Fort voor hulle, met sy mure van sooie en klip wat so maklik geklim kan word; daar was die vlag van rooi, wit en blou wat links en regs klappe uitdeel; daar was die soldate wat kort gelede nog op reëndae bloedrooi voor hulle spiespunte gedans het. *Heitsi*, hulle kan dit weer doen, nog vandag hier.

Hulle aankoms is van ver gesien, die wag is verdubbel. Van Riebeeck het sy werk opsy gesit, 'n pistool gelaai en onder sy jas in sy broeksband gedruk, en in die voorhuis na Eva geroep. "Ek gaan hulle koud behandel. Moenie liefdespraatjies maak nie. Ek het net een antwoord op al hulle vrae, en dit is *nee*. Ek is glad nie bly dat hulle met beeste hier kom nie, en as ek dit goeddink laat ek net een van die voorbokke binnekom, en gee bevel dat die wag losbrand op die gevolg. Vertaal net my woorde en hulle woorde en moet niks van jou eie bysit nie. Hou jou stem koel. Hier kan bloed loop as ons nie oppas nie. Heel aan die einde, na ek hulle wegstuur, gaan ek voorstel dat meester Pieter kan kyk na Doman se arm. Sê dit dan net 'n enkele keer, moenie aandring nie."

Die manskappe met die assegaaie het uit die wind uit agter die oostelike bastion gehurk terwyl hulle vir Doman en Herrie wag. Die veertien gevlekte osse het voor hulle in die bossies ge-

125

wei; wanneer hulle te ver loop, is hulle nader gefluit. Skemer het teen die berg opgekruip.

Saam met Van Riebeeck agter die tafel was die sersant en 'n sekretaris. Eva was op 'n stoel amper halfpad tussen die twee groepe. Herrie was moeg, sy hande het om sy kierie gebewe. Hy was maerder as ooit. Doman se gesig was vervalle, sy oë was geel en diep agter in sy kop, sy vel was vaal, sy wange hol, sy lippe het oor sy tande gespan soos dié van 'n songedroogde lyk. Dit was duidelik dat hy koud kry; hy het sy karos voor sy bors vasgeklem met dieselfde hand wat sy kierie hou. Daar was geen teken van geskenke nie. Van Riebeeck het sonder verwelkoming tot sake oorgegaan.

"My beeste wat julle sou terugbring?"

"Daar is niks van oor nie."

"Kom julle vandag met leuens na vrede soek?"

"Julle Hollanders het grond gevat waarop ons mense jare en jare woon. As ons in Holland kom, sal ons daar dieselfde mag doen? Sal dit toegelaat word? En julle bly nie by julle Fort nie, maar julle trek die land in en vat die beste sonder om te vra of dit ons pas."

"Eva," het Van Riebeeck sag gevra, "is hierby van jou eie woorde?"

"Nee, my heer. Dit was alles Autshumao."

"Vra hoekom hy nie self praat nie. Hy praat goed Hollands wanneer hy dors word."

"Moet ek dit sê, my heer?"

"Hy het my self gehoor. Waarom laat hy nie vir Doman praat nie?"

"Hy sê Doman is siek. Maar ek kan sien Doman is baie bitter, my heer."

"Nou sê vir Herrie hy mors tyd met sy beskuldigings. Ek wil weet waarom hulle hier is. Wie het hulle gestuur?"

Herrie wou nie reguit met hom praat nie. Eva moes die woorde sê: "Ons wil weer langs die rivier laat wei."

"Nee. Daar is nie genoeg weiding vir julle en vir ons nie."

"Was ons dan nie reg om te keer dat julle nie vee bekom nie?

Want hoe meer julle kry, hoe meer verdryf julle ons. Wie sal met reg wyk, die eienaar of die invaller?"

"Sê vir hom dit is gedane sake."

"Ons het gelewe van die bitteramandels en die uintjies agter julle heining."

"Nee, ons het die grond self nodig. Julle moet besef: ons gaan die vallei hou, en julle is dit vir altyd kwyt, soos ons honderd en veertig beeste kwyt is."

"En jou mense, die wyebroeke …"

"Van wie praat jy, Eva?"

"My heer, dit is Autshumao se woorde."

"Sê vir hom ek hou nie van die toon van sy opmerkings nie."

"Julle boere vat ons skape, ons armringe; hulle trek ons oorringe uit en gee dit aan hulle slawe. Hulle skop en slaan ons kinders."

"Ek sal self die skuldiges straf." Die irritasie het in hom gestyg, en hy het geweet hy moes dit bedwing, maar hy kon nie. "En kyk, as julle nie hiermee tevrede is nie, kan julle probeer wraak neem. Waag dit net. Val hierdie Fort aan."

Terwyl Eva vertaal, het hy hulle in die oë gekyk. Hulle het in stilte geluister. Was hulle kalmte 'n masker om haat te bedek, of het hulle nog nie begryp dat 'n leefwyse tot 'n einde gekom het en hulle toekoms anders gemaak is nie? "Julle het my laaste woorde oor die saak gehoor. Gaan terug na julle hoofde toe, praat met hulle, en kom sê wat julle besluit het. Vat julle beeste hier weg. Julle het Hollanders se bloed gestort. Dit kan nie met beeste betaal word nie."

Die twee inboorlinge het van die kerkbank opgestaan en deur toe beweeg. "Kommandeur," het die sersant gefluister, "laat ons hulle hier vat. Hulle skuld ons bloed."

"Nee. Laat gaan." Maar waarheen? Van Riebeeck het die dag onthou toe hy die eerste plase langs die rivier gaan uitmeet het. Herrie was daar, en het gevra: "En waar moet ons heen?" Waarheen, inderdaad? "Laat hulle loop. Ek wil hulle gees nog verder ondersoek."

Die sersant het nie verstaan wat hy bedoel nie.

"Vra vir Doman na sy arm."

Eva is ligvoet agter die twee mans aan na die deur toe. Sy het voor Doman ingebeur, en ernstig met hom gepraat. Dit het gelyk of Doman op haar spoeg soos sy kop ruk.

"Wat sê hy?"

"Hy praat lelik."

"Maar wat sê hy?"

"Hy sê meester Pieter se arm ... Hy sê as meester Pieter wil help, moet hy begin by sy eie arm."

Van Riebeeck was nie seker dat hy die antwoord verstaan het nie, maar toe sy die aand vir Peter vertel wat gebeur het, het hy aangedring tot sy dit uitgelê het.

Aan die einde van daardie week het 'n boodskap gekom dat die Koina die volgende dag kom om vrede te maak. Van Riebeeck het op sy kalender gemerk dat dit op die Hemelvaartdag sou wees. Dit was goed, hy kon hulle laat wag en sê hy moet eers kerk toe gaan. Hy sou die sieketrooster waarsku. As die gesprek dan goed afloop, sou hy die vernaamstes ná die diens effens trakteer.

Hulle het 'n paar beeste as 'n oopmaakgeskenk vooruit gestuur, en het net voor kerk opgedaag. Van die muur bo die poort het Van Riebeeck vinnig getel: dertien osse. Dan was daar die groepie leiers. Hy kon hulle herken aan hulle versierings, waar hulle voor minstens honderd assegaaidraers loop. Agterna was nog twintig, dertig vrouens. Waarom so 'n horde? Hy het hulle voor die poort laat saamdrom terwyl die gemeente by sy voordeur inloop. Toe het hy 'n boodskap aan die voorleser gestuur om kort te maak; hy wil oor 'n uur die leiers in sy voorhuis ontvang. Vir Eva het hy beveel om buite die poort te gaan gesels. Toe het hy 'n skafbalie op die plein laat dra, dit half met arak en half met brandewyn gevul, en 'n drinkbeker met 'n kort kabeljoulyn aan die vat vasgemaak. Hy het witbrood uit die kombuis laat kom en dit in twee bakke by die balie neergesit. Hy gaan waaragtig nie 'n tweede keer op sy knieë gevang word nie. Agter hom het die laaste kerkgangers binnegegaan. Die sieketrooster het op die stoep vir hom gewag, gereed met die kloktou in die hand.

"Vandag gaan jy die seldsaamste gekuier in die wêreld sien," het hy aan die wagoffisier gesê, en die teken gegee dat die groot poort oopgemaak word.

Vir Doman het Peter aan sy gepynigde gesig herken, maar die man was sonder wapens en is weerskante deur twee ander gehelp. Dan was daar Herrie van die Goringhaicona, Gogosoa van die Goringhaiqua, Choro van die Gorachoqua en Ankaisoa van die vlakte by Klapmutsberg. Agter hulle was 'n muur van karosse skouer aan skouer, daarbo jakkalsvelmusse oor gesigte blink van olie, daarbo 'n woud van assegaaie. Agter hulle was vroue wat sing, hande klap, voete stamp, die hele optog vorentoe dwing. Van Riebeeck het die oudste eerste met die hand gegroet, maar Gogosoa het hom omhels en teen hom vasgedruk, toe Choro, toe Ankaisoa. Van Riebeeck het handgeskud, gelag, verwelkom, omhels. Sy wit kantkraag, sy wit mou-omslae, sy jas was bemors, sy swart Sondagspak was blink besmeer, tot sy kouse was gevlek van olie.

Net Doman, toegedraai in sy lang grys karos soos 'n lykkleed, het nie kom groet nie. Hy het tussen sy helpers gestaan, ken op die bors. Wanneer hy sy kop lig, het sy warm geel oë oor die kantele gegaan waar 'n dubbele wag met hulle pieke loop, en oor die bastionne, met hulle kanonne die vorige dag omgedraai om na binne te vuur.

"Kom binne," het Van Riebeeck met 'n handgebaar genooi. "Eva, sê hulle is welkom om te eet en te drink. Dit is brood en wyn van die Kompanjie. Ek moet eers kerk toe gaan, dit sal nie lank duur nie." Hy het sy hande aan sy jas afgevee, en self die pluk aan die kloktou gegee om die erediens te laat begin.

Peter was bly om Eva in die menigte te kry. "Is jy beveel om hier te wees?"

"Ja, ek is werk gegee."

Die mense was aan skep en drink. Dié wat 'n horingbeker in die velsak gehad het, het self geskep, gedrink, agtertoe vir ander aangegee, gedrink. Pieter het met sy hande agter sy rug binne die poort gewag, soos sy opdrag was. Hy moes toesig hou, en praat met dié wat wou praat. As iemand oproerig raak, moes hy die persoon laat verwyder. As die vat leeg was, moes hy dit laat vul, en net so ook die broodbak. Hulle het reeds opgewonde gestoot en gestamp om by die vat te kom, en gegryp na die beker; dit kon 'n stormloop word. Die leiers en van die oudstes het apart gestaan. Hulle was afwagtend, afkerig, hulle werk het voorgelê. Wat was daar om nou al so dringend te vier? Doman het tussen twee deure teen 'n muur op sy hurke neergesak, en van die leiers het hom opgemerk. Dit was Herrie wat eerste die arm van die man langs hom aangeraak en na Peter gewys het. Herrie het Doman op sy voete gelig, en na hom toe gebring.

"*This is Doman.*"

"Ons het ontmoet."

"*He says this war will not end.*"

"Hy kan dit vir die kommandeur sê, wanneer hy op sy twee bene kan staan."

"*He needs your help.*"

"Wat wil hy hê?"

Toe kom Eva by. Sy het in die gesprek ingekom asof sy 'n deel daarvan was. Eers het sy met Herrie gepraat, toe met hom. "Pieter, Doman is baie sleg. Dit is sy arm. Autshumao vra of die Kompanjie na sy arm sal kyk."

"Ek kan dit doen, as die pasiënt gewillig is."

"Hy is. Hy is so siek hy kan nie meer praat nie. Moet ons die kommandeur vra?"

"Dit is nie nou al nodig nie. Ek sal hom net ondersoek. Dan weet ons wat om verder te doen."

Sy het weer na Herrie gedraai. Peter kon skaars haar stem hoor in die lawaai van die binneplein, waar van die vrouens al langbeen op die grond naby die vat gaan sit het. Toe begin hulle sing. Brood is aangegee, en 'n versierde eierdop wat by die balie gevul is. Party van die mans het in 'n kring gedans met voete wat op die grond sleep dat die wit stof uit die skulpgruis styg. Ander het luidrugtig om die drankbalie saamgedrom en geredekawel. Die sersant van die wag het bekommerd met Peter kom praat.

"Wat doen ons? Dit is kerk daar binne."

"Niks. Laat maar voortgaan, tot die kerk uit is."

"Pieter," het Eva gesê, "Autshumao is gewillig dat ons vir Doman hospitaal toe neem."

Die pasiënt is uit die menigte gehelp, en in die hospitaaltjie op die ondersoektafel neergelê. Daar was Herrie, twee jong mans en Eva by. "Vra dat hulle hom vashou. Ek wil sy wond skoonmaak." Hy het in die hospitaal se kombuis warm water en seep gaan vra, sy medisynekis in sy kamer gaan haal, en toe die water kom, sy hande gewas.

Sonder sy klere was Doman se liggaam soos dié van 'n hond wat aan sy riem verwurg het. Was dit die vegter wat nooit om vrede sou vra nie? Hy was vuil en het gestink na verrotting. Dit was amper drie maande na die geveg by die rivier, waar hy waarskynlik gewond is. Sy regterarm was met rieme teen die borskas gebind. Die wond hoog op sy regterbors was toegegroei. Daar is waarskynlik met die wond gepeuter, want die litweefsel was grof, onreëlmatig, 'n grysbruin knoets wat bo-op die wond gesit het soos die skurwe swamme wat uit ou beserings op boomstamme groei. Moontlik was dit 'n koeëlgat, en dit was nie 'n gewone ingang nie, daarvoor was die litteken te groot. Die skoot het uit 'n geweer in 'n ruiter se hand gekom, want dit is van bo af geskiet. Is dit moontlik dat die koeël oorkruis gekerf was om te breek as dit tref, dat dit so 'n groot ingang maak?

Hy het sy pasiënt se rieme losgesny en weggegooi, die rondgeswelde arm ondersoek, by die pols en elmboog probeer buig, en 'n vreeslike skreeu uit Doman gedwing toe hy dit sywaarts lig. Daar was nie uiterlike simptome van beenbreuke of litbreuke nie, geen verstuitings of ontwrigting van litte nie. Hierdie arm het nog lewe gehad, die senuwee was waarskynlik gesond en die bloedvloei moontlik normaal. Die probleem was by die skouer, persbruin en swaar geswel. Die fout was in die bene van die skouergordel, die *scapula*, *claviculum* en die kop van die *humerus*.

Met sy hande het hy beduie dat hulle die pasiënt op sy skaapvel moes omrol. Agter die skouer waar die koeël uit is, het die *scapula* soos 'n tent gestaan, en 'n swerende wond daarop het bloed, water en etter gelek. Daarin was die reuk van verrotting. Hy het met warm water en seep aan die slym en vullis begin was.

131

Doman het onder sy hande gekrul, geruk en gekreun; die vuil seep-water het teen sy rug en flanke op die skaapvel afgeloop tot hy in 'n plas daarvan gelê het. Die Koina het in die wond gestaar. Toe hy opkyk, was Eva se oë op sy gesig. Hy het haar gevra: "Kom staan langs my. Ek wil vir jou vertel wat gebeur." Hy het laag na laag sweet en stof van Doman se rug afgewas, skaapvet, ou rowe, sly-merige ontbindende weefsel, stukkies kruie, klein dooie insekte, 'n groen pappery wat beesmis kon wees. Dit het hy vir haar op sy spons gewys en verduidelik. Toe die bloed vry vloei, het hy haar 'n stuk skoon verband uit sy tas gegee en gevra dat sy help opvee. Sy het self die eerste beensplinter uit die ontsteekte vleis los-gewikkel, en vir hom gewys. Hy het dit met 'n tangetjie uitgetrek.

"My wêreld, wat het jy hier gekry. Dit is nie van die bladbeen nie. Kyk, dit het kraakbeen om, sien jy die blink randjie? Ek glo dit was 'n stukkie van die sleutelbeen se kop." Toe het hy met sy fyn tangetjie in die wond rondgevoel en 'n dik pluis skaapwol uit-getrek. Nog beenfragmente, dun skyfies van die bladbeen, stuk-kies van die sleutelbeen se sponsige kop, toe 'n stukkie lood.

"Sulke vuiligheid voorkom dat die vleis genees. Hy het 'n groot operasie nodig, maar ek gaan nou net die heel nodigste doen. Ek sal 'n snit moet maak. Staan reg met jou verbande om op te vee as ek sê. Sê vir die ander om vas te hou."

Sy snit dwarsoor die wond, deur vel en spier, was 'n vinger lank. Hy het dit oopgesper en met die tang gesoek tot hy die on-reëlmatige koeëlgat in die bladbeen voel.

"Doman slaap."

"Vra vir Herrie om die kers hier by my hande te hou."

Daar was baie skade aan die *scapula*: skerp punte, los skerwe been, nog lood. Met sy oë toe het hy die vorm van die been en die plek van elke spier uit sy geheue geroep. Hy het die *scapula* goed geken. Toe hy vir eksamen voorberei het, destyds by die universi-teit, het hy op sy rug op sy kooi gelê en met toe oë 'n mensbeen uit 'n kis vol voorbeelde op die vloer gehaal, dit aan die vorm uit-geken, linker- of regterkant, geskatte ouderdom, manlik of vrou-lik indien moontlik; dit met die vingerpunte ondersoek, elke holte, uitsteeksel, growwigheid of ronding waar spiere aanheg, hardop beskryf en die funksie daarvan opgenoem, die hele tyd met toe oë. Alle mediese studente berei so voor. Die ding met Doman se wond was dat die koeël nooit heeltemal uit is nie. Dit is met 'n afwaartse hoek voor in, kon van die boonste rib af gekaats en in stukke gebreek het. Van die skerp stukke het die sleutelbeen se kop vergruis en agtertoe deur die bladbeen gebars. Êrens binne-in die man, moontlik in die long, het 'n hele klomp beenstukke rondgeswerf. Hy sou moes dieper gaan, die pasiënt weer omrol en van die voorkant af probeer insny. Maar nie op 'n bebloede skaapvel onder die irriterende gesanik van 'n menigte besopenes nie. Tog, daar was al moeiliker dae: hy het eenmaal 'n dubbele amputasie in 'n modderige agterplaas gedurende 'n bombardement gedoen, by die lig van 'n brandende bordeel.

Hy kon nie konsentreer nie; Van Riebeeck wou vir hom en Eva op die plein hê. Doman, die vyand, die man wat nooit sou vrede maak nie, kon net sowel sterf, en die Kompanjie sou daaroor dankbaar wees. Vrede dan, vir die land, vir al die mense, vir hom en Eva.

"Ek wil iets moeiliks probeer, Eva. Haal lappe uit die kis. Vee af, hier." Hy het die tang se punte deur sy snit in die spier en deur die koeëlgat laat sak, gesoek vir lood in die weefsel daaronder, maar niks anders gevoel as die versplinterde kop van die sleutelbeen nie. Die los stukkies het hy uitgelig. Toe weer af in die gat, deur die been tot op die *acromion*-uitsteeksel wat vorentoe buig, en daar soek-soek in die spasie tussen die uitsteeksel en sleutelbeen, waar die skouerspiere aangeheg is. Toe laat hy die lem langs die tang af tot onder sak, en versigtig, met klein bewegings van die mespunt, asof hy deur 'n sleutelgat werk, maak hy die oorblywende aanhegtings van die been af los. So, so moet hier vrede kom. Doman sal nooit weer sy arm oplig nie.

"Eva, ek is omtrent klaar hier. Ek moet nog skoonmaak en toewerk. Ons moet buite op die plein wees, en die kerk behoort nou uit te kom. Ek dink die kommandeur gaan vir jou in die raadsaal nodig hê. Sal jy asseblief jou hande gaan was, en kyk, jou klere is vreeslik vol bloed."

Hy het sy snitte toegewerk, die wond met salf behandel en

verbind, sy gereedskap gewas en weggepak. Herrie was daar aan sy sy, nuuskierig oor wat hy aan Doman gedoen het. "Ek wil die man in ons hospitaal laat lê tot hy bykom. Daarna kan julle met hom maak wat julle wil. En moenie julle beesmis-pappe op die wond sit nie. Hou die wond skoon en kom haal salf by my. Hy sal nie weer sy arm kan oplig nie, maar hy sal oorleef."

Herrie wou nie antwoord nie. Sal hiervan ooit vrede kom? Peter het die hospitaal se slawe ontbied om sy pasiënt weg te neem en in die kooi te sit, die smerige karos en verbande weg te gooi, die werktafel en vloer te was. Toe het hy hom in sy kamer gewas, aangetrek, en 'n bietjie brandewyn uit sy fles gedrink. Buite was die plein vol dansers, langs al die mure, tussen deure en vensters. Die kring om die wynvat het groter geword as meer mans in die skuifelende ry spring, en gekrimp waar hulle uitgly om 'n beker vol te skep. Langs die mure het ander sonder belangstelling toegekyk, vrouens met kinders, ander wat nie meer wil drink nie. Op die mure het die soldate van oos na wes gepatrolleer, en van wes na oos. Pieter het by die sersant van die wag aangesluit.

Hoe lank voor die kerk uitkom? Dit duur soms langer as gewoonlik. Hulle het met die hande agter die rug geloop en hulle verbeel dat hulle ontspanne was, maar geweet dat die geluide van Koina-sang altyd onrus veroorsaak. Die sersant het 'n waarskuwende teken gegee aan die korporaal op die oorkantse kanteel. Pieter was verlig toe Van Riebeeck op die stoep verskyn, opkyk en na hom wink.

"Roep die wag ondertoe, ek wil 'n deurgang hê vir die gemeente."

Dit het nie gehelp nie. Soldate, swartgeklede kerkgangers en bedwelmde Koina het in 'n mal kolk om die plein gemaal. Hy het gehelp om die burgers en enkele vrouens wat saam met kinders in die kerk was, poort toe te lei. Die dansende kring het gevorm en gekrimp, die stof het oor die plein gehang. Eva het hom in die gedrang gevind.

"My heer sê jy moet saamkom saal toe. Al die hoofmanne gaan daar in." Sy het gelag asof iets snaaks gebeur. "Die sersant moet hier bly."

Die hoofmanne was nugter, koel. Hulle het op die kerkbank gesit. Die tafel met die voorleser se boeke, die bord en beker van 'n seldsame Nagmaal het nog tussen hulle en die kommandeur gestaan. Langs Van Riebeeck was sy tolk, drie raadslede en 'n getuie van wat in die oorlog gebeur het. 'n Koel noordewind het die reuk van seegras in die ysige poele van laaggety in die kamer gebring, saam met die hoë sang van vroue uit die voorhof.

Van Riebeeck het die mense langs hom bekend gestel. Herrie het die Koina met die vinger aangedui en hulle name genoem.

"Doman nie hier nie?"

"Ek het na sy wonde gekyk, kommandeur. Hy rus in die hospitaal."

Van Riebeeck het brood en wyn aangebied, maar hulle wou nie eet nie. Ankaisoa het iets gesê wat Eva moes vertaal.

"Hy sê hulle het genoeg kos. Hulle kom net praat oor die weiding langs die rivier."

"Ja. Wat het hulle besluit insake die voorstelle wat ek verlede week aan hulle gesante gemaak het. Is daar 'n antwoord?"

"Hulle sê dit is die enigste weiding in die omgewing wat die hele jaar groen bly. Die Goringhaiqua se beeste was altyd vetter as ander, mense het hulle geken daaraan. Maar hulle wil ook kom uintjies grawe, boegoe pluk, bessies eet, en die wild jag wat by die vleie kom water drink, en die wildeganse in die riete."

"Wag, Eva. Dit weet ek reeds. Wat is hulle antwoord op verlede week se voorstelle?"

Maar sy wou eers haar boodskap oordra. "Hulle vra dat die Hollanders padgee van die rivier af. Hulle eet van die begin van die wêreld uit daardie vallei uit."

"Ek het gesê dit kan nie. Ons kan nie hier voor die berg ploeg nie. Dit reën te min hier. Die wind waai te veel hier. Die grond is brak. Die hout is op."

"Gaan terug Holland toe."

"Laat hulle ophou met daardie storie. Sê vir hulle: Julle het ons mense aangeval en doodgemaak. Julle wou oorlog hê. Toe kry julle pak. Aanvaar dit nou."

Die hoofmanne het na mekaar toe geleun en sag beraadslaag.

Dit was Gogosoa, kort, dik en donker soos 'n mortier, wat 'n vraag wou stel. Eva het met haar hande beduie. "Hulle wil oor die rivier kom, my heer, vir die uintjies en die bitteramandels."

"Nee."

Hulle het weer stil gesit. Sommige het fronsend voor hulle gestaar, ander het dom gegryns soos Hollandse kleinboere wanneer 'n saak op 'n regspunt teen hulle uitgewys word.

"Dit is klaar besluit. Julle mag nie naby ons boerderye kom op watter voorwendsel ook al nie."

"Is dit reg?" het Choro gevra. "Is dit julle rivier en julle gras?"

"Dit is ons s'n."

"Alles anders is ons s'n?"

"Alles anderkant die rivier." Toe bedink Van Riebeeck hom. "Ons sal later daaroor praat. Nou wil ek van ons beeste en skape hoor. Meester Pieter hier weet van elke skaap en bees wat julle van ons gesteel het."

Hulle het die koppe in stilte geskud. Nee.

"Ek sal dan van die vee vergeet. Maar julle moet die hele vallei vergeet. Dit is hoe die saak staan. Dit word op papier geskryf, en al gaan honderd jaar verby, sal dit nie verander nie. Kom môre weer, dan kan ons in vriendskap 'n glasie klink."

Toe staan Van Riebeeck op. Die vergadering was verby.

Choro het nog gevra: "Is dit reg? Is dit julle rivier? Julle bome? En julle grond? En julle see? En julle eiland?"

"Ja."

Choro het sy kop in ongeloof geskud. "Julle s'n? Mense sonder beeste?"

By die deur het hulle die wapens in stilte opgetel, en in die wit lig uitgestap. Daar was geen teken deur die drinkers en dansers om die balie dat hulle die hoofmanne sien nie. Die suipery was ver gevorder. Besopenes het teen die mure gelê, ander het tussen die dans en die balie geslinger, soms in die stof neergeslaan, op die voete gekom, opsy weggekruip. Dié wat nie kon opstaan nie, is na die muur toe gehelp, om te slaap. Peter het agter Eva in die deur bly staan. Gogosoa het met Ankaisoa gepraat.

"Wat sê hy?"

"Die Koina sterf vandag. Dit is wat hy sê."

"Ja."

"Die Hollander veg hier op sy hardste, al praat hy van vrede. Dit is die drank wat hy bedoel."

"Ek weet, Eva." Daar was weer 'n soldaat met 'n emmer op pad om die wynvat vol te maak. Die garnisoen op die muur het gelag en aanmerkings gemaak. "Kom, laat ons die gaste by die poort uit lei."

"Dink jy hulle wil iets drink?"

"Nee. Ons neem hulle poort toe en groet hulle daar. Dan stap ons strand toe. Ek dink nie die kommandeur sal vandag weer sy tolk nodig hê nie." Ook buite die poort tussen die bossies het mense dronk gelê.

"Hoe gaan dit met Doman?"

"Ek weet nie."

"Daar binne het die hoofde onder mekaar gesê hulle sal veg vir die rivier. Ek dink hulle wag dat Doman gesond word. Jy het hom nou gehelp."

"Het hulle so gesê? Ek het dit nie gehoor nie."

"Ek wou dit nie sê nie. My heer is altyd gereed vir veg. Sal ons nou vrede hê, Pieter?"

"Net deur Gods genade."

"Dit was die Hemelvaart vandag, en Nagmaal, en 'n regte predikant. En ek en jy was nie in die kerk nie. Wat gaan van ons word?"

"Kerk toe gaan?" het hy gevra. "Mooi klere aantrek?"

"Nee. Vir die liefde."

Hy was nie seker dat hy verstaan wat sy sê nie, maar hy sou dit na sy eie behoefte vertolk. Hy was redelik seker in sy vermoede dat die oorlog einde sou kry.

Toe hulle alleen op die strand is, het hy haar aan die arm geneem. "Kom staan hier, dan beduie ek vir jou verder hoe ek Doman se geraamte gedokter het."

Peter het later dikwels daaraan gedink hoe dat die Kompanjie die enigste wenner was. Hy het gekry wat hy wou hê. Die graan het daardie selfde lente groen op die nuwe lande gestaan, die troppies skape en beeste het rustig gewei, en die Liesbeeck het sy water in blink vleie uitgestoot na die boere se groentebeddings toe. Die enigste Koina wat te sien was, het bedags by huise kom aanklop met draggies hout, of heuning, of 'n paar volstruiseiers. Van die groot krale af het van tyd tot tyd mense met skape by Keert de Koe se hek gekom, op pad Fort toe. Almal het gehoorsaam deur die hek by Keert de Koe gekom en in die ou trekpad geloop, en by die weggaan het van die oues soms daar na 'n klipstapel tussen die bosse gesoek en dan maar hulle klippe laat val waar hulle dink dat dit vroeër was.

Van Riebeeck kon nou aandag gee aan sy ander ambisie. Hy wou kontak maak met die keiser van Monomotapa. Goud sou Here Sewentien se oë laat blink. In 'n brief het hulle aanbeveel dat hy dubbele gasie beloof aan vrywilligers wat op so 'n ekspedisie wou gaan. Daar was baie aansoekers, en hy het twaalf gekies. Hy het sy tweede sersant as die leier aangestel, en Pieter van Meerhof as die skrywer en sjirurgyn.

Dit was vir Van Riebeeck 'n dubbele verligting dat hy hom kon stuur, want sy vrou was die afgelope maand onrustig en vol waarskuwings omdat Peter te veel by Eva gekom het.

Hy het vir haar gesê: "Eva moet een of ander tyd 'n man vat, en liewer Pieter as enigiemand anders wat ek hier sien."

Die Raad het 'n geleibrief vir hulle opgestel met die titel *Instructie*, wat sersant Danckaert en Peter moes onderteken. Daar was die name in van nasies en konings wat hulle moes besoek, riviere wat hulle moes oorsteek, en stede langs die pad, alles met die afstande van mekaar af in myle aangegee. Die stede Cortado, Davagul, Belugaris, Mogar en Agraselle, die lande Butua en Monomotapa, die riviere St Lucia en Spirito Sancto. Hulle is monstertjies saamgegee van speserye, goud, silwer, sy en katoen waarvoor hulle moes soek, en tabak, arak en krale wat hulle aan die konings kon beloof. Hulle wapens, kos en skryfgoed is op 'n paar osse gelaai. Danckaert is 'n kompas in die hand gegee. Peter het die verantwoordelikheid van die dagjoernaal gekry. Hy het opgewonde uitgesien na die reis.

Hulle het die ou trekpad na die Brakrivier toe gevat en voor

138

daglig op 12 November 1660 deur die hek by Keert de Koe ge-
gaan. Dit was van die begin af 'n gesukkel. Die osse was ongeleer,
die dae warm, die pad ondervoets swaar sanderig. Die grappe het
opgedroog; hulle het verdeel in vier klein groepe waarvan die
agterstes op die voorstes geskel het om stadiger te loop, en later
kontak met hulle verloor het.

Hulle het eerste by die Tygerberg se vleie kamp gemaak en
van daar af na die Klapmutsberg getrek waar Ankaisoa se wei-
plek in die somer was. Danckaert het Ankaisoa probeer ompraat
om 'n pakos aan hulle te verkoop, maar kon dit nie regkry nie. Die
man het hom beledig en gesê om terug te gaan en agter die Lies-
beeck te bly. Twee van die reisigers was te swak vir 'n landtog en
het aanhoudend gekla. Hulle wou nie meer verder nie. Danckaert
het hulle laat loop; hy was beter af sonder hulle. Daarna het hulle
die Bergrivier stroomaf gevolg, in die rigting van die blou pieke
ver in die Noorde, oor 'n menigte klein stroompies en oor 'n
heuwelland oortrek met molsgate waarin hulle soms met elke
tree kniediep geval het. Met veel moeite het hulle aan die voet van
daardie berg gekom. Hulle was stink van sweet en stof, uitgeput
van stap en skraal kos, en elkeen reeds oortuig dat daar geen
stede met mooi name op hierdie pad was nie. Peter het mis-
moedig saam met die ander teen die vaal kranse opgekyk, maar
nog nuuskierig oor wat voorlê. Hulle het mekaar gehelp om die
ladings op die rug te kry, en toe met die osse aan leitoue tussen
die klippe op boontoe geklim.

Een of twee maal het hulle in daardie bergklowe jagters ge-
sien, korter van lyf as die Kaapse Koina, en bewapen met pyl en
boog. Die mense was versigtig vir die Hollanders en wou nie
naby kom nie. Peter het 'n pyp tabak opgesteek en dit voor hulle
op 'n klip gesit. Hulle het dit opgetel en in hulle hande rondge-
draai, maar nie geweet wat om daarmee te maak nie.

Na veertien dae van sukkel deur bosse en oor kranse en klowe
het hulle by die Olifantsrivier gekom. Danckaert was seker van sy
saak: 'n Hollandse ekspedisie was al tevore hier, en het dié rivier
sy naam gegee. Hy het gemeen hulle het ver genoeg gesoek, en
die ander probeer ompraat om terug te draai. Hulle was bly; hulle

kon reeds van die bergtoppe af sien dat daar geen stede in dié godlose land was nie. Maar die nuuskierigheid en die opwinding was nog by Peter. Hy wou verder gaan, meer vreemde voëls en wildsbokke sien en die soet bossiegeur op die berglug ruik. Dalk het daar wonders, wêreldwonders, onontdek tussen die klowe gelê. Hy was jammer om die wilde gebied te verlaat, maar was soos die ander uitgeput en gereed om te vertrek. Die manskappe wou van die swaarste bagasie daar laat. Teen Danckaert se bevele en dreigemente is die rol van agtien vaam tou, die kookpot en die bospik neergegooi, en hulle is vloekend en verbitter die klowe in, op die terugpad.

Die een ding wat hulle op daardie tog saam geniet het, was die vleisbraaiery en drinkery saans om die kampvuur. Daar was minder tweedrag op hulle aftog. Die brandewyn en arak wat vir die konings van Monomotapa saamgegee is, is by die vure uit-gedrink in heildronke. "Op Davagul!" en "Op Cortado!" Stukke vars wildsvleis is aan die punte van stokke gebraai, growwe stemme het jammerlike seeliedjies gesing, en hulle was dood-gelukkig onder die vonkelende hemel op die swart berg. Maar elke oggend daarna moes die sersant hulle met dreigemente op mars kry.

Die dag voor Kersfees het hulle by die Fort gekom. Peter en die togleier moes verslag gee, vrae antwoord, rekenskap gee van hulle mislukking, asof dit hulle skuld was dat Monomotapa nie op die roete gelê het nie. Danckaert het sy manskappe se swak dissipline geblameer, en sekere name genoem. Uitendelik was dit net hy wat die beloofde dubbele gasie gekry het. Die ander moes betaal vir verlore gereedskap en drank wat bo hulle rantsoen ge-bruik is. Peter het sy troos in Eva se arms gesoek, en sy het hom met blydskap verwelkom.

Kort daarna is 'n nuwe diensrooster vir die hospitaal opgestel, en hy was op nagskof. Maar minder as veertien dae na hulle terugkeer is hy op 'n tweede reis uitgestuur. Hy het hom daarvoor aangemeld, want hy het die wilde boslewe geniet. Dit was tog iets goeds uit Afrika. Hulle opdrag was eenvoudiger as tevore: hulle moes die vorige tog hervat en ten minste tot by die Namaqua vorder. Korporaal Cruijthof sou die leier wees en van die begin af dubbelgasie kry. Die ander sou dit kry as hulle suksesvol was. Van die dertien man in die trop was ses op die vorige reis; hulle was goeie kamerade. Peter, ondermeester en skrywer, was tweede in gesag. Hulle roete was voorgeskryf: Keert de Koe, Tygerberg, Clapmuts, Bergrivier. Op die tweede dag het Peter 'n wildsbok geskiet, wat die aand op kole gebraai is. Op die vierde dag, toe hy soos sy gewoonte was 'n entjie voor die troep uit loop om eerste die wild te sien voor hulle deur die geraas van mense verskrik word, het 'n groot leeu tussen die bosse uit gekom en grommend voor hom in die wildspad kom staan. Hy het geweet dis fataal om te hardloop, en sy geweer gelig, dit was skaars twintig tree, en vorentoe gestap. Die leeu het uit die pad gespring, en was dadelik buite sig. Die aand was hulle by 'n hoë, losstaande berg, en het hulle daar tent opgeslaan. Peter het die korporaal oorreed dat hulle dit Riebeeck Kasteel noem; die kommandeur sou daarvan hou. Die oggend daarna het hulle pas weer koers gekry, toe 'n leeu die man agter hom bestorm. Peter het teruggehardloop en 'n skoot op die dier afgetrek, en die leeu het skielik weggedraai en in die bosse gespring.

Hy het die tog werklik geniet. Moegheid het hom nie meer gehinder nie. Sy uithouvermoë het verbeter, en hy het beter stewels as op die vorige tog gehad. Hy het gevoel soos 'n prins op 'n eindelose jagveld waar alles aan hom behoort. Sy kamerade was gawe kêrels. Solank hulle naby 'n rivier was, kon hulle snags seekoeie op die walle hoor wei, en die geluide van jakkalse en leeus ver in die donker. Die dae was sonnig, die veld blomryk en lewendig van 'n duisend voëls, diere, insekte. Hulle is deur valleie met lopende spruite, oor vrugbare heuwelhange. Korporaal Cruijthof was 'n stil man wat graag heel agter aangekom het, sodat Pieter vooruit kon gaan, eerste op wild aanlê, en saans uit sy geheue die gebeure in die reisjoernaal skryf. Daarom het sy eie naam dikwels in sy verslag gestaan. Dit was vryheid. 'n Sonqua het hulle op pad gesien, 'n tyd lank gevolg en nader gekom toe Peter vir hom 'n beker drank op 'n klip neersit. Hy en die man het met hulle hande gepraat. Peter het horings met sy vingers langs sy kop gemaak en

141

die geluid van 'n bees. Hy het die geluid van 'n skaap gemaak, noord gewys, "Namaqua" gesê. Die man het dadelik verstaan. Peter het hom aan sy arm geneem en vorentoe getrek, in die rigting wat hulle loop. Die man het "Namaqua" gesê, noord gewys en gewink dat hulle moet kom. Peter was trots op wat hy verrig het. Hy het van Afrika begin hou.

Op die elfde dag van hulle reis het hy 'n berg wat hy myle ver al in die oog gehad het, na homself genoem, Meerhofs Kasteel. Aan die voet van die berg was vyf of ses soetwaterfonteine, en skaars 'n geweerskoot verder was 'n maklike plek om na die Olifantsrivier oor te steek. Dit was wat sy Sonqua-gids beteken het vir die Kompanjie. Hy is met 'n paar kamerade daar oor en af na die rivier toe, en het saam met die Sonqua gesit en tabakpyp rook, terwyl die soldate groot kurpers met hulle hande in die rivierpoele vaskeer en uithaal. Die troep het 'n paar dae daar gebly om die pakdiere te laat rus, in die koel water te swem, vis te vang, en saans die vis en wildsvleis op hulle kampvuur te braai. In daardie rustyd het hy dikwels aan Eva gedink, en aan sy paar familielede in Denemarke. Sou sy mense nog leef? Hulle gesigte was klaar vaag, soos 'n sagte, mistige landskap met die takke van verwinterde sparrebome, of spore van voëls in sneeu. Wat sou sy vader sê as hy weet sy enigste seun lê by 'n heidense vrou? As iemand in die Deense leërkorps hom vandag sou ontmoet, bebaard, sterker en gesonder as wat hy ooit in sy lewe was, bruingebrand soos 'n arbeider, sou hulle hom herken? Sou hulle hom beny, en sê: Waarom het ek dit nie ook gedoen nie?

By daardie rusplek het 'n vreemde ding met hom gebeur. Hy kon dit nooit verklaar nie, maar hy het gevoel hy moes dit getrou in die joernaal skryf vir almal om te weet. Hy was alleen, hy het met sy geweer langs die rivier geloop en het lank op 'n klip gesit om die landskap te geniet. Hy het oor die water gestaar. Sy gedagtes was weer ver weg. Toe lig 'n lewende monster sy voorlyf uit die water. Dit het drie koppe soos katkoppe gehad, en agter het drie lang sterte op die water gelê. Hy het van skrik opgespring, en die monster het dadelik verdwyn. Met sy geweer op die water gerig, het Peter op en af langs die rivier gesoek na spore

142

of ander tekens, maar niks gesien nie. 'n Swerm tortelduiwe het op die sand kom sit waar hy die monster gesien het, en uit die blink poel gedrink. Nie een van die troep wou hom glo nie, en hy het dadelik opgehou om daarvan te vertel. Maar dié aand het hy dit volledig in die joernaal beskryf.

Na 'n paar dae was hulle tussen die Namaqua. Waar sy gids beesspore gesien het, het hulle tussen bakhande geroep, tabak neergesit, geduldig gewag, die tabak opgetel en verder getrek. Die Namaqua was bang, maar hou hulle dop, het die gids gewys. Op die negentiende dag was al die tekens reg. Peter het gevra dat die troep die oggend in die kamp bly. Teen tienuur het die Namaqua uit die klipkoppe na hulle begin roep. Peter het 'n halfdosyn pype met tabak gestop en by die vuur aangesteek, en hulle tegemoetgegaan. 'n Paar mans het bergaf uit die bosse gekom, en die pype geneem wat hy hulle aangebied het. Hy het hulle laat sien hoe hy rook, hoe hy suig, diep intrek, en die rook deur sy neus laat uitgly.

Teen die middag was hulle kamp vol besoekers, sodat Cruijthof hulle besittings in die tent laat dra en 'n wag daarvoor geplaas het. Peter het die roltabak uitgedeel, vir hulle gewys hoe om dit te kerf op 'n stompie hout, hoe om te stop, hoe om 'n kool met die vingerpunte uit 'n vuur te pik, dit op die handpalm te rol, te suig en die stop met die duim vas te druk. Hy het hulle geleer om pype van murgbene te maak, met 'n pluisie gras aan die suigkant. Almal wat wou, kon rook aan die pype wat van hand tot hand gegee is. Hy was trots op die dag se werk. Hy was oortuig dat hierdie groep nou rokers was, en hy, Peter Havgard, het hulle ontdek en vir die Kompanjie gewen.

Die dae daarna was 'n fees. Hulle het die Namaqua se huise besoek en is daar op skaapvleis en suurmelk onthaal. Dan het die Namaqua weer by die Hollanders kom kuier, gerook en gedrink, geskenke ontvang van krale en plaatkoper, en tot laat om die kampvure gedans. Hulle was groot, welgevormde mense, langer en leniger as dié van die Kaap. Van die manskappe wou speel met die jong meisies wat hier in die warm klimaat met kaal bolywe geloop het, en het gou 'n paar se name agtergekom, maar daar was drie ou vrouens wat met kieries in die hand oor die dogters gewaak het. Die beste wat hulle kon doen, was om die meisies in die dans aan te gaap. Peter het opgemerk dat die Koina se sang altyd treurig klink. Waarom sou dit wees? Dit het hom vaag onrustig gemaak.

Hy het ook 'n kans gekry om sy beroep te beoefen. Hy het 'n broodpap op 'n sweer gesit, 'n oor wat amper van die kop geskeur was, aangewerk, 'n ingroeinael uitgesny, 'n tand getrek. Hulle het hom daarvoor skape aangebied, 'n mooi karos, volstruisvere, 'n saggebreide springbokvel. Hy het die karos omgehang en die vere in sy hoedband gedra. Die velletjie was vir Eva. Hy het soos 'n ryk man gevoel, soos 'n koning. Die skape was vir die hele troep, sy kamerade. Op die terugtog sou hulle dit langs die pad slag en eet.

Hy het nog soos 'n koning gevoel toe hulle na ses weke by die Fort kom. Die kommandeur wou weet watter kans daar was dat die Namaqua hulle op 'n vasgestelde grondslag van beeste kon voorsien. Was hulle gewillig om van so ver af te kom vir tabak? Sou hulle dit waag om deur die Grigriqua en Cochoqua se weide te trek? Herrie het gesê daardie twee groepe is erfvyande, maar Herrie was kapabel om enige leuen op te maak om die veevoorsiening te dwarsboom. Miskien moes hulle dit toets deur die twee groepe bymekaar te bring. Van Riebeeck het meer belanggestel in hulle joernaal as in hulle welvaart. Hy was opreg bly dat hulle die Namaqua opgespoor het, maar ontevrede oor die joernaal.

"Meerhofs Kasteel, en Riebeeck Kasteel? Dankie dat jy aan my gedink het, Pieter. Maar ek glo nie die Direkteure wil dit hê nie. Sal daar genoeg berge in Afrika wees om elke Kompanjiedienaar mee te vereer? En wat van Cruijthof, jou leier, en jou maats? Julle was tien, twaalf saam, waarom lees ek so min van hulle? Wat van hierdie leeus wat vir jou weghardloop, wat van jou riviermonster? Dit is vir die Direkteure wat jy skryf, ou kêrel, nie vir jou kleinkinders nie. Gee net feite. Maar ek is bly jy vorder met die taal. Dit is vir ons belangrik."

Hy het gewonder of Van Riebeeck iets oor Eva sou sê. Hy is na sy kamer toe. Eva was nie daar nie, maar het in die namiddag teruggekom, en gesê dat sy 'n kind verwag.

Drie dae na sy aankoms was Peter nog nie uitgerus nie. Hy het nog net geslaap, hospitaalbesoeke gedoen, saam met Cruijthof gesorg dat al hulle goed in die pakhuise opgeneem word, en sy klere gewas en reggemaak. Daar was nog skaars weer 'n kans om vir Eva alleen te kry. Toe het Van Riebeeck hom gevra om nog 'n kort ekspedisie te lei. Hy hoor Oedasoa lê met 'n duisend mense en drieduisend bees in die Groenkloof, net noord van die Kaap. Dit is 'n goeie geleentheid om die kwessie van deurgang vir die Namaqua te bespreek. Van Riebeeck het hom 'n ambassadeur genoem, en verreweg die beste man vir die werk. Die retoervloot was enige tyd te wagte, en hy wou 'n goeie trop vee bymekaarbring dat die kommissaris dit kan sien.

Peter het aan die moontlikheid van bevordering gedink, dat hy leier van die volgende landtog kan word. Hy het aan Van Riebeeck voorgestel dat langer broeke van 'n sterker materiaal en hoër stewels vir toggangers gemaak word. Meer pakosse, moontlik 'n wa, minder soutvleis, meer skeepsbrood. "Maak dan vir ons baie bees, skape en heuning en goed," het die kommandeur gesê.

Oedasoa se huise het in twee kringe op 'n klawertapyt langs 'n blink vlei gestaan. Sy vee was oor dale en heuwels versprei. Hy het Peter na hom toe laat bring, na 'n klipplaat aan die bopunt van 'n klofie wat sterk na boegoe en luiperd ruik. Tafelberg het nog duidelik in die suide gestaan, twee dagtrekke ver. Oedasoa het beeste opgepas; daar was 'n paar man by hom, en 'n besoeker van die Goringhaiqua wat goed Hollands praat. Peter kon ander groepe herders of uitkykers op die heuwels sien, wat saam 'n groot kring om die vee gemaak het. Hy het die ou man gegroet en sy welstand gevra, maar Oedasoa was kortaf.

"Wat loop julle so in die land? Hoekom bly julle nie agter julle rivier nie? Julle wou dit so hê."

"Ek bring vir Oedasoa die groete van die kommandeur."

"Ek kan daarsonder klaarkom, en ook sonder julle hoe-gaandit-vraery."

Peter het die geskenke op die klipplaat langs Oedasoa uitgepak. "Tabak stuur my heer. Kraletjies van verskillende kleure. Sterk drank."

"Wat soek jy?"

"Hy vra dat die Namaqua sonder belet of hindernis sal kan deurtrek, Fort toe."

"Hierdie Namaqua van jou moet my mense se heuning kom uithaal, hulle veeweiding afwei, wild verskrik, uintjies uitgrawe, brand stig so ver hulle gaan? Wat bly vir ons oor vir winterkos? Dit is waarom ons vaders lank gelede uitgemaak het waar elkeen sal bly." Die erns het in sy stem gestyg. "Maar julle Hollanders, julle trek nou op en neer met julle gewere en vra nie op wie se weiding julle wil woon nie. Sprinkane. Dan kom sê julle: 'Hoe gaan dit?'"

"My heer vra dat daar vrede tussen julle en die Namaqua sal wees."

"Ek het niks teen die Namaqua nie. Hulle loop daar bo, ons loop hier by die see. As hulle vir julle beeste wil gee, word dit dadelik ons saak, want hoe meer beeste julle kry, hoe meer grond moet ons aan julle afstaan. Ek het my mense om voor te sorg, sê dit vir jou heer. En wat jou vrede betref, sê vir hom dit is 'n saak tussen die Namaqua en ons. Hulle is groot van lyf en hulle dra 'n skild op die arm, maar ons is baie meer as hulle. Heitse! As ons moet oorlog maak, gaan dit nie in klein bietjies wees nie. Die Gorachoqua is nou hier, en die Goringhaiqua lê 'n halwe dag diékant toe – kyk daar, jy kan hulle rook sien trek – en oorkant teen die see is Ngonnemoa met drie-, vierduisend man. So, as die Namaqua iets wil probeer, hoef ons nie vandag al oor vrede te praat nie. Ons het mans genoeg."

Peter het 'n pyp gestop, en die gelooide velsakkie met tabak na Oedasoa gehou, wat dit in sy hand se holte leeggemaak en teruggegee het. Sou hy daarmee bedoel: "Sê vir Van Riebeeck ek maak vir my 'n tabaksak van sy skrotum?"

"Ja. Vrede met die Namaqua, vra jou opperste, en dan wei ons saam met hulle, en ons trek saam, en ons gee binnekort saam pad vir die Kompanjie. Oral die wit man." Oedasoa het in die praat die geskenke onder sy jong mans uitgedeel, 'n span tabak, 'n sluk arak, 'n snoer krale, en die orige in sy bladsak gesit. "Sê vir jou owerste ek wil nie julle Namaqua se spore sien nie, en vrede maak ek ook nie, want ek kan klaar sien hoe julle weer wil baas speel in hierdie weiding."

Peter het sy bagasie toegemaak en vasgebind, en sy pak op sy rug gelig.

"Wag," het Oedasoa gesê. "Ek moet nog met jou praat. Ek weet wie jy is. Jy het jou naam gesê, en dié man hier weet ook wie jy is. Jy is Meester Pieter."

"Ja."

"Ek praat nou met jou, nie met jou *souri* Van Riebeeck nie."

Peter het sy bondel grond toe laat gly. Wat sou dit wees?

"Dit is die saak van Krotoa. Jy maak nie met haar soos 'n jong man behoort te maak nie."

Peter het hom dadelik in die rede geval: "Wat traak dit jou?"

"In die lewe is ek haar vader. My vrou is haar moeder. Jy behandel haar soos een wat nie pa of ma het nie. Hierdie mans is haar broers, haar neefs, haar ooms. Sy het baie familie."

"Sy het niemand nie. As ons nie na haar kyk nie, sal sy arm wees. Visvang."

"Nee. Sy sal ryk wees. Die beeste wat haar toekom, loop dáár; dit is vir haar uitgesit. Maar as 'n jong man haar wil hê, dan moet hy vir haar ouers wys wat hy het, wys dat hy vir haar kan sorg, dat sy onder sy hand kan ryk word. Nou kry sy niks, niks van jou nie, en niks van al die wit mense nie. As jy vir haar wit maak, dan is sy nie van ons nie, dan kry sy van ons ook niks. Jy gebruik my kind vir jou plesier. Jou bul loop by ons vers, en jy gee haar niks. Op die ou end wil geen ordentlike man haar hê nie. Sê vir haar sy is 'n skande vir haar mense soos sy aangaan. Sy sal arm oud word."

"Watter skande het sy gemaak?"

"Sy het haar laat beslaap."

"En is dit 'n skande?"

"Is dit nie 'n skande in jou land nie? Het jy dan tussen hoere grootgeword? Sê vir haar daar lê bitterheid voor as sy probeer wit wees."

Peter het sy bondel opgetel, die tolk in Deens gevloek, en heuwel-af geloop na waar die soldate in die gras sit en rook.

By die Fort was sy volgende ekspedisie klaar gereël. Dit was weer na die Namaqua toe, en hy sou die hoof wees weens sy ervaring, en omdat hy besonder goed met die inboorlinge en met sy manskappe oor die weg kom. Maar hy het geglo dat hy net van Eva af weggestuur word. Juffrou Van Riebeeck reël dit so. Die aand voor hulle vertrek, en dit skaars tien dae na hy van sy vorige reis uit Namaqualand teruggekom het, het Van Riebeeck hom vir aandete genooi. Eva was nie daar nie, sy is na Oedasoa toe gestuur.

"Om te gaan vrede maak," het die kommandeur gesê. "Dit lyk of die ou man om een of ander rede vir ons kwaad is."

Peter kon skaars glo wat hy hoor. Eva word gestuur om sy mislukking te gaan regmaak. Hoe sou sy dit regkry? Die Kompanjie se werk is te swaar vir haar, en sy gaan seerkry as sy dit probeer doen. Hy het die beledigings al beleef wat nog op haar wag. En hy sou haar nie sien voor hy nog eens op reis moes gaan vir Jan Kompanjie nie.

Hy is lyste gegee om te bestudeer, van goue juwele, silwerkettings, koperkrale, ysterlepels, kleipype, tabak, messe. Hier was die lys van sy manskappe, almal vrywilligers. Vir opperhoof Akembie van die Namaqua, sy drie seuns en drie kapteins was daar elk 'n aparte pakkie met wonderlike dinge. Die troep se proviand, gereedskap en kruit sou deur drie pakosse gedra word. Die gevoel van blyheid en afwagting het weer oor hom gekom. Dit was iets wat hy net voel as hy voor die poort van Afrika staan; nooit in die hospitaal of in 'n skip se vooronder nie. Maar dit was ook nie net die landstreek nie, dit was die onbekende, soos 'n nuwe boek om te lees. Hy het vroeg gaan slaap en lank wakker gelê. Van Riebeeck en sy vrou het Eva van hom weggehou, weggesteek, weggestuur om hulle uit mekaar te hou. Waarom, noudat sy hulle kind verwag?

Toe hulle voor dagbreek by Keert de Koe se drif hulle voete op die Koina-pad sit, het hy 'n kalkklip die donker in geslinger na die plek van *Heitsi-Eib'* se graf. Dit was die pad na Afrika. Hier laat jy jou sorge, miskien selfs jou klere, en begin oë oophou vir slange. En die trots van sy eie bevel het hom gelukkig en kragtig voort laat stap, met sy rugsak op sy skouers en sy geweer onder sy arm. Die kompas was in sy sak, maar hy het hierdie roete al geken.

Naby Riebeeck Kasteel, op die vierde dag, het 'n groot trop leeus hulle omsingel. Peter het die osse se leirieme kort aan mekaar gebind en die soldate 'n kring om hulle laat vorm. Hulle kon sien hoe die leeus hulle koppe oor die geel gras wys; dit beteken dat een of twee ander klaar van windaf aan bekruip was.

"Hou hulle daar, moet hulle nie kans gee om nader te kom nie. Skiet dat dit bars, kêrels." Die geraas van geweerskote het die leeus laat padgee. Peter het 'n sterk rantsoen brandewyn uitgedeel. Hulle het mekaar uitgelag en die spot gedryf, maar nie ontspan nie. Hulle het nie geweet of die leeus hulle volg nie. Hy sou snags daaroor wakker lê.

Twee dae later het hulle 'n paar Koina ontmoet wat vertel dat die Namaqua na wie hulle soek, na die noordooste weggetrek het. Die nuus was 'n teleurstelling. Hy wou graag sukses behaal op sy eerste tog. Anderkant Meerhofs Kasteel het hulle weer die berg oorgesteek na die Olifantsrivier toe. Van die bergkruin af, met die verkyker, was Tafelberg ver en klein in die suide sigbaar. Dáár was Eva, en die Kompanjie vir wie hulle werk, maar so vér, asof hulle van 'n ander wêreld was.

By die Olifantsrivier het hulle Sonqua gekry. Die boodskap was dieselfde: die Namaqua was noord met hulle vee en sou daar bly tot ná die blomtyd, solank as daardie veld na heuning bly ruik. Hulle is die trekpad gewys waarlangs duisende stuks vee onlangs geloop het. Die spoor was maar veertien dae oud, of minder. Die beesmis was nog nie oral heeltemal uitgedroog nie. Miskruiers was daarin aan werk. Hulle het die trekpad noord gevolg, van die een staanplek na die ander. Die veld het rondom oper geword. Waar vroeër berge was, het rante en los klipkoppies gestaan; die grond was dor en sanderig.

Na nog ses dae moes hulle omdraai. Hulle rantsoen was laag, en wie weet wat op die terugpad wag? Dit is dan die omdraai met onverrigter sake waarvoor hy bang was. By die Fort sou hy hoor wat so iets vir sy toekoms beteken; of dit sy pad na die Ooste oopmaak of toemaak.

Maar daar was geen groot gevolg nie. Hy kry dubbelgasie, met 'n uitkering van die drankrantsoen, wat tydens hulle afwesigheid uit die Fort opgeloop het. Wat Eva hom vertel het met sy vorige terugkom uit Namaqualand, kon hy nou duidelik aan haar sien. Sy kind sou laat in die jaar gebore word. Die kennis van sy aanstaande vaderskap het hom goed laat voel. 'n Seun of 'n dogter? Hoe sou hy lyk? Wat die kleur betref, die saak van sy afkoms, dit het hulle nie bekommer nie. Hier was ander kinders van ouers uit verskillende rasse, soos in Batavia. Dit was nie meer 'n vreemde ding nie. Die mense het geweet wat die oorsaak was en het begrip gehad vir die behoefte. "Nood leer bid," lag hulle. "Of hou net oë toe." 'n Engelse skipper het 'n spreekwoord aangehaal: *"Necessity is the mother of invention, and the father of the half-breed."*

Eva het nie meer in die raadsaal getolk nie. Daarvoor het Herrie, nou geheel van die Kompanjie se drank afhanklik, daagliks van die Duintjies af gekom. Daar was ook ander, soos Doman wat vroeër die stryd om die rivier gelei het, met sy uitgeteerde arm en maer lyf, wat nêrens anders aan kos kon kom nie. Eva het nog na die Van Riebeecks se kinders gekyk – daar was nou ook twee dogtertjies – maar sy was meer soos 'n bediende en minder soos 'n vriendin van die gesin. Benewens haar was daar nou ook 'n slavin en twee slawe in die huis.

Peter was bekommerd oor Eva in hierdie omstandighede. Uiterlik was sy nou 'n dorpsvrou in 'n Hollandse huis, maar sy was eensaam. Sy het 'n taal gepraat wat net sy geken het, sy alleen was van die Kaapse veld, sy alleen het die taal van beeste geken. Sy was stil in die geselskap om die eettafel omdat sy nie geweet het waaroor hulle lag, of waar die Zaanse Skans was, of wie die wonderlike Leeuwenhoek was nie. "Leeuwenhoek het die menslike sperm onder sy mikroskoop sien leef," het Van Riebeeck aan die besoekende dominee gesê. "Ons leef in godlose tye, broer. Mag hy daarvoor vergewe word," het die dominee geantwoord. Peter het hardop gelag, en Eva was ontevrede daaroor. Sy was eensaam in hierdie woelige, groeiende, luidrugtige Hollandse fort, en Peter het gesien hoe sy agteruitgaan. Of het hy hom dit verbeel, en was vrouens maar so as hulle verwagtend is?

Hy kon sien hoe Eva los raak van Van Riebeeck en sy vrou, die gewoontes, die hoflike taal van die groot huis, en die godsdiens wat sy daar geleer het. Sy het meer gedrink, en soms gevloek. Dít het sy by hom geleer. Soms wou sy net die Koina-taal praat, met hom en al die ander. Hy het vermoed dat sy die Van Riebeecks se guns verloor het. Sy was nou alleen tussen vreemdelinge. Die Hollandse vroue het haar vermy omdat sy die goeie sedes oortree het, en sy moes hulle afkeer daarvan verduur. Die Koina, haar enigste mense, het van haar af weggebly omdat sy die Hollander in die oorlog gehelp het, en deesdae omdat sy 'n wit man gehad het wat haar geen respek gee met andersmaak nie.

Hy kon nog loop en lag met makkers, pyp in die hand gesels oor vreemde plekke waar hulle was of waarvan hulle gehoor het, en drink om 'n kampvuur, maar wat van haar? Sy het min gehad om oor bly te word. Hy het vir haar klere laat maak, Hollandse klere. Hy moes 'n hoër gasie probeer verdien om vir sulke dinge te betaal. Hy kon dubbelgasie verdien met landtogte, maar wat word van haar wanneer hy maande lank van die huis is? Oedasoa se woorde, dat daar beeste in sy trop loop wat Eva toekom, het vir hom geen betekenis gehad nie. Hy het dit nooit vir haar vertel nie. Hy kon van Oedasoa niks, nie 'n hand vol gras, vra nie. Hy was bekommerd oor die vrou wat die lewe hom gegee het, en het ge-glo eendag neem hy haar hiervandaan saam Ooste toe, daardie begeerde land waar geen ongeluk is nie.

In die somer was daar die dubbelfooi van landtogte, en in die winter wanneer ekspedisies onmoontlik was, kon hy 'n paar gulde van die vryburgers verdien met bloedlaat, purgasies en verstuitings, maar origens was daar net sy soldy om van te leef. Hulle was inderdaad baie arm. Eva het in sy kamertjie in die hos-pitaal kom woon. Van Riebeeck het niks gesê nie, en waarskynlik saamgestem dat dit beter is so. Eva het gesukkel om hulle klere heel en skoon te hou, maar dit was asof sy al hoe meer onwillig geword het oor die huishouding, hoe verder haar swangerskap vorder. Iets anders, belangrikers, was miskien in haar gemoed, en sy het dit nie genoem nie. Dit het Peter bekommer dat sy neer-slagtig word. Hy kon dit daagliks in haar sien, maar vermoed dit is eensaamheid omdat sy geen ma of susters het om haar sake mee te bespreek nie. Hy het nie vermoed dat sy droom oor die andersmaak waarsonder sy en haar kind die lewe moes ingaan nie. Want sy was 'n weeskind, 'n dier wat van 'n trop wegge- dwaal het. En by geleentheid het hy gesien dat die brandewynfles in sy kis leër word, en dit gewyt aan haar eetlus, en hy het sy mediese voorraad by die keldermeester laat toesluit. Hy sou voortaan net sy rantsoen huis toe bring.

Sy het hom gesê toe hy die vroedvrou moes bespreek, en toe hy die vroedvrou moes gaan haal, en toe hy hulle alleen moes laat. Hy het in die koue Oktobernag langs die strand op geloop. Hy was gewoond aan die sterwe van mense, maar bang vir hulle geboorte. Die wind was ysig. Hy het gedink aan sy vader, ou August Ede, soldaat van kindsbeen af in 'n bleek landskap, en aan sy eie kinderdae daar. En steeds is daar die see, die groen groot- pad tussen lande, vir koopman en klerk, vir kok en kanonnier. Die Ooste sal hy moontlik nooit bereik nie, want hier het die see hom uitgespoel.

Toe hy by die huis kom, het die vroedvrou met haar kop agteroor teen die muur geslaap. 'n Kort kers het langs hulle kooi gebrand. Daar was sy vrou, met die kind. Albei het geslaap. Hy was bang om hulle wakker te maak. Hy het die vroedvrou aan die skouer geraak, en na buite geneem.

"Het dit goed afgeloop?"

"Ja, die kind lyk gesond."

"Seun?"

"Nog 'n dogter, meester Pieter. 'n Meid vir die plesier en gerief van die man. Ek vertrou maar ons Skepper weet wat hy doen."

"Wat is ek jou verskuldig?"

"Ek kom môre weer kyk, dan kan ons praat. Ek kry partykeer hulp nodig by 'n moeilike geval."

"Ek het self min ervaring. Ek was militêre sjirurgyn."

"Dit is een bloed, God weet. Wag tot jou kind eendag groot is, meester Pieter. Dan sal jy voel dis waar wat ek sê. Kyk dat sy die kind aan haar bors voed, en sy moet nie die kind te veel was nie. Dit is met dood speel."

Hy het haar 'n plek in die hospitaal gewys waar sy die nag kon slaap. Van dié uur af was sy lewe nie weer sy eie nie.

Die oggend het hy en Eva oor 'n naam vir die kind gepraat. Hulle het albei gehoop op 'n seun, en sy naam sou Pieter wees, nou word dit net Pieternella. Eva was tevrede.

Toe hy sien die kommandeur se voordeur is oop, het hy die geboorte gaan opgee.

"Jy sal haar natuurlik wil laat doop."

"Ja, sy moet gedoop word."

"En Eva? Moet ook nog gedoop word."

"Ek sal daaroor praat."

"Daar is nog 'n ding, Pieter. Wanneer jou vrou gedoop is, behoort julle ook te trou. Ek weet jy wil weg, Ooste toe. Ek ook, maar ek dink nogal oor die toekoms van hierdie plek, en ek glo dat hier eendag vir 'n vry dokter 'n lewe te maak sal wees. Op die oomblik nog nie, want die burgers kan net met pampoene en eiers betaal. Bly liewer 'n dienaar en trek soldy; jou gesin kan nie op pampoen lewe nie. Maar die dag kom dat jy jou bordjie kan uithang as 'n vryburger, en dan wil die gemeenskap weet dat jy respektabel getroud is, anders kom hulle nie na jou toe nie. Praat met Eva oor hierdie ding. En dink aan julle kind, wie weet wat word nog eendag van haar? Ek en Maria wil graag julle kleintjie kom kyk, wanneer julle gereed is."

Ou Autshumao het eendag 'n potjie mossels gebring vir Krotoa se andersmaak, en hy het vaag met haar gepraat oor 'n geskenk van beeste wat Oedasoa se vrou aan haar beloof het. Dié kind van haar is nou sy familie. Hy moes vir haar gesorg het, maar was nog altyd te arm. Eva moet die dogter behoorlik grootmaak, dat sy eendag na die Cochoqua kan gaan en aanspraak maak op die andersmaak wat vir haar belowe is. Hy, Autshumao, sal haar help met hierdie kleintjie. Sy moet net praat as die kind iets nodig het. Hy sal sorg.

Novembermaand was die veld bont en soet van blomme; dit was tyd vir die volgende ekspedisie Namaqualand toe. Sersant Everard sou dié keer lei, Peter was weer tweede en 'n jong Culemborgse klerk, Cornelis de Cretser, was derde. De Cretser sou joernaal hou, en dan was agt uit die tien kêrels kamerade wat op die vorige tog saam was. Peter het sy trots as 'n groot blyheid voel groei. Hy het verstaan dat die kommandeur nie sy dagboek vertrou het nie, maar was meer as tevrede om op die tog te gaan. Die doel was nie, soos Peter vermoed het, net om die Namaqua in die tabak te hou nie; hierdie keer wou Here Sewentien hê dat hulle verby die Namaqua trek om Monomotapa, ryk aan goud en juwele, te vind. Dit was wat Here Sewentien gedoen wou hê, van hom en sy kamerade.

Die lenteweer was sonnig en warm. Peter het hom verlustig aan pers berge, troppe wildsbokke wat in geel gras wei en skaars opkyk as hulle verbygaan, bruin miershope, wit gestapelde wolke, swerms rooivinke. Sy oë was op rante, bergkruine, heuwels, ver horisonne, en elke dag was 'n verrykende, versterkende onder- vinding en kon hy makliker vergeet wat agter hom was. Hy was vry van die bevel en van die dagjoernaal, hy kon jag en na harte- lus met sy maats lag en stories vertel van spoke en vreemde diere. Snags het flitsende swart vlermuise hulle kos heen en weer gejag onder die krioelende sterrehemel, en daar was die gedreun van leeus, ver weg. Dit was vryheid. Hy het soms gedink hoe hy Van Riebeeck kon oorreed om hom heeltemal van die hospitaal los te maak. Loskom, ook van die kommandeur af. Hy sou om ander werk vra. Iets in die buitelug. See toe, miskien, om dalk tog die Ooste te kan bereik, as alles anders faal. Sy gedagte was dikwels by die kind in die Kaap, maar sy verlange was verder vorentoe, na nuwe geel, somerse vlaktes en bruin, bergagtige landskappe waarin geen mens beweeg nie.

Daar was weer Sonqua en Grigriqua soos op die vorige reis, maar geen Namaqua nie, geen beeste of skape nie. Sersant Everard het hulle verder en verder noord gelei. Een laatmiddag het hulle plate rooi flaminke in 'n koue getypoel agter duine sien trap. Dit was die mond van die Olifantsrivier. Die see was laag, ver teruggetrek agter 'n breë, koue grys strand. Hulle het agter 'n duin kamp opgeslaan en die sononder dopgehou; in dik jasse om die kookvuur gesit en mekaar verseker dat die Kaap die enigste land was, en die duiwel haal die een wat ander woonplek wil hê.

Weer onverrigter sake, het hulle daar omgedraai en oor die skraal en dorre sandveld suid gereis agter 'n Tafelberg aan wat stadig in hulle gesig groei en van pers tot blou tot vaal tot bruin verkleur. Toe kom hulle by 'n plek waar olifante hulle pad versper. Hulle wou onder die wind verbygaan, en 'n klompie bome in 'n spoelsloot probeer bereik waaragter hulle ongesiens kon verder trek. Toe hulle naby kom, het 'n olifantbul tussen die bome uitgekom, sy ore vorentoe en sy slurp hoog gelig. "Staan vas," het sersant Everard gesê. "Sluit in. Sluit in. 'n Volle sarsie voor die kop. Wag vir my woord. Dan elkeen op sy eie."

Hy wou gekonsentreerde vuur hê, maar die manskappe naaste aan die voorpunt het die osse gelos en begin hardloop om skuiling te haal. Derde, vierde van voor was Piet Roman, wat die skild voor hom sien padgee en toe op sy eie een, twee skote in die olifant se bors skiet dat die wit stof uit sy vel opslaan. En elke keer as hy laai, was die olifant tien tree nader. Nog een vuis vol kruit het hy in die geweer af laat val voor die lang slurp hom van sy voete ruk en teen die groot geel sekelmane van tande stukkend slaan. Die osse het bokspringend onder hulle paksaals gedans, die troep het gevlug, en die olifant het vir Piet in die rooi kluite in getrap.

Peter het gehardloop tot teen die voet van 'n klipkop en daar agter skuiling platgeval. Hier en daar voor hom kon hy van sy maats sien wegkruip agter bosse en walle. Hy het sy asem ingehou terwyl Piet Roman gebreek word, gelê en bewe solank die olifant die liggaam trap, stof oor sy eie bloeiende wonde staan en blaas, en weer vir Piet oplig en rondgooi. Nog vyf of ses olifante het nader gegaan, stof geblaas, getrompetter en lank aan die soldaat op die grond geruik en geskuif. Die troep het nie geroer nie. Dit was 'n koue, rooi sononder toe die olifante windop wegloop. Ver weg het leeus gebrul. Dit is Afrika: Brutaal, lewe en dood is hier bure. In Afrika het mense vyande waarvan die Deen nie droom nie. Hy was die eerste wat opgestaan het om die osse te gaan soek.

Toe hy tuis kom, was Eva siek. 'n Ou vrou van die Goringhaicona het omgesien na haar en die kind. Hy het die ou vrou geken. Sy was doof en halfblind. Koue brousels het op die bankie voor Eva se kooi gestaan, en buite op die ashoop het drie weke se uintjiedoppe gelê. Peter het na sy dogter gaan kyk. Sy het vuil en onwelriekend in haar slaapkis gelê, maar haar oë vir hom wyd oopgemaak en haar hande onrustig na hom opgelig. Daardie blou had sy van hom en van ou August Ede. Hy het haar opgetel en gesus, en na Eva se *katil* geneem. Sy vrou het moeg en besweet op die bossiematras geskuif.

"Wat is verkeerd?"

Die ou vrou het geluide deur haar tandelose mond gestoot. Eva het haar hand op haar maag gesit.

"Ek dink dis nog 'n kleintjie."

"Dit is goed." Hy het die kind se klere opgetrek en haar skraal ligbruin liggaampie bekyk. Daar was pers luismerke op haar lyf en 'n rooi waterige uitslag oor die boude. "Eva, ek gaan my goed neersit en dan gaan ek na julle kyk. Die kind moet gewas word."

Sy het flou en lusteloos gesê: "Die ou moeder sal haar insmeer met vet."

"Nee. Het julle hier kos om te eet?"

"Juffrou stuur vir ons. En Autshumao. Maar dit bly nie in nie."

Hy het die wateremmer vir die ou vrou gegee, en 'n stuk hout uit die houtkis gewys. "Hout en water asseblief, ouma."

"Pieter, juffrou sê ons doen sonde. Ons moet trou."

"Ons kan dit later doen. Hoe voel jy nou?"

"Ek is naar."

"Ek sal vir jou medisyne aanmaak. Jy kom weer reg, Eva. Ek gaan nou hier bly en na julle kyk."

Hy het die vensterluike afgehaal, en die ou vrou die huis laat vee. Hy het 'n vuur op die herd gemaak, en 'n pot sop oorgehang van meel en sout en 'n repie spek wat hy uit sy rantsoen oorgehou het. Toe het hy water warm gemaak, sy kind met seep gewas en met soetolie ingevryf, en haar skoon aangetrek. Van growwe rantsoenmeel en water met sout en suiker het hy vir die kind pap gemaak, en haar op sy skoot getel en met 'n lepel gevoer. Toe het hy haar gesus en met haar gepraat, haar oor sy skouer laat hang dat sy wind opbreek, en 'n glimlag op haar gesig sien kom. Hy het met haar gelag. Hierdie kind was vir hom meer as die goud van Monomotapa. Piet Roman het weer in sy gedagte gekom.

Eva het hom van die kooi af dopgehou. "Ek het baie aan jou gedink, Pieter."

"En ek aan jou," het hy sonder huiwering gesê, omdat hy kon sien hoe nodig dit was. Die kind was warm teen sy bors, haar regterhand om sy duim gesluit. "Ons gaan kyk na jou gesondheid, dat jy weer op die been kom. Ek maak vir ons sop, en wanneer jy iets in jou maag het, gaan ek vir jou medisyne gee. Ek bly nou 'n lang tyd by die huis, dan gaan ons 'n bietjie plesier hê."

Hy het die dekens buite in die son laat hang, en al die linne van die kooie getrek en dit by sy eie wasgoed in die wasbalie gegooi om dit later te trap. Hy moes vir sy gesin 'n groentetuin aanlê, en miskien 'n hoenderhok, dat hulle gesond kan eet. Miskien sou Eva daarin belangstel, maar of hy vir 'n volwasse vrou moes sorg soos vir 'n kind omdat sy van die edel heer se groot huis losgeraak het, of hy moes sorg dat sy gelukkig is, sorg dat sy hulle kind oppas, sorg dat sy die huis en kind en haarself skoon hou, daarvan was hy nie seker nie.

Die andersmaak het gouer gekom as wat hy verwag het. Die skepe het briewe uit die vaderland gebring wat 'n gejuig in die heer se huis veroorsaak het. Dit was bevordering vir Van Riebeeck, die diep begeerde verplasing na die Ooste, met nuwe geleenthede vir verhoging, verbetering van gasie, al die erkenning waarop hy lank gewag het. By Peter het die nuus eers afguns veroorsaak, en toe, tot sy verbasing, kommer. Hy het met Van Riebeeck redelik goed klaargekom, en dit was iemand wat omgegee het vir Eva. Wie word in sy plek hierheen gestuur? Die heer kon binne 'n paar dae skeepgaan, en hy moes nog gunste van hom hê, ter wille van sy kind. Die gesprek met Eva kon hy nou nie langer uitstel nie.

"Jy is in die Christelike godsdiens grootgemaak, Eva. Sal jy daaraan dink om jou te laat doop?"

"Ek is bang ek is nie so goed soos die kerk my wil hê nie."

"Jy is so goed soos ek."

"Ek weet nie, ek is bang ek doen verkeerd."

157

Sy het ingestem om met 'n predikant te praat. Wanneer kom daar weer 'n predikant? Toe 'n predikant kom, het Peter hom na sy huis toe genooi. Dit was sodat sy vrou en kind gedoop kan word, het hy gesê. Eva het die predikant in stilte aangehoor. Peter het die vrae gestel en die antwoorde aan haar uitgelê. Die dominee wou weet: Wou sy eerlik en opreg haar sonde aflê, die geloof aanneem, haar laat doop en die sakramente ontvang?

"Sy is mos daarop geregtig, of hoe?" het Peter twyfelend gevra.

"In die liefde van Jesus, ja."

"Sal jy haar doop, dominee? As sy daardie ding doen? Sy sal dit graag doen, maar sy is skaam, sy weet nie wat alles beteken nie."

"Kyk, ek moet hoor wat die sinode van Amsterdam sê. Ek is ook maar 'n dienaar, en hulle neem my miskien kwalik. Ek is maar tydelik hier."

"As jy iets goeds doen?"

"Hulle kan my ontslaan. Dan sit ek sonder inkomste."

Peter het die predikant se mou gegryp. "Wat as die kommandeur dit goedkeur? Kan hulle inmeng?"

"Hulle kan. Ek, jy en hy werk vir die Kompanjie, en die kerk is nie bokant die Kompanjie nie. Ons is nie bokant bevele nie."

Eva het self gesê wat Pieter nie wou nie. "Wat is dan verkeerd, dominee? Kort-kort doop hulle hier, kort-kort trou hulle hier. Wat is dié keer anders?"

"Julle is nie getroud nie."

"Trou ons dan."

"Julle is nie ..." Hy het stilgebly. Dit was nie 'n grap nie.

"Wat is dit? Is dit omdat jou kerk nie vir Koina is nie? Ek gaan elke Sondag kerk toe. Van lank voor jy hier gekom het. So lank as wat my heer hier is." Toe wys sy om een of ander rede na die ry kalbasse op haar potterak, waarin haar suurmelk is. "Sê nou vir my Koina gaan nie hemel toe nie, want ons het nie siele nie."

"Wag, Eva, wag," het Peter gewaarsku. "Dit is nie die manier nie."

"Toemaar, meester Pieter. Kyk, ek weet nie wat om vir julle te

158

sê nie. Ek weet net daar is nog nie tevore van hierdie landsvolk gedoop of getrou in ons kerk nie. Sonder die sinode se goedkeuring bestaan so iets nie. Ek gaan die kommandeur vra om my daarmee te help."

"Miskien moet ek by Oedasoa hoor of *Heitsi-Eib'* ontevrede gaan wees."

Die predikant was gesteurd. "Dit is nie wat ek gesê het nie. Jou siel is nie in die kommandeur se hande nie. Dit is die gesag van die kerk wat my bekommer."

Peter was verbaas oor Eva se reaksie. Wat was dit nou, dié rebelsheid teen die gesag? As die kerk hieroor teen haar draai, en die kommandeur ook, het sy haar en hulle kind se saak bederf.

Maar dit het anders gebeur. Die predikant het weer aan hulle deur kom klop. Die kommandeur het hom gevra om die vrou te doop, hulle te trou en daarna ook die kind te doop. Doen dit eers, daarna sal hy die papiere opstuur Amsterdam toe. Dan sal hulle wel hoor wat die kerk sê, maar dit neem ten minste 'n jaar. Daar is nog iets wat die Nederlandse wet van alle mense vra, en dit is dat hulle gebooie drie opeenvolgende Sondae voor die gemeente afgekondig word. As Peter en Eva gewillig is, wil hy hulle graag help met die voorbereiding. Dit is gewigtige sake, die verskillende beloftes wat hulle moet aflê. En die kommandeur en juffrou Van Riebeeck wil dit afgehandel sien voor hy vertrek. Hy wil hulle nog sy seën toewens.

Eva was onwillig. Dit was nou die wens van die kommandeur, of van die kommandeur se vrou, en hulle wil haar volgens hulle wet aan Peter vasbind, en sy moet haar hand op hulle papier gaan sit. Hulle wil haar in die Hollandse kamp injaag. Sy was nie heeltemal lus daarvoor nie, want sy sal haar eie mense vir altyd moet groet, soos sy môre-oormôre vir Van Riebeeck vir altyd moet groet. Sy wou nie soos 'n dier met 'n pad langs gejaag word nie. En as Peter dan iets oorkom, word sy 'n hond sonder naam tussen hierdie mense. Waar behoort sy dan, en waarom is die predikant nou stil oor sy owerstes?

Peter wou haar ompraat. Hy het moeite gedoen om haar te oorreed. As hulle trou, maak hulle 'n kontrak om haar belange voor die wet te beskerm. Hy self sal 'n nuwe testament maak, sodat sy erf as hy êrens verongeluk. Hulle moet die wet behoorlik aan hulle kant kry. Wat word van haar en hom en van hulle kind as Van Riebeeck hier weggaan? Hier kom miskien 'n man met ander oortuigings.

Haar klag, het sy gesê, is nie teen die kerk nie, maar teen die manier wat hulle regering wette maak en weer breek, soos dit hulle pas. Wat is hulle beloftes werd? Dit is minder werd as beesmis, jy kan nie 'n vloer daarmee smeer nie.

Twee dae later het sy vir hom gesê sy was nou gewillig.

Van Riebeeck het in die skoolkamer gaan luister waar die sieketrooster drie middae in die week vir Eva onderrig het. Hy het die kerk betaal vir 'n oppasster, dat haar kind nie so aan haar hang wanneer dit tyd vir onderrig is nie. Hy het geweet sy is intelligent, en hy wou haar gelukkig sien. Voordat hy haar verlaat, wou hy nog dié ding vir haar doen: hy wou haar voete op 'n Christelike lewenspad plaas sodat sy gewete kan rus oor haar en haar nageslag.

Eva was bly daaroor. Sy het altyd graag gedoen wat hy van haar wil hê. Sy kon met gemak die Bybelstukke herhaal wat hulle aan haar voorsê. Uit haar kinderdae het sy dele daarvan al geken. Oor sake soos erfsonde, en van Eva en die slang, waarna sy dikwels met verwondering geluister het, het sy nie uitgevra nie. Sy wou dat hulle dink sy verstaan.

Die sieketrooster het gesê hy was tevrede, die predikant kan maar kom; as hy net sal onthou dat Eva nie die onmoontlike kan doen nie. Dit het Van Riebeeck ook geweet. Hy was in daardie laaste dae soms spyt dat hy haar uit haar natuurlike plek gehaal het. Hy het geglo dat hy haar toekomspad voor hom kan sien, en daar was veel op haar pad om bekommerd oor te wees. Hy moes haar voorberei het vir 'n huwelik, nie juis bo haar stand nie, maar buite die wêreld van haar oorsprong, en teen die dag wanneer hy nie meer daar is nie.

"Kyk, my kind, jy moet weet getroude mense kom op 'n ouderdom waar 'n man soms sy vrou verlaat vir 'n jonger een. Hy verloor sin in jou, maar daar is verskillende redes hiervoor. Ons noem dit jong bokkies, of groener gras; dit is wat jy sal hoor wanneer die bure skinder. Dit gebeur met baie, maar hoe gaan jy dit vermy, Eva, dat dit jou nie verongeluk nie? Vermy verwyte, lieg nooit, vergewe bitsigheid. Die duiwel sal jou probeer verneder, maar wees daarop voorbereid. Hou jou stem laag; as dit hoog word, is jy verlore. Beheers jou veral voor jou kinders, sodat boosheid nie versprei in die wêreld nie. Wees lighartig, vrolik, glimlag baie. Vloeke en humeur is vir vismeide, moenie dat jy op jou oudag weggesmyt word daaroor nie. Moenie dink jou kosmaak gaan jou man se geneentheid wen nie, Evatjie. Net so is vloere skrop vergeefs, en naaldwerk, en alle ander moeite. Net jou geselskap tel. Verkwikkende geselskap maak 'n huwelik. Daagliks. Ja, en moet nooit julle wynglase saam met ander skottelgoed was nie."

Hy was skaam oor wat hy doen, want dit was te laat; sy ervaring was alles betekenisloos. Arme Evatjie. Watter hoop was daar vir haar in 'n lewe as 'n Hollandse huisvrou aan die Kaap?

Om haar aan te moedig het hy gaan luister hoe sy leer. Hy het by haar op die skoolbank gesit en haar herinner aan haar jare lange opvoeding onder sy toesig, en vir haar 'n teksvers gewys voor in die boek van Spreuke wat sê: *Vergeet my onderwysing nie.* Wanneer hy weg is, moes sy daaraan dink.

Nou was hy bekommerd, maar wat kon hy doen? As sy maar die dag by haar pa se mense was, anderkant die berg, toe *Haerlem* hier kom, was sy hierdie beker gespaar. Hy wou 'n tolk hê, en sy vrou 'n kindermeid, en hulle oë het op haar geval. Haar natuurlike goedheid en die opvoeding wat hy haar gegee het, word dalk haar ankers, maar wat doen sy teen die afkeer van die Koina en van die hooghartige Kaapse vrouens, en Pieter wat so graag swerf en eerste kom aanmeld wanneer daar gereis moet word? Wat word van Eva wanneer Pieter weg is? En wat, wanneer hy nooit weer kom nie?

Die dag van Eva se doop het Peter voor in die kerk gesit. Dit was 'n ongewone ervaring. Langs hom in die bank was die kommandeur, vier raadslede, drie skippers. Hy het 'n keer vlugtig oor sy skouer gekyk. Agter hulle was die Kapenaars, 'n swartgeklede gemeente. Peter het van sy kamerade van die trekpad herken;

hulle het strak voor hulle gekyk. Eva was alleen voor die tafel met die boeke en die bakkie met water. Agter haar, op stoele aan die vrouens se kant, was die kommandeur se vrou, haar niggies, die vroue van die raadslede, dan die ander, passasiers op weg tussen Noord en Oos. Peter het gedink: Wonder hulle nou watter soort mens daardie ontugtige Deen is? Gaan die predikant hom in die openbaar betig ter wille van die goeie sede? Hy het teen die mure van die kommandeur se voorhuis gestaar. Daar was 'n kwagga-vel, en 'n leeuvel, afkomstig van Piet Roman. Hy het ses gulde daarvoor gekry. 'n Wonderlike skut met die hakebus was Piet.

Sy gedagtes het teruggekom na Eva. As hierdie Kapenaars haar nie as sy huisvrou aanvaar nie, gaan sy neerslagtig word. Dit is ook vir hulle kind sleg. As mense die lewe vir hulle hier bitter maak, sal hy sy gesin hier wegneem. En daar is nou wéér een op pad, dié keer hopelik 'n seun. Deur sy kop effens te draai kon hy sien hoe juffrou Van Riebeeck vir Eva met die oë ondersoek, weeg, meet. Sien sy dat Eva weer verwagtend is? Was Eva netjies genoeg geklee?

Peter het sy aandag aan die formulier gegee, want die predi-kant het om die tafel gekom om met Eva alleen te praat. Hy het stadig en nadruklik gepraat, sy vrae vertroulik gestel; dit was haar sake, niemand anders s'n nie. En sy het hom eenvoudig en stil geantwoord. Haar kop was effens gebuig, haar stem sag. Sou sy verstaan wat sy hoor, of glo wat sy beloof? Aan die einde van die formulier het die dominee haar voorkop met water aange-raak. "Eva, ek doop jou in die naam van die Vader, die Seun en die Heilige Gees. Mag jou naam gevind word in die boek van die lewendes wanneer ons geroep word om verantwoording te doen op die laaste dag, tot die redding van jou onsterflike siel."

Eva, of dalk Krotoa, het Pieter gedink, jou naam is nou inge-skryf, jy sal nooit meer sterf nie. Ek hoop dié andersmaak bring geluk.

Die retoervloot sou Van Riebeeck se opvolger uit die Ooste bring. Mens kon die dag van die heer se aankoms naasteby be-reken, want die eerste groep retoerskepe word die dag voor Kers-fees uit Batavia weggestuur sodat daar geen arbeid, geen woeligheid of dronk seevolk op straat is nie. Die tweede groep seil 'n maand later uit Ceylon. Met die beste passaatwind kom hulle dan tussen middel-Februarie en middel-Maart saam in die Kaap. Daardie jaar het dit weer so gebeur, maar van die sewe Batavia-skepe het net drie opgedaag, en Van Riebeeck se opvolger was nie op een daarvan nie. Hulle het kom vertel dat die vloot noordoos van Mauritius deur 'n helse orkaan oorval is, en hulle het nie weer die ander vier skepe gesien nie. Natuurlik het hulle maar gehoop dat die vermiste vier voor hulle hier sou aankom, maar, soos almal kan sien, was dit vergeefs. En die admiraalskip was een daarvan. Met man en muis verlore: *Aernhem*, *Wapen van Holland*, *Prins Willem*, *Gekroonde Leeuw*.

Hulle volk het stories van daardie orkaan aan wal gebring. Daar was nog nooit so 'n orkaan nie. Die mag en geluid van die wind, die gitdonkerte van die nag, die hoogte van die golwe, die skade aan skepe en seile, die verskriklike lewensverlies was meer as wat enige Oos-Indiëvaarder al beleef het. Peter het meer daarvan gehoor by pasiënte wat met gebreekte bene, arms, ribbe aan wal gedra is. Die skrik was nog in die stemme waarmee hulle vertel van die verskriklike wind wat maste afgeknak en skepe omgerol het, 'n hele dienswag met sy offisiere wat van die dek gespoel is deur 'n golf wat die skip van voor tot agter gestroop het. Mauritius? Dit was 'n nuwe naam. Vir Peter en sommige ander was dit die eerste hoor van dié eiland. Waar was Mauritius, en waar het dit gepas in die *orang lama* se kennis van die seepad tussen Europa en die wonderlike Ooste?

Daar was vir hom ook ander vrae van belang. Hy was een van dié wat wou weet of die Ceylon-skepe ná die orkaan gesien is? Want die nuwe kommandeur was daarop. Dit was moontlik dat Van Riebeeck nou 'n paar maande langer sou bly. Maar die Ceylon-skepe het opgedaag, woes verweer, en die benoemde opvolger was daarop, maar die vier vermiste skepe is nooit weer gesien nie.

Die nuwe kommandeur was 'n Duitse heer, effens bejaard en stram, maar sy gesig was sterk en sy oë helder. Van Riebeeck het hom en die vise-admiraal geneem om hulle sy kolonie te wys.

163

Hulle is te perd met die ou beespad van die Fort af na Keert de Koe by die drif in die Brakrivier, en van daar langs die skutheining op na Ruijterwagt, waar die boompies van die beplande amandelheining yl en nog skaars vingerhoog bo die grond gestaan het. Van daardie hoogte af kon hulle die plaaswerwe sien, en die weiende vee in die vleie van die Liesbeeck. Agter die jong bome en die wit huise het Coornhoop se kantele met sy twee kanonne uitgesteek, en hoër op teen die berghang was die boorde en wingerde van Rustenburg, en die braaklande rondom die hoë houtmure van De Schuur. Hulle het Van Riebeeck gelukgewens met wat hy bereik het. Dit was 'n groot verbetering. Die aarde was nie meer woes en leeg soos voorheen nie.

Dit het Van Riebeeck ook plesier gegee om met sy gaste na sy eie plaas aan die verste punt van die grens te ry. Hoog oor sy kolonie het 'n helderblou lug gestrek en 'n vars wind het van die see af oor die Steenberg gewaai. Die herfs was reeds ver gevorder, maar die veld was nog warm aan die einde van 'n sonnige dag. In die ry het Van Riebeeck vertel van die oorlog teen die inboorlinge drie jaar tevore, van sy burgers se veeverliese, en die ooreenkoms wat met die inboorlinge gemaak is. Dit was sy groot sukses, hierdie storie. Van Riebeeck het sy bruingebrande gesig na die hemel gelig en dankie gesê dat alles wat hulle gesien het in die beste orde was. Hy het sy opvolger ook vertel dat daar 'n huwelik op hande was, 'n uitsonderlike geval wat op sy guns en aandag aanspraak maak.

Pas na Eva gedoop is, het Van Riebeeck die Kaap verlaat. Sy, drie maande swanger, het lank gehuil en nog maande later stil oor hom getreur. Toe het sy nie meer gepraat van trou nie. Peter het, benewens sy werk, ook vir klein Pieternella gehad wat tuis agter hom aanhuil. Die kind wou hom nie onder haar oë uit laat gaan nie. Hy het opgemerk hoe Eva se gesig, ten spyte van haar swangerskap, skraler word, en stroewer. Sy voel Van Riebeeck se vertrek asof sy 'n weeskind is, omdat sy nooit 'n pa gehad het nie, het hy gedink. Daarmee kan hy haar nie help nie, hy kan nie 'n pa vir 'n volwasse vrou wees nie. Hy sou, inderdaad, graag 'n bietjie wou wegkom, veld toe, weg van die hospitaal en almal wat na hom roep om hulp. Die hospitaal en die skepe het van siek mens gestink, sy eie huis was gedurig koud en vuil. Die vars veld anderkant Olifantsrivier waar jy nie meer huise of mense sien nie, was sy begeerte.

Nog 'n nat winter het oor die Kaap kom lê, en Eva se tweede swangerskap het na die vyfde en sesde maand gevorder. Die druppende kinderwasgoed voor die herd in Peter se huis het meer geword, en muf geruik. Daar was nie geld vir 'n vuur om die huis die hele dag warm te hou nie; hy kon skaars hout bekostig om 'n pot te laat kook. Hy en Eva kon 'n bietjie hitte uit 'n sopie brandewyn kry, maar dit was anders met sy dogter. Hy moes sorg vir pap en melk vir haar. Soms kon hy 'n bietjie sago van 'n vriend in die pakhuis kry, of 'n bietjie suiker om die kind mee bly te maak.

Terwyl Eva in haar tweede swangerskap teruggetrokke was, het Pieter net sy dogter gehad om mee te speel, wanneer sy gesond was. Hy het ook snags langs haar kooi gesit om haar op te tel as sy huil, en skoon te maak as sy haar bevuil. Hy het na haar gesiggie in die kerslig gekyk, gesoek na trekke van hom of van Eva, maar kon nooit 'n ooreenkoms sien nie. Sy was heeltemal uniek: klein, ligbruin van vel, die hare rooibruin en fyn krullerig, die oë by daglig helderblou, die neusie goed gevorm, maar baie klein. Wat was daar van hom, 'n Skandinawiër, in haar te sien? Niks, behalwe die oë. Was dit wel sy kind?

Later in die winter het sy tuintjie begin groente lewer: rape en kool, witlof en prei, erte en uie. Daar was molle, maar die grond was sanderig en maklik om te bewerk. Pieter het dit geniet om te spit en beddings te maak, en 'n bossie witwortels in sy watervoor af te spoel en huis toe te neem om te kook. Hy het 'n groentesop gemaak wat hy saam met brood vir sy vrou en dogter gegee het. Eva kon dit nie so maak nie. Eva wou vleis hê, maar anders as in die jagveld was vleis hier skaars en duur, behalwe as jy 'n grensboer ken aan wie jy soms 'n guns kon doen. Brandhout was ook moeilik om te bekom; die veld was wyd rondom kaal gebreek. Die seeduine wat eers oorgroei was, was nou dooie waaisand, en jy moes ver veld-in gaan om goeie, dik hout te kry. Hy kon dit nie van Eva verwag nie. Hy het al gedink om 'n slaaf te koop vir die hout en water, maar dit was bo sy vermoë. Miskien was sy kinders eendag so ryk dat hulle slawe kon bekostig, maar hy as 'n arm sjirurgyn moes maar vir 'n wadrywer hier en daar 'n werkie doen, hare sny, 'n purgasie gee of 'n vrat brand vir 'n vraggie hout, met die Kompanjie se houtwa uit die veld gebring. En dan moes dit stil gehou word. Daar was wel Strandlopers wat hout smous, maar hy het niks gehad om hulle te gee nie. Hy kon sy pot net-net aan die kook hou op sy soldy, en het die dubbele gasie van 'n landtog nodig gehad om iets meer mee te koop.

Peter het goed met die nuwe kommandeur klaargekom. Sy naam was Wagner; die Hollanders het hom Wagenaer genoem. Sy bynaam Donnerman het uit die Ooste saamgekom. Die heer het vaste patrone van optrede gehad, met 'n streng, skerp tong en 'n goeie voorraad Duitse skelwoorde. Vrydagoggende het hy deur die hospitaal geloop. Eenkeer het hy langs Peter kom staan, terwyl hy die swart stompies van tande uit die verrotte tandvleis van 'n matroos sny, maar niks gesê voor Peter die man se wonde met brandewyn afgespoel en die gerolde lap tussen die kake uitgehaal het nie.

"So. Waar geleer?"

"In Kopenhagen, my heer."

"Universiteit?"

" 'n Tydjie. Ek was lank in die leër."

"So. Is jy die sjirurgyn wat die toggangers vergesel?"

"Ja, my heer."

"So. Watter waarde sien jy in sulke ekspedisies? Glo jy in die Stad van Goud, of wat die verdomde duiwel hulle dit ook al hier noem?"

Peter het gepraat terwyl hy sy pasiënt gerieflik maak en sy gereedskap wegpak. Die waarde was in die verkenning, het hy gesê. Hulle het inligting versamel oor die binneland, wat daar was en wat nié, die lewenswyse en rykdom van inboorlinge, afstande, reënval, wilde diere, plante, weiding vir trekosse en voedingsbronne vir soldate op mars in die binneland.

"Is daar iemand wat sketse maak van diere en plante, vir die universiteite?"

166

"Nee. Ons het nie 'n tekenaar nie."

"So. Die belangrikste man in die groep is verdomd afwesig. Een tekening is honderd woorde werd. Die hele beskaafde wêreld wil weet wat hier groei en loop en vlieg en kruip en swem. Swak, hoor, swak." Die kommandeur is tussen die kooie op om na die siekes te kyk en by die agterdeur uit na die kombuis toe.

Laat in Oktober het Peter by sy ou reismaats in die garnisoen gehoor dat Wagenaer van 'n landtog praat. Die bestemming was die groot rivier wat noord van Namaqualand see toe vloei. Hulle hoofdoel was om tabak by die inboorlinge tussen hier en daar te besorg. Daar was dubbelgasie te verdien, met rantsoene wat oploop tot hulle terugkeer. Piet Cruijthof, nou 'n sersant, sou weer leier wees. Peter het gaan aanmeld, sy klere en stewels gereed gemaak, brandewyn op rekening gekoop, dit in flesse gekurk en in sy klere toegedraai. Sy medisynekis is uitgepak en met nuwe flessies, linne en gereedskap gepak.

Die reëlings by die huis was moeiliker. Eva was ontevrede, want hulle tweede kind sou in November aankom, wanneer hy in die noorde was. Sy het oor elke ding gekla en hom 'n rondloper genoem. Maar hy was geen skeller nie en het haar swyend laat begaan, en wanneer sy te luidrugtig was, uit die huis geloop hospitaal toe, of na 'n maat in die kaserne, of soms met die kind op sy arm op die lang strand noord van die Fort, tussen die duine en die see, met die grys sproeinewel oor Robbeneiland op die horison voor hom.

Daar was twee troues by die Fort waarheen hulle genooi is. Hy het gehoop dat die feestelikheid Eva 'n bietjie plesier sou gee, maar sy het nie belanggestel nie. Die twee bruide is deur die onvoorspelbare see hier uitgespoel. Eerste was daar Trijn Ustinghs en Hans Ras se troue wat op 'n dronkgeveg onder die kleinboere uitgeloop het, en hy is uit die onthaal geroep nog voor dit begin het, om die bruidegom se meswonde toe te werk. Daarna het fiskaal Lacus getrou met klein Lydia de Pape, bloedjonk en pragtig, en haar pa se oogappel. Pa was 'n predikant van die Kompanjie en hulle was onderweg Ooste toe, maar die Ooste se poorte het hier voor klein Lydia toegegaan.

167

Peter was tevrede dat Eva en die kind goed versorg sou wees terwyl hy op mars is in die binneland. Die regering se vroedvrou het beloof om in die derde week van November daagliks te kom kyk. 'n Koina-vrou van haar kennis sou by Eva bly en vir Pieter-neltjie versorg. Aan die vrou sou hy streng voorskrifte gee, want die kind sou sy afwesigheid merk en na hom verlang. En hy sou na haar verlang.

In die laaste dae voor die landtog het hy en sy leier in hulle vrye tyd reëlings bespreek oor koerse en mikpunte op die roete, die verspreiding en verpakking van bagasie, die diensbeurte as dieremeester, kok, bagasiemeester, houthalers, ensovoort. Op 21 Oktober het die kommandeur hulle op die binneplein gegroet, en met daglig is hulle met hulle ossewa by die poort uit, oos op die sandpad na Keert de Koe se hek. Daar het Peter verneem na die klipstapel wat vroeër langs die pad was, maar die soldaat by die hek het nie geweet waarvan hy praat nie.

Die wa het hulle reis makliker en vinniger gemaak. Hulle het langsaan geloop teen dieselfde pas as die osse, met die gewere onder die arm, en die diere se behoefte het kort skofte veroorsaak. Vóór leeus met sononder begin jag, moes hulle 'n sterk takkraal naby drinkwater slaan. Op 5 November het Cruijthof van die Olifantsrivier af 'n briefie met twee Grigriqua teruggestuur: Sy diere en mense is nog gesond en hulle trek nou noord langs die rivier tot op die rand van die Sandveld. Daar sal hulle die diere laat rus, en gereed maak vir die droë trek deur die woestyn. Waar die osse nie verder kan gaan nie, sal hulle stop en te voet verder soek.

Twee weke later het Cruijthof vir Peter en nog drie ander met tien dae se proviand vooruitgestuur om die groot rivier in die noorde te probeer bereik. Toe daar nog net kos vir drie dae was, het hulle die Namaqua se krale gevind. Peter het verduidelik wat hulle doel was, en gevra vir 'n gids na die groot rivier, maar Akembie het geweier. Hy sou 'n gids gee om hulle terug suide toe te neem, maar nie verder noord nie. Inteendeel, hy sou dit belet.

Pieter het soveel tabak uitgedeel as hy kon spaar, en hom terug laat lei tot by Cruijthof se kamp. Die sersant was ontevrede;

hy wou hom nie 'n paar dagreise van sy bestemming af deur in-boorlinge laat dwarsboom nie. Hy sou noord trek en daardie rivier vind, of die inboorlinge dit goedkeur of nie. Die hele optog het die roete na Akembie se staanplek toe aangepak, en by hom gekom toe hulle drinkwater reeds op was. Akembie wou steeds geen gids gee na die Garieb toe nie. Hy het hulle kos en melk ge-gee, gevra dat hulle daar omdraai en 'n gids vir die terugtog be-loof. Die Hollanders se kamp was 'n ent van die Namaqua s'n, en hulle het teen sy advies hulle trekgoed reggemaak en in die nag noord vertrek. Een môre het Akembie se drawwers met wapens in die hand hulle ingehaal.

"Akembie sê: kom terug."

Peter het gepraat. "Ons kan nie. Ons het maande gereis om daardie rivier te sien."

"Draai om. As julle nie omdraai nie, moet ons julle hier dood-maak. Dit is Akembie se boodskap."

"Die *souri* in die Kaap het ons gestuur om na die groot rivier te kyk. Ons kan sonder hulp reis."

"Dit is nie sy land nie. Julle wil nou ons rivier hê, soos in die Kaap. As julle hou van ons rivier, kom julle boere hier woon. So het julle met die Gorachoqua gemaak."

Peter het met drank en tabak probeer vrede hou. Cruijthof het geweet wat gesê is, en wou skiet, al was die oormag groot. Toe het Peter gepleit: hulle was honderde myle van die huis af; laat hulle liewer omdraai. Na twee dae was hulle weer by Akembie. Hy wou nie met hulle praat nie, en het belet dat sy mense vleis of melk aan hulle gee. Hulle geskenke van krale en brandewyn is teruggestuur. Dieselfde aand het Peter 'n paar van die Sonqua wat vir die Namaqua jag, met tabak na sy vuur toe gekry. Hy het beloof om hulle ryklik te vergoed. Die Hollanders se plan was om met sonop na die Kaapse kant toe weg te trek asof hulle huis toe gaan, en dan na 'n paar uur om te draai en met 'n ompad agter die Namaqua verby te gaan om by die groot rivier uit te kom. Die besonderhede is uitgewerk. Daar staan 'n klipkop met 'n skerp punt 'n halwe dagreis in die suide. Daar moes die Sonqua vir hulle wag. Hy het hulle goed getrakteer en die belofte met 'n geskenk van tabak verseël. Dieselfde aand het hy en Cruijthof gaan vra of hulle Akembie mag groet, want hulle wou vroeg op reis gaan, huis toe. Akembie het hulle 'n boodskap gestuur: Gee pad uit die land uit.

Hulle is met skemerlig van hulle kampplek weg en het teen die middag die gidse by die klipkop in die suide ontmoet. Daarna het hulle nog tot sononder stadig op die pad huis toe gehou, en by 'n ou kraal vir die nag uitgespan. Met eerste lig het hulle reguit na die môrester toe geswenk, na 'n uur noord gedraai, en toe gereken hulle is weer op koers om die groot rivier te vind. Die Sonqua het hulle verseker: twee dae teen dié pas, dan kom hulle daar. Hulle was opgewek omdat hulle vir Akembie uitoorlê het. Die volgende namiddag het die Sonqua hulle gewys waar die stof van drawwers van agter af nader kom. Hulle sou self gaan praat, die Hollanders moes daar wag. Toe keer al die Koina saam terug. Daar was een van Akembie se huishouding, 'n man met vere in sy hare, en hy het voor Cruijthof gestaan.

"Jou lewe behoort nou aan hoofman Akembie. Hy gee dit vir jou vir vier dae lank terug. As ons jou ná daardie tyd vind, is jy dood."

Cruijthof het vir Peter gevra om Jan Dorhagen nader te roep. Dit was hulle krygsraad. Die ander moes hulle gewere gereed op die wa neerlê, en daaragter bly. Die krygsraad het voor die osse gestaan en tabak kou, en die vlieë van hulle gesigte gewaai.

"Wat doen ons?"

"Ek sê: gee pad. Ons het waaragtig geprobeer."

"Goed."

Hulle het nog gekou, vlieë gewaai. "Die pad oopskiet?"

"Nee, ons vrek eerste."

"Ons is te ver van die huis af."

"Goed."

Cruijthof het nog voorgestel: "Ons kan al ons ruilgoed aanbied aan hierdie klomp, vir nog twee dae noord."

"Hy lyk nie lus vir handel nie. Slaan hulle ons dood, vat hulle in elk geval alles."

"Goed."

"Vier dae van hier bring ons net mooi regoor Akembie se kraal."

"Goed."

Hulle het daar die laaste keer omgedraai. Die gidse het saam met Akembie se Namaqua agter hulle aan geloop. Die osse was uitgeput en maer van die skraal weiding, en die optog het stadig gevorder, sodat hulle na drie dae nog nie naby Akembie se huise was nie. Peter wou dat hulle die wa en osse daar laat, en te voet verder gaan om vinniger te vorder, maar Cruijthof wou nie. Die aand daarna het hulle ná die ete nog om die vuur gestaan en praat oor die Kersfees, of hulle dié dag sou rus en die diere ook 'n ruskans gee, toe hulle skildwag met 'n skreeu tussen hulle inspring. Die dun riet van 'n pyl het by sy mond uitgehang, nog 'n pyl het in sy bobeen gesteek. Peter het hom gegryp, probeer om sy kop stil te hou dat hy die pyl kan vat, en met die ruk die riet gebreek. Nog pyle het oor die vuur gevlieg, party is oor hulle kop, party het teen die tent en die waseil gekletter. Pelagius Weckerlein is vol in die bors getref, Hans Rootkop het 'n pyl tussen die ribbes gehad, Dirk Wessels een in die voorarm. Peter het verskrik aan sy kind gedink. Vanaand was dit sy beurt om skielik te sterwe. Hande het gewere uit die stapel gelig en skote in die donker afgetrek. Cruijthof het vir Lourens Hoffman aan sy voete by die tent in gesleep. Die ander het gekniel, gelaai, platgeval, gewag. Die osse het bulkend in die takkraal gemaal. Cruijthof het Peter se geweer uit sy hande geneem. "Gaan help eers vir Lourens."

Hoffman was kalm, maar daar was 'n koue bewing oor sy liggaam; die hare het regop op sy kaal arms gestaan. Die pyl het met 'n bietjie trek uit sy bobeen gekom. Die punt was grof, maar sonder weerhake. Peter het dit by die lantern gehou om te kyk of daar gif aan was, maar kon niks sien nie. Toe het hy in die man se mond gekyk. Die puntjie het agter in die verhemelte gehang. Hy het sy sakdoek gerol en tussen die kake ingedruk om dit oop te sper.

"Lourens, kom staan met jou rug teen die tentpaal. Kop agteroor, en lig hierdie lantern op, met albei hande, mooi hoog. Buig jou knieë, sak effens, dat ek kan inkyk." Buite het 'n sarsie skote geklink. "Ek tel nou drie, dan trek ek aan die pyl. Tel saam met my, beur jou kop weg." Hy het sy duim en wysvinger diep agter in die mond gedruk, vasgevat, getel, geruk. Hoffman het oor sy hand opgegooi, maar die pyl was uit. "Nou moet jy doen wat die Koina doen vir slangbyt. Suig en spoeg. Lourens, dit is al wat ek vir jou kan doen. Suig agter teen jou verhemelte, en spoeg uit. En uit jou been. Lourens, jy moet onthou, ek kan verder niks vir jou doen nie." Hy het by die tentspleet uitgekyk. Hy kon die meeste van die manskappe sien waar hulle uit die vuurlig agter klippe en stompe skuil. Net een het op sy rug gelê; dit was Pelagius met sy hande om die pylskag en sy oë op die hemel langs die vuur. Dit was hulle twee se vyfde landtog saam.

Peter het op hande en knieë na hom toe gegaan. Die pyl was vas tussen die borsbeen en die onderste rib aan die regterkant, Pelagius se lippe was blou en styf geklem van pyn, sy asem vlak en flou teen Peter se handpalm. Hy het Pelagius se hande losgemaak en die pyl effens gewikkel. Toe staan hy op, sit 'n voet op die man se borsbeen, neem die pyl in albei hande en beur dit met verdrag op uit die kraakbeenlaag. Pelagius het na die pylskag gegryp, sodat Peter sy arm teen die grond moes vastrap. Hy kon die pyl reguit boontoe hys en dit losmaak sonder dat dit breek. 'n Groot persbruin druppel, soos 'n ryp olyf, het by die wond uitgestoot. Dit was uit die lewer.

"Kan jy my hoor?"

"Ja."

"Is jy 'n Katoliek?"

"Nee."

"Ek gaan jou wond brand." Hy het geweet dat daar nie 'n antwoord sou wees nie. In die tent was Lourens aan spoeg en suig. Pieter het opium by brandewyn gedrup, dit geroer, sy ysterstaaf en linne uit die kis gehaal en daarmee gebukkend na Pelagius gedraf. Die stafie met sy houthandvatsel het hy in die kole gedruk.

"Drink hier, Pelagius. Dit is vir skrik. Ek gaan kyk hoe lyk die ander."

"Ander van ons gekwes?"

172

"Gelukkig nie."

Dirk Wessels het klaar die pylkop met sy sakmes uit sy arm getrek en tabaksop in sy wond gevryf. 'n Mou van sy hemp was afgeskeur vir 'n verband. By Hans Rootkop moes Peter 'n snit maak, want die wond was hoog op onder die arm. Hans was die eerste om te vra of daar gif aan was. Toe is hy terug na Pelagius om sy wond te brand. Cruijthof het na sy mense geroep om op te staan. Die beeste was stil. Die vyand was weg. Dit was 'n skrikmaker, dié. Jakkalse het weer rondom gehuil. Daar is hout op die vuur gegooi. Peter het langsaam gerus geword dat daar geen gif aan die pyle was nie, anders sou hy al vier lyke gehad het.

"Wat maak ons met hulle, Pieter?" het die sersant gevra.

"Vannag in die tent. Môre moet hulle op die wa ry as hulle nie kan loop nie."

Die vuur is deur die nag vlammend gehou. Die osse was rustig. Die wagte het twee jasse en twee broeke aangetrek teen pyle. As die Koina ons wil doodmaak, waarom val hulle ons nie aan nie? het Peter gedink. Ons kan net veg tot ons kruit op is, maar hulle kan dag of nag aanval. Wat is dit dat dié land se mense so lafhartig is? Hulle is honderde meer as ons. Te vreedsaam, miskien, te vertrouend op die wit man se ingebore goedheid. Dit is hoe hy Eva ook ken. Jy kan enigiets met haar doen. Sy praat selde teë, maar sy word gou mismoedig, dan terneergedruk, dan verbitter, dan kan jy niks met haar doen nie. Veglus, of 'n sin om haar te laat geld, het sy nie.

Hulle het min geslaap. Die gewondes was koorsig. Lourens was die beste daaraan toe; sy wonde was skoon gesuig. Die ander se letsels was geswel en pers. Peter het 'n paar skeepsbeskuite in die vysel gestamp, dit met slukke lou water gekou en broodpappe op hulle wonde gebind. Met dagbreek het hulle die siekes op die wa gelaai, en suid weggetrek. Cruijthof het sonder ophou gevloek. Dit het almal verwonder, want hy is as 'n stil man geken. Peter het sy bes gedoen met sinksalf op nuwe warm broodpappe, en met bloedlaat. Toe die swelsels sak, was die koors verby. Wessels en Rootkop was eerste op die been. Pelagius het swakker geword en lang tye swetend en in 'n beswyming gelê. Die sinksalf en broodpappe het swart bloed uit sy bors getrek. Hy het geen stoelgang of water gelaat nie. Wanneer hy wakker was, het Peter vir hom aftreksels van boegoe ingegee. 'n Purgasie was wat hy nodig gehad het, maar die man was te swak daarvoor. Hulle het vir Pelagius dae lank op die harde, stampende wa vervoer, verby Meerhofs Kasteel, en toe heen en weer oor die klipperige bedding van die Olifantsrivier. En op 'n dag in Januarie het hulle bo-op die laaste berg, waar hulle al gehoop het om Tafelberg in die oog te kry, op 'n skuiling van 'n paar Koina teen 'n krans afgekom.

Daar was vier vrouens en sewe kinders. Cruijthof is eerste die skuiling in. Hy het velle en karosse en kalbasse met water uitgesmyt, en die vrouens met die geweerloop teen die krans gejaag. Die kinders het huilend teen hulle ma's geskuil.

"Dorhagen, Meyer, Wessels, De Smit, tree aan vir teregstelling!" het Cruijthof op sy mense geskreeu. "Julle ander, neem pos rondom. Rootkop, sit die remskoen onder die wiel en hou vas die voortou."

Peter het gekeer. Hy het tussen die geweer en die rytjie Sonqua gebly. Dorhagen, Wessels en die ander het geprotesteer. Waarom onskuldige bloed vergiet? Cruijthof het na Weckerlein se uitgeteerde liggaam onder die seil gewys. "Wat sien jy daar? Laat hulle volk vandag 'n les leer." Peter het by die sersant gesoebat. Hulle twee was altyd maats gewees. Vir die vrouens het hy gesê: "Gee pad hier. Vat julle kinders." Hulle het kermend van die krans af gevlug. Cruijthof het 'n geweerskoot agter hulle aan geskiet. Vir Peter het hy gesê: "Dit sal jy wees, nè? Met jou Hottentottin."

Hans Rootkop het sonder bevel die osse teen die berg af gelei. Cruijthof is vloekend saam. Die teleurstelling het in Peter bly broei terwyl hy agter die wa aan geloop het.

Ná hulle by die Fort die wa en die trekvee en hulle voorraad by die pakhuis oorgegee het, is Cruijthof na die kommandeur toe. Dit was amper sononder toe Peter by sy huis se deur inloop. Eva was by die herd besig. Sy was weer jonk, mooi van vorm soos hy haar van destyds onthou het. Hy het op 'n bank by hulle kombuistafel neergesak, duiselig van moegheid, en sy hande na haar toe uitgesteek. Sy het langs hom kom sit, met haar arms om hom.

174

"Dag, Eva."

"Dag, Pieter."

"Ek stink seker verskriklik."

"Jy ruik na veld. Bees. Wil jy dat ek vir jou waswater oorhang?"

Dit was goed om tuis te wees.

"Ek het 'n volstruiseier gebring."

Sy het hom na hulle voorhuis toe geneem, om hom sy seun te wys. Die gesiggie was vaalbruin van kleur, gekreukel van slaap. Hy het rooibruin hare gehad. Pieter het daaroor gelag. Na wie sou die kind lyk? Hy het ryk en tevrede gevoel.

"Waar is Pieterneltjie?"

"By my suster."

"Waar?"

"By Oedasoa. Hulle wei agter die wit duine. Ek laat haar in die volgende week haal. Ek kan nie na haar kyk én na die kleintjie nie. Sy bly lekker daar."

Hy was teleurgestel, maar het gedink: Dit is hoe dit by die Koina gebeur, waar die tantes en oumas mekaar help. Eva het niemand anders gehad nie. Nogtans sou hy graag vir Pieternella gesien het, want hy het dikwels op die landtog aan haar en aan sy tuiskoms gedink. Terwyl die water warm word, het hy vir Eva vertel wat gebeur het, en hoe die tog eintlik op niks uitgeloop het. En Cruijthof sou nou alleen verslag doen. Dit was nie meer soos onder Van Riebeeck nie; die nuwe kommandeur wou net sy sersant se verslag hoor. Later het Pieter voor die herd uitgetrek en sy liggaam met seep en 'n growwe doek gewas. Die volgende dag sou hy sy klere kook om bosluise dood te maak.

Eva het woord gestuur met Koina wat met vere en heuning by die Fort was, en so is Pieternella huis toe laat kom. Sy was vetgesmeer tot tussen haar tone. Haar hare het gelewe van luise, maar origens was sy gesond. Hy het tande in haar mond gesien, en het vermoed dat sy hom herken. Hy het haar in haar karos gesoen en gedruk tot sy huil. Daarna het hy sy twee kinders langs mekaar neergelê om na hulle te kyk. Waar sou Eva aan sulke kinders kom? Hulle het glad nie na mekaar gelyk nie.

175

'n Tyd lank het hy stil tuis gewoon, op die skepe en in die hospitaal gewerk, saans sy kinders aan die slaap gesus en by lamplig gelees. Skepe het gekom, siekes ingestuur, proviand en brandhout gelaai, die hospitaal leeg gemaak van gesondes, weer seile na die wind geskik en seegat-uit geseil. Vaderland en Ooste was nou vir Peter vreemde, ver plekke, verder as Monomotapa en Davagul, waarheen hy meermale op pad was.

In Maart 1663 het 'n Engelse skip gekom, *George and Martha* uit Kuba oor St. Helena, op pad na Madagaskar. Onder die dienste wat Wagenaer sy skipper aangebied het, was dié van sy sjirurgyn. Kommandeur Wagenaer het die offisiere na aandete genooi. Engelse was kêrels wat goed drink en eet, en Engelse wat vrag gelaai het in Kuba, sal sigare saambring tafel toe. Hulle het hom nie teleurgestel nie. Die skipper het na die ete ongemaklik gevoel, maar het op 'n rusbank gelê met 'n glas brandewyn in sy hand toe Peter hom ondersoek. Om hom het die Hollanders en Engelse hulle stoele in 'n halwe kring getrek, rokend en drinkend, geselsend oor die wonders van die wêreld. Wagenaer het aan die skipper se regterhand gesit, met die karaf en sigaardoos tussen hulle. Peter het bloedlaat voorgestel. Die skipper het sy glas neergesit, sy jas uitgetrek, 'n mou opgerol en hom gesê om voort te gaan. Wagenaer het lanklaas nuus uit Amerika gehad. Hy het net effens weggeskuif om vir Peter se gereedskap plek te maak, en uitgevra: Wat het hulle op Kuba gehoor? Wat op St. Helena?

Op St. Helena het hulle gehoor dat daar 'n paar maande gelede 'n Hollandse seerower gekom het, 'n groot vent met 'n Engelse hond. Die seerower was uit die Rooi See oor Mauritius op pad huis toe, en op Mauritius het hy veertig Hollandse skipbreukelinge gevind, en hulle opgelaai. Op St. Helena het hy toe vier aan wal gesit wat hy nie op sy skip wou hê nie. Al die ander het by hom aangesluit, seerowers geword. Daar was glo eers honderd en veertig skipbreukelinge op Mauritius, oorlewendes van die groot orkaan, wat in verskillende bendes op die eiland gewoon het, maar hulle is groepsgewys daar afgelig. Skipper Swanley het byvoorbeeld twee en twintig met *Truro* op St. Helena gebring. En dan het twee bote vol ook van Mauritius-eiland af tot op Madagaskar gevorder, waar hulle die Franse nedersetting om hulp gevra het. Daar was nou glo nog net sewe wilde kêrels oor op Mauritius, wat weier om weg te gaan. As 'n skip kom, vlug hulle die bosse in. Dit is die paradys, sê hulle.

"Goeie ding daar is geen Eva nie," het Wagenaer opgemerk. "Ons het hiervandaan 'n skip gestuur om te gaan soek. Here Sewentien se instruksie. Maar hulle het nie 'n enkele sterfling te sien gekry nie. Bestaan natuurlik op takbokkies en palmwyn."

Mauritius? Peter het geweet dit lê ver van die Kompanjie se roetes af, in die hete trope. Hoe het dit in daardie paradys gelyk? Robbeneiland was sanderig en koud, maar hoe sou dit in die paradys voel, met Eva? Palmwyn en takbokkies. Hy het twee bekertjies bloed getap gehad toe die skipper sê dat hy beter voel, dankie. Wil die dokter dalk 'n paar sigare in sy sak steek? Uitstekende sigare. Peter het twee geneem. Hy het dit die volgende dag albei verruil vir melk by die Kompanjie se melkboer.

Toe hy hoor dat 'n landsreis na die Chainouqua gereël word, het hy hom aangemeld, net deels ter wille van die geld. Hy was nuuskierig, hy wou graag die land agter die hoë Hottentots-Hollandberg sien. Eva het vertel dat sy verwant was aan die groot kaptein Sousoa. Hy het gelag en gesê dat hy daar sou sien na wie sy kinders lyk. Maar die kommandeur wou hom nie vir die tog aanneem nie. "Onnodig," het hy gesê. "Dit is 'n kort tog, maar vier of vyf dae."

Dit was vir Peter snaaks toe daardie toggangers terugkom, en vertel dat die Chainouqua maar twintig huise bewoon en niks meer as vyftienhonderd beeste het nie. Hoe was dit moontlik? Herrie het destyds vir Van Riebeeck vertel dat hulle honderde huise, duisende spiesdraers, tienduisend beeste het. Waarom daardie leuen? Nou was die kommandeur van gedagte dat hy die Chainouqua ook maar net hoef te leer rook, en die Kompanjie se vervoerprobleem was opgelos.

Toe dit blomtyd word, het Wagenaer hom laat roep. "Dit is tyd vir Namaqualand, meester Pieter. Wil jy gaan?"

"Ja, graag."

"So. Die Raad wil hê dat sersant De la Guerre lei. Ek laat vra

177

vandag vrywilligers uit die garnisoen, en dan wil ek hê dat jy ons help om die beste dosyn of so uit te soek. Ek het Amsterdam gevra om ons 'n tekenaar te laat kry." Van sy ou togmaats was daar net die Wessels-broers en Jan Dorhagen, die ou vriend wat nog altyd nie bevordering kry nie. Dit kan 'n lekker groep kamerade word. Hy het vir Eva met lus vertel van die dubbelgasie wat hulle gaan kry, die eindelose vlaktes blomme daar in Namaqualand, die troppe weiende springbokke.

"Ek wens ek kan saamgaan." Hy het die egte verlange in haar stem gehoor.

"Ek sal die kommandeur vra. Ek weet nie waarom dit nie kan gebeur nie, behalwe dat ons twee kinders het. Wie gaan hulle leer om te praat, wie gaan kyk na hulle gesondheid?"

"Daar is my suster."

"Dit is nie haar kinders nie. As die kind siek word, sê sy net sy kan dit nie help nie."

'n Week later is hulle op die plein voor die Kat geroep. Die hele bevolking het agter hulle gestaan terwyl die kommandeur met hulle praat. 'n Roemer of twee wyn is omgestuur, drie hoera's is geroep. Toe die toggangers met vere op hulle hoede agter hulle wa deur die poort loop, het Eva en Pieterneltjie vir Peter uit die agterste ry gewaai.

Drie maande en tien dae later het hulle te voet deur die poort binnegekom. Die toggangers was maer, bruin gebrand en laggend. Hulle proviand was op. Hulle pakosse was afgesloof. Wat is in dié tyd bereik? By die Olifantsrivierberg het hulle die wa uitmekaargehaal en begrawe. Met die proviand en ruilgoed op pakosse gelaai, het hulle weer daardie groot rivier Garieb, die ware Vigiti Magna, gaan soek, maar die dor waterloosheid en hitte van Namaqualand het hulle weer laat omdraai. Toe hulle kom waar die wa was, was die wa uitgehaal en verbrand, die as was weke oud. Deur wie? Hulle het geen Koina of Sonqua langs die hele pad gesien nie. Waar was die Grigriqua en Groot Namaqua heen? Wat het hulle bereik? Miskien was daar in Afrika niks te bereik nie.

Eva het getreur toe hy tuis kom. Herrie was dood, en Doman. Herrie was haar oom, en haar voog, wat soms vir haar uintjies en heuning vir die kind gebring het. Hy het daar gekom om die kind te sien, meermale, wanneer Pieter nie by was nie. Hy het vertel daar is beeste vir die kind se andersmaak by Oedasoa. Die hoofvrou het dit daar vir haar opsy gehou.

"Hoe is hy dood?"

Sy het nie geweet nie.

"Wat is dit dan?" het hy gevra.

Sy het soos 'n weeskind gevoel. "Autshumao is my enigste familie. Hy was die laaste Goringhaicona. Die heel laaste. En niemand het vir hom geslag nie."

Toe hy sê: "Herrie was tog nie meer Koina nie, hy het klere gedra soos 'n wit man," het dit haar meer laat huil.

Hy het verstaan waarom sy huil toe hy die klerk wat die Dagregister skryf, vra wat alles gebeur het terwyl hulle in die noorde was. Daar het hy gehoor dat Eva sy twee kinders na Oedasoa toe geneem het, en dat Herrie siek was. Dit is al wat die Dagregister geweet het, maar in die hospitaal was vriende wat openhartig vertel het. Toe Eva by Oedasoa hoor dat Autshomao siek was, het sy die kinders se klere afgegooi en vir hulle velrok en karos omgehang. Een het sy op die rug gebind en een teen die bors, en toe met haar sak oor die skouer pad gevat, Keert de Koe toe. Daar het sy 'n klip gesit op die nuwe hopie vir *Heitsi-Eib'*. Dit het nou in die oopte gelê, die bosse rondom was weggekap. Sy is die oggend vroeg deur die hek op die ou pad Noorde toe. Die poshouer het haar herinner om voor sononder terug te wees.

"Sy het op my gevloek," het die soldaat vir Peter vertel. "Op ons almal, al ons wit mense. Ek is lank gewoond aan vloekende vroumense, meester Pieter. Maar 'n man het sy trots. Ek het haar nogtans gemaan teen die leeus. Daar was jou kinders om aan te dink."

Sy het seker gedink die poshouer spot met haar, met sy paal en ketting en slot oor die ou pad. Sy is alleen die bosse in. Die Cochoqua het dae ver anderkant die Koeberg gewei. En daar by die hek is sy weer die eerste keer gesien. Sy was so moeg dat sy van die middag tot die aand in 'n hoek op die poshuis se vloer geslaap het. Al drie se koppe was geskeer en swart strepe is met

179

vet en potroet oor hulle gesigte gemaak. Die twee kinders het vir die poshouer siek gelyk; albei se mae was onderstebo. Hy het vir hulle kos gegee, en een van sy mense met hulle saamgestuur Fort toe.

"Wat het jy gedoen, Eva?" het Peter na sy terugkom gevra. "Wat het met jou gebeur?"

Sy het gesê sy kon nie onthou nie. Moontlik wou sy nie vertel nie. Hy het mooigepraat, en gehoor, en later geweet dat hy nie die volle storie uit haar gekry het nie. Sy het net gesê dat sy gehoor het van haar oom se siekte; dit was tot die dood toe, het hulle ge- sê. Sy wou die ou man gaan groet, en het die kinders saamge- neem. Sy het 'n klip gegooi, 'n versoek aan *Heitsi-Eib'* vir 'n veilige reis.

"Jy is 'n Christen, Eva."

"Die boere sal my vergewe."

Toe sy by Oedasoa kom, het hy haar laat roep. Hy was krom, opgedroog, verrimpel soos 'n suurvy. Haar suster was nie daar nie. Die twee kinders het om kos gehuil. Hy het haar niks te drink gegee nie.

"Jy kom kyk vir die vee," het hy gesê.

"Ek kom my oom kyk."

"Ek sal na hom kyk."

"Ek wil met hom praat."

"Hy praat nie."

Sy was bly dat sy baie gras om die werf heen gesien het. Die Koina trek maklik weg van 'n ou mens af.

"Nou waar is my suster. Ek wil haar graag sien."

"Sy kyk na Autshumao."

Haar stem was te skerp toe sy sê: "Wat is dit, Oedasoa? Ek is moeg. Ek het ver na my mense toe geloop."

"Jy het kom kyk vir vee toe jy hoor Autshumao lê op sterwe. Hy sal sterwe. Gaan jy na jou wyebroeke toe."

Sy het daar voor hom op die matjie bly sit, en die twee kinders aan haar bors laat drink. Sy het geweet daar is niks om voor te wag nie, maar sy was te moeg om weer op te staan. Toe hy nie langer die kinders se gehuil wou hoor nie, het hy sy vrou gaan

180

haal. Hulle het hard buite die deur gepraat. Haar suster het die kinders help skoonmaak, en vir hulle kos gebring en matte en karosse om op te slaap. Autshumao het nie meer baie dae oor nie, het sy gesê. Hy bloei hom dood en eet niks. En haar man Oedasoa is van sy kop af. Hy is so van die wit mense gekom het, hy weet nie raad met hulle nie. Hy slaap nie snags nie en praat net oor die Hollanders. Hy wil van haar hê dat Krotoa die volgende oggend moet huis toe gaan. Haar suster het hulle hare geskeer en hulle gesigte swart gemaak, omdat hulle oom sterwe. Dit is al wat sy wou vertel, maar dit was nie al waaroor sy gehuil het nie. Daar was baie om oor te huil, het sy gesê.

Peter het nie geweet hoe om haar te troos nie, maar het beloof dat hy haar nie weer so lank alleen sou laat nie. Doman was ook dood, en sy het dit skaars genoem. Dit is hoe vrede gekom het, omdat Doman nooit weer 'n assegaai bo sy kop kon lig nie. Dit was die einde van Januarie 1664.

Twee weke later het Wagenaer vir Peter saam met ses ander oor die berg gestuur om by die Chainouqua te gaan vee ruil. Hy moes weer verskonings by Eva maak. Dit was ekstra inkomste vir hulle, het hy gesê, en op so 'n reis gaar hy altyd 'n bietjie van sy proviand op. Dis in elk geval iets waaraan alle Hollandse vroue tog gewoond word: dat hulle mans maande lank op see is. Hy sal ook nie dié keer so lank wegbly nie. Eva het nie geweet wat om te doen om hom by die huis te hou nie. Toe hy veertien dae later terugkom, was dit met drie lamlendige ouvee. Hulle kon nie die Chainouqua se krale kry nie.

Na Herrie en Doman se dood is Eva soms Fort toe geroep om te tolk. Sy is 'n paar gulde daarvoor gegee, maar wat sy geniet het, was om weer tussen die kommandeur en die besoekers in die raadsaal te sit, soos toe sy jonk was. Dit was soos 'n nuwe lewe. Sy het weer aandag aan haar klere gegee. Sy het ook die aandag van die kerkraad getrek.

'n Predikant van die vloot het een aand op besoek gekom. Peter het hom verwelkom. Eva was sku en wou nie binnekom nie. Met sy dogter op sy skoot het Peter met die man gesels. Die dominee het gelees en gebid, en Peter het hom daarvoor bedank. Dit is lanklaas dat in sy huis gebid is, het hy gesê. Hy self weet nie mooi hoe om dit te doen nie. Op die landtogte is dit die leier se plig, maar wanneer dit sy beurt is, vra hy dan liewer om 'n vrywilliger. Daar is eersteklas kêrels in sy troep. Die dominee hoef nie daaroor te dink hy is 'n sondaar nie.

"Miskien is dit nou 'n geleentheid wat tot jou voordeel kan wees, meester Pieter. Die kommandeur meen dat 'n jong man met jou ervaring al verder in die lewe kon gevorder het. Ek het ook so gedink. Daar is nog sake wat in die weg staan."

"Ja."

"Dit is vir die Raad 'n saak van kommer dat jy nie getroud is met die vrou met wie jy saamwoon nie. Julle het hier kinders verwek wat nie gedoop is nie. Die Raad voel dit stry teen die goeie sedes. Het jy persoonlik enige beswaar teen die heilige doop of 'n wettige huwelik?"

"Nee."

"Is die kinders se moeder daarteen?"

"Nee."

"Is sy hier? Kan ek met haar praat?"

"Sy is skaam. Sy wil nie voor kom nie."

"Bespreek dit tog met haar, broer. Julle het dieselfde verant-woordelikhede as ander onderdane van die Kompanjie."

"Wat is nodig, dominee?"

"Gebooie opgee, trou, en laat doop. En as julle 'n troukontrak wil maak, is daar 'n notaris. Dit sal 'n paar gulde kos."

Hy het dit met Eva bespreek. Hoe sou dit die kinders raak? wou sy weet. En sou sy in 'n Christelike kerkhof weggelê word? Haar vrae het vreemd geklink. Wat sou dit op die ou end aan haar geluk doen?

Hulle troubelofte is op 26 April 1664 deur Wagenaer self in-gesweer, in die bysyn van hulle twee kinders en ander getuies. Dit was die eerste keer, het hy gesê, dat 'n Europeër volgens die Christelike formulier met 'n Kaapse inboorling sal trou. Hy het hulle alle heil en seën toegewens. Daarna is die gebooie op drie Sondae afgekondig, en op 2 Junie is hulle huwelik in die raadsaal voltrek, net na kerk.

Die kommandeur self het vader gestaan oor Eva; hy het haar voor die kateder gebring. Hy was rooi van plesier en het oor die gemeente geglimlag. Na die kerkdiens, die plegtige belofte in die openbaar, en die seënende hande van die predikant, is hulle na die kommandeur se woonkamer waar 'n klein feesmaal vir die genooides uitgesit is. By De Schuur was nog ryp koringgerwe, en twee daarvan is oorkruis teen die muur agter die bruid se stoel gehang. Daar was terte en pasteie, koue vleis, fyn witbrood, wyn en bier op die lang tafels.

" 'n Geskenk van die Kompanjie," het die kommandeur geroep. "En sê nou vir my, vir watter vername gas het Jan Kompanjie al hier 'n bruilofsfees gegee? Nie sover ek weet nie. Kom sit aan, vriende." Toe lig hy 'n vinger na sy bediende langs die kombuisdeur: dra op. Met 'n lang, versierde bierbeker hoog gehou, het hy laatmiddag 'n Duitse seënwens oor die gaste geroep.

"Ek was eers téén die huwelik. Dertig verdomde duiwels, wie het nie so gedink nie? Geheel onvanpas, hulle is nie van dieselfde bloed nie. Toe kom ons dominee na my toe. Edel heer, sê hy, laat hulle begaan; in die tyd van vrede sal selfs die leeu en die lam by mekaar lê. Ja, dominee, sê ek, maar daar is lê en daar is lê."

Toe gee hy hulle 'n trougeskenk. Hy het 'n beurs voor Peter se neus geklink, maar dit in Eva se hand gesit.

" 'n Paar stukkies silwer, my kind. Van Jan Kompanjie." Daar is met voete gestamp in applous, hande het op die tafels geflap. Toe lig hy sy beker: " 'n Heildronk op bruid en bruidegom. 'n Koei in die stal, 'n haan op die balk, spek en bone in die pot, kinders om die tafel." Daar is weer gestamp, handegeklap, gedrink. Eva het gelukkig gelag.

"Waaraan dink jy?" het Peter haar gevra.

"Ek wens dat ek dit alles vir my heer Van Riebeeck kan vertel."

"Hy sal hiervan hoor. Hy sal bly wees."

Die kommandeur en sy vrou het vroegaand kom groet, en hulle verskoon. Ander hoë persone was agter hulle, om geluk te wens, en te vertrek. 'n Fluit en viool het die gaste genooi om te dans. Dit was 'n geselligheid van die Kompanjie, en daar was nie boere nie, behalwe die twee burgerrade en hulle vrouens. Vriendelik, en deur die vrede en eerste vrugte reeds effens ontspanne, het burgerraad Mostert die bruidegom kom gelukwens: "Solank daai haan nie op jou kop mors nie, meester Pieter."

Die dansers het in reguit lyne of in statige sirkels beweeg, mans en vroue na mekaar en weg van mekaar, om mekaar, en tussen mekaar deur. Die dames het hulle rokke van die vloer gelig, die mans het hand in die sy gepronk met die skoene na buite gespits. Ander het sonder praat of eet met bot gesigte bygesit as getuies, asof hulle na 'n teregstelling ontbied is.

Peter het Eva se derde beker Spaanse wyn uit haar hand geneem en opsy gesit, en haar na die dansbaan toe geneem. Sy het die ander probeer naboots, dit toe gewonne gegee en verward, skuifelend om hom gedraai. Toe klap sy haar hande saggies saam, en begin om wiegend en stampend in 'n groter kring om hom te gaan. Sy het die pas en die ritme gevind, en met haar kop agteroor hoog en deurdringend gesing. Stampend en skuiwend, haar oë toe asof sy in haar slaap beweeg, het sy die gaste voor haar swaaiende lyf en skril lied laat padgee. Peter het dom in 'n kring gedraai, hoflik na links en regs gebuig en verleë gegryns na die Hollandse gesigte, rond soos vars kase, wat hom aangestaar het. En dit was veel later toe hy, effens dronk en lig in die kop, gehoor het dat die gelag om hom dun word en selfs die musiek asem ophou. Afgesien van die stugge nuuskieriges was die saal amper leeg. Net Eva het nog gedans. By die tafels was leë stoele, wanordelik verlate. Die twee musikante het wynglase in Peter se rigting gelig in 'n woordelose heildronk.

Daar was weer 'n ding in die lug. Peter het die skip *Waterhoen* op die reede besoek. Daar was baie siekes. Hy het hulle ondersoek, in groepe verdeel, en met die skipper gepraat oor vervoer hospitaal toe. Van hom het hy gehoor dat die skip bestem was vir Mauritius, 'n nuwe besetting. Die bevelvoerder van die ekspedisie was aan boord, ook ambagslui en soldate en matrose vir die nedersetting. Onder hulle was een of twee van *Aernhem* se oorlewendes, wat die eiland ken na hulle lang verblyf en nou die ruggraat van die besetting sou vorm. Van dié kêrels moes hier hospitaal toe gaan. Die skipper het aan hom vertroulik gesê daar is nie 'n sjirurgyn in sy groep nie, en as Peter oor die saak wou dink, kon hy dit dalk aan kommandeur Wagenaer noem.

Mauritius, die paradys, het lank in Peter se gedagte gebly. As 'n opper-sjirurgyn sou hy daar 'n behoorlike soldy verdien, met byvoordele, en miskien selfs 'n plek op die eiland se Raad. Sou dit nie vir Eva en sy kinders die heel beste wees nie? Maar toe hy dit aan Eva noem, was sy minagtend. Hy sou vir haar nooit uit die Kaap wegkry nie, dit het sy hom al klaar gesê. As hy vir haar skaam is, kan hy self anderland toe gaan.

Enkele weke na hulle troue het Wagenaer vir Peter gevra om 'n ruiltog na die omliggende Koina te reël. Dit het winter geword, en hy het verneem dat 'n paar Koina-krale weer na die skiereiland gekom het soos vroeër die gewoonte was. Hy het voorgestel dat Eva saamgaan. Sy het vir hulle en die kinders 'n bossiekooi agter op die tentwa gemaak, tussen seilsakke met droë proviand, gekuipte roltabak en 'n vat brandewyn. Sy sou tolk en ruil, en haar mense help lief maak vir tabak en sterk drank. Daar was van Ngonnemoa se volk wat nog niks sterker as heuningbier ken nie. Van hulle het sy wa toe gebring, en laat proe-proe, tot die keel nie meer so skerp brand nie en die mond lam word. Die gedrang om hulle wa het gegroei. Sy moes met elkeen praat; van elkeen wou sy 'n skaap of 'n bees probeer kry.

Eva was daardie paar dae tevrede en heel blymoedig. Hier was Pieter, hier was haar kinders, daar op die wa was hulle kos en slaapgoed, en rondom was haar mense met hulle vet vee wat in wintergras wei, en sy het daagliks in haar eie taal gepraat en gelag. Sy het in haar oggendgebed die Skepper gedank vir die plesier. Sy het vyf en sewentig beeste en tweehonderd een en sestig skape gehad om Fort toe te neem.

Vir dié diens het die kommandeur hulle 'n mooi jong melkkoei gegee. Eva wou hê dat hulle dit verkoop, maar Peter het 'n stal langs die huis gebou en moeitevol geleer om te melk. Dit was vir sy kinders, die suurmelk was vir sy vrou. Bedags het hulle koei by die Kompanjie se melkbeeste geloop.

185

Aan die einde van die jaar het 'n helder silwer komeet skemer-aande oor Robbeneiland verskyn, en snags weer daar in die see weggesak. Dit het in die hoogsomer daar gehang, met sy kop oor die eiland en sy lang stert oor die Fort, oor die huise, die berg, die Liesbeeckplase en die swart vlakte waar die Koina-krale was. Nag na nag was dit daar, met die vlammende blink kop reg bo die eiland en die stert soos 'n wit kwasstreep oor die donker hemel. Mense was bang daarvoor. Wat sou die verskynsel beteken? Oor-log, aardbewing? Pes dalk? Jy kon jou lewe ondersoek, jou skuld betaal, jou voorberei teen wat jy die meeste vrees. Jy kon bid, maar wat kon jy verder doen?

Peter het met Eva oor die komeet gepraat. Hy moes skeeps-pasiënte ondersoek vir builepes, pokke en melaatsheid. Vir dié diens was hy bang, want so 'n skip moes met die sjirurgyn wat die simptome ontdek, na 'n kwarantynstasie onderkant die wind gaan, en daar geanker bly tot die siekte uitgewoed was. Dit kon maande duur voor hy skoon verklaar word. Hy het haar gevra: as dit pes of pokke was, en die skip moet agter die eiland anker, sal dit vir haar swaar wees as hy maande lank aan boord moet bly? Dan moet sy die kommandeur om hulp vra, miskien 'n slaaf te leen, of 'n slavin. Sy moes hulle kinders bewaar teen pokke, dat dit nie in die dogter se gesig kom en haar skend nie.

Die laaste aand wat die komeet oor die eiland was, het die jaarlikse retoervloot uit die Ooste aangekom. Daar was tien skepe; twee was nog agter, en een het meer as 'n maand gelede een nag op die agterste rand van die formasie ontplof. Daar was net 'n groot wit lig, en geen oorlewendes nie.

Ja, hulle het die komeet weke lank op see dopgehou, en die matrose was onrustig. Hier is lelike moeilikheid, het admiraal De Bitter aan Wagenaer verduidelik. Sy vloot vervoer die grootste skat wat ooit op enige plek op aarde bymekaar was. Die inkom-ste daaruit moes betaal vir 'n oorlog teen Engeland. En nou die moeilike deel: die Engelsman weet klaar van hierdie vloot. Op een of ander wyse het hulle van die skat gehoor, en hulle oorlogs-vloot lê verdeel in drie eskaders om alle toegange tot die Noord-see te patrolleer. Sommige van De Bitter se passasiers en offisiere het hom gevra of hulle hier aan wal kan vertoef tot die tekens beter is, onder andere sy vise-admiraal Borghorst, maar De Bitter het dit geweier. Hy vermoed daardie heer het juwele in sy bagasie versteek. So sê die stories.

Na die Bittervloot se vertrek het 'n adviesjag uit die vaderland nuus van die verwagte onheil gebring. Die skipper het gesê hy het De Bitter se retoervloot naby St. Helena gekry, en dit aan hulle ook bekend gemaak. Builepes het dwarsoor Europa versprei en tienduisende sterf in alle lande. Londen het tot op die grond afge-brand, en Engeland het oorlog verklaar teen Nederland. Dit was wat die komeet beteken het. Die Vader behoed nou die vaderland, en die arme retoervloot.

Op Robbeneiland het die poshouer in die nag van 14 Mei 1665 sy seinkanon herhaaldelik afgevuur. Dit was die teken dat daar skepe in die nag buite was wat wil binneloop. Maar die uitkykers op die Fort se muur kon geen skeepsligte op die buitereede sien nie. Die skietery het deur die nag aangehou, en met dagbreek kon hulle 'n donker rookkolom van die vuurberg sien styg. Daarby het die poshouer ook vlagseine gemaak. Sy landsvlag was onder-stebo, sy prinsevlag is op en af aan die paal geruk of met die wind laat uitloop. Iets was erg verkeerd. Opstand onder die bandiete, het die kommandeur gedink, en tien soldate en 'n sjirurgyn in die seilsloep oorgestuur.

Dit was die poshouer se vrou. Peter het hulle tevore ontmoet, die skraal sersant Jan en sy lywige Maria uit Noord-Agter-Indië. Sy was 'n slavin wat 'n sieketrooster se swanger vrou Kaap toe vergesel het, en is toe hier verkoop. Van Riebeeck het vir Jan en Maria aangeraai om dadelik te trou, want nie lank daarna nie het hulle ook laat doop. Nou het die lang verblyf op die eiland haar gevang. Sy was so dik soos 'n vat van water. Sy het die hele *katil* vol gelê en oor die kante gehang. Haar bene, soos boomstompe, was te swak om haar te dra. Haar oë was toe, haar groot hande was oor haar bors vasgebind dat hulle nie grond toe val nie. Onder haar donker vel was sy bloedloos, groenerig. Peter het 'n vinger teen haar boarm gedruk 'n Wit duik het daar ingeval, en daar gebly na hy sy vinger opgelig het.

"Sy kry nie asem nie, meester. Sy word swakker, en bleker, en sy is nou al veertien dae in die kooi. Ek weet nie meer wat om te doen nie."

"Jy is 'n Oos-Indiëvaarder?"

"Oorlams."

"Dan ken jy *beri- beri*."

"Ek was bang daarvoor. Ek hoop jy weet raad." Maar hulle het albei geweet daar is nie raad nie. As hulle tog van haar water kon aftap, sou haar longe vryer word.

"Ons moet haar hospitaal toe neem, Jan."

"Kan meester nie hier tap nie?"

"Nee. Is hier iemand wat na jou kind kan kyk?"

"Nee, meester. Hier is geen vrouens nie."

Hy wou die vrou met brandewyn lawe, maar kon niks in haar mond kry nie omdat haar keel toegeswel was, en het bietjies daarvan met sy vingerpunte aan haar voorkop en polse gesmeer om daar te verdamp.

"Maak haar warm toe. Sy sal moet saam. Die kind kan by my vrou bly." Die bootsvolk het 'n paar sakke met skulpe van die strand af ingeskeep, en toe vir Maria Zacharias met haar *katil* kom oplig en by haar huis uit gedra na die seilboot wat haar moes wegneem. Peter, met die kind teen sy skouer en sy kissie in die hand, was die laaste om van die strand af te stap. Die kwartier-meester het 'n groet na Zacharias geroep. Toe het die matrose die boot van die wal af gestoot, en sy twee seile losgeskud. Dieselfde middag het hy die Fort se oppermeester gehelp om Maria te tap. Drie flapkanne water, toe het sy onder hulle hande gesterf.

Eva het geskel omdat hy die kind daar gebring het. "Gee die kind vir die kerk," het sy gesê. "Dit is nie my kind nie. Ek het my eie kinders." Hy was teleurgesteld omdat sy nie die klein gunsie aan 'n vriend wou doen nie, maar het sonder 'n woord die kind na die sieketrooster toe geneem wie se werk dit was om pleeg-ouers te vind, omdat die Kaap nog nie 'n weesheer gehad het nie.

Die kommandeur het hom ingeroep, 'n paar weke na die vrou se dood.

"Hier het gisternag twee bandiete van Robbeneiland gekom.

188

Ontsnap, verdomde honde, en die hele pad geroei. En weet jy wat hulle storie is? Hulle kom verkla vir poshouer Zacharias. Hulle weet te vertel hy mishandel hulle, en steel drank uit die pakhuis, en hy verkoop die Kompanjie se skape aan skippers wat bootjies na die eiland toe stuur. Hulle het gehoop ek sal amnestie gee vir die storie, maar hulle kan na die verdomde duiwel vlieg. Ek het vir Zacharias vroeg vanmôre laat haal en hier voor sy twee aanklaers ondervra. Eers was hy hardkoppig, maar later het hy erken. Op die ou end het my gevra om hom van die eiland af te verlos, maar dit is natuurlik bog. Die Raad het besluit om hom te verban, en hy sit nou in die sel tot daar weer 'n skip Mauritius toe loop. Wat ons die meeste grief, is dat hy misdadigers toegelaat het om te ontsnap, en dat hy nie die Kompanjie se boot vasgeketting en die spane toegesluit het nie. Meester Pieter, dit is nie die eerste keer in my lewe dat ek sien hoe 'n swak man wat 'n goeie vrou verloor, dadelik sy kompas kwyt is nie. En dieselfde wanneer 'n swak vrou 'n goeie man verloor. Dadelik, roer, kompas, ankers alles oorboord. Nou soek ek 'n poshouer. Hier is 'n paar bevorderbare manskappe wat belangstel, maar ek wil eerste vir jou vra. Jy het al 'n bietjie ervaring, en jy kan na die mense se gesondheid kyk. Wat dink jy daarvan?"

"Ek weet u kan my beveel."

"Dit weet die verdomde duiwel ook. Maar wat sê jy?"

"Ek moet aan my vrou en kinders se gesondheid dink. Die rantsoen is dodelik."

"Jy kan daar tuinmaak. Groente en so. Dit was altyd goed vir *beri-beri*."

"Ek het geen begeerte om bandiete aan die werk te hou nie. My gevoel is daarteen. Ek is nie 'n slawedrywer nie."

"Daarvoor het jy jou twee korporaals."

"Ek is nie lus daarvoor nie."

"So. Nou goed. Daar is *beri-beri* op die eiland. Ek wil weet wat dit veroorsaak, en jy gaan sorg dat ek uitvind. Vir dié pos bevorder die Kompanjie jou, en jy kry 'n sersant se soldy. Hoe klink dit? As jy suksesvol is, kan jy daarop staatmaak dat ek jou vir ander lonende funksies en dienste sal gebruik."

189

Dit het goed geklink. Dalk, daarna, eindelik die Ooste? Al moet dit sonder Eva wees, maar nie sonder sy kinders nie.

"Goed, my heer," het hy hoopvol gesê.

Wagenaer het om die tafel geskuifel en sy hand geskud. "So. Goed dan. Pieter, godsverdomde kêrel, ek weet van geen enkele rede waarom jy nie eendag kommandeur van 'n pos soos Mauritius kan word nie. Hou daardie plek dop, daar gaan lieflike geleenthede kom, en dan moet jy nie stadig wees om aansoek te doen nie. Ervaring het jy nog nodig, veral die soort wat jy op 'n Oosterse pos opdoen. Gaan praat nou met jou vrou. Julle moet môre eiland toe."

Eva se eerste vraag was: "Pieter, sal jy dan elke nag by die huis wees?" Toe het hy haar vertel van die koue, windverwaaide eiland, van die bitter water in die put, van die breë strook donker seewater tussen hulle nuwe huis en hierdie Fort, en van Zacharias se vrou wat weke lank aan watersug bedlêend was en uiteindelik dood is omdat daar nie 'n dokter by haar kon kom nie. Hy het nie meer as dit gehad om haar te vertel nie, en het gehoop dat sy sou weier, dat hy dit vir Wagenaer kon sê.

"Pieter," het sy ernstig gesê, "Oedasoa het tweehonderd beeste en vyfhonderd skape van my. Onthou dit, as ek iets oorkom."

Op die sloep wat hulle en hulle huisgoed eiland toe oorgevoer het, was hulle koei, en 'n duisend bossies dekriet om hulle poshuis 'n nuwe dak te gee. Die sloep het teruggevaar met veertig sakke skulpe, en 'n bandiet geketting aan die voormaswant. Die eiland se korporaals, het Peter daar agtergekom, was twee reuse met 'n liefde vir skop en slaan, en stemme wat meeue by die ankerplek laat opvlieg het. Hulle het die regering se rottangs flenters geslaan oor die rûe en die boude van die gekettingde bandiete. Dit moet so wees, het hulle die nuwe poshouer vertel, dit word so gedoen.

Peter se dag, elke enkele een, het begin met die tel van die bandiete, die uitweeg van kos vir die kok, die lees van die oggendgebed op die ysige, bleek paradegrondjie langs die vlagstok, die inspeksie van die bandiete se stinkende kwartier nadat hulle weggelei is na hulle werkplek toe, en besoek aan die siekes. Daarna

190

het hy huis toe gegaan, geskeer, geëet, sy korrespondensie geskryf en in die brieweboek gekopieer, die register met die kom en gaan van bandiete aangevul, en boekgehou van die verbruik van proviand. Daarna, as dit mooiweer was, het hy met die verkyker die skuinste op geloop na die Vuurberg om met die uitkyker te praat en te kyk dat daar brandhout en olie is. Dan het hy 'n entjie in die stellasie opgeklim en die hele eiland rondom met 'n verkyker ondersoek: die steengroef aan die Kaapse kant waar 'n span messelaars die blou leiklip afsplits, die groef in die middel van die eiland waar blokke kalksteen gesaag word, die gekettingde werkers soos miere op die noordwestelike hoek waar die see eeue lank 'n heuwel van gebreekte skulpe op die strand gegooi het. En as hy die verkyker verder na regs swaai, sien hy die poshuis, die gevangenis, die skaaphokke, en dan laaste in die kring, 'n kolonietjie blinkende robbe op die rotse.

Dit was sy wêreld, en dit was min, armoedig en bitter. Ek sal nie hier aard nie, het Peter gedink, en deur die mistigheid oor die see gekyk na die ver wit vlek en die rook oor huisies langs die Fort, aan die voet van Tafelberg. "Ek het verkeerd gedoen deur hier te kom. Ek is gevang."

Hy het die troppie skape op die vlakte getel, die werkery in die groentetuin om die put dopgehou, en sy verkyker verstel om die skepe op die Kaapse reede te ondersoek. Dié uit die Ooste was diep gelaai, dié uit die vaderland het hoog gelê. Watter vlae, watter ver hawens, plekke waar die seewater liggroen en lou is en palmkuiwe oor wit strande ritsel. Watter vreemde groen eilande onder 'n tropiese lug, watter vreemde stemme, watter vreemde sterre … Miskien sou die Kompanjie hom eendag Ooste toe stuur. Deur Eva het hy vas geword aan die Kaap. Was hy nie al te oud nie, te vas gegroei aan dor duine? Sy vrou gee hier hoenders kos, sy kinders drink die bitter putwater, hulle almal asem die skerp seelug wat gelaai is met die stank van voëlmis en verrottende seegras, en geeneen weet van beter elders in die wêreld nie. En arme Eva, sonder 'n ander vrou se geselskap.

Peter se dogter was vier jaar oud toe sy hom vra om haar saam te neem waar hy loop, skulpe toe, skape toe, Vuurberg toe. Sy wou nie by die huis bly nie. Sy het nie gekla as hy lank op een plek vertoef nie, maar haar daar geduldig vermaak met skulpies en vere. Sy was lig en rats. As sy gevra het om opgetel te word, het sy styf om sy nek vasgehou en saam met hom die pad voor sy voete ondersoek. Wanneer hy by die kombuistafel skryf, het sy langs hom kom staan en sy hande dopgehou.

"Wat doen Pa?"

"Skryf."

Sy wou 'n pen en papier hê. Hy het vir haar 'n netjiese dun lei in die groef laat afsplits, die vier rande gelyk geskuur, 'n griffel onder sy skoensool rond gerol, en dit huis toe geneem. Sy het op die lei gekrap en geteken, toe wou sy leer skryf. Maar hy het nie geweet hoe om haar te leer nie.

"Die kind van ons moet skool toe gaan," het hy vir Eva gesê.

"Sy is lui. Sy wil niks doen nie, net rondloop."

"Haar beurt vir sukkel kom." Maar hy was bekommerd. Wat gaan hierdie afgesonderde eiland aan sy kind doen? Hier was geen ander kind van haar ouderdom nie, behalwe haar broertjie wat omtrent dag en nag huil. Geen ander grootmense nie as die vier en vyftig wat kettings oor die grond sleep en die twee wat hulle slaan.

Die koms van 'n boot is eerste van die Vuurberg geskreeu: "Boot in aan!" Dan het Peter sy briewe afgesluit, gelak, in teerseil toegedraai, vasgebind. Leë watervate en olievate is strand toe gerol, en die kok is laat weet om sy broodmandjies leeg te maak. Dan het Peter twee kruitskote buite die deur afgeskiet om sy see-werkers poshuis toe te roep. Die twee kinders is saam met die bandiete strand toe om die boot daar in te wag, maar hy, en ook Eva, het nie self nader gegaan voor die kwartiermeester aan land was nie. Dan het hy gaan groet en welkom heet, en die man poshuis toe genooi. Die seewerkers moes aflaai, huis toe dra en wegpak wat gebring is, en die stapel leisteen en skulpe laai wat op strand gereed staan. Peter het die inkomende brief dadelik gelees. Dié brief van die Fort af was die groot ding. Wat wou die kommandeur van hom hê? Gewoonlik was dit net: Stuur soveel mandjies eiers, soveel slope vere, hier is nog 'n bandiet, laasweek

192

se skulpe was te min. Hy het uitgesien na iets meer. Die brief wat hy wou hê, sou sê: Jou dienste word benodig by só en só 'n handelstasie op 'n Oosterse eiland. Begin inpak, ek stuur jou verlosser op die volgende boot. Daarna het hy uitgesien.

Hy het soms met sy elmboë op die kombuistafel gesit en dink. Sy brief sou onverwags kom. Dit sou 'n doodgewone dag wees: Eva sou daar by die herd besig wees om iets in 'n pot te roer of die kole onder die rooster uit te krap, een van die kinders sou 'n potlepel drinkwater uit die vaatjie skep, 'n bandiet sou van buite inkom met 'n armvol gekapte hout en sy ketting sou oor die leivloer rinkel. Hy self sou seker by die siekes in die Kraal besig wees wanneer hy ontbied word.

Maar dié brief het nie gekom nie, en hy wag gevange op hierdie barre eiland. Hy het soms verbouereerd gedink: Daar is tog 'n werklike wêreld daar oorkant, anderkant die see, is daar nie? Of is Kopenhagen 'n leë woord, Batavia 'n reeksie letters in sy verbeelding, soos Monomotapa of Davagul? Elke dag het bote uit die buitewêreld kom skulpe haal; elke keer as die kwartiermeester sy briewe oorhandig het, was sy opwinding en sy verwagting minder.

Wagenaer, die man wat hom oorreed en bevordering beloof het, het reeds die Kaap verlaat. Die nuwe kommandeur was Van Quaelberg, 'n militêre man wat graag 'n swaard aan sy sy en 'n veer in sy hoed dra. Hy het Peter niks beloof nie. Peter is ontbied om sy voorstelling in die Fort by te woon, en dit was die laaste wat hy van hom gesien het, behalwe briewe die volgende twee jaar. Getye het gekom en gegaan, skepe het gekom en gegaan, twee jaar het verbygegaan, en hy het op sy rots gevange bly sit.

Twee jaar het op daardie bleek, brak en bar eiland met sy skerp lug, stank en koue rukwinde verbygesleep. In daardie hele tyd het Eva net twee keer ander vrouens op die eiland gesien. Die eerste was Theuntje van Bart die Saldanhavaarder, Theuntje met wie Peter sy eerste winter aan die Kaap gespeel het. Sy en Barbara Geens en Trijn Ras was bloedjong weduweetjies, vyftien, sestien jaar oud, wat hier aangespoel het. Hulle het nog skaars 'n getroude lewe geken en sou nooit die beloofde land sien nie, maar die Kompanjie sou hulle help om in hulle ouerhuise terug te kom. Maar daar was maande lank geen skip nie, en te veel van daardie vervelige Sondagmiddae wanneer die grootmense slaap, en al een wat dan lewe, die skildwag op die muur was. Die paar ongetroude jongmense het na mekaar gesoek om hulle eensaamheid en verveling te verdryf. Hulle was vrolike geselskap, Barbara en Theuntje en Trijn. Gewoonlik het hulle op reëndae in sy kamer kaart gespeel, of almal saam op sy kooi gelê en lag, en aan mekaar gevat en gedruk soos mense sonder geld aan vrugte druk op 'n mark, en as hulle niks anders te drink gehad het nie, het hulle uit die Kompanjie se medisynekis gedrink. Dit was aangenaam, verwarmend saam met die Kaapse reënwater, en die meeste Sondagmiddae het dit gereën.

Theuntje kom nou as 'n veroordeelde bandiet om haar straf op die eiland uit te dien. Die brief het 'n opsomming van die fiskaal se klag, met die Raad se vonnis teen haar. Dit moet Peter langs haar naam in sy register skryf. Sy was vir ses weke na die eiland verban, haar misdaad laster. Sy het aan 'n groep boervroue gesê burgerraad Mostert se Hester het twee voorkinders in die vaderland gehad, en daarvan het sy een vermoor. Skoon versinsel, dit het sy voor die Raad erken. Die Raad se vonnis was: priem deur die tong, veertig houe met die rottang, afgerond met ses weke op Dasseneiland. Peter het gewalg by die gedagte. Hy het gedink aan die rûe van bandiete as hy hulle op hulle kooie omrol om na die hart en longe te luister: skurwe riwwe van ou slae, van die skouerblaaie af ondertoe tot net bo die broekband. Maar, sê haar brief verder, op die eenparige bede van Kaapse vroue is sy begenadig. Sy word ontslaan van die priem, die rottangslae bly opgeskort vir twee jaar, en in plaas van Dasseneiland waar geen mens woon nie, word sy verban na die buitepos Robbeneiland.

Hy hoor haar by die skulpboot, waar een van die korporaals haar verwelkom. "Jy kry nie voorregte nie, en pasop dat jy nie iets van ons probeer steel nie." Peter het by die venster uitgekyk. Dit was Theuntje, skraal, nog jonk, maar verweer. Sy het haar ketting oor die nat sand na die bank droë opdrifsel bokant die hoogwatermerk gedra. In een hand, saam met die ketting, het sy 'n sloop met klere gehad, en in die ander 'n bondeltjie onder 'n doek.

"Staan stil daar!" het die korporaal geskreeu. Sy moes wag tot hy klaar sy skulpsakke en stapels leisteen aan die kwartiermeester uitgelê het. Toe kom hy nader.

"Wat is in die doek?"

Sy het dit na hom uitgehou. "Vir die mense by wie ek ingekwartier is."

Toe moes Peter dadelik uitstap. Theuntje laat dit na 'n gunssoekery klink, haar mond is haar ondergang.

"Gebraaide hoender," het die korporaal gegrinnik. "Ek is al goed sat van pikkewyn, mejuffrou."

"Nee," het Peter gekeer. "Dit is haar rantsoen. Jammer, korporaal, ek en jy eet nie daarvan nie." En aan Theuntje: "Stap op na die poshuis toe, daar by die vlagpaal. Klop aan, my vrou is binne." En sonder om haar in die gesig te kyk het hy aangestap boot toe.

Hy het haar aan Eva voorgestel en sy kinders geroep om te kom groet. "Jy is welkom hier in ons huis, Theuntje. Die kamer dáár is jou verblyf. Dankie vir die geskenk wat jy gebring het. Ek waardeer dit, maar die Kompanjie verbied dat ons geskenke ontvang." Toe is hy buitetoe. Sy werk het hom bedags van Theuntje af weggehou, en sy het dit reggekry om uit sy pad te bly. Smiddae het hulle saam aan tafel geëet. Sy was stiller as in haar jonger dae; miskien wou sy dat hy 'n goeie verslag gee van haar gedrag. Van Eva het hy gehoor wat sy vertel het: hoe sy aan 'n paal gebind is op die binneplein van die Fort. Die amptenare se dames het kom pleit dat sy die skande gespaar word.

Theuntje wou werk. Sy het hulle koei gemelk, iets wat Eva nooit goed onder die knie gehad het nie en graag aan iemand afgestaan het. Sy het 'n stuk grond voor die huis omgespit vir plante wat sy uit die veld gebring het: gousblomme, soutslaai. Sy het ook vir Eva kruie en blomme uit haar eie tuin belowe wanneer sy weer tuis was, en matrasslope vol vars bossiekooigoed sou sy aan die kwartiermeester gee vir hulle kooie. Die kinders het sy met 'n mandjie duine toe geneem om pikkewyneiers uit te haal. Sy het seep gekook van die skaapvet wat Eva opgegaar het, miskien met 'n gedagte om haar eendag in te smeer, en beskuit gebak van vet en melk en growwe meel. Peter, en ook Eva, het haar soms 'n sopie aangebied, maar sy het dit van die hand gewys. Sy wou niks drink nie. "Dit is die drankduiwel wat my hier besorg het. Ek moet daarteen uithou. Die Vader wees my genadig."

Peter het verwag dat haar man sou opdaag, omdat Theuntje in haar eie onderhoud moes voorsien, en die kêrel is amper geskiet toe hy een aand na donker aan wal probeer kom het. Wat was sy besigheid? het die soldaat gevra. Hy het 'n seilsak by hom gehad wat hy wal toe wou stuur. Die soldaat het dit uitgepak: klere, 'n bossie bokking, 'n brood, 'n bottel wyn, 'n rol ongebleikte linne met 'n growwe vyl daarin verberg. Die soldaat het alles in die sak teruggegooi. "Vat jou agterste see toe, kêrel. Geen private bote hier nie."

Die man het seil uitgeskud, en plat agterin neergesak met die kolderstok en die tou in die hand. Hy het die skuit se kop laat draai tot die seil wind skep, toe 'n fles uit 'n wegsitplek agter sy heup gehaal en die prop met sy tande uitgetrek. Voor hom was 'n lang en donker loef terug na die dorp se paar liggies toe, en die sproei en die nagwind was klaar nat oor die boeg. "By die harige hond se siel," het sy stem in 'n kreun oor die water gekom, voor sy skuit deur die donker weggeneem is.

"Ja, dis my Bart," het Theuntje gesê toe die wag dit kom meld. "Vra nie toestemming nie. Hy wil dit gedurig." 'n Paar dae later was hy weer daar, met konsent.

Bart Borms se twee donker oë het diep uit 'n ruie gesig gekyk. Miskien met 'n Fransman of Spanjaard tussen sy voorvaders, het Peter gedink. Hy was 'n kort en maer man, donkerbruin van die see. 'n Geteerde vlegsel het tussen sy skouers gehang. Sy blou seilklere was gevlek van pekel, sy broek se stert dik gelap vir die roeibank, sy kaal voete swart van teerbodem trap. Hy het vir Peter met 'n pluk aan die kuif gegroet, en 'n bossie harders na hom toe uitgehou. Dit was 'n danksegging vir die permissie om sy vrou te besoek.

Hy was 'n stillerige kêrel. "En hy het baie om te verswyg," het Theuntje verduidelik. Maar hy was nie ongesellig nie. Hy het graag ietsie gedrink, want die oop see is 'n koue plek, die vader weet, en 'n mens word ook moeg van sy leegheid en stilte. Hy was matroos van die Kompanjie voor hulle getroud is, maar toe word die mode mos vryburger word. Hy kon nie ploeg of 'n vark kastreer of 'n klipmuur pak nie, toe word hy vryvisser. Visvang is nie 'n werk nie, dit is 'n plesier, by die hond se harige hakskeen. So het Pieter en Eva een aand by die eettafel gehoor. Die werk lê by die pekelkuipe, by die krap, vlek en insout, by bokking maak. Die pekel vreet jou hande op.

Peter het Bart se vreemde vertellings geniet, van sy tye as matroos in die Ooste en sy ervarings op see, en hy het gesorg vir Bart se dors. Terwyl Theuntje op die eiland was, het Bart elke Saterdagmiddag opgedaag, met die kommandeur se toestemming, en dit was nooit sonder 'n geskenk van vis of krewe, of 'n skottel kuite, of 'n winddroog snoek nie. Theuntje het aangedring om daardie aande vir hulle kos te maak, en Peter het die blydskap wat daardie twee aan mekaar gehad het, stil en jaloers geniet. Dan het Bart oorgeslaap, en die Sondagmiddag laat weer oorgesteek land toe met sy sloepie *Bruid*, wat hy seil en treil van die Kompanjie oorgeneem het.

Bart en Theuntje het die kinders rondgedra, met hulle gespeel, vir hulle speelgoed gemaak en stories vertel. Peter het gedink hulle stel meer belang in die kinders as in hom en Eva. Een middag het hulle langs die poshuis in die winterson gesit, met die kinders by hulle.

"Meester Pieter," het Bart gesê, "ek en Theuntje het gewonder of dié twee peetma en peetpa het."

"Bied julle aan, Bart?" Dit was in 'n grap gesê.

"Ons sal maar te bly wees. Ons het nie kinders nie. Die natuur was tot dusver teen ons. Hoe dink jy daaroor?"

"Wat bied jy aan vir die twee stuks?" Dit was weer 'n grap. Klein Pieterneltjie het op Bart se knie gesit, Kobus was op Theuntje se skoot.

"Ek het nie geld nie. Ek het hier vir jou voorganger Zacharias 'n Engelse hond gebring, en die bandiete het dit opgevreet. Nee, ek weet jy maak 'n grap."

197

"Nee, dan moet jy maar smokkel en bedrieg tot jy ryk genoeg is, Bart. Want kinders is miljoene werd."

"Ek weet, meester. Ek weet." Die man was ernstig. "Maar sal jy vir ons 'n belofte maak? As die edel heer ja sê."

"My kinders gaan na my mense toe as ek iets oorkom," het Eva gesê.

"Nee, hulle sal nie. Hulle gaan waar hulle kan skoolgaan, en geleerdheid kry."

In die woordewisseling tussen Peter en Eva is die saak vergete, maar Bart het dit die volgende keer weer opgehaal, en nadat Theuntje van die eiland ontslaan is, het Bart een oggend met twee volstruiskuikens in 'n ballasmandjie daar gekom. " 'n Klein paaiementjie op dié een," het hy gelag en vir Pieterneltjie opgetel. "Ek vat haar met my land toe."

By 'n volgende geleentheid het hy Peter vertel dat hy 'n slaaf het, 'n knap kêrel. En as Peter vir hom 'n brief gee wat hom en Theuntje peetouers van sy kinders maak, sal hy hom hierdie eersteklas slaaf laat kry vir 'n paar ryksdalers. Hy sal daaroor dink, het Peter gesê.

Toe Theuntje na die ses weke gehaal is, was Eva en die kinders spyt daaroor. Die stilte om die eettafel en die verveling van die dorre werf was erger as tevore. Peter het verlang na die afwisseling van kos, na skoongewaste klere, die netheid van sy huis. Die kinders het na ta' Theuntje gevra. En Eva was meer ongelukkig as voor Theuntje gekom het. Sy het by Peter geneul om vir hom werk in die Fort te vra, dat sy land toe kan gaan.

"Ek gaan nie vra nie. Hulle het my gestuur om uit te vind van die watersug, en ek het dit nog nie gekry nie."

"Hoe lank gaan dit jou vat?"

"Ek weet nie. Hoe kan ek sê?"

"Hoekom sê jy nie vir hulle jy kan dit nie kry nie?"

"Hulle sal dit nie aanvaar nie."

"Waarom nie?"

"Hulle het my gestuur vir die doel."

"Die een wat vir jou gestuur het, is lankal al weg. Hy sit skatryk in Holland en drink wyn."

198

Dit was die waarheid.

"Pieter, ek gaan malkop word hier. Ek moet 'n paar dae land toe gaan. Ek wil my mense sien."

As sy eers weg is, het hy gedink, kom sy nie weer nie.

Eva het probeer werk in die blomtuin wat Theuntje aangelê het, maar in die wind en hitte het dit onder haar hande gekwyn.

"Pieter, ek moet met my suster gaan praat oor my vee. Daar is baie geld in die beeste. Ek en jy kan op die land gaan woon. Jy kan dokterswerk doen. Ons hoef nie bandiete op te pas nie."

Hy het by die gedagte geglimlag. Waarvan sou hulle bestaan? Waarmee kon sy pasiënte hom betaal? Eva was dikwels soos 'n kind in haar redenasies. Sy was ongelukkig op Robbeneiland, maar waar was vir hulle iets beter wat nie ook groter armoede beteken nie? Dit was maar 'n fantasie van haar, om te dink sy kan vir Oedasoa ompraat om soveel beeste en skape uit sy kraal te jaag, iets wat hy klaar vir hom in sy gesig geweier het. Hy het al gehoor dat Oedasoa en sy vrou albei dood is, en hy moes haar daarvan vertel dat sy nie aan 'n vals hoop vashou nie, maar dit sou haar meer neerslagtig maak. Hy het sy vrou noukeurig bekyk soos sy voor die groot tafel staan, leunend op 'n besem. Sy was ronder in die gesig, swaarder in die lyf, dikker in die bene. Was sy weer verwagtend? Sy het hom nie daarvan gesê nie. *Beri-beri*, het dit by hom opgekom; daarom die lusteloosheid, die traagheid om te beweeg asof alles swaar is.

"Eva," het hy gesê, "is jy verwagtend?"

"Nee."

"Voel jy siek?"

"Ja."

Wat kon hy doen? Hy het die *beri-beri* sien kom en gaan onder die bandiete, en hy kon nooit iets daaraan doen nie. Sien gaan? Net wanneer hulle sterwe. Al was dit nie aansteeklik nie, kon hy nog nie een pasiënt red nie. Hy het onthou hoe hy water uit die bergagtige lyf van Maria Zacharias getap het, terwyl sy onder sy hande sterf. Wat kon hy nou vir Eva doen? As sy klaar met die siekte besmet was, was daar nog twee jaar vir haar oor, maar genesing kon hy nie gee nie.

Hy het in die donker nag buitetoe gegaan op sy buitepos, onder die vonkelende sterrehemel in. Die see en wind het koud uit die suide gedreun. Eva … Hoe sou sy die *beri-beri* verdra? Hier by die vlagpaal het Jan Zacharias 'n nag en 'n halwe dag seine gemaak om van daar oorkant af 'n dokter te roep vir die vrou oor wie hy besorg was. Tevergeefs. Hoeveel genade sou daar eendag by die uitkyker, die wagoffisier, die kommandeur van die Fort gevind word, wanneer hy om middernag noodseine maak vir Eva? Sou hulle hom dan Fort toe verplaas as sy sterwe, of moet hy ook eers skape steel voor hy die Ooste kan sien? Anderkant die swart water was ligpuntjies wat moontlik komfore op die Fort se bastions was. Dáár moet nou glo 'n groot kasteel langsaan gebou word. Daarom was hier dubbel soveel bandiete as dieselfde tyd laasjaar, daarom kom hier nou twee skulpskuite per dag, daarom moet al die bandiete meer sakke per man lewer, daarom sal die Koina binnekort hoor dit is weer tyd om op te pak en dieper land-in te wyk voor al die vooruitgang.

Toe hy binnegaan, het Eva vir hulle elkeen 'n sopie geskink gehad. "Jy was reg, ek verwag weer."

Sy blydskap was dat die *beri-beri* nou tweede in die ry staan. Met sy arms om haar het hy gevra: "Waarom het jy nie gesê nie?"

"Dit het vir my gelyk: as ek siek is, sal jy my land toe vat. Kan ons gaan, Pieter? Ek smeek jou."

"Dit is in die kommandeur se hande. Ek kan dit nie so reël nie. Maar ek sal skryf en vra." Sy is met 'n sug die kamer uit.

Hulle tweede kind, Jakobus, is in die laat winter van hulle tweede jaar gedoop. Eva en Peter en die kinders het vir dié paar dae land toe gegaan. Hy het met verbasing by hulle bagasie op die kaai gestaan en kyk na die nuwe kasteel wat daar in aanbou was. 'n Lang houtgebou het soos Noag se ark tussen die wit en geel gousblomme in die duine gesit. Dít moes hy gaan kyk. Hy het sy vrou en kinders gehelp om hulle tuis te maak in die kamer wat aan hulle in die hospitaal toegeken is. In die namiddag toe Eva rus, het hy Jakobus in die sorg van 'n slavin gelaat, en met Pieterneltjie op die arm na die Ark gaan kyk.

Die plek het gelewe van arbeiders en geraas. Daar was Europeërs en Koina en Oosterlinge en swart slawe. 'n Osslee met swaar klippe is verbygelei. Eenkant onder 'n afdak het steenhouers die granietblokke haaks gekap. Die fondamente van 'n vyfpuntige fortifikasie was uitgesprei voor hom, en nou het hulle een bastion op 'n keer, 'n muur op 'n keer, opgerig. Party mure was amper kophoog. Kruiwaens vol nat klei is teen loopplanke op gestoot. Bo-op die mure het hysbome swaar klippe gehys, in posisie geswaai, en in die nat klei laat sak. Die wet van Babel het gegeld: geen pratery op die steiers nie. Opdragte is met handgebare gegee. Net die voormanne het af en toe 'n kort, sagte woord gepraat. Peter het op die strand voor 'n poort gekom en aan 'n voorman beduie: "Mag ek ingaan?" Die kêrel het geknik, en 'n hand oor sy kop gehou om te wys: "Pasop." Die Ark van hout het reg in die middel van die groot ster gestaan. Dit was 'n lang, smal gebou, geheel van Kaapse geelhout gemaak. Sy enigste deur was aan die seekant, onder 'n opgekleide gewel. Werkers het daar uitgekom met steierplanke of balke oor hulle skouers of gereedskap in die hand. Op die oomblik was dit 'n werkswinkel en 'n pakhuis, en op Sondae die saal waarin kerk gehou is. Wanneer die kasteel eendag klaar was, sou die Ark gesloop word. Net langs die Ark was 'n put, met 'n houtdeksel oor. Die put was die middelpunt van die kasteel.

Peter was beïndruk toe hy en Pieterneltjie klaar gekyk het. Dit gaan 'n magtige kasteel word, hierdie vesting vóór die drumpel van Indië. Hy het met verwondering aan Eva gaan vertel wat hy gesien het. Let op, so 'n kasteel gaan 'n goewerneur kry. Hulle seun, Jakobus, is die Sondag in die Ark gedoop.

Die tweede ander vrou op die eiland was Lydia Lacus. Fiskaal Lacus en sy is in die poshuis gekwartier. Peter het sy kinders se kamer vir die twee hooggeplaaste bannelinge ingerig. Hy het gedink: As ek nou dié guns aan die Kompanjie doen, sal die Kompanjie my dalk dankbaar wees. Op die eiland moes die bandiete se kok twee keer elke dag Lacus en sy vrou se maaltye in die poshuis kom voorberei en oorhang. Dit is nie dat Lydia nie wou kook nie, maar sy was 'n kind van skaars sestien met 'n baba op die heup, en as huisvrou van die agbare fiskaal was dit nooit tevore vir haar nodig om haar hande in koue water te steek nie;

daarvoor het hulle 'n slaaf en 'n slavin van die Kompanjie gehad. Eva het geweier om vir hulle te kook.

Hoe lank hulle met die Lacusse in die huis opgeskeep moes sit, het Peter nie geweet nie, want dit het afgehang van die fiskaal se gewete. Dié man, wat aangestel is om die Kompanjie se boeke te balanseer, het maniere gevind om hulle te vervals en die wins na sy eie sak oor te dra. Alte sekerlik was die jonge Lydia onskuldig. Of, was sy? Peter het hom verbeel hy sien 'n fraai skippie op skitterende water wat deur ligte, geurige briesies voortgedryf word, vol gordyntjies en baldekyntjies en 'n menigte goue sterretjies in die lug rondom, helder oordag, met swaeltjies rondom die maste. Op die agterskip staan die fraaiste vroutjie, fyntjies gekam en geklee, en sy hou haar handjies uit na 'n arme sukkelaar, moontlik haar man, wat met die plat skryfkissie onder die arm oor die water agternastrompel om haar in te haal. Die sweet blink op sy gesig, soos die Bybel wil hê, maar hy is al te moeg, sy voete sink weg in die water en die wind word sterker, en hy weet hy sal die skippie nooit inhaal nie. Al die gesukkel, die sorg, die haas, die vroeg opstaan, alles gaan om die gerief en plesier van die geeerde dametjie en haar verveelde kindertjies op die versierde skippie. Om wie se ontwil het Lacus gesteel?

Die kwartiermeester het vir Peter gefluister dat 'n slaaf en slavin getuig het hoe Lydia by haar man gesoebat het om te erken, en gesweer het as hy dit nie doen nie, sal sy teen hom getuig, maar hy wou nie. Lacus het met haar mooigepraat, sy het aangehou: hy het gedreig, sy het aangehou. Die slawe het gaan kyk toe hulle haar in die kamer hoor skree. Lacus slaan haar, teen die arms, teen die bors, in die gesig, en toe stamp hy haar bo-oor 'n stoel en tafeltjie. Al twee stukkend.

Dit het vir Peter koud van vrees gemaak. Hoe hopeloos bang moet 'n man wees voor hy aan sy vrou slaan? En wat word daarna van jou, hoe red jy jouself, hoe herstel jy die skade wat jy aan jouself gedoen het? Wat sê jy eendag aan jou kind as dié vra waarom ma weg is? Jy moet maar verdra, Peter Havgard, het hy besluit, jy moet alles tot die einde verduur.

Hy en Eva kon snags die twee agter die houtmuur hoor skel.

Eendag het Lydia vir hom 'n briefie gebring waarin sy die kommandeur vra om haar te verlos oor die koue, die bitterheid van die water, die onverdiende straf. Die antwoord, twee weke later, was 'n goiingsak met komberse. Maar later is sy en haar kind tog daar weggehaal.

Peter was bitter ongelukkig. Daar was baie gevangenes, baie werk. Behalwe die dogtertjie was sy eie lewe waardeloos, leweloos. Eva het gekwyn, en het dit herhaaldelik aan hom gesê deur 'n klag, of 'n kreun, of 'n kyk. Sy het verlang na die bedrywige en kleurryke lewe by die Fort, soos sy dit in haar jeug geken het, daardie gul gelag van kokke en koksmaats in die gesellige warm kombuis, die opmerkings en kyke van die soldate, die nabyheid van die man van hoogste gesag, en haar speletjies met sy kinders. Hier was niemand op die eiland wat haar vrae gevra het nie, of met wie sy oor die Koina in haar taal kon praat nie. Sy het soms in hulle kamer op die kooi gehuil, terwyl hy verlang na lang staptogte deur 'n onontdekte landskap.

Toe dit blomtyd word en die lang blou dae die verbeelding na ekspedisies lei, het kommandeur Van Quaelberg vir Peter laat roep. Die kommandeur is by die Ark, het die wag op die kaai gewys. Anderkant die Fort het 'n groot kalkoond op die strand gebrand, en agter sy walmende, stink rook het mure van swaar klippe al uitgesteek. 'n Ossewa met 'n reusevrag brandhout is langs die kalkoond ingetrek. Peter was nogeens verbaas oor die ruim, massiewe nuwe kasteel. Dit is waar al Robbeneiland se skulpe en leisteen in gaan. Werkers met kruiwaens, en messelaars op steiers het oor die mure beweeg; nog net die geteerde seildak van die Ark was agter die mure sigbaar. Hy het die gewerskaf staan en beskou. Kommandeur Van Quaelberg, met gepluimde hoed, kapstewels en swaard, soos 'n majoor op 'n slagveld, het van die bouery af oor die molshope aangekom.

"A, Meerhof, ou kêrel. Kom binne."

Hulle is by die Fort in, oor die plein en met die trappies op na die Kat. Die ou rietdakke van die Fort is ook met rooi pandakke vervang, en party van die vernaamste vensterrame het glas in gehad.

"Wel, Meerhof ou kêrel, ek sien jy kyk. Lanklaas hier gewees? Oral bouery, die Kompanjie bou, die burgers bou. Hier is 'n lekker taphuis hier agter, as jy die kalkstof wil afspoel. Waardin is Barbertjie Geens. Oulike vroumens, man is 'n niksnut. A, ken jy haar?"

In die groot saal waar hy en Eva getroud is, het die meubels presies gestaan soos tevore, maar die dierevelle was weg. Daar was geskilderde prente in rame aan die mure, en 'n geweefde tapyt.

"Soek jy iets?"

"Hier was 'n groot leeuvel van my maat, Piet Roman."

"A, dié het ek oorsee gestuur, ou kêrel. Hulle is gek oor sulke goed."

Hy het vir Peter teenoor sy skryftafel laat sit. Hy het op sy vingers afgetel, die nuwe geboue van een kant van die dorp na die ander, die Kompanjie s'n, die burgers s'n. Toe tel hy die geboue op die oostelike grens, die Kompanjie s'n, die burgers s'n. Elke gebou moet soveel vragte skulpkalk hê, soveel vragte sand vir klei, soveel vragte brandhout, soveel vragte timmerhout, soveel vragte leisteen, soveel vragte granietsteen. En binne tien jaar gaan hierdie getalle verdubbel, want die Kaap moet teen die verdomde Rooijasse beveilig word.

Dit gaan om trekosse, het Peter gedink. Hy wil my op 'n ruiltog stuur.

"Dit gaan om slawe, ou kêrel. Ek wil hê jy moet vir ons Ooste toe gaan."

"Die Ooste, my heer?" Wat gaan Eva sê? Wat gaan hy vir haar sê?

"A, geografies wel, ja. Maar Oos-Afrika. Dit is 'n uitgebreide tog, ou kêrel. En ons het 'n tekort aan mediese kêrels. Ek moet 'n verantwoordelike man hê, en daar is vreemde siektes in die streek. Nou het ek so gedink: ek sit 'n goeie militêre kêrel op die eiland, dan is jy vry vir die ekspedisie. Die klerk het in die boeke gekyk, hy sê jy is die laaste van die ou toggangers. Ander is dood, of sieklik, of landuit. Gebeur met die beste van ons hoor, maar jy weet dit al, ou kêrel. Nou wil ek die posisie vir jou aanbied. En sekerlik sal dit tot meer bevordering lei."

"Kan ek daaroor dink, my heer? Ek moet met my vrou praat."

"A, natuurlik die vroutjie." Die kommandeur het meer vertel. Hulle sal so vier, vyf maande weg wees, op die uiterste. Hy kry 'n tolk saam, 'n swarte van Madagaskar wat al die konings en hulle tale ken. Die skip sal eers by Mauritius om gaan om voorraad vir die besetting weg te neem, en met die terugkom by Madagaskar en Oos-Afrika aanloop en 'n vol vrag slawe vir die Kaap koop. Hy sal 'n bedrag in goue munte kry, en moet die beste pryse beding.

Hy het die nag in sy ou kamer in die hospitaal geslaap. Hy sou nie vir Barbara Geens gaan groet nie. Of moes hy? Sy was getroud; hy moes met Eva in sy gedagte gaan lê. Geen woord het die kommandeur gesê oor *beri-beri* nie. Hoe sou hy aan Eva verduidelik dat Mauritius halfpad Ooste toe was, en miskien sy heel laaste kans om iets te bereik?

Dit was moeilik. Die eerste twee dae kon hy niks sê nie omdat hy bang was vir haar reaksie. Toe noem hy die moontlikheid van bevordering. Van Quaelberg wou hom vir iets anders gebruik. Hy moes daaroor dink; die ekstra geld sou welkom wees noudat daar drie kinders in die huis is. Haar weerstand teen sy ontsnapping, soos 'n vuurtjie wat tussen dood en lewe flikker, was stadig om te begin.

"Hoe lank dié keer?"

"Minder as drie maande."

"Waarom moet jy gaan, Pieter?"

"Wel, om arbeiders vir die Kasteel."

"Nee, waarom jy en nie iemand anders nie. Waarom jy."

"Ek is die laaste van die toggangers."

"Wat is so iets tog?"

"Hier staan al 'n berg met my naam."

"Waarom jy?" het sy weer gevra. "Ek wil nie weet van 'n berg nie. Waarom jy?"

Volgende het hy met haar oor die kinders gepraat. Hier aan die Kaap was dit moeilik om vir 'n kind geleerdheid te gee, en hulle móés geleerdheid kry. Van Riebeeck moes ook sy twee seuntjies Holland toe stuur, en sou hulle waarskynlik nooit weer sien nie. Ja, die tweetjies wat sy help groot abba het, hy kon sien dat sy dit onthou. In die Ooste was dit soveel beter. As hulle na een van die groot poste in die Ooste verplaas word, los dit hulle probleem op. Daar voorsien die Kompanjie skole vir sy kinders. Hier is nou 'n kans vir hulle om iets te bereik.

"'n Kans vir jou om weer rond te loop."

"Eva."

"Jy het 'n ander vrou."

"Jy weet dit is 'n verdomde leuen."

"Dat ek hier sit en jy loop rond met jou maats? Die see is julle hoer."

"Eva, ek wou my lewe lank iets van die trope sien."

"Ek sê vir jou, Pieter, ek gaan nie na jou Ooste toe nie. Ek bly hier."

"Ons kan weer terugkom."

"Ek gaan nie. As jy vir my hier los, dan vat ek my kinders na my mense toe."

"Nee."

"Ek sê vir jou nou. Wat is jy al met jou Ooste?"

"Asseblief, Eva."

Sy het voor die herd gestaan en met haar rug na hom toe gepraat. "Ek sê vir jou. Ek bly nie hier nie, ek gaan na my suster toe, en na Oedasoa toe. Hulle het altyd gesê as jy met jou neukery begin, moet ek na hulle toe kom."

"My neukery. Weet jy wat die woord beteken? En hulle is al twee dood."

"Jy lieg. Jy lieg dit, hoor jy." Toe swaai sy om en slaan 'n venynige hou oor sy wang met 'n stuk vuurmaakgoed. "Loop. Loop agter jou hoer aan."

Hy het gedink: *Nooit weer nie.* Die woorde was so duidelik in sy gedagte asof dit hardop gesê is. En hy klap haar met sy volle krag met sy oop hand langs die kant van haar gesig, dat sy treë van hom af wegsteier, oor 'n bank struikel en met haar agterkop teen die reling van die soldertrap val, en daarvandaan grond toe gly. Hy het iets hoor breek. Dit kon sy hart gewees het, dit kon haar skedel gewees het, dit kon die trapreling gewees het. Hy het hygend oor haar gestaan. 'n Plas bloed, blinkrooi, warm en lopend, het op die vloer onder haar kop gevorm, en in die droë klei tussen die stene weggesink tot daar niks as 'n donker vlek agterbly nie. Toe verdwyn die warm gevoel uit hom, en hy word verslae van teleurstelling. Wat het jy aan jouself gedoen, Peter Havgard? Wat het jy aan my gedoen, Eva?

Die kinders het nie wakker geword nie. Sy was bewusteloos toe hy haar optel. Hy het haar agterkop geskeer en die sny tot op die been toegewerk en verbind. Daarna het hy haar op hulle kooi gaan neerlê, en die vloer en die soldertrap skoongemaak. Haar ooglede was toe, sy het rukkerig asemgehaal, en haar liggaam was slap. Hy het haar naam geroep en liggies teen haar wange geklap. Hy het vere onder haar neus gebrand, en vlugsout in haar mond gedrup om haar by te bring, en daarna haar klere uitgetrek en haar toegemaak, en langs die kooi op sy knieë gegaan en ge- bid. Die gebed het 'n beskuldiging geword: Kyk wat het Eva aan ons gedoen.

Peter het nie geslaap nie. Hy het harsingskudding en skedel- breuk gediagnoseer en daarteen behandel, maar hy moes 'n tweede opinie kry. Die skulpboot het sy dringende brief land toe geneem, en die aand was die twee sjirurgyns en die fiskaal daar om Eva te ondersoek. Sy was nog bewusteloos. Hulle het om die kombuistafel met bottel en glase ooreengekom dat sy oor die bank gestruikel en haar kop teen die trapreling beseer het, met skedelbreuk en harsingskudding as gevolg. Dit was hulle verslag.

Eers op die derde dag het sy bygekom. Sy het alles onthou, maar dit was asof sy nog steeds nie geweet het hoe graag hy Mauritius wou sien nie. Hy wou nie verder met haar oor die saak praat nie; hy het sy seekis gepak en die Kompanjie se medisynekis gereed gemaak, en 'n brief aan Bart Borms gestuur waarin hy die sorg van sy kinders aan hom en Theuntje oordra indien hy en Eva iets oorkom, as die owerheid dit goedkeur. Hy moes dadelik weg oorsee, en Bart moes die slaaf bring so gou as hy kon.

Bart het die slaaf en 'n sak krewe gebring. Bart het beloof om die verkoop by die Fort te registreer. Toe was Peter meer gerus, Eva sou nie oor hout en water hoef te kla nie. Die slaaf was 'n ouerige man uit Wes-Afrika, 'n vriendelike, gryskopkêrel met 'n glimlag. Hy was 'n visser, maar ook 'n bekwame timmerman. Sy Hollandse naam was Jan Vos. Sy voorarms was tot by sy elmboë van pekel gebleik. Hy het vir homself 'n kamer agteraan die poshuis op die eiland begin bou.

'n Week later bring die kwartiermeester vir Pieter 'n brief dat hy moet regmaak om te vertrek. Sy plaasvervanger het daar agter die kwartiermeester gestaan met 'n sak klere en 'n skietwapen in sy hand. Dit was korporaal Callenbach, wat poshouer by Keert de Koe was.

"Wanneer moet ek gaan, korporaal?"

"As die skuit terugloop."

"So. As dit dan so moet wees."

"Dit is goed. Ek gaan solank die eiland bekyk. Het jy slaapplek vir my?"

Die soldaat het sy sak net binne die kombuisdeur neergesit, en hom aan Eva bekend gemaak. Sy het by hulle kombuistafel gesit.

"Ek moet nou wal toe gaan, Eva," het Peter gesê. "Hulle is reg om te vaar."

Sy het met haar voorarms op die tafel gesak soos 'n matroos op 'n kroegtoonbank, met die verdwaasde kyk op haar gesig asof sy nie haar twee oë gerig kan kry nie.

"Hans Michiel word hier ingekwartier, Eva. Jy hoef nie iets vir hom te doen nie. Nie te kook of te was nie. Hy het sy eie kooigoed en pan. Hy trek sy rantsoen en moet 'n beurt kry by die herd."

"Waar slaap hy?"

Hy was seker sy weet wat sy sê. Hy was beledig.

"Besluit jy."

Kom en gaan, kom en gaan, en alles oor die see. Hy en die korporaal het gaan kyk hoe die skulpsloep leeg gedra word, hoe die bandiete die blou leiklippe en die seilsakke vol skulpgruis op hulle skouers na die skuit toe dra. Sy kinders was daar. Toe hy terugloop poshuis toe, het hy 'n kind op elke arm gehad.

"Eva, totsiens."

Hy het nie gedink sy sou huil nie. "Ek is siek, Pieter. Ek moet land toe. Neem ons saam met jou."

"Waar kan jy woon? Jy weet ons ken niemand daar nie."

"Vat dan die kinders. Hulle gaan iets oorkom hier."

"Eva, hulle wag op my. Kyk, as jy iets nodig het, vra vir Hans."

"Ek wil nie vir hom hier hê nie," het sy gegil, en sy klere voor sy bors met twee hande gegryp asof sy dit wou afskeur. "Jy is die Kompanjie se hoer." Sy het gillend en vloekend na hom geslaan. "Loop uit my uit. Gee pad uit my lewe uit. Loop na jou hoer toe!"

Die skip *Westwoud* was 'n afgewerkte Enkhuijzense fluit. Hy het op die buitereede gelê met sy kop na die oop see en sy agterhek na die Fort. Sy hout was wit verdroog en verweer van seelug, sy verfwerk verbleik, skilferend. Sy ra's was gestryk, sy swartgeteerde tuigasie geskaaf en geslyt, en die vlag aan sy besaanpaal was flenters geklap. Onder water het sy romp gelewe van wier; daar het 'n skooltjie vissies in gewei, soos op 'n wrak. Die kwartiermeester het aangegier omdat Peter 'n keer aan boord wou kyk. Daar was vyf offisiere, omtrent veertig matrose, en 'n wag van vyftien soldate wat op die kus van Madagaskar in die handel gebruik sou word. Onderdeks was alles ingerig vir slawe. Rakke, soos vir negosiegoed, het oor die lengte van die skip gestrek. Manslengte breed en twee voet uit mekaar, aan weerskante van die romp vas. Daarop sou die slawe op hulle rug lê, sy aan sy, koppe na buite en voete na binne. Behalwe brandhout en ruilgoed was daar geen ander vrag in die ruim nie.

Kommandeur Van Quaelberg het hulle *Instructie* onderteken, en Peter en die skipper en seur moes dit woordeliks uit sy mond hoor, waar die skeepsraad in 'n halwe kring voor sy skryftafel gesit het. Hulle roete is vasgestel, uit die Kaap tot Mauritius. By die Suidooshawe moes hulle 'n kanonskoot buite die rif skiet om 'n loods te vra. Daar moes hulle proviand en briewe afgee, en al die kalk en ebbehout wat gereed was, inskeep. Omdat die eiland geen mediese ordonnans gehad het nie, moes meester Pieter indien benodig daar sy kuns beoefen. Daarna moes hulle oorsteek na die baai van Antongil op die noordooskus van Madagaskar, en kanonskote skiet om die inboorlinge te laat weet dat hulle daar wag om handel te dryf. Die tolk het die koning van die gebied geken, en ook 'n aantal van sy stamhoofde. Vyf verskillende tale word daar gebruik. Hulle moes die Kompanjie se geskenke aanbied, wat hulle saamgegee is. Peter moes dan vra dat die koning vir hulle slawe gee in ruil vir linne, tou, spykers, drank, tabak, spieëls en goue munte.

Die slawe sou gevangenes of krygsgevangenes wees, mans, vrouens en kinders. Hulle moes jonk, gesond en sterk wees. Peter moes boekhou van elke slaaf: die naam, geslag, ouderdom, lengte, gewig, gesondheid, prys. Hy moes elkeen ondersoek in die bysyn van die skeepsjirurgyn. Geen aansteeklike siektes moes aan boord gebring word nie. Die slawe moes vriendelik behandel en versorg word, en hulle moes die vrouens beskerm teen die mans, wit en swart. Dit was ook Peter se verantwoordelikheid. Daar was reëls oor voeding, oefening, siekte, dood, toesig, straf. Al die betrokkenes moes onthou dat die Kompanjie hierdie eiendom teen groot koste en met veel moeite ingekoop het, en hulle moes in die beste kondisie op die mark gebring word. Die soldate en matrose moes nie toegelaat word om vir eie gewin slawe te koop of te ruil nie.

Vir Peter was sy seereis 'n plesier, nes sy lang landtogte van vroeër. 'n Ligte aanval van seesiekte oor die eerste paar dae het hom nie gehinder nie, en toe hy gewoond was aan die skip se beweging, het hy aan dek gegaan en gevind dat die wye en leë see hom net so bekoor as die land. Tussen lug en water was hulle skip, en benewens die skip, niks. Hy het die Kaap vergeet, en alles wat hy daar gelaat het. Hulle kon hom nie bereik nie, selfs sy dogtertjie, en hy kon hulle nie bereik nie, selfs al wou hy. Hier en nou was sy hele lewe. Soms het sy dogtertjie se gesig in sy verbeelding gekom om alles wat hy homself wysgemaak het, in 'n leuen te verander.

Peter se eerste sien van die Ooste was bergpieke in wolke gehul. Mauritius-eiland het soos 'n vaalgroen kasteel geleidelik agter die bewolkte horison uit gelig. Hoe kon hier skielik grond wees in dié bodemlose oseaan? Die eiland was iets onverwags na soveel weke op see. Die soel nagte, blougroen see en vreemde berge het hom bekoor. Hulle verblyf was soos 'n maand in die paradys.

En daarna, Madagaskar. Hulle het reg op Antongilbaai aangeloop. Toe die eerste ruil met die hoofman afgehandel is, sonder voorvalle, het die skipper aangedring dat sy matrose by die vrouens toegelaat word. Hy het gesê dit is 'n ou vergunning wat wêreldwyd bestaan en iets waarop sy manne staatmaak.

"Daar staan niks van hier nie," het Pieter gesê, en sy *Instructie* uitgehaal. "Die kommandeur het gesê dat die vrouens beskerm word."

"Natuurlik. Die kommandeur is fatsoenlik."

"Ek weier. Ek sal dit nie toelaat nie."

"Meester, hulle maak staat daarop."

"Skipper, ek belet dit."

"Hulle sal nie na jou luister nie, meester."

Die Engelse siekte, die Venussiekte, dit was die ding in sy gedagte toe hy een namiddag saam met vier soldate op die beenwit strand van Antongilbaai staan, en kyk hoe twee skuite met vrouens en kinders van die strand af stryk na waar die skip in die middel van die helderblou baai geanker lê. Daardie lug en water was een kleur, sodat dit gelyk het of die skip los in die lug sweef. Hy kon die gille hoor en die brullende gelag as die matrose na die vrouens gryp en die klere van hulle afruk. Hy kon sien hoe die boot van kant tot kant rol van die gestoei. Die soldate op die strand by hom het gelag en aanmoedigings oor die water geskreeu. Hy moes self terug skip toe, het hy gedink, dit was nodig om orde aan boord te herstel; hy kon nie aan land bly om te ruil as die skipper nie sy deel met die toesig wou doen nie. Hy het 'n hele oggend onderhandel vir daardie slavinne by die sogenaamde koning hier agter, en het daar sestien vrouens gekry teen 'n baie billike prys. Hulle was oorlogsbuit, van die vyand net agter die rant gevang. Die koning het hulle oorspronklike stamnaam genoem: die Rooi Kuiwe. Hy het hom van die vyand se koppe ook gewys, in die mikke van bome om sy werf, met die donkerrooi vere in die hare. Die vrouens is die vorige jaar vir sy jong mans gejag, maar die betrokke sestien het nog nie kinders gehad nie, en kon verkoop word.

Die twee roeibote het dieper in die blou baai ingedring, en die lawaai in 'n vreemde taal het van ver oor die water gekom. Dit het gelyk asof party van die matrose regop in die boot staan, en na hom kyk. In die natuur, oor die see, in die lug, het 'n roerlose stilte gekom. Al langs die kante van die baai wat soos twee lang reikende arms die swewende skip wou omhels, het donkergroen palms oor die smal strand gehang, soos in sy drome, maar sonder hierdie skrik, die skielike koue oor hom.

Hy is van agter neergeslaan en met twaalf, twintig spiese doodgesteek. Die triomfantlike assegaaidraers het wit vere uit hulle hare getrek, in lou bloed gedoop, en weer in 'n ry oor hulle koppe gerangskik. Daarna het hulle die wit mense se liggame oor die sand na die bosse toe gesleep.

Dit was laat in die jaar 1667.

3

DIE VISSER

"Toe het die see soos bloed geword, en dié wat daarin woon, het
omgekom, en die skepe het vergaan."
Openbaring aan Johannes, hoofstuk VIII, v. 8-9.

Bartholomeus Borms het alleen in die eindelose see oos van
Mauritius gedryf. Alleen. Hy trou vandag die weduwee met
die eindelose skoot, soos Jan Maat sê as matroos verdrink. Op sy
voorarm was 'n blou anker getatoeëer en onder sy voete was
water sonder bodem. Bodemloos, eindeloos, is een. 'n Skipper
van sy jeug het drie dieploodlyne en al sy vingerdik tou laat las
om daar peiling te soek, maar dáár was 'n plek waarvan die pas-
kaart tot vandag toe weet te vertel: *Geen bodem.*

Soos gewoonlik na 'n storm was die lug leeg en helderblou,
en die see wyd en lou. Bart het benoud gehyg toe hy dié dag sien
opkom. Dagbreek, maar nie vir hom nie. Sy vrees was vir sterwe
in hierdie leë, amper deininglose see onder die oop hemel. Hy
was nooit tevore bang vir seewater nie. Sewe jaar oud, toe gee sy
pa die kolderstok in sy hand. "Hou in die diep." Net so: "Hou in
die diep." En hy was lief vir swem; dit is 'n ding wat Hollandse
matrose probeer vermy, maar sy jongmansjare in die vlak baaie
van die Ooste het hom lief gemaak vir die streling van water.
Maar hy was bang vir verdrink, daardie pynlikste dood, en die
verskrikking van haaie. Hierdie see, soos altyd na 'n seeramp,
was vol haaie. En hy was moeg van wakker bly, bang dat die
riem van die koker waarop hy rus, sal rek en in sy slaap van hom
weggly. Hy was moeg van vashou, van waghou. Hy het geweet
dat 'n mens, soos tou, aan 'n einde kom, en hy was bang om te
sterf. Hy was te jonk om te vergaan. Sy gevoel was: sy liggaam

was nog te goed en sy siel nog te sleg. Dit was sy tweede dag van dryf.

Daar was geen plek om sy gesig vir die son weg te steek nie. Hy was dors, seer gebrand van die son, walgend van bitter seewater in sy mond, en bang vir wat gaan kom, die laaste, stadige minute van verdrink. Sy verstand het hom al by tye verlaat. Eenmaal het hy hom verbeel hy hoor stemme hier in die siellose, leë see. In Batavia, op die plein van die stadhuis waar die justisie se galg geplant staan, is dertien dae voor die vloot gevaar het 'n seerower onthoof. Daar was 'n duisend getuies. Die hoogedele goewerneur-generaal was daar, met die meeste van die raadslede, die fiskaal, die wagoffisier, 'n wag van sestig piekeniers, 'n duisend stadsburgers, Hollanders, Javane, Chinese, Indiërs, mesties, vry, slaaf, van alle gelowe onder die Oosterse son. Is dit nie voldoende nie? Hulle kon getuig daarvan hoe die kop van die blok af oor die mandjie spring, drie of vier tree ver vorentoe rol, en regop stuit met die gesig na die plein gedraai. Hoeveel lig, hoeveel sien is daar in die oomblik na jy sterwe? het Bart in die see gewonder soos hy dryf, die voormiddag van sy tweede dag.

Mense het vyfdiep om die skavot gestaan op daardie galgeplein, klipperig en stofgetrap tussen boetjangboompies aan drie kante, en die statige stadhuis aan die vierde kant. "Wat sien ek daar," het die kop gesê. Sy stem was 'n vreemde, hoë geblêr. "Skepe. Skepe." Daar was geen skepe nie, want na die weste was die blouvaal berge van die binneland. Op die skavot het die liggaam gelê en ruk en bloed gespuit. "Dit is skepe wat sink," het die kop op die grond gesê. "Hulle vergaan."

Die verslae mense het gekreun, gekla, weggevlug van die plein af. Dit was verskriklik dat 'n mensekop op die justisieplein lê en met 'n bok se stem praat. Hulle het strand toe of stadspoort toe gehardloop, hulle voete het warm stof tussen die boompies laat styg. Net die laksman se maat en die paar geweldigers wat gereeld hier dood uitdeel, en ander sonder ontsag vir satan of mens, het gebly. Hulle het die storie kom vertel, hoe die kop nog gesê het dat hy koud kry, waarna die laksman se maat, die sot, 'n seil oor die liggaam op die skavot gaan trek het. En hoe een 'n mandjie oor die kop omgekeer het, hoe dit geklink het of die kop nog daar binne huil. Toe hulle eindelik gewaag het om te kyk, was die hare en baard spierwit.

En die stad was die nag vol skrik. Uit die Sjinese *kampong* het klappers geknetter en die Indiërs het in hulle kwartier 'n groot simbaal laat dreun. Die Poortwag is versterk, die Hoë Raad het in die geheim vergader, skippers is bymekaargesoek, predikante is ontbied om advies, en die ratelwag is beveel om gragte en strate tot sonop leeg te hou. Matrose wat daardie nag aan boord deurgebring het, het die sterrebeelde ondersoek en geluister vir ver aardbewings wat golwe in die baai kan opjaag, maar die hete nanag was swart, stil, met niks anders nie as flikkerende ligte wat in die dooie water weerkaats, die ver geluide uit die stad en die suising van die see, en oorhoofs die skuimende gekrioel van sterre. In die vroeë ure is 'n brand in 'n rietdak by die weeshuis ontdek. Dit was die enigste alarm.

Skepe, deinende skepe, het van toe af in drome verskyn. Hulle was in die drome van Bart Borms en die hoogedele goewerneurgeneraal Johan Maetsuyker. Die sewende nag voor die vloot se vertrek het Maetsuyker 'n aaklige voorbode gehad. Hy was alleen in sy kamer op die boonste verdieping, sy vensters was toegespan met net, daar was 'n soldaat op wag voor sy deur, en in die kamer oorkant die gang het die Javaanse bediende van die boonste vloer – dit is hoe sy in die huis genoem is – geslaap. Haar werk was om te gaan wanneer die heer haar roep. Water kon hy verlang, 'n klerk, 'n kamerpot, wat sy behoefte ook mag wees, maar sy lyfwag het nooit daardie deur verlaat nie. Dié nag was dit pas eerste hanekraai toe die soldaat hom hoor praat agter sy kamerdeur. Die hoogedel heer praat in sy slaap, het hy gedink. Maar toe, 'n tweede stem. Hy het geskrik. Het hy op sy pos ingesluimer, en is iemand by hom verby? Maar nee, hy het nie geslaap nie. Hy het die kerwe op die wagkers getel en gekyk na die syfer in sy boek. Hy het geen oomblik geslaap nie. Hy het vinnig oor die gang getree en die bediende op haar *katil* wakker gemaak.

"Wie is by die hoogedel heer?"

Hulle het saam by die deur gaan luister. Daar was 'n tweede

stem. Die heer was in gesprek met iemand. Die soldaat het geklop en dadelik oopgemaak. 'n Suising van lug uit die warm kamer het die kersvlam na buite gebuig. Die vrou het eerste gekyk. Maetsuyker het op sy rug op sy ledekant gelê; sy hande was oor sy bors gevou, die laken was oor sy gesig.

Die vrou van die boonste vloer het sy gesig oopgemaak en haar hand op sy voorkop gelê. Toe het die goewerneur-generaal se oë oopgegaan.

"Ja?"

"My heer het gepraat."

"Ja." Hy was kalm. Hy het reg in die vrou se oë gekyk. "Aernout was nou hier. Hulle vergaan in die oop see. Sy skip is al onder."

"Kan ons help, my heer?" het die soldaat gevra, met sy kers hoog gelig dat die skaduwees nie so lelik oor die ou man se gesig val nie.

"Nee. Hulle is verby hulp." Hy het sy japon reggetrek en sy bene van die kooi af gelig. "Roep die klerk."

"Ek droom ek sien vir admiraal De Vlamingh op die water staan," het hy vertel, terwyl die vaak klerk onder lamplig by die sytafeltjie skryf. "Dit was so duidelik soos ek julle nou hier sien. Hy het met sy hand gewink. 'Vaarwel, Johan,' het hy geroep. 'Wag, Aernout. Wat sê jy?' het ek gevra. 'Ons vergaan,' het hy geantwoord. 'Waarvan praat jy, wat is dit dan?' het ek geroep, want dit het gelyk of hy dieper in die water wegraak. 'Ons is verlore, Johan. 'n Orkaan het vier van die sewe skepe laat sink.' Ek kon dit nie verstaan nie, want sy vloot vertrek eers oor sewe dae. Ek kon Aernout sien glimlag toe hy 'n laaste maal wuif. 'Daar is geen hoop nie. Bid vir ons siele.'"

Toe Maetsuyker klaar vertel het, het die klerk sy woorde aan hom voorgelees. Maetsuyker het die pen by hom geneem en sy naam onderaan geteken, die klerk en die soldaat het as getuies geteken, en die vrou van die boonste kamer het haar merk daarby gemaak. Die klerk het dit gevou en verseël.

"In die kluis," het sy hoogedelheid gesê. "En laat Aernout nie hoor nie, vir julle lewe." Hy het gaan lê in sy leunstoel voor die venster wat oor die donker reede kyk, met sy voorkop in sy hand gestut. Die vrou het vir hom tee gaan haal. Die soldaat het die deur toegemaak en weer pos geneem. Toe sy aflosser kom, het hy aan die wagoffisier gerapporteer wat gebeur het.

Bart Borms het sy kop moeg teen die bamboeskoker laat rus. Here, hy wou slaap, maar was bang vir vreemde drome. Drink seewater en sterf, sê die raad van Jan Maat. Gister het die see na koffie gesmaak. Gisteroggend is hulle grootmas oorboord na 'n nag en 'n dag van wind soos hy in sy lewe nie geweet het kan bestaan nie. Die vorige aand teen sononder – maar daar was geen son te sien nie – was die sewe skepe nog bymekaar.

'n Warm wind uit die noordooste het van die middag af 'n dynserigheid oor die see gestoot, en voor sononder het die admiraal laat opgei, om te wys dat hulle deur die nag afdryf en bymekaar probeer bly. Op al die skepe om die vlagskip is seile opgegei en ingebind. Lanterns is in die wante gehang. Voor dit geheel donker was, het die storm hulle soos 'n tier bespring. Die lug was ineens sterloos. Die skepe het met hulle koppe noordoos gelê, in die rigting waaruit hulle gekom het, weggesak onder die gewig van die weer. Die wind was heel rondom die kompas; dit het gevoel asof dit van bo af op hulle druk. Die offisiere het met hulle gesigte naby mekaar gestaan en skreeu: "Orkaan ... seil in, gord vas ... stryk stenge!"

Hulle het die seile ingesleep teen die wind se krag en vasgegord, en voor hulle klaar was, het die wind die eerstes begin loswoel. Toe duik die skip se kop so diep dat die hele boegpaal elke slag op die water slaan. Seewater het wit oor die skip gevlieg, die kuil was elke keer enkeldiep vol en dit het deur die spuigate uitgetap. Die matrose moes ondertoe, aan dek was niks meer te doen nie. En soos die wind swaarder word, vinniger oor die see, was dit asof die hele see deur die wind se geweld platgevee is, en daar was minder deining, maar die skuimwater het gevlieg soos hael. Toe moes die wag weer boontoe om te stryk wat losbreek en vas te maak wat oorbly. Vyf, ses uur is hulle so kop teen die wind agteruit gedryf, met al drie wagte aan dek en vier man aan die kolderstok, toe knak hulle grootmas op kophoogte bo die dek,

217

breek sy kettings uit die russe aan bakboord en kantel met 'n swaar slag en 'n gesleep van wante, brasse en geitoue oor stuurboord in die see. Die skip het effens opgestaan, verlig van die mas, en nog 'n uur of twee teruggesteier, gekoppel aan sy slepende mas, en windaf weggeval. Buite het die mas met sy swaar sleepsels van rae en wante dreunend teen die romp gestamp asof soldate met 'n stormram aan 'n kasteelpoort hamer. Die dienswag is in die reën weer uit om die mas te kap, dat hy losval. Die orige bemanning is verdeel om te pomp; daar was diep, diep water in die ruim. Hulle was dankbaar om met iets besig te wees, met harde werk in die donker wat die swart orkaan uit hulle siele help keer. Hulle het aan vier pompe gehang, beurte geneem, gepomp, gepomp, uur na uur om hulle bo water te hou, gepomp, gepomp, en toe spuit swart modder, dik van peper, by die pompe uit. Eers seewater, toe die dik modder, toe hou die water op. Die pompe was verstop met peper en koffie. Toe moes almal werk om die pompe op te trek dat hulle die verstopping kan skoonmaak.

Daar was 'n uur van minder wind omtrent in die middel van die nag. Dit is die oog, het hulle gesê; hierna kom hy van die ander kant af, erger as tevore. Aan dek was dit duidelik hoe die wind afgeneem het, want die deining het weer aan alle kante hoog gegroei. Steil, blink swart golwe uit die noordooste het uit die donker aangespring, die boeg gelig, gerol, laat val. Dan kom die volgende berg pikswart water 'n volle vaam diep oor die boeg. Hulle het oor die verskansing geklouter, en met toue om die lyf in die donker aan die warboel van tou gekap, gesny, gekap, terwyl daardie mas soos 'n swaar hamer teen die skeepsromp dreun. Hulle is daar buite in die donker van hulle voete af, van hulle vashouplekke af, gespoel. Party is oorboord, en van hulle kon 'n paar oor die slepende mas terugkruip, om verder in die donker aan die dik toue van hulle wrak te probeer saag.

Toe die dienswag in die ruim kom om die pompe oop te maak, was die water daar onder heupdiep. Peper en koffie het in 'n bruin kors deur die afskortings op die oorloopdek gespoel. Daar het passasiers, die gesinne van tuisvarende here, met hoë stemme geskreeu, gegly in die dun pappery van seewater en

koffie, geval, na mekaar gegryp om hulp, en weer op mekaar ge-
skreeu. Waar die stomp van die grootmas in die ruim gestaan het,
was 'n knie onder die dek uit geskeur. Daaragter het die skip se
binnehuid nog een uur lank ingebult van die swaar gemoker van
die mas teen die romp, en toe die wind na die suidweste om-
spring en die skip op sy ander sy druk, het die romp oopgeskeur
en die see laat inkom. Die matrose in die ruim het die pompe
gelos en trappe toe gehardloop.

"Red julself!" het die bootsman gesê. Bart is deur kniediep
water op die oorloop, oor bale en kiste. Met die geslinger van die
sinkende skip is hy van kant tot kant gegooi. Soms het hy teen die
steil gekantelde dek opgesukkel, dan is hy weer gly-gly teen 'n
skuinste af. Hy het gegryp na vashouplek, en vorentoe gesukkel,
verby ander wat met star gesigte of skreeuend agtertoe vlug. In
die vooronder was dit 'n gemaal van 'n trop nat en verskrikte
skape voor 'n poort. Hulle was stom, hulle het mekaar nie geken
nie, kiste is oopgeruk, klere uitgegooi, geteerde sakkies om die
lywe gebind. Iemand het sy hand in afskeid gedruk. Twee boots-
manne het mekaar met messe bevlieg. Hy het net sy bamboes-
koker halfvol brandewyn om sy skouers gehaak, hom losgemaak
van die angsvolle geharwar, en bewend dek toe gegaan in die
storm. Koud was hy nie, dit was skrik en vrees wat hom heen en
weer ruk. Nou is dit jy en jou Skepper, *sapitahu*.

Die gekantelde skip het al dieper na stuurboord weggesak
onder hulle, die witgeverfde punt van die voormarsra het byna
geraak aan die stormende golwe, die boeg het elke keer stadiger
en swaarder uit die water opgekom. Agter die kuilreëling by die
voormas het Bart en 'n dosyn ander tot by die middellyf in ma-
lende koffiewater gestaan, en met 'n volgende deining los van die
dek gedryf. Die hele kuil, van die voormas tot die besaan, was vol
drywende mensekoppe.

"Hy gaan!" het iemand geskreeu. Hulle is tesaam opgelig na
die kruin van die golwing, van waar Bart die glim van die skeeps-
lantern onder water kan sien verdwyn. Toe het hulle vinnig weg-
geval in 'n kuil agter die bruin skaduwee van die wrak. Hy het nie
weer die skip gesien nie.

Alleen, en drywend in kalm water, het die nag ure later dag geword en die lig het rooi uit die see gekom. Die sonop het die rustige liggroen see met goud gestippel. Hy kon geen skepe, geen mense, geen wrakhout, geen land sien nie. Dagbreek, ja, maar nie vir hom nie. Deur die voordag het die see geleidelik glad geword, tot daar geen rimpeling op was nie, en die hemel was ewe blou in die water voor sy gesig gespieël. 'n Breë bruin baan soos 'n modderige pad het in die verte weggeraak. Was hier 'n eiland naby? Die see maak eilande, en maak eilande tot niet. Maar daar was net hy in die see.

Die eerste uur van die dag het hy hygend gedryf, tot hy sy vrees kon oorkom en sy spiere ontspan. Mense sê bamboes dryf heel om die aardbol. Hy sou nie sink nie, maar eerder van sonbrand en dors vergaan. Hier was 'n vrou uit see toe gespoel laas met die groot oorstromings, en sy is gelukkig gevind, 'n enkele donker spikkel in 'n see van geel modder, twaalf dae vlot gehou deur die rondgeswelde lyk van haar kind. Hy moes nie sy bewussyn verloor of mal word nie, daar was nog ses ander skepe hier naby. Ná 'n storm was die staande order aan skippers om om te draai, een dag ver terug te soek, en dan weer voort en te probeer hergroepeer. Later in die oggend het Bart gewonder watter ander skepe kon ontkom het. Al het daar net een of twee oorgebly, sou hulle môre hier kom soek waar die koffie boontoe kom. Was daar nog ander mense alleen in die water?

Die dag lank het Bart in die middel van die see gedryf. 'n Paar maal het hy op sy rug gedraai, die koker voor sy mond gelig, en van sy brandewyn gedrink. Mense het gesê: "Die drank sal nog jou ondergang wees." In die laatmiddag was sy brandewyn op, en daarna was daar net die bitter smaak van seewater, 'n brandende dors, en sy leë maag. Hy het sy rug na die son gehou, wat op dié tyd weer skerp van die see weerkaats het, en nie meer aan tyd gedink nie. Wat gaan van hom word? Hy dryf nog alleen in die oop see. So het die son oor hom ondergegaan.

In die nag het hy geluide gehoor. Die sterre was helder en die deining laag en egalig, maar hy kon die gedreun van 'n storm hoor, seile wat flap, die kraak en knal van brekende hout, die gedonder van 'n kanon wat oor die dek rol, gille van vroue, die gekletter van vlieënde sproei teen die romp. Die lug was vol stemme; hy het halwe sinne gehoor, uitroepe. Dit is skepe wat sink. Ek het mal geword, het hy gedink, dit het gister gebeur. Laat my sterwe, Here. Laat ek nie weer wakker word nie. En 'n stem het duidelik in sy kop gesê: "Drink seewater en sterf."

Voor dagbreek skrik hy wakker van krampe. Die krampe trek sy kuitspiere in 'n harde bondel. Hy strek sy bene, en swem met sy arms. Die litte kom net vir 'n kort tydjie los, dan voel hy weer die kramp in sy kuite ontsteek; dit word al moeiliker om die spiere los te maak. Dit is hoe die einde begin, met krampe soos knope. As sy liggaam ineengekrul is, moet hy sink. En nou moet hy uit hierdie water uit, of dit is verby. Hy kyk bang rondom hom, en draai 'n tweede keer in die rondte. "Ek lewe nog, Here." Hy het hardop met homself gepraat. "Kyk 'n bietjie hier onder, ek is nog hier."

Hy draai hom op sy rug, en as hy sy bene stadig reguit maak, raak die krampe in sy kuit effens los. Dit is 'n genade. "Here," sê hy, "ek wil nie nou al ophou drink nie, maar ek sal dadelik ophou hoereer en steel en vloek en lieg. Ek sal nou ophou vloek. Ek het niks anders om te belowe nie." 'n Tydjie later bedink hy hom en sê, terwyl hy weet hy weet nie wat hy praat nie: "Dit sal vir my goed wees." Sy liggaam was nou te dood om spyt te voel oor hierdie noodsaaklike beloftes, oor sy afskeid van ligbruin Oosterse meisies. Wat maak dit saak, in die middel van 'n leë see?

Hy het geweet wonderwerke gebeur. Hy het dit met sy eie oë beleef. Op die Kompanjie se galjoot in Saldanhabaai, die tyd toe Van Riebeeck daar baas was, het hy gesien hoe 'n Bybel met die sleutel van 'n skeepskis in, voor die oë van twaalf vergaderde maats omdraai toe 'n sekere naam gesê word. Hoe kon hy twyfel, hoe kon hy, as daardie vertoning vir hom bedoel was? Hy kon geluide soos 'n geswem agter hom hoor, en toe hy sy gesig soontoe draai, het daar 'n groot vergadering mense in die water agter hom gesit. Getuies, ja. Al die gesigte was na hom gekeer toe hulle twee spaanlengtes van hom verbygaan. Daar was afkeer en haat in hulle gesigte.

Kyk weer, wat sien jy? Bart het ongelowig gekyk. Dit was 'n groot roeiboot, waarvan skaars twee vinger vryboord bo water wys, daarom het dit gelyk asof die mense halflyf in die see sit. En twee, drie het langsaan gesleep. Hoe kon die boot vlot bly met soveel mense? Hy het 'n arm gelig, en moeisaam gekwaak: "Hoi, godsvolk." Toe vaar hulle in stilte verby. Heel agter, langs die stuurman, het 'n ou predikant met die wit bef op die bors gesit. Bart het sy arm geswaai, skor gekraai van wanhoop toe hy sien hoe hulle verbygaan, en met sy krampende arms nader probeer swem. "Ek is Bart Borms. Red my in godsnaam. Bart Borms van Woerden."

Die stuurman het opgestaan, gekyk en geroep: "Hou water." Toe leun hy oor die kant en kyk in Bart se gesig. "Waaragtig," sê hy. "Ek het altyd verwag ek gaan jou kry, jou verdomde skuim. Nou het ek jou by die knaters." Hy het oor sy skouer geroep: "Paar hale terug. Ons laai hierdie stuk vullis op." Met die spane in die water het die boot langs hom gekom. Bart het dankbaar na 'n slepende tou gegryp. "Maats, goddank."

Die roerganger het oor hom geleun. "Jy skuld my 'n aam brandewyn, jou godvergete skuim."

"Ja, skipper," het Bart gehyg. "Elke druppel."

"Kom, jou hand. Maar dit is laaste." Toe Bart sy bors oor die dolboord lig, duik dit dadelik onder water dat die see weerskante van hom blinkglad binneboord stroom. Daar was harde vloeke. "Ons sink!" En 'n koor stemme het gekla: "Stoot hom uit. Roei, roei. Druk sy kop onder. Genoeg is genoeg, netnou steek daar wind op." Spane is dadelik in die water geplas. Die man aan die roer het die kolderstok van die roerkop af gelig, en links en regs houe gemik. "Hou julle orde. Ek is skipper hier. Die Voorsienigheid het die man bewaar, hoe kan ons nou sy kop onder druk?" Hy het Bart aan sy kraag in die boot gehelp. "Hy skuld my 'n vat brandewyn, en as hy versuip, is dit verlore."

Maar die mense was kwaad. "Ons het gestem: niemand meer nie, skipper. Ons het 'n vaste eed geneem. Ons het gesê dit sal drie en tagtig wees, en nie 'n enkele een meer nie. Waarom is die ander drie en twintig vermoor? Ons het besluit, en ons het geloot. Die Almagtige sal ons nie nou vergewe nie."

Die man aan die roer het weer gedreig, en stilte gevra terwyl Bart duiselig voor sy voete lê. "Seelui. Broers. Gee 'n kans. Ek wil nie die Almagtige tart nie. Ons het gesê drie en tagtig, en my gewete dwing my om daarby te bly. Ons het reg gedoen deur ander oorboord te sit, want dit is beter dat 'n paar sterwe om baie ander te laat lewe. Drie en tagtig. Maar Bart is 'n man van waarde. Hier is ander wat kan gaan."

Die krom ou predikant langs hom het op die been gekom. "Nee. Jy mag nie doodslaan nie. Geen moorde meer nie."

"Sit, dwaas. Jy laat ons kantel." Die man aan die roer het sy kolderstok voor die predikant se gesig geskud. "Pas op, dominee. Jou twee kinders hier is nie een man werd nie. Hulle kan plek maak vir 'n goeie matroos. Hou jou mond vandag as jy hulle liefhet."

"Satan. Duiwelskind." Daarvoor het die predikant 'n vuishou op die mond gekry, voor iemand hom op sy plek neerpluk. Die roerganger het met die kolderstok vorentoe gewys: "Gooi die swarte uit."

'n Kragtige jong Moor in die boeg het probeer opstaan, maar sy bene is dadelik gegryp, toe is sy malende arms vasgevat. Sy oë het wit gerol, hy het sy lyf heen en weer gegooi en in 'n vreemde taal 'n keel opgesit, maar hy is van hand tot hand tot by die dolboord gepluk en skielik die ewigheid in gestoot.

"Vader, behoed sy siel," het die roerganger gesê.

Die Moor se kop het soos 'n prop langs die boot opgeskiet, sy mond oopgesper om asem te skep. Hy het die dolboord met twee hande gegryp en 'n been daaroor gegooi om in te klim. 'n Bylhou het sy skeen onder die knie oopgekloof. 'n Matroos het op sy knieë geval om die swarte se vingers wat om die dolboord klem, los te byt. Sy ander hand is met 'n belegpen geslaan en geslaan tot sy greep vanself losgaan en hy in 'n wolk bloed terugval en langs die boot wegsink.

"Haal tesame, roei, roei," het die roerganger geskree. "Haal tesame, roei, roei!"

In die blinkglad vaarwater twintig tree agter hulle het die Moor se kop weer bo die water uit gekom. Toe begin hy agter hulle aan swem. Hulle kon sien dat hy 'n buitengewone sterk swemmer was.

"Haal tesame, roei, roei." Dit het gelyk of hy hulle inhaal. Op die diggepakte banke het die vier roeiers skaars ruimte gehad om hulle spane te beweeg, maar meer hande het bygekom om hulle te help. Die roerganger het luidkeels en ritmies pas aangegee, die roeiers het versnel, en die swemmer het geleidelik agtergeraak. Teen die sakkende son kon hulle nog die blink strale van sy arm-slae uit die see sien opspat.

Die boot het dae lank gedryf. Hulle was in 'n stadige stroom wat hulle suidwes gedra het. Dit was *Aernhem* se boot, sy skipper was self aan die roer. Hulle het begin met 'n honderd en agt siele, maar hulle het gou gesien dit was te veel. Niemand kon roer nie, anders skep die boot water. Hulle moes die vrag ligter maak om 'n duim of twee vryboord te wen. Dit is te danke aan die man by die roer, hulle skipper, dat hulle nou leef.

Hulle het dae lank gedryf. Drank is nog jou ondergang, Borms, het hulle gesê. Dit is om van te lag, die spreekwoorde. Omdat hy 'n man drank skuld, leef hy. Net daarom. Maar hulle wou almal sterf van dors. Vroeg soggens, voor die vroeë hitte, het hulle die dou van die dolboord en die spane gelek, en bedags son-der skaduwee gelê en hyg terwyl die son soos 'n spinnekop die vog uit hulle suig. Dié wat gelukkig was om water in die blaas te voel, het dit versigtig in 'n bakhand afgelaat om die tong, hard soos hout, nat te maak. Hees stemme het gepleit vir 'n paar drup-pels in die mond.

In die skuit was soggens vroeg ook die onverwagte stywe lyke, wat hulle rug op die lewe gedraai het en oor die kant gestoot moes word. Dan was daar elke keer 'n bietjie meer plek, en 'n paar stukke klere om oor die kop te hou vir skaduwee. Die predikant wou vir elkeen 'n gebed sê, maar in meer as een geval het hulle nie die man se naam geweet nie. In die vroegste daglig het Bart die gesigte gesien van die lyke soos hulle van voor af agtertoe ver-bydryf. Dié wat in die seeglim gelê het, en ook dié wat koud was in die boot, was almal blou. Al die gesigte was hol, gespanne, donker bebaard. As hy dan weer in die boot kyk, dink hy: Maar dit is ons, dit óns gesigte daar in die water. Waarom is hulle dood wat gister nog gepraat het? Ons is dood. En dít is die hiernamaals: om ewig in 'n leë see te dryf in die hoop op 'n eiland.

In daardie roeisloep is al minder gepraat. Dominee Van Kerkhoven het met sononder opgestaan en gebid, en weer met sonop. Sy seuns moes hom teen die einde van die eerste week daarvoor op die been help. Sy stem het flouer, droog en hees geword, en sy woorde minder. Elke keer het sy bewegings die see oor hulle boord laat stort. "Sit, dominee, moenie troebel maak nie. Jy maak die mense bang." Op 'n keer het hy aan die skipper probeer uitlê oor die regverdigheid om een siel uit die see te red en 'n ander in dieselfde see te verdrink. Maar die skipper het net gesê: "Swyg, dominee. In godsnaam."

Bart het nege dae lank op die vloerplanke gesit in die oorlaaide, stinkende skuit wat laag en roerloos op die flikkerende see lê, tot sy boude deurgesit was en in die pekelwater ontsteek het. Hy het naby die skipper se voete gebly. Tussen hulle twee alleen was daar 'n kontrak; al die ander, lewend en reeds gestorwe, was vyandig teenoor hom. Een hete laatmiddag het iemand naby die predikant geskreeu: "Ons moet die kinders eet." 'n Paar stemme het geprotesteer, toe was dit weer stil.

Dié wat roeibeurt gehad het, kon hulle spane skaars meer lig. As daar wind was, kon hulle miskien seil prakseer, maar wind bring 'n deining en dan was daar water oor die dolboord. Hulle was eers dankbaar dat daar nie wind was nie, maar toe daar meer vryboord was, het hulle nie meer omgegee nie. Die boot het stadig stroomaf gedryf. Waar was die wind? Elke dag was daar meer ruimte in die bodem, sodat nog een 'n oopte om hom of 'n sitplek op 'n bank kon kry. Die knoppe van Bart se boude was geel versweer, maar hy sou tot heel laaste moes wag vir 'n plek op 'n bank.

Eendag het iemand 'n vissie met sy hand uit die see gegryp, dit aan die penskant begin fynkou en die vog deur die gate in die vel gesuig. Bart kon die gulsige geluide hoor, soos van een wat waatlemoen eet. Tussen rûe en skouers deur kon hy die man se oë in 'n ruie gesig sien skitter, en hy het weggekyk na die koel smel-

225

ting van see en lug op die horison. Wie in daardie boot het die man nie vervloek nie? Hy, soos die ander, het duiselig van dors met sy kop teen die dolboord gelê, toe hy van 'n geruk en gestamp tot sy sinne kom. Daar was 'n stoeiery agter by die roer. Hy het die predikant se stem gehoor pleit, en 'n kind se hoë gil. Hy kon nie sien wie daar baklei nie, die liggame het heen en weer oor hom geval. Hy kon sien hoe mense mekaar agteruit oor die dolboord probeer dwing, hoe meslemme blink, hoe die wiegende skuit water skep. Waaroor was dit? Toe val 'n liggaam in die see. Hy het nie gekyk wie dit was nie; hy het nie omgegee nie. Die stemme, hees en houterig, het steeds geskel. Die geveg het vorentoe en agtertoe oor hom beweeg. Dit het hom nie aangegaan nie, hy het sy bene uit die pad getrek. Nog iemand het in die water geval. Hy het sy oë toegemaak en sy gesig daarvan weggedraai.

Vroeg op die elfde dag nadat die skepe vergaan het, het hulle Mauritius gesien. "Ek dank u, skipper," het die predikant gesê, en op die been gesukkel vir 'n dankgebed. Die eiland was 'n reeks groen berge. Hulle het langs die ooskus af gedryf, en die see sien breek op 'n rif omtrent 'n halfmyl van die strand af. Die skipper het 'n matroos agtertoe geroep. Hulle het saam die berge ondersoek.

"Daar is Kroonenburg se eilande. En daar is die Swart Klip. Ek sien hom, skipper. En Derde Hoek, daar oor bakboord voor ons. Hou maar wyd. Ek sal voor in die kop gaan kyk." Die gesondstes, wat kon roei, moes plek kry op die banke. Die skipper het vier spane laat uitsit en land toe roei. Die roeiers se gesigte was vertrek van pyn soos hulle gepekelde rou boudvleis op die banke skaaf.

"Help die roeiers. Op julle voete daar, nog vier man." Bart was een van dié wat met sy gesig vorentoe gestaan en roei het. Die skuit het stadig oor die water gevorder na die rif toe.

"Oostergat voor ons, skipper. Hou eers bakboord, hier sit 'n stroom in." Bart kon die opening sien waar die see nie op 'n rif gebreek het nie; daaragter was die water liggroen, en agter die baai was 'n donkergroen woud, en agter die woud bergpieke met wolke oor die spitse. "Nou in."

Binne die rif was die vaarwater vlak en gevaarlik met tuine

226

van rooi en wit koraal wat tot amper in die sonlig rank. Die water was so helder dat hulle visse en krappe onder op die bodem kon sien. Die man in die kop het hulle met die boothaak van koraalbanke af weggestoot. Toe het hy weer na eilande aan bakboord beduie: "Twee Susters." Of na spits pieke aan stuurboord: "Die Kat en Muis." Vir die eerste keer was daar glimlagge in *Aernhem* se boot. Daar hoog teen die lug het 'n kat gesit wat afkyk na 'n muisie voor sy voete. Geluk het nog bestaan.

Die roeiers is verwissel, nie sonder dat hulle die boot gevaarlik laat kantel en water skep nie. "Tweede Hoek. Tabak-eiland." En later "Drie Broers. Eerste Hoek." Die matroos het weer na 'n opening in die rif gewys. "Suidoostergat, skipper. Nou skerp stuurboord." Die boot is gedraai om die kuslyn te volg. Die roeiers is weer verwissel. Hulle is stadig vooruit, sukkelend tussen die koraalkoppe deur. "Die Sadelberg. Die Fort."

En so het die boot in die growwe wit sand van die baaitjie aan die voet van die Sadelberg vasgeloop. Op 'n hoër wal van 'n geruïneerde kanteel, van die swartgebrande murasie van die Kompanjie se verlate pos Fort Fredrik Hendrik, het 'n swart hond vir hulle geblaf. Die matrose het aan mekaar vasgehou om uit die skuit te klim, toe deur die vlak water gestruikel (vreemd wankelend was die vaste grond onder hulle voete) en na die skaduwee onder die bome gegaan.

"Kom besorg julle boot behoorlik, môre gaan julle hom weer nodig kry," het die skipper geskel. Maar hulle het nie geluister nie, tot hy name genoem het. Ook hier op die eiland sou stryd wees.

In 'n toegerankte sloot langs die bouval het 'n stroom vars water uit die Sadelberg gevloei. Daar het hulle gedrink, en het die skipper hulle laat luister na wat hy besluit het. Hy was daar, en seur Van Hal, en dominee Van Kerkhoven, adelbors Evertsz en seeman Stokram wat hulle ingeloods het. Hulle sou die skeepsraad vorm solank hulle op die eiland is. Verder was dit sy plig om hulle te herinner aan die Kompanjie se *Artikelbrief*, wat elkeen voor die reis onderneem het om getrou na te kom. Hy verwag dat hulle hulle plig teenoor mekaar sal doen as Christenmense, as onderdane van die Prins en as dienaars van die Kompanjie. Hier

227

is siekes, en ander wat in 'n redelike toestand is. Op die oomblik weet hulle nie wat die eiland sal oplewer nie, maar hulle moet kos kry, en wat hom betref, wil hy so gou as moontlik in die vaderland kom. Hy gaan hulle nou verdeel: Daar is dié wat moet visvang en wag staan oor die boot, en dié wat moet palmtakke bring om in die ou Fort skuilings te maak soos die Javaanse vissers s'n, want dit lyk of daar weer opsteek. Dan dié wat moet brandhout soek, en dié wat moet kos soek. Voor sononder kom almal hier bymekaar met wat hulle gevind het. Een laaste ding: hy eis van elke man wat 'n vuurslag besit, dat hy dit hier oorhandig. Die boot se kolderstok het hy uitgehaal en dit vir 'n wandelstok gebruik.

Bart het help palmtakke sny, en in die bos vir hom 'n ryp kokosneut oopgemaak en die water gedrink, maar die vetterige wit vesel het sy leë maag gewalg, en hy kon net 'n klein stukkie inkry. Saam met sy palmtakke het hy elke keer 'n paar neute saamgedra en by hulle stapel kos neergesit. Die aand het hulle 'n vuur gemaak binne die mure van die ou Fort, en die skipper het die kos laat braai en dit verdeel. Daar was duiwe, en 'n maer dodaers, twee groot skilpaaie, 'n seekat en baie kokosneute. Iemand het die ou groentetuin ontdek, en 'n paar oorryp pampoene gebring. Andries Stokram het by die vuur vertel van takbokkies en varke wat deur die Kompanjie hier gebring is, en hoe hulle palmwyn gemaak het toe hy jare gelede op hierdie buitepos gewerk het. Van die wyn kan jy dan eersteklas arak stook. Die eiland Kroonenburg, dit is nou 'n plek soos die hemel vir palmwyn maak. Daardie nag het dit swaar gedonder en geblits met baie reën, maar hulle het redelik droog in hulle skuilings gelê.

Om te oorleef moet jy orde en kos hê, het die skipper gesê. Jy moet 'n voorraad opbou, en daarvoor het jy sout nodig. As daar mense is met kennis van sout uit seewater haal soos die Kompanjie dit in Amboina doen, moet hulle vorentoe kom, het hy gesê. Hy gaan hulle weer uitstuur om brandhout en om kos, en dié wat nog palmtakke vir kooie wil sny, moet dit doen. Vanaand sal hy hulle sê op watter plan die skeepsraad besluit het. Hy sal graag hoor wat hulle daarvan dink. Wat hom betref: soos hy gesê het, wil hy so gou as moontlik in die vaderland kom.

Naby die ou groentetuin het hulle die vorige besetting se kerkhof tussen die lang gras gekry. Daar was stene met gebeitelde name. *Renier Por, Opperhoof, oorlede 7 Januarie 1653.* Van die kêrels wat op jag uit was, het vir hulle spiese gesny en die punte in die vuur hard gemaak, en die aand kom hulle met 'n jong vark uit die bos terug. Hulle het die trop varke hondmak onder die bome sien grawe, en hulle omsingel, en die een doodgesteek. Dié wat gekwes is, het weggekom. Daardie aand het hulle goed geëet, want daar was ook dodaerse en vis. Die praat het al meer gegaan oor iets om te drink. Die skipper het hulle aandag gevra.

"Hier is die plan wat ons skeepsraad in die beste belang van ons almal en die edele Kompanjie beskou. Ons boot is in goeie kondisie. Daarmee vertrek ek oor 'n week Madagaskar toe. Elke siel hier is welkom om saam te vaar, en dié wat wil agterbly, is welkom om te bly. Op die dag wat ek vertrek, is hulle onthef van hulle plig teenoor my. Al wat ek vra, is dat hulle daarna soos Christenmense teenoor mekaar sal optree. Julle hoef nie nou al te kies nie, daar is nog 'n week oor. Dink goed na. Môre begin ons voorberei vir die reis. Ek wil 'n seil probeer vleg van palmblaar, soos die Sjinese maak, en tou draai van gras. En kos en water moet ons kuip vir 'n reis van sewe dae. Wil iemand iets sê?"

"Skipper, waarom wil jy so gou vertrek?"

"Hierdie eiland maak 'n mens lui. Dit het ek al by baie gehoor. Later is dit net Kroonenburg en palmwyn en jong bokkies. Voordat dit ons vang, wil ek hier padgee."

"Hoekom laat jy ons dan toe om te kies, skipper? Jy kan mos kommandeer."

"Hoe minder mense in die boot is, hoe beter is ons kans vir oorlewing."

"Skipper, die tyd toe die mense oorboord gesit is, het ons gesê ons gaan bymekaarstaan."

"Ja. Dit was my besluit. Waar ek kom, in Batavia of in Nederland, sal ek my oorgee om verhoor te word."

"Maar dan staan ons nie meer bymekaar nie. Ek kan nie alleen voor 'n hof nie."

"As jy so voel, moet jy liewer met my saamkom."

"Wat dink jy, skipper. Wat is ons kanse om later hier afgelig te word?"

"Ek hoor van Engelse en Franse skepe wat hier kom. Ons eie skepe loop nie hier aan nie, want dit is nie op ons roete nie. Die kans is dan dat julle hiervandaan in Indië kan eindig. Wat my betref, ek moet aan Here Sewentien rapporteer wat met ons gebeur het. As ons op Madagaskar kan kom, kan ons daar dalk 'n Kaapse slaweskip kry. En van die Kaap af is daar kort-kort skepe vaderland toe."

"En dié wat agterbly? Wat van ons gasie?"

"Dit staak. Julle verlaat die diens vrywillig. Vir bokkies, palmwyn en Kroonenburg." Met daardie woorde is later baie grappe gemaak.

"Aan wie behoort hierdie eiland eintlik, skipper?"

"Aan die Skepper," het die predikant gesê. Maar die skipper het gesê: "Die Kompanjie was twintig jaar lank hier. Hulle wou nie bly nie. Ek dink die Engelse en die Franse sal belangstel. Op die oomblik is dit net ons en die dodaerse. En af en toe 'n seerower."

Hulle vuur het hoog gebrand. Die hond, wat partykeer daar en partykeer weg was, het die nag aan bene kom kou.

Elke aand het skipper Oosterwoud met hulle gepraat. Hy het hulle gehelp om te besluit. Hy het Stokram alles laat vertel wat hy van die eiland weet. Van water en brandhout, goeie plekke om te woon, vrugte om te eet. Kos was daar, het Stokram vertel, maar dit hang af hoe honger jy is. Groot vlermuise het soggens en saans met skemer uitgekom om bessies te eet; hulle vleis smaak soet. Daar was dodaerse en skilpaaie, en dan die diere wat deur die Kompanjie gebring is, soos die varke en takbokkies. Die see het seekoeie gehad, waterskilpaaie, vis van alle soorte. Dan was daar suikerriet, waarmee jy 'n klomp dinge kon doen, en kokosbome. Môre sou hy hulle wys hoe om palmwyn te maak. Die eiland was gesond ook; hulle kon self sien hoe die siekes se toestand elke dag verbeter. 'n Mens sou hier kon woon, dit kan jou huis word as jy eers elke plek ken en aan elke ding sy verdiende naam gee, soos hulle tevore gemaak het. Kattieseiland, Visserseiland, Juffershoedjie, Lemoenboomsrivier. Dit kan jou vaderland word.

Dié wat geneë was om agter te bly, het openlik so gesê. Bart was een van hulle. Maar die skipper wou weet: "Waarom wil julle hier bly? Wanneer ek in die vaderland kom, gaan die direkteure die skeepslys uithaal, dan sal hulle wil weet. Hulle vat die lys van bo af, van die hoogbootsman tot onder by die kajuitskneggie. Wat het geword van so en so? vra hulle. Dit wil die Kompanjie by my hoor. Maar vreemde mense gaan ook aan my deur kom klop: So en so was met jou op *Aernhem*, hy was my broer, of my oom, of my seun. Weet jy wat van hom geword het? Nou ja dan, wat van julle familie in die vaderland? Party van julle is getroude mans, nou wil julle sonder gasie hier bly sit."

Bart het gedink: Ek moet met die skipper praat oor die vat arak, en tot 'n akkoord kom, anders wil hy my saamvat met hom.

Die skipper het hulle deurgekyk. Daar was geen leiers onder hulle nie. Die oudstes was onkapabel, die jongeres sonder steun. Daar was nie een in hierdie groep wat hom in sy jeug sou oorreed het om te bly as die laaste boot moet wegvaar nie. Tog was daar net elf wat kom vra het om saam met die skipper en Van Hal te vertrek. Wel, hy was tevrede; hoe minder in die boot, hoe veiliger die oorvaart. Solank hy drie gehad het, was hy gerus. Een vir die seil en twee om water uit te skep. Maar hy het van man tot man geloop om te hoor wat hulle dink. Bart het met hom gaan praat.

"Bart Borms van Woerden, skipper. Ek kom dankie sê, vir my lewe. Ek het jou vat arak in bottels vertap, en dit verkoop. Al my goed is met *Hof van Holland* ondertoe. Ek sal in jou diens gaan as jy dit verlang, maar ek vra dat jy eers my toelaat om hier te bly."

"Bly as jy wil. Die bloed wat ek gestort het, kan nie met arak afgewas word nie."

Skipper Oosterwoud het hulle gewaarsku, vir dié wat nie geweet het nie, oor wat in 1629 met *Batavia* se bemanning gebeur het. Hoe hulle op 'n barre eiland in die Suide in faksies verdeel en mekaar bloedig uitgemoor en doodgeslaan het. Hy het met die predikant gepraat. Wat was sy advies vir dié wat agterbly? Bid vir mekaar, is dit al? Hy het dié wat wou bly, 'n laaste keer bymekaargeroep, en hulle gevra om nie leiers te kies nie, maar om hulle sake te bespreek, en dan te doen soos elkeen goeddink. Dan was hulle kans op vrede beter. Hy het hulle vuurslae uitgedeel. Toe kon hulle uitmekaargaan. Elkeen sou 'n groep vind wat kan vuurmaak.

Die aand voor die boot se vertrek het dominee Van Kerkhoven gebid vir dié wat op see gaan: 'n behoue vaart, 'n aankoms op Madagaskar wat seëning aan die heidene sal bring. Vir dié wat sou bly, het hy gesê. "Ek en my seuns gaan hier in die ou Fort woon. Ek bid soggens, en weer saans met sononder. Dié wat my wil vind, sal weet waar om te soek."

Aernhem se boot is deur die Suidoosgat uit, veertien dae na hulle aankoms. Saam met die skipper was seur Van Hal en elf ander. Die seil van palmblaar was dig en het goed getrek in die suidooswind. Hulle kon die droë geritsel, soos die vlerke van 'n insek, ver oor die see hoor. Party het 'n boodskap huis toe gestuur, party nie.

Die totale vryheid was iets ongewoons. Hulle het effens gereël oor die gebruik van vuurslae, oor samewerking op die jag en die aanstuur van boodskappe, maar die algehele vryheid was verbysterend. Jy kon gaan en kom, loop so ver as jy wil, laat lê, vir jou alleen 'n hut bou waar dit jou pas, kom, gaan, wegbly tot halfdag. Alles was goed, niemand sou iets sê nie. Maar daar was dié wat gesteurd was oor die manier waarop ander hulle vryheid geskend het. Hulle het almal met spiese en knuppels gejag, en skoene van vel gemaak om in die see mee te loop. In die vlak baai voor die ou Fort het hulle visfuike van latte in die bodem gesteek, en in die bos het hulle strikke gestel vir takbokke en wippe vir die dodaers. Daaroor het die eerste kwessies gekom, oor een wat 'n ander se bok uit sy strik steel, of 'n ander se palmwyn uitgesuip het. Twee kêrels het mekaar lelik met spiese seergemaak oor palmwyn.

Met die eerste totale eb het die binnesee so te sê leeggeloop. Hulle het die aand op die strand gesit en kyk hoe die amper-volmaan in en uit tussen donderwolke speel. Hier het die see nooit in branders op die strand uitgerol nie, maar soos 'n hond wat water drink, gelek-lek aan die strand. Die aand het die binnewater soos swart glas gelê, gelyk en stil tot by die rif. Andries Stokram het oor sy skouer gekyk na die plek waar die son gesak het, en toe na die maan gekorrel en gesê: "Ek dink dit kan eb môreaand." En die volgende oggend het die binnesee amper droog gelê.

"Ek gaan na Visserseiland toe probeer loop," het Andries gesê. "Ons het dit 'n slag reggekry in die outyd. Die dodaerse word daar besonder vet." Nege van hulle, almal goeie swemmers, het met die strand al om die baai geloop, kniediep deur riviermondings, deur modderige moerasse met woude van wortelboom, deur die breë Lemoenboomsrivier geswem, en in die namiddag regoor Visserseiland aangekom. Hout was daar volop, en hulle het 'n groot hoop hout op die strand bymekaargemaak vir 'n vuur om die nag die krappe van hulle af te hou. "Hierdie plek noem ons Die Kalk," het Andries vertel. "Ons het in die outyd hier gekom en 'n kalkoond gebou, en hierdie banke skulpe by die sakke vol verbrand, en 'n goeie messelkalk gekry. Ons het die Fort se mure gebou van die gebrande klippe en die kalk. Hier is genoeg skulp om 'n dorp te bou."

Hulle het gepraat oor die eiland; hoe daar plekke was waar jy aan die swartgebrande en gesmelte klippe kan sien hulle kom uit 'n vuurspuwende berg. Miskien bars hierdie eiland eendag weer uit. Daar is ander eilande hier naby waar seevolk al in die nag vlamme gesien het. Hulle het gepraat oor waar om eendag hulle dorp te bou. Êrens waar skepe kan kom, om handelsgoed te bring. Hier by die Fort, in die Suidooshawe. Daar is ander goeie plekke, soos die Noordweshawe, maar die Engelse is lief vir daardie plek, en dan het jy elke oorlog moeilikheid met hulle. Swartriviermond in die weste het ook 'n goeie reede en 'n goeie rivier. Nee, nie Kroonenburg nie. Kroonenburg is net vir palmwyn en jong bokkies.

Toe die son agter hulle sak, het die maan groot en geel agter Tabakeiland gestaan. "Ek dink ek is reg. Ons gaan eb hê vannag. Kyk, Visserseiland staan klaar los bo die water." Die eiland was gevorm soos 'n paddastoel wat op 'n steel staan. Daaronder het dit normaalweg gewemel van vis, maar nou het hy met sy beboste kop in die lug gestaan en sy voet in 'n pierinkie water. Hulle is amper droogvoet deur, die honderd tree of so. Andries het ge-

233

weet van 'n plek waar die klippe amper soos trappies was, en daar het hulle mekaar opgetel en opgehelp om op die eiland te kom. Daar was 'n woud van struike, palmbome, rotse met reënwatergate. Tussenin het boerbokke geloop en dom na hulle gekyk. Groot, spekvet dodaerse het vlak voor hulle gestaan en skrop, sodat hulle uit die pad geskop moes word.

"Dit is die plek," het hulle gesê. "Dit is nie Kroonenburg nie, maar hier vreet ons vir ons dik." Die volgende gety het hulle van die land afgesny. Daar het Bart en sy maats 'n hut gebou en twee maande lank gebly, geslag en geëet en hulle palmwyn goed laat gis in die doppe. Dit was jammer dat hulle soveel bome moes doodmaak, maar die drank was lekker sterk en elkeen het weer die bekende plesierigheid van 'n aand in 'n taphuis gevoel. In daardie twee maande het hulle dik vriende geword. Almal was voorste kêrels. Hulle het die bokke meer vir die velle as die vleis geslag, want daar was genoeg ander kos. Van die velle het hulle skoene en broeke en onderbaadjies gemaak, alles met riempies vasgeryg. En hulle het groot hoede gevleg van palmblare, soos die Javane. Daar is nie 'n ding wat 'n matroos nie met sy hande kan maak nie, het hulle gesê. Daar was ook baie vis om hulle eiland, en die bene en vleis en skraapsels van die velle wat hulle in die water gegooi het, het nog meer gelok. Die groot skilpaaie was so vet dat hulle skaars hulle pote kon intrek. Hulle het baie geëet, baie gelag, en baie gevloek, maar Bart het hom bedink oor die belofte wat hy in die see gemaak het, en sy woorde getel. Ook aan die skipper wat hom die brandewyn vergewe het, sou hy getrou bly.

Na die tweede volmaan het 'n Engelse skip by die Oostergat ingekom. Miskien was hy bang vir die smal kanaal, want hy het alles opgegei en twee roeisloepe uitgesit om hom tot voor die ou Fort te sleep. Bart en sy maats het van die eiland af gekyk. Die sloepe is vyf maal land toe en weer terug. Die skip is dieselfde middag weer uit, dié keer onder seil. Nee, het hulle saamgestem, hulle wil nie saam nie, maar daar by die Fort is nou tabak. Miskien moet hulle maar 'n slag aan wal gaan.

Hulle het al hulle goed in die hut laat bly, en land toe geswem.

234

By die Fort het hulle verbaas gesien hoe min mense oor was. 'n Tyd tevore het adelbors Evertsz en die predikant en nog ander 'n verbond gemaak dat 'n paar van hulle elke week by Noordwes- hawe sou gaan woon, om daar uit te kyk vir 'n Engelse skip. Daarvan het hulle op Visserseiland nie geweet nie. Hierdie skip was *Truro*, uit Indië. Hy was klaar in die Noordweshawe ververs met brandhout en water en 'n hele klomp groot skilpaaie toe die uitkykers sy mense in die bos teenkom. Sy skipper was gewillig om Suidooshawe toe te loop om die skipbreukelinge op te laai. Hy het nie gevra wie gaan betaal nie. Maar daar het geen tabak agtergebly nie. Hulle het niks gehad om mee te koop nie, en die Engelse matrose wou niks afstaan nie; hulle self moes nog ses maande lank op see met hulle voorraadjies uitkom. So is dominee Van Kerkhoven en adelbors Evertsz en agtien ander weg saam met die Engelsman. Die dominee het gesê: "Ek wou stilte hê om my Here te dank, en nou verlang ek na boeke en 'n verandering van spyse." In die ou groentetuin was 'n groot bedding wat hy en sy seuns skoongemaak en met pampoenpitte beplant het. Sy boodskap aan dié wat agterbly, was om pad te gee as hulle 'n kans kry, voordat die eiland se ledigheid hulle vang, want die duiwel se kopkussing is ledigheid. Maar sonder hulle was dit ook goed. Minder mense woon makliker saam.

Bart en sy maats is terug Visserseiland toe. Die karkasse van bokke en skilpaaie het om hulle hut gelê en stink. Dit is snaaks hoe gou jy so iets nie meer opmerk nie as jy daartussen woon. Hulle het effens skoongemaak en opgetel en die vullis in die see gegooi. Na die Engelse skip se besoek het hulle gedagtes baie na tabak getrek. Hulle het allerhande droë gras en blare in die dik dybeen van 'n bok gestop en gerook, sonder veel tevredenheid. Hulle het ook 'n vlot gebou, van stompe met rieme vasgewoel. Die dodaerse was klaar op, die skilpaaie was op, die bokvleis was taai en onsmaaklik, en vellebrei was harde werk. Toe die laaste palmwyn op was, al die bome op hulle eilandjie se koppe afge- kap, elke top soos 'n pot uitgehol, en al die bome dood, het hulle Visserseiland verlaat.

Voor hulle daar weg is, het hulle gepraat oor waarheen hulle sou gaan. Party het gepraat van Noordweshawe, ander van die ou Fort by Suidooshawe, ander wou na Kroonenburg. Mense het herhaaldelik gesê: Bly weg van Kroonenburg, daar val jy in water sonder bodem. Omdat dit Kroonenburg moes wees, het hulle die vlotjie uitmekaargehaal, en die rieme opgerol en by hulle blaarmatte gepak om dit saam te neem. Sonder om die makkers by die Fort te laat weet het hulle een hoogwater wal toe geswem, die Lemoenbosberg oorgesteek, en daarna moeite gehad met verskeie klein riviertjies en met die groot Suidoosrivier. Anderkant die rivier het 'n klipperige vlakte sonder heuwels noordoos voor hulle uitgestrek, en na drie dae van sukkel oor die vlakte langs die rivier af see toe, was hulle by 'n moerassige strand. Tussen die strand en die rif het verskeie geelwit sandbanke gelê, en almal was begroei met kokospalms. Dit was Kroonenburg.

Dit het nie lank geneem om genoeg hout te versamel om weer 'n vlot te bou nie. Met 'n groot vrag brandhout van die land af en hulle paar goedjies daarop, het hulle die vlot vooruit gestoot en langsaan geswem. Die vlak water was lou van slaap. Die eilande was so mooi soos die hemel. Tussenin was diep, blou kuile waarin skole gekleurde visse swem. Takbokkies het onder die bome gewei, en het met groot oë nader gekom om na die mense te kyk. Dit is jammer om hier te kom woon, het Bart gedink. Dit is so 'n mooi plek, amper soos 'n prentjie van die paradys in 'n kinderboek.

Elke man het eers vyf of ses palmbome vir homself gemerk, en toe begin kap en uithol, sodat hy baie drank sou hê. Daarna het hulle 'n hut opgesit, hulle matte op die sand oopgerol en daarop gaan lê om na die branding op die rif te kyk. Hulle het na mekaar gekyk en gelag. Kroonenburg, dit was die beste van plekke. Almal het so vertel, en vandag het hulle dit eindelik bereik. Wat 'n lewe het dit geword, op Kroonenburg, sonder om ooit 'n vinger te lig om werk te doen. Jy tap jou drank, kap nog 'n boom, jy slag jou vleis, of haal jou vis uit die water, en jy lê op die sand en eet en drink en kyk die rif. Snags maak hulle 'n vuur om die krappe weg te hou, en eet en drink en slaap.

Kroonenburg-eiland het 'n vreemde invloed op Bart gehad. Hy het begin dink aan al die meisies na wie hy twee maal gekyk het, en seer verlang na hulle geselskap. As hy net een van hulle kon hê op hierdie mooi eiland, selfs vir 'n tydjie; dit was al wat nog in sy paradys kortkom. Hy kon met hulle in sy gedagte nie slaap nie; snags het hy so met die behoefte wakker gelê dat hy later moes opstaan en in die donker 'n ent van die hut af loop om daarvan ontslae te raak. Bedags, in die eindelose ledigheid, het hy onder die suisende palmbome op sy mat gelê en gedink aan meisies wat hy in Woerden geken het, in Java, in die Kaap, en in Malakka. Sy herinnering het al sterker geword, hulle beelde al helderder. Dit is die werklike wêreld wat my terugroep, het hy gedink. Hoekom moet ek teruggaan? Wat wil daardie wêreld van my hê? Dan het hy sy klere uitgetrek en in die blou swempoel gaan ronddryf.

Hulle het baie geswem. Daar was 'n stroom wat 'n swemmer 'n kwartier lank tussen die eilande gedra het, tot in 'n diep kuil. Dan het jy uitgeklim, oor die sandbank geloop en anderkant ingegaan dat die stroom jou weer tussen die eilande deur dra na die diep kuil toe. Hulle dae het verbygegaan met drink, slaap, verlang, swem, eet en drink. Waarom roep die wêreld my? het Bart gedink, want daar is nêrens op aarde 'n plek soos hierdie nie. Maar snags kon hy nie slaap van sy behoefte nie. So skerp en knaend het hy dit nooit gevoel in 'n skip se voorkasteel, of in die barakke en kasernes waarin hy maande en jare gekwartier was nie. Dit het Kroonenburg gedoen aan hom, aan al hulle maats daar. Hy het gesien, en hulle het dit almal geweet, dat twee van hulle snags na die ander eiland toe swem. Hy het hulle sonder klere op die strand sien loop; gesien dat hulle mekaar se hande vashou. Hulle het nie met mekaar daaroor gepraat nie. Dit was die stomme sonde: niks word daaroor gesê nie. Of as dit nie die stomme sonde was nie, wat was dit? Een nag het hy wakker geword omdat iemand 'n mat langs syne kom gooi en styf langs hom gelê het. Hy het opgestaan en sy slaapmat daar weggevat. Wie was dit? Dit was hierdie eiland, hierdie Kroonenburg. Dit is waarteen hulle gewaarsku is. Om die dinge te vergeet, dit uit sy gedagte te kry, het hy meer gedrink.

Hulle was ses weke daar toe 'n swart fregat agter die rif ver-

237

bygly, suidwaarts. Drie maste, drie swart seile aan elke mas, nog drie aan die spriet. Dit was 'n smal, snel skip, soos 'n windhond, met poorte vir meer as dertig kanonne. Oorlogskip? Toe sien hulle die swart vlag. Seerower. Bart het by die hut uitgehardloop tot op die rand van die water en sy arms bo sy kop geswaai. Liewe vader, dankie vir hierdie genade, al moet ek dan met die duiwel self ontsnap. Andries Stokram was ook by; hy het geskreeu en met sy hoed gewaai en soos 'n mal mens tot in die water gehardloop.

Hulle twee was die enigste van die nege wat wou gaan. Die groet was kort. Welaan. Behoue vaart. Welaan, julle ook. Andries het die pad langs die kus af geken. Dit was 'n dag en 'n half se loop. Eers wal toe swem, 'n ent deur die bos stap, dan onderkant 'n dreunende waterval oor die groot Suidoosrivier se wye mond swem, dan bo die hoogwatermerk om Derde Hoek, onder die Kat en Muis verby, dan om Tweede Hoek, dan om Eerste Hoek. Daar het die swart fregat voor die ou Fort gelê. Sy seile was opgegei, op sy rae gebind. Die ra's en stenge was gestryk. Voor en agter was ankers uitgelê; hy was duidelik van plan om te vertoef. En die swart vlag was weg. So moeg as hulle was, het hulle die laaste ent verby die kerkhof en groentetuin gedraf, en gelag van verligting toe die hond vir hulle by die ou Fort blaf.

Op die strand was 'n paar swart roeibote uitgesleep. Vreemde kêrels was volop, maar Andries het ook skeepsmaats van *Aern-hem* daar gesien, wat brandhout kap en watervate vul. Hulle het die nuus vertel dat die seerower gewillig is om almal af te lig. Hulle weet nie waarheen nie, maar hulle almal werk vir 'n pas-saat. Sy naam is Hubert Hugo, hy is 'n Hollander uit Delftshaven. Hy is op die oomblik bos-in om rondhout te soek, en hulle moet liewer met sy hoogbootsman gaan praat voor die stuurlui met hulle entjies tou hier aankom. Hulle slaan graag.

Die hoogbootsman was 'n Engelsman met 'n grys baard. Hy wou weet waar hulle vandaan kom, waarom hulle nie hier by die ander woon nie.

"Nie genoeg kos vir almal hier nie," het Bart gesê. Hy kon die taal effens praat.

"Julle moet vir skipper Hugo wag. Maar gaan solank onder

die boom waar julle ons barbier sien, en wag in die ry. Geen fooitjies aan hom nie, dit bederf die werkers."

Toe Hugo uit die bos kom, was hulle hare en baarde kort geknip. 'n Bulhond was vooraan; hy het sy been teen 'n stapel wapens gelig, en onder 'n bos neergeval. Agter hom was twee groot More met halwe pieke op die skouer, en agter hulle 'n man van seker sewe voet lank, met blou strikke in sy baard en in sy hare, met agter hom 'n dogtertjie en twee seuntjies van niks ouer nie as sewe of ag jaar. Die hoogbootsman het gewag tot die seerower lafenis gehad het en die kinders gaan speel; toe het hy vir Bart en Andries vorentoe gestoot.

"Twee nuwe manne, skipper. Skipbreukelinge van *Aernhem*."

"Waar was julle die twee dae?" Dit was Rotterdamse Hollands.

"Ons het gejag en vis gevang, skipper. Ons vra asseblief om te werk vir passaat, waar jy ook gaan."

"En julle name en bediening?"

"Bart Borms van Woerden, skipper. Skiemansmaat."

"Andries Stokram van Haerlem, skipper. Seeman."

"Oorlamme?" Toe hulle knik, sê hy: "Ek het jare vir Jan Kompanjie gewerk. Goed. Hoogbootsman, vat vir Stokram by jou, en gee Borms vir die skieman. Nou moet jy voorraad kry vir nog twee monde."

Bart het vertel van die bokke op Visserseiland, en as hulle 'n visnet gehad het, kon hulle daar 'n paar vate soutvis trek. Dit het vir hom en Andries guns gewen by die hoogbootsman. Hulle het nie vertel van die sewe makkers by Kroonenburg nie. Dit is beter dat hulle daar vergeet word.

Toe die nuwe rondhout uit die bos aankom, was Bart verbaas om vyf swart gevangenes met byle oor die skouer en kettings om die been daar te sien. Swart mense uit die duister hart van Afrika sien jy selde. Hulle was slawe, aan die ooskus gekoop. Twee oppassers met hakebusse het agter die kettinggangers geloop. Die skipper het glo geweet hoe om uit te soek; hierdie vyf was bestand, gesout, soos hulle sê, teen die slegte lug of ooskuskoors. Die aand het die seerowers om 'n paar groot vure gedrink en gesing. Die liedjies was Duits en Hollands, en daar was twee kêrels met viole wat lewendige danse gespeel het, maar die Hollanders was traag in die dans en het liewer gekyk hoe die Duitsers en Italiane pronk en spring. Pistoolskote is in die naglug afgetrek, en 'n paar keer het bakleiers in die gras rondgeval, maar in Hugo se tent het kerse en 'n lantern gebrand.

Almal is die volgende oggend beveel om toe te kyk toe die oppassers tussen twee bome oopgespan word en elkeen tagtig slae met 'n nat tou kry, want in die nag het die vyf swart Afrikane met hulle kettings aan bos-in gevlug, en is nie weer gesien nie. Maar na 'n paar dae het dié van Kroonenburg af skielik daar gekom om ook passaat te vra. Die swartes het vir Piet Salomons vermoor, en hulle vier kon hulself net red deur na die rif toe te swem. Daarmee het vrees en onrus oor die eiland gekom.

Die skip se naam was *Aigle Noir*, in Nederlands doodeenvoudig *Swarte Arend*. Hy is ongeveer die middel van Mei 1662 deur die Oostergat uit, op 'n koers na die Weste. Dit was die koers, maar van sy bestemming het net die skipper geweet. *Swarte Arend* was 'n puik skip, nie buitengewoon skoon nie, maar paraat en welbeseil, en soos 'n oorlogskip ingerig en georganiseer. Soms het hy die swart vlag gevoer, en soms die Franse wit vlag met lelies, maar daar was ander vlae ook in die kis by die kolderstok. Die bemanning was ingedeel in mariniers, matrose en kanonniers, volgens die Franse vloot, en was moordenaars tot die laaste man. Net soos die slawe was die skip Hugo se private eiendom, en geen Kompanjie van ver verre lande s'n nie. Hy het die fregat in Rotterdam laat bou volgens 'n nuwe Franse ontwerp, en toe amptelike steun gesoek vir die plan wat hy in die mou gehad het. Die hertog van Vendôme – een van die Franse koning se trop byseuns – het hom die papiere gegee wat hy wou hê: 'n kaperspas waarin Turke en More tot vyande verklaar word. Dit sou Hugo en sy honde bewaar teen die galg, ten minste in Frankryk en die lande wat in vrede met die Franse koning verkeer het. Maar vir 'n deel van die buit, natuurlik, en Hugo moes daarom elke keer dubbel moor en dubbel steel, want net een helfte van elke keer het in sy eie koffer gekom. Van die ander helfte het die hertog suikerbrood vir sy vriendinnetjies gekoop.

Dié dinge het Bart een wintersdag op 'n bank aan die sonkant van 'n herberg op St. Helena-eiland verneem by Hugo se gewese hoogbootsman. Die Engelsman het sy jonger broer op 'n skip daar op die reede van St. Helena ontmoet, en sy ontslag by Hugo gevra om huis toe te gaan. Op dié eiland het Hugo ook vir Bart en drie van *Aernhem* se volk aan wal laat staan. Elkeen het 'n paar goue Indiese munte uit Hugo se hand gekry. Bart wou Kaap toe, Andries was nog nie seker waarheen nie. Die ander dertig skipbreukelinge van *Aernhem* het in sy diens aangesluit, en is saam met hom oor na Wes-Indië om te kyk of daar nog Spaanse silwerskepe loop, want Spaanse skepe dra af en toe More aan boord.

Die Engelse dorpie van St. Helena het op die bodem van 'n steil vallei gelê. Daar was 'n driehoekige fort en 'n halfdosyn huise. Dit het gelyk of een goeie reënbui bo in die vallei die hele spul in die see kan spoel. In die agtertuin van die herberg het 'n stokou skilpad geloop. Fred kom van Mauritius af, het die tapper gesê, en die ding se dop gekrap. Bart het af in sy bierbeker gekyk. In die Kaap loop skilpaaie soos vlooie op 'n hond.

"Ja, in die ou dae was Hugo julle Kompanjie se kommandeur in Soerat, bo in die noordweshoek van Indië. Daar het hy 'n mooi Engelse weduwee getrou. Sy is later weg van hom af oor sy humeur, maar hy het die kinders gevat en dood gesweer as enigiemand tussen hom en hulle kom. Dogtertjie, veral. Hy is baie erg oor haar, soos julle gesien het. Ek bejammer die kêrels wat eendag daar wil aanlê. Nou ja, hy is terug huis toe as vise-admiraal van julle Kompanjie se retoervloot van '54, en toe sou hy gaan aftree. Maar dit was net 'n plan om in Nederland te kom, om daardie swart skip te bou. Want hy het in Soerat iets geleer wat vir hom baie meer werd was as vir julle Kompanjie."

"Wat?"

"Godsdiens, my liewe kêrel. Daar is geld in ander mense se sentimentaliteit. Jy moet dit net organiseer. Kyk die pous, byvoorbeeld. A, ekskuus, is julle Katoliek? Ons Pous is skatryk, maar die Iere bly honger. Maar Hugo se pa was 'n Franse Hugenoot, deur en deur Protestant. Maar dit maak nou nie saak nie, omdat ons nie meer in die tyd van die Kruistogte leef nie. Toe was godsdiens 'n goeie verskoning vir massamoord. Christen teen Mohammedaan, en die bloed tot oor jou skoene se gespes, ten minste. Nou ja, miskien werk daardie ding van godsdiens vir geld, of Christen teen Mohammedaan, nog altyd in Hugo se bloed. In die tien jaar of so wat hy julle kantoor in Soerat bestuur het, moes hy oplet op die mense se handel met Persië en Arabië. Hy het daar byvoorbeeld Arabiese koffie en Persiese tapyte vir julle Kompanjie ingekoop en Batavia toe gestuur, en dan is dit met julle retoerskepe Europa toe vervoer, en verkoop teen seshonderd tot aghonderd persent wins. Hy het die winsgewende handel tien jaar lank gereël, teen 'n gasietjie van, sê, so honderd gulde 'n maand. Nog bier?"

"Ja," het Bart en Andries gesê.

"Tapper, nog drie grotes. Hugo het my vertel dat hy uit sy kantoorvenster op die hawe uitgekyk het, soos ons nou hier, om die gaan en kom van Arabiese en Indiese skepe dop te hou. Nie heeltemal soos hier nie. Miskien ken julle vir Soerat, dit lê 'n ent in 'n rivier op. Maar dis 'n groot hawe. En daar het hy gesien dat vir elke skip met handelsware van of na die Rooi See, daar twee skepe vol passasiers was. Pelgrims. Hulle het soos gerwe goue graan op daardie skepe gestaan, gereed om geoes te word. Hy het sommige van hulle persoonlik geken. Hierdie of daardie ryk handelaar, sy seuns, hulle vrouens. En hulle bagasie. Soms handelsgoed en pelgrims op dieselfde skip. Welgestelde mense, die meeste van hulle. Ons, die armes, gaan net op bedevaarte wanneer … Maar, nou ja. Soms het hy hulle aan boord gaan groet, hulle 'n voorspoedige reis na Mekka toegewens. Hy het gesien wat hulle dra ten opsigte van juwele. Robyne, diamante in goud en silwer geset. Smarag en saffier in goud. Eendag op *Aigle Noir* was ek by toe skipper Hugo sy kis laat oopsluit. Drie slotte. Een sleutel dra hy, een dra sy dogtertjie om haar nek, een is in die kajuit weggesteek. Net hy weet waar. My oë het amper uit my kop gespring; die koning van Engeland het nie sowat nie. Miljoene en miljoene werd. En dit was van die vingers, van die nekke, uit die ore, van

242

die arms, van die klere van die pelgrims wat op daardie skepe gekampeer het op pad na hulle heilige stad."

"Nog bier, hoogbootsman? Andries?"

"Asseblief, ja. Tapper, nog drie."

"En die pelgrims was op pad waarheen, hoogbootsman?" het Bart gevra. Die munte gereed in sy hand was Indiese geld, met Indiese skrif.

"Dankie. Hulle klim af in die hawe van Jedda in Arabië. Dan trek hulle oor land met esels en kamele tot by Mekka. Daar is twee heilige stede, Mekka en Medina. Ek weet nie hoe hulle aanbid nie, maar hulle profeet is Mohammed, en vir God sê hulle *Allah*. En dit is nie net uit Soerat wat hulle kom nie, maar uit elke hawe tussen Indië en Afrika en uit die hele Oos-Indië. Daar is daagliks duisende pelgrims op die water. Almal moet die Rooi See in, en sy enigste ingang is deur *Bab el Mandib*, die Poort van die Hel. Daar het Hugo se *Swarte Arend* nes gemaak. Wat hy destyds op die kaai van Soerat geleer het, was dat daar 'n drywende goudmyn in die Rooi See bestaan, en niemand het vroeër daaraan gedink nie. Hugo wou net tuis kom, sy spesiale skip bou, en dan terugkeer om daardie geheime goudmyn te ontgin."

Die herbergier het geroep dat hulle kan kom eet. Hulle het die bierbekers binnetoe geneem en saam met ander by 'n lang tafel in die kombuis aangesit. Dit was lekker kos: 'n groot geurige pastei waaruit stoom trek, en groente, deur 'n vrou gemaak. Ek is haas klaar met die see, het Bart gedink. Ek moet huis kry.

"Agter-Indië is wonderlik ryk," het die Engelsman nog gesê. "Jy sou dink die edellui van ons deel van die wêreld, al tienduisend van hulle met hulle titeltjies, en hulle kroontjies en septertjies, al daardie edelstene kom uit Europa? Geensins, daar is geen diamantmyne in Europa nie."

Verder het hulle oor die Kaap gepraat, want die res van die storie was al bekend. Die genadelose geweld van seerowers teen onskuldiges word beskryf in voorkastele en in taphuise waar matrose bymekaarkom. Alles uit oormatige gierigheid. Matrose ken vele behoeftes, maar sonder gierigheid. Hulle het hardgewerkte, leë hande.

243

Bart het in die Kaap gekom in die laatjaar van 1663. Daar was 'n nuwe man in Van Riebeeck se stoel. Dit was die Duitser wat hulle in Batavia Donnerman genoem het. Goed geleerd, maar kort van humeur. Bart het nêrens sy goud laat sien nie. Hy het geweet hy moet kos koop, en op die baarskip waarmee hy gekom het, het hy voortydig 'n paar stukke in Hollandse munt omgesit. Hy het meer as die waarde gekry vir sy geld, want daardie baar-volk was so bly, dit was die eerste keer wat hulle iets van die goeie Ooste aangeraak het.

Agter die Fort in die Kaap het 'n nuwe herberg, met die naam *Die Olifant*, gestaan. Hy het die warm brood in hulle bakoond ge-ruik soos hy aangeloop kom. Die eienaar was 'n ou vriendin, Barbara Geens. Sy was bevriend met almal, een wat 'n goeie woord en 'n helpende hand vir elkeen gehad het. Toe sy hom sien, het sy 'n paar woorde kom praat, haar goudrooi kop 'n oomblik teen sy skouer gedruk, en gesê dat hulle albei ouer geword het. Hulle het gelag oor die skade van die tyd. Sy was bly dat hy terug is. Sy was nou getroud; haar man het daar in die hoek gesit en hoes. Nee, handel was goed. Dis nou baartyd, maar oorlammer-tyd moet sy gereeld hulp byhuur. Sy het vir Bart 'n tweede beker bier gestuur, met haar groete.

Die dag na sy aankoms het Bart gevra om met die komman-deur te praat.

"Van *Aernhem* se bemanning?" het Wagenaer verbaas gevra toe hy begin vertel. "Jy is nie die enigste wat die Kaap gehaal het nie, hoor. Skipper Oosterwoud was vroeër in die jaar hier."

"Is hy weer voort, my heer?"

"Ja. Godvergete siel. Oorboord gespring om hom te verdrink net voor Helsdeur, hoor ek. Wat vaar in die mens?"

"Ek was in *Aernhem* se boot, my heer. Maar ek was skieman op *Hof van Holland*."

"Geen ander oorlewendes daarvan nie, jammer om te sê. Here Sewentien het laat weet. En waar het jy getalm?"

Bart het vertel. Ja, het die kommandeur gesê. 'n Engelsman het 'n tyd gelede die nuus van St. Helena af gebring. So Bart was ook daarby? En wat kan hy nou vir hom doen?

Hy wou hier bly, het Bart gesê. Hy was vantevore 'n boere-kneg hier; eers matroos en robbeslaner op Dasseneiland in die tyd van die heer Van Riebeeck, toe boerekneg. Toe roep die Ooste hom weer. Maar dié keer is hy klaar met die see. Nou vra hy per-missie om te hier te bly en vryburger te word.

"Weer boer?" Wagenaer het op Bart se antwoord gewag, want hy wou nie die man verloor nie. Woerden was tussen Utrecht en Leiden, halfpad tussen kerkwet en vrye ondersoek, al was die man maar 'n matroos. Toe hy 'n dom gryns as antwoord kry, het hy ernstig geword. "Ek wil jou net sê, Borms, ons verwag graan van ons boere. Ons kan vleis en ander dinge van die inboorlinge ruil, maar ons kan nie graan invoer nie en ons kan dit nie inruil nie. Ons moet die graan kweek. Elke klerk, elke kind wil graag daagliks vars brood op die tafel hê. Elke matroos moet sy skeeps-brood hê. Hulle werk, die verdomde duiwel weet, hard genoeg daarvoor. En waar kom dit vandaan? Uit die Kaap se bakoonde. Dit beteken ons boere moet hulle rug buig oor die sekel en die ploeg. 'n Kolonie wat nie sy eie brood kan voorsien nie, is geen kolonie nie."

"Ek wil probeer, my heer."

"Het jy kapitaal? Saadgeld, geld vir vee, gereedskap?"

"Nee, my heer."

"Ja. So maak Jan Kompanjie met sy weeskinders. Donderse skip verlore, alles verloor. Nou ja, ek stel voor jy begin hier as 'n kneg by een van die kêrels wat klaar gevestig is. Julle teken 'n kontrak vir een jaar, en dit gee vir jou geleentheid om te kyk of jy van die werk hou, en of die werk van jou hou. Die ander voordeel is dat jy geen uitgawes het nie. Jy eet die man se kos, slaap in sy huis, en trou miskien eendag sy weduwee, waarvan ek ook ver-skeie voorbeelde kan noem. En daar word Bart Borms een mooi môre die eienaar van 'n plaas in Afrika. Hoewel dit 'n donderse vloek kan wees, glo my. Jy wil miskien bid daarteen. Ek het dit al gesien."

Sy laaste advies, toe hy Bart by sy deur groet, was om te ont-hou dat die Kompanjie se goudmyn geleë was in die Ooste, en die Kaap was die spil van die hele avontuur. Donderse Kaap verlore,

Batavia verlore, Kompanjie verlore, vaderland verlore. So eenvoudig was dit. As Bart hier grond vra om te boer, vra hy om deel te word van die spil waarop die Edele Kompanjie en die vaderland rus. Verstaan hy dit? "Welaan dan," het hy gegroet.

Barbertjie het hom brood en kaas en bier gegee en 'n skoon kooi, sonder om daarvoor geld te vra, en Bart het haar 'n goue munt in die hand gegee. Sy het haar arms om hom gesit soos jare gelede, en net gesê: "Dankie, Bart." Sy het gesê sy hoor een van Tielman Hendriksz se knegte lê in die hospitaal met 'n kanker. Tielman boer die plaas *Den Uitwijk* net langs die Coornhoop. Sy huisvrou is Maijke.

"Wat is dit met jou man, Barbertjie?" wou hy weet, verwonderd oor die kleur van haar hare.

"Ek dink dis tering," het sy geantwoord. "Hy het nie krag nie, my arme man."

Tielman was 'n stuk of dertig, sy vrou tien jaar ouer. Hulle was vier jaar getroud. Hulle oudste was 'n dogter Catharina, 'n kind van Maijke by haar vorige man. Hulle jongste was 'n jaar oud, ook 'n dogtertjie. Tielman het *Den Uitwijk* 'n jaar tevore by Van Riebeeck gekoop. Die grond het aan die rivier in die vetste deel van die Liesbeeckvallei gelê. Die heer moes altyd die beste van alles in die kolonie hê, en hy het nie op arbeid gespaar nie, sodat dit 'n baie agtermekaar plek was toe hulle dit gekry het. Vir veiligheid het die heer die fort Coornhoop ook op sy plaas laat bou. Maar daar is 'n groot verskil tussen kommandeur en vryboer, het Tielman vir Bart beduie. Die een kan bekostig om arbeiders te huur, die ander eenvoudig nie. As Bart gewillig is, kan hulle môre voor die Donnerman verskyn en 'n kontrak laat opstel.

Bart wou nie skaapwagter wees nie en hy het dit in die kontrak laat skryf. Hy kon spit, en plant en dyke gooi. Koei melk ook; dit was eintlik 'n vroumens se werk, maar hy was gewillig. Wa inspan en dryf, sou hy graag leer. Maar as hy agter skape moet loop, kan hy net sowel skoolmeester word. Dit het hy alles vir die klerk vertel wat teenoor hom en Tielman sit en die kontrak skryf. Die klerk het gehou van die netjiese ankertjie wat Bart in plaas van sy naam teken.

246

Die moeilikheid, het Bart na 'n paar maande agtergekom, is dat Tielman wil die heer speel asof hy nou Van Riebeeck is. Hy besit grond, hy het 'n perd en 'n slaaf en twee knegte, en nou voel hy geregtig om op die jag uit te ry en sy werksvolk moet sorg dat geboer word. Tielman was wel nie die enigste nie; dit was die neiging al langs die rivier op, met enkele uitsonderings. Die mense het hulle miskien winterstories herinner wat hulle oupas vertel het van die outyd: van 'n landsheer wat net werk en straf uitdeel, en na hartelus jag en rondry en boerinne verkrag sonder vrees vir teenspraak. Nou wou die kleinboere van die Liesbeeck dit ook so hê. Bart wou nie kneg van so 'n baas wees nie, want die man kon vir hom niks doen nie. Uit hierdie plaas sou vir hom niks goed kom nie, het hy gesien. Hy moes vir homself werk, dan het hy respek vir sy baas.

Maijke was aangenaam en hardwerkend, maar spaarsaam. Sy was nog te gewoond aan armoede. Elke broodkors was vir die eende, elke pampoenskil vir die varke. As hulle 'n wynfles leegmaak, het sy dit onderstebo gedraai en die laaste druppels op haar palm uitgestamp. Dit was geen dranksug nie, net spaarsaamheid. Saans as hulle klaar gesit het om die tafel, het sy die kerse doodgeblaas en weggesit. Die knegte het die stompies gekry wat in blakers bly staan het, om kamer toe te vat. Maar sy het 'n eerlike growwe brood gebak, en sy het 'n behoefte gehad om handel te dryf: 'n draggie hout vir 'n dosyn eiers, die eiers vir 'n kaas, die kaas vir 'n sakkie rys, die rys vir 'n rol linne, die linne vir 'n ysterpot, die pot vir 'n skaaplam. Daar het soms inboorlinge by die werf gekom, met draggies hout, heuning en so aan. Die plaashonde het party van die mense al geken. Partykeer het 'n inboorling saam met Tielman se skaapwagter uit die veld aangekom.

Bart en die ander kneg en die slaaf het land skoongemaak, geploeg en gesaai in die vetste grond in die vallei. Hulle het hokke gebou en groente geplant, en selde vir Tielman gesien. Die baas het min vir sy knegte te sê gehad. Elke paar dae het hy uit die veld gekom met 'n wildsbok voor oor sy perd. In die vaderland was so iets die voorreg van 'n hertog. Dan het die knegte verslag gegee:

247

"Die Kompanjie se tuinier het 'n kissie koolplantjies gestuur, baas."

"Ja, plant uit."

"Die skaaphok se dak moet gedek word, baas."

"Nou waarvoor wag julle. Vat rieme en sekels en sny riet."

"Daar was weer spore voor die skaaphok, baas."

"Jul eie spore."

Die knegte het onder mekaar gepraat. Hoekom het Tielman vir sy skaapwagter 'n slopie gegee met 'n volle el tabak in? Want dit is al wat daarin was. En hoekom was daar 'n Hottentot by toe Tielman uit die veld gekom het? Hy smokkel, het hulle gesê.

Na Bart 'n paar maande by Tielman was, het kommandeur Wagenaer hom laat roep. Here Sewentien het geskryf die Kaap moet 'n skip stuur om te kyk of daar dalk nog oorlewendes op Mauritius en die omliggende eilande aangekom het. Vir hom persoonlik lyk dit na 'n godsverdomde vermorsing van kosbare tyd, maar so het die Here beveel en so sal dit moet geskied. Sal Bart saamgaan en die soekgeselskappe help? Hy kry die werk en gasie van skieman.

"Nee dankie, ek kan nie, my heer. My baas het my nodig, en die ander ding is: ek het genoeg seewater gedrink vir 'n lang tyd."

"Die Kompanjie het jou ook nodig."

"Dan moet die heer maar beveel. My eie sin is geheel daarteen."

" 'n Ander dag het jy weer die Kompanjie nodig, dan kom vra jy vir my 'n guns. Maar toe, gaan terug na jou leivore en jou donderse kluite."

Bart het sy kuif gepluk en sy mus opgesit en gegroet. Jan Kompanjie het honderde matrose gehad om te stuur. Maar hy was op die ouderdom waar hy nou aan homself eerste moes dink. Maar die man was reg, hulle behoort mekaar te help. Anderdag wou hy juis weer vir die Kompanjie 'n guns gaan vra.

Daar kom een middag kortskaduwee 'n Koina-vrou op die plaas met 'n kind agter die rug. Die twee is vaal van moegheid. Sy kry vir Bart in die boontjies. Sy maak die kind daar los en laat haar grond toe sak. Sy praat Hollands: "Is die baas hier?"

"Nee, my baas is veld toe."

"En jou nooi?"

"Nooi het geloop, diékant toe op na Lierman se kant toe."

"Ek is so moeg. Ons kom van ver af."

"Ek is jammer, hier is niemand nie."

"Is jy Tielman se kneg?"

Bart wonder waar die vrou skoolgegaan het, dat sy hierdie wêreld so ken. "Ja," sê hy. "Ek is Bart."

"Ek is Eva. Dit is my kind. Ons het ver geloop."

Hy kon sien sy wil rus, water hê, die kind laat drink. En die kind was nie Koina nie. Dit wys aan die hare en neus. Hierdie vrou het vir Tielman geken. Was dit dan Tielman se kind?

"Kom, ons het dikmelk in die buitehuis. Dan kan jy wag vir my nooi as jy wil."

In die melkkamer was komme met dikmelk en room onder doeke. Hy het die room weggekeer en vir haar 'n flapkan dikmelk uitgeskep. Laat Maijke daaroor sê wat sy wil. Die vrou het die kan met albei hande gevat en voor haar gesig gesit. Hy het gekyk terwyl sy so drink. Sy was mooi. Daar het gelooide skaapvelle oor 'n balk gehang, en hy het daarvan afgehaal en vir haar op die grond oopgesprei om op te sit. Toe kry hy 'n vel met die lang haar van 'n Hottentotskaap. Dit was verbode. En hy het gesien sy kyk daarna, maar sy het niks gesê nie.

"Kom. Jy kan rus hier."

Sy het die melkkan teruggegee en die kind aan haar bors gesit.

"Hoe ver het julle geloop?"

"Van die Fort af."

"Van die Fort af? Waar is die kind se pa?"

"Sy het nie pa nie."

"Wat is haar naam dan?"

"Pieterneltjie."

Soos hy gedink het, dit is 'n wit man se kind. Hy is na sy werk toe. Toe Maijke kom, het sy die vrou met die kind binnetoe geneem.

In die blomtyd het Tielman vir sy knegte gesê om sy wa te was, en 'n vrag gras te sny en blomme ook daarby. Sy wa is ge-

249

huur en hy moet daardie Sondag bruidswa ry. Dit was 'n goeie tyd van die jaar vir 'n troue. Die gras was geil, die vleie blink, en die wêreld het na heuning geruik. Grootuierkoeie het kniediep in die klawer en die blomme gewei. Bart was gelukkig, maar hy was nie tevrede nie. Hy was bang vir te gerieflik raak. Skepe en matrose vrot op land. Daar was te min wind in die vallei, sy kooi was te sag, die vrou se kos was te ryk, hulle was te lief vir soetgoed maak. Hy sou die volgende dag na die troue toe gaan. Troues was goed; jy kry 'n kans om met jou bure se dogter te dans. Volgens die uitnodiging deur die aanseêr sou Trijn Ustinghs en Hans Ras die Sondag ná kerk trou, en almal was welkom by die geselligede op Hans se plaas. Hans was 'n jagmaat van Tielman, 'n lummel uit die diepte van Duitsland met die hart van 'n kind en grassaad in sy hare.

Hulle het die Saterdag die wa na die rivier toe getrek, en met emmers water en harde besems die beesmis uitgewas, en dit daar laat staan om droog te word. Toe het hulle met sens en sekels 'n vrag gras gesny en 'n diep kooi op die wa gemaak. Daar was volop blomme. Hulle het arms vol uitgetrek. Dit is toe dat Trijn en die vriendin daar kom, om die wa te kom mooi maak. Bart het vir Trijn al by Maijke gesien. Sy was 'n dik Duitse boerinnetjie, skaars twintig, en twee jaar in die land. Die ander was Theuntje van der Linde. Bart, wat selde met vrouens praat, was eers skaam. Sy was 'n halwe kop langer as hy, skraal en mooi genoeg. Sy en Trijn het gebabbel en blommekranse gevleg om aan die kante te hang, en stringe blomme deur die speke gedraai. Bart het gelag, en meer blomme gebring. Dit het 'n lekker middag geword.

Die Sondag het Bart hom gewas en gekam, en skoon aangetrek. Hy het een van sy goue munte uit sy wegsteekplek gehaal en in twee gesny, dit was sy bruidsgeskenk. Hy en sy maat het die wa kerk toe geneem, en daar by ander waens en bakkarre uitgespan, en buite die Fort gewag dat die mense verskyn. Daar was min skepe op die reede, net 'n paar bare en dan die Fort se twee diensbote langs die kaai. Die Sabbat was hulle enigste rusdag, dan het hulle nie heen en weer oor die baai geloop met leisteen en skulpkalk nie. Barbara Geens se taphuis was toe, haar wit luike was in

die rame. Bart en sy maat het verveeld langs die versierde wa ge-
staan, en geskop na honde wat teen die wiele kom been lig. Langs
die Fort was 'n nuwe groot waterbak van klip en baksteen in aan-
bou. Dit was 'n lang kerkdiens. Hulle het die osse in die juk ge-
neem om in die stroom bo die tenk te laat drink, tot 'n soldaat van
die muur af skree hulle moet uit die water uit, dit is drinkwater.

Wat doen ek hier? het Bart gedink. Hier is niks vir my in hier-
die speletjie nie. Ek mors my lewe in dié plek.

Toe kom die Koina-vrou Eva met haar kind op die heup by die
poort uit. Albei was pragtig in Hollandse klere, en sy was weer
ver beswanger. Sy het afwagtend langs die wa kom staan, met
haar gesig na die poort toe. "Hulle kom nou uit."

Bart het die kind geneem en met haar op die voorkis geklouter.
"Ons kyk van bo af, Pieternellatjie. Jy is nie bang om 'n entjie in die
mas op te gaan nie, of hoe?" Hy het haar styf vasgehou. 'n Won-
derlike warmte het uit haar hele lyf gekom. "Ja, of hoe?"

'n Troep boere was aan loop oor die binnehof, poort toe. Maar
daar het die twee wagte eers pieke gekruis, sodat die prosessie
moes staan. Dit was die gewoonte. "Eers die wagwoord." Hulle
het buitensporig gejuig en gelag tot die bruid elkeen 'n soen gee.
Toe stroom hulle buitetoe. Barbara was vooraan en het luidkeels
geskree: "Jy lyk goed met 'n kind, Bart. Jy moes lankal pa gewees
het." Agter haar was haar vriendin Theuntje.

Die mense het by die wa saamgedrom. Bart het die kind aan
haar ma gegee, en vir Trijn gehelp om op te klim. Om een of ander
rede het sy haar arms om sy nek geslaan en hom innig gesoen. Toe
help hy vir Hans boontoe. Die kêrel was blinkglad geskeer, met 'n
te klein geleende pak en jong grassaad in sy hare. Bart het sy hand
in gelukwense gedruk en hulle gehelp om langs mekaar in die
diep gras te lê. Takke met vrugtebloeisels is in die wa gegooi, ge-
skenke van pampoene, 'n mandjie eiers, 'n vasgebinde speenvark,
takke met blare. 'n Soldaat met 'n houtfluit en 'n ander met 'n
viool het opgeklim. Bart het nog Trijn se warm soen in sy lyf ge-
voel, toe Tielman op hom skree: "Wat staan jy daar? Haak aan die
trekgoed. Vat die voortou."

Maar hy het geweet sy maat was klaar met die trekgoed. Daar

251

was niks vir hom te doen nie. Die baas was dronk, hy het dronk in die kerk gesit.

"Klaar, baas."

Tielman se stem was al harder. "Nou help op vir Maijke."

Bart het vir Maijke by 'n ander wa gesien, waar hulle 'n kis langsaan neergesit het vir mense om op te trap, en sy is daar opgehelp. Sy wou nie met haar man ry nie.

Tielman het in 'n verwoede bui boontoe geklouter. "Gee die sweep. Keer julle koppe. Borms, vat die tou voor."

Hulle wa het agter ander gestaan. Mense het nog sitplek op waens gesoek, en Bart het gewag vir 'n opening sodat hy kon deurlei en voor in die ry gaan. Tielman het die voorslag gevaarlik naby sy kop geswaai. Bart het hom vererg.

"Baas, pas op wat jy doen."

Van die Fort af het die grondpad oor 'n groen bult na die Liesbeeck toe gestrek. Daar was ses ossewaens op 'n streep in die smal pad, met ruiters voor en agter. Bart het heel voor geloop, hy kon niks sien agter nie, maar hy kon die viool en fluit hoor speel, en die gejoel van die gaste. 'n Dansery het op die waens begin. Flesse is waarskynlik daar rondgegee. Tielman het gevloek en geskreeu op die osse, en geklap met sy lang sweep. Bart het gewonder oor Trijn se warm mond. Hy sal sien of sy wil dans vanaand. Waarom is sy so bly om met ou Hans te trou? Hy het die prosessie anderkant die bult af gelei na die rivier toe. Hans se werf was by die bruggie; hy kon die rook uit Hans se skoorsteen sien, waar vrouens bak en mans brou.

Tielman het gebulder, en Bart kon die osse voel vorentoe beur onder die slae wat hulle kry. Hy moes hom haas om voor hulle horings te bly. Daar was gille. Hy het omgekyk. Die wa agter hulle het aan bakboord probeer verbybeur om eerste op Hans se werf te kom, en Tielman wou dit nie toelaat nie. Hy het regop gestaan en gevloek en geslaan, dat Bart moes hardloop met die osse om die bruidswa eerste op die werf te bring. Langs hulle was die ander wa, met twee wiele al op die wal en die osse se horings wat klap teen mekaar, die mense skreeuend en Tielman se sweep wat fluit in die lug. Bart het met sy osse se koptou uit die pad gespring

252

en sy span op die draf uit die grondpad gelei dat die ander span kon verbykom. Toe die osse bedaar, het die hele optog agter hulle stilgehou.

Toe slaan Tielman hom met die sweep oor sy skouers. Bart het agter sy blaaie gevat, en sy hand in sy sak gesteek en sy mes uitgehaal. "By die harige hond, baas. Doen dit nie weer nie." Die bruid was in trane. Mense het nader gehardloop, saamgedrom. Die bruidegom het vir Tielman met 'n plat hand voor die bors van die wa af gestamp.

"Dronklap, wil jy ons hier verongeluk?"

"Almal af dan!" het Tielman geskel. "Almal donder af van my wa af! As ek en my wa nie goed genoeg is nie, dan loop julle waar julle wil wees." Hy het takke en geskenke en blomme van die wa af geruk en weggesmyt. "Loop, gee pad van my wa af! Jy, Hans Ras, vat jou wyf van my wa af voor ek haar afskop. Vat jou verdomde koei van my wa af."

Die messe was in 'n oogwink uit. Binne 'n oogwink is gesteek, gekeer, gesteek, gekeer, gesteek. Hans het met 'n verwonderde glimlag in die sandpad langs die bruidswa bly staan en bloei, met 'n afgebreekte lem wat tussen sy ribbes hang. Sy wit hemp het stadig rooi geword, toe knak sy knieë. Gille het opgeklink. Bart het gestaan en kyk hoe Tielman gevat en weggelei word, hoe die skreeuende bruid van die wa gelig word sodat hulle haar bruidegom se slap lyf op die kooi kan neerlê. Sy eie twee skouers het soos vuur gebrand. Hy het die osse vasgehou en gepraat om hulle te kalmeer. Vuilgoedse landrot.

Die sekunde en 'n paar amptenare en die predikant wat in karre vooruitgery het soos dit betaam, is al by die feestafel plek gegee toe Hans binnegedra word. Meester Pieter, die sjirurgyn was daar; hy is met sy kissie na Hans toe. Die sekunde het die bruid by die deur ingewag en vir haar skoon brandewyn laat drink. Almal wat inkom, het 'n behoefte aan brandewyn gevoel. Toe meester Pieter vir die sekunde kom fluister hy meen die pasiënt is buite gevaar, maar hy vertrek nou met hom hospitaal toe, het die sekunde vir die bruid gesê: "Dit sal 'n jammerte wees om die gaste so huis toe te stuur, Trijn. Kom, laat die fluit en viool begin. Skinkers, gooi vol." In die afwesigheid van haar vader het hy vir die bruid gepraat.

Bart het die wa uitgespan, sy trekgoed agterin gepak, die osse by die rivier laat drink en hulle in Hans se kraal gesit. Binne-in Hans se hut kon hy die musiek hoor. Hy wou sy goed op die plaas gaan haal en Fort toe loop, en vir Wagenaer sê waarom hy nie by Tielman kan werk nie. Toe kom Barbara en Theuntje op die werf aan, elkeen met 'n groot pastei in 'n doek gebind op die kop, en 'n mandjie in elke hand. Hulle het agter die waens aan geloop en het nog niks van die gevaar geweet nie. Dit kan nog 'n goeie aand word, het Bart gedink. Hy sal môre Fort toe loop.

Hy word die oggend wakker tussen Theuntje en Barbertjie in die diep gras agter op die bruidswa. Hy het goed geslaap, heerlik warm en heerlik sag. Hy het daar uitgekruip en tussen die bosse deur na die rivier toe geloop. Hans se hond is saam, en hulle het saam in die mistigheid teen die bome op die wal water afgeslaan. Die rivierwater was yskoud. Hy het sy mond uitgespoel, sy gesig gewas, 'n paar bakhande vol gedrink, rondgekyk. Langs hom het die hond gestaan en lek. Hy het 'n entjie stroomop geloop, waar die struike digter groei. Dit gaan nog 'n mooi dag word. Wat 'n fees was dit nie. Hulle het tot lank na middernag geëet, gedrink en gedans, en die hut so vol dat die helfte buite dans, tot die knegte en die diensmeisies moes begin dink om by hulle werk te kom.

"Gaan jy," het Bart vir sy maat gesê. "Die baas sit gevange, en ek kom na daglig my goed haal. Sê vir die nooi ek bring die wa, dan kom vat ek my goed."

Met die terugloop het hy na die osse gaan kyk. Hans se kneg was daar, en wou help inspan. Sy baas lê in die hospitaal, so hy sal eers al die mense van die werf af help.

"Jou baas ernstig gekwes?"

"So sê hulle."

Daar was ander mense op die werf. Die huis was wakker. Trijn Ras was besig om vuur te slaan in hulle kookplek. Sy het almal gehelp en vir niemand hulp gevra nie. Haar stem was sterk maar gesellig. Sy het Hans se speenvark by die kombuisdeur uitge-skop, vir die hond 'n groot been met vleis aan buitetoe gegooi, twee ou mense op kieries na die brug toe gehelp, tafeldoeke buite uitgeflap en oor haar arm gevou, en met Barbertjie en Theuntje voor die deur gestaan en lag en lag tot dit klink of hulle huil. Wat was die grap? het Bart gewonder. Harmen die buurman het aangekom en die leë biervat by die deur uit gebring en dit met sy voet padlangs aangestoot na sy huis toe.

Toe Bart klaar ingespan het, het hy gaan groet. Hy sou die bruidswa terugneem, het hy vir Trijn gesê. En hier is 'n geskenk vir haar. Hy hoop dit sal vermeerder. Sy het vir hom nog een van haar warm soene gegee.

"Dankie, Bart. Ek sal vir Hans sê."

"Hou dit vir jouself. Jy sien hoe dit met Hans is."

Toe sy nie antwoord nie, vra hy: "Daardie twee, Barber en Theuntje. Hoe kom hulle by die huis?"

Later lei hy die span osse met die leë wa langs die rivier af na Tielman se plaas toe. Theuntje loop saam met hom; die ander een wou nog help skoonmaak. Die vroeë bye is woelig tussen die blomme.

"Dit is snaaks dat 'n matroos vandag osse lei."

"My laaste keer."

"My oorlede man was 'n boer. Hardwerkend. Maar dit bly 'n gesukkel."

"So is dit met ons arm mense."

"Wat ek bedoel is, kyk, my pa was 'n visser. Dit is baie harde werk en gevaarlik, maar plaasdiere is amper soos mense, hulle het jou gedurig nodig."

"Jou oorlede man, kort gelede?"

"Ja. Hy sou hier kom boer. Die Kompanjie het gesê hulle moet aansluit as soldate, en as hulle hier kom, word hulle vry. Die kommandeur help hulle met grond. Hy is op see dood. Noord van die lyn al."

"En die grond?"

"Dit is net vir mans."

"Gaan jy terug oorsee?"

"Dit hang af van my fortuin. As ek nie bly nie, gaan ek terug."

"Ja. Ek ook."

"Ek het niemand hier nie. Nie eens 'n kind nie," sê sy. "Ek het niks oorgehou nie."

By Tielman se werf het hy vir Theuntje gevra om te wag; hy loop hiervandaan reguit Fort toe as sy wil saamloop. Sy maat het die kalwerhok uitgegooi, en Bart het sy hulp gevra met die wa en osse. Toe die osse in die kraal was en die trekgoed opgehang, het hy sy bondel in die knegskamer gaan haal, sy maat gegroet en aangestap na waar Theuntje tussen die wit blomme sit.

"Kom, Theun. Ons gaan spreek die kommandeur." Maijke het op die werf uitgekom. Sy het niks gesê nie, maar hulle agternagekyk soos hulle loop.

Kommandeur Wagenaer was op die kaai se punt. Hy het 'n staf met 'n kruis bo-aan gehad, soos die heiliges in die prente, en daaroor gekorrel in die rigting van sy nuwe waterbak. Bart het gewag tot hy en sy klerk klaar geskryf het. Toe trek hy sy kuif, en vra om iets te sê.

"A, die man wat nie die Kompanjie 'n guns wou doen nie. En die juffer?"

"Theuntje van der Linde, my heer." Theun het 'n knie gebuig, en die ou man het sy hoed aangeraak.

"Julle kom gebooie opgee? Uitstekend. Die kolonie het kinders nodig. Ek wens julle 'n dosyn toe. Stap saam met die klerk, hy sal julle saak neerskryf." Hy het hulle met sy hoed vooruitgewuif asof hy lammers aanjaag. Bart het vasgesteek, en na 'n groot sloep langs die kaai gewys.

"Wat vra die Kompanjie vir hierdie sloep, edel heer."

"*Bruid?* Nie te koop nie."

"My heer, ek het 'n wetlike akkoord met Tielman Hendriksz. Toe gister op die troue slaan hy my met 'n sweep, en hy steek vir Hans met die mes. Hy is gevaarlik as hy dronk is."

Die kommandeur het ernstig na hulle toe gedraai. "Hy sit nou met sy agterste in die Gat. As Hans ondergaan, dan hang ek hom. 'n Voorbeeld vir ander luiaards wat wil jag en suip en deur hulle knegte laat boer. Is dit waarom ons die Liesbeeck van die inboorlinge gevat het? Wat het dit te doen met die prys van die skuit?"

256

Bart het geskrik. Wat weet die kommandeur? "Ek werk nie weer vir hom nie, edel heer. Ek het 'n kontrak, maar ek gaan nie terug nie. Ek wil 'n vryman wees wat vir myself werk, dan het ek respek vir my baas."

"So? En wat van jou wettige kontrak?"

"Ek wou vra, as 'n guns ..."

"'n Guns, nè. Wat sal daar nog wees?"

"Die sloep koop."

"By my siel, kêrel. Kan ons dalk nóg iets vir jou doen?"

"Maklike terme vir die afbetaal, asseblief."

"Jy kom vanoggend hier jou werkskontrak kanselleer en ons boot afrokkel en paaiemente reël én hierdie vrou trou. Alles vanoggend."

"Ek wil graag met my heer daaroor praat."

"Nou, kom julle kantoor toe. Smee die verdomde yster terwyl dit op heet is, sê ek altyd."

Hy het hulle op die regop kerkbank voor sy tafel laat sit. Bart het die plek geken. Theuntje het gebewe, en na sy hand gevat. Hy het dit stewig vasgehou. Die kommandeur wou weet: "Laas het ek jou om 'n guns gevra, Borms, en jy het my geweier."

"Ek wou nie gaan nie omdat my heer gesê het dit is 'n mors van tyd. Ons laaste sewe man het lui en vet geword, en skipper Hugo het vyf swartes daar laat staan. En wat ek hoor, is dat daardie kus se swartes geen ontsag vir ons mense het nie. Ek het by myself geoordeel ons makkers sal nie meer lewe nie."

"Hoekom het jy my nie geadviseer nie?"

"Die Here het klaar besluit 'n skip moet gaan."

Die heer wou verder weet: "Jy kom op die kaai en wil die eerste sloep langsaan koop. Sal 'n boer 'n perd koop sonder om in die bek te kyk en die vier pote op te lig? Sal hy 'n koei koop sonder om te vra waar loop haar laaste kalf, hy wil dit graag sien?"

"Ek ken vir *Bruid*. Ek sien hom elke dag loop, en van enige wind maak hy goeie spoed. Dit beteken sy bodem is dig en skoon en sy tuig is in goeie staat. Toe ons daar op die kaai staan, het ek na die tuig gekyk, en die gereedskap, en die toestand. Hy lyk vir my so vyf jaar oud. Amper geen spoelwater in die bodem nie. Sy

257

kwartiermeester kyk goed na hom. Kort 'n bietjie verf en lynolie hier en daar. Maar ek sal hom op die blokke wil sien voor ek teken."

"Jy wil vryvisser word. Saldanhavaarder."

"Dis so, my heer. Vars, winddroog en gepekel. Die Saldanha-vaarders het vroeër mossels en traan en dons en enigiets gelewer, sover ek weet."

"Ja. Hoe meer slawe ons nodig kry, hoe meer vis het ons nodig. Goedkoper as vleis, daaroor is Jan Kompanjie natuurlik bly. Maar hulle kies om vis te eet bo vleis. Ek ook, die donder weet, daar is meer smaak in. Jy kan maar elke dag vars vis en oesters hier bring." Bart het gelukkig geglimlag, en Theuntje se hand gedruk. Hy het gevoel, toe hy en die hond dié oggend hulle water in die Liesbeeck afgelaat het, hierdie gaan 'n goeie dag wees.

"Ons Fort is nou in taamlike staat, so ons het minder kalk nodig van die eiland af en ek dink ons kan *Bruid* spaar. Kom ons kyk later na terme, en praat eers oor jou ander bruid. Ek het aan-geneem julle wil gebooie laat lees."

Na Bart en Theuntje se gebooie drie Sondae in die kerk gelees is, is hulle getroud in die saal met die leeuvel teen die muur. 'n Aansêer het hulle vriende genooi, en die waardin van *Die Olifant* het vir hulle 'n ete voorberei. Bart het 'n vissershut langs die Sout-rivier gehuur en vir hulle reggemaak, en die aand ná hulle troue het hy die hut se deur vir haar oopgemaak. "Kom aan boord, Theuntje."

Voor hulle deur het 'n breë, silwer riviermond uitgestrek. Daar het Bart in die komende tyd sy nette gespan, en op die wal was sy steiers waaraan sy droëvis hang. Saterdae en Sondae het hy op die gras met sy rug teen sy huis se muur gesit en sy nette reggemaak, en sy oë oor die water laat gaan. Met sy krom bruin vingers en sy breë gebarste tone in die ruite van die net, was hy tevrede. Sy vrou was netjies en pligsgetrou. Sy het haar sleutels met trots oor haar voorskoot gedra, en as sy haar naam skrywe, was sy Theuntje Borms, Theuntje Bartels en Theuntje van der Linde. Sy was vrolik en selfversekerd in haar nuwe status. Sy het 'n hen op eiers gesit, en tuin gemaak. Sy het haar vriendinne genooi, en met 'n mandjie geloop om by hulle te kuier. Sy en Bart was verbaas dat hulle van mekaar hou.

Bart het 'n knyp van verlange gevoel toe hy eendag op die kaai hoor daar is 'n skip op die reede wat gestuur word om 'n nuwe besetting Mauritius toe te neem. Die skip *Waterhoen* het op die binnereede gelê. Daar was 'n paar maats aan boord wat die kern, die hart, van die nuwe besetting moes vorm, want die Here het in Nederland bekend gemaak dat hulle dubbelgasie sal gee aan enige van *Aernhem* se opvarendes wat by die ekspedisie wil aansluit. Hulle moes die aangewese opperhoof adviseer oor waar die veiligste reedes was, hoe om hutte te bou, waar die regte ebbehout groei, waar om kalk te brand, sulke dinge. Hulle sou die nuwe opper se regterhand wees. Bart wou nie self Mauritius toe gaan nie, maar by al die slegte herinneringe was daar ook goeie tye om te onthou. Dit was nou jare van hy daar gered is, en hy wou die maats aan boord gaan groet. Hy sou vra om met die nuwe opper te praat.

Hy het uitgeseil asof hy see toe gaan, en langs *Waterhoen* se romp aangegier, en boontoe geroep of hy aan boord mag kom. Die skipper het laat weet nee, dit is teen orders. Kan hy dan met die opper van die Mauritiusgangers praat, of met hulle seur?

'n Middeljarige man met 'n bles kop het bokant Bart oor die verskansing kom hang. Die aangewese opperhoof.

"Dag, vriend. Jakob van Nieuland. Wat kan ek vir jou doen?"

"Welaan, opper. Ek is Bart Borms. Kan ek aan boord kom?"

"Skipper het geweier. Hoe kan ek help?"

"Opper, ek was 'n paar jaar gelede in *Aernhem* se boot."

"A. Wil jy nou saam?"

"Opper, ek hoor jy het van ons ou maats onder jou. Ken ek nog van hulle? Ek wil net groet."

"Ek roep hulle."

Die opper het met drie matrose teruggekom. Bart het gekyk, en toe versigtig die gesigte ondersoek. "Hulle lieg vir jou, opper."

Van bo af is op hom gevloek. Een het op Bart se kop gespoeg. "Fok weg, jy. Wie is jy? Ons ken jou nie."

"Ek gaan haal ander," het Van Nieuland beloof. Hy het nog drie gebring. Hulle het saam met hulle maats oor die verskansing bo sy kop geleun. Hy het weer versigtig in die gesigte gesoek. Die tyd rig verskriklike dinge aan in mense se gesigte. Ja, twee het vaag bekend gelyk, miskien van daardie wat naby die groentetuin gewoon het en eerste gelig is.

"Welaan, vriende."

"Wie is jy, maat?"

"Bart. Ek was saam met Andries Stokram."

Hulle het onder mekaar gepraat.

"Andries Stokram wat die boek geskryf het oor sy avonture?"

"Einste hy," het Bart gesê. Hy het nie geweet dat Andries kan skryf nie. En hy was jammer dat hy nie kon lees nie, want hy sou graag hoor wat Andries oor hulle vertel.

"Nog nooit van jou gehoor nie," het hulle geroep.

"Ek weet." Hy het sy boot met die spaan weggestoot van *Waterhoen* se romp af, tot hy los dryf. Toe ruk hy sy seil se geitou los, dat hy wind skep en daar water tussen hom en *Waterhoen* slaan. "Opper, in godsnaam, pasop."

"Dankie, vriend."

Hy het nie vir Theuntje vertel wat hy daar gehoor het nie, want hy het soms snags sleg gedroom van die eiland, en dan het sy hom daaroor uitgevra asof sy onrus 'n werklikheid was.

Toe hulle amper 'n jaar getroud was en Theuntje nog nie verwagtend is nie, het hulle bekommerd geword. Hulle het rate gehoor en probeer, maar niks het gewerk nie. Wat was verkeerd? Hoe kon hulle nog probeer? Bart wou nie met ander mense uit sy slaapplek praat nie, maar hy het by haar dinge gehoor wat sy van haar vriende af aangedra het, wat hom laat dink het sy sê vir hulle meer as wat wys is. Maar hy het haar kommer verstaan. Wat as hulle nooit kinders het nie? Hy het haar moed ingepraat en 'n grap daarvan gemaak, sodat sy nie bedruk voel nie. Hulle is nog jonk genoeg, het hy gesê. Hy het 'n man geken wat 'n oupa was voor sy eerste kind gebore is.

"Solank jy nie omgee om te probeer nie, Bart." En hy het nie omgegee om te probeer nie, want hy het van Theuntje gehou.

Hy kon sien sy was ongeduldig. Sy moet nie ongeduldig word nie, het hy gevra.

Hy het ongelowig geluister die dag toe die fiskaal se boodskapper 'n brief voor hulle deur bring en daar staan te lees dat Theuntje gedagvaar word om voor die Raad te verskyn op 'n klag van laster.

"Wat? Theun, wat praat die man?"

Sy was so wit soos 'n meeu. Eers het sy dit probeer afmaak, dat sy nie weet wat die man bedoel nie, en later gesê sy sal haar kant van die saak in die hof stel. Bart hoef nie te dink sy sal hulle naam deur die modder sleep nie. Maar die boodskapper het gestaan en wag met die dagvaarding en sy skryfkissie met pen en ink, dat Bart die ontvangs erken. Toe hy sy swart anker onder aan die dokument teken, het sy begin huil.

Sy het by hom op die kooi gelê. "Dit is omdat Hester die vier mooiste kinders het. Ek het 'n lelike ding gedoen. Hulle praat elke dag oor hulle kinders, oor hulle seuns en hulle dogters, en hulle babas. Dit is al waaroor hulle elke keer praat. Hulle kyk vir my as hulle oor hulle mooi dogters vertel, en die rokke wat hulle gemaak het vir hulle kinders. Hulle kyk my in die gesig om met my te spot. Dit was om haar te verkleineer dat ek die leuen vertel het. Ek is jaloers."

"Moenie meer huil nie, Theuntje. Dit is vir my wat hulle spot, hulle spot nie net met jou nie. Dit is van my ook wat hulle praat." Hy het dit oor en oor vir haar gesê. Hy kon vir haar gesê het: "Ag, Hester Weyers was maar 'n diensmeisie toe sy hier kom, en nou is sy kastig burgerraad Mostert se huisvrou." Maar hoe sou dit haar help om weer haar kop in dié dorp op te lig? Hulle sou hierdie hofsaak moes deurgaan, die hele skandaal van openbare straf, en dan die vernedering om lewenslank met neergeslane oë te loop. Dit was lewenslank. "Dit is ons al twee, Theuntje. Ek voel net soos jy."

Die Raad het haar beste vriendinne geroep en teen haar laat getuig. As jy in die hof jou eed aflê, dan neem jy jou gewete, jou lewende siel in jou hand, en jy staan daarmee dat almal, jou regters en jou teenparty, die laksman en die publiek, dit kan bekyk. Hulle het vir Trijn en vir Barbertjie gevra: Is dit so dat die aangeklaagde in julle bysyn vertel het dat Hester Weyers twee voorkinders in die vaderland gehad het en een daarvan vermoor het? Ja, het hulle gesê, dit is so. Wat anders kon hulle sê? Wat een oggend 'n lawwe grappie was tussen hulle en nog ander in *Die Olifant* se kombuis, was nou iets van skrik en pyn en bloed en lewenslange verwerping. Wat anders kon hulle sê, want dit was so.

Die straf is deur die sekretaris gelees van die Kat se stoep af. Theuntje het langs hom gestaan met 'n ketting aan haar enkel. Bart was heel voor tussen die vergaderde mense. Trijn en Barbertjie was nie daar nie. Die klerk het geweet om gewigtig te klink, want hy moes vrees in hulle wakker maak. Hy moes sekere woorde soos getalle, apparaat en liggaamsdele altyd beklemtoon. Hy het haar straf gelees: ysterpriem deur die tong, veertig slae met 'n rottang op die naakte rug, ses weke verbanning na 'n verlate en skuilinglose eiland. Maar daar is geen vrees in die mense wakker gemaak nie; hulle wou nog meer sien, asof sy 'n soort monster was wat in die openbaar oopgespalk word vir hulle vermaak. Toe lees die sekretaris die begenadiging, op die bede van sekere Kaapse dames. Sy word van die pyniging vrygestel, maar nie van die verbanning nie. Daarom roep die klerk die sipier om die gevangene terug na die kerker te neem. Die kerker was daar voor hulle onder die Kat se stoep; hulle kon sy venstertjie sien. Die soldate noem dit die Gat. Bart het skaars woorde gehad toe hy vir Theuntje gaan groet. Die aanskouers het gevoel hulle het nie waarde vir hulle moeite gekry nie.

Toe Bart toestemming kry om sy vrou op Robbeneiland te besoek, vind hy uit die Koina-vrou met Pieterneltjie is die nuwe poshouer se vrou. Dit was 'n genade dat Theuntje daar darem 'n vrou met kinders gehad het om mee te praat.

Sy lewe het verander na haar vrylating van die eiland af. Hy het die baai uit geseil, en sy gedagte was tuis by sy vrou. As daar iemand by haar was, sou hy hom minder bekommer het. Dit was nie oor haar veiligheid tuis nie, want almal weet geen Hottentot en geen Hollander sal 'n vrou kwaad aandoen nie; dit was oor haar gemoed. Jy kan nooit 'n hand deur die spieël steek om aan te raak wat agter die spieël is nie. Dit was daardie deel wat jy nie kan sien wanneer jy by haar oë inkyk nie, soos waar die kwiksilwer verslyt het agter 'n spieël; dit was iets soos 'n ellendige kanker agter haar gesig, agter haar groet, agter haar glimlag. Dáár was Theuntje alleen met wat in haar gemoed was; sy kon dit aan hom probeer verduidelik, maar hy kon dit nooit beleef nie, en wat sy nie vir hom sê nie, het nie bestaan nie. Sy het aan een kant van 'n see gestaan en hy aan die ander kant. Eilande, albei. Hy kon hom tot die einde van ewigheid net verbeel hoe sy voel.

Daar was nie meer besoekers by hulle huis nie. Wanneer hy uitseil, Saldanhabaai of Hoedjiesbaai toe, weet hulle albei dat sy veertien dae lank alleen gaan wees. Haar vriende was nog skaam; hulle sou miskien later weer kom, maar nou was nog te vroeg, want Theun was 'n geskavotteerde misdadiger. Theun was voor die hof gewees, Theun was in die kerker. Sy was dít waarteen met opgehewe wysvingers gepreek word, vermaan word, gewaarsku word. Nou moes Theun vermy word, anders maak jy jou Bybel en predikant tot leuenaar. Sy het die gebod oortree: *Praat nie kwaad van jou naaste nie*. As Theuntje dan met 'n mandjie vis van deur tot deur loop, maak hulle nie oop nie, of hulle praat deur die luik, en stuur haar weg: hulle het niks nodig nie, hulle wil nie vis koop nie. As hy self met die mandjie loop, dan maak hulle oop, dan het hulle vis nodig.

Theun het nou 'n voëltjie in die huis aangehou, en twee hase in die agterwerf, alles in hokke. Sy sou die huis skoonhou en die kuikens voer, miskien 'n ent langs die vlei op stap, gedurig alleen.

Bart het met sy kuipe in sy skuit uitgeseil en hulle vol vis gevang, gevlek, gesout, gekuip. Daar was meer vis as wat hy kon vang. Hy het in Salamanderbaai op die rotse uitgeklim, en soveel rooiaas gesny as wat hy vir een dag nodig het. Dan het hy in die noute van Saldanhabaai op geseil in die rigting van Tafelberg, en waar hy in die vlak water 'n skool visse gesien het, sy net uitgegooi en honderde groot harders ingesleep. Dit was 'n mooi omgewing waarin omtrent geen mens geroer het nie. Soms het hy Koina op die ver strand gesien, en hulle 'n paar woorde toegeroep en 'n groet met die hand gewuif. Snags het hy 'n ent van die wal af in die stil inham geanker, sy brood en vis geëet, hom in 'n kombers toegedraai, en met 'n bottel brandewyn onder die voorste verdekking ingeskuif om te slaap. Aan land kon hy leeus, jakkalse, en wolwe se naggeluide hoor. Hy was veilig en tevrede. Maar dit was nie goed vir Theuntje om alleen te wees nie; miskien moes hulle maar hier opgee en Nederland toe gaan waar hulle nie bekend is nie.

Sodra sy kuipe vol was, het hy 'n paar dosyn mossels en 'n paar krewe uitgehaal, en hulle in sy seewaterkuip gepak om lewend Fort toe te neem. Dan was hy gereed vir die retoer. Dit het hom 'n dag geneem uit Saldanhabaai as die wind noord was, maar 'n dag en 'n halwe nag met die wind van voor. Dan het hy nie reguit Fort toe geloop nie, maar eers Robbeneiland aangegier en vir meester Pieter besoek met 'n geskenk van krewe of vis. Dit was vir hom 'n plesier om die man se kinders te sien, en aan hulle Theuntje se groete oor te dra. Vir Pieternellatjie het hy soms 'n bos bloedrooi vere gebring van die flaminke in Geelbeksfontein se soutpan, of 'n groot skulp of 'n walvis se oorbeen van wit glas.

Agter Dasseneiland het Bart soms 'n skip teengekom wat daar geanker in die lykant skuil, omdat hulle by Tafelbaai verbygewaai het, of omdat niemand meer op die been was wat 'n roergang kan dien nie. Hulle was meesal swart van skeurbuik. Aan die skippers het hy gegee watter kos hy kon, soos van sy vis en pikkewyneiers, of suring en porseleingras van die eiland af. Wanneer hulle kontant aanbied, het hy hom laat verlei om die seur land toe te neem en 'n skaap of twee by die Koina verruil. Maar dit was net vir oorlamskepe op pad noorde toe, dié wat landuit gaan. Vir die baarskepe het hy net kos gegee en gewys waar lê Tafelberg, dat sy naam nie buite sy kontrak aan die edel heer genoem word nie. Partykeer was Dasseneiland se vlak reede versmet van hulle geseilde lyke. Hy het hulle aan sy ankerkloue en in sy visnette opgehaal. Eenmaal het daar 'n paar krewe opgekom wat aan 'n lyk se gesig vreet, en hy het hulle in die Kaap vir Tielman Hendriksz gaan gee.

Soos sy diens verbeter en sy inkomste groei, het Bart gedink om 'n slaaf te koop. Hy was nie meer so vrek arm nie. Die meeste vryburgers het al 'n paar slawe gehad wat vis kry. Die Kompanjie het gekoop, die herberg *Die Olifant* het goed gekoop, en by die woonhuise in die dorp was daagliks handel te dryf. Wagenaer het

264

hom meer as goed behandel vir mossels en kreef en goedjies wat here en dames met sout en peper en wit wyn eet. Met 'n handlanger kon hy sy kuipe binne 'n week vul, dan sou hy gouer tuis kom. En die slaaf kon van deur tot deur smous, in die plek van Theuntje wat nou te bang was om aan deure te klop.

"Jy kan jou kop lig, Theuntje. Kyk weer op."

"Ek kan nie 'n ander gesig opsit soos die komediespelers nie."

"As dit met ons goed gaan en ons kan genoeg wegsit, kan ons terug vaderland toe. Nog 'n tydjie van hierdie lewe, dan dryf ons weer vlot."

Skipper Bakker van die retoerskip *Nagtegaal* het hom in Hoedjiesbaai nader geroep om te vra of hy weet van iemand in die Kaap wat 'n slaaf wou koop. Hy was nou op pad Nederland toe met hierdie man, en dit was tot sy nadeel, want hy het verbygewaai en hulle laat nie slawe in Nederland toe nie. Dit was 'n goeie man, sy naam was Jan Vos, twee jaar uit Wes-Afrika. Hy het hom op die heenreis gekoop vir 'n timmermansmaat. Die slaaf was van Bart se bou, middeljarig, roetswart, met 'n glimlag en 'n stewige handdruk. Bart het met vis en eiers vir die man betaal, hom huis toe geneem om vir sy vrou te wys, en toe Fort toe, dat sy naam op die slaweboek kom. Hulle het vir hom 'n kamer aan die huis getimmer, van planke van die Kompanjie se galjoot wat op Dasseneiland deur die dronkenskap van sy kwartiermeester vasgeloop het. Theuntje het vir die slaaf klere van seil gemaak.

Dit was soos Bart verwag het. Jan Vos het sy werk met die helfte makliker gemaak. Hy het eenvoudig geleef, geen gunste gevra nie, min gepraat en hard gewerk. Hy was *orang lama*, 'n wyse wat die Ooste gesien het, en sy stem was sag. Hulle sou vroeg die môre aas uithaal, 'n hele dag dryf met nette en lyne, saam vis vlek en kuip, en skaars twee sinne met mekaar praat. Bart, uit dankbaarheid, het hom versigtig behandel. Dit was Jan se voorstel dat hulle 'n takkraal naby die strand bou en snags aan land slaap. Jan het die skerm gebou, Bart het met sy werk op die water voortgegaan. Met 'n vuur in die ingang het hulle saans vis gebraai en hulle brood en vis en wyn geniet, en aan hulle nette en lyne gewerk. Dit was hulle lewe in daardie verlate baai, waar meer vis was as wat die twee van hulle kon vang. Dit was die jaar dat die groot komeet in die lug verskyn het.

Al die moeilikheid het nogeens uit die see gekom. Eers was daar die vloot soos nooit tevore nie, die sogenaamde Bittervloot. Dit was die grootste en van die mooiste skepe wat Bart nog by-mekaar gesien het. Daar was twaalf van hulle, diep in die water met die skatte van die Ooste. Diep beswanger, soos Jan Maat sê. Bart en Jan het in die mond van Tafelbaai gedryf toe die vlag op Leeukop opgaan, en skoot na skoot bruin rook daar bo geskiet word. Twaalf skote, toe gei Bart hulle seil op.

"Wag, Jan. Draai eers by. Ek wil dit sien."

Dit was pragtige skepe, skepe soos katedrale, reusagtig, don-kerbruin, die maste slank en toringhoog, die boegwerk groen van wier, die hek en galerye versier met verweerde goue verf en kerf-werk. Hulle kom vorentoe, breëbors oor die water, uit 'n effense mistigheid. Met 'n skraal bries uit die suidweste was hulle seile opgegei, en die ra's vol matrose gereed vir die woord om weer uit te smyt. Die mastoppe was bont van vlae van die vaderland, die prins, die Kompanjie, die ses kamers en die lang wit wimpel van die admiraal. Op elke skip het 'n ankerparty buiteboords ge-klouter om ankers los te sny; op die agterdek was 'n paar offisiere. Hulle het vir Bart koel in die oë gekyk terwyl hulle op 'n ry tussen sy boot en die Groen Punt verbysleep, reede toe. Bart kon tekens sien dat hulle swaar weer gely het: daar was lapwerk aan die rompe, verlore lanterns, gelaste sparre, en hy het doodstil in sy sloep gesit waar hulle boegwater sy boot laat kantel en rol, en ge-dink aan die sewe pragtige skepe van De Vlamingh se retoer-vloot. Twaalf skepe – Jan Vos het na hom geglimlag – wat 'n toneel. Toe die vlagskip die Duintjies verbygaan, begin die Fort sy verwelkoming skiet.

Sal hy nou uitvaar Saldanhabaai toe, het Bart gedink toe die laaste skepe verby is, of moet hy vandag in die Kaap bly? Van-aand is die strate boordensvol matrose.

Maar Jan Vos het hom windaf gewys.

"Goed, ons vaar." Daarmee het hy die seil losgeskud. Voor hulle was 'n lang stuk see Saldanhabaai toe. "Ruk maar fok by."

En toe hy terugkom, wag 'n bevel dat sy sloep deur die regering gekommandeer is. Hy moes help om hierdie vloot ververs te kry. Die boere se waens en vee is gekommandeer om brandhout aan te ry, en hy moes help deur die hout, mense, skeepsbrood, groente en nog meer mense tussen die steier en die skepe te vervoer. Die Kompanjie sou vergoed, is hy belowe, vir die gebruik van sy boot en sy slaaf, maar hy het geweet dit sou nie 'n kwart wees van wat hy met die Saldanhavaart kon verdien nie. Hy en Jan Vos het drie weke aaneen ligter gery vir die Kompanjie, en hulle vroeëkos en middagkos van boord gekry. Hy het baie staaltjies by die oorlamme gehoor oor hierdie skepe. Wat die admiraal vandag aan sy klerk of aan sy skipper sê, dit sê sy kelner aan die bottelier en die bottelier aan die hoogbootsman, en dié weer aan die bootsman. Dan jaag die bootsman die volk op met die woorde: "Ek hoor daar is drieduisend diamante aan boord, my hartjies. Maar dit behoort nie aan julle nie. Op uit die kooie. Gaan werk vir julle spek en bone." Bart het gehoor wat die vrag was, en dat die Kaapse kommandeur aan hulle skipper gesê het dit is die grootste skat wat ooit op een plek in die wêreld bestaan het, maar die Engelse weet klaar van elke donderse gulde en is gereed om rooi oorlog te verklaar om hulle donderse pote daarop te kry. Een van die skatryk passasiers het goud onder die spoelwater van sy skip laat vasspyker, en die edel heer Borghorst het sy hele fortuin bymekaar in 'n sakkie diamante wat hang op 'n plek waar net hy vat.

Die nuus van oorlog met Engeland het kort daarna uit die vaderland gekom. Bart het dit in die herberg gehoor. Wat gaan nou word van daardie vloot wat langs die erfvyand moet verbyloop om Nederlandse hawens te haal? Wat sou nou word van die vyfduisend matrose, al die goud, die speserye, die sy en die edelstene? Wat sou word van die arme vaderland? As Engeland wen, dan word almal slawe, al die geboue word verbrand.

Terwyl die vloot op die Kaapse reede was, was die mark vir vars vis en vir pekelharing uitstekend; tog was hy nie in staat om iets daaraan te doen nie. Hy en Jan Vos het drie weke lank gehelp om die Bittervloot gereed te kry om weg te kom, maar hy is nie in kontant betaal nie. Die kommandeur het 'n deel van sy skuld op die boeke laat afskryf.

Die skip wat die boodskap van oorlog gedra het, het ook vir Goske gebring. Waar die Kompanjie 'n fort wou staanmaak, het hulle eers vir Goske vooruitgestuur. Die Kapenaars het een oggend gesien daar staan wit vlaggies tussen die duine. Toe hoor hulle: hier tussen die duine gaan 'n groot kasteel kom. Die oorsaak was weer die Engelsman, wat die Kompanjie se handel met die Ooste wou gryp soos die Kompanjie dit vroër van die Portugees gegryp het, met geweld. Hulle hoor die Kompanjie gaan meer werkers stuur, en hulle gaan waens, osse en volk huur van die boere. Dit was vir Bart goeie nuus. As die garnisoen vergroot, gaan die mark vir vars en soutvis groei. Lank lewe oorlog, mag dit floreer, sê handelaars. Oorlog is 'n goeie ding vir die handel, solank dit ver van jou af gebeur.

'n Lang skuur van hout is in die duine tussen Bart se huis en die Fort gebou. Dit het gelyk asof Noag se ark daar kort bo die hoogwater in die duine gestrand het. Die gebou was die kasteel se moeder: wat daar binne-in gereed gemaak is, het in die grond gegaan en Kasteel geword.

Op die tweede Nuwejaarsdag van 1666 het Jan Kompanjie sy hand in sy sak gesteek en 'n blye dag gemaak vir sy werkers. Dit was 'n dag wat jare onthou is. Daar was die dag geen arbeid nie. Die diep en breë slote vir die fondamente was klaar gespit. Daarin is tafels op bokkies gesit, en vir almal wat 'n hand aan die werk gelig het of nog sou lig, was daar vleis en brood, pasteie en terte, groenteslaai, wyn en bier. Dié wat nie gebou het nie, is nie genooi nie. Daar was vuurwerk en musiek, nog bier, en 'n paar toesprakies, want die groot gebeurtenis was in die slote vlak voor die heer se tafel. Daar is die hoekstene van die Kasteel de Goede Hoop die dag gelê. Bart het reeds die stene op Robbeneiland gesien, waar hulle gegraveer en gekis is voor die oorvaart. Al die hoë here het vorentoe gekom. Dit was pragtige groot silwerblou stene met sierskrif op. Op een was Wagenaer se naam, op 'n ander Lacus se naam. Die oorskietkos is vir die Duintjies se armes gegee, waar meer en meer hawelose Koina skuilings kom opslaan het om loswerk by die Kasteel te vra. Ná die feesmaal is die tafels weggeneem en die stene is vir alle tye toegegooi, en dit was jammer dat ander Kapenaars hulle nie te sien gekry het nie, en ook dat Theuntje nie met hom wou saamgaan om te kyk nie.

Die nuwe kasteel het daarna soos 'n byekorf geword: dit het stadig, donker om die Ark bo die duine uit gegroei, terwyl honderde in stilte daaraan werk. Die diensbote het in mooi weer en onweer tussen eiland en kaai geloop, met lei en met skulpe. Gevangenes is gestraf oor klein sake, om verban te word en op Robbeneiland skulpe te dra vir die nuwe kasteel. Bart het soms by die kaai tot vierhonderd sakke skulpe getel, wat in een vrag van die eiland af gebring is. En dieselfde dag is dit tot kalk gebrand, en dan was daardie boot klaar weer op tog eiland toe. Hy het verwag hulle gaan sy boot ook nog daarvoor kommandeer, of om hout aan te voer vir die kalkoond, as hy nie oppas nie.

Here Meesters het gereken as hulle 'n duisend soldate Kaap toe stuur om geweer in die een hand en troffel in die ander te bou aan hulle kasteel, behoort hulle ook 'n soldaat met 'n swaard aan die sy en 'n serp oor die skouer en 'n veer in die hoed te stuur as baas van die hele spul. Bart het met moeite vir Theuntje oorreed om vir kommandeur Wagenaer een aand na sononder te gaan groet, toe dit so gereën het dat niemand anders op straat was nie.

"Jy moet vriende maak met Van Quaelberg, Bartholomeus," het Wagenaer hom aangeraai. "Die man is 'n Hollander, en dit beteken geld in jou beurs. Gaan praat met sy sekretaris, vra vir 'n onderhoud. Moenie met die kok se permissie deur die kombuisdeur inkom soos julle die keer by my gekom het nie. 'n Soldaat is baie op sy eer gesteld. Dit is al wat hulle het, sien. So, ek raai jou aan, doen die ding behoorlik en vra om hom oor die Saldanhavaart te spreek. En jy, Theuntje, jy het genoeg gely. Vergeet nou die ding. Kry 'n paar kindertjies, en leer weer lag. Kinders is 'n groot plesier, hoor. Daar is 'n Duitse seënwens: Bone in die pot, haan op die balk, kinders om jou tafel. Dit wens ek julle toe."

Omtrent daardie tyd het poshouer Meerhof se vrou weer 'n kleintjie gehad, 'n seun wat Salomon gedoop is. Die aansêer het by hulle huis gekom oor die doop, maar hulle het nie gegaan nie.

Dit was Theuntje; sy was siek van kommer oor iets wat Bart nie meer verstaan het nie.

Kommandeur Van Quaelberg was maar drie maande agter sy pluim toe 'n Franse vloot Tafelbaai binneseil. Hulle het die Fort gesalueer met baie salvo's en die Fort se nederige antwoord erken, en hulle ankers op die buitereede laat val. Die Fort se ekwipasiemeester en sjirurgyn het van hulle visite gekom met verslae van skade, siekte, vuilheid en wanorde, veel erger as op 'n Hollandse baarskip. Hulle was van die Franse Oos-Indiese Kompanjie, en hulle bestemming was Madagaskar. Van Quaelberg het die Franse admiraal op sy skip besoek. Hy het as kadet geleer om nie 'n Fransman te vertrou nie, veral nie as hy dood speel nie; voor jy dit weet, is jy die lyk. Kyk byvoorbeeld hulle vlag: dit is daardie wit vlag; jy dink nog hulle vloot het oorgegee, dan vind jy uit dit is hulle oorlogsvlag. Daarom wou hy self aan boord gaan. Hy is goed onthaal, en was gerus. Die mense wou 'n dienspos op Madagaskar gaan vestig. Hulle wou soos die Nederlanders handel dryf in Oosterse goedere op die Indiese vasteland. Madagaskar sou hulle verversplek wees, net soos die Engelsman vir St. Helena gebruik het, en die Nederlander die Kaap.

Van Quaelberg het die Fransman verwelkom as 'n moontlike bondgenoot teen die Engelsman in die suidelike oseaan. Wat hulle ook genoem het, het hy aan sy gaste voorsien: verblyf vir die offisiere in die Kompanjie se plesierhuis, skeepshout, brandhout, kos en wyn uit die Kompanjie se pakhuis. Ook timmerlui en behandeling vir sy siekes in die hospitaal. Vir al dié gunste het die admiraal hom met goue munte betaal.

Bart, by die kaai, het gesien hoe die Fort se diensbote die materiaal na die buitereede toe neem. Skulpdra vir die Kasteel, dit was hulle eintlike werk. Hy het vir Jan Kompanjie geken as 'n suinige werkgewer, een wat nie indringers in sy vaarwater duld nie, maar hier onder die nuwe kommandeur eet die Franse nou die een aand by die Fort, en die ander aand eet almal by die admiraal. Dan kom die edel heer met sy gepluimde hoed, Lacus en ander edellui, en hulle word saans buitereede toe geseil na die Franse vlagskip toe. Middernag word afskeidskote buite op die vlagskip geskiet, en 'n uur later kom die landgaste luidrugtig en steierend op hulle eie kaai aan. Die Franse was duidelik gasvry en die Hollanders wou hulle daarin oortref. Bart het die hele storie gehoor by die kwartiermeesters, wat tot middernag met 'n nat en koue bemanning in die boot langsaan moes wag terwyl hulle offisiere aan boord feesmaal hou. Daaroor was hulle ontevrede; hulle was nie die edel heer se lyfbediendes nie, hulle wou geen steierskuit vir die plesiersoekers roei nie. Toe die kelders en pakhuise amper leeg was, het die Franse vertrek.

Bart en Jan Vos was aan aas uithaal op die klippe in Salamanderbaai toe die Franse met wit vlae by die Mond inkom. Wat soek hulle hier? Madagaskar, het hy geweet, lê in die ander rigting. Miskien het die see vir hom ietsie gebring, maar hy moes versigtig wees. Jan het die sloep se anker opgetrek, en Bart het hulle deur wind en water laat dra na die oop water suid van Jutteneiland, en daar lyne uitgegooi. Die vis het gestoei om hulle hoeke. Daar was geelstert en groot kabeljoue soveel as wat hulle kon intrek; die hoek was skaars in die water of die volgende vis was vas. Hulle het die Franse skepe dopgehou. Die vloot het die vlagskip loef op loef gevolg, voorseile en grootseile is opgegei, ankerpartye was buiteboords besig om die ankers los te maak. Hulle wou hier anker om met hom te praat. Toe die vlagskip soos 'n bruin berg oor Bart se sloepie hang, het hulle almal bygedraai, en boeg teen die wind agteruitgedryf. Toe laat hulle ankers val. Wegkom was daar nie. Daar was sewe skepe windaf van hom geanker. 'n Kêrel met 'n roeper en wye handgebare het oor die verskansing geleun om vir hom en Jan Vos aan boord te nooi. Jan het hulle ankertou om die vlagskip se kabel geslaan, dat hulle nie afdryf nie.

"Het jy iemand daar wat Hollands praat?"

"Meeste van ons praat Hollands as ons wil."

"Wil jou kok vis koop?"

Daar was 'n gesprek agter die verskansing. Gesigte het in sy boot gekyk. Toe kom die roeper weer oor die kant. "Hy wil alles hê. Ons laat 'n vaatjie neer. Die skipper wil met jou praat."

"Geen vis sonder kontant nie."

"Goed. Kom aan boord. Julle kan hier akkoord maak."

'n Dik tou het oor die verskansing geval. Bart het sy opdragte aan Jan Vos gegee: geen vis sonder kontant nie. Toe klouter hy met hande en voete teen die tou uit, en spring oor die verskansing. Wat Bart van vuilheid gehoor het, was waar. Hy wat tussen die kromhoute in is as 'n kind van tien, het nog nie so 'n skip gesien nie. Mense het met kos in die hande voor hom gestaan en eet. Matrose doen dit nie, hulle eet skaftyd; dan gaan hulle in die vooronder om die skafbalie sit, haal mus af, vra die seën en eet. Dan is dit klaar tot die fluit weer blaas. Hierdie was rou landgangers. Maar toe kom 'n matroos met twee pote dik van pik, en staan by hom en slaan sy water af teen die voormasgalg.

"Voert, jou vark," het Bart vir hom gesê. As hy hier die bootsman was, het hy sy skoen halfpad in die man se onderlyf geskop. Jy kan nie so mors nie. In die daglig aan dek het hy windsels sien lê wat iemand van 'n seerplek gepluk het, vol bloed en etter. En daar was spaanders hout, skaafsels, vuiste vol kalfaatpluis in die spugate, net soos hulle timmerman laas sy werk gelos het. Hier gaan ek nie onderdek nie, het hy gedink, ek wil nie met my kaal voete in mensmis trap nie.

Wat die admiraal wou hê, het hy deur 'n tolk gevra.

"Verstaan monsieur Borms dat die Kompanjie se nedersetting in Tafelbaai onwettig is?"

"Nee, hoe so?"

"Julle Kompanjie se oktrooi is van Kaap Agulhas oos om tot by Kaap Hoorn."

"Reg."

"Tafelbaai lê wes van Agulhas."

"By die hond se harige gal."

"Ekskuus?"

"Nee, ek kan nie stry nie. Dit is so."

"Ja. Nou wel, kommandeur Van Quaelberg het toegegee dat julle direkteure geen beswaar kan hê as ons Kompanjie 'n buitepos in hierdie baai aanlê nie."

"Ja."

"Dit lyk of die visvang goed is in die baai. Is monsieur Borms al betaal?"

272

"Ek het gesê geen vis sonder kontant nie."

"Laat ons aan dek gaan. Ons moet liewer gaan kyk. Party van ons volk dink niks van ander se eiendom nie. Kom monsieur Borms dikwels hier in die baai?"

Jan Vos het al die sloep se koptou losgegooi, sodat hy 'n ent onder die wind gelê het. "Jy moet uitkyk, Bart, hierdie volk wil ons besteel," het hy geroep.

"Hou daar, Jan. Staan reg om seil uit te skud as ek spring. Haal fok by."

Die tolk het gepaai. Daar was geen gevaar nie. Hulle wil in vrede onderhandel. As Bart sy visser nader roep, sal die kok 'n paar kuipe oorboord stuur en Bart sal die kontant hier by die verskansing kry.

Solank hulle wag dat die vis aan dek kom, het die admiraal verder uitgevra.

"Van Quaelberg het ons met die grootste vriendelikheid ontvang en alle gevraagde hulp aangebied."

"Dit mag wees, maar hy is 'n ryk man."

"Ons verstaan, ons verstaan. Monsieur Borms sal betaal word vir sy dienste. Maar dit is die beginsel wat ons onder sy aandag wil bring. Die kommandeur het geen beswaar teen ons teenwoordigheid óf ons aktiwiteit óf ons plan nie. Hy het sy pakhuis vir ons oopgemaak en met saluutskote van ons afskeid geneem. Dit is bekend. En dit is 'n hoë voorbeeld om te volg."

Wat wou die mense van hom hê? Bart het 'n prys gemaak vir die vis in sy skuit, en die admiraal het 'n klerk gestuur om dit te bring en die kok te ontbied. Die geld was vyf goue munte, baie meer as wat die vis werd was. Hy het 'n geldstuk tussen sy tande getoets.

"Ek sal vir my heer 'n paar krewe bring."

"Nie nodig nie. Maar iets anders kan jy vir ons doen. Bly 'n paar dae aan boord terwyl ons die baai ondersoek, en ek gee vir elke dag se werk ses van hierdie *louis d'or*."

"Tien. As ek oortree, word ek kaal land-uit geskop."

"Dan word jou kommandeur ook uitgeskop."

"Hy is 'n ryk man."

Dit is so ooreengekom. Hy het die Franse Oos-Indiese Kompanjie se vloot gelei om hulle in Hoedjiesbaai te anker, waar hulle weggesteek lê dat jy hulle nie sal kry nie tensy jy dit per toeval doen. Daar het hy hulle gewys hoe om duinehout uit te haal, nie die verwaaide takke van struike nie, maar hulle wortelknoetse, dik soos 'n man se dy en so hard dat die kole 'n dag en 'n nag bly gloei. Dit is wat 'n kok se hart warm maak. Hy het twee offisiere oor land na die Witklip geneem waar 'n varswaterfontein is, en voorgestel dat hulle dit in 'n geut na die baai toe lei, as hulle ernstig was met hulle buitepos. Hy het hulle geneem om te jag, en na plekke met swart grond waar hulle kon graan saai. Hy het met hulle klipkoppe geklim om die beste uitsig oor die verskillende baaie te wys, dat hulle kaarte kan teken. Hy het kontak met Koina gemaak, en gesorg dat hy ver staan terwyl hulle skape en beeste ruil.

Twee van hulle bote het daagliks uitgeseil om verskillende baaie te peil, en twee ander het met kos en drank vir die dag in seilbote agter Bart se sloep uitgevaar, en dan het hy vir hulle die inhamme en beskermde reedes gewys: die Rietbaai wat twee keer 'n dag deur die gety drooggelê word, waar 'n skip gerieflik kan kreng; die soetwaterfontein op die Oostewal, en die brakfontein agter Bruidegompunt. Hulle het die vyf eilande besoek waar spekvet robbe soos worse in 'n pan lê en wag om in traan gestort te word. Hy het hulle die eiers, die vere, die rykdom aan boukalk en granietsteen gewys. Vir elke dag se werk het hulle hom die tien goue stukke laat kry. Die dag toe hulle die suidelike uithoek van die baai naby Geelbeksfontein ondersoek, vind hulle daar 'n paar van die Kompanjie se soldate wat voorgee dat hulle 'n poshuis bou. Bart het die jong sekunde De Cretser herken, wat hier met 'n bospik in die hand gestaan het, en hy het agteruitgestaan terwyl die tolk met hulle praat.

Hulle tent het daar gestaan met hulle pot en 'n pan, en langsaan was 'n kort stuk skeepshout in die grond, met 'n plank bo-aan gespyker waarop die Kompanjie se tjap geverf was. Die gebou se fondamente was in die vorm van 'n tweekamerhuis, en deels met groot klippe uitgepak. Twee man sou meer as drie

274

maande aan so 'n poshuis bou. Maar waar was hulle boot? Jy kan nie so ver van die Kaap af sonder boot bestaan nie. Waar gaan jy met siekes, wat eet jy na jou rantsoen op is, waarheen vlug jy as leeus of Boesmans jou aanval? Jy moet elke keer see toe. En Bart kon sweer die kêrels was nie eergister hier nie. Jy hoef net te kyk hoe min bene op hulle vullishoop lê.

Maar die tolk en die twee dienaars het geredekawel oor "primêre aanspraak" en "naaste bestaande hoofkwartier" en "eerste fisieke besetting" en sulke dinge wat hulle regerings vir hulle voorgesê het. Hulle het geskei met hoflike versekerings dat hulle mekaar se dienswillige dienaars is, dat hulle regerings in Europa die kwessie sou ondersoek. Op pad terug na hulle boot kon Bart hoor dat die Franse vererg was. Hulle het gemeen dat Van Quaelberg hulle plan wou dwarsboom. Duidelik het die heer sy houding onverwags verander. Was hy hieroor in die moeilikheid nou?

Daarvandaan het Bart en Jan in hulle sloep die optog gelei na die soetwaterput by Geelbeksfontein. Hulle is tussen plate trappende flaminke in, waarop die Franse vir hulle plesier geskiet het. Bart het verduidelik dat jy die voël soos 'n eend kan gaarmaak, maar dit dryf altyd in 'n lelike plaat rooi vet. Toe hy sien dat hulle ernstig luister, het hy deur die tolk laat weet dat as die Franse hom nie langer nodig het nie, hy graag met sy werk wil voortgaan. Daarna het hy hulle nog na die sleephelling by die Stomp Hoek geneem, waar 'n skuins strand aan 'n diep kiel grens asof die natuur dit vir die gerief van 'n gelaaide retoerskip gebou het. Die admiraal het vererg planne bespreek met sy offisiere om op 'n paar plekke in die baai pale te plant met hulle koning se skild op. Hierdie eersteklas sleephelling was een daarvan. Toe is die drie bote die baai uit in 'n lang reguit loef voor 'n suidwester, na waar die Franse vloot onder hulle wit vlae agter Hoedjespunt geanker lê.

Op see tussen Dasseneiland en die Kaap, die dag daarna, het Bart die Franse geld uitgehaal en 'n paar stukke in sy hand uitgetel en vir Jan Vos gegee, maar Jan het sy kop geskud en dit weer in die velsakkie laat val.

"Ek weet nie wat om daarmee te maak nie, Bart. As ek eendag weet, sal ek dit neem."

275

Bart het moeilikheid in die Kaap verwag. Hy en Jan het hulle vis en nette aan land gebring en die boot versorg. Toe wou Jan Fort toe gaan om tabak te koop. Bart het vir Theuntje in hulle kamer met sy vreemde gevoel van leegheid geneem, en sy velsakkie met goue munte tussen hulle op die kooi uitgeskud. Sy het die laaste tyd net swart gedra; sy was uitgeput van eensaamheid, stil, skaam vir haar eie gesig in die spieël.

"Ons het genoeg om weg te gaan."

Sy het gevra hoe hy dit verdien het, en wat dit in Hollandse geld werd was. Sy was nie bly nie. Sy was nie dankbaar nie. Sy was nie opgewonde nie. Sy het skaars geglimlag toe sy die goue munte in die duikervelsakkie laat val. "Dankie, Bart. Dit is joue. Ek sal gaan wanneer jy wil hê ons moet gaan. Ek is net bang jy kom in die moeilikheid hieroor."

Hy het die sakkie in die hoek van hulle huis begrawe. Die geld sou vir 'n tydjie hou. So, al was hy nie ryk nie, was hy meer gerus oor hulle oudag. Maar hy moes daarvan vergeet en nie begin ryk speel nie. Hy moes arm bly, en eenvoudig lewe in die gerustheid dat hy iets in die hoek gebêre het. Hy en Theuntje het daaroor gepraat dat hy nou die Saldanhavaart moet opgee. Sy wou hê hy moet nou meer by die huis slaap. Om een maal in veertien dae haar man te hê was te min. Hy het gedink as hy die boot *Bruid* opgee en iets kleiners koop of dit self bou, dan kan hulle die laaste paaiemente aan die regering betaal en 'n wins daaruit oorhou. Hier in die riviermond voor sy deur kan hy met die seën soveel vis vang as wat hy kan verkoop, sout en vars. En hy wou graag meer by Theun wees.

Dit was moeilik om met Jan oor die saak te praat. Bart het van die man gehou; hulle het lekker saamgewerk. Hy het verduidelik dat hy sy saak gaan kleiner maak; hy gaan by die huis woon en self sy vis dorp toe dra. Hy is nie die soort wat by die huis kan bly en 'n slaaf wegstuur om vir hom brood te verdien nie. Hy wil vir Jan nog een ding vra. Jan moet hom help om 'n jol te bou wat hy hier in die vlei kan gebruik en buite in die baai. Nie as slaaf nie, maar as huurling. Daarna sal hy hom vrystel, as dit is wat hy begeer en as die Kompanjie dit toelaat. Goed, het Jan gesê.

Kommandeur Van Quaelberg het grys geword vandat Bart hom laas gesien het. Grys in die gesig, en sonder sy swaard en veer. Maar hy was bly om die sloep *Bruid* terug te koop. Die kasteel vereis soveel skulp en lei dat daar skaars vervoer vir die bediening van skepe oorbly. Hy het al bote by retoerskepe probeer koop, maar die skippers wou hulle natuurlik nie afstaan nie, want dis hulle enigste redding in nood. As Bart dus die boot by die kaai bring, sal hy 'n kwartiermeester stuur om dit te takseer.

Toe vra Bart oor die moontlikheid dat hy sy slaaf mag vrystel.

"Nee, dit mag nie. Die Kompanjie sal die slaaf by jou koop. Hier is baie hande nodig by die kasteel, maar geen vryslawe nie, ons het klaar te veel. Môre-oormôre lê die slaaf op die kerkraad se nek as armlastige, of hy pleeg misdade en dan moet hy in die kettings op die eiland werk. Dit is die storie van vryslawe. Maar die sloep koop ons, seil en treil."

Hulle het op die gras voor die huis begin bou aan die jol, met hout wat Bart gekoop het uit sy wins op *Bruid*. Daar vlak by hulle nette en stellasies het hulle die kiel gelê en die romp op stapel gesit. Hy het vir Jan verduidelik wat die kommandeur oor vryslawe gesê het. "Dit is hulle storie, Jan. Ek wil nie dat jy in die Kompanjie se diens gaan nie. Maar die poshouer op Robbeneiland is 'n vriend en hy soek iemand, want hy moet nou vir 'n paar maande oorsee. Die meeste van sy werk word deur bandiete gedoen. Jy weet klaar hoe lyk meester Pieter, en jy weet hoe lyk sy huis." Hy het vir Jan tyd gegee om te dink.

Jan het met die dissel en die saag gewerk, noukeurig. "Jy moet maak soos jy goeddink, Bart. Ek sal bly wees om 'n tydjie weg te kom van die see af."

"Jy kan 'n lewe maak as timmerman."

"Ek het nie grond nie. Ek moet 'n huis en gereedskap hê." En daarby kom nog dat dit lank sal duur voor klante hulle gereelde timmerman opgee en hulle werk vir 'n vryswarte bring. Net as hy omtrent vir niets werk, sal hulle so iets doen.

"Ek sal met die poshouer praat."

Toe die jol klaar was en sy tuig staangemaak, het hy en Jan heen en weer oor die blinkgladde riviermond geloop dat die skuit

277

homself loswerk. Dit was 'n gewone jol, vlak in die boom en son-der veel van 'n kiel. Die enkele mas het 'n fok en 'n grootseiltjie gehad. Dit was net 'n vlakwaterboot, 'n boot vir een man. Hulle het weer uitgesleep, wante stywer getrek en die kalfaatwerk van die romp digter ingekap tot hy nie meer water inlaat nie. Toe is sy bodem met teer gepaai.

Eendag het die poshouer laat weet hy moet nou enige dag oorsee. Dit sou goed wees as Bart die slaaf bring, dat hy hom som-mer betaal. Vir Bart was die plesier van 'n besoek aan die eiland dat hy die kinders kon sien, iets vir hulle saamneem wat Theuntje gebak het, en om haar die aand te vertel hoeveel hulle gegroei het van laaskeer af. En die manier waarop meester Pieter en Jan Vos daar op die eiland voor hom handgeskud het, was vir hom 'n verligting. Die ding sou werk.

Hy het die poshouer gevra om op sy reis op te let of daar nou miskien vryburgers op Mauritius toegelaat word, hoe die toe-stand daar onder die nuwe opperhoof was, watter lewe 'n vry-man te wagte kan wees, en dit dan alles vir hom te laat weet. Tot weersiens, dan. Hy sal omsien na die vrou en die kinders.

Die voorjaar daarna was vol mooi weer en slegte nuus. Eers was daar gerugte van vrede, maar later was die waarheid duide-lik. Die vyand het vrede gevra. Die swart pes, 'n groot brand in sy hoofstad en die Hollandse vloot het Engeland vir die huidige op sy knieë gehad. Daaroor is baie gevloek in die nuwe kasteel. Mense wat hulle wins op een of ander wyse uit oorlog maak, vervloek vrede. Een van die ergste wat Bart gehoor het, was 'n man wie se enigste dogter hier getroud is met 'n offisier wat met die vrede nou op verplasing wag. Bart self het net verwag dat die garnisoen verklein gaan word, maar dat alle werk aan die nuwe kasteel dadelik gestaak word en dit net so halfgebou rondom die Ark in die gras sal bly lê, was vir al die vrylui 'n verrassing, en vir die meeste 'n onwelkome een. Boere, houtryers, wasvrouens, bak-kers en herbergiers was 'n goeie verdienste kwyt. Hulle almal het die vrede vervloek. Bart het aan sy goeie geluk gedink, om betyds van sy sloep ontslae te raak vóór die mark sy knoue wys.

Volgende het die nuus gekom van meester Pieter se dood.

"Wat word van die kinders?" het Theuntje gevra.

"Nee, hulle ma lewe dan nog."

"Jy kan gaan hoor, Bart."

"Ek weet nie, die vrou het 'n skerp tong. Ek voel dit is nie reg nie, die kinders se ma lewe nog. As sy haar nou vervies, maak sy attestaat teen ons. Maar ek sal kyk of ek boodskap by haar kan kry."

Sy moeilikheid het drie maande later gekom, toe 'n plaasvervanger vir kommandeur Van Quaelberg uit Nederland opdaag, met briewe. Daar was goeie nuus en slegte nuus. Die goeie nuus was dat tien skepe van die Bittervloot, die rykste vloot ooit, ná verskriklike ontberings wat deur mens en natuur voor hulle boeg gelê is, hulle vrag veilig in die vaderland gebring het. Net twee is deur die vyand oormeester. Daarin was 'n groot oorwinning. Dan, die slegte nuus. Here Sewentien was teleurgestel dat Van Quaelberg die Fransman, hulle teenstander in die Oosterse handel, verwelkom en onthaal het, van alle vorms van skeepsvoorraad voorsien het, en toegelaat het om Saldanhabaai te peil en te karteer en die natuurlike hulpbronne te ondersoek. Hulle het Van Quaelberg vergelyk met koning Hiskia van die Ou Testament, en die teks *"Jy het hulle jou rykdom laat sien, en hulle sal terugkom en dit van jou wegneem na hulle eie land"* aangehaal. Hy word Batavia toe ontbied. Sy plaasvervanger is kommandeur Jacob Borghorst. Verder, wat die Saldanhavaarder Borms betref, moes Borghorst dit aan hom duidelik maak dat hy verraad gepleeg het en nie langer aan die Kaap welkom is of vertrou sal word nie.

Bart kon vir Borghorst onthou. Hy was die vise-admiraal van die Bittervloot waaroor gepraat is, die heer wat deur privaathandel ryk geword en huis toe gevaar het met sy fortuin as diamante aan sy lyf versteek. Nou het die Engelse sy skip afgeloop, en sy wegsteekplek ontdek, en hier moet hy van voor af begin as kommandeur van 'n moeilike klein possie, oud, verbitter en 'n arm man. In plaas van weelde kry hy Kaap van Goeie Hoop.

"Verraaiers kry 'n koeël tussen die oë, Borms," het Borghorst in sy gesig gesê.

"Ek het hulle maar die guns gedoen, my heer. Ek het opgelet

hoe goedgesind ons edel heer die mense was, en ek het gedink hy sal bly wees oor my hulp."

"Flou verskonings het nie vir Van Quaelberg gehelp nie, Borms. Wat het hulle jou betaal?"

"Hulle het my bedrieg, my heer."

"Ek glo dit nie. As jy enigiets gekry het, as die Kompanjie ooit Franse geld by jou kry, kla ons jou aan van verraad, en lê beslag op jou boot en slaaf en ander bates. En jy word gegesel, en dra vir twaalf jaar lank skulpe op Robbeneiland."

"Ek verstaan, my heer."

Kan dit wees dat die edel heer jaloers is oor sy geluk? Hy moes 'n plan maak vir die dag wat hierdie heer hom voor die hof wil sleep oor sy Franse geld. Net Jan Vos en sekunde De Cretser kan teen hom getuig. En die beste sou wees, so het hy en Theuntje besluit, om pad te gee uit die Kaap. Hulle kon vaderland toe, maar die stories uit daardie oord was dat die klimaat verander het en die land van koue sterf. Die Noordpool strek hom al hoe meer suid uit, daarom wyk soveel Europeërs voor hom. Gragte is onbevaarbaar, die Haarlemmermeer bly die jaar deur bevrore, die weide is toegesneeu, die drinkwater verys. Jou geld gaan alles in brandhout of turf.

Die ander ding was dat Theuntje steeds met neergeslane oë loop. Hy wou dat sy op 'n plek kom waar sy geen gesig herken nie. "Mauritius," het Bart vir haar gesê. "Jy sal dit geniet, Theuntje. Ek was gelukkig daar."

Die nuwe kommandeur het hulle vertrek aangemoedig. Hy hoor Bart se vrou was hier oor laster voor. Dit was die Direkteure se beleid, het hy gesê, om dronk en onnutte boere en kywende wywe na daardie buitepos weg te stuur. Hy sal vir Bart in diens neem as matroos, en hom met sy vrou op die volgende skip na die eiland toe plaas. Dit sal *Lepelaar* wees. Daar sal hy in die garnisoen dien. Die reis gaan hulle niks kos nie.

Bart het onder sy baard geglimlag. Met dié vooruitsig het hy vendusie gehou van hulle erf met die woonhuis en die vishuise wat Jan Vos gebou het, die jol met tuig en nette, en die vis wat hy in voorraad gehad het. Die aanbod was nie goed nie, ná die oorlog. Bart het dit verwag, en was 'n oomblik jammer dat hy die slaaf so goedkoop afgestaan het. Hulle was nie so welgesteld as wat hy gehoop het toe hulle die dag die Kaap verlaat het nie, maar daar was ietsie versteek in 'n hol bamboes, en hy het uitgesien na die nuwe tuiste.

Die hoeker *Lepelaar* was voorsien en toegerus om binne dae Mauritius toe te vertrek, toe hy in 'n stormnag deur vyf bandiete van die reede af gekaap en baai-uit geseil word. Hy en Theun moes eers wag, langer aan die Kaap bly, weer geld uitgee. Maar die uiteinde was dat geen ander vervoer as die jag *Voerman* beskikbaar was nie. *Voerman* was vir skulphaal ingerig, en moes tussendeks heeltemal verbreek en verbou word vir blyplek. Daarna moes hulle drinkwater, brandhout, bier en ander provisie 'n tweede keer bymekaargebring word.

"Die skip is klein en die deinings groot daar onder waar ons gaan, Theuntje. Ons gaan nie 'n maklike reis hê nie," het Bart haar gewaarsku.

Saam met hulle het 'n nuwe opperhoof vertrek. Sy naam was Georg Wreede. Hy was kort, Duits en donker, en dit was sy tweede termyn op die eiland. Bart het in die voorkasteel gehoor hy is die man wat die ebbehoutsaery op Mauritius begin het, en die een oor wie sy onderdane bitter gekla het by die owerhede, oor sy liefde vir die donker, bitter bier. Maar Bart het iets anders van hom onthou. Toe Wagenaer kommandeur was, het hierdie Wreede vir Eva en Herrie en ander inboorlinge uitgevra en 'n dik boek gemaak van Koina-woorde met die Hollandse betekenis langsaan. Die edel heer sou dit laat druk, dat landsreisigers die woordeboek in hulle ransels kan saamneem en daaruit met die inboorlinge praat. Waarom het dit nie gebeur nie? En hier staan hy nou, 'n tweedekansman. Wat leer jy daaruit? Eerstens, laat jou moeite vir jouself wees. Tweedens, jy hoef nie met 'n Hottentot in sy taal te praat nie. Hulle moet met jou Hollands praat. Dít is wat die Here wil sê.

Ver in die suide het *Voerman* gesukkel met die weer, want dit was winter daar onder en hy was nie vir sulke water gebou nie. Bart was skiemansmaat. Sy lêplek in die vooronder het 'n hand-

281

breedte hout gehad tussen hom en die slae van die see. Bedags was hy in die tuig, om stywer te stel, vaster te draai, te vervang of reg te maak wat deur wind en water geslyt of losgewoel is. Die eerste wag aan die roer was elke môre syne, en weer die eerste na sononder. Die eerste drie weke het hulle dag na dag kop teen die reën geloef onder 'n lae, loodgrys hemel. Die skip het onder klein seil gesteier teen golwe uit, boegpaal ondertoe anderkant af gekantel, en weer moeitevol opgeklouter teen die volgende skuins muur glasgroen seewater, met die wit water wat soos riviere van hom afstroom. Op daardie tog was hulle twee-twee aan die kolderstok, ses weke uit die Kaap uit, want die see was te sterk vir een man. Die weer was vir Bart niks, hy het erger geken. As hy ná sy tweede roergang by die vooronder inbuk, in die muwwe skemer gat waar 'n rokende olielamp en nat klere aan hake wye swart kringe swaai, was hy dood. Maar daar was geen kommer nie. Skipper en bootsman het geweet waar op see hulle is, twee roergangers was aan die kolderstok, die kok weet hulle moet kos hê.

Bart was tuis. Hy het sy werk gehad en hy het dit goed gedoen. Elke dag op see was een nader aan hulle bestemde hawe. Theuntje is in 'n afskorting in die kajuit geloseer, so siek soos 'n hond. Daar was ander vroumense daar. Hy het haar laat slaap, maar soms aan haar deur geklop om te hoor hoe dit gaan.

Meer as agt weke uit Tafelbaai, toe was hulle voor die Suidoosgat van Mauritius. Die skipper wou die galjoot netjies hê, die dek geskrop, nuwe seil aangebind, alles weggepak en vasgebind, 'n leksel verf hier en daar om te vergoed wat die see geneem het. Die skip was klein, dit was nie moeilik nie. En toe hulle die dag van boord gaan, was Bart tevrede. Hier was opperhoof Wreede tuis; hy het gesien hoe lyk Bart Borms se werk, hy weet dit nou. Hier was sy skipper. Skipper en bootsman sal 'n goeie verslag van hom gee.

Dit was toe sewe jaar na hy laas die eiland gesien het. Hy kon met die helderheid van jeugindrukke die name van pieke en eilandjies onthou. Kompasberg: as jy die gat inloop, staan Kompasberg soos 'n vinger regop agter die baai; dit steek hoog agter die voorste berge op, asof 'n middelvinger vir jou gelig is. Dit is hoe jy Mauritius se Suidoosgat inloop: jy sien die middelvinger en volg hom tot jou ankerplek in die kom voor die Losie.

In die roeiskuit het Theuntje met 'n glimlag van verwagting om haar gekyk. "Hier is wonderwerke," het Bart vir haar vertel, opgewonde soos 'n togganger voor 'n reis. "Daar is Visserseiland. Die water is so helder, jy sien jou aandete rondswem saam met sy maats daar onder. Dan steek jy hand in, haal hom uit. Daar lê Kattieseiland, daar is Juffershoedjie."

Langs 'n steiertjie of kaaitjie, deels klip, deels hout, waar twee menere hand agter die rug in die boot gekyk het, het die roeiers vir hulle vasgehou om uit te klim. Bart het vir Theuntje beduie om te wag, die here moet eers groet. Op die hoogte bo die strand het die rooi-wit-blou vlag slap teen 'n paal gehang. Langsaan was 'n klok, dof van groenspaan, aan 'n galg. Daaragter was 'n lang houthuis, soos die Ark in die Kaap. Jy kan sê die twee is dalk van een plan af gebou. Die mure van die ou Fort was meesal weggeruim, en 'n klompie afdakke van palmblaar oor bamboesrame het 'n halfsirkel aan die lykant gemaak. Daar was mense aan die werk. Aan die landkant was 'n woud van jong palmbome.

Vaandrig Smient en 'n klerk het handgeskud met opper Wreede, die skipper en bootsman, twee slawe van die wal af gewink om Wreede se bagasie te bring, en weerskante van hom poshuis toe geloop asof hulle 'n nuwe gevangene na sy sel toe lei. Die skipper en bootsman is agterna, gehelp deur hulle matrose. Toe het Bart vir Theuntje uitgehelp. Hulle seekiste was nog aan boord.

Hulle is binne verwelkom deur die hoof van die garnisoen. Hy het hom voorgestel as Philipe Col, lantspassaat. Dit was 'n seun van miskien twintig. Hy het nie geweet van Bart se koms nie, maar 'n nuwe gesig is altyd welkom. Die getroude kwartier is hier met die gang af. Dit is 'n enkelkamer, natuurlik nie die wonderlikste akkommodasie nie, maar hy hoop daar is alles wat hulle nodig het. Hulle moet maar dophou as hulle kiste by die kaai aankom, dan sal hy iemand stuur om te help. Opper Wreede sal besluit wat Bart se bediening gaan wees. En dit was omtrent al. Die klok lui vir oggend- en aandgebed en skaftye. Die skaftafels is in die groot saal. Daar sal hulle die ander personeel ont-moet.

"Theuntje," het Bart gesê. "Nou is ons vry. Lyk nou weer soos ek jou in die blomme kry sit het."

"Wanneer, Bart?"

"Dit was op Tielman se plaas."

"Daar lê 'n lewe tussenin."

"Ons begin voor. As jy wil dink aan omdraai, moet dit wees voor die galjoot terugloop."

Eerstens moes *Voerman* gereed gemaak word vir die terugreis. Daar was 'n gat diep water net langs 'n sandplaat 'n halfuur noord van die pos, met die naam Franse Kerk. Van die poshuis af was dit weggesteek agter 'n ruie punt. Hulle het die jag met hoog-water in die diep gebring, dat hy met laagwater drooglê. Toe is hy op bakboord gekenter, geskraap, gebrand en met pik gepaai. Met hoogwater het die skip opgestaan, en is dadelik op stuurboord gekenter om die ander sy te doen. Op die volgende hoogwater is *Voerman* terug reede toe. En daar het Bart en twee maats die tuig van voor tot agter versien. Al die staande tuig is gespan en geteer, blokskywe is vetgesmeer, skaafplekke is toegedraai, deknate is gekalfaat en gepik, al die pompe is opgetrek, uitmekaargehaal, skoongemaak en teruggesit. Toe is bobou, relings, maste en sprie-te, beskot en verskansings met lynolie gevoed. Daarna is 'n vrag ebbehout en kalk en die skeepsprovisie vir die Kaap gelaai.

Dit was die laaste werk wat Bart aan *Voerman* gedoen het. Toe die skipper tevrede was, en opper Wreede geteken het vir alles wat vaandrig Smient aan hom oordra, is afskeid gegee vir *Voer-man* se offisiere. Dit was 'n taamlike geleentheid. Die bootsman en een van die klerke het na middernag hand om die nek van die kaai se punt af in die see gestap. Die loodsboot is vroeg met die jag by die gat uit, see toe. Dit was 'n kuns, want daar was omtrent geen wind nie.

Die loods was 'n Sweed, skraal soos 'n dolk, lig getimmer, rooi gebrand en tog gedurig sonder hemp, asof al sy koue voorouers nog deur hom die son aanbid. Sy gebleikte hare het in toutjies om sy kop gehang. Sven was 'n seeman in sy hart, maar 'n houtkapper van ambag. Hy kon nie twee dinge wees nie; die Kompanjie laat so iets nie toe nie. As daar nie 'n kwartiermeester is om te loods nie, moet Sven poshuis toe kom. As daar een is, moet hy sy byl oor die skouer sit en terug bos toe. Daarom het hy vir Bart van die begin af skeef gekyk; hy kon aan die swart voete en die anker op die arm sien Bart is 'n seeman.

Theuntjie wou werk. Sy kon, as sy wou, palmmatte vir haar eie gebruik vleg, maar sy wou liewer kontant met haar werk verdien. Sy is toegelaat om in die kombuis te werk vir haar losies. Die kok en die opper was albei bly oor haar hulp. En Bart wou niks sê nie, want hy het haar soms hoor lag saam met die kok en die twee slavinne. Dan het hy gevoel: hulle het reg gedoen, hier was hulle veilig, hier kan hulle van die wêreld en die wêreld van hulle vergeet, soos die spreekwoord sê. Maar spreekwoorde lieg dikwels.

Opper Wreede het aan Bart verduidelik waar hy hoort. In die kantoor was die opper en twee klerke, dan was daar twaalf soldate, onder hulle Philipe Col. Lantspassaat Col het 'n goeie opvoeding gehad, was miskien selfs van goeie bloed, en hy het in die kantoor en pakhuis gewerk. Die soldate is gebruik volgens hulle ambag of taak, soos smid, wamaker, jagter, leerbreier. Die origes het onder baas Sven in die bos gekap en gesaag. Dan was daar die vyf matrose van die landsboot. Sy kwartiermeester was die kuiper Daniel. Dan 'n kok in die kombuis, 'n sjirurgyn, en veertien slawe en slavinne. Op Lemoenboomsvlakte het sewe gesinne vryboere gesukkel om 'n paar gate in die grond te maak. Dit was moeilik, want die eiland het 'n dik skil; jy moet eers deur daardie swart dop van vulkaansteen breek voor jy by die grond kom, maar dan het jy klaar 'n hoop klippe om jou huis en werfmure van te bou. Werfmure moet jy hê om takbokke uit jou groente te hou.

Die eiland se ruggraat was hout. Dit weet almal, van die edel heer in die Kaap tot die hoogedel heer in Batavia. Die liedjie sê: Holland staan op pale. En Mauritius-eiland staan op ebbehout. Die eiland se ruggraat was hout. Daar was verskeie soorte, maar dié waaruit die Kompanjie profyt maak, was rooi en swart ebbehout. Die bome word hier gekap onder opsig van baas Sven,

285

dan word hulle op 'n osslee uitgesleep na 'n geskikte hawe. Die Kroonenburgse gat was die gerieflikste. Die landsboot bring die hout hier na die pos toe, waar dit met die hand verwerk word tot planke en balke. Die uitvoergoed word buite onder 'n afdak ge-stapel om te droog, tot die Kaap weer 'n skip stuur om hout te haal. Dit was die storie van die houtkappery. Dit is soos die Here hulle verbeel het dit werk.

Opper Wreede het Bart reguit gesê: "Sven se houtkappers mors met hout. Hulle mors die helfte op en laat dit langs die pad lê. Hulle haal net twee of drie planke uit 'n stomp; méér as dit is te veel moeite. Die droë hout word nie gebring nie. Die Kaap moedig aan omdat die Here en Batavia aanmoedig van die ander eindes van die wêreld af, maar hier word gemors soos water wat oor sand wegloop. Ek gaan optree teen hulle. Nou ja, Bart, jy is as matroos gestuur. Jou diensplek is in die landsboot se bemanning. Gaan meld by Daniel aan."

4
DIE POSHOUER

"Maar die dwerg antwoord: iets mensliks is meer werd
as die wêreld se goud."
– Rumpelstilzkin

Die meeste Duitsers het nooit die oorsaak van die dood en
wanhoop in hulle land verneem nie. Die eerste rede daar-
voor was omdat meer mense onder die grond was as daarbo, en
die tweede en grootste rede was dat die lewendes nooit vertel is
nie, omdat hulle nie daaroor gevra het nie. Hulle glo dat alles wat
gebeur, van 'n hoër wil kom. Daarby is die heer reg; dit was nog
altyd so, en dit is vir hulle genoeg. A, daardie volk word so mak-
lik aan die neus gelei.

So, toe Gustav destyds met Tilley klaar is, en Wallenstein later
met Gustav, was van Duitsland al min oor, en toe Richelieu daar-
na nog twee leërs instoot teen die Oostenryker, het die oorlog nog
dertien jare voortgesleep, tot sy dertig jaar vol was. Vol, oorvol,
zum kotzen. Maar wie was hierdie hoë here, en waaroor het dit
gegaan? Oor die ambisies van parasiete, die vuilgoed wat hulself
graag staatsmanne laat noem. Jy sien hulle name in boeke. Merk
hulle daar, en moet sulkes nooit met jou lewe vertrou nie. En dan,
die dierbare kerk. In sy donkerste wese was die Dertigjarige Oor-
log 'n stryd tussen die tanende Katolieke en opkomende Protes-
tantse sektes. Met Duitsers of met Duitsland het dit werklik min
te doen gehad. Wanneer gaan die arme mense besef dat hulle
maklik mislei word?

Dus was die vaderland 'n puinhoop van verbrande ruïnes,
ontheiligde kerke, afgekapte bome, deurgebreekte dyke, besoe-
delde putte, bomkraters halfvol donker slym, ontbindende diere,

287

afgebreekte heinings, verkragte vroue en kinders, paaie vol gate, verpletterde kerkhowe, ongeploegde akkers met onkruid oorgroei, oopgedolwe grafte waarin bosvarke bedags en skaduagtige wolwe snags vreet. Dit is ook bekend, hoor, dat nie net die diere uit grafte gevreet het nie, maar destyds het diere makliker kos gekry as mense. En wetteloos. Die bome wat gespaar gebly het, was galge vir dertig, veertig lyke. Dit het van ver gelyk soos swart worse wat deur 'n slagter uitgehang is, maar soos jy nader kom oor die taai kluite van onbewerkte landerye, sien jy swerms kraaie op die takke sit en pik. Daardie tyd en dae was gesondheid van liggaam vir 'n man, of skoonheid vir 'n vrou, 'n vloek. Dit was beter vir 'n vrou om 'n pokverwoeste gesig te dra; beter vir 'n man om nie bene te hê nie.

Dit was Duitsland, toe Hans Michiel Callenbach naby Lüneburg gebore is. Die vrede van Westfalen in 1648 het hom 'n weeskind van twee jaar oud gevind. Toe die laaste maer soldate die jaar daarop huis toe is, was selfs van kraaie nie meer veel oor nie. Jy moet eet, en jy word geëet; die soldaat en die kraai weet dit. Die dorpspastor het vir Hans aan die prins se stalkneg se weduwee gegee. Haar man is in sy heer se diens oorlede, haar vier kinders het gesterf van vergiftigde putwater in die beleg van agt weke deur die Franse. Sy het nog een nakind gehad, 'n afskeidsgeskenk van ses Spaanse soldate, maar dié is al voor die vrede dood. Die pastor het hom binne die ringmuur van die verlate nonneklooster begrawe.

"Die kind se vader was 'n Katoliek," het hy gesê aan die prins wat die dorpie administreer, "en daar is min plek oor vir grafte. Hier is nou 'n groot aantal wese, my heer. As u dit goedvind, sal ek van hulle in pleegsorg plaas."

"Kwartier hulle in," het die prins gesê. "Vandag se kind is môre se voetsoldaat. Elke volwassene in hierdie dorp kan sy kos met 'n kind deel. En stuur vir my vier of vyf goeie, opgeskote knape kasteel toe."

Oor Hans Michiel se afkoms was daar nie twyfel nie. Sy vader was 'n vaandrig van piekeniers in die hertog van Mecklenburg se regiment. Sy moeder, die dogter van 'n bakker in Magdeburg, het van honger in 'n armhuis in Hamburg gesterf. Die weduwee het vir Hans Michiel kos gegee tot hy ses jaar was en hom toe aan die hand geneem na die dorpspastor toe.

"Ek kan nie meer nie, eerwaarde. Hans Michiel moet kos hê, maar ek kan nie meer nie. As ek gehad het, het ek gegee."

"Dit is goed," het die pastor gesê. Hy het vir Hans Michiel vier jaar saam met sy eie kinders leer skryf en reken, en wanneer dit soms swaar met sy gesin gegaan het, die seun tydelik in die kerk se armhuis gesit.

"Barbare het ons meer as genoeg, Hans Michiel. Enigeen kan 'n geweerskoot aftrek. Jy word 'n skoolmeester."

Die prins, wat ook die armhuis onderhou, het elke tweede jaar aan die pastor laat weet: "Laat ses of sewe van die grootstes kom." Dit is hoe hy rekrute gekry het. Toe Hans tien jaar was, het die prins gesê: "Die kinders van '44 behoort nou oud genoeg te wees. Stuur die gesondstes op."

Hans was rank van lyf en het ouer as sy tien gelyk. Hy het weggeloop van die armhuis af na die pastor toe.

"Ek wil ook soldaat word, heer pastor."

"Nie 'n skoolmeester nie?"

"My pa was 'n soldaat."

Ja, het die pastor gedink, en waar het dit hom gebring? "Ek wil jou leer lees en skryf, Hans Michiel," het hy bitter gesê, maar hom bedink en sy hand op die kind se skouer gelê, en geglimlag. "Nou goed, Hans Michiel. Maak jou bondeltjie. Daar sal altyd soldate wees solank die duiwel op aarde rondloop."

Voor die kornet van die kasteel opgedaag het om die seuns te haal, het die pastor nog 'n keer met Hans gepraat.

"Wat wil jy nou begin, Hans Michiel? Is daar nie al genoeg goeie mense onder die grond nie?"

Hans het nie geantwoord nie.

"Jy sal nie offisier word as jy nie leer nie."

"Ek wil nie offisier word nie, heer pastor, maar soldaat."

"Het jy dan nie ambisie nie? Jy wil tog hoër gaan."

Omdat hy nie geweet het wat ambisie beteken nie, het Hans niks gesê nie. Vyftig jaar later het hy aan 'n klerk vertel: "En ek weet dit nou nog nie. Nooit offisier geword nie, nooit die behoefte gevoel nie." Maar die klerk het gesien hoe 'n selfbewuste glimlag van ou Hans se gesig af vlug, en het gedink dat die pastor reg was toe hy destyds die seun gewaarsku het: "Jy sal dit baie kere berou."

Hans het dit self nooit berou dat hy soldaat geword het nie. Hy het soos 'n kind bly glo in die waardigheid van sy roeping. Wat kon hy doen? Die tyd het gedreun van tamboere en kanonne, die daaglikse geur was van perdemis en nat leer, die kleur was bruin bier en swart en rooi vaandels, die smaak was hawermeel-pap met 'n bietjie sout gekook om die reuk van vleiwater weg te neem. Dit is goed, het die hele wêreld geglo, om soldaat te wees. "Ek kon ten minste wapens dra," het hy ernstig aan die klerk probeer verduidelik. "Jou kos en slaapplek is verniet, soos wat enige hond van sy baas kry. En word jy die dag oud, dan kyk jy terug en sien hoe jy soos 'n hond probeer lewe het. Altyd gereed om te byt, vreet wat jy kry, verdra skoppe."

Hans Michiel het staljong in die kasteel geword. Dit is waar hy van perde geleer het: die paring, swangerskap en geboorte, die voeding en versorging, kastrasie, die hoewe, gebit en gebeente, die gesondheid en siektes, die krag en swakhede, die spoed, die vrese, die moed, die tuig vir saal of harnas, die afrigting, die gebruik en hantering, en hoe om 'n perd met kleed en pluime vir 'n optog te tooi. Dit was sy eerste ambag.

Daar is hy uitgesoek as agterryer van 'n artillerie-offisier. Die loon was min en die werk hard. Hy moes vir die man was en kook, wapens skoonmaak, perde versorg, kos koop vir mens en dier, slaapplek vind en voorberei. Snags word die perde met die halters aan die koplyn gebind, en die stang kom uit die bek, maar die saal bly op die perd. Hy slaap kort kwartiertjies tussen die hawersak en die koplyn. Ná 'n slag moet hy op die veld agterbly, of teruggaan as die vyand se vuur dit toelaat, om die perde te skiet wat nie weggelei kan word nie. As die vyand se skutters dit toelaat, kom die oorwinnaar en slag die beste stukke uit om te kook vóór vlieë op die vars bloed koek. As jy môre soek, kry jy wurms.

Dit is die enigste skoling van 'n agterryer, jy leer jou vak onderweg in die reën. Maar die kêrel was te vriendelik vir woorde, sodat 'n man moet vlug daarvan, en daarom is Hans Michiel op vyftien oor na die infanterie. Op agtien was hy korporaal met 'n rooi kokarde op die hoed en 'n rottang onder sy arm. Hy was toe amper uitgegroei, sterk en, soos van 'n korporaal verwag word, nie bang om sy lat te gebruik nie. Net die kos was steeds min en maer in 'n honger en koue land.

Hans Michiel was 'n stillerige jong man. By die kampvure het hy min gesê, maar graag geluister. In sy afdeling is soms gepraat van wegloop Nederland toe. In die Kompanjie was kêrels met neefs in diens van die Hollander. Die lewe was beter daar. Die kos was volop en ryk aan botter, alle ambagte was in aanvraag, en jou soldy kom elke week kontant op die handpalm. So was dit in Amsterdam. Die neefs het huis toe gekom met stories hoe hulle Japan toe was en Amerika. Al het die uitheemse name niks beteken nie, was hulle bruingebrande gesigte en biergeld in hulle buidels luide getuienis van hulle voorspoed. Amerika en Japan? Vreemde dinge is daar in die barakke vertel. Byvoorbeeld van lande sonder grense of heinings waar wilde herders reuse-beestroppe laat wei, lande waar die vrouens kaal loop, lande waar die barbare blompatrone met swart ink in hulle velle prik, lande sonder gode selfs, en oseane waar visse van golf tot golf sweef. Jy het nie geweet wat waar is nie. In Duitsland sou die vrouens nog 'n paar geslagte lank bang bly vir almal wat broek dra, maar Amsterdam was die stad waar al die luste van die wêreld bevredig kon word. Hans se makkers het aanmoedigend geknik: Amsterdam was die beste plek in hierdie dae, al was hulle nog self nie daar nie.

Soms as sy peloton tussen verrotte blare in modderwater op die natgereënde binneplein dril, het die jong korporaal Callenbach verlangend gedink aan Hollandse skepe wat suid vaar in sonskyn. As hy kon wegkom uit die verkluimde kasteel met sneeu op sy kantele en vensterboë, en sy smal, swart skietsplete vir boogskutters, en hy kon daardie bruin skepe suid volg, sou hy ook wondere beleef. Hy wou nie edelstene of 'n Oosterse goewerneurskap hê nie. Sy behoefte was eenvoudig: net bevel oor 'n kleinerige wagpos in 'n warm klimaat, 'n korporaalskap van tien of twaalf man, 'n goeie Sweedse geweer en 'n Protestantse offisier. Dit was genoeg vir hom.

Vroeg in 1664 het die prins hom met 'n kettingspan see toe gestuur. Die ou man het hom na sy private kabinet in die koue hart van sy trekkerige vesting geroep.

"Ek wens jou voorspoed toe, Hans Michiel. Jy het hier onder my oë grootgeword. My kornet het destyds vir my gesê: Hier is 'n seun vir die stal; hy is gewoond aan strooi. Ek is bly jy het reg gekies toe ons pastor van jou 'n onderwyser wou maak. Ek is dankbaar daarvoor. Hy is 'n onderwyser tot in daardie knol pot-klei wat hy 'n siel noem, maar nie jy nie. Jy is 'n gebore soldaat, en jy het my brood geëet. Ek sê vir jou, daar is min mense wat ek deesdae kan vertrou. Die bestes is dood, en ek het oorgebly met 'n swakker klomp as wat my vader in sy diens gehad het. Nou het een of ander dwaas hulle kom wysmaak die strate van Indië is met goud geplavei, en vandag wil dit net Ooste toe, Ooste toe, see toe. Nou kyk, jy weet van dié wat ek laas raadsdag gevonnis het. Vervalsers, diewe, moordenaars, verkragters van ou moeders. Skuim van die varkhok se sloot. Ek het 'n koper in Holland wat vir hulle wag, en hulle paspoorte is geskryf. As een van hulle weer 'n voet in my domein sit, kry hy die koord om die nek. Pas jy net op vir hulle, Hans Michiel. Hulle is in boeie, maar hulle is waaragtig nie kreupel nie, en sal jou keel afsny as jy naby hulle slaap. Moenie dat hulle loskom nie."

"Ek belowe, my heer." Dit was die egte Hans, tot die bitter einde 'n belowende man.

"Hans Michiel, my sekretaris sal vir jou twee briewe gee. Met een kan jy kos en verblyf langs die pad koop. Met die ander word jy ontslae van die vuilis. Die man in Delft sal vir jou 'n bankiers-brief gee wat vir my baie geld werd is. Moet dit nie verloor nie. Die boeie is ingesluit by die verkoopprys; jy kan dit daar laat bly, ek wil dit nie weer hê nie. Moet nie enige van die Hollander se wette oortree nie, Hans. Daarvoor moet jy oppas. Die Hollander hang graag; dit verskaf vermaak en opvoeding vir hulle gepeu-pel, en hy lê beslag op my geld in die plek van jou boetes. Gebruik dus goeie oordeel in alles wat jy doen."

292

Hans het stil geluister, en niks gevra wat sy kans sou bederf om Nederland, en daardie Amsterdam, te sien nie. Dit was 'n aangename vooruitsig. Oor die begeleiding van die twaalf gevangenes was hy nie bekommerd nie. Waaroor sou hy hom bekommer? Hulle was gewone mense, en hy 'n gewone korporaal. Hy was gerus en tevrede.

"Welaan, Hans Michiel," het sy makkers gesê. "As jy terugkom, word jy sersant." In vredestyd word jy nie maklik sersant nie. Dit is die vervloekte vrede, sê hulle. Hulle het hom advies gegee. Hy sou die taal van Holland verstaan; dit was soos Duits uit die mond van 'n idioot. Maar kos is daar volop en goedkoop, die meisies ook. En op party dorpe is die wors en die bier gangbaar. Die water moet hy vermy; dit is swart en bitter en ruik na dooie mens. Die bandiete weet dit nie, maar hulle word galeislawe in Frankryk. Dit mag die Hollander nie hoor nie.

Toe die blompunte van April deur die sneeu stoot en swerms wit voëls uit die suidweste in die kaal bome begin aankom, is hy met sy gevangenes by die kasteelpoort uit. Met hulle bondels soos boggels op die rug het hulle die voetkettings deur die geplaveide poort en deur die modderige sneeu na die buitewag gesleep, waar Hans Michiel sy parool en 'n laaste saluut gegee het.

Van Lüneburg af het hulle vyf dae reguit wes oor die swart verwinterde heide gemarsjeer. Van die begin af was alles teen hulle: die hemel, die aarde, die inwoners. Dit het elke dag gesneeu, met ysreën. Die paaie was diep modder sodat hulle teen skuins hange moes sukkel en saans dennetakke moes afbreek om op die sneeu te lê. Die inwoners het meer as genoeg van soldate geweet. Hulle het hulle diere binnegebring en deure toegemaak as hulle die troep sien aankom, en van binne met wapens gedreig as daar geklop word.

Sy kettingspan het vroeg begin praat. Hulle het vir Hans Michiel die wêreld beloof as hy hulle 'n kans gee, as hy net sy rug 'n kwartiertjie draai en anderpad kyk. Hy het nie geantwoord nie, behalwe deur rottangslae. Dan het hulle hardop gebid, asof hierdie korporaaltjie die Almagtige se agent was. Hulle wou hom sag maak deur skynheiligheid.

Hy het vir hulle gesê: "Waarom bid julle hardop? Die Almagtige is nie doof nie."

"Laat ons saam wegkom, Hans Michiel. Draai jou rug as jy gaan lê." Iemand het gefluister, of miskien was dit in sy gedagte tussen sy onrustige slaap en die twee, drie keer wat hy snags die rondte om sy gespande bandiete geloop het: "... *wie genade betoon aan die geringste van my ... is meer...*" Meer wat? het hy gewonder, maar kon nie onthou nie.

"Ek my rug op julle draai?"

"Ons is bestem vir die galeie, vir die trapmeul onder die Spanjaard se sweep, vir die swart eilande by Peru om voëlmis te raap. Is jy 'n Christenmens? Draai die ander wang."

"Of net mens, Hans? Verkoop ons in hierdie dorp, en gaan fuif met die geld. Jy word 'n man met 'n vol sak, 'n held onder die hoere van Hamburg."

Aan vyf van die veroordeeldes het hy 'n silwerstuk beloof as hulle sonder moeilikheid by die bestemming kom. Sewe ander het hy 'n koeël beloof. Hy het vermoed hulle dra 'n versteekte vyl. En nader aan die Hollandse grens het die inwoners se gesindheid verander; hulle wou knegte hê. Al die boere, die kroegbase, die vrouens was agter sy kêrels. Die gesmeek in die ketting het hom verveel, en hy het hulle met die rottang voortgedryf.

"Pasop met jou rottang, heer Hans. As ons bloed op jou spat, word jy besmet vir jou lewe. Met yster geketting."

In Bremen, op die bevrore Weser, het hy sy brief by die stadspoort afgegee en vir sy troep kwartiere betaal in die stal van 'n herberg waar 'n Avondmaal teen die muur geskilder was. Voor die Reformasie was dit 'n kapel. "'n Stal vir Katolieke perde," het Hans Michiel gesê. "Gedra julle, en bid sag."

Van Bremen tot Papenburg was vyf dae se mars, met twee nagte in die sneeu. Dit was die laaste Duitse stad op die weg. 'n Arend met twee koppe was op die vlag oor die kasteel, regs van die hoofweg. Hans het brood, wors en bier op die mark gekoop en dit vroeg uitgedeel.

"Ons gaan netnou oor die grens. Ons eet die laaste maaltyd in ons vaderland."

"Hoeveel onse in jou pond," het een gesê. "Kom jy dalk saam?"

"Moenie so voor op die paal wees nie, jong. Wat raak my kom en gaan jou?" het Hans Michiel die man gesê en hom hard met sy rottang geslaan. Hy was tevrede, selfversekerd. Sy taak was amper afgehandel. Buite die stad het 'n vrou met die bles voorkop van 'n melker die pad aan hulle beduie met 'n hen wat sy aan die bene vashou. Twee uur later is hulle oor die Eems, in volle vloed onder die breë steenbrug deur. Na nog 'n uur teen 'n lang groen afdraand, met vastrap en gly teen die skuinste, het hulle by 'n soldatepos op die rand van 'n populierbos gekom. Dit was die Hollandse grens. Twee bejaarde mans het kaartgespeel op 'n oopgeslane Bybel.

"Hoeveel is julle?" het die oudste in sy baard gefluister, met sy oë op sy maat se hand.

" 'n Helse donderse klomp," het die jeugdige Hans Michiel gespot.

"Het julle papiere?"

"Twee briewe. Met een koop ek kos, met die ander verkoop ek hierdie skuim uit die varkhok se sloot."

Die oue het 'n beswerende voorvinger op sy maat gerig, en sy kop net 'n weinig beweeg om na die bandiete te kyk.

" 'n Lelike troep moederskinders. Waarheen is jy op pad?"

"See toe."

"Waaragtig, alles gaan see toe. Die rivier hier agter kan nie wag om daar te kom nie. Wil die see júlle hê? Dit word nooit gevra nie."

"Rotterdam."

"Dit is beste. Landuit. " Met sy rooi, waterige oë steeds op sy maat se gesig beduie hy met die kop: passeer.

Die weer het versleg; sy kettinggangers het gevloek, gedreig. Hulle wou skuiling hê, maar hy het hulle van daglig tot aandskemer met die rottang aangedryf. In 'n koue, grou mis het hulle twee dae lank oor die leë Ellertsveld gemarsjeer, en die Vecht by 'n netjiese houtbrug oorgesteek. Met die stadsmure en kerktorings van Zwolle voor hulle in die mis, het 'n bandiet soos 'n vis uit 'n net van die ketting gegly en oor 'n geploegde land na die stadspoort toe gehardloop. Hans Michiel het met sy geweer op die man aangelê. Hy was 'n duidelike en maklike teiken soos hy reguit in die ploegvoor hardloop. Hy sou hom hoog tussen die skouerblaaie tref voor hy die einde haal. Maar hy het nie geskiet nie, want hulle was in Holland. *Ander prinse, ander wette,* sê die spreuk. Die juigende bandiete het die man oor die taai kluite aangemoedig tot hy voor die poort deur die wagte gevat en binnegelei is. Hans het na die ketting gaan kyk. Dit was afgevyl. Die groef was verroes; die vylery moes oor dae gebeur het. Een van die ander het nou die vyl gehad, en 'n volgende groef was klaar aangevoor.

Met die verlof van die burgemeesters van Zwolle het Hans sy troep binnegeneem en gevra dat die ontsnapte aan hom uitgelewer word. Dit is geweier. Die man het geen Hollandse wet oortree nie, het die stadsklerk gesê. Korporaal Callenbach was uitoorlê deur 'n gewone bandiet. Hans Michiel het daar vir die eerste keer gevoel dat hy die prins in die steek gelaat het, dat hy nie so 'n knap en wakker soldaat is as wat mense sê nie. Die nag het hy die troep toegesluit in 'n herberg se sel, en met sy eie geld 'n tweede ketting by 'n hoefsmid gekoop en hom betaal om dit aan sy gevangenes te sit. Hy het die vyl geëis, en hulle laat uittrek en deursoek, maar dit was weg.

Van Zwolle tot Utrecht was drie dae. Die ompad oor die Veluwe se beboste duineveld was taamlik droog en hulle kon vinniger vorder. Hans Michiel kon hulle haat hoor, skerp en deursigtig soos glas; hulle het dit nie probeer wegsteek nie. Met hulle stemme en sluwe kyke het hulle gevyl aan sy selfvertroue. Hy het treë van hulle weggebly dat hulle hom nie pak, verwurg en sy sleutels vat nie. Die oggend ná hulle uit Utrecht gewyk het, het drie bandiete hulle stuk van die ketting deurgevyl, losgeruk en saam op hom afgestorm. Hy het uit hulle pad gespring. Sy gesig was warm en sy hart het sterk geklop; hy was lus vir baklei. Hy het een 'n oop hou met die geweerkolf teen die voorkop geslaan. Toe het hulle hom gelos, en teruggehardloop na die stad toe, want hy kon nie skiet nie. Hulle het geweet sy heer het hom gevra om goeie oordeel te gebruik en nie die Hollandse landswet te verbreek nie. Sy eie nek was in gevaar.

Daar was nou min oor wat hy vir die prins kon doen. Daar het net agt man oorgebly om te verkoop. Tussen Utrecht en Leiden het hulle by 'n seksie van 'n artilleriebattery aangesluit wat te voet op trek was 's-Gravenhage toe. Hans Michiel het sy diens aangebied. Sy bandiete sou help om die kanonne te sleep in ruil vir beskerming. Die dankbare kanonniers het die harnas neergegooi en met skoppe en slae die Duitsers in die eerste vier plekke gespan. Die grond was laag, klam en gelyk. Hulle roete was effens noord van wes, al op die oewer van die Ryn, see toe. Oor die lae landskap het die hele dag 'n fyn mistigheid gehang. Aan hulle regterhand kon Hans Michiel die blink voorwaters van groot mistige mere sien, en die flou westelike son was 'n dowwe liggeel vlek in die newels. Eers is hulle deur Soeterwoude, toe deur Katwijk. Die dorpies was klein en naby mekaar. In elkeen was 'n vesting, meer soos 'n versterkte herehuis met 'n grag en 'n toring, waarop 'n vlag laat sak en weer gehys is om die troep se verbygang te erken.

Snags het Hans Michiel sy troep aan die kanonwiele geketting. Hy het 'n wagbeurt gestaan, en vir die eerste keer in veertien dae behoorlik geslaap. Daar was soldate langs die paaie, van enkele vaandels tot kolonnes van sewe- of aghonderd man, of 'n afdeling ruitery in donkergroen uniforms.

"Is daar oorlog?" het Hans Michiel aan die artillerie-adjudant gevra.

"Ja, die ganse wêreld is mos teen ons," het die man gesê en met sy passtok na die vier windrigtings beduie. "Die Engelsman, die Portugees, die Fransman, die verdomde klein Japannees met al sy trawante."

"Wie is hulle, die klein Japannees?"

"Kort heidentjies. Klein ogies. Teedrinkers."

"En waaroor baklei julle?"

"Nee, maar hulle is te ongoddelik."

"En geen kans vir vrede nie?"

"Absoluut geen. Die hemel behoed ons teen sulke genade."

297

"Amen," het Hans bevestig.

Die twee kanonne het langsaam op 'n ou weggesakte pad ge-rol. Dit was gelyk en goed geplavei, sodat die bandiete gemaklik geloop het. Hulle beenkettings het fyn oor die groen, mossige stene geklink, naas die swaar gerammel van die wiele.

"Sonder om nuuskierig te wees," het die adjudant gevra. "Waaroor word hulle gedeporteer?"

"Alles. Elke gebod in die goeie boek, plus die mindere pro-fete."

"Soos wat?"

"Steel, moor, meineed, gewapende roof, hoerery, landsver-raad, brandstigting. Vervalsing. Kettery. Die stomme sonde ook."

"Jy speel."

"Waaragtig. Met 'n bok."

"Watter een van hulle?" het die adjudant gefluister.

"Ek weet nie. Dit is 'n halssaak en hy moes versuip word, maar al ons riviere is dié jaar hard tot op die bodem. Kan jy dit glo?"

"Ek slaap nie meer snags nie," het die adjudant bekommerd gesê.

Nie ver van die see af nie – Hans kon nie ver sien nie, maar kon die see in die mistigheid ruik – het die artillerie deur Leyder-dorp getrek. Die Ryn het dwarsdeur die verskanste dorp geloop. Toe hulle anderkant uit is, was die stad Leiden voor hulle. 'n Hoë muur met kantele en twee poorte het van noord na suid gestrek. Die Ryn het om die stad gevloei, weer verdeel en deur die stads-poorte gestroom. Op die singels om die stad was heelwat skeep-vaart; hy kon die bewegings van maste tussen ses of sewe kerk-torings sien. Blou rookwaas het bokant Leiden gehang.

"Wat 'n stad," het Hans Michiel met ontsag gesê. "Wanneer het hulle hom gebou?"

"Nie sleg nie," het die adjudant beaam."Wag maar tot jy binne is. Amsterdam is iets besonders, maar Leiden het nie sy gelyke nie." Hans Michiel en sy troep is saam met die kanonniers by die Hoogoordspoort aan die oostekant van die stad in. Hier moes hy sy briewe wys. Toe het hulle rammelend langs die Breë Straat ge-trek, voor 'n pragtige stadhuis verby na die militêre kwartier in die westelike deel. Op daardie eerste besoek het Hans Michiel respek vir die stad gekry. Hy wat in 'n kasteel op 'n heuwel grootgeword het met min kennis van kerke en burgemeesters, kon sien hier was die voorbeeld van hoe dit gedoen moet word. Die geboue was sierlik, die strate netjies. Deur die dag het tientalle klokke uit die stad se torings gelui. Jy het geweet waar jy staan. Die swartgeklede studente in die straat het op 'n vreemde manier sy aandag getrek. Dit was kêrels van sy ouderdom, maar iets aan hulle het hom laat voel dat hulle beter is as hy. Waarom het die lewe gemaak dat hy nie een van hulle is nie?

Die adjudant het na die groot geverfde skywe van hout en strooi in 'n oop veld gewys. "Daar staan die Doele. Ons kampeer daar. As ons uitgespan het, gee ek jou geleide na die Justisie."

Hans het sy moeë volk help aftuig en weer aan hulle dubbele ketting vasgesluit. Later die dag is twee kanonniers saam om hulle die pad te wys. Hulle is verby die universiteit waar baardlose studentjies met swaarde onder swart togas sedig onder die poorthuis uit- en ingegaan het, oor die Rapenburgse grag, en met 'n steeg na die plein voor die Pieterskerk. Die kerk was hoër as sy heer se vesting in Lüneburg. Reg voor die kerk was die Justisie. Daar het Hans Michiel sy papiere aan die skout vertoon. Buite het die stadswag oor sy troep gestaan.

"Jy moet Delft toe. Daar is 'n kantoor van die Edele Kompanjie, en die man na wie jy soek, werk daar. Wat jou ander saak betref: dat jy die mense onder Duitse wet deur die land wil neem, dit is onmoontlik. Jou heer behoort dit te weet. Jy sê hy het al in die verlede bandiete hierlangs gestuur? As hy die vasgestelde som aan die regering betaal, kan hy vergunnings kry, maar daarsonder nie. Die beste wat ek jou kan aanbied, is om hulle vir die nag toe te sluit. Gevaarlike elemente. Nege-uur vanaand lui die aandklok, dan moet jy binnekom. Met daglig moet ek hulle laat loop."

Hans Michiel het dankbaar die bandiete sien ingaan in donker selle van klip en tralies, en stad toe geloop om vir hulle kos te koop. In die Rapenburg was 'n bakhuis en tappery onder een dak. Daar het 'n geskilderde naambord teen die muur geleun. *Heren*

299

gelieve niet hier over te pissen, was langsaan op die muur geskryf. Terwyl hy met Duitse silwer vir sy brood betaal, het 'n tros studente by die taphuis ingeslinger, op die bankies neergeval en op die tapperskneg geskreeu. Die bakker het met sy kop beduie.

"Skuim."

"Is hulle studente?"

"Die jeug. Almal dieselfde, ryk en arm."

"Wat studeer hulle?"

"Hoe om die Almagtige te bespot, hoe om die nagrus te versteur met hulle gefuif, hoe om jonge dogters te onteer, hoe om mekaar los te lieg, en ander wondere van die heidendom."

"Sulke ernstige jonkers dan?"

"Nee, meneer. Jy is ook 'n jong man, maar ek sien jy werk vir jou brood. Hierdie klomp is die verlore seuns van 'n honderd huise. Jy weet, die jongste kind wat 'n onverdiende erfporsie van sy ou vader afgedreig en koers gevat het na 'n ver land?" Hy het met sy kop beduie. "Hier sit hulle."

Hy het na hulle jolige geselskap verlang toe hy sy kettinggangers se brood gaan gee en hom in 'n sel laat toesluit. Daardie hele nag, tot kort voor hanekraai, kon hy die galmende dronksang tussen die geboue hoor, hulle gelag en wilde skreeue. Hans het sy mantel en kombers oor sy kop getrek, maar later deur die venstertralies op die studente gevloek. Hy kon hulle by 'n straatvuur sien saamdrom. Hulle het oor 'n slapende bedelaar geürineer, geskreeu van die lag, en op die grag se rand rondgeslinger sonder om in te val. Jonge here, het die bakker gesê, suiplappe. Hans het met 'n bitter gemoed op die bank gaan lê, terwyl sy sel kouer en donkerder om hom word.

Die sipier was vroeg by die deur. Hans Michiel het sy groep sonder ontbyt die pad gewys. Hy het voor hulle uit geloop na die Zijlpoort op die noordoostelike hoek van die stad, en die oorblyfsel van sy troep was morrend agter sy rug. Noudat die reis amper verby was en ontsnap nie meer moontlik nie, wou hulle sy bloed hê. Kort-kort wou een by 'n donker hoek in om sy broek los te maak, dan moes almal eers daar staan en wag tot hy klaar is. Met arms oor die bors gevou, en koue hande onder die arms vas-

300

geknyp, het hulle op die straathoeke gewag, en Hans met verwensings en openlike dreigemente van hulle weggehou. Hulle was weer aan vyl, maar hy kon nie sien wie die instrument het nie.

Hy het voor dagbreek passaat gekry op 'n turfskip, met die Vliet af Delft toe. Die bandiete het bo-op die vrag warm turf gelê. Sy reis was amper verby; hy sou hulle in Delft besorg soos hy sy heer beloof het. Daar was maar twee man op die kaag, 'n pa by die kolderstok en sy seun met 'n paal in die boeg. Hulle boot, diep gelaai, het onder die stadsmuur langs gehou en onder die Koepoort uit, oor die oop vlakte af suide toe. Daar het die son vir hulle opgekom. Die breë kanaal het met draaie oor die wasemende weide gevloei, van een stadig draaiende windmeul by 'n boeregehuggie met 'n wye swaai van die stroom na 'n volgende windmeul op die oorkantse wal. Op 'n draai van die stroom, toe die kaag alleen in die landskap was en rakelings langs die wal, het die voorste bandiet in die ketting opgestaan, op die dolboord getrap en aan land gespring. Hy was los.

Hans Michiel is met sy geweer agterna. Hy het met een been in die diep modder geval, maar op die gras uitgeklouter en agter die vlugteling aan gehardloop. Hy het net een keer omgekyk en sy fout gesien. Die kaag was al teen die oorkantse wal, en sy laaste bandiete het oorboord gestroom en die wye veld in gehardloop. Hans Michiel het geweet dat hy alles verloor het. Dit was meer as die verlore briewe in sy bondel op die skuit, meer as sy heer se vertroue wat hom hier ontvlug het. Hy sou nie meer soldaat wees nie. Daar was van sy lewe niks oor nie, behalwe die geweer in sy hand en die man wat hom in hierdie ongeluk gebring het. Hy het die kêrel op die dyk agtervolg, in die rigting van 'n dorpie in die mistigheid. Dit was Voorschoten. Daar was 'n herehuis met 'n grag en 'n ophaalbrug, en 'n wag in die houttoring langs die huis. Die bandiet het na die brug toe gehardloop. Hans het gehyg soos hy hom inspan om daar te kom voor hulle die brug ophys. Die bandiet het by die groot huis gekom, teen die versterkte voordeur geval en met sy plathand daarteen geslaan. Die deur was toe. Toe Hans Michiel by die ophaalbrug kom, het die poortwag dit reeds kophoog opgehys. Wat kon hy doen? Hy het aangelê op die bandiet en hom voor die vreemde heer se deur platgeskiet dat hy met uitgestrekte arms sywaarts in 'n bedding met wit en rooi blomme val.

Hy het daar omgedraai, sy geweer in die kanaal geslinger en noordwaarts gevlug, weg van die herehuis by Voorschoten, weg van sy bandiete, weg van die kaag met sy briewe, weg van Delft, weg van sy heer, weg van Duitsland, en as dit moontlik was, weg van korporaal Callenbach. Hy was verlore. En op 'n vreemde manier het hy bevry gevoel, verlos van sy kettings, en vir die eerste maal vry, heeltemal vry om sy lewenspad self te kies.

Maar dit sou hom nie vryheid gee nie. Want waarheen? Weke lank het hy op agterpaadjies van dorp tot plaas, en van plaas tot stad getrek. Op straathoeke het hy by bedelaars gebedel, en agter afdelings soldate van dorp tot dorp geloop om in die gras van hulle verlate kampplekke vir koolblare of broodkorse te soek. Siek van op nat grond slaap, smerig vuil en honger en koud het hy in Amsterdam gekom. Daar het 'n sielverkoper hom uit die sloot langs die straat gehaal.

"Dit is hoe ons maar in die Kompanjie se diens verval," het Hans op sy oudag aan die sekretaris van die Kaapse regering gesê. "Hier sit ons nou albei vandag. Ek het toe skaars geweet van 'n Kaap of van Hottentotte. Jy staan een oggend op, jy dink nog jy gaan Delft toe, dan is jy op pad Kaap toe. Maar see toe moes ek die hele tyd, om hier uit te spoel. Jy begryp dit eers later."

"Ons kon dit nie help nie, Hans Michiel. Ons hele land stroom see toe. Die hele Europa," het die sekretaris beaam. "Dit is vir ons geskrywe: *Kom weg uit die Noorde, Ek stuur julle nou uit na die vier windrigtings.* Dit staan so in die Bybel, ek sal die plek vir jou soek."

Hans Michiel het nagedink, en oor die see na sy eie bitter eiland toe geknik. "Dit is so. See toe gesleep, van alle eindes van die aarde af. Die bandiete dáár, en ons."

Die sielverkopers van Amsterdam het geweet waar om die materiaal vir die Kompanjie se vloot en leër te soek. Hulle soek in die muwwe strooi van herbergstalle, in die klam buitepoort van die stadsgevangenis, in die sloot van die nat straat voor taphuise, en in die skemer van stegies waar drinkers urineer. Maar hoe het hy, Hans Michiel Callenbach van Lüneburg, beland op die nat gras langs 'n taphuis se afleisloot?

"Die bestiering," het hy aan die sekretaris gesê. "Van Boshuisen na Valkenburg, na Noordwyk, so aan boontoe. Toe Haarlem. Soms op 'n melkskuit, anders te voet. Maar altyd, die Voorsienigheid. Dit móés so gebeur: ek moes see toe, die see moes my hê. Waarheen hy my sou dra, het ek nooit geweet nie. En tot vandag toe weet ek nie. Hy spoel nog altyd om my."

Die sielverkoper het brood en wyn uit 'n ransel gehaal en langs Hans Michiel gewag terwyl hy eet.

"Hierdie streek word koud, vriend. Almal wyk suid, waarom nie jy ook nie?"

Na hy geëet het, het hy hom slaapplek aangebied, toe klere, 'n paar gulde in die hand. En Hans, siek, verhonger en koud tot in sy murg, is met hom saam stad toe, ter wille van 'n beker ertesop wat hy beloof is, en om in 'n kelder met agtien of twintig ander verarmdes op luisbesmette strooi te woon, en te wag. Smiddags en saans was daar 'n sny brood met 'n bak warm ertesop, waarvoor Hans Michiel sy hoed afgehaal en sy oë gesluit het om God te dank. Dit was min, maar warm. Die sielverkoper het hom 'n seekis gebring van die presiese formaat, 'n seilbroek en 'n hemp met twee ou koeëlgate op die linkerbors, teen 'n voorskot op sy eerste soldy. Daarvoor moes hy teken. Bedags het hulle gesit en luise vang en bewe van die koue, terwyl hulle wag om geroep te word. Hy was vier dae in die skemer kelder toe die sielverkoper hulle sê: Môre word gemonster by die Kompanjie se kantoor in die Walle.

Hulle is vroeg soontoe, in 'n verwaarloosde, broederlike groep. Van ver kon hulle 'n snaartrommel hoor roer. Mans en vrouens het vier, vyf diep op die plaveisel voor die hoofkantoor op die Kloveniersburgwal gewag. Aansoekers vir die poste van pakker is eerste ingeroep, toe aansoekers vir die poste van matroos, toe dié wat soldaat wil wees.

Binne was 'n paar klerke en 'n offisier, agter 'n tafel met 'n groen kleed. Op die vloer voor die tafel het 'n snaphaan gelê.

Hans het nader gestap. Daar was 'n nuwe lont in die haan en roestende vingermerke op die tromp. Die groewe van die slotplaat was van swart vullis gepak. Waarom was die snaphaan op die vloer?

"Tel dit op," het een van die here gesê. Hans het opgekyk en gewag, maar die stem was stil. Toe het hy die wapen kort agter die slot aan die nek gevat en onder sy arm in geswaai.

"*Geef ... Acht!*" het die offisier geskreeu. Hans was soldaat, hy kon dit nie wegsteek nie. Hy het op aandag gekom en die geweer op sy skouer gelê. Nou het al die here agter die tafel dit ook geweet: hy was soldaat van beroep. As die skout van Voorschoten soek na die jong Duitse soldaat wat die bandiet in sy poort vermoor het, sou hy nou weet waar om hom te kry. Deur twee woorde het hy hom verraai; so maklik is hy gevang. Die here agter die tafel het hom toegegryns. Soveel is hierdie man werd, soveel is sy lewe vir hom werd. Naam? Stad van herkoms? Ouderdom by benadering? Dit was al.

Hans, met sy sielverkoper langs hom, het voor die tafel gewag terwyl die here sy papiere skryf en hulle vrae vra. Soveel, het die sielverkoper gesê, het Hans vir sy verblyf geskuld, soveel vir kos, soveel vir klere, soveel vir 'n seekis. En voor getuies het hy onderneem: Van vandag af totdat Hans skeepgaan, sal hy hom van losies en van uitrusting voorsien, alles wat nodig is, tabak en pype inkluis. Op Hans se eerste betaaldag sal 'n deel van sy skuld hier in Amsterdam aan hom, die sielverkoper, betaal word, en so voort vir die volgende sestig maande. Hans het die skuldbrief onderteken. Nogeens gevang.

Op sy eerste betaaldag was hy ver, ver op see. Hy is aan die skip *Roode Hert* toegesê. Hulle is in oop ligters uit Amsterdam oor 'n vlak groen water, noord na die diep agter Texel waar die skip gewag het. Daar is die bemanning 'n laaste keer gemonster. Hans Michiel het tot op die laaste rondgekyk, of die skout van Voorshoten nie aan boord kom om hom te arresteer nie. Vier skepe is gereed gemaak. Daar het hy seewerk geleer, en na 'n week is hulle saam by die Helsdeur uit. Hier is waar hel begin. Suid van hulle was Den Helder se groen duine, met die bekende drie lang galge waaraan verskeie lyke in 'n wolk van wit seemeeue hang. Dit is die poort na die Ooste, het Jan Maat vir Hans Michiel wysgemaak.

Dit was veel erger as wat hy verwag het. *Roode Hert* was 'n fluit van driehonderd ton, tien jaar tevore in Amsterdam gebou en met vier retoere Ooste toe onder sy kiel. Hulle soldate is onder skeepsroetine geplaas. Hy het dit nie verwag nie; aan land sou hulle weer soldate word, maar eers moes hulle help om hierdie skip dáár te kry. Die soldate het nie in die maste op gegaan nie, maar het snags wag gehou soos die matrose: vier uur aan, vier uur af. Almal moes help, op hierdie vyfde uitvaart, elkeen moes hand bysit, en dit was swaar werk. Hulle was vier maande op see, en hy is pers geslaan deur die bootsman van sy wag. Hans kon dit verstaan. Toe hy korporaal was, het hy ook 'n rottang gedra. Die seerkry was nie so erg nie, maar om nie terug te slaan nie, was swaar. Die dae was kort, donker en koud, die nagte ysig en swart. Hulle het wag gestaan, en as seile verander is of die ra's word gedraai, seile opgegei of uitgeskud, was die bootsman van hulle wag daar met sy lengte tou. "Aan die grootseiltou, almal aan die tou om grootseil op te gei!" was die woord. Hy het gemaak of hy die soldate kwalik neem dat hulle nie weet wat om te doen nie, en hulle geslaan. As soldaat kon Hans die entjie tou verstaan; die seetaal het hom langer geneem om te begryp.

Uit Texel is hulle noordwes, agter Skotland en Ierland om. Die lug was elke dag betrokke; die see was traag, swaar en soos dowwe silwer gekleur, onder 'n loodgrys hemel. In reën en stormwind is hulle bedags en snags uitgeroep, en die dek was so diep van stromende water dat jy skaars op jou voete bly. Dít is die hel, het Hans Michiel gedink, en opgekyk na die matrose wat in die donker op slingerende ra's hoër as kerktorings klouter oor die kantelende see, en sy mond dig gehou. Rondom het die wind en see gedreun.

Die skeepsiektes het hom gevang. Hy was siek in die stinkende ruim, en tussendeks het dit gelewe van luise. Dit is die hel, en hierdie is my straf, het hy gedink. Rotkoors. Hy het dit oorleef. Voedselvergiftiging. Hy was een van ses wat 'n pan vrot spek oorleef het. Ná hy 'n week lank gedink het hy sien nooit weer die son nie, het hy een sonnige dag dankbaar aan dek gegaan. Die weer was steeds koud, die see het swaar en donkergroen, skuimbevlek, rondom gestyg en gedaal, die oppervlak het geskitter in die na-middagson, en hy moes vashou om op sy voete te bly. Hy was nie tuis nie. Alles was vreemd, maar hy sou hom aanpas, gewillig, om die skip daar te help bring.

Hoe langer hulle op see was, hoe vrotter die kos, hoe stinker die donkerte tussendeks. In die warmte van die trope, na twee maande op see, kon jy braak van die lug wat uit die vooronder en die oorloop se luike opslaan. Hans Michiel moes elke dag meer werk doen, om die plek van siekes oor te neem. In die vier maande op see is honderd en vier van *Roode Hert* se dooies oor-boord gesit. Al drie bootsmanne is dood. Die bootsmansmaats, pas tevore matrose, het harder en meer geslaan as dié voor hulle. Toe die watermaker sterf, is Hans Michiel die werk gegee. Hy moes negentig emmers water per dag uit die see skep, en giet in 'n geut wat lei na 'n koperketel langs die kombuis. Die ketel moes hy drie keer 'n dag, terwyl die koksvuur brand, vul en laat droog kook. Die stoom is langs 'n spiraalpyp onder koue water gelei, waar dit tot vars water afgekoel en in 'n blink straaltjie in 'n skoon vat geloop het. Negentig emmers seewater het sewe emmers drinkwater gegee. Dit was Hans se taak: negentig emmers water uit die see hys, die ketel vul, die vate skrop. Dit was nat werk; sy klere was selde droog aan hom. Daarna moes hy snags sy wag-beurt staan. Hy het tussen sy wagbeurte met die nat klere aan dek geslaap, vas teen die ketel waarmee hy bedags saamgeleef het, om die herinnering aan hitte wat nog daarin was. Daar was hy ook onder die dienswag se voete uit, want hulle het, in die afmat-ting en koue wat soos verbittering oor hulle lê, gesoek na iets om te skop.

In die dokumente van die Kaapse Politieke Raad word die aankoms van *Roode Hert* verkeerd opgegee. Die skip het in Sep-tember 1664 aangekom, en nie in 1663 nie. Dit is ook nie die enig-ste fout in die Kaapse boeke van daardie jare nie; hulle is in werk-likheid vol foute. Die kwaliteit van die raadsekretarisse en – laat dit hiermee openbaar word – van kommandeurs en goewerneurs van die tyd, blyk daaruit. Was dit opsetlike foute, om die Direkteure te mislei? Dit sal tot voordeel van die Kompanjie wees as Here Sewentien voortaan beter sorg dra met aanstellings op alle vlakke wat in die Kaapse kantoor gemaak word.

Roode Hert is daarna voort Japan toe, waar dit die volgende jaar deur die kort heidentjies in Nagasaki se baai verbrand is. Hans Michiel is in die Kaapse garnisoen opgeneem as soldaat teen tien gulde die maand. Dit was een gulde meer as sy vorige diens. Die werk in die Kaapse Fort was reg na sy aard. Daar was wagdiens en voetpatrollies in 'n sonnige klimaat. Omdat hy kon lees en syfer, is hy skrywer van sy troep gemaak, met die titel van adelbors. Hy het netjies boekgehou van sy troep se sterkte, toerusting, wapens en ammunisie. Sy sersant het Hans se naam teenoor die bevelvoerder genoem.

Na twee jaar in die garnisoen is Hans Michiel uitgeplaas na 'n buitepos 'n halwe myl van die Fort af. Hy was bly om uit die garnisoen te kom, want hulle was toe aan hout saag en klippe beitel vir 'n nuwe kasteel wat rondom 'n langwerpige houtloods gebou word. Sulke arbeid was vervelend. Dae, maande van stof en sweet sou met so 'n leefwyse omgaan. Op sy buitepos het Hans Michiel wel soms verlang na die kleur en ordelikheid van 'n paradegrond, na die reuk en die gewig van 'n geweer op sy skouer, na die stilte van 'n wagbeurt op die Fort se muur. Hy kon die trompette by die Fort hoor wanneer die wind reg was; hy het geluister hoe drie of vier in die binneplein die akkoord opneem, en hoe ander van ver en wyd inval, dan kom hulle klank laat by hom aan, soos eggo's. Die geluide was troostend en het hom tevrede laat voel. Ek verdien hierdie buitepos, het hy gedink. Buiteposte is vir dié wat vertrou kan word, 'n rare poort na nuwe ruimte, na groter vryheid. Hy het soms gedink aan Nederland, waar breë riviere tydsaam deur die gelyk, groen landskap vloei en die son vroeg in verkleurde mis ondergaan, en soms aan sy verwoeste, verhongerde vaderland. Hier was goed genoeg vir hom.

Sy selfvertroue het uit skuilplekke gekruip. Net, die ding wat in Voorschoten gebeur het, kon hy nog nie verstaan nie. Hy was korporaal van 'n troep op 'n kort mars, wat tydens een ekspedisie alles verloor het, en daarom vir sy lewe moes vlug. Hoe kon dit wees dat hy nie die eersteklas, gebore soldaat was soos mense hom van kindsbeen af vertel het nie? Waarin skiet hy te kort? Dat hy moes vlug, en waarheen, was nie sy keuse nie. Maar nou wou hy wegkom van sy swakhede, sy ongeluk, en van almal wat daarvan weet.

Die wye sirkel van die horison is een groot lus om mens te vang. "Die vyand het twee kanonne, Hans Michiel," het die klerk op sy oudag vir Hans Michiel gesê. "Hulle name is *Noodlot* en *Ongeluk*. As die een jou nie kry nie, kry die ander jou."

Hans het geleer: die vyand hét twee kanonne. Hy het op 'n keer 'n ongeval uit die voorste linie help inbring, 'n kameraad uit die infanterie wat 'n gekerfde koeël met sy gesig gestop het. Dit was 'n lang, laggende jong soldaat, nog onmondig. Hy was by sy bewussyn; 'n sjirurgyn en 'n dokter het in die modder onder 'n bakkar aan hom gewerk. Hy kon asemhaal, en sy vars bloed by bekersvol sluk, maar kon nie meer praat nie. Daar was geen tong, mond, lippe of wange nie. Die koeël het alles tot teen sy rugmurg weggegryp. Die wangbeen onder die oogkasse, die hele bokaak insluitend die neus, was weg. In die voorste punt van die onderkaak, soos 'n bolder op die punt van 'n kaai, het een stomp tand gestaan. Wat daar van 'n gesig oor was, het Hans Michiel herinner aan die sekelmaan op 'n staanhorlosie. Hulle het die bloed gestop gehad; die groot are krimp self toe na so 'n wond. Die dokter het met twee vingers die luggang oopgehou. Hy sou dalk leef.

"Een aks van 'n duim," sê die dokter vir die sjirurgyn. "Eenkant toe of anderkant toe." Kry die een jou nie, kry die ander jou.

Die buitepos Keert de Koe het op 'n taamlike duin aan die Kaapse kant van die Liesbeeck gestaan, waar die pad na die binneland deur die rivier gaan. Die poshuis was 'n platdakfort, van klip onder en hout bo. Die onderste vertrek was 'n stal vir twaalf perde; daaruit het 'n trap boontoe gegaan na 'n kamer met twee vensters, sewe kooie, sewe kiste, sewe penne aan die muur vir saal en toom, sewe gleuwe in die geweerrak. Voor die fort was die Kompanjie se vlag aan sy paal. Aan die agterkant was 'n afdak met 'n oop herd. Die bosse rondom is weggekap, waardeur 'n stapel wit kalkklippe omtrent tien tree van die rivier af blootgelê is. Aan die een sy van die fort het 'n skutheining van pale see toe gestrek; aan die ander sy was 'n tolhek in die paalheining, wat langs die Liesbeeck se groen oewer op na die boerehuise toe strek.

Korporaal Callenbach en ses ruiters het die pos beman. Hulle werk was nie inspannend nie, maar belangrik. Elke dag is patrollie gery: twee man noord langs die heining op, twee suid langs die heining af. Drie moes by die huis bly om die hek oop te maak, want die hek was die enigste opening tussen die kolonie en Afrika. Aan hierdie kant was die kolonie, aan die oorkant was suiwer en onophoudelike barbarisme. Reisigers en veeruilers het by die pos oornag en voor die dagbreek vertrek. Landsreisigers is daar deur met hulle pakosse na afgeleë streke anderkant die geheimsinnige Luiperdsberg, wat in die hete somer vaal met geel vlekke was en in die grys winter donkergroen met liggroen vlekke. As dit gereën het, het die toggangers in hulle poshuis geslaap. Groepies skugter Koina het soggens met skape ingekom, en is later in die dag luidrugtig uit met hulle waardelose ruilgoed.

Die Koina het nie van die hek gehou nie, veral oor 'n klipstapel van een van hulle engele of afgode daar by die hek. Hulle was bang vir sy spook. Die *hei-nun*, of vaal voete, het ná sononder daar los bo die grond gesweef. Hulle sou die hekwag te lyf gaan en die hek probeer oopbreek, maar hulle sou nie ná sononder vertoef nie. 'n Snaakse ding was dat party wit mense al met dieselfde storie begin het. "Maak oop, ons moet huis kry voor donker; die osse is verskrik."

Hans Michiel was 'n jaar of drie korporaal en bevelvoerder by Keert de Koe. Hy was toe al die langste daar, en het ook goed met sy offisiere in die Fort klaargekom. Die veertien gulde was welkom, en die rare promosie drie maal so. Hy het tevrede gevoel met die offisiere se keuse. En hy het daar vriende gemaak met toggangers wat gereeld deurgaan. Dit was 'n soort mens dié wat weerskante van die heining tuis voel.

Toe word hy verplaas, met die vooruitsig van bevordering. Sy nuwe pos was Robbeneiland, buite in die windverweerde baai.

Hy het daar gekom met sy geweer en ransel, en die kommandeur se brief in sy sak, omdat die eiland se poshouer gestuur word om te gaan slawe koop op Madagaskar. Sy vrou het tot die dood moeg gelyk van daardie dor rots in die see. Soos ander van haar mense was sy waarskynlik 'n swerwer in die hart, wat siek word wanneer jy hulle opsluit. Sy was jonk, swaarmoedig en verwagtend, en kon nie gesels nie. Haar man se vertrek sou haar vrywillige verbanning verswaar tot eensame opsluiting.

Hans Michiel het die eiland se seinwerk en uitkyk gou onder die knie gekry. Die toesig oor die bandiete was anders as wat hy verwag het, anders as sy vorige ervaring met kettinggangers. Die mense se wil was klaar gebreek deur hulle openbare teregstelling, en dit was skaars nodig om hulle in bedwang te hou. Wanneer slae en skoppe nodig was, was daar twee korporaals om die Kompanjie se werk gedoen te kry. Maar hulle, die mense van Robbeneiland, het hom terneergedruk laat voel. Niks wat enigeen daar gedoen het, was ter wille van hulleself nie.

Korporaal Callenbach het saans sy skryfwerk by die tafel in die poshuis gedoen. Die poshouer se kinders was woelig, onseker in die afwesigheid van hulle pa, maar nie 'n las nie, al het hulle ma hulle tot verveling betig. "Julle pa kom vir julle slaan, ek gaan vir hom sê," is iets wat hy dikwels daar gehoor het. Hans het van sy rantsoenkos, sy pruimedante, hardbrood en kaas aan die kinders gegee en hulle saamgeneem as hy buitetoe gaan, na die Vuurberg toe, of na die steengroef of die skulprapery, om daardie vrou rus te gee. Die dogtertjie was 'n opgewekte en slim kind; sy het van klip tot klip gespring, of vooruitgedraf met haar tong halfpad uit soos 'n jong jaghond. Van die seun het hy minder gehou; hy was stiller, onbetroubaar, 'n moeilikheidmaker met sere aan sy bene, wat nooit soldaat sou word nie.

Daar was ook 'n slaaf wat aan die poshouer behoort het. Dit het gelyk asof die man bang was vir die poshuis. Hy het in 'n aangeboude kamer geslaap, maar was voordag al buite om vuur te maak en sy dagkos gaar te maak. Daarna is hy dadelik tuin toe om nog grond om te spit, windheinings in die grond te steek, plantjies uit te plant, 'n bietjie mis in te werk, vore te maak, hoër en hoër klipmure te pak teen die konyne, en emmers brakwater sonder tal aan te dra om sy tuin nat te maak. Die emmers het hy twee-twee aan 'n juk van die put af gebring, amper 'n halfmyl van die poshuis af. Hy het die poshouer se gesin van groenkos voorsien, en dit was 'n seëning, want dit het hulle gesond gehou. Saans ná sononder, wanneer die man oor die koue nie langer buite kon bly nie, het hy met 'n bondel brandhout op sy skouers huis toe gekom en dadelik in sy kamertjie verdwyn.

Hans was nie lank op die pos nie voordat hy kon hoor daar is 'n kwessie tussen die vrou en die slaaf. Sy wou onder meer hê dat hy hulle wasgoed was, en hy het verseg om dit te doen. Hy het sy eie paar stukke klere gewas en oor die bosse gehang, maar hy het duidelik 'n afkeer van die vernederende diensbaarheid of die intimiteit van ander mense se klere gehad. Hans kon die vrou se geskel hoor; sy het gesê haar man was die poshouer en sou hom kom slaan. Maar dit was nie sy sake nie; oor 'n maand of twee was meester Pieter terug op die eiland, en hy weer buite by Keert de Koe.

Die vrou het selde met hom gepraat. Sy het hom nie vermy nie, maar was met haar eie gedagtes besig, of was sonder enige gedagtes. Sy het vir hulle gekook, en hulle het by dieselfde tafel geëet. Hy het die dankgebed gesê, en hulle het albei met die kinders gepraat, maar nie met mekaar nie. Hy sou daar wees as haar kind gebore word. Hy het op 'n dag vir haar gesê, toe hy vermoed haar tyd kom nader: "Jy moet my betyds laat weet, dat ek iemand kry van die wal af. Daar is 'n vroedvrou by die Fort." Hulle het die vasteland altyd die wal genoem, asof hulle op see was.

"Ja," het sy gesê, en dit was al. Weke het verbygegaan, maar sy het verder niks daaroor gesê nie. Hy het die sloep se kwartiermeester gevra om by die Fort uit te vind wat hy moes doen as sy onverwags kraam, maar het nooit 'n antwoord gekry nie. Toe hy een aand by die pos kom ná hy die bandiete weggesluit het, het die vrou al gaan lê. Die kinders het moeg in die donker huis gedwaal. Hulle was honger, koud, vuil van buite speel.

"Is jou ma siek?" het hy die dogter gevra.

"Ma lê in die kooi."

"Gaan vra of sy siek is."

Sy was nie daar nie. Hans Michiel het gaan kyk. Die kooi was deurmekaar asof kinders daarin gespeel het.

"Bly julle hier," het hy gesê, en 'n lang kers in sy lantern gesit. "Ek gaan buite soek, dan kom maak ek iets om te eet."

Hulle slaaf het haar en die kinders in die houthok op 'n hoop fyngoed gekry. Sy het nie 'n geluid gemaak nie. Hans het sy geweer en sleutels in die poshuis gaan haal en die slaaf saamgeroep om die bandiete se losie oop te sluit. Daar was 'n geskreeu binne.

"Staan my by met die geweer, Jan. Ek moet die oue met die kruiwa hê. Dreig die ander terug."

Die nagwind by die deur het die vlam van hulle oliepit laat ruk, en kwyn tot klein, oranje soos 'n vygieblommetjie. Party bandiete was in 'n bondel, agter tussen die *katils*, besig met daardie speletjie waar hulle beurtelings broek aftrek, vorentoe buk en 'n groot wind los. Agter staan een gereed met 'n kers, en gewoonlik is daar 'n blou vlam van 'n el of langer. Die langste vlam wen brood, droëvis, 'n afgebreekte lem, of wat hulle ook gehad het om te verwed. Ander was op hulle kooie. Almal juig.

"Oom Abraham, staan op. Bring jou kruiwa." Die man was een van twee wat nie aan die spanketting geboei was nie, maar aan sy gereedskap. Hy het halfpad in die vertrek op gelê, 'n ou man met lang wit hare. Hans Michiel het daar by die deur gewag, tot die ou kêrel sy kruiwa by die deur uitstoot.

"Na die poshuis toe," het hy geroep, die slot toegeknip en hom met die geweer in die rug vooruitgestoot, die donker in. Die bandiet het sugtend en krom onder die koue nagwind agter sy swaar kruiwa geloop. Die houtwiel het met dowwe slae oor kalkklippe gestamp. By die houthok het Hans Michiel gebuk en met die lantern na binne gelig. Die vrou het met 'n vertrekte gesig in die hoek van die hok gehurk, haar klere oor haar heupe gelig. Die twee kinders het daar teen die muur by hulle ma gesit. Die dogtertjie het die snuiwende seun gesus. Hans Michiel het sy lantern uit die wind buite die hok neergesit.

"Jan Vos, maak vuur op en gee die kinders melk-en-brood.

Kom, Petronella, ons sal jou ma nou help. Kan jy uitkom, juffrou Meerhof?"

Geen antwoord uit daardie donker kol nie. Die seelug was sout, koud oor die kliprante. Hans Michiel het ver oor die swart see gekyk na die digter donkerte waar Tafelberg die laer sterre in die suide verduister het. Die Fort se ligte was weg agter die deining, en net die wagskip op die buitereede aan die oostekant het sy liggie gewys. Rondom het die nag gedreun.

"Kan jy hier uitkom, juffrou Meerhof?"

Hy het geen antwoord verwag nie. Dit was die lewe. Hier was nou die poshouer se vrou, die kinders se ma, en hy self in die af-wesigheid van hulp en raad. Hans was onkundig, en bekommerd oor sy verantwoordelikheid. Wat hy weet van geboorte, het hy in 'n stal geleer. Dit was erg genoeg. Dit het begin met 'n nagwaak wat ure kon duur: een man by die merrie se kop om vir haar te fluit en te fluister, en die meester te roep as trekkings begin. Hy het kers vasgehou vir die swetsende en swetende stalmeester wat met kaal bolyf en 'n seepgesmeerde arm tot by sy skouer in 'n merrie werk om 'n vul te draai wat dwars lê, en soms was hulle tot drie en vier man aan 'n tou om 'n vul uit te trek, met nog twee aan die bene van die skoppende perd. Eenmaal moes hulle 'n vul se voorbene afsny, 'n ander keer was daar 'n jong merrie wat nie haar vul met twee koppe kon uitkry nie. Hy het dit gewoond ge-word, maar gewonder oor die rede vir die vreemde en wrede wyse van geboorte. Waarom met pyn en bloed, asof dit deur sol-date of die justisie beplan is? Iemand het uit die donker gepraat. Verskrikte kiewiete het uit die swart bossies om die houthok op-gevlieg. Hy het nader geleun. Wat het sy gesê? Maar niks.

"Ons moet haar uithaal en huis toe neem," het Hans Michiel vir die bandiet met die kruiwa gesê.

"Laat haar met rus. Dit is wat sy moet hê."

"Moet ek haar laat lê, soos 'n hond wat op 'n sak kraam?"

"Sy sal na haarself omsien. Jy moet haar net toemaak dat die kind warm bly."

"Raad van Jan Maat, ou man. Ek het beter nodig."

"Ek het 'n vrou gehad, kinders." Die man met die kruiwa aan

313

sy been het by die opening van die houthok ingekyk. "Sy wil rus. Al die Kompanjie se poshouers en al die Kompanjie se bandiete sal haar nie help nie."

Hans Michiel het die bandiet aan die kruiwa losie toe geneem en opgesluit, en die vrou se kombers in die poshuis gaan haal. Jan Vos het die kinders al gevoer gehad en hulle gesigte en voete gewas. Hulle was moeg en hy het hulle kooi toe gedra. Hans Michiel het vir hom en Jan elk 'n muts brandewyn geskink, syne gesluk, en toe met die vrou se kombers en die fles na buite gegaan om haar toe te maak, as sy dit wou hê. Bloed en water het onder die houthok se deur uitgeloop en buite oor die bleek kalkgrond gesprei, waaiervormig soos waar 'n riviermond se donker inhoud in die see oopmaak. Die vrou was teen die muur afgesak tot op die vloer; haar kind was gebore en sy het hom aan haar bors gehad. In die lanternlig kon hy 'n blouerige kabel om die kind sien draai. Hans Michiel het met sy mes en lantern by die hok ingebuk, die naelstring gesny, die inhoud tussen sy vingers gestroop, die punt om sy vinger gerol en geknoop, en soos op die slagveld die wond met brandewyn gewas. Die poshouer se vrou het in haar donker water gelê, met haar deurdrenkte klere onder haar blaaie saamgebondel. Hy kon aan die saamtrekking van haar lyf sien dat sy nog nie klaar gekraam was nie. Al wat hy kon doen, was om die kind weer teen haar te lê.

Buite het hy sy mes en hande in die gras afgevee, die kers in die lantern doodgeblaas, en met sy jas om hom en sy rug teen die houthok gaan sit om tot dagbreek te waak. Voor hom was die swart see en die nag, leeg en donker. Daar agter, Afrika, nog leër, donkerder. Hy het die sterre en die swart see deurgekyk, soms uit sy fles gesluk en saggies geneurie: *"Die ou man se lyf is vol van pyn, en die brandewyn is sy medisyn."* As die vrou wakker word, sou hy haar versterking aanbied. Hy het van niks anders geweet nie. Vroeër was sout die ding gewees, sout van die aarde, vir alle wonde. Die soutsak in sy ransel was die soldaat se redding, vir gesondheid, vir sy kos en medisyne. Ook perde kry sout in die krip. Maar van daar brandewyn in die wêreld gekom het, dink die soldaat nie meer aan sout nie. Brandewyn, vir alle probleme.

314

Sou die kind hier binne later soldaat word, miskien hier op die eiland, of een wat agter beeste wil loop soos sy ma se mense? Sou hy gelukkig wees, sou hy aldag brood hê in die ransel? Waarskynlik nie. Hans Michiel kon sy eie kinderdae onthou. Dit was vars in die geheue: 'n groepie seuns wat hurk om iets bloederigs op vuil sneeu, die nagte op pad, verlammende honger, hoopverterende koue. Voor sonop, toe dit op die koudste was, skrik hy wakker en hoor die vrou beweeg.

"Kan jy voor die dag kom, juffrou Meerhof?"

"Vat die kind."

Die kind, in 'n stuk van haar nat klere toegedraai, moes gewas word. Hy kon dit ruik. Sy het by die deurtjie uit gekoes, die kind weer geneem en sonder 'n woord poshuis toe geloop.

Jan Vos was voor die herd. Daar was 'n vuur onder 'n pot.

"Wat maak jy?" het sy vir hom gesê en verbygeloop.

"Ek maak pap vir die kinders."

"Ek kyk self na my kinders."

Jan het na Hans Michiel gekyk. "Loop ek tuin toe?"

"Vir my lyk dit die kinders het pap nodig. Hang water oor, miskien wil sy was."

Hans Michiel het 'n jong Oosterse bandiet, 'n skipper se kok, uit die werkspan losgelaat en saamgeneem poshuis toe. Die man moes kook. Die voetkettings het hy laat aanbly, ook die halsring met sy kort ketting wat tussen die skouerblaaie hang. Hy het geweet wat die man se misdaad was, maar sou dit nie vir Eva sê nie. Hy was tevrede dat sy en die kinders veilig sou wees. Tot die dag dat hierdie vrou tot haar sinne kom, moes die jong bandiet die poshouer se familie se koei melk, klere was, hout kap, wat ook al nodig was. Vir Hans, konserwatief en versigtig tot in sy murg, was dit nie 'n maklike besluit nie. Die kommandeur kon vra waar kom hy aan die reg om 'n skulppraper uit die span te haal.

Eva het gou die bandiet 'n duiwelse Slams genoem, en gekla dat hulle towenaars en goëlaars was. Waar sou sy aan sulke bog kom? Hans Michiel het haar probeer keer: sy moet versigtig wees. Hy het gehoor dat Oosterlinge 'n verskriklike wraaklus het en onreg wreek met bloed. Sy het nie geluister nie, maar die bandiet met stokke brandhout geslaan. Sy het ook op Jan Vos geskel, tot hy nie meer in die poshuis wou kom nie. By die eettafel was sy stil, bot. Die plig om met die kinders te praat terwyl hulle eet, het op Hans Michiel geval.

Bart Borms, die Saldanhavaarder, het veertien dae ná die geboorte onder 'n opgegeide seiltjie op die reede gesit en deur bakhande geskreeu dat hy aan land wil kom. Hans Michiel het toegestem. Die wag het vir Borms nader gewink, en hy het agterstevoor die baaitjie in geroei, sy ankerklip in die branding gesmyt, en 'n houtemmer met 'n doek oor na Hans uitgehou. Sy klere was gebleik en wit van soutvlekke. Sy oë was klein, gespleet in 'n verweerde gesig agter sy seswekebaard. Sy kaal voete was gestreep van vullis en stukke pik.

"Kom aan wal," het Hans genooi.

"Ek het nie tyd nie." Maar hy het sy bene, met die broek hoog oor die fris bruin kuite gerol, oor die dolboord geswaai en kniediep in die water gesak.

"Dag, poshouer."

"Waarnemend. Dag."

"Ek het vir Eva iets gebring." Hulle het saam die duin uit na die poshuis toe geloop. "My vrou stuur vir haar dié." Hy het na die emmer beduie. "Sy het nou op die oomblik niks anders nie."

Eva was in haar slaapjurk voor die as op die herd. Sy het weer laat opgestaan. Hans Michiel het gewag terwyl Borms met die poshouer se vrou praat.

"Die karringmelk is vir jou, Eva. Theun sê dit is nou al wat sy het vir andersmaak. Sy wil graag een middag na jou toe kom as sy permissie kan kry."

"Ja, dis goed."

"En sy sê as die kinders 'n las is, kan hulle by ons kom bly."

"Is goed," het Eva geknik. "Ek sal vir Pieter vra." Sy was ingetoë, asof sy iets vir die visser wegsteek.

"Daar het Cochoqua by my vishuis in Saldanhabaai gekom. Hulle het ook iets vir jou gestuur, maar dit is nog daar vir volgende keer."

"Wat is dit."

"Volstruiseier, uintjies, vir andersmaak."

"Sê ek sê dankie."

"Hulle wou graag 'n skaap gestuur het, maar ou Oedasoa lewe nog, sê hulle."

"Hy? Lewe? Hulle lieg."

Hans Michiel het gesien hoe die visser nuuskierig in die poshuis rondkyk.

"Nuus van meester Pieter?"

"Nee."

"Hoe gaan dit met jou kleintjie, nog gesond?"

"Ja."

Waarom is sy so? het Hans gewonder. Sy het vir Bart laat vra en self niks gesê nie, asof sy wou hê hy moes klaar praat en loop.

"Ek wil graag vir Nellatjie gesien het. Theun vra so na haar."

"Hulle loop buite."

Hans Michiel het hom aan die arm gevat. "Ek weet waar hulle speel. Hulle was nou nog daar."

Buite het die grys, geseilde skulpprapers klinkend verbygesukkel, gekettingde volk met walms kalkstof om hulle voete, elk met sy sak soos 'n slak se skulp op die rug. Bart het gewag dat hulle verbykom.

"Poshouer, dié Eva. Sy lê sleg geanker, in vlak water voor 'n skor wal. En sy vergaan."

"Ek kan nie help nie."

"Nee. Jy is nie haar skipper nie. 'n Man wat vrou vat, is soos een wat 'n sloep koop. 'n Nuwe skipper kom aan boord, en jy verwag hy wil sy hand oor haar hou en omsien na alles wat vir haar nodig is. Maar hier, by die hond se siel, het haar skipper haar vergeet. Hier weggegooi, is wat my Theuntje sê."

"Sy is nie maklik nie."

"Sy draai dwars. Maar waarom? Ek sê vir Theun, dalk het sy maar 'n krom kiel, maar dalk is haar stuurman sleg."

Die kinders was tussen die klippe op die strand. Hulle was bly om vir Bart te sien. Hy het eers die seuntjie opgetel en gesoen, toe die dogtertjie, en haar op sy arm gedra.

"Julle tante vra: gaan dit goed?"

317

"Wanneer kom tant Theuntje weer? Het oom die hond gebring wat oom belowe het?"

Hans Michiel het gekeer. "Nee. Die kommandeur wil nie honde hier hê nie. Hulle jaag konyne en die robbe."

"Kom kuier by my," het Bart gepleit. "Dan kan julle speel met hom. Vra vir julle ma, dan kom ek julle haal vir 'n paar dae."

"Ons sal vra," het Petronella belowe.

"Ek het vir julle en vir Jan iets gebring. Loop saam baai toe, dan gee ek dit vir julle."

Toe hulle teen die sandbult af na die baai toe loop, terug skuit toe, het Hans Michiel na Bart se jolletjie gewys, opsy geval in die klein blink spoeling van die gety.

"Wat het van jou sloep geword?"

"Verkoop. Ek is moeg vir die see, poshouer. Hy is dood. By die harige hond se gal, die goeie dae is nou verby, hoor. Hy dink nie meer aan my nie. Al my ongeluk kom van die groen vuilgoed af."

"Maar jy vaar nog."

"Ek was een dag in veertien by die huis, en die ander dertien nat in die skuit. Daar was geen ander uitweg nie."

Bart het die twee kinders in sy jol getel, en 'n bos harders uitgehaal, elkeen so lank soos sy voorarm. "Dit is vir Jan Vos, poshouer. Vra hom om op die kole gaar te maak, dat jy kan proe. Jan het 'n manier: hy hurk so by die assies. 'n Hollander kry dit nie reg nie." Toe haal hy 'n linneslopie onder die agterbank te voorskyn. "Dit stuur tan' Theuntje. Soetkoekies. Kyk, hier is met klapper, hier is met gemmer, hierdie is met kaneel. Met haar liefde. Gee vir Jan ook, gee vir julle ma."

Bart het oor sy skuit se dolboord geleun, 'n paar emmers spoelwater windaf gebalie en die ankerklip in die boeg gelig. "Kom, julle." Toe tel hy die kinders uit, trek die fok om, skud sy seil los, stoot 'n paar tree weg na dieper water en klouter in. "Tan' Theuntje sien baie uit na julle kom kuier. Onthou om te vra."

Hans Michiel kon sweer dat hy in 'n oomblik gedurende Borms se haastige, koponderstebo vertrek sonder groet, iets blinks in die man se oog gesien het. Onmoontlik, dit is die seelug. Maar Bart het later aan hom gesê: "Dit is 'n sonde en 'n jammerte

318

van die kinders, Hans Michiel." En toe hy vra wat hy bedoel, wat is 'n sonde en 'n jammerte, sê Bart: "Arme Theuntje. Sy huil oor die kinders. Dit is net Nellatjie, Nellatjie. Is dit my skuld dat sy nie kinders het nie? En die dogter is net so oor haar."

Hans het ná die geboorte heel selde met die poshouer se vrou gepraat. Hulle was ewe oud, ewe eensaam op die afgesonderde eiland, ewe sonder glimlag vir mekaar. 'n Getroude vrou het miskien 'n eie terughoudendheid, het hy vermoed. Tot die laaste het hy haar juffrou Meerhof genoem, formeel, en vir Eva was Hans Michiel 'n vreemdeling sonder naam. Hulle het nooit vriende geword nie. Hy het sy paar soldate gehad, sy dertig bandiete, sy besoekers van die wal, en die gaan en die kom van skepe waarvoor hy laat skiet of vlae hys het. En dan was daar die dogtertjie. Maar juffrou Meerhof was heeltemal alleen.

Vroeg in 1668 is Hans Michiel Fort toe ontbied. Die sloep wat hom kom haal het, het die helfte van die vierhonderd sakke skulp gelaai wat bokant die strandjie gereed gestaan het, en hulle was so diep gelaai dat die water amper oor die dolboord was. Hulle loef, teen die suidewind op, het van daglig tot hoogmiddag geduur.

Hy het by Fort de Goede Hoop se poort ingestap soos 'n vreemdeling wat die eerste keer daar kom. Daar was nie 'n bekende gesig te sien nie. Na die linkerkant toe het die nuwe kasteel al kophoog rondom die Ark gestaan, alles blou lei en bruin graniet agter steiers. 'n String slawe, soos 'n streep swart miere, het die skulpsakke uit die sloep aangedra na waar 'n stinkende kalkoond op die strand rook. Hans Michiel is reguit na die kommandeurshuis toe; hy het immers nog die pad geken. Maar 'n skildwag op die stoep het sy piek skuins voor die deur gekantel. Hy moes aangekondig word en wag tot hy ontbied word. Dit was weer 'n nuwe ding, die skildwag, maar die heer van die Kaap word nou vernaam en is seker geregtig op sulke eer. Toe kom 'n antwoord: hy moet na die sekretaris toe, daar wag 'n boodskap.

Die sekretaris was ook 'n nuwe man, een met 'n vroeë bles en 'n verbaasde uitdrukking op sy gladde gesig. "Poshouer? A. Kyk, ons het slegte nuus gekry met *Westwoud* wat gister hier van

Madagaskar ingeloop het. Slegte nuus. Nege van ons volk is daar vermoor deur swartes, en die skipper het omtrent geen slawe teruggebring nie. Verlore moeite, verlore arbeid."

"Ja."

"Ons het dit eergister gehoor. Jy sou die skip sien inloop het. Die kommandeur vra dat jy dit aan die weduwee vertel."

"Is dit meester Pieter? Die sjirurgyn Van Meerhof?"

"Ja."

"Wel, wat moet ek sê? Is sy liggaam gevind? Is hy daar begrawe? Het hulle iets teruggebring van hom? Sy seekis?"

"Ek weet nie. Ek sal gaan vra."

"En wat word van die vrou? Sy het drie kinders."

"Ek weet nie. Haar rantsoen sal voortgaan tot die einde van hierdie maand, natuurlik, maar daarna weet ek nie. Sy kan nie vir altyd op koste van die Kompanjie loseer nie."

"En haar man se opgeloopte gasie?"

"Poshouer, ons weet dit. Die Kompanjie betaal normaalweg na 'n maand of twee uit."

"Wat kan sy op die eiland doen om aan haar kos te kom?"

"Dan moet sy Kaap toe kom, of terug na haar mense toe. Ek is gesê sy is 'n Hottentot."

"Maar sy het drie kinders by 'n Europeër. Van Meerhof se kinders kan nie nou in die bosse verdwyn nie."

"Wel, dit is nie vir my of jou om te sê waar die kinders moet verdwyn nie. Die Raad sal besluit."

"Dit is vir hulle moeder om te sê. Haar eie mense was Goringhaicona, maar hulle bestaan nie meer nie."

"Waar kom jy daaraan?"

"Ek het by die hek gehoor, Keert de Koe, ons praat daar met die inboorlinge. Haar ma was Cochoqua, maar die hoofman jaag haar weg."

"Nou ja. Daar is 'n paar vrae waaroor ons antwoorde moet kry. Kyk, dit was die een saak. Die tweede is dat die kommandeur wil hê jy moet op die eiland aanbly."

"As 'n ander poshouer beskikbaar is, wil ek graag in die garnisoen terugkom. Sê dit vir die kommandeur."

Daar was 'n uur of twee om te verwyl terwyl hy op antwoorde wag, en die sloep ontlaai en herlaai word. Hy het 'n kan bier in die taphuis gedrink, en sy woorde gekies. *"Juffrou Meerhof,"* sou hy sê, *"ek het slegte nuus. Die kommandeur laat weet dat meester Pieter oorsee oorlede is."* Dit klink vir hom reg, hy kan dit nie anders doen nie. *"Juffrou Meerhof, die kommandeur het my gevra om jou te sê dat jou man vermoor is."* Maar die kommandeur het dit nie gesê nie; hy het nie sy gesig laat sien nie. Hy het sy klerke die gesigwerk laat doen. *"Juffrou Meerhof,"* sou hy sê. *"Kom sit hier by die tafel. Ek is jammer oor wat ek jou moet vertel. Meester Pieter is oorlede. Sy skip het eergister teruggekom met die nuus."*

En verder: *"Nee, die Kompanjie het nog nie gesê nie."* *"Nee, julle pa kom nie terug nie."* En: *"Miskien moet u vra om met kommandeur Borghorst self te praat."*

Miskien moet hy weg van daardie eiland af, dat ander hulle oor die vrou en die kinders bekommer. Dit is jammer van die dogtertjie, lewenslank sonder vader. Die ander maak nie saak nie, diékant toe of daardie kant toe.

Hans Michiel het op die sonnige kaai geloop terwyl die sloep met sy buitepos se maandrantsoen gelaai word. Hy moes wag op antwoorde van daardie verbaasde klerk, en moes miskien reguit met die kommmandeur praat oor die vrou se toekoms, en noem dat Bart die kinders wil hê. Hy het na die dorpie gekyk, al die nuwe huise, die bouery aan die kasteel. As hy geld in sy sak gehad het, kon hy na *Die Olifant* teruggaan vir 'n beker. Die waardin van *Die Olifant* het heldergroen oë, oë soos die see op 'n winterdag; hy het so iets nog nie gesien nie. Sy is miskien tien jaar ouer as hy. As hy aan wal gedien het, sou hy meer kere daarheen gaan, om meer van haar te sien. *Die Olifant* is 'n vrolike plek, oor haar lag.

Hy het die dorp onrustig ondersoek: al die vreemde huise, die besige gekrioel aan die Kasteel. 'n Klerk het briewe gebring, aan hom geadresseer. Borghorst het dit reeds onderteken. Hy het daar op die kaai gestaan en lees. Hy moes op Robbeneiland poshou, tot hy afgelos word. Verder het daar gestaan dat wanneer hy afgelos word, hy as bevelvoerder na die buitepos Keert de Koe sal gaan. So, dit was dan nie die garnisoen nie, en dit is jammer. Al was

321

Keert de Koe net die herloop van 'n pad wat hy reeds geken het, was dit naby aan die dorp. Verder het daar gestaan dat hy aan die weduwee Meerhof moet sê dat haar man se graf nie bekend is nie, dat haar oorlede eggenoot se opgeloopte soldy op die Kompanjie se boeke rente trek, en dat sy met haar kinders op die eiland moet bly tot die Raad nader oor haar toekoms besluit het.

Hy het die aand met sononder op die eiland gekom en die bandiete geïnspekteer voor hy poshuis toe is. Die kombuis was donker en die herd koud. In Jan Vos se kamertjie was lig, hy het die kinders daar hoor praat. Hy het die olielamp op die kombuistafel aangesteek en sy skryfgoed uitgehaal om aan die kommandeur te skryf oor die eiland, maar hy kon nie dink nie; die amptenare verstaan nie die saak nie. Hy het die brief laat vaar en na sy tweede, derde glas brandewyn by die binnedeur na die vrou geroep, tot sy uit die donker binnekom, sag, asof sy nie voete het nie.

"Naand, juffrou Meerhof."

Sy het aan die kosyn vasgehou, oor sy kort kers na die donker kombuis gekyk, verby hom, en niks gesê nie. Sy het sterk na drank geruik.

"Ek het slegte nuus gehoor. Pieter is dood op Madagaskar."

Sy het sonder 'n woord omgedraai en na haar kamer teruggeloop, die donker in. Later het hy haar hoor kerm; haar stem het gestyg en gedaal, maar die geluid was sonder onderbreking soos wind wat deur 'n spleet tussen dakteëls of die gate van 'n vervalle huis huil. Die stemme in die slaaf se kamer het dadelik stil geword.

Hans Michiel het vir die eerste keer aan Jan Vos se deur gaan klop. Die kinders was in sy kooi, toegemaak onder 'n karos van bokvelletjies. Hulle het hom met groot oë aangekyk.

"Julle ma treur. Sy sal weer beter voel." Vir Jan het hy net gesê: "Die poshouer het verongeluk."

Daar was 'n kis, 'n stewige krat, langs die kooi. Daarop was Jan se tabaksak, sy kers en vuurslag, met 'n kort pyp in die blaker. "Kan ek sit hier? Het julle mense al geëet?"

"Jan het vir ons kos gemaak."

"Slaap julle vannag hier?"

Petronella het al die praat gedoen. "Dan is daar nie vir hom plek nie."

"Miskien moet hulle maar na hulle kooie toe. Hulle ma sal hulle wil hê."

Hy het die twee kinders om die poshuis gedra en in hulle kooi neergelê en toegetrek. Hulle het gou geslaap. Môre moet hy met hulle praat, het Hans gedink, voor hulle ma vreemde gedagtes in hulle inprent. Toe is hy met 'n fles arak en sy tabaksak en pyp terug na die slaaf se kamer toe.

Hulle het met die rug teen die muur op die *katil* gesit. Dit was net 'n robbevel oor 'n houtraam gespan, met 'n matras van kooibos, en die velkaros. Hulle het vir mekaar vertel van hulle kommer oor Eva en haar kind, en oor Petronella en Kobus wat van vandag af vaderloos is. Die Kompanjie mag die mense kaal uitsmyt. Solank Eva op die eiland bly was iets goeds nog moontlik, maar as sy eers op die wal was, kon jy haar nie bereik nie, behalwe deur die wet, miskien. Want dan het jy niks meer met haar te doen nie, sy kon haar kinders grootmaak soos sy wil en waar sy wil. Maar daar sal verandering kom, dit is nou maar klaar, want Jan is Eva se eiendom en wat met haar gebeur, gebeur met hom. Hy en Jan se paaie gaan nou ook uitmekaar. Tog weet jy nooit. Dit is goeie arak hierdie.

"Tog weet jy nooit wat die toekoms vir jou inhou nie," het Hans Michiel gesê met sy gedagte by die skout van Voorschoten, en met skielike hoendervleis oor sy lyf asof iemand oor sy graf loop. "Hoe het jou pad gekom tot hier vanaand, Jan?"

Die slaaf het flou gelag, en sy grys kop gekrap asof hy dom is. "Ek ken nie al die plekke se name waar ek vandaan kom nie. Maar dit is ver, ver."

Die grootste stad daar is Timboektoe. Die huise is van hout en rouklei, en hulle is nie afgewit soos hierdie nie. Geen kalk daar nie. Die wêreld is groen en vol water. Hulle boer met beeste. Lang, lang horings, maar geen skof nie. Rondom hulle is 'n woestyn, maar dit hinder hulle nie, want hulle het genoeg water, gras, bome, vis, vleis, melk, alles. Twee keer 'n jaar kom die Arabiere op

323

hulle kamele uit die woestyn om handel te dryf. Speserye, ge-kleurde katoen en sout, in ruil vir droëvis, huide, dadels. Van Timboektoe af loop die kameelpad verder kus toe, na Kaap Verde. Toe die Arabier by die see kennis maak met die Portugees, en hoor die Portugees soek slawe vir sy kolonies in Brasilje, het hy gesien: hier lê 'n goeie ding. Toe kom hy nie meer met speserye nie, maar met gewere, en vang in elke dorp seuns en dogters, en bind hulle met lang rieme aanmekaar. Dit is 'n *kafila* genoem, so 'n stoet van prisoniers.

Ek het dit ook gedoen, het Hans gedink.

"Ons moes see toe loop, en hulle was langs ons met sambok-ke. *Sambok*, dit is 'n woord uit die Arabier se mond. Dit was myle, myle. Hulle ry op kamele, geweer oor die knie, sambok in die hand, en ons sukkel te voet aan die riem onder die witheet son. Die wêreld was kaal sand, dat jy daar nie een grasspriet sal kry om jou deur jou pypsteel te stoot nie. Ons het geval van die dors, van moegheid, van sonsteek. Vier, vyf op 'n dag. Dan het jy 'n koeël hoor klap, en dooies word weer losgesny. So is ons *kafila* deur die woestyn, see toe. Snags het die jakkalse gelag oor ons dooies. Die see het voor geroep na my; hy wou my hê. Ek moes gaan. Ek het gesê: Waar kom jy aan my, waar het jy my naam gehoor?"

Agter die muur, in die poshouer se kamer, kon hulle die vrou hoor treur. Dit is vreemd as jy daaraan dink dat sy al twee maan-de lank 'n weduwee is, en sy begin vandag te huil. Dit is vreemd as jy daaraan dink dat die kinders se toekoms anders sou wees as hulle pa net bly leef het. Een dood verander vyf lewens. Dit is vreemd.

Hans Michiel het nie met hulle oor hulle pa gepraat nie. Voor-dat 'n week verby was, het korporaal Zacharias hom kom ver-vang. Terwyl die bandiete tot by hulle nekke in die see loop om die skulp in die boot te stort, is Hans Michiel saam met Zacharias deur al die geboue, deur al die gereedskap. Hulle het die oordrag op die kombuistafel onderteken. Van die Kompanjie soveel Chris-tene, soveel heidene. Soveel potte, soveel panne, soveel seilsakke, soveel vee, soveel slawe. Dan is daar die weduwee Meerhof met haar kinders en slaaf.

Hans Michiel het 'n klompie rosyne en droëvye uit sy rantsoen oorgehad. Die son het reg van bo op hulle koppe geskyn toe hy die kinders in die hoë bosse naby die Vuurberg kry, waar hulle in die oopgetrapte wit paadjie loop en sing.

"Ek gaan nou weg, Petronella. Oom Jan Zacharias kom in my plek hier bly. Ek het hom van julle vertel. Kyk nou watter werkies julle vir julle ma kan doen. En bly ver van die bandiete af, soos ek julle gevra het."

"Ek sal, Hans Michiel." Die seun het net stil geknik. Hulle het bak hande gehou vir die lekkergoed, en hom agternagekyk soos hy strand toe loop. Hy was bly om daar weg te kom. Hy moes nog net sy soldate groet.

By Keert de Koe het die aangename, rustige lewe hom gehelp om van die arme sukkelaars op die eiland te vergeet. Soms is stukkies nuus na hom gebring. 'n Bandiet het selfmoord gepleeg, en 'n skipper wou een van die eiland se posvolk skiet. Maar sy buitepos Keert de Koe was nog steeds die poort na Afrika. Die oorblywende Koina, kêrels met verslete wye broeke aan en kort pype in die mond, wat daar verby is Fort toe, het deur die bank Hollands verstaan. In die paar maande wat hy en sy ruiters die grens gepatrolleer het, het hy gesien dat die houtheining plek-plek plat lê, en hoewel hy dit aangemeld het, is dit nie weer staangemaak nie. Die vryboere wou almal oos van die rivier laat wei, dwarsdeur die heining en óór die amandelstruike wat vroeër daar vir 'n grens geplant is. Dit was vir hom duidelike tekens dat dit goed gaan met Jan Kompanjie. Hulle was nie meer bang vir die Koina nie, en het nie meer die Koina nodig gehad vir vervoer of om hulle skepe te ververs nie. Die grens was oop, die land was oop voor die Europeër, en hulle het vermenigvuldig en was gereed om hom te bewoon.

Hy het gehoor, by twee van sy manne wat in die dorp oornag het, dat Eva haar brood in 'n taphuis se agterkamer verdien.

"Het julle haar gesien," het hy gevra.

"Dit is die waarheid, korporaal. Almal sê so."

"Almal kan lieg ook. Julle het haar nie gesien nie."

"Die tapper vertel sy het haar man se soldy daar in 'n paar

maande opgeloseer, en toe weet sy nie hoe om vir haar kamer te betaal nie."

Hy was versigtig om nie verder te vra nie. Wat het sy met die kinders gemaak? Hy sou verneem by die vryboere wat bedags deur die hek gaan.

Toe kom die bevelvoerder van die garnisoen op inspeksie. Hy het na die stal, hulle gewere, die perde en die kaserne gekyk, hulle brandewynrantsoen amper uitgedrink, en 'n brief van kommandeur Borghorst op die tafel geplak. "Promosie, dink ek, Hans Michiel. As jy terugkom, word jy sersant. Jy sal ver gaan."

Dit was 'n verplasing na die buitepos Saldanhabaai, twee of drie dae te voet noord van Tafelbaai. Ver genoeg.

Saam met hom en twee nuwe posvolk het twee Koina met rugsak en geweer daarheen geloop, om weer die afgeloste posvolk met 'n troppie geruilde skape terug te lei Kaap toe. Hans Michiel het lekker gestap, altyd binne sig van die see onder die koel, soet wind wat hierlangs oor bosse en duine vee. Hulle was drie dae en twee nagte op pad, en het by plekke geslaap wat reeds name gehad het, *Gansekraal, Jakkalsfontein,* in takkrale van vorige toggangers, met die as van hulle kampvure gevang in sirkels van swartgebrande klippe op die grond.

Saldanhabaai het vir Hans Michiel gelyk na dele van die Noord-Duitse en Deense kus, met sy lang strande en vlak water. Die buitepos, sy derde bevel, was aan die voet van 'n steil klipkop op die soom van die strandmeer. Die poshuis van klei en klip onder 'n rietdak, met 'n aangeboude kraal, was vlak teen die see gebou. Dit het 'n naam gehad, *'t Huis de Rust*. Die gety was ver teruggetrek en 'n ou roeiboot het op sy sy in die modder aan 'n lang ankertou gelê, soos 'n dooie vis aan 'n vergete lyn. Die gids het hulle na 'n put tussen die slaaibosse geneem om te drink. Die water was brak, maar nie bitter soos Robbeneiland s'n nie. Oor die warm grond tussen die bosse was die muskusreuk van muishond of muskeljaatkat. Die poshuis was leeg, en Hans moes wag tot die vee laatmiddag uit die veld gebring word voor hy sy mense ontmoet.

Toe die twee Koina en afgeloste posvolk Kaap toe vertrek met

hulle bondels, agter twintig beeste en vyf en vyftig skape waar-
voor hy moes teken, was Hans tevrede. Alles was reg; die edel
heer was ver van hom af. Hy wou niks meer hê as dit nie. Oor
stilte het hy nooit gekla nie; hy het daardie afgeleë pos se stilte
geniet. Daar was vee-oppas, uitkyk van die klipkop agter die pos-
huis, tuinmaak, koksbeurt neem. Die veewagters het brandhout
huis toe gebring. Vis was volop, en soms het 'n paar gevra of hulle
kan gaan harders trek in die binnewater; hulle stellasies vol droë-
vis was langs die poshuis. Aan die einde van elke maand het 'n
galjoot of 'n sloep gekom met hulle rantsoen, 'n bietjie kruit, 'n
bietjie medisyne en 'n brief van die kommandeur. Daarop het hy
sorgvuldig geantwoord. Hy het geweet dat sy verslae deur die
sekretaris opgegaar word, en wie dit ooit lees, moet respek kry vir
die een wat dit geskryf het, al is dit ook jare later.

Op die Uitkyk het hy met die verkyker gesit en die bosse en
strande aan die oorkant van die binnewater ondersoek. Daar was
die leë strook wit sand soos 'n groot sekel, verskeie klipkoppe aan
weerskante van die baai, vyf bruin eilande elk met sy wit wolk
voëls tussen sonop en sononder, en aan die westekant 'n helder-
blou see wat op blinkswart rotse dreun. Maar nêrens op daardie
myle lange strand het 'n mens geroer nie. In die suide was Tafel-
berg blou van verte, so groot soos die eerste lit van sy duim. Daar
het sy owerstes geregeer; daar was 'n luitenant, 'n vaandrig en vyf
sersante. Sy eie kans was hierna goed om sersant te word, maar
hy was daaroor nie gerus nie. Die noodlot, wat belet het dat hy sy
heel eerste opdrag uitvoer, wat hom 'n landgenoot laat doodskiet
het, wat hom onverwags uit sy vaderland verdryf het, was ook in
sy gedagte. Iets kon weer gebeur. As heeltemal niks gebeur nie,
was dit die beste.

Daar het weke van stil afsondering verloop, maar daar was
wel besoekers. Die Saldanhavaarders het soms by hulle herd kom
kaartspeel en drink as hulle in die baai was, of 'n paar Koina het
'n volstruiseier of heuning vir 'n stuk tabak kom ruil, of die re-
gering se galjoot het hulle proviand gebring en middele tot die
veeruil soos krale, kleipype, tabak, suur wyn, sulke goedkoop en
verslawende gemors. Soms het 'n skip van die Kompanjie agter

327

die eilande geanker, 'n baarskip wat nie die Kaap kon haal nie, of 'n oorlammer wat verbygewaai het. Dan het hy hulle voorsien met wat hy het, soos groente, vleis en drinkwater, vir hulle 'n boodskapper in die pad gesit Fort toe, en na 'n week het die Kaapse galjoot gekom met 'n sjirurgyn, 'n timmerman, 'n klompie matrose en provisie, om die skip te haal.

In Augustus 1670 het die wêreld na sy buitepos toe gekom. Hy het toe gedink: Nou kan ek iets doen om te vergoed vir my foute van vroeër. Eers was daar een skip agter Meeu-eiland. Dit was 'n Franse fregat van seker vyftig kanonne, met daardie wit vlag wat lyk asof hulle van ver af oorgee. Hans het 'n boodskapper op weg gesit met 'n brief vir kommandeur Hackius. Die Fransman se boot was reeds op die water. Hulle wou hout hê, klere was, watervate vul. Toe wou hulle weet of monsieur Bartholomeus in die omgewing was. Wie? O, Bart Borms. Maar dié ou was lank reeds landuit. Toe kom die Fransman met die hoogste noot. Sy admiraal is gestuur om die baai in besit te neem. Die Hollander het geen aanspraak hier nie. Sy koning het die dokumente laat ondersoek, en as iemand aanspraak het, was dit die Hottentot-koning van hierdie streek, en met hom sou hulle onderhandel of veg soos hy verkies, maar hierdie baai gaan hulle beset. Wat hom betref, beteken dit korporaal Callenbach staan omtrent alleen teen die vlooteskader.

"Was jy al in die die Kaap?" het Hans Michiel gevra.

"Nee."

"Miskien moet jy eers daar gaan aanmeld."

"Onnodig. Ons is hier op 'n vrye kus."

"Kom in die poshuis," het Hans Michiel genooi. "En klink 'n glas op 'n goeie ontmoeting."

Die Fransman het binnegegaan, sy hoed op die tafel gesit, hulle kooie getel en die leë gleuwe in die geweerrak. "Wat doen julle hier?"

"Ons help skepe wat hier inloop. En julle?"

"Ons ontskeep môre troepe en 'n vlagparty om dié plek in besit te neem."

"En julle gesag?"

"Van die Franse koning. Admiraal De la Haye het die sertifikaat."

"Dis klaar beset. Hy sal eers die Hollandse koning moet vra."

"Onnodig. Julle vlag beteken niks. Julle Kompanjie se oktrooi strek ooswaarts om die aarde van Kaap Agulhas tot Kaap Hoorn. Hierdie baai val daarbuite. Julle het geen reg hier nie. Ons Oos-Indiese Kompanjie het die plek nodig: 'n verversingstasie vir ons skepe, soos die Engelse op St. Helena, en julle in Tafelbaai. Ons gaan ons landsvlag hier hys."

"En 'n Fort bou, en tuine aanlê?" Hy moes die inligting hê. As hy om 'n verslag gevra word, moes daar geen ek-weet-nie's wees nie.

"Vanselfsprekend."

"Vee?"

"Dit sal ons by die Hottentotte kry, soos julle. Deur ruil of dwang."

'n Franse fort vir hulle skepe wat met Indië handel dryf, was rede vir oorlog. "Die Kompanjie sal nie eens 'n ander Hollandse maatskappy hier toelaat nie," het Hans Michiel oortuig gesê. "Nie eens ander Hollanders nie."

Die Franse luitenant het beleef geglimlag, nog brandewyn van die hand gewys, sy hoed geneem, gebuig. Hy moes gaan kyk hoe sy mense met die watervate vorder. Hans het die huishouer op die middaguur met 'n brief in die pad Fort toe gesit, en sy orige soldate twee-twee by die Kompanjie se diere op Meeu- en Skaapeiland laat posneem. As die diere iets moet oorkom, sal Hackius dit nie vergeet nie.

Die volgende dag het nog drie Franse oorlogskepe onder hulle bleek vlag uit die noorde ingeloop en aan die diep kant van die eilande ankers in die grond gesmyt. Hans Michiel het die geskutpoorte deur sy verkyker getel; altesaam was daar meer as tweehonderd swaar kanonne op hierdie reede. Geen Kompanjieskip sou nou daar verbykom nie. Gekleurde vlae het op en af in die tuigasie gespeel, soos hulle boodskappe van een aan die ander stuur. Sou hulle iets oor hom sê, oor die Kompanjie se diere op die eilande en hier by die pos?

Die aand met sterk skemer, toe hy al die poshuis se buiteluike gesluit het, kom twee inboorlinge by die deur. Hulle was boodskappers van Couqusoa, die Sonqua wat vir Oedasoa en Ngonnemoa jag en veg. Couqusoa het laat weet dat hy dertig gewapendes het wat die Franse sal terugdryf as hulle weer aan land kom. Hans Michiel het benadruk hulle moes nie die Fransman aanval nie, want dan maak hulle 'n vyand van hom, maar die Kompanjie sou goed betaal as Couqusoa al die vee, dié van die eilande en dié hier in die kraal, by hom hou tot die Fransman weg is. Met hulle vertrek het hy hulle die vyftien beeste uit die kraal saamgegee.

Die skape op die eilande was die volgende voordag se werk. Twintig Sonqua het hulle op die eilande gevang, pote vasgebind en gelaai. Die vier soldate het heen en weer geroei, en ander Sonqua het op die vaste wal afgelaai, losgemaak en poshuis toe gejaag. Hulle het maar honderd sewe en dertig skape aan wal gehad, toe die Franse begryp wat aangaan en vier groot seilsloepe met meer as tweehonderd bloujasse stuur om hulle te belet. Hans Michiel was tevrede. Hy het sy plig gedoen. Couqusoa se Sonqua was weg met die grootste deel van die vee.

Van toe af, terwyl hy wag op hulp uit die Kaap, moes hulle toekyk hoe die Fransman 'n leërkamp van bruin tente opslaan by Salamanderpunt, hoe hulle daar op die gelykte parade hou, veldkanonne monster en regmaak vir 'n opmars, en vergeefs in die klipperige grond vir water grawe. Maar die natuur was aan Franse kant, want dit het goed gereën en hulle kon seile tussen pale span en daagliks vars water skep.

Ses dae na sy eerste boodskap het sersant Croese te perd by die poshuis gekom. Hy het bevel kom oorneem. Hans Michiel moes die perd Kaap toe neem; kommandeur Hackius wou hom sien.

Was dit wantroue? Hans Michiel was ontevrede, want hy wou graag die saak tot die einde deursien. Wat die Fransman ook al beplan het, wou hy graag bywoon, om die Kompanjie in die saak te verteenwoordig. Soms kom daar 'n kans vir 'n stukkie goeie werk, en die soldaat op die toneel moet daardie kans waarneem. Nou sou dit Croese wees. Wat kon Croese beter as hy doen?

Kommandeur Hackius het vir Hans Michiel 'n paar dae in die

Fort gehou. Sy ondervinding op die buitepos het hom 'n mate van status in die kaserne gegee. Hy het 'n rapport geskryf, en niks uitgelaat nie. Meer nuus het uit Saldanhabaai gekom. Die Franse het die poshuis omsingel, hulle koning se vlag gehys en sy baken geplant. Croese het vir sy lewe gevlug, en sy posvolk sit gevange op die vyand se skepe.

Die kommandeur het vir Hans Michiel gevra wat hy dink die Franse volgende sou onderneem. Is 'n aanval op die Kaap moontlik? Ja, het Hans gesê, veral omdat daar nou in die winter geen skepe hier in Tafelbaai is nie. Maar daar is twee dinge: hy voel dat die Franse 'n verversplek wil aanlê, maar nie noodwendig ten koste van oorlog teen Nederland nie, en as hulle hierdie Fort wil aanval, sal hulle eers Robbeneiland beset. Die eiland is die sleutel tot die Fort. Daar is goeie ankerplek, water, kos, wonings, en omtrent dertig bandiete wat die vyand sal steun vir hulle vryheid.

"Goed. Gaan môre met die eerste skulpboot, en berei die eiland voor, ingeval die Franse daar wil land. Ek bevorder jou tot waarnemende sersant vir die taak."

Sersant. Dit was 'n aangename gevoel. Hy was tevrede met die kommandeur se goeie oordeel. Nou kon hy voor 'n troep marsjeer en met die degen salueer as hulle die edel heer op die stoepie verbygaan. Sersant Callenbach het met dankbaarheid 'n paar kanne bier vir sy mede-sersante in die taphuis gekoop. Die waardin met die groen oë het vir hom eerste getap, 'n slukkie geneem en hom voorspoed toegewens.

"Jy sal ver gaan, Hans Michiel," het sy makkers gesê en hulle bekers teen mekaar gestamp.

Op die sloep waarmee hy eiland toe gevaar het, was Eva en haar kinders. Sy word eiland toe verban oor haar aanstootlike gedrag in die Fort. Sy het siek gelyk en haar voor in die skuit onder 'n seil toegetrek. Haar gesig was verrimpeld asof sy twintig jaar ouer geword het in die ses maande van hy haar laas gesien het. Sy het 'n kort pyp gerook en niks te sê gehad nie. Haar kinders het verwaarloos en armoedig voorgekom, met seer oë, kaalgeskeerde koppe en taai neuse.

Die kwartiermeester het hom ingelig, terwyl die diensboot

baai-uit laveer. Uit erkentlikheid teenoor meester Pieter het die Kompanjie haar maande gelede 'n woonplek in die ou potte-bakkery gegee. Die kommandeur het haar 'n paar maal vir ete genooi, maar die vrou het kontant nodig gehad, want sy was aan drank verknog. Vir broodgeld het sy matrose huis toe genooi. Eendag het sy helder oordag smoordronk in die Fort se voorhof op die kommandeur geskel; jy kan maar sê, voor die hele kolonie. Hy het haar toe gewaarsku: hy sit vir haar op die eiland. Sy moes lelik geskrik het, want sy is nog dieselfde dag veld toe. Die kin-ders is dood van die honger en half verkluim in die pottebakkery gekry, want hulle ma is met hulle klere en komberse weg. Dit het sy in die Duintjies aan Hottentotte verruil vir tabak. Die fiskaal het haar daar gaan uithaal. Die kinders is deur die Kerkraad in sorg geneem, en hulle was ook glad nie geneë dat sy weer die kinders kry nie, maar die Politieke Raad het eenvoudig verseg. Sy was die wettige ma, en sy moes haar verantwoordelikheid na-kom. Die Raad het staatgemaak op die natuurlike liefde van 'n moeder, miskien, maar wat hom betref: die hemel behoed die arme kinders. As haar gedrag dit toelaat, kon sy soms vir 'n dag-besoek wal toe gaan, maar sy mag nie 'n nag aan wal deurbring nie. Maar dit was sake vir die poshouer.

Hans Michiel was bly dat die dogtertjie hom herken het. Sy het skaam gesels, sy vrae geantwoord en al die siektes opgenoem wat sy aan die Kaap gehad het: masels, waterpokkies, kinkhoes, en sy het 'n paar tande gewissel.

"En waar is Jan Vos?"

"Jan werk by die kerk." Die kwartiermeester het skouers op-getrek, nie geweet wat sy bedoel nie.

Wel, het Hans Michiel gedink, Eva sal hom nie lastig val nie; sy en die kinders moet in Jan se buitekamer woon, soos die edel heer in die brief sê. Drank mag sy nie kry nie. Daar was nog 'n melkkoei van haar man op die eiland, en die skulpboot sou maan-deliks haar proviand bring. Die poshouer moes probeer om haar aan die werk te sit. Hans Michiel het gedink: Laat my opvolger maar na haar en die arme kinders omsien; ek sal dié keer net 'n tydjie hier wees.

332

Aan die einde van die blomtyd was hy steeds daar. Hy het die Meerhofs van melk voorsien, ter wille van die kinders, want Eva wou niks met die koei te doen hê nie. Sy wou dit nie melk of uit die veld gaan haal om gemelk te word nie. Petronella het graag die dier gevoer of weide toe geneem, maar Hans Michiel wou nie dat die kind alleen loop waar die bandiete skape laat wei of lei breek nie.

Eva was meesal traag om die poshuis, maar het luidrugtig op haar kinders geskel. As sy haar rantsoen by die deur kom haal, was sy nors, dikwels buierig. Soms kon Hans Michiel haar in 'n hewige humeurbui buite hoor dreig en vloek. Sy het haar bone en rys sonder dank gevat, sonder groet geloop, op die holgetrapte stoepklip gespoeg, en met haar kaal voete oor die werf geslof dat die wit kalkstof om haar walm. Deur haar tabak en haar rantsoen te weier, kon hy haar dwing om met 'n hark en houtskop die Kompanjie se skulpe op 'n hoop te maak. Dan het sy meesal op die graaf geleun en oor die water gestaar, na die noordooste waar die rook van dag tot dag op ander plekke opslaan soos die Cochoqua hulle staning verskuif, en soms na Tafelberg en die dorp se rook. Haar kinders was meer ongehoorsaam as vroeër; hulle het alleen op die gevaarlike Papenklip of in die veld of op die steengroef se steil walle geloop. Een someraand, toe die vroeë sterre in die koel skemer skyn, het iemand 'n konyn vir Eva na die poshuis gestuur. Hans Michiel het dit deur 'n korporaal by die buitekamer laat afgee.

"Sy sê sy vat net kontant," het die man met 'n suur lag kom sê.

"Gee dit vir die bandiete."

Hy het aan Bart Borms van destyds gedink wanneer hy die verwaarloosde kinders buite sien speel. "Dit is oor my vrou," het Bart aan hom verduidelik. "Ons het nie kinders van ons eie nie. Miskien het die genadige Voorsienigheid dit so beskik, want 'n kind sal aard na sy ouer. Maar dié ding maak vir Theuntje siek. Al waaroor sy praat, is ander mense se kinders, en dit is dag en nag. Weet jy hoe dit is, poshouer? Jy het gesien hoe 'n strawwe drinker kerm om sy bottel? Sy is so. Dit is 'n knaende siekte, die vrou wat wil kind hê."

Eendag het die kwartiermeester genoem dat die Franse al lank uit Saldanhabaai vertrek het.

"Die Franse weg? Dan laat die kommandeur my môre haal."

"Nee, poshouer. Hy het vergeet van jou. Hy het die buitepos in Saldanhabaai gesluit. Ek dink hy is bang die Franse kom terug en donder hom oor daardie baai, want dit lê glo buite ons grens. Jy gaan nooit weer van hierdie eiland af kom nie."

Hy kon nie verstaan waarom hulle die pos in Saldanhabaai gesluit het nie. Dit was sy pos wat daarmee heen is. Wat maak hy hier op Robbeneiland? Sy verplasing sou kom. Hy moes net geduldig wees. Hy het maande gewag, maar daar het nie bevel van die wal gekom oor Saldanhabaai nie.

Hans Michiel het na Eva gaan soek as sy teen donker nie tuis was nie. Sy het 'n dansplek in 'n laagte tussen die duine gehad. Sy het met slepende voete in 'n kring geskuifel en sand voor haar uit geskop. Sy het nie gesing nie, net met krom skouers in die kring geskuif en haar voete in die los grond gestamp. Haar stukkie ketting het rukkend deur die stof agter haar aan gespring. Haar hande was in vuiste geklem, sy het strak voor haar gestaar, haar lippe was oop en sy het vlak, steunend asemgehaal. Daar was vlekke skuim aan haar mond. Sy het net 'n velrok aan die heupe gehad.

"Juffrou Van Meerhof."

Haar houding het nie verander nie. Sy wou niks met hom te doen hê nie. Sy was dronk van die dans, en hy wou haar nie aanraak nie. Hy het haar daar gelos, en vir die kinders aandkos gaan maak.

Hans het die kinders met hom saamgeneem as hy op inspeksie gaan. As hy hulle elke dag 'n uur of so by hom hou, kon hy hulle miskien red van die onheil wat die noodlot oor hulle gelê het. En daar was iets meer. Van almal op die eiland het hy net die dogtertjie se geselskap en haar toegeneentheid geniet. Dit het hy van niemand anders ter wêreld gekry nie. Hy het hulle na die uithoeke van die eiland saamgeneem, en ver om die eiland met hulle gestap. Die son wat van die kalkgrond opslaan, het hulle gesigte rooi gebrand. Hy het met hulle gepraat oor wat daar te sien was. Waarom lê die skulphope net op hierdie hoek van die eiland? Wat beteken Papenklip? Hoekom is die leisteen blou? Hoe kom die sout op die Soutklip? Hoekom lyk dit asof hier vroeër 'n seestrand was in die middel van die eiland? Wat kom eerste, die pikkewyn of die eier? Hoe tel jy van een tot tien in Nederlands, in Koina, in Duits? Hoeveel klippies het ons hier; hoeveel pikke- wyne staan daar? Waar is Nederland? Wie is Here Sewentien? Wat het van Jan Vos geword?

By die poshuis het Hans Michiel saans vir hulle rympies op- gesê: die tien gebooie, die plae van Egipte, en Jakob se twaalf seuns. *"Vader Jakob het vir Reuben gesê: Vergeet maar. Jý sal dit nooit wees nie, probeer soos jy wil. Doen ekstra moeite as jy dink dit gaan help. Gee alles wat jy het; jy kan sukkel net soos jy lus het. Jy mors jou tyd. Hahaha. Ander hoef net halfpad te probeer, maar jý sal nooit wen nie."* Dan het hy buite die poshuis gaan staan, om oor die see na die Kasteel te staar.

Petronella was 'n uitvraer. Toe sy kon tel, wou sy skryf. Sy het reeds geweet van lees en skryf. Iemand moes vir haar iets gewys het. Hans het met hulle in die steengroef gaan sit waar die hele kuilwand een groot blou lei was, en vir hulle griffies onder sy stewel gerol. Op die bodem van die groef het die klipbrekers met hulle houtwîe en mokers die nuwe kasteel se drempels en pla- veisel gebreek, of 'n swaar grafsteen waarop later 'n geëerde naam sou kom. Die seun wou teen die rotsmuur teken. Petronella wou skryf. Hans Michiel het vir haar geleer soos hy geleer is. Kat is k-a-t. Haar naam is P-e-t-r-o-n-e-l-l-a.

Eendag het hy aan die buitekamer se deur gaan klop. Hy wou die kinders saamneem veld toe. Hulle kamer was leeg, gestroop van alles wat gedra kon word. Sy eerste gedagte was aan die skulpsloep, dat Eva miskien die kwartiermeester omseil of om- gekoop, en saam daarop weggevaar het. Toe hy buite gaan soek en rook 'n ent agter die poshuis tussen die duine sien opstyg, het hy gaan kyk. Hulle was almal daar, om 'n vuur gehurk. Die ge- streepte kombers wat hy vir die dogter se kooi gegee het, het aan die windkant teen hulle takskerm gehang; 'n paar bondels was onder die bosse in gedruk. Die kleintjie was daar, in vodde toegedraai. Daar was 'n skilpad op die kole. Hy kon hulle hoor praat, maar hulle stemme was laag. Soos hulle daar teen die grond met die knieë teen die bors gehurk het, kon hy glo dat hulle Sonqua was. Eva het een rietmaer arm onder haar karos uit gelig om uit 'n kalbas te drink. Met haar kop agteroor het sy die laaste druppels in haar mond laat loop.

Toe Hans Michiel by die vuur kom, het die dogter haar karos voor haar bors toegevat, en hom gegroet. Hans Michiel het die kalbas uit Eva se hand geneem en aan die prop geruik. Dit was 'n gladde brandewyn, nie rantsoengoed nie.

"Waar kry jy dit?"

Die dogter het geantwoord: "Is van 'n matroos, hier." Die seun met sy skeel oog het verwoed om hom heen gefrons asof hy nie weet wat gesê word nie, en 'n donkerte het oor sy gesig gehang. Eva se uitgeteerde gesig het gegryns. Watter siekte het sy? het Hans Michiel gewonder. Hy kon vra dat 'n sjirurgyn kom om na haar te kyk, maar dit was asof die ouderdom self sy arms te vroeg om Eva geslaan het en geen medisyne haar meer uit daardie greep kon red nie. Hy het die kalbas aan haar teruggegee, maar sy het dit van haar weggesmyt.

"As julle geëet het, moet julle huis toe kom, Petronella. Jou ma moet opgepas word."

Die kind het geknik, maar Eva het skreeuend geprotesteer en gevloek. "Moet? Moet se maai. Wat wil ons van jou hê? Los my kinders en loop in jou moer in. Ons bly hier, ons het niks gevra nie." Sy het voor Hans Michiel kom staan en haar rok opgelig. "Dè, daar is jou ma."

"Juffrou van Meerhof, ontsien die kinders."

Petronella het Eva aan die arm probeer terugtrek na die skerm toe, maar sy het uitdagend geskreeu en haar arm losgeruk. "Loop kyk jou bandiete. Ek vrek nie. Ek, ek het skilpad gevreet en haas."

"Wil jy saam met my gaan, Petronella? Jakobus? Of wil julle hier bly?"

Maar die kind het net haar kop geskud. Toe loop hy terug poshuis toe.

Die kinders het die aand sonder hulle ma teruggekom, met

die klere en kooigoed wat hulle weggedra het. Haar ma wou nie kom nie, het Petronella gesê; sy het daar in die skerm gelê en wou nie opstaan nie, toe maak hulle haar met die kombers toe. Hans Michiel het 'n paar soldate en die bandiet met die kruiwa geneem om haar te gaan haal. Sy het langs 'n kors brommerbedekte braaksel gelê, en hulle moes haar optel. Ná hulle haar op haar kooi neergelê het, het hy met Petronella gaan praat.

"Jou ma is nog jonk, maar sy is swak soos 'n ou mens, en iemand moet haar nou oppas. Jy en jou broer sal moet hout haal en water dra en die kos maak. Jy sal jou ma moet skoonhou, Petronella, want jy kan sien sy gee nie meer om nie. En die kleintjie."

"Sy wil hier weg, Hans Michiel."

"Sy mag nie."

"Ons kan almal by tant Maijke."

"Die Raad wil dit nie hê nie. Jy moet sorg vir julle rantsoen. Ek sal jou help. En hou julle kamer skoon."

In die weke daarop het Hans Michiel se kommer oor die kinders toegeneem. Eva het van tyd tot tyd, die vader weet hoe, drank gekry en haar onkapabel gedrink. Hy kon dit nie rapporteer nie, want die goewerneur hou hom verantwoordelik vir haar. Soms het sy in haar kraaltjie in die duine gelê, en soms het sy dronk werf toe gesteier en in die bossies agter die poshuis geval en bly lê. Dan het Petronella hom kom roep dat hy help om haar ma op die kooi te kry. Soms het Eva haar gesig stukkend geval; soms het sy in rasende dronkverdriet op die klippe lê en skreeu. Een of twee keer het Hans in die nag met sy rottang na buite gegaan en haar geslaan, maar toe hy Petronella se verskrikte gesig sien, daarmee opgehou. Uit jammerte vir die verwaarloosde kind en wat sy in haar paar armoedige jare op aarde beleef het, het hy haar sonder 'n woord gehelp om vir Eva oor die drumpel te kry, en hulle deur toegetrek. Hy het nie geweet wat hy meer vir die kind kon doen nie.

Soms het Petronella kom vra of hy nie 'n soldaat kon stuur om te soek nie, haar ma was weer weg. Hy kon nie; hy het vermoed dat sy personeel misbruik maak van die besope vrou. Die ouer

337

seun was ook moeilik. Hy het van die ander twee weggedwaal en die paar pligte wat hy by die huis gehad het, verwaarloos. Hans Michiel het vir Petronella die water uit die put sien trek of hout breek op plekke waar hy haar gevra het om nie alleen te gaan nie; dit was Jakobus se werk. Maar die seun het weggeloop na waar die bandiete werk, op die noordweshoek waar hulle skulpsakke vul of tussen die steenbrekers in die groef. Daar het 'n wag wat hom wou verwilder, hom eendag – per ongeluk, soos hy sê – met 'n groterige klip teen die kop gegooi. Dit het taamlik gebloei, en die korporaal het hom met brandewyn gelawe en met sy nekdoek verbind. Mense het Jakobus skelm tussen bosse en seerotse sien sluip, dan was daar pikkewynkuikens nek-om gedraai by hulle neste. Petronella het vertel dat Jakobus tabak huis toe bring, wat hy vir sy ma se rantsoenkos geruil het by die beeswagters. Hans Michiel het gevoel asof daar aan alle kante teenstanders was; asof elkeen behalwe klein Petronella dopgehou moes word. Sy eie korporaals en soldate was agter die moeilikheid met Eva.

In die poshuis het hy vir die kinders stories vertel wat hy uit sy kinderdae onthou. Almal het dit geken; niemand het dit eerste neergeskryf nie, niemand het dit eerste opgemaak nie. Dit is deur oumas uitgedink en aan kinders sonder ouers vertel om hulle vaak te maak, soos oupa se slaapdop hóm gerus maak vir die komende nag. Soos van Rooikappie, Reinaert die Vos, Hansie en Grietjie. Vir Eva se kinders was die verhaaltjies nog nuut. Hulle kyk by 'n deur in waar voor hulle al soveel kinders deur is. Hulle kyk verwonderd na 'n vreemde land met paleise, prinsesse, konings en dwerge. Kom Kerstyd, het hy hulle bymekaargemaak en vertel wat hy oor die geboorte van Christus gehoor het by die parogiepastor, en met sy eie kinderdae in gedagte het hy stil, donker noordelike woude beskryf, met dennetakke wat buig onder swaar ladings sneeu, geruislose wit teen swart fluweel. Dié een nag van die jaar het hy hulle buite geneem om te soek en te soek of die Betlehemster weer in die lug was.

Die sloep wat vir korporaal Zacharias teruggebring het, het vir sersant Callenbach Kaap toe geneem, en hy was weer korporaal. Hy het nog 'n jaar en ses maande in die garnisoen gedien, en in gedagte gehou dat sy prins hom gewaarsku het om op sy hoede te wees teen die Hollander, en dat hy altyd goeie oordeel moes gebruik. Op 'n wondermooi Saterdagmiddag in Oktober 1670 was hy korporaal van die wag in Fort de Goede Hoop, met twee man in die poort en een op elk van die bastionne. Op die gelykte voor die poort was die weeklikse driloefening aan die gang. Sersant Croese was in bevel. Hy het soos 'n perdeafrigter in die middel gestaan en die garnisoen om en om hom laat trek met hulle vaandels, dan weer heen en weer oor die terrein; nou in kolonne van drie en dan weer op front; nou op drafpas en dan op gewone mars. Van een hoek van die paradegrond na die ander het hy hulle met sy bevele gedryf, die name geskreeu van uit-verkorenes van wie hy nie gehou het nie, gevloek op dié wat een-maal in sy onguns was, en dan die hele garnisoen nog vyf lengtes met die snaphaan hoog oor die bors laat hardloop, as straf vir een of twee se lompheid of onkunde. Op dié manier wou hy hulle makkers teen hulle opmaak, dat hulle dit weer en weer in die kaserne sou hoor en wéér sou ly na liggaam en siel. Hans Michiel was jammer vir die swetende garnisoen, onder hulle vaal stof-wolk en die sambok van Croese se tong. Waar hy buite die poort langs sy twee wagte gestaan het, is die troepe herhaaldelik so naby aan hom verbygejaag dat hy hulle hygende asems kon hoor.

"Korporaal Callenbach, stuur daardie twee leeglêers by jou hier na my toe!" het Croese uit die middel van sy paradegrond geskreeu.

Hy het nie gereageer nie. Sy wag was nie deel van die dril-oefening nie. Die roep was onverwag, en aggressief, beledigend in toon. Croese moes dit weet.

"Korporaal Callenbach, is jy wakker? Julle twee, hierheen. Drafpas!"

"Staan vas," het Hans Michiel aan die poortwagte gesê. "Ek is in bevel hier."

Croese het geskreeu: "Roelofs en Krap, kom tree aan!" en met sy rottang gewys waar hy hulle wou hê.

"Bly waar julle is."

Croese het sy parade tot halt gebring en dreigend op die poort aangestap gekom. Hy het sy rottang deur die lug laat fluit. "Verdomde honde. Wanneer het julle laas slae gehad?"

Hans Michiel het vorentoe gestap. "Los my wag. Die poort kan nie onbeman staan nie."

Croese het gaan staan, hom verbaas aangekyk. "Verdomde kêrel. Wat het jy hier te sê?" En hom drie, vier houe met die rottang oor die skouers en arms geslaan. Hans het die houe gekeer, eers die man se arm gegryp en toe sy rottang, en dit gebuig tot dit tussen hulle knak. Toe spring hy agteruit, by die poort in, by die waghuis se deur in, waar sy geweer staan. Croese het agter hom aangekom.

"Van my lyf af, sersant. Ek sweer ek skiet jou vrek."

Buite op die parade het wanorde losgebreek. Die voorste gelid het nuuskierig, grynsend, nader gedrom. Hulle wou by die poort binnetoe beur. Croese het die lawaai agter hom gehoor en omgekyk. "Terug. Gaan tree julle aan." En aan Hans Michiel het hy beloof: "Ek kom nou-nou terug. Smeer vir jou vet, want ek gaan jou looi."

"Kyk," het Hans Michiel aan die poortwag gesê. "Gee aandag. As hy wanordelik terugkom, dan belet ek hom om binne te tree. Stuit hom. Ons is drie teen een."

Croese het sy humeur nog 'n kwartier op die garnisoen uitgehaal, en hulle verdaag. Toe kom hy voor die poort, met die honderd en vyftig soldate soos skoolkinders agter hom aan om te kyk wat gaan gebeur.

"Callenbach, kom voor die dag!" het hy van ver geroep, en voor die poort sy degen getrek, en geskreeu: "Kom uit, Callenbach!"

"Staan vas," het Hans Michiel gewaarsku. "Sê niks, doen niks. Sy probleem is die kêrels agter sy rug. Hy moet 'n brawe stuk voor hulle speel, anders verloor hulle ontsag."

"Callenbach, jou luis in soldaatsmondering. Kom uit, dat die troepe kan sien hoe lyk hoenderlewer."

"Sersant, gaan liewer huis toe. Ek moet jou oproer aanmeld."

Croese het 'n handskoen uitgetrek en by die poort ingesmyt. "Ek daag jou buite, jou hond met 'n varkgesig. Kom voor die degen."

"Ek is op wag. As jy hier inkom met jou degen ontbloot, smyt ek jou in die sel vir dronkenskap en rusversteuring." Hy het sy stem gelig na die muur van gesigte op die agtergrond. "Julle troep, julle wil hom dood hê. Hierdie ding gaan môre voor die Raad wees. Neem die man weg, en moet hom nie aanhits nie." Hy het bly staan met die geweer oor sy bors tot Croese sy degen in die skede gesteek het en nie meer probeer het om by die poort in te beur nie. Hans het geweet 'n genadige noodlot het hom 'n tweede keer van die galg gered. Hy het gebewe, hy was bang. Wat wil hulle van hom hê?

Die saak is vreemd uitgewys. Op Hans Michiel se oudag het 'n klerk vir hom die egte hofstukke uitgehaal. Die krygsraad het verwys na 'n plakkaat wat in 1657 deur die State van Holland en Wes-Vriesland gepubliseer is, waarop die Kompanjie se Statute van Indië hom beroep, dat tweegevegte verbode en strafbaar is en Croese daarom van amp, rang en gasie ontneem word, ontslaan word as onbevoeg om die Kompanjie te dien, met konfiskering van loon tot sy krediet. Só moes Croese die volgende dag op 'n volle parade deur die kommandeur voorgeroep word, waar sy rangtekens afgeruk en hy met 'n skop onder die agterste van die parade verjaag word, volgens die gewoonte van die tyd. Maar nee. Daar staan geskrywe dat Croese voor die krygsraad erken het hy was tydens die voorval beskonke. Hy het gesê dit was die eerste keer in sy agt jaar van diens, en dit sou nie weer gebeur nie, ensovoort, ensovoort. Die krygsraad verminder toe sy vonnis tot verlies van rang en gasie vir drie maande, en 'n boete van vier maande soldy, waarvan 'n kwart in die armbeurs moes gaan.

Hans Michiel was daarna nog meer oor sy geluk bekommerd. Hy het gevoel hy het die garnisoen se guns verloor. Hulle het hom kwalik geneem omdat hulle Croese se bloed wou sien, en hy het hulle teleurgestel. Hy moes daar wegkom en die Ooste probeer bereik vóór iets met hom gebeur. Croese het omtrent vry weggeloop. Hý sou nie.

Die een amptenaar in die Raad van wie hy persoonlik gehou het, en op wie hy staat gemaak het om eerlik met sy bevordering te werk, was sekunde De Cretser. Die meeste Kapenaars het gehoop dat De Cretser die volgende gesagvoerder gaan word, want dalk was daar vir hulle ook voorspoed in. Toe kom De Cretser heel onverwags 'n ongeluk oor met sy swaard. Een oomblik was hy nog waarnemende kommandeur van die Kaap, gewild, bekwaam, en die volgende voortvlugtig, alleen en te voet in Afrika, 'n moordenaar met 'n prys op sy kop.

Dit is waarom Hans bang was. Hy het vroeër gevoel: as hy maar in die garnisoen kon bly waar streng dissipline die doen en late van sy medemens reguleer, sou hy wel vooruitgaan, want die werk het hom gepas soos 'n geweerkolf teen die skouer. Nou was hier ook nie skuiling nie.

Maar die see het hom eers na vreemde kuste gedra. 'n Maat van hom, korporaal Daniel Balck, is deur die hoeker *Grundel* op die Ooskus van Afrika laat staan, met agtien man. Hulle is gestuur om slawe te koop, en het land-in gemarsjeer om die inboorlinge op te soek, en dit was die laaste sien van Balck se troep. Die hoeker het twee dae gewag, elke uur 'n paar skote geskiet, en toe die kus verlaat. Die goewerneur was ontevrede daaroor, en het die skipper teruggestuur om te gaan soek. Dié keer was korporaal Callenbach in bevel van die agtien soldate, as *"een ekspert lantganger ende persoone van opmerckingh ende kennisse"*. So het sy brief gesê. Erkenning was dus moontlik as hy suksesvol is. Maar hy was onrustig.

Hy is met sy troep aan wal gesit waar Balck weggeraak het, om 'n week lank parallel met die kus te marsjeer en af en toe 'n geweerskoot te skiet. Dit was toe al twee maande ná Balck verdwyn het. Langs daardie kus het hulle moerasse en wilde diere en swart Afrikane gesien, maar geen spoor van Balck of sy mense nie. Hans Michiel en sy troep het ooskuskoors opgedoen, en omtrent die helfte is dood op die terugvaart Kaap toe. Hy het self 'n aanval van die koors gekry, maar net die een maal, en nie weerkerend soos die ander oorlewendes nie. Vier maande van sy lewe het hy geseil, gemarsjeer, van koors geyl en gesweet, en niks as die ooskuskoors om daarvoor te wys nie. Steeds korporaal, dit was tog iets.

By sy terugkeer het die kommandeur hom gestuur, met twee

skutters, 'n slagter en 'n ossewa met vaatjies en sout, om te gaan seekoeie skiet in die Bergrivier en die vleis en spek daar te kuip. Hulle was in hulle kamp aan slag en kuip, toe sowat twintig Koina kom beswaar maak. Die hoofman Ngonnemoa was daar met 'n man wat Nederlands praat. Hy het vir Hans Michiel gesê die seekoeie in die rivier en die wild in die veld is sy mense se kos. Die Hollander moet bly agter daardie rivier en die heining wat hy om hom opgeslaan het, en nie hier sy mense se kos kom steel nie. Hy beskou hulle as diewe soos die slegste van die Sonqua, wat doodgeslaan word waar jy hulle betrap op die daad. Hans moet vir sy hoofman gaan sê hulle moet ophou daarmee. Hans het gesê hy verstaan, hy sal so sê.

"Gaan hy jou hoor, Hollander, of moet ek jou kop in daardie pekelvat saamstuur?"

Met Ngonnemoa se boodskap en net twee vate spek is hy terug Fort toe.

Na dié mislukking is hy tot sersant bevorder. Dit was die hoogtepunt van sy lewe. Hy was sersant van die blou vaandel, die paraatste en netste dertig dienaars, so het hy geglo, wat die Kompanjie se brood geëet het. Daar was vyf vaandels in die garnisoen, elk onder 'n kleursersant. Wit onder ou sersant Cruijthof, rooi onder Croese, blou onder Callenbach, oranje onder Lubreghts, en bont onder Bauw. Blou vaandel het die eer gehad om voor die ander vier te marsjeer by die Saterdag-optrek, wat beteken dat hy in die bevelvoerder se skadu geloop het, in sy spoor getrap het, en die kommandeur met die degen kon salueer as hulle verby die Kat se stoep gaan. Vir blou vaandel alleen het die kommandeur ontdek gestaan. As húlle verby is, het hy weer sy hoed opgesit.

Hans Michiel was gevestig in sy pos. Hy was bekwaam en gelukkig en gewild by sy makkers, behalwe by Croese. Die kos in die sersantsbak was buitengewoon goed. Hy het elke vyfde beurt die wag gehad, en volop tyd om aan sy klere te werk. Dit was vir hom asof hy, die Duitser, meer soldaat was as sy Hollandse makkers wat goed kon drink en goed kon vloek, maar traag was op die mars en lomp op parade. Die kommandeur het eendag voor die versamelde garnisoen gesê: "Dit is op soldate soos sersant Callenbach wat die loflike Kompanjie se mag en status rus. Ek is dankbaar vir jou flink voorbeeld, sersant. Welgedaan, blou vaandel."

Hans Michiel kry eendag vir korporaal Zacharias in die onderoffisiersbak, toe die garnisoen vir ete gaan aansit.

"Dag. Hoe lê dit op die eiland?"

"Bitter. Die water maak my niere vol gruis. Ek is klaar, man."

"Ek sien. Roetine nog dieselfde?"

"Dieselfde. Maak my klaar."

"Jou bure?"

"Eva-hulle? Ek het vir Jakobus nou eendag geslaan dat sy ma hom 'n week in die huis gehou het."

"Waaroor dan?"

"Steel. Hy kom in die poshuis helder oordag steel. Eers my kos, omdat sy ma te sleg is om vir hulle te gee, maar nou my mes. Ek het dit vir haar gesê ek maak nie ander se kinders groot nie. En my tabak vir sy hoerma, sy het hom só ver opgesteek. Ek het hulle almal vanoggend wal toe gebring. Eva wil weer Duintjies toe, velrok gaan dra."

"Is dit so?" het Hans Michiel verwonderd gevra. "Waar is hulle nou?"

"Ek het hulle op die steier gelos. Maandagaand moet ek hulle weer daar kry."

Dit was oor Oedasoa se dood dat Eva permissie gevra het om wal toe te kom. Die kommandeur het dit toegelaat; miskien uit jammerte vir haar, miskien as 'n gebaar teenoor die Koina. Dit was beslis nie meer oor oorlede meester Pieter nie; hy was vergete. 'n Klerk in die kantoor het aan Hans Michiel gesê die arme vrou was opgeskeep met die kinders. Sy het 'n boodskap aan Maijke Hendriksz gestuur dat die kinders by die Fort is, en sy is weg met twee inboorlinge wat op haar gewag het.

"Waarheen is sy dan?"

"Na Oedasoa se kraal toe. Die vader weet waar hulle nou wei. Hulle trek dadelik weg van 'n plek waar iemand dood is."

"En die kinders?"

"Ek weet nie. Hier was nog geen Maijke Hendriksz nie."

344

Hans Michiel het ná die ete begin soek. Hy het na Maijke se huis toe geloop. Sy het niks geweet van die kinders nie. Dit was 'n uur se loop en weer 'n uur terug. Dit was laat toe hy by die Fort terugkom. Hy het weer by die kantoor begin uitvra, toe is hy na die dienswag, daarna na die poortwag wat die oggend aan diens was, toe na die hand vol leegleêrs voor die poort, die Koina van die Duintjies wat sakke dra en tabak bedel. Ja, hulle het vir Eva gesien, maar die kinders was nie in die Fort nie. Hans Michiel het na die bodorp geloop, elke verbyganger gevra, agter elke bos ge- kyk. Die waardin van *Die Olifant* het belowe sy sal om haar tap- huis verneem, en Hans moet haar laat weet as hy iets kry. Toe die son agter Vlaeberg wegsak, en die bedelaars voor die poort min word, het hy sy sakke daar tussen die oorblywendes leeggemaak. Hy sou al sy tabak, sy mes, sy vuurslag gee aan die een wat die kinders kry. Drank ook. Hy sou drank koop vir elkeen wat help soek.

Dit was sterk donker toe Hans na die Fort moes teruggaan. Hy het aan vaandrig Croese verduidelik hy moes die volgende oggend agtuur aan diens gaan, maar hy wou verlof hê om die nag buite te bly, ingeval hy nie voor taptoe die kinders kon opspoor nie.

"Ja," het die vaandrig gesê. "Maar probeer voor taptoe binne wees. Jy ken die goewerneur."

Hy het met donker die Ratelwag op straat gekry en hulle ge- vra om te help soek. Om nege-uur het hy gehoor hoe die tamboer op die kanteel die taptoe slaan. As die goewerneur môre onwillig is, is hy, sersant Callenbach, in die moeilikheid. Dit was vir Hans asof die lang geroffel op die kanteel net vir hom was, asof hy van nou af geblinddoek loop tot voor die skietpeloton, want dit is so dat jou voete in een rigting gaan, maar jou pad loop na 'n ander bestemming. Van hier af was wat met hom gebeur net genade, as dit goed afloop. Die geroffel is voltooi met die vinnige dubbelslag, die vlag is gestryk, die swaar poort gesluit, gegrendel, die balk is in die mikke gegooi. Hans, met 'n fakkel in sy hand, het in die donker geloop en roep. Die bedelaars, bang vir die Ratelwag, was klaar van die straat af. Rondom die dorpie van twintig huise en ruïnes het digte bosse teen die donker berg op gestrek. Die lug was koud, swaar betrokke.

Hans Michiel het by die Kompanjie se tuin aangeloop en na die tuinier geroep om te praat. Die man het by sy aandete gesit. Van daar af is hy na die slawehuis, toe na die verligte woonhuise, toe na die winderige kaai, toe na die klompie vissersbote wat onderstebo op die strand omgekeer lê. Hy het by elkeen gebuk en onder ingekyk. Van tyd tot tyd het hy en die Ratelwag mekaar in die nag gekry. Daar was niks meer om vir mekaar te sê nie. Hulle het op 'n gruiswal langs die Heerengracht gestaan, in ligte reën. Die wagoffisier het 'n klein slukkie brandewyn in 'n sakfles gehad. Dit het hy vir Hans Michiel aangebied.

"Hoe laat is dit nou?" wou hy weet.

"Oor vier."

"Nou ja, dankie."

"Gaan slaap."

"Ek kan nie. Ek is uitgesluit."

"Gaan na my huis toe."

"Ek moet die kinders soek."

"Ons soek. Hoekom gaan slaap jy nie."

Met dagbreek op 'n nat en winderige wintersdag het hy voor die poort gestaan en wag toe die pikette uitkom om die hek oop te maak.

"Die goewerneur wil jou hê. Hy het gesê: direk."

"Ek gaan eers aantrek."

Goewerneur Goske het met sy rottang in sy hand en sy lyfwag op sy hakke by die sersantsbak ingekom terwyl Hans Michiel sonder hemp by sy kooi staan. Die goewerneur het hom met sy rottang oor die rug en skouers geslaan, en met die stok omhoog gereed gestaan as Hans sou waag om sy hand te lig.

"Na die dienskamer."

Hans het sy klere bymekaargevat, sy stewels en degen en blou serp onder sy arm gesit en oor die binnehof poort toe geloop. Die bouers op hulle steiers, die klerke by hulle vensters, die wagte op die mure het gesien hoe die goewerneur hom nog drie houe oor sy kaal rug gee en toe drifftig voor sy lyfwag uitloop na die goewerneurshuis toe. Hans het nie aan diens gegaan nie. Hy het in die dienskamer op die kooi gesit en wag, 'n broodkors op 'n blikbord onder 'n stoel gekry en dit geëet. Hy was nie kwaad nie, en het nie meer omgegee oor die kinders nie. Daar was 'n noodlot wat sorg dat dinge gebeur soos dit moet, en wat kon een woord of een daad van hom daaraan verander? Hy was nie vir die goewerneur kwaad nie, want 'n voorbeeld was nodig vir die garnisoen. Ook nie vir die jong korporaal wat die blou serp uit sy hande kom neem en oor sy eie skouer gehang het. Of vir vaandrig Croese wat geen woord wou sê om hom te help nie. Hulle kon hom hier uitlei en skiet, hy sou niks sê nie.

Jare later, toe hulle albei ou mans was, het 'n gewese raad-sekretaris aan hom gesê: "Julle Duitsers is die maklikste nasie om aan die neus te lei. Julle is soos slawe. Wonderlike mense, maar gedwee soos skape."

Hans Michiel het gelag. "Jy kan om twee redes op jou donder kry, maar ek ontsien jou bril." Sy pyn het dieper as sy beheerbare gemoed gesit; dit was 'n magtelose, hopelose gevangene in die onderkamers van sy gees, wat nooit boontoe kom en in opstand óf weerstand óf wraak probeer uitbreek nie. Hans het daardie pyn, sy persoonlike gevangene, van tyd tot tyd amper vergeet gehad, maar hom in 'n siniese oomblik soms gaan besoek. Dit sou in hom bly lewe solank as wat hy leef.

Vaandrig Croese het Hans Michiel se seekis in die diens-kamer laat bring. "Jou kis is gepak. Hier is jou papiere. Jy word uit die Kompanjie se diens ontslaan. Jy gaan hieruit aan boord van *Henegouw*, om vir jou passaat te werk. Gee dié brief aan die skipper. Sy kwartiermeester kom haal jou op middagskoot. Jou soldy tot datum word in Nederland uitbetaal." Hans het daardie brief in sy sak gesteek, maar wou nie in sy kis kyk nie. Sy rug sou bloei as hy buk om te kyk. Die slot was oopgebreek. Wat maak dit saak?

Daarna het die see hom weer gehad. Dit was onder hom, rondom hom, bo-oor hom wanneer stormweer die kuil tussen voorkasteel en agterdek in 'n skuimende dam verander. En dit was koue Atlantiese see, nie die sagte, warm persblou deinings van die Indiese see wat hy by Mosambiek bevaar het nie. Hulle was drie maande lank op die water. Hy het bruin geword, sy rug het genees. Vroegoggend het hy dekke geskrop, bedags sy wag-beurte op die uitkyk gestaan, vate uit die ruim help hys, seile uit die kluise boontoe gedra, help aanheg en boontoe hys tot amper onder die wolke waar matrose onder die smal ra's daarvoor wag. Op die oorloop, waar sy lêplek was, het hy die nag lange luisjeuk verdra, die gepiep en gestoei van rotte oor brokke kos, die luid-rugtige kom en gaan van kwartiermeesters en wagte, en die ge-sluip van geheime dobbelaars. Die oorloop was nog beter as 'n steeg in 'n nat dorp.

Die drie verdwaalde kinders van Eva was dikwels in sy ge-dagte, maar dit was ander mense se sake, ander mense se kinders, en daar was nou daagliks meer seewater tussen hom en hulle. Wat homself betref, hy was jonk, sterk en goddank sonder grief, al kon hy dit ook nie verklaar nie, want hy het van geen fout in hom geweet nie. Hy was dankbaar dat sy vernedering nie ver-bittering geword het nie.

Na 'n maand op see het die skipper hom opsy geroep. "Jy het gesien dat ons 'n hele paar kêrels begrawe het. Die offisiere sê jy werk goed. In jou brief staan jy was watermaker op jou eerste reis. Meld môre voordagwag by hoogbootsman aan. Honderd em-mers 'n dag behalwe Sondae. Nog 'n ding, Callenbach. Wat die heer Goske aan jou gedoen het, dit kan ek nie verander nie. Werk hard, dan skryf ek ook 'n paar lyntjies onder jou brief."

Die werk was soos skulpdra. Hans Michiel het teruggegaan na die honderd emmers water 'n dag behalwe Sondae, die rooi stookketel, die nat klere, die slaapplek langs die kombuis se warm bakstene. Hy het met 'n tou om die lyf buiteboords op die rus van die voormaswant gehang, sy emmer laat val, opgehys, leeg ge-giet, weer laat val. Daar was net die see om na te kyk, maar amper elke deining het iets, 'n vlek skuim, 'n brok kurk, 'n veer, 'n repie seewier, tot onder sy voete gelig vir hom om na te kyk. Hy was bevoorreg; hy het elke golf gesien wat kom, en elkeen wat gaan. As hy wou, kon hy hulle tel, soos mylstene in sy lewe, van nêrens na nêrens. In die trope het hy sonder hemp daar gehang, maar ná die ewenaar moes hy hom teen die weer aantrek. Hy het lappe om sy hande gedraai om die emmer vas te vat, want sy palms was rooi geskaaf van die stokstywe tou en het gebrand van soutwater. Verder noord het sy jas hard gevries na die eerste breker voordag oor hom gespoel het.

Agter Ierland het die bootsman hom gesê om op te hou; daar was genoeg water aan boord om hulle tuis te bring. In die ysige wind wat 'n silwer newel oor die see getrek het, het hy weer aan dek gewerk om kuipe met draadborsels uit te skrop, maar dit was goed. Hy was liewer daar as bo in die tuig, waar die swart gebondelde matrose op veryste toue skuifel om plankharde seile met die vuiste in hulle voue in te moker. Hy het aan die kuipersmaat vertel dat daar in die brakwaterput op Robbeneiland nooit groen slym aan 'n klip gegroei het nie. Miskien kon 'n hand vol sout in elke kuip by die voltap die groei van slym teenwerk. Die kuipersmaat sou sout vra by die bottelier. Hierdie Hans, het hy gedink, sou 'n goeie seeman maak.

Ver in die Noordsee het die Kompanjie se loodsboot hulle in 'n steil, grysgroen deining gekry, 'n paar seinvlae in die verbyvaart gewissel, 'n paar woorde deur die roeper geskreeu, en weer kop teen die wind omgesit, suide toe. Die sig was minder as 'n kabellengte; 'n vlammende teervat op die loodsboot se besaanmas was 'n rokerige kol in die grou dynsigheid voor die boeg. Teenoor Terschelling en Vlieland was die see loodgrys en onstuimig. Al twee skepe het swaar voor die see gearbei; elke deining was 'n swaar slag teen die boeg, 'n watervloed oor die voorkasteel, 'n dreunende, drywende sproeiwolk mashoog oor die skip, en 'n heupdiep, malende wit kolk in die kuil. Dit was drie volle dae van teensee voor die loodsboot op hoogwater deur die Helsdeur in is, en dié wat seekennis het, kon voel hoe die stroom hulle daar vat en in die grougroen Marsdiep op dra. Aan die noordekant was Oudeschild se dyk, 'n donker laag agter 'n grys seenewel. Suid was Den Helder se duine, met die ry galge agter swaar weer versteek.

Hans Michiel het die nag in sy seil gedraai langs die koksketel gelê en aan die Kaap gedink, waar dit nou somer was. Daar was geen wag aan dek nie, behalwe die man wat die anker oppas en twee uitkykers, omrede van hulle Oosterse vrag. Die skip was stil, die maste was gestroop, die stenge gestryk. Dit kon dae duur voor die weer opklaar, dan kom ligters die vrag en later ook die bemanning opeis. Hans het sy gedagte na Tafelbaai laat gaan, en die dorre eiland daar waarop hy gewoon het. Miskien was dit die koue wat sy gedagte soontoe laat keer het. Daar was ook altyd meer gevange as vry, meer dood as lewend, meer onder die grond as daarbo. Hy het verlang na die buitepos Keert de Koe en na Saldanhabaai, waar hy lewend was, iemand met vriende. Hier was hy teruggespoel, weer waar hy begin het. Hoe kon dit gebeur? Hoe is dit met hom?

Hulle is in Oos-Indiëhuis in Amsterdam afbetaal. Hulle was tuis. Daar was die Nuwe Kerk, daar die Schreierstoring, daar links die groot Seemagasyn met vier nuwe skepe op die bouhelling, en hier voor op die Damrak 'n woud van wiegende maste. Hulle het by die Toring op die steier geklim, met die seekis op die skouer en kooigoed onder die arm, en die voete op die vaste grond gestamp, asof hulle wou seker maak daarvan. Ongelooflik, hulle was tuis, van die ander kant van die aarde af. Oorleef. Veilig.

"Op na die Peperhuis, daar sit die skipper en die seur," het die bootsmansmaats aangepor. Hulle is op onvaste bene Amsterdam in, tussen venters, koppelaars, kruiers, tappersknegte, vrouens met kinders op die heup. So is hulle op 'n streep na die Kloveniersburgwal, en daar in 'n dwarsstraat was Oos-Indiëhuis, die plek waar die geld deur die vensters bars, die plek waar Here Sewentien om die tafel sit om die steentjies te rol oor Jan Maat. Daar het hulle tot buite in die straat gestaan om afbetaal te word. Die tou seelui het vorentoe gekruip asof die skipper daar binne hulle met 'n windas inkatrol. 'n Naam is geroep, 'n seemus is voor die seur op die tafel gesit, 'n bedrag is afgelees, muntstukke het op die mus geval, en dan het Jan Maat gebuk om sy teken op die papier te maak. Daarna het die skipper sy naam geteken, en jy was los. Soms het die skipper 'n gunsteling met die hand gegroet, soms is verwensings oor en weer geslinger oor boetes en onverwagte aftrekkings. Toe Hans Michiel se beurt kom, het die skipper 'n brief uit sy binnesak gehaal en dit bo-op die hopie koper en silwer in sy mus gesit.

"Neem dit boontoe, na meester Van Dam. Hy weet van jou. Voorspoed, jonge."

Hans het sy goed boontoe gedra. Hy moes lank in 'n koue gang wag voor 'n toe deur met 'n nommer vier op, met sy kis aan sy voete. Deur die venster kon hy sien hoe die kêrels buite in die straat groepies vorm, bespreek waar hulle gaan drink, adresse uitruil. Een of twee het al 'n vrou aan die arm gehad. Daar het aan die oorkant ook families gestaan wat op nuus wag, maar nie nader wou gaan nie. 'n Rytuig met ses of sewe lawaaiende matrose bo-op hulle bagasie het verbygekletter, weg van die see af. Een het 'n lang verkyker voor die oog gehad, een het die sweep geswaai, 'n ander het met die koetsier gestoei om leisels te hou.

'n Bode het na Hans Michiel Callenbach geroep, en hom na meester Van Dam geneem. Die heer se kantoor was so eenvoudig as dié van die sekretaris in die Kaap. So was sy kleding: eenvoudige swart sonder die kant om polse en kraag wat Hans Michiel in die straat sien dra het. Dit was die agbare Kompanjie se advokaat. Hy het Hans gevra om te sit.

"Die deportasie wat goewerneur Goske teen jou uitgereik het, is onwettig. Die Kompanjie gebruik Maetsuyker se *Nieuwe Indische Statuten* in sy oorsese gebiede, en die goewerneur het nie daarvolgens gehandel nie. Enigeen is op 'n verhoor geregtig, al is hy 'n moordenaar. Ek het jou diensrekord opgeskeur en 'n nuwe laat uitskryf sonder Goske se opmerkings. Dit is 'n goeie rekord. As jy weer met jou vorige rang en soldy in die Kompanjie se diens wil tree, is jy welkom. Moet net nie Kaap toe gaan solank as hy daar is nie, dit is moeilikheid soek. Wil jy Ooste toe?"

"Ja, edel heer."

"Net, meester."

"Ek wil eers huis toe gaan, Duitsland toe."

"Goed." Toe haal Van Dam sy beurs van sy gordel af, en tel tien silwer munte uit. "Vat koers, Hans. Ry waar jy nie kan loop nie, maar moenie lank in Amsterdam bly nie. Die plek het 'n bekoring; hy laat jou so tuis voel dat jy nie wil weg nie."

"Dankie, meester. Die geld?"

"Dit trek ek van goewerneur Goske se voordele af. Ek skryf aan hom oor jou geval." Van Dam het hom aan die arm deur toe gelei. "Maak seil, en kry koers. Jy hoef nie haastig terug te kom nie. Die Kompanjie is oor honderd jaar nog hier." Hulle het saam gelag, want albei het goed geweet hoe gou alles omkeer: hoe helde sterf, hoe goewerneurs kom en gaan, hoe maatskappye hulle skielik laat bankrot verklaar wanneer winste laer neig. Maar hierdie Kompanjie? Nooit.

Agter die deur het iemand aan Van Dam gevra wat die matroos wou hê. "Wat wil ons almal hê?" het hy geantwoord: "Hy wil Ooste toe."

Hy wou gaan kyk of sy stiefma nog lewe. Dan wou hy leër toe. Enige prins kon hom kry. Die pad oos na die Duitse grens was een lang modderplas, maar daar was ook geleenthede teen 'n paar gulde op 'n wa en 'n trekskuit, en eenmaal het hy 'n dag lank met twee boeredogters agter 'n troppie melkbeeste geloop. Hy het saam met hulle brood en kaas geëet, en hy kon sien dat hulle spyt was toe sy pad noord uitdraai. Later was hy ook spyt; hy kon saam na hulle winterplaas geloop het en gehelp het om hulle daar in te rig. Maar dit sou om hulle geselskap wees, want hy was nie 'n boer nie. Boere sukkel hulle winters om.

Hans Michiel het ryk gevoel. Die beurs om sy middel was nog vol. Toe hy in die streek kom waar mense Duits met mekaar praat, het hy vanself begin glimlag. Dit was tog sy geboorteland. Van Papenburg af het sy geld donker brood, sterk bier en bokwors gekoop. Op hierdie reis kon hy 'n kooi in 'n herberg bekostig en 'n warm maaltyd eet van suurkool en varkvleis by die skaftafel voor die herdvuur. Maar die reisigers binne was stil, asof onheil met hom binnegekom het.

Hy het eerlik met homself geredeneer. Nee, die rede waarom hy op hierdie pad was, was om uit te vind wat hy verkeerd gedoen het. Hy wou gaan soek waar dit begin het, die pad loop wat hy geloop het, en dan terugkyk met sy ondervinding en vir daardie bloedjong korporaaltjie met die rooi kokarde en die rottang sê: Hier was jy te haastig, of te voorbarig, of te nalatig, of te onkun-

352

dig, of te vol selfvertroue. Dit is wat met jou verkeerd geloop het. Dit is waarom jy teenspoed kry met jou owerhede, steeds sonder rang is, waarom jy jare op 'n eiland moes sit.

Soos agt jaar tevore was die Lüneberg se heide onder sneeu toe hy alleen op die swart waspoor daaroor trek. Op pad was kerke, kerkies, en kapelle by brûe, maar Hans het verbygegaan en gebid terwyl hy loop. In die buurt van Kuhnecke het hy die tongval van sy tuiste gehoor. Toe het hy begin uitvra na die ou heer van kasteel Lüneburg en na die weduwee van 'n stalkneg. Agt jaar gelede was dit, het hy gesê, maar niemand het van haar geweet nie. Tekens van die lang oorlog was nog te sien. Langs die pad was verkoolde bome, 'n galg skeefgeval in die vervloekte en gesoute erfie daaronder, 'n breë streep donkergroen gras op 'n hoogte waar 'n leërkamp se perdelyne was. Maar die winter was koud, die lug grys, en die grond meesal onder sneeu.

Lüneburg se kasteel het wit riwwe sneeu op die kantele en die smal vensterbanke gehad. 'n Korporaal en twee jong soldaatjies het op 'n buitewag gesit, onder 'n afdak langs die poort. Hans het gaan groet. Hulle het hom van onder dik musse beskou, hulle hande dieper in die jassakke gedruk en hulle voete na die vuur uitgestoot. Daar was 'n geurige kluitjiesop met 'n paar varkskenkels in hulle pot.

Die prins, het hulle hom vertel, was al 'n paar jaar dood. Die kasteel het oorgegaan op 'n neef, die seun van sy pa se jongste broer. Dié het toe daar gewoon. Lief vir jag en perde. Dit bewys sy bloed is eg. Hans het na sy stiefma uitgevra. Nee, hier werk nie meer ou vrouens in die kasteel nie. Jong goed meesal, speel graag in die gange met die lyfwag. Maar nie ou vrouens nie. Die dorpspastor? Ja, daar staan sy huis, maar hy is nou 'n Katoliek. Die nuwe heer het dit veroorsaak.

Hans het by die huisie aangeklop. Hy was verbaas hoe laag die dak was, hoe laag die deur, hoe klein die vensters, hoe leeg die kruietuin. Hy kon met gemak sy hand bo-op die oorhangende sooiedak sit.

"Goeiedag, heer priester," het Hans Michiel die swartgeklede man gegroet. "Ek is Hans Michiel Callenbach. Ek het jare gelede hier gewoon. Nou soek ek of hier nog van my familie in die gemeente is."

"Welkom, pelgrim." Die priester het die deur oopgemaak om hom binne te laat, en vir Hans Michiel na die kamer gelei waarin hy skoolgegaan het. Die huis was donker, sonder versiering, karig. Dit was duidelik dat die priester arm leef, maar omdat eenvoud 'n deug is, doen hy dit met graagte. Sy gemeente is klein, het hy gesê; oues sterf af, die jonges trek stede toe. As Hans wou, kon hy daar oornag. Daar was genoeg slaapplek vir 'n reisiger. En waar kom die broeder vandaan?

Hulle het geëet voor die turfvuur wat met 'n lae blou vlam brand. Daar was swart brood, liggeel wyn, wit kaas. Hoe het die gemeente so verander? het Hans gevra. Hy het onthou dat daar net na die oorlog 'n groot afkeer van die Katolieke kerk was, oor die kerk se rol in daardie verskriklike stryd. Kyk nou, skaars agt jaar later? Hy sou graag hoor hoe die heer priester die verandering ervaar het. Wil die eerwaarde heer rook?

Wel, dit is nie so lank gelede nie, het die priester vertel. Sy geheue is nog goed, en waar die geheue faal, is daar, dank die vader, boeke waarin die dinge neergeskryf is. Hy is geen geleerde nie en wil net die Here se wil doen en sy naam verheerlik, niks anders nie. Toe die dorpspastor dood is, het die prins die geleentheid gebruik om na die ware kerk terug te keer. "Ek is hierheen gestuur en het gedoen wat ek kon om die evangelie onder hierdie verarmde gemeente te verkondig. Ek kon die heilige sakramente aan hulle bedien, en die troos van belydenis gee. Ons almal, selfs ons regeerders, beleef daardie groot oorgangstye. Ons is mense, of jy Katoliek of Hervormd is, en landspolitiek laat vandag 'n eenvoudige skaars ruimte vir asemhaal. Ek het dit met eerbied gedoen."

Hans Michiel het oor die nuwe heer uitgevra, oor die sterkte van die garnisoen, die sukses van landbou, en oor die paar dorpsmense wat hy kon onthou. Môreoggend, so lank lewe, kan ons na die kerk toe stap, het die priester gesê. Die eerste mis is om sesuur. Daar sal 'n paar mense wees, want dit is nog in die twaalf dae van die Kersefees. Ons kan in die parogie se boeke kyk of daar antwoorde vir jou is, en dan sekerlik die begraafplaas, die enigste plek wat die hele antwoord het. Die oudste grafte is in die kerkhof van die gewese nonnehuis. Dit is die oudste, maar in die oorlogstyd is tientalle hier begraaf sonder steen of gebed.

Toe hulle die oggend die huis verlaat, het die priester 'n psalmboekie vir Hans gebring. Onder fyn silwer blaarpatrone was die omslag liggroen geskimmel.

"Hierdie psalmboek het julle dorpspastor hier gelaat. 'n Geskenk van sy vader, soos jy voorin geskryf sien. In die Duitse skrif, nie waar nie. En al die musieknote. Ek kry dit in die preekstoel. Miskien wou hy hê dat ek dit aan iemand skenk. Miskien het hy dit maar na sy laaste preek vergeet. Maar die prins het die nuwe beleid neergelê. Neem dit, Hans Michiel. Jy weet ons kerk gebruik Latyn."

"Dankie, heer priester. Ek het so iets nodig."

Die kerkie was dié van sy jeug: koud, klein, met enkele tekens van die nuwe heer se religie. Daar was 'n altaartafel, 'n swaar, donker kruis met 'n gemartelde Christus aan, en 'n blou en wit moeder en kind hoog teen die muur. Origens het min verander. In die kaal, klam kamertjie agter die altaar was 'n skimmelswart kis met boeke. Daarvan het die priester drie uitgehaal, en na die tafel onder die venster gebring.

"Hierdie is in die kasteel bewaar, in die oorlogtyd. Kyk na hartelus, Hans Michiel, terwyl ek kerse aansteek en gereed maak vir die mis."

Daar was 'n boek van dopelinge, 'n boek van huwelike en 'n boek van gestorwenes. Al drie begin omtrent tien jaar voor sy geboorte in die tyd van sy ou leermeester. Die Gotiese skrif wat hy op skool geleer het, was verdof maar nog leesbaar in die boeke. Uit die kerkie langsaan kom die geluide van aanbidding. Daar word gesing deur twee of drie mense, en dan die priester se voorlesing, wat van tyd tot tyd stil word wanneer hy op response wag. Hy trek sy vinger ondertoe in die kolom vir datums en soek sy ouers se name. Die inskrywings begin te laat om hulle doop of huwelik te wys, en hy weet reeds dat albei buite hierdie gemeente oorlede is. Sy eie naam is nie in die doopboek nie. Hy gaan die lys van seuns

355

van sy leeftyd na. Hy herken name van gewese speelmaats, maar sy eie is nie daaronder nie. Dit beteken dat hy nie in die gemeente gedoop is nie. Miskien is hy nie gedoop nie. In die boek van sterfgevalle kom hy op dié af van die ou pastor, en omtrent 'n jaar ná sy eie vertrek uit hierdie gemeente dié van sy stiefma. Dan kom die tyd van die Swart Pes. Dit duur omtrent vyf maande, en elke dag word drie, vier, vyf begrawe, voor die pes uit die dorp trek. Drie jaar later verander die taal van Duits na Latyn. Dit is vreemd hoeveel mense nou nog in die vredestyd sterf; meesal bejaardes, maar ook jong mense onder wie bekendes, tot twee en drie in een maand.

Niks. Hy is alleen.

Ná die mis kom die priester binne, pak sy brood en wyn weg, blaas kerse dood.

"Het jy gevind, Hans Michiel?"

"Ek weet dat ek nêrens huis het nie. Waarom sterf soveel nou hier, heer priester?"

"Dit is van die koue oor hierdie wêreld gekom het. Die mense kry koud, en hout is omtrent nie te kry nie. Almal hoes. Meeste sterf aan longkwaal. Maar jy het gesien, Hans Michiel, dat kinders wat hier gebore word, nie later hier trou nie. Die jonges gee pad; die see roep hulle, en hulle trek wes om daar te kom."

"Soos die swaels, oor die koue."

"Ja, ook oor ander redes. Profesieë word vervul op verskeie maniere."

Die nonneklooster se mure het grootliks ingestort, en gras en jong bome groei tussen die puin. Die kapel staan nog, en word in stand gehou deur 'n tuinier of opsigter, geklee in die prins se livrei, wat 'n hek in die poort vir hulle oopstoot. Tussen die gras wys die priester na een of twee stene van persone wat in die dorpie belangrik was. Daar is geen ander nie. Hier êrens het 'n ver stiefbroertjie gelê.

"Wat het destyds geword van ons nonne, Hans Michiel?"

"Gevlug, dié wat kon."

Agter die altaar in die nonnekapel was 'n grys serk van rou gedresseerde klip, amper totaal bedek deur 'n outydse langwerpige skild, met 'n lans en swaard daaronder gekruis, alles uit een rots gesny. 'n Latynse epitaaf was met lood oor die bokant ingelê, maar die letters was meesal uitgegraaf om koeëls te word. Die lig op die vloer was blou, groen en geel. In die vensters bo was nog die gekleurde beelde van engele.

"Is dit die ou prins, hier?"

"Ja."

"Dit is hy wat my see toe gestuur het."

"Mense onthou hom as een wat honderde hier ter dood veroordeel het."

"En nie as Katoliek met absolusie gesterf het nie."

"Juis."

"Heer priester, ek moet hiervandaan weer see toe. Dankie vir u gasvryheid en hulp. Neem asseblief so, vir die armes."

Die priester het hom bedank en gegroet, en toe Hans deur die kloosterpoort gaan, hees geroep: "Bid vir my, pelgrim."

Hy het weer die sneeubedekte pad Nederland toe ingeslaan. Hy het ingedagte geloop, soms 'n psalm gesing uit die boek wat hy gekry het, soms die mooi silwerwerk op die omslag ondersoek. Die omslag sou hy skoonmaak, die leer olie. Dit was 'n spoggerige boekie gewees; al word hy eendag arm, sal hy nie die silwerwerk verkoop nie. Enkele gedagtes oor die toekoms het by hom opgekom, vaag. Niks is seker nie, behalwe dat hy alleen in die wêreld is. En dat hy weer misluk het. Hy het gekom om die gesig van die noodlot te sien wat hom see toe gestuur het, en daar was niks. Nou moes hy werk kry vir die winter.

Dit het daardie winter goed met hom gegaan. Hy het nie by Nederland uitgekom nie. Hy het die afdraaipad gekry waar die twee boeredogters met hulle beeste na hulle winterweiding toe gegaan het. Daar was 'n ou, swart, blaarlose populierlaan van 'n halwe myl of meer in lengte, en aan die einde was 'n boerderytjie, skaars meer as 'n sooihut, onder 'n hoogte. Dit was maar 'n lae opstal met 'n stomende turfdak, en 'n stal vir twintig koeie agter aangelas. Dit was laatmiddag toe hy daar aankom. Omdat niemand tuis was nie, het hy eers 'n halfuur ver na die dennebos toe geloop en 'n bondel hout bymekaargemaak, en dit huis toe gedra, met een oog oor sy skouer vir die landsheer se balju.

Hulle wange het nog dieselfde gloed gehad, en aan hulle groet het hy geweet dat hy welkom was. Hulle het hom ingenooi na die hitte onderdak, en gewys waar hy sy bondel en slaapgoed kan sit. Die soldering was ruim, met strooi op hout. Daar het hy sy pak neergelê. In die groot kamer onder was 'n ry planke opgestel, waar skottels die druppels gevang het onder jong wit kase, in nette onder die lae balke. Hulle het hom vertel dat hulle vir die ergste van die winter die vyftien koeie na die stukkie gehuurde weide bring; dat die beeste meesal binne bly. Hulle maai groenvoer waar dit staan, melk twee keer 'n dag, maak botter van die room en kaas van die dikmelk. Na drie maande kom haal hulle ma die kaas en botter met 'n oskar, mark toe. As daar in die lente weer weiding is, neem hulle die beeste terug dorp toe.

Hans Michiel het bedags met 'n sekel teen die bult op geloop na groen kolle tussen die sneeu om gras te sny. Hy het brandhout gekap en die kis voor die herd vol gehou, en wanneer dit nie reën nie, het hy klipmure gepak, krippe getimmer en stal skoongemaak.

Hy het die boerinnetjies se geselskap geniet. Hulle moes dadelik spaarsaam werk met die kos om twee se voorraad tussen drie te deel, maar toe die weer dit toelaat, het Hans dorp toe geloop om proviand en 'n paar lekkernye te koop. En hy het hulle vertel van die Kaap en die boerderye langs die Liesbeeck (alles vry grond, soveel as jy kan behartig) onder jaar lange sonskyn, waar die koeie in die gousblom wei en die melk na heuning smaak. En hy het hulle vertel, terwyl die winter hulle van die buitewêreld afsny, van seekoeie in die Bergrivier en leeus en renosters agter die Tygerberg.

Saans voor die vuur was die lekkerste. Hulle het 'n grap gemaak daarvan om te vra: "Waar het jy so bruin geword?" Dan wou hulle hoor van die plekke waar die see hom heen geneem het. Hy het van skeepsmaats vertel; hoe hulle genoem word "here van veertien dae", omdat hulle binne twee weke uitdrink en andersins uitmors wat 'n seeman oor maande op die swaarste en gevaarlikste wyse verdien het. In die diepte van die winter, toe daar bedags skaars vier ure lig was, het hulle al drie snags in die diep rogstrooi voor die gloeiende turfvuur gelê. Dan het hulle vir hom nuwe stories vertel, van brawe prinse en mooi prinsesse, betowerde kastele, dwerge en hekse. "Waar kom julle hieraan?" het hy ernstig gevra, en gedink aan prinse en kastele wat hy in sy lewe geken het, en aan ou verhale wat hy aan kinders probeer vertel het. Is dit dieselfde stories, net weer oor? Dikwels het hy in die môre met een van die twee in sy arm wakker geword.

Toe die weer beter word, het hulle die koeie soms buitetoe geneem, en Hans is dorp toe vir proviand, terwyl die twee dogters met goudblink vlegsels om die kop gedraai, hulle kase soos babas in wit doeke vou. Die Nederlandse leër, hoor hy in die dorp, veg nou aan alle kante. Die Engelsman, die Fransman, die Duitse biskoppe uit hierdie wyk het Nederland binnegeval toe die eerste ys smelt. Sy grootste stede is klaar ingeneem; in Utrecht se domkerk is al Katolieke mis gehou. Die Hollander staan met sy rug teen die muur. Hy het sy dyke oopgekap en sy land onder seewater gesit, en sy prins staan met sy leërkamp op die droogtetjie tussen Bodegraaf en Zwammerdam.

Waarom die onverwagse inval? vra Hans in sy vaderland. Nee, oor sy land; die Hollander is mos skatryk. En oor die herstel van die ware Christelike kerk. Dit is wat ek dan sal doen, het Hans besluit: soldaat in die Nederlandse leër, tot Goske die Kaap verlaat.

Toe die sneeu smelt, het hy saam met die twee Duitse dogters tussen jong groen gras en wye poele sneeuwater agter die beeste geloop, van die plaas af na hulle dorp toe. Dit was 'n groot plesier, het hy gesê toe hy hulle groet, en op weg daaraan gedink hoe die medisyne van die hede die verlede se wonde salf. Gelukkig onthou jy die goeie langer. Hans Michiel het die pad Bodegraaf toe gevra, waar die Prins van Oranje gelaer was. Dit was halfpad tussen Utrecht en Leiden, maar hy kon nie reguit soontoe nie. Die pad Utrecht toe loop oor besette gebied, en sonder 'n pas sal niemand tussen die Franse wagposte deurgaan nie.

Hy het agter die grens op Duitse gebied suid getrek, deur Bentheim, Münster en Kleef, tot hy verby die Franse linies was en agter hulle rug om die oorstroomde gebied kon bereik. Dit was 'n lang ompad, meer as 'n week se trek langs voetpaaie om mense en veral die trekkende regimente te vermy. Die plaashuise was klaar geplunder, diere weggevoer, maar hy was uitgerus ná sy winter en het klaargekom met die swart Duitse rogbrood en rookwors in sy ransel. Iets te drinke was moeiliker te kry. Die riviere het sterk gevloei van smeltende sneeu en winterreën, maar in die lae lande waar leermagte gekampeer en gemarsjeer het, kon jy nie jou mond aan rivierwater sit nie. Hy het haastig geloop, en nie voor heel laatmiddag skuilplek teen die nag begin soek nie. Gewoonlik was dit in 'n verlate plaashuis waaruit die boer en sy familie voor die troepe gevlug het. Land van Altena, Alblasserwaard en Land van Maas en Waal was kniediep onder seewater; al die verkeer moes bo-op die dyk langs. Daar was geen perde of voertuie te sien nie; die diere was waarskynlik gekommandeer, en sonder 'n pas van die owerheid was reis 'n waagstuk. Wanneer hy wel iemand teengekom het, kreupeles of ander wat vir krygsdiens ongeskik is, wou hy uitvra oor die stand van die stryd, watter plekke beset was, hoe die weg Bodegraaf toe loop, maar mense was oral te bang om te praat oor die oorlog. Die krygswet van die Franse invaller én Oranje se krygswet het al twee hier gegeld, hier en oor hierdie mense.

Hans het die Prins in Zwammerdam ingehaal. Hy het die tent met oranje wimpels in die middel van die kamp sien staan. Dit was die Kat, waar die owerste woon. Hy het dadelik tuis gevoel, soos 'n seun wat ontspan in die sorg van 'n groot en ryk vader en die geselskap van twintigduisend broers. "Ek wil inlyf," het hy aan 'n wag gesê. "Neem julle nog rekrute?"

Die wag het hom sydelings aangekyk, asof hy self vooraf keuring doen. "Die tamboer slaan om tienuur."

Terwyl hy wag, het hy die kamp bekyk. Die horde was op 'n afstand met veldoefeninge besig. Hy het dopgehou hoe hulle beweeg en besluit hier is nie meer as twaalfduisend man nie. Rondom die Kat was tien klein tente vir die leërhoofde, niks meer nie. In die artilleriepark was sestig kanonne, groot en klein, elkeen met sy tromp afgedruk teen reën, soos renosters skuil onder 'n lae boom, niks meer nie. Dan was daar tweehonderd waens en karre, 'n kamp met 'n honderd trekosse,'n kampie met slagvee, en by die perdelinie het omtrent tweeduisend perde uit seilkrippe gevreet, niks meer nie. Hulle kondisie was redelik goed, en Hans Michiel het gewonder wie hier perdemeester was, wat nie sy diere se bekke aan die grond van 'n leërkamp laat raak nie. Agter die perdelinie was die gewone dorpie van tente vir die kok, die wamaker, die hoefsmid, die sjirurgyne, saalmakers en ander ambagslui. Anderkant die tente, windaf in 'n laagte, was die morskuil en opelyfslote.

Om tienuur was daar 'n samedromming van tien of vyftien rekrute by die vlag. 'n Paar blas kêrels, Franse of Spanjaarde, was tussenin, maar hulle is luidrugtig gewaarsku: "Geen Katolieke hier nie. Hier donder ons Katolieke. " Toe die tamboer begin slaan, is die adjudant se tentflap oopgegooi. Hulle is in een bondel binnetoe gestoot. 'n Korporaal en 'n sersant was agter die tafel. Daar was eerste keuring. Die verdagte donker manne uit die suide is weggelei, waarskynlik om ondervra te word. Die tweede sifting was by die adjudant se tafel. Almal wat voorheen soldaat was, moes regs aantree; die ander is weggelei. Hans Michiel het gesê dat hy van sy kinderdae met perde werk, en is ingesweer as voetsoldaat in die leër van sy Hoogheid die Prins van Oranje. Hy is ingedeel by die perdelinie en toegerus met 'n nuwe musket met 'n ellange bajonet. Sy grondseil was nog taai van lynolie en groot genoeg om in begrawe te word. Hy was tevrede. Wat hom verheug het, was dat hy 'n nuwe volle uniform gekry het. In Jan Kompanjie se diens is uniforms nog nie gedra nie. Nou het hy weer soos 'n soldaat gelyk. Dit was beter hier.

Buite die tent het weer tamboere geslaan. Hans het met 'n glimlag van plesier geluister. Daar was agt snaartamboere, twee op elke hoek van 'n vierkant. Hy kon hulle nie sien nie, maar het geweet wat hulle doen, en het hom verlustig in die fris, ritmiese gekletter. Hulle het beurtslag en eggo's geoefen, eers kloksgewys om, dan oorhoeks, dan teen die klok om, altyd wonderlik op die oor. Hier was die tamboere, nou hard, dan sag, nou naby, dan ver; dáár was die perde, dáár was die kanonne. Hy was weer in 'n leërkamp, en hy was doodtevrede. Dit was nie 'n kasteel nie, en hierdie plein tussen die tente sou koud wees as paradegrond, want dit was oop, maar drilwerk het altyd beter op gruis as op steen geklink. Hans Michiel kon reeds die middagkos uit die kokstent ruik; dit sou seker 'n beker groentesop en 'n groot stuk brood wees.

Die Prins het op Saterdae sy leër geïnspekteer en dan met hulle gepraat. Van 'n perdewa se kis af, want hy was nie 'n besonder lang kêrel nie, en nog skaars twee en twintig jaar oud. Hulle moet moed hou, sê hy, en nie ongerus word nie. Hulle is hier op die hoë grond geleër omdat hy omtrent nêrens heen kan trek nie; nie hy of die vyand kan aanval deur die water nie. Hulle skuif die kamp tussen Zwammerdam en Bodegraaf om gereed en aan beweeg te bly, terwyl hulle wag op die uitslag van vredesonderhandelinge, want hy moet tot sy spyt sê 'n groot deel van die landsregering en van die algemene publiek is bereid om toegewings te maak aan die twee vyande, om meer verwoesting van die land te voorkom. Hulle wil selfs die oostelike provinsies en ander dele wat reeds beset is, afstaan vir vrede. Hoor so. Hy self sal nooit 'n duim van die vaderland afstaan nie, en sal veg tot Nederland vry is soos voor die inval. Hy en sy adviseurs glo die vaderlandse vloot kan die Engelsman op see verslaan, en dan gaan hy die verslane Engelsman nooi om saam met hom op te trek teen die Franse. Die landsvloot is nog voltallig, en De Ruyter is daar in beheer. Hy het dus goeie rede om hoog en droog tussen Bodegraaf en Zwammerdam te wag, en in dié tyd versamel hulle voorraad en laat oefen die troepe. Die weer word warmer, die grond droog uit, die vloot kan uitvaar. Hou nog uit, en hou gereed. In God se oog is 'n oormag niks.

Hans se werk met die perde het hom ver van offisiere gehou. Daar was dertig van hulle, onder die perdemeester. Hulle moes met waens uitry om die omgewing te deursoek en hooi en pitvoer met geweld of dreigemente van burgers te kommandeer. Saans voor sononder moes hulle komberse oorgooi, en soggens weer afhaal en uithang. Hulle moes die perde roskam, hoewe en bekke versorg, oefening en medisyne gee, saalsere en wonde genees, en wanneer daar getrek word, moes hulle inspan, waens en karre dryf, uitspan en harnas repareer en vetsmeer. Dit, benewens wag staan, parades, patrollies en veldoefeninge. En skiet wanneer die vyand hom vertoon.

'n Man het naby Bodegraaf na die kamp toe gekom om met die Prins te praat. In die uur ná die oggendparade is die publiek in die kamp toegelaat om versoekskrifte aan die Prins te gee. Die memorandiste is een-een by die blou en wit gestreepte tent toegelaat. Binne die flap was 'n tafel waar hulle verwag het om die Prins te vind, maar hulle moes tevrede wees met sy lakei. Dié het na papiertjies gekyk, name en adresse neergeskryf, en hulle aangestuur na 'n tweede tafel, waar drie here die briefies oopvou, lees, en die naam roep.

"Willem Willemsz."

"My heer."

"Die Prins sal jou versoek oorweeg. Kom môre weer." Daar was verskillende antwoorde, soos "goedgekeur," "afgekeur" of "dra later weer voor". Die soldate het gereken 'n prins behoort sy mense se sake aan te hoor, al is daar oorlog, sodat hy weet of sy mense regverdig behandel word. Dit het nie saak gemaak dat die Prins nie self die briefies sien nie, maar 'n paar van sy raadslede. Ten spyte van die algemene nood van die land en daarby die krygswet was daar soggens veronregte mense hoed in die hand voor die tent, met aanklagte teen ongenadige landshere, wrede offisiere, vals regters, onregverdige burgemeesters en skelm huurders. Maar dit was net vir een uur, dan is die tentflap laat sak en toegeryg, want hierdie memorieë was 'n verdomde siekte in die land, soos 'n swerm vlieë agterna waar hulle marsjeer. By elke kamp het die ordonnans saans 'n laaivol papiere verbrand, en die komfoor in die prinslike slaaptent is soggens aangesteek met die vorige dag se memorieë.

Toe kom die man tussen Bodegraaf en Zwammerdam weer met sy versoekskrif. Hy was nog bruin van die veld en het opvallend met opgerolde moue in die vroeë lenteson gestaan toe Hans Michiel met 'n graaf oor die skouer agter 'n miskar verbygaan. Die man het op hom geskreeu: "Poshouer!"

Die naam, die rang wat hy gehad het by Keert de Koe, Saldanhabaai en Robbeneiland, het Hans Michiel laat omkyk. Dit was Willem Willemsz, wat die Lierman genoem is. Hy was vryboer langs die Liesbeeck, een van dié wat meer agter die prooi was as agter die ploeg. Hy was versot op jag. Leeus, hy het graag leeus gejag. Sy beeste is opgepas deur 'n gehuurde inboorling.

"Kom hiernatoe!" het Willemsz geskreeu. Hy wou nie sy plek in die tou verloor nie. Hans het sy drywer beduie om voort te ry, en nader gedraf.

"Kom jy aansluit, Lierman? Kom jy help?"

"Ek kan nie vertoef nie. Die kneg dek my vrou."

"Nou wat maak jy hier?"

"Ek kom met ons Prins praat. Die Raad van Justisie het my verban. En jy?"

"Ek is in die leër. Waaroor is jy verban?"

"Weet jy nie?" Hy het nader geleun, gefluister: "Donderse Hottentot geskiet."

"Hei. Waarom?"

"Vuilgoed. Dit is die eerste keer dat 'n wit man nou oor daardie ding voorkom. Ons goewerment wil kruip voor die swartgoed, nou word ek onnodig hard gestraf. Maar die Prins het my pardon belowe."

"En jy wil terug?"

"Ek moet. Ek het jou gesê ek het probleme by die huis. En jy?"

"Ek wag dat Goske gaan." 'n Sersant het by sy miskar gestaan en met die drywer gepraat. Sersante skree graag 'n man se naam voor die hele kamp uit sodat die offisiere dit moet hoor. Hans Michiel wou vra of Goske nog regeer, wie nou poshouers was by Keert de Koe, Robbeneiland en Saldanhabaai, maar daar was nie tyd nie. Hy kon moeilikheid kry.

"Weet jy wat het geword van meester Pieter se kinders, en van Eva?"

"Ek hoor sy is met hulle onder die Hottentot in. Of sy is dood. Of sy het hulle weggesmyt. Sy het die hele dorp vol verkoop, wat ek laas gehoor het."

"Totsiens, Lierman. Ek moet gaan." Toe hardloop hy. En toe hy weer agter die miskar aan loop na die perdelyne toe, het

Willemsz se woorde by hom opgekom: *"Donderse Hottentot ge-skiet."* Wat het daar gebeur? Watter Koina, van watter kraal? As die Kaapse geregsbank Willemsz verban het, waarom wag hy hier voor die Prins se tent?

Toe die Prins berig kry van die seegeveg teenoor Kijkduin, waar De Ruyter se vloot die Engelsman vier dae aaneen gemoker het, het hy sy opmars begin. Ná die pad verken is, het hulle een maanlignag suidoos begin trek, in die rigting van Limburg en die Duitse grens. Aan die begin was daar oponthoude, gebreekte voertuie, klagtes deur offisiere oor die agtelosigheid van onder-offisiere, en swakhede van liggaam en gees onder die voetvolk. Die korporaals se rottang en die provoos se kats het gedokter waar dit kon, tot hulle in alles gang gekry het en mense, diere en gereedskap een liggaam geword het. Hans Michiel het gemaklik gemarsjeer. Soms het hy die Prins gesien, met 'n seil om sy skouers teen die reën langs sy drywer op 'n perdekar, maar altyd daar voor, agter die klein skerm van verkenners.

Die Fransman het amper dadelik geweet van hulle vertrek, en versterkings voor hulle uit gestuur om die garnisoene van dorpe op hulle pad te ondersteun. Die Prins het klein gevegte vermy. Jy gaan nie dokter toe met elke verkoue nie, het hy gesê. Hy wou hê dat die gewone landsvolk hierdie leër in beweging sien, dat hulle geloof kan kry. As hulle die oranje vaandel gewys word, sal hulle weer geloof kry. Hierdie streke was gewoond aan die Fransman en nie meer bang nie, maar al goed die duiwel in vir hom. Onder-weg het ook rekrute aangesluit, nie jong kêrels nie – hulle is reeds verlore met die inval – maar seuns en ou mans, ambagslui en boereknegte, dikwels op soek na 'n warm maaltyd, en soms met 'n eie perd en geweer. Toe het hulle die land van Nijmegen bin-negedring, en suid getrek deur warm heidevelde vol blomme, waar mense in vredestyd wondermooie dogters met donker oë in wingerde en landerye langs die pad sien werk het. So het die Prins hulle wysgemaak, en hulle het hom daarvoor toegejuig. En waar is hulle nou? Hulle sal weer verskyn wanneer die land be-vry is.

Diep in Limburg het die Prins laat kamp maak, met behoorlike skanswalle en buitewerke, en daar op 'n sonnige dag twee batterye van sy kanonne op 'n ry laat trek en 'n honderd skote op die Franse garnisoen afgebrand met 'n swaar stinkende bruin rookbank en 'n helse lawaai. Dit was om die Franse koning en die biskop van Münster te tart. Die geveg wat hy wou uitlok, het amper hulle almal se dood gekos. Die vyand het hulle totaal omsingel en die laer gebombardeer, maar die skutters van Oranje het hulle geantwoord en in die tussentyd is die kamp opgebreek en klaargemaak om aan te val. Toe die vyand met skemermiddag ophou skiet, het die leër met die Prins en die ruitery vooraan uitgebreek en al die gewig teen een sektor van die kring gegooi, en daar met sabel en piek 'n poort tussen die kanonne deurgebreek waardeur die voetvolk en bagasietrein vegtend gestroom het. Eenmaal deur het almal omgedraai en hand tot hand met bajonet en degen die Fransman uit sy stellings gejaag; daarna sy kamp en bagasietrein binnegevaar en 'n halfuur lank gebuit, brand gesteek, verwoes, en vyf van sy veldkanonne aangehaak en weggesleep. Eers ná sononder het hulle op hoë grond kamp opgeslaan, artillerie geplaas en die buitenste kring pikette halfpad teen die heuwel af opgestel.

Die volgende oggend het hulle wes begin trek in die rigting van die Franse grens. Hulle kon nou nie meer gevegte vermy nie. Maar dit was waarom hulle hierheen gekom het, om die vyand by sy huis te tart en te verslaan, sodat hy van sy troepe uit Nederland moet onttrek om sy tuisfront te versterk. Deur Leeuven en Waterloo was die Franse op hulle hakke met 'n groeiende mag, en by Seneffe op die Piètonrivier, drie dagreise oor die Franse grens, is hulle finaal gestuit. Hulle is vasgekeer, aangeval, en met groot verliese teruggedryf. Die Prins kon nog net met moeite hoë grond haal. Toe hulle nie meer kon uit nie, het hulle hulle voorberei op die dood en die Prins belowe hulle sal staan en veg.

Die hele dag van 11 Augustus het hulle met bajonet en degen die Fransman uit die kamp gehou, terwyl hy met sy versterkings die heuwel waarop hulle was, omsingel en aanval, maar sy kanonne moes die vyand daardie dag stil hou, dat hy nie op sy eie mense skiet nie. Die volgende oggend is sy voetvolk onttrek, maar sy kring kanonne het van vroeg af die bombardement begin. Die Prins het hulle laat grawe: elke man 'n gat vir homself om hom te red solank daardie bombardement aanhou. Nogtans het hulle verliese gehad, veral onder die diere en die bagasietrein, maar ook onder die troepe. Die bombardement het tot die middag aangehou en toe gestop. Hulle het toe 'n bajonetaanval verwag, maar die stilstand was net om die kanonne te laat afkoel, toe kom die koeëls en bomme weer, en hulle moes weer in die modderige gate duik. Hans Michiel het geleer om aan te hou lag en lawwe grappe maak, en het dié reaksie ook gewaardeer in sy maats. As jy dit nie doen nie, kry jy skade aan jouself. En ná hulle twaalf uur onder die bombardement was, tussen verskeurde lyke, dik besmeer van die vlieënde modder en perdemis sodat dit lyk of die vullis 'n deel van jou vel is, nat, koud en sonder kos, kyk hy na sy maats se gesigte en hy sien die ronding is daaruit; al die gesigte is hoekig, met ingesakte groot oë soos in ou skedels. Almal het ou mense geword, sonder gevoel, en hulle sou miskien lewenslank so bly. En hulle het gelag en nie veel omgegee nie.

Donkernag, toe sê die Prins aan die starende gesigte, daar is niks te eet nie en daar sal ook nie ontbyt wees nie. Môre vroeg kan hulle die bajonetaanval verwag. Hy is van plan om ná middernag hier uit te breek met alles wat hulle kan saamneem; hy kan nie sê wanneer hulle weer sal rus nie, maar as hulle verspreid raak, ontmoet hulle mekaar by Halle wes van Waterloo, een dagbreek hierna. Hier is hulle laaste kans. Hulle weet waar die kanonne en die vyand se tente staan. Tot hierdie uur het God hulle gebring. Wat nou moet gebeur, is in hulle eie hande. Veg in geloof.

Hulle het die kampvure gestook met wat hulle nie kon dra nie, en terwyl dit brand, aan die noordekant van die heuwel af getrek, oor die klippe en slote met die kanonne en die waens, en die perde, en 'n voorhoede en 'n agterhoede van infanterie met degen en piek gewapen, op die vyand se wagvure af. Alles met spoed in een groot stormloop. *Daar en deur*, het die prins gesê. Onthou: *daar en deur*. Bou momentum op tot ons daar is en hou dit vol tot anderkant uit. Oor daardie nagmars het hulle tot hulle oudag gewonder. Hoe het hulle dit reggekry om met 'n bietjie bagasie en baie gewondes deur die vyand te breek? Dit was hulle spoed, hulle gewig, hulle volgehoue momentum, het hulle gedink. *Daar en deur.* In die Fransman is daar 'n swakheid, het die Prins vir hulle gesê. Hy kan aanval, maar hy verdedig nie graag nie. Onthou dit, draai hom om en dryf hom voor jou uit. Hou aan hardloop met hom.

Daarna het hulle huis toe getrek. Die Fransman se agtervolging was halfhartig, duidelik planloos asof iets in die leiding skort. Sou hulle al soveel offisiere verloor het? Terug agter die vaandel aan, agter die tromme aan, agter die klein skerm van verkenners, agter die Prins, agter die kavallerie, agter die artillerie, agter die proviandwaens, deur Brussel, Mechelen en Antwerpen, van dorp tot dorp om perde en vervoer te buit en te kommandeer so ver hulle gaan, tot hulle weer tuis was in die vaderland. Daarna was daar toejuiging langs die pad, nuwe rekrute, 'n skoolmeester met oopmond kinders wat 'n voordrag of 'n geskrewe adres aanbied, of 'n beurs met 'n paar silwermunte van die Prins vir 'n weeshuis ontvang, nog veronregtes met petisies, en die laaie met memorieë wat na sononder oor 'n vuur leeggemaak word. Toe Kuilenburg, toe Gouda, toe Delft. Daar het die Prins kerk toe gegaan, om die vader van die vaderland, sy voorvader wat daar in die kelder lê, te eer. Om sy siel te bleik, om te bid dat sy owerspel vergewe word, het sy troepe gesê. Wat? het Hans Michiel gewonder. Dié seun?

Hulle was aangetree op die markplein, tussen die outydse kerk met sy oop toring waarin agt en twintig klokke musiek slaan en die nog ouer stadhuis, buite en binne geheel van donker hout gebou. Hans Michiel was voor regs in sy troep, en hy het oor die stad uitgekyk. 'n Pragtige stad was Delft, selfs nou in oorlogstyd. Agter die bome was hulle tente in rye en blokke. In die middel van hulle tentedorp was die Kat, die prins se bont tent met sy blou wimpels en oranje vlae. Maste en seile van kanaalbote het agter die tente, agter die huise verbygeskuif. Hy kon Jan Kompanjie se groot pakhuis langs die grag uitken aan die skip op die dak in plaas van 'n weerhaan. 'n Paar kêrels sou miskien hier dros om daar te gaan werk soek; die korporaals is gesê om daarvoor op te let. Sou Jan

Kompanjie nog die plan met die snaphaan op die vloer gebruik om hulle soldate mee te vang? Hulle kon ewe maklik vra: "Meneer Callenbach, het u enige vorige militêre ondervinding?" Maar nee, waarskynlik was sulke openlikheid benede hulle.

Die here van die VOC se kamer Delft is met die burgemeester in hulle pels en fluweel voor in die optog agter die Prins by die kerk in. Om vir die handel te bid? Hy het later gehoor die Kompanjie het daardie dag aan die Prins tweemiljoen gulde voorgeskiet. Hans Michiel het heeltemal ontspanne op parade gestaan. Twee Duitse boeredogters met goue vlegsels was glimlaggend, tevrede, rustig in sy gewete. Niks het hom gehinder nie. Hy kon vir altyd soldaat bly. As hy bevorder word, is dit goed. Of hy kon Ooste toe gaan, of hy kon na die melkplaas toe teruggaan. Daar was hy welkom.

Hy was vier maande lank met die Prins op mars, gedurig op die hoë grond tussen dorpe en stede. Die Prins het klaar die beste gevegsterrein beset en het daar die voordeel gehad, en die Fransman het hom nie kom wys nie. In die stede het mense langs die strate kom staan om hulle te sien. Kinders het langs die optog gedraf. Onder in Breda het iemand 'n klip na die Prins se kar gegooi. Die lyfwag het 'n vrou gevang, en die Prins het haar aan die burgemeester gegee om gestraf te word.

"Of sal ek jou aan die lyfwag gee?"

"Aan die lyfwag," het sy gesê.

"Wat, jy is seker die burgemeester se vrou," het die Prins gespot, en beveel dat sy in die blokke sit tot sononder.

Die Prins was tevrede toe sy leër na die kampanje van vier maande in Den Haag terugkom, om vir die komende winter gereed te maak. Hulle het die doel bereik waarvoor hulle uitgetrek het, het hy by die laaste parade aan sy horde gesê. Hy verwag nou, het die Prins gesê, dat die Engelsman vrede sal vra en daarna met Nederland 'n verbond teen die Fransman aangaan. Die vrees was grootliks uit die Nederlandse volk weg, en hulle het weer kans gesien vir 'n uitgerekte stryd. Die Prins self was nou meer as 'n held; hy was hulle baken van hoop vir die toekoms.

Hans Michiel het weer met waens uit Den Haag uitgery om

hooi op te gaar vir die winter. Die garnisoen se slagter is saam, om varke of skape by boerderye te koop, te slag en te kuip. Daar is hout gekap, takke gesaag en duisende stompies gekloof, aangery kamp toe, en gepak om uit te droog. Hy en ander soldate was elke dag uit op togte met perdewaens om proviand te vind. Toe hulle kaptein by die perdelinie kom vrywilligers vra om kledingstof in Delft te gaan haal, het hy na Hans Michiel gedraai.

"Wil jy gaan, Callenbach?"

Hans was dadelik bereid. Hy het gedink dit is duidelik dat die kaptein weet hoe om sy mense te kies, en ook presies hoe om nuwe onderoffisiere uit die troep te sif. Jy vra vrywilligers, en gee iemand 'n kans om homself aan te beveel. Dit was welkom; hy kon nou verwag om korporaal te word.

Nie Delft nie, maar Leiden was die stad vir weefstof. Jy kan sê Delft was Leiden se hawe. As Leiden sy eie hawe gehad het, sou Leiden en nie Delft nie die Kompanjie se sesde kamer wees, maar die natuur wou dit anders hê. Daar was nie nog so 'n plek vir weefstof soos Leiden nie; hulle wewersgilde was net so sterk soos die stadsraad. Al die lakense goed is van Leiden af met die Vliet langs gebring tot in Delft, en daar moes Hans Michiel weefstof vir nuwe uniforms gaan laai, want die Prins het geadverteer vir tweehonderd rekrute.

Daar was swaar reën oor Delft, en die Kompanjie se pakhuis-meester wou nie die gebaalde tekstiel laai nie. "Die gilde verbied dit totaal. Die weer trek in die laken. En daar gaan Leiden se re-putasie." Hy het sy vingers geklap. "Net so." Hans en sy maats moes onder seile op die wa wag tot die lug ooptrek. Agter die pakhuismure kon hy kruiwaens oor die pakhuis se houtvloere hoor dreun, maar hulle moes wag.

Hy het in fyn misreën op die steier gaan loop. Daar onder in die grag het melkskuite verbygevaar, en stomende turfskepe, middestad toe. Die Kompanjie se bote teen die steier was kenbaar aan sy letters op die vlag. Daar was twee bote, ewe groot. Die een het die oggend uit Leiden aangekom, die ander het Leidse goed gelaai om op die Vliet af see toe te neem. Kiste is van 'n perdekar gedra deur twee matrose wat kaalvoet op die loopplank gebalanseer het. Laaste in die ry langs die steier was die kaag wat die oggend uit Delft opgekom het.

'n Student, geoordeel aan sy swart kleed met die kap wat tussen sy blaaie hang, het sy kop by die luikhoof uitgesteek en toe hy sien dat die reën ophou, uitgeklim op dek. Die kêrel was seker agtien of twintig, 'n dun vent met speekbene in donkerblou kouse, 'n dik bril waarop reëndruppels sit, en 'n neus soos 'n arend. Hy het by Hans Michiel teen die leertjie uitgeklim en voor hom by die pakhuis se deur ingeloop en met sy plat hand op die toonbank geslaan. Daar was swart inkvlekke diep in die vel tussen sy vingers.

"Diens."

Die pakhuisklerk het voor hom kom staan en hom reguit in die oë gekyk, en oor sy skouer met Hans Michiel gepraat.

"Die prins se bestelling eers."

"Waarom ignoreer jy my, meneer?" het die student gevra.

"Omdat jou land deur 'n vyand beset word en jy is nie in uniform nie. Omdat julle graag soos monnike aantrek, en dit herinner my aan tagtig jaar van oorlog teen die Katoliek en alles waarvoor hulle staan. En julle studente is nie veel anders nie. En as jy nie daarvan hou nie, gaan doen wat julle studente gewoonlik doen as niemand kyk nie."

"Dit is baie onvriendelik gesê, meneer," het Hans geprotesteer. "Jy beledig die student oor die klere wat hy aanhet. Hy is nie 'n lakei nie. Laat hy dra wat hy wil."

"Dit raak jou nie, soldaat."

"As ek hier uitloop, sal my kaptein kom vra waarom ek nie bedien is nie. Kom, heer student, sê aan die man wat jy moet hê."

"Ek kom die pakkies haal vir die universiteit."

"Wie het jou gestuur?"

"Professor Van Rooij. Hier is sy brief."

Die pakhuisklerk het uit die kamer gegaan.

"Die Kompanjie se personeel word wêreldwyd vermetel," het Hans aan die student gesê. "Ek ken hulle. Oorsee leer hulle verwaandheid aan, en dan wil hulle dit hier kom uithaal."

Later is 'n plat kruiwa met vate en 'n kis ingestoot.

"Daar is die universiteit se goed, daar is jou vragbrief. Merk af

371

en teken. Moet dit nie neem en later kom kla nie," sê die klerk. Toe draai hy na Hans toe. "En nou die prins se bestelling."

Terwyl hy wag dat die materiaal gebring word, het Hans na die kratte op die kruiwa gaan kyk. Daar was vier balies met lewende plante in. Die student het deur sy dik bril getuur, toe na die plante, daarna na die lys in sy hand.

"Almal Kaapse riete, heer student. Dekriet, sonquasriet, besemriet, olifantsriet," het Hans Michiel aangebied.

"Watter is die olifantsriet?"

"Die dik een met die bruin klos, soos 'n olifant se stert."

"Ek sien." Maar die manier waarop hy met sy oë op skrefies tuur, het Hans laat twyfel. "U kan die kissie oopmaak, as u wil," het hy aangebied.

"Ja, ons moet liewer. Eenkeer het 'n kis hier gekom met sand in. Ons plante was gesteel."

In die kissie was droë gras, en daartussen papierkardoese, styf teen mekaar gepak. In elkeen was 'n paar gedroogde blomme en 'n paar bolle, en op elke kardoes was 'n naam geskryf. Hans het een oopgemaak en vir die student gelees: *"Blaauwe lelij, 1X bris, buiten post Het Rust Saldagna Bhaij."*

"Waarheen gaan die plante, heer student?"

"Die herbarium by die universiteit. Die Kompanjie stuur dit aan ons professor. Uit die Ooste, en uit Afrika. Daar is baie belangstelling."

"Die plante groei in warm son."

"Ons het 'n glashuis, met 'n oond en warmwaterpype om dit warm te hou. Eintlik is dit net duisende glasvensters, om sonlig in te laat. Die plante staan in vate en kiste op wiele, sodat ons dit kan uit- en instoot soos die weer verander."

Die klerk agter die toonbank het in die gesprek in geleun. "Jou professor het nog nie gehoor dat 'n lewering afgerond word met 'n geskenk van 'n fles wyn nie."

"Nee."

"Dan weet hy maar min, vir al sy kastige geleerdheid. Dit is goeie maniere. Ek het dit vir die ventjie laas keer ook gesê."

"Waarom sou dit nodig wees?"

"Die Kompanjie het dit vry aan boord vervoer en hanteer half-pad om die wêreld."

Toe hulle albei ou mans was, het Hans Michiel en die sekretaris oor dié dag gesels. "En die professor het elke keer 'n fles gestuur, so 'n groene, en die studente het dit dieselfde aand leeg gehad. Ons het beurte geneem om die plante te gaan haal, om die fles in die hande te kry."

Hans Michiel, steeds 'n ernstige man en deur terugslae nederig gemaak, het dit nie as 'n grap gesien nie.

"Julle het jul leermeester besteel?"

"Ja. Studente is maar onverantwoordelik."

Toe die rolle gekleurde linne en wolstof binnegestoot word, het Hans Michiel sy makkers van die kar af gaan roep, en die bale so goed ondersoek as hy kon. Toe het hy die student gegroet, en hulle vrag gelaai en met dubbele seile bedek en vasgebind, en in die reën weggery, Den Haag toe. Studente. Verlore seuns op reis in die ver land, en nog sonder berou.

Op die terugtog onder teerseile in die reën het Hans Michiel se gedagtes oor sy lewe gedwaal. Sy eie jeug was nou verby. Wat sou hy doen met die oorblywende jare? Miskien hoop, maar waarskynlik verveling en die koue reën, het hom wysgemaak dat dit beter sou gaan in die Kaap. Hy kon terug as Goske weg is. Die son het daar aldag geskyn, die dae daar was interessanter, net die bevordering was erg onseker. Daar was drie verlore kinders, dalk oorlede al, en 'n vrou wat sonder kinders oud word. As Eva nou haar lewe op straat slyt, sou sy ook nie langer leef nie. Haar paspoort is geskrywe: een of ander matroos met Engelse siekte sou die einde van Eva van meester Pieter beteken. Waar was Petronella, toe hy hulle die nag gaan soek het? Wat word van 'n weeskind met so 'n ma?

Op die vierde dag het Hans Michiel met sy wavrag weefstof in die kamp in Den Haag gekom. Hy het vertrou dat sy kaptein hom eendag sou roep en sê daar is plek vir 'n korporaal in sy troep. En dit het daar by sy aankoms gebeur. Hy kon dadelik intree en die nuwe soldy sou daarmee aanvang neem. Hans het hom daarvoor bedank; hy het lank daarna uitgesien. Hy het geweet hy is 'n goeie soldaat. Dit is iets wat al soveel male aan hom gesê is.

Toe die vyfde jaar van sy diensverband in 1678 verby is, was hy sersant. Die Engelsman was uit die oorlog uit geslaan, daarvoor het De Ruyter gesorg, maar Franse Lodewyk het hom miljoene geskenk, en omgekoop om nie in 'n alliansie met die Hollander te gaan teen Frankryk nie. Nederland het dus steeds alleen teen die Fransman gestaan, maar die volk se moed was hoog. Die Fransman het begin dink hy het miskien 'n fout gemaak deur hierdie oorlog te begin, en geklou aan die dorpe wat hy vroeg beset het. Vir die Nederlandse soldaat was promosie nou vinnig; die ouer range het plek gemaak vir jeug. Hans kon goed Nederlands praat en skryf, en sy Duits was 'n bate, want amper die helfte van die regiment was Duitsers. Sy kaptein het gesê as hy nie 'n buitelander was nie, was hy lankal in die Prins se lyfwag. Dit is jammer, ou kêrel, maar so eis die landsregering dit.

In die winter van daardie jaar het Hans Michiel Amsterdam toe gegaan. Noord van Leiden was die Haarlemmermeer hard verys. Hy het stadig te voet in die nou paadjie gevorder. Op die ys was skaatsers wat gelaaide sleë sleep, maar hy het net 'n bondel met 'n paar stukke klere en die prins se brief in 'n kokertjie van karton in sy ransel gehad, en hy was nie haastig nie. Ou Amsterdam gaan altyd daar wees. En daar was tyd om te dink hoe hy aan meester Van Dam sal sê hy wil weer aansluit en Ooste toe vaar. Tien jaar gelede al het hy daar probeer kom, maar hy is toe voorgekeer. Hy verlang nog om die Ooste te sien. Daarom is hy hier, sal hy sê.

Hy het gevind, toe hy weer voor die VOC se advokaat staan, dat hy nie veel woorde nodig het nie. Die boek van Jan Kompanjie, die hele boek van sy oorsprong, sy opset, sy handel, sy beleid, sy mense, was in Van Dam se geheue.

"Ek onthou jou," het die advokaat gesê. "Jy het seker gehoor, goewerneur Goske is vervang. Ek het sy opvolger aangestel. En wat wil jy in die Ooste doen?"

"Weer in die leër, my heer. Dit is wat ek die beste doen."

"Die vier V's, Hans? Vry, veg en volg 'n vaandel?"

"Omtrent, my heer."

374

Maar toe die advokaat moet skryf dat Hans Michiel Ooste toe moet vaar, sit hy sy pen neer en sê: "Noudat Goske weg is, wil jy miskien weer 'n keer aan die Kaap dink. Die Kaap het ook populêr geword. Hulle dien 'n jaar of drie, dan word hulle vryburgers. Vry grond is die aantrekking, as jy my vra. Hier was brandarm kêrels uit die Veluwe, sonder 'n hemp op die naam, wat daar oorkant landshere word met eiendomme so groot as 'n hertog se porsie hier by ons. Dit maak geen sin nie, sê ek. Maar Here Meesters laat dit toe."

"Dit klink goed genoeg vir my, edel heer. Maar eers die Ooste. Ek is nog altyd baar."

Sy brief is voorberei terwyl hy gewag het, en hy kon hom by die monsterwerf op die grondvlak gaan aanmeld. Hy was jare lank 'n soldaat, het hy daar gesê, en hy verstaan die werk van watermaker, maar hulle het hom nogtans weer met die optel van 'n musket probeer vang. So is hy die tweede keer in die Kompanjie se leër aangeneem.

Hy het op 'n helder dag in Maart in die Kaap gekom, op die skip *Brederode*. Die vlag op Leeukop het die vorige dag al bo die horison uitgesteek. Buite in Tafelbaai het hy die hele dag aan dek gebly. Die lug was leiblou. Voor hom was Robbeneiland, laag, leeg en dofgroen onder 'n mistigheid van seesproei waardeur wit spikkels van meeue draai. Daar was 'n vlag op die Vuurberg om hulle aan te kondig. Oorkant was die strand 'n liggeel lint om die hele baai, van Blouberg tot die Duintjies.

Op die kaai was geen bekendes nie. Die Fort het nog gestaan, maar effens vervalle asof die Kompanjie nie geld vir onderhoud het nie. Hans Michiel is na die nuwe kasteel toe beduie. Met sy seekis op die skouer het hy die strand oorgesteek, kasteel toe. Die ou Ark was weg, die kasteel het op sy eie gestaan, los van sy moeder. Daar was 'n eenvoudige poort op die strand, enkele treë agter die vorige hoogwater se strepe seegras en bamboes, met 'n ravelyntjie, skaars meer as 'n palissade, om die ingangspoort te dek. Hy het gaan staan en teruggekyk. Dit sou eenvoudig lyk om daardie ravelyntjie met infanterie uit die flank aan te val, maar dekking bo uit die lug, van die mure af, kon dit afweer. Stormloop, dan. As die skepe nader aan die strand anker en al hulle kanonvuur teen die mure mik sodat 'n musketier nie sy kop kan lig nie, kan vier groot bote vol soldate die ravelyn uit twee kante aanval en opruim, dan was die poort ontbloot. As hier soldate, enige werklike kenners van die wetenskap, in die garnisoen was, sou hulle dit reeds aan hulle bevelvoerder uitgewys het. En 'n pak slae vir hulle moeite kry. Oppas, het hy homself gemaan. Nie weer nie. Kyk weg daarvan, hou jou mond dig.

Die nuwe goewerneur het hom verwelkom, sy naam genoem soos een soldaat aan 'n ander, Bax genaamd van Herenthals, en 'n hand met die handskoen aan uitgesteek om te groet. Dit het gelyk of hy 'n veluitslag wegsteek, want sy gesig was rooi, met geswelde vlekke. Hy het die Direkteure se brief insake Hans Michiel gelees, waarin hulle duidelik maak dat hy in sy vorige rang en amp herstel moes word, as hy verkies om aan die Kaap te bly. Goed, dan moet Hans solank in die sersantslosie intrek tot reëlings oor 'n funksie vir hom gereël word. Daar was 'n nuwe buitepos by Hottentots-Holland, en Saldanhabaai is ook weer beset. Dit was beter nuus as waarop Hans Michiel gehoop het. Miskien kon hy daar op die grense van die kolonie hoor waar die kinders van Eva van Meerhof tussen die Hottentotte swerwe. As daar weer 'n skip loop, gaan hy Ooste toe.

Waar sou hy met navrae begin? Die goewerneur? Die fiskaal? Hy het sy kis in die kaserne gesit en sy keuse tussenin laat val, op die sekunde. Die heer was onder 'n afdak waar twee houtkappers met 'n merkyster die VOC se teken brand op die koppe van swaar boomstompe. Die hout is donderend van 'n stapel gerol, gebrand, geboek, en daarna in sorterings gestapel: smalblaar geelhout, assegaaihout, ysterhout, stinkhout. Die merk, rokend in die groen hout, was daardie selfde teken, wêreldwyd bekend, wat in skurwe wit swelsels, twee vingers breed en 'n halwe hoog, agter ou bandiete se bruin blaaie gebrand sit, of fyn blou op porselein geverf, op pers tussen die hare van perde en beeste, of in skitterende silwergespes gegraveer, of in goud op leer gebosseleer, of swaar, swart en diep gekap net bo 'n kanon se sundgat. Die loflike Kompanjie se teken. Sy beroemde werkgewer se tjap.

Die sekunde het Hans Michiel opsy geneem en tot sy verbasing handgeskud en met sy oë by die houtkappers gevra hoe hy kon help? Hans het stadig begin vertel, van die vrou Eva en haar ellendige armoede, haar Christenkinders wat sonder genade van kerk of skool in Afrika rondgesleep word deur trekkende herders. Haar eie ma was van Oedasoa se mense, die Cochoqua. Hulle het gewei, kloksgewyse van Saldanhabaai af deur die Groenkloof tot die Koeberg, en dan weer strandop tot Saldanhabaai. Hy het lank gelede iets van die Koina se lewe geleer, het hy gesê, toe hy op die grense van die land poshouer was. Hulle is goed van hart, maar hulle lewe is skraal en sonder seëning.

"Die ma is hier dood. Sy was 'n straatvrou en 'n drankverslaafde wat oor haar losbandigheid na die eiland toe verban is. As die kinders by haar sou woon, watter seëning kon daar wees?"

"Dan is sy nou beter daaraan toe, my heer. Sy kry nie meer drank nie."

Die sekunde het gewonder wat die man wou sê, want die goewerneur het hom klaar vir Robbeneiland bestem. "Sy het ander kinders ook gehad. Dit was die mans daar op die eiland. Sy was die enigste vrou wat hulle gesien het."

"Dit is 'n bitter eiland vir 'n man, my heer. Soos op die skepe ook maar. Maar ek het nooit gesien dat sy eerste na 'n soldaat kyk nie. Dit kom van hulle af."

"Weet jy dat die kinders nou land-uit is? Ek is self maar 'n paar maande lank hier, en ek ken nie die besonderhede nie, maar die regering het hulle weggestuur. Ek dink die Weesheer sal jou daarvan kan vertel. Hier was geen heil vir hulle meer nie."

Die Weesheer se klerk was alleen in sy kantoor. Hy het kom hoor van die weduwee Van Meerhof se kinders, het Hans Michiel gesê.

"Ja, wat van hulle?"

"Ek hoor hulle is land-uit gestuur."

"Wanneer?"

"Ek weet nie."

"En waarheen?"

"Nee, ek weet nie. Ek het maar gister aangekom."

"Is jy familie van hulle?"

"Nee. 'n Vriend van hulle vader."

Die klerk het beduie na 'n kas met gestapelde boeke. "Die komitee vir weduwees en wese vergader een maal in veertien dae. Wat hulle besluit, is daar neergeskryf. As jy vir my 'n jaartal bring, kan ek dit probeer opspoor. En dit beteken ek moet van 'n sekere jaar af elke enkele dokument van voor tot agter lees. Partykeer lê daar maar een kort paragrafie in 'n besluit van vyftig folio's lank."

"Werk hier nie iemand wat hulle geval kan onthou nie? Dit kan nie meer as ses jaar wees nie."

"Dit is moontlik. Waar kry jy die persoon? Ek sal begin vra. Weet jy of dit 'n geregtelike geval was, of is die mense deur die kerk verwys?"

"Hoe, deur die kerk verwys?"

"As hulle 'n wet oortree, kan die regering hulle uit die land verban. Is hulle armlastig, dan vra die kerk dat die regering iets vir hulle doen."

"En dan?"

"Min of meer dieselfde gevolg. Hulle word na familie of vriende gestuur."

"Oorsee? Maar hulle ma was van hier te lande. Sy was 'n inboorling."

"Wel, ek sal begin met navrae. Kom hoor van tyd tot tyd of daar nuus is. Ons stuur nie dikwels kinders land-uit nie; dit moet 'n hopelose geval wees voor die Raad so ver gaan."

Croese was nou 'n luitenant, bevelvoerder van die garnisoen en selfs lid van die Politieke Raad. Hans Michiel het hom een of twee keer op parade gesien, maar gesprek vermy. Hy is nie weer by 'n vaandel ingeskakel nie. Twee dae na sy aankoms het hy poshouer op Robbeneiland geword, met die voorlopige rang van korporaal. As sy diens bevredigend is, word hy na 'n maand weer tot sersant bevorder. Hy was tevrede, voorlopig. Hy was weer bevelvoerder van 'n buitepos, die res sou volg. Hy was tevrede toe die seilsloep hom in die sandbaaitjie aflaai, en toe hy in die nuwe vergrote poshuis sy goed uit sy seekis pak. Eers jare later het hy besef hoe hy homself nogmaals verraai het, nogmaals in die hande gegee het, daardie dag nogmaals in dieselfde val gevang is.

Die getal van bandiete op die pos, het hy gehoor by die oorhandiging, was al amper 'n honderd. Sy troep was een en twintig soldate onder twee korporaals. Nuwe gesigte onder die bandiete het hom geïnteresseer. Die meeste was daar vir lewenslank. Elkeen se oortreding was op die boeke geskryf, maar hy kon nie 'n mens aan 'n misdaad bind deur na 'n gesig te kyk nie. Nie een het gelyk na 'n skurk nie, het hy gedink, maar na mense uit hout of klip gehaal, net soos toe hy as jong man die eerste keer die gevangenes gesien het. Moordenaars, drosters, begenadigde homoseksuele, brandstigters, donker prinse van speseryeilande wat in ongenade verval het, vervalsers, smokkelaars, koppelaars, diewe. Almal was verwaarloos, verhonger, agterdogtig, brutaal in spraak en gedrag.

Hulle werk was steeds klipbreek, skulpe raap, uitkyk vir skepe, seine maak. Syne was steeds om hulle tot werk te dryf. Wat hulle eet uit hongersnood, het hom gewalg. 'n Dooie skaap wat hy laat weggooi het, is opgegraaf en gekook. Eendag was daar 'n geseilde lyk op die rotse, en die aand 'n mensskedel in hulle soppot. Sy eerste brief aan goewerneur Bax was om meer rys en brood te vra. 'n Sjirurgyn het gekom om hulle gesondheid te ondersoek, maar die rantsoen is nie verbeter nie. Teenoor die sjirurgyn het Hans oor Eva gevra: sy was vroeër poshouersvrou hier op die eiland, haar man was ook 'n sjirurgyn, maar hy het die lewe gelaat op Madagaskar en sy was 'n weduwee.

"Ja, die verdomde hoer," het die jong man gesê. "Sy het die Engelse siekte dwarsdeur die garnisoen versprei. Daar was nie genoeg kwiksilwer om almal te behandel nie. Gelukkig dood."

"En haar kinders?"

"Nee, was daar kinders?"

Hy was nie werklik in bevel op sy eiland nie. Hans het aanvaar dat ander sou besluit wie gehaal en wie gestuur word. Met elke skulpboot is iemand gebring of iemand Kasteel toe ontbied, maar nie hy nie.

Saans het hy die aandgebed aan die gevangenes gelees uit die boekie van die parogiepastor. Die woorde het hy geken. Sy boek was oop in sy hande, maar sy oë was op die vier rye gesigte voor hom. Inmekaargevoude jong mans, krom ou mans met kortgeskeerde hare en baarde onegalig geknip, met verrotte songebleikte klere, ongewas, omgewe van die reuk van menslike uitskeidings, selfveragtend met uitdrukkings van teleurstelling, of minagting, of spot in hulle gesigte; enkeles geanker aan 'n ysterbal, 'n kruiwa, 'n kooi. Hulle was sy broers, almal onbekend en verlore, hopeloos gestrand tussen 'n illusie en vergetelheid, gevangenes van die monster wat tans die Kaapse rots bewoon.

Aandgebed was 'n kans om met die mense te praat, want bedags het sy soldate hulle by die ver werkplekke opgepas en hy het hulle nie gesien nie. Hans Michiel het die gebed uit sy boekie met nadruk gesê; hy het hulle siele in Duits vir die nag aan die beskerming van die Allerhoogste opgedra. Dit het hy gesê terwyl hy voor sy soldate en die bandiete, almal honger, koud, vaal van kalkstof, gestaan het. Hulle was sy gemeente: inbreker, smokkelaar, lasteraar, dief, egbreker, brandstigter, moordenaar, dief, vervalser, verkragter, droster, dief, majesteitskender, godslasteraar, rower, dief.

Die dief en die verkragter het blou prente in hulle gesig gehad. 'n Paspoort na die hel, hierdie tatoeëerdery, en die ring in die oor. As 'n man voel om hom te wil versier, het hy gewoonlik 'n lelike probleem. 'n Jong man – sy rug was daardie eerste keer rooi gestreep van 'n onlangse geseling, so erg dat hy nog nie 'n hemp kon dra nie – het elke keer die gebed saam met hom opgesê. Sy mond het die woorde gevorm, sy oë was toe, sy hande was saamgevou soos 'n predikant s'n. So het Hans Michiel hom onthou: jare lank het hulle die aandgebed saam gesê. Sy misdaad was hardnekkige teenstand teen sy wettige owerheid. Sy naam kon hy nie onthou nie.

5
ROOIDAG

"Die dag was rooi van meet af aan."

Die spreekwoord sê: "Die uur bring die man." En: "In die land
van blindes is Eenoog koning." Mense sal sê só was dit toe
advokaat Deneyn sy toga in die Fort kom hang het, maar spreek-
woorde veralgemeen en erken nie noodlot se koue handdruk, die
mees redelose toeval nie. Toeval is die onvoorspelbare val van 'n
dobbelsteen of 'n speelkaart. Twee sesse en 'n drie, of twee drie's
en 'n ses. Daarvoor help geen spreekwoord nie.

Kom hou 'n groepie kaartspelers dop in die kaserne van die
Fort de Goede Hoop, in die jaar van genade 1672. Drie soldate en
'n matroos speel kaart op 'n seekis. Aan 'n balk oor hulle hang 'n
stinkende lamp wat robbetraan brand. Hulle het nog drie kiste vir
sitgoed bygesleep, en hulle lag, smyt kaarte neer, tel ander op. Let
op hoe hulle lag. Hulle lag nou, hulle is ontspanne en tevrede. Die
drie soldate het ná taptoe uit die dorp gekom, na 'n uur se leun
teen die taphuis se toonbank, en het daar niks as twee of drie,
miskien vier, biere gedrink nie. In die kaserne het een 'n pak
kaarte uit sy kis gehaal, want dit was te vroeg om te gaan slaap.
Hulle het nog 'n hand kortgekom. "'n Vierde, hier?" het hulle
deur die kaserne geroep. Niemand het belanggestel nie.

Toe gaan hulle na 'n matroos wat van sononder af met sy
hande oor sy bors gevou op sy kooi lê en wag vir die klokslag om
op die landsboot aan diens te gaan. Elke klein handeling word
nou 'n dodelike daad. Die wakker maak van die rustende man,
die aansleep van kiste, die oopmaak van die pak, die sny en

skommel, skommel en sny, die val van elke kaart, is fataal. Hulle gooi munte op die kis om die spel interessanter te maak, al is dit verbode, want dan word dit dobbel. Alles word laggend gedoen sonder 'n tweede gedagte, maar alles is fatale dade. Hulle lag nou; oor 'n halfuur sal hulle bedrieg, lieg, vloek, moor, vlug voor die gereg, en jy sal nie 'n spreekwoord vind om op hulle toe te pas nie. Jy sien die kaarte en die kis met vars bloed besmeer; daar lê 'n lyk tussen die stewels en die kaarte en die kleingeld op die vloer, en die olielamp swaai kringe daaroor soos 'n priester reukwerk swaai oor 'n altaar.

Ons sluk spreekwoorde swaar. Met 'n klomp sout, *cum copia salis*, soos die spreekwoord sê. 'n Klipgooi buite die kasernemuur roer 'n geteerde tou in die aandwind aan 'n galg wat oor dertig dae sy deel van die spel gaan eis. Hy vloek soos 'n matroos? Vir die galg gebore? So dronk soos 'n matroos? Wat beteken spreekwoorde? Die matroos was die stil man en die gereelde kerkganger, die enigste wat niks gedrink het nie, geen vloekwoord gesê het nie, maar hy lê en bloei op die vloer in die gevangenis, neergeslaan met 'n knuppel teen die agterkop. Dit was, verstaan u, die fiskaal se plig. Die vyand het net twee kanonne, sê die spreekwoord; die een se naam is *Noodlot*, die ander is *Ongeluk*.

Die Kasteel, hy was 'n mensvreter, en dit was nie net omdat soveel jongelinge met die blink ster van die Ooste voor oë hier in die verbygaan uit hulle koers geruk is om eers te arbei en te help bou aan die vreemde monster nie. Ongelukke in die steengroef en op steiers was van min belang. Daar was oorloë oor hulpbronne, Koina wat alles waag en alles verloor, gevangenes op eilande wat nooit gevangenes moes wees nie, slawe uit swart Afrika deur hulle konings verkoop, misdaad op see en land, mense wat hulle werk verloor, kinders wat ouers verloor, mense wat hulle lewens verloor. En hier stap advokaat Deneyn op die verhoog, met sy rottang onder die arm.

Waarom die see vir Deneyn hier uitgespoel het, is geen geheim nie. Dit was oor die noodlottige ongeluk aan die dienaar wat vóór hom fiskaal was. Dit was Cornelis de Cretser van Culemborg, die voortreflike dienaar, beter was daar nooit. Soos die meeste het hy begin as soldaat, en was in die ontdekkingstyd 'n gereelde lands-reisiger en 'n goeie kameraad. Die dag toe Piet Roman deur die olifant getrap is, het hy vir Roman in die veld 'n testament opge-stel. As getuies van een hoofknik in die geurige bossieveld agter Meerhofskasteel het al twaalf die kamerade daar in die veld hulle name onderaan geskryf, en De Cretser het die dokument Fort toe gebring, waar dit op lêer gebly het, want Roman het nie naasbe-staandes gehad nie. Ook toe die Franse die eerste keer in Saldan-habaai wou posvat, was dit De Cretser wat gekies is om hom soontoe te haas en voor te gee dat hy besig is om 'n poshuis te bou, omdat sy Frans perfek was. Ondersoek gerus die dokumente wat destyds tussen die twee partye geskryf is, en u sal sien dat die Fransman hulle dreigemente adresseer aan monsieur De Cretser, en vir kommandeur Hackius ignoreer asof hy nie bestaan nie. Werklik. So 'n man was hy.

So 'n man was De Cretser, maar sy geluk was verkeerd, en dit is al wat saak maak. Al die kommandeurs onder wie hy gedien het, van Van Riebeeck af, het net goed van De Cretser geskryf. Hy was gewild, energiek, suksesvol, buitengewoon geseën. Hy is ge-reeld bevorder: adelbors, assistent, dispensier, onderkoopman, fiskaal, koopman, sekunde, selfs tot waarnemende hoof tydens kommandeur Hackius se lang siektes. Sulke voorspoedige vorde-ring is iets wat selde gebeur, selfs met die mees toegewyde en hardwerkende van ons, maar dit was so bestem in De Cretser se kort lewe. Niemand het hom dit misgun nie, niemand was daar-oor jaloers nie; die meeste was bly oor sy vordering en het eerlik gehoop dat hy ou Hackius gou gaan opvolg. Daar was dié wat uit toegeneentheid tot hom leuens sou vertel en selfs so ver sou gaan om onder eed te lieg, ter wille van sy heil. Werklik. Verskeie boere, en tot burgerrade onder hulle, het willens en wetens meineed gepleeg om De Cretser se ontwil, want van dié wat langs die Liesbeeck woon tot bo in die Wynberg het hom ná sy ongeluk in hulle huise versteek, gevoed, oor die weg gehelp, en bygestaan om uit die Kaap weg te kom. So opreg was hulle toegeneentheid tot sekunde De Cretser.

Om Deneyn se teenwoordigheid op die Kaapse verhoog te verklaar, kan jy dan by kommandeur Hackius begin en sê: As ou Hackius nie gedurig siek was nie, sou dit nie vir De Cretser nodig gewees het om in sy plek skeepsgaste te onthaal nie. Maar die eerste oorsaak was die see, daardie komediespeler op die Kaapse verhoog wat die meeste misgekyk word. Kyk weer. Dit was April 1671, en die retoervloot was op die reede. Sekunde De Cretser was gasheer vir passasiers en skippers, onder wie Adriaan Drom van *Wimmenum*. Drom en sy passasier Isak Fonteyn het 'n ou twis oor die gunste van 'n Oosterse slavinnetjie na die noodlottige eet-tafel toe gebring. De Cretser se gesellige gastemaal het die twee middeljarige hane mooi laat kalmeer, en hulle gasheer kon dink oor sy kort toesprakie voor hy hulle huis toe stuur, maar nog voor die dankgebed, en net nadat brandewyn en tabak gebring is (daar was nog geen sprake van lighoofdigheid nie), was die twee hane onverwags op die been, en het 'n rapier en degen in die kerslig geflits. Wat moes hulle gasheer doen? Hy moes doen wat vir hom bestem was, wat anders? Hy het hulle geskei en vir skipper Drom, wat die dronkste was, by die deur uit gehelp. En daar buite sy deur het Drom hom met die mes aangeval. Toe trek De Cretser iemand se degen, wat saam met 'n mantel agter die deur aan 'n kapstok hang, en steek dit onder Drom se borsbeen in dat dit 'n dubbele handwydte agter tussen sy blaaie uitstaan. Net so het dit gebeur. Hy het daarna weke lank by die boere en in die veld ge-skuil. Dié wat hom gehelp het, het geweet wat die wet verlang, maar hom nogtans gehelp. Hulle kon nie glo dat hulle sekunde De Cretser aan 'n galg moet swaai nie. Die wet was een ding, ge-regtigheid iets anders, en tussenin het iets mensliks kortgekom.

Hierdie ding van De Cretser was maar die voorspel, en nie eens die hele nie, voordat advokaat Deneyn op die verhoog stap. Dit het vroeër begin. Deneyn is al Kaap toe gepos toe fiskaal De Cretser tot sekunde bevorder is. Die Here het geweet daar was 'n vakature vir 'n fiskaal, toe stuur hulle Deneyn. Toe Deneyn in die Kaap kom, het De Cretser reeds gevlug vir die galg, en sekretaris Crudop, waarnemend as voorsitter van die Raad ná Hackius se dood, was waarnemend in die amp van fiskaal. Hy moes die dagvaarding, lasbriewe en die plakkaat met die beloning opstel insake sy gevlugte vriend Cornelis de Cretser. Maar De Cretser is landuit. Dit is nou bekend dat hy op *Stermeer* weggekom het, vaderland toe.

Fiskaal Deneyn se eerste saak was teen Willem Willemsz van Deventer, 'n vryburger wat 'n Hottentot vermoor het, en dié was ook landuit. Maar Deneyn se verskyning op die Kaapse verhoog daardie dag, sy aankoms in die Fort de Goede Hoop, sy werklike intrede, was iets besonders. Dit is selde dat 'n komediespeler so 'n verskyning maak.

Deneyn was oor iets geïrriteer. Dit is moontlik dat hy een of ander verwelkoming op die kaai verwag het, maar werklik, niemand het sy koms verwag nie. Die Raad het nie geweet dat Here Sewentien 'n nuwe fiskaal gaan stuur nie. Die Kaap het nog nie tevore 'n afgestudeerde advokaat as fiskaal gehad nie, en die Raad was nie seker dat so 'n hooggeleerde amptenaar vir die Kaap bestem was nie; dit was darem nog nie Amsterdam of Sodom hier nie. 'n Matroos van die landingsboot het sy kis van die kaai af gedra, en dit voor die poort neergesit. Dit was sy opdrag: daar moet nooit los goed en los mense rondstaan op die steier nie.

Deneyn was 'n korterige, liggeboude jongeling van twee en twintig, met die goue blondheid wat jy met die Skandinawiër assosieer. Sy seebene het moeite met die los sand gehad, en hy het tydsaam met sy wandelstokkie onder die arm aangekom en gekyk na die kasteel in aanbou. Die groot Ark gestrand in die duine, met lae klipmure wat 'n kasteel gaan word daar rondom, het hom na woorde laat soek. Hoe sou hy hierdie aankoms, sy eerste indrukke, beskryf in sy dagboek, of in die reisbeskrywing waaraan hy gewerk het? "Agter alles, soos die toneeldoek agter 'n verhoog, staan Tafelberg." Teatraal? Beslis. Toe kom hy voor die Fort, waar sy kis staan, en daar is twee soldate op wag, in die skaduwee net binne die poort.

"Waar vind ek die kommandeur?"

"Die kommandeur is oorlede."

"Wie is in beheer?"

"Die Raad, gesamentlik."

"Wie is die uitvoerende amptenaar?"

"Ons het nie een nie."

"Hou jy my vir 'n gek? Bring my kis, kêrel, dan gaan wys ek jou wie is jou baas."

"Jammer. Mag nie pos verlaat nie."

Die ander soldaat het gepraat: "Kom aan boord, heerskap. 'n Erewag en orkes is aangetree om u te verwelkom."

Deneyn het die soldaat met sy wandelstok teen die bene geraps, en die soldaat het hom met sy plathand voor die bors gestamp dat hy plat op die seesand gaan sit. 'n Korporaal het uit die dienskamer gekom, verneem wat aangaan, en Deneyn op die been gehelp.

"Kom, gaan binne. Daardie man sal u kis bring." Hy het gewink na 'n Hottentot wat op werk wag, maar Deneyn het woedend na die soldaat gewys. "Sy naam wil ek hê. En jy," hy het na die ander soldaat gewys, "jy is die eerste getuie."

"Lek eers my agterste," het die soldaat geantwoord, maar die korporaal het gepaai. "Kalmeer asseblief, edelheid. Hy is aangeval op sy wagpos. Kom, volg die kêrel met die kis. U kan die saak aan die Raad bekend maak."

Dit was die manier van Deneyn se verskyning aan die Kaap, en die omstandighede waaronder sy naam die eerste keer in Kaapse dokumente opgeteken is. Maar dit was nog nie die einde van sy intrede nie, dit was skaars die begin. Hy het die aand saam met die ander Raadslede en hulle vroue aan tafel geëet, en genoem dat hy sy plek op die volgende Raadsvergadering sal inneem. Die lede het na mekaar gekyk, en stil voortgegaan om te eet, want hulle het nog niks van die man geweet nie, behalwe wat hy omtrent homself vertel het. Voorsitter Crudop het geantwoord: "Dit kan hopelik gebeur."

Crudop wou nog nie sy lonende pos van fiskaal afstaan nie. Die volgende dag het hy meer moed gehad, en gesê hulle sal sekerlik die Direkteure se opdrag uitvoer, maar 'n saak van aanranding en ander eise is hier teen die fiskaal ingebring wat eers opgeklaar moet word. In die tussentyd sal hulle alles doen om sy verblyf aangenaam te maak.

Die retoervloot was dié jaar laat, en het Tafelbaai eers in April bereik. En sy aankoms was 'n verligting vir die Raad, wat nie geweet het wat om met Deneyn te doen nie. Nou kon hulle dié probleem op die admiraal afskuif. Die admiraal en kommissaris was Aernout van Overbeke. So eners soos twee klapperneute was Van Overbeke en Pieter Deneyn, met 'n paar onbelangrike verskille, soos dat Aernout 'n oorlammer was en Deneyn was nog baar, en Aernout was tien jaar ouer en het in die Raad van Justisie in Batavia gedien. Wat hulle in gemeen gehad het, was dat albei aan die Universiteit van Leiden gestudeer het in die regswese, albei het die status van advokaat in die hof van Holland gehad, en albei het hulle ervarings neergeskryf met die oog op publikasie, want Europa het geesdriftig gelees wat oor die nuut ontdekte wêreld geskryf word.

Daar was nog iets wat albei in Leiden geleer het, en ook nie in die lesingkamers nie, maar in die vier taphuise wat die justisieplein voor Pieterskerk omring. Dit was om tot laatnag te drink, te rook en gesels, en om mooi meisies van ver raak te sien en vinnig planne te maak vir 'n ontmoeting, soos kapers die enter van 'n prysskip beplan sodra dit in die verkyker verskyn. Nie al die Raadslede was geamuseerd om te hoor dat kommissaris Van Overbeke as student die bynaam Dronk Nout gedra het nie, en toe hulle luister hoe die kommissaris vir Deneyn vertel wat een aand jare gelede in die taphuis *Die Gapende Regter* gebeur het, en die twee geleerdes daaroor saam hoor skater, het die Raad gevoel dat hulle probleem ernstig word.

Die vier Kaapse Raadslede het saam hulle klag teen Deneyn geformuleer. Eerstens het hy die wag in die poort aangerand, tweedens het hy omtrent twintig vate wyn aan boord die skip *Gouda* laat smokkel, en derdens het hy nie die Kompanjie se voorgeskrewe plakkate aan boord opgeplak en voorgelees nie. Maar die verontregte soldaat wou sy eis terugtrek, en aangaande die twintig okshoofde drank het die helfte van *Gouda se* matrose verklaar dat hulle op Deneyn se bevel twintig vate wyn van 'n galjoot op die oop see ingeskeep het, maar al die offisiere het getuig dat hulle niks daarvan weet nie. Dit was dieselfde insake die

Artikelbrief wat aan boord opgeplak moes word, maar steeds ongebruik in die skip se kissie met papiere was. Die matrose het getuig dat hulle nooit so 'n plakkaat gesien het nie. Deneyn het die offisiere laat verklaar dat hy dit elke dag persoonlik aan die bemanning voorgelees het. Die saak het geëindig as 'n stapel beedigde verklarings en teenverklarings, en dit is later van ouderdom oorlede. Kommissaris Van Overbeke en die versamelde skippers van die retoervloot, *oorlammers* tot die laaste man, het die Raad versoek om Deneyn as fiskaal en as raadslid te aanvaar, en met die oorwig van hulle stemme is dit so deurgevoer.

Volgende op die agenda was 'n staatsregtelike saak. Hoe stewig was die Kompanjie se wetlike aanspraak op die Kaap? Dit was goed om regsleerdes by die tafel te hê, en Van Overbeke was ervare in die staatsreg. As die vaderland weer in oorlog raak, het die kommissaris gesê, kan dit wel teen Frankryk en Engeland gekombineer wees, want hulle wil deel in die Oosterse handel, en moet Nederland se greep daarop breek. Een-een is hulle nie sterk genoeg nie; dit sal dus gesamentlik wees, geallieerd. Die Kaap, ná die vaderland self, is die tweede teiken. Jy kan die vyand enige tyd hier verwag, want kom sal hy. Daarom moet die werk aan die Kasteel versnel word. Die skippers hier moet almal werkspanne aan land stuur. Maar hoe vas, hoe wettig, hoe behoorlik was die Kompanjie se aanspraak op die Kaap en op die Kaapse weskus? Die Fransman het 'n paar jaar gelede al uitgewys dat die Kompanjie geen wetlike aanspraak daarop het nie; dit staan selfs in sy eie oktrooi so beskryf. Nou het die Wes-Indiese Kompanjie ook gedagvaar, en skadevergoeding van honderd miljoen geëis omdat die VOC in hulle oktrooigebied optree. Wetlik is hulle reg, en dit kos die Direkteure 'n jare lange hofgeding en 'n klomp geld om dit met hulle geskik te hou. Die vyand sal dalk nog die inboorling se aanspraak erken, maar nie Nederland s'n nie. As die Hottentot dan die eerste wettige aanspraak het, moet die Kompanjie dit vroegtydig met hom uitklaar.

"Ons moet die grond wettig besit," het Deneyn gesê. "Ek kan 'n grondsaak verdedig as ek die eienaar se kaart en transport gesien het."

388

"Besit ons so iets?" het die kommissaris aan Crudop gevra.

"Daar is 'n paar vredesooreenkomste uit Van Riebeeck se tyd."

"Moontlik afgedwing. Dit sal nie in 'n hof staan nie. Dan moet ons die grond van die inboorling probeer koop. Ons moet kaart en transport in ons hande hê, want dit is die rooidag van die wit man in Afrika hierdie."

"Die Kaap," het Deneyn voorgestel. "Nie Afrika nie. Die Portugees is al 'n eeu in Afrika. Ons stel net belang in die Kaap."

"Net so ver as 'n vierentwintigponder van 'n geankerde skip af kan reik," het 'n skipper voorgestel.

"Verder. Dit is nie ver genoeg nie."

"Hoe verder jy van die kus indring, hoe swakker word jou greep."

"Dan is soldate met veldkanonne die antwoord."

Deneyn se voorstel is aanvaar. Die komitee sal besluit watter grondgebied die Kompanjie verlang, watter inboorlinghoof aanspraak daarop voorgee, en watter koopsom hulle hom sal aanbied. Hy, met die hulp van die admiraal en die Raadslede met kennis van die Kaapse inboorlinge en hulle geskiedenis, sou 'n behoorlike, formele transportakte en kaart opstel. Dan kan die Here hulle aanspraak in 'n Europese hof verantwoord.

Pieter Cornelisz Deneyn het een verkoopakte opgestel vir die oordrag van Houtbaai, die Kaap en Saldanhabaai, tussen die edele Verenigde Oos-Indiese Kompanjie enersyds, en Schacher, seun van wyle Gogosoa, andersyds. Die prys was laag, maar net 800 gulde, en is betaal in goedere soos tabak en gekleurde krale. Sy tweede akte was tussen die loflike Kompanjie en kaptein Kuiper, vir die oordrag van die hele Hottentots-Holland. Die twee dokumente is behoorlik in die teenwoordigheid van getuies onderteken. Of Schacher en Kuiper verstaan het waarmee hulle besig was, is uit 'n wetsoogpunt hulle saak. Dit was alles fiskaal Deneyn se werk. Sy handtekening is op albei. Die Raadslede se agting vir hom het gestyg, en die Here Direkteure het sy aankope as nuttig en welgedaan erken.

Toe die retoervloot weg is, het dit die nuwe fiskaal 'n tydjie geneem om in te skakel by die kalmer roetine van die Kaap. Aan die begin het hy ontuis gevoel. Sê maar hy het verlang na Leiden; dit is tog 'n bekende kwaal. Moontlik was dit omdat hy hier nie in 'n taphuis kon ontspan nie, want die Kaap was te klein. Die maat op die bank langs jou is miskien môre jou aangeklaagde misdadiger. As jy Deneyn met sy pruik en toga in die hofsaal sien, sou jy nooit so 'n gesellige kêrel in die taphuis verwag nie. Dit kon hy nie help nie; hy was miskien soos daardie betowerde prins in die sprokie, 'n monster in die dag en 'n prins na sononder. Die tweede oorsaak vir sy afkeer van die Kaap was die totale tekort, amper 'n onnatuurlike afwesigheid, van jong meisies in sy omgewing. Hy was verplig om Sondae kerk toe te gaan om te sien wat daar te sien was, en dit was min. Die mooiste was ongetwyfeld Gisela Mostert, die burgerraad se dogter, maar hy was fiskaal en sy nat agter die ore. Dit bly tog 'n feit dat sy baie mooi was, en hy het soms haar jong gesiggie in sy verbeelding gesien. Hy het vir haar 'n gedig gemaak, een van sy bestes. Dit staan vandag in sy boek te lees.

Nuwe besems vee skoon, sê die spreekwoord. Deneyn se begin aan die Kaap was moeilik. Hy het belanggestel in sy werk; die wet was in sy bloed. Sy oupa was 'n student van Huig de Groot, die Moses van Nederland sover dit die wet betref. Sy vader, meester Cornelis Deneyn, het nog in Haarlem gepraktiseer. Fiskaal Pieter het sy eerste saak begin (*"Pr de Neijn, fiscael deser Residentie* ex officio *eijr. vs Carbet, 13 April 1672"*) en dit laat vaar omdat hy nie grond vir 'n klag teen die kêrel kon kry nie, terwyl twee Raadslede sterk aangedring het dat Carbet op die eiland gesit behoort te word. Hy was die beskermer van reg en geregtigheid in wilde Afrika, en die Kaapse Koina was vir Deneyn 'n ernstige probleem. Juridies was hulle die Kompanjie se onderdane, en andersins nie, en die wet was één vlak waar hulle bestaan oorvleuel het met dié van hulle wit bure. Beskou die Spanjaard in Amerika dan sy Meksikaan, die Engelsman sy Rooihuid, die Portugees sy Neger, en die Hollander sy Oos-Indiër, as onder sy wet en tug? Indien wel, met watter reg? Die *Statute van Indië* het hom gehelp, want dit is in Batavia geskryf, maar net een ding was seker, en dit is dat almal eers kyk hoe sterk die inboorling is voor besluit word of hy jou onderdaan is of nie.

Dan was daar die interessante uitsonderings, soos die vrou op Robbeneiland wat 'n brief deur 'n poshouer laat skryf het om teen haar ballingskap te protesteer. Sy is Hottentot gebore, Christen gedoop en getrou, en sonder formele regsproses eiland toe verban. Sy is eenvoudig lewenslank verban sonder 'n hofbeslissing of die voordeel van 'n prokureur om namens haar te praat. Die wet is aan haar kant, en as sy Batavia toe appelleer, sou sy haar saak wen, maar hierdie Kaapse Raad sou nooit haar papiere aanstuur nie. Wat van haar kinders, want daar was wel drie kinders? Hulle is Nederlandse burgers, waarskynlik binne die eg gebore. Waarom moet die kinders haar verbanning deel? Hy sou sorg dat hulle daarvandaan weggeneem word.

Die situasie aan die Kaap was ingewikkeld, interessant. Hier was personeel, of dieners soos hulle genoem word, vrymense, slawe en inboorlinge. Hoe pas jy een wet toe op so 'n verskeidenheid? Een wet vir die leeu én die os is onderdrukking, en die oorkruis toepassing, soos van 'n Bataafse Statuut op 'n Hottentot, mag groteske mistasting wees. Die *Corpus Iuris Civilis*, Damhouder se *Praxis Rerum*, Maetsuijker se *Nieuwe Indische Statute* en die nege en dertig ander titels in sy boekekis is dalk nie genoeg vir hierdie plek nie. Dit was 'n interessante tyd, die rooidag van die wit man in Afrika, soos Dronk Nout dit genoem het.

Die retoervloot het pas vertrek en Deneyn was nog ontuis en onervare en na sy gevoel onwelkom in die gemeenskap, toe voorsitter Crudop hom vra om 'n dagvaarding op te stel teen die vryboer Willem Willemsz van Deventer, oor die doodskiet van 'n inboorling. Moord of manslag? het Deneyn gewonder, en binne 'n kwartier die oorspronklike eis gereed gehad vir Crudop se handtekening. Hy het 'n sjirurgyn geneem en gereël vir twee perde en lykskouing gaan hou.

Willemsz se plaas was op die oostelike wal van die Liesbeeck, naby die Ruiterstal. Daar was 'n huisie, 'n kraal van pale en takke, 'n stuk onderbewerkte landery, 'n vrou en twee klein kindertjies. Sy was seker nie ouer as sewentien nie. Die lyk was by die Ruiterstal, het sy gesê. Die soldate het dit daar met bosse toegepak.

"Waar is jou man, juffrou Willemsz?"

"Hy is nie hier nie." Asof dit iets was wat sy gewoond is om te sê.

"En jou kneg?"

Haar oë gaan vinnig oor die werf. "Ockert is veld toe met die beeste."

"Waar het die ongeluk gebeur?"

"Hier." Sy het in die deur gestaan en een kaal arm gelig om langs die rivier op te wys. Toe lig sy haar ander arm asof sy 'n geweer aan haar skouer sit. Deneyn het die bewegings van haar liggaam dopgehou. Sy het gesien waarna hy kyk. "Willem het net hier gestaan. En die Hottentot was daar, waar die dieners die stok geplant het."

"Watter dieners?" Hy kon geen stok sien nie.

"Dié van die ruiterwag. Hulle het hom daar opgetel en die plek gemerk."

"Nou kyk, ek gaan eers daar vra. As jou man hier kom, verskaf hom geen hulp of onderkome nie. Sê hy moet hom sonder versuim aanmeld. Al sy eiendom mag verbeurd wees, so geen skaap, bees of losgoed mag verkoop of verhandel word nie. Ek wil met julle kneg ook praat. Sê vir hom dieselfde."

Sy het verby hom en die sjirurgyn gekyk na die rivier, en daaroor, na die groen veld.

Net die korporaal van die ruiterwag was tuis; sy ruiters was op patrollie. Hy was Lorenz Fischer, sê maar Lourens Visser, maar nie familie van hierdie Vissers nie. Deneyn het gevra om die lyk te sien. Dit was onder takke toegemaak, onderkant die wind van die poshuis. Die liggaam het op die gesig gelê, geklee in 'n kort rok en karos, en daar was 'n besering, oëskynlik 'n koeëlwond hoog op tussen die skouerblaaie. Die sjirurgyn het beskryf, soos hy met mes en tang in die wond gewerk het: die kadawer was dié van 'n volwasse manlike Hottentot, omtrent dertig jaar oud, sonder sigbare gebreke of tekens van siekte. Verstywing het ingetree, sodat die dood minstens drie ure tevore gebeur het. Die oorsaak van dood was, met redelike sekerheid, 'n koeël uit 'n snaphaan wat tussen die onderste nekwerwel en boonste rugwerwel ingedring en die rugmurg gebreek het. En hier sit die knaap. Hy het

392

die platgeslane koeël, 'n skewe ster met vier punte, met die tang uitgetrek, vir Deneyn gewys en dit op sy handpalm neergelê.

"Ek is klaar, meester. Die kadawer kan begrawe word."

"Wag, fiskaal," het die korporaal van die Ruiterwacht gesê. "Edel Heer sê: die Koina het die lyk gevra. Hulle wil hom op hulle manier begrawe. Hulle sal hom hier kom haal."

"Goed. Die Raad sal nie beswaar hê nie. Kan jy iets vertel oor hierdie Willemsz-kêrel, en oor die ongeluk?"

"Fiskaal, laat ons seker maak oor die Raad. Die Kaap is 'n snaakse plek. Ek sê dit met respek aan my owerheid. Ons het 'n spreekwoord in daardie deel van Duitsland waar ek gebore is. Hulle sê: Pas op vir die land waar hulle die klok slaan met die hand. Ek dink altyd eers daaraan, voor ek hier iets onderneem."

"Ek weet. Dit is waar. Maar ek neem dit op my. Laat begraaf maar; as die Raad kla, kan ons weer laat opgrawe."

"Liewe vader, fiskaal. Soek jy moorde en oorlog? Nee, laat die karkas liewer hier lê." Lourens het bosse en takke gaan haal om die lyk toe te gooi. Deneyn het hom gehelp. Toe is die sjirurgyn, met sy kissie aan 'n seilband oor sy skouer, terug Fort toe.

"Nou, poshouer. Kan jy iets van die ongeluk vertel?"

"Ons het die skoot gehoor. Dit was so elfuur vanoggend. Ek het 'n man gestuur, want mense mag nie hier jag nie. Toe kom sê hy die Lierman het sy beeswagter geskiet en seile gemaak, die bosse in. Hy het die wapen by hom."

"Die Lierman is Willemsz?"

"Ja, ek weet nie waar hy aan daardie naam kom nie, want musiek is nie sy saak nie, maar jag. Hy bly weke op 'n keer in die veld om te skiet. As jy van sy jag wil hoor, moet jy sy ou skoonvader gaan vra, want hulle twee is jagmaats. Die ou woon teen die Wynberg. Nou moet jy saamkom, fiskaal, en kom kyk waar ek vanoggend die merker in die grond gesteek het. Drie en sestig tree van sy deurkosyn af. Wat beteken dit vir jou?"

"Dat hy 'n goeie skut is, en wou doodskiet. Die klag is dalk moord, en nie manslag nie."

"So het ek ook gereken."

"Wat weet jy van die familie? Jy is omtrent hulle naaste bure."

"Hulle woon nou al so 'n ag of nege jaar hier langs ons. Lierman het met die kind getrou toe sy veertien was. Haar pa, ou Jan Visser, was sy buurman op die plaas daar na die draai van die rivier toe. Die ou was die Kompanjie se wildskut, en Lierman en hy het dik vriende geword oor die jag, maar daar was natuurlik ook ou Jan se dogter, 'n onnnosel kind nog. Van daardie tyd af al is Lierman selde tuis. Hy maak 'n beter lewe uit jag as uit landbou. Meer plesier ook."

"Wie is die kneg?"

"Dit is Ockert Olivier. Hy is so 'n twintig jaar oud. Fiskaal, ek wil nie skinder nie, maar die kneg slaap meer by haar as haar eie man."

"Kan jy dit verantwoord?"

"Ja. Hy vertel self die kinders op daardie werf is syne. Lierman is weke op 'n keer afwesig."

"Nou, poshouer, jy het hier voor my gesê wat jy moontlik in 'n hof moet herhaal. Is jy bereid om dit onder eed te doen?"

"Ek is."

Hulle het na die stok in die grond gaan kyk, waar die man neergeskiet is, en Deneyn het opgekyk na die huisie langs die rivier, waar die vrou met ontblote arms hulle oor die onderdeur dophou. Dit was merkwaardig. Kan enigeen 'n teiken oor so 'n afstand tref? Dit moet 'n ongeluk wees, en manslag dan, nie moord nie. Deneyn het die poshouer gegroet, beloof om die Raad se besluit oor die begrafnis te laat weet, en die pad gevra na die Lierman se skoonpa toe.

Jan Visser was 'n grofsmid van ambag, maar 'n jagter in sy hart. Vyftig jaar oud, en verweer soos 'n trekskuit wat te lank op land gelê het. Sy hare was lank, grys en vuil. Sy bokaak het geen tand in gehad nie. Sy aambeeld het onder 'n boom gestaan. Daar was 'n paar wabande teen die stam gestut, met die vellings wat afgespring het en wag om gekort te word, en hy het sy voorskoot van beesvel om gehad, maar sy blaasbalk was stil en sy hamer het op 'n koue vuur gelê. Hulle het by die aambeeld gepraat.

"Heer Visser, ek is op soek na Willem Willemsz. Is hy hier op jou werf?"

"Nee, daar is my vrou, vra haar. Ons het hom nie gesien nie."

"Weet u waar hy is?"

"Nee, land-in. Hy moet nou wegbly hier uit die Kaap uit."

"Nou hoe sal hy oorleef in die veld? Wie sal hom help aan kos?"

"Nee, maar die kêrel kan skiet, my heer fiskaal. Hy sal sorg vir homself. As Willem nou daar anderkant agter daardie plat swart klip lê, dan plant hy sy koeëls drie uit die vyf tussen jou oë. Net soos hy wil hê. Dwarswind, skemerlig, afdraand, klam lug, dit maak nie vir hom saak nie. Sy hand is so vas soos hierdie aambeeld. Ons jag nou al tien jaar saam. As ons seekoei soek, vat hy een koeël; as hy renoster soek, vat hy net twee; as ons leeus soek, miskien drie, want die goed hou mos in troppe. Ons het verdien aan premies, op wilde-esels, op renosters, op leeus en tiers, en op wolwe. En alles skoon profyt, daar was skaars onkoste aan kruit en lood. Ek kan taamlik skiet op bokkies en goed wat vir jou staan en kyk, maar Willem lê graag aan op 'n ding wat hardloop. Daardie Hottentot, jy sal saamstem dat dit 'n pragtige skoot was. Eerste skoot, in die hardloop, op meer as sestig tree."

"Hoe weet u dié besonderhede?"

"Die ruiterwag was hier om hom te soek."

"U moet hom waarsku, heer Visser. Hy moet hom oorgee. Ons gaan hom voëlvry verklaar."

"Willem vir hom oorgee, om te hang?"

"Nog een ding, weet u waarom Willem sy beeswagter doodgeskiet het?"

"Maar die duiwelse jong het sy Delftse blou bierbeker gebreek."

"Ek moet nog een ding vra: Is dit so dat daar twintig jaar verskil tussen die Lierman en sy vrou is? En verder, dat Maria en die kneg 'n verhouding het?"

"Ja, almal weet daarvan. Ek weet wat jy dink, heer fiskaal. Jy dink Ockert het miskien vir Willem die geweer aangegee, en gesê: "Hier, baas. Maak hom skrik, dit is net met kruit gelaai." Sodat Willem dan oor die Hottentot in die moeilikheid kom en gehang word. Maar nee, enigeen kan sien dit was my Willem se eie skoot daardie."

Dan was dit moord. Toe Deneyn terugry Fort toe, het hy daaraan gedink om weer by Maria Willemsz aan te gaan. Watter voorwendsel kon hy gebruik? Sou hy sê: Ek moet die skerwe sien van daardie wonderlike beker wat 'n menselewe werd is? Want wat hy wou sien, was 'n vrou wat op die ouderdom van sewentien twee mans beurtelings in haar bed neem.

Drie Koina-hoofde het na die Fort toe gekom, met 'n geskenk van vyf skape aan die Kompanjie. Die Raad het vergader om hulle te hoor. Daar was Van Breugel, Crudop, Von Breitenbach, Deneyn en landmeter Wittebol. Die Koina was Kuiper, Schacher, nog een. Deneyn was verbaas oor hulle goeie Nederlands. Hulle saak was duidelik: hulle vra die Raad om te sorg dat die moordenaar gestraf word. Hulle het soekpartye uitgestuur en sy spoor gekry, maar dit lyk of hy nou te perd is. Wie het hom aan 'n perd gehelp? Daar is dié wat sê boere langs die rivier gee hom kos en skuiling. Die Koina sê: As hy nie te voorskyn kom nie, moet daar wraak geneem word teen die vrou en teen die skoonvader en ander wat hulp gee aan die moordenaar. Hulle vee kom die dooie se familie toe.

Die Raadslede het saamgestem: die man moet gevind word, dat hy voor 'n hof kom. Deneyn het sy kop geskud: "Daar kan nooit sprake wees van wraak nie." Hulle het hom in stilte aangekyk, wantrouend. "Hy moet verhoor word. Die hof sal besluit," het hy gesê. Die Koina het die Raad daaraan herinner dat 'n maand of twee gelede vyf jong Koina, blote seuns nog, deur die Kompanjie gevang, gebrandmerk en gegesel is, elk met vyftig houe op die blote rug, en al vyf is toe aan een ketting geklink en na die eiland toe verban, om daar skulpe te dra om hierdie kasteel van te bou. Drie van hulle vir vyftien jaar, en twee vir sewe jaar, en wat hulle gedoen het, was om 'n paar skape van 'n boer te steel. Nou, so 'n swaar straf aan vyf seuns oor 'n daad van klein belang beteken dat 'n moordenaar 'n straf van veel meer gewig moet kry. Hoe kan daar sekere strawwe vir Koina en ander strawwe vir Hollanders wees? Dit is wat die mense wil weet.

Deneyn het nie 'n antwoord vir hulle gehad nie, maar destyds het hy sy persoonlike oortuiging duidelik op papier gestel toe hy sy pleidooi vir die straf van die vyf seuns gelewer het. *Die Afrikaanse inlanders, genaamd Hottentotte,* het hy geskryf, *is deur alle Europese nasies waar in die wêreld hulle ook al mag reis, tot dusver die brutaalste bevind, wat volgens die outoriteit en geloof van geskiedskrywers alle ander in onkunde en verfoeilike sedes ver te bowe gaan. Ten opsigte van hulle opvoeding, geaardheid en leefwyse skyn hulle meer dierlik as menslik te wees. Hulle het die voorkoms van redelike wesens en het gevolglik 'n redelike siel, maar ek is onseker of die beginsels van die volkereg op hulle van toepassing is.* So staan dit daar, in sy skrif.

Voorsitter Crudop het die Koina namens die Raad verseker hy sal aanhou laat soek tot hulle die man vind, en as die hof hom aan moord skuldig vind, sal hy swaar gestraf word. Met die dood, as daar geen versagtende omstandighede is nie. Hulle moes dit so aanvaar, en hulle mense ook daarvan oortuig. Crudop het arak laat kom, en pype en tabak, en terwyl hulle rook en drink, die Koina weer en weer verseker die Kompanjie sal die man swaar straf as 'n hof hom skuldig bevind. Die Kompanjie wil soos goeie bure in vrede en geregtigheid met die Koina leef.

Deneyn het voortgegaan om sy saak teen Willem Willemsz op te bou. Hy het getuies geroep, hulle ingesweer en hulle verklarings afgeneem. Sy dagvaarding is 'n tweede keer van die pui gelees en opgeplak, en daarna nog 'n derde keer. Die vasgestelde tyd het verstryk, maar Willem die Lierman het hom nie kom oorgee nie. Toe het die Raad van Justisie vergader, die fiskaal se pleidooi aangehoor en oorweeg. Willem Willemsz is in sy afwesigheid veroordeel tot lewenslange verbanning, met konfiskering van sy eiendom, waarvan twee derdes aan sy vrou en 'n derde aan die regering sal gaan.

'n Ander probleem, gevaarlik, ongesien soos 'n versonke wrak wat in oop see dryf, was die aanhouding van drie Christenkinders in 'n arbeidskolonie vir misdadigers. Die wet kon dit nie duld nie. Dit is nie aanvaarbaar nie, en moet reggestel word. In Engeland moet die kinders van veroordeelde bankroetiers en armlastiges saam in die gevangenis gaan, maar dank die hemel Engeland regeer nog nie oor Nederlandse domeine nie. In Nederland word kinders van onbevoegde ouers deur die gemeente van hulle kerk aangeneem en in 'n weeshuis of in die sorg van ge-keurde vrywilligers geplaas. Teen vergoeding. Nou, wie het die Meerhof-kinders daar op die eiland geplaas, en wanneer?

Fiskaal Deneyn hoef net uit sy kantoor langs die Raadsaal na die kamer aan die westekant, die sogenaamde sekretariaat, te stap en deur enkele vrae aan die klerke te vra, 'n paar bundels doku-mente onder sy arm in te slaan. Hy kan seker maak van sy saak, want Jan Kompanjie se stelsel geld in die sekretariaat. Jy kan van Jan Kompanjie sê wat jy wil, maar jy hoef nooit ver te soek na sy dokumente nie. Deneyn se antwoorde is daarin; hy slaan dit son-der moeite na. Die vrou en haar drie kinders is in Maart 1669 deur kommandeur Borghorst op Robbeneiland gesit as gevolg van wangedrag en openbare onsedelikheid, om vir 'n onbepaalde tyd aan die openbare werke te arbei. Borghorst? Dit is die ou wat sy lewensfortuin in sakkies diamante om sy watsenaam gehang het, en toe soek die Engelse heel eerste daar. Die kinders en hulle ma sit nou meer as drie jaar op die eiland. Wie is hulle, hierdie Van Meerhofs?

Die ma is Eva, wat as 'n dogter deur opperhoof Van Riebeeck grootgemaak is. Haar naam was Krotoa. Sy is nou so dertig jaar oud. Sy is in die gereformeerde belydenis gedoop en gekatkiseer, in 1664 getroud met die sjirurgyn Van Meerhof. Hy verongeluk in die Kompanjie se diens in 1668. Daar is geen kontantuitbetaling aan die weduwee vir die verlies van die broodwinner nie, maar sy kry na amper 'n jaar 'n gratis woning aan wal. Dan begin sy met drankmisbruik, die verwaarlosing van haar kinders, en pros-titusie. Wat is haar probleem? Armoede, eensaamheid? Wat lei tot prostitusie, anders as die natuur se behoefte? As die Kompanjie kontant aan haar voorsien het in haar armoede, onder watter voorwendsel ook al, sou sy beslis haar kinders kon onderhou het sonder prostitusie.

Daar is drie kinders. Daar was vier. Die oudste is Pieternella, buite die eg gebore in waarskynlik 1662. Dan Jakobus, buite die eg gebore in waarskynlik 1664. Hy ly aan vallende siekte. Dan Salomon, binne die eg gebore in 1666. Meer as 'n jaar na haar man se sterwe gee Eva geboorte aan 'n seun Hieronimus. Die vader is onbekend. Die kind word aan land gedoop, maar sterf na 'n jaar en is op die eiland begrawe.

Die vader, Pieter van Meerhof, laat twee testamente na. In een gee hy sy besittings aan sy ou vader in Denemarke. Die ou vader sterf blykbaar, want in die tweede testament laat Pieter dit aan die armes van die Kaap. Albei testamente is voor sy huwelik opgestel, en omdat hulle troue in gemeenskap van goedere was, is al twee ongeldig. Die weduwee het geen testament in haar guns nie, en besit niks wat iets werd is nie behalwe 'n slaaf. Die slaaf is Jan Vos van Wes-Afrika. Hy is 'n timmerman; dit is iets werd vir die boedel. Alles wat hulle gebruik, kooi, tafel, klere, leie, potte en pan, behoort aan die Kompanjie en moet eendag teruggegee word. Die vader se opgehoopte soldy staan nog op die boeke. Die oorlewende kinders behoort daaruit te baat.

Toe daar 'n geleentheid kom om Robbeneiland toe te vaar, het Deneyn met die kwartiermeester gereël dat hy op die eiland tyd sou hê om met die weduwee Eva te praat. Hy moes eers sake met die poshouer bespreek, oor sekere bandiete wat die poshouer uit hulle kettings losgemaak wou hê sodat hulle beter kan werk, en oor 'n geval waar 'n oorlede bandiet met sy kettings aan begrawe is. Daarna moes hy die vrou sien. Die kwartiermeester moet geduldig wees; hy sal sy oog op die wind en die gety hou.

"Dit is so, fiskaal," het die poshouer verduidelik, terwyl hy in 'n plat kissie soek tussen ou briewe van die wal af, en afskrifte van sy voorgangers se antwoorde. "Ek het hom met sy ysters aan laat begrawe. Dit is waar. Maar kyk, hier is die brief waarna ek soek. Hier staan dit: *Die gevangene mag nooit onder enige omstandighede uit sy kettings ontslaan word nie.* Staan dit nie daar nie?"

"Ja, dit staan daar."

"Ek sit daardie dag by die lyk met my ystersaag in my hand om sy bande af te haal. En weet jy wat dink ek? Liewer nie, sê ek by myself. Voer die heer se bevele uit. Mense het al hulle werk verloor oor minder as dit. As die Raad nou ontevrede is, dan kan ek hulle die brief wys."

"Ek verstaan, poshouer. Ek sal aan die Raad verduidelik, maar moenie nou weer die lyk uitgrawe om die boeie te red nie."

Daarna het hulle na Eva en die kinders gaan soek. Die kinders loop graag na die leigroef toe, het die poshouer vertel. Hulle speel daar en praat met die klipbrekers. Dit is beter vir hulle aan die suidekant as aan die noordekant, waar die bandiete met die skulpsakke loop. Deneyn en die poshouer het van die poshuis af teen die Vuurberg uit gestap, en anderkant af na die leigroef toe. Dit was nuttig om die wêreld van hierdie kant af te sien. Daar oorkant was Tafelberg en die Leeukop, en hier voor was die groen seeweg, die ingang na die Tafelbaaise reede. Die Kasteel was onsigbaar, weggesteek agter die wit streep van die Duintjies. Daardie Duintjies was 'n goeie plek, 'n natuurlike plek om 'n buitegalg te plant, sodat seevolk wat hier in- en uitvaar die seevoëls sien draai om lyke, en weet dat hulle die stelsel wat hulle by Den Helder agtergelaat het, hier weer binneloop.

Aan die voet van die Vuurberg was 'n reghoekige gat in die blou leiklip uitgebreek. Dit was lank, breed en diep genoeg vir 'n groot skip, soos 'n blou droogdok in die grond. Hamerslae van hout teen hout het uit die gat opgekom. Op die bodem was 'n span klipbrekers aan werk. Hulle waterbalie en rantsoensakke het agter teen die muur in die skaduwee gestaan, waar die dag se klippe gestapel was.

"Daar is die kinders, daar onder."

"Hoe kom ons daar?"

"Hulle sal vir ons 'n leer staanmaak."

Die baas het uit die gat geklim en hulle kom groet, en hulle is saam teen die steil leer af. Deneyn wou sien wat die klipwerkers doen. Hulle skilfer die klip tweevinger of viervinger of sesvinger dik vir vloere, handbreed vir vensterbanke en drumpels, drie voet breed vir 'n grafsteen of 'n baken. Die blou steen splits skoon langs die voeg, tot agt voet ver. Hulle saag die voeg op 'n wit streep, dryf houtwîe onderin en lig hom met die wig en hamer uit sy bed. Dit is 'n pragtige donkerblou steen met silwer strepe, die Robbeneiland-lei, en dit kom nêrens anders voor nie.

"Jy kan jou grafsteen nou bestel as jy wil, heer fiskaal. Ons meet jou lengte en jou skouers, merk dit met jou naam en hou dit vir jou reg. Skryf jy solank die teks; hou net die laaste datum oop."

"Dankie. Maar ek het werk wat wag."

Die drie kinders het ver weg van die werkers in die gat gespeel.

"Hoekom speel die kinders hier?"

"Dit is goed vir hulle, glo ek. Ons hou hulle onder die oog. Dit is asof die baas hier hulle pa is."

"Ek wil alleen met hulle praat."

"Goed, laat ek saam gaan tot daar. Loop net stadig nader. Dit is soos met diere. 'n Ander keer het die seun hom lelik seergemaak teen die krans."

Soos hulle nader gaan, het Deneyn gevra: "Is hier nog ander sulke kinders in die Kaap, so van 'n inheemse ma en 'n wit pa?"

"Dit weet ek nie, meester. Maar hier is geen ander pare wat getroud is nie. As daar kinders is, dan is hulle miskien in die veld by hulle ma. Ek moet sê ek twyfel, want die Koina laat nie 'n losleêry toe nie."

"Maar daardie twee, die grootste kinders daar, was wel buite-egtelik."

"Is dit so? Nee, dan kan ek nie sê nie, meester. Maar hulle ma het in die Fort grootgeword. Sy het ons gewoontes."

"Hulle is dan die eerste van hulle soort."

Dit was soos met diere. Hulle kon die kinders verskrik na links en regs sien kyk, kort bewegings maak om weg te kom, maar dan praat die grootste een, en hulle drom bymekaar, hulle rûe teen die donker klipmuur, hulle oë op die fiskaal, en toe hy by hulle is, bly hulle oë op die wandelstokkie onder sy arm. Slaan. Hulle is bang vir hom.

"Dit is nou Pieternella. Dit is Jakobus, en dit is nou Salomon. En dit is nou meester Deneyn. Sê dag vir meester Deneyn."

So, dit was die kinders van die rooidag. Hulle het hulle gesigte gespits, gemompel, hees gefluister, en weer na die wandelstokkie gekyk. Hulle was geklee soos die Kompanjie se slawekinders, in iets soos 'n knielengte sak van growwe linne, met gate vir die kop en arms. Al drie was skraal, plat soos roeispane. Die kleintjie het 'n olierige hoed opgehad wat amper sy hele kop bedek. Onder die hoed het 'n gehoes en 'n gesnuif uitgekom, en hy het deur sy mond asemgehaal. Die seun, die ouer een, was 'n mengsel van mense. Hy was korter as sy suster, sy hare geel en dig gekrul teen sy kop, klein ore, breë neusbrug, sy vel donker, sy oë vaalblou soos die lug. Die dogtertjie was die langste, en nie die gewone Nederlandse meisietjie met rooi wange nie. Haar gesig was skerp, met hoë wangbene, donker Oosterse oë, wye mond, spits ken, klein neusie. Oor ses, sewe jaar kon sy iets besonders wees, maar nou was sy benerig, stowwerig, met rowe op die elmboë en knieë. Sy het haar kop skeef gelig toe hy praat.

"Dag, P'nella. Dag, seuns."

"Hulle praat nie eintlik nie, meester."

"Dankie, poshouer. Ek moet probeer."

Pieternella se eerste woorde was: "Waar gaan oom Otto?"

"Hy gaan by die ander mense gesels. En wat doen julle hier?"

"Speel," het die seun met 'n diep hees stem gesê.

"Dit is mooi. Ek wil graag sien wat julle doen."

Pieternella het woordeloos gewys na die blou muur van die groef. Daar, heel onder, was tekeninge en woorde geskryf soos met 'n griffie op 'n lei. Die letters was so swak gevorm dat hy geen woord kon uitmaak nie. Die prente was klein, so groot soos 'n kind se hand. Hy kon visse sien, en skepe, voorwerpe soos diere met twee bene.

"Hoenders?"

"Meeue."

"En wie teken so mooi?"

"Dié is ek, daar is Kobus, hier is Salomon."

Deneyn het na 'n skip gewys, vol getuig. Op die agterdek was 'n stokman, hoër as die maste. "Het jy die skip geteken, P'nel?"

"Ja. Dit is ons pa."

"Nou ja, dit was gaaf om julle te ontmoet. Ek wil nog 'n paar dinge vra. Wie skrywe so?"

"Ons almal," het die seun gesê. Maar toe Deneyn hom vra om te lees, kon hy niks sê nie, en die dogter het hom verdedig: "Ek leer hom nog."

"Nou verstaan ek. En wat het jy hier geskryf?"

Haar vinger het vaag na 'n paar krappe teen die rotswand beduie.

"Hans Michiel."

"Ek sien." Sy het hom lank in die gesig gekyk, asof sy wonder wat hy sien. "En kan jy jou naam ook skryf?" Maar as sy kon, wou sy nie.

"P'nella, hoe gaan dit met jou ma?"

"Sy is siek."

"Ek wil graag met haar praat."

"Waaroor?"

"Oor julle."

"Wat wil jy vir haar sê?"

"Ek wil ook oor julle slaaf praat. Het julle hom nog?"

"Oom Otto laat hom tuinmaak."

"Julle kry van die groente. Wat sê jou ma?"

"Ma wil vir Jan verkoop."

"Dit sal nie 'n goeie plan wees nie," het Deneyn gesê, en in Pieternella se oë gekyk. "Nee."

"Nee," het sy gesê, en hom in sy oë gekyk toe sy dit sê.

"Dan moet ek met jou ma en die poshouer gaan praat, as sy gesond voel. Hulle moet nie sake deurmekaar krap nie."

Hy het sy hand uitgesteek en al drie kinders gegroet. Die vraag wat hy haar wou vra, of sy en haar broers by mense in die dorp wil gaan woon, met ander kinders speel, en skool toe gaan, moes wag. Sy sou nie haar ma alleen agterlaat nie. En sou dit vir haar 'n nadelige saak wees as sy op die eiland grootword? Hy was nie seker daarvan nie.

Eva het op haar kooi gelê, toegemaak onder 'n deken van skaapvelle. Sy was wakker. Poshouer Raling het by die deur gesê: "Eva, die fiskaal wil met jou praat." Sy het haar kop effens gelig en haar gesig na die deur toe gedraai.

"Kan ek nou wal toe?"

Deneyn se oë het in die skemer gesoek. So, dit was Eva. Sy het ouer gelyk as wat hy verwag het.

"Ek weet nie, juffrou Van Meerhof."

"Het jy my Pieter se geld gebring?"

"Nee."

"Het jy iets vir my om te drink?"

403

"Heeltemal verbode," het die poshouer gesê.

"Ek moet dit hê. Ek gaan dood."

En die fiskaal het stilgebly, omdat hy geweet het wat sy bedoel. Hy kon die behoefte verstaan, maar daar was die regering se wet. En die wet, dit was hy.

"Nou wat kom maak jy my wakker?" het Eva gevra.

"Ek wil oor jou kinders praat. Ek wil die kinders van die eiland af wegneem. Hulle is nie gevangenes nie. Hulle behoort nie tussen bandiete groot te word nie."

"Wat gee jy hier voor? Ek het nooit sê gehad oor my kinders nie. Waaroor wil jy miskien vandag praat? Vat weg, as jy lus het. Dit is mos Jan Kompanjie se kinders. Alles is mos syne. Vat, en voertsek."

"Eva," het die poshouer geroep. "Die fiskaal wil jou kinders help."

"Maar nie vir my nie. Ek kan hier vrek."

"Toemaar," het Deneyn aan die poshouer gesê. "Laat vaar. Sy dink net aan haarself. Kom, ons gaan buite praat."

In die oopte het die poshouer gesê: "Hier is lelike dinge aan die kom, fiskaal. Dit is baie lelike sake. Ek weet sy het die Engelse siekte. Die Raad het dit vir my laat weet, want ons kêrels het erken aan die sjirurgyn wat hulle ondersoek het. Maar nou, God help haar arme kind, lyk dit vir my sy verwag weer."

"Sluit jy haar snags toe?"

"Wat sou dit help? Sy doen dit bedags. En dit baat nie om stroomop te roei sonder baie spane in die water nie, meester."

"Ek sien sy het 'n ketting aan haar been."

"Dit is nog heer Borghorst se bevel. Ek doen soos hulle sê. Dit is die beste."

Nou ja, wat doen jy in dié geval? "Ek wil die slaaf sien wat aan die vrou behoort."

Die slaaf het emmers water aan 'n juk oor sy skouers gehad, en was op pad tussen die put en die groentetuin toe hulle hom teenkom. Dit was 'n ouerige man, onder 'n strooihoed.

"Dit is Jan Vos, meester. Jan, die fiskaal."

En nou, het Deneyn gedink, gaan ons weer oor na 'n ander

404

wetboek. Ons was by die regte van wese en van weduwees, en nou is dit die regte van slawe. Dit was seker onder die Romeine laas dat Hollanders slawe besit het. En hy, Pieter Deneyn, het ook nog nie tevore met 'n slaaf handgeskud nie. Pasop, advokaat Deneyn, die water word vlak onder jou kiel en nou-nou loop jy jou vas. Die Kaap is 'n lokval vir 'n baar man.

"Jan Vos, hoe gaan dit."

"Goed."

"Ek kom verneem of daar iets is wat jy aan die Raad wil laat weet. Ek hoor dat die vrou jou wil verkoop."

Jan Vos het sy emmers grond toe laat sak. "Ja. Dit sal 'n genade wees."

"Hoe behandel sy jou?"

"Sy het nooit 'n woord te sê nie. Maar ek is nie 'n bandiet nie, en ek sit al hoe lank op die eiland. Was dit nie vir die kinders nie, het ek hier weggeloop."

"Jy glo jy kan hier wegkom?"

"Ja."

Maar die poshouer het gelag. "Nee, meester. Hulle kan nie."

"Die gereg moet jou straf as jy wegloop."

"Ek sit klaar gestraf hier."

"Waarom wil jy land toe?"

"Ek was 'n vrymanslaaf, en nou maak ek tuin vir die Kompanjie sonder loon. Hulle maak 'n bandiet van my. Op die wal kry 'n slaaf loon as sy baas hom uithuur."

"Dit is 'n onreg. Het jy 'n ambag?"

"Ek het nie papiere nie, maar ek was jare 'n timmerman. Ek kan my eie brood verdien."

"Ek sal werk maak van jou saak, Jan. Maar moet net nie probeer vlug nie."

"As jy vandag hier klaar is, meester, gaan jy hier bly, of wil jy wal toe?"

"Kyk, jy het nou gevra om hier weggeneem te word. Ek sal kyk wat ek kan doen. Laat niemand vir eers hoor nie, veral nie die vrou en die kinders nie. En nog 'n ding: dit is moontlik dat juffrou Meerhof weer verwag. Weet jy wie die pa kan wees?"

"Ek hou my nie met gemors op nie."

Toe hulle wegstap poshuis toe, sê die poshouer: "Jan het bitter geword. Hy was eers 'n gemoedelike man."

"As hy vlug, moet hy gestraf word. Maar moenie kettings aan hom sit, of hom toesluit nie."

"Goed, meester, maar hulle kan nie wegkom nie, al dink hy so. En sal ek dan maar een van die bandiete in die tuin gebruik? Ons kan nie sonder die groente nie."

"Wag tot die Raad so sê. As die Raad aan jou skryf oor Jan Vos, sal hulle sê oor 'n bandiet vir die tuin."

Tog was dit moontlik om van die eiland af te vlug. 'n Paar weke later het vyf jong Koina wat almal aan een ketting gesluit was, van die eiland af verdwyn.

Die skippers wat in Julie 1672 die nuus gebring het van 'n nuwe oorlog teen Engeland en Frankryk, kon geen rede gee waarom Engeland oorlog verklaar het nie. Die geval met Frankryk was duidelik: Frankryk het 'n ooreenkoms met die Engelsman gehad om te verklaar wanneer Engeland verklaar. Die Komplot van Dover, is dit genoem. Maar waarom wou die Engelsman die rooivlag hys? Die redes wat hulle voorgegee het, was so belaglik dat hulle oorlogsverklaring skaars eg kon wees. Die koning van Engeland voel glo beledig deur 'n skildery wat in Dordrecht se stadhuis hang, van hoe De Ruyter die Medway-rivier aan die brand gesteek het, en dan is hy verder beledig omdat sy skip *Royal Charles* wat daar gebuit en huis toe gesleep is, nou in Amsterdam teen betaling deur die gemene volk bekyk word. Maar sulke lawwe voorwendsels beteken jy moet die rede elders soek, en die mees waarskynlike was dat hulle saamspan om Nederland se greep op die Oosterse seehandel te breek. Maar die Nederlander was nie bang nie. Daar was die waterlinie, daar was De Ruyter op see, en die jong prins Willem op land, wat as leërowerste aangestel is vir een veldtog. Die Kaapse Raad is beveel om krygswet af te kondig, want die Kaap was die poort tot die Ooste.

Deneyn het die saak van die Meerhof-kinders en van die slaaf met Raadslede bespreek, want hy wou hulle gedagtes hoor voor hy dit na die Raadstafel toe neem vir 'n besluit. Hy het hulle oortuig dat Jan Vos onwettig vir arbeid gebruik word, maar van betaling vir sy werk wou hulle nie hoor nie, want die Raad het hom nie gehuur nie. Laat poshouer Raling dan betaal. Jan Vos kan met die volgende boot wal toe kom as 'n huurder vir hom gevind word, maar al die inkomste moet vir die onderhoud van die vrou en kinders gaan.

Deneyn was nie daarmee tevrede nie. "Ons is nou op die terrein van armesorg, en dit weet u, is in die vaderland 'n saak vir die gemeente. Laat ek die advies van die Kerkraad kry."

Sy voorstel aan die kerkraad sou wees dat die slaaf gebruik word om inkomste te verdien vir die hele gesin, onder beheer en bestuur van die kerkraad. Hy het sy versoek skriftelik voorgelê, en is genooi om by te wees wanneer dit bespreek word. Sal die kerkraad voog wees oor die onmondige kinders van die oorlede sjirurgyn Pieter van Meerhof en hulle moeder, Eva, wat onbekwaam is om hulle te versorg, en sal die kerkraad self administrateur word van hulle boedel? Dit sal die kerkraad niks kos nie, omdat die familie hulle eie bron van inkomste het. Dié aanbod kon die kerkraad nie weier nie. Hulle het dit eenparig goedgekeur, en aan die agbare Raad deurgestuur. Die Raad het net een voorbehoud ingebring: Die vrou moet op die eiland bly. Die besluit was op advies van die sjirurgyns.

Deneyn was tevrede. Hy het hulle nie gesê dat die vrou miskien weer verwag nie, maar begin navraag doen oor goeie pleegouers.

Toe die bouery aan die Kasteel ses jaar tevore begin is, was daar stilte op die steiers. Dit was die ou reël, wat al van Babel se tyd af kom. Dit was nie nou meer so nie: daar is geroep, geskree, geskel, teengepraat. Jy kon van ver af tot vyf tale op 'n keer daar by die werkery uitken. Die ou voormanne was verbaas; hulle weet nie hoe dit so gekom het of wat om daaraan te doen nie. Die nuwes het dit maar aanvaar. Miskien was dit die honger wat die mense lighoofdig maak, en die moegheid, want as jy van sonop tot sononder rotse kap, en dra, en hys, en snags moet wag staan op 'n halfleë maag, dan laat moegheid en duiseligheid jou teëpraat. Só is die Kaap. Miskien was dit die korporaals met hulle rottangs wat die skreëry aan die gang gesit het, maar die offisiere was ontevrede. Dit hoort nie so nie. Orde op die steiers, het hulle die voormanne beveel. Dit is militêre bouwerk en daar moet nie 'n pratery en teëstribbeling wees nie. Veral nou met die krygswet was dit nie net onbehoorlik nie, maar gevaarlik vir dissipline.

Oorkant by die Kasteel het die soldate ná die middag, soos gewoonlik op die eerste dag van die maand, nie na die klok weer gaan werk nie, maar voor die Ark se kantoorvenster vergader om hulle kosgeld en hulle rysrantsoen te trek. Een het daar gesê, en dit is later voor Deneyn beëdig: "Ek het twee dae laas iets geëet en is nou so flou dat ek skaars kan staan. Die duiwel haal my of ek vanmiddag verder kan werk." Toe kom sersant Croese sê hulle moet gaan werk, die uitbetaling is tot vieruur uitgestel.

Die teleurstelling was een lang sug. Die stilte het begin suis; daar is gefluister, gemompel. Een het geroep: "Eers rantsoen, dan werk!" Die sersant het gelag en probeer paai. Hulle het om hom saamgedrom en tesaam begin skreeu: "Eers rantsoen, dan werk!" Toe slaan hy 'n paar houe met sy rottang om hom, en blaas sy fluit. Luitenant Von Breitenbach het laat in die kantoor gekom, dit is waarom die geld nie gereed was nie, maar was al binne toe die deurmekaarspul begin. Hy sou hierdie troepe iets leer wat hulle nooit gaan vergeet nie. Hy het in die Ark se deur gaan staan en vir die drie naaste sersante wat met hulle rug teen die muur voor die troepe gestaan het, gesê: "Jý noem twee, en jý noem twee, en jý noem twee." Toe het hy sy twee hande opgehou asof hy 'n seën oor hulle wil afbid, en toe hulle stil word, sê hy: "Julle sersante gaan nou elkeen twee name roep. Daardie mense moet hier na my toe kom." En toe die ses stil voor hom staan asof hulle 'n belofte van hom verwag, sê hy vir die sersante: "Ek arresteer hierdie ses oor oproer. Neem hulle selle toe. Korporaals, dryf die ander werk toe. Gebruik julle rottangs."

Deneyn het weke aan daardie saak gewerk. Sy ervaring van militêre reg was min, en in 'n land onder krygswet het die militêre die burgerlike wet vervang. Hy het ook nie die regte boeke gehad nie. Die waarnemende hoof was hier alleenheer van lewe en dood. Deneyn het die aangeklaagdes uit die sel laat haal, beëdig en ondervra. Die klag teen hulle was muitery teen die wettige owerheid. Hulle het dit ontken. Deneyn het saamgestem. Wanorde, oproerigheid en ongehoorsaamheid miskien, maar nie muitery nie. En hulle motief? Moegheid, honger, wanhoop. Hulle was ook nie die enigstes of die eerstes wat voor die Ark begin skree het nie; almal het saam geroep. Deneyn het aan die Raad gesê hy sien geen gronde vir 'n klag van muitery nie. Muitery is 'n halssaak. Die Raad het aangedring, hulle wou 'n halssaak hê, as voorbeeld aan die ander. En behoort die heilige regspraak ook skoolmeester te speel? het Deneyn gewonder. Maar hy moes doen wat hy beveel word, want dit was krygswet. My hande word hier rooi van bloed, het hy gedink. Ek word nou laksman gemaak. Maar sy plig teenoor sy land sou hy doen. Ná die aangeklaagdes het hy getuies geroep. Maar hulle wou niks onthou nie. Almal daar het ewe veel geraas, daar was nie een wat meer as die ander geraas het nie, maar alles was uit moegheid, honger en wanhoop.

Die Raadslede het al ses skuldig bevind, soos aangekla. Muitery word in oorlogstyd nooit geduld nie. Nou vir die voorbeeld. Die ses is voor geroep, en gesê dat hulle skuldig is aan muitery in oorlogstyd. Hulle het op hulle knieë gesak en genade gevra, met hulle hande voor hulle gesigte saamgevat. En die hof was genadig. Vier van die ses sou loot om lewe of dood. Die twee wat dood getrek het, is drie dae later opgehang. Albei was maar nog 'n paar maande in die land. Die twee wat lewe getrek het, is gegesel en moes vyf en twintig jaar in kettings arbei op die eiland. Wat die orige twee betref, die een is gegesel en moes drie jaar in kettings arbei, en Magnus Pietersz moes drie dae op die houtperd ry: die eerste dag met twintig pond gewigte aan sy bene, die tweede met tien pond, en die derde sonder gewigte. Die vierde dag kon hy nie loop nie. Dié dag is Jeremias Brommels en Martin Glockner se lyke van die galg gehaal en agter die beeskraal begrawe.

Dít was krygswet. Die rede vir krygswet was die oorlog wat die vaderland voer teen die Fransman en die Engelsman. Nuus uit Nederland was sleg. Die land was op sy knieë. Die Franse koning het self met 100 000 man uit die suide opgeruk, en sy generaal Turenne uit die Ooste met 40 000 man. Nijmegen, Zutphen,

Culemborg, Arnhem, Bommel, Doesburg, Naarden en Utrecht was al in Franse hande. Prins Willem het teen die Franse geveg met skaars tienduisend. Die laaste hoop om die westelike hoë grond te behou, was die waterlinie. As die regering die woord gee, word die seedyke in die noorde en suidweste oopgekap om die land onder water te sit.

In Here Sewentien se briewe is die Kaapse Raad gewaarsku om die kus dop te hou vir Engelse en Franse skepe, om die burgermag veggereed te maak, en vir die duur van die stryd oorlog teen die inboorlinge te vermy. As die vyand in Tafelbaai kom, moes die Raad Robbeneiland laat ontruim en verwoes. Dit, die moontlike ontruiming, het vir Deneyn die kans gegee om die kinders dadelik van die eiland te laat haal.

Daar was 'n timmerman van die Kompanjie wat aan die kasteel gebou het, 'n Rotterdammer met die naam Lang Gert. Sy vrou het klaar na haar man toe gekom, en hulle huis het langs die groot tuin agter die Kompanjie se stal gestaan. Deneyn het vir Gerrit van der Byl uitgekies, en die Kaapse predikant gevra om by die man en sy vrou te verneem of hulle die Van Meerhof-kinders sal huisves. Daar is 'n inkomste vir sy gesin, en hy kry eerste opsie op die huur van hulle slaaf wat timmermanswerk doen. Die predikant het met hulle gaan praat.

"Toe ons hemelse vader 'n huis gesoek het vir sy enigste seun, het hy die huis van 'n timmerman gekies. Hy kon die kasteel van 'n groot veldheer soos keiser Julius of Alexander Magnus gekies het, of 'n herder se skerm, en natuurlik die heerlike woning van 'n handelaar. Ek weet nie waarom nie, broer en suster, maar ek lees in die evangelie dat hy gekies het om sy seun in 'n timmerman se huis te sit. Die kerkraad kom nie vandag na u toe omrede u 'n timmerman is nie, broer Gerrit, maar oor u en suster Sofia se lewenswyse. Die kerkraad het om leiding gebid vir 'n huis vir hierdie drie kinders, waar hulle in die Christelike gereformeerde en Nederlandse beginsels kan grootword, en dit was asof 'n ster hier oor u huis agter die stal kom hang het om te wys: hier is die plek waar Pieternella en die arme kinders opgevoed moet word."

Lang Gert was een van die ou soort timmerlui wat nie op die

steiers gepraat het nie. In sy keel het 'n groot adamsappel beweeg as hy luister, maar hy het selde iets gesê. Sy vrou Sofia was nog skaars dertig, amper so lank as hy, en ewe stil. Hulle enigste kind na twaalf jare van huwelik, was 'n lang, stil seun met die naam Pieter.

"Ons voel geëerd dat die kerk aan ons gedink het, dominee," het Gert geantwoord. "Ek en Sofia sal praat, en bid, en dan vir die kerk laat weet."

Deneyn was in sy kantoor, besig om by kerslig te beplan hoe om nog mensebloed te stort op wyses wat die gemeente altyd sal onthou, toe Sofia en Gert in hulle huis op hulle knieë gaan om te bid oor die Van Meerhof-kinders. Die volgende oggend het Lang Gert by Deneyn se kantoor ingekyk, en gesê hulle sal die kinders loseer.

Vir Sofia was die vier jare daarna, toe sy 'n dogter in haar huis gehad het, die aangenaamste van haar lewe. Sy het nooit tevore so dikwels geglimlag nie. Sy het die kind so mooi aangetrek as wat hulle toelae moontlik gemaak het. Wat die twee seuntjies betref, het sy net gesorg dat hulle was, skoon aantrek en saam met haar en haar man kerk toe gaan. Hulle het by haar man geleer om asseblief en dankie te sê, om saam by 'n tafel te eet met 'n mes en 'n lepel, en om te bid en te dank, alles volgens die Hollandse gewoonte. Dit het met tyd en geduld reggekom. Maar hulle was maklike kinders wat enigiets eet, enigiets aantrek, enigiets doen wat jy van hulle vra. Natuurlik moes sy en Gert oor hulle staan, en 'n tweede en derde maal praat, maar dit was niks.

Sy het gesien hulle was op 'n stil manier aan mekaar verbonde, die drie kinders. Jy sou hulle voor Pieternella kry staan, maar daar was geen geluid tussen hulle nie, en hulle sou stil uitmekaargaan as jy nader kom. Die oudste seun het 'n paar keer kort na hulle aankoms die vallende siekte gekry, maar Pieternella het hom op die vloer laat spook tot dit verby was en hom daar toegemaak dat hy rus. Wat is dit, het Sofia gewonder, is dit 'n duiwel of 'n engel wat so met hom aangaan? Wat wil hulle van hom hê? Skoene kon jy ook nie aan sy twee voete kry nie, siek of gesond.

Haar seun Pieter het altyd maklik maats gemaak, maar noudat daar kinders soos broers in die huis was, het sy gesien dit was vir hom moeilik om sy kamer met ander te deel. Vir die ander was dit seker net so moeilik, maar hulle het niks laat sien nie. Sy het gedink: hulle sal aan mekaar gewoond word.

Haar man was heeltemal tevrede met die slaaf. Die kêrel kon skaaf, saag, timmer, dakkappe maak, gom kook, spykers maak, sy gereedskap slyp en versorg, en alles met 'n glimlag. Lang Gert het gevind dat hy nou voordelige buitewerk kon aanneem om sy salaris aan te vul. Die Kompanjie en die vrylui wou laat bou en aan-bou, en daar was nie genoeg vry timmerlui in die Kaap nie. Gert het dit alles net so aan Jan Vos oorgelaat. Die slaaf was vir hom 'n groot aanwins, en hy en Sofia kon vir die eerste keer iets wegsit vir die dag as hulle vryburgers word. Hy het gehoop die dag hoef nie meer ver te wees nie, en hy het geweet aan wie dit te danke was.

Hulle seun Pieter het 'n private meester gehad, 'n soldaat uit die garnisoen, maar die ander drie het na die Kompanjie se skool toe gegaan. Dit was 'n kamertjie in die Fort. Jakobus het gesukkel, want sy geheue was kort. Pieternella en Salomon het maklik ge-leer. Hulle was so slim of beter as dié van hulle ouderdom, en as die sekunde of die predikant een maal die week op inspeksie kom, was dit hulle wat gevra is om te staan en uit die *Huispostillen* te lees of iets op te sê. Pieternella wou weet wat Pieter by sy pri-vate meester leer. Dit was lang gebede en ook die toesprake van dooie keisers; as sy wou, kon sy dit ook leer opsê het. Maar sy en Pieter het saans by die tafel gesit en vir mekaar op hulle leie ge-skryf, somme en raaisels, of net die name van lande. So skryf jy Batavia, so skryf jy Karolus die Grote.

Sondae het almal saam na die Ark toe geloop vir kerk, be-halwe Jan Vos wat dan op sy *katil* gelê en rook het.

"Wil jy nie saamkom nie, Jan?" het Gert gevra.

"My siel bleik nie, meester. Ek sal rus."

Pieternella het gesien dat Jan klere kry, en tabak en wyn, soos hulle beloof is. Hy het alleen in die agterwerf gewoon, vir hom-self kos gemaak, sy klere gewas en daar uitgehang. Hy het hulle vier se kos verdien, soos 'n pa wat winter en somer voor daglig opstaan om vir sy familie te gaan werk.

"Wil jy dan nie 'n vrou hê nie, Jan?"

"Nie meer nie, kind. Toe ek jonk was, het ek baie graag gedink aan 'n vrou. Maar dit is nie meer nodig nie. Ek doen maar alles self."

Soms het hy met haar oor haar broers gepraat. "Jy moet hoor, Kobus vloek op die kleintjie. Hy leer dit by die skool."

"Ek dink hy het al by my ma geleer."

"Dan moet jy vir Lang Gert sê, dat hy praat met die kind."

"Ek sal met Kobus praat."

"Dink jy nooit aan jou ma nie?" het hy vir Pieternella gevra.

"Ja. Ek dink sy is nou beter af sonder ons."

"Dit is goed. Daardie is haar lewe. Jou lewe lê voor. Jy gaan nou vooruit, en oor tien jaar sal jy ook nie vir Jan Vos onthou nie. Ek is dankbaar bly dat die fiskaal ons gevat het."

Jan Vos se loon van 200 gulde in die jaar was meer as dubbeld wat 'n soldaat verdien. Sy uitgawe was gering, want hy het een-voudig geleef, maar hy het op skoene aangedring. Die kerkraad wou dit nie hoor nie. Slawe loop kaalvoet; daaraan ken jy 'n slaaf.

"Bart Borms was ook kaalvoet. Toe het ek en hy op die see ge-werk. Nou werk ek op huise."

Fiskaal Deneyn het vir Pieternella in die kerk gesien. Dit was soos hy vermoed het: as jy die stof afwas en haar hare kam, sal sy 'n mooi kind wees. Hy het haar geboortedatum so na as moontlik in die dokumente gesoek, en gesien dat sy omtrent twaalf was. Hy wou graag met haar praat. Hy het na die huis toe gegaan toe hy weet dat Lang Gert en Pieternella albei daar is, laat op'n Sater-dagmiddag. Hy het tee gedrink, met Gert en Sofia gesels, en gevra hoe dit gaan met die kinders, en met die slaaf. Hy wou graag 'n paar woorde met die dogter wissel. Sy is geroep.

"P'nella, ek moet vir iemand in julle familie vertel hoe dit met jou ma se sake staan, en ek dink dit moet jy wees. Die kerkraad en die regering sorg vir jou ma, maar ek wil hê dat jy verstaan hoe alles werk."

Sy het geknik. Maar hy wou haar hoor praat. "Waar kom jy aan die naam Pieternella? Dit is uitsonderlik. Petronella is meer bekend."

"Dit was my pa se naam."

"Was hy Pieter?" Maar hy weet dit reeds. "Dan is daar 'n paar van ons met dieselfde naam. Jou pa, en jy, en ek. Ons naam beteken rots."

"En Pieter van der Byl."

"Inderdaad. Ek gaan van tyd tot tyd vir jou sê wat aangaan. Ek gaan vir jou vertel van jou en jou ma en broers se sake, asof jy die ma is, en jy sal dit onthou tot hulle eendag na hulle eie sake kan kyk. Ek wil net vir jou vra: praat met niemand daaroor nie. Goed?"

"Ja."

"Toe jou pa oorlede is, het hy 'n bietjie geld nagelaat. Dit behoort aan jou ma en julle drie kinders gesamentlik. Die Kompanjie, dit is die regering, moes die geld aan jou ma gee om vir julle te sorg. Maar die regering het gedink sy sal die geld uitgee, verkwis, en julle verwaarloos."

Haar gesig was somber.

"Onthou jy die tyd toe jou ma weggeloop het, en vir julle daar in die ou pottebakkery gelos het? Die boeke sê julle het nakend voor die Raad verskyn. Sonder klere."

"Ek kan nie onthou nie."

"Wie het vir julle gesê om na die Raad toe gaan? Was dit jy?"

"Ek weet nie."

"Nou ja, in elk geval. Dit is waarvoor die Raad bang was. Hulle hou nog altyd jou pa se geld, en jy moet weet dit is nie veel nie. Die jare wat julle op Robbeneiland gewoon het, is daarvan gebruik om julle kos en klere te betaal. Maar wat oorbly, is nou belê sodat dit kan groei. Dit word stadigaan meer, amper soos 'n kind wat groei. Ek het daarvoor gesorg. Nog iets wat bykom, is Jan Vos. Hy werk nou vir julle, en wat hy verdien, gaan alles in julle fonds."

"Werk Jan vir ons?"

"Ek moet dit duidelik maak: hy werk by meneer Van der Byl, en die loon wat hy verdien, gaan in julle fonds. Maar dit is reg om te sê Jan werk vir julle. Is dit nie so nie?"

"Ja."

"Dit is soos 'n emmer. Jan alleen dra aan om die emmer vol te kry, maar daar is vyf mense wat daaruit skep: julle drie, en jou ma, en Jan. Almal moet kosgeld en klere hê. Jan kry amper niks, want hy is 'n slaaf."

Sy het hom in die oë gekyk en gevra: "Hoe sê mense vir jou?"

"Fiskaal. Meester Pieter. Vriende sê net Pieter."

"Kan Jan skoene kry?"

"Enigeen kan."

"Sal jy vir hulle sê om vir Jan te laat skoene gee."

"Ek sal onthou. Maar as julle nie spaarsaam werk nie, gaan julle emmer leeg word."

"Ja." Met haar mond stil soos haar gesig. Mooi oë het die kind. Ek sal jou nog laat glimlag, het hy gedink.

"Ek gaan nou 'n paar woorde met Jan praat. Gee my groete aan jou broers, en aan ons naamgenoot, Pieter van der Byl."

Hy het haar met die hand gegroet, en voor hom by die deur laat uitstap.

Sy het die middag by Pieter gehoor: Die fiskaal is die een wat mense laat brandmerk, en skiet, en hang, en opsluit, en slaan. Wat spykers deur hulle tonge kap, en mense se ore afsny, en hulle met die mes deur die hand aan 'n paal vaspen. Wat mense lewenslank op Robbeneiland in kettings laat arbei. Dit is hy, Pieter Deneyn.

Party leer nooit. Daar was 'n vrou met die naam Maijke Hendriksz wat al herhaaldelik voor die hof was, en nog 'n keer gestraf moes word. Deneyn het haar rekord nageslaan. Sy was Maria van den Berg, huisvrou van Tielman Hendriksz, en hier was dit geen kwessie van misdaad uit armoede nie. Hulle het 'n plaas besit, langs die vrugbare Liesbeeck. Dit was *Den Uitwijk*, wat Jan van Riebeeck self aangelê het, so dit moes die heel beste wees. Maijke was een en vyftig jaar, Tielman tien jaar jonger. Hulle het kinders, van wie een dogter nog in die huis is. Dit lyk na 'n nuttelose familie. Nie een is 'n lidmaat van die kerk nie. Tielman wil nie boer nie, maar probeer sy brood op makliker maniere kry, soos jag en smokkel, terwyl hulle plaas onder 'n kneg verwaarloos. Albei het kriminele rekords. Tielman was in nege jaar ses keer voor, vir aanranding, smokkel en die onwettige verkoop van vee. Geweldadige kêrel ook. Eenmaal op 'n bruilof het hy die bruidegom amper dood gehad. Hy het die stekery begin, soos hulle op boere-bruilofte sê. Sy boetes was aansienlik, en Tielman was amper bankrot.

Maijke se eerste oortreding was dat sy 'n buurvrou beledig en daarna met die vuis geslaan het. Die hof het dit probeer skik en het uitspraak en straf weerhou. Daarna kom Maijke drie keer in twee jaar voor, oor onderskeidelik hulp aan 'n oortreder, diefstal en veeruil. Hierdie keer het sy en haar drie knegte skape van die inboorlinge gesteel en verkoop.

Hierdie keer, vra Deneyn in sy pleidooi, behoort die hof vorige oortredings in ag te neem en haar te vonnis om met die tou om haar nek onder die galg gegesel te word, en nog vir twaalf jaar in kettings op die eiland te arbei, met konfiskasie van al haar geld en goed. En vir elkeen van haar drie helpers, geseling en drie jaar in kettings op die eiland. Die Raadslede het van die fiskaal na die ou vrou gekyk, en weer na die fiskaal, en die hof verdaag. Hulle het besluit: Wat die tweede, derde en vierde aangeklaagdes betref, is sy eis toegestaan. Wat die eerste aangeklaagde betref, sy sal met 'n rottang in haar arms die ander se straf aanskou. Sy self word vir drie jaar ingeperk, en sy moet 'n boete van 400 ryksdalers betaal. Deneyn was heel tevrede. Die vonnisse is op 'n skooldag in die Fort se voorplein uitgevoer. Die kinders kon die geluide daarvan deur hulle kamervenster hoor. Pieternella het vir ta' Maijke goed geken. Dit was die enigste vriend wat haar ma nog gehad het.

Die Duitse spreekwoord: Pasop vir 'n land waar hulle die klok slaan met die hand, is gemaak vir die Kaap. Die garnisoen en sy vrybevolking is albei so min, die bestuur so streng en die voor-beelde van swaar straf so gereeld, dat jy min ernstige misdaad in die kolonietjie behoort te verwag. Deneyn onthou wat kommis-saris Van Overbeke oor die land se rooidag gesê het. Rooi is hy wel, hier vloei volop bloed. Andries Vries word gegesel oor mes-stekery, met 'n gloeiende mes gebrandmerk en vir twee jaar eiland toe gestuur. 'n Paar slawe wat dros, word gehang, daarna aan die galgtou deur die dorp gesleep na die nuwe buitegalg by die Duintjies, en dáár gehys vir die voëls om te vreet. Twee soldate wat hulle messe teen die konstabel van die Fort trek, kry elk honderd slae en vyf jaar arbeid in kettings. Jan Tenger moet 'n dag in die galgtou staan oor skaapsteel, gevolg deur tien jaar arbeid in kettings op die eiland.

As daar 'n teregstelling was, het Lang Gert met die kinders daaroor gepraat, want dit was langs hulle pad skool toe in die oggend. Hy het die oorsaak vir hulle verduidelik, en as hy iets soortgelyks in die Bybel kon kry, dit vir hulle gelees. "Die straf is vir ons," het hy gesê. "Dit is 'n voorbeeld vir my en vir julle." En hy het self geglo in 'n goeie voorbeeld. Dat dronkenskap in families loop, het hy ook geglo, en solank as die Van Meerhof-kinders onder sy dak was, het hulle nooit geweet dat hy self wyn en brandewyn in die huis het nie. Hy het 'n goeie voorbeeld vir hulle probeer stel.

Sy vrou Sofia het ook geglo in 'n goeie voorbeeld. 'n Goeie voorbeeld en goeie gesondheid was al wat sy van haar moeder geërf het. Sy het haar en haar man en kind se klere self regge-maak, en vir Pieternella geleer hoe om 'n stuk om te soom, hoe om knoopsgate te maak, hoe om kouse te stop, hoe om 'n lap op 'n broek se knie of stert te sit, hoe om hakies en ogies agter aan 'n kraag te heg. Die kinders se klere is deur 'n snyer gemaak en uit hulle fonds betaal. Sofia het die een wat klere nodig gehad het, geneem en aan die snyer gesê wat sy wou hê: 'n rooi mus vir Jakobus, 'n paar groen katoenkouse, 'n seilkleed teen die reën, of vir Pieternel 'n blou rok, 'n rooi borsrok, 'n jakkie, twee skortel-doeke, 'n oorlas en drie hemde. Sofia het self stof uitgesoek, en die lengtes en breedtes oor die kind se lyf gemeet. Dan het die snyer van sy tafel afgeklim, lei en griffel uitgehaal om die pryse van materiaal, knope, garing, hakies en ogies, en die maakloon uit te werk, en die som vir Sofia gewys. "En 'n el rooi lint vir die kind se hare," het sy beveel en 'n el en 'n half van die rol af getrek. Sy was nie suinig met geld vir die kinders se klere nie, maar dat hulle dit goed oppas, en netjies hou, en skoon, daaroor was sy erger as 'n hoogbootsman.

Van Robbeneiland af het die poshouer gekla dat Eva nie na haarself kan kyk nie, en hulp nodig het. Die Raad het voorgestel

417

dat hulle 'n Koina huur om vir haar hout te kap en water te dra; die loon kan uit die kinders se fonds kom. Deneyn het dit verhoed. Hy wou die kinders se geld oppas; hulle geld moet nie op Eva bestee word nie. Hy het uitgevind dat daar 'n afgeleefde slavin in die Losie was wat vir niks gebruik kon word nie. As die Kompanjie haar op die eiland plaas, sogenaamd om skulpe te dra, kon hulle haar aan brood help teen bandietsrantsoen, en vir Eva aan 'n bediende. Hy wou 'n belegging maak. Dit was tyd om vooruit te beplan.

Hy het eers aan Lang Gert gevra wat hy daarvan dink dat Jakobus begin om 'n ambag te leer, want die dag sou kom dat die kinders 'n groter inkomste moet hê. Jakobus was nou twaalf jaar oud; 'n ambag sou vier of ses jaar van sy lewe neem. Lang Gert het gemeen dat dit 'n goeie plan is. Hy het self sy ambag op daardie ouderdom begin leer, as handlanger vir sy pa.

"Daar is 'n verskil. 'n Handlanger kry 'n loon. Ek wil hê dat hy 'n vakleerling word. Dit kos leergeld."

"Dan weet ek nie, meester. Dit is dalk goeie geld agter kwaadgeld gooi."

"Dink jy hy kan nie leer nie?"

"Hy kan as hy wil, maar miskien wil hy nie."

Dit was nie ongewoon dat vakleerlinge onwillig is nie, maar 'n leermeester kry altyd die reg om te tug. En leergeld word vooruit betaal sodat die leermeester niks verloor as sy leerling onwillig is en nie sy kontrak klaarmaak nie. Toe is Deneyn met sy plan na die kerkraad toe. Die kerkraad wou weet of hy 'n ambag kan voorstel wat binne die seun se vermoë is. Daar was snyer, sjirurgyn, skoenmaker, skrynwerker, slotmaker, ystersmid, kopersmid, bliksmid, messelaar, wamaker.

"Skoenmaker."

"En is hier 'n skoenmaker wat 'n leerling sal neem? Wat van matroos, miskien?"

"Om vadersnaam, nee."

"Waarom so, meester?"

"Dit is die dood vir hom."

"Ons sal uitvind of hier 'n skoenmaker is wat 'n leerling wil hê. Jy weet wat dit beteken, meester. As dit 'n slegte skoenmaker is, dan soek hy 'n leerling oor die leergeld alleen. Maar ons sal vir Jacolini probeer ompraat."

Heel laaste het Deneyn met Pieternella gepraat. Hy het haar nie vertel dat haar ma weer 'n kind verwag, dat 'n ekstra verbruiker gaan bykom, en dat daar weer geen vader is nie. Hy het net verduidelik dat hulle ekstra geld nodig gaan hê. Alles word duurder, en Jan kan nie veel langer vir almal verdien nie. Seuns moet werk. Wat dink sy, het hy gevra, kan 'n mens dit van Jakobus verwag om te help werk? Dit het Deneyn gedoen om haar mooi oë te sien, en haar stil, ernstige mond, want die besluit kon hy self neem.

"Ek wil hoor of Jakobus so dink."

"Ons kan hom roep."

"Ek sal self met hom praat."

Deneyn was tevrede. Hy was seker dat sy hom vertrou.

Toe staan Maijke Hendriksz weer voor fiskaal Deneyn. Sy kom vra haar beloning. Daar was 'n plakkaat opgeplak met 'n beloning van dertig ryksdalers op die koppe van twee jong drosters uit die garnisoen. Hulle wou uit die land vlug, maar hier was al vir 'n lang tyd geen skepe nie. Hulle was amper 'n maand so op die vlug en moes inbreek om kos te steel. Party het iets gegee, uit jammerte. Hulle kom eendag uit die bosse agter die Wittebome in daardie kloof wat Die Hel genoem word, om by Maijke se kneg kos te vra. Die kneg het klaar sy middagstuk geëet, maar hy sê hy kom môre weer hier hout kap en sal vir hulle kos saambring. Hou hierdie boom dop; as sy skaduwee oor daardie klip val, moet hulle na die wa toe kom.

Die aand misreken die kneg hom met Maijke. Hy vertel haar van die twee mans wat by die wa was, en vra of sy nie 'n stuk brood en van die seekoeivleis vir hulle wil afstaan nie. Sy sit toe ekstra kos in die doek saam met die kneg s'n, soos hy gevra het. Maijke was nog onder inperking en Tielman weer op die jag uit, maar sy loop die aand Fort toe en vertel vir fiskaal Deneyn waar en hoe laat hy die twee drosters kan vang. En dit was ook so. Van vroeg, nog voor die kneg in die bos gekom het, het sersant Croese met twaalf man 'n groot kring om die plek gegooi en gewag terwyl die son oor die bome skuif, en die twee drosters gevang waar hulle by Maijke se wa sit en eet. Een van die twee is gehang, die ander is gevonnis tot geseling en vyf en twintig jaar arbeid in kettings op die eiland. Dit is waarom Deneyn die dag in sy kantoor vir Maijke gesê het: "Hier is jou silwerlinge."

Here Sewentien het vooraf laat weet dat hulle 'n nuwe opperhoof vir Mauritius gaan stuur, maar wie hulle gestuur het, was onverwag. Pieternella en haar broers was op die sand voor die Fort, die skool het pas uitgekom, toe die jong dame van die kaai af aangestap kom. Fiskaal Deneyn het van die poort af nader gekom met sy wandelstokkie onder die arm, en langs haar kom staan om die besoekers in te wag.

"Wat sien jy, P'nel? Of wat dink jy sien jy? Kyk goed, ek sal jou môre vra wat jy gesien het."

Hoe mooi was sy aangetrek, het Pieternella gedink. Sy was verskuil tussen matrose met kiste op die skouer, twee opgeskote seuns, en 'n reus met 'n swart baard en effens mank in een been, maar die jong dame het haar oë na Pieternella gedraai en toe met die groot man gepraat. Sy was mooi, nie soos die engele in die Bybel nie, maar soos die Franse meisies wat soms hier kom. Al was die weer warm, en geen slaaf op die kaai met 'n sambreel om haar in te wag nie, het sy goed gedoen om haar groen fluweel te dra. En smaragde, dit moes smaragde wees in die swaar silwer sieraad voor haar bors. Hulle ouderdomme was vier of vyf jaar uit mekaar, sy en die jong dame. Was sy van hoë bloed? Haar vader was 'n egte heer; dit kon jy sien aan die breë stroke kant, die silwer gespes, die krom, versierde sabelskede, die gekleurde volstruisveer in die hoed. Maar as jy na die seuns kyk, sou jy wonder of hulle wel haar broers was. Die ouer een was mooier as die jong dame, die jonger een was meer soos 'n Oosterling in die oë, met die blouswart hare, die ligbruin vel. Dit is wat Pieternella gesien het. Wie was die mense? Fiskaal Deneyn het handgeskud met die heer, gebuig, gegryns; handgeskud met die jong dame, gebuig, geglimlag; handgeskud met die seuns, gebuig, gegryns.

"Dit was kommandeur Hubert Hugo en sy kinders," het

Deneyn die dag daarna vir Pieternella gesê. Sy was op pad huis toe van die skool af; hy op pad slawelosie toe. "Hy was eers 'n seerower, maar nou het die Here hom gekies om hoof van Mauritius te word."

"Wat is die jong dame se naam?"

"Sy is Mary. Haar ma was 'n Engelse dame."

"En wat maak hulle hier?"

"Herstelwerk, verversing, voor hulle vertrek. Wil jy miskien na sy skip gaan kyk? As jy wil, sal ek reël dat jy en jou broers aan boord gaan."

"Nee. Hans Michiel het vertel hoe hulle moor."

"Kyk, hy is nie meer 'n seerower nie. Dit was jare gelede."

"Is dit vergewe? Word sekunde De Cretser en die Lierman vergewe as hulle wil terugkom?"

Ek sal jou nog leer glimlag, het Deneyn gedink. "Nee, hulle sal nie vergewe word nie. Maar hierdie man se saak is anders. Hy het nie ons mense berowe nie, dit is een ding. Die tweede ding is dat dit nou verby is, en die derde ding: die Kompanjie het hom nodig vir 'n moeilike taak."

Sy het in sy oë gekyk terwyl hy praat, maar niks gesê nie. As sy die woorde gehad het, het Deneyn gedink, sou sy sonder 'n glimlag sê: "Jy het een wet vir ons arm mense, meester Fiskaal, en 'n ander vir rykes en dié met magtige vriende." Maar sy sê dit nie; sy is te jonk, sy weet nie van sulke onreg nie. Maar sy vermoed dit. Sy het die gevoel dat Deneyn nie bang is vir haar nie, maar hy is bang vir die man met die swart baard. En sy is reg.

"Ons Kompanjie het hom nodig, P'nel. Hulle stuur die heer Hugo om 'n sekere werk te gaan doen. Nie almal kan dit doen nie, daarom het hulle hom die rang van kommandeur gegee, en onafhanklikheid van ons goewerneur. Dit wys hoe belangrik sy werk is." Deneyn het met sy wandelstokkie gewys. "Dit gaan alles, alles oor ons Kasteel. Ons moet slawe hê om hom te bou, want die soldate word kwaad omdat hulle dit moet doen. Hulle werk is wag staan, en veg. En ons het baie meer messelkalk nodig. Daar lê berge kalk op Mauritius. Die see het oor eeue banke skulpe daar opgespoel; dit lê nou daar en wag. En dan nog 'n ding: ons

421

moet 'n kwaai owerste op Mauritius hê, dat die Engelse en die Franse nie die eiland vat nie." So loop hy langs die kind en verduidelik ernstig. Hy wil hê dat sy van hom goeddink. Waarom? Hy weet nie. Miskien sal hy later weet.

"Gaan julle van Mauritius nog 'n Robbeneiland maak? Mense vang om skulpe te dra, vir die Kasteel?"

"Ja, amper so."

"Bly die jong juffrou hier in die Kaap agter?"

"Nee, sy gaan saam Mauritius toe. Ongelukkig, dink ek."

"Omdat daar nie ander jong dames is nie?"

"Daar is miskien een of twee, maar nie van haar stand nie. Sy sal alleen wees."

"Sal sy vir Bart en Theuntje sien? Sy kan met hulle praat."

"Wie?"

"Bart en Theuntje Borms. Hy is 'n visser. Sal jy vir haar sê?"

"Ek belowe."

Hulle kom voor die Kompanjie se slawelosie. Deneyn buig voor haar en groet haar met die hand. Sy stap verder, verby die Kompanjie se tuin, verby die Kompanjie se stal, na die timmerman se huis toe.

Sy het vir Mary Hugo 'n paar maal gesien. Soms op die strand, soms in die groot tuin, wandelend met haar vader teen sononder, soms op die plein in die Fort, soms by haar mooi broer, en 'n paar keer saam met fiskaal Deneyn. Mary was altyd ryk aangetrek, altyd vrolik. Wanneer sy langs haar pa loop, was haar arm by hom ingehaak. Pieternella kon sien hoe haar pa haar geselskap geniet. Sy het vir Mary beny; die mooi klere, 'n pa om by in te haak. Eendag terwyl sy in die skool was, het hulle Mauritius toe vertrek.

Deneyn het vir Lang Gert kom sê dat die skoenmaker Jacques Jacolini vir Kobus as sy leerling sal neem. Kobus het geen vrae gestel toe hulle die kontrak aan hom verduidelik nie; hy was bly om uit die skool weg te kom.

"Nou moet jy onthou, P'nel," het Deneyn gesê, "dat ons geld uit julle fonds gaan trek om vir Kobus se leerlingskap te betaal. Hy sal moet hard werk. Moedig hom aan. As hy faal of wegloop, is julle geld vermors. Die werk is nie moeilik nie, sover ek kan sien. Maar hy moet geduldig wees en sy tyd uitdien. Daar is ook 'n boete en lyfstraf vir 'n leerling wat dros."

"Jakobus hou nie van skoene nie."

"Ek sien dit, P'nel. Maar hy moet probeer. En Jakobus, jy is nou klaar met skool, maar jy het baie om te leer. Baas Jacques sal vir jou wys hoe om jou eie brood te verdien, en vir jou suster en jou broer wat te jonk is om self te verdien. Hou net uit; eendag word jy self 'n baas, met 'n leerling." Hou die fonds solvent tot P'nel groot genoeg is, het hy bedoel. Eendag kan ek vir haar sorg. Nou mag ek nog nie.

Vryburgers wat gaan seekoeie jag in die Bergrivier, het die regering en hulle families wysgemaak dat dit 'n dringende en be-langrike saak is, en daarby uiters gevaarlik. Hulle het groot fami-lies gehad om te onderhou en slawe wat moes kos hê, en hulle kon nie bekostig om hulle skape of beeste vir kos te slag nie. Die boere se gesinne was gedurig aan omkom van honger, dus moes hulle seekoeie jag om liggaam en siel aan mekaar te hou. Dan kom vra hulle verlof by die Fort om deur Keert de Koe se hek te gaan, en met die vodjie papier ry hulle met vier of ses man, 'n vaatjie wyn, 'n halfmud sout en leë kuipe op 'n ossewa na die Bergrivier toe. Twee slawe moet saam: een lei voor en een loop langsaan met die sweep. Afgesien hiervan moet die slawe ook in- en uitspan, takkrale slaan, osse oppas, hout en water haal, kos maak, die wa en tuigasie versien, tent opslaan, en ander takies verrig, soos draf met boodskappe.

Daar is 'n mooi lang vallei wat onder die Paarlrots begin en noord loop in Riebeeck-Kasteel se rigting, met volop kleinwild en soms ook leeus en olifante. In die winter is die groot rivier in die middel van die vallei vol water en daar is diep kuile waarin see-koeie hou. Winter is die jagtyd. Die seekoeie wei in die lang gras langs die water, en hulle is mak en spekvet. Daar maak die boere kamp, en begin om hulle gesinne van verhongering te red. Hulle skiet elke dag een of twee seekoeie, slag en sout die vleis in. Hulle braai en eet spekvet vleis, drink wyn, en kyk deur hulle pyprook na die hoë berge oorkant die vallei, en hulle soek na deurgange

423

waar 'n man met 'n wa en 'n paar slawe in die volgende jagveld kan kom as dit hier uitgeskiet is. So jag jy seekoeie. As jou lisensie-tyd verby is, begin jy teruggaan. Wanneer die seekoeigate leeg geskiet is, of die grond is so van bloed bemors dat leeus kom, en jy het nog tyd oor op jou papier, dan laat jy die slawe die wa verder noord skuif, na die volgende kuil toe.

Die Koina wat hier woon, is onderhorig aan Ngonnemoa. Hulle leef van melk, en af en toe eet hulle vleis ná 'n andersmaak. Dit is heel selde dat hulle 'n seekoei doodmaak. Een rede is: hulle assegaaie gaan nie dieper as handdiep in die huid nie; dit maak nie dood nie. Daar is ook Sonqua, die Boesmans, wat nie agter bees en skaap loop nie, maar van wildsvleis lewe. Hulle skiet 'n seekoei met gifpyle en dan woon hulle 'n tyd langs die vleis tot dit op is. Dit is hulle wat by Ngonnemoa gaan kla het dat die Hollander nou die laaste seekoei uitskiet. Wa na wa kom hier aangery; hulle skiet tot die maan verander, en as hulle weggaan, is die gate leeg. Waarvan moet die Boesmans leef? En Ngonne-moa het saamgestem, want hy was by toe Van Riebeeck gesê het die Hollander moet die Liesbeeckvallei hê, anders kan hy nie be-staan nie, en hulle almal tot kotsens toe brandewyn en arak laat suip het uit 'n pot. Nou wil hulle hier ook kom penne inkap, en met hulle skietery die wild uitroei. Wat van môre?

Gerrit Cloete, Hendrik en Ockert Olivier het met hulle leë hande in die Fort kom kla hoe hulle deur Ngonnemoa behandel is. Deneyn moes hulle verklarings afneem. Die eerste dag, hulle het waaragtig nog net die een skoot afgetrek, het die verdomde Hottentot met veertig of vyftig assegaaidraers oor die rivier ge-kom en hulle gewere, kruit, lood, tabak, osse en trekgoed wegge-neem, selfs tot hulle pot rys van die vuur af. Hulle het 'n hond gehad, wat hulle by Gys Verwey geleen het, en Ngonnemoa het vir hulle gesê: "Kyk hier", en Gys se hond met sy assegaai dood-gesteek. Toe sê hy in Hollands: "Duitsman, een woord kalem. Kelem." Dit was sy presiese woorde, wat beteken: Bly stil, of ons sny julle keelaf. En hulle het die lunsrieme uit die wiele gehaal en in stukke gesny en gesê: "Loop nou na julle huise toe." Dit is wat Ngonnemoa aan hulle gedoen het.

424

Goewerneur Goske was vir die duur van die oorlog oor die Kaap aangestel, die eerste om die groot titel van goewerneur te hê. Goske wou van sy garnisoen of sy burgermag teen Ngonnemoa uitstuur. Die burgermag was nou drie kompanjies van amper honderd man sterk, en was handig en vaardig met hulle gewere, en 'n plesier om op parade te sien. Goske het dikwels op die rand van die paradegrond gestaan om na die burgermag te kyk as hulle oefen, dan het hy geglimlag en gedink: Ek is bevoorreg. Ek sien hier troepe wat nog gaan naam maak in die wêreld. Selfs die Pruis gaan nie voor hierdie mense se kinders staan nie. Hy wou die burgermag teen die Cochoqua instuur, maar Here Sewentien het gesê hy moes aksies teen die Kaapse inboorlinge vermy en konsentreer op die bou van die Kasteel en die bewaking van die Kaap teen die Europese vyand. Maar Goske wou nie hierdie belediging van die Kompanjie se onderdane deur die inboorling oor die hoof sien nie. Daar was selfs al vuurwapens in die inboorling se hande, en ruilbeeste kon hy nie meer van die Skiereilandse Koina of van Ngonnemoa verwag nie. Vir trekvee sou hy moet kyk na kaptein Klaas, ver weg in die Overberg. Fiskaal Deneyn het in die Raad gesê: As 'n misdadiger sien hy kom weg met iets, dan probeer hy dit 'n tweede keer. Ngonnemoa sou met oorlog beloon word vir sy arrogansie wanneer die tyd reg was. Daar sou 'n tweede keer wees, en as daar nie was nie, kon een gereël word.

Goske het begin deur sy gesag op die Skiereilandse Koina af te dwing. Kaptein Schacher en sy grootmanne het na gewoonte met die nuwe *souri* kom kennis maak om iets saam met hom te drink, maar Goske het hulle laat sê hulle is onbeskaamde bedelaars, hulle moet nie sy tyd mors nie. Daarna stuur hy die fiskaal en twee burgerrade na kapteins Kuiper en Schacher in die Tygerberg, en laat hulle sê hulle moet die valleie verlaat en voortaan daaruit bly, omdat Deneyn die goewerneur verseker het: "Ons besit die kaart en transport daarvan, wettig." Toe Schacher se mense 'n paar dae na sy eerste besoek aan Goske twintig skape bring om te ruil, het Goske hulle laat wag solank hy twee keer daardie Sondag kerk toe gaan en die parade daarna inspekteer. Laat die middag het hy laat weet dat die ruil tot die volgende dag uitgestel word, en die volgende oggend het hy hulle huis toe gestuur met die voorwendsel dat hulle skape te maer was. Daaraan kon hulle sien met wie hulle te doen het en aan watter nasie die Kaap nou behoort.

Here Sewentien se briewe was swaar van slegte nuus. Die vyand vorder in die vaderland, van dorp tot dorp. In verskeie stede is Franse besettingsmagte; hulle troepe word by gesinne ingekwartier. Boerderye daar rondom lê gestroop. Net die groot koue, die reën en die modderige paaie keer dat die vyand vinniger vorder. Op see het die Engelsman die oorhand met sy eindelose aantal skepe en matrose, terwyl die vaderland klaar sy laaste reserwes gebruik. Uitbreiding van die vloot is deur die staatsowerheid verwaarloos, en vandag sit jy met die Fransman in jou land en wil die Engelsman baas speel op see. Dit is die vrugte van nalatigheid. Uit paniek en radeloosheid het die Nederlanders die raadsheer De Wit en sy broer met hulle kaal hande uitmekaar geskeur, in honderd een en sewentig stukkies, en die oorblyfsels aan hulle hakskene in 'n boom opgehang. Dit is vrees, in sy lelikste vorm. Dit word nou duidelik dat heerskappy op see die groot prys is waarom die oorlog gaan. Beheer van die Noord-Atlantiese see verseker mag in die Ooste. Verloor hulle die Ooste, verloor Nederlanders die brood op hulle tafel.

Goewerneur Goske se reaksie was om sy offisiere en ambagsvoormanne te beveel om bouwerk aan die Kasteel verder te versnel. Dit was asof hy daardie nuwe vesting met sy twee kaal hande uit die grond boontoe wou trek, soos 'n steng teen 'n mas uitgehys word. En kon die Kaap homself in 'n oorlog met brood en ander voedsel onderhou? Om dié rede is twintig soldate gestuur om die groen heuwels en koel valleie in Hottentots-Holland te beset, 'n poshuis te bou en saaigrond langs die rivier te ploeg.

"Ons besit die kaart en transport daarvan, wettig," het Deneyn met oortuiging gesê.

Daar is 'n opname gemaak van hoeveel koring, gars, hawer en rog elke boer in die grond gestort het, en wat hy verwag om te oes. Dit was 'n sensus onder krygswet. Die visser wat die alleenreg het om in Soutrivier se mond vis te vang, wou waaragtig die hanswors speel.

"Hoe kan ek vir jou sê wat ek volgende jaar gaan vang?" het hy aan die klerk gesê. "Loop daar in die see in, en vra vir die visse wie van hulle van plan is om volgende jaar te byt." Toe het Deneyn self die saak aan hom gaan verduidelik, en hom vertel dat sy voorreg opgeskort word en dat die Kompanjie sy kneg terugneem. So regeer hierdie Kasteel nou die mense.

Dink eers aan die Kasteel, was Goske se boodskap aan dieners, die vrylui, die houthakkers, almal. Altyd in die eerste plek die Kasteel. Hy het die oudste slawe in die Losie en Indiese bandiete wat vir niks anders goed was nie, in 'n werkspan onder 'n mandoor en 'n korporaal gestel om skulpe te raap in die baaie agter Leeukop, vir kalk. Van die strand by die Duintjies is ronde seeklippe Kasteel toe aangery. Die Kompanjie het dertig Koina, van dié wat by die poort leeglê, gehuur om messelkalk en boustene te help dra en teen die steiers uit te katrol. Hulle is betaal met twee etes rys per dag, en tabak en arak om hulle die volgende dag terug te lok.

In dié tyd het Deneyn ook 'n vreemde ding aangemeld. Hy het lykskouing gehou op 'n seilmaker wat hom halfbesope van die kaai af doodgeval het. Dit was net gewone laagwater, nie eb nie, het getuies gesê. Die man het van die punt af geloop en op harde bodemsand geval. Hoe gaan skulpbote en steenbote met laagwater langsaan kom? Mense wat tien en vyftien jaar aan die Kaap was, het hom gewys: die duine in die suide en ooste wat kaal gestroop was vir die Kasteel se kalkoonde, en hoe die somerwind vlae wit sand daarvandaan in die baai inwaai. Elke duin het 'n waaiende wit windkuif gehad. Dit was nie dat die kaai te kort geword het nie; die baai was vlakker as ooit, die strand was nou breër. Die Kasteel het al verder van die see af gestaan.

So vreet die Kasteel met sy onversadigbare honger na hout nou aan die land. Die dag kan kom dat hy aan die Kompanjie self gaan vreet; Saturnus vreet sy eie kinders op, die hede vreet aan die toekoms, die begin vreet aan die einde. Maar dink in die eerste plek aan hierdie Kasteel. Nou moet die kaai verleng word. Die hout moet seelangs uit Houtbaai kom. Spanne houtkappers is in die ou geelhoutbos by Houtbaai gestuur om brandhout te maak vir die kalkoonde, en lang balke om in nood die gapings in die Kasteel se mure af te sper, of om dadelik steierpale te word. Elke twee of drie dae, sonder onderbreking, moet 'n hoeker of 'n fluit die pale en brandhout uit Houtbaai bring en dit aan die Kasteel se voet neerlê, soos op 'n altaar.

Elke skip, baar of oorlams, wat op die reede kom, moes bote stuur om skulp en lei op die eiland te haal vir hierdie Kasteel. Hulle is verplig om soldate en matrose te gee vir arbeid aan wal. As 'n skipper objekteer, het Goske die *Articulbrief* in sy hand gedruk, en gedreig om sy skip onder sy agterste uit te haal. 'n Span van dertig matrose van *Hasenberg* het met seemanskap en gesonde verstand 'n vlagpaal en 'n kanon teen Leeukop uit gearbei, en dit daar bo geplant. Uitkykers, sogenaamde seewagters, moes voortaan elke dag die kop uitklim en bo wag hou. So is die Kaap aan hulle toevertrou.

Terwyl dienaars en slawe met hulle kaal hande die Kasteel uit die grond uit opgehaal het, het troepe met gewere en veldkanonne op die gelykte tussen die Fort en die Kasteel geoefen. Albei moes gedoen word, albei was belangrik. Vyf en twintig matrose van *Saxenburg* is gestuur om 'n skans vir vier kanonne op te werp by die baaitjie agter die Groen Punt. Die Kaapse burgerraad het aangebied om op die fondasie van die gewese Duinhoop ook 'n skans vir vier kanonne te bou. Dit het 'n wedstryd geword: die Boere teen die Matrose. Albei was in veertien dae klaar, maar die groen takke is eerste op die Burgerskans gehys en daar is die oorwinning met boerewyn gevier. Goske het ruim gesorg vir plesierigheid by Matroseskans. Toe die boere later in die oorlog gekommandeer is om snags by Burgerskans wagdiens te doen, het hulle die naam verander na Boereverdriet.

As Goske die troepe se agting wou hê, of wou paai wanneer hulle onrustig word, het hy hulle drankrantsoen verbeter. Hy het 'n paar ouvee laat slag, vier leggers sterk bier laat brou, en vir die helfte van die garnisoen 'n blyedag in die kraal agter die Fort gegooi, waar hulle hulself tot die donkeraand met allerhande gekkerye vermaak het. Voor taptoe het elkeen nog 'n muts arak vir slaapdrank gekry. Toe is Goske weer net die man. Die gesing by die vure het hemel toe getrek. Die volgende dag het die ander helfte van die garnisoen, die bootsvolk en die buiteposte, hulle blyedag gekry.

"Ontsien maar vandag, meester," het Goske vir Deneyn gesê. Hulle het op die muur gestaan en kyk hoe die volk in die kraal sing en suip en mekaar bloedmond slaan oor die grafte van makkers wat kort gelede daar weggelê is. Ontsien maar, Here, het Deneyn gedink asof hy bid, dit is alles vir die Kasteel de Goede Hoop. My hande is vol bloed. Ek werk met bloed; dit is die rooi stroom wat my meul laat draai.

Sy bydrae tot die oorlog teen Frankryk en Engeland was dat hy sy werk noukeurig en toegewyd gedoen het. Hy kon die oorlog in 'n hofsaal help wen, daarvan was hy oortuig, en hy het swaar laat straf. Daar was krygswet in die land, die Kompanjie het arbeiders nodig gehad, en binne die perke van die wet kon hy hulle voorsien. Hy wou nie 'n skoolmeester wees met 'n les geheg aan elke vonnis nie, maar hy kon 'n bydrae maak tot die oorlogspoging. Op een dag het hy die volgende vonnisse opgelê: Jan van Nes, oor messteek: drie maal gekielhaal, verlies van ses maande gasie, en 'n jaar se arbeid in kettings op die eiland. Dirk Lubreght, oor manslag: om geblinddoek aan die paal 'n koeël oor sy kop geskiet te kry, verlies van ses maande gasie, en vyf jaar arbeid in kettings op die eiland. Barent Jongman, omdat hy sy skipper teruggeslaan het: gelaars, drie maal gekielhaal, ses maande gasie verbeur, en drie jaar arbeid op die eiland. Paul Bernardi, omdat hy 'n burgerraad beledig het: geblinddoek aan 'n paal, 'n koeël oor die kop geskiet, ses maande gasie verbeur, en vyf jaar arbeid in kettings op die eiland. Cornelis Potman, vir manslag in selfverdediging: die dood deur skietpeloton, en as begenadiging sal hy dadelik begrawe word. Steven Botma, in wie se taphuis die manslag gebeur het, verloor sy dranklisensie.

Op 1 Januarie 1673 is skipper Freyn en die offisiere van die fluit *Helena* afskeid gegee om kalk en ebbehoutbalke op Mauritius te gaan haal waarop die Kasteel gewag het. Goske het die aand by die maaltyd gesê hy twyfel nie dat kommandeur Hugo klaar 'n groot verskil aan daardie eiland gemaak het nie, en almal sien uit na hulle terugkeer met 'n lading goeie nuus vir die edele Kompanjie. Vir Deneyn was daar 'n vlugtige gedagte aan Hugo se mooi dogter. Hy het haar geselskap regtig geniet. As voorwendsel om by haar op Mauritius te kom, kon hy voorstel dat die eiland se regsproses en dokumente 'n slag geïnspekteer word, en hy was die man daarvoor. Maar nog nie, solank die Kasteel hom hier nodig het.

En vir Goske was dit goeie nuus toe daar nog in die maand 'n boodskap uit die Overberg kom van kaptein Klaas dat die hele wêreld se Hottentotte, dit is dié van Ngonnemoa en dié van Saldanha en almal van die Skiereiland, oorlog maak teen sy Chainouqua, omdat hy nog met die Kompanjie handel dryf. Die Ngonnemoas dra al gewere, en het die meeste van sy mense se vrouens en al sy vee geroof. Hy wou hê dat die Kompanjie hulle gewere afvat. Hierin het Goske 'n kans gesien om teen Ngonnemoa op te tree, en hy het vir sersant Croese met ses soldate na Ngonnemoa toe gestuur. Net ses: nie te min nie, nie te veel nie; die getal moes net die regte gedagtes by Ngonnemoa wakker maak, en Croese was verreweg die brutaalste van sy sersante.

Croese het die Ngonnemoas anderkant die Bergrivier gekry. Hy het Ngonnemoa beskuldig dat hy 'n moeilikheidmaker en dief is, en het alle vuurwapens opgeëis. Maar Ngonnemoa het net een geweer uitgehaal; dit is al wat hy het, het hy gesê. Hy het dit gekry van 'n burger in ruil vir 'n bees. Dit was so 'n dik, lelike bees, het hy gesê terwyl sy mense lag, en die burger het die dik bees geslag en gekuip. So kom Croese toe terug met een geweer en 'n spottende boodskap, en inligting wat Goske graag wou hê: daar wei omtrent vierduisend bees onder Ngonnemoa, en 'n paar duisend skaap.

Na Croese se besoek aan die Cochoqua is vee uit die sorg van boereherders weggedryf, en verskeie boerehuise het kort na mekaar afgebrand, asof dieselfde hand daarvoor verantwoordelik was. In een van die brande het 'n boervrou omgekom. Almal het geweet dit is Ngonnemoa se werk. Goske het nog gewag.

Hy het vir Deneyn gevra: "Die vorige keer toe ons mense die vyf Gonnemans op heterdaad betrap het, is hulle eiland toe gestuur. En hulle het ontsnap. As dit 'n halssaak is, dan moet ons hulle met die dood straf. 'n Oog om 'n oog."

"Ek kan dit nie beaam nie, my heer. Geregtigheid moet geskied."

"Dan neem ek dit op my."

Op poshouer Raling se versoek moes Deneyn in die blomtyd Robbeneiland toe gaan, omdat Eva met hom wou praat. Hy het vir Lang Gert en Sofia gevra of hulle dink dat P'nel haar ma wil sien. Albei het gesê Pieternella is 'n verstandige kind. As sy wil, laat sy met haar ma praat. Pieternella was gereed. Sy wou graag vir haar ma klere neem en seep en miskien suurmelk. En haar ma sal vir Salomon wil sien.

"Dit is goed," het die fiskaal gesê. "Vra tant Sofia om jou daarmee te help."

"Ons het nie geld nie."

"Ek sal daarvoor betaal."

Hulle drie is op 'n skulpsloep oorgevaar, saam met 'n sjirurgyn. Deneyn het vir Pieternella gesê: "Ek en die sjirurgyn gaan eerste met jou ma praat, hoor, en daarna julle twee."

Dit was lente op die eiland. Die vlakte agter die duine was wit en geel van blomme. Poshouer Raling was bly om die kinders te sien, en bly oor 'n kans om in die voormiddag 'n glasie met besoekers te drink. Hy het vet en traag geword vandat Deneyn laas daar was, en sy baard en hare was slordig. Hy het hulle by die landingsplek ontmoet en voor hulle uit oor die duine en bossies geloop na die poshuis toe. Die huis was bouvallig, die rietdak was uitgepluis, en aan die suidekant het waaisand so hoog as die vensterbank gelê.

Raling het arak en drie stowwerige glase uit 'n kas gehaal.

"Wat het jy vir die kinders, poshouer?"

"Ek het hulle nie verwag nie, meester. En hulle ma se koei is dood. Wat van tee?"

"Wat van tee, P'nel, Salomon? Met suikerblokkies, poshouer." Deneyn het uitgevra oor die bandiete se getalle, hulle kleding en rantsoene, hulle gedrag. Hoe lank kan die skulpvoorraad nog hou? Hoe lank sal die leigroef hou? Toe die kinders buitetoe gaan, sê hy: "Wat is verkeerd met juffrou Meerhof? Wat wil sy hê?"

"Sy is naby haar tyd, en die Engelse siekte het haar sleg beet. Haar kamer vrot daarvan."

"Is sy nou oor die drank?"

"Ja, sover ek weet."

"En meer redelik in haar diskoers?"

"Sy is meer redelik."

"En die ou slavin?"

"Sy wil nie met die vrou werk nie. Sy loop meesal buite. Sy slaap daar in die houthok."

"Doen sy haar werk?"

"Ja, dié doen sy, maar Eva is al 'n tyd bedlêend. Dit bly 'n gemors. Sy vrot soos 'n Portugees se vooronder."

"Dink jy die kinders kan haar vandag sien?"

"Ek sou nie as dit my kinders was nie."

Deneyn het vir Pieternella gesê: "Ek gaan nou kyk hoe dit met jou ma gaan. Sit jou goedjies hier op die tafel, en bly by die poshouer."

In Eva se kamer het Deneyn die deur en die venster oopgemaak vir lug en 'n bietjie lig. Die plek was stink van haar siekte en ongewaste liggaam, en slordig. Haar gesig, arms, hande was vol swere. Die sjirurgyn het om Eva se kooi geloop, sy duim teen die sagte vleis van haar boarm gedruk en na die duik gewys wat daarin val.

"Watersug, fiskaal. En ag of nege maande verwagtend ook. En die Engelse siekte. Sien jy, die rooi vlamme hier binne haar elmboë en in die mondhoeke? Kyk die ooglede, die neus, die lippe."

"Hoe ver is die siekte?"

"As jy jou rug wil draai, sal ek kyk. Juffrou Meerhof, ek moet jou ondersoek. Sal jy saamwerk, asseblief?"

Deneyn het oor sy skouer gevra: "Hoe ver is die watersug, sjirurgyn?"

"Te ver. As ek haar hier moet waterlaat, sal haar liggaam dit nie verduur nie. Dink aan haar kind. Goed, juffrou Meerhof.

432

Klaar." Hy het water in die waskom gestort, sy hande gewas en sy palms teen sy broekspype droog gedruk.

Deneyn het die komberse om Eva reggetrek. "Wat is dit wat jy vir my wil sê?"

Sy het gekreun, en 'n walglike asem oor hom geblaas. "Jy moet laat hulle my kind vir Maijke gee om groot te maak as ek sterwe."

"Ek sal hoor by die Raad." Maar hy sal natuurlik voorstel dat hulle weier, en dit met goeie verskonings staaf. So, hy weet reeds wat die Raad sal sê.

"As ek lewe, wil ek land toe kom om die kind te laat doop."

"Wanneer verwag jy dit?"

"Oor twee weke."

"Ek sal met die goewerneur en die predikant daaroor praat. Is daar nog iets?"

"Hoe lyk die kind van 'n ma wat Engelse siekte het, meester Pieter? Is daar hoop?"

"Is daar hoop vir enigeen van ons?" het hy bitter geantwoord. Toe voel hy jammer oor wat hy gesê het. "Kyk, ek het vir Pieternella en Salomon saamgebring. Hulle wil jou sien."

Eva was verskrik. "Laat hulle by die deur bly," het sy gesteun.

Die sjirurgyn het 'n paar flessies in sy kis vir haar gehad. "Iets vir die maag. Iets vir die niere. Alle verwagtende vrouens kry dit nodig." Hy het haar gewys hoe om dit te gebruik. "Ek sal vra dat 'n vroedvrou jou besoek, juffrou Meerhof. Sy kan 'n paar dae hier bly as die owerheid gewillig is."

"Goed," het die fiskaal gesê. "Jan Kompanjie sal betaal. Is jy dan klaar hier, sjirurgyn? Vra asseblief die kinders om te kom."

Hy is saam met die sjirurgyn buitetoe. "Hoe lyk die kind van 'n vrou met Engelse siekte?"

"Dit hang af hoe sleg die ma dit het. Die kind word daarmee gebore, en oorleef gewoonlik nie. Jy kan nie 'n pasgebore kind met kwik behandel nie. Moenie dat die kinders aan haar raak nie, meester. Haar gesig soen, of so."

Die kinders het in die deur staan en huil, skaars 'n armlengte van hulle ma af. Eva het gehuil, gesteun. Deneyn het Pieternella se pakkie in Eva se hand gesit.

433

"Hoe mooi lyk my kinders," het sy gesê. "Waar is Kobus?" Terwyl sy met vingers wat soos worse geswel is die bondeltjie ooprol, verduidelik Deneyn van die seun se vakleerlingskap.

"Ja," het Eva gesê. "Julle het weer 'n plan met hom."

Pieternella het vertel van hulle leerdery.

"Nou waar kry jy dié?" het Eva gevra, en 'n rok uit die bondel gelig.

"Ek het self die knope aangenaai, en ons het dit verstel. Ta' Sofia en ek."

"Wie betaal?"

"Dit kom uit Jan Vos se slawegeld." So het die fiskaal vir haar voorgesê.

"Kom nader, dat ek net aan julle raak." Maar Deneyn het hulle teëgehou.

"Ek gaan weer 'n kleintjie hê, Pieternel."

Die kinders het stom na hulle ma se sere gestaar.

"Julle moet kom as ek laat doop."

Hulle het nie geweet wat sy bedoel nie. Deneyn het na Pieternella geglimlag. "Hulle is elke Sondag in die kerk, juffrou Meerhof."

Die kind, as dit oorleef, word 'n las op hulle fonds. Deneyn het hom voorgeneem om nie die vrou te herinner om 'n testament te laat maak nie. Hy sou haar as onkapabel sertifiseer. Dit is beter so. Hy sal self P'nel se sake behartig.

Op 'n Donderdag aan die einde van September is die kind in Deneyn se kantoor gedoop. Hulle is die oggend met die eerste skulpboot gebring, en is die namiddag met die laaste boot weer eiland toe. Eva het sy naam as Anthonie opgegee, en omdat die vader onbekend was, is hy opgeteken as Anthonie Evasz. In die kerkraadsboeke word dit later soms Evertsz en selfs Everaerts geskryf. Die Van Meerhof-kinders is nie vertel dat hulle ma in die dorp was nie.

In die herfs, 'n maand of ses later, was daar 'n opstootjie onder die bandiete op die eiland. Deneyn het gegaan om te kyk, sodat die skulpvoorsiening nie ophou nie. Dit was 'n winderige en nat dag, en al was hy dik toegedraai teen die weer, het hy siek en koud gevoel. Die eiland het hom totaal afgestoot. Hy het eerste by Eva aangegaan. Sy was in die kooi, en die ou slavin het die kind op haar skoot gehad, op 'n stoel in die hoek.

"Hoe gaan dit?" het hy gevra. Eva het niks gesê nie. Hy het vir die slavin gevra.

"Hierdie vrou is baie siek. Hierdie kind is baie siek."

"Kom die dokter hier met medisyne?"

"Hy kom."

"Hoe gaan dit met jou?"

"Ek is siek. Jy moet my wegvat."

"Wat het jy nodig, tabak of soet arak?"

"Ek moet by die vuur kom, maar hulle het nie vir my 'n vuur nie. Jy moet vir my wegvat."

"Jy moet die vrou help."

"Ek wil nie hierdie vrou hê nie. Ek wil nie hierdie kind hê nie. Dit is die kind."

"Wat van die kind?"

"Die kind kan nie sien nie."

"Is dit so?" Hy het gaan kyk. Die kind het geslaap. Hy het vir Eva gevra. "Hoekom het jy nie gesê die kind is blind nie?"

"Die kind is so gebore. Wat kan jy daaraan doen?"

"Drink die kind aan jou?"

"Ja."

"Dan moet hy bly."

Hy het met die poshouer gepraat oor die rusie onder die bandiete, en saam met hom geloop na die skulpbanke toe, waar honderd nege en dertig man skulpgruis by oop seilsakke moes inskoffel en dan op hulle skouers oor die eiland dra na die boot toe. Dié wat gegrief was, het op hulle grawe geleun sonder om te werk. Raling het 'n korporaal gesê om die belhamels na Deneyn toe te bring. Hy kon hulle daar en dan laat slaan, of hy kon hulle vir Goske neem om die grief uit hulle te laat haal met meer gesofistikeerde metodes.

"Wat is dit?" het hy vir Raling voor die bandiete gevra. "Waarom werk hulle nie?"

Dit was alles oor kos. Daar was twee kampe onder die

bandiete, dié van Nederlandse bloed en dié van vreemde bloed. Nou lyk dit vir dié van vreemde bloed asof die Nederlanders meer rys as hulle kry. Hulle het vriende in die ander groep gehad wat dit ook bevestig het.

"Sersant Raling, laat hierdie verdomde onsin ophou," het Deneyn hardop voor die bandiete gesê. "Sorg dat dit end kry, en moenie weer die Kompanjie se werk laat stilstaan met sulke bog nie."

Deneyn het die aand ontevrede en eensaam voor die vuur in sy kamer gesit, dik aangetrek teen die vroeë winterweer. Hy het gerook en brandewyn gedrink, en vir tydkorting 'n gedig oor die eiland geskryf. Hierdie drinkery word in die Kaap 'n gewoonte sonder enige plesier. As hy net in die Ooste kon kom, of so nie Europa. Party dae was die eiland nogal mooi, maar meesal stoot dit hom af. Sou dit aan P'nel se gees iets gedoen het? Hy moes vir haar sê van haar ma en van haar halfbroer, hy moes die slegte nuus so aan haar vertel dat sy haar nie bekommer nie. Toe hy die Saterdag laatmiddag na Lang Gert se huis toe gaan, het hy die gedig vir haar saamgeneem. Hy het saam met haar en Pieter en sy ouers by die groot tafel gesit, en dit aan hulle voorgelees. Hy het nie gevra of hulle verstaan wat hy lees nie, maar het die glimlag van Sofia en Lang Gert waardeer.

"Dit lyk my jy geniet nie my gediggie nie, jonge dame. Jy behoort dit te verstaan; jy het mos lank op die plek gewoon. Ek was gister daarheen om met die poshouer en die bandiete te praat. Hou dit, en lees dit weer, as jy wil. Miskien sal ons naamgenoot Pieter dit vir jou verklaar. Maar ek moet iets anders vir julle sê. Ek het jou ma ook besoek, P'nel. Sy is nog altyd siek, en haar baba is ook nie gesond nie. Ek wil net vir jou sê: ons sjirurgyns sal hulle bes doen. Jy moet jou nie bekommer nie."

"Ek sal vir jou die gedig uitlê, Pieternel," het die seun gesê. "Dit is maklik om te verstaan." Deneyn was dankbaar daarvoor.

Die winter van 1673 was moeilik sover dit die fiskaal aangaan. Verslae en gerugte van oorloë, en boodskappers van afgeleë slagvelde, het by die Kasteel aangekom. Die klanke van oorlog het in die dorp gekom. Elke skemeraand as die werkers gereedskap ingee, het 'n soldaat 'n rooi vlag op die rand van die dorp ge-swaai. Dan was daar in die kuil bokant die Duintjies 'n paar groot ontploffings om klip los te skiet vir die volgende dag, en dié wat wou, het gaan staan om die stofwolk en die vlieënde klippe te sien. Die knalle het deur die dorp geruk, en as die wind effens noord was – altyd 'n seker teken van reën – het dit geklink soos die veraf geroffel van tromme wat saam met die reuk van swart-kruit oor die huise dryf. Dit was die reuk en geluide van Zwam-merdam en Bodegraaf en ander plekke waar die Prins vir die vry-heid van hulle vaderland veg.

Nog iets vreemds vir die Kaap was die swartes wat uit die see gebring is. Tweehonderd en veertig Afrikane bestem vir Wes-Indië, van 'n Engelse skip oormeester naby St. Helena-eiland, om die Kasteel uit die grond te help ophaal. Dit was vreemd om soveel swartes te sien, waar hulle tevore heeltemal onbekend was; vreemd hier soos kamele, soos palmbome.

Op die derde Julie het die see vir Willem Willemsz van Deven-ter teruggebring en aan wal laat kom, sodat hy hom by Deneyn se kantoor in die Fort kon aanmeld. In sy hand was 'n gerolde perka-ment met oranje lint en swart lak verseël. Deneyn het hom laat arresteer voor hy die dokument oopgerol het.

"Dit is nie vir jou nie, fiskaal," het die Lierman gesê. "Dit is vir die goewerneur."

Die seël in die swart lak was die leeu van Oranje. Deneyn het met verwondering die handtekening gelees: *Guilielmus.* Daar was die naamteken, daar was die seël. Die Prins van Oranje het aan die Lierman amnestie gegee vir die moord op die Hottentot. Met die gerolde perkament in sy hand, en die Lierman tussen twee soldate agter hom aan, het die fiskaal die plein oorgesteek en aan die goewerneur se deur geklop.

Goske het agterdogtig na die seël en die naamtekening ge-kyk."Vervals, reken ek. Sluit hom op, meester Deneyn. En begin skryf in jou Latyn om sy Hoogheid te laat weet wat in sy naam aangerig is."

Dit het hom amper 'n maand besig gehou: die ondervraging van Willemsz, nuwe navorsing oor 'n saak wat reeds koud was, die uiteensetting van die Raad se diplomatieke probleem wat deur die spesiale omstandighede veroorsaak word en, uiteindelik, die hoflike protokol afgerond met 'n sierlike handskrif. Goske het besluit Willemsz moet op Robbeneiland bly tot daar 'n antwoord uit Nederland kom, sodat die Kaapse inboorlinge nie die indruk kry dat hy vrygelaat is nie, want die Koina vergeet nie. Skynheilige vent, het Deneyn gedink, hy loop self vry rond en vra nie wat die inboorlinge daaroor te sê het nie.

Toe Goske 'n jaglisensie aan Tielman Hendriksz en sy maats gegee het, het hy hulle aangeraai: maak 'n sterk groep sodat Ngonnemoa julle met rus sal laat. Onthou wat met Cloete en Olivier gebeur het; maak 'n sterk groep. Hulle wás sterk: Gys Verwey, Tielman Hendriksz, Hans Ras, Barend Gildenhuijs, Frans Schanfelaar, Wynand Bezuidenhout, Pieter de Noorman, en nog een. Jy kry nie sterker nie. Hulle agt het met twee waens na die Bergrivier toe getrek, in die lang vallei op tussen die berge, verby die Voëlvlei tot by die naaste kuil waar laas seekoeie was. En dit was laaste wat hulle gesien is. Eers het gerugte gekom dat hulle 'n week lank al daar deur Gonjemans omsingel word, en toe weer dat almal by die kuil vermoor is. Gonjemans, sê dit in die Dagregister. Eers was dit Ngonnemoa se nasie, toe Gonnemans, nou is dit Gonjemans. En op die elfde van die maand het 'n ruiter by die Fort kom sê dat hulle lyke en die uitgebrande waens daar lê.

Vaandrig Croese is die aand sononder in betrokke weer uit die Fort met twee en sewentig berede troepe – die helfte soldate, die helfte burgers – en 'n perdewa met kruit en provisie. Die voorryers het fakkels in die hand gedra, en die pas was hard. Hulle was om nege-uur by Hoogekraal in die Tygerberg, en het kaptein Kuiper se kraal in die Koeberg gehaal toe dit só reën dat hulle nie kon voortgaan nie. In Kuiper se kraal het Croese 'n Gonjeman gevang en hom met kastrasie gedreig as hy hulle nie na Ngonnemoa toe lei nie. Daar het dit so sterk gereën dat Croese die kruit, lood en vuurstene uitgedeel het, sodat elke man moes sien om sy eie goed droog te hou. Oor die geweldige reën was hulle verplig om twee dae tussen die Tygerberg en die Mosselbanksrivier te bly, en op die veertiende het hulle by die Paardeberg laer gemaak.

438

Croese het daar onder die flap van sy tent voor sy leërmag ge-
staan en voorgelees uit Goske se *Instructie*, wat sê die Gonjemans
moet 'n skrik kry wat hulle nageslagte sal onthou. Toe sê Croese
verder: hier is twee aanvoerders, die burgerkaptein en hy, maar
net een kan leier wees. As die gesamentlike mag hom tot hulle
owerste uitroep, kan hy voortgaan met sy taak. Toe hulle hom tot
owerste uitroep, het hy net gesê: "Hou julle kruit droog. Ek straf
die man wat nie kan vuur gee nie."

Hulle het van daar af in die reën Riebeeck-Kasteel toe getrek,
en steeds in die reën tot by die Bergrivier. Die rivier was in vloed
en amper honderd tree breed. Hulle het kamp gemaak, en 'n vlot
gebou, en die oggend van die sestiende met sak en pak die rivier
oorgesteek. Toe kom burgerluitenant Diemer op die ander wal
aan met nog agtien man. Croese het daar laat wag, terwyl die vlot
weer teruggeroei word om Diemer en sy mense te haal. Sy nuus
was sleg. Twee dae gelede het die Saldanhavaarder *Bruid* die enig-
ste oorlewende soldaat van die buitepos Saldanhabaai by die Fort
gebring. Hulle is daar in die poshuis deur Koina aangeval. Vier
man is doodgesteek, en hy was die enigste wat na die Saldanha-
vaarders toe kon swem om sy lewe te red. Die poshuis is geplun-
der en afgebrand.

Die gids, met 'n riem aan Croese se perd gekoppel, het die ver-
grote leërmag Sonquasdrif toe gelei, waar die perde tot by die
buikgord deur is, en toe na die Vierentwintigriviere. Dit het hulle
'n volle dag geneem om al die strome oor te steek. Daar het die
reën opgehou. Croese wou nie dat hulle vuur maak nie, en dit
was hulle soveelste maaltyd van brandewyn, gedroogde vleis en
beskuit. En in die skemer het hulle rook sien opgaan by die Moe-
rasrivier, vlak onder die berg.

Hulle aanval het kort na eerste lig in die betrokke weer begin.
Die Gonjemans het omtrent 'n myl voor hulle in 'n lap ruie do-
rings gekampeer. Die oggendvure was al aan brand, en die vee
sou binnekort uitgejaag word. Hulle het die perde nader gelei, tot
agter 'n lae rand waarvandaan die gids die kampvure kon sien.
Daar het hulle in die saal geklim, en op Croese se woord storm-
geloop. Toe die ruiters oor die rand kom, het die Gonjemans

hekke oopgeruk en met mense en vee na die berg toe op vlug ge-slaan. Toe die eerste skote klap, het hulle 'n troppie skape wegge-gooi om die leër te vertraag, en 'n ent verder het hulle 'n troppie beeste laat los. Toe was die voorste Hottentotte al in die berg. Croese het die leër daar gekeer en bymekaargeroep, dat hulle die beeste en skape eers bymekaarmaak. Hulle moes die vee na die Sonquasdrif terugdryf en daar oorgaan, en op die terugpad moes hulle die Hottentotte skiet wat gewond in die veld lê.

Hulle kon nie met die vee oor die swaar veld vorder nie. Die Gonjemans het uit die berg teruggekom, die vee voorgekeer en van voor af en van die kante af pyle geskiet en assegaaie gegooi, dan het die beeste omgedraai, verskrik gemaal, weggebreek en na alle kante deur die vleie en strome gehardloop. Die ruiters het versprei om hier beeste te keer of daar 'n makker te gaan help, en dit het die Koina kans gegee om tussen hulle te kom. Hulle moes skiet en laai, skiet en laai, en die beeste eers laat hardloop.

Dit was agtuur en stikdonker toe hulle in groepies met die oorblywende diere by die verlate Gonjemanskraal kom. Toe kon hulle die eerste keer na dae vuur maak van hout wat die Koina in 'n hut droog gehou het, en hulle kos kook. Maar daar is min ge-slaap; die wagte het twee-twee in 'n kring om die kamp gestaan en is elke halfuur afgelos. Dit was ook skaars lig toe hulle weer moes opsaal, die oggendstuk eet, en ná hulle parade en oggendgebed die vee onderweg kry, en die kraal agter hulle aan die brand steek.

Die Gonjemans was gou weer by, en rondom hulle. Maar hulle was duidelik moeg. Hulle het minder geword, en hulle asse-gaaie was min. Tog het hulle dit nog reggekry om af en toe 'n bees weg te keer. By die oorsteek van die Vierentwintigriviere het die leër veral skape en lammers verloor, want die strome was diep, en die ruiters moes afstyg en te voet agter die skape gaan, en as die trop op loop sit, was die Koina by om die perde en beeste uit-mekaar te jaag. Skemeraand was hulle by die Sonquasdrif, en het hulle op die rivierwal kamp gemaak. Daar was geen droë hout te kry nie, en hulle het in 'n dubbele kring deur die nag wag gestaan: die binneste kring om die beeste en die perde, en die buitenste kring om die kamp.

Toe die eerste ruiters met daglig teen die steil rivierwal af ry om die prosessie deur te lei, het 'n paar Koina onder die wal uit gespring om hulle perde onder hulle dood te steek. Dit het 'n wilde, skuimende, plassende deurgang geword. Croese het van agter af met spoed aangedryf, dat hulle tussen die bosse en uit die water kan wegkom. Daar is geskreeu en geskiet, en die vee het geraas. Op die vlakte anderkant die rivier het die vyand nader en nader aan die agterhoede gedring, sodat die leër 'n paar keer moes omdraai en front maak, en drie sarsies op hulle vuur. Dit het gelyk asof daar geen einde aan die Gonjemans se agtervolging kom nie. Net daarna begin dit weer reën; eers sag, maar ná 'n paar harde donderslae het dit ysig koud en swaar soos 'n stortende brander neergeval, sodat niemand meer 'n skietwapen kon gebruik nie. En die beeste het in die modder gestruikel en geval van moegheid. Dié wat bly lê, moes hulle daar laat en die origes vorentoe dryf, teen die wind en haelreën in, want man teen man kon hulle nie meer teen die Koina veg nie.

So het dit twee dae en twee nagte aaneen gereën, en een môre was hulle in helder sonskyn by Hoogekraal, waar 'n wa met twee sakke hardbrood en 'n vat arak al 'n week lank vir hulle in 'n waenhuis wag. Toe die son daardie aand agter die eiland sak, was die leër met agthonderd beeste en negehonderd skape by die Fort.

Goske het laat bekend maak dat enige Hottentot wat met 'n assegaai gesien word as 'n vyand beskou en sonder uitsondering gedood sal word.

"Hulle dra dit ook vir selfbeskerming, my heer," het Deneyn dit gewaag. "Teen leeus en luiperds. Afgesien daarvan is daar oorlog tussen die stamme. Ek twyfel of u plakkaat wettig is, en wil graag advies uit Nederland vra daaroor."

Was dit oorlog? het Deneyn gewonder, maar sonder skuldgevoel oor sy eie aandadigheid aan die misdaad. Hoe regverdig jy hierdie ekspedisie? Oorloë word verklaar deur die oorhandiging van amptelike notas tussen regerings, en in hierdie geval het die Nederlander tot die vlak van die barbaar gedaal en hulle struikrowery met massamoord vergeld. Wie het op veeroof besluit? Daarvan staan niks in die Raad se notules nie. Die gedane misdaad kon binne weke 'n volksmoord word, want die Koina leef van hulle vee se produkte, en Ngonnemoa se mense en hulle kinders was nou sonder kos in die hart van die winter. Of was volksmoord Goske se doel? Hy sou dit ontken, dit is te verwagte. Waarom het hy jaglisensies gegee nadat hy gewaarsku is om by die bestaande kontrak met die inboorling te hou? Hy sou sê: Die Kompanjie het tevore strafekspedisies in Oos-Indië uitgevoer; goewerneur-generaal Coen se leegmaak van Banda-eiland is my voorbeeld. Of hy sou sê: Hier is krygswet in die land. Maar die krygswet was van toepassing op Engeland en Frankryk, en Here Sewentien het hom gevra om botsings met die inlander te vermy. Deneyn het geglo daar is ernstige gronde vir 'n geregtelike onder-soek teen die goewerneur.

"Meester Deneyn, ek neem dit op my." So was Goske: slaan eerste en kruip dan weg agter sy rang.

Met soveel nuwe weduwees onverwags aan die Kaap, het Deneyn gehelp om die Kaapse weeskamer tot stand te bring en 'n groot kis met ysterbeslag laat maak om in die Ark se voorportaal te kom, waarin mense hulle orige duite kon gooi. Hy het ook Pieternella en haar broers se fonds en rekening laat oorplaas van die kerkraad na die nuwe Weeskamer.

Die kapteins Schacher en Kuiper en die Overberger Klaas het almal teen Ngonnemoa gedraai, want hulle was bang dat Ngon-nemoa se oorlog teen die wyebroek hulle sal aantas en vir uitwis-sing bestem. Want dít was wat Goske wou hê, so het hulle geglo. Skuil, soos kuikens, liewer onder die vlerk as die valke vlieg, het hulle geglo. Kuiper en Schacher en omtrent honderd van hulle volgelinge het 'n maand na Croese se moord- en roofparty by die Fort gekom met vier Gonjemans, betrap waar hulle op Kuiper en Schacher se krale spioeneer. Nou het hulle die vier mense vir die goewerneur gebring om oor te besluit. Goske het die fiskaal ge-roep, maar Deneyn het hom onttrek. Die saak was buite sy kennis en ervaring, en was duidelik 'n kwessie tussen die inboorlinge.

"Ek neem dit op my," het die goewerneur gesê.

In Schacher en Kuiper se bywees het Goske die vier deur tolke laat ondervra, en twee so ver gekry om te erken dat hulle by die

Moordkuil en ook by Saldanhabaai teen die Kompanjie opgetree het. Toe sê Goske vir Kuiper en Schacher: "Wel, julle het die mense hier gebring. Hulle erken hulle skuld. Ek wil my nie in julle sake inmeng nie, en gee hulle terug om hulle straf van hulle eie mense te kry. Neem hulle na buite en doen soos julle goedvind."

Goske het vir Deneyn uit sy kamer laat roep. "Voor die skuldiges tereggestel word, wil ek hoor of jy as fiskaal enigiets daarteen wil sê."

"Ek sê vir u dat ek twyfel of dit geregtelik is. Hulle pas nie onder ons nie. Ek sien hierdie gevangenes as soldate net soos ons s'n, wat hulle owerste se bevele uitvoer, en nie as misdadigers nie. Het u hulle getuies en tolke laat beëdig?"

"Dan neem ek dit op my. En as jy vandag iets wil leer van justisie in Afrika, kom saam met my op die muur, en kyk van daar af."

Wat Deneyn van die muur af gesien het, was die stadige, stelselmatige doodslaan van vier mense deur vreemdelinge wat niks daarby verloor het of baat nie, met stokke effens dikker en skaars langer as sy eie wandelstok. Dit is onwettig, was sy eerste gedagte; die mense is ter dood veroordeel, maar nie tot marteling nie. Hy was van mening dat 'n laksman by die teregstelling geen grief teen sy slagoffer het nie en maar sy daaglikse brood probeer verdien. Op die strand voor die poort het honderd of meer laksmanne met die veroordeeldes gespeel soos 'n kat met 'n muis. Hulle maak skynaanvalle teen ongewapendes; hulle fluit en swaai die stokke in 'n kringdans, spring een-een binne die kring, raps net liggies oor enkels en elmboë, wat seermaak, maar geen bloed trek nie. Of hulle mik na 'n knie en slaan 'n klappende slag teen die kop, of vier of vyf konsentreer hulle houe net op die niere, of net op die neus. Hulle dans en pronk, en sluip rond; hulle staar die slagoffer reg in die oë en slaan sy geslagsorgaan. Hulle juig saam oor 'n mooi hou, staan om te rus, en as hulle moeg is, gaan drink hulle water; kom dan weer spogtend terug in die kring en rek die proses uit tot langer as 'n uur, tot Goske, wit in die gesig, sy rottang op die kanteelreling laat kletter en op hulle skreeu om in die naam van die duiwel klaar te kry.

443

"Hulle moor nou vir hulle plesier, meester Deneyn. Daarom dat ek van hierdie barbare en hulle sogenaamde inheemse regspraak niks dink nie. Gaan jy nog kyk? Ek is moeg hiervoor." So is hulle ondertoe. In die voorhof het Goske die wagoffisier beveel om die lyke agter 'n roeiboot na die buitereede te laat sleep, en die inboorlinge elk 'n goeie muts arak by die kombuisdeur te laat kry. "Wil jy sulkes voor vaderlandse wet daag, meester Deneyn? Walglike volk."

By gebrek aan intelligente geselskap het Deneyn die aand die moorde in sy dagboek beskryf. Die mense is eers 'n uur lank gemartel en toe met die dood verlos. Die Nederlandse teregstelling moet 'n voorbeeld aan ander inhou, dit moet 'n element van afskrik bevat, maar watter voorbeeld is daar in wanneer 'n veroordeelde met die dood beloon word? Dit is ver beter, skryf hy, om gesonde mense in kettings aan die Kasteel te offer, dat hulle help bou in plaas van om 'n gat in die sand met hulle verminkte liggame te vul.

Dit is wat fiskaal Deneyn gedoen het. Hy het elke saak bestudeer. Hy het naslaanboeke uit sy studentejare gelees om leiding. Dit was maklik om te sê: My boek weet nie van slawe nie; my boek sê niks van Hottentotte nie; my boek weet nie van Goske nie; my boek ken nog nie 'n handelsmaatskappy wat die wêreld aan die keel beet het nie; my boek sê niks van 'n Kasteel wat met krag en kaal hande uit dorre duine boontoe gebeur word nie. Dit was maklik om vir homself verskonings te vind. Wanneer hy sy ou boeke lees, en hy sien sy voorgraadse aantekeninge met 'n skets van 'n galg wat waarsku dat 'n eksamen op hande is, en die name van meisietjies neergekrap naas voorbeelde van belangrike hofsake wat hy behoort na te slaan, dan het hy by homself gesê: Die boek vertel net van my jeug in Wes-Europa. Ek sien niks wat hier kan help nie. Hier is die Kaap; ek is gevang en verban op 'n dorre eiland; ek staan alleen, ek het geen leier of leiding nie.

Hy het self 'n paar Europeërs aan die Kasteel geoffer, maar sonder dat die gety van bloed oor die skavot styg. Toe kom die gedagte by hom: hy sou graag nou terug universiteit toe gaan om vir die studente te sê: "Wag. Pas op. Wat julle leraars verduidelik, wat julle hier in boeke lees, lyk anders buite Leiden se stadsmure, anders in 'n storm op see, anders in Afrika, anders in 'n kaserne in die Ooste." En as hulle hom sou antwoord: "Wat moet ons doen? Het jy advies vir ons?" Dan moet hy sê hy weet nie, hy probeer sy bes doen op die plek waar hy is.

Deneyn was 'n gevangene van daardie Kasteel. Dit was 'n nat, nat, nat winter, daardie eerste van sy gevangenskap. Die groot kalkoonde reën dood, die bouers op die steiers stoot kruiwaens vol modder op, dit word gevaarlik op die nat planke. Die gekla word erger, harder, openlik. Die mense is koud en siek, en soek skuiling teen die skerp reën. En die korporaals met die rottangs is bang om aan hulle te raak. Vier slawe dros uit hulle werk. Twee van hulle was die Kompanjie se eiendom. Hulle skuil een laatdag teen die reën in 'n gebluste kalkoond, en kom nie weer uit toe die ander na hulle werk teruggaan nie. Toe dit goed donker is, glip hulle uit en vlug kuslangs op. Die ander twee slawe behoort aan Broertjie Louw. Dit is onverstaanbaar dat hulle wegloop, want hulle het nooit langer of swaarder as Louw self gewerk nie, hulle het meer geslaap as wat die natuur vereis, en het saam met hom en sy kinders aan tafel geëet. Deneyn kon vir hierdie vier geen versagtende omstandighede vind nie, en vra dat hulle gehang word. Hulle lyke is agter esels deur die dorp gesleep as 'n voorbeeld aan slawe, om by die Duintjies weer opgehys te word as 'n voorbeeld aan die Kompanjie se skeepsvolk.

Enkele weke daarna staan vyf blanke soldate voor die geregsbank. Hulle is drosters. Volgens krygswet moet hulle hang, en Deneyn weet dat die goewerneur nou 'n voorbeeld nodig het wat dissipline sal herstel, maar hy pleit dié keer dat net die leier gehang word. Die Raad aanvaar dit so. Miskien is hulle nou bekommerd oor daardie mense wat hulle op Goske se aandrang om dood of lewe laat loot het. Daarom sal Jan Niels alleen hang oor drostery. Sy vier makkers sal sy teregstelling van onder die galg aanskou, met hulle stroppe om die nek; daarna word hulle gegesel en moet ses jaar lank in kettings op Robbeneiland arbei. Op dieselfde dag stuur Deneyn 'n matroos wat 'n halfaampie arak gesteel het, eiland toe om ook ses jaar daar in kettings te arbei. Die misdaad was nie so ernstig nie – matrose het die behoefte aan alkohol geërf van hulle voorsaat Noag – maar iemand moes betaal vir Jan Niels se eensaamheid voor hy van die leer afgestamp is. Die winter van 1673 het aangehou tot die land amper onder water was. Die veld was blink van vleie en panne, die paddas het in die dag gesing, en die Liesbeeck het so sterk geloop dat jy op die buitereede vars water kon put. Die rietpolle wat hy saamsleep see toe, het oorkant op die eiland gaan lê en groei.

Laat in November het kaptein Klaas met twintig van sy Chainouqua en 'n geskenk van vet koeie by die Fort gekom, om te hoor of hy byderhand moes bly vir die gesamentlike aanval op Ngonnemoa waaroor Goske vroeër gepraat het, en of hy kon wegtrek na sy Overberg toe. Watter sonde kom weer hier uit? het Deneyn gewonder, want die Gonjemans het nou nêrens oortree nie en inderdaad, daar is maande laas van hulle gehoor. Maar Goske het vir Klaas gesê: Goed, begin jy solank verken. Ander stamme het op daardie teken weer nader gedring, soos kuikens om 'n hen wanneer die valke vlieg. Kuiper en Houtebeen het so vas teen die Ruiterwacht kom lê dat korporaal Visser hulle moes sê om verder uit te wyk.

En uit watter reg beplan 'n goewerneur 'n strooptog op 'n gebroke volk se beeste, en straf 'n weduwee wat twee skape gesteel het? Deneyn was jammer vir die ou vrou wat voor hom gebring is. Sy het hom aangekyk soos 'n verdwaasde skaap. Hy kon vir haar niks doen nie. Daar is oral mense wat nie wil leer nie, en hier was nou een. Hy het voor die Raad gepleit dat al Maijke Hendriksz se vorige oortredings en vonnisse dié keer oorweeg word om haar straf te bepaal, en dat geen pleidooi vir versagting gehoor word nie. Die Raad het dit aanvaar. Hulle het die vorige keer onthou, nie so lank gelede nie, toe hulle haar ernstig probeer waarsku het teen diefstal. Toe het haar man nog gelewe, maar sy moes nie dink dat haar weduweesmus en swart rok haar nou bo die wet verhef nie. Sy en haar kneg Philip Builings, en deur hulle die hele Kaapse gemeenskap vir wie hulle 'n voorbeeld sou wees, moes weer die hartelose, ysige gewig van die wet voel.

Builings was die eerste ooit wat tot lewenslange arbeid op die eiland verban is. Min mense het dit geweet, min het vir Builings geken, min was vir hom jammer, en hy is gou vergeet. Op die eiland was hy een enkele skulpdraer, en die Kompanjie moes honderde hê. Maijke en haar kneg is albei gevonnis om met 'n ketting aan die been, die galgtou om die nek en 'n skaapvel bo die kop gespyker, eers 'n uur lank op die leer onder die galg te staan. Daarna is hulle albei gegesel aan die paal, agter die skouer gebrandmerk, en verban om lewenslank op die eiland te arbei. Albei se eiendom is deur die staat verbeur verklaar. Toe sy beveel word om haar vonnis te onderteken, skryf Maijke met 'n bewende hand net die naampie Maja, asof sy weer ses jaar oud is. Builings is ná die uitvoering van straf eiland toe geneem, maar die weduwee het nege maande gekry om haar goed van die hand te sit.

Wat nog? Hendrik Evertsen beskuldig Catharina Kients, die vrou van Pieter Visagie, dat sy hom belaster het deur 'n storie te versprei dat hý Maijke se diefstal gaan aangee het. Hy wou 'n openbare apologie van Visagie hê. Deneyn moes dit afdwing. Visagie sê: Watter man kan sy vrou se tong beheer?

Die fluit *Helena* kom in Januarie 1674 op die reede, na 'n jaar se afwesigheid. Waar in die blou wêreld was hierdie skip, en wat het sy mense alles beleef? Wat het die see met hulle gedoen, en wat beteken hulle aankoms vir dié wat hier onder Tafelberg bly? Jy sien glimlagge op die gesigte van die eerste skeepsvolk wat by die steier kom. Hulle boot se romp is groen van die ryk wier van warm waters, en hulle gesigte bruin van tropiese son, maar waarom lag hulle? Is dit oor gedagtes aan die Ooste agter hulle, of aan die Kaap voor hulle?

Vir Deneyn is daar 'n brief uit Mauritius, van Mary Hugo. Sy hart het warm geword toe hy sy eie naam in haar handskrif daarop lees. Haar beeld en haar stem was nog duidelik in sy gedagtes. Hy het nooit verwag om van haar te hoor nie. Wat kon haar brief beteken? Was dit maar eensaamheid? Hy sit by die tafel in die kajuit van die fluit *Helena* op die binnereede, saam met skipper Frooij en die Fort se sjirurgyn. Hulle drink rantsoen-brandewyn saam met Kaapse reënwater uit skeepsbekers. Hulle ondersoeke na die gesondheid van die volk was klaar, die fluit se vragbrief is vergelyk met die inhoud van die ruim, die nasien van die skeeps-joernaal is afgehandel. Aan dek, bo hulle koppe, word die tuig met dowwe stampe en klapgeluide neergehaal vir herstel en skoonmaak ná 'n reis van sewentig dae.

"Een ding," sê Frooij. "Kommandeur Hugo se brief sê ek het vir Philipe Col hier aan boord. Col is nie aan boord nie. Laat die goewerneur vir jou sê wat in daardie brief staan, meester Deneyn."

"Dit is goed."

"Ek het vir jou 'n pakkie briewe van Mary Hugo. Sy het my met trane op haar wange laat sweer, fiskaal Deneyn, met trane op haar wange, dat ek dit in jou hand sal gee. Dáár het jy dit nou. Hier sit my getuie."

"Skipper Frooij, waaroor is jy bekommerd? Is iets verkeerd?"

"Nie 'n woord nie, meester. Dit is jou sake."

"Maar met trane, is dit so erg? Daar is tog haar vader, as sy moeilikheid het?"

"Nee, meester. Nee, meester. Kom, drink uit. Ek moet aan dek gaan."

Hy het haar briewe in sy jassak gedra. Hy wou dit natuurlik dadelik lees, maar het dit bewaar vir later wanneer hy alleen is, en die afwagting het die plesier soeter gemaak. Hy sou graag hoor hoe dit met haar gaan op die Kaap se ander eiland. Hy het gehoop op 'n paar woorde van vriendskap, miskien 'n teken van iets persoonliks tussen hulle, maar het vaag vermoed dat sy iets soos juwele wou verkoop en dat hy so vriendelik moes wees om skipper Frooij toe te laat om namens haar handel te dryf. Natuur-lik moes Goske nie daarvan hoor nie. Dit is wat Deneyn vermoed het, maar sy hart was jonk genoeg om tot die einde te hoop dat sy hom sou onthou oor iets aangenaams, en miskien uit eensaam-heid 'n paar woorde met hom as 'n vriend wou wissel. So het hy sy vrees gesus, want daar was onheil in Frooij se stem.

Dit was nie een brief nie, maar vyf of ses. Haar eie brief van dertig bladsye was bo-op. Hy het die bylaes vir eers opsy gelê. Haar skrif was groot en ongeoefen, die spelwyse vereenvoudig. *My heer De Neijn, u sal dit vreemd vind dat ek aan u skryf ...* Hy het 'n paar bladsye omgevou. Êrens in die middel het sy oë die

448

woorde *"waar is die beloftes wat hy my gemaak het as ek saam Mauri-tius toe gaan?"* gevang en tot aan die einde van die reël gevolg. Sy skryf die eiland se naam "mouerisius": *O mouerisius, mouerisius, ek bekla my dat ek ooit voet op jou gesit het.* Later tref die woorde *"ver-soek van iemand wat eenmaal u vriend was"* sy oog. Hy het verder omgeblaai en omgeblaai tot by die slot: *Ontferm u oor 'n arme vroue mens wat bedroef is totter dood.*

Toe het Deneyn sy bene van sy kooi af geswaai, en met haar brief na aan die kers begin lees.

My heer De Neijn, u sal dit vreemd vind dat ek aan u skryf, maar die nood dwing my daartoe. Ek vra u op my knieë en met betraande oë om my asseblief te help. Toon medelye met 'n vrou wat tot die dood bedroef is. Ek wil voor die wêreld verklaar en sal die dood daarop sterf dat dit die waarheid is. Ek skryf nie om my vader te verkla nie, maar om my gewete te verlig van die onreg wat hy om my ontwil gedoen het aan Pierre Philipe Col. Ek vra net dat u my brief hou en dit nie aan my vader stuur nie.

Haar vrees is duidelik, maar waarom is sy ontsteld oor Col, en hoe kon die verhouding tussen hulle wees dat 'n onreg om haar ontwil aan hom gedoen is? Deneyn het die bylaes opgetel en een vir een ondersoek. Daar is vier briewe wat sy aan Col in die ge-vangenis geskryf het, maar geen van hom aan haar nie. Die vyfde brief is van Col aan hom, Deneyn. Col leef moontlik nog, maar die datum heel onderaan was meer as vier maande gelede. Die saak van 'n lewende is dringender as dié van 'n dooie en verdien dus groter aandag, want die lyding van 'n lewende duur voort terwyl dié van 'n dooie verby is, sê Damhouder se wetboek. Maar wie was Pierre Col?

Hy het Col se brief nader getrek. Dit is geskryf in 'n bruinrooi ink, die skrif so klein en misvorm dat hy skaars woorde daarin herken. Dit het hom herinner aan 'n belydenis wat hy vroeër as bewysstuk in 'n saak gebruik het, in die donker geskryf met 'n strooispriet in bloed gedoop, deur twee hande wat styf teen mekaar geklamp was. Daardie arme kêrel het hom dieselfde nag met sy broekspype agter die seldeur opgehang. Maar Col se brief was verskeie bladsye lank, en dit sou tyd kos om te voltooi. Dan sien hy aan datums in die kantruimte dat dit oor maande geskryf

449

is. Wat was hier aan die gang, en wat was die verhouding tussen die prisonier en Mary Hugo?

Haar briefies aan Col is almal herhaaldelik gevou, om in 'n handpalm te pas, die voue vuil en verweer. Hy vou een oop:

Beminde Col, ek het nooit op u briewe durf antwoord nie omdat ek gevrees het dat dat u teen my gekant was omdat vader u so ellendig behandel ter wille van my. Die stuurman het my verseker dat u nie skryf om my te verwyt nie, maar uit liefde. Daarom vra ek met groot vrees dat as u dit klaar gelees het, u dit weer aan my stuur. Die stuurman het beloof om dit in my hande te besorg. U moet weet ...

Dit was verder haar saak. Dit is haar hart, dit is geheime woorde wat sy onder ruisende palmbome op Mauritius se goue strande in Pierre Philipe Col se oor gefluister het. Wie Col ook al is, wat ook al met hom gebeur het, hy het Mary Hugo se hart gewen. En ek is nie jaloers nie, het Deneyn gedink. Hy weet nou waarom daar nie van Col se briewe aan Mary bewaar is nie. Hulle het gereël dat elke brief na die skrywer sal teruggaan, en syne is in sy besit, moontlik in sy sel, gekonfiskeer. Maar die inhoud was toe klaar veilig in haar hart gesaai. *Sit u vertroue in God. Hy sal u uit help. As God nie vir u uitkoms gee nie, moenie hoop verloor nie. 'n Mens weet nie of God miskien die saak beskik het sodat Sven en Zacharias hulle loon daardeur moet kry nie.*

Deneyn weet reeds, hier voordat hy behoorlik ingelig is, hy kan haar nie help nie, want sy woon buite sy jurisdiksie. Mauritius resorteer nie onder die Kaap nie solank as Hugo daar regeer. Hugo het dit so van die Direkteure geëis omdat hy nie onder Goske wou staan nie. Dit was 'n saak van blote verwaandheid. Dus, hy is los, en só eenvoudig is fiskaal Deneyn se eie redding. Wat is dit dan nou wat heer Hugo se jong dogter van hom verlang?

Hy bring tabak, 'n pyp, 'n karaf brandewyn en 'n goeie dun glas na sy tafel toe, steek nog 'n kers op, trek sy geblomde Japannese japon aan, en sit pen en papier byderhand. Dalk wil hy 'n paar aantekeninge maak. Hy begin haar brief van heel voor af lees: *My heer De Neijn, u sal dit vreemd vind dat ek aan u skryf, maar die nood dwing my daartoe ...*

Sy vertel van hulle aankoms by die eiland meer as 'n jaar

gelede. Col het hulle by die kaai verwelkom. Hy was toe al sewe maande lank die waarnemende opperhoof. Hy was eers die korporaal van die soldate, en het die bestuur op hom geneem na die ongeluk waarin opperhoof Wreede verdrink het. Haar vader het opdrag gehad om Col se regering by sy aankoms te ondersoek en moontlike klagtes teen hom aan te hoor voordat hy die eiland oorneem. Toe sy ondersoek klaar is, was hy so tevrede dat hy Col gevra het om aan te bly as sy sekunde, met die rang en salaris van 'n sersant, en hy sou aan Batavia skryf om goedkeuring en bevestiging.

Haar vader het haar oorspronklik beloof dat sy met die eerste skip wat Mauritius aandoen, kon voortgaan Batavia toe, om daar iets van die Oosterse lewe te geniet, voor hy aftree en hulle almal saam teruggaan, vaderland toe. Toe hulle 'n maand of twee op die eiland was, en sy hom van tyd tot tyd aan sy belofte herinner, het hy begin verskonings maak, en sy het gedink dat hy dit doen omdat hy bang was vir die eensaamheid in hulle huis na haar vertrek. Toe die eerste skip kom, het sy gevra of sy haar goed aan boord mag stuur, maar hy het net gesê: Nee, nie hierdie keer nie, maar met die volgende skip. En daar het die eerste jaar maar twee skepe gekom. Toe sy vra of sy dié keer haar goed aan boord kan stuur, het hy teen haar uitgevaar. En sy het gesien dat hy haar nooit sal laat gaan nie.

Sy maak toe 'n ooreenkoms met 'n skipper, en vra sekunde Philipe Col of hy 'n soldaat kan afstaan om iets vir haar te vervoer. Sy gee haar seekis, met alles wat sy wou saamneem, vir die soldaat en betaal hom om dit na die huis van 'n vryvisser te dra, wat beloof het om haar aan boord te bring in die nag voor die skip seil. Die aand by die afskeidsmaal sê die skipper vir haar hy sien nie langer kans om haar te neem nie, en daarom moes sy weer haar kis by die vryvisser laat haal.

Ná die skip weg is, het sy vir Col vertel wat sy gedoen het. Hy skrik, en sê dat hy dit aan die kommandeur bekend moet maak, maar sy soebat hom, vir haarself en haar arme vriende op die eiland, dat hy dit nooit aan haar vader moet vertel nie. Hy het ingewillig op voorwaarde dat sy nie weggaan nie.

451

Daarna kon sy geen rus vind nie. Sy het niemand gehad om mee te praat nie, en geen plesier gevind in enigiets wat sy doen nie. Sy het baie gehuil, en Col het haar soms so treurig gesien, en haar vertroos. Col was 'n goeie werker en die kommandeur het hom ingeroep om met hom te praat, sodat hulle mekaar dikwels gesien het, tot die toegeneentheid tussen hulle gegroei het. Na 'n tyd het hulle oor liefde gepraat, en ringe uitgeruil op troubelofte, maar hulle het nog nie haar vader daaroor ingelig nie. Toe vra hy eendag watse ring sy dra, en begin op haar skel toe hy hoor dit is van Col. Maar sy het gesê as hy dit dan nie goedkeur nie, sal sy dit met Col probeer uitmaak.

Die volgende oggend het haar vader die Raad laat vergader, vir Col uit sy plek by die tafel laat opstaan, sy diens en soldy opgeskort en hom na die Vlaktepos toe gestuur om daar te bly. Hy is verbied om met sy dogter te praat. Haar vader roep toe vir Jan Zacharias wat op wag voor die deur staan binne, en stel hom aan as waarnemende sersant met volle gasie. Hierdie man was vroeër 'n bandiet op Robbeneiland omdat hy skape gesteel het. As hy sonder sy hemp werk, kan jy die tekens van sy skandaal sien.

Sy vertel daarna meer oor die Raadslede, om hulle nugterheid en goeie oordeel by Deneyn verdag te maak. Jan Zacharias loop die hele dag met 'n bierbeker vol arak in die hand; jy sien hom selde daarsonder. Hy het een nag die bottelier se sleutels van sy kooi se koppenent af gehaal en wyn uit die bottelary gesteel, en van die gerookte vleis wat haar vader laat maak het om Kaap toe te stuur, en daarmee het hy en baas Sven en meester Pieter Walrand en Daniel die kuiper die hele nag in Bart die vryman se huis gefuif, terwyl dit onwettig was om die Losie in die nag te verlaat. Van al die drank het baas Sven en Daniel daar messe ge-trek en mekaar buite gedaag, maar hulle is deur Bart geskei. Die volgende dag was baas Sven onkapabel om te gaan werk. Jan Zacharias het twee dae siek gelê van die gefuif, en meester Pieter was van's gelyke.

Die tweede raadslid is Sven Telleson. Baas Sven (Mary skryf dit *basvent*) is die eiland se baashoutkapper. Hy is al drie maal betrap dat hy die Kompanjie se magasyn en pakhuise besteel het.

Eenkeer het hy vier maande lank soos 'n dier in die bos gedwaal voor hulle hom kon vang. Toe opperhoof Wreede verdrink het, was baas Sven eerste by om sy kis oop te breek en die geld daaruit te steel. Hy kan nie skryf nie en teken sy naam met 'n S en 'n T.

Die derde raadslid het vroeër in Amsterdam 'n steierskuit geroei. Sy naam is Jan Claassen, en hy is nou sekunde. As hy in bevel van soldate is en hulle wil nie gehoorsaam nie, trek hy mes en wil met hulle baklei.

Dit, my heer De Neijn, is die Raad wat hier op die eiland oor monsieur Col gesit het. Sy was bang vir wat hulle met Col gaan doen, en stuur toe 'n boodskap met 'n vryman dat sy met hom wil praat, en dat sy een aand na sononder vir hom agter die tuin sal wag. Die aand het hulle soos gewoonlik buite onder 'n baldekyn geëet, en terwyl die ander nog daar sit en rook en drink, vra sy haar broer Gerrit om met haar te gaan wandel. Toe hulle naby die tuin kom, sê sy aan haar broer dat sy hoop om vir Philipe Col agter die tuin te ontmoet. Toe draai hy terug en gaan vertel haar vader wat sy gesê het. Sy en Col het nie vier woorde gepraat nie, toe die sekunde en die houtkapper daar aankom om haar Losie toe te lei. Vir Col het hulle net gesê om na sy aangewese pos te gaan.

By die Losie is sy miserabel behandel. Haar vensterluike is toegespyker sodat sy geen uitsig sou hê nie. Sy moes in haar kamer bly en niemand mag naby haar kom nie. Die volgende oggend is Col laat haal. Haar vader het in die tussentyd sy kis oopgebreek, sy papiere verwyder en sewe of agt el serge en twaalf el lint gekry wat sy hom as geskenk gegee het. Toe hulle dit sien, vertel die raadslede hom hoe Mary vroeër 'n swaar kis uit die Losie gestuur het, en hy eis van haar die volle storie oor die kis.

Toe Col die middag aankom, is die Raad bymekaargeroep, en hulle besluit om hom gevange te hou tot die saak teen hom voorberei is. Haar vader wou Col laat martel. Hy skryf toe drie briewe, asof dit van Mary kom, en gee dit aan haar met dreigemente oor wat hy aan Col gaan doen, sodat sy dit woord vir woord in haar handskrif moet oorskryf. Toe stuur hy dit aan Col asof dit van haar af kom, die een na die ander, en elke keer sien Col dat dit haar handskrif is, en hy antwoord op haar brief en vertel alles wat haar vader van hom wou hoor. Col se antwoorde het nooit by Mary uitgekom nie. Sy het net gesien wat haar vader haar gebring het om te skryf, maar sy het geglo dat Col die verskil tussen haar spelwyse en dié van haar vader sou raaksien, en besef dat dit vals is. Een ding wat in daardie briewe gestaan het, was dat Col alles moes ontken waarvan hulle hom beskuldig en sy sou dieselfde doen.

Toe Col voor die hof staan, vra hulle of hy serge en lint by Mary gekry het, en hy ontken dit. Hulle vra of hy briewe aan haar geskryf het, en hy ontken dit. Toe sê haar vader: Jou skelm, jy staan en lieg vir ons. Ek het genoeg van jou, en ek gaan jou behoorlik straf. Ek gaan die klag so swaar maak as ek kan. Hier het jy alles vir my neergeskryf. Kan jy nie sien die briewe was nie van haar af nie? Die feeks kan nie so 'n styl skryf nie. Ek het haar so voorgeskryf. Kyk, hier is die oorspronklike; dié wat jy gekry het, was maar 'n afskrif. Gaan terug na jou sel toe. Ek gaan 'n voorbeeld van jou maak.

'n Dag of wat later is Col op 'n eiland gesit op water en brood, en daar het hy sestien dae gebly. Toe die fluit *Helena* hier kom, is hy daar weggeneem en in boeie op die fluit opgesluit tot hy moet voorkom. Van die offisiere was jammer vir hom, en het gevra hoe hulle hom behulpsaam kon wees. Die stuurman het twee maal briefies van monsieur Col vir haar gebring, maar omdat sy te bedroef en bang was, het sy nie weer geantwoord nie. Toe hy vir haar weer 'n brief bring, het sy begin om te antwoord, en sy skryf vir hom wat sy in die boeke sien waarvan hy aangekla gaan word, en stuur vir hom wat sy kan om hom in sy verweer te help.

"En ek smeek Vader, soos 'n mens voor God vir sy sonde bid, so smeek ek vir Col, maar ek kon niks bereik nie. Dit was asof Vader se hart van klip was. En Col, van die swaar boeie waarin hy nag en dag vasgesluit was, se bene het begin versweer en so verskriklik geswel dat die merk van die yster in sy bene afgedruk staan. Meester Walrand, ons sjirurgyn, het 'n paar keer gevra dat die boeie afgehaal word tot hy gesond is, maar dit is nie toegelaat nie. Van die verswering het hy swaar koors gekry, en so het hy toe al amper vier maande in die boeie gesit. As hy daar gesterf het, was dit na Vader se sin."

Sy stuur vir Col twintig hoendereiers, omdat sy dink hy sal nie op die dun ryspap oorleef nie. En omdat sy weet van sy liefde, en dat hy ter wille van haar ly, skryf sy dat sy hom nooit sal verlaat nie, en sy teken haar naam in bloed daaronder. En Col skryf aan haar 'n trouskrif met sy bloed onderteken.

Die jag *Wittenburg* kom op die reede. Die skeepsoffisiere eet saans aan wal saam met die kommandeur. Die jong mans soek haar geselskap, maar sy kom nie na die tafel toe nie. Wanneer hulle buite met aandete is, gaan sy in haar vader se kantoor en soek tussen die papiere na die klagstaat teen Col. Sy laat hom weet waaroor hy gaan teregstaan: hy het weefstof gesteel, hy het sy aangewese pos verlaat, hy het hom voorgeneem om die eiland aan die Franse vloot oor te gee, hy het die kommandeur se eer en dié van sy gesin beledig deur sy dogter die hof te maak, hy het die dogter probeer verlei en haar 'n middel ingegee om hom te bemin, en hy het onder eed gelieg.

Sy neem die skipper en die seur van die jag *Wittenburg* in haar vertroue, en vertel hulle waarom Col gevange sit en waarvan hy aangekla gaan word. Hulle sê hulle wil niks daarmee te doen hê nie, en wys die kommandeur se versoek van die hand om op die hof te sit.

Op 'n Sondag het hulle die Raad laat vergader en vir Col laat haal. Hy kon skaars staan voor hulle. Wanneer hulle hom iets vra, vra hy dat hy getuies mag roep en dat sy papiere wat uit sy kis gehaal is, teruggegee word. Party van die sake noem hulle nie, maar dit staan geskryf op sy klagstaat wat vaderland toe gaan, en daar sal dit bly, asof dit wel gehoor is. Sy stuur vir hom papiere binne, wat sy voorberei het om hom mee te verantwoord, maar hulle stuur dit terug. Hy vra ses of sewe keer dat juffrou Mary mag getuig, maar hulle weier. En toe sy self eindelik een van die wagte vra om haar binne te laat dat sy die hof toespreek, vind sy dat hulle klaar verdaag het en in groepe staan en gesels oor 'n jagtog die volgende dag. In een halfuur is Col verhoor en gevonnis en sy vonnis onderteken.

Col is in boeie teruggeneem na *Helena*. Sy het weer in die kantoor gegaan om te lees wat sy straf sou wees. Hy sou 'n uur op die skavot staan met 'n plakkaat oor sy kop, hy word van amp en gasie gestroop, en word verban om drie jaar lank in kettings op Robbeneiland te werk. Die Saterdag sou hy sy geregtigheid ontvang, maar die Maandag was haar vader klaar spyt dat hy nie om 'n swaarder vonnis gevra het nie. Hy wou die man laat gesel, sodat hy sy skandaal nooit vergeet nie. Haar vader het by haar kom mooipraat om te hoor of hulle nog korrespondeer, en dan het hy gedreig, maar dit het niks gehelp nie. Hy het weer Col se sel op die skip laat deursoek vir briewe of ander tekens. Toe kry hulle 'n paar stukke eierdop, met syfers van datums op geskryf. Dit was die oplossing, want die datums was in Hugo se opdrag deur sy bediende daarop geskryf. Die sleutel van die spens was in sy kamer, en net Mary kon dit geneem het.

Sy wou niks beken nie. In daardie geval, het haar vader gesê, moet Col beken. Ek sal hom pynig, al is dit tot die dood toe. Hy het tien of meer keer na haar toe gekom om te sê: Mary, ek gaan vir Col pynig, al is dit tot die dood toe. Ek gaan hom aan sy arms hang met gewigte aan sy bene. Sy het in haar hart gebewe, maar wou niks sê nie, want as sy erken dat hulle korrespondeer, wou hy die name hê van dié wat hulle briewe dra. Ten laaste het Hugo vir seur Hasselberg, die seur op *Helena*, laat kom en gevra of hy iets daarteen het as hy vir Col pynig tot hy beken wie hom die eiers aan boord gestuur het. Hy het gesê: nee. Die matrose was al in die boot om die hele Raad na die fluit te roei, toe haar vader haar kom sê hy gaan nou om Col te laat beken, al moet hy hom in vier stukke skeur. Toe beken sy dat hulle aan mekaar skryf, en dat sy hom die eiers gestuur het.

Die Raad het op die fluit *Helena* gesit, en Col se straf is verswaar om sy amp en sy gasie te verloor, om gegesel en gebrandmerk te word, en dan vir vyf jaar op Robbeneiland skulpe te dra. Die eiers en die briewe was die oorsaak waarom hulle sy straf so verswaar het.

"*Toe sy gereg gedaan word, het Vader my na die jag* Wittenburg *laat roei dat ek hom nie kan ontset nie. As ek op die land kon bly, sou ek aan al die mense geroep het en geroep het dat dit nie waar is waarvan hy beskuldig word nie. Col het sy gereg uitgestaan, geduldig uitgestaan, en*

456

is gegesel en gebrandmerk, op mouerisius, om my ontwil en nie om skelmstukke nie. Toe hy sy gereg uitgestaan het, is 'n ketting aan sy been geslaan om op die fluit Helena Kaap toe te vaar. Vader was spyt dat hy hom nie kon hang nie. As hy maar 'n kans kon kry, sou hy vir Col gehang het. So het hy altesaam sewe maande in die gevangenis gesit om my onthalwe."

Nou werp sy haar op die genade van die heer Goske, dat hy Col ontbied om in die Kaap te verskyn, want al is Col gevonnis om Robbeneiland toe te gaan, het haar vader op die laaste besluit om hom op Mauritius te hou. As Col nie gered word nie, sal haar vader hom om die lewe bring, en dit sal ook haar lewe kos. Sy vra dat Deneyn en Goske nie aan haar vader laat weet dat sy aan hulle geskryf het nie; dit sal Col se dood beteken.

Sy vra dat Deneyn vir skipper Cornelis Frooij ondervra. Skipper Cornelis het haar van sy hulp verseker. Hy was die enigste in die hele Raad wat teen haar vader gestem het. Hy het voorgestel dat hulle die seun 'n gat vol slae gee en hom van die ra smyt, maar niks meer nie, en daaroor het die dierlike raadslede hom uitgelag. Hy was al een, en daar was vyf ander en haar vader het twee stemme, dus was dit sewe teen een. Seur Hasselberg van *Helena* wou graag op die eiland agterbly, maar toe hy sien hoe haar vader met Col werk, kon niks hom hier hou nie.

Sy wil van die eiland wegkom. Al die amptenare staar haar aan as sy buite kom. Sy wil onder hulle oë uit. Sy kan nie na die gemakhuis loop nie of hulle agtervolg haar. Verder vra sy dat die paar vriende wat sy en Col gehad het, beskerm word. Daar is 'n vryman wat 'n boor en 'n vyl na die fluit toe gebring het om Col te ontset, maar Col het dit geweier. Dan was daar Paul die looier, die stuurman en die skipper van *Helena*, en meester Walrand, en Trijntje. Hulle ses.

"O God, my heer Deneyn, laat Vader niks te wete kom dat ek aan u geskryf het nie. Ek sal u my lewe lank dankbaar en verskuldig wees. Ek vertrek môre met die jag Wittenburg na Batavia. Stuur asseblief 'n briefie aan my. Die adres is Aan de juffrouw pelgerom, weduwee van de heer Arent belgerom, om te oorhandig aan my wonende op de Tijgers-gracht op Batavia. 27 November 1673."

So gaan dit, so werk die see. En dit was skaars 'n jaar gelede dat hulle hier buite sy deur op die plaveisel gewandel het. Hy kan haar lag hoor toe hy aan die pragtige kind gesê het, om haar guns te wen: "Hoe meer ek van mans sien, hoe jammerder voel ek vir vrouens."

Deneyn het haar dik brief gevou en opsy gelê. Haar saak was duidelik en goed uiteengesit. Haar brief was drie maande oud. Om nou vaderland toe te skryf was vier of vyf maande. Om Batavia toe te skryf was drie maande. Tel daarby nog ten minste ses maande vir hulp uit enige oord om op te daag. Sy enigste getuies was Frooij en Hasselberg. Daar was geen haas nie. Hy het tyd gehad. Hy het Col se dokument gesoek en oopgevou.

Die skrif was so klein en die letters so naby aan mekaar dat die brief moeilik lees. Sou Col bang wees dat die papier, of sy ink, gaan opraak voor hy sy storie klaar vertel het? Hy sê sy naam is Pierre Philipe Col, hy is vier en twintig jaar oud, en afkomstig van die stad Lokeren in Oos-Vlaandere. Beslis 'n Franssprekende, dink Deneyn, moontlik 'n Katoliek en dalk 'n spioen; dit kan haar vader se vyandigheid verklaar. Dit is belangrik, want die agbare Kompanjie is niks minder onsimpatiek nie. Col het by die kamer Middelburg ingetree, was vyf jaar in die Kompanjie se diens, en tot onlangs sekunde van die pos Mauritius, met die rang van sersant. Hy bevind hom nou in die hel van die fluit *Helena*, en versoek nederig om na Batavia of die Kaap ontbied te word om hom voor 'n regbank te verantwoord.

Goed so ver, het Deneyn gedink, en al meer tuis gevoel in die situasie. Col vra permissie om teen 'n vonnis te appelleer. Daarop kan die Kaapse fiskaal reageer. Het die voornemende appellant sy versoek onderteken? Hy het na die slot geblaai. *"Uw slaaf, P. Philipe Col."* Ag hemel, hoe kom die mens so laag verneder?

Mary se brief was van begin tot einde persoonlike sake. Nou, wat wil Col aan die Kaapse fiskaal bekend maak? Col weet sy brief is 'n bewysstuk wat Batavia toe moet gaan, en doen moeite om sy bydrae tot die eiland se ontwikkeling te toon, en kyk veral na klagtes van wanadministrasie wat hulle moontlik teen hom wil inbring. Hulle sê dat hy die eiland laat agteruitgaan het, en dat hy die hoeker *Goudvink* leeg weggestuur het. In sy sewe maande as hoof het hy onder meer 200 sakke houtskool laat brand, 450 beesvelle laat brei, 'n verskeidenheid bouwerke aangepak, waaronder 'n perdestal, 'n hoenderhok, 'n stal vir 30 beeste, 'n huis van 16 voet by 12 voet by die groentetuin vir die tuinier, en op die Vlakte van Noordwyk 'n gebou van 60 voet by 28 voet. Dáár het hy ook al die volkshuise verbeter. Verder het hy twee swaar waens laat maak, met nog vier wiele en hulle asse in voorraad, 'n boot van 18 voet lank, 12 nuwe kruiwaens, 25 byle, talle spit- en skopgrawe. Hy het ebbehout laat kap en droog en daaruit 557 planke laat saag en dit met *Goudvink* Kaap toe gestuur. Hy noem die klein aantal werkers wat daar is; van hulle moes hy elke dag 'n deel aanwend net vir kosvoorsiening.

Dit is raar, dink Deneyn, om te sien wat iemand oor homself sê en dit te vergelyk met wat ander oor hom sê. Oor sy ongelukkige verhouding met Mary, skynbaar die enigste oorsaak van sy val, skryf Col min, asof dit nie belangrik is nie. Miskien skuif hy dit op die agtergrond om die dame te spaar. Of wil hy al die onaangenaamheid vergeet, en haar aandeel daaraan, haar soet aanleiding wat hom in die ongenade laat verval het? Sou hy weet dat sy reeds die eiland verlaat het en vanaand in die goue Ooste sit? Miskien lê Col nou in sy sel en dink aan haar, en wonder of sy Mary genoeg gedoen het om hom van die geweldenaar te red. Hoe sterk het sy werklik aangedring by die raadslede? Hoe bang was die raadslede vir kommandeur Hugo? Deneyn het al gesien watter invloed sulke onderdanigheid op die Kompanjie se belange het.

Op so 'n afstand kon hy min doen om die mense te help. Hy was hier aan die veilige kant van die gevaarlyn, en hulle aan die verkeerde kant. Hy het gevoel hy is op 'n vlot in die oop see en sien mense van 'n sinkende skip af gly en wegdryf, hy sien hulle skreeu. Hulle steek 'n hand na hom uit, pleit om hulp. Maijke Hendriksz was hier voor sy lessenaar, maar sy was al te ver weg om haar aan te raak. Hy kon miskien nog vir korporaal Col help. Hy sou probeer, en dit sou wees vir Mary Hugo, die dame in lewensgevaar wat deur die draak bedreig word, soos in ridderverhale. Eerstens sou hy aan haar skryf by daardie bekende adres in Batavia. Hy het die Tijgersgracht nog nie self gesien nie, maar al daarvan gehoor in 'n lesing oor privaathandel. Oorlede koopman Arent Pelgrim was een van die grootste bedrieërs wat ooit in die Kompanjie se diens was. Hy het die Kompanjie van honderdduisende besteel. Almal weet daarvan, maar onskuldige Mary blykbaar nie.

Deneyn het dae lank met die gedagte geloop dat hy hulle briewe aan die goewerneur moes wys. Hy het dit nie gedoen nie. Sy aandag is dadelik afgelei deur klein sake, almal kort na die fluit *Helena* se koms, soos dat inboorlinge van Schacher se kraal 'n duisend bossies dekriet, wat met groot moeite by die Rietvlei gekap, gebind en uitgepak is om te droog, verbrand het.

"Hulle soek oorlog, edel heer," het vaandrig Croese in die Raad gesê. "Die garnisoen is gereed. Ek kan vanmiddag uittrek met 'n troep van dertig."

"Hulle sê ons om hulle riete te laat staan, want hulle bou hulle huise van daardie riete," was sekunde Van Breughel se opinie. "Ek wens ons kan doen wat hulle vra, maar ons moet self riet hê."

Deneyn wou eers meer inligting oor die saak kry. Dit is moontlik, onwaarskynlik maar moontlik, dat die rietkappers beveel is om die brand te stig en die skuld op Schacher te pak, want dan kan die Kompanjie vir Schacher eenmaal en klaar uit die Skiereiland verdryf. Hy het dit nie in die Raad gesê nie, maar gepraat van onvoldoende getuienis, en teen optrede gestem.

En daar was Francijntje van Lint, verstekeling op die retoervloot uit Batavia. Na ses weke op see en omtrent op die hoogte van Madagaskar het die sersant op *Gekroonde Vrede* 'n jong soldaat voor die skipper gebring. "Hierdie Franciscus, skipper. Ek glo hy is 'n vrou in manslere."

Die skipper het gesê: "Franciscus, jy kan jou hemp hier voor ons uittrek, of jy kan dit in die kajuit voor een van die here se vrouens doen. Kies watter jy wil."

'n Paar van die dames aan boord het Francijntje in diens geneem en aan skoon klere gehelp. Op die Kaapse reede het die skipper haar aan die fiskaal oorhandig. Deneyn het haar aan boord ondervra. Sy was sterk gebou, nie juis mooi nie en lelik bruin van die son. En sy het die fiskaal oor die kajuitstafel in die oë gekyk; sy was nie vir hom bang nie. Ná alles wat sy deurgemaak het, was sy nie meer bang nie, maar sy het hulp nodig gehad. Hier was 'n Kaapse vryburger aan wie sy verloof was, het sy gesê, maar hulle het nie geld gehad vir haar passaat nie.

"Ek moet weet hoe jy dit reggekry het om aan boord te kom, hoe jy die monstering in Batavia passeer het, hoe jy jou daagliks kon vermom as 'n man. Was daar hulp van ander mense, aan boord of aan land?"

Sy het al sy vrae ten volle beantwoord. In Batavia het sy advies gevra van 'n gewese soldaat. Hy het haar vertel wat om te verwag, gewaarsku hoe om haar werk te doen sodat sy nooit uitgesonder word nie. Hy het onder haar naam vir die reis vaderland toe gaan aanteken, maar die dag van die monstering was dit sy wat aan boord gegaan en op haar naam geantwoord het. Op see het sy haar soveel as moontlik eenkant gehou, nooit gepraat nie en baie gebid.

"Ek moet nog weet, juffrou, hoe jy dit kon regkry om jou behoefte te doen. Die matrose slaan water af in die koper varkoor teen die verskansing. Jy kon nie anders nie. Ek vra dit om die skippers te laat weet hoe julle dit regkry."

Sy sou hom wys, as hy haar toelaat om iets in die kajuit te gaan haal.

"Ek moet sê, die dames praat goed van haar," het die skipper vertroulik gesê toe sy uit is. Francijntje het met 'n silwerbakkie teruggekom, 'n skuitjie met 'n tuit van twee vinger lank, en dit voor haar gehou, met die tuit in haar hand.

Deneyn het geglimlag, die skipper het hardop gelag. "Wat het ons hier, 'n bootmansfluit? Kyk, meester, so bring sy haar bruidskat, van silwer."

"Ek hoop dit gee jou geluk, Francijntje. Ek sal my pleidooi aan die goewerneur doen, maar jy moet aan boord in die sorg en diens van die dames bly tot ek met jou vryboer gepraat het. Daarna sal die goewerneur sê. Ek gaan jou nie vervolg nie. Is die skipper tevrede hiermee?"

461

Die skipper het nog gelag: Moenie dat ons bootsman hoor nie.

Daar was 'n slaaf wat 'n vryburger met 'n sekel gekap het. Waarom, is nie die saak nie. Hy is gegesel, gebrandmerk, en in kettings op die eiland gesit om vir twee jaar skulpe te dra. En daar was Jan Hamboes; sy misdaad was messteek. Wie was hy? Dit is nie die saak nie. Sy straf was geseling en drie jaar in kettings op die eiland om skulpe te dra.

So het 'n paar besige dae verbygegaan, sonder dat hy iets kon doen vir Mary Hugo en haar Philipe. Hy was versigtig om hulle saak aan Goske te noem, want dit was 'n kwessie waaraan hy sy hande kon verbrand. Goske kon dit van die hand wys. Die aanwins van 'n nuwe vryburgerspaar vir die Kaap was een saak, maar om in die seerower Hugo, 'n onafhanklike kommandeur op 'n buitepos, se familiesake in te meng was iets anders. Maar hy, Deneyn, wou hê dat die retoervloot wat op die reede lê, sy pleidooi saam met Col se petisie vaderland toe neem. Hy wou nie 'n halfgebakte saak oorsee stuur nie. Frooij en Hasselberg was die enigste wat hy kon gebruik om vir Col en Mary te getuig, en hulle getuienis sou sy pleidooi bepaal. As hulle albei vir Mary getuig, gaan hy 'n ondersoek eis en Col se appèl ondersteun. Maar as hulle Hugo se aanklag steun, gaan hy vir Mary en haar Philipe los. Sy skryf die naam *Fieleep*. So gaan dogters skool.

Skipper Frooij het *Helena* Houtbaai toe geneem om hout vir die kalkoonde te haal, want Tafelbaai se duine was klaar kaal. Afvalstukke van die groot bome wat in Houtbaai gekap word vir die Kasteel, moes hy laat bymekaarmaak, en struike met redelik dik stamme uitkap; bowenal moes hy stronkhout laat spit. Jy sal nie glo dat 'n klein, windverwaaide ou bossie ondergronds 'n groot, swaar wortelstelsel het nie, maar daar het jy die egte stronkhout, dik soos 'n man se dy, ysterhard van ouderdom, en die beste soort kole om die skulpe tot asgrys kalk te verbrand vir die bou van die Kasteel, die wonderlike nuwe Kasteel, wat die Kaapse reede vir die vaderland moes bewaar teen Engelsman, Fransman, wie ook al wou kom. Wanneer Frooij 'n bootsvrag brandhout het, moes hy dit met sy seilsloep na die fluit toe stuur. Wanneer die ruim vol was, moes hy die hout Tafelbaai toe bring. Een maal per week is dit van hom verwag. Hulle kap die Houtbaaise duine kaal op dié manier, hulle roei tot die wortels uit, maar die Kasteel moet groei.

Deneyn het vir skipper Frooij en seur Hasselberg in Houtbaai gaan soek. Hy het kuslangs gery, 'n korter maar moeiliker pad as die een deur Die Hel. In die vallei agter Tafelberg kon hy van ver 'n kookvuur se rook bo die boomtoppe sien en byle in die stil lug hoor klink. 'n Slaaf met 'n assegaai het osse opgepas teen leeus. Twee waens het langs 'n kamp van tente en saagbokke gestaan waar 'n span van twintig houtkappers en slawe groot geelhoutbome tot balke en planke vir die Kasteel verwerk. Die baas het hom 'n riviertjie gewys. As hy die riviertjie tot by die strand volg, sal hy skipper Frooij se seilsloep vind. Hoekom gaan die bome oor land, maar die brandhout oor see? het Deneyn gevra. Die bome sink, jy kry hulle nie aan boord nie, het die baas vertel. Ossewa is al manier om hulle in die Ark te kry, al werk jy jou osse dood hier oor die kranse, die sandduine en klipbanke. Al wat hulle kan doen, is om die stamme iets ligter te maak. Maar die osse slyt vinnig, en word gevang of breek hulle bene; elke veertien dae moet jy twintig nuwe osse hê. Toe sê die baas 'n snaakse ding. Hy sê: "Daardie Kasteel vreet osse. Ek sit my kop op 'n blok dat ons oor 'n maand weer oorlog teen die Hottentot gaan hê."

Deneyn het sy perd daar gelaat, en met sy wandelstokkie en skryfgoed onder sy arm na Frooij gaan soek. Naby die see kon hy sien hoe die duine omgedol was vir stronkhout. By die riviermond het 'n tent gestaan. Daar was mense aan die werk. Die seilsloep het in vlak water gelê, en buite in die beskutte baai het die fluit onder kaal sparre sy boeg teen die suidwes gedraai. Frooij was in die tent, maar het uitgekom toe hy hoor dat daar 'n besoeker is.

"Kom jy kyk of ons dalk op ons agterstes verkeer, fiskaal?" het Frooij gevra. "Ek kan jou sê ons het dit waaragtig nie nodig nie."

"Ek is nie daarvoor gestuur nie, skipper. Dit is iets anders. Ek het begin met die ondersoek van 'n appèlsaak. Ek dagvaar jou en jou seur as getuies. Jy kan dit op skrif hê, as jy wil."

Frooij het teen 'n ronde wit duin neergesak, asof sy bene moeg was. "Wat wil jy hê? Watter saak?"

463

"Philipe Col van Lokeren teen die Politieke Raad van Mauritius, ten opsigte van vonnis teen hom gevel in Augustus '72."

"A, die knaap. Nee, ek weet niks, fiskaal."

"Skipper, gaan ons die ondervraging hier op die strand doen, of gaan ons na jou skip toe vaar? Ek vind dit hier winderig en ongerieflik."

"Ek kan nie weg voor ons 'n bootsvrag hout het nie."

"In jou tent."

"Nee."

"Nou goed, laat ek dan my skryfgoed oopmaak, en 'n pluim sny, en dan wil ek jou 'n paar vrae vra." Deneyn het sy inkfles geskud en in die sand staangemaak, 'n punt aan sy pen gesny en sy kissie op sy knieë gestut. Die folio's het in die wind gefladder.

"Het jy al opgemerk, skipper, hoe almal hier praat van die suidoostewind, maar dit waai deurgaans uit die suidweste?"

"Almal lieg gewoonlik."

"Hoe so?"

"As ek wil weet hoe die wind waai, steek ek my kop by die luik uit."

"Maar wat bedoel jy met: almal lieg gewoonlik?"

"Ek dink soos ek, nie soos almal nie. Iets is so as ek so dink. Dan gee ek gee nie om wat sê almal nie."

"Verskil jou mening dikwels van die populêre?"

"Dikwels. Wat daarvan?"

"Ek sien jy het alleen gestem teen die Raad op Mauritius."

"En wat daarvan?"

"Ek dink daardie saak het twee kante. Nou, hoe lank was jy daar op die reede, skipper? Hoe dikwels het jy vir Mary gesien? Hoe dikwels vir Col?"

"Ek was vier maande op die reede. Jy het my skeepsjoernaal gesien, die dag toe ek hier terugkom. Dit staan daar. Of het jy net geblaai?"

"Het jy elke dag aan land gegaan?"

"Ja."

"Elke dag vir Mary Hugo gesien?"

"Nee."

"Elke dag vir Col?"

"Nee."

"En die kommandeur?"

"Ja, elke dag. My besigheid was met hom, nie met sy kinders nie."

"Jy was maar vier maande op die reede, maar Col se eerste oortreding het twee maande tevore gebeur. Dit was toe hy die keer weggeloop het na Mary toe. Nou wat het jy gesien of gehoor wat jou laat besluit het om teen die kommandeur te stem?"

"Ek het twee oë in my kop, en twee ore aan my kop. Ek dink by myself: As ek 'n uitkyker staanmaak in die mas en ek kry hom later in die vooronder, dan slaan ek hom daar en dan tot 'n voorbeeld. En as jy 'n piket uitsit met 'n geweer, en jy kry hom in die kantien, dan kan jy daardie man hang vir al wat ek omgee. Dit was die ding."

"Maar is die Vlaktepos so belangrik?"

"Nee."

"En dit het jy toe vir Hugo gesê, dat hy vir Col weggestuur het net om hom van sy dogter af te kry."

"Ek het dit by myself gedink. Ek het dit nie gesê nie."

"Waarom het jy dan teen die klag gestem?"

"Op die Vlakte is net palmbome en groente, maar Hugo wou vir Col daar hê. Col het oortree toe hy weg is. Dit is reg. Wat verkeerd was, was dat die vader van die dogter wil regter speel oor twee verliefdes. Dit is verkeerd. En tweedens meng hy in waar die natuur twee mense bymekaargebring het. Dit is onnatuurlik. Dít is waarteen ek gestem het."

"En het jy jou gevoel met die ander Raadslede bespreek?"

"Bespreek? Claasen en Zacharias sit so diep in Hugo opgekruip dat jy hulle nie te spreek sal kry nie. Telleson dwaal rond in 'n dranknewel, en Zacharias kry 'n sersant se salaris vir so lank as wat Col in die gevangenis bly."

"Wat van sekunde Claasen se opinie?"

"'n Onverantwoordelike dwaas."

"Wat dan van jou seur? Het jy nie met hom gepraat nie?"

465

"Ek gee vir my seur bevele, en ek verwag verslag. Verder praat ons min."

"A," het Deneyn gesê. "A, geen liefde in die kajuit nie?"

"Wat? Wat sê jy? Wag 'n bietjie daarmee. Kom, ek vaar dadelik aan boord as jy vir Hasselberg moet sien." Frooij het skielik opgestaan, sy broek agter afgeslaan. Hy het sonder omkyk strand toe geloop, op die matrose geskreeu, hulle gehelp om sy halfgelaaide boot in die see te stoot, en self die roer aangehaak en seil losgeskud. Deneyn het nog uitgevra, maar die skipper was besig met die seil en die kolderstok, en sy antwoorde was kort en ontwykend. Dit het vir Deneyn gelyk of hy ontsteld is.

Boekhouer Hasselberg was nie van veel hulp nie. Hy het met Deneyn in die kajuit gepraat, terwyl skipper Frooij en sy bootsman die bondels brandhout uit die sloep hys en in die fluit se ruim laat sak.

"Hoe dikwels het jy op Mauritius aan land gegaan?"

"Ons het elke aand aan wal geëet. Hulle het ons genooi. Baie beter as skeepskos. Verder was ek dikwels by die Losie oor my werk. Verversing, brandhout, reparasie, vrag, daardie soort ding."

"En wie was almal by die ete?"

"Hugo, Claasen, Zacharias, Telleson. Wie nog? Meester Walrand, maar hy was 'n getroude man. En skipper Frooij."

"Was Walrand die enigste getroude?"

"Wel, die ander was sekerlik nie gekerk nie."

"Bedoel jy dat hulle bywywe aanhou? Wie?"

"Ek sluit die kommandeur daarvan uit."

"Praat jy van slavinne en bandiete? Dit is onwettig op 'n Kompanjiespos."

"Ek was nie betrokke nie."

"Die ander oortree."

"Fiskaal, jy weet wat die wet sê, maar weet jy wat die natuur sê? Hoe verwag die wet dat jong mans sonder die geselskap van 'n vrou moet bly vir maande en vir jare?"

"Sou jy daarom sê dat die kommandeur 'n man van hoë morele standaarde is?"

"Ek weet nie van sy standaarde nie; ek reken net hy is te oud daarvoor. Hy het dalk al 'n kraak in sy boegspriet."

"Ek neem aan sy kinders was by die etes?"

"Die seuns. Die juffrou het binne gebly terwyl ons eet, en ons het haar nie gesien nie."

"Glad nie gesien nie?"

"Wel, sy het partykeer verbygeloop. Sy het vriende onder die vryburgers gehad."

"Hoe was haar verhouding met haar vader?"

"Hulle het glad nie gepraat nie."

"En het jy vir Col ontmoet?"

"Nee. Hy was in die boeie, die vier maande wat ons daar was."

"Waarom het jy dan gedink dat Col skuldig is, as jy nie vir hom óf die dame geken het nie?"

"Die kommandeur het ons vertel wat aangaan."

"Jy het alles geglo?"

"Ek was maar 'n besoeker daar. Wat anders kon ek sê?"

"Col doen nou aansoek om appèl. Hy sal waarskynlik in Batavia verhoor word. Dan gaan almal wat hom vroeër skuldig bevind het, geroep word om hulle te verantwoord. Hoe gaan jy jou verdedig?"

"Ek moet by my saak staan. Ek glo kommandeur Hugo sal by syne staan."

"Ek wil Col verdedig. Dit is my plig. Sal jy in sy guns getuig?"

"Nee. Nee, fiskaal. Dit kan ek nie. Ek glo wat die kommandeur ons vertel het. Hy was by die hele storie."

"Jy sal nie 'n tweede kans kry om jou fout reg te maak nie."

"Dink jy Batavia gaan vir Hugo blameer? 'n Man soos hy? Hy kom weg met moord."

"Regtig?"

"Nee, dis maar 'n spreekwoord."

Deneyn het sy papiere bymekaargesit en weggepak. Dan het hy nou net vir skipper Frooij as getuie.

Hy het by die voorluik gaan kyk, waar skipper Frooij werk.

"Is jy nou klaar met Hasselberg? Ek het gedink ek moet met

467

jou praat. Laat ek hier klaarmaak, dan kom jy kajuit toe." Frooij het sy bootsman gesê om met die werk van uithys, inswaai, laat sak en wegpak voort te gaan tot dit klaar is. So gou as die sloep leeg is, stuur hy vir seur Hasselberg met hulle wal toe om die volgende vrag te haal. Hy sal sy blou vlag hys wanneer hulle aan boord moet kom, dan moet hulle die fiskaal wal toe neem.

Deneyn het Hasselberg bedank en gegroet. Toe die seur met sy hoed en olieseil oor die verskansing in die boot af sak, het Frooij sy bottelier geroep. "Dit is middag. Iets te eet en drink in die kajuit. Sal jy saam met my eet, meester?"

"Inderdaad. Dankie vir die uitnodiging."

Die kajuitjong het 'n geruite doek oor die tafel oopgeflap, borde en messe uitgepak, 'n blou skottel onder 'n klam doek en 'n groot vars brood voor die skipper neergesit. Hy het vir Deneyn die bruin kors afgesny.

"Dis is wat ons seelui noem 'suidoos', fiskaal. Hard, winderig en vol sand, maar gesond. Proe so. Dit is die egte Kaapse brood."

Die doek oor die skottel was dieselfde patroon as die gordyne voor die kajuitvenster. Dit was selde dat 'n diensboot gordyne in die kajuit het. Die bottelier het glase en 'n fles gebring, die kurk getrek en wyn geskink, pers en swaar soos die dik bloed in die hart van 'n dooie. Skipper Frooij het na hom toe gebuig. "Op jou gesondheid, meester Deneyn."

Deneyn het sy glas gelig. "'n Lang lewe, skipper."

"Jy het self gesien die wind is aldeur suidwes, maar hulle praat van 'n suidoos. Nou het die brood ook 'n verkeerde naam. Dit wys net weer, jy kan van niks seker wees nie."

Hulle het stoele aan weerskante van die tafel uitgetrek. Die kajuitjong het 'n bakkie botter aangebied, maar Deneyn het sy kop geskud.

"Wie bak hierdie heerlike brood, skipper?"

"'n Vrou met die naam Barbertjie Geens."

"O, ja. Met die groen oë. Dit is iets om te sien."

"Juis. Ek loop persoonlik om my brood te koop. Raar, baie. Sy is 'n ongelukkige mens. Dit is dalk waarom daar geen man is met wie sy kan lewe nie, want sy is nie jou gewone vrou nie. Sy verdien 'n baron met 'n kasteel of 'n jonkheer met 'n dubbele naam. Wat dink jy? Die vader weet, sy verdien vandag 'n bietjie gerief."

"Ek weet nie," sê Deneyn. "Sy hou van werk. Sy het gevra vir die kontrak om brood te lewer. Sy huur 'n huis oor die groot bakoond in die agterwerf, maar die orige nodighede soos bakkis en tafels het sy kontant gekoop. Ek dink sy kom goed klaar sonder 'n man."

"Weet jy wat vertel word? Hulle sê sy staan met haankraai op om vuur in die oond te maak. En sy maak haar deeg aan vir honderd brode. Dan trek sy haar kaal uit en klim in die kis, en vir 'n uur trap sy die deeg deur. Dit is hoe hierdie brood op die tafel kom."

"Dit vertel haar konkurrente. Blote jaloesie."

"Heerlik vir my. Ek glo elke woord. Dit is hoe sy so 'n mooi figuur het. Nou kyk, ek wil vir jou vertel wat ek weet van Col se saak. Bottelier, sit die fles hier, ons sal self skink. A, hierdie kreef het ons kok gister hier tussen die seebamboese uitgehaal. Ek verkies hom koud. Bring 'n nat doek, jonge. En dan laat julle ons alleen."

Deneyn moet hom verskoon, het Frooij gesê, toe hy 'n kreef met sy hande oopbreek, maar hy eet maar so. Dit is die maklikste, en daar is 'n nat doek vir sy vingers.

Hulle het die brood gebreek, die kreef met hulle vingers geëet, nog wyn geskink. In Jan Kompanjie se diens eet die matrose soos honde en die offisiere soos konings, het Frooij gesê. Hierdie kreef, met vars brood en wyn, is die smaaklikste wat hy ken. 'n Mens kan jou ooreet.

Op Mauritius, daar was ou Hugo so agter sy gunstelingdis. Daar was 'n Javaanse kok, 'n bandiet; hy het vir Hugo elke skemeraand seekat van die rif af gaan haal, en dit gekerrie en gepeper, en met rys opgedis. *Orit* is die naam, heerlik, vars uit die see. Hugo het hom gestuur, met die ketting aan sy been agter seekat op die rif. Eendag het hy in 'n gat in die rif geklim agter 'n seekat, en daar haak sy ketting in die koraal. Gety het gekom oor hom, en eers die volgende laagwater kry hulle hom weer. Mauritius is soos die paradys, maar daar, juis daar, moet jy duiwels verwag.

Ken Deneyn die spreekwoord, dat mag verderf? Ja, op Mauritius gebeur dit soveel gouer. Dit is asof iets goeds in daardie plek nie tot rypheid kom nie, maar eerder verrot. Deneyn moet maar verskoon; hy is verbitter deur die onreg wat hy moes bywoon onder die voorwendsel van 'n geregsbank van die Kompanjie. Hy wil vertel wat hy weet van die heer Hugo se misdaad teen sy dogter en die seun.

Deneyn: "Mary skryf my dat jy haar hulp belowe het."

Frooij: "Sy het vir my gesê haar pa het geskreeu, dit was haar woorde, die hond moet vrek, hy sal nie lewend van dié eiland af kom nie."

Deneyn: "Wat het haar pa dan in gedagte vir haar? Moet dit geld wees, of rang, of status?"

Frooij: "Al drie. Maar so iemand loop daar nie op Mauritius nie. Col skeer daagliks, was hom meer dikwels as die gewone soldaat, stryk sy klere met 'n warm yster. En hy is 'n aantreklike seun."

Deneyn : "Het jy haar briewe gelees, dié wat jy vir my gebring het?"

Frooij: "Dit is ek wat haar aangeraai het om haar aan jou bekend te maak. Ek het belowe om briewe te bring. Sy het dag en nag geskryf, in *Wittenberg* se kajuit, net 'n pistoolskoot voor haar pa se Losie. Opgefrommel, weer begin. Ek het die skipper gevra om te wag. Hugo het van die wal af gestuur om te hoor wat dit is. Sy het Col se papiere ook daar gehad. Ek was verbaas om dit te sien, want Col sit toe in die hel op *Helena*. Een van my eie mense moes dit daar gebring het, agter my rug. Ek weet nou nog nie wie nie. Die dag na sy klaar is, het *Wittenberg* uitgeloop Batavia toe. Nie een van hulle, haar familie of die raadslede, het haar gaan groet nie. Vrylui het vrugte gestuur, karringmelk, soetkoekies. Ek is self veertien dae later seegat-in met *Helena*."

Deneyn: "En kon jy haar help, behalwe met die briewe?"

Frooij: "Ek sou haar nie 'n passaat gee teen haar pa se wil nie. Dit sou ontvoering wees, want sy is minderjarig. Maar dit maak nie saak nie. Ek wil haar nie vir myself hê nie. Col ook, ek het hom op my passasierslys gehad om Kaap toe te bring, dat hy vyf jaar hier op die eiland skulpe dra. Dit was sy vonnis, maar die dag voor ons die gat uitloop, stuur Hugo sy boot om vir Col te haal. Toe kon ek niks meer vir hom doen nie. Sit nou al 'n jaar in die ketting, as hy nog lewe."

Deneyn: "Wie ken jy daar onder die besetting wat ek miskien as getuies kan roep. Is daar soldate in die garnisoen wat teenoor Col goedgesind is?"

Frooij: "Nee, te bang om hulle monde oop te maak, tot die laaste een. Daar is 'n paar vryburgers, en een of twee bediendes. Maar moet liewer nie, want as Hugo hulle name hoor, dan ruïneer hy hulle. Ek neem dit op my, sê hy altyd. Ek neem dit op my. Dan doen hy wat hy lus het, en wee die een wat sy mond oopmaak."

Deneyn: "Wat van haar broers?"

Frooij: "Geen kans nie. Hulle is maar seuns van hierdie wêreld. Die kleintjie is onskuldig, die mooi een is so bang hy bars in trane uit as sy pa poep."

Deneyn: "Sewentien jaar oud?"

Frooij: "Ja. Die kind het 'n wonderlike mooi handskrif ook, soos 'n boekdrukker se letters, dié het jy seker al gesien, maar hulle is almal bang vir hulle pa. Wat word van hulle ná hulle teen die ouman getuig? Gaan die weerlig hulle neervel? Die hele besetting is bang vir hulle pa. Swart bloed is aan sy twee hande. Was jare 'n seerower gewees in die Rooi See. Ek dink hy is die oorsaak dat die arme dogter 'n man se geselskap gesoek het. Verstaan jy?"

Deneyn: "Dink jy Hugo sal hulle ooit vergewe, en bymekaar laat kom?"

Frooij: "Hugo het vir haar gesê Col sal nie lewend van die eiland af kom nie. Maar wat was hulle sonde? Alle jong mense voel so. Hy moet eerlik wees: as sy dogter vir Col aanleiding gegee het, dan moet hy háár ook voor die hof sleep, en hulle saam verhoor."

Deneyn: "Ons kan jou seur probeer ompraat. Hy staan by Hugo."

Frooij: "Los vir Hasselberg. As hy hoor ek wil vir hulle getuig, sal hy teen hulle draai, en andersom."

Deneyn het Frooij se reaksie onthou toe hy gevra het of hulle nie vriende was nie. Daarom vra hy nie uit nie. Skippers kom soms nie met boekhouers klaar nie.

Laatmiddag, met die son agter Karbonkelberg, het Frooij sy blou vlag gehys. Hulle het goed geëet en gedrink, en was goeie vriende. Frooij het voorgestel dat hulle 'n bietjie gaan lê in die kajuit tot die sloep kom. Deneyn moes op skrif stel wat hy gehoor het, maar het nog een of twee glase donker wyn met die skipper gedrink. Toe hy vertrek, het Frooij oor die verskansing geleun om sy hand te skud, terwyl Deneyn onvas op sy bene en onseker van sy greep, met sy skryfkis onder die arm in die sloep afklim.

"Moenie oorboord val nie, skipper. Ek het jou nodig."

"En ek vir jou."

In die weke daarop het slawe, Koina en soldate die Fort na die Kasteel toe gedra. Alles wat los was, is uit die Fort gehaal en op kruiwaens, draagbare, met die hand of op die kop die afstand van vyfhonderd tree oos vervoer, waar die Kasteel breed en bruin soos 'n jong brood tussen die duine gerys het. Elke ding wat aangedra is, is deur die halfklaar Kasteel ingesluk. Die kanonne is ook met die hand gedra, want daar was nie osse nie. Die fluit *Helena* is nogeens terug Houtbaai toe om brandhout te maak.

Kaptein Claas van die Chainouqua het mense gestuur om te kom sê dat die Gonjemans by die Klein Bergrivier lê, drie of vier dae van die Kasteel af. Die Raad het met hom ooreengekom vir 'n aanval voor die reënseisoen begin. Die Kompanjie sou vyftig soldate gee, die burgermag moet vyftig gee, Claas sal 150 gee en Schacher 250. Die reën begin gewoonlik met die eerste volmaan van April, en dit was reeds laat in Maart. Die saamkomplek was weer Hoogekraal in die Tygerberg. Gebruik kommiserasie ten opsigte van vrouens en kinders, het Goske in vaandrig Croese se *Instructie* geskryf.

Hulle het vier dae lank noord gemarsjeer, en Ngonnemoa se kraal gekry in dieselfde moeilike terrein van die vorige keer, waar die Vierentwintigriviere sy halfdroë slote en leë kuile in 'n vlakte maak. Kaptein Claas se verspieders het die Gonjemans daar opgespoor, en Croese se leër agter rante langs gelei tot op 'n punt naby water, waar hulle die nag moes oorstaan. Maar die

Gonjemans het hulle gesien, en die nag lank bondels gemaak en alles gereed gekry, en die volgende oggend was hulle vroeg op vlug met hulle vee en matte en alles wat hulle kon dra. Croese se voorhoede het in 'n verlate kamp gekom. Hulle het daar 'n siek hond geskiet en spore gesoek om te volg. Die spore het berg toe gelei. Klaas en Kuiper was bly daaroor, want as mense die berg in vlug, laat hulle beeste agter. Die ruiters is vooruit om die agtervolging te begin. Hulle kon redelik gou stof sien trek waar die Koina hulle vee aanjaag. Toe hulle op die vlugtendes inhaal, is troppies skape weer van tyd tot tyd agter gelos. Toe hulle op skietafstand kom, en 'n paar koeëls vooruitstuur, is troppies beeste weggegooi. So het dit die voormiddag lank gegaan. Hulle het nie 'n enkele Gonjeman te skiet gekry nie, en by die berg se voet was dit al te laat om dit nog tussen die klowe en bosse in te waag. Schacher en Kuiper wou ook nie verder agtervolg nie; hulle was tevrede om 'n deel van die 4000 skape te kry. Die 800 beeste is in die Kaap tussen die Kompanjie en die burgers verdeel. Croese het 'n jong Hottentot in arres saamgebring, een van Kuiper se troep wat sy neef met 'n assegaai doodgesteek het. Deneyn het geweier om betrokke te raak.

Hy hoor eendag in die kerk dat Francijntje van der Lint oorlede is. Haar eerste en tweede gebooie was afgekondig, toe die predikant die dag sê dat Francijntje van der Lint, jonge dogter van die gemeente Batavia, oorlede is. Sy was die een wat as verstekeling hier na haar kêrel toe gekom het. Maar sy was fris en gesond, waarom sou sy so skielik sterf? Deneyn het die hele preek aan haar gedink. Van die oomblik toe sy voor hom kom, het hy geglo hier staan iemand wat hulp verdien, en hy het sy bes vir haar gedoen. Waarom moes sy sterf? Sy het haar moed en volharding getoon, het hy gedink, en was bestem om die moeder van helde te word. Sy het nie. Hoe kon die dood van hierdie arme lelike vrou tog jota of tittel verskil maak in God se groot plan? Hy leef, ander leef en word oud, maar Francijntje moet jonk sterf. Só min weet hy van reg of verkeerd af. Sy is die Dinsdag onder die Ark se vloer begrawe. Deneyn het dit bygewoon; daar was 'n bedroefde kneg, omtrent niemand anders nie, maar dit was vir hom asof 'n suster begraaf word, al het hy die vrou skaars geken.

Die Donderdag staan daar weer 'n verstekeling voor hom, 'n jongeling wat duidelik nog nie skeer nie. Deneyn het hom direk tot drie jaar in die kettings op Robbeneiland verdoem. Is die justisie werklik geblinddoek, fiskaal Deneyn? het hy gedink. Dit lyk of jy een wet het vir vroue, 'n ander wet vir ander swakkes. Net na die seun het 'n swart slaaf voorgekom wat 'n Nederlander met 'n mes gewond het. Vir hom het hy laat gesel, op die linkerblad laat brandmerk en vyf jaar lank op die eiland laat skulpe dra. In die tyd kom Here Meesters se brief met die baarskip *Zieriksee*, dat die gevlugte Cornelis de Cretser weer in diens geneem is, nogal as koopman teen tagtig gulde, om sekunde van die Kaap te word. Van Breughel word Oos-Indië toe verplaas. Nou wat gaan hier aan? wonder Deneyn. De Cretser het 'n skipper doodgesteek, maar word vergewe en kom met 'n skoon hemp en 'n breë glimlag terug. 'n Maand gelede het hy 'n slaaf vir ewig laat ruïneer oor 'n vleiswond. Hoe balanseer jy die skaal van justisie? Pas op, pas op, fiskaal Deneyn. Is die justisie blind, of is dit net jy? En hy kom tot die gevolgtrekking dat hy so konsekwent as moontlik moet probeer wees. In Afrika vind hy nog geen lig nie.

Op 13 Julie 1674 het die skip *Couwerve* op die reede gekom. Sy romp en rondhoute het 'n lang en moeitevolle reis uit die vaderland gewys. Daar was ra's sonder seil, maste sonder want, die wier het langs hom gesleep soos groen baard. Maar die dag was daar sarsies saluutskote van die tydelike bastionne van die Kasteel af, en 'n klerk met 'n roeper is deur die dorp gestuur agter 'n klein erewag met vaandels, tromme en trompette, om vrede bekend te maak. Die klerk met die roeper het geskree: "Nuus uit die vaderland. Vrede met Engeland. Vrede met Engeland."

Goewerneur Goske het vir Deneyn laat roep. Die personeel moes verstaan dat die oorlog teen Frankryk steeds voortgaan. Ewe belangrik: die briewe maak dit duidelik dat dit lyk of die vrede teen Engeland nie lank gaan hou nie; die Engelsman wil net asem skep. So, die werk moet voort met alle haas en mag. Hier het nou 'n halssaak voorgekom wat nie uitstel duld nie, want boekhouer Hasselberg het sy skipper kom aangee. Dit maak dinge moeilik. *Couwerve* het sy gewone slytasie om te versien, en die

474

helfte van sy mense lê in die hospitaal. *Marken* moet Java toe loop met die nuus van die vrede. *Helena* word van môre af gereed gemaak vir 'n tog oor Mauritius na Java. Dit is midde-in die winter, die slegte tyd van die jaar vir lang togte, maar dit kan nie gehelp word nie, hulle moet seegat in. Maar *Helena* kan nie sonder skipper lê nie. Deneyn moet dus nie dié saak laat sloer nie; hy moet dit opklaar en skipper Frooij en die matrose verhoor, dat die Kompanjie se werk voortgaan. Hy verstaan dit is Frooij se reg om ander van sy beroep en stand op die geregsbank te hê. Hier is skippers De Keyser van *Couwerve* en Claas Voogt van *Marken* nou, om die Raad aan te vul.

Wat beteken dit alles? Hier was skipper Frooij, die enigste man wat nie vir die geweldenaar Hugo bang was nie, sy enigste getuie, aangekla in 'n halssaak, en Philipe Col nog steeds in kettings. Halssake eindig gewoonlik onder die galg, en hy kon nie vir Frooij verloor nie. Hy het vir Goske vertel van Col en Mary Hugo.

"As *Helena* nou Mauritius toe loop, is dit miskien 'n geleentheid om kommandeur Hugo te laat weet dat Col geappelleer het om in Batavia verhoor te word, en dat sy papiere hiervandaan opgestuur word. Dan sal dit goed wees as hy Col verlos, om met *Helena* Batavia toe te vaar."

"Watter papiere het jy klaar om te stuur?"

"Persoonlike verklarings van Col en die dogter."

"Is dit al? Dit sal nie staan nie."

"Skipper Frooij het haar beloof hy sal getuig. Hy was ooggetuie."

"My liewe kêrel, die man is in doodsgevaar. Watter hoop het jy?"

Die dag daarna, die Sondag, is danksegging vir die vrede in die Ark gehou. Die drie gevangenes was in selle in die gewese Fort, anderkant die stuk verwoeste veld wat later 'n paradegrond sou word. Deneyn het sy voorondersoek daar gaan doen. In die naam van die edele Verenigde Oos-Indiese Kompanjie, Pieter Deneyn, fiskaal aan Kaap de Goede Hoop *versus* Cornelius Frooij van Vlissingen, 40 jaar oud, Klaas Steenhouwer van Hoorn, 18 jaar oud, en Joost Jansz van Schoonhoven, 15 jaar oud, almal van die fluit *Helena*, tans in Houtbaai, aangekla van sodomie en poging tot sodomie.

Op wag voor hulle seldeur was 'n kind van seker sestien, aangetrek, gewapen en aangetree as 'n skrikwekkende soldaat. Deneyn het vir Jansz en Steenhouwer saam ondervra. Die twee matrose wou Frooij die sondebok maak. Deneyn het begin met die gewone vrae en beëdiging. Is hulle name so en so?

"Ja."

"Was julle die afgelope maande op die fluit *Helena* in Houtbaai?"

"Ja."

"En waarom is julle daarheen gestuur?"

"Om hout te haal vir die bou van die Kasteel."

"Hoe lank was julle daar?"

"Van Januarie af, van ons uit Mauritius gekom het."

"Wat was julle funksies aan boord?"

Steenhouwer was bottelier, Jansz was kajuitjong.

"Hoe dikwels is die matrose wal toe om hout te haal?"

"Elke dag."

"Was julle twee dan die hele dag die enigstes aan boord?"

"Ja."

"Het die matrose saans teruggekom om aan boord te slaap?"

"Ja."

"Waar was elkeen se slaapplek?"

"In die vooronder."

"Waarom en hoe dikwels het julle aan wal gegaan?"

"Een maal 'n week, as die skipper ons aangesê het. Dan het iemand anders anker opgepas."

"En wat het julle aan wal gedoen?"

"Ons het saam met die skipper in die duine geloop om die beste brandhout te soek. Dan het ons die skipper in die tent bedien."

Hulle word aangekla dat hulle met mekaar en met die skipper sodomie gepleeg het. Weet hulle wat dit behels, en watter straf die Nederlandse regstelsel daarvoor verwag?

Jansz het nie geweet nie.

Voor die Raad van Justisie het Deneyn sy pleidooi ingelei.

476

"Sedert die skepping en die ontstaan van die mensdom het ons die voorbeeld en die getuienis van tienduisende geslagte van ons voorsate, dat God inderdaad die vrou geskep het as 'n maat vir die man. Sy is aantreklik en aanloklik gevorm sodat 'n man sy behae kan vind in haar, en deur die eeue van ons bestaan op aarde was dit die natuurlike beginsel en dryfkrag van ons menslike bestaan. Daarom slaan dié wat vroulikheid minag of verwerp en 'n man vir dié doel gebruik, 'n hou in die gesig van sy Skepper, en beledig en verwerp elke vrou wat die Skepper gemaak het. Sodomie is onnatuurlik, selfs onder diere. Dit is net die reptiele, die adder en sy gespuis, wat in die spysverteringskanaal van hulle soort paar. Waar dit onder mense voorkom, is dit 'n onheil met verskriklike gevolge. En die Skepper het aan Moses die wetgewer die insig en wysheid gegee om dit te verbied en te beveg. Daar staan in die boek Levitikus, die agtiende kapittel, vers 22, en net so duidelik in die eerste brief van Paulus aan die Romeine, eerste kapittel, verse 26 tot 27. Ander Bybelse bewysplase kan genoem word. Die tweede brief van Petrus, kapittel 2, verse 6 tot 8. Die eerste kapittel, vers 7, van Judas. Daar kan geen twyfel oor wees nie."

Deneyn was heilig oortuig van sy saak. Die groot verlange na vriendinne, bekend en nog onbekend, was die oortuiging in sy rede en die dringendheid in sy stem. Hy kon party van hulle stemme hoor, die warmte van hulle liggame voel. Daar was enetjie wat haar arms om hom gesit het, nie om sy middel nie maar van onder af boontoe, sodat haar handpalms agter sy blaaie was, en dan het sy haar teen hom vasgetrek, bors teen bors, heupe teen heupe. Party wou drink, party wou kerk toe gaan, party wou sing, party was vaak, party wou hand aan hand in Breestraat stap op Leidse wintermiddae as daar ligte in die winkels was. Hy het party beter as ander onthou; hy kon hulle gesigte sien, hoe hulle oë groot en ongelooflik sag word op sy kussing. Hy was dankbaar vir die plesier wat hulle in sy lewe gebring het, en het geglo hy weet waarvan hy praat.

Voor die hof het hy die seuns afsonderlik ondervra. Joost Jansz het bewend getuig die skipper het hom een aand geroep om die kajuitlamp te kom doodblaas. Die seur het al geslaap, maar sy kajuitdeur was oop. Toe roep die skipper hom na sy kooi toe, en vat aan hom. Hy het hom weggetrek en die skipper het gesê: As jy dan nie wil nie, gee pad hier uit.

Klaas Steenhouwer het met 'n oop mond teen die reling geleun.

"Het skipper Frooij ooit liggaamlike toenadering gesoek?"

"Wat?"

"Het die skipper met jou probeer vry?"

Ja, maar dit was net een keer. So tien of elf weke gelede het die skipper hom gesê om saam land toe te vaar. Daar het hulle al met daardie lang strand op geloop, by die bossies en sandduine verby, anderkant die riviermond waar die maats werk. Toe vat die skipper hom aan sy arm. "Klaas, jy is al lank hier. Kan jy die Hottentotse taal al effens verstaan?"

"Ja, so op 'n manier."

"Kan jy nie vir my 'n meid kry nie?"

"Waar sal ek hier 'n meid kry, skipper?"

"Jy sal self ook deug."

"Skipper, daar is 'n God bo ons, hoor."

"Vergeet dit maar."

Maar soos hulle loop, het die skipper eers sy hand om sy skouers gesit, en later om sy middellyf, sodat hy hom moes sê om op te hou. En daar het nog nie weer so iets gebeur nie.

Christiaan Hasselberg van Westkiel, boekhouer op die Kompanjie se fluit *Helena*, het getuig hoe hy een aand in sy kooi gelê het met die deur op die haak soos die gewoonte is, toe die skipper anderkant die gang na die kajuitjong roep om die hanglamp in die kajuit dood te blaas. Toe die seun binne is, sê die skipper hardop: "Seur, slaap jy al?" Maar hy het stilgebly, en geluister.

"Hier, jonge, kom nader dat ek jou kan voel." Na 'n lang stilte hoor hy weer die skipper. "Klim hier in die kooi." Hy weet nie wat Joost gesê het nie, maar die skipper se stem was duidelik: "As jy dan nie wil nie, loop uit die kajuit uit."

Toe word Frooij voor die reling geroep. "Cornelius Frooij, jy is skipper van die fluit *Helena* wat die laaste ses maande in Houtbaai is om brandhout te haal."

"Ja."

"Jy word beskuldig daarvan dat jy die daad van stomme sonde met Joost Jansz en Klaas Steenhouwer gepleeg het. Hoe pleit jy?"

"Onskuldig."

"Jy ken vir Jansz en Steenhouwer. Wat was hulle werk aan boord?"

"Kajuitjonge en bottelier."

"Waarom is hulle nie met die ander saam wal toe om hout te haal nie?"

"Hulle pas die skip op. Maak kos vir die bemanning. Stel die ankers soos nodig. Kyk vir seine van die land af."

"Waar was hulle slaapplek snags?"

"Matrose slaap waar plek is."

"In die kajuit?"

"Natuurlik nie."

"Is dit so dat jy meesal self aan boord gebly het, en jou boekhouer wal toe gestuur het met die houthalers?"

"Waarom nie?"

"Is die antwoord ja?"

"Ja."

"Vyf uit die ses dae?"

"Ja."

"Die Kompanjie het jou gestuur om hout te haal vir die Kasteel. Jy sou aan wal beter toesig oor jou volk kon hou as die boekhouer. Waarmee was jy daagliks aan boord besig?"

"Skip opgepas. Ek het elke stuk hout en tou in die skip ondersoek. Daar is vyftien myl tou."

"Iets gebrekliks gevind?"

"'n Kraak in die boegspriet."

Hy sou nie vorder met Frooij nie. Omdat daar geen getuies aan boord was nie, kon Frooij enige voorwendsels maak. Hy het aan die kaarte gewerk, sou hy sê, hy het sonhoogtes gemeet, hy het elke stuk seil, hout en tou in die skip nagegaan. Deneyn moes weer voor begin.

Getuie Elias Tack van Vlissingen, 18 jaar oud, matroos: Hy het drie weke gelede in die kajuit gegaan om te rapporteer dat daar 'n skeur in die boegspriet is, toe die skipper aan sy manlikheid vat. Hy het weggespring, en reguit vooronder toe gegaan en dit vir die maats vertel. Dit was die deurbraak.

Daar is drie grade van ondervraging. Die eerste gebeur in 'n oop hofsitting, maar vir die tweede en derde moet jy toestemming van die geregsbank hê. Jy lê jou vraelys voor, die lede gaan dit na en bespreek dit, en as die meerderheid instem, skryf die voorsittende beampte onder aan *ad tortuam*, en teken sy naam daarby. Die tweede graad van ondervraging vind dan agter geslote deure plaas. Omdat die nuwe Kasteel nog nie 'n sel met die toerusting het nie, is die werkswinkel in die Ark een aand vir dié doel gebruik. Die lede van die geregsbank, hulle sekretaris, die fiskaal as aanklaer, en 'n geweldiger was teenwoordig. Die vrae word punt vir punt gelees, en die ondervraagde se antwoorde neergeskryf. As hy weier of onbevredigend antwoord, vra die aanklaer dat skerper middele toegepas word. Op die voorsitter se instruksie bind die geweldiger die ondervraagde se gewrigte aan mekaar en hys hom op aan 'n tou wat oor 'n katrol aan 'n balk hang. As hy nog volhard in sy weiering, word gewigte aan sy enkels gehang in veelvoude van twintig pond. Die vorm kan gewysig word deur gewigte aan die tone te hang, of die persoon met sy arms agter sy rug gebind te hys, of bykomende apparaat soos duim- en enkelskroewe te gebruik. Dit is wenslik, verkieslik, dat bloed nie verskyn of ledemate ontwrig word nie.

Joost het onder die tweede graad van ondervraging erken sy skipper het hom een skemeraand, toe die boekhouer aan wal was, in die kajuit tot die stomme sonde versoek en dat hy gehoor gegee het. Dit was net die een keer. Klaas het erken dat terwyl hulle aan land loop, anderkant die rivier tussen die duine waar hulle alleen was, die skipper sy manlikheid uitgehaal en hom gevra het om daarmee te speel. Hy het dit eers met sy hand gedoen, en dit later in sy mond geneem, tot die skipper klaar was. Maar dit was die enigste keer.

Cornelis Frooij wou niks byvoeg by wat hy reeds gesê het nie. Die seuns se bekentenisse was afgedwing, dit was duidelik; hulle wou net die pyn van marteling ontkom. Hy het volstaan by sy pleidooi van onskuldig.

Die derde graad van ondervraging word toegepas by halssake waar die staat of geoutoriseerde gesag, in hierdie geval die Kompanjie, klaar van die ondervraagde se skuld oortuig is. Die doel van ondervraging word nou 'n skulderkenning. Sy lewe word beskou as reeds verbeurd aan die staat, en die prosedure asof hy tereggestel word. As hy tydens ondervraging sterf, word dit presies so op die klagstaat geskryf: *Gesterf tydens ondervraging*. Die regsbank en sekretaris, die aanklaer en twee geweldigers is teenwoordig. Die vrae word voorgelees, en op versoek van die aanklaer magtig die voorsitter die gebruik van skerper middele, soos gloeiende ysters, spelde, die verwydering van tande, toon- of vingernaels, of die rekbank.

Frooij getuig dat hy die stomme sonde drie maal met Klaas en een maal met Joost gepleeg het. Na hierdie bekentenisse het die hof al drie aangeklaagdes skuldig bevind en gevonnis om in die afgrond van die see gestort en deur die seewater versmoor te word dat die dood daarop volg. Deneyn het die sertifikaat na die goewerneur geneem, vir bekragtiging.

"Ses dae, en alles afgehandel," het Goske gesê. "Was jy nie te haastig nie?"

"Die bekentenisse het gou gekom."

"Wat van begenadiging? Of uitstel met die oog op appèl? Jy wou vir Frooij gebruik het in die saak teen Hugo. En Frooij is nie eintlik wat jy sal noem 'n skurk nie. My vrou het gehou van hom, hy het dikwels hier geëet."

"Hy het sy private dele gesteek in plekke waar ek nie my wandelstok sal steek nie."

"Jy weet hoe dit jou saak teen Hugo verswak. Jy het gesê daar sit 'n onskuldige in voetboeie op Mauritius. Bied uitstel aan, vir appèl na Batavia? Dan kan ek dadelik iemand oor *Helena* aanstel, en die skip wegstuur."

"Nee. Nee, met een woord: sodomie stink."

"En Hugo? Col kan sterf in sy boeie sonder Frooij se getuienis."

"Dit kan maande duur, jare. Ons kan almal sterf."

"Jy is 'n harde man, fiskaal Deneyn."

"Dit is wat ek van die edel heer hoor sê het. U is my vaste voorbeeld."

Die drie veroordeeldes is die oggend voor die Raad gebring, en die vonnis is voorgelees. Wil hulle iets daarop sê? Al drie het die genade van die hof gevra. Toe moes hulle die vonnisse onderteken. Joost Jansz het 'n klein kruisie gemaak, die ander het moedig geskryf. Deneyn het hulle dadelik na hulle selle laat teruglei, en sy voorbereidings gemaak vir teregstelling: *Marken* se skipper moet die boeie, kettings en gewigte vanoggend aan boord neem. Die veroordeeldes kom ná donker; hulle moet apart in die hel opgesluit word, met 'n wag voor elke deur. Hulle eet op die gewone tye, en kry geen ekstra alkolhol, tabak of ander voorregte nie. Hulle mag nie besoekers ontvang nie. Hulle mag kers en skryfgoed kry, maar die wagte moet oplet vir brandstigting.

Omtrent tienuur die nag het hy hulle na *Marken* toe laat roei. Dit was gitdonker, betrokke, met 'n koue noordewind. Hy het in die agterbank gesit, met die lantern tussen sy voete. Langs hom was die kwartiermeester, stokoud, klein en vormloos toegedraai, aan die roer. Sy stem het net tot by die eerste roeibank gedra. "Haal, en … haal, en … haal." Teenoor hulle was Frooij en die seuns, toegedraai in komberse.

"Teregstelling is môreaand voor sononder," het Deneyn langs Frooij se oor gesê.

"*… sodat die son nie sak op julle woede nie.* Paulus aan die Galasiërs. Oormôre vertel ek jou die kapittel en vers."

"Ek het vir julle skryfgoed ingepak. Die predikant kom môreoggend. Is daar iets wat julle nodig het?"

"Vars lug."

"Ek het 'n versoek. Jy weet dat Mary Hugo wag op die attestaat wat jy belowe het."

"Dit is nou jammer, is dit nie?"

"*Marken* loop oor 'n paar dae Mauritius toe. As jy wil, kan jy die verklaring betyds skryf, om hulle ontwil."

"Word 'n monster van die natuur se woord aanvaar in die hof?"

"Daar is geen ander hoop nie."

"Ek sal kyk."

"Haal, en … haal, en … haal," het die kwartiermeester gesug, en haal vir haal, soos die tik van 'n uurwerk, het die kap van die spane in die see hulle nader aan *Marken* gebring.

Deneyn het nie aan boord gegaan nie. Hy het die lantern se lig op sy gesig laat skyn, en gewuif. Skipper De Keizer was daar, en 'n paar van die dienswag om die gevangenes oor die verskansing te help. "Hier kom swaar weer, fiskaal!" het De Keizer geroep, toe die matrose hulle sloep van sy fluit af stoot.

Daardie nag het hy gewerk aan Col se saak teen kommandeur Hugo. Dit was amper dagbreek toe hy gaan slaap, en toe hy laat-oggend opstaan, was die dag donker, met 'n noordewind wat 'n sterk reuk van seewater oor die land en in die Kasteel dra. Van daglig af het soldate die ou Fort uit van Riebeeck se tyd begin ge-lykmaak, en toe hy wakker word, was nog net die Kat staande. Deneyn het sy geteerde hoed en swart oliekleed geneem, en om eenuur die predikant en die Raad se twee afgevaardigdes ont-moet. Dit was vaandrig Croese, wat pas hoof van die garnisoen geword het, en die dominee. Die laksman, 'n blinknat hopie, het by drie matrose in 'n seilsloep teen die kaai gewag.

Die oorvaart, teen die koue wind en 'n steil see tot waar *Marken* in die deining rol, het 'n ongesellige uur geduur. Hy het styf vasgehou aan die dolboord. Teenoor die see was Deneyn al-tyd agterdogtig, soos 'n man in 'n verbitterde huwelik; hy het die wyf gewantrou, maar kon nie sonder haar nie. Op die water was volop geleenthede vir 'n aaklige ongeluk. Vaandrig Croese was seesiek en bleek; hulle het hom met moeite teen die valreep op en aan dek gekry.

"Wag julle maats in die vooronder," het De Keizer vir die bootsbemanning gesê. Hy het self die predikant vorentoe gelei, en teruggekom en vir Deneyn gevra of hulle moet wag tot sononder.

"Ons moet ten minste wag tot die predikant klaar is."

De Keizer het hulle in die kajuit gebring, die hanglamp by 'n kers aangesteek, om brandewyn geroep en 'n pak kaarte op die tafel gesit. Net die winterweer kon nie uitgesluit word nie; die gekreun van die ankertou en die kraak van wante en maste het deur die skip getrek. Deneyn het die kaarte gemeng en om die tafel gedeel.

De Keizer het sy kaarte in sy hand oopgesprei, daaraan verander, 'n ryksdaler vorentoe gestoot. "'n Paar gulde op die spel?"

Hulle het op die kaarte gekonsentreer, 'n kaart uit die hand gehaal en weggegooi en beter kaarte gesoek en in hulle hand gesteek. Die gasheer het sy brandewynfles kloksgewys om die tafel gestuur. Die drank het van kant tot kant in hulle glase gespoel.

"Die weduwee se skoot gaan vandag koud wees."

Hulle smyt kaarte neer, tel ander op. "En eindeloos."

"Altyd. Wat kan jy verwag? Hoe kan jy iets verwag? A, ek het stories gehoor, van dié wat amper weggekom het. Miskien is dit ook waar, van die Engelse skipper wat oos van Mauritius vergaan het. Gee aan die fles. Met dié wat hy spring, haak sy voet in die oog van 'n tou, en so hang hy oorboord aan een voet, en 'n dik ou vrou in die see gryp hom aan die ander voet, en daar hang die Engelsman, oopgesper bo die see, en die rol van die skip doop hom en doop hom, tot hy dood is."

Hulle het 'n paar rondtes in stilte gespeel, hopies munte oor die tafel geskuif, die fles aangegee. Croese het sy kaarte weggestoot en sy kop op sy arms laat sak.

"Die Engelse. Hulle kom eenmaal uit Ceylon met 'n olifant aan boord, hoor ek, en net daar by Mauritius gaan hulle ook onder. 'n Paar maats het 'n vlot gemaak van rondhout, en dit oorboord gegooi, en self op hulle vlot gespring. En daar spring die olifant bo-op hulle. Bloed en spaanders. Niks oor nie. Stuur die fles."

"Op? Daler 'n rondte? Of drie?"

Croese het sy stoel agteruitgestoot, met sy hand oor sy mond by die deur uit gesteier om oor die verskansing te gaan braak.

"Windaf," het De Keizer agter hom geskreeu. "Nog 'n rondte? Drie daler van nou af, goed?" Hy het nog 'n hand uitgedeel.

"Ek onthou een skipper, toe hy sien hy moet nou water toe, die weduwee wag vir hom, toe pak hy sy silwer uit sy seekis oor in die gordel om sy maag. En smyt sy kis oorboord en spring agterna. Sy kis het gedryf, en hy is soos 'n klip ondertoe."

Hulle het 'n uur lank gespeel, die inset nog 'n keer verhoog, nog twee keer 'n fles laat kom. Toe word hulle stil. Deneyn begin die naarheid voel. Hy hou met albei hande aan die tafelrand. Sy oë stroom soos die galeryruite. Die see stoot groenwit oor die ruitjies in die galery, die skip sink, die vensters verdonker, dit sukkel boontoe, sak nogmaals onder, spartel op. Hy voel die slym opstoot in sy keel. Hy sluk en sluk daaraan. Vadems diep roer leviatan in dun, groen slym.

"Waar bly die dominee?" sê die skipper. "Dit word donkerwerk." Hy trek aan die deur; die lig val buite, die storm ruk deur en jas uit sy hande, smyt water binne.

Die predikant het binnegekom, sy Bybel tussen hulle geld en nat glase neergesit, in Deneyn se oë gekyk en sag gesê: "Hier is 'n paar briewe aan familielede. Wil u dit aanstuur, of sal ek?"

Toe hulle aan dek kom, reën dit hard. Deneyn is met De Keizer saam na die vooronder toe. 'n Treurige gesang het by die deur uitgekom, hoog, dringend, skel van klank teen die dreunende wind. Miskien was dit 'n psalm, maar Deneyn het dit nie herken nie. In 'n pouse het De Keizer voor die deur gebuk en geskreeu: "Wat sing julle daar onder? Wat vloek julle so?"

"'n Danksegging, skipper."

"Waarvoor?"

"Vir die seëninge wat die seeman daagliks in oorvloed ontvang."

"Kwartiermeester, pyp albei wagte na lykant om straf te aanskou. Bootsman, hys die rooi vlag in die besaanpiek. Provoos, bring ses man saam en volg my hel toe."

Die gevangenes is uit hulle nou gate gehaal, trappe opgehelp, aan dek geboei. Matrose het verbygedraf, en met die rug teen die reën agter die verskansing geskuil en deur die grys mistigheid na die ver, grys land probeer kyk. Die les was vir hulle. Frooij het 'n vel papier, skaars kwart beskryf en sonder datum of naamteken, uit sy jas gehaal en vir die fiskaal gegee.

"Ek was te vaak. Ek het twee nagte laas geslaap."

Die geweldiger is eerste teen die reep af, toe die drie matrose. Die gevangenes het 'n tou onder die blaaie gekry om hulle met hulle swaar gewigte in die boot te help. Toe die laaste van die drie toue losgegooi is, het Deneyn aan die kwartiermeester beduie om weg te stoot. Die laksman het na hom opgekyk, en hy het geknik. In die sloep is die twee seile uitgeskud, en het dit met 'n flap en 'n ruk wind geskep. Die boot het dadelik sy kop in 'n golf gesteek. Hulle kon aan dek nie hoor toe die misdadigers oorboord gestoot is nie, maar het in die vlieënde reën gewag tot die boot, amper leeg, terugkom.

Dit het drie dae en drie nagte gereën. 'n Stormwind uit die noorde het die werk aan die Kasteel tot stilstand gebring. Op die kaai het niks geroer nie, behalwe die branders, groen soos bottelglas, wat skuimend bo-oor gespoel het. Landsbote is vroegtydig hoog teen die duine uit gesleep. Die strate was stromende modderslote. In die Kompanjiestuin is bome uit die grond geruk en 'n granaatheining van honderd en tagtig tree lank plat gewaai. Buite op die reede het die Kompanjie se skepe gesteier aan dubbele koptoue.

Op die oggend van die vierde dag, dit was 29 Julie, was daar nie 'n wolkie in die lug nie, nie 'n luggie wat trek nie; die see was spieëlglad en stil. Tafelberg se kranse het getap van wit watervalle. Is die teenstellings van die natuur nie wonderlik nie, het die sekretaris sy gevoel oor dié mooi oggend beskryf in die Dagregister, dat drie dae van tierende storms skielik deur so 'n lieflike stilte gevolg word? Die wêreld so skoon gewas? Kort na dagbreek was daar kanonskote van Robbeneiland af om hulp te laat kom. Deneyn moet eiland toe gaan om te kyk, het goewerneur Goske laat weet, en hy moet 'n sjirurgyn saamneem.

Dit was weer Eva van Meerhof. Daar was 'n nuwe poshouer, 'n ou sersant met 'n grys baard en wye klere wat hy self uit seil gemaak het. "Ek sal vir jou elke woord vertel, meester fiskaal, soos dit gebeur het. Jy ken daardie vrou, en jy weet dis moeilik om met haar huis te hou. Ek het gehoor sy was vroeër poshouersvrou hier op die die eiland. Haar man was ook 'n sjirurgyn, maar hy het die lewe gelaat op Madagaskar."

"Ek weet."

"Toe ek hier oorneem, sê die poshouer vir my die verdomde

hoer versprei die Engelse siekte onder die bandiete. Ek het gevra sy moet wal toe gestuur word, maar die goewerneur was bang sy besmet die garnisoen, hulle het nie meer kwik om die klomp owerspelers te behandel nie. Sy kry toe die kind hier op die pos, en hy is nou 'n jaar oud, maar hy is baie werk. Hulle het 'n ou slawevrou gegee, maar die ou mens wil nie. Sy probeer, maar sy kan nie. Dit is asof dit teen haar geloof is. Nou moet ek aan jou beken: ek het vir juffrou Meerhof arak gegee."

"Wat!"

"Ja, eers net bietjies-bietjies, met water. En weet jy wat ek regkry? Ek laat haar opstaan uit daardie kooi waar sy amper 'n jaar gelê het. Sy staan op en kom poshuis toe vir haar oggendsopie en haar middagsopie en haar aandsopie. Dít het ek reggekry."

"Jy mag nie."

"Nee, ek weet dit. Verlede week kom die skulpboot hier, en die stuurman sien haar hier in die huis, en hy groet haar. Sy het hom met 'n vloek geantwoord. Jy moet haar slaan, poshouer, sê hy toe vir my. Anders hoor sy nie. Sy ken net daardie manier. Maar toe begin sy oor haar kinders kerm. Ek het gesê ek weet nie waar hulle is nie. Sy het by die oop deur oor die see uitgekyk na die wal toe, en my gevloek deur die spasie in haar ondertande, 'n woord wat soos 'n hik geklink het. Die bootsman het my rottang van die tafel af opgetel en haar vier of vyf houe oor die rug en arms gegee."

"Nou, die sjirurgyn kan sê of ek reg het, want hy het dit self vir my vertel: van die siekte het hulle lelike sere aan die lyf wat maklik bloei, maar daar is nie eintlik gevoel in die vel nie. So jy kan hulle doodslaan, dan weet hulle dit nie, maar hulle bloei die hele tyd. Die stuurman sê toe vir my: Jy moet haar slaan, poshouer. Sy is totaal onder die duiwel. Kyk, sy vloek nog. Want Eva het haar kop laat sak, maar ons kon sien haar mond roer. Los, stuurman, sê ek toe. Sy het nou besluit. Jy kan haar stukkend slaan, maar sy het klaar besluit."

Omdat hy vir haar jammer was, gee hy haar die oggend toe 'n ekstratjie, en teen die middag toe dit weer skaftyd word, is sy soos 'n besetene. "Sy skree, sy vloek, sy tjank soos 'n hond; sy lê en kerm hier op die vloer tot ek later moet buitetoe om van haar weg te kom. Ek het sommer baai toe geloop."

"Waaroor huil sy?"

"Drank. En heer fiskaal, dit was die laaste wat ek haar lewend of dood gesien het. Tot die volgende aand."

"Jy het laat soek."

"Die ou slawevrou het eerste kom sê. Jy weet hoe dit die oggend toegetrek het, en die laatmiddag het dit begin reën. Sy kom sê vir my die kind het honger, en sy weet nie waar die vrou is nie."

Hy is met die dienswag uit. Oor die breedte van die eiland versprei, het hulle met die ken op die bors en die oliekleed voor toegevat, teen die sterk wind geloop. Die bossies en duineveld was deurnat; op die kleierige grond om die klipgroef het 'n groot vlei uitgestrek. Voor hulle het die see op die rotse geslaan dat sproei en flarde skuim ver land-in gewaai het. Die donker het vroeg en vinnig toegesak. Hulle het voor die herd in die poshuis bymekaargekom om te praat. Die reën het op die muur en die enkele vensterluik geslaan, en soms het 'n vlaag wind in die skoorsteen af geruk dat die as op die herd met rukke dof gloei, soms met 'n hand vol swaar druppels wat in die as plof. Die soldate het gestry oor die nut van 'n soektog. Hy het self besluit om hulle maar kooi toe te stuur; die kerse hou nie in die lanterns nie.

Die volgende oggend het dit nog gereën. Hy het die bandiete tot amper daglig laat lê, en toe hy die gebed gaan lees, het hy verduidelik wat hy wou hê. Hulle het hulle pap met pruimedante geeet, en is saam uit in die weer, met hulle wag van twintig soldate. Die reën was koud in hulle gesigte en die wind het hulle geskud toe hulle oor die eiland na die noordelike strand toe loop. Daar het elke dreunende brander groen en wit oor die swart rotse strand toe gestorm, in hulle gesigte gespat en om hulle bene gespoel. Hulle het op en af gesoek, en toe verdeel in twee groepe, wat een oos-om en een wes-om die eiland sou loop. Die bymekaarkom was die Vuurberg. Hy het die groep gelei wat die langste en swaarste pad gehad het, aan die oopsee se kant van die eiland. Hulle het vir Eva daar by die Soutklip gekry in 'n kuil seewater, ver agter die hoogwater se bondels skuim. Sy het miskien

488

in die donker daar geval. Hulle het die liggaam na die Vuurberg toe gedra. Hy het geweet dat jy nie aan haar moet vat as jy self seerplekke op jou hande het nie, want dan kom haar siekte in jou bloed, daarom het hy en ander wat gesonde hande het, haar op hulle jasse gedra. En hulle was nat tot op die vel toe hulle by die poshuis kom.

Hulle het almal gesien die weer gaan dae aanhou. Hulle kan nie 'n boot verwag voor dit verander nie. Daarom het hulle 'n kis geprakseer en die lyk onder 'n halfmud rou seesout toegepak, en haar kis in die houthok gesit tot die fiskaal kom.

Deneyn het die lyk gaan identifiseer. Die sjirurgyn het die sout met 'n plankie van haar gesig gekrap. "Ek kan nie hier sê nie. Sy moet op die tafel kom. Dit kan verdrinking wees, soos die poshouer sê, maar ons moet haar longe oopmaak. Soos jy kan sien, het die Engelse siekte oral uitgeslaan."

Deneyn het die poshouer 'n ou seil oor die kis laat spyker. Daarna het bandiete dit op hulle skouers gelig na die skulpboot toe. Die slavin, met die toegedraaide kind in komberse, het met blydskap in die boot geklim. Dit was die dag van haar verlossing.

Aan wal het 'n slaaf met 'n kruiwa vol kalksakke van die kalkoond af aangekom, en die fiskaal het hom geroep om die kis hospitaal toe te stoot. Net voor die punt van die kaai het die wiel in die seesand weggesak. 'n Matroos het 'n tou om die as vasgemaak, en met die tou oor sy skouer voor getrek terwyl die slaaf die kruiwa agter stoot. Deneyn, met die slavin en die kind, het agternageloop.

Die sekretaris het sy aantekening in die Dagregister met 'n paar opmerkings oor Eva se lewe afgesluit. Van die kinders uit haar huwelik was sommige reeds dood, en drie nog lewend. Sedert haar man se dood op Madagaskar het sy ewe veel buite-egtelike kinders gehad. Sy is verskeie kere op Robbeneiland gesit om haar van die drank weg te kry, maar het haar daar aan ontug oorgegee. Haar ingebore boosheid was duidelik daaruit te sien.

Deneyn het van die hospitaal af Kasteel toe geloop om met Lang Gert van der Byl te praat oor die kinders. Hy was in die dakkappe van 'n gebou teen die westelike muur van die Kasteel.

"Welkom in die toekomstige goewerneurshuis."

"So 'n groot spul vir een man?"

"Nee, hy kry net die drie kamers hier agter. Die voorste stuk is raadsaal, en Sondae word dit die kerk."

"Wat word dan van ons Ark?"

"Dit sal eers bly. Hierdie saal gaan nog maande nie gereed wees nie."

"Ek het 'n begrafnis môre, vir die Ark."

"Wie dan?"

"Dit is Pieternella se ma. Sy is eergister oorlede."

"Ai. Wat sê ek vir die kinders?"

"Dit is my bekommernis ook. Maar jy sal beter as ek weet. Die eerste ding is om die kinders gerus te stel dat hulle lewe nie sal verander nie. Hulle gaan wel 'n tyd lank sleg voel. Die ander saak gaan oor geld. Hulle pa se geldjie kom nou na hulle toe. As jy vir die eerste saak sal sorg, kyk ek na die tweede. En liewer jy as jou vrou. Of hoe dink jy?"

"Nee, my vrou het verliese gehad. Sy is beter met sulke sake. Ek sal liewer dat sy vir Pieternella sê."

"Goed. Nou kyk, die begrafnis. Ek stuur nie aansprekers rond nie, ek wil nie mense daar hê nie. Ek hou dit eenvoudig en arm, want die kinders betaal vir alles. Geen diep rou nie, sê dit asseblief vir Sofia. Ons het dan een lyk, 'n predikant, 'n fiskaal, twee pleegouers, jou Pieter en drie weeskinders. Het haar ma vriende gehad onder die Kapenaars?"

"Daar was Maijke Hendriksz."

"Toemaar. En geen gastemaal nie."

"Ek en Sofia sal graag iets aanbied, op ons koste."

"By jou huis. Goed, en dankie. Dit is dan tot môre vieruur."

Eva is onder die Ark se houtvloer begrawe. Deneyn het uit sy beurs betaal vir die grafgrawers, die lykkleed en die kis, en vooraf met die predikant gepraat oor 'n eenvoudige diens vir 'n vrou en moeder wat in die Gereformeerde geloof gedoop, aangeneem en getroud is. Die drie kinders was onberispelik gewas en gekam voor in die kerk, Pieternella verwese in geplooide swart, en die seuns met swart krawatte voor die bors. Die enigste ander verskil

490

wat hy tussen hulle en jong Pieter van Lang Gert kon sien, was dat hulle in groot swart sakdoeke gehuil het. Jan Vos het saam met hulle binnegekom, maar verbygeskuif om alleen in die tweede ry te sit. Die kis was van bleek greinhout en sonder handvatsels gemaak, en het soos 'n meelkis op 'n lae voetstuk gestaan. Die dominee het sy psalm opgegee, maar te hoog ingesit, en dit was net hy en Sofia wat die einde gehaal het. Sy les was kort, die blote formulier in lanfer sonder 'n boodskap. Op die predikant se teken het die twee grafgrawers hulle toue om die kis se ente geslaan en dit hand oor hand in die gat laat sak. Deneyn het 'n perlemoenskyn van visskubbe in die verbleikte tou sien blink. Toe die predikant die einde van sy gebed nader, het hy vir hulle geknik. "Skoffel in."

Die predikant het saam huis toe geloop; hy en Deneyn was die enigste gaste. Hy het met 'n dankgebed begin, en twee bakkies tee gedrink terwyl hy die wonder van die lewe met die wonder van die dood vergelyk, en die kinders bedroef by 'n hoek van die tafel hulle koppe skud as Sofia of Pieter vir hulle soetgoed aangee. Later het Sofia vir Pieternella gevra: "Wil jy nie vir Jan iets neem nie?" Al vier kinders het die kans gebruik om uit te kom na hulle eie wêrelde toe. Toe kon die predikant oor die kinders se vordering op skool uitvra, en Deneyn oor Jakobus se vordering in sy ambag.

Die son was amper onder toe hy en Lang Gert saam met Pieternella om die tafel sit om haar boedelsake te bespreek. Jakobus, haar oudste broer, word nou boedelhouer, maar tot hy bejaard word, sal hy nie sê in die boedel hê nie. Die Weesheer sal die boedel vir hom bestuur.

"Wat beteken dit: as Kobus bejaard word?"

"As hy genoeg jare onder sy hoed het. Almal kry dit op vyfen-twintig, maar vir 'n hardwerkende seun wat sy broer en suster onderhou, sal die Kompanjie die sertifikaat op agtien gee."

"En wat as hy nie kan nie?"

"As hy vroeg sterwe, of hy is te dom om met geld te werk, of hy word 'n dronklap, of hy kom in die tronk, dan gaan die plig op die volgende kind oor."

Haar gesig was ernstig, asof sy die plig reeds op haar geneem het, toe sy vra: "Hoeveel geld het ons nou?"

"Dit is waarom ons met jou praat, liewer as met Jakobus, want jy kan dit beter aan hom verduidelik."

Hy het dit vir haar met 'n potlood op papier uitgewerk. Haar oorlede pa het 917 gulde aan sy vrou en kinders nagelaat. Die kerk het dit verdeel: een helfte vir hulle ma en een helfte vir hulle drie kinders. Hulle ma se aandeel is by die geldskieters belê en het maandeliks rente verdien, maar omdat hulle ma meer gebruik het aan kos en klere en medisyne as wat haar rente ingebring het, het haar deel minder en minder geword. By haar dood was daar maar soveel gulde oor. Deneyn het die bedrag met groot syfers aan die regterkant van die blad geskryf. "Dit is julle krediet."

Die helfte, wat sy en haar broers destyds van hulle pa geërf het, was 458 gulde. 'n Soldaat van die Kompanjie verdien soveel in ses jaar. Dit is belê, en het rente getrek. Dit is hulle krediet, daarom skryf hy dit ook hier aan die regterkant. Derdens, hulle was gelukkig om 'n goeie en gesonde slaaf van hulle pa te erf. Die man verdien maandeliks dubbel soveel as 'n soldaat van die Kompanjie. Dit is hulle krediet, so dit kom ook aan die regterkant. As hulle nou alles bymekaartel, het hulle altesaam sóveel tot hulle krediet.

"Lyk dit vir jou baie, P'nella? Maar kyk eers wat ons alles daarvan moet aftrek. Daar is drie van julle kinders, en Jan Vos, en dan het jou ma ander kinders gehad, soos Hieronimus en Anthonie. Almal moet kos, klere en 'n dak oor die kop hê. Dit is uitgawe, want alles kos geld. Julle word groter, julle eet meer en dra nou duurder klere. Toe ek julle die eerste keer op die eiland gesien het, was julle kaalvoet. Vandag is julle geklee soos die beste in Amsterdam. Jy en Salomon betaal skoolgeld, en Kobus moet 'n leerfooi betaal. Julle word groter, en het meer nodig. Verlede maand het ons vir Kobus 'n kammetjie van ivoor gekoop. Hy word nou groot en wil mooi lyk. As ons al julle maandelikse uitgawes bymekaartel, dan skryf ons dit hier aan die linkerkant. Dit noem ons debiet. Kan jy sien, julle gebruik klaar maandeliks méér as wat daar inkom. Elke maand moet julle 'n bietjie van julle erfgeld ook gebruik, anders kom julle nie uit nie. Hoe lank gaan julle erfgeld hou?"

"Soos 'n meester gesproke," het Lang Gert gegrinnik.

Pieternella het lank na die syfers gekyk. Onder die Koina is daar geen geld of krediet en debiet nie. Maar sy het verstaan hoe dit werk. Daar is vyf van hulle wat moet lewe, maar net Jan Vos wat verdien. Eendag gaan hulle pa se geld op wees en eendag sal Jan Vos ook sterwe. En dan? Ingedagte het sy haar hand uitgesteek na die potlood.

"Ons sal moet spaarsaam lewe."

"Inderdaad, Pieternel," het Lang Gert gesê. "Maar oor 'n jaar of vier trou jy, dan gaan jou man vir jou sorg." Sy het na hom bly staar, tot hy lag. "Moenie skrik nie, my kind. Die natuur sal jou voorberei."

Maar dit het vir haar 'n raaisel gebly. En moet sy oor vier jaar trou? En Kobus en Salomon en Anthonie dan? Sy moet nog leer om met die wete te leef dat sy nie meer 'n ma of 'n pa het nie.

Deneyn het die twyfel in haar gesig gesien en gewens hy was die een wat haar kon help om sekerheid te kry. Hy het dit al vir ander gedoen. Pieternella was net agt of tien jaar jonger as hy.

Lang Gert het gepraat terwyl hy die kind se aandag het. "Pieternel, glo wat ek jou nou sê. Werk en spaar, dit is die woorde. Harde werk en 'n sterk greep op die beurs se nek, dit bring jou bo uit. My ma was so, haar ma was so."

"Ja," sê Deneyn. "Dit kan help, want die lewe is oral teen ons. Maar voort, want daar is nog die saak ter tafel van Anthonie. Die kerkraad het Jan Heere se vrou gehuur om na hom te kyk. Jy weet waar Jan Heere woon, in die Seestraat. Miskien voel jy eendag om te gaan kyk hoe dit met Anthonie gaan, maar my advies is: moenie. Ek moet vir jou sê, hy lyk nie mooi nie. Hy is gebore met 'n baie aansteeklike siekte. As jy dit nou by hom sou aansteek, gaan jy vir altyd ongelukkig wees. Jy moet nooit aan Anthonie raak nie, en niks in jou mond sit waaraan hy geraak het nie, en moet nooit aan hom soen nie. Sê dit vir jou broers. Maak seker hulle verstaan, dit is doodsake."

"Watter siekte?"

"Engelse siekte, noem hulle dit. Ek dink dit sal beter wees as jy hom nie besoek nie."

"Moet Anthonie doodgaan?"

493

"Ja. Ek en jy moet ook doodgaan, maar hy vroëer weens die siekte."

Sy het weer begin huil.

Deneyn het in die komende weke 'n matroos oor mestrek laat kielhaal en vir vier jaar eiland toe gestuur om skulpe te dra. Twee soldate het hy oor diefstal laat gesel en vir drie en vyf jaar onderskeidelik op die eiland gesit, en vier gedroste slawe het hy oor hulle misdaad laat gesel, of gesel met verlies van hulle ore, en daarna lewenslange arbeid op die eiland. En in die geval van 'n Javaan wat hom wrewelmoedig verdedig het, tot laasgenoemde met verlies van sy twee duime en tong.

En Maijke Hendriksz het nou genoeg tyd gehad om haar sake te reël, het hy besluit. Wat sal haar voorsorg en transaksies verder baat? Die tyd het gekom dat sy soos ander eiland toe moet gaan. Sy moes nog die plaas verkoop kry. *Den Uitwijk* was op sy dae die voorste plaas langs die rivier. Van Riebeeck het dit self gekies en uitgelê en behoorlike toesig laat hou oor wat sy slawe daar doen. Die grond was vet en swart agter die ploegkouter, die rivier was jaar lank vol water en die vleie vol gras, en geen wind het in daardie vallei oor die graan gewaai nie. Tielman Hendriksz was kneg by Van Riebeeck toe hy dit by sy baas gekoop het, maar toe hy dit eers het, het hy in sy paar jaar snags daar geslaap en bedags in die jagveld gery terwyl 'n kneg en twee slawe na sy boerdery omsien. Maijke wou nog alleen voortgaan, nadat die Gonjemans vir Tielman by die Moordkuil keel-af gesny het, maar wat kon sy doen? Sy kon nie jag nie en het ook nie veel gekuier nie, en haar boerdery het nie gevorder nie. As sy jonger was of mooier, het die kneg miskien meer moeite vir haar gedoen. Die landerye en groentetuin was 'n wildernis van onkruid en ruie takke, haar ploeg het weke lank verlate in die middel van die land bly staan, en die woonhuis moes gedek en gepleister word. Jy kan wel sê dit was haar private sake en nie vir iemand anders om oor te bekommer nie, maar hoe het sy dit reggekry om 'n goeie plaas so te laat verwaarloos? Van Riebeeck se hare sou regop staan as hy *Den Uitwijk* sien.

Deneyn het met 'n klerk tot assistensie na die vallei toe gery om haar te vra hoe ver sy met reëlings was. Die ploeg het nog in die middel van die oorgroeide braakland gestaan. Die huis was verwaarloos: gerwe dekriet het uit die dak gehang, en die pleister het in plate van die muur afgeval. 'n Ongeverfde vensterluik het aan een velskarnier geswaai. 'n Man het by 'n buitegebou uitgekyk toe die hond blaf, en voor hulle oor die werf geloop en die huis se deur oopgestoot.

"Juffrou, kom voor die dag. Hier is die fiskaal."

Deneyn het die perde vir die kneg gegee. "Lei koud, gee water, sit op stal. Moenie aftuig nie. Wees byderhand as ek iets wil weet."

Maijke het breed en traag soos 'n haringkaag in 'n smal vaarwater by die voorhuis ingekom.

"Dag, Maijke."

"Dag, Justisie."

"Hoe gaan dit met die boerdery?"

"Dit is makliker om handel te dryf as te boer."

Hy moes sulke praatjies stop, sonder 'n woord meer. "Dan moet jy padgee uit die Kompanjie se domeine uit, want die Prins het alle handel van Kaap Agulhas oos-om tot Kaap Hoorn aan die Kompanjie gegee. En dis alleenreg. Gaan Amerika toe as jy wil winkel aanhou."

"Ek weet ja, Justisie."

"Wat doen jou kneg?"

"Hy maak die ploeg reg."

"Hoekom boer julle nie?"

"Ek weet ek moet hier weg."

"Jy gaan oor veertien dae. Ek het gekom om 'n opname van jou goed te maak. Jy moet vendusie hou."

"Ek moet nog tyd hê."

"Jy het genoeg tyd gehad. Jy moet saam met ons loop. Kom."

"Loop self, waarom moet ek saam?"

"Dat jy niks agter my rug wegsteek nie, en sodat jy nie kan sê ek het iets gesteel nie. Kom, jy weet hoe dié sake werk."

In die huis was 'n paar ruwe tafels en stoele, 'n potterak, 'n breë ledekant en 'n *katil*, blikborde, een of twee stukkies breekgoed, 'n spit en rooster op die herd, balies, potte. Die mure was kaal. Buite op die werf was 'n paar eende en hoenders, 'n wasbalie, en onder 'n ou boom 'n aambeeld en 'n goeie wa.

"Hoeveel skaap en bees?"

Sy het 'n paar syfers genoem.

"Slaaf?"

"Ja, 'n baie goeie jong." Dit was iets werd. Hy het sy oë oor die welgeleë plaas laat gaan. Die oes was niks werd nie. Die strooihoop was klein en afgetrap, maar hy kon iets daarvoor kry. Hy het in die buitegebou gaan kyk, die kneg se kooi, tafel en stoel en geweer opgeskryf, en by die werkswinkel ingegaan waar die kneg met 'n dissel aan 'n ploegstert kap. Daar was 'n hooivurk, tuiniersgoed, enkele timmermansgoed, 'n paar kuipe.

"Is die geweer jou eie?"

"Nee, my heer."

"Los daardie ploeg, en begin vandag dek aan die dak. En as jy klaar is, begin dadelik met pleister en afwit. Ek moet hierdie huis opveil."

"Ek het nie riet nie."

Deneyn het die kneg vier hale met die rottang oor sy arms en blaaie gegee. "Dan gaan sny jy riet. En jy sorg vir klei en vir kalk. Jy het jare kans gehad om riet en kalk te maak vir vandag. Ek kom oor veertien dae hier vendusie hou, en ek trek jou rugvel af as ek nie tweeduisend gulde vir hierdie plek kry nie. En gaan soek vir jou ander werk. Jou kontrak verval volgende Vrydag. Anders gaan jy terug kaserne toe."

"Ja, my heer."

"Hoeveel bees en skaap het julle?"

Ná die kneg gesê het, moes hy verander aan Maijke se syfers. "Waarom lieg jy vir my, Maijke?"

"Ek het self nie beter geweet nie."

Hy het haar buite onder die boom geneem, en uitgevra oor erfgename in haar boedel.

Daar was 'n seun Hendrik by haar eerste man in Holland, en twee dogters. Die oudste dogter, wat sy by haar eerste man gehad het, was Cornelia, en dié is getroud met Pieter Jansz van Nimwegen van Mauritius. Hulle twee het 'n kind Hester Pietersz van Mauritius. Die jongste dogter is hier gebore en getroud met Gerrit Visser, vir wie hulle sê Gerrit Grof. By Tielman het sy net die een dogter gehad. Bloedjonk, maar al ma van twee.

"Die seun, en jou twee dogters wat getroud is, is uit die boedel uit. Die Kompanjie maak aanspraak op alles wat jy besit."

Die dag van die vendusie het Maijke se slaaf, aan sy voorkoms 'n man uit Indië, op sy knieë voor Deneyn geval en met albei hande aan sy bene geklou.

"Geregtigheid, in die naam van Jesus. Gee my reg."

Deneyn het om hulp geroep, dat iemand die kêrel van hom aftrek. Sy geweldiger was eerste by en het die slaaf 'n hou met die knuppel oor sy kop geslaan, wat hom bloeiend, half bewusteloos en nog prewelend teen die grond laat val het. "Gee my reg." Die bloed het teen sy nek af geloop, oor sy wit rok gedrup, oor Deneyn se skoene.

"Help hom op." Die man het self op die been gekom, die geweldiger afgestoot, en vir Deneyn gevra: "In die naam van God, gee my reg."

"Wat wil jy hê?"

"Geregtigheid."

"Wat is jou naam?"

"Jakob van Colombo."

"So. Juffrou Maijke se slaaf."

"Nee. Ek is 'n vry man. Daar is getuies."

"Waar was jy toe ek hier kom opneem het?"

"Ek was met die vee in die veld."

"En wat het jy te sê? Waarom sal jy vry wees?"

"Ek sweer, toe meester Tielman siek was, het ek hom gesond gebid. Hy het daar belowe ek sal nooit weer verkoop word nie. Ek moet die vrou dien, maar as dit by verkoop kom, word ek vry."

"Jy het hom gesond gebid?"

"Hy was op sy uiterste; die sjirurgyn het met die spieël voor sy mond gesit. Sy doodskleed was klaar op die kooi. Dit is waar ek vir hom gebid het."

Deneyn het vir sy klerk geknik en die slaaf eenkant toe geneem, na die waterkuip onder die boom, dat hy sy gesig was.

Vars bloed het met die water op sy gesig gemeng. Deneyn het sy sakdoek uitgeskud en dit vir hom gegee. "Maak dit nat, dan hou jy dit teen jou kop."

Dit was 'n vreemde verhaal wat hulle gehoor het toe hy klaar water gedrink het. Hy was 'n Katoliek, en hy het vir hom 'n bedesnoer van sade aan 'n riempie gemaak sodat hy in die veld kan bid. Een aand het Tielman in sy kamer gekom en gesien hoe hy bid met die krale, en vir hom gesê niemand sal dit van hom hoor nie, maar hy was self ook in sy kinderdae Katoliek. Maar dit is verbode hier, en as hulle dit agterkom, kan hy verwag hulle gaan sy lewe swaar maak. Toe Tielman siek word, en hulle vir hom sê sy baas lê op sterwe, het hy ingegaan en langs die kooi gebid; dit was Sint Thomas wat hy aangeroep het om vir die sieke in te tree. Hy het in stilte gebid, sonder krale. Die vrou, die sjirurgyn en die kneg was almal om die kooi, om te waak met 'n bottel brandewyn en tabak. Met daglig was die koors gebreek. Dieselfde oggend het Tielman vir hom belowe hy sal nooit weer verkoop word nie.

Deneyn het vir die klerk gesê: "As die man 'n Katoliek is, is hy in elk geval vry. Die Kompanjie se beleid is: geen Christene in kettings nie. Ons veil hom nie op nie, ek gaan met die goewerneur oor die saak praat. Neem verklarings af by die vrou en die kneg, en vind uit watter sjirurgyn haar man behandel het, dat ons verneem na die storie."

Maijke het die slaaf weerspreek, gesê hy is 'n geswore leuenaar, maar so skynheilig jy kan met hom die huis afwit. Maar toe die klerk die ander getuies noem en 'n eed van haar eis, het sy net gesê: "'n Honderd gulde na die duiwel, hoe moet 'n mens 'n lewe maak?" en beaam wat hy gesê het. "Nou het jy 'n ou vrou kaal uitgetrek, fiskaal. Is jy tevrede met jou werk?"

Jan Mostert, die vader van jong Gisela wat nou by die dag mooier word, het 'n voordelige kontrak met die regering gekry om *Den Uitwijk* te huur, met 'n opsie om na 'n jaar te koop. Veertien dae later het Deneyn vir Maijke met die skulpboot Robbeneiland toe laat neem, vir lewenslank. Die poshouer moes haar werk gee wat vir 'n vrou betaamlik is. Hy het gereël dat haar getroude dogter sorg vir haar weeklikse rantsoen, want die Kompanjie gaan haar niks gee nie.

Die gedagte het by Deneyn opgekom om Eva se Anthonie in Maijke se sorg op die eiland te sit, want die kind word klaar van die een aan die ander gegee. Die pleegouers sien net 'n paar maande lank kans om daardie kind op te pas, dan vra hulle dat die kerk ander pleegouers soek. Eers was dit Jan Heere die sieketrooster, toe Frans de Bruin en sy vrou, en toe Cornelius Adriaansz, en dié se vrou het ook laat weet hulle moet meer geld kry anders sien hulle nie kans nie, want hulle het buitengewone moeite en onkoste met die kind. Dit alles binne 'n jaar. Deneyn het dit vir Pieternella stilgehou. Miskien behoort die kind na Maijke toe te gaan, want sy en Eva was vroeër vriende.

Omtrent dié tyd het die goewerneur vir Deneyn gesê om te kyk wat gaan aan in Willem Willemsz van Deventer se huishouding. Hy is nou agtien maande op die eiland en hy het verskeie kere laat vra of hy aan wal kan kom, want daar is moeilikheid in sy huis, en tot sover het die goewerneur net aan die poshouer geskryf om vir Willemsz te sê hy moet hom nie met sy briewe lastig val nie, en onthou hy is self verantwoordelik vir sy ongeluk. Later het die man geskryf om aan wal gebring te word dat hy 'n meester kan sien oor sy watersug, en dit het die goewerneur geweier hoewel 'n ander gevange met dieselfde kwaal hospitaal toe gebring is. Toe skryf die poshouer of hy die kettings van die man se bene kan afhaal, sy bene is so geswel. 'n Tyd gelede het die kerkraad gevra dat die gereg optree oor wat in Willemsz se huishouding aangaan, en miskien 'n voorbeeld maak vir die gemeente. Daar het nou ook 'n brief van Here Sewentien gekom aangaande Willemsz. Sal Deneyn asseblief gaan kyk en rapporteer?

Deneyn het sy gedagte laat gaan oor sy ervaring van die saak, en die nodige bundels by die Sekretariaat gaan vra. Willemsz is getroud met Maria Visser. O, daardie een, bloedjonk owerspelig. Daar was destyds 'n kneg wat by haar geslaap het. En sy is die sustertjie van Gerrit Grof, wat met Maijke se Jannetje getroud is. Nou wil die kerk van hulle 'n voorbeeld maak. Dit sou nie help om met Van Deventer daaroor te praat nie, want hy was nie op die toneel nie. Die sleutel en die slot van die storie was Maria Visser.

Sy was nou negentien, en klaar uitgeblom, swaarlywig en ongewas, met 'n kaal bolyf in die lenteweer en 'n pyp in die mond toe sy die deur vir hom oopmaak.

"Gaan trek vir jou aan. Of hou jy bordeel aan hier?" Sy het gemompel van Ockert, en die deur toegedruk. Hy het op en af voor die deur geloop, later weer geklop en teen die deur geskreeu: "Justisie. Fiskaal Deneyn!" en binnegegaan. Sy was nie in die voorhuis nie.

"Maria Visser, verskyn voor die Justisie."

Sy het met 'n vuil kind op die arm ingekom, met 'n skaapvel om die skouers.

"Is jy Maria Visser, huisvrou van Willem Willemsz?"

"Ja. Jy ken vir my."

"Nee. En moenie vir my sê wat ek weet of dink, of wie ek ken nie. Jy kan nie binne-in my kop sien nie. Maria Visser, jou man sit agtien maande op die eiland. Is hierdie jou kind, hoe oud is hy, en wie is die vader?"

"Ockert Olivier."

"Het julle meer kinders buite die eg verwek?"

"Nog een."

"Is die kinders gedoop."

"Die predikant het vir Ockert geweier."

"Willem Willemsz is die Here se gevangene op Robbeneiland, en het die goewerneur gevra om die wangedrag in sy huis te ondersoek."

"Ek wil nie meer vir Willem hê nie."

"Dan moet jy hom vra om 'n egskeiding en kyk dat jou kinders versorg is, maar nie in owerspel in sy huis voortgaan terwyl hy in boeie sit nie. Ek sê vir jou, as Willem nie 'n saak teen jou maak nie, sal ek dit doen, maar jy gaan in die spinhuis op Batavia eindig, tussen ander van jou soort."

"Dan gaan ek spinhuis toe."

"Goed, as dit jou keuse is. Ek sal met die reëlings begin. Laat jou pol in die tussentyd weet wat ek gesê het."

500

Daarna is hy eendag eiland toe om 'n verklaring van die Lierman af te neem en te kyk hoe dit met Maijke gaan. Hulle het tussen die blomme op die wal agter die skulphope gepraat. Van Deventer se bene was dik geswel van water, maar hy kon nog staan en met die skopgraaf werk.

"Pyn dit?"

"Ja, my hele lyf pyn."

"Watter medisyne kry jy?"

"Niks."

"Ek sal kyk wat ek kan doen." Toe vertel hy hom dat sy vrou twee kinders by die kneg het, en dat sy van hom wil skei.

"Die posvolk het my vertel van die kinders, maar ek het haar vergewe. Ek sal die kinders as my eie grootmaak."

"Sy wil skei."

"Dit kan ek nie. Al moet ons ewig in onvrede lewe, sal ek haar nie laat gaan nie. Dit is waarom ek die Prins gaan soek het en teruggekom het. Dit is om by haar te wees; sy was so jonk en mooi vir my."

"Sy gaan spinhuis toe in Batavia. As jy nie die saak teen haar maak nie, maak ek dit."

"Maak jy dit dan. Ek kan nie. Waarvan sal jy haar aankla?"

"Owerspel. Openbare onsedelikheid."

"En my twee kinders?"

"Ek weet nie, maar ek glo hulle sal nie in hierdie land veilig wees nie. Die Hottentotte wil jou bloed uitroei."

"En die ander twee kinders?"

"Die kerk sal iets voorstel."

Die poshouer het hom na Maijke toe geneem, waar sy in die groentetuin werk. Sy het ook ander werk gehad, sy het hom gaan wys. Daar was 'n paar hase in 'n kou, en in die aand het sy die kok gehelp. Hy was verbaas dat sy tevrede en amper opgeruimd was.

"Ek voel weer jonk," het sy gesê. "Ek werk hard, en ek voel gesond. Ek het baie tyd om oor my foute te dink. Ja, ek bid ook weer."

"Jy moet laat weet as jy die watersug kry. Of 'n ander versoek."

"Ja. Op die oomblik het ek 'n versoek. Die mans het hulle ge-woontes, ek was self twee keer getroud, maar ek is nie meer lus vir hulle dinge nie. Elkeen wat hier verbykom, sê vir my iets, dit is: 'Hoe lyk dit, bokkie?' En: 'Twee stuiwers, my blom.' Ek is 'n Hollandse vrou, nie een van hulle smeerlappe nie."

"Ek verstaan. Ek sal vir die poshouer sê om hulle te verbied."

"Ek klap die volgende een deur die gesig."

"Moenie. Hulle is geweldenaars. Bly liewer stil, en sê vir die poshouer."

"Daar is 'n man nog erger as 'n dier, want 'n dier pla nie die hele jaar nie."

Hoop sy op afslag van vonnis, vir haar voortreflike gedrag? Werklik, sy kan nie veel van sy verstand dink nie. Haar skynhei-ligheid verveel hom. Met sy inligting is hy na die goewerneur terug. Hy het voorgestel dat hulle 'n egskeiding teenstaan, want daar was meer voordeel vir die Kompanjie in om getroudes en hulle kinders bymekaar te hou met die hoop op rekonsiliasie, en liewer die indringer Ockert Olivier uit te skakel. Dit kon moontlik bereik word deur onderhandeling en bespreking met alle partye. Maar wie sal luister na 'n mens wanneer die natuur met jou praat? het die goewerneur gewonder. Deneyn is jonk en glo te veel in homself. Maar hy het hom beloof om die saak van Willemsz voor die Raad te bring.

Toe Jakobus begin grootword, het 'n ongeluk oor hulle ge-kom. Deneyn het daardie tyd 'n gevoel gekry van eenvoudige en gerieflike tye wat verbygaan; dat iets tot 'n einde kom, soos mooi-weer agter 'n horison verdwyn wanneer swaar wolke intrek en 'n koue skaduwee oor die see gooi. Die skoenmaker Jacomo Jacolini het na hom gekom, met sy trots wat hy soos 'n skild voor hom dra.

"Jy het gehoor van die ding? Dit is sleg vir my saak."

"Waarvan praat jy?"

"Jakobus. Het jy gehoor van die ding? Dit sê nie in die kontrak nie, meester. As ek geweet het, het ek hom nie geneem nie. Kan jy dink wat gebeur as daar dames is en Jakobus val om?"

Deneyn het hom laat sit, en gevra dat hy van voor af vertel. 'n

Somber prent het ontvou. Jacolini was by sy werkbank; hy het 'n lympot oor 'n vlam geroer en gare deur die bessiewas gestryk om 'n fyn naald te ryg vir 'n meisie se skoentjie. Kobus het wydsbeen oor sy werkstoel gesit met 'n stewel op die bank tussen sy knieë, effens vooroor gebuig. Met sy gewig op die els het hy gaatjies deur sool, binnesool en boleer gesteek, toe hy soos 'n reus met 'n diep stem brul en van sy bank af gly. Sy kop het geklap teen die klipvloer. Dit was die stem van 'n mal mens wat Jacolini laat om- kyk het. Daar was die seun op die grond. Sy bene het geskop, sy arms het geruk, sy gesig was wit en vertrek van spanning. Sy mond was wyd oop, sy tong 'n harde pers klont diep agter in sy keel, en sy oë wit omgekeer in sy kop. En hy het geruk en ge- skreeu, sy knieë opgeruk en die hele tyd wild met die els om hom gesteek. Jacolini het water gegooi, die seun probeer vashou om sy arm te gryp, maar dit was nie vóór hy vanself stilgelê het dat hulle iets vir hom kon doen nie. Toe hy bedaar het, en sy kleur terug- kom, was dit 'n inspanning om daardie vuis om die els los te kry. Sy kneg en die bure se slaaf het die seun op 'n deur hospitaal toe gedra.

"Vallende siekte?"

"Juis. Die mense verseker my daarvan."

"Het hy seergekry?"

"Ek weet nie. Hy het nie teruggekom nie. Vir al wat ek weet, is hy nog daar. Maar wat ek wou sê, daar staan niks hiervan in ons artikels nie. Ek is bedrieg. Ek wil geregtigheid hê."

"Ek glo nie so iets is sleg vir jou besigheid nie, Jacolini. As die seun goed werk, is hy 'n aanwins vir jou."

"Daar is my saak. Het jy gesien die stoele wat ek laat maak het, en die spieël? Ek wil hê dat die dames geniet om hulle voete te laat meet, en hulle skoene aan te pas. Ek skink vir hulle tee. Ek kom uit 'n land van skoenmakers. Hulle sal skrik en flou val, miskien his- teries word. Hierdie siekte gaan my winkel 'n sleg naam gee."

"Miskien gebeur dit nie weer nie."

"Dit sal weer en weer gebeur. Iemand kan seerkry met daar- die els. Wat van die lympot? Dit is kokend."

"Ek sal by die dokter hoor."

Hy is hospitaal toe. Dokter Ten Damme het brandewyn in die kind se mond gedrup om sy spiere te laat ontspan, maar verder was daar min wat hy kon doen. Vallende siekte is 'n rare toestand en min is daaroor bekend, maar hy is oortuig dit het iets met die senuwees te doen. Hy sal graag met verskillende medisynes eksperimenteer en kyk wat hy kan regkry om sulke aanvalle te voorkom. Deneyn het hom gevra wat dit sal kos. Die seun is nie 'n amptenaar nie en moet vir dienste betaal, maar hy is ouerloos en armoedig. Hopelik sal die dokter sy tarief kan aanpas?

Iets anders wat hy gereël het voordat hy na Lang Gert se huis toe geloop het om met hulle en met Pieternella te praat, was om 'n ander leermeester vir Kobus te vind. Daar was 'n ou skoenmaker met die naam Kees Backer wat om 'n goedkoop kneg verleë was.

Sofia en Gert het verstaan dat dit nie die Liewenheer óf die duiwel was wat die kind besoek nie, dat dit nie 'n aansteeklike kondisie was nie, maar iets wat soos hardlywigheid vandag swaar op jou lê en môre weg is, en dat al wat Kobus moes hê, 'n kooi is om op te rus en 'n vriendelike woord as hy bykom. Hy het gehoor dat keiser Julius ook epilepsie gehad het, en kyk tot waar het hy gegaan. Miskien sal hy dit ontgroei, het Ten Damme gesê. Op sy ouderdom het die meeste kinders senuwees in een of ander vorm. Die behandeling van meester Ten Damme sal elke maand nog tweehonderd gulde uit P'nel se beurs trek, maar hulle kon niks daaraan verander nie.

Wat Deneyn beskou het as die einde van makliker tye, het ver-erger met die siekte van die slaaf Jan Vos. Hy het lank van moeg-heid gekla, en het stadiger en stadiger geword. Lang Gert het op-gemerk hoe hy aan 'n leer vashou en drie, vier keer diep asem trek voor hy sy voet op die onderste sport sit. As hy op dakbalke loop, het hy geskuif van staanplek tot staanplek. As hy saag, het hy net nege of tien stote gegee voor hy moet rus. Later kon hy nie meer werk nie. Lang Gert is met hom na 'n sjirurgyn toe. Die man het met sy oor teen Jan Vos se bors geluister. Hy het die hele arm uit die hand tot by die skouer deurvoel vir die hartslag, ook onder die linkeroor en ander plekke waar 'n pols behoort te klop, maar daar was geen pols te verneem nie.

"Dit is die hart. Hy is afgeloop. Verder is daar met Jan niks verkeerd nie."

Gert het vir Jan huis toe geneem. Dit was die einde van sy inkomste. "Jan Vos, ek moet ander mense in jou plek huur. Kyk watse werk jy hier om die huis kan doen." Hy het 'n jong huisslaaf gekoop, en 'n Duitse vakleerling geneem om Jan se werk te leer. Die vakleerling se eerste taak was om Jan vir 'n kis te meet, sonder dat hy wakker word, want hy het 'n groot deel van die dag op sy kooi gelê met sy skoene aan en 'n rooi mus op en sy oë toe. Pieternella en haar broers het soms met Jan gaan praat en sy sop geneem wanneer hy wakker was. Sy hare was lankal grys, maar sy kon sien hoe sy vel bleek word. Sy het vir hom gesê sy weet hoe hy hom vir hulle afgewerk het. Hy het hulle help grootmaak, en sy sal dit nooit vergeet nie. Jan het haar hand liggies gedruk.

"Die dokter sê ek moet die sterk rooi medisyne neem."

"Ek sal vir jou laat kom."

Sy het vir Sofia gesê Jan vra 'n bietjie wyn, en Sofia het vir Pieter met 'n erdepot na die taphuis toe gestuur. Jan het 'n houtbeker gehad soos wat seelui gebruik, 'n ent van 'n rondhout afgesaag en met die sakmes uitgehol en buite-om versier. Pieternella het dit vir hom drie kwart vol geskink. Hy het regop teen sy kussing gesit, 'n diep teug uit die beker geneem, en sy asem tevrede ingetrek. Toe slaan die pyn oor sy gesig. Sy kon sien hoe dit deur sy liggaam skeur asof 'n vleishaak in sy bors gekap is en hy daaraan boontoe gehys word. Sy regterhand het die halfleë beker na haar uitgehou, voor hy sy gesig na die muur toe draai en die donker wyn oor sy kombers uitbraak, en sterf.

Pieternella het lank getreur, en haar swart skool toe gedra. Haar broers het net die eerste dag hulle lanfer aangehad, daarna was hulle onwillig. Sy het vir Lang Gert gevra dat Jan langs haar ma begrawe word, maar dit kon nie, want die kerk was net vir gedoopte siele. Daarby sou die Ark een van die dae afgebreek word, dan moet almal weer op 'n ander plek weggelê word.

"Sal Jan Vos hemel toe gaan?"

"Ek glo so. Maar miskien wou hy nie. Hy het my vertel hulle siele hoort waar hulle voorvaders se geeste is. Dit is bo in die noorde."

"Meester Heere sê 'n swart man het nie 'n siel nie. Meester Deneyn sê dit is 'n ope vraag."

"Wat sou hy bedoel?"

"Hy kan nêrens 'n beeld van een kry nie."

"So 'n Katoliek."

Die fiskaal het een Saterdag na hulle huis toe gekom, en met Sofia gepraat. As hulle nie omgee nie, wil hy graag 'n entjie met P'nella gaan stap. "Ek moet haar vertel hoe haar familie se toekoms nou lyk. En ek wil 'n paar voorstelle aan haar maak."

Die dogter, soos sy ouer word en ontwikkel, het vir hom meer aantreklik geword. Die dag moes kom dat hy openlik met haar oor sy gevoel praat, maar sy was nog baie jonk, skaars veertien, en behoort nie soos die dorp se boerinnetjies nog in haar kinderjare met 'n man en kinders en 'n huishouding belas te word nie. Dit sou haar van haar jeug beroof. Hy wou haar die kans gee om te leef en te leer, en hy sou haar help om groot te word, maar hy wou haar vir hom hou.

Die veld agter die Kompanjiestuin was goud en wit van lenteblomme. Hulle het daarvan gepluk en deur die blomme geloop tot by die buitegrag op die dorp se rand, en daarvandaan al met die waterstroom af see toe, tot by die slawe se kerkhof. Daar het hulle die blomme op Jan Vos se graf gesit. Party grafte het 'n klip aan die koppenent gehad, maar op geeneen was iets geskryf nie. Hulle het saam 'n groot klip uit die veld gebring en dit op sy graf gesit.

"Ek sal my broers vra dat ons dit heeltemal kom toepak," het sy gesê, en hy het hom voorgeneem om al die volgende Maandagmôre bandiete te stuur om dit te doen. Hulle het nog verder uit die dorp geloop, verby die skuilings van hawelose Hottentotte by die Duintjies. Pieternella het Deneyn se wandelstokkie onder haar arm gedra. Op die strand regs voor hulle was die galg en wiel van die buitegerig, waar gehangdes ten toon gestel word. Daar was geen lyke nie, maar drie groot kraaie het hulle van die galghout ondersoek, asof hulle gemeet word. Anderkant die galg het 'n vlei gelê, wit gestippel met waterblomme. Oorkant die seewater was Robbeneiland, 'n plek op sy eie en tog op 'n jammerlike manier gebind aan die Kaap.

506

Sy het na die galg gewys. "Eers was hier een van my mooiste plekke."

"Ek is jammer hieroor. Dit het nodig geword."

"Maar waarom so baie? Dit was nie tevore hier nie. Mense sê jy het bloed aan jou hande."

Hy was verbaas om dit van haar te hoor, en jammer. Hy wou haar anders van hom laat dink. "Glo jy, omdat hier nie rook trek nie, is hier nie oorlog nie, P'nel? Laat ek probeer verduidelik, as ek dan van bloed beskuldig word. Wag, staan eers. Luister na my. In hierdie saak is ek 'n soldaat van my Prins. Ek doen my plig. Ons land is aangeval, ons is gevang in die mees ongelyke oorlog in Europa se geskiedenis. Die konings van Frankryk en Engeland het saamgespan om ons land tussen hulle te verdeel. Ses jaar gelede het hulle die komplot gesmee om ons hawens en ons handel te bekom, want ons het waaragtig niks anders nie, geen myne, geen landbou, geen houtbosse, geen groot bevolking nie. Daar is 'n spreekwoord: die Skepper het die aarde gemaak, behalwe Nederland. Want wat ons het, is met ons hande uit die see bymekaargekrap. Vier jaar gelede het Frankryk se leër ons land binnegeval, en in een maand 92 stede en dorpe verower, tot bo by Utrecht, die stad waar ons eerste kerk duisend jaar gelede gebou is. Wat was hier in jou land, Pieternel, 'n duisend jaar gelede? Die Franse koning het vooraan gery. Sy heilige wapenbroers het uit Duitsland ingeval, en daardie hele streek langs die grens platgeloop. Drie provinsies, die grootste deel van ons land, is in nou hulle hande. Ons het die dyke oopgekap, en ons oorblywende land onder water gesit. Liewer geen Nederland nie, as Nederland onder 'n vreemde vlag. Die Prins het die meeste van sy soldate al verloor; hy veg nou met boereknegte en ambagslui teen die oormag. Verstaan jy wat ek bedoel as ek sê hierdie Kasteel de Goede Hoop is Oos-Indië se voorste fort, en ek is een van sy offisiere? Verstaan my, asseblief, P'nel. Geen Nederlander mag nou beskuldig word dat hy bloed aan sy hande het nie. So, 'n lang pleidooi, maar dit is belangrik dat jy verstaan. En ek gee nie om wat die Kaap van my sê nie, solank as jy weet hoe ek oor my werk voel."

"Ek glo wat jy sê. Maar dit was eers mooi hier by die vlei. My ma het vertel dit was een van hulle mense se beste wei-plekke."

"Dit is nou deel van 'n slagveld. Die hele Kaap is 'n slagveld. En die see rondom."

Sy het na die vlei bly kyk, asof sy skreeuende hordes probeer sien, wat met vaandels en kanonne deur rook marsjeer. Sy sou nie kon nie.

"Moenie dink omdat hier nie rook trek nie, is hier nie oorlog nie, P'nel. Dit is oral om ons."

Hy het haar geselskap opgesoek, en met haar in die buitelug gaan stap as hy 'n kans kry. Sofia het nie op 'n oppasser aange-dring om hulle te vergesel nie. Pieternel het geglo dit is omdat sy hulle vertrou. Deneyn het gedink dat Sofia bly sou wees as die dogter aan 'n vooraanstaande jongman verloof raak. Pieternella het vir Salomon saamgenooi. Hy was onwillig; hy was bang vir die fiskaal. Sy moes pleit, en hom omkoop.

Salomon vra eendag, toe hulle ver agter die galg verbygaan, vir Deneyn: "Waarom noem die soldate daardie ding die wedu-wee met die houtbene?"

"Dit is net spot. Hulle reken elkeen wat gehang is, het met die galg getrou."

"Maar so vinnig, trou?"

"Dit is maar soos hoenders."

"Is dit wat jy van trou dink?" vra Pieternella. "Soos hoenders, en soos 'n galg?"

Hy hoor haar erns. Hy moet sy woorde tel. Sy is intelligent en sensitief.

Hy het haar in die rigting van die Kloofnek gewandel, of na die Soutriviermond en ander plekke waar hulle nie die galg sou sien nie. Die natuur in alle rigtings was mooi, doodstil, veilig. Hy het haar van Nederland en van die Ooste vertel, van Rome, Parys, Engeland. Dit was maklik om met haar te gesels. Sy het geluister na wat hy sê oor boeke, skrywers, oor wat digters sê oor gode, ko-nings, oorlog, die huwelik. Daar was Donne, die Engelse predi-kant; mense praat op die oomblik oor sy werk. Hy is ongewoon, verrassend in sy denke. Donne sê insake getrouheid in die liefde dat geen mooi vrou getrou kan wees nie.

"'n Vreemde gedagte," sê sy.

"Wel, hier is iets waarmee jy nie kan stry nie. Hy skryf in sy predikasies: Geen mens is soos 'n eiland, totaal los van ander nie. Ons is almal verbonde. So, as die doodsklok lui, vra jy verniet vir wie. Dit is vir jou."

"Glo jy dit?"

"O ja. 'n Digter moet die waarheid praat."

"Maar dit is nie so nie."

"Nie?"

"Ek ken mense wat heeltemal niemand het nie. Eilande."

"Noem een," het hy haar uitgedaag.

"Hans Michiel. 'n Soldaat."

Op 'n dag het hy vir Pieternella voorgelees uit die boekie waarin hy sy verse neerskryf, en haar gevra of sy daarvan hou. Sy het versigtig geantwoord: "Jy sal moet verduidelik."

"Die eerste reël, *Die dag was rooi van meet af aan*, beskryf die toestand in hierdie land, sien jy? In enige land begin 'n nuwe bestuur met bloed. Dit is soos 'n geboorte. *Die dag was rooi van meet af aan. Van vurige voordag tot bloedrooi maan.* Hoe klink dit?"

"Die eerste lyn is mooi. Die tweede het jy maar opgemaak om te rym. Wat kan dit beteken?"

"Dit is die toekoms."

"Ons ken nie die toekoms nie. Jy kan nie daaroor skryf nie. Dit is raaisels."

"Dit is so, maar die wêreld en die mensdom se geskiedenis op aarde, van sy begin tot sy einde, is in daardie paar woorde. Die skepping het met vuur begin, het dit nie? God het gesê: 'Laat daar lig wees', en skielik was daar 'n helse bol vuur. En, aan die einde gaan die maan rooi soos bloed wees, sê die Bybel ook. En nou, tussen begin en einde, is dit nog rooi. Dit is wat ek geskryf het. Ons beleef die skepping nog; dit is nie voltooi nie, dit gaan voort. Jy sien dit oral om jou."

"Leer julle so by die universiteit? Ek verstaan as jy verduidelik, maar ek is nie slim genoeg om so iets self te sien nie."

509

"A, jy is slim genoeg, P'nel. Glo my, as jy nie was nie, sou ek nie met jou kon praat nie. Maar wat ek geskryf het, kom maar van gesels met studente. Maats, in losieshuiskamers, taphuise, of net wandelend langs die grag van een klaslokaal na die volgende. Ons lees, in vele tale. Lees jy?"

"Ek en Pieter lees vir mekaar uit die Bybel."

"Ja," sê hy. "Daar is pragtige dele in, wat ek uit my kop kan opsê."

Toe sy dit aan Lang Gert vertel, sê hy: "Ag liewe vader, as hulle begin rympies opmaak, is hulle verlief. Ek wonder hoe dit sal gaan. Uitgelese jonkers is nie maklik om mee te lewe nie."

Sy was verbaas om dit te hoor, en het die timmerman verwonderd aangekyk, want sy het belanggestel in wat Deneyn vertel het. Is sy dan ook verlief? Dit is moontlik.

Een Sondag ná kerk het hulle deur die Kompanjiestuin gewandel. Dit was vir die publiek verbode, maar Deneyn wou haar laat sien dat Raadslede voorregte het waarin hulle vriendinne ook mag deel. Pieternella was onder die indruk daarvan, omdat die slawe wat water lei, die musse voor hulle afhaal.

"P'nel, dié kêreltjie Pieter van der Byl. Hy is 'n aangename seun. Aansienlik ook."

"Ja."

"Ek hoor hy het jou nou die dag gesoen."

"Het Gisela jou gesê?"

"Nee, dit was Sofia. Maar pas op vir seuns van sewentien. Hulle raak verskriklik verlief."

"Sy het vir my so gesê."

"Noudat Jan dood is, is jou familie se enigste inkomste die bietjie rente. Dit gaan jare wees voor jou broers begin verdien. Ek het baie gedink oor wat ons kan doen. Julle uitgaaf is hoog. Het jy al aan trou gedink?"

"Ja."

"Het jy iemand in gedagte?"

"Nee."

"As jy met my trou, kan ons Batavia toe gaan. Die kanse vir bevordering is beter daar. Of ons kan *Den Uitwijk* koop, en boer. Of ons kan hier in die Kasteel woon, meester en mejuffrou Deneyn. Ons sal taamlik welgesteld wees. Ek werk hard. Ek kan eendag goewerneur word hier."

"Vra jy my?"

"Ek is ernstig."

"Al is ek buite die eg gebore, en half Hottentot, en al is my ma aan die Engelse siekte dood, en ek 'n weeskind sonder 'n bruidskat, en sonder geleerdheid?"

"Ja."

"Sê dan vir my waarom, want om daardie redes wil ta' Sofia my van Pieter af weghou, noudat ek grootword."

"Ek hou van jou geselskap. Jy is stil, maar jou gedagtes was al op plekke waar ander s'n nooit sal kom nie. Jou gesig is interessant. Ek kan ure daarna kyk."

"Is dit liefde wat jy voel?"

"Ek weet nie wat liefde is nie. Ek weet daar is tekens en bewyse daarvan. Weet jy?"

"Nee."

"Ken jy iemand wat weet?"

"Pieter."

"Hy is gelukkig."

"Ek dink oom Gert en ta' Sofia weet ook."

"Jy kan reg wees. Kyk, ek vra nie 'n antwoord van jou nie. Ek is agt of tien jaar ouer as jy. Ek sal nie kom vra om op te sit voor jy ouer is nie, en in die tussentyd laat jy jou gedagte gaan oor wat ek gesê het."

"Ek sal."

"Sofia sê hulle is bekommerd dat hulle nie vir julle die beste kan gee nie omdat hulle self min het. Jan Vos se dood was vir almal 'n verlies. En sy het gesê sy is bang dat jy en Pieter te geheg raak. Dit is waarom sy wens dat jy gou sal trou. Sy het gehoop julle sal soos broer en suster bly."

"Dan moet ek uit haar huis uit."

"Nie om enige van die redes wat jy netnou genoem het nie."

"Sy is bang ek sal haar enigste kind se toekoms verwoes. Soos my pa my ma verwoes het, en my ma daarna haarself. Sy is bang vir my."

"Daar is mense wat vir jou omgee."

"Maar ander is vir my bang. Ek sal hier moet weg."

"Kyk, P'nel, hierdie wandelstok gee ek jou as my pand. Maak daarmee wat jy wil, maar as jy ooit mismoedig voel, weet jy waar om 'n vriend te kry."

"Dankie." Sy het die silwerknoppie met Deneyn se voorletters in 'n gevlegte kransie bekyk. "As hulle jou uit die Kaap wegstuur, gaan jy van my vergeet."

"Net as ek daarom vra, want die man in wie se pos ek aangestel is, kom nie terug nie. Onthou jy vir sekunde De Cretser? Hy is deur die Here vergewe en is teruggestuur om hier sekunde te word. Maar sy skip is gebuit deur Moorse seerowers, en De Cretser is dood in 'n gevangenis in Algerië, jare lank wagtend op 'n losprys wat die Here nie wou betaal nie."

"Ek onthou hom goed. Dit is nog 'n vriend minder."

Hy laat haar stil word. Hulle stap deur 'n laan jong kamferbome. Toe lig sy haar gesig na hom toe.

"En sal kinders met bruin oë in jou familie welkom wees?"

"Ek twyfel. As hulle my verwerp, word ek ook arm aan familie. Vertrou my."

Hy sit sy hande, op armlengte, op haar skouers terwyl hy praat. Dit is hoe hy sy erns wys, dink sy en kyk hom reguit in sy oë terwyl sy na hom luister. Maar dit was sodat sy aan die aanraking van sy hande gewoond kan word, en hy dink reeds daaraan om sy arms om haar te sit. Daarna sal sy vingerpunte op haar rug vanself begin om na 'n opening in haar klere te soek.

Maijke was drie jaar op Robbeneiland toe 'n nuwe goewerneur aankom, en soos die Kompanjie se gewoonte was, het hy 'n vrolike dag vir die werkers afgekondig en die lys van gevangenes deurgekyk vir een of twee om vry te laat, ter wille van 'n indruk van genade en barmhartigheid. Hy het Maijke van den Berg se naam op die lys van gekondemneerdes gesien, en wou by Deneyn weet wat haar misdaad was.

"Smokkel en steel, sy hou nie op daarmee nie."

"Hoe kom die mens klaar op daardie eiland?"

"Sy is bejaard, nie gevaarlik nie. Sy doen ligte werk."

"Sal sy haar aan wal kan onderhou?"

"Sy kan 'n bakkerslisensie kry, as sy wil, of sy kan 'n losieshuis aanhou."

Goewerneur Bax het haar wal toe laat haal. Hy wou haar sien en met haar praat. Maijke het met 'n stok geloop, op twee geswelde voete wat nie in skoene kan pas nie. Sy was seer en swaar van lyf, met 'n geswelde gesig en sakke soos groot eiers onder haar oë. Die hand waarmee sy die goewerneur gegroet het, was dik en rond tot in die elmboog; sy kon haar vingers skaars buig. Sy het met haar geswelde hand op die Bybel belowe dat sy nooit weer sal steel of smokkel nie. As sy genees kan word van haar water, sal sy graag 'n herberg oopmaak en suikerbier verkoop. Eers wil sy by haar dogter kom, en 'n maand of twee daar bly.

Toe sy uit is, het goewerneur Bax vir Deneyn gevra oor die rantsoen van die gevangenes. Die vrou ly sleg aan watersug, sy moes vroeër land toe gekom het. Vars groente is die ding teen watersug, het hy gesê, elke dag vars uit die tuin. Dit is iets waaraan die Raad moet aandag gee; hy is verbaas dat goewerneur Goske die toestand so ver laat versleg het. As die eiland te droog is om groente te lewer, moet die Kaap dit daarheen stuur.

Maar dit was te laat. Hulle het te lank gewag. Daardie jaar en tot in die jaar daarop het die watersug die werk op die eiland laat stilstaan. Daar het nie meer skulpbote geloop nie, en dié wat met groente uitgeloop het, het met siekes teruggekom. Twintig gevangenes is op draagbare hospitaal toe gebring. Willem Willemsz was onder hulle. 'n Paar van hulle is in die hospitaal getap om hulle longe te verlos van druk, maar 'n liggaam kan nie soveel water op een slag verloor nie, en hulle niere het ingegee. Bax het vier briewe van Willem Willemsz op die lêer gekry wat vra dat hy land toe mag kom om van sy water genees te word, en twee waarin die poshouer vra om 'n vaste sjirurgyn, wat die siekte vroeg kan waarneem.

Deneyn het vir Willem Willemsz in die hospitaal besoek. Nee, daar was geen sprake dat hy plaas toe kan gaan nie, maar sy vrou en kinders kan hom in die hospitaal besoek. Hy het die Lierman oor en oor gewaarsku: As die Koina jou op die plaas uit jou kooi kom haal, het ons ernstige moeilikheid in die Kaap. Moenie nou by my kom kla nie. Hier lê die held wat 'n Hottentot op sestig tree platskiet, en vereer is met 'n pardon van sy Prins in Latyn geskryf, nou uitgestrek op strooi in die Kaapse siekehuis met sy bene soos boomstompe geswel. Op daardie mooi perkament het die Prins se sekretaris 'n klomp tyd en ink vermors.

Deneyn het weer met sy geweldiger na die Lierman se plaas toe gery. Daar was 'n slavin en vier kinders op die werf. Hulle ma was nie tuis nie, maar na 'n bietjie moeite het Deneyn uitgevind waar om die kneg Ockert Olivier te kry. Ockert en Maria was bymekaar in 'n stuk warm rietveld ver van die rivier af. Hy het Ockert laat boei om Kasteel toe te gaan, en die vrou huis toe geneem en aan haar uitgelê waar haar herd en haar voordeur is.

Toe hy om sononder weer by die Kasteel aankom, het hy Ockert Olivier uit die sel laat kom, van owerspel aangekla en weer laat opsluit, en die kerk se sekretaris genader om Olivier se kinders in pleegsorg uit te plaas. Die beste sou wees om Olivier op die eiland te sit en Van Deventer en sy vrou albei uit die Kaap uit weg te stuur, waar hulle buite bereik van die bronstige kneg en wraaksugtige Koina sou bly. Dit kon binne 'n maand of twee gebeur. Hy sou begin verneem hoe Van Deventer se gesondheid verbeter, of hy 'n lang seereis sal oorleef.

Toe Maijke weer voor Deneyn kom, was sy in 'n mate van die watersug genees. In daardie tyd het die verhouding tussen Deneyn en goewerneur Bax versleg. Miskien het Bax van Herenthals 'n nefie in Nederland gehad wat vir advokaat leer en wat hy wou laat Kaap toe kom, want hy het laat val dat hy nie met Deneyn se metodes van regspleging saamstem nie, en dat Deneyn miskien Batavia toe behoort te gaan om vas te stel hoe sy eise en klagte daar deur die Raad van Justisie ontvang word. Miskien is fiskaal Deneyn al te lank aan die Kaap, het hy voorgestel, dit kan sy loopbaan goed doen om nader aan die beskawing te werk, want die Kaap is 'n afgesonderde eiland, halfpad tussen Europa en Batavia.

Dit kan waar wees, dit is natuurlik moontlik, het Deneyn gedink met 'n gevoel van vae onrus, soos wanneer 'n skip wat in kalm water geanker lê, onverwags deur 'n stroom agteruitgesleep word dat die hele skip daarvan kreun. Enigiets is moontlik.

'n Klerk het vir Maijke binnegebring, en haar lêer met die nuwe klagstaat bo-op. Hy het die klerk gevra om buite te wag.

"Tog nie al wéér jy nie. Sit, terwyl ek kyk wat jy dié keer aangevang het." Toe hy klaar gelees het, vra hy: "Wat dryf jou tot sulke dinge?"

Sy het net haar een skouer effens gelig. "Armoede. Julle weet nie wat ons deurmaak nie."

"As jy geld nodig gehad het vir kos of klere, waarom het jy nie vir my kom sê nie?"

"Ek het van jou genoeg gehad."

"So? Dan is ek nie spyt om te hoor dat ek jou verontrief het nie. Ek wou van jou 'n voorbeeld maak vir ander om van te leer, maar jy leer self nie eens uit jou skandes nie."

"Wat praat jy van skande? Jy is 'n uitgeleerde heer. Waarom soek jy nie jou eie klas op nie? As daar 'n rykmansdogter is, lek julle maande lank die pa blink, en sy word met 'n koets na julle feesmale toe gery, maar as dit 'n arme armmanskind is, dan tou julle soos honde agter 'n teef om haar te verlei vir julle plesier."

"Van wie praat jy?"

"Jy weet klaar. Die hele dorp praat oor hoe jy agter 'n blote kind loop om by haar te lê."

Haar stem was skel: hy het nie besef hoe ernstig sy is nie. Hy wou dit aflag, om hulle albei uit 'n verleentheid te red. "Almal is lief vir dogters, juffrou. Seuns is net populêr tot tien, daarna word hulle ongelukkig lelik. Dit het, verstaan u, te doen met die verering van skoonheid."

"Wat wil jy my wysmaak? Dink jy die goewerneur sien dit nie?"

Hy was sonder woorde. Wat het sy bedoel? Sou P'nel weet wat oor haar gesê word, en sou die dorpsvrouens en boerinne haar net beskinder, of in haar gesig beledig? Hy het nie so iets verwag aan die Kaap nie. Maar was hierdie plekkie beter as 'n

515

Europese boeregehug, net omdat die lug hier altyd skoon en die veld vol blomme is? Ken jy geen stories nie, ou heks? wou hy sê. Stories gaan altyd om 'n mooi prinses. Dit is waaroor alle stories gaan. Hy sê dit nie. Die netjiese wandelstokkie lê nie meer op sy skryftafel nie.

"Ek laat jou op eie verantwoordelikheid vry, juffrou, en sal jou dagvaar om voor die hof te verskyn," het Deneyn gesê. Toe lui hy die klokkie vir die klerk om binne te kom.

Die eis wat hy namens die edele Kompanjie teen Maijke ingestel het, was oor die koop en verkoop van gesteelde goed. Dit het begin met die ontdekking van tien sakke rys in die water van die klipkuil agter die slawekerkhof. Tien was te veel. As dit een sak of selfs drie was, sou dit skaars opgemerk word. Mense sou dink slawe het rys gesteel, maar tien sakke rys moet 'n storie hê. Die nuwe goewerneur het 'n plakkaat laat skryf en 'n beloning beloof vir inligting oor die rys. Belonings werk gewoonlik.

Lammert was kwartiermeester van die landingsboot wat rys uit *Croonenburg* afgeskeep het. Die werk was twee dae aan die gang, toe hy een laatdag vir Maijke van den Berg teenkom op die pad naby haar huis. Hy het 'n kruis in die lug geslaan en windop verbygeloop, maar sy het na hom geroep en gevra of hy nie 'n paar hande vol spykers vir haar kan kry nie; ou gebruikte spykers sou goed wees. Of rys miskien, in sy werk op die landsboot? Sy sou vergoed met eiers en melk. Lammert het dit aan sy maats genoem, en hulle het gesê: ja, hulle sal haar help met rys, maar nie aan spykers nie.

Die Sondag, toe die kerk aan die gang is, het hulle 'n paar sakke rys uit hulle woonplek agter die kaai gebring, en oor haar heining in die agterplaas neergesit. Sy het hulle daarvoor twee ryksdalers kontant betaal. Die laaste Sondag wat hulle rys gedurende die preek gedra het, het hulle aangeklop vir hulle geld en 'n paar flesse suikerbier in haar huis gedrink op die sukses van hulle onderneming. Op die landsboot het hulle die sewe ryksdalers verdeel. Hulle het nooit gedink dat dit 'n misdaad kan wees nie, of dat Maijke weer die rys wou verkoop nie. Hulle gevoel was: die rys wat stort, kom hulle toe. Almal weet hoe die soldate van die poortwag rys vat van die meide wat met mandjies tussen die kaai en die Kasteel loop. Hulle hou dit in die wagkamer tot hulle van diens gaan, en dra dit in hulle broeksakke huis toe. Niemand sê dit is verkeerd nie.

Hulle het dertien sakke op verskillende aande oor haar heining gesit; elkeen het twintig pond geweeg. Een aand het die matroos Cornelis haar kom waarsku: haar huis gaan deursoek word, sy moet van die rys ontslae raak. Sy het daarvan probeer ontslae raak, een hele nag lank. Sy en haar kneg Jacob het sewe keer geloop om die rys in die klipkuil te gooi. Drie sakke het hulle oopgemaak en oor die rand van die afgrond laat uitloop; die laaste tien het hulle net so toegebind laat val.

Fiskaal Deneyn wou 'n voorbeeld van haar en van hulle maak. Hy het die Raad gevra om Maijke Tielemans in die openbaar aan 'n paal te laat doodwurg. Hulle het dit eenparig goedgekeur. Wat die ander betref, het hy gevra dat die kwartiermeester gegesel word en daarna ses jaar in kettings op die eiland skulpe dra, en die matrose moes gegesel word en drie jaar in kettings skulpe dra. Die Raad het sy eis goedgekeur en dit as vonnis oor die skuldiges uitgespreek. Die goewerneur moes dit onderteken.

Deneyn het nie verwag dat alles soos voorheen sou bly nie. Hy was nie verbaas dat die nuwe goewerneur hom geroep het om die vonnisse met hom te bespreek nie. Goewerneur Bax het ander beskouings gehad as Goske, en wou inmeng op plekke waar Deneyn vroeër heeltemal onafhanklik opgetree het. Eers wou Bax hoor of Deneyn weet wat van Philipe Col geword het. Nee, hy weet nie, daar was nou geen kommunikasie meer met die eiland nie. Toe wou die goewerneur Maijke se straf versag hê. Deneyn het gedink: Die man soek 'n geleentheid om sy genade in die openbaar te vertoon sodat mense kan dink hy is watwonders. Ek sal bly wees as Maijke dood is, sodat sy nooit weer haar mond oor P'nel oopmaak nie.

"Ek stel voor dat ons haar straf versag, meester Deneyn. Soos volg: dat sy met die galgtou om die nek die ander se straf aanskou, dan gegesel en met 'n galg op die skouer gebrandmerk word, en daarna lewenslank uit die Kaap verban."

517

"Dit het sy 'n jaar gelede al gekry."

"Maar jou eise is swaar. Hulle lyk onmenslik, as jy my vra, meester. Benewens hierdie saak teen Maijke Hendriksz en ander waarvoor jy my handtekening wil hê, moet ek jou sê: ek het die prosesstukke getrek van halssake waarby jy betrokke was onder goewerneur Goske se regering. Jy was in elke geval die aanklaer. Dit wil my voorkom asof jy nie veel verskil tussen geweld en gereg sien nie."

"Inteendeel, ek sien die verskil tussen gereg en geregtigheid duidelik. Die gereg het 'n sterk arm en moet dit gebruik. Die skeidslyn is soms dun, maar dit bestaan."

"Die getal mense wat jy op die eiland laat arbei, kon minder gewees het."

"Die Raad het die vonnisse gevel, en goewerneur Goske het nie fout daarmee gevind nie."

"Verander jou beskouing. Ek het geen smaak vir bloed en rye lyke aan 'n galg nie."

"Ek pas my oordeel toe. Ek vra nie hoe dit enigeen se smaak geval nie."

"In daardie geval, meester," het Bax kortasem gesê, en die lêers voor hom weggestoot, terug na Deneyn toe: "As jy nie omgee vir my wense nie, kan jy liewer jou kis gepak hou vir die eerste baarskip wat hier inloop. Jy sal Batavia toe gaan, of jy wil of nie."

6
SAPITAHU

Toe hulle vra: Wie is die vader? sê sy: Sapitahu, *wie ken hom?*
Dit beteken ook matroos.

Daniel en Bart het met '76 se retoervloot uit Batavia gekom om by die Kaapse goewerneur te kla oor heer Hugo se manier van huishou op Mauritius. Hulle sou liewer dat die goewerneur-generaal self opgetree het, maar sy hoogedelheid het die sekretaris gestuur om hulle die seepad Kaap toe te wys.

"Julle moet die regte koerse lê," het hy gesê, "Jan Bax is die baas oor Hugo. En as julle by hom nie tevredenheid kry nie, en julle wil nie terug Mauritius-eiland toe nie, is julle dáár beter geleë om julle seile anders te skik. Julle kan onder Bax daar bly woon, of julle kan skip vat vaderland toe."

Hulle het geweet hy is reg, maar sou nogtans liewer dat sy hoogedelheid self teen heer Hugo optree; hy was immers nader aan Mauritius en heelwat hoër as die Kaap. Vaderland toe wou hulle nie. As vrylui nege maande ver moet vaderland toe om te kla oor die opper van 'n eilandjie aan die agterkant van die aarde, dan mors hulle meer tyd as wat hulle kan bekostig. Hulle sou, as 'n laaste anker, wel aan die Kaap bly woon – Bart en sy vrou had klaar kennis van die plek – maar sou goed dink voor hulle dit doen. Die rede was eenvoudig: hulle wou Mauritius hê, maar dit moes Mauritius wees sonder heer Hugo.

Daniel het vir Bart en sy vrou oor die Kaap uitgevra, en dit was asof Bart toe self nie die plek herken nie. Van wanneer swaai hier lyke aan 'n galg agter die Duintjies, soos wat hy gesien het by Helsdeur en in Batavia? Watter groot kasteel staan daar agter die duine? Wat het hulle gemaak met die Fort? Wat beteken al hierdie wit huise? Waarom is die see nou so ver van die duine af? Waarom lyk alles so droog en stowwerig? Wie se klomp visskuite lê hier uitgesleep op die strand? Bart het sy mond gesluit. Hy had geen antwoorde vir Daniel nie, en aan Theuntje se ontstelde gesig het hy gesien dat die Kaap vir haar ook vreemd lyk, en hy het geweet dat sy ontuis voel en bang.

Daniel het by die kwartiermeester van die landsboot verneem waar om losies te soek. Dié is volop, is hy geantwoord. Dit was vreemd om te hoor, want gewoonlik adverteer bootsvolk net die huisbaas by wie hulle die beste fooi kry, maar die rede daarvoor is hulle ook gesê. Vantevore het 'n fiskaal 'n kwartiermeester laat kielhaal en skulpe dra omdat 'n huisbaas hom betaal het. Van toe af moet hulle al die name sê as hulle gevra word.

"Noem 'n paar?"

Net een was aan Bart bekend, en sy vrou het opgekyk toe sy die naam hoor, maar niks gesê nie. Sy was steeds 'n stil mens, Theuntje. So het dit gekom dat toe die Hottentot by die steier hulle seekiste wil dra, Bart vir hom vra: "Waar woon Barbertjie Geens?"

Barbertjie was bly om hulle te sien. Hoe lank gelede was dit nie? Hulle lyk so bruin. En wat vir 'n plek is dié Mauritius? Is dit, soos mense sê, 'n paradys? Sy het nou die herberg, want taphuise gee te veel moeilikheid. Hier kom mense uit alle lande onder haar dak; sy hoor 'n halwe wêreld se nuus elke week. En sy maak af en toe vir die kerk 'n weeskind groot. Dit is maar liefdesdiens.

Daniel ken nie die vrou nie. Hy bly gewoonlik stil tussen vreemdes tot hulle 'n kans het om hom te ontmoet, voor hy saamgesels, maar hy kyk na haar soos sy 'n tafeldoek oorgooi en messe en lepels en bekers vir hulle uitsit. Sy is nie jonk nie, sy was Bart en Theuntje se maat in hulle jeug, maar sy het 'n gesig waarvan niemand sal moeg word nie. Sy het 'n hooimied van rooi hare, sonder 'n kappie. Wat vreemd is, is haar heldergroen oë. In die wêreld het hy nog nie dié groen gesien nie. Soos graan, soos die volwasse blare van bome in die somer.

Bart vertel hom mans loop agter Barbertjie aan en gee haar nie rus nie, maar dan lyk dit asof hulle bang is om aan haar te vat. Miskien is dit haar oë. Kaapse vrouens het graag oor haar geskinder. Hulle kan nie verstaan hoe sy werk nie, sy alleen, en al hulle mans kyk haar agterna. Daar is die storie oor haar brood, hoe sy bak. En 'n keer het 'n kêrel wat wou opsit, in die kroeg gaan vertel hulle het lekker handjies gehou, maar toe hy 'n ander kers wil opsteek, loop Barbertjie kombuis toe; sy sê sy kry gedagte die brood is aan rys. Ja, daar was 'n hofsaak oor haar. Destyds het sy nog die taphuis *Die Olifant* gehad, vas teen die Fort se grag. Die uitkyker op die muur het getuig 'n soldaat maak een nag 'n leer teen haar venster staan en klim op, en maak haar luike oop. Sy skree die wêreld wakker: moord, huisbraak, help. En die soldaat skree net so hard terug: "Maak dan oop, in die liewe vader se naam, almal weet jy is 'n hoer. Ek sal jou drie stuiwers gee." Toe skinder dit weer, alte lekker. As 'n vrou se naam eers in die kroeë en barakke lê, hoe kry sy dit gebleik?

Miskien was die oë haar ongeluk. Sy het hier gekom, bloedjonk en getroud met Rosendaal, die Kompanjie se tuinier. Hulle het 'n dogtertjie gehad, wat vandag self ook al ma is, maar hy is oorlede voor daardie kind 'n jaar oud was. Sy vat later weer 'n man, een jare jonger as sy; Henk Reijnste was sy naam. Bart en Theuntje, en ander ook, was jammer dat sy so een vat, so vaal, moeg en maer met 'n hoesie aan hom, nie lief om 'n hand uit die mou te steek nie, en amper soos 'n hond in haar geselskap. En skaars tien maande, toe is Henk dood. Hulle sê sommer sy is 'n heks, dit is weer daardie oë. En dit is goed Reijnste het nie geld op sy naam gehad nie, anders het sy erger beswadder daarvan afgekom. Barbertjie moes só sonder vriende deur die lewe gaan. Miskien is dit nou anders, noudat jeug nie meer teen haar gehou kan word nie.

"Ek is jammer ek het te laat aangekom," het Daniel gesê. "Ek hou van 'n heks. Mooi oë, hierdie een, ek sal daarvan nooit moeg word nie."

Toe Barbertjie kom om af te dek, vra Bart vir haar: "My maat hier wil vir hom 'n vrou soek terwyl ons in die Kaap is. Hoe lyk die oes op die land?"

Sy het met Daniel gelag: "Waar was jy al die jare?" Verder het sy net gesê sy kan nie glo hy het hulp nodig nie, en kombuis toe gegaan.

Hulle moes tot die derde dag wag, terwyl die goewerneur se sekretaris hulle eenvoudige versoekskrif vergelyk met die goe-werneur-generaal se swaar missive uit die Ooste, en 'n notule voorberei vir die Raad, want die Raad sit Donderdae.

"Ek en Bart is vryburgers van Mauritius," het Daniel vir goe-werneur Bax van Herenthals gesê. "Ons is boere. Ek probeer met tabak en suiker. Maar my heer, die opper maak dit vir ons amper onmoontlik."

"En sy hand is te swaar, te swaar," het Bart bygesê, asof hy bang is Daniel vergeet om dit te noem.

"Ek kan miskien vir julle goeie nuus gee, maar namens wie praat julle hier? Wie is die klaers?"

"Ons is omtrent twaalf boere. My heer sal hulle name op die brief sien. En sewentien dienaars, maar hulle sit nie hand op pa-pier nie."

Bax het tussen die briewe op sy ruim tafel gesoek, en later oor sy skouer na 'n klerk geroep, wat dit bo van die stapel geneem en aan hom gegee het.

"Ha, dié een. Moeilike handskrif. Ja, julle kla dat hy julle van bewerkte grond en gevestigde boerderye verskuif, dat julle weer voor moet begin."

"Ja, my heer. Huis en alles is verlore. Die groot ding is ons grond. Die eiland het nie grond nie. Jy moet maande lank klippe uitbreek voor jy by grond kom. Dan het jy 'n kolletjie soos hierdie kamer," het Daniel verduidelik. "Jy moet eers deur die dop breek voor jy in die sagte goed kom."

"Waarom doen hy dit?"

"Hy het 'n wet gemaak: niemand mag buite sig van die Losie boer of vaar nie. Hy is bang ons dryf handel met die skepe. My heer sal verstaan, dit neem tyd om deur daardie kors te kom."

"Wat nog? Of is dit al?"

"My heer sal sien hoe kla ons in daardie brief. Hy het 'n slaaf van Bart hier laat vang, en hom opgehang. Dit was Bart se enig-ste slaaf. Nou moet hy alleen."

"Waaroor is die man gehang?"

"Die stomme sonde, met 'n bok."

"Daar is voorgeskrewe strawwe, dit weet julle."

"Maar my heer, daar loop nog een op die eiland wat uit Batavia gestuur is oor dieselfde ding – al verskil is, dit was met 'n hond. En hy lewe."

"Dit kan ek nie vir julle uitlê nie. Ek verstaan dat julle ontevrede is."

"En sy hand te swaar, edel heer, te swaar," het Bart met neergeslane oë gesê.

"Ek verstaan."

"Hy het 'n matroos onskuldig laat doodskiet."

"Hoe kom dit?"

"Die Raad het die man gevonnis tot 'n koeël oor die hoof. My heer weet, om ons almal te waarsku; soos 'n skaapdief staan met die vel bo sy kop, maar sonder om te hang. En die dag van straf, daar skiet hulle die arme man tussen sy twee oë. Netjies tussen die oë, en al wat ons opper sê: Jammer, dit was 'n ongeluk. Toe voel ons: jy is nie op Mauritius jou lewe seker met so 'n opper nie."

Bax het die klerk geroep, en hom gesê om van die twee vryburgers attestate te neem oor die saak van die matroos.

"Ek neem aan julle is gewillig om dit te doen?"

"Ek sal dit onder eed doen, edel heer."

"Nou ja, is daar nog iets?"

"Die heer Hugo, hy dryf handel. Hy koop slawe en dan verkoop hy hulle aan skippers, om oorsee 'n profyt te gaan te soek. Dit is mos onwettig. En die tweede ding is: hulle was bedoel vir ons vryburgers van Mauritius. Ons moes daardie arbeiders kry, so was Here Meesters se bedoeling. Ons is dit belowe."

"Kan jy bewys wat jy sê, die onwettige handel?"

"Ek sal nog 'n attestaat gee, onder eed. Maar daar is ander dinge ook."

"Nou kyk, al hierdie sake sal tussen die Kompanjie en heer Hugo uitgemaak word. Daar mag siviele eise uit voortspruit, maar op die oomblik kan ek vir julle sê wat ek weet, en dit is dat Here Sewentien sy opvolger al aangewys het. Dit staan in hulle

523

laaste brief dat hulle sy plaasvervanger op die Paasskepe stuur. En ek gee die nuwe kêrel 'n maand of ses weke later sy vertrek hiervandaan, Mauritius toe. As julle saam wil teruggaan, sou ek julle aanraai om net geduldig te wees. Ek glo julle kan 'n beter lewe daar oorkant tegemoetsien."

Bart het met 'n tevrede glimlag na Daniel toe gedraai. "Ruk seil by, maat. Die son skyn weer."

"Dit sal ons weet as ons daar is."

Hulle het saam opgestaan, geknik, die kuif getrek. "Hartlike dank, edel heer."

"Dag. Wat is julle ambagte?"

"Ek is kuiper," het Daniel gesê. "My maat is 'n visser."

"Julle het permissie om te werk."

"Hartlike dank, edel heer. Hartlike dank."

In Barbertjie se herberg, by die lang kombuistafel voor die herd, eet hulle saam met Arie Koningshoven, 'n gereelde klant. Hy kom hier om Barbertjie se ontwil, sê Theuntjie. Hoe weet jy? het Bart gevra. Kan jy nie sien nie? het sy gesê. Arie is 'n wewenaar. Hy het kort gelede baastimmerman geword in die plek van 'n ander, want mense hou dit nie op die Kasteel nie. Hy roei hulle uit, erger as die see. Arie wil vryburger word en probeer boer. Dit sal eenkant jammer wees, noudat hy vir die eerste keer 'n goeie soldy kry, maar dit lyk of Kaapse boere dit voor die wind het. Fok voor die boeg, as jy hier ploeg in die grond wil slaan. Daar lê baie grond waaruit die Hottentotte gewyk het, soos hulle sê. Daar is al 'n buitepos van die Kompanjie by Hottentots-Holland, waar hulle met graan boer. Dit beteken twaalf gewere teen die wildernis. Hy self is nog eers versigtig om sy meertou los te gooi, want buite die grens probeer jy woon tussen leeus.

Arie en Bart is een ouderdom. Arie het drie kinders tuis; die oudste is amper ses. Hy vra uit oor die Ooste. Hy sê: as dit by die Ooste kom, voel hy soos 'n onbesnede Jood. Hy is al twaalf jaar in die Kompanjie se diens, en is nog altyd baar. Die Kaap is sy nuwe vaderland, so dit lyk asof hy met halfpad Ooste toe tevrede moet bly.

Daniel dink: Waarom sal 'n baar man met drie kleintjies by so 'n vrou aanlê? Hy soek iemand om hulle vir hom groot te maak, en hy sal sorg dat 'n nuwetjie gereeld in aanbou op die helling lê. Sy het wonderlike oë. Sy kyk soms met 'n glimlag reguit na hom. Sy vra of hy 'n soldaat was voor hy vry geword het. Hy sê nee, nee. Hy was net matroos, van sy kinderdae af. Was hy in die Ooste? Ja, hy het vier retoere voltooi: vaderland, Ooste toe, weer terug. Sy bly na hom kyk met daardie glimlag.

"En wat leer jy in die Ooste?"

"Wonderlike dinge. Ek is dankbaar vir die Kompanjie, anders het ek dit nooit gesien nie."

"Vertel iets?"

"Bart hier het veel vreemder beleef. Hy kan vertel dat jou hare gaan staan."

"Maar waar het jy jou ambag van kuiper geleer?" wou Arie weet. "Dit duur vyf jaar. Jy is tog nog 'n jong man."

"Aan boord. Ek was van leerjong tot kuiper by een meester."

"En vandag staan my maat sterk op see en op land," het Bart trots gesê. "Ek was te onnosel om meer as matroos te word."

Arie het aangebied om hulle aan werk te probeer help. Die Kompanjie neem nie mense sonder 'n driejaarverband nie, soos hulle wel weet, maar as hulle die goewerneur se permissie het, is daar vrylui soos die Saldanhavaarders wat knegte neem. Môre na werk sal hy hulle aan 'n paar vriende gaan voorstel.

Hulle sit ná ete voor die waardin se herd. Sy spot met hom en Bart. "'n Wonderlike stuk werk is die Hollandse matroos. Hy neem sy handelsgoed, sy taal en godsdiens en sy siektes om die aardbol. Hy dra die dood in sy geweer. Hy maak 'n land leeg en bevolk dit met halfslagmense. En hy kry niks daaruit nie, behalwe sewe gulde 'n maand op die boek."

Theuntjie het iets gehoor wat haar laat vra: "Is Eva en haar kinders nog hier, die Koina-vrou van die eiland?"

"Nee, sy is dood, vergange jare. Haar kinders is hier. Die kerk sorg vir hulle."

Toe die wewenaar loop om sy kinders in die kooi te kry, en Bart en Theuntjie vir Barbertjie help om die skottelgoed en potte te was, het Daniel die houtkis langs die herd vol gedra en die waterkuip in die kombuis gevul uit 'n put in die agterplaas. Hy het gehoor hoe Barbara vir Theuntje vra om haar in die losieshuis te help, teen vergoeding.

"Vir die geselskap, Theuntje. Ek wil hoor van die Ooste, en van julle eiland. Ek wou so graag daardie wêreld sien." Later het sy 'n fles brandewyn en glase gebring en vir hulle gesê: "Kom gesels by die herd. Daar is nog hitte." Maar Theuntje en Bart wou kooi toe.

Hulle het die lang kombuisbank voor die herd gedra en sy het vir Daniel die voornag deur laat praat oor sy kinderdae in Vlissingen en oor sy ouers en sy broer; hoe hy skaars tien jaar was toe hy tussen die kromhoute in is; van sy eerste jare op die binnevaart; hoe hy leer lees en skryf het by skeepsmaats; van die eerste keer en die volgende kere toe hy die Ooste se stem hoor roep het. Van toe af was sy vloer 'n dek, vertel hy haar, sy mure beskot, sy venster 'n luik, sy broers bakmaats, sy vader die skipper, en sy kerk die wye see met die drie kruise van voormas, grootmas en besaan altyd teen die hemel geteken. Tot hy op Mauritius kom en die swart grond en vreemde berge sien, toe het die land hom weer geroep, en daar het hy anker in die wal gesmyt.

Laat in die aand het hy weer vuur op die kole gepak. "Ons moet gaan slaap," het sy gesê, maar meer brandewyn in sy glas gegiet.

"Sê wanneer jy wil gaan."

"Ek wil hier bly. Vertel my van Coromandel en Malabar, van hulle kamfer en robyne, en hulle gekleurde katoen. Hoe lyk *salempoeri* en *bafta*, en die *fota* en die *niniqua*, en die geblomde *chintsa*? En hoe kom ons kaneel uit die bos uit?"

Hy het gelag, in die heldergroen van haar oë wat van vuur skitter. Sy was soos 'n kind wat stories vra omdat sy nie lus was vir nog 'n eensame nag nie. Hy het nader aan haar geskuif, en later haar hand geneem. Sy wou hoor van die geheimsinnige Ooste, en hy wou uit haar mond hoor oor die menslike lewe, so kort en duister en betekenisloos soos dit is, as jy reg daaroor dink. Hy kon haar die een en ander vertel, maar daar was baie wat hy wou weet, en sy was die een by wie hy dit wou hoor. Sy sou weet hoe om dit te sê.

Sy het sekerlik geweet hoe om dit te sê. Die aand het oud geword om hulle. Die vuur het in as verander. Hulle het dit sien gebeur, maar nie meer hout opgepak nie. Teen middernag het sy gesê: "Nou moet ons regtig gaan slaap, Daniel. Môreaand meer van dieselfde, asseblief?"

"Ek sal. Jy sou wou matroos gewees het as jy kon, dink ek."

"Ek wil graag Ooste toe gaan."

"Kom saam Mauritius toe. Jy sal nie jammer wees nie."

Sy het haar hand langs sy gesig gesit, en dit na haar toe gedraai om in sy oë te kyk. "Ek kan nie nou in jou lewe in nie. Jy het twintig jaar te laat gekom, en jy moet iemand jonger hê. Maar ek wil vir jou iets doen sodat jy my nie sal vergeet nie."

"Waarom?"

"Omdat ek spyt is dat jy te laat was."

"Ek aanvaar jou aanbod."

"Ek wil jou aan Pieternel van Meerhof voorstel."

Daniel het die volgende dag deur die dorp geloop op soek na kuiperswerk, en het sy maat by die visskuite gekry. Bart is vertel van 'n weduwee wat 'n goeie boot het met toebehore, seil en treil, maar niemand om dit see toe te neem nie omdat sy te veel vra vir haar aandeel. Hy en Bart het gegaan en haar skuit binne en buite ondersoek, dit bespreek en toe aan haar voordeur gaan klop. Daniel het gesê hulle verstaan dit is haar enigste inkomste, maar hulle wil nie 'n aandeel in die boot koop nie. Hulle sal dit vir 'n paar maande by haar huur, en daarby 'n tiende van die daaglikse vangs in haar vishuis lewer. Sy wou 'n waarborg hê. Hy het gesê hulle kon dit nie gee nie, maar sou haar huur vooruitbetaal en 'n bedrag in haar naam op die Kompanjie se boeke neersit, wat sy moes terugbetaal wanneer hulle haar boot terugbring. As sy gewillig is, kan hulle saam kantoor toe loop en die ooreenkoms laat opstel.

In 'n taphuis het hulle 'n paar bekers bier gedrink, 'n pyp gerook en hulle afskrif van die akkoord weer gelees om te kyk dat alles reg is. Saldanhabaai toe mag hulle nie, het die klerk gesê, want ander het daardie kontrak, en van Robbeneiland moet almal wegbly. Maar verder lê die see oop.

Bart was lus vir die werk. "Jy sal sien, dié see is nie so lekker soos Mauritius s'n nie, maat. Die water is koud, en smiddags begin die wind waai, maar ons kan met 'n treknet en 'n paar handlyne ons brood verdien voor die son oor die mas is. Reëndae werk ons aan die nette, en maak bloedlyne vir wanneer hier snoek loop."

Daniel was versigtig. Sewe ander visskuite lê voor die strand geanker. Daardie mense is mededingers. Die mark is nie groot nie; as hier meer Katolieke was, meer slawe of ander viseters, was dit 'n ander saak. Maar Bart het hom gerusgestel: hulle sal van voor sonop begin vang en op die middag as die wind opsteek, sal hulle wal toe kom, die weduwee se porsie uittel, dan hulle eie eetvis opsy sit en die orige op die strand verkoop. As daar nog oor is, moet hulle met die mandjies van huis tot huis gaan. En kreef, hy ken die kreefgate, maar dit is eintlik net arm mense wat kreef eet, en hulle wil gedurig op skuld koop. Daarvoor moet hulle oppas.

Daniel was nog onseker. Hy sou liewer wou kuipe maak, maar hier was nie soveel werk nie; die enigste vrykuiper voorsien klaar aan almal. Dan maar weer see toe, en dankbaar bly dat hulle brood en 'n inkomste het.

Elke aand het hy en Barbertjie voor die herd deurgebring. Sy wou hom hoor vertel van die see, van skippers en skepe, speserye en storms, slange en vrugte en blomme, en sy het hom in sy gesig gekyk en sy mond dopgehou, en geluister hoe die see Daniel aan haar bekend maak. Soms was Bart ook daar met sy vreemde verhale, soos van 'n keer op Saldanhabaai se reede toe 'n Bybel voor sy oë omgedraai het. Daar was ses, sewe bakmaats by, maar hulle het vir mekaar gesweer om alles te ontken. Heksery is halssake, doodsake. En die kommandeur het hulle beveel om dit dig te hou, op belofte van straf. So het hulle voor die fiskaal met hand omhoog die eed kom sweer, en alles wat hulle daar gesweer het, was meineed en leuens.

Daniel het vir Bart laat praat. Hy was tevrede om sy oë op Barbertjie te laat rus terwyl sy vir Bart in besonderhede uitvra oor dié vreemde ding wat hy beleef het. Wie se Bybel was dit? Het hulle dit 'n tweede maal gewaag? Hy het sy oë op Barbertjie gehou, op die lyn van haar gesig soos dit na Bart toe gedraai is, op haar oor, op haar gloeiende hare. Glo sy hom? Hy sou háár altyd glo, al vertel sy 'n engel kom voordag om haar deeg te knie.

"En hoe ver was julle in die wêreld, Daniel?"

Hy het vir Bart laat vertel sodat hy tydsaam haar vuurrooi kop kan geniet. Sy het met aandag geluister, met haar ken effens gekantel. Bart het eenkeer 'n dag en 'n nag in die oop see gedryf, maar gedagtes aan lewe en dood het gehelp om tyd te laat verbygaan. Maar ver in die wêreld was hy, ja, so ver dat daar geen mense woon nie. Daar is 'n eiland, nog anderkant Banda-Neira. Dit is 'n groterige eiland, meesal berge en hoë rotskoppe, oorgroei met digte woud. Hier en daar sien jy stukkies geel strand tussen die woud en die see. Sy skip was agter die eiland om 'n tifoon uit te wag; die hemelhoë wit wolkkastele het daar agter die horison verbygeseil. Hulle was 'n dag en 'n half daar geanker. Hy het 'n jas gesteel en van 'n span houthalers weggeloop. Hy loop met 'n seilsak oor sy skouer na 'n man van wie hy vertel is. Die bos agter hom raas van ape; nêrens is 'n teken of geluid van 'n mens nie. Geen voetspoor in die sand, geen merk van 'n byl in 'n boomstam, geen stuk klipwerk nie. Die hele tyd voel hy of hy die enigste lewende siel in die wêreld is. Ja, hy het die gevoel gekry dat die Skepper steeds aan werk is langs hom in die bosse. Uur na uur loop hy tussen daardie dreunende woud en die leë spieël van die see, tot hy by 'n hut van verweerde hout kom, hopeloos deurmekaar geval soos 'n wrak wat op 'n rif vergaan. Langsaan was ou stellasies van *trepang*-makers, en die geraamte van 'n vlak *sampan* uitgesleep onder die bome, alles verlate, vervalle.

Daar was 'n man, krom en geel, wat hom daar getatoeëer het vir 'n stuiwer en die bruin jas. Hy het gehoor van die ou; hy het 'n naam gehad vir blou ink, nie die roetswart wat almal gebruik nie. Dit kom van 'n skaars skulp wat voor sy hut in die koraal bly. Kyk hier in sy arm, nog helder ná dertig jaar. Miskien was Bart sy enigste besoeker in maande, maar hulle het nie met mekaar gepraat nie. En na 'n uur is hy so sonder 'n woord terug tussen woud en see langs oor die hele leë eiland waar niemand lewe nie, na die baai waar sy skip aan sy eie beeld geanker lê. Sekerlik is dit die laaste en heel verste plek in die wêreld. Ja, hy is gestraf oor hy gedros het.

"En jy, waar het jy die eensaamste gevoel?" het Daniel vir Barbertjie gevra met sy gesig amper teen haar goudrooi hare wat ruik na vars neute. Sy het na haar kamerdeur gewys. "Daar, tussen middernag en daglig."

Omdat hulle soggens donkernag moes see toe, het hulle vroeg gaan slaap, maar Daniel het daar by die vuur, wannneer hulle alleen was, vir Barbertjie teen hom vasgehou om die sagtheid en warmte van haar te voel. Dit was wat hy wou hê, voor hy weer Mauritius toe moes gaan. Hy was oud genoeg en het lank genoeg gewag. Sy het teen hom gebly so lank as hy wou hê, en in die dae in die visskuit op die oop see het hy baie aan haar gedink. Sy was iets moois. Maak dit saak hoe oud hulle is?

Een middag loop hulle huis toe met 'n halffles wyn en 'n bossie vis wat hulle moes koop omdat daar die dag niks gebyt het nie – iets met die wind te doen, moontlik. Aan die geroep en gelag in Barbertjie se voorhuis het dit geklink of daar 'n plesierigheid gehou word.

"Is dit die vrede, maat? Ek reken die Fransman het gestryk," het Bart gesê.

Daniel is agterplaas toe om die vis in die koelte te hang, en daarna deur die kombuis binnetoe. Hy het in die deur bly staan met sy mus in sy hand. In die middel van die kamer het Theuntje gelag en gehuil met haar arms om 'n jong dogter, en daar was 'n opgeskote seun wat duidelik 'n broer is. Theuntje het die kind omgedraai om haar vir Bart te wys."Kyk net wie is hier, Bart. Dit is Nellatjie. Kyk hoe groot het sy geword."

Bart het die dogter op armlengte bekyk en haar op haar wang gesoen."My kind, my kind." Toe hou hy haar weer op armlengte. "Hoe bly is ek om jou te sien. Jy is die beeld van jou vader." Toe pak hy die seun se hand, en skud dit asof hy kielwater pomp. "Ou Salomon, wêreld, waar groei julle heen? Hoe gaan dit met julle, en waar is Kobus dan?"

Van die oorkant het Barbertjie hom met haar oë gevang, en hom kom haal en aan sy hand nader gebring. "Daniel, ontmoet my vriendin Pieternella van Meerhof. Pieternel, dit is Daniel Zaaijman, van Mauritius. En dit is Salomon."

Hy het geknik, en gesê: "Aangename kennis." Maar sy aandag het by Barbertjie gebly en hy het langs die geselsende mense verbygeskuif na haar toe. Hy het Theuntje hoor sê: "En het jy al 'n kêrel?"

Pieternella het gelag en skaam haar kop geskud, maar haar broer het hardop gesê, asof hy haar verleë wou maak: "Is ja, Pieter van oom Lang Gert."

Toe Barbertjie teegoed regsit en kookwater in die kombuis gaan haal, is Daniel saam, maar sy het daar vir hom reguit gesê: "Dit help nie jy loop agter my aan nie, Daniel. Ek het vir Pieternel genooi dat jy haar ontmoet. Sy sal die beste vrou vir jou maak."

"Dit is die eerste keer dat ek haar sien. Ek ken haar of haar ouers nie."

"Haar ouers is dood. Sy is 'n pleegkind van 'n maat van Arie, maar die hemel weet, as ek ooit 'n tweede dogter gehad het, sou ek wens dit was sy."

"Sy lyk na 'n blote skoolkind."

"Sy is. Ek het haar vertel wat 'n vrou behoort te weet, maar die lewe self het haar wys gemaak. Ná skool kom sy hier by my; ek bak vir haar lekkergoed, en ons gesels. Ek het nie baie vriende nie, waarvoor ek die vader dank. Sy kan kook en klere maak, en sy kan oor enigiets gesels." Toe neem sy haar trekpot en 'n suikerbak. "Kom binnetoe. Ons sal later praat."

By die eettafel die aand, in die teenwoordigheid van Arie, het sy vir Daniel vertel van Lang Gert van der Byl en sy vrou Sofia. Lang Gert werk hard, maar dit is moeilik om vier kinders groot te maak op sy soldy. En sy het 'n gevoel hulle twee is daarteen dat Pieternella hier by haar aan huis kom. Sy het daar by die tafel reguit vir Theuntje gevra hoekom neem hulle nie vir Salomon en Pieternella saam Mauritius toe nie. Hulle kan dit ten minste aan die Kerkraad gaan noem.

Theuntje en Bart het vir mekaar gekyk. Theuntje het gesê dit was haar hartewens. "Ek sal graag wil, Bart. As Nella wil."

"Miskien wil Van der Byl nie die kinders laat gaan nie."

"Ek glo hy sal," het Barbertjie gesê. "Hy het redes."

Arie het gesê: "Dit is vir die edel heer en die Raad om ja te sê."

"Hy sal wil weet of ons dit kan bekostig. Ek is maar 'n visser."

"Ander vissers het kinders, Bart."

"En dan oor hulle opvoeding. Mauritius is 'n land sonder kerk of skool."

"So was alle lande, Bart."

"En die mans, wit of swart, is nie aan jong meisies gewoond nie," het Arie gesê.

"Ek en Bart sal vir haar sorg," het Theuntje stil geantwoord.

Daniel het geluister hoe hulle planne maak om die kinders weg te kry. Die eerste ding is om met die pleegouers te praat, en as jy daar regkom, gaan praat jy by die kantoor. Hy het gewonder of die regte ding nie is om eerste by die kinders te hoor wat hulle gevoel is nie, maar dit was nie sy saak nie, hy sou hier stilbly. Later het hy uitgevind dat Barbertjie en Theuntje toe klaar aan Pieternella se ore was. Is dit dan hoe die Ooste se geheimsinnige stem werk? Miskien het die Ooste soveel stemme as wat daar mense op aarde is, en almal geheimsinnig en met 'n bybedoeling.

Een skemeraand het Bart en Theuntje hulle beste uit die klerekis aangetrek en na Lang Gert se huis toe geloop. Barbertjie het vir hulle 'n slopie beskuit gegee om saam te neem; Bart het gemeen 'n mooi bos vis sal aanneemlik wees. Daniel het vir Barbertjie gesê die twee sal goeie ouers maak, maar hy twyfel oor die kinders. Kinders wat in 'n dorp grootword, het maats en wil mooi klere dra en voor in die skool sit om te spog. Op Mauritius is daar weinig, klein en groot, wat nie kaalvoet loop nie, en dit is so warm dat mense los klere dra, soos in die Ooste. Die kinders sal Kaap toe verlang.

"Pieternel is nie 'n kind nie, Daniel."

"Is dit so dat sy na haar pa lyk?"

"Bart sê maar so, hulle was maats. Ek sien albei haar ouers in haar."

Daarna moes Daniel 'n keer alleen see toe gaan, sodat Bart met Theuntje na die kerkraad toe kan loop. Barbertjie het die woorde in hulle mond gelê. Hulle sou vra vir die dogter en die jongste seun; die kinders ken hulle van geboorte af, hulle het grootgeword voor hulle oë. Die oudste seun is onder die dokters oor sy

532

vallende siekte, en oorsee is geen hulp vir hom nie. Hulle sal enige papiere teken. Dit is wat hulle aan die kerkraad gesê het.

Die kerkraad het na die kinders se boeke gekyk. Hulle kapitaaltjie was opgebruik; daar was nog net om die oudste aan 'n ambag te help en die heel jongste, so lank lewe, aan sy kos en onderdak. Die kerkraad wou van die skoolmeester hoor: Hoe vaar die kinders in hulle lesse? Hulle was van sy beste, het hy gesê. Veral die seun is skrander. Hy is jammer om hulle te verloor; hulle is maklike kinders en gereelde betalers. Die kerk wou ook Lang Gert en sy vrou in die saak ken, en het 'n raadslid gestuur om dit met hulle te bespreek. Lang Gert het gesê hy sou jammer wees om die twee kinders te groet, maar hy gun hulle 'n beter lewe en wens hulle alles van die beste toe. Hy sou vir Kobus hier 'n huis gee, solank as wat die Raad en die seun dit wil hê. Sofia het reguit gesê die dogter word te groot; so lief soos sy vir haar is, moet sy haar liewer aan 'n ander afstaan. Sy is jammer, maar die kind het te mooi geword. Haar seun is danig met Pieternella, en dit kom nou van weerskante af. Daar wag bloedskande, mag die Vader dit behoed, en sy sien geen ander uitweg nie.

"Is dit 'n dogter van losse sedes, mejuffrou?" wou die raadslid weet.

Lang Gert het opgestaan voor hom. "Wat die duiwel bedoel jy, meneer? Om so van die kind te praat."

"Nee, as ek u affronteer, vra ek verskoning. Maar waarom wil juffrou Van der Byl haar dan uit die huis hê?"

"Jy weet hoe dit met jong mense gaan, heer raadslid," het sy verskoning gemaak. "Hulle word geheg aan mekaar. Kalwerliefde laat die kop draai, en voor jy daarvan weet, is die kinders in die moeilikheid. Die kerk is bekend met sulke gevalle."

Lang Gert het sy vrou oor die tafel reguit in die oë gekyk toe hy vir die raadslid sê: "Die enigste rede, meneer, is dat sy 'n halfslag is. Of my seun haar in die moeilikheid bring en of hulle mekaar in eerbaarheid trou, maak nie verskil nie. Ek en my vrou is bang vir wat in ons familie kan gebeur. Vroeër of later kom daar 'n kleintjie wat terugslaan na sy voorvaders. Ek praat van Eva."

Die raadslid het verstaan. As jy een maal bruin oë in jou

familie het, hoe kry jy dit weer daaruit? Hy was jammer vir die dogter en die seun wat uitmekaar gedwing word, en wat mekaar lewenslank nooit sal vergeet nie. Hy het onlangs 'n kind aan die dood verloor, en ken verlies en verlange. Hy het na sy kantoor teruggegaan en Bart laat weet dat die kerk nie beswaar sal hê as hulle 'n aansoek voorlê om die kinders aan te neem nie. Bart moet hom dan na die goewerneur wend, en hom voorsien van die nodige versekerings oor die opvoeding en beskerming van die twee minderjariges.

Daniel en Bart het eendag halfpad deur die voormiddag in hulle skuit agter Dasseneiland gelê, en geelbek en kabeljoue ingesleep, so groot dat hulle dit met twee man oor die boord moes lig. Hulle het vir Tafelberg in die verte in die oog gehou. Die wind was in die suide; as die wolk oor sy top stoot, moes hulle anker optrek en huis toe voor die wind te teen word. Die gewone dynsigheid was oor die hele noorde, agter hulle. Hulle het min gepraat, maar geëet, gerook, water of wyn gedrink na behoefte, en hulle vier handlyne om die beurt gevoel vir die pluk van vis.

Eenkeer het Daniel opgestaan om hom te rek en sy broek oor die agterskuit af te stoot, en woordeloos bly staan en staar na drie vaderlandse skepe wat 'n kanonskoot agter hulle opgelaveer kom. Hy kon nog nie die seile hoor nie, maar in sy verbeelding was die klank van kreunende maste en ra's, die fluistering van wind in touwerk, die suising in seile, en die spoeling van sterk seewater langs die romp; die bekende reuk van hout en tou en warm pik, die siek stank van vooronder, en die lang gekraak van wante, die droë kreun van rondhout. Hy kon sy oë nie wegneem van die drie skepe nie.

"Bart."

"Wat?"

"Kyk net so."

Bart het hom omgedraai op sy bank, en in stilte gekyk. Hy het asem opgehou, sy mond effens oop in eerbied.

"Daniel, sal ons klaarmaak vir die dag? Vra dat hulle ons koptou neem."

"Ons kan nooit, Bart."

"Die vis byt môre weer."

"Dit sal sonde wees."

Bart het sy voete effens verskuif, sy hoed afgehaal en albei arms oor sy kop gelig om te groet.

"Trek eers ons lyne op, Bart."

Hulle het die skepe ingewag, en Daniel het begin roep toe die naaste 'n touwerp na stuurboord was: "Hoi, *orang baharu*, hoe vaar julle?"

Hande is agter die verskansing gelig in groet, en 'n offisier met 'n roeper het van die agterskip af geskreeu: "Hoi. Loop ons reg om die baai in te laveer?"

Daniel het na die berg gewys. "Twee, drie glase, soos julle geseil is. Hou lykant van die groot eiland en anker op agt vaam, reg voor die galg."

"Genoeg van alle verversing daar?"

Bart het met 'n dik kabeljou opgestaan. "Vra jy vir my, *orang baharu*? Is ek goewerneur? Sê vir jou kok ons kom namiddag langsaan met vis. Meer as genoeg vir almal."

Die man met die roeper het oor sy skouer gepraat, en 'n mooi vrou met bruin krulhare en 'n jong man met 'n pruik het oor die verskansing kom leun.

"Seur Lamotius vra: is goewerneur Bax nog in gesondheid?"

"Springlewendig. Hoe staan die oorlog in die vaderland?"

"Die Fransman is nog in die land. De Ruyter is dood."

Bart het verbaas na die offisier gekyk en toe na Daniel, en met sy vis neergesak op die roeibank. Kan dit wees? Dan is dit nou klaar met die vaderland. Hulle skuit het begin rol in die vloot se boegwater.

"Julle lieg!" het Bart geskreeu, maar Daniel het geweet dit moet waar wees. Hy het die gewig van slegte nuus op sy hart gevoel. Iets het sweerlik einde gekry. Is dit die einde van Nederland?

"Staan Vlissingen nog?"

"Ja."

"Hoe is die moed van die mense?"

"Goed. Hulle lewe uit die see."

Die skepe het verbygevaar, met 'n gedreun van seile na stuurboord gekantel op die ander loef. Die stemme het klein geword.

"En Woerden?" het Bart deur bakhande geskreeu.

"Deur die vyand beset."

Toe hulle weer alleen in die see lê, het Bart vir Daniel gevra: "En nou?"

"Daar is die Paasvloot, waarmee ons huis toe gaan, maat. Mauritius is nou ons enigste huis."

Bart het 'n paar teue uit sy brandewynfles geneem, en met die bottel naby sy mond bly sit. "De Ruyter dood, sê die man. Maat, kan dit wees?" Hy het weer uit sy bottel gedrink. "Dit is die einde van Nederland. Miskien moet ek dit nie vir Theuntje laat hoor nie. Sy het nog mense in Woerden." Hy het sy twee lyne afgerol, die aas bekyk, en die lyne wyd na weerskante oor die boeg geslinger. "De Ruyter dood, sê hulle. Ek was nog kind, toe is hy al seevoog. Wat gaan van ons word?"

"Kom, laat ons hierdie skuit sink onder die vis."

"Ons is nou van Mauritius, maat. Ek en Theuntje, as ons daardie twee kinders kan kry, het niks verder om te verlang nie. Dit is ons enigste huis."

En myne, het Daniel gedink. En myne.

Daniel het vir Barbertjie gevra: As die dogter verlief is op die timmerman se seun, hoe kan mens van haar verwag om Mauritius toe te trek? Miskien moet Bart die timmerman se seun ook saamnooi, anders sal sy te veel treur en almal ongelukkig maak.

"Hy sal nie wil saam nie, Daniel. Hy weet sy lewe lê nog voor. Dink daaraan: Wou jy 'n vrou gehad het toe jy sestien was? Hy sal so 'n bietjie stry, maar dit is net vertoon, want hy weet hy moet haar laat gaan. Hy is ewig te jonk om haar te kry. Hy sal selfs bly voel om vry te wees."

"Ek verstaan dit nie. Liefde is liefde."

"Daniel, weet jy wat jy praat? Weet jy wat liefde is?"

"Ek dink so."

"Ek glo nie. Dit is 'n woord wat ek nie gebruik nie. Jy dink jy weet, omdat jy hier en daar stories gehoor het."

"Ek het al iets gesien van die wêreld."

"Liefde gesien? Wat vertel jy my. Jy het vertel van die see, en van die Ooste, julle wonderlike geheimsinnige Ooste, en van die streng see waarmee julle nooit waag om te speel nie. Julle dink julle weet iets daarvan. Bart het gesê: in die hart van 'n storm het hy God gevind. Die goeie man. En ek het vir jou gevra – onthou jy? Ons het hier voor die herd gesit, ek en jy en Bart, en ek het gevra: Hoe lyk die see en lug by Mauritius met sononder? Jy het gesê dit is 'n hemelse gesig. Hoe gelukkig is julle, Daniel. Julle sien dikwels wat nie vir Moses gegun is nie. Nou wil jy met my oor liefde praat. Ek het net 'n huurhuis met sy herd, hierdie ou skaftafel, die banke, die bakkis, die oonde in die agterwerf. Ek moet my Ooste en my hele oseaan in hierdie huis beleef. Hier het mans oor liefde kom praat. Ek moet leef van wat swerwers hier aanbring. Maar moet ek in stories leef? Daarom het ek altyd gevra: Vertel my asseblief wat julle gesien het? Ek moet die waarheid hoor. Gaan jy nou en soek, en kom vertel my waar jy liefde gesien het."

"Hoe weet jy nie wat liefde is nie? Het jy nooit 'n gevoel vir 'n man gehad nie?"

"Een of twee keer. Drie of vier keer. Partykeer sterker as anders, dit hang af van die man. Heerlike gevoel. Net te selde. Toe ek twee en veertig was, het 'n getroude man van vier en twintig dit laas in my wakker gemaak. Ons het geweet ons kan nie by mekaar bly nie, en ons het dit geniet, maar dit was nie liefde nie. Ek dink: as jy 'n einde kan sien, is dit nie liefde waarna jy kyk nie."

"'n Einde? En watter advies het jy vir my?"

"Gaan soek. Moenie wag dat dit na jou toe kom nie."

"Hoe moet ek begin?"

"Waar is jou verstand, man? Dink jy ek gaan vir 'n man van jou ouderdom uitlê hoe hy 'n meisie behoort aan te klamp?"

"Nee. Want dit is vir jou wat ek wil hê."

"Jy mag dit nie wil hê nie, Daniel. Want dit sal 'n sonde wees. Ek het hier, as ons saam gesit het, verlang om weer jonk te wees, met jou. Ek sou baie gelukkig wees. Maar dit is nie moontlik nie. Ek is vir altyd te oud vir jou."

"Dit maak nie vir my saak nie."

"Dit maak vir my saak. Jy is vol van die krag van die natuur. Ek het dit in jou liggaam gevoel, by hierdie vuur. Jy moet kinders hê. Maar ek is klaar verby die leeftyd. Verstaan jy? Ek gaan jou nie ongelukkig maak nie, want jy het te na aan my hart geword. Gaan soek vir jou 'n vrou van jou eie leeftyd."

Die eerste Sondag het hy by Lang Gert se huis gaan klop, waar hy verwag is. Hulle het die middag deurgebring in die skemer voorkamer. Almal was in hulle Sondagklere. Daar was Sofia en Lang Gert, en Pieternella, maar sy het nie saamgesels nie, haar oë was neergeslaan oor naaldwerk. Daniel was bly om dit te sien, dat hulle nie soos in party huise met gevoude hande sit oor die Sabbat nie. Die seun Pieter was 'n lang, sterkgeboude kêrel van sestien of sewentien. Haar broers Jakobus en Salomon was daar, maar hulle is vroeg buitetoe. Daniel het sy oë oor die meubels laat gaan. Akkerhout in die voorkamer, greinhout in die kombuis. Akkerhout kry jy selde; dit is sekerlik afgesloopte skeepshout. En netjies gemaak, eenvoudig van lyn, deugsaam. Pieternella was bevoorreg om in so 'n huis groot te word. Sy eie hut op die eiland is maar van palmmatte. Lang Gert se oë het syne gevolg, en hom met 'n kyk uitgedaag om oor sy ambag te praat. Lang Gert sal miskien wil weet of hy kan meubels maak, maar hy is 'n kuiper wat met 'n dissel werk, nie 'n skrynwerker met skaaf en beitel nie. Hy het gehoop die man sal dit vir Pieternella duidelik maak.

Sofia het oor Mauritius uitgevra, en hy het vertel van die moeilike lewe onder Hugo. Die eiland lyk soos die paradys, maar in elke paradys kom die duiwel moeilikheid maak.

"Woon daar vryboere? Gesinne met kinders, soos hier?"

"Tien of twaalf gesinne. Ons probeer boer met suiker en patat, en tabak."

"En het julle dorpe?"

"Nee."

Toe begin Lang Gert uitvra oor hout. Daniel was versigtig. Watter meubelhout groei daar, wou Lang Gert weet. Hy het gehoor van die rooi en swart ebbehout. Die nuwe opper het op die Paasskepe aangekom, dit sou Daniel seker verneem het, en hy hoor die man het 'n wonderlike uitvinding saamgebring, juis vir die saag van ebbehout.

"Nee, wat vir 'n ding kan dit wees? Dit is eerste wat ek hoor."

"Pieter hier wil vryboer word as hy klaar is met skool," het Sofia gesê. "Sal die regering hom op die been help, op julle eiland?"

"Nee. Moet liewer nie. Die eiland het te veel sorge."

"Jý doen dit," het die seun met sy pa se uitdagende reguit kyk gesê. "Ek kan ook."

Hy sou kalm bly, het Daniel gedink. "Kom probeer maar. Daar is 'n verskil. Ek het 'n ambag. Bedags boer ek, saans verdien ek my brood."

"Ek kan skoolhou."

"Die kinders woon ver van die Losie af."

"Ek kan in die Kompanjie se diens gaan, as klerk."

"Moontlik, maar hulle kan jou Batavia toe pos." Hy het dit as 'n grap gesê omdat die seun so aandring, maar hy kon die weerstand in sy gemoed nie heeltemal smoor nie, want die seun het stry gesoek.

"Behoort die eiland aan jou? Of is jy 'n soort hoofman?"

"Pieter, skaam jou voor die vreemdeling. Loop uit as jy nie kan gesels nie."

"Nee, boet," het Daniel geantwoord. "Ek woon maar daar. Jy weet mos, jy kan maak wat jy wil."

Lang Gert en Sofia sit daar en takseer hom. Soos ander ouers wonder hulle of hy 'n goeie man vir hulle dogter sal wees, en hulle weet ook presies wat met hulle seun verkeerd is. Hy kon net vir die kind gesê het die see is groot, dan was al sy vrae beantwoord. Dit raak hom nie as die seun ongelukkig voel nie. Hy het sy mus geneem en gesê as Lang Gert en Sofia gewillig is, wil hy graag vir Pieternella nooi om met hom te gaan wandel.

"Goed," het Lang Gert gesê. "Pieternella?"

Sy het na Sofia gekyk, en gewag op haar knik. Toe pak sy haar borduurwerk in 'n mandjie met 'n deksel. "Ek sal vir Salomon vra om saam met ons te loop."

Sofia is saam met haar uit. Daniel en Lang Gert het in stilte gewag tot hulle terugkom. Dit is gebruiklik dat 'n familielid of twee op tou gesit word as jy met 'n dogter gaan wandel, maar wat hom betref, hoe minder daar was wat moet saampraat, hoe beter. Dit was vir Pieternella wat hy moes leer ken. Pieter het daar gesit en wag om genooi te word, maar hy sou hom nie vra nie.

Hulle het daardie eerste keer agter die Kompanjie se tuin om gestap na die see anderkant die mathuise by die Duintjies. Die dorp het geslaap. Daniel het vir die kinders gevra om hom die Kaap te wys. Wie se mooi huis is dit daardie? Watter wrak lê daar teen die strand? Kan jy hierdie bessies eet? Hy het die gevoel gehad dat hy, 'n oorlammer, met twee skoolkinders buite stap. Dat hulle arm weeskinders was, het hom nie geraak nie. Hy het self geen status gehad nie en het nooit daarna gesoek nie – agterskip of vooronder was eners vir hom – maar hy het geweet daar was ander wat om die dood vóór in die kerk moet sit. Die kinders, besluit hy later in die dag, was aangename geselskap; hulle kon hom sê van die huise, die wrak, die name van elke blom en elke bossie. Salomon was 'n opgewekte geselser, en het soos 'n seur geloop met 'n wandelstokkie van dun rottang. Eers was dit netjies onder die arm, maar later het hy daarmee na grashalms geslaan en na bosse. Toe het Pieternella dit by hom geneem en in haar hand gedra.

Daar was 'n begraafplaas vir slawe op die rand van die dorp. Hy wou verbygaan, maar sy en Salomon het by die ringmuur ingegaan en na 'n ou graf geloop en die kopsteen wat omgeval het, opgetel.

"Wie se graf is hier?"

"Jan Vos. Hy het ons grootgemaak."

Hy het hulle gehelp om die kopsteen met klippe te stut, en die randstene weer reguit gelê en die voetsteen met groot klippe vasgepak. Daar was geen naam of teken op die kopsteen nie.

Agter die Duintjies was 'n *kampong* van twintig of meer matjieshuise, en 'n paar kookskerms waaruit hier en daar rook trek. Buite het Koina in die winterson gesit en luise vang. Dis Koina wat in die dorp werk, het Pieternella gesê. Hulle het nie 'n hoofman of beeste nie, en hulle maak nie hulle huise in 'n kring nie, en elkeen is hier sy eie baas. 'n Maer hond het sy bek oopgemaak teen die verbygangers, en 'n ou vrou het die hond stil geskree. Salomon het vir haar iets in haar taal geroep, en toe sy van haar mat af opstaan en na hulle kyk, het Pieternella na haar gegaan om met haar te praat. Daniel en Salomon het in die paadjie gewag.

"Ken Pieternella haar?"

"Ja, ek dink sy is nog familie van ons. 'n Tante of 'n niggie van oorlede Ma."

Daniel het die twee vroue op die afstand vergelyk. Die jonge was soos jy elke dag in Batavia sien: 'n halfbloeddogter, Hollands geklee, gedoop en geskool, en by party wat reken hulle kan 'n verskil in bedmaats uitken, meer gewild as die volslag. Maar die ou vrou was van die Kaap. Hy het die More van die noorde gesien en die swartes wat op Afrika se koorskus as slawe verkoop word, maar die Kaap se mense het 'n besondere voorkoms. Tog, hy kon nie sien dat hulle na familie lyk nie.

"Hoe ouer sy word," het Salomon gesê, "hoe leliker word sy."

"My ou tantes ook. Verstaan jy wat hulle praat?"

"Nee, hulle praat te vinnig."

Toe Pieternella terugkom, het Daniel probeer uitvind hoe sy die taal geleer het, maar sy het net gesê: Toe ek klein was. En dit was Salomon wat vertel het dat hulle soms by Koina gewoon het en dat hulle Ma in haar laaste jare met hulle niks as Koina wou praat nie.

'n Pad het afgedraai na die galg toe. Daar was 'n witgekalkte muur om die galg, met 'n hekkie wat met 'n ketting en slot toegemaak is. Die kampie was toegerank onder krytwit blomme. Dit is die dood se tuin, het Salomon vertel. Net die fiskaal en die geweldigers mag daar in.

Hulle het agter die galg om geloop, nooit ver van die see af nie, en met die donker eiland soos 'n vaal streep op die horison, tot by 'n groot blink vlei waar seemeeue en wilde-eende deurmekaar swem. Beestroppe het in die lang gras gelê, en herders het twee, drie saam gesit en rook. Salomon het gereken hy herken oom Lang Gert se melkkoei, maar daar was 'n vreemde herder by. Pieternella moes hom belet om klippe na die voëls te gooi, en het dadelik saam met hom op die wal neergesak om hulle skoene en kouse uit te trek. Sy het haar rok tot by haar knieë opgetel en eerste in die water geloop. Salomon het eenkant toe geloop, agter die eende aan. Daniel het op die wal bly sit, en na die vorm van haar been en enkel gekyk. Mooi, soos hy verwag het.

Sy het voor hom kom staan. "Is op Mauritius sulke vleie?"

"Ja."

"Gooi julle die voëls met klippe?"

"Ons vang met nette."

"Loop julle in die water daar?"

Toe hy die glimlag op haar gesig sien, het hy sy skoene en kouse uitgetrek, sy broek oor sy knieë opgerol en na haar toe gegaan. "Ons woon in die water. Jy sal sien."

Hy het langs haar geloop tot die water te diep vir haar geword het, en hulle het verder kuitdiep langs mekaar geloop terwyl hy haar vertel van die lou, blougroen binnewater by Suidooshawe, waar jy met laaggety tot by die rif kan gaan, 'n uur en 'n half ver, soms halflyf en soms nekdiep tussen koraal en gekleurde visse deur. Groot visse, so mak hulle kyk jou skaars aan.

Toe hulle laatmiddag huis toe gaan en die Buitegrag se sloot, wat in die voorwinter droog lê, moes oor om weer in die dorp te kom, het hy sy hand uitgehou om haar oor die sloot te help, maar sy het verby sy hand gekyk en self oorgeklouter, agter haar broer aan.

Goewerneur Bax het 'n bode met 'n brief gestuur om vir Daniel en Bart te ontbied.

"Hond se gal, maat," het Bart verontrus gesê. "Wat wil hy nou met ons? Ons moet môre 'n vol dag se vis aan die weduwee lewer." Maar hulle het gegaan om te hoor wat dit was, en sou hulle monde bewaak en hulle ore oophou. Dit sou iets te doen hê met die eiland. Help jy vandag die heerskap, help hy miskien môre vir jou.

Dit was hoogwater toe hulle aankom, netjies met hulle skoene en kouse op 'n weeksdag, en 'n springgety was amper teen die Kasteel se muur en gevaarlik na aan die seepoort. "Ons staan vanmiddag die goewerneur te woord," het Bart vernaam by die poort aangekondig. "Laat ons maar binnekant wag, vriend. Ons skoene word nat hier." Hulle het die nuwe vesting binnegestap, en gestaan en kyk terwyl iemand 'n antwoord van die goewerneur gaan vra. Daar was 'n miernes van mense teen die mure: steenhouers, draers, oppers, messelaars en base op die steiers, kruiers oor die binnehof, soldate op die kantele, en in 'n vat aan 'n mas op die seebastion 'n vent met 'n verkyker wat die reede verken.

Dit was die heer met die mooi vrou op die baarskip, hy was by Bax agter die tafel. Die goewerneur het hulle aan seur Lamotius voorgestel, en hulle stoele aangebied. Hy neem aan hulle wil nog saam terug, Mauritius toe? het die goewerneur gevra. Seur Lamotius word die eiland se nuwe opperhoof en vertoef 'n paar weke hier om vertroud te raak met die sake van die Kaap en Mauritius.

Hulle het met die musse op die skoot gesit en wag. Die seur was jonk onder sy gekartelde wit pruik, met 'n glimlag om 'n wye mond, en die blas vel en donker oë wat op 'n Franse voorsaat dui. Hy lyk na 'n vriendelike kêrel en het 'n goeie handdruk, het Daniel gedink, maar effens aan die jong kant. In sy gedagte het hy die seur vergelyk met die massiewe Hugo wat, soos 'n kapersloep met 'n gelaaide kanon in die boeg, nooit sonder 'n dreigement op sy tong loop nie. Hoe kan dié vriendelike jong man hulle red?

Lamotius wou van hulle verneem van houtkappery. Hy hoor hulle is ervare inwoners, en wil hulle opinie hoor. Opinie hoor is iets anders as advies vra, het Daniel geweet. Nou ja, hoe kan hulle help? Hy en goewerneur Bax wil graag hoor wat die Kompanjie in dié opsig van Mauritius kan verwag, het die seur gesê. Hout was die Kompanjie se enigste hoop vir die eiland, en as die eiland dit nie kan lewer nie, sal die Kompanjie dit sluit en ontruim.

"Sluit en ontruim? En wat van ons, seur?"

"Nee, ek weet nie van julle nie, vriend. Julle sal dan passaat kry vaderland toe, vermoed ek."

"Vaderland toe?" het Daniel en Bart verbaas gesê, en Daniel het voortgegaan: "Die vaderland lê onder water, en die Fransman beset die hoogtes."

"Daar het jy dit dan, vriend," het die seur met sy glimlag gesê. "Ek en julle móét slaag op Mauritius. Ons moet die saak laat werk."

Ek wil nie die eiland laat werk nie, het Daniel gedink. Ek is 'n vryman en stel net belang in my boerdery. As die Kompanjie nie die eiland kan laat werk nie, hoef hulle net pad te gee en ons alleen te laat. Maar hy het die edel heer en die seur vertel van Sven Telleson, van rooi en swart ebbehout, en stinkhout wat, as dit gesaag word, ruik na 'n mens se stoelgang, van die Natte Bos waar net varings groei, van afstande en steil bospaadjies waar mense die een agter die ander moet loop, van Swartrivier se onmoontlike kranse en klowe, van moeilike inhamme en opper Wreede se ongeluk toe die boot in Vuile Bogt omgekeer het, van heer Hugo se strawwe, van orkane. Maar mannekrag, monsieurs, dit is die woord. Dit beteken gesonde jong kêrels, en genoeg van hulle, onder 'n sterk opper. Dit is hoe De Ruyter sy roem behaal het.

Die goewerneur en die seur het hom in kalm stilte aangekyk.

Bart het nog 'n plan gehad. "Hier was in heer Van Riebeeck se tyd vryhoutsaers. Ek weet nie of julle dit nog so het nie, maar ek reken die Kompanjie kan hom 'n klomp aan soldye en rantsoene bespaar as hy die ebbehout deur vrylui laat uithaal en bewerk."

"Waarom nie?" het die seur gevra en na die goewerneur gekyk, maar die goewerneur het dit aan hom teruggegee. "Jy kan so iets aanbeveel ná jy die saak daar oorkant ondersoek het, opper. Die voorreg is hier gestaak omdat die mense sonder toesig werk en meer hout mors en verniel as wat hulle lewer."

Daniel wou verneem van die uitvinding wat die seur saamgebring het, maar dit is nie genoem nie, want miskien is dit 'n geheime saak. Hulle sou dit wel later sien. Lamotius wou weet van hulle landbou, die reënval, natuurlike kosvoorraad, die vryburgers. Hulle twee het nou hier aangekom met klagtes teen hulle opperhoof. Glo hulle die probleem sal verdwyn met heer Hugo se vertrek?

Daniel het geantwoord: "Ons vertrou so, seur."

"So?"

"Wie ken vir môre? Wie weet wat vir jou uitgesit is?"

Toe neem Bax weer die woord. "Dan is hier nog die saak van die aanneming van twee weeskinders."

"Dit is ek en my vrou, edel heer," het Bart gesê.

"Die Raad het die kerk se aanbeveling ontvang, en ek sien dit geniet goedkeuring van die pleegouers, en van ons Beleidsraad. My een bekommernis is dat daar ongelukkigheid onder die Kaapse inboorlinge kan wees omdat ons die kinders uit die land wegstuur. Die kinders is minderjarig en het nie 'n eie keuse nie. Die Hottentotte kan 'n aanspraak op hulle hê; daar kan eie neefs en eie ooms en tantes wees wat volgens ons Nederlandse landswet aanspraak maak. Maar omdat die oudste seun hier agterbly, het die Raad besluit om geen navraag te doen nie en hulle ook nie te laat weet nie. Miskien is daar glad geen beswaar nie. Maar dit sal in julle belang wees om dit nie te veel bekend te laat word nie."

"Goed, edel heer."

"Nou, volgende saak. Ter wille van die kinders het ons ondersoek ingestel na die voornemende pleegouers. Ek het die fiskaal gevra om na te slaan, en hy sê my dat jy, Bart, en jou vrou albei kriminele rekords het."

"Ja, edel heer."

"Ons neem die twee jong kinders weg van 'n ouderling en plaas hulle in julle huis. Is dit verstandig? Ek sê dit hier voor die heer Lamotius, dat hy besef wie in sy kolonie woon en wat daar aangaan. As ek 'n getuigskrif oor jou moet vra, Bart, by wie moet ek vra? By heer Hugo?"

"Edel heer kan my maat Daniel vra. Hier sit hy."

Bax het met 'n ligte glimlag gevra. "Zaaijman?"

"Twee troue stukke, edel heer."

"So. Nou wel, die kinders se papiere word opgestel, en jy en jou vrou moet hier kom teken. Opper Lamotius sal op die eiland verder 'n oog hou en my laat weet hoe dit met hulle gaan. Dit is dan al, voorlopig. Of is daar nog iets wat julle wou weet of sê?"

Daniel het gepraat. "My heer, ons weet hoe die Kompanjie moeite doen vir sy mense, en die burgers van die eiland het my gesê om te vra of dit nie moontlik is om 'n keer 'n predikant in die vaart Batavia toe by ons om te stuur nie. Vir die Nagmaal en die doop."

"Ek sien dit in julle brief. Ek verstaan julle behoefte, en ons Raad sal daaraan aandag gee. Ons sal sien," het Bax gesê en op-

545

gestaan om die onderhoud te beëindig, en Lamotius het beaam: "Inderdaad."

"Daar loop halfwas jongens, ongedoop," het Bart nog gesê, sonder om op te staan.

"Goed. Ons maak die hoeker *Boode* gereed, en julle vertrek teen die einde van hierdie maand. Julle sal seker oor wil werk?"

Bart en Daniel het gesê hulle sal graag werk vir hulle passaat, met 'n breë glimlag afskeid geneem, en in 'n taphuis gaan sit en lag en 'n beker gedrink voor hulle vir Theuntje en vir Barbertjie gaan vertel. Die nuwe opper lyk na 'n goeie ou, het hulle besluit. Het jy gehoor hoe sê hy sluit en ontruim? Net so: sluit en ontruim. Hy was nog nie eens daar nie en hy praat nou al van sluit. "Eendag," vertel Daniel vir Bart, "sê 'n seeskilpad se dop vir die seeskilpad wat daarin woon: ek gaan sluit en ontruim." Hulle het gelag, en bekers geklink. Hulle gaan huis toe, hulle enigste huis, en daar kom weer lekker dae. Ruk seil by, en fok voor die boeg.

As die weer dit toelaat, het hy en Bart 'n vol dag vis gevang, ter wille van die kontant wat hulle direk weer moes omsit in kruideniersgoed. Daniel het 'n paar stukke gereedskap gekoop, 'n paar stukke klere, 'n rol wit seildoek. Die kerkraad het vir Lang Gert laat weet dat Bart en Theuntje die voogdyskap van die kinders van hulle oorneem. Die kinders het hulle in daardie laaste weke dikwels besoek, en Bart het vir hulle klere en skoene laat maak, en vir hom en sy vrou gekoop wat hulle moes hê, met die kinders in gedagte. Wie weet wanneer kom hulle weer in Batavia of in die Kaap? Medisyne moes hulle hê, growwe stof vir matrasse en kussings, fyner goed vir klere, ekstras vir die reis, soos kaas, wyn, 'n paar slope beskuit, en verder inkpoeier, pluime en papier, leie en griffels vir die kinders se skool, tabak vir rook en pruim, gegeurde snuiftabak, kouse, tafelgoed, skêre, naaldekokertjies en vingerhoedjies vir naaldwerk, Bulaeus se *Huispostillen*, honderde vaam vislyn, platlood, tuinsaad, en 'n skeermes, strop en kwas met die gedagte dat Salomon dit eendag sal nodig kry. Dekens is net nodig vir die seereis, maar daarna nie weer nie, is Sofia deur Theuntje verseker. Lakens moet jy hê – jy moet iets hê om jou mee toe te trek van die muskiete daar gekom het – maar dekens is nie nodig nie. Maar dit kon Sofia skaars glo.

Daniel en Bart het agter Dasseneiland vis gevang toe die hoeker *Boode* verbyloop Saldanhabaai toe om gekreng te word vir bodemskraap, brand en kalfaat. En 'n week later was hulle op daardie selfde reede toe hy van agter af aangelaveer kom Kaap toe, en Bart maak of hy skrik en sê: "Hond se harige halsband, maat. Ek dog dis 'n statejag, met die Prins self aan boord." Die hoeker was netjies vermaak, sy verfwerk het geblink, sy staande tuig was vars geteer en soos babas in windsels gedraai. In die oog was hy vaardig vir die lang loop, Mauritius toe. 'n Wit wimpel aan die voorsteug wil jou wysmaak hy is onder kommissie, met sy seepas geskryf en klaar in die skipper se kis. Maar hy was dit nie, dié weet hulle. Bart het 'n skril fluit agter die hoeker aan gestuur, hoog en laag, soos 'n matroos vir 'n straatvrou.

"Geverfde hoer van Babilon."

"Ja. Sy volk werk flink, sien ek. Ons weet nie van sy offisiere nie."

"Maar ek en jy, maat, ons sal nie in hulle pad kom nie."

Hulle sou uitvind: die hoeker se volk werk onder die bootsman se tou, baar en oorlams, en almal kom in die bootsman se pad, en in die pad van sy tou.

Daniel het nog die twee oorblywende Sondagmiddae ná kerk met Pieternella gaan wandel. Kobus en Salomon was albei kere saam. Die eerste keer wou Pieternella teen die Tafelbaaise strand af loop, voor die Kasteel verby na die riviermond toe. Die see was laag en die sand hard. Die kinders het hulle skoene en kouse in die hand gedra. Salomon was langs die onderste hoogwaterlyn om te kyk wat laaskeer uitgespoel het. Hy het skulpe en dinge opgetel en aangedra om te wys, of geroep dat hulle moet kom kyk, en met Pieternel se wandelstokkie sy naam groot in die nat sand geskryf. Pieternella het lang ente alleen in die vlak water geloop, maar Kobus was meesal effens agter Daniel, stil in sy skaduwee, en as hy iets sê, het Daniel dit gewoonlik nie gehoor nie of nie geweet waarvan hy praat nie. Regoor hulle teen die agtergrond van die Leeuwenbil het die drie baarskepe en 'n hoeker onder kaal sparre gelê met die boegpale teen 'n noordewind ge-draai. Daniel het elkeen geken, hy was daagliks daar langsaan met vis, maar hy het hom dom gehou en gesê hy wonder wat hulle name is. Pieternella het die hoeker *Boode* uitgewys, en Salo-mon het die baarskepe geken: *Huis te Velsen, Sumatra, Westeramstel.*

Hy het hulle uitgevra na die fortifikasies tussen die duine, soos hulle verbyloop. Salomon kon sê: Hierdie is Houte Wam-buis. Kompleet soos 'n onderhemp, platgestryk. Hoeveel kanon-ne? Daardie is Santhoop. Dáár is Duinhoop, dáár die Uitkyk. Hoeveel kanonne? vra hy. Salomon kon elke keer sê.

By die riviermond was vroeër Bart en Theuntje se ou huis. Hier staan een van sy krom stellasiehoute nog, vasgegroei in 'n bos, maar die huis is afgebreek en weggedra. Hier was die krap-blok langs die vishuis se deur. Kyk, hier is 'n dik kors visskubbe, vasgekoek in die sand. Hier was hulle tuin. Theuntje het Holland-se blomme gehad. Kyk, hier in die lang gras staan nog een. Pieternella het dit vir Daniel gewys.

"Dit is Theuntje se blomme. Hulle is hier weg toe ek klein was."

"Jy kan dit pluk en vir haar gaan wys."

"Nee. Ek pluk nie 'n blom van 'n graf nie."

"Jy moet van nou af sê óóm Bart," het Kobus vermaan. "Hy gaan nou jou pa wees." Maar toe hulle daar wegloop, het Kobus met die blom in sy hand agter hulle geloop. "Vir ta' Theuntje mos," het hy gesê toe sy na hom kyk. Maar sy het gesê die saad moes in die grond gegaan het. Nou is dit vir altyd dood.

Daar by die vlei het sy vir Daniel gewys waar die vryboere van die Liesbeeckvallei se huise staan. In die verte kon hulle bees-te in die rivier sien wei.

"Is hier nog Hottentotte hier rond?"

"Nee, nie meer hier nie. Net daar by die Tygerberg, en by die blou berg daar ver. Hierdie riviermond is net vir die Kompanjie se beeste, en die Liesbeeck is vir die vryboere." Agter hulle het die twee seuns klippe na voëls gegooi. Daniel het na die ver bergreeks in die ooste gekyk en in sy gedagte geskat dat die hele Mauritius miskien tussen hier en daardie berge sal inpas. In daardie rigting, en nog verder oos, is miskien nog grond te kry, as die eiland ge-sluit en ontruim moet word.

Hulle het met veepaadjies deur die veld gedwaal, tot hulle by die Kompanjie se wapad kom en is daarmee verder Kasteel toe. Pieternella het hom uitgevra oor Mauritius, oor leeus en slange. In hierdie pad is al mense en diere deur leeus gevang. Almal dra gewere as hulle hier ry. Sy is nie bang nie, het sy gesê en met 'n mooi glimlag opgekyk, maar hulle moet versigtig wees. Salomon het hulle verseker: as 'n leeu storm, moet jy stilstaan en hom vas in die oë kyk, jy moet nooit hardloop nie.

"Ek hoop ek sal onthou."

'n Ander keer gaan stap hulle langs die strand, en toe hulle tuis kom by Lang Gert se deur, dink Daniel aan iets en vra vir Salomon: "Nou waar is jou rottang met die silwerknop vandag, maat?"

"Dit was Pieternella s'n. Kobus het dit gebreek."

"Ek sal dit regmaak," het hy aangebied. Maar sy het geweier, met 'n beslistheid wat hom gewys het sy wou dit nie hê nie. Sy sal die silwerwerk seker bewaar. En hy het opgemerk dat sy in daardie weiering hom die eerste keer op sy naam genoem het, en net daarna weer.

"Dankie, Daniel. Dit was 'n aangename wandeling."

"Die geselskap het dit gemaak. Volgende Sondag weer?"

Sy het ernstig geknik en gegroet en die seuns met haar binnetoe geroep.

Toe die vertrekdatum bepaal is en op straat bekend word, het Daniel en Bart 'n laaste keer die skuit vol vis gevang, en met die weduwee afgereken en van hulle deel aan vriende gegee, aan Barbertjie en aan Sofia en Lang Gert, en aan die heer van die kerkraad. Daarna het hulle die orige verkoop en drie dae geneem om die skuit binne uit te was en buite te skraap en te brand en effens te kalfaat, die seil te lap en gate in die net te stop, en twee geskaafde plekke uit die ankertou te sny en weer aan te splits. Toe het hulle die skuit by die sewe ander in die vlak water van Roggebaai gaan anker, haar vier spane met agt dolpenne en leeremmer op die weduwee se stoep gaan neersit, en aangeklop. Sy het hulle waarborggeld teruggegee en hulle kontrak opgeskeur, en hulle het haar bedank en gegroet.

Barbertjie het die laaste aand na Daniel toe gekom met 'n swaar, ou Bybel. Verslete rande van los bladsye het uitgesteek, die rug was deurgevou, die blaarpatroontjies van die silwer-hoekbeslag en skarniere was glad en dun geslyt.

"Het jy 'n Bybel?"

"Net my Testament."

"Neem dié met jou saam. En skryf af en toe vir my 'n paar reëls."

"Wat nou van jou?"

"Jy weet mos. Noudat ek sien jy en Pieternella kan klaarkom, laat ek julle met 'n bly hart gaan."

"Miskien wil sy my op die ou end nie hê nie."

"As sy so besluit, was jy self die oorsaak gewees."

"Sy is nog 'n kind, onseker, en onkundig."

"Wat kind aan haar is, sal sy ontgroei. Jy sal geduldig moet wees, en haar help om volwasse te word. Gee haar die kans om haar jeug ook te geniet." Sy het Daniel se twee hande geneem om vas te hou. "Gee leiding deur jou voorbeeld, anders nie. Dit is my ervaring. Alles anders kom deur toeval."

"Ek verstaan nie."

"Die lewe is gou verby. Dink daaraan. Help haar die kort tydjie geniet."

"Nou maar, wat kan ek anders doen as om met my sweet ons brood te verdien?"

Sy het haar arms om hom gesit. "Jy sal nooit baas oor haar speel nie, Daniel. En jy gaan haar help om te kry wat sy vir jou vra. En jy sal baie met haar lag. En jy sal haar nie afsonder van mense om enige rede nie. Belowe dit vir my. As ek jou woord hieroor het, is ek gerus."

Hy het die Bybel in sy klere toegedraai en in sy seekis gesit, en toe hulle op see is, het hy 'n oortreksel van wit seildoek daarvoor gemaak, sodat jy dit kan oopmaak of toemaak met die oortreksel daarom. Wanneer hy dit oopmaak, het hy vir Barbara Geens onthou en die weldaad wat sy aan hom gedoen het, en soms het hy net haar goudrooi kop met bleek vel en heldergroen oë in sy gedagte gesien, en haar stem onthou.

Van vroeg die oggend is die trommel in die strate geslaan om die skeepsvolk in te roep. Jy kon sien vir watter skip dit was; dit was die een met die vlag aan die voorsteng, wat sy voormarsseil laat hang. Dit was *Boode*, die hoeker. Daniel en Bart het tot die laaste gewag, en hulle kiste en Theuntje en die twee kinders s'n deur Hottentotte laat kaai toe dra, en by die tou waar die landsvolk moet omdraai, daarvoor betaal. Daar het die soldaat met die brandyster en rooi komfoor die Kompanjie se tjap op elke kis gebrand soos dit aangedra word. Daar het hulle vir Lang Gert en sy vrou en seun en vir Kobus gegroet, en vir Barbertjie. Daniel het van die steier in die boot geklim om hulle bagasie te vat. Hy het uitgesien na die reis, maar daar was ander wat daarvoor bang was, of met hartseer afskeid geneem het, en hy wou nie by wees nie. In die landsboot het hy vir Pieternella gesê: "Van nou af is dit see tot ons tuis kom. Moenie bekommerd wees nie."

Aan boord van die hoeker het hy en Bart vir Theuntje en die kinders in hulle akkommodasie gehelp, hulle eie kiste in die vooronder besorg, en toe by die skipper aangemeld. Hulle is vrylui van Mauritius, het hulle gesê, Daniel Zaaijman en Bart Borms. Hulle is aangeteken om vir hulle passaat oor te werk. Die skipper het in sy monsterrol gekyk: Zaaijman en Borms. Hulle moet by die bootsman aanmeld.

Die bootsman was 'n snuiter met skaars baard en lang, vuil hare, en verlief op sy entjie tou. Dit was 'n geteerde halfduim-sisal van twee el lank; die verste punt was 'n palm breed teruggesplits, die naaste punt was 'n oog ingesplits wat styf om sy regterpols pas – 'n egalige, netjiese stuk werk. Dit het gelyk of die kêrel slaap met die ding. Sy gesig was getatoeëer met swart krulle om die oë en oor die wange, en in elke oor was 'n ring met 'n groter ring daaraan. Sy naam was Lubbert Fransz, bootsman. Hy het vir Daniel gesê, sonder om te groet: "Vir jou sien ek in die voormars." En vir Bart: "Besaan."

"Bootsman," het hulle geantwoord.

"Op daar." Hy het met sy kop beduie, en die dubbele tou lig teen sy broekspyp geslaan. Hulle is teen die wante uit na hulle diensplekke ("Miskien wil die man sien of ons die mas kan op."), het uitgeskuif op die voettou onder die ra tot by die verste punt toe hy wyd beduie ("Nou wil hy sien of ons bang is.") en het daar met hulle kaal voete op die tou gestaan en wag terwyl die bootsman met iemand aan dek praat, en daarna onder die kampanje inbuk en nie weer uitkom nie. Daniel het vir Bart beduie, terug na die mas toe. Hulle het dek toe gedaal, en met die maats langs die verskansing gemeng.

"Wie het julle ondertoe beveel?" het die bootsman kom vra. "Waar ek jou staanmaak, oom, daar staan jy," het hy vir Daniel gesê. En daarna: "Het jy my gehoor, oom?"

"Ja, bootsman."

"Nou maar godsverdomp, oom. Moenie my tyd mors nie." Toe soek hy vir Bart. "Oupa. Dieselfde. Het jy my mooi gehoor?"

"Ja, bootsman."

Agter hom was die maats se gesigte, wagtend, ry op ry soos in 'n komediehuis.

Die laaste landsboot van die aand het die fiskaal en 'n geweldiger op die agterbank gehad, en 'n paar vrouens en kinders en 'n dik man bo-op hulle bagasie in die ruim. Die bejaarde fiskaal, skryfgoed onder die arm, het eerste oor die valreep gekom en reguit na die kampanje toe geloop asof hy die pad gewys is, en daar ingegaan. Toe kom 'n jong vrou teen die valreep uit met twee dogtertjies agter haar, daarna die dik man met beenkettings aan, en terwyl uit die boot hard geroep word vir 'n stoel, is die kiste en bondels stuk-stuk boontoe gegee. Die stoel is uit die voorra in die boot neergelaat om 'n gesette vrou aan boord te hys.

Van die agterdek af het 'n kwartiermeester geloop en geskree en die hele tyd met sy handspaak teen hout gekletter: "Overal, monster voor die grootmas!" en voor in die boeg het hy omgedraai en teruggekom: "Overal, monster voor die grootmas! Overal, monster voor die grootmas!" Sy laaste hou was teen die kajuit-

552

deur. Die fiskaal en die skipper het by die kampanjedeur uit ge-
buk, die trappie na die kampanje geklim, en agter die reling inge-
skuif van waar hulle op die mense in die kuil kon kyk. Ná hulle
het Theuntje en die kinders aan dek gekom. Daniel het hulle na
hom toe gewink, waar matrose en passasiers agter die grootmas
saamdrom. In die skuins lig van vroeë sononder het hulle opge-
kyk na hulle skipper asof hy 'n preek gaan lees. Toe al die gesigte
boontoe gekeer was, het die fiskaal vir sy geweldiger iets met sy
hand beduie, en die geweldiger het met 'n knuppel in sy vuis op
'n sorgvuldige soektog deur die vooronder, die voorpiek en die
hel, die agterskip, die oorloopdek en die ruim, na smokkelgoed
en verstekelinge gaan soek.

Die skipper het sy papier gevou, en 'n paar maal vir die veer-
tig, vyftig gesigte geknik voor hy begin praat. "Johan Bax ge-
naamd Van Herenthals, goewerneur aan Kaap de Goede Hoop en
bybehorende domeine, insluitend die eiland Mauritius, gee hier-
toe order en gelas dat die hoeker *Boode* in diens en ten behoewe
van die Verenigde Oos-Indiese Kompanjie, hiervandaan na der-
waarts loop met bemanning, passasiers, provisie en vrag soos be-
skryf in die ondertekende en aangehegte rol van persone, bagasie
en vrag, onder gesag van die skipper August Wobma en mindere
offisiere, aan wie daartoe behoorlik gesag en magtiging verleen is
volgens die algemene Artikelbrief uitgereik deur die Here State-
Generaal, geteken en gedateer ..."

Hy lees voort. Hy sê dit deels uit sy geheue, want seekom-
missies verskil van mekaar maar ten opsigte van enkele name,
datums en getalle, en hy sien hoe hulle aandag van hom af weg-
gly, na die son oor die namiddagsee, na die dorpie en die reghoe-
kige vaalbruin berg daaragter. Hulle was nog almal van die land,
Tafelberg het nog dynsig bruin oor hulle gehang, hulle klere was
vars, party het nog die reuk van hooi in die krip en die smaak van
botter in die mond onthou. Toe knik hy 'n paar maal vir hulle en
sê: "... en vir dié doel word die uiterste gesag vir die duur van die
reis gesetel in die persoon van Isaac Johannes Lamotius, aange-
wese opperhoof van die buitepos, sonder vermindering van die
rang of status van genoemde skipper." Hy knik weer vir hulle.

Het hulle dit gehoor? Hy sê: "Opper Lamotius en sy gesin kom môre vroeg aan boord. Dit is wanneer ons hiervandaan vertrek. Tot dan is ek eerste in gesag. Gee nou aandag terwyl die heer fiskaal die monsterrol lees."

Die ou fiskaal het met 'n hoë stem begin skreeu, met sy vinger bo-aan die skeepslys.

"August Wobma, skipper."

"Hier."

"Lubbert Fransz, bootsman."

"Hier."

Hy het die rol tot onder uitgelees. So-en-so, kok. Hier! So-en-so, koksmaat. Hier! Elkeen moes antwoord: die bemanning, die betalende passasiers, die twee gevangenes, wat op die name Willem Willemsz van Deventer, banneling, en Maria Tielemans Hendriksz, banneling, geantwoord het. "Dit is mos ta' Maijke?" het Theuntjie vir Bart gevra. Hulle kettings, het die fiskaal nog bygesê, mag nie afgehaal word solank die skip in sig van land is nie, en die beenringe is blywend. Toe hy klaar gelees het, was die geweldiger by, om te fluister dat hy nie wegstekers of smokkelgoed gekry het nie. Laastens wou die fiskaal van die skipper hoor: Is jy tevrede dat jy behoorlik voorsien is van bemanning, seetuig, brandhout, voedsel en drank? En die skipper moes vir sy woord onderaan die bladsy teken.

Lamotius het vroegoggend aan boord gekom, met sy vrou en kind. Die skipper was by die valreep om hulle te verwelkom, met twee kwartiermeesters om die opper in te pyp, en terwyl die skril fluite blaas en die skipper sy buigings maak, het die matrose gekyk, want die opper se dame was 'n mooi jong vrou. 'n Wye hoed was met 'n serp oor haar kop vasgebind, maar daar was bruin krulhare om te sien, 'n fyn vel, groot bruin oë, 'n breë mond. Sy het haar kind, 'n dogtertjie, self op die arm gedra. Die matrose het haar heupe dopgehou toe sy die skipper oor die dek volg, en vir mekaar groot oë gemaak. Die anker moet nou-nou inkom; daar was meer as genoeg wind om hulle die baai en die seegat uit te kry, en hulle was gereed daarvoor. Hulle het aan dek gebly en na haar gekyk.

Bootsman Lubbert het raas-raas van agter af vorentoe gekom: "Is julle niks gewoond nie?" het hy geskreeu. "Klomp bronstige varke!" En met sy entjie tou het hy rondom hom geslaan. Hulle moes gesorg het dat hulle genoeg daarvan kry; dit is nou godsverdomp te laat om te staan en kwyl. Hulle moet lê aan die spil om die anker in te kry.

"Aan die spil!" het hy geskreeu en die naaste maats met sy tou geslaan. "Aan die spil!" Hulle het die hoeker se kabel gekort tot die skip op sy anker staan, en toe het hy die matrose teen die wante uit geslaan om die seile uit te skud soos die skipper daarom roep. Daarna het hy hulle dek toe geskreeu en gevloek om die anker uit die grond te lig, dit aan boord te bring en vas te bind, en die hele tyd het hy na willekeur om hom geslaan. Daniel het die modder aan die anker met 'n nat besem afgeskrop, en twee houe met die tou oor sy rug gekry. Hy het reggestaan met die besemstok en vir die bootsman gesê: "Jou hand nie weer aan my nie, jou verdomde luis."

"Dink wat jy doen, oom. Jy kan gegesel word as jy jou so aanstel."

"Hou jou tou van my af as jy nie hierdie stok in jou opgedruk wil hê nie."

"Het jy my goed gehoor, oom?"

"Ja, bootsman."

Die skipper het sy kommissiewimpel laat hys met vyf kanonskote, en die nuwe Kasteel het hulle afskeid gegee met drie. Die bootsman het al die passasiers uit die pad geskree. Hulle het die hoeker teen 'n noordewind by die baai uit gelaveer; die derde loef het hulle vlak onder Robbeneiland se lykant gebring. Daniel was op die voormarsra en het vir Pieternella en haar broer agter by die verskansing gesien, waar hulle na die eiland wys en wuif asof hulle mense daar op die wal kon herken. Bootsman Lubbert was vlak agter hulle en moes iets vir haar gesê het wat haar laat omkyk, want sy het geskrik en haar hande voor haar mond gedruk. Daniel en drie ander het met hulle gesigte na die boeg oor die ra gehang, en die voormarsseil met hulle hande opgetrek en onder hulle mae oor die ra gevou; hy het albei hande vir die werk nodig

555

gehad en kon nie omkyk na wat daar agter gebeur nie. Hy het sy kop laat sak en sy twee oë op sy werk gehou, en besluit om die saak van bootsman Lubbert ten ene male uit te maak sodra hy aan dek kom.

Toe sy wag verby is, was hulle in die oop see wes van Hout-baai se berg. Die dek was opgeruim, en hulle het met 'n goeie wind onder vol seil en 'n fok voor die boeg geloop. In die vooron-der het hy sy mes vir Bart gegee, en hom gevra om dit vir hom te bewaar tot die einde van hulle reis, en deur die volgende wag het hy aan dek gebly tot hy opper Lamotius agter die mas sien loop het, en toe nader gegaan en gegroet.

"A, Zaaijman. Eindelik is ons op pad."

"Ja, my heer. 'n Behoue vaart, vir u en u dame."

"Dankie. Is jy getroud? Het jy 'n gesin op die eiland?"

"Nee, my heer."

"Ons het 'n hele paar nuwelinge wat saam oorgaan. Jy ken hulle seker. Wie praat vir julle Mauritiusgangers?" As die opper meer ervare was in die gebruike, sou hy gesê het: Wie is die oud-ste onder julle? Daarom kyk hulle na mekaar tot Daniel besluit en sê: "Dit is ek. Ek het kom kla oor heer Hugo se huishouding."

"Ek onthou. Ek hoop dit sal nou beter gaan."

"My heer, ek kom vra dat hierdie bootsman Lubbert se tou van hom weggeneem word. Ek en Bart Borms is jare al vry mense. Ons kan nie sy aanranding verdra nie."

"Dit is redelik. Ja, julle is my burgers. Is jy vry van diens? Kom, ons gaan praat met die skipper. Hy sit by my vrou en klets, en sy voel siekerig."

Skipper Wobma was ontevrede oor Daniel se versoek. Hulle was nog onder die land en die skeepsvolk wil al klaar in sy be-stuur inmeng. Hy sou liewer die skip hier omsit en terugvaar Tafelbaai toe. Hy het Daniel daaraan herinner dat hy aangeteken het om vir sy passaat te werk.

"Ek sal werk, skipper. Jy kan oplet, ek probeer om eerste in die want te wees. Dag of nag, in enige weer. Maar die man se tou is 'n boosheid van die duiwel. Dit probeer my verlei om hom terug te slaan."

"Dit klink vir my redelik, skipper," het Lamotius gesê.

"Ek gaan nie sy tou wegneem nie. Daar is geen skip waar dit nie gebeur nie; die entjie tou is vir flinkheid."

"Skipper," het Lamotius gevra, "beveel asseblief vir Lubbert om sy tou vir bewese luiaards te spaar. Doen dit asseblief."

"Ek sal elke wag roergang neem," het Daniel gesê. "Ek sal stuur. Ek vra dit vir Bart ook. Ek lees die kompas, ek het jare ervaring. En ek is 'n kuiper."

"Vir hoe lank kan jy stuur?" het die skipper gevra. "As jy een wag aan hierdie hoeker se roer was, moet jy drie rus."

"Nie ek nie, skipper. Maar ek moet onder jou bootsman uitkom, anders is ek nie aanspreeklik nie."

Skipper Wobma het geaffronteerd met Daniel gepraat, maar dit was vir Lamotius bedoel. "Julle Mauritiusgangers is klaers, almal van julle. Ek was al tevore daar. Wil gedurig dit hê en dat hê en soos konings leef. Julle is net nooit tevrede nie. Jy is goed gewaarsku, opper, deur wat jy vandag hier sien. Hulle gaan vir jou oorkant grys maak."

"Soos konings?" het Daniel reguit vir die skipper gesê. "Jy is gelukkig as jy 'n koning aan jou kolderstok het, skipper."

Daarna was Daniel elke beurt van sy dienswag, dag of nag, aan die roer, soos hy onderneem het. Soms was Bart saam aan die kolderstok, maar gewoonlik was dit ander kwartiermeesters. Stuurlui was vier uur aan en agt uur van diens, want dit was swaar werk. Die kolderstok was 'n akkerhoutpaal waarom een man nie sy hande kon kry nie. Dit het agter van die roerkop af oor die kampanje gelê tot voor die besaanmas. Aan sy een punt het die oseaan aan die roer gebeur en geruk, aan sy ander punt het twee matrose hom teengehou. Elke deining wat onder die hoeker deur gaan, wou die roer uit hulle hande draai. Die twee roergangers – die see was selde so stil dat een man genoeg was – het daar onder die blote lug in reën of wind aan die paal gebeur om die skip se kop in die kompas te hou soos die skipper dit neergelê het. Soms, in swaar deining, het die see groen oor die agterhek gestort en die roergangers borsdiep in water begrawe.

Op die eerste middag uit die Kaap het die seesiekte die passasiers getref, en dit was drie dae voor Daniel weer vir Pieternella gesien het. In dié tyd het *Boode* ver suid geloop, tot amper veertig grade, daar waar die sterk westewind maand-in, maand-uit waai en die groot westelike stroom onder om die aardbol loop. Dit is waar Wobma sy skip wou hê. Dit was die middel van die seisoen, die winterpassaat het standvastig gewaai, die dae was donker en koud en het aaneen en geniepsig uit die noordweste gereën. Hulle het bedags onder voormars, grootseil en geseisde grootmars geloop met die besaan oor bakboord, en snags net onder geseisde marsseile en besaan. Die koue en reën, soms met hael, het weke lank aangehou. Die seile was nat en die hoeker het getap van wit water as hy uit een deining opstaan, net om weer deur die volgende onder water toegegooi te word. Daardie tyd moes die roergangers met tou om die lyf werk.

Die skipper en bootsman was met dagbreek saam aan dek, en weer teen die middag om sonhoogte te meet en hulle vordering uit te werk. As daar nie 'n son in die lug was nie, het hulle die aandster gepeil, dan was die skipper en bootsman weer saam by die kompas. As daar dae lank nie son of sterre was nie, het hulle die skip vorentoe gedryf om onder die weer uit te kom, en net op die uurglas gereken. 'n Roerganger was die skip se tydhouer ook, hy moes die glas in sy staander omkeer en die klok op die halfuur slaan. Sonder tyd kan 'n offisier nie sy somme maak nie. Daniel het gedink dat skipper Wobma fout sal soek met sy stuurwerk. Die skipper het hom niks gesê nie en selde op die stuurlui se groet geantwoord as hy by die kampanjedeur uitkom. Daarna gaan buk hy oor die kompas om te sien hoe die skip se kop lê, en loop weg na sy plek aan die lykant van die kampanjedek om die horison deur die verkyker te ondersoek. Kolderstok, roer en roergangers was vir 'n skipper werktuie, apparaat om die see te beheer. Dit moes werk, daar was niks aan te groot nie.

Wanneer dit bootsman Lubbert se wagbeurt was, het hy van bakboord na stuurboord geloop, geslaan na dié wat aan die brasse trek, en geskel op die wag wat agter die verskansing skuil teen die haelreën. Hy het nie met Daniel gepraat nie, net die koers gegee soos hy gestuur wil hê. Met Bart wou hy soms gesels asof hulle vriende is.

"So, jy is nou roerganger, oupa. Het jy bang geword vir die ra? Hy slinger gevaarlik baie, nè?" Die *baie* en die *nè* was Oosterse woorde wat hy graag gebruik het as hy wil wys hoe 'n *orang lama* hy is.

"Nee, bootsman." Dit was Bart sy enigste antwoord. Maar hy en Daniel het een nag in stil weer onder die stadig kantelende sterre aan die kolderstok gepraat, en Bart het vertel op sy eerste reis Ooste toe is 'n onderstuurman wat volk met sy tou in die mas op gevolg het, een nag in sy bek getrap en uit die voorbramwant geskop, en geslaan tot hy die donker see in val uit daardie hoogte. Toe was die ander offisiere versigtiger. Maar bootsman Lubbert het weer en weer met Bart kom gesels om vriende te maak, sodat Daniel alleen sal staan en in onguns by hom en by die skipper.

"Waarom dra jy dan twee messe, my oupa?"

"'n Maat het gevra ek moet dit hou. Hy het 'n verskriklike humeur."

"Wie?"

"Bootsman."

'n Roerganger se werk het kompensasie gehad. Hulle twee alleen het aan die begin en einde van 'n wagbeurt 'n muts soet arak gekry teen die vermoeienis en koue.

In die dag, as die weer stil is, het Pieternella, of Theuntje, of die opper en sy vrou, soms 'n uurtjie agter die grootmas gewandel. Daniel het hulle vriendelike groete gewaardeer; hulle was mense uit die warm kwartier van die kajuit, maar hy kon nie met hulle gesels nie. Skipper of bootsman was daar by die kompas, en hy wou nie 'n dwars woord van hulle verdien nie. Wanneer sy wagbuurt verby was, het hy sy kos geëet, gewoonlik koud in gestolde wit vet, en hom toegedraai in sy klam kombers, en ver uit die pad in die druppende vooronder op die dek gaan lê om te slaap.

Hy het sy nuus uit die kajuit van Bart gehoor, en sy boodskappe met Bart gestuur. "Vra vir Theuntje watter akkommodasie hulle het." 'n Halwe dag later hoor hy: "Nee, goed. Theuntje en

Pieternella het die konstabelskamer, en Tielemans Maijke en die bandiet se vrou en kinders lê by hulle op die dek. Die ou vrou raas en vloek glo vreeslik, en sy maak dit onaangenaam vir die bandiet se vrou. Noem haar die hele tyd 'n slet en so. Salomon lê by die skipper se kneggie. Die nuwe opper en sy twee het die skipperskajuit, so skipper en bootsman moet saam maak. By die hond, daar is twee voëls van een veer."

Dan wil Daniel hoor: "Hoe gaan dit met Pieternella?"

"Jy kan mos sien dit gaan goed met haar."

"Sê vir haar, Bart, sy moet nooit alleen loop nie. Sy moet snags pasop in die kajuit, en haar deur vasmaak. En sy moet onthou: geen vrouens vóór die voormas nie."

"Ek sal sê."

"Hoor so effens by Theuntje, of sy dink Pieternella sal met my trou."

"Wat is met jou verkeerd? Jy moet tog eers die kind wys maak." Maar drie dae later hoor hy: Theuntje sê sy sal self eers oor die saak dink.

Dan was daar die bandiet Willem Willemsz, vir wie hulle sê die Lierman. Hy was dik geswel van water; die bootsman het hom Varkgesig genoem omdat sy kieste so rond was en sy twee oë tot splete toegeswel in sy gesig. Die ring om sy been was weggesink in sy vleis. Hy was te swaar om in die want te gaan, en die skipper het hom daarvan verskoon, maar die bootsman het hom met sy tou betaal. Die skipper het hom laat kalfaatpluis pluk; sy twee arms was tot by die elmboë geteer, en hy het op sy dik knieë oor die dek gekruip en nate gekalfaat soos hy gaan. En omdat hy so geswel was, het hy hope wind gelaat, en die maats wat naaste was, het gesorg dat hy geskop word. So is hy omtrent van een land tot die ander oor die see geskop.

Toe die sonhoogte eendag op middaguur sê hulle is genoeg suid, het skipper Wobma 'n koers oos aangelê en meer seil laat byruk, en die hoeker het uit sy spoor weggespring soos 'n esel wat jy in sy agterent skop. Hy was reg in die groot westelike stroom, wat hom gedra het soos 'n droë blaar in 'n meulsloot; daar was groen see voor en 'n lieflike fris westewind in die seile agter. Die hoeker het geloop dat jy sy kielwater hoor borrel asof dit kook, en ver agter oor die wit spoor van sy vaarwater het 'n albatros kom hang. Daardie voël het op een plek bly hang asof hy daar teen die lug geplak was. Dit moes goeie geluk beteken, maar dit was nie, want daardie tyd is die brandhout nat geslaan deur 'n oop luik en hulle moes twee dae lank koue goed eet, en die watervate het begin rol in die ruim en duie laat spring, sodat drinkwater verlore gegaan het. Dit was deur die agtelosigheid van ontevrede maats; hulle hart was nie in die werk nie.

Daniel het die vaarwater oor sy stuurboordskouer dopgehou. Hy wou 'n reguit wit streep oor die see trek. Daar was dié wat dit opgemerk het, soos die skipper, en Salomon het dit eendag vir Pieternella gewys en gesê, waar seur Lamotius by was om te hoor: "Dit lyk of ons 'n lint oor die see span."

"Die Kompanjie span daagliks honderde sulke linte oor die oseaan," het die opper vir hulle gesê. Maar sy vrou het teenoor Pieternella opgemerk: "Seker nie almal so reguit nie."

Daar was goeie dae aan die roer. In die suidelike halfrond klaar die weer uit die suidweste op. Die lug was vir 'n lang tyd blou; hulle het al die seil uitgehang. Die koers was reg oos. Soggens was die son skuins oor die bakboordboeg, die hele dag was hy oorhoofs aan bakboord, en vroeg smiddags het hy oor die bakboordkwart ondergegaan. Snags was daar kwynend of groeiend stukke maan met sy koel goue streep uit die stuurboordkant. Die lug was koud en oop, die hemel het gekrioel van sterre, en Daniel het die roergangers se lied gebrom elke keer as 'n ster verskiet, om die goeie aan te roep. *"Hier vaar ons, met God verhewe ...",* die hele lang lied.

En van voordag het hulle met 'n môrester voor die boegpaal gehardloop, aanhoudend Ooste toe. Daar was nie einde aan seewater nie, en die skipper se kaart het van geen voorland geweet nie. Nou was daar minder te verander aan die seile; die wag het met sononder seil verkort, en soggens voor sonop is dit uitgeskud, en lopende tuig styfgetrek en weer vasgemaak. Dan het die skip weer sy kop laat sak en dieper vorentoe geploeg, dat sy boeggolf met dowwe slae wit weerskante oor die twee ankers slaan.

561

"Dankie, genadige vader," het Bart gesê, "nou is daardie een wie se bek jy altyd bo die wind kan hoor, darem stiller."

Die skipper het tye laat verander na wagte van agt uur, en vir Daniel eendag gesê: "As jy nie kan volhou nie, moet jy sê, laat ek 'n ander in jou plek sit." En Daniel het hom bedank en sy kop na die wit lyn van sy vaarwater gedraai, dat die skipper sien waarna hy kyk.

Ses weke na hulle uit die Kaap weg is, het die skipper kom sê: "Nou sal ons weet hoe julle hier glas opgepas het." Hy het noord-oos laat wend, en ná tien dae op dié koers waar daar hele dae lank nie son te sien was nie, kon hulle later aan die sterre sien dat hulle weer terug oor die Kaap se hoogte is. Die een dag het daarna soos die ander verbygegaan; soms met 'n flou wind uit die suidooste, en soms met 'n westewind. Die naglug het warmer geword, en daar was minder dae wat die wêreld lyk asof jy deur skoon glas daarna kyk. Op die vyftiende dag het die skipper uitkykers in die voormars en grootmars staangemaak, maar die uitkykers het niks gehad om te vertel nie. Net soms 'n skool walvisse voor hulle, en een of twee maal is die bramseile van skepe uit die noorde agter die horison gesien. Die offisiere het hulle hoogtes gemeet, hulle somme gemaak, en die bemanning se waterrantsoen verminder. Dié wat iets weet, weet dit beteken hulle weet nie waar hulle is nie.

"As ons Mauritius nou misloop, steek ons sommer deur Batavia toe," het Daniel hardop vir sy maat gesê. Hy het 'n emmer aan 'n tou oorboord gegooi, en met sy elmboog die warmte van die seewater gevoel. "Jou botter gaan nog hierdie week smelt, dokter," het hy vir die kok vertel. "Jy kan maar meer sout deur-werk, anders verloor jy alles."

Sewe dae ná die uitkykers in die maste gesit is, het Daniel een voordag, toe die dagster al begin bleek word, in die verte 'n rooi gloed oor bakboord gesien. Hy het dit vir sy maat by die roer gewys. "Ek dink ek ken daardie, maat. Sê vir die bootsman: jy dink jy sien die vuurspuwende berg op Ile Bourbon."

"Ek praat nie graag met hom nie, Daniel. Hy kom dadelik met sy tou op jou aan."

"Dan moet ons skreeu, maat." Hy maak sy hande bak voor sy mond: "Bootsman, daar is 'n lig, dertig grade oor bakboord!"

"Waar?" het Lubbert gevra, en by die kompaskis sy verkyker kom oopskuif. "Wys."

"Dertig grade oor bakboord is min of meer daar," het Daniel gesê, en gewys.

"Donder, hoe soek hy my," het Lubbert gebrom. Toe skreeu hy boontoe. "Mastop. Wat sien jy daar dertig uit na bakboord?"

"Dit sal die dagbreek wees, bootsman."

"Bog," het Daniel gesê. "Jy weet hoe laat die son gaan opkom. Laat weet die skipper, anders moet ons oor 'n week omdraai en hierdie plek kom soek."

"Vir wie beveel jy nou, oom?"

"Ons lê te veel oos en gaan onder Mauritius verbyloop. Skipper sal jou dankbaar wees."

"Dankbaar of nie, ek skuld vir jou 'n pak van die eerste dag af."

"Dek!" het die uitkyker ondertoe geroep. "Dek!"

"Dan moet jy maar begin, bootsman."

"Dek! Ek sien 'n lig daar!"

"Dek jou ouma. Hou jy jou oog daarop asof dit 'n hoer is wat om 'n hoek verdwyn." Toe loop die bootsman vorentoe om 'n matroos te roep. "Gaan klop die skipper op. Hardloop, voor die entjie tou jou optel."

"Ek sou reken," het Daniel hardop vir sy maat gesê, "ons kan solank koers wend en seil maak en gaan kyk wat dit is. Die skipper sal my dankbaar wees."

"In godsnaam, moet hom nie tart nie, Daniel. Waarom soek jy die man?" het die roerganger gefluister.

"Dit is die duiwel in die hel se plan met my, maat. Dit is wat hy van my wil hê. Miskien moet ek gehang word oor dié stuk mensmis."

Met sonop het die skipper sy hoogte gemeet en vir Daniel met 'n verkyker in die mas op gestuur. Hy het kom sê hy reken dit is Bourbon, hy kon die rook van die berg sien. Toe het die skipper somme op die lei gemaak, en hulle koers verlê. Twee dae later het hulle Mauritius gesien. Dit was hoogdag, en die dames en here was aan dek.

"Dek! Oor die boeg, tien na stuurboord. Landswolke."

"Gaan boontoe jy, Zaaijman, en sê wat jy sien."

Hy het in die kruis van die grootmas sy arm in die toue gewoel en sy verkyker teen die mas gestut. Die wolke het oor Pieter Boths Kop gehang. Deur die verkyker was die kop halfpad uit die see en blou onder 'n hemel vol ronde wit wolke. Dit was die huis, Mauritius, sy enigste huis.

"Masstop?"

"Mauritius, skipper. Ek sien die suidwestelike hoek. Pieter Boths Kop."

"Kom aan dek."

"Hoe vaar ons van hier af?" het die skipper hom by die kompaskis gevra. Daniel het onthou die skipper het eenmaal vertel hy was al in hierdie vaarwater. Miskien wou die man 'n laaste keer 'n net gooi om hom te vang.

"Met seil en wind soos nou moet die koers reg oos wees. Sononder sal ons voor die Suidoosgat bring, halwe myl buite die gat."

Sononder het hulle in 'n doodse kalmte voor die seegat gelê. Dit was hoogwater en die skuim het oor die rif gespoel. Die aandlug was diep oranje, en die klowe in die berge donker van skaduwee. Die passasiers was lank reeds teen die verskansing om die land te beskou. 'n Landsboot, met sy gelapte seil slap teen die mas, het reg in die seegat gelê en wieg. 'n Swart man was in die boeg, en sy stuurman het deur 'n roeper vir skipper Wobma vertel om sy bote neer te laat en te beman, dat hulle sy hoeker insleep. Wobma wou stry; hy staan liewer uit see toe en kom môreoggend binne.

"Sien jy nie dis hoogwater nie? Heer Hugo sê jy moet laat insleep, hy stuur nie weer 'n loods nie."

Wobma het sy verkyker vir Daniel gegee en gesê: "Wie is daardie vent? Vermetele hond."

"Dit is Sven, ons loods."

"Dan moet ons maar uitsit. Bootsman, roep albei wagte. Gei alles op, en sit ons bote uit. Dan neem jy een, en kies iemand vir die ander boot, en sleep ons binne. Volg die loodsboot. Zaaijman, jy het die roer." Twee sleeptoue is oor die hoeker se boeg uitgelê. Een wag het seile opgehaal, ingevou, vasgebind; die ander wag het die hoeker se twee bote uitgeswaai en neergelaat. Vir elke boot is twaalf matrose afgetel en na hulle plekke in die bote gestuur. Roeispane is aangegee ondertoe.

Die loodsboot het onder die lykant nader gegly asof daar geen wind in sy seil was nie, en teen die hoeker se romp geraak dat sy swart man aan boord kan spring. Toe lig die loods sy maer, rooi gesig en sien vir Daniel by die kolderstok.

"Skynheilige Hollander." En hy laat weer sy boot in die stroom weggly. Sy swart man is sonder 'n woord vorentoe, tot op die punt van die boegpaal.

So is hulle deur die opening in die rif: die loodsboot voor, dan die twee roeibote met hulle spanne roeiers wat die spane saam uit die see lig, vooroor leun en op die stuurman se roep die lyf agteroor gooi, roeispane inkap, trek, weer die druppende spane lig, vooroor leun en op die stuurman se woord die lyf agteroor gooi, en weer gelyk aan die lang spane lê. Die roeibote kruip soos spinnekoppe oor die gladde water agter die loodsboot, dig, dig teen die eiland op stuurboord verby. Op die hoeker se boegpaal lê die swart man en kyk op die seebodem, en lig 'n arm na stuurboord of na bakboord, soos hy wil hê Daniel moet stuur. So is hulle by Oostergat in.

Opper Lamotius en sy vrou het naby Daniel oor die verskansing geleun, met hulle oë op die donkergroen kus onder die rooi sononderlug. Theuntje en Salomon was langs hulle. Die Lierman se vrou en Maijke Hendriksz het met hulle rug na die land toe gestaan en praat oor slawe. Pieternella het gesien dat Daniel alleen stuur, en met 'n glimlag na die kolderstok toe gekom. Van voor af het die geplas van spane geklink en die stuurlui se roepe om ritme aan die roeiers te gee.

"Gaan ons nog vanaand wal toe?"

Daniel het sag gepraat om nie die skipper se aandag te trek nie. "Dit sal donker wees as ons anker. Nee, ek glo nie die skipper sal vanaand luike oopmaak nie, en sonder ons kiste kan ons nie wal toe nie. Môreoggend, glo ek."

"Dit is warm, vanaand."

"As jy op hierdie eiland gaan bly, sal jy nooit weer koud kry nie."

"Ek is ver van my huis af, Daniel. Ek ken nie ander plekke nie. Wat gaan van my word, en van Salomon?"

Hy was stil solank hy die roerstok na stuurboord stoot soos die *serang* wys, wag tot die skip sy koers kry, en weer die roer reguit maak. Hy moet sy aandag by sy werk hou hier. "Ek sal alles vir jou wys. Kyk, daar lê die Losie, onder daardie ronde klip. Jy sal nou-nou die vlag sien. Daar voor steek die Kompasberg uit, reg voor die boeg. Hy staan in die middel van die eiland, en jy kan kyk, ou Sven lei ons reg op hom af. Die kêrel op die boegspriet noem ons *serang*. Ek sal jou alles gaan wys. Daar lê Lemoenbos-vlakte, waar ons huis staan."

"Ons huis? Het jy 'n gesin hier?"

"Ek bedoel: as jy met my sal trou."

"Gaan jy my vra?"

"Ek vra nou."

Sy het hom nie geantwoord nie. Langs die skip het vier dolfyne uit die water gespring, groen en blou onder en blink bo die water, agter mekaar, om voor die hoeker by die seegat in te gaan. Daniel was weer lank stil, met sy oë op die *serang*.

"Baie goeie geluk vir ons, Pieternella. Die dolfyne."

Hy het die skip in die smal vaarwater gestuur soos die swart man met sy arm en hand wys. Hy het self die kanaal geken, met sy katkoppe en takke van koraalsteen weerskante en 'n sanderige bodem waaroor die getye in- en uitstoot. Koraal groei altyd na sy loefkant toe en is heelwat steiler aan daardie kant. Maar jy sien hom die beste as die son op sy hoogste is, met 'n bietjie bries om die water te kreukel. 'n Rif met 'n halwe vaam water het 'n bruin kleur, een vaam diep is dit vaalgroen, dieper word die water al donkerder, ligblou, diepblou, pers, tot 'n uitkyker in die mas nie meer weet van 'n rif onder die kiel nie. Hier in die skemer, met die see soos 'n donker spieël, het jy 'n man op sy maag op die boeg-paal nodig, en 'n baie goeie hand aan die roer.

Pieternella het haar vingerpunte op die kolderstok gelê asof sy die skip se gewig wou voel. "Ek weet nie wat dit is nie, Daniel. Ek is bang vir trou. Ek is nog te jonk."

"Ons kan mekaar help. Ek sal jou oppas."

"Ek is baie arm. Ek het nie erfgoed of geld nie. En baie min klere."

"Ons sal daardie goed kry. Ons is albei jonk. Ek sal jou nie in die steek laat nie, Pieternel."

"Nou, wanneer moet ek met jou trou?"

"As ons ons kiste uitgepak het?"

"Ek sal by ta' Theuntje hoor." Later sê sy: "Jy sal my een of ander tyd moet soen, Daniel, as ek dit reg verstaan."

Hy het sy hand oor hare op die roerpaal gesit, sodat hulle saam stuur, en vir haar geknik. "Jy verstaan dit reg. Kan jy wag tot die skip geanker en afgetuig is?"

Die hoeker was in die kuil voor die Losie. Met hoogwater is hier ruimte rondom, maar met laagwater omtrent net modder. Daniel het die nag sonder 'n hemp op sy kooigoed gaan lê. Van môreaand af sal die maats buite slaap, met die sterre alleen as dekking. Dit was sy eerste vol nag sonder diens in drie en vyftig dae. Hy was moeg, maar die stilte dwarsdeur die verdonkerde skip, die bedompige hitte van die vooronder en die doodsheid in die beweginglose skip het hom lank gepla, sodat hy tussen droom en wakker gedwaal het. In die skemer warmte het hy na Pieternella verlang. Hy was nog verbaas oor die krag in haar smal hand op die kolderstok, en toe sy hom gegroet het om na Theuntje en Salomon te gaan. Hulle was nou verloof. Hy moes vir haar 'n ring of 'n ander teken gee, dat mense daarvan weet. Die bootsman sal hom kom soek; sy soort rus nie nadat hulle voor skeepsvolk teengegaan is nie. Hulle moet altyd bo wees, oor hulle aansien onder die volk wat hulle graag noem hulle eer. Wat sou van die arme sersant Col geword het?

Hy het gedink daaraan om te gaan swem en miskien deur die nag aan dek te waak. Ná hulle in die poel voor die kaai die ankers agter en voor laat val het, het Sven die loodsboot onder die boegpaal gebring om sy *serang* te haal, en in die verbygaan omgedraai om na Pieternella te kyk. Daar was die opper se vrou langs haar, ouer en mooier, maar Sven het met 'n frons na Pieternella gekyk asof hy dink hy herken familie. Opper Hugo en sy jongste seun het voor donker aan boord gekom en die nuwe opper en sy dame weggeneem, wal toe. Skipper Wobma het nie saamgegaan nie. Dit was 'n genade van bo, anders het die bootsman hom kom soek.

Toe die opper se boot laatnag weer langsaan kom, was Daniel nog wakker, onrustig. Hy het die lantern van die haak geneem om vir Bart te soek, tussen die ander maats wat saamgekoek lê soos ruspes teen 'n boomstam, en sy mes van hom teruggevra.

Die eerste nag aan wal, in sy huis by die Lemoenbos, kon Daniel ook nie slaap nie. Die wêreld het vir hom nog verkeerd gelê: noord was nou effens meer wes as wat hy onthou, sy matras was te sag, hy het gevoel die aarde is 'n dek wat moet rol, maar daar was nie die minste beweging in die grond nie, en die gekwetter van geitjies teen sy mure was anders as die musiek van seewater onder sy kop. Barbara Geens se stem was in sy drome. Die tyd was ook verkeerd. Toe hulle uit die Kaap weg is, het die son amper agtuur opgekom; nou kom dit sesuur op. Hulle moet die horlosie veran- der om nie kop te verloor nie. Tyd, het hy geweet, is iets wat net op horlosies bestaan. As jy nie een het nie, is daar nie tyd nie. 'n Boer bly by die son: hy kyk as sy hoenders gaan slaap, as sy beeste uit die weiding kom om gemelk te word, as sy haan begin kraai. Hy het geen horlosie nie, en hy sal oor 'n dag of twee regkom.

Daar was geen wind nie; die woud agter die huis het vas ge- slaap. Pieternella sal nou net so deurmekaar wees. Sy lê seker ook wakker, meer bekommerd as hy, en luister miskien in die stilte van die warm nag. Waarna? Na die swaar vlerke van vlermuise in die bome, en na die geitjies in die grasdak. Waaraan dink sy? Hier was jare lank nie jong meisies op die eiland nie. Opper Hugo se dogter het amper versteurd geword van eensaamheid, en grys op sewentien, en kyk hoe het Hugo haar en die man behandel. Hy het lank genoeg snags alleen gelê. Hy wil 'n vrou hê, en kinders, en die natuur wil dit vir hom gee. Hy wil mense in sy huis hoor. Daar is dié soos Sven wat bos-in vlug as hulle mense sien, maar

Sven gaan na slavinne toe, of bandiete, wanneer hy die behoefte het. Hy kan nie soos Sven en seur Jongmeyer en ander na slavinne toe nie. As daar 'n kind gebore word, word sy kind in slawerny gebore. Bart het net gesê, toe hy hom vertel dat Pieternella ja gesê het: "Ek is bly vir julle part, maat. Theuntje verloor nou weer die kind." Maar Theuntje het vir Bart, so laat sy tevrede wees.

Dit was oor sy eie behoefte ook dat hy Batavia toe gegaan het, en daar die seeweg Kaap toe gewys is deur oorlede sekretaris Van Riebeeck. Dit was 'n genadige bestiering, want dit is hoe Pieternella nou hier eiland toe gekom het. Hulle het 'n gewoonte, die here, om jou voete op 'n koers te sit en dan agter jou dood te gaan, sodat jy nie later kan gaan soek om hulle daaroor te verwyt nie. Toe hulle gister vir heer Hugo gaan groet het, ná die voorstelling van opper Lamotius, het hy vir Pieternella voorgestel as "my aanstaande", en die heer het gesê: "Ha, kom hier 'n troue. Wanneer vertrek ons, skipper? Niks meer as drie weke nie." Hugo kan wel haastig word, hy wat nie sy dogter wou laat weggaan onder sy oë nie. Nou moet hy Batavia toe om haar te gaan soek. En in Batavia wag die Kaapse briewe vir hom, wat hom aankla, en tussen die briewe is attestate van Zaaijman en Borms en 'n klagskrif van die eiland se burgers en amper die hele garnisoen, en van sersant Col, oor die manier waarop hy met hulle gewerk het. Hy sal wel loskom. Rykes kom altyd los.

Hy het Bart belowe hy sal môre help om 'n kamer aan te bou vir Salomon. En daarna kom Bart hom hier help. Hy sal die huis mooi ruim maak. Die hele dag môre sal bure aangeloop kom om hulle te groet. Hulle sal Bart se arak drink, en die ou sal later moet suikerwater bygooi, want waar kom hulle weer aan voorraad? Hy en Bart het verwag Hugo gaan hulle huise afbrand terwyl hulle weg is, maar hy het dit nie gedoen nie. Die heer het versigtig geword. Waarvoor het hy geskrik? Vir homself, oor wat hy aan sy kind en ander gedoen het?

In die daglig het Daniel na sy suiker en sy tabak gaan kyk. Ses maande lank is dit nooit natgelei nie, en daar het in dié tyd nie veel reën geval nie, sodat die grond soos swart poeier was en die meeste van sy oes verdor. Hy sou dit moes oordoen, van nuuts af aanplant. Sy groente ook, met die pitte en saad wat hy van die Kaap af gebring het. Sy huis, erger as Bart s'n, was deur wind verweer, en iemand het 'n lang stuk heining gesteel. Gelukkig was daar nie dié jaar 'n orkaan nie, maar dit maak die kans sterker dat in hierdie eerste najaar een gaan kom. Toe het hy sy hoed opgesit, en met sy kapmes bos toe geloop om palmtakke te maak.

"Ek kan sien jy slaap nie," het Bart gesê toe Daniel die eerste vrag takke op sy werf kom neergooi. Bart se huis was meesal van ou skeepshout getimmer, en het op plekke nog die rondings van 'n boot gehad. "Jy is 'n vroeë man. Goeie droë goed. Kom, laat die vroumense lê." Hy het 'n velsak en 'n kapmes by sy deur opgetel, en hulle het die voetpad teruggeloop, bos toe. Daardie dag het elkeen nog vyf bondels takke gebring, en op die laaste drie togte was Salomon saam. Bart het hom "skoliertjie" genoem, omdat die kind baie vrae het.

"Het jy sleg geslaap, Pieternella?" het Daniel haar gevra toe hulle een keer onder Bart se skaduweeboom voor sy huis rus.

"Nee, ons het laasnag klere gemaak, tan' Theuntje en ek. En baie gepraat. Ons het 'n kers opgebrand. Toe het ons laat geslaap vanoggend."

"En waaroor praat julle so laat?"

"Gebooie opgee, en so aan. Weet jy daarvan?"

"Ja. Dit beteken ek en jy moet na die Losie toe loop om met die opper te praat."

"Dit is nie al nie. Ons moet drie maal voor die gemeente verskyn."

"Ek is nie bang vir hulle nie. Ek moet nog vir jou 'n pand gee wat uit my hart uit kom."

"Waar kom jy aan die woorde?"

"Êrens gehoor. Lank gelede." Hy sê dit nie vir haar nie, maar Barbertjie Geens se gesig was 'n oomblik in sy gedagte. "Sal jy tevrede wees met 'n mooi groot vis?"

Sy het vir hom gelag, en hy was dankbaar daarvoor. Hy wou haar graag teen hom vashou, maar hy was taai van die sweet. Kuiertyd was ná sononder, ná hy gewas is.

"Tan' Theuntje sê as ons nog op twee Sondae wil voorkom, en

die derde een trou, dan moet ons môre gaan kennis gee, want oor-môre is Sondag. En sy sê sy en Bart sal vir ons 'n gastemaal gee, hier by die huis. Ons moet die mense nooi, en ons moet die musikante bespreek as ons by die Losie is."

Van dié oomblik, van dié woorde af, is Daniel se eie lewe van hom weggeneem. Tevore was daar min anders as sy suiker en sy tabak in sy gedagte, en elke dag was lank, eenvoudig, oop voor hom, syne om te gebruik soos hy wil. Hy kon met sy honde gaan jag, en op enige plek op die eiland kon hy sy geweer neersit en sy klere uittrek om in die binnewater te swem. Hy kon saans by bure gaan klawerjas speel, 'n paar roemers arak drink en 'n paar gulde verwed, en enige uur van die nag huis toe gaan. Net sy honde het geweet of gewonder waar hy is, en as hulle vir hom omgegee het, het hulle dit nie eintlik gewys nie. Van nou af is dit soos wanneer jy skipper word, en jy nie meer al om die vier uur 'n wag het nie, maar al vier en twintig. Jy rus nie weer nie. Solank land in sig is, geen slaap vir die skipper nie. Hy en Bart sou môre gaan hout kap het om die kamer se raamwerk te maak, so het hulle afgespreek, maar dit het nou verander oor die gebooie. Sy lewe moet verander.

En die gevoel het stadig in die maande daarna by hom opgekom, dat hy nie langer skipper-alleen was nie. Daar was 'n tweede hand aan die roer. En asof dit 'n waarskuwing was, het hy begin voel dat hy in 'n stroom gevang is en gesleep word waar hy nie wil gaan nie.

En Pieternel? Hoe was dit vir haar om een dag nog in Sofia se veilige huis te woon, en dan die see oor te steek om op 'n vreemde eiland in Bart se vissershut haar oë oop te maak? Hy vra dit vir haar toe hulle Losie toe loop, vroeg in die oggend.

"Hoe lyk ons wêreld vir jou, Pieternel? Wat dink jy van ons?"

"Ek kan nie soveel nuwe dinge dadelik verstaan nie. Dit is baie mooi. Dit is baie mooi."

"En ons mense?"

"Sover ken ek vir Bart en ta' Theuntje, en vir jou. Maar ek is bly om hier te wees."

"En ek, Pieternella. Ek het die Ooste gesoek, en hier op die paradys afgekom."

"Het jy al slange hier rond gesien?"

"Dié wat op twee bene loop. Soos in ander lande."

Hy het haar na 'n deel van die Lemoenboomsrivier geneem waar dit vlak en breed vloei, en haar opgetel en oor die rivier gedra. Sy het asem opgehou tot hulle anderkant was, en gevra: "Het ons nie gister by 'n brug oorgegaan nie?"

"Ja, maar dit is lekkerder so. Die brug is net om daardie draai. Ek het aan hom help bou, in die tyd van oorlede opper Wreede."

"Is hier nog riviere voor ons?"

"Ja."

"Met 'n brug?"

"Jy kan sê hoe jy dit verkies, met of sonder."

Toe hy haar neersit, wou sy weet: "Is ek te swaar vir jou?"

"Soos 'n stuk lood. Kan jy swem?"

"Gaan jy my laat val?" vra sy. "Daniel, het jy al ooit 'n vrou gesien swem?"

"In die Ooste swem almal. Maar hier gaan jy dalk die eerste wees. Dit is maklik. En op die hele eiland is niks lekkerders nie. Ek gaan wys jou vir Kroonenburg."

Hy het haar die plekname uitgewys soos hulle verbygaan. Hier is Lemoenbosberg. Al langs die rivier groei lemoenbome, wat amper honderd jaar tevore deur Hollanders geplant is. Dit het teen die berghang op versprei. Dié tyd van die jaar is die lemoene ryp, maar die vrylui mag nie eintlik daarvan pluk nie. Dit behoort aan die Kompanjie. Daar aan hulle regterkant, soos hulle loop, lê Visserseiland, die Kalk, Modderbaai. En daar is Kattieseiland en die Juffershoedjie, duskant die poel waar die hoeker gekantel lê. Daarna kom hulle by Rooi Krans en by Franse Kerk waar die eiland se bote uitgesleep word. Agter die Losie is die Sadelberg. Hy wys vir haar waar gesmelte klip swart in die see gestroom het toe dié eiland 'n vuurspuwende berg was. Anderkant die Losie is die groentetuin, en dan Brandende Hoek, die enigste plek in hierdie baai waar branders breek.

Toe hulle naby die Losie kom, sê hy haar om sy arm te neem. "Ons stap saam oor die plein, sodat almal ons kan sien."

Die klerk was heer Hugo se seun. Dit was 'n buitengewoon

mooi jongeling, die gesig moes liewer 'n vrou s'n gewees het. Daniel was bly om hom te sien; mense kry altyd 'n vriendelike woord by hom. Hy het om die tafel gekom om hulle te groet, en gehelp om die lang houtbank vir hulle nader te dra. Ja, hy het Pieternella se papiere van die Kaapse kerk ontvang. En hoe gaan dit in die Kaap? Waai die wind nog so? Sy pa het die plek gevloek omdat sy hoed gedurig wegwaai.

"Nee," het Pieternella ernstig gesê. "Daar is nie eintlik wind nie."

Die jonker het verbaas gekyk. "Die sogenaamde suidoos, al sê my pa dis suidwes? Wel, ek kan u verseker, my pa vloek dikwels oor niks."

"'n Kapenaar dink nie dit is wind nie. Die lug is maar so."

"Ek verstaan. Het julle nou van die Lemoenbos af geloop? Ek wil vir ons iets gaan haal om te drink.Vars lemoensap, die slawe het gister drieduisend uitgepers. Verskoon my 'n oomblik."

Toe hy uit is, fluister Daniel vir haar "Van die ander behandel ons vrylui met minagting en vertoon. Maar bloed tel, dié een is 'n egte heer."

Kom hulle gebooie opgee? vra hy. Hy het so gedink, ja. Almal kan dit van ver af sien. Hy het geweet wat hulle name is, en die besonderhede van hulle gebooie met 'n fyn hand vir hulle aan-geteken. Dit sal Sondag ná die kerkdiens afgekondig word. Dit kos vier gulde, maar as hulle dit nie het nie, kan hulle dit maar later bring. En wat dink die jong dame van hierdie eiland? Toe hulle weer buite staan, hoor hulle 'n geweldige stem in die kan-toor skreeu: "Die kantoor is nie 'n verdomde taphuis nie."

"Sy pa," het Daniel gesê. "Die seun is 'n groot teleurstelling vir hom. Maar kyk net so 'n handskrif, Pieternel. Dit lyk of dit by 'n boekdrukker gemaak is."

By die uitgang van die plein het die twee wagte hulle pieke laat sak en die pad versper. *"Tabetje,"* het hulle gevra, en ge-grynslag. Hulle wou 'n paar gulde hê of 'n soen van die aanstaande bruid. Pieternel het die gewoonte uit die Kaap uit geken, en het haar gesig na die naaste een gelig, terwyl Daniel in sy dun beurs soek na munte. Die korporaal, 'n blas uitlander,

573

het sy arms om Pieternel gesit en haar gesoen asof hulle op trou staan.

"Hoi, Jacomo. Jou hande van my aanstaande af. Die kind is maar veertien, ek het haar self nog nie so gesoen nie. Staan weg, Pieternel, die vent is soos 'n dier."

"Veertien jaar, my vriend? Klein Giulietta van my tuisdorp was veertien toe sy die wêreld se prinses van liefde geword het. Skaam jou, Danielo, jy versuim jou plig teenoor hierdie duifie."

"Watter Julietta?" wou Daniel weet, maar die blas kêrel het in Pieternel se oë bly kyk dat hy kon sweer die man het bedoelings.

"A, klein duifie, een aand by maanlig moet ek jou die verhaal vertel van Romeo en Giulietta, twee jongmense van Verona, vlakby waar ek gebore is, en waar jong liefde nou ewig blom."

"Solank ek by is," het Daniel gesê, maar nie sonder trots nie. Hy het daar met Jacomo afgespreek vir musiek by die troue. Hy het 'n maat wat die fluit heel redelik speel, en daar is 'n nuwe houtkapper, 'n barbaar uit Armenië, met 'n saag. Jy kan dit nie glo nie. Hy speel sy saag met 'n strykstok, so droewig dat die honde tot by Noordwyksvlakte huil, en môre saag hy rooi ebbehout met dieselfde instrument. Dit is geen dansmusiek nie, maar baie populêr; die boere en hulle vrouens tjank op 'n streep soos jy kan verwag van barbare. Jacomo Baldini en sy makker sal vir die egte dansmusiek sorg, viool en fluit. En die korporaal kyk in Pieternella se oë en vertel haar dat Jacomo Baldini haar aanstaande se beste maat is. Hy gaan ook vryburger word; die boere hier ken hom as Jaap Baldyn. 'n Soldaat uit een stuk gebeitel, is Jacomo. Hy het 'n Indiese vrou geneem, en hy sal haar na die bruilof toe bring en aan haar voorstel.

Die Sondag toe hulle gebooie gelees is, was die saal vol. Mense het die nuwe opper kom kyk. In die voorste ry regs van die lessenaar was die offisiere, Lamotius, Hugo, sy jongste seun, Wobma en Fransz van die hoeker, en die raadslede Telleson, Claasen, Zacharias. Aan die linkerkant, langs Lamotius se dame, was twee getroude vrouens. Agter hulle, mans regs, vroue links, was die laer amptenare, die soldate en skeepsvolk, dan die vryburgers, dan enkele slawe en bandiete, op hulle eie bankies en sitblokke. Tussen die bandiete was Maijke Hendriksz en Willem Lierman. Hugo se oudste seun het die klavesimbel gespeel, die hoofstuk gelees, die psalm met 'n ryk tenoorstem aangehef. Die gemeente het hom nie teleurgestel nie; hulle het opgestaan en die jonker help sing.

Ná die psalm het Lamotius die woord geneem. Hy het 'n lang teks uit Bulaeus gelees en jy kon sien hy het voorberei, want hy het aansienlik weggelaat. Toe laat hy weer sing. Daarna het sy aanspraak gekom. Aan dié wat hom nog nie gesien het nie, wou hy sê hy is Isaac Johannes Lamotius, die nuwe opper, en hier aan sy linkerhand is sy huisvrou Margarethe d'Egmont. Hulle beplan om die hele gemeente in die komende weke te besoek. Hy is reeds voorgestel, en die Raad vergader môreoggend die eerste keer onder sy voorsitterskap. As die gemeente versoeke of memorieë aan die Raad wil voorlê, kan hulle dit by die kantoor inhandig vir die Raad se oorweging, soos dit in die verlede ook geskied het. Hy hoop dat die gemeente 'n geseënde tydperk tegemoetgaan. Die hoeker *Boode* vertrek op die dertigste Batavia toe, as die weer toelaat.

Toe maak Lamotius 'n ander boekie oop en roep vir Daniel en Pieternel vorentoe. Daniel het koud geword.

"Met geopende deure soos deur die wet verlang, maak ek die eerste maal aan hierdie gemeente bekend dat Daniel Zaaijman van Vlissingen, jongman, en Pieternella van Meerhof, jonge dog-ter van Kaap de Goede Hoop van voorneme is om hulle in die egtelike staat te begeef. Laat dié wat daarteen beswaar het, nou praat of hierna ewig swyg daaroor. Die bekendmaking word op die volgende twee Sondae herhaal."

Daniel het effens duiselig gevoel. Hy het voor die gemeente gestaan en na hulle gesigte bly staar tot Pieternel sy hand geneem en hom vorentoe getrek het. Soos 'n nuwe skip op die sleep-helling, as die stutte weggeneem en losgemaak word, afgly water toe, so het dit nou hier met hom gebeur. Hy was nog verdwaas toe hy in die smal gangetjie afskuif. Waar gaan die lewe met hom?

Onder die palms het die swartgeklede gemeente om hulle gedraai, vir Pieternel gesoen en Daniel se hand geskud, en hy het ou vriende die eerste keer in ses maande gegroet en hulle voor-gestel: dit is Hein Karseboom en sy vrou, dit is Fockje Jansz, dit is Noordoos en sy vrou. Wat is jou naam, Noordoos? Hy het elkeen wat kom handgee na die huwelik genooi. Toe dit klaar is, het hy voor Pieternel gebuig. "En ek is Daniel Zaaijman, van Vlissin-gen." Vir die eerste maal het hy haar in sy arms getrek en gesoen, en hy was verbaas oor hoe sag haar mond is, en hoe sy hom daar vashou en teen hom wil bly.

Daar was nog een, met 'n verkreukelde pak van bruin seil-doek wat in voue om hom hang, wat met die agterkant van sy hand teen Daniel se skouer kom raak en woordeloos 'n rooi poot tussen hulle ingedruk het. Sy verslete gesig was die bruin en rooi van droë hout; sy hare en baard wat in jonger jare goudrooi was, was meesal geelwit verbleik. Sy voorkoms het herinner aan ge-rookte vis.

"Ek het 'n paar honde vir jou. Minstens drie."

"Pieternella, dit is Sven." Hulle het na mekaar gekyk, sonder groet, sonder knik, asof hulle mekaar van lankal af ken, het Daniel gedink. "Ek kan nie nou honde leer nie, baas. Ek het te veel om te doen."

"En hoe gaan jy kos kry?"

"My saak, baas."

"Die ander ding vir jou is: Hugo gaan nie *St Hubert* hier laat nie. Hy gaan hom verbrand."

"Ek glo dit nie."

"Ek sê dit vir jou, Daniel. Uit sy eie mond. As jy hom wil hê, laat ons hom een nag afloop en in 'n riviermond wegsteek, soos by Klimopberg. Ons pak hom toe met takke tot die heer weg is. Of dompel hom onder."

"Hugo is nie speelgoed nie, Sven. Hy sal jou vir oulaas op-hang."

"Gaan dan na die duiwel."

"Kom na ons troue toe, baas Sven," het Daniel agter hom aan geroep.

Op die lang pad huis toe tussen die see en die berg, saam met Theuntje en Bart en Salomon, het hulle oor die troue gepraat: hoe-

576

veel gaste, wat te ete, en ook, of die edellui hulle wil vereer of nie, is dit hulle plig om dié mense te nooi.

"Wat wou Sven van jou gehad het?" wou Bart weet, en Daniel het na Salomon se rug gewys en sy vinger op sy mond gesit. "Hy wil honde verkoop. Maar eers huis bou, dan die oes in die grond sit, dan miskien honde leer." Hy was dankbaar dat Pieternel geen woord gesê het nie, en toe hulle alleen was, het hy dit vir haar gesê. Seeroof is 'n halssaak.

In die week daarop het hy en Bart en Salomon die buitekamer se rame staangemaak, sy mure en dak met palmtakke gedek, 'n vloer gelê en vir Salomon 'n *katil* van bamboes gemaak, met 'n seildoekmatras styf gestop met kokoshaar.

"Die Hollandse matroos," het Bart voor Pieternel en Salomon gespog, "kan naaldwerk doen, en houtwerk, en koskook, en enige ding wat jy van hom vra. Ons leer dit op see, en in die Ooste, en net waar ons kom. Jy, skoliertjie, kan nie beter doen as om matroos te word nie."

"Stadig, Bart," het Theuntjie gesê. "Jy praat van 'n kind met verstand. Moenie luister nie, Salomontjie. As jy oud genoeg is, kan jy self jou pad kies."

"En in die tussentyd gaan sy beste leerjare verby."

"Jy kan 'n ambag ook leer, broertjie," het Daniel vir die seun vertel. "So kom jy vry van enigeen wat vir jou wil voorsê."

Die Sondag daarop is hulle gebooie die tweede keer gelees. Na die vergadering het Daniel en Pieternel met die opper gepraat oor hulle huwelik die volgende week. Dit sal sy eerste huwelik wees, het Lamotius gesê, maar hulle kan op hom staatmaak. Hulle moet sorg vir twee getuies en tien gulde. Daniel het hom bedank en gesê: as die opper en sy dame dit goeddink om hulle vierinkie by te woon, sal hulle geëer wees. Buite, waar nuwe gesigte en ou vriende hulle geluk kom wens, is nog uitnodigings uitgedeel, en Daniel het met mense gepraat oor wa en osse om gaste aan te ry.

Bart het hom gewaarsku: Moenie vir Hugo nooi nie, moenie 'n belediging van die man uitlok nie. Maar Pieternel het hulle herinner dat kommandeur Wagenaer haar ouers se troue bygewoon het; hulle kan nie nou anders as ordentlik wees nie.

Daniel en sy het aan die heer se deur gaan klop. Hy het self oopgemaak, reusgroot, sonder jas, sy hempsmoue opgerol oor swaar, swart voorarms.

"A, Zaaijman. En die aanstaande. Marya, Maria, wat is jou naam? Kom aan boord." Hy het voor hulle in die gang af geloop na sy kwartier toe. Alles, mure en deure en vloere en plafon was van hout, soos die stadhuis van Delft. Twintig tree verder het hy 'n deur oopgestoot. Dit was 'n pragtige kamer, ook alles hout, met breë Hollandse meubels, Oosterse tapyte teen die mure, en die wêreld se wapens uitgestal teen die wand soos in 'n riddersaal. "Alles wat hier is, moet nog dié week in kiste," het hy beduie. "Kyk, as ek uit die kerk uit kom, drink ek iets om my balans te herstel. Sit, as julle wil. Ek wil vir jou sê, Zaaijman: ek weet jy het my gaan verkla. Ek neem jou kwalik daaroor. Nou, iets te drink."

"Bier asseblief, edel heer."

"Marya?"

"Pieternella, edel heer. Niks, dankie."

Hy het met 'n staf teen die muur gestamp. "Fransbrandewyn, en Luiks bier, Tony," het hy aan 'n Oosterse bediende by die deur gesê.

"Tabak en pype, *tuan*?"

"Nee. Dit is 'n vreemde klomp wat hier met *Boode* aangekom het, Zaaijman. Amper soos Noag se ark, 'n behoorlike dieretuin."

"Daar is dié wat van niks vreemds weet nie, edel heer," het Pieternel gesê, en die opper reguit aangekyk.

"So? Jy moet hulle papiere sien."

"Edel heer, ek en Pieternel kom om u en die jonkers na ons huweliksfees te nooi."

Die bediende het drank gebring, die skinkbord aangebied, vir Hugo gebuig, agteruit by die deur uitgegaan. Hugo het 'n groot sluk brandewyn in sy mond rondgespoel, toe het Daniel sy beker na Hugo gelig, geknik en sy bier geproe. Bitter, perfek. Buite die vaderland het hy in jare nie dié smaak gekry nie.

"Daardie man, Tony Robson, het ek die naam gegee van my Engelse bediende wat die vorige dag dood is. Ek kry hom as 'n baba alleen op 'n vlot in Sunda Straat; jy sal weet, Zaaijman, waar die blou see ophou en die groen see begin. Suid-Sjinese see, sê die kaarte. Alleen in 'n mandjie op 'n vlot dryf hy, dertig myl van die naaste land af. Wat was hy: 'n visser se weggooikind, of 'n prins wat weggesteek is in 'n mandjie in die riete van 'n riviermond? Soos daardie Jood. Ek sal nooit weet nie. Maar nee dankie, Zaaijman, ek gaan nie na huwelike toe nie. Ek het een maal die fout gemaak. Ek wens jou die beste toe, en vir klein Marya hier. As jy twintig jaar vroeër was, Zaaijman, het ek jou ryk gemaak."

"Nog iets, edel heer. Ek wil 'n aanbod maak om *St Hubert* te koop."

"Nee. Hy is nie in die mark nie. En dit was omdat ek julle vry- lui belet het om die hoek om te vaar dat jy en Borms my gaan verkla het. Nou probeer jy al weer. Nee, ek verkoop hom nie, en ek skenk hom waaragtig nie aan Jan Kompanjie nie, al wil hulle betaal. Wat moet ek met geld maak? My lewe is verby. Nee, ek gaan *St Hubert* verbrand. Dit is 'n goeie sloep; jy sal weet, jy was my stuurman voor Telleson. Julle weet my voornaam is Hubert? Mense, as jy hulle mense kan noem, skinder daardie sloep dra my naam. Wel, waarom sou dit nie? Maar dit is net 'n infame leuen om my te versondig. Sint Hubert is beskermheilige van die jag, in ons kerk. Die ou is 'n duisend jaar gelede in Luik se domkerk be- grawe. Ek het my seun soontoe geneem om die graf te gaan kyk. Waarom weet ek ook nie. Verwaandheid? Dankbaarheid? Ja, ou kêrel, ek het goed gejag, ook hier. En ek moet jou bedank, Zaaij- man. Die wild is nog nie verskrik nie; 'n goeie skut kan hom ge- niet. Dit is die enigste plesier wat ek op hierdie vervloekte eiland gehad het. Nee, ek gaan die sloep verbrand. Die jag is verby."

Toe hulle groet, sonder om hand te skud, sê hy vir Daniel deur die halftoe deur: "Sê vir Sven ek wens hom voorspoed met Lamotius."

"Wat bedoel hy, Daniel," het Pieternel gevra, "as jy twintig jaar vroeër was, het hy jou ryk gemaak?"

"Hy was toe seerower."

"Ek dink iets mensliks is meer werd as die rykdom van die wêreld, Daniel."

Soos daar tussen riwwe in die see sterk strome loop wat jy nie buite in oop water vermoed het nie, wat jou skuit vat, vorentoe ruk, en draai en dwars gooi dat jy jou werk uitgeknip het met seil en roer, en jy jou met spane en boothaak van die klippe moet afweer om nie water te skep of om te keer nie, het die drie weke voor sy troue Daniel se lewe deurmekaar gemaak. Hy het een ding voor oë gehad: hy moet sy huis groter maak. Hy moet Bart en Salomon se hulp hê, en as hulle nie kan hand bysit nie, wil hy op sy eie aangaan, maar sonder dat hy lastig geval word. Hy wil sy huis klaarmaak voor hy trou.

Theuntje was die een wat hom meeste gehelp het. Dit was háár kind se troue, háár dogter se huis waaraan gebou word. Sy het gesorg dat Bart en Salomon saam met Daniel werk, en sodat hulle nie saans hoef huis toe te kom nie, kon hulle daar by Daniel oornag. Sy sou by Pieternel bly. Sy het met Pieternel vir hulle kos gestuur. As daar bure kom wat met Bart wou praat, het sy gesê: Jy moet maar met my praat, Bart is besig. Sy het vrouens gehuur om te bak en kook vir die troue, en mans om te brou en te slag. Sy het boodskappe en geld gestuur om die waens en osse vir die gaste te verseker, en 'n naaister laat haal om vir Pieternel 'n rok en slaapgoed te maak. Van sy moes dit wees, en daarvoor is rolle geblomde sy wat sy vir haarself in die Ooste uitgesoek het, uit die kamfer gehaal. Sy het vir Pieternel gesê: Kies uit wat jy wil laat maak; wat oorbly, sit ons weer vir jou kinders weg.

Sy het vir Daniel en Pieternella gesê as hulle nie beswaar het nie, wil sy ta' Maijke en Willem Lierman en diésulkes nooi. Daniel was bekommerd: Dit is geskavotteerdes daardie, en opper Lamotius sal seker nie met hulle wil aansit nie. Maar Theuntje het gesê: Ons kom saam van die Kaap af, ons was al drie op sy skavot, en eendag staan ons weer saam geskavotteer voor ons Skepper. Hy het nie haar verduideliking verstaan nie, en het niks verder gesê nie; hy wou haar nie teengaan nie. En sy het hom nie vertel wat Maijke haar gesê het nie: dat hierdie Pieternella so verhit was oor die jong fiskaal Deneyn dat Barbertjie haar liewer landuit laat gaan het. Om haar hier te kom verloof aan 'n broodarm kuiper. Sy kon rooijasse vir geselskap gehad het, met koek en pastei op tafel en 'n slavin agter haar skouer. En wat van die arme jongman wat nou vir ewig ongelukkig oor die aardbol moet swerf? Hoe weet Barbertjie sy het Gods wil gedoen? Dit is wat Maijke vir haar sê; of iets daarvan waar is weet sy nie, maar sy steur haar nie aan Maijke se swakheid nie.

Pieternel het in die koelte van die namiddag hulle ete en drinkgoed gebring, en soms skoon linne vir Bart en Salomon. Daniel het haar deur die vergrote huis gelei om elke dag se vordering te wys, en as hulle buite gesig was, het hy haar gedruk en gevry, en hulle het gelag en vooruitgesien na die tyd as hulle saam hier woon. Aan die oostekant het hy 'n groot kamer met buiteluike aangebou, en daarvoor 'n *verandah* soos hy in Indië gesien het, wat uitkyk oor die hele baai en die skuimende rif daar agter, van Brandende Hoek af dwarsoor tot Visserseiland.

"In die Ooste sit mense saans tot watter ure buite op die *verandah.*"

Sy het met haar tong geproe aan die woord. "*Verandah.* En wat doen hulle hier in die donker?"

"Ek sal jou wys. Ek het snags van hier af elke liggie uitgeken, die Losie s'n, die hoeker s'n. Maar jy kan ook met vriende of gaste gesels. Ek hang die lantern daar in die hoek, dat die motte soontoe hou."

"Wat maak die binnewater daar so 'n vreemde groen, Daniel, en net buite die rif daardie inkblou?"

"Dit sal jy van my hoor as ons saans hier sit."

"Ons maak al ons werk voor sononder klaar. Dan is die aand ons s'n."

"Waar sal die kind aan sulke wysheid kom? Nou moet jy vir my sê as jy goeie planne het oor ons huis. Dink daaraan. 'n Kamertjie daar, 'n tussenmuur daar, 'n dakluik miskien."

In die laaste dae voor die troue het hy en Bart gewerk aan 'n breë ledekant met pale soos 'n tent waaroor jy 'n net kan gooi. Alles was van bamboes, soos die hele huis se dakkappe en binte, rame en luike, en alle lasse was stewig en netjies met tou vasgemaak, skeepsgewys.

"Wat wil jy maak hier binne?" het Bart gevra. "Dit is vir daardie Indiese konings met veertien vrouens."

"Vra vir Theuntje om jou te verduidelik. Kom, ons meet seildoek vir die matras."

"Die kooi is so groot soos 'n kamer," het Salomon gesê, en Pieternella, toe sy weer besoek, het verwonderd na die groot *katil* gekyk, en toe na Daniel.

"In Vlissingen, waar ek vandaan kom, doen ons dit so."

"Waarom dink jy dra hulle sulke groot broeke," het Bart vir Pieternella gesê. En jare later, toe hy en Pieternella in die kooi lê met twee dogtertjies tussen hulle, en die oudste sê: "Die kooi is so groot soos 'n kamer," het hy sy kinderdae in Vlissingen onthou, en sy haar broer Salomon.

Opper Lamotius het die beleefdheid gehad om sy kerkdiens op die Saterdagmiddag te hou, met hulle huwelik net daarna. Die Sondag was rusdag vir die posvolk, maar die tweede hooggety was in die namiddag, dan moes die hoeker *Boode* uitloop Ooste toe. So kom hy toe met 'n verskoning: hy en sy dame wens hulle alle seëninge toe, maar die Saterdag kan hulle nie die bruidsfees bywoon nie, want die hoeker word dié aand sy afskeid gegee. Dit beteken dat nie hulle, of heer Hugo of sy jonkers, of skipper Wobma en sy offisiere, hulle huweliksfees sal bywoon nie. Daniel het nie omgegee nie, dit was vir hom 'n verligting, maar Bart was geaffronteerd, en Theuntje het gesê dit is die heer sy beleefdheid, en die antwoord op haar gebede. En die bruid was stil en sonder aptyt asof sy siekerig voel.

Die kerkdiens was lank, die saal was gepak tot die luike, die opper het die hele kapittel uit Bulaeus gelees, en die gemeente was dankbaar vir jonker Hugo se goeie stem as hulle opstaan om te sing, want die middag was warm en hulle het min lug daar binne gehad. Toe Lamotius hulle voor die lessenaar roep, was Daniel bekommerd oor hoe bleek Pieternel lyk. Die opper het die formulier gelees. Hy was 'n vlot leser, en toe hy vra of hulle belowe voor God en hierdie getuies, was dit vir Daniel of hy die dek onder sy voete voel wegval soos op 'n skip wat van 'n steil helling gly, en die branding in sy ore hoor slaan, en hy kon skaars sy eie stem hoor antwoord. En wie praat vir hierdie vrou? Ek, edel heer, was Bart gereed om te sê. Toe vra die opper: En jy, Pieternella, belowe jy om getrou en gehoorsaam te wees, en Daniel se eie gedagtes het stadig weer oorgeneem en die see was stil toe hy haar hoor antwoord. Dan verklaar ek julle man en vrou en mag God julle seën. Soveel is hy toegelaat, want hy was nie 'n predikant nie.

Buite op die plein het die opper se dame na hulle gekom, en vir hulle 'n geskenk gegee, in blou en wit katoen gevou. "Pieternel, dit is vir jou. Waarom is jy so bleek, kind? Moet ek die meester vir jou roep?"

"Nee, juffrou. Ek is gesond." En sy het met 'n glimlag en 'n kniebuiginkie bedank.

Hulle is op versierde stoele onder 'n tent van palmblare op die bruidswa huis toe gery. Agter hulle was twee waens met vrouens en die musikante; die mans was te voet, almal met geweer oor die skouer, en agterna het twee of drie op osse gery. Dit was een van Hugo se wette, dat net ridders en here te perd gaan.

Op Bart se werf het die tafels onder sy koelteboom gedek gestaan. Twee slavinne was by sy rokende kookplek besig oor potte en roosters. Daniel en sy bruid moes loop deur 'n erewag met knetterende gewere en 'n boog van palmtakke, die gewere en palmtakke deurmekaar. Theuntje het aangewys: hier is die bruidstafel, hier sit die getroudes, daar die ongetroudes. Hulle versierde stoele en groen palmdak is van die wa af gehaal en reggesit. Pieternel, kon hy sien, was dankbaar om tot rus te kom. Theuntje het 'n beker en 'n glas aangegee.

"Skink vir Pieternel." Toe sien Daniel vir bootsman Lubbert. Ek kan niks drink nie, moes hy daar besluit, nie een druppel nie, en mag die hemel beskik dat ek nie 'n mes in die hande kry nie.

Hulle gaste het tou gestaan om verby die bruidstafel te loop met hulle gelukwense en om hulle geskenke te gee. Dit is losgeknoop, en doeke is oopgevou, dié van juffrou Lamotius eerste. Dit was 'n dik rol blou en wit katoen, en daarbinne 'n groen syjapon, en in die japon was 'n Delftse skottel met sy deksel, blinknuut. Die gaste het haar waarderend beny. Daniel het ook 'n kissie met gegeurde Japannese seep gesien, 'n tertpan, 'n handmeul, twee Delftse borde effens gebruik, 'n sloop beskuit, 'n bedpan, 'n snoer – splinternuut, met sy rooi lak nog aan – van veertig vaam kabeljoulyn, 'n Weesper-fles met jenewer, 'n riempiestoel, 'n karring, 'n geweefde Indiese deken, en ander wonderlike dinge. Alles is rondgewys, bewonder, en trots en besitlik deur Theuntje eenkant weggepak. 'n Man het vir haar gesê hy bring Maandag 'n broeis hen op twee dosyn eiers. Daniel en Pieternella het hulle bedank en bedank, die vrouens en die meeste van die mans het vir Pieternel gesoen, en sy het geglimlag en hulle bedank, maar die glimlag was stram, senuweeagtig.

Daar was 'n gemaal van mense op die werf, wit en Oosters, mesties en Indiër, wat iets te drink en 'n sitplek soek. Daniel het sy oog op bootsman Lubbert gehou, luidrugtig tussen ander by die tap onder Bart se boom. Hy weet nie wie hierdie man genooi het nie, maar tussen die onbekendes was sekerlik ander ongenooides, soos skeepsvolk en garnisoensvolk wat vir 'n sopie en die geselligheid gekom het. 'n Oop kroeg by 'n Christelike troue was niks ongewoons nie. Theuntje en haar vriendinne het kos rondgedra; die gelag en gepraat het harder geword. Onder hulle eie palmblaartent het Baldyn se musikante die eerste note deurmekaar rondgegooi soos hulle soek om mekaar te vind, en die son was aan klaarmaak om te sak oor Lemoenbosberg.

Jacomo het ligte en vinnige musiek op die viool begin speel om die gaste gesellig te maak: danswysies, boereliedjies, en af en toe 'n mars uit die soldatekamp. Dan het al die soldate met hulle hande saam tamboer geslaan op die tafels. Die geraas het vroliker geword. Skottels kos is op 'n deur aangedra, leë bekers en borde is teruggestuur, en om die tappery waar die drinkers met hulle koppe naby mekaar staan, het die gelag soms 'n geskreeu geword. Met sononder het Jacomo sy arms gewaai vir stilte, dat die uitlander met die saag sy kuns kan wys. Toe dit verby is, het hulle die uitlander toegejuig en op sy gesondheid gedrink, en geskreeu om meer, en Baas Sven het die saag geneem en dit in die vuurlig gaan ondersoek.

Maar Jacomo wou laat dans; dit is waarvoor hy gehuur is. Hy het op 'n kort boomstomp geklim en daar met sy viool gepronk en gespeel om die gaste te laat vergeet van die droewige saag. Die boere het kring gemaak en voete gestamp en gedraai, en bo hulle koppe die hande teen mekaar geklap. Toe kry hy in sy geheue 'n wilde wysie, 'n ding met 'n growwe ritme, wat vir Sven en Lubbert soos wolwe laat huil en op die grond laat neerval om hulle vuiste op die gras te trommel, dan weer grynsend laat opspring om teenoor mekaar in die kring te hurk, elk met sy mes tussen die tande vasgebyt.

Die boere het vir hulle plek gemaak. Eers het Sven op sy hurke vorentoe gespring; hy het sy skouers laat kantel, gemik met sy kop, sy kloue voor hom in die lug laat gryp en skeur, gryp en skeur, en Lubbert het met 'n vertrekte gesig voor Sven geretireer tot aan sy kant van die kring. Toe het hulle teruggedans: Sven wat retireer en Lubbert wat spring, spring, mes tussen die tande, en maak of hy hom wil vermoor. En weer terug. En weer. Die twee dansers kon nie ophou nie. Die gaste het gejuig. Dit was nou dierlik, wild. Dit gaan eindig waar een struikel en die ander hom met die mes toeval, het hulle gedink, dit is waar dit gaan eindig.

"Lank nie *Jut Swart* gesien dans nie, Daniel," het Bart gesê. "Dit laat my altyd dink aan twee bronstige pikkewyne. Waarom eet jy niks?"

"Nee."

"Ek gaan julle dekens omvou," het Theuntje tussen hom en Pieternel kom fluister. Daniel het die oggend gesien wat sy in die nuwe kamer sit. Dit was haar eie beste linne, gegeur met ambergrys wat Bart uit die Ooste gebring het. Sy was nog altyd te jammer om dit te gebruik omdat dit onkoopbaar is, en vanoggend het sy 'n kans gekry.

Daniel het onder die lawaai vir Pieternel gesê dat hulle die ring kan aansteek as sy gewillig is. Haar skouer het onder sy hand gebewe en haar vel was koud en bleek in die soel nag. "Wat is dit, Pieternel? Is jy siek?"

Bart het langs haar opgestaan om 'n skoot met sy geweer af te trek. Die gaste het voor die tafel kom saamdrom. Hier was die groot oomblik: die aansteek van die ring. Dit was 'n groot ring wat hulle by Theuntje geleen het, en in die stilte het Daniel dit oor haar vinger laat gly. 'n Geskreeu, 'n gefluit, 'n gejuig en 'n horing-rige gelag het om hulle losgebreek. Hulle het gebulk soos vee. Lubbert was heel voor; besweet en verhit van die dans het hy tussen Daniel en Pieternel ingedruk om haar te soen. Sy het ge-skreeu en met haar arms gekeer en begin gil voor Daniel hom aan sy kraag van haar weggeruk het.

"Van my vrou af, voëlverskrikker."

"Ek het nie 'n soen gekry nie."

"Soen my aars." Hy het met sy mes in die hand reggestaan. Hy het geweet wat hy doen. Hy ken dit van lank af.

Theuntje het vir Pieternel binnetoe gelei. Die viool het weer begin sing. Sven het vir Lubbert kom sê: "Jy seil môre, maat. Gaan liewer aan boord."

"Wie sê so?"

"Ek is raadslid hier. Gaan aan boord." En Daniel het Bart se geweer opgetel en beduie: van die werf af.

"Onthou wat ek jou nog belowe het, oom," het Lubbert gesê, dronk gesteier en voor Daniel se voete gespoeg, 'n fles wyn van die tafel gevat en die bosse in geloop.

Daniel het buite gebly; hy het Bart se geweer gelaai en langs die versierde stoel gestut. Jacomo het dansmusiek gespeel. Die viool en fluit het gesing, die saag het gehuil, die boere het gelag, en daar was moord in die warm lug. Daniel wou van die arak op die tafel drink omdat sy hart so slaan, maar het die glas wegge-stoot wat Bart vir hom aangee.

In die huis het Theuntje vir hom gefluister: "Daniel, ek wil dit nie vir my kind vra nie, maar is sy swanger?"

"Waarvan?" het hy gesê, en die geweer teen die muur gestut en verbygeloop na waar Pieternel onder die dun deken op die *katil* lê, en langs haar op die kooi gaan sit.

"Is jy regtig nie siek nie, Pieternel?"

Sy het sy hand geneem en gesê: "Dit is al die mense. Al die oë as hulle na ons kyk, en die gelag agter hulle hande as hulle van my praat, en die geskreeu oor ons ring. Dit gaan nou al drie weke lank so aan, by die Losie en hier. Bart altyd met sy grappies, en ta' Theuntje so besorg oor my. Waarom spot hulle? Is daar iets verkeerd? Ek weet nie waaroor dit is nie. Ek is net veertien." Sy het begin snik. "En toe daardie lelike dans, en die geverfde gesig. Waarom het hy hom so afskuwelik gemaak? Ek het onder die Koina nie so iets gesien nie."

Daniel het sy arms om haar gesit, en haar gesus. "Mense maak maar so. Ek sal môre met jou oor die dinge praat. Rus maar, hier is net vriende om jou." Hy het haar op haar voorkop gesoen. "Môre neem ek jou huis toe."

Op die werf het die musiek geklink. Die kring het gelag en gedans, geëet as hulle wil; mans het buite die lanternlig tussen bosse gegaan om water af te slaan of om te braak agter bome. Daniel het met Bart se donderbus om die werf gedwaal. Die dood was daar in die donker, deel van die donker, en hy moes dit op-spoor en uithaal voor dit hom hier vang. Bart en sy oudste maats was nou in die twee versierde stoele agter die bruidstafel, luid-rugtig aan eet en drink en lag.

Laataand het nog 'n gas uit die duister opgedaag en onder die buitenste lanterns na Daniel toe gekom. Dit was jonker Hugo, in sy donkerblou linnepak, met die goue sterrehemel agter hom. Die gaste het soos gewoonlik padgegee van hom af; hy was so mooi van gesig dat mans en vrouens skaam was om met hom te praat.

"Dankie vir julle uitnodiging, Daniel. Ek weet dit is sluitings-tyd, maar ek het so gou gemaak as ek kan, vir 'n dansie met die bruid, en om my geskenk af te gee."

"Hartlik welkom, jonker. Die bruid, sy is nou ongesteld, maar laat ons 'n eerste glasie klink. Kom, sit aan."

Hy het ligte droë wyn gevra, wat hulle nie gehad het nie. Kaapse brandewyn, jonker? Ja, net 'n kleintjie, met water. En wat het die bruid oorgekom?

"Oorspanne. Haar staande tuig is te styf gestel, maar dit sal los werk na 'n paar dae op see. En toe lelik ontstel deur bootsman Lubbert van *Boode*. Moet hy dan nie vanaand by julle offisiere se afskeid gewees het nie?"

"Hy is gesê om weg te bly. Juffrou Lamotius kan nie sy gesig verdra nie." Hy het sy beker gelig: "Op jou en Pieternel!" en die helfte van sy brandewyn gedrink. "Ek het geëet, dankie. Monsieur Lamotius het 'n deftige feesmaal gegee." En hy het weer die beker gelig: "Op die vryboere van Mauritius!" Maar hy het dit neergesit sonder om te drink.

"Is die dame te siek om my te sien?"

"Sy slaap, jonker. Kom, ek sal haar wakker maak."

"Nee, sy slaap miskien nooit weer nie." Hy het 'n goue kruisie aan 'n fyn ketting uit 'n binnesak gehaal. "Hierdie geskenkie is van my en my oorlede moeder aan haar. Sy hoef nie 'n Katoliek te wees nie, Daniel. En dít is vir jou, sodat jy ver kan sien." Uit die diep binnesak van sy jas het hy 'n verkyker van geelkoper in 'n leerhouer gehaal. "Jy kan die drie mane van Jupiter hiermee uitmaak."

Daniel het hom bedank, sy hand geskud, en die geskenke langs die ou manne om die tafel gestuur, en weer die jonker se beker gevul. Maar hy het dit teruggestoot. "Dankie. Ek moet maar weer groet, menere. Ek moet môre die Kompanjie se boeke afsluit voor ek vertrek, en my goed pak." En hy lag, die enigste daar om die tafel wat die grap verstaan.

Bart het vir hom 'n lantern met 'n lang kers gebring, en Daniel het tot op die donker rand van die werf saamgeloop.

"Ek moet sê ek is bly om hier weg te kom."

"Heer Hugo het ook so gesê."

Die jonker het voor hom omgedraai. "Hoe het dit gebeur, Daniel, dat opper Wreede in jou sorg verongeluk het, om hier 'n vakature vir my vader te skep? Jy was die stuurman."

Daniel dink: Hy wil hoor dat ek die skuld op my sal neem vir die ongeluk in Vuijle Bogt, oor die onheil wat daarna oor sy suster gestort het. Ek reik graag 'n hand na 'n medevarende, maar wat kan ek aanvaar oor wat gebeur het in Vuijle Bogt? My hand was op die kolderstok, maar die stuwing en spoeling van die gety en stroom is van die see.

"Ek kon dit nie keer nie, jonker. Net 'n sterk stroom waar met ons inloop op die hoogty nog niks was nie. Geen tekens nie, nie 'n rimpel op die water nie. Dit het die sloep uit my hand uit gegryp en met een deining bo-op die rif gelig. Ons was vol hout gelaai; die sloep het net op die koraal omgeval, en die volgende deining was dwarsdeur ons."

"So kry Hubert Hugo toe die werk op Mauritius."

"Die lewe, jonker."

"Goddank, dit is nou verby."

"En hoe sal dit met jou gaan, jonker?"

"Goed, vertrou ek. Ek gaan uiteindelik Ooste toe, verstaan jy, *orang lama*? Daar gaan ek na my suster soek, om haar vergifnis te vra, en as dit nie slaag nie, terug vaderland toe. *Mea maxima culpa.* My groot oortreding. Dit is my skuld, alles was my skuld."

Hulle het handgeskud. "Dankie vir julle gasvryheid," het die jonker gesê, en met sy liggie die donker ingegaan.

Die Sondag met tweede hoogty het Daniel en Pieternel op die bank op hulle *verandah* gesit en gekyk hoe *Boode*, met die swart sloep *St Hubert* op tou agterna, die seegat uit loop. Daar was baie werk in die huis, en twee kruiwaens vol geskenke wat hulle van Bart se huis af gestoot het en waarvan elke ding nog sy plek moes kry, maar Daniel was nie lus vir werk nie. Hy het die vorige nag eers met daglig voor Pieternel se *katil* op die vloer slaap gekry. Bart het vir hom kom vra of dit 'n ordentlike uur is, want hy kon nie mooi uitmaak hoe die sterre staan nie. Hulle het uitgewerk dit kan twee-uur wees. Bart het twee geweerskote geskiet om te kenne te gee dat dit tyd is, en hulle het begin opruim. Die laaste gaste was bereid om te gaan, die tap was leeg geskink. Twee wat in Bart se suiker gevry het, het met die skietery klaargemaak. Twee broers wat om middernag in 'n lelike bakleiery was, het saam onder die gehuurde wa geslaap. In sy tabak het 'n gekniehalterde ry-os gestaan van iemand wat te voet weg huis toe is. Sven het in Bart se pakhuis gelê met sy gefrommelde jas onder sy kop, sy klere oopgeknoop en sy mes bloots in sy hand. Daniel en Bart het kospotte uitgekrap, skottels leeggemaak, gestapel, binnetoe gedra, halfvol bekers in die gras uitgeskiet, tafeldoeke gevou, stukke van gebreekte flesse byme-kaargegooi, en die lanterns en die laaste van die kookvuur geblus.

"Ons kan Maandag onkostes uitwerk," het Bart gesê. "En nou 'n slukkie Fransbrandewyn voor ons slaap."

"Ek het vannag nog nie 'n druppel gedrink nie, Bart. Ek ver-wag daardie vuilgoed hier."

"'n Enkel mond vol dan, vir jou geluk. Ek help waak."

In die twee versierde stoele onder helder voordagsterre het hulle 'n halfbottel minder gemaak en saamgestem dat hulle oë van vaak wil toeval.

Dit was laatoggend toe hy en Pieternel al hulle goed by die huis gekry het en Salomon en Bart met die kruiwaens weg is. Hulle het buitetoe gegaan toe hulle hoor die Losie skiet vir die hoeker afskeid, en van hulle *verandah* af die twee skepe dopgehou, tee gedrink wat Pieternel gemaak het, en geëet van wat Theuntje vir hulle gestuur het.

"My hare sal gaan lê as ek die hoeker sien uitloop. Ek is nie vir 'n mens bang nie, Pieternel, maar ek voel 'n galgtou om my keel druk solank daardie stuk gemors hier is."

Buite die rif het die hoeker bygedraai. Wat nou? Daniel het sy nuwe verkyker gaan haal, gestel en vir Pieternel gegee. "Uitkyker, laat weet wat jy sien."

Sy het 'n voet op die bank gelig en die verkyker op haar kniekop gestut. "Niks nie, skipper."

"Haal jou vingers voor die opening weg. Wat sien jy nou?"

"Dit is mos Sven. En daar is heer Hugo. Die matrose trek die swart sloepie langs die hoeker. Daar klouter Sven en heer Hugo oor. Dit lyk of die matrose 'n anker laat val het. Ja, daar klouter hulle terug. Daar is rook, Daniel."

"Laat ek sien." *Boode* het windaf weggeval van die swart sloep. Daar was vaal rook by sy voorluik, toe twee ontploffings in die hart van die sloep wat die voorluik deur die lug slinger, en dadelik vlamme wat met donker rook by die luik uit brand. Toe sak die sloep se agterkwart skuins in die water, die vlamme buig op en klouter in die geteerde touwerk op asof hulle vlug om te oorleef, en brand die swart wimpel aan sy besaanpiek tot as. Toe nog ontploffings. In 'n kort tyd was die swart sloep van voor tot agter onder vlamme, soos 'n bosbrand op 'n eiland. Die hoeker *Boode* was al ver windaf, op sy weg Ooste toe.

Hy het die verkyker vir haar aangegee. "Kyk, uitkyker, wat die mens is. Let op sy dade en word wys."

"Ek sien 'n loodsboot inkom, skipper."

Van Sven het hy later gehoor: die honde wat hy hom beloof het, die beste wat daar op die eiland was, is hy beveel om dood te skiet. Hy het gevra, maar die heer het gesê: "Die jag is oor, en Sint Hubertsfees verby."

Daniel het stadig aan sy werk gekom. Dit was oor die plesier van Pieternel, van wie hy nie genoeg kon kry nie. Hy het sy tyd gegee aan werk rondom die huis om by haar te wees. Hy het meer as 'n week lank net brandhout gesaag en gekloof. Hy het 'n hok vir pluimvee op die werf gebou en toe 'n bleikhok. Hy was by die huis, en hulle was die hele dag bymekaar. Toe sien hy hy moet begin om die heining om sy werf weer teen wildsbokke dig te maak, en hy het haar saamgeneem bos toe om palmtakke en bamboes te gaan kap. Hy het sy kis met kuipersgereedskap die eerste keer in meer as 'n halfjaar oopgemaak, sy beitels en dissels uitgehaal en deurgekyk, en dié geslyp wat skerpmaak nodig het. Hy het weer die lus gevoel om iets groots aan te pak, soos 'n wa of 'n jol, maar die lus het gewyk toe hy die kis se deksel toemaak. Die aand, toe hulle saam buite sit, het hy die jaartal en haar voorletters langs syne in die deksel gekerf.

Vir melk en patats en groente en vleis het hulle na bure toe geloop, en gekoop wat nodig is. Daniel het sy vrou bekend gestel as hulle haar nog nie ontmoet het nie. "Maar jy is nog maar 'n ou dogtertjie," het Noordoos se vrou gesê. Hoe 'n kind Pieternel nog was toe hulle getroud is, het hy eers uitgevind toe sy 'n jaar of twee later nog in lengte en in vroulikheid groei.

Pieternella het graag in die mense se tuine en tussen hulle groente geloop en na hulle beeste en pluimvee gekyk. Daniel het haar verseker hulle kan net sulke mooi tuine of beter hê, en 'n melkkoei, en 'n voervark. Sy het huis toe gegaan met patatranke, malvasteggies of pampoenpitte, of 'n eendkuiken wat die mense haar gegee het in haar voorskoot. Toe haar tuintjie groen om die huis lê, het Daniel sy voor uit die rivier oopgemaak sodat die leiwater soos vroeër weer vlak voor die huis verbyvloei. Die blink water by sy huis was mooi om te sien.

Hy en Bart het saam Losie toe geloop om 'n ploeg en trekvee by die Kompanjie te huur. Tussen hulle twee het saamwerk, skeepsgewys, arbeid altyd makliker gemaak. Daarna het hy tabakplantjies en suikerlote gekoop uit die Kompanjie se tuin, sy lande skoongemaak, die ou goed verbrand, en alles nuut geplant. Bart wou nie nuwe suiker plant nie, hy het gevoel daar kom 'n groot orkaan aan. 'n Groentetuin was genoeg, vir eers.

Toe hulle oes in die grond was, het Daniel bedags ebbehout gekap en huis toe gedra, en dit met die saag gekort en met sy dissel tot duie bewerk. Saans het hy die kuipe gemaak. Die Kompanjie vra hom om vate vir water, bier of asyn, of ou vaatwerk vir rou lamptraan. Hy het vir Pieternel gewys: hier is wateremmers en melkemmers vir die burgers, en as hy pik binne-in brand, word hulle nagemmers vir die Losie se gemakshuis. Hierdie vlak soort is skafbalies, dit is vir die kaserne en vir skeepsvolk se etes. Hy kan soveel vaatwerk lewer as wat hulle vra, het hy gesê, maar hy wil nie slawe om hom hê nie. Meer werk beteken huisbediendes, helpers wat opgepas moet word en kos moet kry. As hy meer werk aanneem, gaan hy minder van haar sien. Hy wil net vir haar by hom hê, nie ander nie. Kyk, hy vleg self sy hoepels van rottang, en as mense ysterhoepels wil hê, sal hy 'n slaaf moet koop en hom smidswerk leer. Hy is tevrede, hy voel dat hulle gerieflik lewe. Is dit nie so nie? Sy oes is in die grond, sy vrou is in sy arm, die baai lê blou in die verte, anderkant die baai is die Losie, nóg verder weg is die Kaap.

Daniel het selde kontant vir sy werk gekry. Die boere het betaal met kaas of eiers, en die Kompanjie met aftrekkings op sy rekening. Opper Lamotius het geskryf om 'n diep kuip te bestel om hom in te was. Daniel het dit gemaak, en dit vol water gedra en saam met Pieternella daarin geklim. Hulle kon tot by hulle nekke in die water sit. Dit sou 'n gawe ding vir koel aande wees. Vir hulle was 'n vlak balie genoeg, en koue water verkwikkend in die hitte van die klimaat.

Toe Daniel in sy sestigste jaar terugkyk, het hy vir sy seun gesê: Dit is soos die see ook: jy seil 'n paar weke in mooi weer met 'n fok voor jou boeg, en geen twee dae daarvan is eners nie, en dan is daar weer onweer vir 'n tyd lank. Dan is dit weer goeie dae waarvan nie twee eners is nie, dan weer storms vir 'n tyd lank. Jy

kom deur, maar elke slag is jy meer verweer, jou skip meer ver-
slete, en jy verloor van jou mense. Ja, jy verloor van hulle. En, dit
is vreemd dat jy die aangename tye vergeet, waarvan daar soveel
meer was, maar dit is die storms wat jy onthou. Aan die einde kyk
jy om en jy sien net 'n tuimelende see agter, en 'n tuimelende see
voor, en die nag so dig dat jy nie weet wat jy met roer en seil sal
kan uitrig nie, en jou kompaslig brand kleiner en kleiner in sy kis.

Van Mauritius kan hy sy moeilike tye die beste onthou. Gena-
diglik was sy familie ver gevorder voor ongeluk oor hulle huis
gekom het. Hulle van die buitepos Mauritius was vir twee en der-
tig jaar lank saam soos in een skip, onder verskillende skippers.
Dit is meer as die helfte van sy lewe. Daar was Wreede, en Hugo,
en die arme Lamotius, en dan Roelof, en laaste Momber. Som-
mige was goeie kêrels, ander was minder goed, en meer as een
maal was dit hulle eie skipper wat hulle in 'n storm in gestuur het.
Daardie tye moet die stuurman bid en waak. En die vader weet,
in daardie tyd is hy self 'n hele paar keer boomskraap oor rotse
voor hy weer oop water kon haal. 'n Genadige bestiering.

Die moeilike tye en die moeilikste mense staan voor in sy ge-
heue, soos bakens in 'n welbekende reede. Hy het vir Pieternel
soms gesê: Onthou jy die Franse luitenant se vrou, of die dag toe
die saagmeul geseën is, of die orkaan by Swartriviermond? En
hy het gesien: as jy mense se name opnoem en hulle dade en mis-
dade onthou, verstaan jy die noodlottige koers van die skip *Mau-
ritius*. Sy joernaal, soos hulle sê, die joernaal van die skip *Mauri-
tius*, wat gesink het en deur sy bemanning verlaat moes word, dit
is ook sy eie lewensjoernaal.

Wat is daar te sê oor skuld? Niemand is te blameer nie, dit was
niemand se skuld nie. As dit die opper se skuld was, kon jy met
hom gaan mooipraat, of wapens neem, soos party ook gedoen
het, en aan sy deur gaan stamp. Dit kan jy doen, waar daar 'n
mens agter die ongeluk sit, maar as die Hoër Hand self die onheil
oor jou bring, is daar niks wat jy kan doen en nêrens waar jy kan
kla nie.

Daar was genoeg kwaadstokers, en soos dit gaan met boor-
wurm in jou skip se huid, het jy van die ergste geen vermoede

gehad nie. Hulle soort was in anderland agter skryftafels, en het gedagtes op papier gekrap vir die Direkteure se aandag, sonder om ooit self die groen en blou eiland met 'n oog te sien. En dit kom eers uit as daar swaar branding voor jou boeg dreun en jy in gevaar is om te pletter te loop; dan hoor jy wat in anderland oor jou en jou gesin se toekoms besluit is. Onder dié soort was selfs 'n goewerneur, met sy vader nogal hier op die eiland gebore, wat albei beter as ander behoort te verstaan het wat hierdie vryburgers se ernstige verlange was. Maar Mauritius het genoeg van sy eie swakkelinge opgelewer, en daar was ander, godvergete booswigte wat gereken het die arme eiland is te veel van 'n paradys, en dit mag nie so voortgaan nie. Wat kan jy doen? Jou skip is klein, en die see is groot. Jy moet maar oorboord, en swem, en ander vir wie jy omgee ook probeer red, as jy kan.

Die profeet van onheil was Sven. Hy het 'n paar weke ná die troue op Daniel se werf begin kom en gesê hy is op pad bos toe, maar hy wil net gou sy waterfles vul in die voor, of 'n stukkie tabak kerf vir die dag, of sy mes op Daniel se steen slyp. Dan bly sit hy 'n uur, drink wat hy aangebied word en vertel wat by die Losie gebeur, wat dié of daardie of die nuwe opper gesê het. Terwyl hy met Daniel praat, het hy sy kop gedraai om Pieternel agterna te kyk. Hulle het geweet Sven kom om na haar te kyk. Hy het haar vertel: die eerste keer toe hy haar sien, het hy gedink sy is iemand wat hy ken, sy oorlede suster, niemand minder nie; hy het amper groot geskrik. Later vertel hy hy het by Maijke gehoor sy is Pieter van Meerhof se dogter. Hy het haar vader geken, hulle was skeepsmaats, een reis. Havgard is die naam, dit beteken: tuin by die see. Meerhof is die Hollandse vorm; party in Holland sê sommer Hougaard. Hier was vroeër 'n ander raadslid ook wat haar oorlede pa geken het. Jan Zacharias was sy naam.

Dit was weer Maijke se los mond wat veroorsaak het dat hulle hier met Sven opgeskeep sit, het Daniel gedink, en hy het vir Pieternel gesê hy gaan vir Sven wegjaag, maar sy het gesê die man hinder haar nie, en sy wil graag van haar pa hoor.

"Is julle dan nie maats nie?" het sy gevra.

"Ons was, aan die begin. Hy het my hier leer jag. Jy weet 'n

594

matroos vaar beter met 'n mes as met 'n geweer. Die ou het eenmaal vir my gesê, toe ek tyd neem om te laai: Geen wonder julle Hollanders het tagtig jaar lank oorlog gemaak nie. Dit was baas Sven se dag-en-nag-suipery wat gemaak het dat ek vandag vryburger is. Een aand het hy sy mes getrek teen my. As Bart ons nie geskei het nie, het ek destyds gehang oor hierdie Sven. Ek vertrou hom nie meer met my lewe nie. Wat is hy anders as 'n niksnut?"

So het Sven nuus uit die Losie aangedra net om vir Pieternel te sien, en Daniel het gekeer dat die man hom nie uit sy werk hou nie. Maar toe raadslid Sven 'n kardoes Arabiese koffie op hulle kombuistafel kom neersit, het hy gesê dankie, maar bring laat ek jou kwitansie sien, anders neem ek dit nie aan nie. Hierdie Sven was welgeplaas, maar 'n apostel van onheil.

Willem Lierman en Maijke Tielemans, weer, was klein, arm, ongelukkige mense op Mauritius, en dit was van aanvang af hulle eie skuld. Die Kaapse Raad het gesê, op die eerlike advies van Daniel en Bart destyds toe hulle deur goewerneur Bax ondervra is, dat die nuwe opper vir Willem met sy vrou en kinders op die Vlakte van Noordwyk kan sit. Dele van die Vlakte se kors was al deur die Kompanjie gebreek, en daar was standhoudende riviere. Die Raad was vir Willem nog verder genadig, want hy is toegelaat om met die Kompanjie om die helfte te boer. Die Kompanjie gee ploeg en trekgoed en saad, en kry die helfte van sy oes; die ander helfte koop hulle by hom. Dit was net broodkoring wat hulle van Willem verlang het, want brood, soos seemeeue, het jy selde op Mauritius gesien. En op daardie bevel is die Lierman, met sy beenring en 'n swaar gemoed en dik van water, met vrou, dogtertjies en hulle paar kiste, met die posboot tot in die vlak baai by Kroonenburg geneem, en van daar af met die poswa deur die woud na die Vlakte toe, waar een van die posvolk se huise vir hulle ontruim is. Opper Lamotius het hoopvol gewag op die eerste graan.

Onder dieselfde voorstel van Daniel en Bart in die Kaap moes Maijke in die tuin naby die Losie werk, en met twee of drie slawe 'n nuwe palmbos aanplant en onderhou. Op sy vrou se versoek het opper Lamotte – dit was nog 'n ding van Sven, om gemeen met mense se name om te gaan, want opper Lamotius teken soms Lamotte – Maijke se beenring laat afhaal. Hy het met haar deur die suiker geloop na die stuk skoongemaakte grond toe, en haar gaan wys wat die Here gedoen wil hê. Hy het haar drie verskillende soorte palms gewys wat op die eiland aard, maar dit was net klapperpalm waarmee sy moes boer, die regop een met die dun stam en die groot geel vrugte bo onder die kroon. Die klapperpalm of kokosneut is een van die natuur se mooiste geskenke aan die mens, het hy gesê. Terwyl Maijke na 'n paar beeste kyk wat agter hulle verbygejaag word, het Lamotius opgenoem: Dit gee klapper, klapperolie, klappermelk en klapperdoppe, en daarby blare vir bouwerk, matte, skerms, hoede en besems, en klapperhaar vir matte en matrasse, en natuurlik is daar ook palmwyn, palmarak, en palmhart om te eet. Maar die mens is 'n ondankbare ontvanger, want elke palmboom wat vir arak getap word, moet sterf. Elke boom moet dus eers 'n paar keer sy vrugte dra, anders sterf dit sonder nageslag. Tant Maijke moet net sorg dat haar slawe alle ryp vrugte aandra, waar hulle dit ook kry, en die spruitsels plant en versorg ná hulle ontkiem. Palms groei graag waar hulle die see kan sien. Verstaan tant Maijke? Hier in die Kompanjie se private tuin behoort elke boom aan die Here. Niemand mag van hierdie bome blare afkap, of neute pluk (of optel!) of arak tap of palmhart sny of wat ook al nie. As hulle dit doen, gaan daar moeilikheid wees. Verstaan?

"Wat van Sven?"

"Hoekom?"

"Hy is mos baas."

"Oor wie? Nie oor die tuin, of oor jou, of oor enigiets insluitend sy eie siel nie. Sê vir die een wat jou dit wysgemaak het, ek sê so. Goed? Nou, hoe voel jou been vandag, tant Maijke, sonder die ring?"

Dit was 'n droë tyd toe die nuwe opper begin soek het na 'n plek om sy saagmeul te bou. Om 'n winsgewende saery aan te lê, was sy ideaal vir die eiland. En die Here het dit van hom verwag. Soos Hugo sy pos gegee is omdat hy die hoogedeles beloof het om hulle van honderde goedkoop slawe te voorsien, het die nuwe opper sy werk gekry ná hy 'n model van sy geheime uitvinding aan hulle gedemonstreer het, en hulle oorreed het dat dit 'n wins uit die verkoop van swart en rooi ebbehout kan maak. Lamotius en raadslid Telleson het in die klowe naby die Losie gaan soek na die regte plek vir die meul. Die strome was swak en amper leeg, maar Sven het geweet van 'n diep sloot met 'n sterk val, waarin nog genoeg water geloop het om 'n dam vol te hou. Dit was maar 'n halfuur te voet van die Losie af, net anderkant die Franse Kerk. Hy het hom 'n eilandjie in die spruit gaan wys waarop die saagmeul sou staan, en 'n ideale noute in die sloot vir die damwal daar bo.

En die saagmeul was 'n eersteklas maaksel, groot en sterk, gebou om tot amper die oordeelsdag te staan. Daniel het met kontrakwerk daar 'n paar gulde verdien. Hulle het die oostelike spruit afgesluit en laat droog loop, en die wal van onverganklike akkerhoutbalke daaroor gebou. Enkele treë laer af het hulle die meulhuis van swaar akkerhout op die eilandjie opgerig, met sy skepwiel in die sloot en 'n houtgeut van die dam af oor die wiel, en 'n wabrug oor die sloot om op die eiland te kom. Alles van goeie vaderlandse akkerhout. Toe die werk kompleet was, het die opper gesê almal wat aan die meul gewerk het sal die Sondag ná kerk blyedag hou. En hulle het die droë spruit oopgespit, dat die dam vol loop.

Daniel en Pieternel het met die optog van die Losie af geloop, met palmtakke in plaas van 'n vlag, agter die Franse Kerk verby na die blyedag by die saagmeul. Opper Lamotius was voor, met 'n erewag en twee snaartamboere; sy huisvrou het tussen die gemene volk by Pieternel kom loop. Sy was 'n pragtige jong vrou. Sy het die eiland se groot hoed van gevlegte palmblaar gedra soos die boervrouens en die slavinne wat met die kosmandjies agter aankom, maar haar houding was anders. Sy het die hoed eer aangedoen met haar regop rug en skraal skouers. En haar klere was eenvoudig soos hulle s'n, maar haar manier van dra was ook anders. Daniel het dikwels na haar gesig gekyk, waar sy langs Pieternel loop en hulle soos maats lag en gesels. Sy was meer as mooi; sy was gebore blou bloed, soos jy in die vaderland kry onder die oudste families. Altyd kalm, nederig en 'n vriend van nederiges, nooit hooghartig of opgewonde nie. Jy hoor haar stem skaars; sy is sag, die glimlag nooit ver van haar mond nie. Jy dink: sy is nie mens nie, miskien 'n engel of van vreemde adel, maar sy is nie van ons nie. En tog was sy 'n vriend. Enige amptenaar en soldaat sou sy lewe gee vir haar, omdat sy haar lewe vir hulle sou gee. Hulle het dit geweet.

By die meul het hulle die dag gehoor wat haar voornaam is. Toe die ete op die gras onder die bome oopgesprei was, en die glase gevul met Jan Kompanjie se bier en ander drank, het opper Lamotius sy vrou na die sluis gelei en sy hand vir stilte gelig. Sy het haar glimlag na hulle toe gedraai, vir iemand in die voorste ry geknipoog.

"Ek, Margarethe Andrea d'Egmont, open hierdie meul tot die eer van God."

"En die diens van ons edele Kompanjie," het die opper haar herinner, en haar helder lag het gemeng met die geluid van vallende water toe sy die sluis ooptrek dat die blink stroom die eerste keer op die wiel val. Van dié blyedag af het die spruit naaste aan die Franse Kerk die Molensrivier geword.

Laatmiddag, toe Daniel met Pieternel huis toe loop, sê hy vir haar: in een ding voel hy hom Lamotius se gelyke, en dit is dat hulle ewe veel geluk en plesier van hulle vrouens kan geniet. Hy het haar ook vertel dat die ridder d'Egmont die eerste held van die vaderland was om in die verset teen die Spanjaard te sneuwel, en hoe sy eiendom deur hulle verwoes en sy familie vervolg en verarm is. Hy het dit in die skool geleer. Die nuwe rykes spog in Batavia graag met geërfde slawe en drastoele, maar die dame se kwaliteit sal hulle nooit hê nie, want dit erf jy alleen deur bloed.

"Sy sê dat sy weer enetjie verwag. Niemand anders weet dit nog nie."

"Ek het nie geweet julle is sulke diep vriende nie."

"Sy weet ek sal vir niemand sê nie. Sy het ons genooi om haar te besoek."

"A. Ek is nie een vir oppers nie, Pieternel."

"Ek sal alleen gaan. Dit is een vriendin wat nie kyk na klere nie."

Pieternel het verskeie kere gaan kuier, wanneer Daniel na die meul toe loop om met die aanlê van die binnewerk te help. Dit was 'n moeilike proses, want hulle het van 'n getekende plan af gewerk; daar was 'n nuwe uitvindsel met heelwat ysterbeslag en stutte wat Daniel daar vir die eerste keer gesien het, en waarvoor hulle eers 'n smidswinkel windaf van die meul moes bou. Hy en Pieternel het tot by die meul saamgeloop, en dan is sy alleen verder. Hy kon sien watter plesier die nuwe vriendskap haar gee, en sy het met nuwighede huis toe gekom, soos hoe om tee op die Japanse wyse te maak, hoe om rys te kook dat elke korrel apart is en nie een pot grys pappery nie, hoe om *karri*-sous te maak. Sy het vertel van die dame se dogtertjie van twee jaar oud, en twee Indiese slavinnetjies van haar eie ouderdom, meisies soos prinsesse in kleding en gedrag. Die opper en sy vrou praat Frans met mekaar, en met die slavinne praat hulle Portugees.

"Is iets verkeerd met moerstaal?" het hy gevra, en sy het nie verstaan dat hy gesteurd voel nie.

"Sal dit reg wees om hulle na ons huis te nooi, Daniel?"

"Nooi, as jy wil. Onthou, die bure gaan praat, want hulle vrouens voel jaloers en die mans is bekommerd. Hulle wil nie amptenare hier sien nie. Hulle sal sê: Wat is Zaaijman se plan nou om die opper na die Lemoenbos toe te nooi?"

Wanneer die dame op besoek gekom het, was haar twee Indiese slavinne by, en hulle het langs haar geloop en gesels asof hulle susters was. En die bure het gepraat. Sven het kom vertel die boere sê Daniel is nie meer die man wat hulle geken het nie, en dit bederf slawe om met hulle in jou huis Japannese tee te drink.

Daniel het gelag. "Sê hulle moet tel hoeveel van ons mense is met slavinne getroud. Reken hulle nou jy mag met een trou, maar jy moenie met haar praat nie?"

In die tyd dat hulle die saagmeul gebou het, het die nuwe opper sy tande begin wys. 'n Paar maande na heer Hugo se vertrek het die fluit *Hasenberg* uit Batavia gekom met proviand en gevangenes. Onder hulle was 'n slaaf Goulan en 'n Sjinees Tianko, en 'n gesin: Ansoeboe en sy vrou Inabe, en hulle dogters Bau en Iba, wat uit Timor verban is omdat hulle onrus teen die Kompanjie gestook het. Iemand het een aand gehoor dat slawe in Ansoeboe se huis planne maak om die amptenare te vermoor, die Losie af te brand, en met die sloep weg te vlug. Toe Ansoeboe se huis deursoek is, is wapens, kruit en lood onder die vloer uitgehaal, wat uit die magasyn gesteel moet wees.

'n Soldaat met die naam Hans Beer is geroep, want dit was bekend dat hy by die oudste dogter kuier. Die opper het vir Goulan, Tianko, Ansoeboe en Hans laat opsluit, en die Raad het begin met formele ondervraging. Goulan en Tianko het hulle die eerste dag in hulle sel aan die balke opgehang. So is gesê.

Opper Lamotius se vrou het haar man laat weet hulle behoort nie vir Hans Beer saam met die ander te ondervra nie. Dit was verkeerde prosedure, want daar was 'n verhouding tussen hom en die dogter van 'n mede-aangeklaagde. Sy het selfs 'n brief daaroor aan die Raad geskryf. Sy skryf die pa kan sê as Hans nie vir hom getuig nie, wreek hy dit op sy dogter, en as hy teen hom getuig, wreek hy dit ook op sy dogter. Maar die Raad sit net op Maandae, en toe haar brief voorgelees word, was Hans al dood, oorlede tydens ondervraging, soos dit genoem word.

"'n Vreemde wêreld waar 'n opper se vrou vir haar man wil voorskryf," het Sven vertel. Hy kom skinder so, uit die Raadsitting, by hulle.

"Dit is wanneer woorde nie help nie," het Pieternella geantwoord. "Die Raad het nie reg om die derde graad te gebruik nie. Net 'n fiskaal mag dit by die owerheid vra."

"Waar kom jy aan derde graad?" het Daniel gevra. "Moet tog nie tussen 'n opper en sy vrou kom nie, Pieternel. Dink voor jy doen."

"Glo jy dat Hans ons almal wou vermoor het? Glo jy die slawe wil ons dood hê?"

"Hoe sal ek weet? Ek sal sê hulle kan dalk eendag probeer. Die opper moet hulle wys hy duld nie verraad nie, anders kan ek en jy nie meer gerus slaap nie." Maar hy het gedink: Hier begin dit weer met 'n verdomde opper soos dit onder Hugo was. Waarom het ek destyds Kaap toe gegaan?

Eendag het die dame daar gekom met haar slavinne, 'n rol weefgoed en werkmandjies, en drie dae lank het die vrouens in Daniel se huis gesels en tee gedrink terwyl hulle 'n groot kap van gaas maak om oor die ledekant te hang. Sy het so 'n kap van fyn gaas oor haar kooi by die Losie. Sulke net kom uit die Ooste. Dit is 'n geskenk van haar aan hulle.

Sven se houtkappers het op Woensdae 'n wavrag ebbehout na die saagmeul toe gebring, hulle osse uitgespan om te wei, en die boomstamme op die saagbokke tot planke gesaag. Twee man het met 'n treksaag aan 'n stam gewerk, en met hulle vaardigheid kon hulle uit die meeste stamme drie of vier planke haal. Party dae het hulle balke gemaak, reguit, vierkantig en tot dertig voet lank. Dit was bedoel vir die Kaap se kasteel. Hulle planke is in kiste toege-spyker en met die wa Losie toe geneem, en in die pakhuis gestoor vir die dag as die Kaap weer sy hoeker stuur. Die houtkappers het na die nuwe meul se binnewerk gaan kyk, en gevra waar die saag is. Hier is die skeprad, die as, die kamrad, maar wat is al die ander ratte en waar is die saag?

Die bouers aan die meul het geweet waar die saag is, want die opper het hulle van die begin af verduidelik. Die saaglem was 'n wiel van staal, drie voet oorkruis, met tande al om die rand. Hulle het daardie vreemde blink skyf stewig ingebou in die binnewerk dat dit nie sal wankel nie, en Lamotius het hulle vrae beantwoord, oor hoe vinnig die skyf moet draai, hoe die hout egalig teen die draaiende lem gebring word, en hoe die tande gereeld geslyp word, want jong hout vreet staal.

Vir Lamotius was daardie ronde saag 'n saak van trots. Dit was sy eie uitvinding. Hy het erken dat daar probleme kan wees omdat dit die eerste van sy soort is. Die lem se spoed moet hoog bly, en die hout moet egalig gevoer word, dat dit nie die lem steur nie. Jy het altyd sterk water nodig agter die wiel. As daar nie water in die dam is nie en die wiel staan stil, dan saag hulle maar weer met die hand. Maar sy loopbaan was aan daardie lem ver-bind. As hy hier goed doen, kon hy bevordering na Batavia verwag, dalk sekunde van die Kaap, en die verkoop van sy uitvinding in Europa.

Met die eerste reën het die dam oor sy wal gestoot. Hulle sou nou sien of die skepwiel krag het om spoed aan die lem te gee. Hulle het droë hout deur die saag gevoer en proewe gemaak, maar die opper was ontevrede. Die lem was skeef, jy kon dit hoor fluit. Waarom? Die meul se vloer was ongelyk; hulle moes die masjien afbreek om die vloer waterpas te maak, en die masjien van voor af opbou. Maar iets wat van die begin af goed gewerk het, en Lamotius het oor en oor sukses daarmee gehad, was dat hy die as aan 'n draaibank kon koppel, en met gemak swaar tafelpote en ledekantstyle uitdraai. Maar dit was nie oor 'n draaibank dat hy Mauritius toe gestuur is nie, maar oor 'n lem.

Lamotius het dae, soms alleen, soms met 'n handlanger of twee, in die meul deurgebring om daardie saag tot behoorlike werking te bring. Hy het daagliks tot sononder aan die saag gewerk, want hy het 'n belofte aan Here Sewentien gemaak. Toe het iets groters hom begin hinder, en dit was sy geloof in sy eie vermoë. Sy meul móés werk. Die model wat hy in Amsterdam aan die Here gewys het, het gewerk. Hy moes aanhou soek tot hy vind wat sy uitvindsel pla. Hy kan nie vir die Here laat weet sy uitvinding het gefaal, en kan hulle hom asseblief 'n ander pos aanbied nie. As hy rustig en in stilte kon werk, sou hy die antwoord kry. Hy het gewens hy kon sy ander take, soos die kantoorwerk, eers opsy skuif. Wat hy toe opsy geskuif het, was sy administrasie, sy personeel van gefrustreerde jong manne, sy vryburgers, sy vrou, sy kind.

Sven Telleson, raadslid en baashoutkapper, het nie vir hom raad gehad nie. Lamotius was bly as Telleson sy siniese gevreet bos toe neem en hom alleen laat by sy lem. Dan het Sven by Daniel gaan vertel daardie kastige uitvinding wat hulle beloof is, sal nie werk nie. Dit was alles net woorde. Met al die ratte lyk dit binnekant soos 'n horlosie, maar dit saag nie hout nie. Hy, baashoutkapper Sven, moet maar met sy handjie vol mense hierdie eiland aan die gang hou, dat die Here dit nie sluit nie.

Boode het weer op die reede gekom, om die jaarlikse provisie te bring en hout en messelkalk te haal vir die Kasteel. Lamotius is amper met leë hande gevang. Hy moes sy volk aan die werk sit om kalk te maak; sy houtkappers het eers die ebbehout gelos om brandhout te kap. Met *Boode* het daar twee briewe vir Pieternel gekom, van Sofia van der Byl en van Barbara Geens. Dit was goeie nuus. Almal was wel, en hulle verneem net hoe dit met haar en Daniel gaan. Pieternel het die briewe aan Daniel voorgelees, en begin om aan elkeen 'n lang antwoord te skryf om met die hoeker terug te gaan. Daniel het gehoop hulle vertrek gou, sodat hy vir bootsman Lubbert uit sy gedagte kon weer.

Van Lemoenbos af kon Daniel weke lank sien hoe grys rook-banke uit die kalkputte naby Visserseiland trek, en die stank van ongebluste kalk ruik op die suidwestewind, terwyl *Boode* die gekiste ebbehout laai, en dan stil en leeg met gekruiste sparre op die spieëlgladde binnewater lê. Die skip se kuiper het eendag by Daniel se huis aangekom, dieselfde bedrewe en aangename man nog van hulle oorvaart twee jaar tevore. Lamotius laat weet al sy mense brand kalk en vra of Daniel miskien die Losie se kuipe kan kalfaat om met *Boode* om te ruil? Daniel het die werk nodig gehad, maar as Lubbert hom by die Losie sien, sou hy kom skoor soek. Hy het laat weet: as hulle die kuipe by sy huis besorg en weer kom haal, sal hy dit doen. Lamotius het ingestem. Dit was twee maande voor *Boode* sy vol vrag gekry het. Die kalkputte is geblus, die werkers is terug Losie toe. Maar *Boode* het gebly.

Sven het op hulle *verandah* kom sit en vertel hoe die opper vir skipper Wobma sy seebriewe en 'n behoorlike afskeid gegee het, maar tot hulle verbasing bly *Boode* op die reede lê. Waarvoor wag die man? Lamotius het vir Sven gestuur om te hoor of Wobma 'n loods moet hê, en Wobma was ontevrede daaroor. Wil Lamotius voorgee hy kan nie sy skip uitloods nie? Wat weet Lamotius van navigasie? Hier waai geen wind nie, hoe moet hy vaar? Sven het vir die skipper gesê, op 'n mooi manier, hy reken hy kan die hoeker buitegaats bring; hy het verlede maand 'n fluit in feitlike stilte uitgelaveer.

Skipper Wobma het teen hom gedraai. "Sê jy, baas Sven, dat jy

Hasenberg met minder wind hier uitgeloods het as wat nou buite waai?"

"Ja, dit het ek gedoen"

"Jy lieg, jou donder." Hy het 'n belegpen uit die rak by die mas getrek. "Gee pad van my skip af, dronklap. Dwaas. Ek slaan jou nek in."

"Wie jy, skipper?" het Sven hom dapper gehou.

Toe Wobma skreeu: "Vat hom, bootsman. Vat hom, my volk!" het Sven in die loodsboot gespring.

Maar waarom hou Wobma die skip hier? Wat het die man in sy kop? Lamotius kon aan geen rede dink nie. Wat dink Daniel?

"Die opper moet maar dink. Ek is net 'n kuiper."

Daniel het goed geslaap onder die nuwe net oor sy ledekant. In die warmste nagte kon hulle nou hulle laken afgooi sonder dat insekte hulle hinder. Hy word die nag wakker van geweerskote naby sy huis. Dit was nie Bart nie, dit was van verder langs die berg af. Toe hy regop sit, hoor hy, oor die geluid van 'n oostewind in die palmkruine en die dowwe dreuning van die rif, enkele kanonskote ook.

Pieternel het in haar slaap omgedraai, sy hand geneem en wakker geword.

"Ek dink ek verwag 'n kind."

"Waarom sê jy dit?"

"Ek kan nie sê nie. Wat hoor jy? Is dit donderweer?"

"Nee. Ek dink dis van die bure wat skiet." Hulle is saam uit op die stoep. Die oggendster het helder oor die see gehang, maar aan hulle linkerkant was 'n wit gloed in die lug asof die son daardie dag agter die Losie gaan opkom.

"Sadelberg brand. Die wind is nog oos. Dit sal van ons af trek."

"Nee, dit is die Losie. Kyk hoe blink die see voor die reede."

Hy het net 'n broek en hemp aangegooi, en met twee leeremmers in die hand gehardloop om te gaan kyk wat daar te doen is. Langs die pad het hy bure teengekom, een met 'n rol tou, een met 'n graaf. Hulle het vertel van 'n groot ontploffing, 'n kwartier gelede. Dit kon die magasyn wees wat opblaas. Toe hulle by die

Franse Kerk uit die woud kom, het die Losie voor hulle in vlamme gestaan. Na links en regs was palmbome, stalle, buitege-boue, heinings, afdakke, alles aan die brand.

Daar was totaal niks wat hulle kon doen nie. Die vuur het oor-hand gehad. Skipper Wobma met sy roeper in die hand het bevel gegee, en mense gewaarsku om weg te bly. Die vuur het rondom gedreun, jy kon die hoeker duidelik verlig in die poel sien lê. Die hoekervolk het met hulle emmers leeg in die hande bly staan. Die hitte was te erg om naby te kom en hulle het maar gewag dat dit uitbrand. Die Losie se mense, siek van skrik en die warm rook, is in die lang gras langs die spruit neergelê en gelawe. Die hoeker se meester was daar tussen hulle met sy medisynekis en linne. Daniel het uitgevra: Hoe het dit begin? Die mense was bedruk en stil. Hy het verneem dat dit al meer as 'n uur lank brand, en dat die opper se dame met haar kind en die twee slavinne nog binne in die vlamme was. Lamotius was aaklig geskend.

Daniel en drie of vier vrylui het vir skipper Wobma gaan vra watter diens hulle kan doen. Wobma het hulle met die helfte van sy volk onder sy bootsman 'n wye kordon om die plek laat gooi, en niemand moes daar in of uit nie.

Tente is van die skip af gebring en vir die beseerdes opge-slaan, die hoeker se seur het skryfgoed gaan haal, en die kok en sy maat het potte en proviand land toe gebring. Met sonop was die Losie 'n heuwel van nat, swart, rokende houtskool. Wobma het die posvolk laat monster: omtrent almal was verbrand of het vuur ingeasem. Lamotius, het hulle gehoor, word op die hoeker behandel. *Boode* se seur het lyste van name gemaak. Die enigste dooies sover was die opper se familie en sy bediendes. Wobma het vir die vrylui kom sê hy kommandeer hulle om gereedskap te gaan haal en hulle slawe en bure op te roep met proviand vir twee dae. Om tienuur moet hulle met sy bemanning aantree. Dié wat afwesig bly, sal hy hier op die plein ophang. Hy sit vir Zaaijman in bevel van die een helfte, en sy bootsman in bevel van die ander helfte. Een moet die puinhoop oopspit, en die ander moet bamboes en dekgoed kap en verblyf vir die mense opslaan.

Daniel het vir sy groep gesê: Gaan haal julle eie grawe, koe-
voete, pikke, kruiwaens, wateremmers. Wat hier was, lê in as. Hy
het tyd gehad toe hy huis toe loop om te dink wat hy vir Pieternel
gaan sê. Sy sal skrik, sy sal huil, sy gaan lank treur. Sy het in
amper twee jaar nog nie ander vriende hier gemaak nie. Die
opper se mense was soos susters in haar huis. Skaars 'n week
gelede het hulle saamgewerk aan die groot kap van net vir haar
kooi; hy kan hulle nou nog hoor lag en gesels. Sy sal miskien haar
lewe lank ly aan die verlies. Die vader help hulle met hulle blare-
huise as hier eendag 'n brand deur die Lemoenbos trek. Pieternel
het vir hom gesê sy dink sy verwag. Die arme opper; as hy oor-
leef, sal hy wil terug vaderland toe.

Toe hy by die huis kom, het hy vir haar gesê alles is uitge-
brand, en hulle weet nog nie wat die dame se lot is nie. Hy was
bang om meer te sê. Hy het vir homself patats en vleis en 'n fles
brandewyn in 'n seilsak gesit, en haar gevra om vir haar 'n mand-
jie te pak sodat sy met hom kan saamgaan na Theuntje toe. Daar-
vandaan het hy en Bart verder Losie toe geloop, met hulle gereed-
skap op 'n kruiwa.

Die vrylui is by die vlagpaal gemonster. Daniel het die skip-
per om 'n skrywer en 'n wag gevra, en die skipper het gekyk ter-
wyl Daniel met 'n stok op die grond teken van hoe die Losie ge-
bou is, en die verskillende kamers aandui in die rokende hoop
kole. Die agterste slaapkamers was aan die berg se kant. Hulle sal
eers die ooste- en westekante gelyktydig opruim, en dan van die
noorde af deurwerk na die suide toe. Soos hulle plekke oopspit,
sal dit weer begin brand, dan moet hulle water bring en dit blus.
Die seurtjie sit hier met sy boek, en wat hulle uithaal, moet hulle
na hom toe bring om te sorteer en op te skrywe. As iets nie opge-
tel kan word nie, moet hulle ophou spit en hom kom roep. Hout-
skool, gebreekte porselein en as word weggery, sloot toe. Wat be-
waar moet word, is ysterwerk, spykers, stukke van boeke, onge-
breekte goed. Die skipper sal laat weet as dit rustyd en skaftyd is.

In die middel van die dag het baas Sven en die houtkappers
met die sloep *Vanger* van Noordwyksvlakte af aangekom. Hulle
het daar 'n slaaf gevang en die storie uit hom gehaal. Sven is met

sy mense bos toe om boumateriaal te kap. Daar was geen slaap-
plek waar die Losie eers was nie.

Die vrylui is die tweede dag afgedank. Hulle werk was klaar.
Lamotius, toegedraai in linne, is uit 'n tent gebring om die vier
liggame te eien. Die begrafnis was teen skemeraand op die derde
dag. *Boode* het die oggend daarna Kaap toe vertrek met die nuus.
In later jare het Daniel en Pieternel die paar maande van hartseer
en verandering onthou as die keer van die eerste brand. Onthou
jy die eerste brand, Pieternel? Onthou jy daardie salf wat *Boode* se
meester aangemaak het, die keer van die eerste brand? Onthou jy
die verdomde Lamotius se woorde, die keer van die eerste brand?
Die eerste brand was meer as 'n baken op hulle seeweg, dit het die
lewens van die meeste mense op die eiland verander, en dié van
mense wat nog op die eiland moes kom.

Pieternel het met Daniel gepraat oor Bart. Sy gesteldheid het
van sy vyftigste jaar agteruitgegaan. Hy was nie siek nie, maar sy
krag het afgeneem, en hy het maer geword: 'n ou donkerbruin sak
bene met daardie helderblou anker op sy voorarm. Hy het die
meeste middae deurgeslaap, en soos hulle gewoonte was, het hy
en Theuntje saans vroeg gaan lê. Soggens kon jy hom voor sy huis
by die Lemoenbos sien staan met 'n kommetjie tee, waar hy teen
die heuwel afkyk oor die boerderytjies tot by die modderige moe-
rasse in die rigting van die Kalk. Voor sy voete het sy tuin gelê met
groente en 'n bietjie tabak, en in die Modderbaai het hy 'n *sampan*
aangehou waarmee hy sy brood verdien. Hy het tussen die baai
en Visserseiland vis gevang en dit in die Lemoenbos van huis tot
huis van die hand gesit. By die Losie was ontevrede mense en
onder die boere was ook ontevrede mense, maar Bart en Theuntje
het gehad wat nodig is. Jy kon sê, hulle oudag was verseker.
Waarom sou hy arbei, as daar Franse goud onder sy vloer lê? Hy
het in al die jare nog min daarvan gespandeer. Maar hy moet hom
tot die einde soos 'n arm visser gedra, en nooit ryk voorkom nie.

Nou wou Bart graag sy huishouding vereenvoudig en rustig
aftree, soos here dit doen. Na gees en liggaam het hy dit nodig
gehad. In sy kraal was ses osse van die Kompanjie wat hy nie
langer wou hê nie en waaroor hy met die opper moes praat. Daar

was ook ander sake op sy hart. Toe hy met Pieternel praat oor Salomon, was sy dadelik bereid om te doen wat hy vra. Sy en Daniel sou die seun met graagte neem, sy het gereken Daniel sal dit verwelkom. Theuntje verstaan sy behoefte, en weet die seun sal goed daaraan toe wees onder Daniel se dak. Maar Bart moes ook met die opper daaroor praat.

Die opper was die duiwel in. Hy het vir Bart gesê: Die seun is jou wettig aangenome kind, nou wil jy die kind verstoot wat in jou huis grootgeword het en wat julle as sy vader en moeder beskou. Wat is Theuntje se aandeel in hierdie stuk kinderverwaarlosing?

"Nee, opper. Sy is daarteen, maar ek kan hom verder niks leer nie. By Daniel sal hy die kuipersambag kry, en hy moet geleer word uit die evangelies. En wat meer is, hy kom onderdak by sy eie suster."

"Ek sien net een ding, Bart. Jy is 'n luiaard wat jou hande wil leegmaak van die kind. Jy sê jy wil jou osse teruggee en net genoeg plant vir jou eie tafel. As al die boere dit wil doen, wie gaan die eiland se kos kweek? Jy is gesond genoeg om kos te produseer vir die garnisoen, maar jy wil nou op jou stoep gaan sit en rook. Kyk, persoonlik gee ek nie om hoe julle vryboere julle broeke slyt nie, maar ek gaan waaragtig nie van Mauritius 'n ouetehuis maak nie. Jy moet werk, almal moet werk, ten behoewe van hierdie gemeenskap, of ek smyt julle op die eerste hoeker Kaap toe."

So het die opper met hom gepraat, soos hy deesdae praat met mense. Hy dink toe: hy sal belowe om 'n goeie boot vir die Kompanjie te bou, teen betaling. Dit is iets waarvan hy hou. Hy kan sonder hulp werk as dit nie groter word as twintig voet nie. Toe verander die opper se bui. Hy moet 'n vlak boot hê om hout van die Losie af na sy meul te bring, en die gesaagde planke terug Losie toe. Die Kompanjie sal pik en planke gee vir die romp, en 'n mas en tou, maar Bart moet die knieë en inhoute en die boegpaal en agterpaal en die kiel maak, en die boot optuig. Akkoord? Goed, het Bart gesê, dan hou hy eers die kind en hy bring die osse môre.

Bart het sy plantasie versorg op 'n rustige manier wat meer van die matroos as die boer getuig het. Sy geloof was: as die wind sterk waai, moet jy seil verkort, en hy het daarom sy plante kort gesnoei. Dit het nie veel vrugte gedra nie, maar werk gespaar, sodat hy 'n vol dag aan die boot kon werk. Hy het vir Salomon geneem om die hout in die bos uit te soek; hy het vir die seun gewys: Uit so 'n krom tak haal ons twee ribbes, in hierdie stam sien jy klaar 'n boegpaal staan, dáár groei 'n eersteklas mik vir die knie onder die agterbank. Hy was nie haastig nie. Dit was nie nodig nie; hy had geld onder die hoek van sy huis.

Altesaam het hulle vyf maande lank aan die boot gewerk. Wanneer Lamotius kom om te kyk hoe die boot vorder, het Salomon huis toe gehardloop as hy die opper sien aankom. Bart het van die begin af gewonder of die man se verbande ooit van sy lyf af sou kom en die krukke onder sy arms uit. Maande het hy nog gewonder wanneer die wit velriwwe weer uit die kêrel se gesig sal verdwyn, of die gate in sy lippe sal toegroei, of sy hare weer oor die stompies van sy ore gaan groei, of daar weer naels aan sy vingers gaan kom. Theuntje het die kind se kant gekies; sy het gesê Salomon is nie die enigste wat nie meer hulle arme opper in die gesig kan kyk nie.

"Hoe werk jy so tydsaam?" het die opper gevra, "asof daar geld onder jou vloer weggelê is?" En toe Bart nie opkyk nie, sê hy: "Ryk of nie, ons almal moet arbei asof ons arm is. Ons het die boot nodig."

Toe dink Bart: Dan hou ek my nie arm genoeg nie. Ek moet die opper wysmaak hoe min kontant ek besit.

In dié tyd het het *Boode* weer op die reede gekom, met 'n nuwe sekunde vir die pos, 'n paar messelaars met materiaal om die Losie van klip te herbou, en kiste met gereedskap van potte en panne tot skryfgoed, om te vervang wat verloor is. Die hoeker sou bystaan, tot voor aanstaande orkaantyd. Bart het maats gemaak met die skeepstimmerman; hy het hom na sy huis toe genooi en getrakteer op wat hy gehad het, soos vis, 'n bietjie groente en arak, en die timmerman het nie aan wal gekom sonder 'n dubbele hand vol koperspykers in sy broeksak vir Bart nie. Tot eendag, toe skipper Wobma vir die timmerman sê om sy sakke leeg te maak. En dit is hoe Bart voor die Raad gekom het.

Dieselfde dag was Willem van Deventer ook voor. Dit was 'n onhebbelike man, die Lierman. Hoe meer hy van sy watersug herstel het, hoe onbeskofter het hy geword. Hy was brutaal, uitdagend, en het graag mense met woord of daad verneder. Sven het kom vertel: Opper Lamot sê die Kaap stuur sy vullis hiernatoe, maar hy gaan van die Lierman niks verdra nie. Toe die opper met die Lierman gaan gesels op die Vlakte, was hy op jag met die slaaf wat die Kompanjie hom gegee het. Lamotius het sy vrou gevra sy moet vir hulle 'n kamer inruim, want hy bly daar tot haar man kom. Sven en die opper het op die werf rondgekyk: dáár het die osse geloop wat hy gegee is, dáár het die ploeg op die werf gelê, so neergesmyt, en die man het nie 'n hand gelig om land skoon te maak en te ploeg of te saai nie. Toe hy tuiskom, met die slaaf wat 'n bul se skof en vet in 'n sak dra, en die opper hom vra waar bly die koring, het hy gesê as die Kompanjie met klippe wil boer, kan hulle self kom probeer. Toe vra die opper wie se bees hy geskiet het en waar die vleis is. Toe sê die vent: Jy kan gaan kyk; ek kan nie met dié twee bene weer tot daar loop nie. Dit het die opper nie verdra nie. Hy het gesê: Ek lê beslag op jou geweer en ek stuur Maandag 'n wa om jou en jou huishouding na die Lemoenbosvlakte toe te bring. Miskien vaar jy beter as jy nader aan die Losie woon.

So is die Lierman gedwing Lemoenbosvlakte toe, maar daar was geen koring vir die Kompanjie nie. Daniel weet self wat daarna gebeur het. Hy was by, en het saam met Willem van der Hoeven en Willem se Grieta sy hand op papier teen die Lierman gesit toe hulle daarom gevra word: hoe hulle een aand op Daniel se stoep gesellig was met 'n paar bure. Toe staan die Lierman, glas in die hand, en hy lig een been en laat 'n groot wind, en sê asof dit 'n grap is: Dié een trek reguit in Lamot se neus op, en wag effens, hier kom nog een vir hom. Dan was daar die kwessie van die Lierman se slaaf wat van die aarde af verdwyn het. Hulle het gaan jag as twee man, maar hy alleen het huis toe gekom. Weggeloop, sê hy, hy weet nie waar die slaaf is nie. Miskien het hy die slaaf omgebring. Maar daar was nie getuies nie, en net oor die minagtende onbeskoftheid en die graan en die bul is hy voor die Raad gesleep.

Toe Bart voor die Raad kom, en die opper vra waarom hy die spykers gesteel het, het Bart net gesê: "Ek het spykers nodig gehad, opper. Vir die boot."

"Ek verstaan dat jy arm is, en ek is jammer hieroor, Bart. Maar ek mag jou nie vergewe nie. Ek moet jou straf as 'n voorbeeld vir die vrylui."

"Ja, opper."

"Maar ek verminder jou straf."

Die nuwe sekunde het graag laat sien hy is nou ook offisier. Hy het die dag van sy aankoms al geweier om die pakhuis oor te neem, want daar was geen papiere oor die inhoud nie. So het hy voorgegee. En opper Lamotius was versigtig en het hom tou laat kry, want so 'n klein bootjie wat hoog getuig is, slaan sommer om en versuip maklik almal wat saam vaar. En hy was reg om versigtig te wees. Hier in sy eerste Raadsessie sê sekunde Drijver toe hy voel die Raad het nie die reg of die mag om vryburgers te laars nie en hy onttrek hom aan die saak. Maar hulle was drie teen een, en het op lyfstraf vir die oortreders besluit. As mense nie wil hoor nie, dan moet hulle voel. Die skeepstimmerman sal met vyftig houe gelaars word, die Lierman met veertig, en Bart met twintig, oor sy ouderdom verminder tot vyftien. Al drie, as voorbeeld, aan *Boode* se mas.

Pieternella het gevoel Daniel moet iets vir Bart probeer doen. Loop na die Losie toe en praat daar met die opper. Daniel het gesê: Hoe bemoei ek my met die saak? Oor Hugo het ek gaan kla omdat dit myself geraak het, maar hierdie ding raak my totaal nie.

Die bure het daar kom sit en kla; dit was 'n algemene gevoel dat swaar tye weer op hande was, en as enigeen met die opper mag praat, is dit Daniel. Toe Bart in die kooi lê, en die kooi bevlek met sy bloed en water, het Daniel vir die opper gevra, namens die vrylui, dat met 'n ligter hand en groter versigtigheid gestraf word, dat straf nie weer in aanranding en manslag ontaard nie, soos dit onder heer Hugo was.

"Waarvan praat jy, Daniel?"

"Ek bedoel soos Bart geslaan is, opper. Hy lê met hete koors, en hy bloei van onder."

"Ek was nie daar by nie, maar die meester was by. Hy het vir my niks kom sê nie."

"Dit is nou te laat. Bart het 'n dokter nodig. Ons is bekommerd hy kan sterwe."

Sven was by; as afgevaardigde raadslid is hy aan boord gestuur. Hy het gesien. Hy vaar as loods uit, sit 'n ander hoed op, en gaan aan boord as raadslid. Dit het by *Boode* se grootmaswant, stuurboordkant, voor die hele bemanning gebeur, want hulle timmerman moet tot voorbeeld gemaak word vir Jan Maat. Die slaner was die bootsman en dié het sy houe met mening ingelê. Die timmerman het van pyn gekrul, gekreun en gebyt op die lap tussen sy tande, en sy vyftig hale uitgestaan, maar sy broek was gekoek van bloed. Toe was dit Willem van Deventer se beurt, en vandat hy in die want vasgebind is, het hy geraas teen die Kompanjie en gevloek teen die opper dat die hele reede dit weet. Die skipper het die slaner eers laat ophou om Van Deventer oor sy laster te betig. Toe die skipper na veertig klaarkry met tel en by die woorde kom: "Laat hierdie vir almal in godsnaam 'n les wees en 'n laaste waarskuwing vir altyd ..." het Van Deventer na Sven se rigting gespoeg. Toe moet Bart aan die want kom.

Bart het self vorentoe gestap en sy hande gelig om gebind te word. Bootsman Lubbert het hom met 'n hees stem gegroet: "Dag, oupa." Toe het hy 'n mou wat afgesak het, weer opgerol tot oor sy skouer en die emmer seewater in 'n dun straal oor Bart se broek en boude laat uitloop. Skipper Wobma het die oortreding en vonnis gelees, en begin. "In die naam van die loflike Kompanjie, laat reg geskied. Bootsman, lê aan, soos ek tel. Een. Twee." Dit het gelyk of die bootsman langer wag tussen houe om hulle te laat intrek, sodat die skipper vanself stadiger getel het. By die elfde, twaalfde het die skipper hard gesê: "Hou laer, bootsman, nie oor die niere nie." Toe het Sven eers opgekyk. Dit was 'n fout, het hy erken, want hy is as die raadslid gestuur om te kyk dat dit behoorlik gebeur.

Met die terugkom van die Losie af het Daniel weer by Bart se huis aangeloop. Bart het op sy gesig gelê, op 'n seil op die grond met die bloederige vlek van sy water om hom, met sy kop op

daardie blou prent van 'n anker op sy arm. Hy was koorsig, dui-
selig; die sweet het tussen sy verrimpelde blaaie geblink. Theuntje
het vir hom groen kruiepappe op sy boude en kruis gepak, en sy
bolyf en bene met 'n klam doek afgevee.

"Die opper sê hy stuur die meester met salf en medisyne. Ek
het vir hom gesê die houe lê so hoog as die eerste rib. As hy aan
ons wil laat slaan, moet hy weet wat hy doen. Ek het gesê: Laars
is een ding, en gesel is 'n ander. As Bart iets oorkom, sal ons in
Amsterdam van ons laat hoor."

"Ek gee nie om nie, Daniel. As Bart moet heengaan, hou ek
niks oor nie."

"Ons ander wat hier wil bly, gee om. Die opper sê hy kom met
jou praat. Die meester sê vir my gekneusde niere kan herstel as
die skade nie te diep lê nie."

Van toe af was die eiland se boere teen Lamotius. Hulle het by
Daniel se werkplek met hulle klagtes gekom omdat hy die een
was wat Losie toe geloop het. Daniel wou nie hulle stories hoor
nie, hy wou nie dat sy huis hulle vergaderplek word nie, en hy
wou vrede hou met die opper. Die man het aan hom persoonlik
nog net goed gedoen en gesorg dat hy genoeg werk kry om 'n
goeie lewe van te maak.

Die meeste van die boere se praatjies het hom verveel, maar
Sven, met sy nuus en sy vriendskap met Pieternella, was iets an-
ders. Die siel was nog nie dood in Sven nie, en hy het graag die
mooi plekke op die eiland geprys, hulle genoem wonderwerke
van die natuur. Hy het die mooi plekke liefgehad, dis te sê as hy
ooit iets anders as drank liefgehad het, maar hy het dit nie die
werk van die Skepper genoem nie, want jy het nie een van die
Skepper se name uit sy mond gehoor nie, nie met respek nie en
ook nie as profane vloek nie. Hy het Pieternella vertel van die ei-
land se wonderwerke van die natuur, waaronder ook opper La-
motius se vrou tot haar dood. Van die waterval in die Groot Rivier,
en die hemelhoë tweeling-waterval in die Swartrivierberg, en die
ongelooflike berg Drie Spene, en die heerlike Vermaaklikheidskiel,
en groen Bokgat en die soet swemplek by Kroonenburg. Hy het
aangebied om Pieternel te neem om die plekke te gaan kyk.

613

Daniel kon sien hoe Sven sy vrou se geselskap begeer, en om-dat hy 'n man was, ook meer as haar geselskap, en dit het hom gehinder. Hy het vir haar gesê hy weet sy is al amper twee jaar hier en was nog nie verder as Lemoenbos en Suidooshawe nie. As sy met Sven wil gaan, moet sy dit doen. Wanneer hy eendag 'n slaaf kan bekostig, sal hy nie so vas wees nie, dan kan hulle rond-gaan, maar nou moet hy werk vir hulle bestaan. Sy het gesê sy wil graag die mooi plekke sien, en as hulle dan nie albei kan gaan nie, sal sy daaraan dink om met Sven saam te gaan.

Een Saterdag sê die hoeker se kuiper vir Daniel dit is vandag die vyftigste stuk werk wat hy van hom aan boord neem: vier leg-gers, agtien aamvate, tien halfame, twaalf skafbalies, ses pekel-kuipe, en hy het die rekening by die Losie afgegee vir betaling. Dit is al iets om te vier, maar daar is nog meer. Dit is sy vyftigste jaardag en hy wil vir Daniel en Pieternel nooi om met hom aan boord te gaan eet. Hy het vir Pieternel gesê dit is vanaand vol-maan, sy sal sien hoe mooi lê hulle baai en die Lemoenbosvlakte onder maanlig, en hoe die Losie se liggies in die swart binnewater weerkaats.

Daniel het Bart se *sampan* geleen, en hulle het net ná sonon-der uit Modderbaai reguit in die ligstreep van die maan na die verligte skip toe geroei, verby die donker silhoeëtte van Katties-eiland en Juffershoedjie met sy enkele palmboom soos 'n swart pluim. Pieternella het 'n Oosterse japon gedra, wat Margarethe d'Egmont haar geskenk het. Die aand was warm, en sy het een voet in die boot se koel vaarwater laat sleep, opgewek gewys na die Losie se fakkels en komfore, na die fosforlyn van die bran-ding op die rif, en die paar groot sterre wat oor hulle huis teen die donker berg hang. Sy was nog nie tevore in die nag op die binnewater nie. Sy het hulle vriend se geskenk vasgehou, wat Daniel gemaak het: 'n tabakvaatjie van rooi ebbehout, een pond van inhoud, met 'n digpassende deksel.

Behalwe 'n ankerwag van ses wat by lanternlig op die voor-luik met dobbelstene speel, was die kuiper alleen aan boord. Hy het die skipper se permissie gehad om gaste in die kajuit te ont-haal, en die kok se guns om sy kombuis te gebruik. Die kajuit se luike was wyd oop; hulle kon die water teen die romp en om die ankerkabel hoor speel. Soos offisiere het hulle om die kajuitstafel geëet, gedrink, en gesels oor die kuiper se twee jare op die pos in die baai van Nagasaki. (" 'n Verskriklike plek. Jy lewe soos 'n voël in 'n kou, maar dit is 'n les wat geen Protestant sal vergeet nie.") En die man kon kook. ("Hoe kan 'n oujongkerel anders oorleef, en wat anders moet hy met sy geld doen as om die beste kaas en die beste wyn te koop en dit met vriende te deel?") Hy het vir hulle suur vis op die Japanse manier gemaak, met 'n slaai van bamboesspruite, rou groenerte en koue palmhart. Daar was ook 'n warm, sterk gekruide seekat met *karri*-sous en rys, en 'n paar flesse wyn wat hy van die bottelier gekoop het. ("Effens verby sy beste deur hierdie hitte.") Maar hy het geweet hoe om 'n fles onder klam seil in die wind koel te maak. Laatnag het hy vir hulle sago met bruinsuiker en 'n goue gemmerstroop gegee. ("Nog een van die palmboom se vele seëninge, dié sago.") Daarna bitter, swart koffie uit Java en sigare uit Wes-Indië.

Aan die stand van die sterre was dit na middernag toe hulle aan dek gaan, en agter die kuilreling staan om na die donker land te kyk, en te groet. 'n Skuit het plassend oor die poel na die valreep aangeroei gekom. Aan sy heen en weer spoor oor die maanstreep het hulle vermoed die roeier het een lang en een kort spaan, en hulle het stil gewag terwyl hy vasmeer, en teen die leer boontoe klouter. Dit was bootsman Lubbert, reddeloos dronk. Hy het daar by die reep omgedraai, 'n wysie gebrom en tydsaam sy broek losgeknoop en in die see geürineer. Sy hemp was oop oor sy geverfde bors, en het los oor sy broek gehang.

Daniel het vir Pieternel aan haar arm geneem. "Kom, af met die leer. Tot weersiens, maat. En hartlike dank."

"A, ons roerganger," het Lubbert met 'n trae tong gesê, en in die donker oor die dek geslinger soos hy sukkel om sy broek toe te knoop. "Hier op ons verdomde hoeker. Welkom aan boord. En hierdie hoerkind van 'n kuiper. Kom, kom drink 'n glas in die kajuit met my. Ek het heerlik gevreet en gesuip aan land, liewe here. Gaan jy slaap nou in jou moer, kuiper. Een laaste glas, roerganger. Kom ondertoe. Of vlieg hel toe en laat jou wyf vir my plesier."

615

Hy is stamp-stamp met die trap af. Die kuiper het vir Daniel gegroet en Pieternel se gesig in sy hande geneem en haar op haar voorkop gesoen. ("As daar dames soos jy was in my jeug, Pieternel, was my lewe nie so alleen nie. Dankie vir julle geselskap, vriende.") Die bootsman het van onder af geskree: "Waar de donder bly julle? Helhond." Hulle kon hom hoor boontoe klim. Hy het weer sy geverfde kop oor die luikhoof gelig. "Vir wat moet ek soveel praat?" Hy het aan dek geklouter en voor Daniel kom staan, hom met twee hande aan sy hare gepak en gesê: "Ek smyt jou onder op die oorloop, hond."

Sy stem het die matrose van die voorluik af laat nader kom. Daniel het hom losgeruk. "Pasop wat jy doen, dronklap."

Lubbert het voor Pieternella gestaan en slinger, en haar met 'n grynslag ondersoek. "Ek sien jou wyf het 'n brood in die oond, roerganger. Dis hoe ek haar vir jou afgenaai het, laaste passaat."

Daniel se bloed het gekrimp in sy lyf. Vanaand open die hiernamaals se poort vir hom of vir hierdie man of hulle albei. Daar is nou nie omdraai nie. Die vark het hom 'n loef afgesteek, want hy was deur sy vriend se goedheid warm gedrink en geëet, en hy is nie reg om te sterf nie. Hy het gesê, dat die matrose hom hoor: "Ontsien my swanger vrou, bootsman." Sy maat het al vir Pieternel in die *sampan* gehelp, die koptou losgemaak en hom geroep om in te klim. ("Kom, in godsnaam!")

"Kom wal toe, hond," het Daniel die bootsman voor die matrose genooi en sy mus op die dek gegooi. "Bring dit aan wal as jy die moed het." Toe het hy in die *sampan* geklim.

Die wag het uit die donker nader gedring, agter hulle bootsman saamgedrom, en Lubbert het skreeuend oor die verskansing gehang met sy geslagstuk in sy hand en dit voor Pieternella geswaai. "Hiermee. Afgenaai."

Hulle het na die kaai toe geroei en vasgemeer, hulle gehaas om veiligheid by die Losie te soek. Die Losie het geslaap. Die komfore het laag gebrand. Lubbert het luidkeels uit die donker nagsee gevloek en geskreeu hy gaan vir Daniel kastreer en sy binnegoed oor die bosse hang, maar Daniel het vir Pieternel aan die hand gehad om haar vorentoe te sleep, en die kuiper het van die kaai af geskreeu hy moet vlug. Hier en daar in die Losie is 'n luik oopgemaak en 'n lantern uitgehang. Die nagwag by die poort het die gekraakte klok dof en vals geslaan.

Daniel het op die gras aan die landkant van die steier gaan staan, vir Pieternel weggestoot, sy onderbaadjie om sy voorarm gedraai en sy mes uit die skede getrek. Pieternel het gehuil, sy naam geroep, gesoebat dat dit halssake is, hy moet sy mes vir haar gee. In die hitte kon hy skaars asem kry. Sy mond was droog, maar sy oë was aan die lig gewoond, sy spiere was los en sy greep op die mes sterk. Hy was reg. Toe Lubbert met 'n halfdosyn matrose op sy hakke teen die graswal opkom, was daar al twee of drie mense uit die Losie ook, en die poortwag met sy fakkel.

Daniel het vir Lubbert gesê, afwerend: "Nie met messe nie. Laat ons dit met die vuiste doen." En Pieternel, met 'n stuk bamboes in die hand, het Lubbert daar van haar man af probeer keer, maar hy het haar weggestamp, en met sy mes na Daniel gesteek. Die slag het deur sy gerolde baadjie tot in die arm gesny. Lubbert het soos 'n swaardvegter probeer afstand hou en met 'n reguit arm gesteek; die volgende hou het van Daniel se onderbuik af op tot in sy skouer gesny. Hy het nie pyn gevoel nie, maar geskrik vir sy eie bloed in sy handpalm toe hy oor sy hart vat. Hy, nie hierdie hond nie, moes lewe. Hy het vorentoe gestorm, Lubbert se steek laag en diep in sy dy gevoel, en hom aan sy hemp gegryp. Toe het hulle bors teen bors gestoei, mekaar se mes-arm probeer vang, gekap, gekeer, gesny, in mekaar se gesigte gehyg, gestoei, en mekaar weggestoot om afstand te kry, en weer gesteek. Lubbert se hemp is van hom afgeskeur. Die matrose het hom aangepor, en agter hom gelag; hulle het gewens hy vrek vanaand. Swaaiend en hygend, besmeer van bloed het Daniel teen Lubbert gestoei, oor die plein geslinger, gesteek, gekeer, gekeer, gekap. Toe Lubbert 'n arm bo sy kop lig om hom los te ruk, het Daniel dit daar vasgegryp en drie keer sy mes in die holte onder die skouer gesteek. Lubbert het 'n stroom bloed uit sy mond en neus gestoot, en in Daniel se arms geval, met sy gesig teen sy bors. Daniel kon drie, vier, vyf keer sy mes in Lubbert se onderbuik dryf sonder weerstand.

"Vark," het hy gesê, en Lubbert weggestoot, dat hy val. Die

bloed het uit Lubbert teen die graswal af geloop, en niemand het nader gegaan om hom te help nie. Daniel het weggedraai. Hier was hy nog, en al was hy erg gewond, het hy gevoel hy sal oorleef. Sy hart sal weer stadig klop, sy asem sal weer koel word, sy mond sal nat word, sy wonde sal genees. Hy sal weer op die been kom. Hy sal vir die opper vertel. Die gevoel van vryheid was soet, al moes hy hang hieroor. Hy het vir Pieternel gesê: Pieternel, Pieternel, van dankbaarheid.

"Jy is in hegtenis," het die wag gesê, en 'n hand gehou vir Daniel se mes. "Beskou jou as die Here se prisonier."

Die Losie se meester het met 'n lantern van Lubbert se liggaam af gekom. "Hy is dood. Kom in die *corps de garde*, dat ek kyk. Dadelik."

Lamotius het hom ná 'n week by sy huis op Lemoenbosvlakte besoek. Dit was die eerste keer dat die opper daar gekom het. Daniel het in sy groot ledekant gelê, met dele van sy lyf in verbande. Lamotius het kom sê die Raad het gesit, en dit was nie vir Daniel nodig om getuienis te lewer nie. Hulle het besluit, ná getuienis van verskeie persone, op selfverdediging, en geen sprake van manslag nie. Lubbert is begrawe buite die kerkhofheining. Die skipper wou hê ter see buite die rif, maar dit is ongeleë, want Sven sê die gety sleep dié tyd van die maand alles weer binnetoe. Nou skryf hy sy verslag aan die Kaap, en hy wou net hoor, voor hy dit afsluit, of Pieternel nie geskrik het nie. 'n Vrou wat skrik in haar swangerskap, kan 'n ongeluk in die kraam oorkom. Is Daniel seker hy gaan nie kwetsure oorhou van sy wonde nie? En is die ontsteking en die koors verby? Hy moet hierdie punte opklaar voor hy die saak afsluit. Die Kaap was ontevrede oor die geval van Hans Beer. Hy het in daardie saak gemeen hy doen reg in die Kompanjie se belang, maar hulle skryf dit was onwettig om hom tot die derde graad te ondervra en 'n mistasting om hom met sy kop in 'n mik op die Brandende Hoek te hang.

Dan, baas Sven het versoek om Kaap toe verlos te word. Hy is jammer daaroor, want die man is sy regterhand. Wanneer die hoeker weer kom, gaan 'n vakature oop vir 'n baashoutkapper, en daarmee 'n plek op die eiland se Raad. Sal Daniel daaroor dink, of hy die pos sal aanneem en weer in die Kompanjie se diens tree? Daar is volop tyd.

"Dankie, opper. Ek wil liewer by die huis werk. Die saamwees is vir my en Pieternel belangrik."

"Ek verstaan." Die opper het 'n aanmerking gemaak oor hulle ledekant se kap van fyn wit gaas, en gesê hy wil nog by Bart aanloop, om te hoor hoe die ou vaar.

Hy, Daniel, weer Jan Kompanjie se brood eet? Nooit.

Hulle dae het verbygegaan sonder dat hulle veel daarvan geweet het. As hulle vir Bart op sy krukke met die bospad af strand toe sien roei, het dit hulle nie herinner aan die verbygly van hulle eie lewens nie. Vir hulle het die lewe pas begin. Van voordag tot na sononder was hulle met hulle werk besig. En daar was later gebeurtenisse wat hulle onthou het omdat dit hartseer in die huis gebring het, maar destyds was geleenthede vir tevredenheid en blydskap nog meer algemeen. Maar aan etes met here en vername passasiers in die Losie, wat hulle nooit bygewoon het nie omdat hy vir die Kompanjie gesê het nee dankie, en aan besprekings in die Raad en briewe aan die Kaap en Batavia oor die eiland se toekoms en die vrylui se welsyn, waaraan hy nooit deelgeneem het nie, daaraan het Daniel nooit gedink nie.

Voor die geboorte van hulle eerste kind het Salomon by hulle kom woon. Daniel het hom kuiperswerk geleer, en die seun was nie onwillig nie, maar onhandig, want hy was links en die meeste stukke gereedskap is gevorm vir die regterhand. Hy wou lees, en het hulle huis deursoek vir boeke. Hy het vir Pieternel gesê die hele wêreld is in boeke. Pieternel het geweet van baie boeke in 'n kas in die Losie van vroeër, maar met die eerste brand het alles as geword. Daniel het vir die seun sy Bybel aangebied; dit was al wat hy in die huis gehad het. Saans na ete was die donker soms swaar, en Pieternel het vir Salomon gevra om vir hulle voor te lees uit die Bybel. Dan het Daniel by kerslig duie met die dissel en speekskaaf gevorm, Pieternella het klere verstel by lamplig, en Salomon het by die kop van die groot tafel gelees.

Hy het op die eerste bladsy begin lees: *In die begin het God die hemel en die aarde geskape. Die aarde was woes, leeg, en duisternis was op die afgrond.* Hy was 'n vlot leser, en van tyd tot tyd het hy opgehou om iets te sê of om oor iets te vra.

"Dit sê hier oor die skepping, elke dag se werk wat klaargemaak is, was goed. *En God het gesien dat dit goed was,* sê dit hier, vyf keer, ses keer. Goed, waar kom hierdie slang nou vandaan?"

Hulle het nie geweet nie, maar dit was so. Die slang was daar, in die goed.

Daniel het ook gesê: "Kyk, as Salomon reg voorgedra het, verstaan ek dat die Skepper gesê het dit is nie goed dat Adam so alleen is nie, en toe vir Adam slaapgemaak het, en toe word Eva gemaak uit 'n ribbebeen. Dit het ek gehoor, maar ek verstaan dit nie. Die liewe Vader weet self hoe eensaam hierdie huis snags was. Enigeen wat kyk hoe 'n man gebou is, sien dadelik die nodigheid vir 'n vrou daar. Ek sê wat ek glo: die Skepper het die hele tyd geweet toe hy vir Adam maak dat daar dadelik 'n vrou sal moet kom, en nie soos Salomon vertel eers 'n tyd later, na hy gesien het hoe eensaam lê Adam snags nie. Het jy reg gelees, Salomon?"

"Woord vir woord."

"Ek glo die Woord soos dit geskrywe staan," het Pieternel gesê. "Dit is vir my die waarheid."

"Ek wil eers meer lees. Miskien verstaan ons later," het Salomon gesê. Voor in die Bybel, waar daar twee skoon blaaie langs mekaar is, het hy vir hulle op Daniel se versoek elkeen se name geskryf en Daniel se geboortedatum, en hulle huweliksdatum. En soos hulle kinders later gebore is, het eers Salomon en later Pieternel die name en geboortedatums daar geskryf. En hy het vir hulle aand na aand voorgelees, solank as hy by hulle gewoon het. Theuntje het kom luister hoe hy lees, en sy het by Daniel aangehou: "Jy moet tog vir Salomon laat leer. Hoor net vir hom. Jy kan die outjie vaderland toe stuur, Daniel, soos opper Van Riebeeck se tweetjies. Ek onthou hulle goed, hulle was soos my eie. Ek en Bart sal help met Salomon se passaat en sy skoling."

"Hy moet sê wat hy wil doen. Ek sal hom nie voorsê nie. Behalwe as hy in die Kompanjie se diens wil gaan, dan sal ek hom sê daar is fout met sy kompas."

Na Pieternella se eerste kind gebore is, het Theuntje laat weet

Bart se rug het ingegee. Hy kom nie meer in sy tuin om water te lei of te skoffel nie. Daniel en Salomon het hom gaan besoek. Bart het gesê hy lê op sy laaste anker. Hy was tevrede, maar het gekla oor klein onregte wat hulle aan hom gedoen het. Dit was 'n fout om die skuit vir Lamot te bou. By die hond se graf, kyk wat het dit hom besorg. Hy het genoeg geld gehad, Franse goue ponde, egte *Louis d'or*. Leer tog, uit hierdie jammerlike voorbeeld, skoliertjie. Moenie werk as dit nie nodig is nie; dit lei net tot onheil en verdriet. Die meester was die vorige dag van die Losie af daar, om te kom verneem of hy pyn het. Ja, hy het pyn, maar dis onnodig om nou moeite te doen. Sy water kom skoon bloed uit en daar is geen raad voor nie. Daniel hoef nie oor die plantasie bekommerd te wees nie, solank alles kort gehou word, sal niks omwaai nie. Miskien gaan hy self môre vroeg see toe om vis te vang.

"Behoue vaart," het hulle gegroet.

"Jy ook, *sapitahu*. Fok voor die boeg."

Lamotius het nog 'n keer na Daniel toe gekom om te vra of hy hom sal help om die meul in volle produksie te kry. Hy kry bietjies, bietjies planke gesaag, maar sy syfers op papier sê dit behoort veel hoër te wees. Hy het soveel werk in die kantoor dat hy nie meer in Sven se afwesigheid sy aandag aan die meul se versnellings kan gee nie.

Daniel was besig om 'n doodkis te maak. "Ek kan my werk hier los, opper. Ek kan elke dag hier los om by die meul te gaan werk. Dit sal die Kompanjie aan hout help, maar dit gaan nie hierdie eiland help nie. Ek sê met respek: as die Kompanjie nie sy probleem met daardie saag oplos nie, is ons almal hier in groot moeilikheid. Om te dink ék word gevra om die magtige Kompanjie van 'n lywal af te help is eintlik 'n grap."

Toe Sven met die hoeker uit die Kaap terugkom, het hy 'n vrou gehad, maar hy het nie gelukkig gelyk nie. Griet Ringels was die oudste van 'n slotegrawer se dogters. In 'n droë land is daar nie te veel werk vir 'n slotegrawer nie, en sy het 'n honger gesig gehad en 'n gewoonte om te vat wat nie aan haar behoort nie. Toe hulle by die Losie gewoon het, het sy iemand se wasgoed van die lyn af gehaal. Die opper het hulle Lemoenbos toe geskuif, en daar het sy iemand se weglêhen met 'n troppie kuikens in die bos kry loop en na haar eie huis toe aangejaag. Sy was onder die indruk hulle is wild, het sy getuig.

Sven het weer op Daniel se stoep kom sit soos 'n hond wat nie by sy eie huis kos kry nie. "Sy is nie mooi soos Pieternel nie, en 'n hele paar jaar ouer as ek, maar ons sal nog aan mekaar gewoond word. Ek wil vryburger word, kuiper, en 'n paar kleintjies hê, dit is die hoofsaak waarom ek haar getrou het."

Elke keer as Daniel hom sien, het Sven weer maerder geword, rooier in die gesig, korter van asem en humeur. Daniel het hom sy beker arak vroeg gegee sodat hulle al twee na hulle werk toe kan gaan, maar Sven het van daardie tyd af bly sit vir 'n tweede beker, en saans as hy van die saagmeul af kom, het hy weer by Daniel aangegier voor hy huis toe is. Lamotius wou nie hoor dat hy vryburger word nie, hy het gesê hy moet sy verband uitdien en die verdomde meul help regkry. Hulle moet die produksie vervierdubbel, anders gaan die Here hierdie eiland sluit. Maar hy wat Sven is gee nie 'n duiwel om vir die Here nie, soos hulle nog nooit vir hóm omgegee het nie.

"Ons saag nou net met die hand. Altyd maar weer terug na my reepsaag toe. As daar 'n keer genoeg water in die dam is om die wiel te draai, dan is dit die ratte wat gly of die lem wat slinger. Dan moet ek hardloop en rem trek, en probeer regmaak, nog voor een boom deur die saag is. Waarom sal ek mors met sulke gereedskap? Ek het met die meul opgegee, kuiper. Met die hand sien ek kans, maar Lamot wil nie na my luister nie."

Later het Sven al soggens van sy huis af aangesteier gekom, met bowelas aan soos 'n sloep wat te hoog getuig is en dreig om om te slaan. Dan lag Daniel: "Kyk weer, baas Sven, dis dalk nie die saaglem wat slinger nie, maar jy." Maar hy was jammer vir die man, want hulle was tog vroeër baksmaats. En wie kan sê dat die drank nie eendag sy baas ook word nie?

Die meeste somers, as die riviere droog word en staande poele maak op die gelyktes, het maagkoors onder die mense gekom. Dit was 'n gereelde ding in droë jare. Die hele eiland het daarvan geweet en dit in sulke seisoene verwag. Elke huisvrou het geleer: Van Oktober af werk jy met kookwater en was jou hande kort-kort met seep. Drinkwater en waswater hys jy uit 'n put of skep dit uit 'n lopende rivier, maar as dit uit 'n staande poel kom, moet jy dit kóók voor gebruik. Skoon putwater sou die veiligste wees, maar by die Losie was nooit 'n put nie, omdat Sadelberg een soliede granietrots was tot agter in die see.

Die oorsaak van daardie siekte was dat mense met maagkoors hulself en hulle klere meer dikwels as gesonde mense moet was om die stank van ontlasting van hulle af te kry. Dit was die hele oorsaak van die siekte. Siek mense wat gelukkig was om 'n huis te hê, kon tuis in 'n balie was, of as hulle te siek is, word hulle gewas met warm water, maar 'n jagter wat sy broek in die rivier uitspoel, 'n slaaf wat sy liggaam in die rivier was, 'n enkele slavin wat 'n huisgesin se wasgoed rivier toe bring, kon 'n kolonie be-smet. En daar was bannelinge uit Indië wat vir hulle geloof in die waterpoele gestaan het. Dit was 'n gereelde ding in droë seisoene. 'n Skip met gevangenes uit Indië in die droë tyd was 'n vroeë waarskuwing. So kom die siekte aan die hande van die vrou wat in die rivier was, en in die water van die wasbalie waar 'n slavin skottelgoed afspoel.

Soms was die aanval lig en die koors binne 'n paar dae ge-breek, maar ander kere was die aanvalle hewig, met geweldige maagpyn, hete koors, bloedige stoelgang, en dan het die hele kolonie siek gelê. Sekunde Drijver met sy hoogheilige houding, wat gesweer het dat hy nie boeke of briewe sou teken nie, is een wat so oorlede is voor die volgende hoeker gekom het. Anders gestel, na skaars 'n jaar van verklarings insamel teen sy opperhoof en ander onheilighede, was die eiland van hom verlos.

Maagkoors was uit die Ooste bekend; dit was deel van die Ooste, soos rys, warm stof, of die reuk van *karri*. Die hoë here én die hoere in Batavia het dit geken. Dit was ook iets wat die Hollander in die trope aangedryf het om gou ryk te word, dat hy slawe kan bekostig om sy water te dra én die hout te kap om dit mee te kook. Maar daar was 'n ander siekte op Mauritius waar-van Batavia nie geweet het nie, waarvoor hulle nie medisyne

623

gehad het nie, en wat die Here hulle nie kon voorstel wanneer Lamotius dit in sy briewe aan hulle probeer beskryf nie. Die tyd sou kom dat hulle dit sou ervaar, en die tyd was al naby.

Nét na die hand van God vir Batavia gevat en geskud het – *Genoeg, Sodom! genoeg, Gomórra!* – het die nuwe siekte ook uit dié stad se gragte gekruip en in windlose nagte soos 'n wolk slegte lug deur die strate gesweef. Uit onkunde het hulle dit slegte lug genoem, *malaria* as jy vir jou slimmer as ander hou. *Mal aria* – slegte lug. Die Kompanjie sou dié siekte nooit weer vergeet nie en ook nie oorleef nie. Opper Lamotius het moontlik die geleerdes soos doktor Cleijer en die professore van Leiden mislei met die simptome, want benewens geweldige hoofpyn, duiseligheid, hete koors en spierpyne het hy dit vergelyk met *"equilepsia of St Jans euvel"*, en genoem dat vier komete oor Mauritius gesien is, daardie eerste warm jaar met stagnante waterpoele. Geen professor sou daarna 'n uitspraak waag nie, omdat die Kerk sterk was en brandstapels vir ketters nog glad nie vergete nie.

Lamotius het self onder malaria gely. Hy het daaraan gely toe hy aan goewerneur Van der Stel in die Kaap geskryf het. Hy was duiselig, sy hand het met moeite die pen van inkpot tot papier gedra, met moeite inkwoorde aan Van der Stel gevorm. Het die goewerneur die simptome herken; hy het sy jeug mos hier op die eiland deurgebring? Van der Stel het dit nie geken nie. Lamotius dik miskien sy vreemde siektes aan, want in dieselfde brief smeek hy om 'n verplasing. In sy antwoord het die goewerneur nie na die siekte verwys nie.

Sven, hygend en hoesend van 'n longkwaal wat hy uit die Kaap uit gebring het, het vir Daniel kom vertel wat hulle opper oor die siekte Kaap toe geskryf het. Soms woord vir woord soos dit in die brief geskryf staan, want Raadslede het dokumente gelees en onderteken; net in Sven se geval moes dit voorgelees word, en dan het hy sy twee blokletters onderaan getrek, elkeen so lank en breed as sy duim se eerste lit. En sy oë het Pieternel oor die werf gevolg soos hy vertel.

"Ek was twee reise met heer Hugo weg om te gaan slawe haal, en ek het op die kus by Mosambiek swartes gesien lê met 'n siekte soos hierdie, of dieselfde ding. Die Arabier wat ons middelman was, het gesê hy slaap nie snags aan land nie, hy slaap aan boord, want in die nag kom die slegte lug uit die moerasse uit, dit het hy gesê. En 'n ander ding wat jy daar sien: die swartes woon nie na-by vleie en moerasse nie, hulle bou hulle huise op hoogtes. Ek vertel vir Lamotius van die staande moerasse hier agter die Kalk, en die man sê vir my," Sven se stem het gestyg in ongeloof, "hy sê hy kan dit nie help nie. Dit sê hy vir my. Hy werk nou aan 'n model van die saaglem, effens kleiner en swaarder, om Kaap toe te gaan; hy kan nie nou met moerasse nie."

In daardie eerste seisoen van die nuwe siekte het agtien per-sone gesterf, swart en wit, volwassenes en kinders, onder wie Salomon een van die laaste was. Pieternel het oor haar broer ge-treur, in swart geklee haar kind versorg, en stil deur die huis ge-gaan met gedagtes oor haar eie sterflikheid. Sy het na Theuntje toe geloop met die kind in 'n doek op haar rug om haar te gaan vertroos.

"Nou moet ek en jy self ons Bybel verder lees," het sy vir Daniel gesê. Sy het toe hulle tweede kind verwag. Soos haar tyd nader, het haar bekende glimlag weer teruggekom. Daniel was bly daaroor. Hy het van Salomon gehou; die seun was 'n plesier in die huis en 'n gunsteling by die bure, maar wis en seker kom die dag nou op hom en sy vrou aangemarsjeer dat hulle ook moet sterwe. Jy verloor van jou mense soos jou reis vorder; hy het self ouers en broers verloor toe hy jonk was. En wat hou jy op die ou end in jou hande oor? Al wat jy werklik het, is wat jy nou besit en wat jy nou doen, hierdie oomblik waar jy staan.

"Al wat ons het, is hier en is nou, Pieternel. Dit is vandag ek en jy en ons kind. Miskien, volgende warm seisoen, is een of twee van ons drie heen."

Na hy uit die Kaap gekom het, was Sven nutteloos. Lamotius het by Daniel kom vra of hy weet hoe Sven sy kaart geteken het. Die man het van sy werk af weggeloop; sy houtkappers weet nie eens wat van hom geword het nie. Sy vrou sê sy wil niks met die dronk vuilgoed te doen hê nie. Aan die hoogheilige Drijver, 'n man van geen afkoms maar 'n groot vertoon van wit linne voor die bors en om die polse, het Sven vals verklarings afgelê oor Lamotius se gedrag, sodat dit Kaap toe kon gaan. Aan elke Jan Maat en vryman het Sven vertel wat oor hulle in die Raad gesê is of Kaap toe geskryf word. Sy longkwaal was erger, hy was gedurig moeg. Hy het drank uit die pakhuis gesteel en selfs sy werksvolk se rantsoen uitgedrink. Hy het veertien dae gelede sy mense net so in die bos gelos en van die houtkappery af weggeloop, na ou Noordoos se stokery by Kroonenburg, waar hy 'n week lank dronk gelê het. En dít, as Raadslid. Hy het vier byle op die slypsteen gemors, groewe daarin geslyp dat dit nutteloos was. Die houtkappers het by Lamotius kom kla oor die byle. Die Raad het vir Sven daaroor verhoor, en sy gasie gehalveer. Só loop hy toe bos-in, vier dae gelede.

Daniel het te hore gekom dat Sven by Willem van Deventer werk, omdat hy geld aan die Lierman skuld. Hy het vir die opper gesê waar Sven is.

Lamotius se boodskappers het Sven op die Lierman se werf gekry, waar hy rooi ebbehout tot brandhout kloof. Hoor, *brandhout*. Sven het voortgegaan om stompies op die kapblok staan te maak en met sy byl te verdeel. Sonder om die klerk aan te kyk het hy met sy fluitende stem gesê dat hy van die Kompanjie niks wil hoor nie. Die klerk het gevra of hy daarvan 'n verklaring kan afneem. Sven het met die byl oor sy skouer regop gekom, en hygend geantwoord: "Ek vee my aars af aan jou, en aan Lamotius. En die een van julle wat my weer voor die boeg kom met bevele, sal ek aan stukke kap met hierdie byl. Ek is jammer dat ek dit nie lankal gedoen het nie. Daarvan kan jy 'n verklaring afneem."

Daaroor is Sven uit die diens geskors en sy goed gekonfiskeer. Hy het by Daniel se werksplek gekom met net 'n bontgeverfde hangmat onder die arm. Kan hy hier in die buitekamer bly?

"Nou moet ek vryheid hê, kuiper, of ek vermoor die een wat in my pad kom."

"Waar is jou vrou?"

"Wat wil jy met haar maak?"

"Ek wil hê sy moet jou hier kom wegvat, en by haar eie huis hou."

"Ek bly. As Pieternel my nie wil hê nie, loop ek na die Lierman toe, al is sy wyf 'n giftige feeks. Anders bly ek. Asseblief, kuiper."

Daniel het daaraan gedink hoe die ou man gedurig sy jong vrou aanstaar, maar hy het vir Pieternel gesê dat hy Sven in diens wil neem, as sy nie omgee dat hy in hulle buitekamer slaap nie. Sven moes net buite op die werf bly; hy wou nie dat sy of die kind Sven se siekte aansteek nie. Maar sy het haar nie daaraan gesteur nie, en met Sven op die werf kom gesels wanneer sy wil. Sy het ook vir hom kos gegee, maar Sven wou gewoonlik nie eet nie. Tabak was genoeg, iets te drink, en as sy nie omgee dat hy sy oë aan haar verlig nie.

"Dit lyk nie of ek en jy nog daardie wonderwerke van die natuur gaan besoek nie, ek en jy, met ons twee se liggame, soos ons nou lyk," het sy agt maande swanger, aan hierdie vriend van haar oorlede pa gesê.

So het Daniel en Sven bedags op die werf stompe tot duie gekort, hoepels gevleg, kuipe gevorm, en teer gebrand. Sven kon maar 'n halfdag werk, dan was hy flou en moes gaan lê. Hy en Sven het in die koelte van palmbome gesels oor die moontlikheid om 'n kuipersbedryf aan die gang te kry, met 'n handlanger. Beslis, hulle moes dit lankal gedoen het, het hulle gesê, wetende dat dit te laat is. Hy het vir Sven soggens, smiddags en saans arak gegee, en 'n fles vir Sondag, omdat hy geweet het hoe die man se geweldige behoefte hom teen elfuur aan bewe het, hoe hy op die middag soos 'n lyer aan die vallende siekte ruk en groot druppels sweet, tot 'n tweede beker hom kalmeer. Toe Sven te swak word om in sy hangmat te klim, het hulle vir hom 'n kooi op die vloer van die buitekamer gemaak. Daar het Pieternel sy uitgeteerde liggaam in sy laaste maande versorg, terwyl hy bloed hoes, sy kooigoed 'n paar keer per dag natmaak en hom geleidelik tot niet drink.

Hulle het Sven se hangmat geskrop en tussen twee hoekpale van die *verandah* gehang en hom daar in die bries laat lê, dat hy oor die baai uitkyk. Die hangmat was 'n pragtige stuk werk. Die seil was deur 'n seilmaker gesny en omgesoom, dit kon jy aan die reëlmatige stekies sien, sewe op die lengte van sy naald; dit was

627

blou en groen geverf met wit, skerpgeronde strepe om branding voor te stel. In die middel, in 'n dubbele sirkel van tou, waartussen die naam Sven Telleson en die datum 1632 groot en sierlik geskryf was, het Neptunus met sy drietand geregeer. Rondom het die see gelewe van skepe, walvisse, koraaltuine waartussen meerminne en seekatte swem, wit meeue oor die water, 'n kompas kleurig uitgevoer met 'n rooi pyl op noord en 'n goue kruis op oos. Nêrens was 'n teken van land nie, geen bergpieke, bome, stad of kaai nie. Die geheel was so dat as iemand in die hangmat lê, was dit asof hy in die see weggesak is met 'n rand van voëls en wolke heel bo, dan die see met sy skepe, en daaronder die bodem met visse en koraal en skulpe. Die touwerk aan koppenent en voetenent was kunstig geknoop van aksduim tou, gevleg, gesplits, geweef in al die patrone wat 'n matroos ken. Wie sou dit vir Sven geverf het? Sy naam kon hy sekerlik nie self skryf nie.

Een sononder, toe die skuim op die rif wys dat die gety begin uitgaan, is Sven weg. Die klerk wat die liggaam kom besigtig het, het gevra of daar 'n testament is, of 'n nalatenskap. Daar was niks, behalwe 'n mes, 'n seilbroek, 'n hoed van gevlegte palmblaar, en daardie hangmat. Die seur het sy vingers oor die skilderytjies laat gaan.

"Wat is hierdie datum? Is dit sy geboortedatum?" Maar hulle het nie geweet nie.

"Die weduwee mag dit wil hê."

"Dan moet sy dit maar kom haal," het Daniel gesê. Maar die weduwee het nie daarin belanggestel nie.

Onthou jy nog vir Sven, Pieternel? Waar in sy vrou se geheue, tussen alles wat sy beleef het, sou nog plek wees vir Sven? Daniel moes dink, en uitwerk hoe oud Pieternel toe was. Toe hulle Swartrivier toe trek, was sy so oud soos opper Lamotius se vrou was, destyds met die eerste brand. Pieternel het huisgehou, met beheer oor haar huishouding en kinders net so goed soos sy oorlede ma dit gedoen het. En sy was nie langer besorg oor geboorte nie, nie meer skrikkerig vir siekes nie, het nie meer oumense vermy nie, was nie meer bang vir lyke nie. Sy het met gekettingde slawe en gemantelde oppers gepraat, met haar oë op hulle gesigte en haar

628

stem gelyk en kalm. Hy was trots op haar manier van doen; sy was soos die opper se oorlede vrou in haar maniere. Wanneer haar hande op hom was, het hy gevoel hoe krag uit haar in hom in vloei, hy kon voel hoe dit sy senuwees stilmaak en sy spiere ontspan. Haar hande het sy wonde en beserings genees; sy het sy verliese en teleurstellings genees. Sy moes oud, oud wees om soveel krag te hê. Wanneer het Pieternel so oud geword?

Lamotius het na Daniel toe gekom, vergesel van Jaap Baldyn wat minder as 'n maand tevore vry geword het. Hulle het op die *verandah* gesit.

"A, is dit nie ou Sven se hangmat nie? Vermetele skobbejak. Soldy getrek, niks uitgerig nie. Ontslae van onkruid. Wie sou sy naam vir hom geskryf het?"

Maar die opper wou 'n voorstel maak. Hy het 'n nuwe sloep met die naam *Europa* op die blokke by die Franse Kerk – Daniel weet daarvan – 'n pragtige ruim sloep en goed beseil, en dit moet te werk gestel word. Hy wil 'n voorstel maak, en vir Daniel vra om dit in belang van die eiland te oorweeg.

Die eiland se vernaamste produkte was tot hiertoe ebbehout en messelkalk. Die Kasteel in die Kaap word nou afgerond, en dáár is nie meer soveel kalk nodig nie. Hy het toe gedink hoe anders hierdie eiland vir die Kompanjie tot nut en wins sal wees, dat dit nie gesluit word nie. Daar is tabak: die meeste vrylui kweek reeds tabak vir die garnisoen se gebruik, maar dit kan verder uitgebrei word, ook vir uitvoer. Die Kaap gebruik jaarliks duisende ponde tabak om trekvee van die inboorlinge te ruil, en alle tabak verander in rook, die aanvraag hernu homself gedurig. Dan is daar arak; hulle weet self daar is die arak wat jy maak uit suikerstroop, en die *arak apè* wat jy maak van palmsap.

Nêrens ter wêreld groei die suikerriet langer, dikker en soeter as hier nie. Dit staan welig hier op Lemoenbosvlakte, en daar is al 'n paar vryburgers wat hulle eie handmeulens gemaak het: eintlik maar twee rollers met 'n slinger, om sap uit die suikerriet te pers. En by Kroonenburg stook Noordoos rietarak en hou daar 'n gelisensieerde tappery aan, tot sy eie verdriet, bygesê. Fockje Jansz wou dit in die geheim hier by Lemoenbos ook probeer, maar dit is ontdek en verbied. Hy, die opper, het meer as 'n jaar gelede aan die Kaapse goewerneur oor die arak geskryf, en het nou daarop 'n gunstige antwoord gekry.

As Daniel met sy gesin, en Jaap met syne, kans sien om na Swartriviermond toe te trek en daar vir die Kompanjie *arak apè* stook, sal die Kompanjie hulle hele opbrengs opkoop. Jaap hier het ervaring van brandewyn maak in die land waar hy gebore is en Daniel is 'n kuiper. Die Kaap het die nodige apparaat gestuur, soos 'n ketel, helm en slang, en die Kompanjie sal dit kosteloos aan hulle leen, en 'n paar slawe voorsien om brandhout te kap en sap te vergader. Ook die messe, lepels, balies, tregters en emmers, al die nodige gereedskap, sal die Kompanjie voorsien. Hulle twee moet die bome tap en die sap tot *arak apè* stook. Hulle moet die smaak en sterkte gedurig vergelyk met die produk wat uit Batavia kom, wat die Kompanjie goeie arak noem. Hulle kan suiker ook plant as hulle wil, en die rietarak probeer meng met *arak apè* om meer volume te gee. Of die rietarak met anys of naeltjies geur; die smaak is gewild by sommige. Maar hulle hoofproduk moet kom uit die kroon van die kokospalm. Hy gee hulle die alleenreg. As die kwaliteit goed is, sal hy hulle vol kuipe met die nuwe sloep laat haal. Dink asseblief daaroor? Hier het ook vir hulle 'n brief gekom met die hoeker.

Daniel het reeds geglimlag by die gedagte. Dit is die verandering, die verbetering wat hy nodig het. Maar wat van Pieternel? Sy is nou ver swanger, dit kan skaars 'n maand meer wees. Wat van haar tuin, en die huis wat sy hier om hulle ingerig het? Hy het vir Lamotius gesê hy wil sy vrou roep om by te sit.

Lamotius het, met sy oë op Pieternel, kortliks van sy voorstel herhaal oor die stokery by Swartriviermond, die sogenaamde Molukse Reede, en Jaap het verduidelik hoe 'n stokery werk, en die proe van voorloop, loop en naloop. Stel Daniel miskien belang om dit saam met Jaap Baldyn in vennootskap te onderneem?

"Is dit die hele aanbod?" wou sy hoor.

Wel, daar is 'n ander keuse ook. Die Kompanjie wil die grootste deel van sy buitepos Vlakte van Noordwyk verhuur aan 'n paar lustige boere om vir die garnisoen groente en broodkos te

630

kweek. Dit beteken kool, wortels, raap, en dan styselgoed soos patats en maniok. Hy wil eksperimenteer met mielies en Natalse tarwe, en wat ook al nog vir broodmeel gemaal kan word. Daar is vyftien morg bewerkte grond en 'n paar sterk geboue. En dit is vrugbare grond, ook vir kruie. Wynruit, salie en roosmaryn groei geil. Die Kompanjie sal ploeg, trekvee en gereedskap voorskiet. Die poshuis word uitgehou vir sy mense wat daar werk, die palmboomkwekers soos Robert Hendriksz en ta' Maijke. Wel, hulle kan 'n week of so daaroor dink. Hy het hulle eerste gevra. Daar sal ander wees wat belangstel. Die nuwe sloep is amper gereed vir die see, hy kan nie leeg lê in die binnewater nie.

Daardie middag, tot skemeraand toe die los, ronde wolke wat die hele dag stil oor die suide van die eiland gehang het, hulle oranje kleure kry, het Daniel en Pieternel oor die voorstel gepraat, tussen hulle werk deur. Daar was drie keuses: hulle kon bly waar hulle was, of op Noordwyk gaan boer, of Swartrivier toe gaan.

Pieternella het gesê sy sal graag op 'n nuwe plek kom, maar liewer nie naby ta' Maijke nie. Een van Sven, die eiland se mondkoerant, se laaste stories was hoe Maijke voor die Raad gekom het om te vra dat sy en Robert kan trou. Lamotius het gewonder waarom die bruidegom nie saamkom nie. En Robert, toe die opper eendag met hom daaroor praat, het net gesê hy is nie lus vir trou nie; hy hoop nie die opper wil hom dwing nie. Dit sal vir ta' Maijke 'n nog moeiliker mens maak, het hulle geweet.

Daniel wou liewer bly. Hier was sy huis wat hy self gebou het; dit was gerieflik ingerig, en hy was naby aan die Losie waar sy werk vandaan kom. Sy suiker was amper gereed om te oes, waarom moes hy dit verlaat en hom van nuuts af waag aan 'n arakstokery, 'n heel nuwe lewe, op 'n afgeleë plek anderkant die berge?

Toe dit donker word en hulle die eerste muskiete hoor, het hulle binnegegaan, luike in die rame gesit, hulle aandete geëet, die kleintjie in die kooi gesit. Sy was twee jaar, en tevrede met haar pop in haar kinderkooi van bamboes en palmblaar, met 'n kap van fyn net daaroor. Net langsaan het die wieg gewag op hulle volgende kind. Pieternel het na aandete 'n hoofstuk gelees uit hulle Bybel, met sy oortreksel van seil, en die skip wat haar

631

broer met bruin ink geteken het. *Hoeker Boode,* was daaronder met bruin geskryf, en jy weet nie dat dit 'n Bybel is voor jy dit oopslaan en daarin lees nie. Sy het gelees van die sterk man Simson wat van hom 'n oorlas gemaak het waar hy gaan, onder vriend en vyand, en van sy jammerlike uiteinde. Kan dit moontlik wees vir 'n mens om 'n leeu dood te maak? het Daniel gevra. Hy het gehoor van 'n boer daar by Katwijk wat 'n malperd met sy skouer teen die stadsmuur doodgedruk het, en dan het 'n Duitser glo 'n swart beer verwurg. Pieternel het gesê sy dink nie dit het met krag te doen nie; 'n skraal mens kan krag uit die hemel kry. Sy is jammer dat 'n man soos Simson met so 'n gawe hom met los vroue vermaak het. Sy arme ouers. Gelukkig was daar geen weduwee of kind nie. En Daniel het verwonderd na haar bly kyk.

Pieternel het die Bybel toegevou, waarin oor 'n maand of so weer 'n naam geskryf moet word. Die eerste bo-aan was 'n dogtertjie s'n, Catharina Zaaijman, met die datum van haar geboorte, in die dik boek met 'n skip op die omslag.

"Het jy al aan 'n naam gedink, Daniel?"

"Jou pa se naam as dit 'n seun is? Ek weet die gewoonte is: mý pa se naam eerste, maar dit maak nie saak nie." Hy het die lamp na haar toe aangestoot, en hulle brief aangegee om oop te maak. Dit was van Barbara Geens, haar naam was voor op die omslag, en daarby die woorde: *Met vriend die God geleide.* Dit was 'n lang brief, vol nuus van die Kaap en oor Barbara self. Daniel het met 'n glimlag aan haar gesig gedink: die breë mond, die groen oë en die miedhoop van rooi hare. Ek word oud, het sy geskryf, hier in die jong kolonie by Stellenbosch, omring van jong mense. Mense waag, alles gaan vooruit. Sy is by haar dogter Sara, getroud met Adriaan van Brakel, en hulle het al 'n mooi spannetjie kinders, maar sy wens sy kon met haar eie werk in die Kaap voortgaan. Tog voel sy nie sterk genoeg nie. Die regering deel nou grond uit, plase en dorpserwe net waar jy vra. Die plasies is vrugbaar en die veld geil; almal trou en kry hulle kinders en hulle vee teel aan. Lang Gert van der Byl en Sofia het ook vryboere geword. Hulle seun Pieter woon nog by hulle; hy is 'n ent langer as sy pa en 'n groot hulp vir hom. Die twee boer regtig suksesvol saam. Pieter sal seker aanspraak maak op 'n eie plaas wanneer hy trou. 'n Besondere ding is dat die Kompanjie nou Stellenbosch se vryboere met 'n mate van selfregering toelaat om, onder die naam van heemrade, hulle kwessies op te los. Die mense is tevrede daarmee. Die vier heemrade is Lang Gert, Henning Hüsing, Hans Grimpe en Henk Elberts. Baie vernaam, en die vrouens vir 'n wonder nie klaar weer neus in die lug nie. Dit is pragtig hier tussen die berge, dit reën al die hele winter. Mense praat al van ons dorp, ons kerk.

"Weet jy waar hierdie Stellenbosch is?"

"Onthou jy die dag, Daniel? Ons het na die Soutrivier se mond toe gestap, toe wys jy na die berge in die ooste en vra of daar al mense woon. Toe sê ek: Hottentotte woon daar. Ek wonder of hulle daardie Koina weggejaag het?"

As mense so vooruitgaan, wou hulle self nie agterbly nie. Dit is net genade. 'n Skraal mens, met krag uit die hemel, geniet genade. Hulle het daar by die tafel besluit om Swartriviermond toe te trek. Pieternel sou eers hier wag tot ná die kind gebore is.

Die opper het gesê veertien dae. Hulle het deur hulle huis en oor die werf geloop, en bespreek wat moet saam en wat moet bly. Die hele huis kon hulle omtrent hier afbreek en saamneem, maar anderkant gaan hy vir hulle 'n kliphuis bou. Sy suiker sou hy sekerlik oes, maar sy jong tabak en van die groente kon bly staan vir die nuwe eienaar. Hier was nog geen grafte om van afskeid te neem nie; hulle dooies was in die kerkhof by die Losie. Hulle naaste buurvrou was ta' Theuntje, wat sou treur oor hulle vertrek, maar sy sou bly wees as Pieternel by haar kom woon tot na die bevalling.

Daniel het vir Pieternel van die eiland se westekant vertel, en van Molukse Reede, waarheen hulle gaan trek. Jy loop die Pieter Boths Kop om, dan loop jy drie of vier myl noord, dan kry jy die riviermond wat swart modder in die binnewater stoot. Die klimaat is daar effens droër, met 'n seewind wat die land afkoel. Daar is nog amper geen muskiete nie. Die Swartrivier stoot sterk in die see, deur 'n diep, wye mond waarin bote veilig lê en 'n halfmyl ver kan opvaar. Die gat in die rif is effens moeilik vir iets wat groter is as 'n sloep, maar nie onmoontlik as jy versigtig is nie. Jare gelede het die fluit *Molukke* daar ingeloop; hulle noem dit nog altyd Molukse Reede. Hulle huis sal rivier op moet staan, buite bereik van die gety se soutwater.

Lamotius het een oggend laat weet die hoeker se skipper wil see toe, en as Daniel sy besluit geneem het, moet hy kom praat, solank die matrose nog daar is om hom te help. Pieternel het gesê sy dink haar tyd kom oor veertien dae. Sy sal alles hier inpak en gereed maak, en as Daniel moet trek en sy is nog nie gereed nie, moet hy gaan. Hulle het gepak wat hulle kon, met die fyngoed in palmgras toegedraai, en dit gereed gesit vir die matrose om te kom haal.

Die Saterdag het hy vir Pieternel en die kleintjie met hulle goed na Theuntje toe geneem, en Losie toe geloop waar daar 'n meester was en vrouens om haar met haar bevalling te help, en vir die opper gesê dat hy die Maandag sou reg wees. Die Sondag het hy vir sy siel gesê: Vandag is dit jy of die suiker. En hy het alles wat hy gehad het, kort bo die grond gesny, en die dik, sappige latte in bondels gebind om saam te neem Swartrivier toe. Al hulle huisgoed is in een week met die nuwe sloep oorgevoer, maar Pieternel moes meer as veertien dae by Theuntje op haar verlossing wag.

By Swartriviermond het Daniel vier slawe sonder toesig aan die werk gekry by 'n kalkput bokant die strand, met 'n paar vaatjies growwe messelkalk wat bedoel was om die Kompanjie se distilleerketels op te messel. Waarom sou hulle sonder toesig in die hitte werk? Wat is hulle beloof, of waarmee gedreig? Die panele van sy huis is op die graswal bo die hoogwater uit die boot gelaai. Hy het sy huis se kante met talies en katrolle staangemaak en vasgebind, die plat dak daaroor gehys en vasgemaak, en die vloerplanke in hulle plekke gelê en ingespyker. Aan die lykant van die huis het hy 'n kookplek opgetimmer. Toe sy kiste met huisraad aankom, het hy hulle in die huis laat dra, en eendag met sy waterketel in die hand na 'n plek gaan soek waar kokospalms naby drinkwater groei, so ver bo die springgety se merk dat seewater nooit daar instoot nie. Daar was 'n gelykte onder 'n krans, langs 'n diep waterpoel waardeur die rivier geloop het. Daar het hy vir hom 'n ruim werf uitgemeet, en klippe op die vier hoeke gestapel waar sy groot huis moet kom. Langsaan was nog volop beskutte grond vir Jaap Baldyn, en vir Jan Kompanjie se stookketel. Toe het hy hom uitgetrek en vir 'n kwartier in die diep poel geswem. Hy sou die reël daaroor neerlê: Drinkwater word bo die swemgat geskep, niemand sit 'n voet in die water daar nie, niemand skep water onder die swemgat nie.

Die slawe se arbeid sonder voorman of aandrywer het hom laat dink hoe hy tien jaar tevore sy huis by Lemoenbos manalleen gebou en daarna land begin skoonmaak het. Nou moes alles weer voor begin, maar hy het uitgesien daarna. Die slawe wat hy beloof is en hulle opsigter het aangekom terwyl hy die fondamente van sy kliphuis gespit het. Hulle geselskap was nie welkom nie. Hy werk liewer alleen. Hy het hulle weggestuur om bouklip aan te dra, en toe 'n week daarmee verbygegaan het, kon hulle strand toe gaan om 'n kalkput te grawe, en mandjies vol van die heuphoë wal witgebleikte skulpe op die hoogwaterlyn aandra na die kalkput toe.

In die tussentyd het Jaap Baldyn vir hom die nuus gebring dat Pieternel 'n dogtertjie gehad het. Nog 'n dogter, maar dank God, hulle sou hom hierheen volg. Jaap het met sy werkers hulle tente honderd tree nader aan die see opgeslaan. Sy werf was in die dag luidrugtig van 'n geroep en geskreeu by die werk, en saans as Daniel klaar geswem het en na sy huis by die riviermond terugloop, het Jaap viool gespeel, terwyl sy slawe tamboere in die vuurlig slaan.

Pieternel en hulle twee kinders was aan boord, toe die opper kom om die Kompanjie se stookketel in te messel. Die sloep *Europa* het kop-en-stert teen die gety in die riviermond geanker gelê, en Daniel het saam daarheen geroei om vir Pieternel wal toe te haal. Sy het 'n slavin bygehad; in vrye lening van die Kompanjie, het Lamotius hom verseker. Nou was hy nog baas van 'n slaaf ook; hy wou dit nooit wees nie, hy het reeds meer as genoeg gehad om aan te dink.

Daniel was bekommerd oor die toename in sy huishouding. Hier was nou vier van sy eie mense op sy werf en vyf van die

Kompanjie. Nege. Hoe gaan hy vir almal kos gee? Hy moes planne maak: om die een slaaf vir 'n deel van die dag te laat visvang en 'n ander te laat tuin omspit en groente plant langs die rivier, om self op jag te gaan vir takbokkies, dodaerse en landskilpaaie, en nog soveel as hy kan te arbei aan die bouwerk. Sy dae was vol. Die slawe kap hout, dra klippe, maak kalk, trap klei, maar hy moes self aan sy huis messel, kosyne maak, die deure en luike timmer. En hy het hout bymekaargesit om vir hom 'n *sampan* te bou. Hy werk weer veels te veel, sou Bart gesê het. Hy moet liewer stadigaan.

Lamotius se nuus was dat die vryboere Michiel Romond en Gert van Ewijk die boerdery op Noordwyksvlakte gehuur het. En die opper was bekwaam met sy hande. Hy het gekom en die stookketel waterpas gestel en ingemessel, en 'n waterleiding van die rivier af aangelê om die ketel af te koel, op so 'n manier dat dit gelyk het of die water opdraand vloei, maar dit was maar skyn.

Na sy huis klaar was, en hulle die ou huis van die riviermond af gedra en agter die nuwe huis vir 'n buitegebou opgestel het, het Daniel nog verlang na die eenvoudige lewe en die rustigheid van vroeër by Lemoenbos. Hy en Pieternel kon nie meer alleen wees soos vroeër, so veel of so intiem soos hulle wou nie. Daar was nou, vir die eerste keer, 'n vennoot by sy werkplek met wie hy besigheid moes bespreek, 'n slawevrou op sy werf, die gehuil van twee kinders in sy huis. Minder as 'n klipgooi ver, tussen hom en die see, was Baldyn se huis. Baldyn se vrou het graag gekuier en gekookte kos as geskenke aangedra, rys met 'n pot *karri*, *ruti*, sterk gekruide *ketjap*. Maar ongevraag, en onwelkom. Daniel het gevoel hy moet elke keer 'n paar ekstra visse vang of 'n groter bok soek om te skiet om haar vriendelikheid mee te vergoed. Was dit wat die lewe van hom wou hê? Was dit die lewe wat hy wou hê? Sekerlik nie. Waar was sy kosbare eenvoud van leefwyse?

Pieternella het die stemme en gewerskaf op hulle werf geniet. Sy het haar werf een gemaak met haar bure se werf, die rook van hulle kookvure het gemeng, hulle kinders het oor en weer gedraf en gelag. Wanneer sy haar kruietuin in die aandskemer met die hand natdra, het hulle slawe saam onder die bome gesels. Daniel het gedink: Pieternel soek familie, sy verlang na niggies en tantes, susters en swaers soos wat ander mense het. Hy self het liewer agter stilte aangeloop, met 'n kapmes die bos agter sy huis in om ebbehout te soek, of op die vlakte tussen berg en see om die palmwoud te ondersoek vir volwasse bome wat aan Jan Kompanjie se dranklus geoffer kan word. Volwasse bome met tien of twintig groot neute aan. "Nie maagde nie, Danielo," het Jaap gesê. "Jy moet getroude bome soek."

Daniel het soms teen die kliprant agter sy huis gaan sit, en van bo af hulle werwe en stokery bekyk: die twee woonhuise met hulle buitegeboue, kookplek en stalle aan die lykant, die mense en diere wat daar loop, en die riviermond, die groenblou binnewater daaragter, die rif in die verte, die oop see pers soos ink na sononder toe. Iets was verkeerd, iets het hier omgedraai. Sy gesig, wat sy lewe lank oos staan, moet nou wes kyk. "Barbara," het hy gesê om die geluid in stilte teen die berghang te hoor. Wat gaan met ons gebeur? Was dit 'n omkeer in sy lewe, was hy nou by sy draaipunt verby, en aan die begin van sy terugreis?

Palms aard op kusvlaktes. Hulle groei graag waar hulle die see kan sien. Sven het geglo palmbome kom uit die see uit, hulle voorouers kom van wie weet waar, die nageslag volg 'n stroom, kom soos matrose aangedryf, skiet saad op vreemde strande, stig 'n kolonie. Julle ook steek graag wortel in moeder aarde en bly by die see, *sapitahu*, maar doen nie die moeite om die berge oor te versprei en die binneland te ondersoek nie. Kyk hoe lank woon julle al hier, en jou vrou was nog nie by Bokgat of Kroonenburg nie?

Op Swartriviermond se vlakte, af suide toe so ver as Pieter Boths Kop, het duisende kokospalms gegroei. Daar het Daniel die oudste bome uitgesoek. Hy en 'n slaaf het 'n leer staangemaak en die kop afgekap dat dit met sy neute aan grond toe val. Die rypste neute is drie of vier begrawe onder die boom dat hulle kan groei; die groenes is in 'n net huis toe gedra. Dan het die man op die leer die stomp kop met sy mes uitgehol, so diep soos hy met sy voorarm daarin kon kom; dit was die pot. Die stomp het twee dae lank daardie pot vol gebloei, of gehuil soos Baldyn sê, en op die derde dag het jy met beker en vaatjie gekom om dit leeg te skep. Dan moes hy weer twee dae binnetoe bloei, dan kom maak jy hom weer leeg. Hy en die slawe het elke dag uitgegaan om die potte leeg te skep; party potte vir die eerste keer, ander vir die tweede of derde keer. Party bome kon jy tot vyf maal uitskep, dan word sy bloed suur en donkerbruin. En van daardie sap is *arak apè* gestook.

Die stokery was Baldyn se werk. Hy het dit gedoen met die vername geheimsinnigheid van 'n groot keldermeester. Hy het gepraat van ou familieresepte wat van vader aan seun gefluister is, die noodsaaklikheid van koperketels, van voorloop en naloop, die smaak wat soldeersel aan alkohol gee, van te flou of te sterk. Hy sou met 'n vingerpunt onder die slang 'n paar druppels vang om te proe, oë toemaak en in stilte dink, sê hy proe lood, hulle sal hierdie stooksel moet geur met anys. Of hy het dit met 'n skreeu uit sy mond gespoeg: Kobragif! Daniel het hom vertrou; hulle arak het vir hom goed en sterk gesmaak, en opper Lamotius het kom proe en hulle gelukgewens met wat hulle reggekry het. Hy het hulle beloof om nog 'n ketel te laat kom as hulle die twee gelyktydig aan die gang kan hou, en het met die eerste besoek ses legger met hom saamgeneem, Losie toe. Daarvan sou een Kaap toe gaan as proef.

By Baldyn het Daniel gesien om met slawe te werk, of hoe jy moet maak dat hulle vir jou werk. Die slaaf moet eet en hy weet dit. Onthou sy behoeftes, gee hom baie kos, 'n vol nag se slaap, 'n slaapdrank en 'n kans om 'n vrou te ontmoet. Maak 'n studie van sy swakhede. Groet hom, bedank hom vir 'n stuk werk, sorg vir hom as hy siek is. Werk harder as hy, langer ure, sodat jy hom eerlik in sy oë kan kyk. Hou 'n gelaaide geweer agter jou kooi. Maar liewer soos voorheen, sonder slawe.

Die Kompanjie se jagter, met sy amptelike groen hoed, beuel en drie honger honde, het elke paar maande in die omgewing kom skiet, met die boot *Vanger* wat Bart gebou het. Hy het in die mond ankers in die grond gesmyt en op Baldyn se werf sy kamp gemaak, met sy sakke sout en leë kuipe. Daar het hy hulle provisie en vate ook ontskeep. Soms het hy 'n brief van Lamotius gebring, of 'n ketel wat hulle Losie toe gestuur het om gelap te word.

Dan het hy 'n week in die omgewing geskiet terwyl sy slaaf by die strand slag en insout. Saans het hy 'n dodaers of twee werf toe gebring om te braai, en kom drink en nuus van die Losie vertel. Hy was vol lof vir hulle produk; hy het gehou van drank wat die vlamme by jou mond en rook by jou ore laat uitslaan. Aan hulle gegeurde drank sou hy nie sy mond sit nie. Hy bedoel geen belediging nie, maar anysarak is 'n hoer se drank.

Daniel en Jaap het hulle arak getoets op die jagter. Hulle wou 'n drank maak vir die garnisoen: nie te fyn nie, nie te kru te, en een wat die gewone man na vier roemers steeds op sy voete sal hê, spraaksaam maar gesellig, en sonder hoofpyn in die môre. Sven het vertel van 'n tapper in die Ooste wat in elke legger twee snoekkoppe gesink het om daar te trek tot dit verteer is. 'n Ander het geweet van 'n stoker wat elke legger op drie span tabak laat trek het. Nog een het gesweer by 'n skepel buskruit. Baldyn wou nie daarvan hoor nie. Hy het die jagter binnegenooi, sitgemaak en stadig geskink. Hulle het hom kos gegee, vis en rys met uie in seeskilpadolie gebraai, en hom laat praat.

Ja, wie is weer dood by die Losie? Die ou mense sterwe af, die jonges word groot. Wat kan jy doen? Ou Fockje Jansz en die Lierman en Willem van der Hoeven, hulle drie is in een maand dood. Dit is weer die maagkoors, baie was siek. Maar, daar was lelike spooksels by die Losie. Die Losie is verdeel tussen wie die opper goedgesind is, en wie nie. Die verdeling loop van bo by die hoofklerk tot onder tussen die soldate. Daar was 'n tyd lank 'n kwessie tussen die opper en die nuwe baashoutkapper Abraham Steen, want Steen kry nie die saagmeul aan die werk nie. Dit was nie sy skuld nie; die meeste riviere aan daardie kant van die eiland staan stil. Drie van die jong klerke, Molijn, Swaanswijk en Geel, het 'n tyd lank hulle nekke styf gemaak teen die opper en hom agter sy rug bespot, 'n storie versprei dat Lamotius jaloers is omdat Steen meer gunste kry by Van der Hoeven se vrou as hy. Ook dat die opper vir Molijn tot die stomme sonde probeer verlei het. Hulle het nog verder gegaan en geskinder van misdade wat hy in die vaderland sou gepleeg het. Hulle het geen respek vir die opper nie. Sulke slim jongens weet mos beter. Die opper, hy het nie hulle

639

bog verdra nie. Hy is gou met sy lat. En hy het sy lyfwag vermeerder van een tot vier. Ja, dit is altyd 'n teken van moeilikheid. En die hele besetting voel dit. Die drie is gevang om in die Kaap verhoor te word, en die opper het hulle met *Vanger* op Tabakseiland laat aflaai, om daar te bly tot die hoeker weer kom, maar hulle het dadelik ontsnap en leef nou in die bosse en bedel kos by huise. Niemand mag hulle help nie. Opper het vir hom gesê: As hulle nie wil staan nie, skiet in die bene. Maar Adam Cornelisz sê hy sal hom nie laat keer nie en hy donder die amptenaar wat hom wil belet. So, die verdeling het nou uit die Losie uit tot op Lemoenbos en Noordwyksvlakte gekom. Omtrent almal is teen die opper. Wat homself betref, hy weet hy eet die Kompanjie se brood, en hy het altyd sy geweer.

Net na Nuwejaarsdag van 1685 het die jagter op die Swartrivier se reede gekom, met 'n verrassing vir hulle. Dit was Pieternel se broer Kobus. Die hoeker wat twee dae gelede aangekom het, lê in Suidooshawe voor die Losie. Daar was 'n brief van Lamotius, maar nie van die Kaapse kerkraad of die Weesheer nie.

Pieternel was bly om vir Kobus te sien. Hoe gaan dit met hom? Hoe gaan dit met so en so? Waarom het hy nie hulle briewe beantwoord nie? Daniel het hom verwelkom, maar was van eerste groet af teleurgesteld met die man se handdruk: 'n flou, lawwe aanraking, nie 'n handgreep waarmee jy 'n drenkeling in die boot sal lig nie.

Die jagter moes met Daniel opsy praat. Die opper laat weet die skipper sê hy het die kêrel twee keer met twintig houe laat laars. Een keer oor lyf wegsteek, want ná hy oor sy seesiek was, wou hy in die kooi bly. Skipper het vir hom gedoen wat hy kon oor die siekte wat hy het, hom botteliersmaat gemaak en ook net dagdiens, maar die bottelier kon geen werk uit hom kry nie en die sjirurgyn kon niks verkeerd kry met hom nie. Maar die tweede keer het hy tabak en 'n mes uit die skieman se kis gesteel en die mes in sy kooigoed weggesteek. Dit was die opper se boodskap.

En dit was dan Pieternel se broer. Hy weet nie wat hulle in die Kaap aan die seun gedoen het nie, maar hy was nie reg nie. Die hond wat meeste geskop is, word meesal die skelmste.

Die briefie van opper Lamotius was om te laat weet dat een van die drie veroordeelde klerke nog in die bos loop, en as hy te voorskyn kom, moet hy gevange aan boord besorg word, by sy maats. Geweld is onnodig, die vlugteling het reeds berou oor sy dade, maar is te bang om in te kom. Goewerneur Van der Stel laat weet uit die Kaap oor Daniel se vrou se broer, dat hy op sy versoek Mauritius toe gaan om by sy suster te woon. Hy is as 'n skoenmaker opgelei, maar kan nie 'n lewe maak nie. Sy gedrag is onbestendig, en hy het nie getuigskrifte nie. Die opper beplan om met hierdie hoeker 'n vaatjie arak, van hulle beste tabak, botter, seep, huide, vaatwerk en ander voorbeelde van die eiland se produkte Kaap toe te stuur. Hy hoop dat hulle met goewerneur Van der Stel se steun 'n mark aan die Kaap sal vind. Die goewerneur is immers op Mauritius gebore, hy sal verstaan.

Met dié brief is Daniel na Jaap Baldyn toe. Hoe lyk dit? Die hoeker bly nog meer as 'n maand hier. Hulle kan 'n paar van daardie produkte maak, en ander bykoop en in vaatjies en kissies kuip dat dit nie op see skade ly nie. Sy vrou se broer was nou hier en kon help. Hy en Jaap het mekaar die handslag van akkoord gegee. Ook hulle vrouens was bly oor die geleentheid om kontant te verdien. Maar dit was moeiliker om Kobus van Meerhof aan die saak te laat glo. Hy moes aangepraat word, vermaan word; hy het daaroor nukkerig geword en 'n paar keer sy vallende siekte laat sien. Die slawe was vir hom bang, en die vrouens was vir hom jammer, maar al wat jy uit die kêrel gekry het, was dat hy 'n skoenmaker is, hy verstaan nie eintlik kuiperswerk en arak nie.

"Ek verstaan dit ook nie," het Daniel gesê. "Ek dóén dit net. Wil jy skoene maak? Waarom het jy nie jou gereedskap gebring nie?" Sy geduld was gou op. Die man was 'n natuurlike wegloper. Hy het van die begin af vir Pieternel gesê: "Hy hou van arak en tabak al verstaan hy dit nie, maar soek jy hom, is hy weg. En hy sit te lank in die son, dit is sleg vir ons slawe."

Pieternel het gedink hy kan miskien na hulle paar melkkoeie kyk, maar dit wou hy ook nie. Hy het te vroeg, nog half middag, die beeste uit die weiding gebring, of met een te min tuis gekom, en hy het hulle onhebbelik gejaag. Dit was elke dag se ding, al het Pieternel met hom daaroor gepraat. As jy sien hoe 'n bees se maag op sy hakskene gewerk het, weet jy hy is gejaag. Maar waarom was dit nodig? Pieternel was ontevrede daaroor, want haar koeie was mak. Sy geskreëry op die vee was onnodig. Sy het geglo: jy skree nie op 'n koei nie en jy slaan nie aan 'n koei nie. En die man kon nie leer melk nie; hy het met halwe emmertjies gekom van grootuierkoeie, sodat sy dit self moes gaan klaar melk. En die koeie het nie gehou van sy hand nie. Jy sien dadelik as 'n koei nie hou van die melker se hand nie; hulle is onrustig by die krip en trek opsy. Sy het die melkery maar liewer self gedoen, en die vee sonder hom weiding toe laat gaan.

Een skemeroggend toe Daniel buite kom, lê 'n Engelse skip voor die gat in agt vaam water. Hy kon aan die bou sien dit is 'n Engelse skip: hulle het die laaste tyd 'n ligter voorkoms, minder hoekig as die Hollander of die Deen, minder breed op die water en hoër getuig om meer seil te dra. Hy het dit vir Pieternel gaan vertel, sy *sampan* water toe gesleep en met die rivier af gedryf see toe solank hy die seiltjie staanmaak. Dit was 'n skip van die Engelse Kompanjie; hulle rooi-wit gestreepte vlag is vir hom aan die besaanpiek gehys toe hy nader kom. Dit was die erfvyand, vyf maande uit die Teems op pad na Indië sonder om êrens aan te loop, en hulle wou 'n loods hê om binne te kom, want hulle moes water, brandhout en kos kry. Kon hy help? Ja, hy kan hulle binneloods, maar hulle moet gereed staan om uit te wyk as hier weer opsteek. Hy dink hy kan voorsien wat hulle nodig het.

Die Engelsman was weg toe opper Lamotius veertien dae later op besoek kom. Hy en die klerkie Ovaer het by Daniel geloseer, die ander klerk en die matrose was by Baldyn onder dak. Daniel het hom vertel wat hy gedoen het. Hy het sy kinders deur die Engelse predikant laat doop, hulle kuipe gekalfaat, en slagbeeste, pluimvee en groente aan hulle verkoop. Hulle siekes was twee weke onder sy sorg aan land, onder tente. Die Engelsman het water en brandhout ingeskeep en twee bome gekap om 'n gekraakte voormas te spalk. Hulle het een matroos begrawe, een gegesel, en een het gedros. Die droster het uit die bos gekom na sy

642

skip weg is, en Daniel het hom kos gegee en die pad Losie toe beduie.

"Hoe het hulle jou vergoed, Daniel?"

"Ek en Jaap Baldyn het elkeen vier sakke rys gekry, opper. Jaap se vrou het smiddags en saans 'n skaftafel hier onder die bome gehou; sy kook graag vir mense. Hulle het ook aan Pieternel kaas gegee in ruil vir karringmelk en botter, en verskillende medisynes, en asyn, en so aan. Verder het hulle met silwer betaal."

"Probeer om 'n boodskap by die Losie te kry as 'n skip hier kom, Daniel. Die Kompanjie verloor nie veel as julle 'n bietjie handel dryf met die vreemdeling nie, en dit is beter dat hulle hier onder toesig ververs en nie aan hulself oorgelaat word nie. Maar ek wil weet wat aangaan. En moenie ons arak aan die vreemdes verkoop nie. Ek maak staat op jou in hierdie opsig."

"Dit is goed so, opper."

Hulle het die warm aand op die stoep gesit, en jong arak gedrink. Daar was weerlig in die weste, ver oor die see. Dit was heerlik hier, totaal sonder muskiete. Daniel het uitgevra: Wat sê Adam Cornelisz en die boere van Lemoenbos oor die kans om 'n proefie tabak Kaap toe te stuur?

Hulle was verheug en dankbaar, het Lamotius vertel. Hulle week die blare in sterk brandewynsous voor hulle dit droog en opdraai, en dit dan in 'n rol maak en met houtpennetjies vasspeld. Dit is nogal 'n kuns, en party kry dit nie reg nie. Hy het Adam aangeraai om sy beste blare, almal jong blare, oop in vaatjies te kuip soos die Virginiese tabak wat uit Amerika na Engeland gebring word. Dit is nie vir die boer nie, maar die handelaar om dit te droog en in rolle te draai. Adam sê as die proef slaag, sal hulle volgende seisoen drie, vier maal soveel plant. Miskien red hulle tabak die eiland, benewens ebbehout en arak. Die opper het vertel dit was bitter droog aan die oostekant. Die saagmeul staan maande al stil, en posvolk en slawe lê weer met maagkoors en met die vreemde siekte wat deur giftige dampe veroorsaak word. Dit is jammer dat die mooi eiland deur so 'n siekte gepla word. Hy kry dit self weer en weer; die verskriklike hoofpyn en duiselige koors hou elke keer 'n paar dae aan. Hy wou graag hier op Mauritius 'n vaste kolonie stig, soos van Riebeeck destyds aan die Kaap, want hy glo die eiland kan dit doen, maar hy kan nie mense hier na hulle dood toe nooi nie. Die Kompanjie stuur nou net bannelinge, deugniete, uitvaagsel; jy sien dit op elke gestriemde rug as die mense sonder hemp buite werk. Die Kaap beskou dié eiland al as sy strafkolonie. Daar het ook 'n Franse luitenant en sy vrou met die skip gekom, 'n bandiet wat vir twintig jaar na Mauritius verban is. Hy is nie in kettings nie, maar word tot die Losie beperk. En daardie volk is hier teen hulle sin, hulle sal nooit koloniste word nie. Die opper het vir Daniel gesê: "Miskien is dit julle vryboere en julle kinders wat hierdie eiland behoort te beërwe."

"Ek glo ook so, opper."

Van deugniete gepraat, die jong dame by die Losie, die Franse luitenant se vrou, sy is alleen en sal miskien Pieternel se geselskap waardeer as Pieternel 'n slag op besoek wil kom. Hulle is van dieselfde ouderdom. Persoonlik meen hy daar is 'n groot onreg teen haar gepleeg. Pieternel, op die *verandah* by hulle, het in die nagskemer uitgevra oor die jong dame by die Losie, terwyl Daniel die naderende weerlig dophou. Hy het vaag geluister na die storie van die Franse luitenant se vrou wat haar man hierheen in ballingskap gevolg het, en was stilweg jammer vir Lamotius wat nou al soveel jare sonder vrou en kind is. Goddank, so iets het nie met hom gebeur nie. Maar hy sou waak. Die weer het sterk gedreig. Sy eie *sampan* was hoog uitgesleep. Hy sou ná middernag na die reede toe loop en kyk of die Kompanjie se sloep veilig lê.

Vir Jean-Baptiste Dubertin het Daniel nooit simpatie gehad nie. Hy het hom leer ken as 'n grootprater, verwaand, iemand wat soos 'n galjootjie gemonteer is, maar die lawaai het van 'n fregat van agt en veertig vuurbekke. Wie was die twee mense? Hy was 'n ouerige offisier uit die garnisoen op Ceylon, getroud met 'n dogter uit 'n goeie Utrechtse familie, en hulle was op pad terug Nederland toe. Maar, sê die noodlot, kom ons speel die gek met hulle: ons laai hulle op een skip, en die meeste van hulle bagasie op 'n ander skip, en dan kyk ons wat gebeur. Daarom moes hulle aan die Kaap aan wal gaan en wag tot die ander skip met hulle goed opdaag, want hulle het klere en dinge nodig gehad. Terwyl hulle wag, vir amper twee maande, neem luitenant Dubertin 'n pos in die garnisoen om hulle losies te kan betaal, want hy was nie ryk nie, maar het graag onthaal volgens hulle rang en status, en kontant was skaars. Dubertin is pakhuismeester gemaak, en het homself uit die pakhuis gehelp soos hy in Ceylon geleer doen het. Daarvoor was aan die Kaap ook genoeg voorbeelde.

Lag die noodlot nou agter sy hand vir dié twee mense? Nooit, hy gee niks meer om nie, hy het klaar weer ander om mee te speel. Eers kom Rijklof van Goens uit die Ooste aan as kommissaris om die Kaap te inspekteer, en hy maak 'n vyand van Van der Stel en 'n vriend van luitenant Dubertin, vir wie hy uit sy eie Ceylon-dae nog baie goed ken. Twee weke later daag baron Van Reede op uit die vaderland as Hoë Kommissaris, ook om die Kaap te inspekteer, en hy maak 'n vyand van Van Goens en 'n vriend van Van der Stel. Van der Stel sien die kans om hom op Van Goens te wreek (beledig jy nie jou vyand dubbeld wanneer jy sy bood-skapper of gunsteling kan beledig nie?) en hy verbied luitenant Dubertin om met die oorlammer-vloot te vertrek, en laat sy boeke ondersoek oor die verduistering en diefstal van Kompanjiesgoed. Kommissaris Van Goens voel toe benoud dat die edelstene wat hy gebring het, ook gekonfiskeer kan word en reël met die jong dame Aletha Uijtenbogaert, dit is Dubertin se vrou, dat sy Neder-land toe sal reis met die sakkie edelgoed, versteek op 'n plek waar geen man sal soek nie. Haar verduideliking was: sy wou Neder-land toe gaan om haar familiesake te reël voor sy permanent terugkom Kaap toe.

Vir daardie skelmstuk het Van Goens haar ryk beloon. Maar na sy in die Kaap terugkom, sê haar onnosele sot van 'n man eendag om te spog: "Borghorst was nie die enigste wat diamante op sy lyf gedra het nie." Toe daardie woorde by Van Reede uit-kom, wil hy op Van Goens wraak neem, en hy laat Dubertin pak en voor die Raad sleep. Omdat Dubertin gedurig hardgebak, humeurig en baasspelerig was en wreed teen sy ondergeskiktes, en graag geslaan het, was daar vele getuies wat sy misdrywe be-vestig het. Sy straf was verbanning na Mauritius, vir twintig jaar.

En Aletha, onervare kind, in plaas dat sy huis toe gaan en vir Van Goens vra, of hom probeer omkoop, om haar te help, volg sy haar windbal van 'n man in sy ballingskap na 'n eiland aan die agterkant van die aardbol.

Soveel het Daniel afgelei uit Lamotius se vertelling. Dat 'n onreg teen die vrou gepleeg is, was duidelik, maar dit was haar eie keuse, en bowendien, wie het haar veronreg, die agbare Kompanjie of haar man? En hy het gewonder of haar gevoel vir haar man dalk liefde, egte liefde, kon wees. Lamotius het daardie aand gesê hy wil hulle op die Vlakte van Noordwyk plaas sodat die Franse luitenant kan boer as hy wil; die baashoutkapper sal sy oog oor hulle hou. As Pieternel miskien die vrou by die Losie wil besoek, sal hy vervoer vir haar reël.

Dié nag van rukwind en weerlig sonder reën, het die opper weer siek geword. Daniel en Pieternel het hom hoor kreun in sy kooi. Hy was deurmekaar, ylend, soms naby rasend van koors, nou heet, dan koud, en het gedurig sy laken van hom afgeskop en gekreun van hoofpyn, terwyl die sweet hom aftap. Daniel het die man se beswete nagjurk uitgetrek en hom met die laken toegetrek. Hy het Pieternel geroep om te kyk hoe die opper se liggaam verbrand was: die letsels van sy wonde het soos ingebrande vlamme rooi, wit en pers voor en agter oor sy liggaam gelê. Hulle het hom op die vloer neergelê en oor en oor met rivierwater afgespons, tot sy grondseil en kooigoed nat van sweet en water was. Soms het hy 'n halfuur rus gekry, dan bygekom, en as hulle weer by hom kom, het hy gebewe en klappertand van koue die deken oor hom getrek. Dan het hulle vir hom tee gemaak om te drink as hy uit sy beswyming kom. Daar was geen medisyne vir sy siekte nie.

Die volgende namiddag is die opper deur matrose sloep toe gedra, nog swak en heeltemal geel van gesig; selfs sy oë en vingernaels was geel. Daniel het hulle op die gety uitgeloods, los bo-oor die rif. Hy het vir Pieternel gesê: Die arme man, hoe kan hy sy werk doen met so 'n siekte? Sy het vir hom gesê: Dit is soos arme Kobus. Maar dit was nie. Lamotius het die Here belowe om hierdie eiland van sluiting te red. Hulle eie behoud het afgehang van sy sukses met sy groot onderneming, daardie saagmeul met die ronde lem. Hy het vir Pieternel gesê: wat hom betref, verdien die opper hulle ondersteuning. Wat as die man vir sy vrou japonne van geblomde sy belowe het, en groot rykdom en 'n vroeë aftrede, en daardie droom het in as verval? Hy was 'n eerlike ondernemer wat 'n goeie plan op die verkeerde tyd na die verkeerde plek toe gebring het.

Daniel was skaam om vir Pieternel meer te sê oor haar broer. Daar was dinge waarvan sy reeds geweet het, wat sy self ontdek het, of waarvan hy haar vertel het die aand toe hy openlik met haar oor Kobus gepraat het. Hy het gesien iets pla haar, toe sy vir hulle uit die ou Bybel met die skip op lees. Haar stem het dit gewys, en later kon hy sien sy is op die rand van trane. Sy het die stuk van die verlore seun gekies om te lees, van die deugniet wat met 'n mooi praatjie na sy vader toe teruggekom het, en hoe die ou man hom vergewe het.

Daniel het haar later sommer onderbreek: "Wat is verkeerd, Pieternel?"

Sy het die Bybel toegemaak, en dit weer oopgemaak, vóór, waar hulle troudatum en hulle twee kinders se name en datums geskrywe staan, en die boek na Daniel toe gedraai. Daar was 'n hele klomp name gekrap, 'n slordige lys van vreemdelinge, die hele blad vol. En daar het die oorsaak aan hulle tafel gesit en met sy mond halfoop na sy handewerk gekyk.

"Dis nie ek nie." Maar dit was, want die naam van sy halfbroer Anthonie was ook daar, verkeerd gespel maar herkenbaar.

Daniel het vir hom gesê: "Hou jou hande van ons goed af, of gee pad uit ons huis. Ek het met jou gepraat oor jou leeglêery, en oor jy Baldyn se hond amper doodgeslaan het, maar ek word moeg van praat. Ek sê vir jou die laaste maal ..." Hy het nie die sin klaargemaak nie. Die Bybel sê die ou man het vergewe, maar daardie ou man sou moes waak; sy lewe lank sou hy en sy knegte daardie seun moes dophou.

Wat Pieternel vir hom vertel het, is dat hulle slavin by haar kom kla het Kobus wil by haar lê. As die vrou in haar kamer kom, sit hy daar. Wat kon sy doen? Sy het vir Kobus gevra: "Wat wil jy hier hê?" En hy het gesê: "Jy weet wat ek wil hê." Sy het hom

reguit gesê as hy 'n vrou soek, moet hy dit soos 'n eerbare jong-
man doen en by sy eie portuur hou, maar dit help niks. Die vrou
was nie jonk nie, en bang en ontevrede. Daniel moes nou met
Kobus praat.

Daniel het eers 'n sterk skuifslot aan die vrou se deur gesit en
haar gewys hoe om dit oop en toe te maak, maar ná hy met Kobus
gepraat het, het Kobus weggeloop. Adam Cornelisz se twee slawe
het hom na vyf dae geboei teruggelei. Hy het daar op sy werf 'n
slavin in die veld probeer voorlê.

Kobus se arakstelery het hom by die regering in die moeilik-
heid gebring. Jaap Baldyn het van die ding 'n vermoede gehad en
hom dopgehou, hoe hy halfgestookte arak uit die ketel tap en
daarmee bos toe loop. Toe vat hy sy spoor en kom af op 'n hut
waar die klerk Molijn sit, en daar kom dit uit hoe Kobus al lank
kos en drank steel en hom daar aan die lewe hou. Daniel was bly
dit was nie hy wat vir Kobus en Molijn moes Losie toe neem nie.
Jaap was die getuie, en hy het van die Losie af gekom en vertel
Molijn sit in die boeie, en die opper stuur Kobus terug met veer-
tig slae op 'n nat broek. Daniel was verleë oor sy arme vrou.

Die jagter se geweer het vermis geraak terwyl hy by hulle
onderdak was. Die man het gemeen dit is 'n slaaf wat die geweer
gesteel en in die bos gaan versteek het, en om hom tevrede te stel
het hulle die slawe ondervra, maar hulle het reeds geweet waar
elke slaaf daardie dag was, en die geweer is nie weer gesien nie.
Daniel het vir Pieternella vertel hy is bekommerd oor Kobus en
daardie geweer, en hy sou dit persoonlik moet verantwoord, want
dit het uit sy huis verdwyn en die Kompanjie se merk is daarop.
Toe, 'n week ná die geweer, kom sê Jaap vir hom hy het vir Kobus
agter 'n toe deur in 'n buitegebou gekry met sy dogtertjie op sy
skoot. Sy humeur het ontsteek en hy het die kêrel met 'n riem
afgeransel. Hy vra vergifnis vir Pedronel en Danielo, maar hy en
sy vrou wil die man nie weer op hulle werf sien nie. Miskien wil
die Kompanjie hom in diens neem? Dieselfde nag het Kobus se
buitekamer aan brand geraak. Twaalf mense het gehardloop met
emmers water uit die rivier, en hulle kon vir Kobus red sonder let-
sel, maar hy was smoordronk en het skaars geweet wat aangaan.

Dít was toe hy vir Kobus belowe het, dit is laaste, hy gaan sy hand nie teen hom lig nie uit eerbied vir sy suster, maar dit is laaste wat hy gevaar, skade of skande oor hulle huis gebring het. Toe kom 'n Engelse skip op die reede, en hy en Jaap en hulle vrouens het goed gedoen uit die skeepsverversing. Ná hy die skip die gat uit geloods het en hulle hom klaar met 'n kanonskoot bedank en gegroet het, kom die hoogbootsman na die kuilreling toe met Kobus aan die kraag. *"Does this belong to you, Mr Zaaijman?"* En hy gooi vir Kobus in die see. Daniel was selde so skaam, wat moet word van sy naam onder seelui? Ter wille van sy vrou het hy vir Kobus daar uit die water in die boot gehelp, en op haar advies besluit hy moet hom Losie toe neem en vra dat die opper hom gevange hou tot die hoeker kom, en Kaap toe stuur.

Eers toe het hulle weer rus in die huis gekry. Die jare het vinnig en egalig verbygegaan; die kinders het stil-stil grootgeword, en nuwetjies is gebore. Jaap se vrou het grys en geset geword, maar nog elke tweede jaar 'n nuwe bootjie te water gelaat: die een blas kind so mooi soos die ander met gitswart hare en donker oë. Die lewe was aangenaam. Die stokery het so goed betaal dat hulle alles op die boek by die Kompanjie se pakhuis kon afbetaal, self die ketel en toebehore kon koop, en begin het om 'n krediet op te bou. Kontant het hulle nooit van die Kompanjie gekry nie, maar hulle kon twee maal 'n jaar Engelse skepe verwag, wat met silwer en Indiese handelsgoed soos gekleurde katoen, rys en speserye betaal het.

Daar was terugslae, ja. Dit skud jou weer wakker, dat jy nie gerus word nie. Jy moet wakker wees, en vooruit kyk: Wat beplan die vyand teen jou? Wat het die noodlot teen jou uitgesit? Anderkant die berge, anderkant die see, word skade beraam teen jou, of teen jou lekkende *sampan,* of dalk teen iets soos jou lappie boontjies, of jou kind. En jy weet nie wie jou teenstander is of wanneer jy hom moet verwag nie, maar soos die boek sê, sal dit waarskynlik die Here self wees. Dit kan skaars anders. Staan jou wag, beoefen jou ambag sodat elke tap haarfyn sy voeg sluit, bid en waak. Daarin lê jou behoud.

Twee jaar ná hulle die eerste proewe van hulle produkte Kaap toe gestuur het, kom Lamotius by hulle op besoek. Hy kom persoonlik, want hy weet hoe groot hulle teleurstelling moet wees, daarom het hy hierdie brief van goewerneur Van der Stel gebring dat hulle dit kan sien. Dáár: die proewe van die eiland se produkte, soos botter, arak, huide, kuipe ensovoort, wat op die hoeker se vraglys was en waaroor Lamotius in sy brief skryf, het nie aangekom nie. Hulle droë bone moes die bemanning uit nood op see eet. Die skipper is op see oorlede, die stuurman sê net hy weet van niks. Wat kan hy nou aan hulle sê? Verder moet hy hulle die nuus gee dat Kobus ook op see gesterf het. Die manier waarop Lamotius dit gesê het, het vir Daniel laat dink iets vreemds het gebeur, maar om sy vrou se ontwil wou hy nie vra nie. En uit sy eie het hy nooit weer oor Kobus gepraat nie, maar in gedagte gehou dat Pieternel nou geen familie oorgehad het nie. Sy het alleen gestaan.

Ons kan weer probeer, opper, het Daniel gesê. Baldyn het nou 'n besonder fyn anysarak gemaak wat gewild is onder die Engelse en aan die Kaap sal aftrek kry, en soos almal weet, die boere van Lemoenbos maak 'n aanvaarbare tabak. Kyk, hier sit rook hulle dit al drie, die Engelse rook dit, en die hele garnisoen rook of pruim dit. Hulle moet maar weer probeer, dit is al uitweg.

Daar het 'n paar slawe gekom, het Lamotius gesê. Daniel en Jaap kan elkeen een van hulle kry teen krediet op die boeke. Die ander moet hy hou om ebbehout te saag. Hy weet nie wat dit is met die meul nie; ná die laaste reën loop die rivier weer en die dam is vol, maar hy kry nie genoeg spoed in die vervloekte kamrat nie. En die onderdele breek: hier 'n paar tande uit 'n rat, daar 'n hap uit die lem. Jou moed breek baie dae, dan bid jy maar en maak nog 'n presiese model vir Batavia of die Kaap of Nederland. Iewers moet hulle kan giet of herstel.

"Ons het ook 'n ernstige probleem by die Losie met daardie Franse luitenant. Julle weet waarskynlik daarvan?"

"Ons het gehoor by vrylui wat hier kom."

"Ek vra julle woord dat julle hom nie sal help om van die eiland af te vlug nie."

"Is hy dan op vlug?"

"Nee, maar hy spog al klaar. Sal julle belowe?" En toe hulle knik, sê hy: "Ek moet julle inlig oor die toestand. As julle na Dubertin of die vrylui luister, hoor julle dalk nie die hele waarheid nie."

Onthou jy, Pieternel, die tyd van die Franse luitenant se vrou? Goddank, hulle het minder gely as ander mense. En wie neem jy kwalik? Arme Lamotius het op die vrou verlief geraak terwyl sy en haar man by die Losie ingekwartier was. Haar geselskap was vir hom 'n wonderlike verkwikking na sy jare van eensaamheid, en haar mooi gesiggie het gedagtes by hom wakker gemaak wat hy nie kon beheer nie. Hy, soos ander, het sy oordeel verloor toe hy verlief raak. Hy het vir haar 'n papegaaitjie laat vang vir die leë voëlkooi wat sy van die Kaap af gebring het. Die voëlkou is altyd 'n teken van 'n kinderlose vrou. Watter verlange moes in haar gewees het? Die opperhoof het haar geskenke gegee, die fraaiste geblomde sy uit Java, 'n kissie van sandelhout, en haar op uitstappies in die bos geneem, of met 'n *sampan* na Kroonenburg se eiland. Eers, maar al minder, was haar man ook by. Jy kon sien hoe hulle vriendskap vorder, jy kon aan haar sien dat sy dit geniet, en daaruit was duidelik dat sy by Lamotte iets gekry het wat by haar eie man ontbreek. Hulle was van dieselfde stand, dieselfde opvoeding, dieselfde belangstelling, ten minste nader aan dieselfde ouderdom. Mense kon sien sy pas beter by Lamotte as by haar swartgallige grootprater-eggenoot. Kon die ou man haar nog tevrede hou op sy jare? Hulle was vir haar jammer, hier tussen hulle gevang in dieselfde hopelose omstandighede as die verlepte papegaai in die voëlkooi.

Hulle het geweet die luitenant raak jaloers, toe hy openlik neerhalend van die opper begin praat, en begin om die papegaai te noem Onan, omdat hy sy saad op die grond mors. Hierna het hy aangedring om op die Vlakte van Noordwyk te gaan boer. Hy het gesê dit is aan die Kaap so gereël; hy moes homself onderhou met arbeid. Lamotte kon nie weier nie, en het vir hulle daar 'n huis laat bou teenoor die poshuis, net waar die brug oor die rivier lê, sodat die posvolk die banneling kon dophou. En natuurlik het die opper self in die poshuis op die Vlakte tuisgegaan as hy een week in die maand daar op inspeksie was. Na dié nuwe huis by die brug het Dubertin die vrylui aangelok met 'n oop vat Frans-brandewyn, en suspisie en verdeeldheid gesaai. Daarheen het hy ook die Vlakte se posvolk oor die brug gelok en verset en opstan-digheid teen hulle opper aangehits. En daarheen het Aletha die arme Lamotte gelok, met haar geselskap en haar jong gesiggie.

Lamotius het wakker geskrik toe berigte kom van boere, met Dubertin aan die spits, wat 'n gewapende opmars teen die Losie gaan maak. Dáár sou die garnisoen by hulle aansluit, en hulle sou vir Lamotius gevange neem en getuienis teen hom versamel om Kaap toe te stuur. Die opper stuur toe daardie Paasnag vier sol-date om Dubertin en sy vrou Losie toe te bring. En hulle arresteer die luitenant in sy kooi, maar onderweg, in die lig van die vol-maan, duik Dubertin in die bos, en verdwyn dat hulle hom agt maande lank nie weer sien nie. Die opper laat toe Dubertin se huis afbrand en konfiskeer sy wapens en sy paar stuks vee.

Toe hy geskrik het, toe dit te laat was, vermy hy die vrou, en dié agt maande lank woon Aletha alleen in 'n leë huis op Lemoen-boomvlakte, waar die boervrouens aankom met kos en bood-skappe van steun, en nuus van haar man. Hulle sê Lamotte se plan is om haar man te skiet of te verongeluk, dat hy vir haar kan kry. Daarvandaan het sy op 'n hoeker van die Kompanjie vertrek, Ooste toe. Sy was nie 'n bannieling nie, sy kon vertrek soos sy wou. Onthou jy, Pieternel?

Die nuwe opspraak was dat Gert van Ewijk sy vrou Esther in owerspel met hulle slaaf betrap het. Sy is gearresteer, en het alles beken. Hulle boedels is verdeel, en sy het in die gevangenis ge-wag om Kaap toe te gaan vir verhoor. Die slaaf was nog op vlug in die Swartrivierberg se donker klowe. Eendag kom die man na Daniel toe, waar hy teen die krans agter sy huis sit om oor die werf en die see te kyk en te dink. Hy was 'n Indiër, 'n lang man met 'n verstandige gesig. Hy het sy Portugees met Hollands ge-meng om met Daniel te praat. Hy wil hom oorgee om verhoor te word, sê hy. Sal Daniel hom asseblief help om by die Losie te kom? Hy het die man huis toe geneem, kos en slaapplek gegee, en vir Pieternel gevra: Wat moet ek doen? Sy het gesê: Vra Jaap se vrou om te kom praat, want hulle is van dieselfde nasie. Die man het vir Jaap se vrou gesê as Van Ewijk sal skei, wil hy graag met Esther trou. En Daniel het haar met nadruk laat sê: By die Losie wag die dood. Hy wou hê die man moet dit goed verstaan: by die Losie wag die dood. Toe het Daniel hom met die *sampan* Suidooshawe toe geneem om met opper Lamotius te praat. Hy wou net sê, voor die opper, die man erken sy oortreding, daarom is ondervraging nie nodig nie. En in Indië is die straf vir owerspel nie die dood nie. Gert en sy skoonpa, ou Noordoos, sal die slaaf se bloed eis oor hulle skande, maar dit is veral oor baas Steen dat hy bekommerd is. En Lamotius het belowe om hom te beskerm teen geweld.

Tog is die man dood. Hy wou nie eet of praat in die gevangenis nie, niemand het aan hom gevat nie, hy is net dood. Waarom, het Daniel gedink, waarom? Omdat hy nie 'n Hollander was nie, nie 'n Christen nie, nie 'n wit vel gehad het nie, daardie drie redes. Wat het sy inmenging en sy voorspraak gehelp? Kan Lamotius nie die balk in sy eie oog sien nie? Moes hy wéér in die Kaap gaan kla, of sou dit dié keer in Nederland moet wees?

Hierdie Abraham Steen, hy het daardie Paasnag die vier soldate geneem om vir Dubertin te arresteer. Een was Hans Pigt, van die opper se lyfwag, en Steen het hoog en laag gesweer dit was Pigt se skuld; hy het Dubertin moedswillig laat wegkom. Pigt is weke lank aangehou en ondervra, sy rug is rou geslaan, en terwyl hy daar gevange lê, het Steen in die slawelosie verkondig: enigeen wat met Pigt se vrou wil kooi, kan dit strafloos doen. Toe sy deur 'n slaaf verkrag is dat sy daarvan swanger word, het niemand vir Steen of die verkragter enige moeilikheid gegee nie; nie 'n vinger is teen hulle gelig of 'n tong geroer nie, want sy was 'n swart vrou, uit Indië.

Maar Lamotte moes met geweld weet waar die Franse luitenant is. Hy begin toe die boere en die garnisoen kasty, hy laat hulle laars, hy laat troepe by hulle inkwartier, hy laat huise afbrand en verplig mense wat hy nie vertrou nie, om by die Losie te kom woon. Dit alles om hulle te dwing om te sê waar Dubertin is. En daar was dié soos Jan die Sweed en Hans Pigt wat onder die gesel erken het hulle het die man gehelp met kos en skuiling, en tot by 'n volgende huis gebring. Ander vlug die bosse in as Steen aankom, dat hulle huise dan liewer afgebrand word. Net by Swartriviermond se stokery het Lamotius nooit navraag laat doen nie, want daardie mense het hulle woord gegee. Maar dit was in Daniel se huis dat die boere agt maande lank beraadslaag het hoe hulle die luitenant sal rondskuif van een blyplek na die ander, met 'n slaaf as gids. In sy huis het Dubertin die laaste veertien dae geslaap en geëet, en van daar af het Daniel die trotse, luidrugtige grootprater na 'n Engelse skip geneem, dankbaar om van die windlawaai ontslae te wees.

Lamotius het vir Daniel gevra: "Jy ook, Daniel? Jy het my jou woord gegee. Ek was altyd opreg met jou."

"Daarom, opper. Sodat jy geen bloed aan jou hande kry nie."

Daarna het die saak afgekoel. Mense is nog beboet soos dit uitgekom het dat hulle ook vir Dubertin gehelp het, maar die saak het stil geword. Arme Lamotte het in die agt maande heeltemal die agting van die vrylui en sy garnisoen verloor, en hy het maer en bitter geword. Sy baashoutkapper Steen het 'n tiran geword vir wie die mense bang was, en sy eerste klerk Jacob Ovaer het dieselfde gedoen op 'n meer agteraf manier.

Die saak van die Franse luitenant se vrou het vir Daniel 'n sekere aansien op die eiland gegee. Dit het 'n gesegde geword, as iemand iets wil onderneem: "Het jy al met Daan Zaaijman daaroor gepraat?" Mense het daar aangekom om sy advies te vra, selfs amptenare, oor sake soos borgstaan, oor leen en huur en skei en boerdery, en Batavia, en die Kaap, en halsstarrige kinders, en vee. Hy het die eiland se kuslyn met al die gate deur die rif en die baaitjies daaragter geken, hy het geweet waar in die bergklowe die skaarser houtsoorte groei. Hy was suksesvol in die landbou, hy het die plant en die oes van maniok geken, en al sy jong palms het gefloreer. Miskien was dit oor sy seëninge, die tekens van sy sukses en geluk, dat mense na hom toe gekom het met hulle sake.

Maar dit het werk gekos, dit was sekerlik nie gedurig fok voor die boeg nie. Veral ná die tyd van onrus was daar ander terugslae, soos dat toe hulle arak van die beste kwaliteit begin maak, al twee stookketels se bodems kort na mekaar deurbrand. Lamotius het ou Noordoos se ketel vir hulle gebruik gekommandeer, en die stukkendes op die eerste skip, dit was *Spaarpot*, Ceylon toe laat gaan. Noordoos het hulle nie vergewe nie, en swaar vergoeding geëis, wat geweier is. Van Ceylon af is die ketels met *Silverstein* Kaap toe, en van die Kaap af met *Westerwijk* terug Mauritius toe, maar *Westerwijk* is by Madagaskar deur seerowers afgeloop en hulle het die twee ketels nooit weer gesien nie. Meer as twee jaar lank moes hulle werk met die een ouerige ketel, en Noordoos se vloeke oor hulle koppe.

Dit was in 'n droë tyd, die droogste wat hy kon onthou in die elf jaar vandat Pieternel op die eiland gekom het. Mauritius was aan verdor. Die beeste was maer, die Swartrivier het laer en laer geloop, selfs die swemgat het vlak en groen van slym geword. Wildsbokke het snags in hulle tuin kom wei, en daar was skaars genoeg groente vir hulle eie gebruik en amper niks om aan skepe te verkoop nie. In daardie droë tyd het hy nie ver van sy huis af weggegaan nie; daar was te veel wat hom nodig gehad het. Hy en Pieternel het wel by die jagter of die kwartiermeester wat hulle arak kom haal, verneem van die wêreld anderkant die berg. Soos dat die burgers van die Vlakte verplig was om te help bou aan 'n brug met swaar ysterbeslag net bokant die waterval in die Suid-oosrivier, en dat Theuntje getroud is met ou Hein Karseboom, en dat ta' Maijke oorlede is en net 'n sak vol lappe nagelaat het. Haar kinders het sy op haar sterfbed onterf.

Hulle het gehoor van die wêreld anderkant die see. Een of twee keer in die jaar was daar 'n skip op Molukse Reede met nuus uit Europa of Indië. Daar was 'n lang brief van Sara van Brakel, Barbara Geens se dogter. Haar ma is oorlede; sy het op haar sterf-bed gevra dat sy die tyding aan hulle bekend maak en hulle laat weet oor die kolonie van Stellenbosch, ingeval hulle daar wil kom woon. Dit is 'n aangename klimaat, die grond is vrugbaar en ge-skik vir wingerd en graan. Slawe is skaars, maar Hottentotte sal in die wingerd werk, skaap oppas en graan sny vir 'n bietjie tabak en klere. So die lewe is taamlik goedkoop en die mense gaan vooruit. Party dink die Kaap is die paradys, daar kom nog net 'n duiwel kort. Haar ma het vir haar slaaf geld nagelaat sodat hy vry kan word, en hy boer nou self. 'n Honderd of meer Franse immigrante is in die buitedistrik neergesit, armoedige mense maar hardwerkend. Die distrik het sy eie landdros wat saam met die heemrade regeer. Elke Oktober is daar 'n jaarmark op die dorp, baie gesellig. Dit val saam met die optrek van burgers, en duur 'n volle week; die goewerneur kom uit die Kaap om dit by te woon. Lang Piet van der Byl is vanjaar hier getroud met Annie Bosch; sy plaas se naam is Babylons Toren. Sy twee ouers leef albei nog. Kort na haar ma oorlede is, is haar eie jongstetjie gebore – ook 'n rooikoppie, dit lyk na 'n bos rooi blomme. Hulle het haar Barbara genoem, na haar ouma.

In daardie tyd van onrus het ou inwoners gesê Mauritius was nie meer soos hulle dit leer ken het nie. Miskien was die Kaap nou die beter plek, waar jy meer hulp kan kry. Hierdie droogte was die grootste oorsaak, en dan die siektes waarvoor hulle geen medisyne en geen dokter gehad het, of geen predikant om jou te begrawe, soos daar niemand was om jou te doop nie. In dié twee jaar het twaalf vryboere op skepe gevlug. Daniel het geglo dit is die droogte wat hulle mismoedig maak. Die mense moet geduldig wees en geloof hê. Hy ken Mauritius van jare gelede as 'n wonderlike groen en aangename plek.

Hulle het met die bure afgespreek om 'n vrolike aand te hou, die laaste aand van die jaar, met 'n groot vuur op die strand. Die lug was bedompig, windloos, heet. Hy en Pieternel het amper vergeet wat dit beteken as hulle slavin Anna wegraak, maar onthou die vorige keer, sewe jaar tevore: daar was 'n orkaan in die lug, en Anna is sonder 'n woord die bosse in. Hy het vir Jaap laat weet daar is tekens van orkaan in die weer, en twee man gestuur om Anna te soek. Toe het hy begin vasmaak, luike toespyker, en sy buitegeboue en sy woonhuis se dak met toue aan boomwortels en tentpenne geanker. Sy nuwe boot het hulle op rollers uitgesleep na hoë grond ver van die rivier af, onderstebo gekenter en aan die rollers vasgemaak, en die mas, seil en tuig huis toe gedra. Hulle het hulle gehaas om gereed te maak: vars water, soutvleis en rys gekuip, linne, porselein, sout en kruit saam met die paar boeke in vaatjies toegespyker, en met seile toegegooi.

Twee dae na Anna weg is, op die laaste dag van 1689, was die sononder van horison tot horison so rooi soos vars bloed, die see was rooi gevlek, en 'n lou wind het uit die noordooste aangewaai. Toe het hulle die laaste kos van die werf af ingebring, die vars melk en die drinkwater, en 'n fuik met pluimvee, die slawe binnegeroep en die vee uit die kraal gelaat. Almal was bymekaar in die groot kamer. Terwyl die reën swaarder en swaarder op die huis en werf neerstort en die donderslae oorhoofs knal, het die kinders, hulle s'n en die slawe s'n, in 'n kooi onder die tafel gelê, met die boot se seil bo-oor, soos 'n tent. Die wind het toe al sterk gewaai; teen middernag was dit die volle orkaan. Dit het gemaai in die groot bos. Dit het in die palmwoud gedreun soos 'n waterval, met skerp knalle waar stamme breek. By die flikkerende lig van oliepitte het hulle gewag, na mekaar gekyk, wakker van kommer en die groot gedruis, en die geruk van die storm aan hulle huis. Daniel het soms gedink hy hoor van sy beeste buite bulk, en gewens hy kon waag om 'n deur oop te maak om hulle te versorg.

Voordag het die lawaai minder heftig geword, en toe die oog van die storm na dagbreek oor die eiland se weskus skuif en die son uit 'n kalm hemel skyn, het hulle buite gaan kyk. Die rivier het oor sy walle gestoot en druisend verby die werf see toe gestroom, vol drywende hout en modder. Daar was beseerde beeste tussen die gevalle bome; een het met twee gebreekte voorbene onder 'n boomstam gelê. Dié het Daniel daar keelaf gesny en die karkas aan 'n boom geanker om later te slag. Hy het vir sy mense gesê hulle moet eet en drink, die stilte sal nie lank hou nie. Pieternel het 'n vuur in die herd gemaak en vir die kinders melk gekook. Hy en die slawe het die huisankers vasgetrek, 'n wal om die huis gegooi teen die water, en slote oopgespit na die rivier toe. Minder as driekwartier later het die wind uit die ander rigting ingeruk, met 'n diep dreuning. Later het dit met 'n hoë skreeu die huis aan sy vier hoeke gegryp en geskud om hom uit die grond te skeur, en rondom gemaai in die kreunende bos. Hulle kon die grond voel skud en bewe. Die wind het luike van die muur afgeruk; eers net die kleinste skrefies in die dak oopgemaak, en dit daarna wyer geforseer om in te beur binnetoe. Deur dié gate het die reën ingewaai, tot die vloere onder water was. Die wind het die huis ses uur lank geruk en geskud dat dakbalke, kosyne en vensterrame uit die pleister bars.

Toe die orkaan verby is, was hulle werf verwoes. Die rivier het gelyk soos 'n woud van takke en stompe wat vinnig verbystroom see toe. Hy en Jaap Baldyn het in helder sonskyn op die rivierwal gegroet, gevra of hulle hulp kan aanbied, verneem of hulle mense veilig was. Goddank hulle het van klip gebou. Om hulle het stukke van hulle buitegeboue met afgebreekte en omgewaaide bome deurmekaar in die modder gelê. Aan alle kante was die kaal stamme van palmbome, afgebreek of halfpad afgebreek, uit die grond geruk. Die hele woud was skeef gedruk na die berg se kant toe, waar die wind oor is, en die grond besaai met takke en blare. Hulle het kos gekook, en dierekarkasse van die werf af rivier toe gesleep dat dit see toe spoel. Hulle het lyne gespan om hulle linne, klere en seil droog te maak. Elke stukkie seil wat hulle kon kry, is oor die dakke gespan en met kabelgaring vasgebind. Daniel moes vir Pieternel gaan sê dat al haar melkbeeste weg is. En hy het na die toneel by die riviermond gaan kyk, met sy geweer onder die arm ingeval daar lewende diere buite sy bereik lê. Aan weerskante van die mond was 'n manshoë wal van hout aan land gesmyt asof 'n groot vloot daar gestrand het, meesal ou bome uit die berge, waaronder hy goeie ebbehout gesien het. Dit kon hulle later uitsleep. Tussen daardie takke en stompe, begrawe in modder, was dooie takbokke, dodaerse, duiwe, landskilpaaie en van sy beeste. Dit sou die beste wees om 'n brandstapel daar op die strand te laat pak vir die karkasse, anders stink dit nog weke lank. Die hele binnewater was donkerbruin van berggrond, en oor die rif was die water nog wit, hoog, onstuimig.

Die slavin Anna het die tweede dag weer huis toe gekom, sprakeloos, verskrik, maar onbeseer. Ses weke lank het hulle werf skoongemaak, modder uitgedra, hout van die strand af gebring en reggekap, mure gebou, dak herstel, tuin gespit, kokosneute in die grond gesit, beeste in die berg gesoek, en net drie van die troppie gekry. Alles moes weer van voor af begin word. Onthou jy, Pieternel?

Net ses weke ná die orkaan het die warm lug uit die noordooste hulle weer onrustig gestem. Toe Pieternella kom sê Anna is weer weg, sonder 'n woord, het Daniel bos toe geloop en gebid. Op 9 Februarie het die tweede orkaan uit die noordweste oor die eiland ingeskuif: weer die gitdonker nag, die donderslae en weerligflitse, die geweldige wind wat die laaste palms se takke afstroop; weer 'n dag en 'n nag van storteën asof dit uit emmers neergegiet word. Elke holte word 'n dam, elke sloot 'n spruit, die rivier loop breed en bruin en diep tussen die huise deur. Geen buitegeboue, heinings en krale het meer gestaan nie, selfs die oorblyfsels daarvan was onder modder begrawe. Hulle nuwe groentetuin, suiker, tabak, Pieternel se blomme en kruie, alles is saam met die bogrond see toe. Die stokery is uit die grond gespoel, die ketel met helm en slang was totaal verpletter onder 'n hoop stene. Die kusvlakte suid in die rigting van Pieter Boths Kop was kaal, en daar was 'n breë streep puin om te wys dat die see honderd tree bo die gewone hoogwater gedraai het. Buite die werf was 'n paar beseerde beeste om geslag te word. In ses weke is alles vernietig waaraan hulle jare gebou het; alles was weg, see toe. Maar hulle mense was veilig, behalwe die arme Anna. Hy het met Jaap gereël dat hulle tente maak van seil en palmtakke, en hulle families en afhanklikes en al hulle kos bymekaarsit. Hy sou so gou as wat hy kon wegkom by die Losie gaan sê.

Die Sadelberg was blink van watervalle toe Daniel die Suidoostergat inseil, maar aan sy voet was 'n verwoeste landskap. Die hele strook van Brandende Hoek af verby die Losie, deur Lemoenbos se plasies en om die baai tot by Die Kalk het in stilte onder 'n helder son gelê, en dit was eers toe hy nader kom en sy boot se koptou aan die enigste steierpaal voor die Losie haak, dat hy die skade daar sien. Dit was soos 'n slagveld. Dit het gelyk soos by sy werf aan die ander kant van die eiland.

Lamotius het hom soos 'n matroos binnegenooi: "Kom aan boord, Daniel." Dit was goed, hy het tuis gevoel. Soos 'n matroos ná 'n skipbreuk, met sy lapmus, kaal voete en southarde klere, na 'n halwe nag en 'n dag op see. Die opper was duidelik ook moeg;

sy gesig het 'n uitputting en sorg gedra wat swaarder as die las van sy jare was. Dit was 'n moegheid van die gees sowel as van die liggaam, want dit was sy eiland. "Vertel wat by julle gebeur het. Is julle mense veilig?"

Daniel het hom bedank. Hulle was veilig, behalwe Anna wat nog nie teruggekom het nie. En hier by die Losie?

Hier het die westewind die see tot in die Losie gedryf, twee keer vloedgety sonder 'n eb tussenin. Lamotius het moeg om hom beduie. Die Kompanjie se boeke is verlore, weggespoel, deur modder weggesleep. Alles in die pakhuis is bedorwe. Hulle tuine is weg, en wat nie weg is nie, is dood van die soutwater. Lyke is uit die kerkhof see toe gespoel en die beeste is saam weg. Die sloep *Europa* is deur die eerste orkaan op die wal gedra, en met die tweede tot wrakhout geslaan, totaal verlore. Op Noordwyks-vlakte is veertienduisend wingerdstokke weggevoer. Al die huise by die Vlaktepos lê plat.

"Die boeke is weg, Daniel. Ek weet nie hoeveel julle te goed op die boeke het nie. Ek het niks meer oor die gaan en kom van skepe of van mense die laaste jaar nie. Ek weet nie wat in die pakhuis was nie. Die direkteure wou al lank die buitepos sluit. Ter wille van die saagmeul het ek mooigepraat. Ek weet nie wat om nou vir die Here te sê nie."

"Ons sal weer opstaan, opper. Ons maak 'n nuwe boek oop, op sy eerste bladsy. Die kêrels van Lemoenbos en Noordwyks-vlakte, hulle wil graag boer."

"Ek glo dit, ek het dit self gesien. Julle beskou Mauritius as julle huis, julle vaderland. Maar ek voel ons moet sluit en huis toe gaan. Ek wil nou weg. Wat ek gehad het, het ek hier verloor. Wat wil jy hê, Daniel? Ek het niks om jou te gee nie."

"Daar lê 'n mooi klomp ebbehout by ons riviermond, en seker by ander mondings aan die westekant, en in die hele binnewater rondom die eiland. Dit moet net opgetel word voor dit bodem toe sink. Dit is al 'n paar weke se werk vir die houtkappers met *Vanger*. Wat my betref, sonder 'n ketel kan ek nie stook nie. Ek en Jaap wil permissie hê om Noordweshawe toe te gaan, en daar 'n lewe te maak."

660

Dit was asof die opper wou sê: Waarom wil jy nog probeer? maar sy woorde was: "Tot ons dagregister is die seegat in. Nou sal niemand weet watter moeite ons laas jaar hier gedoen het nie."

"Wat van die retoervloot wat dié tyd van die jaar noord van hierdie eiland op see is, opper? Ek het gedink die oorlammers mag ons nodig hê. Ek reken ons moet gereed wees om hulle by te staan. Dit is waarom ons destyds die buitepos gestig het, na *Aernhem*."

"Permissie om te trek kan ek jou gee. Kos en klere het ek nie vir julle nie."

"Soveel tou as moontlik, opper. En 'n paar koeie en 'n bul."

Toe Daniel tuis kom met die nuus dat hulle Noordweshawe toe kan trek, was die groot brandstapel op die strand nog nie uitgebrand nie. Jaap se slawe het Anna se lyk tussen die rommel in die riviermond gekry. Hy het uitgepak wat hy saamgebring het: patats, pampoene en kool, 'n bietjie sout, arak en tabak, twee vaatjies ou tou, 'n paar rolle smal seildoek vir klere, 'n hond. Dit was al, vir hulle en die slawe. Maar daar was vis in die see om van te leef tot hulle weer gevestig was in die noorde. Daar was nou geen rede om langer moeite te doen by Swartriviermond nie. Baldyn en sy vrou was gereed om te trek, en Pieternella het uitgesien na die nuwe tuiste. Daardie dag het hulle begin om die beste bouhout uit die ou huis in die boot te laai, om daarmee noorde toe te vaar.

Aan die noordekant van Noordweshawe se baai het 'n riviertjie teen 'n skuinste af in die see geloop, en daar, goed bo die vloedmerk, het hulle grond gelykgemaak, die rame van huise gemaak van hout en palmblaar, gebou, tuingrond omgespit en waterleidings aangelê. Die huise, teen die skuinste bokant die see, het 'n goeie uitsig na die rif toe gehad. In die mond van die baai was 'n lang lae eiland met die oorblyfsels van palmbome. Die dag toe Daniel sy vrou en die kinders met die laaste van hulle huisgoed van die ou werf af gebring het, het hy dit vir Pieternel gewys.

"Ek kan hier alles aanhou wat 'n skipper kan verlang." Hy het gewys na die pieke en hoogtes van die hoë berge wat 'n kom om die baai maak, en hulle name vir haar genoem. "Daar is die Duim. Daar is die Uitkyk. As jy daar uitklim, sien jy die Skoenlees in die

661

noorde, ver anderkant Bogt sonder Eijnde in die see." En in die baaitjie by hulle riviermond het hy gesê: "Hier bly ons." En dit was so; hulle het tot die einde daar gebly. Van al sy woonplekke op die eiland was dit die een waar hulle die langste gebly het en waar hy die meeste plesier en sukses gehad het. Pieternel was gelukkig daar, al was sy in die laaste jaar of drie bang om alleen daar te bly.

Sy wou 'n keer Losie toe gaan. Daar was mense wat sy wou besoek wat sy jare laas gesien het. Sy het soms gesê: Hoekom dink ek nou skielik aan ta' Theuntje, sy praat nou seker van my. En toe Daniel kom met die opper se belofte van beeste, het sy gevra of hulle kan gaan dat sy self die koeie uitsoek. Sy het gesê sy sal graag die beeste bring van die Losie af, en hy het gesê: Goed, kom ons doen dit. Ek sal 'n goeie dag kies.

Toe die huise staan, het hulle die kinders in Jaap en sy vrou se sorg gelaat om Losie toe te gaan. Van Noordweshawe af het hulle in die binnewater geseil, suid, sonder haas. In die helder water onder die boot was visse, gekleurde koraal, seeskilpaaie, soms 'n troppie seekoeie. Half begrawe onder sand in die vlak water van Die Plaat het groot gapers met hulle skulpe oop gelê en wag op kos, terwyl die vissies daar in en uit swem. Sy het die skulp reeds geken, twee reuse skottels met skerp rante wat in mekaar sluit. Hy het haar vertel wat mense sê: dat iemand 'n voet of 'n hand kan verloor as die ding jou gryp. Van Pieter Boths Kop af het dit laat geword; hulle was reeds in die berg se skaduwee, en hy wou die Klimopsberg verby, dat hulle by Vermaaklikheidskiel oornag. Daarom het hy seil gemaak en verder van die wal gehou waar die wind sterker is. Hy wou hoor wat sy sê van daardie plek, sy guns-telingplek, en in sy eie gedagte meer aangenaam as Kroonenburg.

Hulle was nog betyds, die son was nog nie onder nie toe hulle die riviermond by Vermaaklikheidskiel inloop. Daar was tyd om hulle slaapgoed by die waterval op 'n seil oop te gooi, 'n paling te vang en skoon te maak, en by hulle vuur te sit en kyk hoe die rooi son aan hulle regterhand sak terwyl 'n goue volmaan aan die linkerhand uit die see styg, al twee gelyk in die hemel. Voor hulle, anderkant die rivier, was 'n geel strandjie voor die digte donkergroen bos. Daar was geen geluid van die see op die rif nie, geen geluid uit die bos nie, net die vallende water teen die rots-bank agter hulle. En terwyl hulle daar sit, het 'n takbok uit die bos gekom om by die rivier te drink.

Hy wou hoor wat sy van die plek dink.

"Sven het my vertel, dit is hier waar hy die meermin op die strand gesien het. Hy was toe al getroud."

"Die arme man."

"Waarom sê jy so? Hy het my van die mooi plekke vertel. Ek het gedink jy sal my eendag wys. Dit is al tien jaar, miskien moes ek maar met hom gegaan het."

"Ek sal jou self wys. Kom, ons swem hier voor dit donker is. Dan wys ek jou die meermin."

Van Suidooshawe af het hulle met vier melkkoeie en 'n jong bulletjie huis toe geloop. Dit het vier en 'n half dae se stap gekos. Daniel het na die murasie van die saagmeul gaan kyk, om te sien of dit weer opgebou word, maar dit was te ver vergaan. By Le-moenbos se boerderye het hulle vriende gaan groet wat hulle in jare nie gesien het nie, en daarvandaan die eiland in 'n noord-westelike rigting oorgesteek met die ronde top van Kompasberg as hulle gids. Hulle het natgereën en weer droog geword. Saans het hulle die beeste met rieme om die horings aan bome gebind. Die voetpad was duidelik getrap voor hulle en die grond het sta-dig hoër gestyg na die middel van die eiland toe. Daar was plekke waar hulle kon terugkyk, en tussen twee heuwels deur het hulle die hele Suidooshawe en Sadelberg ver agter hulle sien lê. Pieter-nel het stiller geword soos hulle vorder. Moeg, het hy gedink. Toe hulle by Kompasberg in die middel van die eiland kom, het Da-niel haar die Vlakte van Noordwyk gewys, en Kroonenburg se eilande in die ooste. Daarvan het Sven haar ook al vertel. Dit was of Sven by haar spook, tien jaar na hy begrawe is, het hy by hom-self gedink. Wat het sy aan die niksnut gehad?

Natte Bos was in mis gehul toe hulle daardeur trek, en water het gedrup uit die grys mos wat soos baard aan die takke hang. Die grond was kaal en klipperig; sy kon self sien waarom mense selde hier kom. Anderkant uit, het hy die beeste vasgebind, dat hulle Bokgat se hoogte eers uitklim om daar in te kyk. Die onverwagsheid van die steil groen put voor haar voete het haar laat skrik. En toe sy omdraai, en in die weste die skraal swart pieke van Drie Spene uit die leë vlakte sien opsteek, was sy woordeloos.

"Nee, ek weet ook nie hoe kom hulle só nie. Die heuwel daar regs is die Waghuis, *Corps de Garde*, soos die soldate sê. Dit bewaak die pas na Noordweshawe. Daar moet ons deur."

Na nog twee dae se trek is hulle deur 'n smal kloof in die kring van spits berge wat, soos die gebreekte rand van 'n groot ysterpot, 'n muur agter hulle baai vorm, en toe kon hulle die hele vlakte en baai van Noordweshawe sien lê. Daar was nog net een groot rivier om oor te steek, 'n geweldige sloot in die aarde, waar hulle gesukkel het om die beeste deur te kry.

Die lang tog het Pieternel uitgeput. Sy het baie geslaap, en was daarna nog 'n tyd stil en kragteloos. Toe die kwartiermeester 'n paar dae ná hulle opdaag, met die boot met al hulle aankope, het sy nog skaars weer 'n voet uit die huis gesit. Miskien het sy haar ooreis, het Daniel gedink, sonder om haar daaroor te vra. Sy wou hulle eiland sien, die dinge waarvan Sven haar vertel het, en het gekry wat sy wou hê. Nie wat Sven haar ingeprent het nie? Hy het nie gevra of sy dit geniet het nie. Dit was die eiland. Sy het dit nou met haar voete gemeet, hopelik het sy iets oor haarself geleer.

Berg China, een van die Kompanjie se grootstes en mooistes, het verweer, laag in die water en met net die stomp van sy voormas staande, uit die see gekom en agter Kuiperseiland 'n kanonskoot geskiet om hulp. Van die twee orkane af het hulle 'n maand op see geswerf, pompende en sinkende. Sy roer was weg, en die hele, grote versierde agterhek was losgeslaan en het gehang soos 'n deur aan sy skarniere. Daniel het hulle gehelp om binne te loop, en gewys waar hulle die skip met 'n lae gety op die wal kon haal, en waar hulle tente by die rivier kon opslaan. Die skip is met sy agterste eerste teen die wal gestrand en op rollers met 'n windas hoër op gewerk, maar dit was moeilik omdat die sand los en die skip swaar was. 'n Groot deel van die vrag is daar uitgehaal, en op die volgende hoogwater is hy nog 'n paar tree verder uitgesleep. Daarna het Daniel die skipper en enkele passasiers, onder wie 'n paar dames, met sy boot Losie toe geneem.

Agt maande lank was dit soos 'n dorp, soos die rook trek en mense werskaf daar by Kuiperseiland. 'n Matroos met sy rantsoen en 'n verkyker het soggens na die Uitkyk opgeklim om die horison dop te hou en 'n stapel hout aan brand te steek as hy iets sien, dat hulle 'n boodskap Batavia of Kaap toe kan wegkry. Seilsloepe met arbeiders, en gereedskap en komitees van witboordjies het tussen *Berg China* en die Losie gekom en gegaan. Die hele bemanning was in tente aan wal; die skeepskok het sy kookwerf op Kuiperseiland gemaak. Die vrag is tot die bodem ontskeep en op die eiland onder tente geberg. Bale katoen en linne wat nat geword het, is rivier toe gebring, gewas, en oor toue tussen die bome gedroog. Sakke kaneel is op seile uitgeskud, in die warm son oopgehark om te droog. Maar die see het rondom leeg gebly.

Daniel en Pieternel het goed verdien met losies, kuipwerk, houtkap, visvang, jag, melk en botter, en hy het volledig geleer hoe voordelig skeepsverversing kan wees. Hy het twee slawe en 'n slavin gekoop van passasiers wat hulle in die Kaap van die hand wou sit. Met die slawe het hy Vlakte toe geloop, en teruggekom met 'n paar vaatjies tabak om aan die matrose te verkoop. Skipper Hoffe en sy hoogbootsman het by Daniel geloseer, en al die ander offisiere by Jaap Baldyn.

Iemand wat hy daar ontmoet het, was die heer Samuel Elsevier, wat op pad Kaap toe was om sekunde te word. Hy het meestal by die Losie vertoef, maar soms het hy, of hy en Lamotius albei, kom kyk hoe dit met die skip gaan, en dan het hulle by Daniel geloseer. Die sekunde was 'n aangename heer, welgesind teenoor laag en hoog. Hy het vir Pieternel graag uitgevra oor die Kaap waarheen hy gaan, oor die landbou en die Hottentotte, want van almal het sy die langste in die Kaap gewoon. Opper Lamotius het daar 'n vriend van die sekunde geword; hulle het mekaar op die voornaam genoem. In Daniel se bysyn het Elsevier gesê as hy in die Kaap kom, sal hy probeer om Lamotius verplaas te kry. En Daniel het so goed as hy kon, probeer om altyd hulle eiland in 'n goeie lig te stel, dat die Here twee keer dink voor hulle dit sluit.

Hy het *Berg China* op 10 November uitgeloods. Die vorige dag is twee prisoniers van die Losie af gebring om Kaap toe te gaan vir verhoor. Esther van ou Noordoos, wat met die slaaf gekoppel het, en Hester van Pieter van Nimwegen, wat met Adam Cornelisz getroud was, omdat sy en haar suster haar man probeer vergiftig het. En daar was onverwags 'n lelike onenigheid tussen skipper Hoffe en opper Lamotius omdat Hoffe nie die kis met saailinge van twintig verskillende boompies wat Lamotius Kaap toe wou stuur, wou aanvaar nie. Hy het nie water om te mors nie, het hy gesê. Lamotius het daar met sy vuiste in sy heupe gestaan, en gesê. "So probeer julle donders ons hier uitroei. Na al die hulp wat jy gekry het." En die heer Elsevier kon hom nie help nie, want die skipper se woord is wet aan boord.

Eindelik, twee jaar ná die orkane, het Lamotte se plaasvervanger aangekom, op die hoeker *Duijf*. Dit was Roelof Diodati, wat later Daniel se skoonseun sou word. Hy staan daar in sy swart pak op die plein voor die Losie en luister hoe Lamotius sy aanstellingsbrief in die openbaar aan die garnisoen en die publiek voorlees. Toe Lamotte klaar is, haal Diodati 'n brief van goewerneur Van der Stel uit sy sak, en beveel die garnisoen om vir Lamotius en Steen en Ovaer te arresteer en gevange aan boord te stuur, om in die Ooste verhoor te word. En alles oor Aletha Uijtenbogaert se lyfie, daardie fatale vroulike deel wat soms goeie mans ten gronde rig. Omdat haar klere lank gelede op die verkeerde skip gelaai was. Onthou jy, Pieternel?

In daardie jaar van Diodati se koms is hulle tweede seun gebore. Die vorige was Pieter, na haar pa genoem. Hierdie een was Daniel, 'n mooi seun wat duidelik op sy ma getrek het, en heel blas van vel. Sou die mannetjie tog nie eendag matroos wil word nie? 'n Skipper, dalk. Daar was dele anderkant die Ooste waar niemand nog was nie. Hy sou baie geëerd voel as die seun sinnigheid in die see kry.

Hierdie Diodati, Daniel het by hom soms die gevoel van 'n tweegesig gekry. Hy het by Noordweshawe gekom op sy eerste inspeksie, en Daniel het nie gehou van die manier waarop hy na Catharina kyk nie. Die eerste keer het hy kom vertel die Here verwag van hom jaarliks tweehonderd mote van die beste ebbehout, die beste. Dit was nou besonder goed op prys. Hy het gehoor

Daniel ken die eiland. Nou ja, waar en hoe? Daniel het hom geant-woord: Daar is moordenaars in die bos en die bote is vrot. Hy hoop die gedroste slawe in die bos sal onder beheer gebring word. Die veertigvoetboot wat Borms gebou het, lê en verdor son-der teer by die Franse Kerk, en *Vanger*, die Losie se regterhand, lek ook, hoor hy. Toe bedink Diodati hom; hy het nie die oom reg benader nie. Hy sê hy het lyste gesien van al die eiland se bome en plante, voëls, diere, visse en dinge wat Lamotius opgestel het, en daarby staan hy het Daniel se hulp gehad met die lyste. Daar is nou 'n vakature vir 'n baashoutkapper, en as Daniel in die pos belangstel, kan dit gereël word.

"Waarna lyk ek vir jou, opper?" het hy geantwoord.

As daar nie skepe was nie, wou Daniel liewer alleen wees op sy eiland, maar Diodati het sy aandag daar van sy werk kom weglei met gesels. Dit is waar, hy het soms met 'n bestelling ge-kom, maar hy kon dit net sowel in 'n briefie gestuur het. Dan kom sit hy daar, en sê hy het verkeerd gelees, dit was nie tweehonderd mote ebbehout nie maar twaalfhonderd. Wat maak dit saak? vra Daniel. Hulle stuur nooit 'n skip om dit te haal nie. Iemand aan die Kaap probeer hierdie eiland laat sink, hy voel dit al lank.

Hy het nie met sekerheid geweet of Diodati vir sy dogter of dalk vir Jaap Baldyn kom kuier nie, maar dit was in elk geval nie vir hom nie. Pieternel het vir Catharina vantevore opgesteek om jong kêrels op besoek te nooi om langs die see te gaan stap as haar pa so stil word en sy skerp gereedskap wegpak; sy moes oplet daarvoor. Diodati en Baldyn was van afkoms uit dieselfde gewes-te onder die Alpe. Hulle het een taal gepraat, was lief vir olyfolie, lief vir sing in hulle taal, en so gesellig soos neefs. Dit was jammer dat Baldyn se dogters nie ouer was nie, dan kon Diodati daar gaan vry het.

Daniel het nie gehou van die gedagte van 'n opper as skoon-seun nie, maar Catharien was gek na die kêrel en Pieternel het hom sonder veel woorde goedgekeur. Wat hom betref, hierdie aanlêery by sy dogter kan hom 'n oupa maak, en hy verkwalik die man wat met sy lewe peuter. So het hy later teenoor al sy skoon-seuns gevoel. Hulle kom hom oud maak.

Dan vertel Diodati, as hulle na die ete nog aan tafel sit met Spaanse wyn wat hy van die Losie af saamgebring het, hy was klerk van die hof toe Esther van Ewijk in die Kaap gevonnis is om vir vyf jaar in die slawelosie gesmyt te word. Die gedagte was: as sy dan met slawe wil koppel, laat sy. En bedags kan sy met die slavinne arbei in die diens van die Here.

"Dit mag geregtigheid wees," het Daniel gesê, "maar is dit wys? Sy sit al soveel jare hier en kon haar bedink het."

Nee, dit is die voorbeeld wat belangrik is, het Diodati hom herinner; dit was sodat ander daaruit kan leer.

Daniel het gedink: Liewe vader, behoed my arme kinders.

Geen Kompanjieskip het die eiland in twee jaar besoek nie, maar Daniel het hom gedurig gereed gehou vir Engelse, wat twee of drie keer in die jaar Noordweshawe aangegier het. Hulle het sy naam bekend laat word, baar en oorlammer weet van hom, en hulle noem sy eiland Kuiperseiland.

Vir Catharien se huwelik het hulle Losie toe geseil. Die boot was versier met palmtakke en gevlegte groenigheid en 'n groot prinsevlag, en hulle is met 'n kanonskoot verwelkom toe hulle om die hoek van Visserseiland loop en die Losie hulle in die oog kry. Daar was al sy ou maats, medeburgers, met hulle gades en families; mense wat hy min te sien kry, sommige al heel grys soos Hein Karseboom en Theuntje, en ou Noordoos, krom en sku oor sy dogter se skande. Ook jong mense van wie hy nie weet aan wie hulle behoort nie. Daniel het hulle almal genooi om aan te sit by die gastetafels. Ook die amptenare en die ambagslui, die garnisoen en die slawe het 'n halwe blyedag gekry omdat hulle opper trou, en Daniel het met hulle base gepraat en betaal dat vir alle partye geskaf en geskink word.

Halfpad deur die vrolikheid het 'n gehawende jol deur die seegat gekom, vreemd van lyn met sy agteroor geboë boegpaal, reguit na die Losie toe waar die kookvure se rook bo die bome hang en die wimpels en vlae effens roer in die lug. By die steier is 'n gelapte seil neergehaal, en daar het die poortwag die bemanning ingewag en na die opper se tafel toe gebring.

Hulle het hoed in die hand nader gekom, sewe voëlverskrikkers. Hulle was Franse. Diodati het vinnig en ergerlik met hulle gepraat: Wat kom hulle daar maak? Daniel het genoeg van die taal verstaan. Hulle was Hugenote, en kom van Diego Rodriquez-eiland in die noordooste. Hulle is op pad na Ile de Bourbon, en was amper 'n maand op see in die oop boot. Diodati het hulle ongeduldig wegbeduie: Gaan wag by julle boot tot ons hier klaar is. Maar Daniel wou dit nie hê nie; hy het die mense gaan haal en na die tafels toe gebring. "Sit aan, monsieurs, of staan as julle aan snyersboude ly. Ek is Daniel Zaaijman van Mauritius. My dogter Catharien trou vandag." Hy het vir hulle laat skink, sy glas teenoor hulle gelig, en hulle verwelkom. "Eet en drink saam met ons."

Die leier was Francois Leguat; hy het langs Daniel op die bank gesit en hom vertel van hulle beproewinge. Die opper het ongelukkig gelyk daaroor. Hy het min gepraat, die gaste aangegluur. Dít moes Daniel daarna hoor, dat opper Diodati ontevrede was omdat Daniel hom sou voorgedoen het as die eiland se hoof, en dit was miskien die rede waarom hy daardie Franse later deurgaans so sleg behandel het. Hy het hulle beskuldig dat hulle spioene is, en het hulle drie jaar van hulle lewens op die Tabakseiland in weer en wind gevange gehou, binne sig van die Losie asof hy enigeen wou uitdaag om hulle daar te hulp te gaan. Daniel het moeilik onthou om vir Diodati op sy voornaam te noem, en hom soms aangespreek as opper, soos tevore.

Maar in die tien jaar wat Diodati opper was, het Daniel die man gewoond geraak, en hy was bly om te sien dat sy dogter gelukkig is. Geen opper van Mauritius glimlag maklik of lank nie.

En in daardie tyd het selde 'n skip van die Kompanjie by die eiland aangekom.

By Noordweshawe was hulle heeltemal afgesonder, afgesny van die probleme van bestuur, en dinge het by Suidooshawe gebeur waarvan hulle geen vermoede gehad het nie, en waaroor hulle later geskrik het by die besef dat hulle eie dogter ook in die Losie woon. Soos toe vyftien van die personeel in '94 se droogte aan maagkoors dood is. Maar daar was erger. Catharien was swanger met haar eerste, soos arme juffrou Lamotius ook destyds, toe drie slawe hulle eed sweer om die wittes van die eiland te vermoor en die Losie, pakhuise en stalle op verskillende plekke aan brand te steek, sodat die wonings, kantore, die Kompanjie se boeke, die voorraadjie kos, die gesaagde hout, die werkswinkels met die kosbare gereedskap en alles nogeens deur vuur verwoes is. Die kruitkelder het ontplof met 'n slag wat alles wat nog staande was, platgevee het, maar toe het die mense al gelukkig weggevlug. Hulle dogter Catharien was wonderbaarlik behoue, en die brandstigters is doodgemartel in die bysyn van die Kompanjie se slawe. Maar dit alles verneem hulle by Noordweshawe eers agt dae later.

Ander ervarings het die hele eiland saam beleef, soos die verskriklike orkaan van twee dae in Februarie 1695, toe hulle beeste en suiker weer see toe gespoel het, en die laaste oorblyfsels van opper Lamotius se groot saagmeul saam gesleep is. Daniel het weke later besonder goed verdien uit die Engelse skepe wat skade in daardie orkaan gely het. In September het 'n fluit uit Batavia gekom, waarop iemand was met nuus oor die afloop van Lamotte se hofsaak. Die fiskaal daar wou hê dat hy onthoof word vir sy mishandeling van die Franse luitenant, van Hans Pigt, Jan die Sweed en ander, maar die Raad van Justisie was hom genadig en het hom gevonnis tot die gesel en ses jaar gekettingde arbeid in die Kompanjie se soutmyn in Rosingain. Pieternel het gehuil toe sy dit hoor. Arme Margarethe, het sy gesê, as sy geleef het, sou dit nooit gebeur het nie. Maar hoe kon sy dit weet? Aletha was ook 'n besonder aantreklike vrou, onthou jy?

Onder by Swartriviermond het nuwe families ingetrek om te boer en miskien ook iets uit die skepe te maak. Gert van Ewijk was daar, nou sonder kind of kraai, en Jan Retson die Engelsman wat met wyle Hans Pigt se dogter getroud is, en Jan en Aaltje Lodewijks met hulle kinders. En toe Daniel se derde dogter, Eva, later getroud is met Herbert van Schoonhoven het hulle ook daar gaan woon. Dit het nie vir Daniel gehinder dat ander ook iets uit die skepe maak nie; daar was genoeg vir almal, en hy was bly dat meer mense aan die westekant van die eiland kom woon het, want daar was al hoe meer swartes in die bos wat vir 'n menselewe niks omgee nie.

Die gevaar het ook nie net altyd van swartes af gekom nie. In '97 is 'n lading bandiete uit die Kaap gestuur, onder wie sersante Haan en Pieters, twee gewese geregsdienaars van die Kompanjie wat hulle heilige eed versaak en van misdaad geleef het; Jean du Seine, 'n opperste godslasteraar en skobbejak; 'n Hollandse droster bygenaamd Smous; en Jantje van Batavia, 'n slafie van sestien wat lank met 'n Christendogter op Stellenbosch gekooi het. Hulle was skaars in die gevangenis agter die Losie, toe breek die eerste vier uit, steel *Vanger* van sy anker af en loop see-in. Hulle plan was Ile de Bourbon, maar daarvoor moes hulle eers kos en wapens by die boerehuise steel. Om dié rede loop hulle Swartriviermond in, waar hulle die mense 'n paar dae lank in hulle huise die skrik op die lyf gejaag het, voor iemand kon wegkom om alarm te maak. Die boere van Noordweshawe het gewapen en met honde in Daniel se boot die riviermond opgeseil, *Vanger* op tou geneem en uitgesleep, en toe te voet die bandiete agtervolg.

Hulle was slim genoeg, die bandiete, om elkeen alleen te vlug en na soveel dae weer te verenig, want elke keer as die vlugtelinge verdeel, moes die agtervolgers ook hulle mag verdeel. Dit was dae en dae van agtervolging met die honde deur die berge, maar eindelik het nuus begin kom dat een by Lemoenbos gevang is, een in die smidswinkel op die Vlakte waar hy amper sy hand met 'n koubeitel afgekap het om uit sy boeie te kom, en die laaste een is deur 'n boervrou op Noordoos se ou werf aan die Geerlofsrivier geskiet. In dié tyd was Pieternel alleen met die kinders by die huis, en weer verwagtend, en Daniel kon niks meer doen as om haar 'n geweer in die hand te gee en met sy slawe en honde bos toe te gaan nie. Dit was in sulke tye dat die distansie van die Losie af 'n bekommernis vir hom was.

Diodati het net ná die eskapade van die bandiete kom vertel hy het om 'n verplasing gevra. Hy moet Ooste toe, waar daar 'n ordentlike loopbaan vir 'n amptenaar is. Daniel het hom gevra of hy Lamotius se probleme nou begin verstaan, maar hy wou dit nie erken nie. Hy het gesê hy voel hy arbei teen die dood. Die eiland gaan agteruit, die klimaat is onmoontlik, daar is nie meer wild in die bos of vis in die see nie, en die drosters raak 'n gevaar

671

vir die volk. Vroeër was dinge volop en maklik. Kan jy nie sien nie, het Daniel hom gevra, dat dit 'n goeie en vrugbare eiland is? Ons vryboere kan 'n bestaan hier maak, maar die Kompanjie moet die handel aan ons oorlaat. Laat ons die wild jag, die vis vang, die arak stook, die hout saag en verkoop vir ons eie reken-ing. Laat ons die slawe uit die bos haal. Laat ons met ons eie skepe handel dryf met Ceylon en die Kaap. Ons het niks van die Kompanjie hier nodig nie. Reël dit so. Laat julle Losie sluit, en spaar die geld.

"Dit kan nie gebeur nie, omdat julle Nederlandse onderdane is. Die Kompanjie is die enigste Nederlander wat in hierdie oseaan mag handel dryf."

"Ons hoef nie Nederlanders te wees nie. Ons is burgers van Mauritius, dit is vir my genoeg."

"Dit is sedisie, skoonvader."

"Ja. En hier is nog meer van dieselfde: die Kaapse regering druk ons moeite dood, en hulle hou jou vir die gek. Hier sit jy: jy laat elke oggend vlag hys en trompet blaas, en jy laat hout saag en gooi mense in die see, maar die Kaap dink so selde aan jou dat hier nie eens meer 'n skip kom nie. Die Engelse dra nou ons eiland. Lees die Kaap nog jou briewe?"

"Skoonvader, ek moet nog bysê, die Kaap het laat weet, maar ek het dit eers stilgehou omdat ek jammer is vir julle: die lands-boot waarop ons proewe was – jy sal onthou, die tabak, soutvleis, en rietarak in jou spesiale vaatjie, julle seep, botter, witsuiker, bruinsuiker, al die dinge waarop julle hoop gevestig was – het op die reede in Tafelbaai omgeslaan."

Daniel kon maar net lag, maar dit was waaragtig nie snaaks nie. "Ons moet maar weer probeer, opper? Daar is nie 'n ander uitweg nie. Ek ken Mauritius as 'n goeie eiland. Wat hy aan my en Pieternel gegee het, kan hy ook aan my kinders gee. Ongenadig is die natuur, maar so is elke skipper. So is dit op see."

Daniel het sy seëninge sien toeneem. Jan Bockelenberg het by hulle op besoek gekom, die jong oppermeester wat gestuur is, en 'n regte dokter daarby, nie 'n sjirurgyn nie. Hy was die seun van 'n Duitse wynboer en het iets geweet van brandewyn maak, en het soms 'n paar nagte by hulle oorgeslaap wanneer Daniel riet-arak stook. Hy was agter hulle Magdalena. Hy en die dogter het dit nie probeer wegsteek nie, en hy was welkom in hulle huis, want hulle het gehou van sy geaardheid. Daniel het gedink: Ons het nou al 'n opper, 'n dokter en 'n boer in die familie. Sal Eva, my jongstetjie, dan nie tog 'n matroos vat nie? Aan Pieternel se hand in die opvoeding van haar dogters het hy nie gedink nie; hy het geglo in sy huis was dit presies soos dit behoort te wees. Die dag toe Magdalena en meester Jan getroud is, het Daniel op 'n bankie onder 'n palmboom gesit en sy sëeninge op sy vingers probeer tel. 'n Goeie vrou, gesonde kinders, vooruitgang in die werk, vrede in sy huis, 'n regte dokter in die familie, 'n tweede dogter in die Losie, slawe, vee, plantasie, 'n goeie boot, tuine – daar was nie genoeg vingers aan sy hande nie.

Hy het nie sy gesonde verstand bygereken nie, maar daar was baie wat hom die gawe beny het. Hy kon 'n orkaan sien kom aan die glashelder voorkoms van die kruin van Die Duim die dag-breek tevore, en aan die gedrag van insekte en voëls, terwyl ander moes wag op 'n streep wolke soos 'n bloeiende aar op die horison, daardie laaste sonop of sononder, voor hulle sekerheid gehad het. Teen dié tyd is Daniel se vee al na 'n kraal op hoë grond geneem, sy boot gekenter op oop grond, sy huis vasgebind aan die aarde en sy luike toegespyker. Selfs dan was sy skade groot, soos ander s'n, aan suiker wat te jonk was om te sny, en aan sy jong groente in die grond. Soos byvoorbeeld met daardie vierdae-orkaan van '98, toe hy tot die uiterste voorbereid was. Daardie slag het die Kompanjie se pos op die Vlakte swaar getref: die hele patatoes – die volgende jaar se broodkos – is uit die grond gespoel, die lang heining van 14 000 paaltjies is omgewaai, die huise was tot by die vensterbanke vol water. En ná die orkaan was daar 'n maande lange plaag van rotte in die groen spriete en botsels van bome en plante, wat gelukkig oorlewe en weer gebot het.

Maar soos die matroos se spreekwoord sê: dit is 'n sleg wind inderdaad wat nie vir seeman, boer, meulenaar of wasvrou iets goed inhou nie, en ten spyte van sy verliese op die grond het Daniel ook nog 'n ryk skoonseun bekom, want Herbert van Eva het ná daardie storm 'n soliede blok ambergrys van veertig pond op die strand gekry. Op die Kompanjie se boeke was dit tienduisend gulde werd, en hulle kon dit weer vir sewe, agt maal daardie prys in Europa verkoop. Arme, eerlike ou Herbert het dit by Diodati ingehandig, wat dit Kaap toe gestuur het, en hy en Eva het begin wag op die Kompanjie se ryke beloning.

Toe hulle weer hoor, was daar 'n nuwe goewerneur oor hulle. Dit was nog 'n Van der Stel, die ou een se seun. Hierdie Willem Adriaan het nie mense se gevoel gespaar nie; hy het reguit vir opper Diodati geskryf: Moenie meer julle seep en tabak en dinge hiernatoe stuur nie. Ons kry genoeg van alles uit Batavia en Nederland, en die Kompanjie sal nie sy bestaande kontrakte verander nie.

"Kan jy sien, opper? Onthou jy wat ek gesê het? Hier kom die tweegesigte nou uit met die ding, sê vir my wat lees jy in daardie woorde?"

"Al was ons produkte van 'n beter kwaliteit en goedkoper as dié uit Nederland, dan sal die Kaap dit nie vir ons bemark nie."

"Juis. Omdat die Kaapse amptenare kommissie kry op daardie Nederlandse kontrakte. Sal hulle dit erken? Nee, opper, ek is maar 'n lummel wat nooit 'n skoolbank geslyt het nie, maar hier in my huis het sekunde Elsevier dit vir my uitgelê met die woorde: ongewenste indringing. Hulle wil ons kleinboere se moeite dooddruk tot hulle eie voordeel."

"Ek weet nie wat om te sê nie, skoonvader."

"Sê niks. Ek sal praat. Van nou af is dit elke man vir homself. Doen jy wat jy moet vir jou maatskappy en jou mense, en ek vir my en myne."

Nuwe intrekkers het Noordweshawe toe gekom. Van sy werkplek op Kuiperseiland kon Daniel die rook uit kookskerms sien styg agter soveel as vyftien huise tussen die palmbome om die baai se soom. Tot Pieternel en die kinders se blydskap het Theuntje en Hein Karseboom ook daar kom woon, om patats en groente te kweek vir bure, en die Engelse skepe. Dit was destyds asof Diodati tou neergooi en nie meer omgee waar sy mense 'n lewe gaan soek nie. Onder by Suidooshawe het sy Kompanjie hout probeer saag, en elders oor die eiland kon die vrylui hulle rook laat opgaan en 'n bestaan probeer maak. Dit het al begin lyk asof meeste vrylui hierdie westekant verkies. Maar hy sou met almal in vrede lewe solank hulle hóm sy vrede gee.

Die noodlot voorsien tog op vreemde maniere. Toe twaalf gesinne by Noordweshawe woon en nog vier gesinne suid van hulle by Swartriviermond, loop 'n seerowerskip aan die oostekant van die eiland op die Swart Klip vas.

Diodati het 'n drawwer met 'n brief van die Losie af gestuur om te vra dat Daniel die weerbare mans in sy wyk, wit en swart, gewapen Losie toe bring, want honderd en sewentig seerowers het by die Swart Klip aan wal geloop. Daniel het die oproep van huis tot huis gedra, en gesê hy verwag almal tussen sestien en sestig jaar voor daglig by sy werkplek op Kuiperseiland. Hy het nie nodig gehad om van seerowers te vertel nie, dat sulkes vat wat hulle wil hê en nie ouderdom of geslag ontsien nie; die mense het dit goed geweet. Dit was 'n vuilgoed uit Wes-Indië, die seerower, wat nou in hierdie waters verskyn vandat die Spanjaard daardie kant bankrot gespeel het. Oos-Indië en die Rooi See is sy nuwe jagveld, en Hollander, Muslim en Engelsman sy prooi.

Met vyf en twintig man, wit en swart, het hulle in twee bote van Kuiperseiland vertrek, en Jan Retsen se twee bote met agtien weerbares en 'n kind suid van Swartriviermond ingehaal. En so is hulle in konvooi onder om Pieter Boths Kop, Losie toe, waar die opper die hoflikheid gehad het om hulle vloot met 'n salvo te verwelkom. Lemoenbos se mense en Vlakte van Noordwyk se mense was al daar, en sabels, kruit en lood was uitgedeel. Met die garnisoen se veertig was hulle nou negentig sterk. Daniel het in die krygsraad gesê hy glo hulle moenie die invaller kans gee om hom gerieflik te maak nie. Dit is nou drie dae, en die spioene vertel hy sukkel nog om sy goed van die rif af te kry. Die meeste van hulle kruit sal bederwe wees. Hy stel voor dat hulle dadelik optrek en die mense tot vrede nooi. As hulle nie wil nie, moet hulle uitgeroei word, maar as hulle geneë is, maak 'n verdrag en help hulle so gou as moontlik hier weg. Tot daardie dag, waak en bid. Hulle kan 'n geskenk van arak en tabak neem; die mense sal dit nodig hê.

Die eensgesindheid onder die mense was 'n verrassing vir Daniel, en hy was bly toe sy skoonseun self 'n degen aangespe om voor hulle uit te marsjeer, terwyl almal weet hoe hy van die maagkoors ly. Hulle het saam binnegegaan om vir Catharien en haar seuntjies te groet, en daar het Diodati die Kompanjie se vaandel in Daniel se hand gegee. Toe het hulle vir Magdaleen gaan groet, want Jan Bockelenberg, met sy meesterskis aan 'n skouerband, moes ook saam.

By Duiwelspunt, soos hulle die Derde Hoek daarna genoem het, het die seerower hulle tegemoetgekom, met sy hande leeg voor hom. Hy was John Bowen, sy skip was *Speaking Trumpet*. Hulle was magteloos, het hy gesê, hulle het omtrent alles verloor. Almal daar kon sien die skip was 'n wrak, hier was geen droëry van kruit aan land nie en skaars 'n vuurwapen te sien, en geen hinderlaag in die bosse nie. By die wrak het 'n paar vlotte gedryf, en swemmers was doenig met toue in die water. Diodati het vir Bowen gesê: daar op die strand bo die hoogwater kan hulle kampeer, daar kan hulle 'n boot optimmer, maar dáár moet hulle bly. Die boere sal vleis, arak, tabak en vis te koop bring, maar geen groente of styselkos nie, en hulle moet van die mense se huise en diere af wegbly. As Bowen Losie toe wil kom, moet hy manalleen wees; as hy met geselskap wil kom, moet hy sy boodskap 'n uur tevore instuur. Alles anders is halssake. En daarmee het die man saamgestem.

So was dit vir die boere van die Vlakte en Lemoenbos 'n kans om vir drie maande handel te dryf, en heelwat harde silwer en goud in die sak te kry, maar dié wat aan die westekant woon, het uit die seerower niks gemaak nie, en daarby moes hulle beurte neem met die ander om 'n week op 'n keer by die Losie wag te staan omdat 'n misdadiger 'n misdadiger bly. In dié tyd het hulle die vier kanonne voor die Losie omgedraai, twee oos en twee wes, en amper duisend handgranate gelaai en gereed gehad.

In 1704 het daar veranderings in Daniel se lewe gekom wat vir hom 'n vingerwysing was dat seëninge tydelik is en goeie tye einde kry. Hy het dit verwag; sy grys hare was lankal 'n waarskuwing van tyd se asem in sy nek, en dat hy 'n moeiliker vaarwater binnegeloop het. Hulle seun Johannes is aan die begin van daardie jaar gebore, 'n skraal, ligblonde kind met iets van Sven Telleson in sy voorkoms – 'n mooi kind wat later die eerste sou word om op hulle hoek van die eiland ooskuskoors te kry. Teen die middel van dieselfde jaar het Roelof Diodati se verlossing gekom, en hy is met Catharien en hulle twee seuntjies Batavia toe, waar 'n goeie pos vir hom gewag het. Hy was altyd een met ambisie, en die Ooste het hom sonder ophou geroep. Pieternel het lank getreur, want Catharien was haar oudste en sy was ongewoon erg oor die dogter, maar hulle het belowe om te skryf, elke keer as daar 'n geleentheid was. En toe, in November, kom die tyding van die Losie af dat Magdaleen daar oorlede is aan die malaria. Jan Bockelenberg het vir hulle by die begrafnis net gesê hy wil nie langer bly nie, hy moet weg van Mauritius-eiland af as hy hulle kinders wil behou. En met die eerste skip is hy ook Batavia toe met die drie dogtertjies en hulle seuntjie, skaars 'n jaar oud.

Van daardie jaar af, toe Abraham Momber opper geword het, het 'n skroeiende droogte oor die eiland gekom. Die berge het bruin geword, en met verloop van tyd ook die laagtes; ou bome naby die huis het verdor en doodgegaan, en die Losie se drinkwater is met oskarre van die Swartrivier af gebring, tot die groot tweeling-waterval hoog in die Swartrivierberg ook gaan staan het. Daar was skaars weiding vir vee, en die takbokke het na die boerehuise toe gekom om te kyk of daar kos is. Jy het hulle in die veld uitgeteer kry lê of dood. Vis het amper weggeraak uit die binnewater, en die seekoeie en seeskilpaaie is nooit meer gesien nie. Dooie seegoed het van die rif af opgespoel, soos seekatte en skulpdiere. Daniel het 'n vermoede gehad van die oorsaak, want die see van die binnewater was onaangenaam warm, en hy het die hitte onthou van die see om Ternate-eiland, die twee, drie maande wat hulle daar op die reede was voor die vuurspuwende berg uitgebars het. Maar hy wou nie vir Pieternel sê nie, want hoe en waar kan hulle vlug as so iets hier gebeur? Eenkeer, toe hy in die hete nag wakker lê, het hy haar wakker gemaak om te sê, maar kon dit toe nie oor sy hart kry nie.

677

"Pieternel."

Sy het sy hand gedruk, en vasgehou."Wat?"

"Alles."

"Ek weet."

Het sy miskien geweet van iets wat gaan gebeur, soos die slavin wat hulle gehad het, destyds?

"Ons tyd word min," het hy gesê, en probeer slaap.

Sy was bang, haar bure was bang; hulle het die vrees soos siekte by mekaar aangesteek. In die bos was seker 'n dosyn drosters, almal gewapen met assegaaie en so boskundig dat jy hulle nie met honde gevang kry nie. Hy was self al versigtig om alleen bosse toe te gaan, want hulle het laat weet hulle sny die een in rieme wat hulle alleen kry. Hulle het hulle eie kapteins gekies, tabak geplant in die Swartrivierberg se klowe, gelewe van jag, en verder van wat hulle uit die boere se krale en tuine kon steel. Nou, met die droogte, was hulle snags hier in Noordweshawe om die huise ook.

Wat kon hy doen as sy arme vrou in die nag dink sy hoor haar bees by die krip 'n halter breek; as haar kinders op die skoot bly skuil en oë almaar deur toe draai; as spookkrappe van die donker strand af lig toe loop; as rotte uit die riethoop kom om teen hulle luike op te spring. Waarvoor was die rotte bang? Werklik, die skrik was weerskante van die deur, daardie tyd. En onder by Die Kalk se swart moerasse, is hulle vertel, uit daardie hete, stinkende kuile waarin die koorssiekte skuil, styg snags bolle liggeel vuur en swewe met die laagtes tot so ver as Lemoenboomsvlakte. Alles, alles van die droogte. As dit sou reën, sou hulle wel wees, maar die reën sou weer kom in die vorm van twee of drie orkane, en dit wou hulle nie hê nie. Hulle moet geduldig wees, het Daniel gesê wanneer hy een hoor kla, hy ken hierdie eiland as 'n goeie eiland, die wiel sal weer draai.

Die jaar ná Jan Bockelenberg weg is Batavia toe, kry hulle 'n brief van hom. Pieternel het dit by die eettafel aan hulle voorgelees, en halfpad opgehou, en kamer toe gegaan. Hy is in die Kaap, skryf Jan daar, op die nuwe kolonie Stellenbosch. Hy is nou vrydokter en maak 'n lewe, al betaal pasiënte hom met negosiegoed. Sy kinders is wel, maar hy moet tot sy leedwese bekend maak dat Catharina Diodati op Batavia oorlede is. Sy is daar in die Groot Kerk begrawe. Dit was die siekte van die stad. God het die stad geskud, en dit sterwe, en daarmee saam bloei die Edele Kompanjie en al sy mense dood. Hulle moet niks meer van daardie kant verwag nie; die Kompanjie kwyn tot niet, en jy sien die simptome oral. Roelof Diodati het hom gevra om die jammerlike nuus te laat weet; hy is dadelik met die twee kleintjies weg uit die stad, omdat dit siek is. Hulle het hom die opper gemaak van Japan, en hulle sal nie gou van hom hoor nie, want net een skip word daar toegelaat in die jaar. Hy het self toe ook so gou as hy kon sy kinders uit daardie stad geneem en na 'n koeler klimaat gaan soek. Hier in die Kaap is nou 'n onaangename rewolusie van die vryburgers teen hulle regering; hulle wil die Kompanjie afskud. Wat 'n tyd beleef die mensdom, nêrens is rus of vrede meer nie.

Al het die kinders aangehou dat hy hardop moet voorlees, het Daniel die brief toegevou, die dankgebed gesê, en na Pieternel toe gegaan. Hy het nou besef, het hy daar vir haar gesê, dat hulle ook hulle beste jare agter die rug het. God het hulle huis geskud, en van nou af is dit afdraand, en hulle albei sterwe langsaam, langsaam maar gewis.

Die tekens van die Kompanjie se agteruitgang het orals uitgeslaan. By die Losie is die sekunde dood na 'n swaardgeveg teen die sjirurgyn. Kan jy waaragtig so iets glo? Waar kom sulke dinge vandaan? Onderdele van boerewaens wat uit die Kaap bestel is, en waaraan die timmerlui so lank gewerk het, was na twee jaar nog nie gehaal nie, en het kromgetrek in die son gelê.

Toe het opper Momber 'n sensus laat hou van almal op die eiland, of van dié ten minste wat sy klerke kon opspoor. En die mense was bekommerd, want jy weet 'n sensus tart die noodlot en bring onheil. Kinders wat in 'n sensusjaar gebore word, sal jonk sterwe. Pieternella se jongstetjie was skaars ses weke oud – hulle was nog nie van sy naam verseker nie, en ook ander vrouens was verwagtend. Maar die groot kommer is natuurlik dat jy altyd na 'n sensus nuwe belastings moet verwag, daarom kla jy wanneer klerke by jou huis kom opneem. Die amptenare wat die opname maak, het gesê opper Momber se bevel was uit die Kaap uit. Daniel se huisopgaaf was: een man, een vrou, vyf seuns, 10 slawe, 37 beeste. Hy het hulle gevra hoeveel inwoners daar dan nou by Noordweshawe was, en hulle het hom gesê: op papier 15 mans, 12 vrouens, 32 kinders, 47 slawe, 281 beeste. Hulle jongste het hulle toe maar Salomon genoem, sodat hy 'n pos of staning op die ewige rol kan hê, want hy was gedurig ongesteld in die verskriklike droogte en hitte, veral van sy maag, en hy het nie die sensusjaar oorleef nie. Hulle het hom ongedoop agter op die werf onder die oudste palms weggelê.

In die handel met vreemde skepe het dit nog met Daniel goed gegaan. Onder sy palmafdakke op Kuiperseiland het gereed gelê wat 'n skipper in nood kan verlang, van planke, knieë, rondhout van verskillende dikte en lengte, tot 'n roer van die grootte van 'n hoeker, wat hy met Diodati se toestemming van die wrak op Swart Klip gaan lig het. Op die strand was ook goeie stukke wrakhout te versamel: ou Engelse akkerhout, wat hy tot duie gekap het. Sy seun Pieter was nou agtien jaar, en 'n kêrel na Daniel se mening nie sonder belofte nie, met daardie reguit uitdagende kyk wat sy ma by die Van der Byls geleer het, en 'n gesonde greep in albei hande. Hy kon tel en reken en het 'n redelike hand geskryf, soos sy ma elkeen van die kinders geleer het. En met die byl en die dissel was hy handig; jy kon hom al heeltemal met 'n kuip of skeepshout vertrou.

Daniel het die seun vir sy eie rekening laat werk dat hy self sien waar sy brood vandaan kom, en hom al die Noordwesreede se loodswerk laat kry. As daar snags 'n skip buite die rif skiet, of die kleintjies kom van die hoogtes af gehardloop met die nuus: "Pa, daar steek 'n vlag op!" was dit Pieter wat met sy eie *serang* moes see toe gaan. Toe is dit ook nie lank nie, of die kêrel ken see-Engels, en as die erfvyand wil uitvaar, kom klop 'n matroos met 'n briefie aan die deur en vra vir *Master Zaaijman, the pilot.*

Van daardie offisiere het hulle verneem hoe die Engelse kompanjie floreer in die Indiese handel, hoe hulle soldate stuur teen onwillige konings en radjas en nawabs, en die land onder hulle voete uit steel. En hier swerm die Engelsman nou om Mauritius, en seil huis toe, diep gelaai met die skatte van Indië. Die jaar 1707, toe die Engelsman vir Pieter verduidelik het hulle Kompanjie se nuwe vlag sal van nou af 'n bietjie blou bo in die linkerhoek hê, was dit vir Daniel soos 'n teken dat die Engelsman nou oor hierdie oseaan regeer, en dit beteken die einde van Jan Kompanjie oor die hele Ooste. Jan Kompanjie se paspoort was geskrywe. Gaan daaroor weer 'n oorlog kom?

Dieselfde tyd van die nuwe Engelse seevlag het die jag *Jerusalem* op die reede gekom met briewe uit Batavia. Oor dié saak het opper Momber die gesinshoofde Losie toe laat roep. Daniel het aangetrek en gegaan, 'n halwe nag en 'n dag oorsee, met sy bure Jan Mauritz, Hendrik de Vries, Jan die Sweed, Daan Onderwater, Ben Meulenbroek, Jan Carstensz, Jan Muur, Gert Romond, Freek Heijland, Kobus van Laar, Hein Karseboom, Henk van Balen, Roelf Osenberg en Adam Adamsz, tesaam in twee bote. Hulle het gegaan soos gevangenes wat galg toe geroep word. Daar by die Losie was die burgers van Lemoenbos, Vlakte van Noordwyk en Swartrivier in hulle Sondagse swart onder die bome. Hulle het saamgestem, ja, hulle reken hulle weet wat hier gaan kom.

Die opper het vir die versamelde vriende in die groot saal gesê die Kompanjie wil sluit en ontruim. Hulle sal twee skepe hiernatoe stuur, so hulle moet kies waarheen hulle vervoer wil word, Batavia of die Kaap. Hy kan nie uitstel gee nie, hulle antwoord moet met *Jerusalem* teruggaan. Wat hom en sy huis betref, hulle kies die Ooste, waar die kanse op vooruitgang vir 'n dienaar beter is.

In die stilte, en daarna die geskuifel van stewels en kaal voete op die vloer, het Daniel gesê dit is darem onverwags, hulle sal graag eers wil dink. Die ander vrylui het beaam en rookgoed uitgehaal. Maar die opper het vinnig gekeer: hulle mag nie binne rook nie. Brandgevaar.

"As die Kompanjie vir ons sy vlag gee, opper, kan dié van ons wat wil, miskien hier agterbly na julle weg is. Ons boer op ons eie voort en gee die Kompanjie se skepe wat hulle verlang."

"Dit is klaar geantwoord, oom Daniel. Die Here skryf vir my julle sal waarskynlik 'n verversingspos hier aanhou vir seerowers en Engelse en vir ander wat die Kompanjie se belange skaad."

"Dié sal ons voorwaar doen. Dit kan jy glo," het hulle beaam.

Die saak, vir 'n matroos, was 'n vreemde reede, hulle wou eers daarna kyk. En jy kan sê matrose verplaas maklik, maar hulle vrylui was nou al lank in die grond vasgegroei, en ou bome verplant jy nooit. So is hulle buitetoe om te rook en na die wit skuim van die rif te kyk waar die laatdagson al die wolke geel en oranje maak. Voor hulle voete in die vlak water het die see lui geslurp aan die land. Daar het Daniel en sy twee skoonseuns gerook en gepraat oor wat in die beste belang van vrou en kinders gaan wees, solank hulle wag dat die poortwag die doodsklok lui om hulle weer binne te roep. Moet hulle nie die wapen opneem nie, en weier om te vertrek? Wat kan die Here aan hulle hier doen? Op die pleintjie bo die steier het Daniel die besluit vir hom en Pieternel geneem. Hier het hy sy Pieternel getrou; hier was hy amper die ewigheid in deur daardie besope bootsman aan wie se naam hy nie kan dink nie; hier het sy twee dierbare dogters getrou, goed getrou met witboordjie-amptenare, en elke keer was Pieternel hier by hom in die land wat hy vir haar gekies het. Nou moes hy reguit aan haar dink. Sy was van kindsbeen af op eilande. Laat haar, laat my ook, nou land kry. Toe hulle binnegeroep word, het hy geskryf: Ek wil Kaap toe gaan.

Daar was net vier families wat die Kaap gekies het. Die ander 32 het nog die Ooste hoor roep met daardie mooi soet stem, maar het hulle mooi geluister? het Daniel gedink. Was die woorde nie nou *Kom red my*" nie? Daniel en sy skoonseuns Hendrik de Vries en Herbert Jansz, en Michiel Romond, het die Kaap gekies. Hy het persoonlik geglo Herbert moes Batavia gevat het oor daardie reuseblok ambergrys waarvoor die Kompanjie hom nog skuld, al beteken dit ook Eva gaan van hulle af weg. Maar Herbert het gesê: My goed is in die Kaap, ek moet sorg dat ek ook daar kom, want ver van jou goed is naby jou skade.

Goed, het die opper gesê, hier is dan die regering se instruksies. Al die amptenare moet Batavia toe, en geen amptenaar verlaat die eiland voor die laaste vryman weg is nie. Moet nie weer saai of plant nie, want rys en ander kos sal uit Batavia gestuur word. Slag soveel beeste as moontlik en sout die vleis in; die Kompanjie sal dit koop. Die diere wat julle lewend hou, sal ek teen drie dalers elk koop wanneer julle vertrek. Julle mag nie honde wegneem of skiet nie; laat julle honde agter sodat hulle die oorblywende vee en wild kan vang. Na julle weg is, sal amptenare gaan om julle huise, landerye, bote, oorgeblewe meubels ensovoort met vuur te vernietig. Hier mag niks oorbly wat 'n mededinger soos die Engelsman of Fransman kan benut nie. Hou alles geheim vir julle slawe, dat hulle nie bos-in vlug nie.

Dit was die instruksie. Hulle het onderling oor die tyd beraam: oor ses maande sal hulle stadigaan die vee begin slag, eerste die oudste goed.

Met daardie treurige nuus is hulle terug na hulle woonplekke toe. Toe die Kompanjie se slawe hoor van ontruiming, het die arme mense gesigte gesien van 'n vryheid wat in hulle onderskeie vaderlande so onbekend was soos vir die Hollander in syne, en 'n plan gemaak om hulself te red voor hulle weer teen wil en sin na 'n vreemde klimaat ontvoer word. Die verskil tussen swart en wit is mos duidelik, so as hulle die wittes keel afsny, is hulle eenparig. Daaruit spaar hulle alleen die jong wit vroue en vir Daniel Zaaijman om hulle te loods waar hulle moet wees, want party wou terug Madagaskar toe.

Maar hierdie vlak plan is vroeg uitgelap. Opper Momber het drie sogenaamde kapteins gevat en in sy boeke gaan lees hoe hy 'n voorbeeld van hulle moet maak vir die sieleheil van dié wat moet agterbly. Hulle is op wawiele vasgebind en die dikvleis met gloeiende tange van hulle liggame geskeur voor hulle moordadige hande afgekap en hulle met 'n voorhamerslag op die borsbeen na die duiwel toe gestuur is. Toe is die wawiele windaf onder die Losie teen bome staangemaak.

Die nag toe *Jerusalem* sy afskeid kry, eindig die onthaal onder die sterre op die plein buite die Losie. Daar staan die offisiere, glase in die hand, in die warm aand; jy kan hulle tot wie weet waar hoor lag in die donker, en die skipper sê: Elke skoot wat hierdie Losie skiet ter ere van die loflike Kompanjie, antwoord *Jerusalem* buite op die reede met twee. Dit was omdat hy die opper by die ete gespot het sy Losie se kanonne is al toegeroes van nooit skepe sien nie. Daniel het vir die waarheid verneem van een wat by was, dat Momber self die lontstok in die hande gehad het terwyl daar amper 'n halfuur lank oor en weer geskiet is. Skote ter ere van die loflike Kompanjie, skote vir die edele goewerneur-generaal, dat die Sadelberg in die stil nag eggo, dat *Jerusalem* se oranjerooi vuurstrepe oor die swart water skitter. Skote vir die edel heer in die Kaap, skote vir *Jerusalem*, skote vir Fort Frederik Hendrik, dat die vlammende pluisgoed later stuk-stuk by die tromp uit waai, selfs windaf tot op die Losie se dak – sodat die handgranate wat onder die nokbalk hang, begin ontplof, en die Losie, pakhuise, werkswinkels, tot die vlag van die vlagpaal af, nog 'n keer tot as en houtskool uitbrand. Momber was so 'n wel-bedagte, stil man. Onthou jy, Pieternel?

Klein Christiaan, hulle laaste, is gebore na Johannes in sy vierde jaar die tekens van die koorssiekte gewys het. Hy was mos die eerste een in hulle wyk wat dit gekry het. Miskien het dit met die droogte te doen gehad, omdat hulle riviere nou in groen poele bly staan het, maar toe het hulle geweet: van nou af is die koors in Noordweshawe ook. Johannes het swaar gely van die ooskus-koors, maar hy het sy eerste en tweede en derde aanvalle oorleef. Party sterf al in die eerste aanval, ander sterf daarna. Dit is soos koors mos maak: hy vat jou, skud jou tot die drumpel van die dood, en los jou vir later. Maar hy kom weer, jaar na jaar, en skud jou tot jy wens om te sterwe. En omdat daar geen medisyne daar-teen is nie, is die beste wat jy kan doen om met jou oorlewende kinders daarvandaan te vlug, as jy kan.

Hendrik de Vries en hulle dogter Maria het 'n kans gekry om weg te kom met hulle drie seuntjies, toe *Blenheim Castle* van die Engelse kompanjie aankom na swaar weer op see. Sy timmerman is verloor toe hy oorboord laat sak is om aan die roer te repareer. Almal was bly of jaloers oor Hendrik se geluk. As mense dan moet gaan, hoe eerder hoe beter, en Hendrik het belowe om in die Kaap te kyk wat die beste maniere is om daar 'n bestaan te maak sonder om weer in die Kompanjie se diens te gaan. So is hulle Maria weg met haar man Hendrik in die Engelsman se diens. Die opper het dit goedgekeur, en hom 'n stapel briewe vir die Kaapse goewerneur saamgegee.

684

Pieter het toe met die gedagte gekom om te vra dat hy, wanneer die skepe kom om hulle te lig, nog agterbly en kyk wat hy van die Engelsman en die Fransman kan verdien, en dan later met die amptenare saam Batavia toe ontruim word. Pieternel en Daniel was nie daarteen nie; hulle het gesien dat dit sy voordeel was, want dan sou hy ook sy kans kry om die wonderlike *orang lama* te word met kennis van die Ooste, maar hulle het vermoed dit gaan eintlik om die opper se dogter, en miskien om dieselfde rede het Momber ook toegestem.

Op 2 November 1709, 'n jaar tot die dag ná hulle vergadering by die Losie, het *Carthago* agter Kuiperseiland anker in die grond kom smyt om die Bataviavaarders met slawe en eiendom in te skeep, en die galjoot *Mercurius* het dieselfde dag op die reede in Suidooshawe gekom, vir dié wat moet Kaap toe. Dit was Kersdag toe hulle daar uitloop, en met sononder was die bruin piek van Pieter Boths Kop al in die see gesink. Onthou jy, Pieternel?

7
Die klerk

"... eilande, afgesonder in 'n leë see
So stuur! stuur! Laat vra vir wie die doodsklok lui."

Lectori Salutem!
U sien die klerk Johannes Guilielmus de Grevenbroek. Hy skryf by kerslig in 'n buitekamer op die plaas *Welmoed*, aan die Kaapse kant van Stellenbosch. Hy het nie 'n vrou, kind of familie-lid in hierdie land of oorsee nie. Die twee persone wat hy vriende noem, woon in 'n kraal van die Overbergse Koina, maar hy het nie vyande nie. In die dorp lig mense vir hom die hoed, nie sonder agting nie. Hy praat sewe tale, hy was Sekretaris van die Politieke Raad, en etlike kere ouderling en heemraad van hulle gemeente. Hy weet baie van ander se sake, maar hou sy mond dig. Hulle weet dat hy sy dae en groot dele van die nag deur skryf, maar weet nie waaraan nie. Wat hy skryf, bly in sy boekkas. Mense ver-my hom, vermoedelik omdat hy oud, lelik en geleerd is. Hulle lig dus die hoed, buig in sy rigting, laat hom verbygaan. Hy vermy mense omdat hulle hom verveel, hy beskou die meerderheid Kapenaars as boers, onopgevoed. Hy het hulle in 'n geskrif ge-noem "Afrikaanse gedrogte", en sal dit weer doen; hy gee nie om wat enigeen daarvan dink nie. Hy het sy tydgenote oorleef, en hy is sonder illusies oor die lewe, die geskiedenis of sy eie kennis.

Hy het vanaand 'n akademiese toga om sy skouers. Die kleed is sonder warmte, motgevreet in die some, verslete oor die blaaie en groen van ouderdom. Sy skryftafel was eers die eettafel van 'n groterige gesin. In sy kamer het hy 'n besonder hoë en breë boeke-kas, wat na 'n linnekas lyk en vroeër een was, met sy tafel, 'n stoel en 'n *katil*, alles van rooi ebbehout, en alles op dieselfde vendusie gekoop. Sy ander klere, aan spykers agter die deur, is eenvoudig, outyds; hy herstel dit self. Hy eet min en selde. Die eienaar van die plaas gee hom die kamer, die gebruik van 'n perd en saal en die diens van sy arbeiders teen 'n geringe vergoeding, omdat die oud-sekretaris weier om dit verniet te neem. Aan die muur is 'n klein geskilderde *madonna* wat vreemd herinner aan Botticelli se modelle.

Op die oomblik het 'n gedagte by hom opgekom, iets onbelangriks, maar hy wil dit nie vergeet nie. Hy skryf dit in Latyn: *Probeer so leef dat dit hoop op 'n ewige lewe skep, anders is menslike bestaan doelloos. As daar ná ons sterwe niks is nie of geen hiernamaals, moes ons so geleef het dat dit 'n onreg sal wees.* Hy herlees die epigram met sy kop skeef gehou, vervang die woord *skep* met *bevorder*, plaas 'n vraagteken daarby, maak 'n punt bo elke *i*, en druk die papier bo by sy toga se mou in om later daaroor te dink. Die gedagte het hy meer as sestig jaar gelede by 'n vader ab gekry, en hy werk steeds aan die bewoording. Hy is oortuig hy kan daarop verbeter. Moontlik word dit 'n bruikbare epigraaf, eendag. Waaroor hy reeds sekerheid het, is dat as daar ná die lewe niks is nie, niemand dit ooit sal weet nie. Hy skuif daardie gedagte opsy, doop sy pen en buig oor sy skryfpapier.

Die taak waaraan hy nou werk, is om inligting wat hy gedurende sy loopbaan in Jan Kompanjie se diens en daarna versamel het, te orden en uit te bou tot 'n geskiedenis van die Kaapse nedersetting se eerste vyftig jaar. Hy ken die tydperk én die mense wat toe geleef het, goed. Hy het daardie behoefte in sy gees gevoel soos duisende ander die drang voel om in die Ooste te kom, maar ná vyf maande se werk aan meer as tweehonderd folio's, het hy nog nie verder gevorder as die stigtingsjaar nie. Toe het hy gesien hy sal dit in sy leeftyd nie voltooi nie, dit was te laat, hy het te lank gewag om te begin. En gelyktydig het 'n ander vermoede sekerheid geword: dat hier ander stories roep om gehoor te word, soos die hand van 'n drenkeling uit die see kom en 'n stem sê: help my.

Die inligting wat hy versamel vir sy *Beeld van die Kaap*, soos hy voorlopig sy manuskrip betitel het, sluit persoonlike besonderhede in van mense wat nog leef en ryk genoeg is om hom te dagvaar as hulle meen hulle kan die ongure ervaring van 'n hofsaak verduur. Maar daardie bedreiging weeg skaars op teen die eed wat hy self geneem het, om geheim te hou wat hy in die diens te wete kom. Gesonde oordeel is nodig. Die voorste deel van die titel sekretaris sê *secretum*, om te skei, en het te doen met versigtige oordeel, 'n begrip vir mense se sensitiwiteite en ontvanklikhede, hoflikheid, 'n vermoë om 'n taal korrek te praat en te skryf, en kennis te benut of te verswyg. So uiteindelik, as jy nie die onderskeid tussen goed en kwaad fyn waarneem nie, is jy die naam van sekretaris nie werd nie. Dit is wat hy was, en dit is hoe hy bekend wil bly, J.G. de Grevenbroek, Sekretaris van die Politieke Raad, 1686-1694, met sy beeld perfek tot die einde van tyd, sy reputasie ongeskonde.

Dit was 'n interessante en gebeurtenisvolle tyd, daardie eerste halfeeu wat nou pas verby is. Tipies van omwenteling wat uit hebsug gebore word, meen hy, was die tydperk van sy ondersoek getroud met die dood en met bloed gedoop. Is dit nou te sterk gestel? Maar 'n pynlike geboorte was dit. Hy weet verseker dat die predikant Valentijn in Nederland aan 'n manuskrip oor die tydperk werk, en die jong man Kolbe ook, wat hier in die landdros se kantoor was, maar Kolbe se kennis is gebrekkig. Al het Kolbe ses jaar lank toegang tot die Kompanjie se dokumente gehad, is dit te betwyfel of hy kop of stert verstaan het van persoonlike intrige soos die jaloesie tussen Van Goens en Van Reede in 1685, en hoe Van der Stel dit probeer uitbuit het. Hy het 'n fout gemaak deur sy notas aan hom te leen, om na hartelus te kopieer voor hy na sy *lieber heimat* in Frankonië teruggekeer het. Tog, na Kolbe se vertrek was opgevoede geselskap skaars, en die jong man se teorieë oor die aard van komete was interessant om die minste te sê. Hy het destyds daaraan gedink hoe Mauritius se opperhoof sy bygelowige vrees vir dié onskuldige verskynsel onverbloemd op skrif gestel het. En hy was self interessante geselskap, daardie ongelukkige opperhoof Lamotius.

Stellenbosch is 'n dom en blinde dorp, en daar is min hoop dat dit sal verander. Hier woon 'n paar met wie hy soms 'n woord wissel, mense wat die geleentheid gehad het om oorsee 'n universiteit by te woon, al het hulle dit nie werklik benut nie. Soos die predikant Beck wat hom hier besoek, amptelik op huisbesoek, maar eintlik om sy bietjie Frans aan die gang te hou. Die man het na soveel jaar nog nie in wysheid toegeneem of van dogma afgewyk nie. So alledaags van beskouing soos hy twintig jaar gelede hier gekom het, vaar hy vandag voort: vaal, vaag, vervelig, voorspelbaar. Tog, weer 'n interessante geval in dié opsig dat hy die moed gehad het om met sekunde Elsevier se dogter te trou, en 'n bron geword het van inligting oor Elsevier se houding en rol in die politieke stryd tussen die regering en die burgers wat 'n paar jaar gelede hier groot nuus was, en geëindig het met die verbanning van die goewerneur en drie of vier van die hoogste here.

Dan is daar die boer Tas, van wie hy vroeër meer gehou het as tans. Die man se persoonlike joernaal, wat in daardie stryd om burgerreg teen hom in die hof gebruik is, was 'n verrassing en 'n plesier, al was dit privaat bedoel en is sekere persoonlike aanmerkings oor hom ook daarin gemaak. Die kêrel se styl is eenvoudig, spitsvondig met boerse woordspelings, en wonderlik komies, veral waar die brawe vryheidsvegter, vername volksleier en welvarende heemraad heimlik verlief raak op sy swanger vrou se sestienjarige sustertjie. Tas het 'n natuurlike talent, al neig dit na die volkse, en dit is 'n ernstige verlies vir die Kaapse gemeenskap dat hy dit nou onder 'n maatemmer verberg ("*dop*emmer, monsieur"). Om 'n talent weg te steek is sonde, en sonde is die dood. Wat 'n jammerte sal dit wees as Adam Tas nooit weer skryf nie.

Daardie stryd, of miskien hulle sukses in die stryd, het Tas en sy makkers vervlak. Omdat hulle die hereklas ondergekry het, het hulle die herestyl verwerp. Jy sien hoe hulle sku word vir die statige geleentheid, vir ordentlik aantrek. Jy sien hoe hulle wyn uit die fles drink sonder gebruik van glas of beker, hoe hulle kaalvoet loop. Dit word 'n nuwe korrektheid om kos buite gaar te maak, en daar te eet soos in 'n leërkamp. Elke man, as hy juis 'n ware man is, se huis moet 'n buiteherd hê, 'n klipstapel soos 'n Bybelse altaar waar vleis op roosters braai, op die blou kole van gesaagde wingerdstompies. Tas noem dit die altaar van Bacchus. Daar sit hulle agter die huis op kissies en vaatjies, altyd die mans alleen, en hulle skeer gek en spot woes onder mekaar, bedink neerhalende byname vir hulle medemens, vertel kru grappe en spog luidrugtig oor gewere, honde en perde, terwyl hulle die ge-braaide skaaprib, wors en hele flesse van die suur boerewyn kon-sumeer ("konsu*minder*, monsieur," hoor hy Tas grinnik). Dit is mense met die mentaliteit van soldate.

Wie nog, wat die seënende voordeel van oorsese universiteit op hierdie dorp verkwis, en sy verstand stomp klets oor boerdery, politiek en die weer? Mankadan was nie sonder moontlikhede nie, hy was ten minste 'n geskorste predikant, maar hier het hy sy tyd bestee aan die onderwys van kinders en die veel meer suk-sesvolle verleiding van 'n jonge dogter. Hy het daardie twee per-soonlik getrou, sonder gebooie, want Van der Stel het hulle een laatmiddag voor sy lessenaar kom staanmaak. 'n Gedwonge huwelik en drank was die einde van Mankadan as onafhanklike denker. Dan was daar 'n paar landdroste wat hy geken het, soos Starrenburg, onmoontlik gevang tussen reg en plig, plig en amp, amp en reg. En die skilder Corneille, wie se naam hier verneder is tot Craaij, wat hier gekom het met sy vrou Barbara, die pragtige dogter op wie Tas eens sy hart verloor het, met haar gestapelde krulle soos 'n bos rooi blomme op haar kop. Craaij was twee maal haar ouderdom, 'n intelligente kêrel en welbelese, ook duidelik ontuis op die platteland. De Grevenbroek, as ouderling, het die jong dame van haar kinderdae af in die kerk gesien. Haar ma was Barbertjie Geens se dogter.

Hulle het hom verskeie kere hier op die plaas besoek in ver-band met die uitleg van sekere dokumente, en hy het sy vertol-king uitgerek sodat hy haar weer kon sien, en nog 'n keer. 'n Won-derlike krag het die kind gehad. Sy was medisyne vir sy moeë verstand, want hy kon werklik elke keer helderder dink en het jonger gevoel na hulle besoeke; hy het uitgesien na die volgende keer, en haar beeld was dan dae lank in sy geheue. Nadat hy 'n lang tyd, en meer dikwels met groot kommer, getwyfel het of hy ooit sy *Beeld van die Kaap, die Eerste Halfeeu* sou voltooi, het haar aanmoediging sy geloof grootliks versterk. Op sy tafel, gestut teen die gewitte muur, was 'n skilderytjie van Barbara Craaij se

690

goue kop, rooigoud soos herfsblare in die bosse van Ardenne, wat hy van haar man geëis het vir die ontsyfering van verbleikte grondbriewe vir twee stukkies grond in die buitewyke van Parys. Dit was so: hy het *goed* gevoel na hy haar gesien het, en selfs aan ou wysies gebrom en by homself geglimlag. In haar seënende teenwoordigheid kon hy nou dag en nag oor sy skryfwerk buig, tot die einde van sy lewe. En toe het hulle Kaap toe getrek. Uiteindelik is hier nog net Isaac Lamotius oor, met wie hy gedagtes kan wissel.

Die skraapsels papier waarop hy inligting aangeteken het, meesal haastig neergekrap uit notules, briewe en attestate wat hy as sekretaris amptelik moes gebruik, en wat hy oor 'n tyd van tien jaar in sy toga se mou huis toe gedra het, het soos gehoorsame soldate voor hom aangetree op die groot donker tafel, wapens gepresenteer vir inspeksie, gewillig om vir 'n opmars en die aanval afgerig te word. Ja, hy het aan hulle gedink as sy soldate. Dit was sy doel met hulle: hulle moes 'n vyand vernietig. Nadat hy sy notas op sy tafel en, soos hulle vermeerder, later op sy kamer se vloer gesorteer het volgens krag en gewig, en namate elke manskap sy plek en funksie leer ken het en begin optree, het sy storie vorm gekry. Hy het sy papiertjies aan een garedraad geryg sodat elkeen sy plek in die opmars hou en nie afdwaal nie. Daar was geen twyfel nie, hulle het gewerk. Maar toe, vreemd, het hulle self 'n ander slagveld gekies as wat hy beplan het, en 'n eie roete om daar te kom, en selfs sy gekose vyande was nie hulle aandag werd nie. Hulle eie verhaal was steeds 'n beeld van die Kaap, maar die Kaap was net die geverfde toneel agter 'n verhoog waarop 'n bitter komedie gespeel is, en die Van der Stels, vader en seun, was nie langer die skurke van die verhaal nie, maar weggekrimp op die rol van spelers, tot onder tussen die bediendes en voetsoldate.

Sekretaris De Grevenbroek is verontreg deur daardie twee here, en het gegrief gevoel. Hy was nie deur hulle beledig nie, hy het immers geen eer of faam verloor nie. Daar is dié wat erg gesteld is op eer: hulle dra dit soos 'n skild, hulle noem graag hulle eer, en praat van die eer van die soldaat. "Ek is maar 'n eenvoudige soldaat. Ek is onder wapens van my dertiende jaar af. Ek verseker jou, op my eer as krygsman …" Moet dit nie glo nie, dit is niks as fabels en verwaandheid, en 'n soek na denkbeeldige status. Hy ken die leër, hy het sy brood en sy sout geëet, sy water en wyn gedrink, sy aanvalle en aftogte gemarsjeer, selfs sy formuliere gelees by grafte in modder en reën. Hy was heel voor, die dwaas met die vaandel, dit was hy, en hy word nie langer deur fabels mislei nie. Tussen die eer van die soldaat en die eer van die laksman is alle verskil skyn.

Ander, soos daardie twee Van der Stels, monster hulle status soos 'n gewapende lyfwag om hulle. Die Van der Stels was goewerneurs; hy moes hulle aanspreek as "edele heer", die hoed afhaal en buig. En terwyl hulle die edel heer speel, het hulle mense laat kwyn en verdor, laat sterf in hulle hande. Terwyl hulle persoonlike witgekalkte heerlikhede aanlê, laat hulle hutte en tuintjies op eilandjies vergaan. En mense, want eilande is mense.

Hoe word iemand 'n heer? Op Mauritius het 'n vryman gesê: "Heer Hugo, dáár was 'n heer. Hierdie Lamotius is maar 'n seur van veertig gulde." Hierdie grappie het hy nie in die mou van sy toga huis toe gedra nie, Lamotius het hom dit self vertel. Hoe word 'n skurk 'n heer, en 'n heer 'n skurk? Kortliks dan:

Sy eie belangstelling in die Kaap het by die Universiteit van Leiden begin. Hy het natuurlik van jongs af van die Kaap geweet. Elke Nederlander wat 'n ondersteuner van die groot avontuur in die Ooste was, het geweet watter rol die Kaap in sy waterland se ekonomie speel. Elkeen kon dit soos 'n kinderrympie opsê: Die sleutel tot Nederland se ekonomie was die Kompanjie, die sleutel tot die Kompanjie se sukses was die besit van Oos-Indië, die sleutel tot Oos-Indië was die Kaapse verversingstasie. Dekades later het hy self uitgevind wat in daardie wankelrige kaartehuis nog ontbreek het, dat die sleutel tot die Kaapse verversingstasie sy buiteposte is. En selfs dié kennis was nie volledig nie. Daar was nog meer om agter te kom. Die buiteposte was *lewende mense*.

Sy ou vader was 'n Latinis. Nee, nie *ou vader* nie, want die ongestorwe taal werk behoudend op die gees, so sekerlik soos die Egiptenare die liggame van hulle konings behou het. Hulle het gewoon in een van die smal huise op die Raapenburg regoor die

692

universiteit, waar hy private onderrig in Latyn aan voorgraadse studente gegee het. Destyds toe die gemeente aan elke gebou 'n nommer toeken en aandring dat dit op die voordeur vertoon word, het hy sy huis se nommer ses in Romeinse syfers op die deur geverf. Hulle het 'n brief by hom laat aflewer deur 'n beleefde klerk, met die versoek dat hy dit verander na 'n gewone syfer vir die gerief van die ratelwag. En hy het sy antwoord in Latyn geskryf: dat elkeen van sy besoekers die syfer as gewoon beskou, dat dié wat dit nie ken nie, onwelkom is, en dat in sy lewe van een en vyftig jaar nog nooit 'n ratelwag aan sy deur geklop het nie. Hy het sy brief deur 'n prokureur laat aflewer. Dit was sy vader, wat sy enigste seun Guilielmus in plaas van Wilhelmus laat doop het.

Wat homself betref, hy het as kind nooit 'n skool besoek nie omdat dit nie nodig was nie. As 'n kind in Leiden sy dag in 'n skool moet omsit, is daar 'n fout met sy ouers. Elke openbare gebou binne die Singels is 'n skool. Die stadsmuur met sy vyf poorte, die Middeleeuse burg, die Lakenhalle, die waag, die stadhuis met sy roepstoel, die besige hawetjie, elke gragboot, elke rokende werkswinkel is 'n leerskool. In die akademiese streek tussen Pieterskerk en Die Doele was elke inwoner 'n wandelende skool, met die wêreld in sy kop en die mensdom in sy hart. *Hier sien jy vryheid* is die stad se leuse, en dit word goed verbeeld deur die gedrag van dronk studente, snags skreeuend in die smal strate of strompelend op die direkte weg, kortpad deur die grag.

Maar dit is 'n stad met 'n sterk militêre geskiedenis, 'n stad wat die beleg van die Spanjaard weerstaan het, so lank en so swaar dat toe die weduwees by die burgemeester huil hy moet oorgee want hulle het nie kos nie, hy sy hemp oopgeknoop het: "Hier, eet my." So word jy groot in Leiden. As jy die vryheid liefhet, hou jy jou kruit droog, dit is 'n vaste geloof. In sy eie kinderdae moes elke man nog twee middae 'n week met die pyl en boog in die doele oefen, ingeval die stad op 'n klam dag aangeval word. Jy kon die dowwe gegons van pyle soos 'n swerm bye hoor so ver as die Raapenburg. En die gemeente besef wat hulle gewen het met die swaard van verset, en herdenk hulle

693

vaders se oorwinning oor die Spanjaard jaarliks op die derde dag in Oktober, met 'n dankdiens in elke kerk en 'n uitbundige feestelikheid in strate en huise tot na middernag. Daardie fees wys wat verset kan vermag. Klokke lui in elke toring. Die Prins het stad toe gekom en vir die stadsvaders gesê: "Hoe kan ek my waardering aan Leiden bewys? Wil julle vir ewig in Nederland vry wees van belasting ?" Toe sê hulle: "Nee. Gee ons 'n universiteit." Toe vat hy die nonneklooster op die Raapenburg, en gee dit aan hulle: "Julle universiteit."

Dit is waar hy grootgeword het, in die buurt van die universiteit. In die tuin van die ou nonneklooster is die *hortus botanicus* aangelê en die wêreld se plante bymekaargehaal om te bestudeer. Miskien was Nederlanders nie blomme gewoond nie omdat daar in die huidige koue tyd so min in die natuur te sien is, maar die *hortus* het die sieraad van die universiteit geword, en entoesiaste soos bye van dwarsoor Europa gelok. Bolle, saad, pitte, gedroogde blomme, wortelstokke, blokke gesaagde hout, is daarvoor deur Jan Kompanjie se skepe aangedra uit die uithoeke van die aarde, en met ligters van Delftshaven met die Vliet op deur Delft tot in Leiden se hawetjie gebring. Daar het hy die bruin matrose ontmoet wat die kiste en vaatjies versorg het: hawelose swerwers, *sapitahu*, honde sonder naam, so het hy hulle in sy jeugdige onkunde bestempel. In die somer het hy in die *hortus* gewerk as assistent, 'n handlanger ewe tuis in toga as in oorjas. Hy het die vate en kiste op platwaentjies buitetoe gesleep, uitgepak in die son, saadbeddings voorberei, water gedra, steggies gemaak, ryp blomme met die hand bestuif, monsters voorberei vir lesings. In die laatherfs moes dié uit tropiese streke weer binnetoe gaan om daar te slaap tot die lente. So het hy 'n paar gulde verdien, vir sy skryfpapier en ink en sy deel van die huisgeld.

Kies akademies, het goedgesindes hom oor 'n loopbaan aangeraai. Dan sou dit plantkunde moet wees, want onhoorbare klanke, ontasbare voorwerpe, onsigbare kleure wat in saad gedra word, het geroep na hom, soos die lessenaar in 'n akker, die manuskrip in die saad van papirus, die wyn in 'n druiwepit, 'n beker skuimende bier in die garskorrel, die oorlog in assegaaihout. Somers het hy in die *hortus* deurgebring in die geselskap van tuinbouers en studente, terwyl hy wag dat sy vader besluit hy is bekwaam genoeg in Latyn om in te skryf, sodat hy nie 'n las nie maar 'n gespreksgenoot van sy professor sou wees. In die universiteit se biblioteek het hy gelees, gelees, gelees.

Winters, as die Galgewater wit gevries was en die studente by silwer maanlig skaats met 'n wynfles in die hand, het hy nie meegedoen nie. Hy wou lees, oor warmer lande. Nou weet hy wat daardie noodlottige onttrekking van sy ouderdomsgroep voorspel het. Dis 'n leuen dat die kind vader is van die man, want die kind ís die man. Benewens die Latyn van sy ouerhuis vir universiteit en kerk, kon hy vroeg ook Frans en Engels lees. Vreemde lande het in biblioteke bestaan. Die hele wêreld was in boeke. Geheimsinnige helde, deels mite, deels vermoede, uit Persië, Rome en Griekeland het in sy kamer herleef, en die Ooste was daar net oor sy drumpel. In sy jeugkennis was ook romantiese fabels wat hy per ongeluk ingekry het deur die lees van Franse ridderverhale. In sy verhitte adolessente verbeelding het hy dan 'n hawelose ridder sonder smet of blaam geword, swerwend om dames uit die nood te red, geklee in wit en gewy aan die diens van die heilige vrou, wie se gesig hy gedink het hy soms in die wolke sien.

In sy agtiende jaar het oorlog uitgebreek teen Frankryk en Engeland. Wat hy nooit vergeet het nie, was Leiden se geskiedenis van verset, *hæc libertatis ergo*. Die studente het onder hulle voormanne deur die stad getrek met vaandel en trom, die drankflesse is lustig van hand tot hand gegee. "Na die Doele. Na die Doele," het hulle geskree. Nou was die tyd vir troue bloed om op te kom vir vryheid. Sy vader het gesê: Gaan, dat jy vrede kry, dan kom jy terug. By die Doele is hulle deur twee van die Prins se sersante ingesweer. So is hy oorlog toe.

Die eerste mars was van Leiden tot Voorschoten, die volgende van Voorschoten tot Den Haag. Daar het sy pad verkeerd geloop, want omdat hy kon skryf, is hy 'n klerk gemaak, en hy het amper 'n jaar in 'n kantoor deurgebring, tot 'n sak met gebuite dokumente aangekom het wat hy in die afwesigheid van die vertaler kon lees en uit die Frans en Engels in Nederlands omsit. Toe is hy gestuur om by die hoofkwartiereenheid aan te meld, en met daardie reisende kamp het hy vyf jaar lank die land deurkruis, nooit ver van die gevegsfront nie en dikwels die sentrum daarvan. Hulle was die Prins se lyfkompanjie, en hy het in sy derde jaar 'n vaandrig en garnisoenskrywer geword. Daar was volop skryfwerk in Frans en Latyn, meesal orders aan leërowerstes in uithoeke van die land, proklamasies aan die gewone volk en aan dorpsowerhede, nuwe heffings, waardelose kwitansies, vonnisse. Ná elke slag moes hy gevangenes ondervra en hulle informasie oordra aan die bevelvoerders. In elke dorp was ook burgers met persoonlike petisies aan die Prins, en as die raadgewers hulle versoeke goedkeur, het hy die Prins se antwoord in behoorlike hoflatyn geskryf.

Toe het hy bekommerd geword. Hy wou die sin in die lewe gaan soek, soos hy dit destyds genoem het. Hy het filosofieë gelees, antiek en nuut, en wou weet wat om daarmee te maak. Hy het een maal vir sy vader gevra: Stem u saam met hierdie konsep wat ek op 'n muur by die universiteit gelees het, oor die mens se vyftig of sestig jaar op aarde: *"Die jeug is 'n gemors, volwassenheid 'n gesukkel, die ouderdom selfverwyt"*?

"Dit is die Prediker."

"Ek het dit nie besef nie. Stem u daarmee saam? Waarom vind die skrywer so min waarde in die lewe? Sinisme is maar goedkoop pretensie."

"Wag, en kyk."

Nou was hy volwasse, al vyf jaar lank op mars agter 'n vaandel aan, en hy wou weet hoe dit vorentoe lyk. En al raad wat hy gehad het, was: Wag en kyk, praat dan. Die Prins was sy eie ouderdom, daar kon hy geen ervaring verwag nie, maar die kaptein wat sy ontslagvorm onderteken het, het hom voorspoed vir die reis toegewens.

"Die wêreld is groot om ons, en buite die grense sal ander oorloë jou probeer verlei. Dit is nie jou sake nie. Hou jy net op jou koers."

Hou jou koers, ja. Dit was die maklike deel. Was hy toegerus vir die reis, watter afdraaie moes hy vermy, watter herberge oorslaan? Met sy Latynse nuwe testament en 'n paar stukke klere in sy rugsak het hy skip gevat, Portugal toe, die land van suid na noord in geloop en by die ab van 'n Benediktynse klooster gevra om as lekebroer ontvang te word. Drie maande later was hy weer op pad, na die volgende abdy, en weer na die volgende, en die volgende. Waarheen was hy op pad? Van Redondo af na Abrante, na Beira, na Covilha, na Lamego, na Miranda. Soggens nagdonker is hy wakker geroep: *Dominus tecum*. Die Here is met jou. Elke portier wat hom sien vertrek het, het agter hom aan geroep: *Dominus tecum*, die een na die ander, tot hy die landsgrens oor is na Spanje. Van klooster tot klooster het hy getrek, gebid, geëet, gesing, op hulle landerye en in stalle en tuine gewerk, hulle klere gedra: bruin Benediktyn, grys Franciskaan, swart Dominikaan, wit Karmeliet, barrevoets Kapusyn, bedelende Serviet en redenerende Jesuïet. Hy is van huis tot huis geseën, *Dominus tecum*, van die broeder wat hulle wek tot die broeder portier wat hom uitlaat, die hele pad, die Here is met jou. En hy was tevrede soos 'n mol in sy tonnel.

Die lewe was goed vir hom. Die wêreld was rustig, die kloosters stil, met tyd vir lees, vir luister. Dit was sy behoefte. Dit het gepas by sy aard. Snags was sy geselskap sy boeke en die kruis met die gemartelde Christus teen die muur van sy sel. In daardie tyd het hy, soos ander broeders, selde 'n vrou gesien. Die *madonna* van hout of klei, en blou en wit geverf, was die enigste vroulike beeld wat hulle sien vir maande, maar lewend en warm in hulle gedagtes wanneer hulle in die bidstoel kniel of snags op die kaal planke van die kooi lê, want 'n man bly 'n man, tensy hy die operasie van Abèlard gehad het.

Wie was sy, dié arme dogter sonder 'n spoor van vrolikheid op haar gesig, wat afgebeeld hang in alle uithoeke van die beskaafde wêreld? Sy lyk asof sy iets belangriks wil sê, maar beveel is om te swyg. Waar het sy grootgeword, wie was haar ouers, hoe het haar familie hulle brood verdien? Het sy nie vriende en vriendinne nie? Waar is hulle? Sy lyk eensaam, ongelukkig. Wie praat namens hierdie vrou?

Hy weet dat pous Paulus Quintus in 1617 die maagdelike geboorte as verpligte kerkleer verklaar en alle ander opinies verbied het. As sy self ander inligting gehad het, sou sy dit dus moes verswyg. Daar is ook verkondig hoe sy moes lyk: *In hierdie mees genadevolle geheimenis moet Ons Dame uitgebeeld word in die blom van haar jeug, twaalf of dertien jaar oud, met innemende, ernstige oë, haar neus en mond perfek gevorm, blosende wange, lang, golwende hare. Haar rok is wit, haar mantel blou. Haar oë kyk op na die hemel, haar hande is nederig oor haar bors gevou.* Toe het die pouslike kunstenaar 'n bedroefde dogter gesoek en gehuur as model. En van toe af is sy so geskilder, gekerf, gepleister, geverf.

Daar sit sy, oopgesprei en vasgespeld soos 'n skoenlapper agter glas. Sy was hulle offerande. Sy sterf, gevang op twaalf of dertien, gebind aan die lyk van haar kind, as 'n voorbeeld vir ander.

Hy het haar weer en weer gesien, in dorpe en dorpies en stede, of langs die pad uitgestal vir die wêreld om na te kyk. Sy was elke keer treurig, 'n kind sonder skuld en sonder stem, sonder aandeel of inspraak in die lot wat vir haar bedeel is. Sy het orals langs die pad vir hom gewag. In een of twee beeldjies was 'n vermoede van 'n huiwerige glimlag, maar hy het die gevoel gehad dat die skilder teruggestuur sal word om dit reg te maak. Wie was sy werklik? Hy wou graag meer weet oor haar kinderdae, voor sy beroemd geword het, want hy was jammer vir haar. Hy het self geen susters gehad nie, en nog geen vriendinne geken nie – die oorlog het tussen hom en sy jeug gekom – en in sy ernstige, romantiese hart het hy verplig gevoel om iets te doen vir die jong dame in haar moeilikheid, en soos monnike en wit ridders voor hom, het hy sy diens aan haar gewy. Maar hy kon niks vir haar doen nie.

Hy was nie langer gerus nie. Hy was bang om ook die naamlose gevangene van ander se ideale te word. Wag en kyk was te tydsaam. Hoe sal hy weet wat die lewe vir hom belowe het as hy omtrent niks sien nie? Hy het Spanje verlaat in die gewaad van 'n Benediktyn, skeepgegaan na Napels, en is daarvandaan noord met 'n staf in die hand op 'n pad wat tweeduisend jaar tevore deur die Romeine geplavei is. Hy wou Rome toe, om 'n mis by te woon wat deur die pous self bedien word. Miskien sou hy daar 'n boodskap kry. Maar daar was niks. In Rimini, die stad van Dante se onbevredigde verliefdes, het hy sy rug gedraai, voorlopig, het hy gedink, op Europa. Verder oos was boersheid, diep gewortel, geil en wyd versprei. Hy was vier jaar op pad, toe hy Leiden weer bereik.

Sy vader het die huis in Raapenburg verkoop, en was rektor van die Latynse skool in Nijmegen, sy geboortedorp. Nou was Johannes Guilielmus de Grevenbroek alleen op die koue plein voor die Pieterskerk. Hy het 'n paar vreemde tale geken, en hy het geld nodig gehad, nog presies soos twaalf jaar tevore. Hy was in dié stadium bekommerd, want sy hele jeug, alles wat hy vóór die oorlog gedoen het, was daarop ingestel om hom vir 'n akademiese lewe voor te berei. Nou was hy amper dertig jaar oud, veel ouer as die gewone voorgraadse student, en daar was skaars tyd oor vir 'n akademiese loopbaan. Moes hy daardie jare van sy lewe afskryf as van geen nut nie; sy eerste twintig jaar, net soos die laaste tien? Wat moes hy doen? Terug leër toe? 'n Ambag dalk. Onderwys gee soos sy vader?

Die *hortus* het gefloreer, gegons van belangstelling. Daar in, miskien? Maar dan sou hy as 'n handlanger moes intree, as daar 'n vakature kom. Eendag het hy in die hoofgebou van die universiteit met die massiewe wenteltrap boontoe gegaan. In sy kinderdae het hy opgelet hoe elke trap die vorm het van 'n sleutelgat, en dit was asof 'n klomp sleutelgate opmekaar gestapel is, elkeen net effens verder gedraai, terwyl jy van die een na die ander boontoe klim. Elke sleutelgat lei tot 'n kamer van kennis, het hy hom dit voorgestel, en almal saam dra jou boontoe, boontoe, tot daardie vreemde leë kamer waarheen hy nou op pad was.

Hy het in die Sweetkamer gegaan, en die mure ondersoek. Hulle was bekrap met 'n menigte name. Hier wag die kandidaat ná sy betoog voor die eksaminatore, hier sweet hy terwyl hulle oor sy tesis beraadslaag, hier beleef hy sy nagmerrie, hier wag hy sy lot af en mag hy sy naam op die muur skryf voor die portier hom roep om weer sy regters in die oë te gaan kyk. Die skrif is vir hom aan die muur. Voor die oorlog hom hier weggehaal het, voor

699

sy vader gesê het: Gaan, dat jy vrede kry, het hy geglo, sonder om 'n enkele keer te twyfel, dat hy eendag sy naam hier sou skryf. As seun het hy soms na die kamertjie gekom, die benoude gevoel ervaar waarvan studente vertel, en met sy vinger sy naam onsigbaar in 'n oop plekkie geskryf. Dié droom het nog geleef, maar nie daardie verlore seun nie. Sy naam sal altyd onsigbaar bly. Hy het, vir afskeid, aan die koue muur geraak. As hy nou moes skryf, sou dit wees: J.G. de Grevenbroek, *causarius miles*. Oorlogsongeval. Aan die Kaap het hy in later jare soms tot Van der Stel se ergenis dié kode agter sy naam geskryf.

In Julie 1684 het hy met die skip *Maas* van kamer Rotterdam uitgevaar, Ooste toe. Die vrou by die poort in Delftshaven, met die boggel en twee wit oë soos pêrels, was dood. Hulle het gesê die kissie waarin haar gevreesde profesieë toegesluit was, is oopgemaak, en daar was net 'n paar stukkies kleingeld, 'n pistool, 'n loterykaartjie en 'n gedrukte traktaat met die titel *The surprises of Love*. Dit was die som van haar kennis. Sy vooruitsigte was redelik goed. In sy seekis was 'n kopie van 'n aanbeveling aan die Hoë Raad waarin sy taalvermoë en krygsdiens genoem is: ses jaar as klerk vir die Prins se Adviesraad, drie daarvan as vaandrig. Die oorspronklike daarvan het tussen die Bataafse briewe onder die skipper berus. Hy was klerk van die skip, of seur, soos Jan Maat die amptenaar noem, en het vertrou op 'n pos in die sekretariaat van Kasteel Batavia, onder die oë van die goewerneur-generaal, waarop bevordering vanselfsprekend volg. Maar by die Kaap het hy verseil geraak, soos Jan Maat dit sê. Vir hom, het hy in later jare soms vertel, was dit 'n totale skipbreuk. Hoop was verlore, en asof dit 'n werklike skip was, het hy van dié gebeurtenis vertel as die stranding van De Goede Hoop.

Dit was November 1684. 'n Maand tevore het kommissaris Van Goens opgedaag, en met hom 'n hele klomp wanhoop soos 'n donker wolk uit die noorde. Van der Stel was toe kommandeur, sy gas was 'n kommissaris en Raadslid van Indië, en vir die duur van sy verblyf, sy baas. Na sy hoogagbare se kommissiebrief in die Raad voorgelees is, het hy met sy gevolg in die poshuis Rustenburg ingetrek en sewe maande lank in die poshuis daar agter die berg gekuier. Hy was siek, het hy verkondig. Hy moes dokters en 'n eersteklas klerk en 'n slaaf hê, sy vrou moes twee slavinne hê. Hy sal nie Kasteel toe reis nie, die Raad moet daar by hom kom vergader, en hy sal amptenare soontoe ontbied soos hy hulle verslae nodig kry. Sy plesier gedurende sy lang siekbed was in etes en aangename gesprekke met 'n ou bekende, luitenant Jean-Baptiste Dubertin, wat jare in sy personeel op Ceylon gedien het, en sy jong vroutjie, die dogter van 'n jeugvriend, landsadvokaat Uijtenbogaert. Wat meer is, die dame was 'n streling vir sy oë en 'n verkwikking vir sy afgeleefde sinne.

Na die skip *Maas* se koms, toe sy skipper die eerste maal met Van Goens en die Raad op Rustenburg vergader, het Van der Stel gekla daar was niemand in sy personeel wat 'n Franse of Engelse brief kon skryf, of wat Latyn kon lees of skryf nie. Hy is jammer, het hy met 'n mate van tevredenheid verklaar, maar hy het nie 'n enkele bekwame klerk om aan kommissaris Van Goens af te staan nie. Toe wys *Maas* se skipper sy welwillendheid. "Wat van ons seur, 'n kêrel met die naam Grevenbroek?" het hy hulpvaardig aangebied.

De Grevenbroek het geprotesteer, hy het verduidelik hy moes voort Ooste toe, tot Van Goens hom laat dreig het dat hy hom aan land sal lig as hy nie vrywillig kom nie; die Here se artikelbrief maak voorsiening daarvoor. So het J.G. de Grevenbroek 'n klerk in Simon van der Stel se sekretariaat geword, gesekondeer aan die hoogagbare kommissaris Van Goens vir die duur van sy verblyf. En die skip *Maas* is sonder hom voort, verder Oos.

Hy het sy teleurstelling weggesteek en die beste van die saak probeer maak, dalk sou die kommissaris hom beloon. Maar maande, 'n halwe jaar, het verbygegaan, en sy verlossing het nie gekom nie. Hy het gewonder: Waarom? Is ek soos Job oorgelewer aan die duiwel, om met my te maak wat hy wil? Word my geduld en bekende trou getoets, dat hierdie dinge met my gebeur? Ek hoop dit is so gereël dat my lewe gespaar bly. So, wanhopig, het hy aan die woord hoop geklou, 'n moeë swemmer alleen in die see. Later, aan die einde van sy lewe, was hy bly oor wat gebeur het. Toe het hy verstaan: hier was 'n hekseketel aan brou, en dié

701

wat daarom moes dans, was op die water op weg hierheen, en elkeen bring ietsie vir die pot. Hulle bring dit van ver af saam, van lank gelede, en dit is selfsug, en wraak, en eiebelang, en gierig-heid en jaloesie. Bietjie van dit, bietjie van dat, vir die pot. Alles, dat Lamotte op Mauritius verwoes word.

Dit was tog 'n interessante tydperk. Hy het die kommissaris daagliks gesien. Van Goens was trots op sy vader, die oorlede goewerneur-generaal. Sy vader het hierdie Kaapse aanvulling-stasie kom regruk, ná dit amper ten gronde was. Dit is in die Tafelvallei gestig om die Kompanjie se skepe te voorsien, maar jare lank kon dit nie skepe voorsien nie; inteendeel, die skepe moes die ververssstasie voorsien. Sy oorlede vader, wat goewer-neur-generaal van Oos-Indië geword het ná Maetsuijker, wou die redes weet. Hy het hierheen gekom as kommissaris, en ontdek dat daar verskeie redes vir die mislukking was. Die Tafelvallei, noord van die berg, het te veel wind, te swak grond, te min water, erg beperkte weiding, geen timmerhout, min brandhout. Daaren-teen was alles in die Liesbeeckvallei, hier oos van die berg waar Rustenburg lê, presies andersom. Toe raai hy Van Riebeeck, des-tyds die opperhoof, aan: Verdryf die Hottentot uit hierdie vallei, beset dit, omhein dit, bewapen dit, bewerk dit, stig buiteposte en boer hier. Toe slaag die skeepsververssing vir die eerste keer. Dit was sy oorlede vader se werk.

Wat De Grevenbroek geïnteresseer het, was die vraag: Daar-die inboorlinge wat uit hierdie waterryke oewerweiding verdryf is, wat het van hulle geword? Hoe meer hy oor hulle gelees het, hoe meer wou hy oor hulle lot weet. Die antwoorde, vir hom as 'n nuwe Kapenaar, was uiters interessant. Dit wou voorkom asof die Kompanjie hulle opsetlik aan drank en tabak verslaaf het om hulle beeste goedkoop in die hande te kry. Die beeste was nodig vir landbou en vervoer. Valentyn, die predikant, het reeds een en ander daaroor gepubliseer. Hy, De Grevenbroek, sou dit ook doen; miskien was hy tog hier in die beste posisie om 'n bydrae tot die menslike kennis, tot die rekord, te maak.

Wat hy daarna oor die inboorlinge teengekom het in boeke, briewe en ander dokumente wat op sy skryftafel kom, het hy kortliks op strokies afvalpapier aangestip, en in die ruim kuil van sy toga se mou na sy kamer toe gedra, vir latere gebruik. Daar was toe al soveel amptelike skryfwerk op sy tafel, van beide Van der Stel en Van Goens, dat hy nie alles in kantoorure kon afhandel nie. Dit het gelyk of die twee gekompeteer het: as Van Goens hom agt briewe gee, gee Van der Stel hom tien om Van Goens te troef.

In die Kompanjie se boeke het hy geleer van buiteposte, hoe hulle die verskillende take van die verversingsdiens vervul. Een voorsien dekriet, 'n ander voorsien skulpkalk; een bewaak 'n grens, 'n ander verskaf vervoer, of raap sout, kap brandhout of kweek groente; 'n ander vang vis, en nog een herlei seine. Daar was 'n groot aantal van hulle. Dit het sy oë oopgemaak vir die probleme van die streek se ekonomie. Hulle het werklik die Kompanjie gedra, want sonder buiteposte kon die Kaap nie funksioneer nie, sonder die Kaap kon Batavia nie werk nie, sonder Batavia was die Kompanjie hulpeloos, en so aan tot heel bo, waar die Prins en sy adviesraad in Nederland op 'n wankelrige skild gedra word.

Maar buiteposte se bydrae was meer as net ekonomies. Van buitepos Mauritius het opperhoof Lamotius saad van die eiland se plante gestuur, aan sowel die *hortus* van die universiteit as die direkteur Huydekoper, 'n liefhebber van plantkunde. Van buitepos Hottentots-Holland het korporaal Lourens aalwynstronke en gedroogde blomme, met die saadkoppe en bolletjies aan, vir die *hortus* gelewer. Op Robbeneiland het die poshouer insekte en kewers vir die universiteit versamel. Dít, en meer, het De Grevenbroek ontdek uit die Kompanjie se dokumente, in daardie groeiende argief wat die biografie van die kolonie se geboorte en jeugjare was, toenemend in getal en graad van verwaarlosing op die vloer van sekunde De Man se kantoor in die Kasteel.

Kommissaris Van Goens wou nie van plante hoor nie. Hy het 'n totale afkeer van plantkunde gehad. Dit was wat jy kon noem 'n familiekwaal. Sy oorlede vader was goewerneur oor dele van Ceylon toe hy die Malabar-kus van Indië vir Jan Kompanjie gewen het. Malabar was ryk aan handelsgoed. Van Goens het

Malabar vir Jan Kompanjie gewen, en die Here het in 1670 'n jong offisier met die naam Hendrik van Reede daaroor aangestel.

Dit is moontlik die gereelde versoeke van dokter Cleijer, van die Kompanjie se apteek en laboratorium in Batavia, wat 'n belangstelling in die Malabaarse plantegroei by Van Reede geskep het. Die hospitaal het gesukkel met Oosterse siektes waarvoor Cleijer nie medisyne gehad het nie. Cleijer wou weet wat die inboorlinge gebruik, en hy het aan die hoofde van al die poste in Oos-Indië en die Indiese subkontinent laat skryf om navraag te doen en om voorbeelde van elke streek se medisinale plante te vra. Sy versoek het so ver as die Kaapse buitepos Hottentots-Holland getrek, waar poshouer Lourens heuning van die Koina met tabak gekoop het vir die Here se apteek in Batavia.

Van Reede is bekoor deur die plante van Malabar. Hulle het sy lewe oorheers. In die sewe jaar van sy administrasie het hy 'n menigte voorbeelde aan Cleijer gestuur, en aan Leiden. Hy het op ekspedisies in die bosse gegaan. Hy is deur inboorlinge in *sampans* rivierlangs geroei of in 'n hangmat deur die bosse en oor vlaktes en berge gedra, om by inlandse kruiedokters inligting oor sy streek se plantegroei te versamel. Hy het 'n paar duisend verskillende spesies geïdentifiseer en in besonderhede beskryf: die plant, blom, vrug, habitat, en nut vir die mens. Van Reede was soms maande lank van sy pos afwesig, en by sy Fort in Couchin het hy 'n kwekery en 'n laboratorium laat bou, om sy navorsing te bevorder.

Terwyl die gryse goewerneur-generaal Maetsuijker twee jaar lank sukkel om te sterwe, het Van Goens, die oue, in Batavia die hef in die hande geneem. Hy het Van Reede herhaaldelik gekritiseer omdat hy die Kompanjie se personeel, van klerke tot tekenaars, tuiniers, tolke en kruiers, inspan om sy navorsing te bevorder, en sy geboue en tuine daarvoor misbruik, terwyl die handel in sy streek eerder verswak as verbeter. Hy het sy afkeer in ope briewe bekend gemaak.

Van Reede het daarop bedank. Van sy massiewe maar nog onvoltooide manuskrip *Hortus Malabaricus* het hy twee afskrifte laat maak deur die Kompanjie se klerke en tekenaars, en dit voor sy vertrek op verskillende skepe huis toe gestuur. Aan elk van die radjas en prinse van Malabar het hy 'n afskeidsgroet geskryf, en 'n lang, deeglike memorandum vir sy opvolger opgestel oor die administrasie, handelsbeleid en betrekkinge met plaaslike hoofde. Toe, verbitter en gegrief, het hy met die onvoltooide manuskrip *Hortus Malabaricus*, huis toe gekeer.

Die kêreltjie met al hierdie inligting se naam was Hendrik Swaardecroon, en hy was net negentien. In daardie jaar 1685 was hy eerstens Van Reede se sekretaris, en tweedens Van Reede se nefie. De Grevenbroek en die nefie het in die koue portaal van die poshuis Rustenburg gesit, buite die geslote deur van die vertrek waar Van Reede, met Van der Stel as getuie, letterlik vir Van Goens die jongere onder vier oë spreek, want hy dra twee dik brilglase op sy neus, een bo-op die ander.

Hulle kon skaars die stemme agter die swaar deur en soliede mure hoor, maar De Grevenbroek het 'n vermoede gehad waaroor gepraat word, en die nefie – hy was te jonk om die oordeel van 'n sekretaris te hê – het vrylik inligting uitgedeel, terwyl een uur na die ander verbygaan en hulle wag om miskien binnegeroep te word. Van Reede was hier Hoë Kommissaris van die Kompanjie, met die opdrag om die verwaarlosing, smokkelary, selfverryking en ander onheil by elke pos en kantoor in die diens op te spoor en uit te roei. Hy mag ontslaan, selfs straf, selfs skrikwekkende voorbeelde maak indien nodig.

Onskuldiges het natuurlik niks te vrees nie, het die nefie vertroulik gefluister. In Amsterdam het die Here verwag kommissaris Van Goens sou teen hierdie tyd, na soveel maande, sy Kaapse inspeksie afgehandel het, maar hier vind hulle hom nog op sy rug in *Rustenburg*. Ses maande lank lê hy al so. De Grevenbroek, onskuldige buitestander, het nie van dié mense en hulle moeilike agtergrond geweet voor die nefie hom met kinderlike blink oë en duidelike familietrots ingelig het daaroor nie.

Van Reede en sy party het hier te lande gekom in Aprilmaand. Van die eerste dag af was daar tweedrag, agterdog en 'n hervatting van die vete tussen die twee families. Die nefie het dit vir De Grevenbroek uitgelê. Sy heer het die huis Mijdreght gekoop om lid te word van die ridderstand, met die titel Heer van Mijdreght. Dit is maar 'n kleinerige, vierkantige huis langs die kerk, kleiner as hierdie poshuis en omtrent sonder grond rondom. Sy heer woon nie eens daar nie, maar in 'n nuwe huis in die dorp. Hy het sterk, baie sterk, nuwe vriende gemaak binne die ridderorde, soos byvoorbeeld die heer Huijdekoper van Marseveen. Huijdekoper is een van Here Sewentien. Sy heer Van Reede het 'n hegte vriend van Huijdekoper geword deur hulle belangstelling in plante, want Huijdekoper is 'n versamelaar, hy is gaande oor plante, en kollekteer uit alle geweste. Mauritius se plante, Oosterse én Kaapse plante groei in sy tuin. Let op, die wetenskap is 'n sterk nuwe krag buite die ou orde. Sommige militêre het 'n afkeer van wetenskappe, maar die handel sal die moderne wetenskap benut, en sy eie maak. Miskien moet monsieur De Grevenbroek daarvan kennis neem.

Dit klink na Van Reede se papegaai wat praat, het De Grevenbroek gedink. Tog, interessant.

"Huijdekoper help my heer geldelik om sy manuskrip oor die plante van Malabar te voltooi en te publiseer, want my heer is nie ryk nie. Nie tyd gehad in die Ooste om sy fortuin bymekaar te skraap soos ander nie. Drie volumes het reeds verskyn, maar daar gaan uiteindelik twaalf wees. Kan jy dit glo? Die algemene publiek sal dit natuurlik nie koop nie. My heer voel bedruk oor die koste. En daar wag nog jare van werk in die Ooste. 'n Skrywer met 'n onvoltooide manuskrip is 'n siek mens. Altyd bedruk, gespanne. Dit is jammer dat my heer hier aan die begin van sy inspeksiereis reeds met Van Goens moet bots, maar hy sê self dit is dalk beter so. Wanneer hulle dit in die Ooste hoor, sal dit sy werk makliker maak."

De Grevenbroek het in ongeloof geluister, sy eie mond dig gehou. Waarvan praat die kind?

"Toe die ou Van Goens, hierdie een se vader wat goewerneurgeneraal was, drie jaar gelede in Amsterdam terugkom, het die stad hom as 'n prins verwelkom, 'n held wat vir Nederland 'n ryk in die Ooste help wen het. Maar toe hy verlede jaar sterf, is Huijdekoper burgemeester, en hy wou niks met die begrafnis te

doen hê nie. Hy het gesorg dat die hele spul Den Haag toe ge-
stuur word. Dit het die jong Van Goens verbitter."

Simon van der Stel het die deur oopgemaak, gesê: "Kom
binne."

Van Goens het soos ander dae op die rusbank gelê met 'n
deken oor sy bene. Van Reede en Van der Stel het teenoor hom
gesit, weerskante van die skryftafel wat De Grevenbroek daagliks
gebruik het. Daaragter het twee stoele gestaan.

Van Reede het opgestaan en sy hand na De Grevenbroek uit-
gesteek. "Hendrik van Reede." Dit was die man wat sy onvol-
tooide manuskrip twee keer laat kopieer het voor hy daarmee see
toe is, en wat na jare 'n nuwe loopbaan moet begin, oor sy on-
vervulde verlange om dit klaar te sien.

Die klerk het die vingers geneem en daaroor gebuig. "My
heer."

"Ha," het Van Goens van sy rusbank geroep. "Lek sommer sy
skoene ook."

"Hou asseblief notule, beide sekretarisse. Ons kollasioneer na
afloop van hierdie vergadering, so wees gereed om u finale kopie
nog in die kamer te skryf vir ondertekening. Ons het dus twee
oorspronklike notules, elk met vyf oorspronklike handtekeninge
en drie seëls in lak gestempel."

Dit was duidelik dat die drie here die afgelope twee uur hier
die grond voorberei, die saad gesaai en die vrug ryp gemaak het.
Nou was dit oestyd, en hulle die maaiers.

"Ek versoek die hoogwaardige kommissaris Van Goens dat
hy die verslag van sy ondersoek na die toestand van die Kompan-
jie se belange aan die Kaap aan my oorhandig."

"My kommissie kom van die Here af. My verslag gaan aan
hulle."

"Ek versoek die hoogwaardige heer om my insae te gee in sy
verslag en bylaes, om 'n onnodige verkwisting van tyd, 'n on-
nodige herhaling van gedane arbeid deur alle betrokke ampte-
nare te vermy."

"Ek is nog nie klaar nie."

"Ek stel dit aan die hoogwaardige heer dat die kommissie wat

Here Meesters aan my opgedra het, as gevolg van die later datum daarvan en my hoër rang, syne vervang en van nul en geen waarde maak."

"Dit wil ek van hulle hoor."

"Ek stel dit aan die hoogwaardige heer dat hy die redelike tyd wat vir die uitvoer van sy kommissie nodig was, lank reeds oorskry het."

"Waarvan beskuldig jy my nou?"

"Antwoord maar op die punt wat aan u gestel is?"

"My siekte verhoed dat ek meer of vinniger daaraan werk."

"Verwag die hoogwaardige heer 'n verbetering in sy gesondheid, sodat die Kompanjie se diens binnekort kan voortgaan?"

"Ek weet nie."

"Het die hoogwaardige heer onlangs doktersadvies oor sy toestand ingewin, en indien so, sal hy die sertifikaat daaroor vertoon?"

So het dit voortgegaan, 'n halfuur lank, tot Van Reede vir Van Goens gevra het of hy nog iets belangriks het om by te voeg? Maar dit is van die hand gewys, met 'n vreemde skouerophaal en 'n ruk van die kop asof al hierdie gepraat hom nie raak nie. Op watter laaste anker sou die man nog vertrou?

Toe moes eers die nefie en daarna die klerk hulle weergawes voorlees. Terwyl hulle die finale kopie skryf, het die gesprek tussen die drie here voortgegaan, en aan die einde is lak gebrand, en papiere, penne en ink rondgegee vir die ondertekening. Die kopie wat Van Reede met die groet aan Van Goens aangebied het, het Van Goens uit sy hand langs sy rusbank laat val. Van Reede het 'n vinger na De Grevenbroek gelig.

"Bewaar dit asseblief by die heer Van Goens se dokumente."

Daarna was dit asof Van Reede vir Van Goens voor sy oë wou verwyder. Maar Van Goens het teruggeveg. Van Reede het 'n dokter Rustenburg toe gestuur, maar die man het kom sê hy is samewerking geweier. De Grevenbroek en Swaardecroon moes toe die dokter vergesel, met 'n boodskap dat 'n verslag oor die hoogwaardige heer se gesondheid verlang word. As Van Goens nie die Hoë Kommissaris daarmee behulpsaam kon wees nie, sou hy uit die diens ontslaan en na boord vervoer word. "Praat jy asseblief met die ou," het Swaardecroon gevra.

Die dokter se rapport was dat hy geen gebrek of swakheid kon vind wat die heer verhoed om sy reis te hervat nie.

Toe het Van Reede vir De Grevenbroek gestuur met 'n brief wat sê dat die kommissaris 'n maand kry om gereed te maak vir sy vertrek Ooste toe, of hy moet uit die diens bedank en terugkeer Nederland toe. En hy het vir De Grevenbroek uit Van Goens se diens gehaal, en 'n klerk met die naam Borremans in sy plek gestuur.

Volgende het Van Reede die vervolging van luitenant Dubertin van stapel gestuur. Van der Stel het hom verkla, sê die nefie. Dié luitenant is 'n vreemde soort man, hy soek altyd om 'n gehoor te hê, soos 'n werklose komediespeler. Hy het die naam dat hy gasvry is: hy onthaal wekliks die Kaapse raadslede, dan voorsien hy hulle gul van drank, sodat hulle na hom sal luister. So koop hy hulle guns in weeklikse paaiemente. Dan spog hy met sy harde stem en skerp, ronde ogies, byvoorbeeld dat hy amper manalleen die kaneelkwekers se rebellie op Ceylon onderdruk het destyds toe Van Goens daar goewerneur was, en dat hy met wapengeweld die handelsroete vir die Kompanjie oopgeforseer het, en die ondankbare opstandelinge bloedig beloon het vir hulle verraad. 'n Belaglike vent. Hy het aan die raadslede voorspel dat Van der Stel gaan swaar lewe onder sy vriend en beskermheer, kommissaris Van Goens. Hy het selfs gewaag om Van der Stel in vergaderings waar Van Goens by is, te weerspreek. Dan stel hy hom teen Van der Stel aan met die hooghartigheid van die Europeër teenoor 'n mesties. Dan word Van der Stel wit. En dié man is 'n gunsteling van Van Goens.

Van Reede het by De Grevenbroek se tafel in die sekretariaat gekom en gesê: *"J' aimerais vous parler en personne."* En toe hy antwoord: *"Certainement monsieur, à votre service,"* het die hele gesprek in Frans gevolg. Hy moet die fiskaal vergesel na luitenant Dubertin se werkplek, en hom sê dat hy op die Hoë Kommissaris se bevel uit diens gestel en tot sy woonhuis ingeperk word; hy mag nie besoekers ontvang nie, maar sy vrou is vry om te gaan en te kom. Hy moet Frans met die man praat, en hom net as *monsieur* aanspreek, selfs al dring hy aan op sy rang. Die fiskaal dra die lasbrief, en Dubertin moet daarvoor teken. Wat hoor jy in al hierdie woorde? het De Grevenbroek gedink. Smyt Dubertin op 'n eiland, want Van Reede wil hê dat die man sosiaal en professioneel gekastreer word, sê maar buite aksie gestel word, as voorbeeld vir almal wat guns soek by Van Goens. Enige eiland sal deug.

Dubertin het hom dadelik op kommissaris Van Goens beroep, en soos 'n haantjie te kere gegaan, maar so iets het De Grevenbroek baie in die leër gesien; kort mannetjies doen dit dikwels. Hy het net beleef gebuig, en met 'n sarsie vloeke agter hom aan vertrek.

Gedurende en na Van Reede se ondersoek is hy drie maal na Dubertin se huis gestuur: een maal om dit te deursoek vir gesteelde goed of smokkelgoed, 'n ander keer om Dubertin se antwoord te vra op verklarings van mense wat sy misdade aangegee het, 'n derde om 'n opname van huisraad en ander besittings te maak, ingeval dit verkoop moes word om 'n boete te betaal, of as 'n egskeiding sou volg. Elke keer is hy grof deur die man ingevlieg, en elke keer het die kalmte van die mooi vrou hom beïndruk.

Toe hulle kon sien watter kant toe die hofproses neig, het die dame hom gevra om Van Reede om 'n onderhoud te versoek. Maar die heer se antwoord was: nee, sy moet haar versoek op skrif stel. Haar versoek was dat sy vaderland toe wou gaan om haar sake te reël, sodat sy haar man kon vergesel in watter lot hom ook al toeval. Dit het Van Reede goedgekeur. Die verwagting was dat die Fransman jare lank gaan skulpe dra op Robbeneiland. En hulle het nooit vermoed hoe sy op daardie reis met haar man se gesmokkelde Oosterse edelstene en 'n groot deel van ou Van Goens se buit ook die land uit is nie. Van dié popgesiggie het hulle nie so iets verwag nie. Maar toe haar man sy groot mond dáároor verbypraat ("Borghorst is nie die enigste wat juwele op warm plekke weggesteek het nie"), is hy landuit gesmyt, Mauritius toe. Laat hy dan dáár die gek gaan speel.

Van Reede en Van Goens was nie uitgestry nie. 'n Week vóór sy maand uit was, moes De Grevenbroek en Swaardecroon hom

by Rustenburg aan sy vertrekdatum gaan herinner, en hulp aan-
bied om sy vertrek te vergemaklik. Elke keer het De Grevenbroek
die woord gedoen. Die dag voor die skip uitvaar, moes hy die
kommissaris en sy vrou na die afskeidsmaal gaan nooi, en as
hulle dit van die hand wys, sê dat 'n koets vir hulle en 'n wa vir
hulle bagasie teen dagbreek by Rustenburg sal wag.

Dit het eers gelyk of die veglus uit Van Goens is, maar toe hy
al aan boord was, en die skipper nog net op wind wag, laat weet
Rustenburg se poshouer van vermiste potte, panne, borde en die
slavin wat juffrou Van Goens bedien het. Toe merk iemand op dat
die klerk Borremans nie die dag kom werk het nie. Dit was vir De
Grevenbroek 'n moeilike opdrag, want onteenseglik is elke skip-
per baas aan boord sy skip. Hy het eers die fiskaal in die boot
langsaan laat wag, en dit reggekry om die skipper te oorreed om
na verstekelinge te laat soek. Toe het hy met Van Goens in die
kajuit gaan praat, en gesê die skipper sal nie die reede verlaat
voor die skip deursoek is nie; as dit nodig is, sal die fiskaal en sy
geweldigers daarvoor aan boord gebring word. So het hy sy men-
se gekry, maar hy was nie lus om na panne onder iemand se kooi
te soek nie. En hy was tevrede en oortuig dat hy in die hele pro-
ses nooit aanstoot aan een van die twee partye of aan Van der Stel
gegee het nie.

Op sy togte na Rustenburg in die lentemaande het hy van die
raarste plante versamel wat net daardie drie weke in die jaar
blom, en dit deur Swaardecroon aan Van Reede gestuur. Hy het
hom ook vertel van sy ervaring as arbeider in die Leidse *hortus*.
Swaardecroon het 'n bedanking van sy heer Van Reede gebring,
en 'n uitnodiging om saam met 'n groepie besoekers na die natuur-
kundige versameling in die Tuinhuis te gaan kyk. Dit was die
regering se gastelosie in die Kompanjiestuin. Omtrent twaalf
mans en dames uit Van Reede se geselskap het voor die Tuinhuis
vergader om deur baastuinier Oldenland rondgelei te word. Die
gesprekstaal was hoofsaaklik Frans, asof Nederlands deur die
verliese van die onlangse oorlog onwaardig gemaak is. Waarvoor
het ons van Leiden dan geveg? het De Grevenbroek gewonder.
Waarvoor was my jare lange diens?

711

"Die goedjies hier binne," het Oldenland vertel, "is nie almal van Kaapse oorsprong nie. Hier is 'n opgestopte Kaapse leeu, daar is die gevlekte woudesel, of *quacha* op sy Hottentots. Dit begin ook al skaars word. Hier is 'n opgestopte ystervark. Nee, my heer, ek kan regtig nie sê hoe dié spesie paar nie. Uiters versigtig, sou ek reken. Daar is die volstruiseier, met 'n volume gelyk aan twee dosyn hoendereiers, hoor ek. Daar is die volstruis se poot. Hier is nou 'n klompie houtsoorte – dit is nader aan my eie opleiding – almal in skywe gesaag sodat ons die jaarringe kan sien. Kaapse smalblaar-geelhout, die wilde-amandel, swart ebbehout van Mauritius, rooi ebbe, en hier die vrug van *coco de mer*. Opperhoof Lamotius sê dit groei nie op die eiland nie, dit kom uit die weste aangedryf."

Terwyl die gids en gaste pratende vorentoe beweeg, het Van Reede gaan staan en die *coco de mer* om en om in sy hande gedraai, en onder die indruk dat een van sy vriende agter hom loop, gevra: "Is dit die Venuspalm?" En toe in Engels, dat die dames nie hoor nie: *"What a curious resemblance to the business end of wenches, don't you think?"*

"A perversity of nature, my lord," het De Grevenbroek agter hom gesê, *"perhaps understandable, as even its marvellous diversity must have limits."*

Van Reede het omgedraai. *"Oh, Mister Grevenbroek. Aren't you a bachelor? You think like a Jesuit."*

Daardie gesprekkie het gelei tot sy mees bevredigende dienstydjie, waaraan hy lank met plesier teruggedink het. Die Hoë Kommissaris het hom daar in die Tuinhuis uitgevra na sy ervaring, sy kennis en vermoëns. Hy was veral bly oor sy basiese plantkunde en sy Latyn. Hy beplan 'n *Hortus Africanus*, eintlik net van Kaapse plante, in werklikheid 'n *Hortus Capensis*, wanneer sy studie van Malabar klaar is. Weet De Grevenbroek wat professor Hermann van Leiden sê van die Kaap se lenteblomme? "Hemelse velde, hemelse velde …" As De Grevenbroek gewillig is, sal hy Van der Stel vra om hom met 'n *Hortus Capensis* te laat begin. Oldenland hier is goed opgelei, en Van der Stel het 'n redelik bekwame tekenaar in die garnisoen, 'n student van dokter Cleijer,

712

met die naam Claudius. As De Grevenbroek die Latynse beskry-wings doen, sal hy hom vergoed.

Van Reede het opgemerk: "Ek sien u dra soms die akademiese toga. Watter universiteit?"

"Nee, my heer. Ek is letterlik op Leiden se drumpel gebore, maar ek het my tyd verspeel. Die toga het ek gekry by 'n mediese student wat 'n paar gulde moes hê."

"Drank of 'n slet, as ek reg onthou."

"O, nee. 'n Liggaam vir anatomiese ondersoek, het hy my ver-seker."

Toe Van Reede Ooste toe vertrek, het hy hom saamgeneem, teen Van der Stel se sin. Twee jaar lank het hy op daardie reis die kuns van taksonomie van Van Reede geleer, terwyl die Hoë Kom-missaris van kantoor na kantoor reis om hulle stelsels te onder-soek en hulle resultate te evalueer. As hy nou terugkyk, dan dink hy dat dit sy beste jare was. Hy was dankbaar vir geleenthede wat Van Reede hom gegee het. Hy het geweet dit was nie omdat hy Van Reede se vyande help verslaan het nie, want Van Reede het skaars die twee mense geken. Een was Van der Stel se vyand, die ander was sy oorlede vyand se seun. Wat kon Van Reede nou by hulle ondergang baat? Dit moes wees oor die manier waarop hy, De Grevenbroek, sy opdrag uitgevoer het. Dit is wat Van Reede raakgesien het, en dit is wat hom die plesier gegee het.

Toe het hy gevra om terug te gaan, Kaap toe. Hy wou die *Hortus Capensis* begin, en sy studie van die Kompanjie se eerste vyftig jaar aan die Kaap, met besondere verwysing na die Wes-Kaapse Koina. Sy plan, oor die Hottentotte, was al lank aan groei in hom. Hy sou vra om op 'n landreis te gaan om die inboorlinge te besoek, en plante te versamel. Hy het geglo Van Reede sal sorg dat die Kaapse goewerneur dit goedkeur.

Een nag, toe hy in sy kamer in die Kasteel aan 'n voorlopige raamwerk vir die *Hortus Capensis* werk, het hy die volgende in Latyn geskryf: *In hierdie land heers omtrent 'n ewige lente as gevolg van die sonnige blomme en vrolike kleure. Die berge, heuwels, weiland en boorde is oortrek met blomryke gras en struike, die geure is meer be-haaglik as die wierook van Saba, soeter as die parfuum van Venesië. Al*

713

die blomme getuig van die Skepper in hulle volmaakte dele, fyn ontwerp, wonderlike variasie, skitterende voorkoms en soete geur. Hulle roep luid: God, God, en hulle jaarlikse herverskyning versinnebeeld die wederopstanding.

Hy het die paragraaf oorgelees, en lank daarna gesit en staar asof hy dit nie kon glo nie. Kleurryk, sekerlik. Vol blommetjies, ja. Maar was dit plantkunde? Miskien het hy nie die wetenskaplike gawe nie. Hy het begin om homself te ken. Sy gawe was taal. En sy hart was nog nooit in die botanie nie.

Uit Batavia het Van Reede beveel dat Van der Stel hom by aankoms Sekretaris van die Politieke Raad maak. Dit 'n was goeie stap vooruit, en voorlopig was dit genoeg beloning. Voortaan sou sy vooruitgang van sy beskermheer afhang. Maar Van Reede het nooit weer teruggekom nie. Hy is onder geheimsinnige omstandighede oorlede; vergiftig, is gesê, deur die rotte wat hy uit hulle gate probeer dryf het. En Van der Stel se houding teenoor hom en ander personeel het verander: sy gesig het verhard, sy stem het koud geword, sy tong skerp en dikwels giftig. Dít was die ware Simon van der Stel, die man wat sy oorsese besoekers en begunstigde gaste aan *Constantia* nooit ontmoet het nie.

Al die Politieke Raad se dokumente, alles wat in Latyn, Frans, Duits, Portugees of Engels moes kom, al die geheime dokumente, al die korrespondensie met die Direkteure, die Raad van Indië, en hoofde van Kaapse buiteposte so ver as Mauritius, al die mees vertroulike en persoonlike dokumente, die ontleding van opnames van voorraad of personeel, konsep-korrespondensie wat 'n administrateur normaalweg verkies om self te doen, is aan hom gegee. Miskien was dit 'n boete, 'n straf oor die vertroue wat 'n Hoë Kommissaris vroeër in hom gestel het. Daarby het Van der Stel hom geheimskrywer gemaak, 'n eed van hom verlang en hom belas met sy persoonlike korrespondensie. Uit dié bron het hy verneem van die familieband tussen die heer Huijdekoper en Simon van der Stel. Hulle was niks minder nie as neefs van mekaar.

Hoe hoër jy styg op Jan Kompanjie se rangleer, hoe meer byvoordele is daar beskikbaar, en heeltemal eerlik en opreg bekombaar. Die sewentien Here, as voorste beleggers in die saak, mag 'n deel van 'n skeepsvrag wat hulle interesseer, teen 'n billike tarief koop. As die Kompanjie byvoorbeeld iets teen tien dalers in die Ooste koop en die hantering en vervoer kos nog veertig dalers, dan mag 'n heer dit uit die skeepsruim koop teen sestig dalers. Met dié winskopie kan hy na goeddunke handel. Heer Huijdekoper dryf handel in suiker. Hy mag al die suiker in die vrag opkoop, grootskeeps, en dit óf in klein maat teen 'n groot profyt aan die stad se handelaars verkoop, of – dit is 'n saak van gerief en lojaliteit – teen 'n kleiner wins weer aan die Kompanjie terugverkoop. Die heer Huijdekoper, Van der Stel se neef, het die kontrakte gehad om die Kaap van suiker en van tabak te voorsien. Dit is belangrik, De Grevenbroek dra dit in sy toga se mou huis toe.

Van der Stel het mense probeer intimideer met sy luidrugtige opvlieëndheid. Dit was sy gewone wapen; sy tweede was summiere verbanning. Van Reede het in sy rapport vir Van der Stel aangeraai om sy outokratiese en bombastiese bestuurstyl te staak. Maar dit het nie verander nie. Hy kom byvoorbeeld een werksdag in 'n hewige woede by die Kasteel. Hy woon toe al 'n week lank op sy plaas *Constantia*. Hy was so dikwels dáár in plaas van op kantoor in die Kasteel, dat 'n voorman wat 'n werker wil verkla, die kêrel moet dreig met "Ek moet weer 'n slag *Constantia* toe gaan" en nie met "Ek moet Kasteel toe gaan" nie. Van der Stel het skree-skree by Grevenbroek se kantoor ingekom en die grondbrief van die plaas *Wittebome* geëis. Grevenbroek het geskrik, maar hom kalm gehou en met waardige stilte in 'n lêer daarna gesoek. Van der Stel het dit uit sy hande geruk, die woord *Herroep* tussen twee lyne daaroor gekrap, dit neergesmyt en weer uitgestorm. Die oggend daarna lees Grevenbroek in die dagregister dat dit 'n Raadsbesluit was om Coenraad Visser van *Wittebome* van sy grond te jaag en Mauritius toe te verban, omdat hy net wil jag en nie graan verbou nie. Twee vars leuens, dié oggend in die loflike Kompanjie se Dagregister, want eerstens is geen raadsvergadering gehou nie, en tweedens, nadat Van der Stel tot bedaring gekom het, gee hy Visser verlof om te wag tot sy koring ryp is vir die sekel voor hy *Wittebome* moet verlaat. So, Visser se fout was, dit word nou duidelik, dat die goewerneur sy stukkie grond wil hê omdat dit aan *Constantia* grens, en hy was onwillig om dit in nederige diensbaarheid af te staan. Dit is waarom Nabot deur die koning gestenig is, was dit nie? Moes vry Nederlanders hierdie hebsugtige man sy sin gee?

Toe Van der Stel die namiddag weer op kantoor kom, het De Grevenbroek hom daarop gewys dat die verbanning nie 'n Raadsbesluit was nie. Van der Stel se blas vel het verbleek. Hy het sy vinger voor sy gesig kom skud.

"Hou jou neus uit my sake, as jy in jou pos wil bly."

"Die Hoë Kommissaris het my in die pos aangestel."

"Hy is dood. Bly uit my pad uit. Hou jou bek verder."

Van der Stel het byvoorbeeld die poshouer van Robbeneiland af laat kom om geen ander rede nie as om hom in sy gesig uit te skel oor 'n beuselagtigheid. Ou sersant Callenbach het naamlik gedink hy doen sy plig deur aan Van der Stel te skryf dat daar 'n jong koei op die eiland is wat by die bul behoort te kom, want dit is 'n jammerte om so 'n mooi dier onvrugbaar te laat. Waarom was Van der Stel kwaad vir Callenbach? Nie oor 'n koei of 'n kalf nie, maar omdat daar 'n amptenaar oorgebly het wat onafhanklik dink; 'n mot wat nie deur die hitte van die kers verslaaf was nie. En poshouer Callenbach het in sy teleurstelling 'n paar Latynse woorde op papier gesit, *Vir my vyand dra ek sorg,* en êrens in sy poshuis gelaat. Dit is 'n algemene spreekwoord, maar Van der Stel het dit op homself van toepassing gemaak. Hy het Grevenbroek beveel om dit te vertaal.

"So dit sê: vir my vyand dra ek sorg. Is dit die presiese vertaling, of jou eie vertolking? Wat is jóú vertolking?"

Hy het sersant Callenbach probeer beskerm, probeer verduidelik, dat dit een van tagtig tot honderd spreekwoorde van Romeinse oorsprong is wat die meeste skoliere moet leer. Dit kan nie ernstig opgeneem word nie; dit is maar 'n geestige gesegde. Dit sê net dat jy versigtig is vir jou teenstander, ewe veel dat jy moeite doen vir iemand wat dit nie waardeer nie.

Dit was die verklaring wat Van der Stel wou hê. Hy het vir Callenbach met sy kis van die eiland laat haal en in die Kasteel gehou tot die eerste skip vaderland toe loop, oor 'n armsalige skraapsel papier wat in die eiland se poshuis gevind is deur 'n *soebatter*, 'n gunssoeker. Daardeur is die Kompanjie beroof van 'n ou dienaar, 'n man wat die vaderland in sy donkerste uur getrou gedien het. 'n Bekwame dienaar met amper veertig jaar ervaring op sy verskillende belangrike buiteposte, is weggesmyt, weggejaag as watermaker op 'n oorlamskip.

De Grevenbroek het nie geselskap gesoek nie. Hy het min besit, en sy maaltye van droë brood, 'n ui en water in sy kamer geeet. Vir Vrydae het hy 'n vis gekoop. Getrou soos 'n soldaat aan sy plig, het hy van soggens agtuur tot saans tienuur in sy kantoor gewerk, by kerslig, by lamplig, by fakkellig, en in dié tyd nie een uur siekteverlof gevra nie. Hy was te besig om sy plig te doen om te dink dat hy soos 'n perd voor 'n ploeg in 'n groef gevang is, en elke dag één voor volg. Tot die bitter dag toe hy sy laaste Raadsnotule geskryf en vir ondertekening onder lede rondgestuur het met, ná sy naam onderaan nog die Latynse spreuk: *Dit is 'n plig om te werk, maar nie in die donker nie.* Van der Stel wou weet wat dit beteken, en hy het hom vertel.

"Jy wil hê die Here moet dit lees. Laat staan jou bog en hou jou boodskappies hieruit. Ek sê wat in die boek gaan en wat nie."

Praat 'n heer só met die sekretaris wat hulle werkgewer se vertroulike dokumente hanteer, na soveel jaar van persoonlike diens? Die gedagte het eindelik te afstootlik geword. Aan die einde van die maand het hy sy werk afgesluit, onderteken en onderskryf: *Prodesse orbg. nocere nemine* – Aan almal het ek goed gedoen, en niemand benadeel nie. Daarop het hy sy werkgewer se diens verlaat. Vryburger geword, soos hulle hier sê.

Maar onder die Van der Stels is geen burger vry nie. So het die voorval met Coenraad Visser al gewys. Vryburgers, of dienaars soos die arme Callenbach, en sersant Jerling, was in die oë van hierdie edel heer soos lyfeienes, en as jy nie sterk genoeg is om jou gees uit die heer se hande te hou nie, word jy soos 'n dier in sy span, 'n dom os voor sy ploeg, stil onder sy sweep. As jy dit nie kan verdra nie, veg jy vir vryheid so goed jy kan. As die pen jou wapen is, dan skryf jy. Daarom het hy, die klerk De Grevenbroek, jare lank kort uittreksels gemaak om later te gebruik, en dit in sy mou huis toe gedra.

Een brief van die direkteure wou Van der Stel hom nie laat sien nie. Hy het gesê daar staan niks in wat die Politieke Raad aangaan nie. Later kom die brief op lêer. Van der Stel het 'n jaar of meer gelede 'n slangsteen, 'n gewaande amulet met magiese krag, van 'n Oosterse bandiet afgevat, en die bandiet het by Batavia daaroor gekla. Hulle brief het beveel dat Van der Stel dit terugbesorg; hulle wou geen onrus in die Ooste hê nie. Die Raad het wenkbroue opgetrek: Wie sou nou dink die edele heer wil 'n arme bandiet se gelukbringer steel? Wat wou hy daarmee doen? Het hy in toordery geglo? By 'n ander okkasie het die Here geëis dat Van der Stel verduidelik waarom mense sê hy het 'n goue kris, 'n goue kroon beset met juwele, en 'n goue skedel met groot robyne in die oogholtes, gesteel uit die wrak van die Portugese skip *Nossa Senhora*.

Eenkeer skree Here Sewentien in teleurstelling en hulpelose woede oor tienduisend myle groen seewater, in hulle brief aan Van der Stel: "Ons kan nie begryp hoe dit moontlik in u harsings kon gekom het om 'n man wat die Kompanjie se vriend was en ons soveel jare getrou gedien het, op hierdie wyse aan te val nie, en ons vrees die gevolge van u daad, wat bitterheid en haat onder die Hottentotte sal wees." Hy, die Kaapse goewerneur, het nie eens die Direkteure laat weet dat hy die Chainouqua-stam van kaptein Dorha in die Overberg, daardie een stam wat die Kompanjie amper veertig jaar lank deur sy moeilikste tye gevoed en gehelp vestig het, laat aanval en uitwis het nie.

En die fabels wat die man aan Here Meesters kon opdis. By Klapmuts het hy 'n apparaat gemaak om 'n vak koring van koringluis te suiwer. Dit was 'n lengte vingerdik tou, met 'n klomp klippies aan lyntjies daaraan gebind. Twee posvolk dra die tou liggies oor die graantoppe sodat die klippies deur die halms sleep, en siedaar, soos klein hamertjies slaan hulle die koringluis van die stengels, hulle val op die grond en sterf. Dit is 'n kinderagtige fabel, ewe belaglik as die raad wat hy aan Mauritius se opperhoof gestuur het oor hoe om rotte uit die jong suiker te hou. Hy sê nie waar hulle die arbeiders sal kry nie, hy sê nie hoe hulle in die vulkaniese rots moet spit nie, hy sê nie waarom hy dink 'n rot kan nie swem nie, hy sê net hulle moet diep slote om die landerye spit en dit vol water laat loop, dan sal die rotte daarin val en verdrink. Hy het vir Lamotius gevra: Wat was julle Raad se reaksie destyds toe julle dit lees? en Lamotius het geantwoord: Die Raad was altyd versigtig in wat hulle om die tafel sê, maar een van die voorste vryboere het reguit gesê: Sê vir die man hy droom.

Spring rotte van 'n sinkende skip af in die see uit wanhoop, of uit hoop? Hy het nie die Kompanjie se diens uit vrees of hoop verlaat nie, maar alleen uit afkeer, uit verset teen een amptenaar, om later terug te slaan met vergelding, of ten minste 'n soort regstelling, soos die magtige Van Reede met die ewig onvoltooide manuskrip wou doen, om die balans tussen goed en kwaad te probeer herstel. 'n Sekretaris van goeie onderskeid het nie respek vir so 'n hoof nie. Dank, waardering of bevordering verwag jy nie meer nie, sy verwyte en teregwysings bly onwelkom, sy teenwoordigheid maak 'n weersin wakker teen die mens en teen die werk. Daar was te veel teleurstellings, te veel klagtes, te veel krake in 'n muur wat die Kompanjie vir sy beskerming opgerig het.

Gelukkig het hy net onder die eerste Van der Stel gedien, en het hy al uitgetree, gevlug, en hom vier jaar lank op hierdie plaas teruggetrek om aan sy *Beeld van die Kaap* te werk, toe die seun Willem Adriaan, as goewerneur en opvolger van sy pa, van homself 'n teenstander van sy onderdane én 'n vyand van die volk maak.

Dit was geen nuwe storie nie, ook nie 'n herhaling van 'n vorige storie nie, maar 'n moeitevolle voortsetting van 'n lang, lang verhaal wat tot aan die einde van eeue sal voortsleep, soos waterskilpaaie teen skuins strande opkruip om 'n ou storie van voor af weer aan die gang te sit. Sit maar vir Willem Adriaan met gerustheid eers opsy. Hy kan nooit weer vergeet word nie, en sal nie ontsnap nie. Hy is gevang, oopgespeld, 'n valerige insek met 'n giftige byt, vir ewig vasgepen onder die vergrootglas, en mense sal kom kyk, nie om iets te leer nie, maar uit nuuskierigheid. "Kom kyk, dames en here. Vir 'n stuiwer sien u Willem Adriaan van der Stel." As daar simpatie is, hou dit vir sy vrou. Mense sal vir meer geld in die Kasteel se agterhof na die groen visdam gaan kyk waarin daardie arme mens haar probeer verdrink het. En wat sal hulle daar ontdek? Rimpelende water.

Ons gaan eers terug, Mauritius toe, want dit is Paasnag, twee en dertig jaar gelede. Kerkvaders besluit die derde volmaan van die jaar moet Paasnag wees. *Fiat lux,* dit is die derde volmaan van die jaar. Gedurende die dag het 'n reuse-ebgety die binnewater voor die Losie amper leeggesuig. Die loodsboot lê droog aan sy anker, ver voor die steier se punt. Die maan styg voor sononder agter Tabakseiland: groot, silwer, 'n beskadigde ronde gesig met die bleek stilte van 'n lyk; sy lig begin oor die werwe van Lemoen-bos deursigtige skadu's maak. Opperhoof Lamotius sorg dat hy nie die nag in die Losie is nie.

By Swartriviermond is Pieternel alleen tuis met die kinders. Sy is swaar swanger. Die sononder was sweetwarm, die kinders loop al van dagbreek af kaal, en sy is spyt dat sy hulle moet binne-bring om aan te trek, want met die sononder kom muskiete. Sy gaan op die agterwerf om hulle bymekaar te roep, en sien die maan, nog agter die donker berg, se silwer teen die skemeraand opskyn. Sy bly daar om hulle die eerste blink ligskerf te wys. Daarna gee sy hulle kos by die groot tafel, was die kleinstes en maak hulle onder hulle nette lê, en bring die groter kinders om die Bybel.

Sy vertel van Paasnag. Dit is die nag toe die Jode uit die slawe-huis van Egipte ontsnap het. Die volmaan kyk laag oor daardie gelyk woestyn, soos 'n groot rooi oog deur walms stof. Dwarsoor die land lê die oudste kinders en die oudste van al die diere dood. Dis 'n verskriklike gehuil, mense hardloop heen en weer. Honder-de slawe hardloop na die see toe; met dié laaggety kan hulle daar deurkom tot in die woestyn. Die honde blaf agterna. Soldate op strydwaens jaag verby.

Pieternel se kinders kyk onrustig en vroetel rond, hulle word bang. Sy voel self bang, en daarby naar. Dit is die nag toe die Jode ons Liewe Heiland tussen sy dissipels uit gevat het om Hom te kruisig. 'n Groot maan hang agter die Olyfberg, in die tuin skitter

720

die donker blare van lig. Nee, ek weet nie waarom nie, hulle was vol arak. Vandag, in Pa se land oorsee, het almal in die koue kerk toe geloop. Daar is dit laatwinter, maar amper, amper blomtyd. In die Kaap is ook 'n kerk. Hierdie tyd in die Kaap slaan die maart-blom sy bloedrooi beker oop, dan word dit winter. Nee, *kelk* is die woord. Nou weet almal wat verstand het, die eerste volmaan ná die maartblom bring reën. 'n Dag of drie vroeër, of 'n dag of drie later, maar dikwels op die volmaan, val die eerste reën. Die gras slaan groen op, riviere loop, daar staan blink vleie water, en die Koina kan rus kry en ophou trek agter weiding aan. Hulle veld-kos groei al, soet uintjies en amandels, koeie gee potte vol geel melk, die skaap loop swaar van vet met sulke dik-dik sterte. Daar is vet in die huis. Die jongetjies wil die dogters oud leer, maar hulle ma-goed hou hulle in. Dit is die heel beste tyd van die jaar. In die dorp sê die huisvrou: Hoe moet ek bak met nat hout, nat wasgoed, nat skoene, modder op die vloer, kinders met verkoue? Maar die Koina lag in hulle *harubis*-huise.

Pieternel versin gedagtes tot haar kinders reg is vir die kooi. Waarom gee sy voor dat die Koina gelukkiger is as die wit man? Dit is onsin. Sy moet kophou. Daar is nog 'n uur of drie voor mid-dernag. Sy laat hulle lamp brand, die reuk help om muskiete van hulle weg te hou. Dan rol sy haar moue af en gaan buitetoe om te sien hoe die maan oor die bergrant hang. Dit is die Paasnag. Waarom gebruik die Liewenheer hierdie een volmaan om al die verskriklikhede te belig? Sy trek vir die eerste keer die dag skoene aan en loop strand toe. Waar die donker by die eerste bome begin, kom sy die spookkrappe teen. Hulle hardloop kruis en dwars op hulle bleek bene, dit lyk of hulle oor die grond sweef, so vinnig beweeg hulle pote. Die Koina praat van 'n spook, *hei-nun*, die vaal voete, omdat jy hom nie op die grond sien trap nie. Hierdie is die egte derde volmaan van die jaar. Die jaar sit vannag om, seisoene word verander, die ongeborenes sterwe.

Heer Hugo het hulle vertel, terwyl hulle voor sy tafel sit om die sertifikaat van hulle huwelik te kry, hy het dit jaarliks beleef op kuste om hierdie warm see – Somalië het hy genoem, Aden, Arabië, Persië, Malabar, Maledive en Nikobar – dan kom die seeskilpaaie hierdie een nag in hulle honderdduisende land toe, op eilande, eilandjies, sandbanke, vaste lande. Almal is wyfies, elkeen dra 'n honderd eiers. Dit is hulle maan wat die Liewenheer gee, want vannag stoot die see die heel hoogste, tot naby aan die bome. Elke wyfie uit daardie maanwit branding sleep haar swaar lyf teen die skuins strand op, rus-rus, tydsaam, dit kan 'n uur duur, tot by die hoogste plek om haar honderd eiers in warm grond te lê. Jy sit in die maanskadu onder die palmbome, en hoor hulle gesleep oor die growwe koraalsand; oor die verligte sand sien jy die donker lywe moeitevol na jou toe roei. Daar is honderde en honderde van hulle, jy hoor hulle steun. Omtrent middernag, as die maan op sy hoogste is en die see sy laaste stote tot amper teen jou voete gee, slaan jy vuur, gee die tonteldose van hand tot hand, steek lanterns aan. Dan storm julle veertig, vyftig man sterk, en begin omkeer, omkeer, keer hulle op die rug, gooi hulle onderstebo met 'n ruk en 'n skreeu, tot die strand vol lê van hulpelose wyfies wat hulle bene in die lug swaai. Dit is dan dat julle met die holgeslypte messe op hulle val en aan slag gaan. In alle tale wat om hierdie kuste gepraat word, noem hulle dit die nag van die dood van die ongeborenes. Al die volke loof die Here vir hierdie nag.

Pieternel sien geen ster in die ligte hemel nie, maar 'n breë geel maanstreep strek uit tot op die rif. Die maan lê op pad middernag toe. Wat gaan van haar kinders word as sy sterwe? Sy voel al dae lank naar. Sy huil met haar voorkop teen 'n boom.

Voor dagbreek kom die twee bote terug uit Waterskilpadbaai: Daniel en Jaap en vier slawe op een sloep, en die opper met 'n klomp matrose op *Vanger*, dronk van moor en slag, besmeer en bebloed, en gelaai tot die dolboord met vate eiers, vate olie, vate vleis en vet, doppe, en stringe lewende skilpaaie spartelend op tou agterna, met die wit maan nog in die lug.

Sy lê aangetrek op die kooi en huil. Sy wil nie met hom praat nie, sy wil nie vir hulle kos maak nie. Daniel gaan sê vir Lamotius: "Jammer, opper. Dit is haar toestand." Sy hoor dit, en dit laat haar nog meer huil. Hulle werk die hele oggend onder die afdak, om verder te slag, die vleis en eiers in te sout, die olie in kanne en vate te kry, en alles behoorlik te verdeel tussen drie partye. Toe maak hulle werf skoon, skrop die bote en kuipe uit in die rivier, en gaan spring almal in die swemgat om te was. Jaap se vrou skaf vir wit en swart saam buite onder die bome.

Dit was daardie nag wat Lamotius die Franse luitenant uit sy kooi laat haal het, en hy wou nie self naby die Losie wees nie. Daniel kom vra vir haar of sy sal omgee as die opper die nag by hulle oorbly.

Sy sê: "Waarom vermoor julle die ongebore diere?"

Hy sê: "Ons moet eet. Een se dood is die ander se brood."

"Dit is 'n leuen," sê sy in sy gesig. "Ek verag jou spreekwoorde. Watter reg het jy om dit vir my te sê?"

Effens noord van die eiland keer die noordooswind om in 'n suidweswind. Dit is die jaargety. Die palmblare roer sag oor hulle huis.

Verduidelikings verdoesel vergrype, maar kan hulle nie versag nie. Van der Stel het sy humeur en sy mag gebruik en dit nooit probeer wegsteek nie, behalwe deur swye. A, hulle was twee wat geweet het om hulle spore dood te vee, daardie pa en seun. As hy nie uit die argiewe geweet het van 'n buitepos op Lourensrivier in die Hottentots-Holland nie, sou hy nie vermoed het so iets het daar bestaan nie. Die geslag wat dit geweet het, is nou amper uitgesterf; die nuwe geslag het dit nooit geweet nie. "Dit is waarom die geskiedenis hom moet herhaal," het die boer Tas op 'n keer gesê, "want die dom donders wil nie leer nie." Maar hy herhaal hom, afgesien van Tas.

Die buitepos, lees hy in Van Reede se amptelike verslag oor die buiteposte, het 'n verskeidenheid funksies gehad. Hottentots-Holland is belas met graanproduksie dieselfde jaar toe Groote Schuur uitsluitlik 'n vervoerbasis word. Tweedens moes dit met die Skiereilandse Koina skakel insake veeruil. Dit was ook die naaste pos aan die Overbergse streek, en as 'n ekspedisie Overberg toe gaan, soos vir strandings by Agulhas of veeruil by die Chainouqua en Hessequa, moet reisigers die laaste nag daar oorstaan, nuwe voorspanne kry, en met posvolk en slawe se hulp die waens en diere bo-op die berg help bring. Die posvolk moes

723

verder voorbeelde van die twee streke se diere, plante en voëls versamel vir die professore oorsee. So staan dit daar, in amptelike taal. Daardie buitepos het bestaan van 1673 tot 1701, en toe kom goewerneur Willem Adriaan, kyk versigtig rond, en steek dit in sy sak met die geboue, landerye, waens, diere, gereedskap, poshouer, posvolk, slawe, oeste, alles. Dit verdwyn stil uit die Kompanjie se lys van buiteposte, en herverskyn op die landskap as *Vergelegen*, die nuwe goewerneur se hofstede.

Nou, dit was nie meer vreemd om te hoor van hoë here se hofstedes nie. Plaaslik was Simon se *Constantia* 'n bekende voorbeeld. In die Ooste was die buiteverblyf algemeen. Vandat God die stad Batavia geskud het dat dit sterwe, en die stad se lyk begin stink, het al hoe meer here van rang weggetrek en klein heerlikhede aangelê in die koel lug van hoërliggende heuwels, 'n uur of drie bokant die gedoemde stad. Daar was statige huise in die koel Oosterse styl, met groot tuine, boorde, en name soetklinkend, vaderlands, soos *Uiterwijk, Weltevreden, Buitenzorg*. Jy sal geen onraad vermoed nie.

Was dit toevallig, of deur die Alwyse so beplan dat daar met die kering van die eeu 'n geweldige aardbewing in die berge agter die stad plaasvind? Die stad word geskud, met 'n dreuning wat minute lank voortgaan, maar die skade in die binnestad lyk gelukkig gering. 'n Groot stofwolk belet dat hulle buite die stad kan sien. Na 'n paar dae word boodskappers gestuur om in hoë bome te klim om die binneland te verken. Die berge lyk nog dieselfde. Toe kom die reën, en dit reën en dit reën. Die Grogol en Chiliwong kom met tonne en tonne bome en modder dwarsdeur die stad gespoel, alles losgeruk deur grondstortings in die berge; elke spruit op die vlakte, elke sloot en grag in die fraai stad word gelykvol met modder en takke en slyk verstop. Die bruin vloed bars by die riviermond uit en stoot myle die see in. Verstikte visse dryf oral op die buitereede. Waterverkeer hou op, skepe kan nie meer in die stad kom om te ontlaai nie, en binne 'n maand broei uit die stinkende moeras die eerste plaag van muggies en muskiete. Maagkoors breek uit, daarna ook die ooskuskoors, *malaria*. Die hospitaal is oorvol, die armes sterf sonder hulp in hulle *kampong*.

Tientalle sterwe weekliks, en die Nederlanders van rang, van die goewerneur-generaal af ondertoe, verlaat die kasteel en die stad, en vlug met hulle gesinne na die koelte van die heuwels, na heerlikhede bokant die wind.

Maar wat word van die handel en administrasie, as pakhuise nie bewaak en hulle inhoud gekontroleer word nie? Wie hou die boeke by? Watter sterk man bly oor om by die stadsbestuur te kla oor die stank van die grag langs sy huis en te sorg dat iets daaraan gedoen word? Die here kom nou miskien elke derde dag kantoor toe omdat daar nie meer watervervoer is nie, en vertrek weer na buite voor die muskiete begin pla. Die stad sterf – jy sien en ruik dit, jy weet die einde het begin. Die kouevuur wat in een ledemaat ontstaan, vertak vernietigend tot die hele liggaam ontsteek is en genesing nie meer moontlik is nie. Batavia is siek, en met verloop van tyd moet die loflike Kompanjie in die vaderland sterf. Die beste waarop enigeen kan hoop, is om persoonlik te oorleef tot sy kontrak hom toelaat om hiervandaan te ontsnap, huis toe.

Dit was die toestand in die Ooste, en die rede waarom welgestelde here vir hulle 'n buiteverblyf gebou het. Maar destyds aan die Kaap was daar geen enkele rede vir heer Willem Adriaan om vir hom 'n hofstede 'n volle dagreis van die Kasteel af aan te lê nie, behalwe heersug en hebsug, en dit het hy in oormaat gehad. Niemand, vry of dienaar, sou waag om te noem dat heer Willem Adriaan 'n buitepos van die Kompanjie, met alles roerend en onroerend daarop, verduister het nie. Hy was genadeloos. Kyk hoe het hy gewerk met sersant Jerling, offisier van die wag.

Hy kom ná middernag van sy buiteverblyf met sy koets voor die Kasteelpoort, wat al sononder met groot ritueel gesluit is, soos orals ter wêreld. Toe die koetsier sy trompet voor die poort blaas, gaan Jerling persoonlik, want hy sien wie dit is, en vra die koetsier die wagwoord om te laat hoor hy doen sy werk behoorlik, hy sal nie 'n Trojaanse Perd laat binnery nie. Wat kry hy as antwoord? Die goewerneur klim uit, slaan hom vier houe met sy rottang deur die gesig. "Daar is jou wagwoord." Jy wil om vadersnaam nie met die kêrel bots nie, jy wil niks op die liewe aarde met hom te doen hê nie, jy wil net wegbly van hom af. Justisie, altyd geblinddoek, het verleer om te sien. Geen kommissarisse is meer gestuur om die land te inspekteer nie. Dit is waarom Tas, Piet van der Byl, Koos van der Heiden, Hüsing, Van Brakel en ander die opstand teen hom begin het.

"Batavia is nou 'n jammerlike gesig," het die kneg Lamotius aan De Grevenbroek vertel. "Toe ons jonk was, was dit die stad van ons drome, die hoofstad van ons ryk in die Ooste, aangelê deur Ysterjan Coen, die held van Holland. Daar is fortuine gemaak, drome bewaarheid, roem behaal. As ek tóé moes kies, monsieur, tussen Batavia en die hemel, dan het ek sonder om 'n oomblik te twyfel Batavia gekies. Ten minste het ons van Batavia 'n plan en 'n kaart en 'n gedokumenteerde geskiedenis gehad. Sekerheid, verstaan u? Kyk hier." Hy het 'n opgerolde kaart van die stad uit 'n koker getrek. "Ek koop dit by die drukkery in die kasteel daar." Hy het twee rooi, krom vingers effens uit sy wye mou gelig. "Twee gulde. Hier is die datum, 1689. Dit is kort nadat u self laas daar was. Pragtig, nie waar nie? Maar dit is onsin. Dit lyk nie meer so nie. Dié drie lang gragte – dit spyt my, ek kan nie hulle name lees nie – met die dwarsgragte van die een na die ander, is toegegooi. Hierdie wyk is nou 'n moeras, die hele stadsmuur van hier tot hier het verkrummel en ingestort. Al hierdie rye boompies – dit was kokospalms en boetjang, onthou u? – is versuip, verrot. In die rykmansbuurt hier staan nou bedelaars se krotte. Eiendom is min werd. Daarom verkoop hulle hierdie kaarte uit vir twee gulde." Hy los die kaart dat dit vanself toespring, en sit dit met moeite terug in die koker.

"Ons was gelukkig dat ons die ou stad geken het."

"Eendag, monsieur De Grevenbroek, kom ons voor die goue poort, dan sien ons dit is ook nie meer wat dit was nie."

De Grevenbroek lê besoek af as ouderling, maar vermaan nie die man of wys hom tereg nie. Lamotius is iemand met sy eie insigte. Die eerste keer wat hy hier op *Elsenburg* gekom het, was dit op huisbesoek saam met dominee Beck. Die eienaar was tuis, en het hulle besoek verwag. Vir sekunde Elsevier het hy toe al 'n aantal jare geken, en sy vrou het hy 'n paar maal in die Kasteel gesien. Elsevier het sy kinders en werkers binnegeroep om die voorlesing en gebed by te woon. Een het kom sê die kneg vra om verskoon te word. Elsevier het geantwoord: "Sê ek ontbied hom," waarop 'n figuur toegedraai soos 'n Bedoeïen in 'n bruin kleed binnekom. Elsevier het hom voorgestel: "Isaac Lamotius."

Hulle kyk na mekaar in stilte. Lamotius vra: "Nog wyn?"

Hy knik, en stoot sy glas oor die tafel. Lamotius se hand en voorarm kom uit sy gewaad, haarloos, geswel, rooi; hoër op steek 'n verband uit wat na kruiesalf ruik. Hy neem die karaf met kromgetrekte vingers, kantel dit oor hulle glase. Dit lyk of bloed uit sy vingerpunte stroom. Sy rooi ooglede, sonder 'n teken van ooghare of wenkbroue, kyk uit die vou in sy kopstuk. De Greven-broek knik sy dank. Toe Elsevier tydens daardie eerste ontmoe-ting sy naam noem om hom voor te stel, het hy gewonder: Is dié ongelukkige man, die ingenieur en natuurkundige, die adminis-trateur van Mauritius wie se aaklige verhaal hy uit die argief ver-samel het, nog melaats ook?

"Jy kan dink dit is suur druiwe, monsieur, maar ek is dank-baar dat ek Batavia nooit weer sal sien nie. Toe ek vrygelaat word uit Rosingain, het ek gedink ek sal in Batavia 'n lewe probeer maak, maar oral waar jy kyk, sien jy dinge wat eens mooi was, tot niet gaan. Dit is neerdrukkend."

"Ek verstaan. Mag ek vra wat jou ouderdom is?"

Die bruin kap vou amper voor sy gesig toe. "Ek is vanjaar sestig."

Hy was 'n interessante geselser, 'n man van wye kennis en vreemde ervaring, een wat kon waag en geen spyt laat sien oor wat hy verloor het nie. Vanjaar, elf jaar later, het Lamotius Neder-land toe vertrek. Hy het gesê hy verlang na sy geboorteplek. Ons word almal so: die liggaam begin verlang na die stof en water waaruit hy gevorm is. Die natuur beskik dit. Maar dit is nog een vriend minder hier.

Hy het Lamotius eers persoonlik leer ken nadat sekunde Elsevier saam met die tweede Van der Stel en nog ander uit die land verban is. Lamotius het met 'n vry gemoed die plaas bestuur, vir *Elsenburg* elf jaar lank opgepas, en die kontantopbrengs jaar-liks na die eienaar in Nederland laat oorplaas. Hy was goed vir die plaas, en as so iets moontlik was, sou jy kon sê die plaas het sy dankbaarheid gewys. Dit was jammer dat die werkgewer nooit sou sien hoe sy huurling die plaas verbeter het nie. Lamotius was 'n netjiese, ondernemende boer, 'n ywerige bouer, knap met water-leidings en die aanwending van water. Hy het 'n groot watermeul vir die maal van graan aan die einde van 'n versierde kanaal ge-had. Daar was 'n plek waar jy sou glo die water vloei heuwel-op, as jy uit 'n sekere hoek kyk. Die slawe het vermoed hy is 'n Arabier of ander Slams wat water toor. Hy was ook 'n aangename gasheer, maar het nooit daardie plaas verlaat vir sake of vir ver-maak nie. Die ouderling, die landdrosklerk, die geregsbode, boere wat die meul wil huur, die kontrakteurs vir wyn en slaggoed, die sjirurgyn moes almal na hom toe kom, en hy het 'n slaaf met 'n brief gestuur as hy met een van hulle wou kommunikeer.

Toe De Grevenbroek vir Lamotius meer dikwels te spreek kon kry, het hy self ook al begin om hom van die openbare lewe los te maak. Hy was vir drie termyne heemraad van Stellenbosch, en ouderling vir twee, en het nie meer na status in die gemeenskap verlang nie. Wie is die gemeenskap vandag? Lawaaierige, dronk vakleerlinge en boerseuns wat snags in die dorp se meulwiel rondklouter en die ding uit sy ratte breek.Watter plesier is daar in die agting van barbare? Hy het tuis gebly, uitnodigings geweier, ernstig geskryf aan sy *Beeld van die Kaap*, soms drie en selfs vier folio's op 'n dag voltooi. Hy het die wêreld vergeet en is deur die wêreld vergeet, soos die spreekwoord sê.

Wanneer hy met Lamotius moes praat, het hy 'n boodskap vooruitgestuur, en die antwoord was gereeld: Kom lê besoek af. Later met die byvoeging: Ek stuur 'n perdekar om jou te haal. So 'n besoek kon drie dae en vier nagte duur. Lamotius het aan hom gewoond geraak. Wat is 'n soutmyn? wou hy van die man weet. Die antwoord was 'n potloodskets: Hier laat sak hulle ons in 'n kis deur die gat in die dak; hier kap ons met die pik die kristalle los, skep die hope in mandjies, dra die mandjies teen die helling op, en gooi dit uit in die kiste; hier hys ons die kiste en laat dit weer sak.

"Is dit swaarder werk as skulpedra op Robbeneiland?"

"Ek weet nie."

"Die drywers genadig?"

"Dit wissel van man tot man."

"Wat sê jy?"

"Die dood is verkiesliker."

"Wat het van Abraham Steen geword?"

"Dood. Die lug daar onder is soutgas. Sout trek water aan. Die lug bly lê in jou longe. Jy ruik dit in jou asem en proe die smaak in jou mond. Dit trek die water uit jou liggaam, dit pekel jou vel. Ek het liggame gesien ... Eenmaal maak ons 'n skag oop wat vyftien maande tevore toegeval het, en die lyke daar onder was vars, gelooide leer soos daardie handtas van jou. Dit brand jou vel dood. Kyk, hierdie wonde sal nooit genees nie. Hulle het my dit gesê. Gelukkig was dele van my vel toe al dood, van 'n brand jare tevore. Jou naels gaan dood en val uit. Jou hare word wit en val uit, orals."

"Jy was ses jaar lank op Rosingain. Hoeveel ure per dag werk julle?"

"Dag en nag. Jy slaap op soutsakke, tussen die gestapelde sout. Jy trek jou toe met 'n sak. Soggens sak jy daarvandaan ondertoe aan 'n tou, saans trek hulle jou weer op. Die mure skitter die fakkellig terug in jou oë."

De Grevenbroek het selfs gewaag om uit te vra oor Aletha Dubertin. Die stem het net gesê hy het nog iets van haar, 'n aandenking. Hy wou hom vra: Sal jy my jou gesig laat sien, ek wil graag weet hoe Isaac Lamotius lyk? Maar hy het onthou dat wat hier verberg word, 'n derde gesig is. Ewe min as wat hy ooit die eerste of die tweede man kan ken, kan hy hulle gesigte sien. Met sy eie verbeelding moet hy hulle skep.

Omdat hy nie meer die regering se argief mag lees nie, verloor De Grevenbroek sommige van die mense in wie hy belangstel. Lamotius help hom, so ver as wat hy sy gedagte terug kan druk na sy eiland, maar soms kry hy die indruk dat Lamotius nie gewillig is om na 'n spesifieke dag of datum of na 'n sekere plek toe terug te keer nie. Hy weet byvoorbeeld in watter jaar die Lierman gesterf het, want hy was by sy sterfbed, maar hy weet nie wanneer matroos Borms of baashoutkapper Sven oorlede is nie. En dan die seun Salomon, hy was een van dié wat eerste aan ooskuskoors gesterf het, maar hulle het heeltemal te veel geword om te onthou.

Sekunde Elsevier, wat die oorsese briewe sien, help hom voor sy verbanning met inligting. Prins Willem, wat hy as jong soldaat gevolg het, is in 1689 genooi om koning van Engeland te word. Waaroor, of waarom, in vadersnaam, was daardie oorlog dan, pas twaalf jaar tevore? Maar hulle dink nie veel van hom of van sy vrou daar nie en praat van Dutch William, soos 'n tuinier, of William the Third, soos 'n fout wat herhaal word, of William and Mary, soos twee perde.

Wat van fiskaal Deneyn geword het? Elsevier sê sy skandaal staan ook te lees in die maatskappy se dokumente. Na sy Oos-terse loopbaan is hy terug vaderland toe. Sy fortuin was gemaak, en hy het nie sonder status afgetree nie, want hy was daardie jaar amptelik Fiskaal van die Retoervloot, met lewe en dood in sy hand. Hy was nou *orang lama*, die begeerde status wat 'n maal-kolk so swaar van afbrekende kragte is dat dit 'n jongeling kan insuig tot waar hy eers onsigbaar en dan totaal niks word. Pieter Deneyn was nie 'n jongeling nie, en tog het hy ook verdwyn. Negentien dae na die vloot uit Batavia weg is, het skipper Gans-wijk aan die admiraal gesein dat hy 'n vergadering wil hê. Hulle was toe amper halfpad tussen Batavia en Mauritius. Die vloot het in die bodemlose oseaan bygedraai, en saam onder kort seil af-gedryf. Wat kon dit wees? Elke skip het sy jol neergelaat, en sy skipper en seur onder seil vlagskip toe gestuur.

Fiskaal Deneyn het die vergadering van die Breë Raad op die vlagskip bygewoon as die aangeklaagde. Sy skipper het geëis dat hy onthef en gestraf word oor onbeheerste losbandigheid. Daag-likse dronkenskap was sy misdaad, en die herhaalde klagtes van 'n passasier se dogter. Die Raad het hom van sy amp onthef as moreel onbekwaam, hy moes passaat betaal vir die restant van sy reis, en sy drankrantsoen is beperk tot een mutsie wyn soggens, smiddags en saans, soos dié van matrose. As die dame weer sou kla, word hy in die hel gesluit.

Dit is jammer dat Deneyn nooit getrou het nie. 'n Goeie vrou kon hom eers temper, later stabiliseer. Kunstenaars baat as hulle bo hulle eie stand trou. Êrens anderkant het twee boekies verskyn. Eers *Lust-hof der Huwelijken*, waarin hy matrimoniële gebruike beskryf van Oosterse volke (maar hou in gedagte, alles suid en oos van die eiland Walcheren is op Jan Kompanjie se kompas die Ooste) wat hy binne sy vierskaar ervaar het. 'n Paar jaar later ook sy *Vroolijke Uuren*, wat aan die Kaap aandag getrek het omdat dit 'n gedig oor Robbeneiland en een oor Gisela Mostert bevat. Elsevier het 'n kopie besit en dit uitgehaal om te wys. Dit was maar 'n reeks odes gewy aan Bacchus en Venus, gewone suip-en-vry-versies wat in growwe kontras staan met die Kaapse werklikheid, én met Deneyn se streng en stroewe hofredes, byvoorbeeld oor die vyf jong Koina wat permanent aan mekaar vasgeketting was. Dit is nie verbasend nie dat Mary Hugo haar lot by hom kom bekla het. Sy het hom geken, sy het geweet hy sal verstaan.

Uit die vertellings van Lamotius het insig gekom in Mauritius-eiland se ekonomie, en oor daardie handjie vol vryburgers. Dit was werklik interessant. Iets wat De Grevenbroek al beter verstaan het uit sy gesprekke met die gewese opper en met sekunde Elsevier, is hoe swaar die Kaap moet steun op sy buiteposte, en elke buitepos weer op sy eie beskikbare mense. Gelukkige mense maak 'n goeie buitepos, maar as die balans versteur word, het jy 'n swak buitepos op jou hande. Is dit so?

"Ja."

"Die Kaap ly, is dit so?"

"Ja."

As dít die geval is, hoe gaan hy die arme Lamotius voorstel in sy *Beeld van die Kaap*? Wat sou hy sê, hoe sou hy die man beskryf? Dat hy 'n talentvolle jong ingenieur was, 'n man met 'n droom, met ambisie. Op daardie saagmeul was sy hoop op sukses gevestig. Ja, geldelik ook. Lamotte kon uitsien, met gereelde bevordering in rang en status, na 'n bevredigende loopbaan van dertig, veertig jaar, gevolg deur 'n gelukkige aftrede in die vaderland. En sy gees? Omdat hy in sy saagmeul geglo het, het hy sy vrou en Here Sewentien verseker dat hy met sy uitvindsel sou vermag wat geen opper voor hom met die eiland se rare houte kon regkry nie. Profyt! Wat is profyt anders as hoë produksie teen lae koste? Sy saaglem het hulle oë laat blink; dit is waarom hulle hom Mauritius gegee het. In sy verbeelding het hy 'n reënboog om sy saagmeul sien staan, met die pot goud aan die voet daarvan. Wat anders? Waarom sou 'n intelligente man 'n jong edelvrou en hulle kind neem na 'n afgesonderde plek aan die agterkant van die aardbol, waar geen dokter is, geen skool vir die kind, geen predikant om te doop of te seën, en geen naasbestaandes om hom weg te lê en die weduwee te troos nie? Sulke dinge is die fondamente en pilare van 'n Nederlandse gemeenskap.

Die antwoord is: Lamotte het vas in sy uitvinding geglo. So vas asof hy dit deur 'n engel vertel is. Daardie vervloekte saagmeul moes sy hart gebreek het. Soos 'n vrou wat jonk afkoel, het dit reggekry om hom eers moedeloos te maak en toe onverskillig. Dat maar een skip in die jaar, en later een elke twee jaar, vir die hout gestuur is (kan jy waaragtig so iets glo?), daarin sit weer 'n ander betekenis. Stel jou dit voor: 'n tropiese eiland, volgens alle rapporte groen, nat van volop water, maar toe dit sy saagmeul moes draai, toe is daar droogte vir dekades, stowwerige grond, droë beddings, takbokkies wat seewater drink. En as dit reën, is dit net om alles wat hy gemaak het, te verspoel. Daardie meul was die teken van die eiland se agteruitgang én van sy mislukking, en hy kon niks doen om dit te stuit nie. Die saagmeul was Lamotius se laaste anker; as dit sou faal, strand hy en slaan die branding oor hulle. Sy beloftes aan die Here, aan goewerneur Bax, aan sy skoonouers, aan Margarethe, aan Isaac Johannes Lamotius self, het met sy meul stuk-stuk uitmekaargeval. Sy vlot het ondervoets weggesink; hy was alleen in die water, oog tot oog in die skuim met elke matroos, klerk en kleinboer. Hoe oorleef hy op daardie vlak? Hy sou rang en mag moet gebruik om gered te word. Hy sou op hulle moet trap en daarmee wegkom, soos die Van der Stels en sulkes weet om te doen.

Op sy regterhand, op sy baashoutkappers, het Lamotius staatgemaak om sy droom te help verwesenlik, en wanneer dit sukkel, moes hulle byspring om die boot oor die rif te dra. Maar Telleson, 'n avonturier en luiaard, het sy verlosser met die magiese saaglem aan wal sien stap, geluister na sy soet evangelie van hoeveel arbeid dit gaan spaar, dit geglo en gevolg, en toe dit nie werk nie, probeer om die hulpelose profeet in die rug te steek. Eers Telleson, en daarna Steen, meer van 'n ambagsman uit die arbeiderstand, maar 'n gebore geweldenaar wat sy voorbeeld by sy opper afgekyk het. Toe die Kaap hulle eiland verwerp, was Lamotius heeltemal alleen, hulpeloos, 'n lae eiland onder 'n orkaan. Oor die betekenis van die verlies van hierdie arme jong man se vrou en kind sal die Liewe Vader self moet sê. Wie anders weet?

Toe hy Lamotius se gesig van die hede soek in die donker holte van 'n monnikskap (miskien was daar binne net 'n skedel met leë oogkasse – 'n duiwelse, benige, pratende doodshoof), het De Grevenbroek 'n ander gedagte gekry oor die honderde stukkies papier wat hy, soos 'n mier blare aandra teen die winter, met 'n duister doel in sy mou huis toe gedra het. *Beeld van die Kaap* was goed, maar op die buiteposte was die daaglikse lewe in mense soos hy en Lamotius, mense met siele, of wat eers siele gehad het. Soos eilande afgesonder van die vasteland probeer dáár 'n opper administreer, probeer families 'n bestaan skraap, probeer bandiete en slawe van dag tot dag voortgaan, rol soldate snags swetend op hulle kooie, elkeen alleen. Almal sukkel om iets tot stand te bring of om net te oorleef; hulle probeer met hulle hande, soms in stilte, soms met onderduimsheid, soms met geweld.

Teen al hulle voorsorg en moeite en arbeid staan die onwetendheid van die see, seisoene, afstand, tyd, en die wisselende owerhede waarvan hulle, op hulle ver buiteposte, soos kinders onkundig is. De Grevenbroek het in sy gedagte 'n bebaarde, half-kaal, ouerige man en sy slaaf aan 'n visnet van gras sien vleg, naakte bruin kinders onder 'n net sien slaap, 'n vrou met 'n hoed van palmblaar wasgoed oor 'n lyn tussen twee bome sien hang. Watter dramatiese bergspitse steek daar agter op? Wat beteken die oranjerooi lug? Wie is die mense? het hy gewonder. Hoe klink hulle stemme? As hulle Hollanders is, wat weet hulle van God en die Kompanjie? Om hierdie redes was hy vir hulle jammer. Hulle was weerloos, in elke opsig, onder die dreigende hemel.

733

Sy bitterheid teen die Van der Stels, die stukkies inligting op strokies papier wat hy soos 'n Chinese vlieër aan 'n garingdraad geryg het om die wêreld in te stuur, dat mense die waarheid oor daardie twee duiwels moet hoor, het nie meer saak gemaak nie. Verbittering, erken hy, is die simptoom van nederlaag. Deur hulle uit sy storie te haal kon hy sy eie verbittering daaruit sny. Ou Simon was dood, sy kinders verban. Hy het hulle oorleef, en kon hom nou van hulle reinig. Net, dit was te laat. Mauritius was ontruim en verlate, die dokumente was onderteken, gesluit en met lint in lêers toegebind, die bekende skepe afgetakel, die mense wat hy wou ken, maar nooit ontmoet het nie, was oorlede.

Maar ongetwyfeld sal die geskiedenis hom herhaal, en wat was, sal weer wees. En as iets soos 'n einde verlang word waar geen einde is nie, as daar inligting moet wees wat 'n einde voorstel, goed dan. Maar jy kan nooit vertel sodat iemand ten volle begryp nie, want die hoorder sit in sy eie droom gevang, Werklike begrip en 'n werklike einde sal daar nooit wees nie, omdat 'n sirkel voortgaan sonder einde.

Die drywer van die Kompanjie se poswa wat op *Welmoed* gekom het om ou wynkuipe vir duie op te koop, het vertel dat 'n vloot voorberei en toegerus word, drie hoekers, om later in die jaar aan die ooskus 'n nuwe buitepos te gaan stig. Daar was goud in die binneland, agter die blou berge in die weste, maar die eintlike ding wat die regering daarvandaan wou hê, was swart goud: slawe. Hier gaan ons weer, het De Grevenbroek gedink, die wiel rol maar net aan. 'n Afgeleë buitepos in die hart van die koorsstreek, en slawe. Het hulle dan niks geleer nie?

Vier jaar gelede is 'n vendusie op Stellenbosch geadverteer, 'n paar uitgestorwe boedels van armlastiges wie se goedjies saamgevoeg en by een okkasie opgeveil word, om hulle die koste van vendumeester en verversing te bespaar. Hy het gaan kyk, omdat hy self arm was (Van der Stel het hom geen pensioen gegee nie en hy sou hóm nie daarom vra nie) en hy goedkoop meubels nodig gehad het, iets met deure om as 'n boekekas te gebruik, 'n tafel met 'n groot oppervlakte om op te skryf, en nog een en ander. Die armes se goed is gewoonlik eenvoudig, selfgemaak, maar hy wou niks sierliks hê nie. Daarby sou daar min bieërs wees omdat die pokke-epidemie skaars afgeloop was en die publiek nog bang vir openbare samekomste. Inderdaad, sterftes het steeds in die distrik voorgekom, so ver as Hottentots-Holland en die Franse Kwartier, maar hy was nie daarvoor bevrees nie, want hy het in die kloosters van Spanje en weer by Napels met pokke te doen gehad, sowel koeipokke as die menslike soort. Hy het gehoop om 'n paar meubelstukke teen 'n lae prys te bekom.

Die opkoms was, soos verwag, klein. Daar was omtrent net die vendumeester, een of twee van dié wie se goed verkoop moes word, en 'n paar armoediges wat ook kom bie het. Die rommelary het op die meulhuis se vloer gelê: potte en panne, tuie, skoene, 'n gebreekte swaard wat nog kan dien om wingerdranke te top, 'n karring, 'n stapeltjie vensterglas, en dan eenkant teen die muur 'n tafel, stoel, linnekas, 'n *katil* met 'n riempiesmat. Op die tafel is 'n timmerkis met kuipersgereedskap neergesit, met 'n paar letters op die deksel gekerf, maar reeds weggeslyt. Daar was geen boeke by nie. Dit was jammer. Hy het gekoop wat hy wou hê, en toe met die boekhouer gaan praat om te betaal en te reël dat dit afgelewer word. Die klerk het in sy boek geblaai, by 'n naam oopgeslaan, en die bedrae neergeskryf. Die naam was Pieter Zaaijman van Mauritius.

"Is dit sy boedel?" het hy gevra.

"Nee, hy het dit ingestuur. Hierdie goed kom omtrent alles uit die Kaap, maar daar sal dit nie prys kry nie. Hulle is nog bang vir mense. En hierdie is armmansgoed, nie mooi genoeg vir jou Kapenaar nie."

"Wanneer u met hom afreken, sê hom asseblief ek is begerig om van hom te verneem. Ek is De Grevenbroek, ek woon by die heer Van der Heiden op *Welmoed*." Hy het gesien dat die klerk sy naam neerskryf, en het vir hom 'n paar munte op die boek neergesit. Die meubels was 'n winskoop.

Daar kom een oggend, tewyl hy sy tee buite onder die akkerboom drink, van die Kaapse kant af 'n jongeling kaalvoet oor die werf aan. De Grevenbroek sit sy boek neer en hou hom oor sy bril dop. Hy loop met 'n stok in sy hand, want hy is effens mank in

735

een been, en so skraal dat die honde nie eens opkyk nie. Hy dra 'n uitgewaste blou seilhemp en 'n broek met breë blou en rooi strepe, van wat hier genoem word matrasgoed. Hy het 'n rooi kolletjiesdoek oor sy kop gebind, en 'n serp van wat na swart sy lyk om sy middellyf gestrik. So jonk is hy dat hy skaars baard het, en wat daar is, laat hom vuil en ouer as sy jare lyk.

"Kom rus, pelgrim," nooi hy. "Waarheen gaan u?"

"Is dit *Welmoed*? Hulle het gesê *Welmoed* het honde."

"Laat hulle slaap. Kom sit, drink 'n kommetjie tee. Ek is De Grevenbroek."

"Ek is Daniel Zaaijman van Mauritius."

Hy het sy kop agteroor gehou om die seun onder sy bril te kry, hom effens ongelowig bekyk.

"Nou wie is jy?"

"Daniel Zaaijman. Broeder Piet het gevra ek moet hier aangier en die seur sy komplimente presenteer."

"O," het De Grevenbroek gesê, en op die been gekom om sy hand na die seun uit te hou. "Aangename kennis."

"Ook so."

Hy sit oorkant die tafeltjie en staar stip na De Grevenbroek, lig ineens die teekom om die inhoud in sy keel te gooi, sit dit versigtig neer, kyk hom weer afwagtend in die oë. Ek wonder of hy swaksinnig is, dink De Grevenbroek. "Kan jy my wys, jonge vriend, watter kant die maan opkom?"

"Is dít waarvoor jy vir broer Piet laat roep het? Jy kan mos een van die huismense vir jou laat kyk."

"A, ek verstaan." Later het hy hulle nog beter verstaan. Hulle is stil mense, hulle kan ure in stilte deurbring, terwyl hulle oë die omgewing lees en die ore luister na insekte, die wind oor die see, voëls in die gras, brandertjies oor die sand, terwyl die neus en hare op hulle vel die lug rondom toets vir temperatuur en reuke, verandering in die wind.

Hy verneem, deur 'n reeks vrae, dat die seun op pad is na die boer Roelof Steinbock, om vir hom van die vendusiegeld te gee. Pieter het 'n briefie gestuur om te vra die man moet hulle barmhartig wees. Pieter het 'n werk, en die armsorg sal sy broer Daniel help om werk te kry, dan is hulle twee wat kan betaal wat hulle nog skuld op die plaas.

En die seun ontspan en praat nie meer asof hy dink hy het met 'n skeepsoffisier te doen nie.

De Grevenbroek skink nog tee. "Watter plaas, mag ek vra?"

"*Patrijsen Valleij*, daar agter." Hy wys noord van die dorp, in *Kromme Rhee* se rigting.

"Wanneer het julle daar gewoon?

"Kort na ons hier in die land gekom het."

"Het julle daar die gevoel gehad: dit lyk na Mauritius?" Want hy weet presies hoe die omgewing, vlak onder Papegaaiberg, lyk. Die pad *Elsenburg* toe loop daar deur. Daar is diep valleie, steil hoogtes, spits bergpieke in die ooste.

"Ek was nog te klein. Miskien het Pa en Ma so gedink."

"Hoe gaan dit met jou ouers?"

Hy het sy hand plat op die strik van die swart serp op sy heup gesit. "Omgekom van die pokke, al twee." Trane stoot oor sy ooglede. De Grevenbroek staar hom aan.

"Ek is regtig jammer om dit te hoor. Ek het Pieter Zaaijman se naam by die vendusie gekry, en ek wou hom graag uitvra oor jou ma en pa, en oor julle kinders. 'n Baie interessante familie, baie interessant. Kom kyk hier."

In sy kamer wys hy hom die meubels. Die seun knik na die kas, knik na die *katil*, knik na die tafel. "Het jy Pa se gereedskap gekoop? Nee, wat sou jy daarmee maak?" Hy stut sy twee hande op die tafel, leun vorentoe en laat sy oë op De Grevenbroek se *madonna* rus, draai sy kop effens skeef asof hy na iets luister, maar sê niks.

"Hoeveel kinders was julle?"

Hy lig hom met 'n ligte suggie op, wys met sy vinger die agt plekke om die tafel aan. "Pa, en Ma, en Pieter, en ek, en Christiaan, en Johannes, en ou Kaleb, en Moses van Malbaar. Hulle twee was slawe."

"En jou susters?"

"Nee, hulle was al getroud. Al vier is vroeg afgesterwe. As jy wil uitvra, moet dit vir Pieter wees, hy is nou die oudste en hy het hulle geken."

737

"Gesterwe, so jonk?"

"Dit is die koors van die eilande."

Hy reël met die kneg dat die seun 'n perd geleen word. Hy kan ry, het die seun vir die kneg gesê, dit is van val van 'n gehuurde perd dat hy 'n heup seergemaak het. Hy kom vóór sononder terug, en as die heer kneg nie omgee dat hy sy kop in die vooronder neerlê nie?

De Grevenbroek groet hom: *"Dominus tecum."*

"Dankie. Dit was smaaklik."

Die aand eet hulle saam by die groot tafel in sy kamer; die huisvrou stuur kos vir twee. De Grevenbroek hou aan met uitvra totdat die seun by die tafel sit en gaap. Hulle bied hom 'n kooi in die huis aan, maar hy verkies om op solder te lê.

Dit is 'n verskriklike spanning om 'n onvoltooide manuskrip lank op jou tafel te hê. Jy dryf in 'n storm, sonder hulp. Jy skryf nog elke dag, verander aan die manuskrip in klein opsigte. Jy moet vorder, jy trap water, jy weet jy moet jou red, en jy weet met tyd word jy swakker. Niemand kan help nie, want niemand weet hoe nie. Jou hand skryf in water. Niks bly daarvan oor nie.

'n Somer en 'n winter gaan verby terwyl De Grevenbroek, diep bekommerd oor sy stygende jare, probeer reël dat hy en Pieter Zaaijman vir 'n paar dae bymekaar kan kom, sodat hy besonderhede van die familie en die eiland se laaste dae onder die Hollandse vlag van hom kan hoor. Die man het 'n vrou en 'n kind, miskien twee, hy kan nie sy werk laat staan om hier op *Welmoed* ondervra te word nie. Self kan hy ook nie bekostig om 'n skrynwerker se dagloon te betaal nie. Hy dink daaraan om Lamotius te vra of hy nie vir Zaaijman ses of sewe dae se werk op *Elsenburg* kan aanbied nie, maar besluit daarteen; die man se vel is te dun. Hy vra ook vir Van der Heiden, wat aanbied om hom die geld te gee. Hy aanvaar dit nie, hy skuld die man al meer as wat hy ooit kan vergoed.

Hy skryf dae en maande by sy tafel, en tel op 'n keer mismoedig die stapel folio's in sy kas. Daar is meer as sewehonderd. Toe die landdros op die plaas kom, verneem hy by hom watter werksgeleenthede daar op die dorp is, en of hy miskien weet van 'n boer wat 'n skrynwerker vir 'n week moet huur? Later gaan hy te perd na Adam Tas toe. Die man is steeds laggend, rond van gesig, met glas en pyp in die hand soos die dik kêrel in Hals se skildery, maar grys van hare en baard.

"Ou vriend," sê Tas. "Jy moet soos 'n Jood dink. Kyk om jou, ons klompie is al almal vyf en sestig, sewentig jaar oud. Ons het pas tientalle begrawe, en daar is vrees en onrustigheid onder ons mense. Jy weet wat in hulle gedagte is. Kom ons twee koop 'n klompie greinhout en skroewe, en ons huur jou man om vir ons twaalf en 'n half deeglike doodkiste te maak, van die soort met die spits dakkie, sodat as 'n man opspring by die basuingeskal, hy nie sy nek breek nie. Dan verkoop ons dit aan die rykste mense hier in die distrik. Ek ken 'n hele paar sulkes. Ons betaal die skrynwerker, ons maak 'n mooi profyt, en bekom elkeen 'n kis. Nee, ek is dood ernstig. Ek sal die saak hanteer, skryf jy jou man aan om te kom."

De Grevenbroek het Tas se hand geneem, op een knie gesak, die hand teen sy voorkop gedruk. Sy trane het Tas se hand natgemaak. Toe Tas die Sekretaris op die been help, dink De Grevenbroek: Dit is asof hy 'n drenkeling uit die see in die boot lig.

"Ek wil self graag hoor wat gebeur het, heer Sekretaris. Soveel is verswyg."

Pieter het in die parshuis op *Libertas* werkswinkel opgesit. Soos sy broer het hy donkerbruin, skerp oë, en 'n gewoonte om reguit in jou gesig te bly kyk tot ná hy sy laaste woord gesê het. Tas en De Grevenbroek het naby sy werksbank gesit, die een met karaf en glase byderhand, die ander met papier, pluime en ink. Maar die man kon nie praat nie, hy het hulle vrae gekeer. Hy kan werk, of hy kan praat, maar nie gelyk nie. Hy is besig met 'n doodkis, en sy klant moet tevrede wees. Verstaan, hy werk nie vir vandag se brood nie, maar vir môre s'n. Elke dag werk hy vir sy naam, en sy naam sorg vir môre se brood. Sy oorlede pa het altyd gesê, as mense kom sit en gesels by sy werksplek op Kuiperseiland: Wag steek eers swik in, ek moet hier dink. Sny hy 'n tap te smal vir die voeg, moet hy die hout weggooi; saag hy te kort, is dit vermors. Hulle kan maar vra, hy sal luister; hulle moet net verstaan as hy niks sê nie, want hy het die grein om dop te hou, en gereedskap is ongenadig as jy nie kyk nie.

Hulle praat daarom in die namiddae, en saans. Tas laat hom in die namiddag vroeg wegpak en opvee, dan praat hulle. Pieter is nie skaam om te gesels nie, nie bang vir die een se rykdom en die ander se geleerdheid nie. Tas kan nie help om sy wynkaraf weer en weer aan te bied nie, tot De Grevenbroek hom met 'n hand op sy arm weerhou, en vra om nie die heer Zaaijman se geheue te vertroebel nie. De Grevenbroek wou graag vir hom nog 'n honderd ander dinge gevra het: Wat dink jy van ons regering? Hoe lyk die toekoms van die Koina vir jou? Sien jy 'n toekoms vir jou kinders hier? Hulle praat van 'n nuwe buitepos in Mosambiek vir goud en slawe. Nog meer slawe hier, watter toekoms? Maar hy doen dit nie. Wat maak dit saak wat enigeen van die toekoms dink? Die toekoms ontvou soos dit moet, blind, onverskillig. Aan die einde, weet hy, sal Tas vir die man 'n geskenk van wyn gee.

Hy was van dieselfde bou as sy oorlede pa, het hy gesê, dit is korterig, seningrig, bruin. Hy sou dink hy is soos sy pa geaard, baie kalm, rustig, maar o vader, as hy veronreg word, vaar die duiwel in hom. Dit is baie gevaarlik om so te wees, hy bid om nie versoek te word nie. Iets soos hierdie beitels, hierdie els, hierdie priem, hou hy onder in sy kis as hy hulle nie gebruik nie. Sy ma … hy weet nie eintlik hoe sy gelyk het nie, 'n seun kyk mos nie na sy ma nie, en bowendien het sy die laaste jare, van sy hier gekom het, anders begin lyk. Hier trek hulle mos van kop tot tone aan met 'n kappie op. Hoe sal jy weet hoe jou ma lyk? Maar sy het toe nie meer gelag nie, haar skouers het rond geword, haar voetstappe was traag. Baie mense hier lyk so, maar op die eiland was sy so jonk soos haar dogters. Jy kon hulle deur die huis hoor lag.

Miskien was sy in haar kinderdae mooi, soos die mense dit noem. Toe hulle hier buite op die plaas gewoon het, het hulle Sondae kerk toe geloop, dit is 'n ver ent, en eendag het sy ma net gesê sy wil nie meer gaan nie. Maar sy pa het hulle kinders nog geneem, en die volgende keer by die kerk vir hulle 'n skatryk man gewys wat met sy familie uit iets soos 'n oop koets klim, die heer Van der Byl, en sy pa het vir hulle gesê: "Daardie man was julle ma se kêrel toe hulle jonk was. As sy toe vir hom gevat het, het julle vandag ook in 'n koets gery." Hy het ongelukkig geklink. Hulle wou dit nie glo nie.

Tas het met sy pypsteel gewys na die tagtigduim-doodkis op 'n stel bokkies. "Dit is vir Van der Byl."

"Pa het gedink Ma is nou skaam vir hom, omdat ons so arm is."

Hy was nie by toe sy ouers en broers hier te lande gekom het nie. Maar hy weet nou hulle was arm en ongelukkig, en hulle het so gebly en nooit gewoond geword aan hierdie plek, of hier tuis gevoel nie. Baie getreur, altyd terugverlang. Hy self het mos op die eiland agtergebly ná hulle vertrek het, en eenkeer kom 'n boodskap van hulle aan: "Hou moed, ons kom terug." Maar hulle het nooit weer teruggekom huis toe nie.

Hoe die eiland ontruim is? Kyk, eers het daar mos die twee skepe uit die Kaap gekom om die vrylui te haal. *Carthago* was te groot vir die reede voor die Losie en het in Noordweshawe gaan wag, en daarvandaan het hy vroeg in Desembermaand Batavia toe geseil, swaar oorlaai en amper sonder kos. Ta' Theuntje is saam Ooste toe; sy ma het baie oor haar ou tante getreur. En *Mercurius*, dié het met sy mense en hulle slawe op Kersdag uit Suidooshawe geloop, en hulle was teen die einde van Januarie in Tafelbaai. Toe was daar op die eiland nog net die opper en die garnisoen oor, en 'n gevaarlike paar drosters in die bos, en hy. En die honde, natuurlik. Hy was destyds so twintig jaar oud en wou graag alleen wees met sy gedagtes. Nie dat hy 'n vreeslike diep denker is nie, dit is net: hy verkies alleenwees, soos sy pa. Waar hy gegaan het, was vyftig honde op sy hakke. Later het die jagter hulle kom haal, hulle gelok met vleis, in sakke toegebind, en by Swartriviermond in die mense se verlate hokke en kampe gaan sit, om los te laat as die garnisoen afgelig word, dat hulle die eiland kan leeg vang van wild en daarna die drosters.

Sy pa het hom vertel, toe hulle hier in die Kaap kom, watter moeite hulle gehad het om weer rus vir siel en liggaam te kry. Die jongstes was dadelik siek van griep en allerhande masels en kinkhoes en waterpokkies. Hulle huis was koud, en al was dit somer, was dit asof almal koud kry. Johannes se malaria het hom slag op slag weer neergeslaan. Hulle moes elke stuk kos koop; daar was nie meer 'n hoenderhok of 'n groentetuin waar jy net kon instap nie. Toe sy pa hier 'n paar varke wou hou, is hy belet. En die pryse was hoog, verskriklik. Hy moes die meeste van die slawe verkoop om 'n stukkie grond in die hande te kry. Sy pa wou graag langs die see wees, want hy het 'n gedagte gehad om met 'n boot 'n bestaan te maak, soos hulle op die eiland gedoen het, maar daar was lank al nie meer erwe naby die see te kry nie.

Dit was nooit die plan om die slawe te verkoop nie; die meeste was al jare by die familie, en sy pa wou hulle gebruik in die vissery, dan kon hy miskien twee, selfs drie bote aanhou. Op die einde moes hy hulle verkoop, om daardie dorpserf en 'n enkele roeisloepie, een mas, te bekostig.

Die erf was geleë bokant die groentemark aan die berg se kant. As jy agter die huis staan en jy kyk see toe, lê die groentemark se put so 'n honderd tree weg. Kyk jy suid, lê die slawelosie honderd tree voor jou, met die Kompanjiestuin op jou regterhand, en natuurlik die hospitaal en die kerk alles daar voor by die slawelosie. Sy pa het gesê: Ek was veertig jaar sonder kerk, eindelik kan my siel rus. Die jongste drietjies het hy dadelik laat doop.

Maar die mense, die Kapenaars, was vir hulle vreemd. Hulle was anders, hulle klere was maar so, selfs hulle taal was anders, outyds. Op die eiland het hulle een of twee Oosterse woorde gebruik, maar hier was veel meer, ook Hottentots, en Frans wat jy op die eiland selde gehoor het. Hulle was ook te reguit. "Dag, kuiper." "Dag, opper. Dag, baas." Net as daar witboordjies kom, soos monsieur Elsevier, dan het hulle gesê: my heer. Hierdie mense het vir hulle skeef gekyk, ook nie altyd in die oë nie, het hy self gesien. Sy ma en sy pa het ongelukkig geword veral oor mense. Kyk, op die eiland was hulle geag. Ja, hulle was die opper se skoonouers, maar dit was nie daaroor nie, want hulle was nederige mense, maar hulle was eerbaar van lewe en 'n voorbeeld vir ander, daarom het groot en klein hulle geëer, en oor sy werk is na sy pa opgesien. Die Engelse goewerneur van Bombaai en sy vrou en kinders het aan hulle tafel geëet, en ander, van damast en blou porselein af. Verstaan dit, ons het aansien gehad, tot onder vreemde buitelanders. En ons kinders het dit gevoel. Ons was die Zaaijmans, dit het ons lekker laat voel, en veilig. Ons sou altyd kos hê, al sukkel ander mense. So verwaand was ons. En wat daarvan as ons verkies het om kaalvoet te loop?

Maar die Kaap het niks daarvan geweet nie. Hulle is net behep met hulle trots: wie sit voorste in die kerk, wie was by daardie raadslid se gastemaal, wie loop met 'n *parasol* soos in die Ooste, wie het die kontrak gekoop vir wyn, die brandewyn, die vleis? Selfs die man met die kontrak om nagbalies te ry se vrou loop neus in die lug. Maar dit is nie om oor te lag nie, monsieur Tas. Sy ma het seergekry as sy pa met vis aan 'n deur klop en hy word agterdeur toe gestuur, en dieselfde vrou gaan maak daar oop. Hy het dit in sy lewe nie teengekom nie, en hy was 'n Hollander. Hy was later amper bang om met sy werk op straat te kom. Die mense het gelag vir hulle seilklere en kaal voete, en omdat hulle een dag onwetend amper in die derde ry gaan sit het. Hier loop net slawe en Hottentotte kaalvoet in die straat, en 'n wit Hottentot, dit was 'n goeie grap. "Is jy ook van die Mourisies?" het hulle hom gevra.

Onthou, monsieurs, hy self het eers twee jaar ná sy ouers hier te lande gekom, en toe hy die eerste keer hoor hulle word basters genoem, kon hy dit nie verstaan nie, hy het gedink dis maar 'n ander woord vir mense van die eiland. Dit is een rede waarom sy ouers uit die Kaap wou weg na 'n afgeleë plaas toe. Maar hier op Stellenbosch was dit dieselfde, en dít is waarom sy ma nie wou kerk toe gaan nie, omdat die vrou wat daar uit die koets uit geklim het, miskien vir haar man kon vra: Wat wil die baster by jou geweet het? In die Kaap het sy ma omtrent nie meer op straat gegaan nie; dit was halfnaatjie en die baster en die wasmeid.

Sy swaer Abraham de Vries, wat met suster Maria getroud was – arme Maria en haar seun Pieter is nou ook van die pokke heen – dié het hom lewenslank in die skuld begewe en geld geleen om 'n kwartaandeel in die vleiskontrak te koop. "As ek nie handel dryf nie, sal ons nooit uit die nood kom nie, skoonvader," het hy gesê. "Net geld sal my familie red van hierdie vloek. Ek kan nie steel nie en ek weet nie hoe om te bedel nie. Ek sal moet leen om ons te red." So het hy in die diep water gespring; hy kan dit in sy eie lewe nooit afwerk nie, hy is te oud daarvoor, maar dit is goed, hulle is uit die dorp weg. Die regering het hom 'n leen-plaas in die Slagtersveld gegee, wat hy *Vriesefontein* genoem het. Dit is 'n paar uur hier teen die kus op, en hy laat wei daar slag-skaap en 'n bietjie bees. Sy tweede vrou gee vir suster Maria se kinders om, hy is hardwerkend en hy het nog altyd sy ambag van skeepstimmerman.

Swaer Herbert Jansz het sy pa gevra om saam Kasteel toe te loop oor die ambergrys, met opper Roelof, dit is nou Diodati, se kwitansie wat hy hom daarvoor gegee het. En julle sal dit nie glo nie, monsieurs, hulle sê vir hom: Ja, dit is goed, die ambergrys het daar 42 pond geweeg, maar op ons skaal weeg dit 35 pond.

"Iemand het sewe pond gesteel."

"Wat, wat, wat?" Ander het in die kantoor gekom om te luis-ter.

"Afgesny, gesteel. Hier is my kwitansie vir 42 pond."

"Julle skaal was verkeerd. Dit is al."

"Dit is 'n kwitansie van die Kompanjie."

"Gaan Amsterdam toe as jy nie my woord wil aanvaar nie, en as jy dink jy kan passaat bekostig." Dit was oor hulle klere, en oor hulle vir Herbert op 'n lywal gehad het dat die seur dit gesê het. "Maar jy sal vind dit is nie jou koste werd nie, want ons het 'n brief van die Here, en as jy môre kom, kan jy self sien dat die prys af is van vyf dalers die ons tot op een daler die ons, en 'n fles arak. Net, jy moet maar wag, want ons het nie arak in die kelder nie."

"Kom, Herbert," het sy pa gesê. "Dit is in my gedagte hulle het ons nie hier nodig nie."

Sy pa moes sy vis buite op die reede verkoop, as daar skepe was. As daar nie was nie, het hy *boucan* gemaak of bokking soos hulle hier sê, of sy ma het *gekarri* vir die winter, want hy moes meestal van huis tot huis dwaal sonder om te verkoop. Of hy kon dit amper verniet weggee aan een van 'n paar grootmenere. Pa het gesien, dit was toewinkel, op straat gaan hy nie vis verkoop nie. "Nee," sal hulle by die deur sê, solank hulle sy pa se vars vis kyk: "Ek is 'n Cruywagen-man, ek koop my brood by Brand en my vis van Cruywagen." Sy pa het gesien hulle sluit ons uit. Wat bind hulle, het ons gewonder, is hulle almal familie van mekaar? Maar die hele dorp kan nie Cruywagen se familie wees nie. Ons het baie gepraat oor wat die rede kan wees. Ons het probeer uitvra ook, maar hulle sê niks, kyk jou aan, maak in jou gesig toe. Waar is vryheid, monsieur? Dat jy mag koop en verkoop, vir egte geld teen geykte gewig, is die wet van die waag van Vlissingen, is dit nie? Maar hulle wou ons nie laat inkom nie.

Dit was in daardie tyd dat hulle vir hom laat weet het: hou moed, ons kom dalk terug, want sy pa het nog gehoop hy en Abraham en Michiel en Herbert kan saammaak en teruggaan huis toe. Ons verdra orkane en *malaria* en die drosters wat jou kop kan afsny, liewer as hierdie plek. En hulle wou probeer wegkom voor die vlag anderkant gestryk en die besetting van die eiland gelig word, voor hulle die huise afbrand en die honde in die bos loslaat.

Hulle is na die Kasteel toe, die vier van hulle, met hulle versoekskrif. Daarna was dit 'n maand voor die Raad weer gesit het, en eendag is hulle laat weet watter dag hulle moet voorkom. Maar die goewerneur wou niks weet nie.

"Het julle opper Momber nie vir julle ingelig waarom julle ontruim moet word nie? Sodat julle nie die vyand gaan proviandeer nie?"

"Ja, hy het. Maar of ons die vyand gaan proviandeer, en of die vyand die eiland beset en dit self gaan doen, is maar een. Die eiland sal nie lank leeg lê nie." Toe Momber destyds die mense van oraloor byeengeroep het, moes die burgers die wapen saamgeneem en vir Momber gesê het: Sien hier vir donkerbek, ons weier om te gaan, en ons daag vir Jan Kompanjie om ons hier te kom weghaal. Hy glo hulle kon dit gedoen het. Selfs hulle slawe het dan vir vryheid kans gesien. Die burgers het daaroor gepraat, maar sy oorlede pa wou nie voor vat nie. Hy het vir sy ma belowe: Ek neem jou huis toe. As dit nie vir sy oorlede pa was nie, dan het julle vandag 'n ander storie gehoor. Maar dit is eenmaal te laat, nou.

"Waarom wou hy haar dan later weer wegneem?" wou De Grevenbroek weet.

"Ma het nie meer die Kaap geken nie. Sy het hier niemand meer geken nie, en 'n afkeer gehad van die plek wat op haar neergesien het." En hulle was so arm, met die drie klein kinders. Hulle sou die winter moes gaan bedel, as sy pa nie kon see toe gaan nie. Sy pa was klaar om by die kerk om armsorg te vra, maar sy ma het in trane gesoebat: "Asseblief nie, Daniel, anders was alles verniet."

Sy pa het dit gewaag om daar vir die goewerneur te sê hy weet waarom hulle die eiland wil sluit. Dis omdat die Engelsman te sterk word in die Ooste. En die Kaap kan nie hulle tabak en suiker koop nie omdat Huijdekoper of 'n ander die kontrakte hou, maar daar is geen rede waarom hulle paar families nie alleen daar kan voortgaan nie. Waarom kan hulle nie self 'n bestaan daar probeer maak uit skeepsverversing nie?

Die goewerneur het vir hom gelag, omdat die VOC 'n lisensie van die State-Generaal gekry het as die enigste Nederlandse maatskappy wat in daardie waters mag handel dryf. Die hele wêreld weet van die oktrooi. Sy pa was moedeloos, omdat hulle hom kon help as hulle wou en nie 'n vinger lig nie. Hulle sit droog in 'n skuit en sien 'n man afdryf, maar roei nie nader nie. Hulle kyk hoe hy spook, en sink, hulle kyk, maar maak geen geluid nie. Hy was moedeloos. Hy het gesê: Gaan probeer vertel dit vir die Engelsman. En vir die goewerneur: Dit is omdat julle ons eiland soos aas vir die Engelsman gooi, dat hy liewer dít moet vat voor hy die Kaap onder julle agterstes kom uitruk.

Maar dit was soos skreeu teen 'n storm. Wat kan een man teen die Here doen? Alles help niks. Hy moes gevoel het: dié keer is dit nie meer Daniel Zaaijman teen die natuur of selfs teen die duiwel nie, maar teen sy medemens, en dit het hom swaarmoedig en treurig gemaak. Toe het sy pa en ma hulle huis in die Kaap op die mark gesit, en die plaas hier buite Stellenbosch gekoop vir omtrent vyf keer soveel, maar hulle het gedink: solank hulle maar met hulle kinders van die dorp kon wegkom. Hulle moes maar hard werk, en weer van voor begin. Hulle begin was 'n nat en koue winter, met sneeu maande lank wit op die berge; hulle was weggedryf van ander mense af.

Hy was toe nog nie hier nie. Hy was nog altyd op die eiland, en moes nog eers Batavia sien ook. Dit het nog vóór hom gelê, en omdat hy soos enige jong man daarna uitgesien het om die naam *orang lama* te hê, het die gesloer hom ongeduldig gemaak. Maar dit het twee jaar so gesloer. Die Kaap het die ou skip *Overrijp* gestuur om die besetting te lig en Batavia toe te neem, en 'n maand later ook die galjoot *Mercurius*, om die laaste ebbehout en die wadele en die Kompanjie se twintig slawe Kaap toe te bring. Maar *Overrijp* moes met skade aan die boeg terugdraai, en net met dag en nag pomp kon hy weer die Kaap haal. Hier is hy afgeskryf as totaal vervalle. Hoekom sien hulle dit toe eers, monsieurs? Hulle kon almal verongeluk gewees het. Toe is *Beverwaard* in sy plek gestuur om die besetting te lig.

Dit het die Kaapse goewerneur seker laat opkyk toe *Mercurius* ook sonder slawe of die wadele hier terugkom. Of dalk ook nie. Miskien het die edel heer nie eers sy kop van sy bord of sy skryftafel gelig nie. Wie geskrik het, was hulle, op Mauritius. Die galjoot het maar 'n paar dae voor die Losie gelê, toe die jagter vir opper Momber kom sê daar is vier reuse Franse oorlogskepe in Noordweshawe wat kos, brandhout en drank soek. Momber wou nie dat die Franse die eiland se swakheid sien nie, anders sou dit sleg gaan met die edele Kompanjie, en hy het *Mercurius* huis toe gejaag met 'n brief aan goewerneur Van Assenburg. In daardie brief het hy die goewerneur vertel van die buitepos se ellendige toestand. Hulle het op halfrantsoen geleef, met gekookte water as enigste drank, en daar was geen rys, brood of groente nie. Batavia het mos gesê hulle moet nie tuinmaak nie, maar het ook niks gestuur nie. Die garnisoen se dienskontrakte was almal verstreke, hulle het verlossing en hulle soldy geëis, dissipline van die hand gewys, diens geweier. Hulle het die opper beskuldig dat hy kos wegsteek, hulle het die offisiere beledig en op Kroonenburg gaan leeglê, of in die bos geswerf, en gegaan en gekom soos hulle lus voel. Almal, tot hy, het in vodde geloop. Toe *Mercurius* weg is, het Momber self noordweste toe geloop om te gaan praat met die Fransman.

Kommissaris Van Hoorn was destyds op inspeksie hier aan die Kaap, en hy het *Mercurius* dadelik met kos en klere teruggestuur, om te kyk of *Beverwaard* sy sending na die eiland voltooi het. *Mercurius* was ses weke later in Suidooshawe. Die Losie en buitegeboue was alles afgebrand, en die pos het verlate gelê. Net 'n hond het van die punt van die kaai vir hulle geblaf. Ná twee weke van soek oor die eiland het *Mercurius* teruggedraai Kaap toe.

Pieter het van hierdie laaste besoek deur die Kaapse galjoot *Mercurius* gehoor van skeepsvriende. Op sy beurt kon hy 'n storie vertel waarna seelui sou luister. Die Fransman het by Noordweshawe gevat wat hy wou hê. Pieter was bly dat sy ouers nie daar was nie, want die vermorsing van vleis en hout was lelik om te sien. Hulle het meer as tagtig gevangenes aan land gesmyt om vir hulleself te sorg, en 'n maand of ses weke gejag, gefuif, geplunder en weer uitgevaar, en hy het daar op die strand bly staan sonder 'n muntstuk in sy hand om te wys vir sy diens aan die Franse vlag. 'n Paar maande later kom *Beverwaard* onder in Swartriviermond op die reede, om die besetting te lig. Hy het die skip gaan binneloods en help anker, en toe die skipper en 'n bootsman saamgeneem om vir Momber by die Losie te laat weet en die seebriewe te oorhandig. Momber wou hê dat *Beverwaard* Suidooshawe toe kom om alles daar in te skeep, maar hy was onrustig omdat hy kon sien daar is 'n orkaan in die weer, die eerste keer in seker agt jaar, en hy het dit vir Momber en die skipper gesê. Hy moes die opper en die skipper laat verstaan: *Beverwaard* kan nie hier voor die Losie in die vlak gelaai word nie, hulle sal die laaste ding Noordweshawe toe moet dra en dáár aan boord gaan, en oop see kies voor die storm hulle binne die rif toetrek.

Veertien kanonne, messelaarsgoed, smidsgoed en tuingereedskap is begrawe. Buskruit, spykers, potte, porselein, pistole, tamboere met hulle snare, en honderde ander goeie goed is net so in die sloot gesmyt. Dit was jammerlik om te sien hoe gebreek en verniel en vermors word. Al drie bote is vol gate geboor, en met hulle ankers binneboords voor Franse Kerk laat sink. Goeie meubels van alle soorte is in die huise aan brand gesteek. Dit was alles een enkel dag se werk. Ná sonop die tweede dag is die Losie aan brand gesteek, en het 174 mense, onder wie siekes, bejaardes, vrouens en kleintjies, met hulle goed op oskarre, op die kop of in die hand, in een groep uit Suidooshawe weggeloop, die Lemoen-bosvlak se heuwels in, Noordweshawe toe. Dit was vier, miskien vyf dae se loop.

In Noordweshawe het *Beverwaard* die verandering in die weer gevoel, hoe sy kop neergeruk word deur sy anker. Sy skipper was by die Losie, en die opperstuurman moes oop see toe staan met *Beverwaard*. Opperstuurman het deur 'n drawwer geweet van die mense wat aan kom was, en hy moes kies of hy die skip onder 'n orkaan op die binnereede gaan waag, of die mense op die oop strand aan hulle lot oorlaat. Een party sal nie oorleef nie, het hy gedink, maar hy sou vir eers die skip op die reede hou. Die dei-ning in die baai het wag na wag hoër geword, die lug donker, die golwing skerper. Die branding het wit en hoog oor die rif binne-toe gerol. Die skip het begin steier. Op die tweede oggend het die opperstuurman al vir *Beverwaard* agter drie ankers gehad, met sy stenge gestryk, sy tuig tot die kaal maste gestroop en elke luik toe-gespyker. Die oggend van die vierde dag het dit sag uit die noord-ooste begin reën.

Nou, die monsieurs weet seker, maar die afstand wat hulle te voet geloop het, van die eiland se een hoek na die ander, was soos van die Kasteel af tot 'n ent verby Stellenbosch. 'n Flink man sal dit nie in een dag loop nie; dit was ongemaklike terrein, ongelyk, dig bebos, met diep slote waardeur riviere in die reëntyd stroom. En hulle het die oskarre gehad om deur te stoot, en die kinders en bagasie om te dra, en die ou mense. Die Natte Bos, by Bokgat en Kouepyp, was 'n diep pappery getrap deur hulle voete. Hy ont-hou die verligting toe hulle anderkant uit op die effense vlakte aankom. Hy onthou hulle kon toe nog daardie vreemde pieke wat hulle Drie Spene genoem het, soos hierdie drie vingers van hom sien staan in die verte, swart teen 'n bloedrooi sononder. Daarna was dit weer die een heuwel na die ander, heuwel op, heuwel af, die een na die ander, heuwel op, heuwel af, en dit was ook die laaste son wat hulle in 'n week gesien het.

Toe hulle die vierde middag in die reën deur die kloof die

749

bergkom van Noordweshawe binnegaan, waar dit soos die sker-
we van 'n uitmekaargebarste ysterpot agter Noordweshawe om
vou, was die lug uit die noordooste toegetrek, grys en laag en dig,
met die sterk, warm wind agter hulle. Hulle opper en die skipper
het hulle daar van die bagasie laat neerlê, dat hulle kan vorder
voor die wind hulle tussen die berge vang, maar party mense was
onwillig om hulle enigste goed te verloor, veral die arme slawe
wat min gehad het, en hulle moes die mense dwing om bondels
oop te maak, uit te soek en weg te gooi. Seker 'n dosyn mense kon
nie meer vorder nie, maar die opper het laat draagbare maak van
jasse en stokke, met vier man aan 'n draagbaar, en die siekes daar-
op met al hulle bagasie bo-op. Daar het die reën swaar begin val.
Hy is dankbaar dat hy jonk was en niemand moeite aangedoen het
nie, maar dit was die skipper en die opper wat hulle deurgehelp
het. Die een moedig hulle aan, praat mooi, laat by elke rusplek
hande vou en bid; die ander dryf hulle met groot vloeke en rot-
tangslae en dreigemente van 'n loesing deur die modder vorentoe.

Op die hoë vlakte voor die berg het dit so gereën dat hulle nie
meer die baai kon sien nie, en hulle het nie geweet of die skip nog
daar was nie. Twee man moes vooruit om te kyk, en om die
opperstuurman te laat weet van waar hulle aan kom is. Dan moes
hy sy stenge en ra's hys en seil maak, en roeibote strand toe stuur,
maar as die wind te sterk word, moes hy aan die skip dink en
uitwyk see toe. Die wind het die reën soos pyle in hulle gesigte
geskiet, hulle was nat tot op die vel, die water het die slote gevul.
Hulle is die laaste riviere deur met die malende skuim tot onder
hulle arms, met die kinders aan toue gebind dat hulle nie weg-
gesleep word nie. Toe hulle donkeraand op die strand kom, was
die skip weg. Hulle het in die verlate huise skuiling gesoek – daar
was nie meer tyd vir vasmaak nie – en was drie dae daar op die
kaal vloere sonder kos en water, terwyl die huise stuk-stuk van
hulle afgeruk word, en die reën en die see tesaam oor die fonda-
mente stort. Hy was nog nooit so koud op die eiland nie, tot in sy
murg, en mense het daar gesterwe.

Twee dae ná die storm het *Beverwaard*, met 'n stomp afge-
breekte voormas en sonder besaan of grootbramsteng weer oor

die horison op die binnereede gekom, en hulle moes hout breek vir vuurmaak, die goeie rooi en die swart ebbehout van die Kompanjie.

Batavia was 'n woelige, swetende en stinkende, bedompige stadjie, met 'n donderstorm elke namiddag. 'n Aantal gragte in die agterstad was broeiend, toegegroei van gras en bosse; dit sou jare neem voor hulle weer oopgespit word. Hulle van *Beverwaard* is eers in die kasteel gehuisves, wat amper op die strand is, soos die monsieurs sal weet. Die regering het vir hulle klere op voorskot gegee, en hy het werk gekry by die timmerwerf op Onrust, waar hulle skip ook op die wal uitgesleep is vir kalfaat en reparasie. Sy vriende, elkeen met sy eie planne, is daar uiteen. Opper Momber weet hy, is na 'n paar maande oorlede, na 'n hervatting van sy koors. Hy het 'n tyd met die gedagte geloop om aan te teken as soldaat en te kyk waar dit hom heen neem, maar dan was hy nog drie jaar langer van sy huis af, en hy was bekommerd oor sy ouers wat miskien nie goed verplant het nie, soos die spreekwoord van ou bome sê.

Hulle het destyds nog op die plaas *Patryzen Valleij* gewoon, waarvan hy toe nog nie geweet het nie, en hulle het swaar gekry daar. Hulle kon wel 'n bestaan maak vir die familie, maar daar was die eerste jaar nie 'n wins oor om enigiets op die koopprys af te betaal nie, en sy pa het 'n verband op die plaas geneem om hulle vir 'n jaar of twee vlot en drywend te hou. Die hele grond was nog nooit tevore skoongemaak of geploeg nie, en toe hy ontdek hy het nie meer sy krag nie, was hulle gevang met die plaas, want slawe kon hulle nie weer bekostig nie. Tog was hulle daar gelukkig, in die geloof dat dit met harde werk eendag beter sou gaan. Sy pa het 'n bietjie broodkoring in die grond gekry, en twee koeie op skuld aangeskaf, en 'n paar lammers en 'n paar varkies om te verkoop as hulle grootword.

Die tweede winter was nog natter as die eerste, weer met die swaar sneeu tot laag in die klowe, en omtrent al hulle pluimvee is dood van die koue. Die ander diere het siek geword toe die wintergras opkom; 'n buurman het vir sy pa gesê dit is van tulpe vreet. Voor hulle graan ryp was, het sy ma en pa besluit om die

751

plaas met die oorblywende vee en die staande oes te verkoop om dit aantrekliker te maak, en te kyk of hulle die verband kan afbetaal en miskien iets oorhou om op die kosprys af te betaal. Sy pa het gesê hy gaan weer see toe; die see het hom nog altyd goed behandel. So het hulle weer Kaap toe getrek.

Hulle kon weer die ou huisie kry, maar net as huurders. Sy ma se moed was gebreek deur 'n ding wat hier gebeur het met een van hulle ou slawe. Dit was haar eie slaaf en sy het hom verkoop omdat sy nie kos vir hom gehad het nie. Sy het gehuil toe sy hom moes verkoop. Maar toe die kneg van *Elsenburg* hom koop, was hulle bly, want op so 'n plaas sou hy 'n beter lewe hê as op hulle armoedige plaas. Ongelukkig was daar twee slawe wat sy lewe suur gemaak het, met afknou en baklei en valse getuienis en mishandeling. Hulle het vir die kneg gaan sê die Mourisies-slaaf toor hulle, hy wil nie ophou toor nie. Om die daaglikse bakleiery te stop het die kneg van *Elsenburg* hom verkoop aan Eksteen van die Tygerberg. En daarvandaan het hy een nag weggeloop, terug *Elsenburg* toe, en 'n brandende tak op die dak van die slawelosie gegooi, sodat die twee leuenaars kan doodbrand as dit mag.

Hulle het hom daar betrap terwyl hy kyk hoe almal met water hardloop om vlamme dood te gooi, en hom geslaan en aan die landdros oorgegee. Maar hy het hom nie in die minste verweer nie, en net gesê hy verkies die dood bo die lewe. Sy straf was om verbrand te word. 'n Hand om 'n hand, 'n oog om 'n oog, soos die wet sê, en 'n voorbeeld vir die ander. Sy ma was diep bedroef, en het gedink dit sou nie gebeur het as sy hom nie verkoop het nie. Hulle wou nie toestem dat sy met Moses praat in die gevangenis nie, en die dag van die teregstelling het sy in swart klere gegaan, en heel voor teen die muurtjie gestaan en wag tot hulle hom uitbring. Sy het hard na hom geroep, maar hy het nie opgekyk nie. Die brandhout was soos 'n kraal om die paal gepak, en Moses was vas aan 'n kort ketting, sodat hy kon hardloop, of bly staan. Toe die rook en vlamme om hom toeslaan hoor sy hom sê: *"Dio me pais."* Dit was die man wat aan haar tafel geëet het. Sy het daar gebly tot hulle die oorblysel met skopgrawe bymekaargemaak en op 'n bakkar gegooi het. 'n Hand om 'n hand. Sy ma wou nie meer lewe nie.

752

Sy ma het geskrop vir mense, op haar knieë om die drie klein-stes in die skool te hou. Sy het maar haar Indiese katoen en haar porselein stuk-stuk afgestaan aan dié wat so aangehou het, soos die ouderling, en die dokter wat oor die kinders gegaan het met hulle masels. Sy het gesê: Ons kan nie porselein eet nie. Sy het wasgoed ingeneem, haar hande rooi gewas en gestryk om haar familie te onderhou. En gelukkig kon hy met skrynwerk sy ouers effens help. Hy was toe handlanger vir die man wat die kerk se banke met deurtjies afgeskort het, sodat ander nie jou plek kan vat nie. Die monsieurs weet: *"In my Vader se huis is baie kamers."* Maar dit was nog 'n lang pad vorentoe voor hy sy papier van vak-leerlingskap sou hê. Middagkos was daar nie meer in die huis nie, en vir sy pa wat see toe gaan, ook net van sy eie bokking en put-water, wat hulle op Groenteplein getrek het, om die dag op uit te kom. Sy pa is in die somer daagliks voor son-uit see toe. Hy kan hom nou nog by die deur sien uitloop, met sy groot hoed van ge-vlegte palmblaar, en die vierkantige rottangmandjie met sy lyne en lood en hoeke, en waterfles en bokking – altyd die beste wat daar in die huis was, daarvoor het sy ma gesorg.

Sy pa gaan een voordag in Februarie see toe en gelukkig was dit volmaan. Die wind is noord, en hy gly maar windaf, agter die Leeustert, agter die Vlaeberg, agter die Leeukop, tot naby Hotten-totshuisie. Soos hy wegval, trek hy in aan sy handlyne: kabeljou en vet swart Hottentotsvis, en baie makriel. Hy dryf dwarsdeur die hele skool makriel, en hy kyk suid in die skemer: Wat vir 'n berg lê vandag hier voor my? Hy kyk weer: Wat sal dit vanmôre wees met my oë? Daar staan die Kompanjie se hele retoervloot van dertien kapitale skepe, gelaai tot die luike, dwarsoor sy boeg geanker in die maanlig. Julle weet al, monsieurs, wat daar gebeur het; watter skandaal vir die Kaap, en watter onheil met daardie skepe hier te lande gekom het. Hy skrik hom rûens agteroor, amper in die water. Verbeel hy hom dit, vieruur in die môre? Maar dit is nooit anders nie, dit is oorlamskepe, die hele retoer-vloot. Hy het lyne opgerol en sy seil losgemaak en uitgeskud om onder die vlagskip se hek in te staan. Wat gaan vandag hier aan? Want hier lê die liewe Here se dertien skepe 'n oggend se seil van hulle bestemming af op 'n lywal. Waarom loop die admiraal nie klaar baai-in en anker op die reede voor die Kasteel nie? Monsieurs, hoe kan jy vandag so iets glo, al kan jy dit verstaan?

Hy kan vandag net dink: die retoervloot is daar voor sy pa neergesit. Die vloot lê stil en donker in die maanlig, en sy pa loop onder die vlagskip se ankerkabel in, maar met sy oë oop, want miskien is daar 'n plan. Hy gryp vas, en roep: "Hoi, *orang lama*. Wat lê julle hier, vang julle vis?" Die kabelwag vlieg uit die slaap op en skreeu: "Kom langsaan, maat. Die skipper wil jou hê."

Wat sy pa hoor, uit die monde van admiraal Van Steeland en skipper Tiemermans, is dat die vloot al daar wag van die vorige sononder af. Waar is julle vlag op die Kop? vra die admiraal. Daar moet 'n vlag op die Leeukop wees om te wys die Kaap is onder vaderlandse bestuur, dit weet almal. Maar kyk self, daar is geen vlag nie. Van sononder af het hulle die Leeukop uur na uur in die maanlig met die verkyker bekyk, maar daar kom geen teken van 'n vlag of 'n uitkyker nie. Die skippers is vir kajuitraad geroep en het gereken om liewer effe uit see toe te staan en te anker, met sliptoue gereed vir losruk as hulle moet hardloop, en tot daglig daar te wag. As daar dan nog geen lewe te sien is nie, moet hulle maar deursteek vaderland toe, maar dit is 'n moeilike saak met die siekte aan boord. En nou kom hierdie visser hulle voor sonop aanroep.

Was dit nog Mauritius, het sy pa gedink, dan was hy soos 'n heer nou skatryk vir lewenslank. Maar miskien is dit tog 'n gelukkige dag. Hy het vir die offisiere gesê hy weet nie van die vlae op Leeukop nie, dis die eerste keer dat hy nie 'n uitkyker daar bo opmerk nie, maar dis die waarnemende goewerneur se eie saak. Die Kaap is maar partykeer so dood. Al wat hy kan aanbied, is om hulle binne te loods en dan 'n paar mense Kasteel toe te bring, maar dit gaan hom sy dag se brood kos. Toemaar, het die admiraal gesê, ons sal jou vergoed, én ek weet julle kêrels het elkeen die naam gereed van 'n herberg en 'n goeie wasvrou van wie julle 'n premie verdien. Nou kyk, ons is drieduisend seevolk hier, en vertrou jy maar daarop, jou vriende sal goed daarvan afkom. Sy pa het gedink: dit ís 'n gelukkige dag, en sy sloepie op sleeptou geslaan, sy vis vars aan die kok verkoop, die vloot ingeloods, en die middag huis toe geloop met 'n mandjie wasgoed op sy skouer. Dit was alles damesgoed van die admiraal se vrou en dogters, om te laat was en bleik en stywe. Dit was 'n seëning van bo. Hoe bly sal Pieternel wees, het hy gedink, dat hulle gesin gered is deur hierdie genadige toeval. Maar u weet reeds, monsieurs, in daardie mandjie het hy die pokke aan wal gedra.

Sy twee ouers was van die eerste om siek te word. Sy pa het hom gevra: Gaan met die kleintjies hier weg; ek sal 'n bediende soek om ons te versorg, ons kan mos nou een bekostig. So is hy weg met hulle drie broers na sy swaer Abraham en stiefsuster in die Slagtersveld – tot sy oneindige spyt, want daar het hy ook die dood ingedra. Maar hy kon nog met twee van die drie terugkom om sy ouers te begrawe. En hy verstaan steeds nie waarom die twee uitkykers daardie nag nie aan diens was nie. Selfs goewerneur Helot het die nag op sy buiteverblyf gelê toe die vloot inloop, en wis van geen sout of water nie, met geen verversing of hospitaal gereed vir die vloot nie. En sy pa, as hy maar die skepe daar gelos het dat die ekwipasiemeester hulle inloods, dan het die fiskaal en die sjirurgyn eerste aan boord gegaan, dan het hulle die siekte dadelik ontdek en die skepe gestuur om op kwarantyn agter die eiland te lê tot dit uitgewoed het. Maar wat maak dit nou saak? Dit het klaar gebeur.

Die Weesheer het vir sy broer Daniel aansoek gedoen, dat die Kompanjie hom aanneem as matroos. Die Kompanjie het geadverteer hulle wil skeepsvolk hê vir die nuwe buitepos wat op die ooskus gaan kom om slawe in te koop. Die Raad het mos gesê: nie meer vrylui uit die vaderland nie, maar swart slawe uit Afrika om Jan Kompanjie se werk in hierdie land te doen. Hy het sy broer aangeraai om liewer nie te gaan nie, maar dit is 'n man wat graag sy eie kop volg. In die Kaap is die ekspedisie se leier al aangewys. Dit is seur Van Taak, wat pas getroud is met die dogter van hierdie boer met die tagtigduimkis, Van der Byl. Maar ooskuskoors is 'n verskriklike plaag. Mag die vader die arme mense behoed. Dit word weer die ou storie van voor af. En daarna? Daarna, daarna en daarna sal dit weer wees asof dit nooit was nie. In alles bly net die see dieselfde, leeg en eindeloos.

So herhaal die geskiedenis hom: die eerste keer as tragedie, die tweede keer as klug. Een sirkel word die volgende, niemand merk dit op nie. Die groot see stroom voort en verander nie. 'n Mens word 'n skip, skepe word mense. 'n Mens word 'n eiland, eilande word mense. 'n Mens word 'n ark, 'n toevlug in die wye ruim.

Daar bly vir die klerk net oor om sy testament te maak. As getuies vra hy helde van die vryheid: Tas, Van Brakel, Van der Byl. Vir sy begrafnis verlang hy om in sy blou deken toegedraai ná sononder deur twee slawe na 'n graf op die werf van hierdie plaas gedra te word, sonder gevolg of gebed, en oor sy graf 'n eenvoudige steen met die woorde: *Hic exspectat resurrectionem. J.G. de Grevenbroek.*

ERKENNING

My dank aan Helena Scheffler, kultuurhistorikus, talassofiel en vriend, vir haar aandeel aan hierdie lang verhaal. Ook aan Tafelberg-Uitgewers wat die manuskrip deur haar hande laat gaan het. Waar ek haar feitelike gegewens verander het, was dit ter wille van die leser, en die besluit was my eie.

Die moontlikheid dat Pieter van Meerhof se naam oorspronklik Peter Havgard was, is aan my voorgestel deur die genealoog Mansell Upham.

Die frase *"die dag was rooi van meet af aan"* het net só na my toe gekom, en ek weet nie waarvandaan nie. Soos 'n byl het dit gewig, balans en geslyptheid, wat my laat vermoed dat dit tevore vir gebruik gereed gemaak is. Ek vra om verskoning as ek onwetend iemand se gereedskap gebruik het.

Dat die geskiedenis hom herhaal, die eerste keer as tragedie en die tweede keer as klug, is 'n geestige aanpassing deur Marx, meer as 'n eeu gelede, aan 'n stelling van Hegel, nog 'n eeu vroeër. Die waarheid is veel ouer. Daar is geen geskiedenis nie, anders as die ontleding en vertolking van dokumente, 'n soektog na oorlewendes in eindelose ruimte.